掌故

（六）

掌故

月刊

31

野史・佚聞・人物・風土・

一九七四年三月十日出版

掌故 月刊 第三一期 目錄

每月逢十日出版

掌故

第三一期
中華民國六十三（一九七四）年三月十日出版
每冊定價港幣二元正
全年訂費港幣二十元　美金六元

出版兼發行者：掌故月刊社
地址：九龍亞皆老街六號B
電話：K八〇八〇九一

The Journal of Historical Records
6B, Argyle Street, Mongkok, Kowloon, Hong Kong.

督印人：鄧少卿
總編輯：岳騫
印刷者：和記印刷有限公司
新蒲崗景福街一一〇號超達工業大厦十樓
總代理：吳興記書報社
香港租庇利街十一號二樓
電話：H四五〇五六一　H四五〇七六六

星馬代理：遠東文化事業有限公司
新加坡廈門街十九號
檳城杳田仔街一七一號

泰國代理：曼谷青年文化服務社
曼谷黃橋東北路五六六號

越南代理：聯興書報社
越南堤岸新行街二十二號

其他地區代理：
澳門：可大文具店
亞庇：利民公司
千里達：中華公司
非律賓：華安書局
倫敦：東寶公司
芝加哥：杏林春
波士頓：中西公司
三藩市：新生圖書公司
三藩市：益智圖書公司
加拿大：香港商店
漢城：汎亞書籍公社
寮國：永珍圖書公司
斗湖：光明書店
非律賓：玲瓏書局
紐約：友聯圖書公司
紐約：友方圖書公司
洛杉磯：永安堂
檀香山：大元公司
三藩市：文化商店
加拿大：新國華公司

南沙羣島確屬我國領土

鄭資約

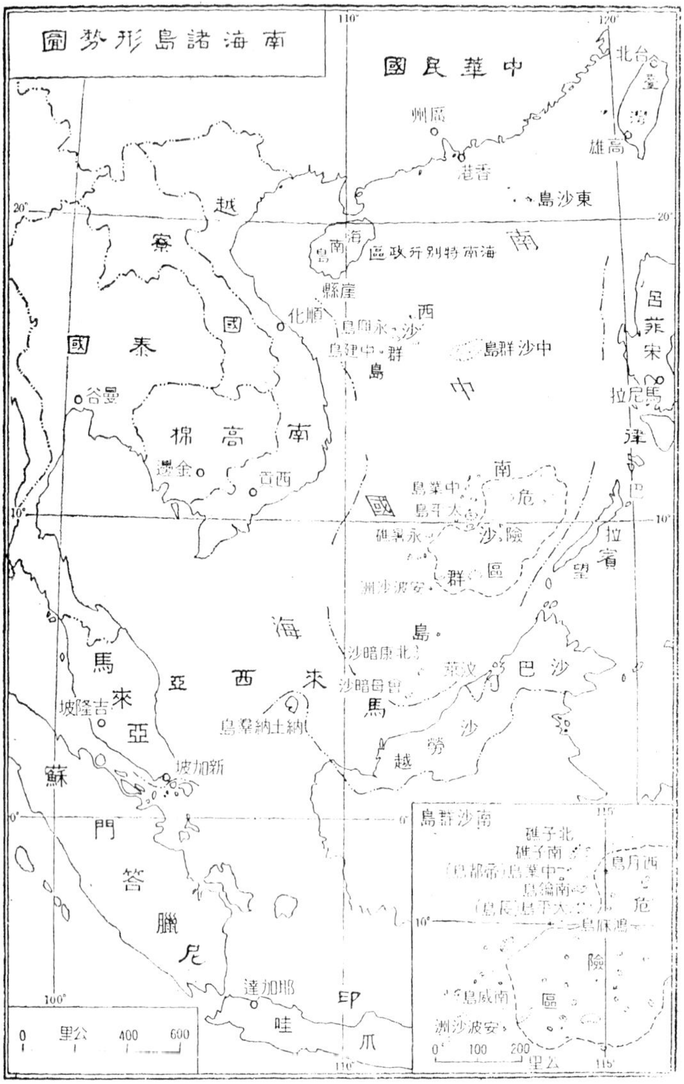

南海諸島圖

（一）前言

據西貢方面消息：越南內政部發表命令將南沙羣島併入他們的福綏省管轄。

聽到之後深覺得此事非常突然，更不知應該從何說起！可憐我們的南海時運不佳，近年特別多事。不過我們要問盜是何人？才受我們扶助起來的越南嗎？才飽受我們溫暖的人力財力協助，攜抱施贍的大量物資歸去的越南嗎？是不是因爲詳知我們家中底細，竟然馬上回頭越牆行竊？雖然今世人心不古，道義掃地；然亦當知世界尚有國際公法。

南中國海的島嶼是歷史上以來的我國祖產。越南政府竟然明目張胆發表命令取歸己有，這顯然是侵畧行爲。這是破壞我國領土主權的完整。這已構成國際間非常嚴重的事態。想我們政府自然會遵循外交

途徑，先提強硬交涉；最後保留採取適當的強烈自衛措施權利！我們願在此先忠告全越國民：愼勿妄溫法國舊夢；愼勿亂步非人後塵。

（二）

凡事勿作徒然悲憤，我們要化悲憤爲力量。我們首應趕快檢查，我們所失何物，若干？收集現場盜跡，準備向國際法庭、世界輿論，提出控訴的詳密資料。再要研究失盜原因，以便迅速實施亡羊補牢的大計。今先認清失物——南沙九島（附圖及表對照）。南中國是我國的多島海，南沙羣島島數最多，散布海的南半部。處於菲律賓越南之間，所佔面積最廣，但距台灣最遠。正因距離最遠，自古來者很少。直到現在尙有大部無人島嶼。故海圖上註明危險地帶以警告航者。只有西部各島已深入南海的中央，當南北往來船隻的衝途，故水道深淺錨地位置爲舟子所熟知，自古交通頻繁。越南所搶掠的九島都在這裡。南北畧成一條排列。由最北端數起，詳如下表及圖。

電傳越南強佔之九島名稱

電傳越南內政部所併九島

島名		英譯名	經緯度位置
1.北子島	Pei-Tze Tao	Northeast Cay	同居雙子礁上
2.南子島	Nan-tzu Tao	Southwest Cay	11°27′N., 114°21′E.
3.中業島	Chung-yuch Tao	Thitu I.	11°7′N., 114°17′E.
4.南鑰島	Nan-yao Tao	Loaita I.	10°41′N., 114°5′E.
5.太平島	Tai-ping Tao	Itu Aba I.	10°23′N., 114°22′E.
6.鴻庥島	Hung-hsiu Tao	Namyit I.	10°11′N., 114°21′E.
7.景宏島	Ching-hung Tao	Sin Cowe I.	9°53′N., 114°19′E.
8.安威島	Nan-wei Tao	Spratly I.	8°39′N., 111°55′E.
9.羅波沙洲	Ampo-sha-chou	Amboyna Cay	7°51′N., 112°55′E.

多島的南中國海，除海南島和其他少數的岸前島而外，珊瑚小島星羅棋散幾乎布滿全海，這是我國南海的最大特色。珊瑚由珊瑚礁所構成，珊瑚礁乃珊瑚蟲之遺體。珊瑚蟲特別是暖海中才有的一種海生動物，附着於海底固定的土石之上而向上生長。死後遺留其白色固體之石灰質，集積而成珊瑚礁。積之日久雜以泥沙、介殼漸漸露出水面，則成珊瑚島。以珊瑚蟲不能離海水而生活，故島多是拔出海面很低。然水面下的礁盤多是很大，這是珊瑚島所獨具的特殊地形，和習見的陸島或火山島大有不相同。又以珊瑚蟲的繁殖迅速，島礁到處蔓延，幾乎滿布全海，總數約達一百五十以上。大致可分四羣：東沙羣島——在汕頭南方海中，最近廣東海岸。西沙和中沙二羣約位海的中部，中沙居東，全爲水下暗礁，尙無一島露出。西

1946年12月十二日中國官兵在太平島舉行「南沙羣島接收典禮」

海軍官兵合攝於南礁子島

沙居西，最近越南。島嶼沙洲很多。最大的永興島正對越南順化相距僅二四〇哩。南沙羣島從北緯十二度南伸，約遠赤道近邊。幾乎布滿南海南半部。北距台灣、海南二大母島最遠。但由於菲越海岸向中央逼近，羣島東西分與菲越成了緊鄰。羣島中最大的太平島，西方正對西貢，緯度約略相同，相距四四〇哩，這是南沙羣島邊警多來自菲、越的主要原因。

（三）南海諸島的重要性

經濟的

根據上述，知道南海島嶼雖多，面積都是很小。除東沙羣島的東沙島，西沙羣島的永興島和南沙羣島中的太平島等三大島而外，他無足言。這種面積固然不能談農業，但平坦島面上的鳥糞畜積爲其特產

南鑰島國碑背面之碑文

海軍南沙守備區

。埋在淺水下的大礁盤上水產豐富。以氣候的温暖魚蝦介等種類繁多，莫不發育良好。海參大者，晒乾亦有半斤。以日光的強熱，魚色鮮艷美麗。龜鼈更多，大者二三百斤，性極馴良，海南漁人多喜捕之携歸。前述南沙九島以錨地航道較比熟悉方便，因也成爲我海南漁人遠洋漁業最大中心。

海南人近水樓台獨得地利，故各島漁撈幾成爲我海南漁人的獨霸生業。海南人每年於東北風起，乘風而來留居島上半年，捕魚吃魚。待西南風轉再順流而返，滿載而歸者也是介壳龜類和乾。在季風環境

內的居民，生活也顯然的有了季節特性，海南人的生活和南海的歷史關係蓋已與我國國史同長矣。因此各島所見古跡建築，多屬海南人的作品，尤以文昌人所遺留者爲最多。所以凡侵略我南海各島的外國人所遇「土人」多是海南漁人，此在外國人所發表的旅行報告中類能見之。

交通與戰略的

隨着時代的前進，經濟的價值也漸漸改變。自海運發展以後南中國海成了歐亞航路要衝。海內交通，西線經南沙、越南之間，東線經南沙、菲律賓之間成了兩條南北幹線。西線以直而捷，輪帆接踵。南

1965年重建之北子礁國碑

一九六五年在南鑰島所建之國碑

沙西側各島以居路邊，雖然點滴礁石都成了燃料的供給要站。——像北子、南子二島，因當星港航線上的中間站，又是向馬尼拉的航路分歧點，在二次大戰中頓成軍家必爭之地。太平島的面積雖僅四十九萬八千平方公尺，但長達一二八九公尺。日人佔據之後，將全島擴建爲小飛機場。跑道僅一千公尺（一公里）利用其距離菲越、印尼（婆羅洲）三國均等的位置，曾發生極大戰果。

石油資源

晚近各大陸邊緣的淺海陸棚，多傳油藏消息，海底資源又多一種，因此淺海多島之區頓成世界視線集中之地。我國南海多島，海底地質尙屬處女未開。聯合國亞遠經濟會議曾有探測之倡議，經民國五十八年美國探測報告已斷定其可能有大量油氣之儲藏。消息傳出之後，越南距離最近，然則宣布合併我南沙九島之動機，當亦不難瞭解矣。

（四）我在南中國海的主權之歷史根據

南中國海自古屬我國文化領域

財寶人所同好，取之必由正當途徑。魚獵時代，走馬圈地，力氣大的佔便宜。這種強取豪奪，已不適於今日。日本人看到我們東北肥厚，就想盡方法佔領；希特勒認爲德意志民族高人一等，就不耐它的狹小局面。這種增加資源方法，在人類史上由第二次世界大戰告終宣布結束。順着人類進化的軌跡，世界已進入說理的時代，遇到兩國間的領土紛爭，根據國際公法的規定：「依該地住民所屬國籍，而決定其主權屬於何國。」這就是國際公法的「原始發現原則」(The principle of original

一九六五年在中業島上重建之國碑

discovery)或稱先佔權(occupation)，其意義在承認其歷史的權利。我們認爲國際公法是最公平的，因爲「歷史」是「法律上的基本證據」(Prima Faci Evidence)。

試看南中國海四周今日的國家，我和菲律賓、越南、印尼各據一面，但在民國三十四年以前，其他三國尚都呻吟於殖民地桎梏之下。在此區內數千年以來只有我們一個獨立國，一個悠久文化，一個稠密人口。因此海的周圍也都被我國人跑遍。雖然菲、印二國，以海島的隔離，華裔移民較少，但圍海區域的經濟勢力莫不握在我僑胞手中，到近代而愈然。所以海的名稱，歷史上我們向呼「南海」，世界人則通稱「南中國海」(South China Sea)而從未聞西海、東海、北海的稱呼。包在中國文化、經濟圈內的海內各小島，經過數十年的烘烤，早已爛熟。今日爲中國文化、政治的「先佔」，且清一色的「獨佔」地區理極自然。此蓋可想像知之。

一九六五年重建之北子礁國碑

南沙羣島太平島國碑

越南的開拓

就中尤以西岸的越南和我壤土相接，受我文化最深。越南人自稱神農之後。從秦始皇卅三(西元前二一四)年置象郡起就成了我國領土的一部。漢武帝所設日南郡，已到今越南中部。「因過了北回歸線，故名日南郡。」

後漢時土民作亂，光武帝派馬援進討，討平後馬援豎立兩大銅柱於日南郡的南界山上。此山名大嶺，向東入海成岬，即最近越戰中有名的瓦勒拉岬(G. Varella)。

經五胡亂華，唐朝經營邊疆復盛，特設安南都護府，兼轄海中的西沙、南沙等近岸諸島。史書有『海中蠻夷諸國居大海洲上。相去或三五百里，三五千里，遠者二三萬里。乘船舉帆，道里不可詳』之語。

鄭和航海與南海諸島

到明朝對海外愈加注意。阿拉伯商人的東來亦愈增多。加以羅盤的幫助，航海

太平島之橫貫公路

已大進步。永樂帝時由政府組派文武團隊，由鄭和領尋，馬歡、費信等作隨員，曾七下南洋（公元一四〇四—一四三三之間），規模龐大。東西文化交流盛極一時，海中各珊瑚島礁，因亦愈見開拓。

當時航海大道，從海南島出發後第一站就是七洋洲（屬西沙羣島。）由七洲洋再行，或西奔順化沿越南東岸南進；或向正南，貫穿南沙羣島西側各島直趨南洋，再經新加坡轉入印度洋。因此七洲洋和南沙羣島西側各島都能在南中國海中成為先進區域。

七洲洋，據「海國見聞錄」：在海南萬縣東南有七洲浮海面故名，往南洋者必經之。筆者按此即西沙東北之宣德羣島。內包趙述、北、中、南、永興、石，七個小島，今總稱宣德羣島，宣德是明宣宗年號正是鄭和航海的盛期，七島中永興島居西沙全羣島中最大，今日所遺古蹟最多。前者研究珊瑚的權威學者馬廷英博士於民二六（一九三七）年曾發表珊瑚礁成長所需年代之考證」一文，即根據西沙羣島活珊瑚礁下約五公尺處所發現之中國銅幣——永樂通寶研究所得結果。據稱銅幣得自正在西沙羣島捕魚的海南漁人，銅幣為數甚夥包含各種年代，永樂為其中之最新者。由此可證銅幣乃來居民旅客所積累的遺物。

最先繁盛的南沙西側各島中，鄭和羣礁以擁有最大的太平島最得上風。鄭和羣礁我古籍稱堤閘灘，英譯為Tizard Bank，外人至今沿用。吾人為紀念鄭和航海業績的偉大，於勝利接收之後始更今名。

此外其他各島主權屬我的歷史記載不勝枚舉，這些鐵的記錄倘我民族的文字尚在世界存在一天，又誰能夠修改。今日南中國海的島嶼，其絕大部分屬於我國領土主權的文字不獨載在我國圖籍，且亦遍載於各國史冊及世界地圖中，這是世人所周知所公認的事實。這一切都是我們法律上的基本證據，不知何人用何方法可以推翻！

一九六三年十月太昭艦官兵登陸安波沙洲該洲為危險地帶重要島嶼

（五）我南海各羣島横遭侵犯

二次大戰以前

天然資源豐富，交通軍事位置重要的中國南海，垂涎者大有人在，日、法更是捷足先登的兩國。

日本先來

日本割我台灣之後，益鼓吹其南進政策，光緒三三（一九〇七）年，日本商人已登東沙島，大事開發。這是我南海各島被侵記錄的第一筆。交涉結果日本承認東沙為我國領土，我以十三萬向日商贖回了事。乃日人返去後極力宣傳各島的富厚，來者益多。深入南沙，出入各主要島嶼大事開發，極盛時太平島工人達三百以上。國人聞之，廣東民衆先起反對，聲明「驅逐出境」。此時世界經濟適值大不景氣，日本國內亦大受影響。到民國十八、九年間，日商乃漸漸退去。但據估計，太平島的鳥糞已被盜運三分之一。

法人繼其後

日人退去之後法人乘虛而入。民廿二（一九三三）駐安南的法人以南海海路建設不足，有碍安南商務航行為詞，忽派軍艦佔據了我南沙九島（島名見前），我政府提出抗議。力促法艦撤退，交還所佔各

島。當此時也日本神經過敏，一以深恐法勢擴張，影響台灣；一亦想借機染指南沙以遂其南進野心。於是亦以日人有先佔權且留有遺產在島而向法提出抗議。一時南海九島事件遠近轟動。

法於佔據之後宣佈佔領，然後向我提聲明。「皆係無主島嶼」，而強調其先佔權。我提出抗議堅持二項理由：

（一）一八八三年德政府曾商請派員測量南威島，我政府曾嚴詞拒絕：「該事有損我國領土主權奈難遵辦」而罷。何言無主島嶼！

（二）該羣島行政上屬我海南島厓縣主管，依貴國報告在佔據各島時皆遇有海南島籍漁民。顯係在我領土上的我國居民。自然可作我國在該島上有主權之充分表示。何言先佔？

我雖嚴正詞嚴，然法國多方拖延。直到盧溝橋戰起，日本始驅法而拒之。待日本投降，始於三十五年交還我國。

二次大戰以後　法人再來未能得手

民三十四年日軍投降，南海各島自然交還我國。我由內政部方域司負責接收，筆者任職方域司，奉派董其事，携海空人員隨往。兼辦理測圖建碑及籌設測候站事宜。乃甫告竣事，法機即來偵察。繼之（三十六年一月十六日）法艦來泊。聲言「日軍搶自我手，應還諸我」。來勢汹汹，大有興師問罪之概。竟欲強行登陸，我守軍以「奉命守土有責」堅拒不納。法艦最後亦只好退去。

菲律賓狂人唱鬧劇

民國三十五年（一九四六）日本戰敗投降，我們接收南沙羣島之際，菲人眼見垂涎，但未見諸行動。到卅九年，我以台海戰事吃緊，暫時撤退南海駐軍赴援。菲人又想蠢動。此次輿論激烈，我政府及時發表嚴正聲明，昭告世界。南沙羣島乃我疆土，他人不得涉及。菲總統季里諾對記者談話：「南沙乃中國舊壤，中菲友邦，吾人不能要求主權」。事遂寢。

乃民國四四年菲有「狂人」者出。某海軍專科學校校長克洛馬(Tomos Cloma)，組探險隊令其弟率領學生數十人入海實習。漂遊南沙各島。遇島登陸，輒大貼標語。號稱「發現」。樹立旗幟曰「自由國」。並以佔領新名義，電告世界。同時通知菲外交部，登記個人所有權。

我政府初當向菲政府交涉惟迄無正式答覆。乃於四十五年六月先遣海軍立威部隊即赴南海偵巡。復於九月又遣寧遠部隊繼發。終於北子島上捉到狂人正身。當即於艦上開庭會審。狂人初尚語無倫次。繼加嚴詢：「你個人行為是否獲得政府許可，何以為證？」狂人答曰：「就菲政府對我行為的緘默容認當可知之」至此實情已露，我海軍念其人尚誠實恭順再顧及中菲邦交遂令其簽誓：

1、承認南沙羣島為中華民國領土

2、保證今後再不亂入該區

欸以晚餐遣之歸去。

越南竟也前來問鼎

越南也對我南海伸手。此文開頭已有敘述。越南和菲律賓是南沙羣島的左右近鄰，但兩者的搶掠行動不同，動機亦異。越南今番突然發動是頗受過去法國的惡毒傳統影響，玆先分析西貢電報要點如下：

①電報注：「越南國王嘉隆，曾於一八〇二年統治此一羣島（指所併九島，名稱見前），並開採該羣島的資源。」

按一八〇二（清嘉慶）七年是阮福映攻下東京的黎氏，統一了越南自稱嘉隆皇帝之年。阮稱帝後首需先辦者是組派進貢團體赴北京朝貢請封。嘉慶帝喜其統一全越，即封為越南王。越人歡騰，擴大全國慶祝，但越南經過多年內戰，正當民窮財盡羅掘俱窮之際，不但舉國慶祝難辦，向大國進貢更是小國一大項開支。電稱在該年開採外島資源，揆之實情，乃國力，時間皆所不許。這清楚的是依據年代（一八〇二）編造事實，所謂「根據歷史作文章」，理甚顯然。

②「一八四三年此一羣島首次出現在順化王朝公佈的地圖中，作為越南領土的一部分。」

按法國久蓄侵異越南的野心。一八四三年是訂南京條約（一八四二）的次年。鴉片戰爭，清廷紙虎已破，法國緊隨英後而來，加緊侵越步驟。終至挑起中法戰爭，迫訂北京條約，而割得安南為保護國。法人當初替安南代作此圖，首證其已下進攻安南的決心；再證其對得安南後的下一步計劃已作鋪路。今越人炫耀此圖以作爭取南沙諸島的歷史根據，實已暴出個人漏洞。「首次」二字已表明不在「舊圖」中，不是「舊領土」。試比「堤閘灘」（前述）之出現我國古籍，遠在清末之前；鄭和航海時代的繁榮，已是十四、五世紀的史實。

③「一九三三駐越南之法殖民行政署，代表順化王朝佔領此一羣島，並於該年九月廿四日向世界宣布，即無任何國家反對。」

按一九三三（民二二）即佔領我南海九島事件（前述），但所謂「向世界宣布，無何國反對」云云全係謊言，當時我曾與交涉有年，迄未見清楚答覆。後到抗日戰中，日軍來法軍始被逐去。（見前）

④「在一九五一年世界和平會議中，越南代表雖再度聲明對此羣島之主權，未受與會代表反對。」

此即日投降後的金山對日本和平會議，乃法國代表代為聲明者，亦只聲明一次，並非「再度」。我曾嚴正聲明「南沙羣島乃我國多年舊領」。亦只一次。我聲明後法、越再未立起爭辯。且次（民四一）年在台北簽訂之中日和約。日本又向中國重述一次，「日本放棄台灣、澎湖及西沙島南沙羣島之一切權利。」

總觀上述四點，皆係謊言捏造甚明。一、二兩件，謊言顯不合理，但僞借越南史實作證，尚可欺我當時未能在場。南沙九島事件係你我面對面的交涉，金山和會是你我共坐的對話，今日雙方都尚健在，竟也大言不慚，且向世界公報。雖然外交不厭權詐，但須知代表的政府尚有尊嚴。雖說法已退出亞洲遠避在西歐，越南尚近在咫尺。過去同屬一家，今後尚需提攜合作。於此謹向越南國民再進最後一言：請再讀讀歷史，看看世情。那是你的近鄰？那是你的密親；請勿妄溫法國舊夢，請勿亂步非人後塵，當此反共時期，中越正宜加緊團結，為共同目標而努力。倘不顧歷史事實而致事態擴大，恐非雙方之利。

考試趣談

•思遐•

清末廢除八股，興辦學堂，文體改為議論，一時應考學子，不能適應，試場之內，笑談時聞，至民初亦然。茲錄數則，以資談助。

某省高等師範學堂，舉行入學考試，國文試題為「月攘一雞」，一應試學生，根本不知命題用意所在，即就「雞」一字作議論體之文曰：「夫雞之種類多矣，有黑雞；有白雞，有不黑不白之雞，是曰黧雞。有大雞，有小雞，有不大不小之雞，是曰中雞。」

一中學堂考試時，國文試題為「有恥且格」，一生雜湊為文曰：「我且也，我格也，我且格也，我格我且也。噫！黃鶴樓中吹玉笛。」教習於其卷後批曰：「你屁也，你放也，你放你屁也，你屁你放也，刷！江城五月落梅花。」

民初，學堂內，始有描寫文，而教授國文之教習，又多冬烘者流，一教習命題為「沛然下雨」，並告誡諸生曰：「越通俗越好，寫得越逼真越好。」一生文曰：「往下看，黑暗暗，如鍋底，雲遮天。雷隆隆也，電閃閃也，大雨下得沛然也。飄潑兮，桶倒兮，一點一個水泡兮，東一陣，西一陣，下得房倒而屋塌；南一陣，北一陣，下得坑滿而河平。烏鴉不敢叫，老鷹不敢飛，又何況麻雀乎？惟蛤蟆曰：得其所哉！得其所哉！」教習列其為第一。

民初民法初立，大半係由外國民法譯來，一般人皆不甚了了。某省縣長考試之測驗題中，有試題曰：「何謂法人？何謂自然人？概述其義。」一生答曰：「法人者，法蘭西之人也；如英吉利人稱英人，德意志人稱德，義大利人稱義人，觸類皆是，不可勝舉也。嗚呼！人有不自然者乎？如不自然，必口蜜腹劍，大奸大惡之流亞歟。」

黃克強先生的詩、詞、曲

心波

克強先生爲「能爭漢上爲先着，此復神州第一功」的開國元勛，而亦爲教人虛衷接物「慢慢細細」的鄉先正。先生雄健不可一世，原不以詩詞鳴。雖詩詞散落，今所存者，不過零縑尺幅，要仍可於此中見其蒼涼不讓陸渭南，雄健不讓辛稼軒。謹因述先生之詩詞曲，或亦可於此微覘先生之德與業也。

獨立雄無敵，長空萬里風；可憐此豪傑，豈肯困樊籠？一去渡滄海，高翔摩碧穹；秋深霜氣肅，木落萬山空。

這首「詠鷹」的五言律詩，據說是克強先生二十歲考中秀才以前作的。他體貌魁偉，沉默寡言，富於膽智，少年時從瀏陽李永球習鳥家拳術，隻手能舉百鈞，故素爲鄉里小兒所忌憚。這四十字可以說正是先生的自況詩。所謂「獨立雄無敵」亦就是胡展堂先生後來論定的「先生雄健不可一世」的憑藉。「一去渡滄海」則爲先生東渡從事革命的權輿，一種少年意氣，早已躍然紙上。而後來先生組「華興會」倡「丈夫團」（以「富貴不能淫、貧賤不能移、威武不能屈」作爲「丈夫團員的品格，號召陸軍學生不暴露革命的眞面目，而從事實際的革命。）雖謂皆從此四十字出，亦不爲過。

一第豈能酬我志，此行聊慰白頭親。

這是先生二十歲「別母應試感懷詩」的斷句，惜原詩已不見全豹。先生母氏羅太夫人，於先生九歲時逝世，此別母詩，乃繼母易太夫人耳。據說先生十八歲時曾和其姻親胡雨田、同里劉石介一道赴縣考，三人湊巧都分在一個字號裡。先生寫完了一篇草稿，看了又看，不很滿意，想另寫一篇，於是這篇文稿遂被劉石介要去謄正，作爲劉的考卷。先生寫好第二篇草稿，還是不滿意，結果就又成了胡雨田的考卷。最後先生聚精會神，寫好第三篇，原覺躊躇滿志，但是榜發，胡、劉都中了，先生却反而名落孫山之外。後來先生把三篇底稿給他父親看，他父親還是以爲第三篇勝過前兩篇。及二十歲應試，得入縣學爲諸生，仍不過「此行聊慰白頭親」而已。

先生二十五歲，從嶽麓書院，被保送到武昌的兩湖書院，深爲院長梁鼎芬所器重，謂其文似東坡，字工北魏。然先生固鬱鬱，曾作過筆銘和墨銘見志：

朝作書，暮作書，雕蟲篆刻胡爲乎？投筆方爲大丈夫！（筆銘）
墨磨日短，人磨日老，寸陰是競，尺璧勿寶。（墨銘）

辛丑冬，先生二十七歲，被派赴日本考察學務，研究中外大勢，遂決志革命，設「留學師範」於東京弘文書院，以造就革命人才；辦「湖南游學譯編」以宣揚革命宗旨，並每日晨起，赴神樂坂武術會習槍擊騎術，以鍛鍊革命身心，「可憐此豪傑，豈肯困樊籠？」其此之謂歟？

結義憑杯酒，驅胡等割鷄。

民前八年甲辰春，先生會馬福益於湘潭山中，歸途得句云云。馬福益乃湖南會黨首領。先是先生創華興會，以爲與會黨接洽不便，乃與劉揆一等別創同仇會，專事聯絡會黨。先生此時與馬福益會面，原議定以十月十日淸西太后七十生辰舉事，分由醴陵、衡州……五路進取，羣推先生爲主帥，劉揆一與馬福益爲正副總指揮。此會爲避淸吏耳目，先生與揆一、福益皆斗笠、短衣、釘鞋，乘雪夜行三十里。入山，三人席地促坐，各傾肝膽，共謀光復。先生認爲會黨兄弟，大半承太平天國餘緒，因勸言「我們當革命黨，一要服從首領，二要弟兄同生死，共患難，有福同享，有禍同當，不能有絲毫私意、私見、私利、私圖。我取名『軫』字，就是前車既覆，來軫方輶的意思，也就是我們革命黨弟兄不要再蹈太平天國覆轍的要件。」時天寒雨雪，因就雪地掘坑，埋鷄其中，上以柴火煨之，相與啖鷄痛飲，揆一謂「香味逾於常烹」，此即所謂「叫化子鷄」，亦即今日「富貴鷄」也。故先生歸途得「杯酒」「割鷄」之句，亦足見爾時豪情勝槩。後馬福益於乙巳三月爲端方所慘戮，就獲時尚手刃六人云。

英雄無命哭劉郞，慘澹中原俠骨香。我未吞胡恢漢室，君先懸首看吳荒。啾啾赤子天何意？獵獵黃旗日有光。眼底人才思國士，萬方多難立蒼茫。

這是「輓劉道一」的詩。國父也有一首輓道一詩：「半壁東南三楚雄，劉郞死去霸圖空，尚餘遺孽艱難甚，誰與斯人慷慨同。塞上秋風悲戰馬，神州落日泣哀鴻，幾時痛飲黃龍酒？橫槊江流一奠公。」道一，揆一之弟，衡山人，是先生所創華興會率先加入的第一人。乙巳七月同盟會在東京開籌備大會，先生與道一同時加盟。先生之獲交於馬福益，亦以道一爲先容。馬福益被殺，而萍、瀏、醴之役旣敗，淸吏誤道一爲揆一而捕之，反覆嚴鞫，道一知必死無疑，不如冒兄名，脫兄之捕，又緩同黨之獄，遂自承爲揆一，供詞滿紙，皆言淸廷之暴虐，中國之危亡，政治改革之要畧。淸吏逼令供黨人姓名，雖備諸刑毒皆不答。淸吏無如何，以道一佩「鋤非」二字——謂「非其種者，鋤而去之」——論死，慘殺於瀏陽門外。先生聞道一凶耗，與揆一相慟哭，曰「吾每計議革命，唯道一獨周詳，且精英日語，辯才無礙，爲他日絕好外交人才，奈何即死於此！」留學生爲革命被殺者自道一始，萬方多難，才傑之士先隕，故不獨先生哭之慟，國父亦哭之慟也。

凄絕蘱堂碧血鮮，妖雲瀰漫嶺南天，窮圖匕見荊卿苦，脫劍今逢季札賢，他日征秦終有救，十年興越豈徒然？會須刼取紅羊日，百萬雄師直抵燕。

此題爲「贈友」。「蘱堂」他處亦有作「燕塘」「燕堂」者。「燕堂」乃庚戌倪映典運動新軍起義處。事敗，映典中彈墮馬被殺，同志陣亡者百餘衆。故克強先生爲之凄絕！「窮圖匕見荊卿苦」，「百萬雄師直抵燕」，蓋亦兼及汪精衛在北京謀刺淸攝政王載灃不成，自獄中出八字與胡展堂曰「我今爲薪，君當爲釜」而發，革命黨人，至此已再四失敗，先生之心境何止凄絕而已？

轉眼黃花看發處，爲囑西風，暫把香籠住，待釀滿枝清艷露，和香吹上無情墓。　回首羊城三月暮，血肉紛飛，氣直吞狂虜，事敗垂成原鼠子，英雄地下長無語。

此「蝶戀花」乃爲弔黃花岡烈士之作。辛亥廣州之役，原爲萃吾黨全力於此一舉，先生爲黨軍主者，臨事，致書南洋同志，謂「本日馳赴陣地，誓身先士卒，努力殺賊，書此當絕筆。」先生至東轅門遇李準衛隊激戰，彈中先生右手，斷其食指第一第二兩節，先生仍用第三節扳機槍殺賊。先生以事敗垂成，悲憤不已，遂欲躬自狙擊，於是主張暗殺。

畫舸天風吹客去，一段新秋，不誦新詞句，聞道高樓人獨住，感懷定有登臨賦。　昨夜晚涼添幾許？夢枕驚回，猶自思君語。不道珠江行役苦，祇憂博浪錐難鑄。

這首「蝶戀花」題爲「贈俠少年」，又題爲「贈東方暗殺團」，乃託幼年女團員卓國興手達其夫人徐宗漢者。暗殺團原是先生於廣州敗後，再感於趙聲之狂呼長逝，與楊篤生之蹈海自殺，「感情所觸，幾欲自裁」，乃擬以一己之力，狙擊李準，「以壯黨氣，酬殺友」，　國父聞訊，力止之，謂「黃君一身爲同志之所望，亦革命成功之關鍵，彼之職務，蓋可爲更大之事業，則此個人主義，非彼所宜爲。」（見國父致吳稚暉書）於是先生「遵諭先組四隊，按次進行，」此「東方暗殺團」之所由來。或言「聞道高樓人獨住」「夢枕驚回，猶自思君語」意指宗漢。蓋先生廣州事敗後，由宗漢護送至港，就醫雅麗士醫院，因割指故，宗漢以夫妻名義簽字，黃徐姻緣，由是而結。此詞當是宗漢主持暗殺團時兩地思慕之作。先生嘗爲人作書曰「大丈夫不爲情死，不爲病死，當爲國殺賊而死」。時林冠慈、陳敬嶽在廣州雙門底炸傷李準，李沛基在廣州倉前街炸斃鳳山，皆暗殺團博浪錐之力也。

懷錐不遇粵途窮，路布飛傳蜀道通。吳楚英豪戈指日，江湖俠氣劍如虹。能爭漢上爲先着，此復神州第一功。媿我年來頻敗北，馬前趨拜敢稱雄。

題爲「聞武昌起義和譚人鳳詩」，惜譚人鳳原唱已失。先是廣州之役，譚人鳳亦由香港至，見先生束裝待發，告以香港同志以期日急迫不及悉數進省，請緩一日，先生頓足曰「請毋亂我軍心！」人鳳於是亦整裝加入，向先生索槍，因婉謂人鳳「先生年老，後事尚須人辦，此是決死隊，願毋往。」人鳳怒曰「君等敢死，鳳獨怕死耶？」先生不得已，以兩槍相授，人鳳誤觸槍着火，先生因掣槍回，曰「先生不行，先生不行。」人鳳無奈還之。及武昌起義，衆推人鳳爲都督黎元洪授旗授劍，慷慨誓師，原唱蓋此時所作。時革命軍盼先生之至，甚於飢渴。先生於十三日入武昌督師，作城亡與亡之奮戰者匝月，事急，衆擁先生退出漢陽，中流，先生慟甚，縱身投水，賴左右抱持得免。幸而湖南、安慶、蘇州、鎮江、浙江、福建、廣東、廣西、四川、南京，以武昌相持久，得以先後相繼光復。此所以「能爭漢上爲先着，此復神州第一功」，亘古以來，大漢天聲，二語已盡賅之矣。

卅九年知四十非，大風歌好不如歸，驚人事業隨流水，愛我園林想落暉；入夜魚龍都寂寂，故山猿鶴正依依，蒼茫獨立無端感，時有清風振我衣。

此先生三十九歲初度感懷，在楚同艦中之作。先生亡命，始變姓名爲黃興（先生原名軫，字慶午，亦作廑午、堇塢、堇午、近午。以甲辰秋長沙事洩，變服走上海，與同志約，至滬平安，電一「興」字即可，後遂改名爲「興」。先是捕者在門，遇先生轎出，問「你是黃軫嗎？」先生答「我是來會黃軫的，他家裡人說他到明德學堂去了，我要到那裡去找

他」，於是捕者隨先生至明德，先生先入，遂得脫），再變姓名為李壽芝（甲申，上海謀刺廣西巡撫王之春事發，先生被捕，自承為李壽芝，任漢文教習，謂來滬採辦儀器圖書者，因而得免），又再變姓名為張守正（乙巳，先生自日潛回國內，變姓名為張守正，至欽廉巡防營統領郭人漳軍中，說其舉義反正），黨禍株連，雖兒女亦不得不易名走匿，至是國土光復，先生辭南京留守，乃得乘「楚同」艦還鄉，在兵艦上度過了他三十九歲生日，此時湘督譚延闓為盛大歡迎，並教兒童竹馬歌曰「涼秋時節黃花黃，大好英雄返故鄉，一手締造共和國，洞庭衡嶽生榮光。」而葉德輝輩則借「坡子街」改為「黃興街」、「小西門」改為「黃興門」，大逞口舌之快，謂長沙有「鷄公坡」「鴨婆橋」未聞有人名名街者。顧先生不以竹馬歌為榮，亦不以鷄公坡為忤，所謂「名不必自我成，功不必自我立，其次亦功成而不居」，只愛我園林猿鶴，清風振衣而已。長沙嶽麓山，為南嶽七十二峰之殿，山有愛晚亭，實有取於「停車坐愛楓林晚」遺意。園林猿鶴，此之謂耳。後先生卒葬於嶽麓，北山遺文，不忍卒讀。

偶隨芳草踏斜暉，石徑雲深翠滴衣。兩袖天風明月上，杖頭挑得樹陰歸。

題為「直卿仁兄正」不記年月，直卿亦不辨果為誰何？「偶隨芳草踏斜暉」，或亦偶然命筆，既不必為黨人，亦不必為名士，然詩得盛唐之遺，又有豐沛故人意，疑是先生歸長沙時作。

萬家簫鼓又宣春，婦孺歡騰楚水濱，伏臘敢忘周正朔，輿屍猶念漢軍人；飄零江海千波謫，檢點湖山一磊新，試取羣言閱興廢，相期牖覺副天民。

右為先生為民國日報創刊所題之七律，時民國二年元旦也。或言此先生應福建民報之請之賀詩，以「婦孺歡騰楚永濱」及「檢點湖山一磊新」二語按之，殊不類。後三月，先生為上海國民撰出世詞云：「天禍中國，喪亂孔多：雨晦風瀟，長夜不旦，吾人以不忍之心，發而為果決之氣，集合同志，以椎擊祖龍之手段，為傳播文明之利器，辛苦艱難，屢仆屢起：必使中華民國達於完全鞏固之域：思國內之人民，有一夫不被共和之澤，若已推而納之溝中。」則「伏臘敢忘周正朔」「相期牖覺副天民」之意，正易地皆然。

慷慨一擊死士死，莊嚴億載民國生。今之孑遺者斷指拔眼當健在，願無使國士一怒兮而為此不情。

此題為「為四烈士碑文題詞」。尚有跋語曰：「憲民同志將歸蜀，出手書四烈士碑文索題。嗚呼！烈士死矣，國基不固，吾輩何歸？知其心更苦也。民國二年三月黃興。」烈士蓋當時憤袁世凱遷延和議，狙擊袁於北京丁字街之楊禹昌、黃之萌、張先培也；而狙擊良弼之「以一時殺一賊而成數千年未有之大功以死」之彭家珍亦與焉。所謂「斷指」「健在」，實先生自況之詞。「國基不固，吾輩何歸」，痛袁之竊國深矣。

東南半壁鎖吳中，頓失咽喉罪在躬。不道兵糧資敵國，直將斧鑕假奸雄。黨人此後無完卵，民賊從茲益恣凶，正義未伸輸一死，江流石轉憾無窮。

誅奸未竟恥為俘，捲土重來共守孤，豈意天心非戰罪，奈何兵敗見城屠。妖氛煽焰燐焦土，小醜跳梁擁獨夫。自古金陵多浩刼，雨花台上好頭顱。

此題原本為「吳淞退赴金陵口號」，疑誤。按宋教仁被

刺，先生居滬上，旋即入南京主持討袁，就任江蘇討袁軍總司令，時陳其美在滬、柏文蔚在皖，皆銜命起兵，詎江蘇都督程德全首鼠兩端，謂南京獨立非其本意，而討袁諸將復半爲袁賊所買，遂頹勢不可挽回，南京頓成孤島。先生不得已，離京赴滬，皖、閩、湘、粵各省討袁軍，亦相繼挫敗。是先生最初實自吳淞至金陵，而並非「退赴」，及後自金陵乘船至吳淞，雖可謂「退赴」，而非自吳淞赴金陵。此題疑係傳鈔之誤。要之此爲先生討袁失敗憤悱之作。時夫人徐宗漢尙欲來南京省視，先生致書云：「吾責至大至危至暫，汝責至細至久至難：戰局方酣，安能逆料，但恨爲國民眞正之幸福，而目前之痛苦已不可除，安得國民均能知眞正幸福由極痛苦中來也。」詩中至苦極痛之意，可於「黨人此後無完卵，民賊從茲益恣凶」「誅奸未竟恥爲俘，捲土重來共守孤」見之。

獨立蒼茫自詠詩，江湖俠氣有誰知。千金結客渾閑事，一笑逢君在此時。浪把文章震流俗，果然意氣是男兒。關山滿目斜陽暮，匹馬西風何所之。

題爲贈「白浪滔天」。滔天姓宮崎，本名寅藏，或曰虎藏，亦別署「白浪庵滔天」，日本熊本人。受犬養毅知，始受事調查中國革命情形，轉而援手中國之革命。並參加同盟會，躬與惠州之役，著有「三十三年之夢」。其「落花之歌」即有「建設能予乞丐以布衣，車夫馬夫有車坐，窮苦農民亦富有，四海兄弟皆自由」之志。然終不免悼嘆「如今一切計劃破，此夢遺留浪花節」。此誠如章炳麟之所許「吾友滔天子，俠烈氣高軒。」武田範之所許「本是名家子，劍書其所耽：不平出至性：空期五百年。」顧皆不如先生之所謂「千金結客渾閑事，一笑逢君在此時。浪把文章震流俗，果然意氣是男兒」之低徊眞切也。

豈是前身釋道安，遇人不著鹿皮冠。接羅漉酒科頭坐，祇作先生醉裏看。

題爲「書贈山田君」，此當是贈山田良政之弟山田純三郎者。山田良政，字子漁，日本弘前人，國父亡命日本，良政往晤，大爲 國父崇高之理想所感動！遂誓爲東亞革命前途奮鬥，良政銜 國父命潛入惠州三多祝鄭士良之師，卒與清軍力戰以歿。 國父謂「此爲外國義士爲中國共和犧牲者之第一人也」良政之弟純三郎，繼承兄志，仍追隨 國父革命，後在上海辦「江南正報」。詩中科頭箕踞、接羅漉酒，尙可想見革命黨人班荆道故、脫略形骸意態。

十萬貔貅馳騁地，那堪立馬幽燕？羯奴何處且留連，氈廬迷落照，狼穴鑽殘烟。收拾金甌還漢胤，重瞻舜日堯天。國旗三色最莊嚴，亂隨明月影，翻入白雲邊。（臨江仙）

十萬橫磨如電閃，一霎入幽燕。揮落日，掃浮煙，烽火斷神州，血浪黃河遠。毳幕走羣狐，落葉西風捲。一個是千年老大無雙國，一個是萬里馳驅第一鞭。算不了鷸蚌相持，漁父漫垂涎。（油葫蘆）

是英雄自有英雄面，怕甚麽越俎代庖，遺他一矢雙穿。人生一世幾年華，男兒六尺誰輕賤。精金百鍊，磨勵時賢。將軍三箭，恢復利權。便封豕長蛇，也不過再起羣龍戰。（四門泥）

此雖題爲「爲林義順書詞」，欵署「發初一兒大人屬書」，而實開國功成，先生酌酒自勞，發爲自度腔之雄詞傑構。且此又實曲而非詞。按林義順，字發初，籍廣東之潮陽，而生於南洋之新加坡，少失怙恃，熱心新學，自號「忠明州之少年」，傾心革命，自辦「圖南日報」並銜 總理命先後至庇能、仰光創設同盟分會。 總理對外事件，十九委其辦

理。義順以經營鳳梨橡膠致富，物望傾動一時，討袁事敗，黨人多往依之。後義順於二十四年聞華北之變，買棹返滬，卒咯血不起。自來詞人，如蘇東坡之「大江東去，浪淘盡千古風流人物：羽扇綸巾談笑間，强虜灰飛煙滅」，何嘗不激揚英發？但隨即不免於「多情應笑我，早生華髮，人生如夢，一樽還酹江月」之悲涼！又如辛稼軒之「壯歲旌旗擁萬夫，錦襜突騎渡江初，燕兵夜娖銀胡䩮，漢箭朝飛金僕姑」，何嘗不馳突雄快？然亦即有「追往事，嘆今吾，春風不染白髭鬚」之感喟！更如陸渭南之「家住東吳近帝鄉，平生豪舉少年場，十千沽酒青樓上，百萬呼盧錦瑟旁」，何嘗不雅健欲流？而「君歸爲報京華舊，一事無成兩鬢霜」，即復令人低徊不置！惟先生之「十萬貔貅馳騁地」，「十萬橫磨如電閃」，「是英雄自有英雄面」，乃開自來詞、曲中之新局。「收拾金甌還漢胤，重瞻舜日堯天」，「一個是千年老大無雙國，一個是萬里馳驅第一鞭」，「人生一世幾年華，男兒六尺誰輕賤」？「便封豕長蛇，也不過再起羣龍戰」，皆非蘇、辛、陸所能夢見？後來元曲諸賢，更無論已！故先生不獨爲中華民國開國之第一勳烈，亦實是馳驅詞曲壇坫之第一先鞭，信所謂「獨立雄無敵」也。

口吞三峽水，足蹈萬方雲，茫茫天地濶，何處著吾身？

此爲先生「癸丑亡命美洲太平洋舟中詩」。先生討袁事敗，離寧赴滬，旋即東渡日本。袁下令通緝二次革命首要，以先生爲「首魁」，公然無所忌憚。七月先生由橫濱乘村瑤瑪露號輪赴美，於航行太平洋途中賦詩寄慨。及抵檀香山，發表談話，謂「中華民國必須要成爲一個名符其實的共和國：我們將繼續爲自由而奮鬥到底」，「此行務將袁氏罪狀，節節宣布，使皆知袁氏當國一日，即亂國一日」。旋至舊金山，「暫租一矮屋，自炊自讀，晨起，沿海濱岩石間取鮑魚，拾蚌蛤，新鮮可口」，稍得片刻閒暇。然先生流離在外，仍爲國脉之若存若亡憂，移居費城，尚日發聲討袁逆之電。稍後而雲南護國軍起矣。

太平洋上一孤舟，飽載民權與自由，愧我旅中無長物，好風吹送返神州。

不盡蒼茫感，舟行東海東，干戈滿天地，何處托吾躬？

這是先生「由美洲歸國途中口占」。先生在美，力阻袁世凱代表借債。並轉道芝加哥、紐約，公開演講，主張三次革命，以誅獨夫袁賊。後美政府卒下令停止借債之議，同時雲南護國軍亦起，先生由美返日，途中因賦七絕五絕以見志。先生在日與 總理會，共謀討袁，旋陳其美被刺隕命，不半月而袁賊亦自致天誅。先生孤舟所載長物，皆民權與自由耳。「干戈滿天地，何處托吾躬？」與「茫茫天地濶，何處著吾身」？同一感喟。顧此「吾躬」云云，乃國族之大我，非一己之七尺已也。或云日人田金作曾謂，民國二年夏季，二次革命失敗，黃克强先生亡命日本，其所乘之靜岡丸，因須由上海轉香港而抵橫濱，在港時，畏爲香港海關人員及妄圖貪得懸賞之小人所賣，乃掩蔽先生重裘坐於冷凍室，此眞有「何處托吾躬」之悲也。

滄海橫流漫幾洲，同羣誰與證盟鷗。而今濯足扶桑後，要到崑崙頂上頭。

題爲「贈進藤先生」，此著受著姓氏，而不著名號，進藤先生爲彼邦何許人，已不可考。然以「滄海橫流漫幾洲」味之，其時當在歐戰爆發之頃，以「而今濯足扶桑後」而言，其地當仍在日本，意或是先生自美返國經日時贈答之作。所謂「要到崑崙頂上頭」，先生討袁靖難雄飛之心，殊不減當年詠鷹時「一去渡滄海，高翔摩碧穹」之心跡意氣。

漢上風雲紀後先，中原光復信淒然，不知何處萇弘血，只賸遺編是昔年。

題爲「題林奎烈士遺集」。林奎，亦曰林圭，湖南湘陰人，性任俠，爲文多奇塊磊落，甫弱冠，即散家財，廣結納，隱圖大舉。譚嗣同嘗許爲造世英雄。戊戌後，走日本。先生與史堅如、蔡鍔、吳祿貞等共推林圭烈士爲中國自立會自強軍中軍總統。同志大會於漢，欲於庚子八月起義，卒以事機不密，林奎烈士與唐才常烈士，同就義於武昌紫陽湖畔，時年二十六。當時開闢長江流域革命大舞台，以林烈士爲首唱云。先生自嘆「只賸遺編是昔年，」今則烈士遺編且復不可一覩，烈士勳烈，僅賴此篇之存耳，其淒絕復爲何如！

莽莽神州付刼灰，紅羊蒼狗不爲媒，揮戈未必能沈日，薄海風雲蓋地來。

右題爲「丙辰夏六月於日本席上和澀澤清淵翁」。丙辰爲民國五年，先生以是年六月三日自美洲抵日本，袁世凱以六月六日天奪其魄，先生遂於七月八日由日歸國，暫居滬上。十月十日嬰疾，十月三十一日不起，得年裁四十四耳，此當是先生最後一首詩。「揮戈未必能沉日，薄海風雲蓋地來，」謂爲直指二十年後之艱苦抗戰，或亦不爲迷妄，所謂「至誠之道，可以前知」者非耶？

先生之詩、詞、曲存者寥寥，顧排比其本事，要仍可以概先生一生，英雄本色，信乎無不一出自然。今當先生百年冥壽，十萬橫磨，幽燕不遠，且願先生不獨精誠開國，亦能默相中興也。

談國術

王鳴九

湖南湘鄉青樹坪鄉間有位國術功力很深的道士，名字叫輒元，大家都稱呼他輒元師傅。筆者民卅五年在家鄉看到這位輒元道士時，他已是五十多歲的人了，蓄有已故監察院長于右老那樣美觀的鬍鬚，神采奕奕，滿面紅光。

輒元道士在我們故鄉名氣很大，原因是一般人都說他的法力很高，尤其是在國術方面，更是令人讚佩不已。在故鄉，每年二、三月間，農家一定要從田裡鋤出泥巴敷在阡陌間，以現在的專用名詞來說叫做護土，以免阡陌小路崩潰，有一次，輒元道士途經故鄉農家一條阡陌間，正在田裡工作的農夫看他走近，就向他說，前面小道上鋤有泥巴，走不過去，要他繞路走大路，他聽了朝農夫笑了笑，僅說一聲沒有關係，還是朝前面走去，農夫看他走過去之後就跑去看，發覺那條剛用泥土敷上的那條小路上，連一個輕微的腳印都沒有，而且敷上的泥巴還是濕轆轆的。

有一年故鄉「打醮」，請到了這位法力很大的輒元道士坐壇，臨時却少了一根點高腳燈的竹，點高腳燈的竹子要相當高大，才能派得上用場，他看到主人家忙不過來，又不曉得要準備多高的竹子，他自己立刻就和主人家畢進後園竹林裡，在一根圓徑一英呎大的竹子前面他停下來，右手握住那根竹子，輕輕一拔，那根竹子立刻應聲離土，大家在旁邊看得嘖嘖稱奇。

又有一次，也是故鄉一處人家打醮，中午休息時，大家在院子前面和他一起聊天，但一轉眼間，他就不見了，使得在塲的人丈二和尚摸不着頭腦，個個感到驚奇，大家都說他使用「遮眼法」，教別人看不見他，但正在大家興緻談起他時，他却從院子前面大搖大擺朝大家走來，眞是來去無蹤。

民初震動全國的宋案

·蔣君章·

（一）

宋案，顯明地說，是刺殺宋教仁案，發生於民國二年三月二十日，案件的發生，是在上海北火車站的入口處。主謀刺殺的，是當時的民國第二任臨時大總統袁世凱，執行的指揮中心是袁世凱的心腹爪牙：當時的內閣總理、曾任袁政府內務總長的趙秉鈞，實際負責布置暗殺圈套的是趙秉鈞的心腹爪牙洪述祖——洪深的父親，而實行暗殺的乃是兩個只貪金錢的無賴漢應夔丞與武士英。宋教仁是一位熱心救國的飽學書生，但竟被袁世凱視爲眼中釘，不惜以臨時大總統的崇高身分，以無恥下流的卑劣手段來對付一位搖筆桿的手無縛鷄之力的書生，就是這一點，已是說明宋先生與國家安危民主政治絕續的重大關係了。一個書生，而具有如此重要性，那是宋先生的學術地位與其對政治影響的結果，試問被袁世凱認爲最主要的政敵，非處心積慮置之死地不可，這是何等崇高的地位！

這一案件之所以使全國震動，不僅因爲宋教仁在革命運動及其對國家的重大貢獻而馳名於全國；尤其是因爲主謀兇犯竟是代表中華民國的國家元首，所以案發時已使全國震驚，而破案後，使全國上下爲之悲憤，而被認爲中華民族的奇恥大辱。

袁世凱之刺殺宋教仁，指揮中心是在北京，執行中心是在上海，一切來往文電，都用密碼，自以爲部署非常週密，斷無被發現的可能。其所選擇的行兇地點，是在租界與華界的交义地區，兇手行兇後，可以立即向租界逃竄，脫身非常容易，偵查非常困難。但是，天網恢恢，疏而不漏，案件發生的第二日，疑兇行踪即被掌握，旋即就捕，即廁身上海的教唆犯，亦隨即被獲，破案之迅速，可謂無與論比。連洪述祖與應夔丞等之往來密電，也都一一查獲，鐵證如山，袁世凱等巨奸大猾，一一無所遁形，這眞可算是一項奇蹟。此項奇蹟，竟一一實現，這是國民黨的上海同志努力的結果，租界當局合作的成效。其中曾任滬軍都督的陳英士先生，尤居極重要的關鍵地位，國民黨的臨時大總統雖然讓位，但其實力依然存在，而且分布極廣，組織嚴密，工作效率極高，人人爲破案而努力，人人以其所知的可疑消息，向黨的中心提出報告，這是迅速破案的重要關鍵。租界巡警，不過是依據上海黨人所提供的情報與證據，作實際的逮捕與審訊而已。就宋案的偵破來講，上海黨人此種齊心合力的精神，可以作爲革命同志對黨負責，對國家負責的典型。

（二）

國父爲了使全國得到和平統一，而讓位給袁世凱，黨人尊重國父的意志，也都表示擁護此項決策，故　國父向參議院辭職

宋教仁先生遺像

，薦袁世凱以自代，參議院一致通過。表示了黨員服從領袖的革命精神。但是袁世凱的陰狠毒辣，終將不利於民國，黨人都有深刻的認識。一般黨中同志，都稱袁世凱爲「今日的曹操」，足證對此人的印象之惡劣。因此，對民國的保障，有着周密的防範。例如：堅持遷都南京，要袁世凱到南京宣誓就職，其誓詞必需對民國作顯明而堅決的擁護；又如臨時約法，規定責任內閣制，總統爲虛名的國家領袖，其所頒布的命令，必須經由內閣的副署，方可生效。都是防制袁世凱擅權專制的預先布置。袁世凱爲了要做臨時大總統，都一一接受，實際上完全是虛情假意。

但是，這種預先防備，第一項的前段，即被袁世凱所破壞。臨時參議院在選舉袁世凱爲　國父的繼任者以後，組織迎袁專使團，由蔡元培先生率領赴北京，袁世凱發動其部隊與爪牙，自保定、天津等地，發出了許多反對袁世凱南下就職的傳單和電報；在迎袁專使團自天津至北京的沿途，所見傳單尤多，且有組織請願團者。雖然專使團到達北京時，袁世凱大開正陽門，表示隆重的歡迎，對一切招待事宜，也都佈置得相當周密，但在專使團到達以後的不久，即發動兵變，搜掠專使團的寓所，大掠商店，由北京延及保定。袁世凱在鑄造成這一形勢後，便有了拒絕南下的理由，他說北方未定，需要他坐鎮彈壓。迎袁專使團乃變通辦法，向臨時參議院建議，袁世凱改在北京就職，宣誓以通電方式爲之。於是參議院防制袁世凱專橫跋扈的第一道防線，竟被突破。

但有防制袁世凱的渺視民生，尚有第二道防線，那就是臨時約法的內閣制和參議院的職權之規定。臨時約法第十九條所規定之參議院職權，共有十二條，茲擇要摘錄如下：

（1）議決一切法律案；（2）議決臨時政府之預算決算；（3）議決全國稅法幣制及度量衡之準則；（4）議決公債之募集及國庫有負担之契約；（5）與（6）畧；（7）受理人民之請願；（8）得以關於法律及其他事件之意見，建議於政府；（9）得提出質問書於國務員（包括國務總理與各部總長，並要求其出席答覆；（10）得諮請臨時政府，查辦官吏納賄違法事件；（11）參議院對於臨時大總統，認爲有謀叛行爲時，得以總員五分之四出席，出席員四分之三之可決，彈劾之；（12）參議院對於國務員認爲失職或違法時，得以總員四分之三以上出席，出席員三分之二以上之可決，彈劾之。

參議院有此職權，如果就法治國家來說，自然力足以制袁世凱的跋扈；何況在臨時大總統一章（四章）的第三十三條，更有「臨時大總統得制定官規，但須提交參議院議決」的規定；三十四條，規定臨時大總統「任命國務員及外交大使公使，須由參議院之同意」；同時在國務員章（五章），規定「國務員於臨時大總統提出法律案，公布法律及命令時，須副署之」。由此，可知臨時約法對袁世凱擅權專制的防制，採取非常週密的部署。革命

黨同志認爲袁世凱在北京改以通電宣誓就職，可以遷就，因爲對袁世凱的專權之防制，還有最後一條可靠的防線。

但是，袁世凱是最擅長玩法弄法的梟雄，臨時約法雖有顯著的種種規定，但他認爲有必要時，並不遵守此種規定，如借債案之不經參議院同意而逕作決定，連他最親信的智囊人物之一的唐紹儀都不能認受，而憤然辭職，便是一個顯明的例。但在臨時約法的有效期間，總算勉強挨過去了。

按照臨時約法的規定，約法之治的時間是十個月。在此十個月中，將完成正式的議員選舉，產生正式的憲法和國會。袁世凱的企圖，是希望在新的國會議員選舉中，能夠得到多數的議席，在新憲法的制訂中，他可以爲所欲爲的訂定他所需要的憲法。但是選舉結果，袁系議員，竟佔少數，而國民黨籍的議員竟佔大多數。未來的憲法，一定是民主氣氛更重的憲法，他的權力當更受限制，這才决定除去宋教仁而發生刺殺宋教仁案。因爲那個時候的國民黨，國父雖然被推爲理事長，但並未就職，而由宋教仁代理其職務。宋教仁是醉心於英國式的內閣制的，袁世凱是熱衷於權力的玩弄的。這是袁世凱非置宋敎仁於死地不可的基本因素。

（三）

臨時約法既規定正式議員的產生日期，袁世凱深知此項選舉對他政治生命的重要，乃策動他的文職官員與無聊政客以及一般趨炎附勢之流，組織共和黨，作爲他的御用機關，企圖在各省選舉中，戰勝革命黨，來鞏固他專權橫行的政治地位。這個只有部分上層無聊知識分子而沒有基層組織的腐戾集團，居然四出拉攏，活躍非常，像煞有介事的作他們選舉活動的迷夢。

袁世凱御用政治團體共和黨的積極活動，使一般眞正熱心於民主政治的小政治團體，都感覺到這是民主政治的大威脅。他們紛紛要求與革命黨合作，自願併入革命黨，共同致力於競選運動。國父對革命黨的擴大組織，容納其他政治團體加入，似乎並不表熱心，因爲這樣一來，革命黨的分子，不免大大的龐雜了，他們對革命主義未必眞正的接受，只是一時利害關係而投依革命黨，對革命運動的未來措施，恐難於指揮如意。但是宋教仁與國父的主張不同，他認爲袁系政客的積極活動，對民國的根基，是一種重大的威脅；爲了保障民國，必須在此次選舉中獲勝。故對於各政治團體之要求加入革命黨，認爲有容納之必要。經過多次的接洽，各小政黨如統一共和黨，國民共進會，國民公會，共和實進會等，都願以同盟會爲主體，合組國民黨，於民元八月二十五日宣布成立，在北京開會，國父蒞臨致辭，並選舉國父爲理事長，宋教仁等八人爲理事。國父對於這一組織，興趣不高，故一切黨務，均委宋氏主持。

同盟會是一個有基層組織的革命政黨，分支機構，布滿於全國各省，再加上其他小政黨的合作，故選舉結果，得到壓倒性的勝利。宋教仁即在選舉勝利聲中，南歸省親。他雖然主張責任內閣制，但同時主張內閣總理一職，不必出於本黨。他之離北京而南歸故里，就是對未來的內閣總理一職，表示謙辭。宋氏自黃興五路舉義時離家，雖然時時思念他的母親，但是無法侍奉膝下，只有常常寫信回去，安慰他母親的倚閭之苦。至此，認爲民國的基礎，已趨鞏固，袁世凱雖然醉心於玩弄權力，實際上已不能有所作爲，所以他很放心的回家，很恬淡的將作山林之居，以頤養他母親的天年，聊盡人子孝親的心意。宋教仁是始終認爲袁世凱的野心，可以用法律加以束縛的。其時的國民黨中，抱有此種觀念的，不乏其人。只有先知先覺的國父，認爲袁世凱的陰謀詭計極多，絕對不會恪遵憲法和法律的，所以暗中努力，結合同志，作組革命黨的準備。

宋氏雖然回家侍親，置政治問題於不顧；但是黨中同志，對宋氏的息形家園，認爲尚非其時，各方面敦促他出來主持大計的函電，紛至沓來，宋氏不得已，乃洒淚告別慈親，重主黨國大計。他經由湘省而武漢，沿江東下，歷江西、安徽、江蘇而至上海

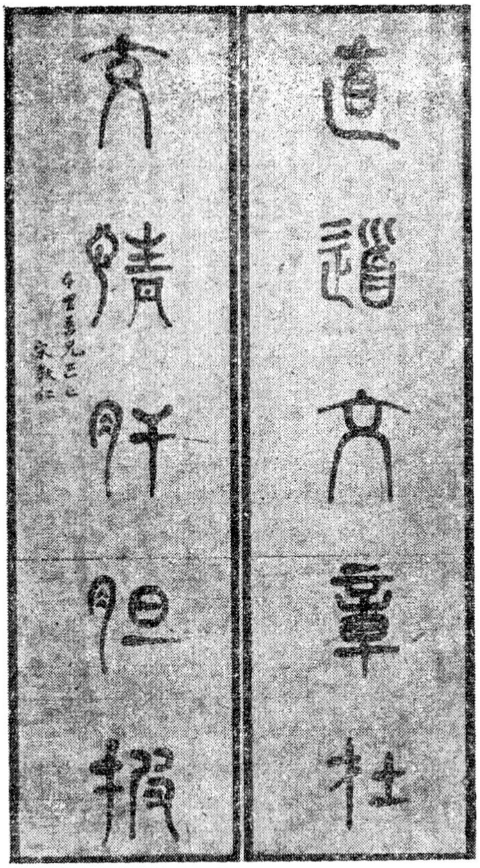

，沿途發表演講，根據學理，闡述政治主張和救國方針，每到一處，都受到羣衆熱烈的歡迎，大家對他政治家的風度，都表示無限的敬佩，其聲勢的浩大，絕非任何袁系政客所能望其項背。宋教仁之出山，重行問政治，是袁世凱最頭痛的事，因此，便以宋教仁爲他政治上的頭號敵人。

宋先生既至上海，上海國民黨同志開歡迎大會，宋氏即席發表演說，提出兩大問題，並且提出他的主張。他的第一個問題，是政黨內閣制。他說「國民黨此後應把國民所以失望之點，爲之補救，而使國民得一一慰其初願」，此應爲國民黨「所懷抱之最大決心。」他認爲「憲法者，共和政體之保障也；中國爲共和政體與否？當視將來之憲法而定。使制定憲法時爲外力所干涉，或爲居心叵測者將他說變更共和精義，以造成不良憲法，則共和政體不能成立。……（憲法）其初亦不過一紙條文，而要在施行之努力；使亦受外力牽制，於憲法施行上，生種種障碍，則共和政體亦不能成立。……吾人則主張內閣制，以期造成議院政治者也。蓋內閣不善，而可以更迭之；總統不善，則無術變易之；如必欲變易之，則必致動搖國本。此吾人所以不取總統制，而取內閣制也。欲取內閣制，則舍建立政黨內閣，無他途。故吾人第一主張即在內閣也。」宋氏第二個主張是中央與地方宜各有權限。他說：「今又有倡集權說者，有提分權說者。……今姑從實際着想，準中國情形立論，有若干權應屬諸中央者，有若平權應歸之地方者，……吾人主張高級地方自治團體（按即省），當畀以自治之權力，使地方自治，發達而爲政治之中心。……立法權自應屬中央議會，而地方亦當有列舉之立法權。如此，則既非聯邦制，又非完全集權制矣。如行政權之軍事外交，純爲對外關係，當然集於中央；司法宜有劃一制度，交通財政，其權均中央所有者多，而餘則可分諸地方者也。此皆關於政體之組織也。中華民國成立以來，可謂無一外交，有之則爲庫倫問題，而庫倫問題，懸擱已久，……故中華民國之外交，直毫無進步也。……而已見之於事實者，則爲英之於西藏。……試一審思吾國今日財政之狀況，……政府對於整理財政之政策，亦爲借債一端，……鹽稅爲國家收入大宗，今以之爲大抵押品者，是正式政府成立以後，雖欲借欵而不可得也。……是今日之政府，對於財政問題，眼光異常短促，蓋毫未爲將來留餘步作打算也。……一言以蔽之，皆不良政府之所致耳。」

宋氏對新國會成立以後的政治主張，對袁政府之尖銳批評，那就是對袁世凱政治生命的挑戰。其言有政治學術之根據，有具體事實爲佐證。袁世凱對此，實在無法招架。在無可奈何中，他唆使爪牙，以匿名撰文發表於報端，對宋氏加以責難，並爲袁世凱辯護，宋氏則逐段駁覆，使讀者兩相比對，孰是孰非，一辨即明，反足以增加宋氏的政治聲望。又以「救國團」名義，對宋氏再作辯論，仍爲宋氏一一駁倒。在這樣發展中，袁世凱深深感到宋教仁不除，他的政治地位將無穩固之日，於是更加堅定他殺害

氏宋的决心。

（四）

袁世凱既決心殺害宋氏，密商之於趙秉鈞。趙秉鈞是袁世凱一手提拔的心腹爪牙，時任內閣總理，趙秉鈞在內務總長任內，曾識拔一個江蘇常州籍的無行文人洪述祖，洪述祖即洪蔭芝，年約五十左右，據說他還是洪亮吉北江先生的後人，此人素以奸狠陰毒著名，家中常州同鄉，以「洪殺胚」稱之，無不恨之入骨。但亦小有才具，能詩善飲，作詼諧語，常令人捧腹，又能說幾句洋涇濱語，趨炎附勢，吹牛拍馬，無一不能。曾在劉銘傳幕僚工作，以貪汚有據，幾被殺頭，卒以坐牢三年而獲免。復投張之洞幕，在漢口作威作福，有嫖界大王之稱，卒被陳夔龍撤職。逃滬後，日與其同鄉作狎邪遊，因獲交於安徽鐵道總辦李伯行，被任爲坐辦，招搖撞騙，一如往昔，又遭撤差。在南方走投無路，乃走天津，以假賣礦之名勾引某外人，事發被革。乃夤緣與趙秉鈞相識，詩酒唱和，得趙歡，任以內務部秘書之職，會迎袁團北來，京師震動，洪自述其有解散該團之能力，因挾巨資，復至上海與另一無賴寧波人應桂馨字夔丞者相混。應桂馨向與上海流氓范高頭相稔。光復之初，曾在滬軍都督府任間諜科長，尋被遣至南京，在臨時大總統府充庶務員，以濫用公欵而革職。回滬組織共進會，自任會長，專門勾結稔匪，揮霍無度，其金錢來源，都無從究詰，曾冒充湖北偵探隊長與江蘇巡查長。在宋案發生之前的兩個月，曾赴北京一次，當應洪述祖之約而委以在上海殺害宋教仁者。

趙秉鈞洪述祖與應桂馨既聯成死黨，蓄意加害宋教仁，而應桂馨負直接行動之責。應某回上海後，以販賣古董爲掩護，除日作狎邪遊外，並密訪善槍法而無所顧忌之無賴，對宋先生實施槍殺。應桂馨擁袁政府所發的鉅資（據說爲銀五萬兩或五萬元），冒充古董商人，短期間內，在古董行業中已小有聲望。國民黨籍某君曾介紹豫人王阿法，至應桂馨家買賣畫，數次相顧，逐漸熟悉。一日，應出一照片，要王阿法殺了此人，可得一千元的酬金。王不允。粤人某向應介紹一山西人武士英，其人自稱爲雲南的落職軍官，暫住於英租界五馬路的綠野旅館，生活艱難，常向其鄰室國民黨籍的某君，借貸小銀幣一角，以資糊口，其人身材短小，但孔武有力，槍法特準。應桂馨見之，甚爲欣喜，即付以古董花瓶一隻，以販瓶爲掩護，實則偵察宋先生的行動而謀殺之。自武某爲古董商以後，室中常有不三、不四之人往來，某君目擊之，而不以爲意。

民國二年三月中旬，袁世凱電邀宋教仁至北京，共商國家大計。宋先生對此邀請，自然沒有不答允的道理。乃決定三月二十日乘坐京滬鐵路十時許的夜快車，轉南京，換搭津浦車北上。實際上這一通邀請電報，是一個陰謀，是爲上海方面的刺宋布置，已經完成，讓他們知道宋先生的行踪，俾便伺機下手。宋先生是在十時許到達車站，送行者有黃克強、吳宋華、于右任、廖仲凱等，大家都在貴賓室休息。十時四十分，宋先生居前，陳勤宣、廖仲凱隨後，于先生與黃先生等則因有事商談，未及隨行，宋先生甫至剪票門口，即有人向他開槍，黃于二先生聞聲馳至，宋謂：「吾已中槍」。於是送行諸人，一面忙着把宋先生送至鐵路醫院，一面向車站當局交涉緝兇。車站當局覓路警不得，乃以電話向閘北警察局報告，詎閘北警局委稱非其管轄範圍（完全是推託之詞），不允所請；乃向租界巡捕房報告。越二十分鐘，捕房始有巡捕前來調查，但兇手早已不知去向了。

當時目擊者，謂開槍之人，身材瘦小帽低壓額，無法看到他的面貌；但看到他放了一槍後，即匍匐於地，續放兩槍，連滾帶爬，未幾即起立而逃，不知所往何地？又車站前，本有一小攤販，有兩人作售物狀，槍發後，亦不知去向。由此，可知行兇之前，他們不但有週密的布置，而且連路察、閘北警局都有聯繫，故兇手得從容離開現塲，使案件偵查，發生極大的困難。

宋先生被送至滬寧鐵路醫院後，失血甚多，痛苦不堪，黃克

強先生是第一個往醫院探望的人，先生顯極痛苦，但神志極清，面囑黃先生：「我死後，諸公總要往前做，並請報告袁總統，謂我已中槍矣。」先生眞是忠厚人，其實他的中槍，袁世凱早就在應桂馨處得到消息了。先生臨危時，語不及私，而仍以國家前途爲念，這位偉大的愛國志士之胸懷，由此可知。是夜，先生僅安眠二十分鐘，仍被痛醒，語其民立報的陪伴同志：「吾不畏死，特苦痛耳；出生入死，吾習慣之，果醫者能止吾之痛，則死亦何恐！」又謂：「吾不科南北調和之事，乃若是之難，時事如斯，奈何奈何，罷了罷了！惜兇在逃，不知彼誤會吾者，乃何許人？」聰明絕倫的宋先生，至此，還不知道要殺害他的，便是一心專制橫暴的袁世凱，這大概就是君子可欺以其方了。

二十一日午後，醫生施用手術，取出子彈：逢合其創口，爲萬死求一生之計。兩小時許始完成手術，但先生痛苦依然，血流仍不止，原來醫生所修補者只是受傷處的大腸，至此再行檢查，始知腎臟亦受傷甚劇，欲再開刀，已有困難，醫言如能延至明晨，則可再動手術，或有希望，亦未可知。但在是夜十二時許，惡化更甚，但神志仍清，頻以老母爲念，囑克強右任諸先生善爲照顧。克強先生因附耳對宋先生說：「鈍初，你安心去吧！」時在塲諸人皆痛哭，先生即在哭聲中與世長辭，慘哉！

（五）

宋先生被刺事件，震動了全國的新聞界，滬上報章，翌日即有詳細報導及照片刊出。王阿法見宋之照片，忽憶及應桂馨所示之照片，殆即宋先生。因至原介紹人鄭君告知其事，但言僅及半，恐牽連着自己，又縮住不說了，鄭即以此項消息向國民黨上海總部報告，於奉命設法將王阿法穩住，而立由捕房加以逮捕。武士英住在綠野旅館，在宋案發生之前，忽然外出，宋案發生後，匆匆回旅館，仍向隔壁房間的某同志告貸，某同志仍予小銀幣一枚，武稱最少要三角，因需坐黃包車至西門；並謂我將有錢，所借必可原酬。數小時後，武固復回，一身極講究的新衣服，並加倍還某君之貸，向旅館結賬付欵而去，而宋教仁被刺消息，已騰傳於滬上了。某君比對前後情形，知武有重大嫌疑。乃將前後各節，報告於國民黨總部。武士英所要到的西門，正是應桂馨的住家所在。總部同志會合各種消息，知武士英爲下手的兇犯，應桂馨爲主唆的兇犯。一面偵查應桂馨之行踪，一面照會法捕房，監視應桂馨的住宅，凡有往訪者，一律逮捕，尤注意穿新衣服的矮小個子。武士英既刺宋教仁，固然遷往應桂馨家，故主兇不久被擒，武士英亦坦白供認行刺宋教仁不諱，但謂與宋無仇，也不知被刺對象爲宋教仁，惟受應桂馨之請託而殺之耳。這是二十三日的事情，即宋先生逝世的次日。

當公共租界捕房與法租界捕房已對應桂馨採取行動時，應桂馨這個惡賊，尙以爲大功告成，私自慶幸即可昇官發財，而逍遙享樂於迎春坊的舊相好李妓的樓上，大張宴席，呼幺喝六。公共租界巡捕房對於此案，異常重視，因爲那個時候時有暗殺案發生，皆無法可破，乃由卜總巡捕親自率領探目二人，至迎春坊，門戶監視既畢，乃由一人叩門而入，謂有要事須與應先生面談。應坦然下樓，而不知東窗事發，巡捕房已經正式的逮捕他了，捕房英籍律師，陳述應桂馨牽涉宋案，嫌疑重大，立請鞫訊，並出王阿法面質。陪審官以衆多照片，囑王阿法辨認應某所示之照片，王一眼看出，並將應之請託，照實供述。應仍狡賴，他侃侃而談，毫無懼色。他的理由如下：一、他和宋先生未見一面，無恩怨，且對宋先生私淑甚深，謀殺他極無可能；二、王阿法前因買賣古玩，論價不合，曾有爭執，以此而挾嫌誣控；三、刺殺案是何等重大的事情，如何可以把這種機密，與一個相知不深的商請委託。應的狡辨口才，可以說是相當的圓滑，其所以不生恐懼者，則以有政治舞台上的後援。果然，應被捕後，爲他向捕房當局求情者，接踵而至。但捕房當局嚴加拒絕，不允保釋。袁政府以案情重大，循外交途徑，要求引渡，交由司法部審訊，也毫無結果

。應某至此，始有懼意。

應某雖然在會審公廳作似是而非的辯護，但事實勝於雄辯，法租界逮房在應桂馨家，搜出的證據有數大箱之多。其中最重要的，如武士英所用的手槍，在應家搜得，槍中所藏的子彈，與宋教仁體內的子彈，完全相同，手槍可藏子彈八發，武士英在車站曾發三槍，而槍中尚藏子彈五發，數目完全符合；武士英在綠野旅館所販賣之花瓶，也在家搜得；而洪述祖與應桂馨往來的密電，亦在上海電報局完全抄得，一套整個謀殺陰謀的全部經過，就憑這些證件，已可完全証明，証據也可以說是最客觀而最原始的，何況還有王阿法和武士英的人証，應某任何狡辯，在証據確實之下，雖欲抵賴，怎樣可以發生效力呢！於是在確實的証據下，確定行兇者爲武士英，教唆者爲應桂馨、洪述祖、趙秉鈞和袁世凱。以堂堂民國的總統和內務總理，而爲暗殺案的教唆者，眞是我們國家民族的大恥辱！

宋先生被刺以前，同志們已有消息，請宋先生注意防避，書生政治家的宋先生，認爲法治制度下的民國，光天白日之下，决無發生此種愚蠢舉動的可能，故坦然置之。宋先生在鐵路醫院時，曾經接到一封怪信，內容如下：

「鈍初先生足下：鄙人自湘而漢而滬，一路歡送某君赴黃泉國大統領任。昨夜正欲與某君握別，贈以衞生丸數粒，以作紀念。不意誤贈與君，實在對不起了，雖然，君從此亦得享千古之幸福了，因某君尚未赴新任。本會同人，昨夜曾以鉅金運動選舉，選舉結果，則君最占優勝，每票金額五千元。故同人等請君先行代理黃泉國大統領，俟某君到任後，自當推舉你任總理，肅此恭祝棨禧，並頌千古。救國協會代表鐵民啓。

這一封信的信封與信紙，都用上等洋紙，信是用紅墨水寫的；信封用黑墨水，下著鐵民日本支部發。這一封信的內容，可以說完全是胡說八道，但却具有五點作用：其一，是刺殺宋教仁，是由於選舉的恩怨，不是政治暗殺；其二，刺殺案有黨派的傾軋因素，與現政府人士無關；其三，兇手從湖南跟踪宋氏，到達上海後始下手，表示殺人犯不是原來在上海的；其四，刺殺宋教仁是誤殺，他們另有謀殺之人。這幾點，都是以亂上海國民黨人的視聽，故黨人最初亦有以爲是派系的因素者。但是，袁系政客的鬼計，終於毫無用處，宋案之偵破的如此迅速，而且証據如此確實而完整，實出袁系政客的意料之外，這正合乎我國一句至理名言的諺語：「若要人不知，除非己莫爲」。但是歸根到底，此案之破，上海黨人的通力合作，尤其陳英士先生對華界與租界的各方的良好關係，故破來毫不費力，全國人心爲之大快。

宋案既破，國民黨同志對袁世凱的態度，可分兩派：一派主張應該立即舉兵，對袁世凱聲罪致討，理由是袁世凱對此案只作政治暗殺，未作軍事部署，以國民黨在中部與南部雄厚的實力，出其不意，有堂堂正正的號召，勝利可以預期，這是　國父的主張。另一派是黃克強先生等的主張，他們認爲國家已經進入民主政治的法治時代，有根本大法臨時約法，有獨立審判的各級法院，循法律途徑，治袁世凱以應得之罪，應該是不成問題的。　國父見到大家像宋先生一樣的迷信法律的效用，知事不可爲，乃更積極的組織中華革命黨了。六個月後，袁世凱軍隊調動，已照預定計劃，布置妥當，乃免國民黨籍的各省都督。各省都督忍無可忍，乃發動二次革命，但是沒有好久，就完全失敗了。故宋先生以不認識袁世凱之爲人，誤信法律效果而死，部分革命同志犯着同樣的錯誤，致二次革命亦失敗，這兩次失敗，換得的教訓，僅僅是　國父有先見之明的證明，對此後革命領導來說，是有收穫的，但對當時革命局勢來說，宋先生之被刺，未能乘機完成剷除袁世凱的任務，畢竟是一項重大的損失。我們今天重溫這一段歷史，一方面對飽學報國的宋先生表示悼念，一方面在革命運動的發展，對領導中心的主張，應有充分的認識與無條件的服從，這是我們必須注意的革命成功之關鍵。

雙槍黃八妹的故事

·張行周·

提起黃百器，也許知道的人不多，但如說起雙鎗黃八妹黃司令來，眞可稱得上鼎鼎大名的風雲人物了。不但我浙同鄉大多有個耳聞；前江南滬杭一帶，更是家喻戶曉；就是對我國稍有認識的國際友人，也會對她豎起大拇指，說一聲：「雙鎗黃八妹，頂好！」

筆者與黃百器女士相識在民國卅八年五月大陸撤守以後，那時筆者服務於舟山某軍事單位，黃百器女士由平湖率部三百餘人退守大羊山，安頓部隊即來舟山述職。她那時的番號似爲「東南人民反共救國軍海北縱隊」，隸屬毛森將軍指揮，由她自任縱隊司令，其夫謝友勝先生担任副司令。來定海後因無適當居處，由筆者介紹她在城內帥旗弄我的岳家暫住，她有兩位親信部屬即在寒舍作客。以後浙江省政府周嵒主席委派她兼平湖縣長，住在我家的兩位客人中有一位柯君被派爲平湖縣某一區的區長，推進大陸，不久即被共軍逮捕殉職了；另一位沈君也回去大陸，於卅九年五月初携眷及時逃到舟山，一同隨軍撤退來台，以來並在台灣共事了十餘年，相交甚深。黃司令來台以後，因那位沈君的關係，與筆者也常有往來。下面的記述是憑記憶和新近由各方採集所得，及部份黃司令的自述彙輯而成，自信立場相當客觀，並無過份誇張失實之處。

× × × ×

黃百器原名黃翠雲（百器是她成名以後起的官名），原籍浙江平湖，民國前七年正月初一出生在江蘇金山縣屬的黃家埭。其尊翁諱書堂，是一個推車賣布的小販，據說她家共有子女十三人，翠雲排行第八，故稱「八妹」。其上有七位兄長，下有四個弟弟，（另一說八妹排行是按照她的結拜兄妹年序來的，故此點存疑）。她是黃氏門中獨一無二的女孩子，故自幼很得父母兄長們的寵愛。因爲家境不好，食指浩繁，故百器女士幼年失學，連普通教育也未接受，而書堂先生的販布生涯也無法養活這一大家口。故黃氏兄妹稍長後，即改以販運私鹽爲生。金山平湖均爲沿海

縣份，漁鹽原爲大宗出產，而食鹽一行素由政府專設機關管制，官鹽捐稅重而利潤薄，稍具胆量的就結幫冒險販運私鹽。私鹽的出路，主要是在太湖，那裡也是一個江湖好漢出沒之區，故販運私鹽者都得有一、二手看家本領。八妹自幼胆大心細，爲應付生活環境又練得一手好槍法，能左右兼施，快而且準。據云有一次爲搶航道入太湖，與另一幫私鹽販子發生火併，黃氏兄弟在寡衆懸殊下頗有損傷，後賴黃八妹一輪左右開弓的快槍才反敗爲勝，「雙槍黃八妹」的雅號也因此在江湖上響亮起來。這些都是抗戰以前的事，傳說如此，也許連黃氏自己也搞不太清楚了，反正黃八妹由販私鹽而崛起江湖，並在太湖入了幫會，成爲當時那一帶的響噹噹人物，那是不會錯的。

× × × ×

「八一三」抗戰軍興，日寇於廿六年十一月在金山衛登陸，包抄上海外圍英勇抗戰的國軍後路，很快地席捲了江浙邊境一帶，黃八妹的家鄉亦即淪爲陷區。其時黃八妹已在當地很具勢力，因看不慣日寇漢奸們在地方上的姦淫擄掠和胡作非爲，激於愛國義憤，即帶了她的一部份人槍下鄉打起游擊來。起初並無正式番號，不過與日寇「捉迷藏」式的週旋而已，以後她收容了部份失散官兵和地方自衛武裝，實力逐漸強大起來，並利用她的幫會關係，與駐浦南的僞軍「十三師」丁錫山部隊取得秘密聯繫，得到部份武器供應和掩護，活動範圍也越來越廣，時常突擊下鄉騷擾的小股日軍，常有斬獲，使駐守浦南海北一帶的日寇深感頭痛，覺得黃八妹這一股抗日力量實在不容忽視，於是屢次下鄉對她發動「清剿」。此時黃八妹已與謝友勝先生結合，並接受浙江省政府浙西行署和忠義救國軍的正式番號。他們夫婦兩人雖都沒有受過高深教育，但頭腦靈活，深明事理，另有一套帶部隊打游擊的方法。在地方基層方面，男的廣收門徒，女的廣收乾兒女，不但部屬幹部中大都是他們的門生子女，即地方上稍具活動能力的，不論行業高低，也都是他倆的乾親。因此黃八妹的部隊可說是眞正子弟兵；而且在行動上也有兩種最大的方便：第一他們不必担憂給養，到東到西自有當地的乾兒乾女會送柴送米來供應他們生活；第二消息特別靈通，日寇稍有動靜，就地的乾兒女們也早把情報傳遞過來，要他們準備迎敵或迴避。憑此兩點，使「黃八妹」三個字在浦南奉賢、金山、平湖、海鹽、嘉善、嘉興一帶越來越響，老百姓們都視她爲傳奇女英雄，而日本人亦對之越來越恨之切骨。終於在民國卅二年某月，黃八妹部隊在平湖乍浦海口擊沉日寇的一艘炮艦以來，日寇亦大舉「掃蕩」謝友勝的家鄉渡船橋，把他們的長子謝其昌和當地老少村民數百人（大多爲黃謝兩家親友）集體逮捕，以威脅黃八妹和謝友勝向日軍投降。信使往返談判結果，黃八妹拒絕投降，祇答應如果日軍釋放那批人質，她的部隊不再襲擊當地日軍；但不顧人道和信義的日本軍閥却違犯了諾言，第二天就把三百多口人質在渡船橋村頭用機槍集體屠殺了。噩耗傳到黃八妹的山區基地，血海深仇更加深了她對日寇的切齒痛恨，於是發動部屬對日軍各地據點大肆攻擊，自卅二年夏天到卅三年八月的一年中間，她把海北地區日軍四十八個鄉鎮據點，攻克了卅六個；並在友軍陶部支援之下，攻進海北重鎮乍浦，還活捉兩個日軍戰俘，一個是中士軍曹川島太郎，一名上等兵田中秀吉。這兩名戰俘後來由天目山浙西行署轉解大後方重慶，却受到我們政府的禮遇，於抗戰勝利後都被遣送回國，拾回他們的性命。

乍浦一役後，黃八妹的威名大震，不久她的部隊又搶救了一位名叫程百祥的我國空軍飛行員，而得到上級嘉獎。浙西行署主任賀揚靈遂保舉她爲江浙護航縱隊司令，以配合日漸接近的盟軍反攻行動，以後更委她兼任平湖縣的游擊縣長。但禍與福相倚，日本軍閥自此亦更視黃八妹爲心腹大患，三番兩次調動大軍對她實施「會剿」，於卅四年六月間在平湖東鄉施家村的一次戰役中，黃氏一時大意，幾乎斷送性命。原來日軍那次爲怕驚動地方，沒有出動戰車，也沒有通知他們認爲不可靠的僞軍，而利用二百

多名騎兵突襲包抄，等到黃八妹的警戒線發現情況不對時，已來不及通知黃氏迴避了。那時與黃八妹同住一起的有江蘇省第三區專員吳作賓的夫人和黃氏的乾女兒兼衛士夏香，黃八妹於危急關頭，機警地翻過牆頭逃出，游過一條傍村的小河避去日軍耳目，而搜捕黃八妹的日寇於捕獲吳夫人與夏香後，誤以吳夫人爲黃八妹，祇顧用刑拷打，逼問她的人槍部署，而忽畧眞正主角却已漏網逃生。不過黃八妹於那次逃命時也險象環生，在淸晨的冷水中游得精疲力盡，幾乎葬身河底，後來幸得一位正在河畔採菱的李老太太搭救，把她掩藏在盛裝菱角的木桶之下，才算避過日軍搜查而拾回一條性命。

× × × ×

卅四年八月日本無條件投降，我國八年抗戰終獲最後勝利。政府復員以後，黃八妹的「護航縱隊」番號結束了，游擊縣長也正式交卸，她把部隊交給他的先生謝友勝率領，改編爲平湖縣保安總隊，由謝担任總隊長，而黃八妹（這時應該稱她爲黃百器了）則以地方士紳身份被選爲平湖縣參議員，參加地方復興重建工作。她因自己未受教育，深知失學的痛苦，乃出資在地方創辦了兩所小學，名爲「海濱第一中心小學」和「海濱第二中心小學」，並在平湖縣和乍浦鎭開了三家鹽行和棉花行，後又在乍浦建造觀光式的海風飯店（兼營旅社），開設公勝魚行。乍浦是個沿海大鎭，濱臨杭州灣北岸，風景幽美，商業繁盛，她經營的事業情形都還不錯。從抗戰勝利到卅六年這兩年中可說是黃百器女士最幸福的日子，她往來於平湖、乍浦、金山之間，不時探望她的戰時袍澤和那些陣亡將士的遺屬，加以慰問和救濟；也常在過去激戰的地方憑弔往事，尤其是對救過她性命的李老太太，更以「乾娘」名義而加以孝敬奉養。

卅六年冬共亂的情形日益嚴重，一向平靜的江南也開始受到土共騷擾。黃百器在抗戰初期曾在浙東山區遭遇過共黨「三五支隊」的襲擊，還身受重傷，對共黨毒辣的禍國手段深切瞭解。其時湯恩伯將軍在衢州成立綏靖公署指揮浙贛邊區勦共，由毛森担任參謀長。毛森出身軍統局，爲已故戴笠將軍得意門生，抗戰初期在浙西當過行動總隊長，深知黃百器女士在海北一帶的人望和潛力，遂請她出任浙江省戡亂第一團團長，轄區包括平湖、嘉興、嘉善、崇德、海寧、海鹽、桐鄉等七縣。以打游擊起家的共黨對這位游擊老祖宗深具忌憚，就在她就職那一天，由郵局寄來一封給黃八妹的信，上面有一顆紅星，內容寫的是：「妳是抗日英雄，我們尊敬妳，爲了表示這點敬意，我們撤出平湖、金山，永不打擾，其他縣份應讓給我們，否則我們祇有死拚。」果然當天晚上情報傳來，平湖、金山兩縣土共全部撤走了。『這是離間計，他們以爲我不懂』，黃八妹笑着說，並關照所屬對共軍要特別當心。

卅七年下半年，大陸局勢更形惡化，她的轄區內共軍活動也日益猖獗起來，幾次派隊淸勦，終是撲空；她開始弄不淸什麽原因，後來到卅八年四月間共軍渡江，才發現當時的平湖縣長劉鎭華竟然是個共諜，並在大局最吃緊時率領平湖縣警察和部份保安隊公開叛變了。黃百器聞訊後迅即率屬向平湖縣城挺進，並號召她的舊部反正來歸，迨五月初上海保衛戰爭爆發，江南大局已十去八九，地方人心惶恐，黃百器自知已無能爲力，乃不得不忍痛拋棄辛苦經營多年的乍浦基業，把她的部屬人槍和倉存糧食等裝船撤往杭州灣口的大羊山島。

× × × ×

自卅八年五月迄卅九年一年間，黃百器的海北縱隊在杭州灣口海面上曾建下不少功勞，他們不時突擊沿海共軍據點，搶運共區物資，封鎖共軍的海上交通；更隨時派人化裝潛入金山、平湖一帶，利用過去人事關係，探察共軍行動，提供國軍情報。有些幹部或因行動不愼，被共軍發覺逮捕而壯烈成仁了，尤其平湖縣政府的基層人員，犧牲很多。但他們也先後接運了一些政府顯要淪陷在大陸上的眷屬逃出，經舟山而送達台灣。

徐向前竄陝入川記

王禹廷

豫、鄂、皖三省，位居全國中心，當南北要衝。其毗連的邊區，爲荊楚丘陵中樞，豫南、皖西、鄂之東北均屬之。大別山脈蜿蜒於江淮之間，跨向豫鄂皖省界，桐柏山脈綿亙豫鄂兩省邊境，大洪山雄峙隨縣以西，形成有利的流竄地帶。而東連吳會，西通荊蜀，南接贛湘，北帶中原。其地位之重要，形勢之險扼，足以控制南北，影響全國，誠爲戰略必爭之地。共軍於十七年秋，即在該地區發展組織，進行擾亂。自僞「中央」在贛南建立以後，決定以豫鄂皖邊區爲「優勢活動地區」，加緊各種叛亂的進行。至二十年「九一八」事變前後，徐向前等已擁有徒衆七萬餘人，以新集（後經國軍收復，改爲經扶縣。）爲政治中心，金家寨（後經國軍收復改爲立煌縣。）爲老巢，分別建立「鄂豫皖邊區」、「鄂中區」、「鄂西區」、「鄂南區」，由徐向前、鄺繼勛、賀龍、孔荷寵諸人，分別指揮。互相策應，分進合擊，妄圖包圍武漢，奄有長江，從事更大規模的叛亂行動。我最高領袖洞燭其陰謀，決定先行消滅此一地區的共軍。豫鄂皖三省勦共總司令部，於二十一年六月，在漢口編組成立。針對共情，確定了堵勦、進勦、圍勦、追勦的全盤作戰計劃。大軍區分三路，中路軍由　蔣公直接指揮，左右兩路軍由何成濬、李濟琛分任司令官。發揮大軍，以雷霆萬鈞之勢，向共軍進擊。自六月初至十月底，歷時五個月，將各地共軍，次第擊潰，被共軍蹂躪的地區，均告收復。猖獗一時的共禍，漸告敉平。

徐向前所部共軍，經國軍大力痛勦，到處流竄，損失慘重，無法支持下去。乃率殘衆數千人，沿豫陝交界地區之隨縣、棗陽、鄧縣、淅川等縣，向西北方面逃竄。沿途收編散匪，裹脅民衆，爲數頗多，聲勢復振。十月底經由荊紫關、漫川關附近山地，竄入陝西省境。勦共總部爲免共軍流入西北，釀成大禍。乃以何成濬爲鄂陝邊區追勦軍司令官，統率第一師胡宗南，四十四師蕭之楚，五十一師范石生，六十五師劉茂恩等部，跟踪追擊。並令西安綏靖主任楊虎城派隊堵勦。何成濬奉令後，親率范石生師進駐潼關，而以胡宗南、蕭之楚、劉茂恩三師，尾隨共軍後，跟踪追勦。楊虎城亦調派大軍，迎頭堵擊。至是，豫鄂皖三省共禍，雖告肅清，共患却蔓衍到陝西省境，重任亦移於楊虎城的肩頭了。

楊虎城於十九年秋冬間，率軍回陝時，所部僅有十七師孫蔚如部，四十二師馮欽哉部兩個師（六個旅）及少數直屬部隊。經過兩年來的演變擴充，馮欽哉升任第七軍軍長（仍兼四十二師師長），孫蔚如升任三十八軍軍長（仍兼十七師師長），所部兵力，除原有的兩師六旅外，另增編三個補充旅，兩個警備旅（陝西警備師馬青苑，二十一年秋在隴南叛變，被解決後改編成兩個旅），四個直屬警衛團及幾個炮兵營。部隊雖然增多，但因防區遼濶，駐地極爲分散。三十八軍之十七師四十九、五十兩個旅及第一、二兩個補充旅，駐防甘肅蘭州及隴東隴南地區，五十一旅駐防陝南。第七軍之四十二師三個旅，駐防省東之大荔、潼關、渭南一帶。綏署直屬之兩個警備旅，駐防省西之鳳翔、隴縣、寶鷄、邠縣等地。另一個補充旅四個警衛團，駐防西安及其附近地區。分別綏靖地方，整理訓練。此時共軍突然壓境，可以抽調運用的兵力，實在不多。但是衞護家鄉，保持地盤，不能不拿出全

力一拚。所以當徐向前於十月底竄抵陝境商雒地區時，楊虎城親自指揮四十二師之兩個旅，迎頭痛擊，以期將共軍消滅，或驅共軍於陝西省境以外。但因徐向前來勢頗銳，後面的追勦部隊，又未能協助行動。楊部初期作戰，頗受損失，未能達成原定的任務。徐向前沿秦嶺山區，強力西竄，進逼西安，關中地區爲之大震。楊氏一面督隊繼續截勦，一面飛調駐防隴東的楊渠統旅，星夜馳援。楊部兼程前進，窮五日之力，行軍七百餘里，於十一月中趕到西安。於是乃以楊渠統爲前線指揮官，統率該旅晁廣順、黃照華兩個團，補充旅王志遠部，綏署直屬之孫輔臣、張漢民、陳際壽、楊竹蓀（笙）四個警衛團，及炮、工、騎兵等營，合計十幾個團，可以說是楊虎城可能抽調的最大兵力。在藍田長安地區，與共軍展開血戰。共軍入陝之初，其勢雖猛，但因長途流竄，不斷遭受打擊，死傷甚重，槍炮騾馬等大多損失，秦嶺山地又無從覓食，不得已乃出大、小峪口，竄入平原，轉有利於我軍的勦擊。最後的長安、鄠縣以南的子午鎮、爐丹村附近地區，連續激戰三晝夜，將共軍徹底底擊潰。斃四千餘人，俘虜逾千，虜獲輕兵器三千餘枝。殘股僅餘二、三千人，又由新口子、西峪口，逃入秦嶺山中，向南流竄。至此，關中勦共戰事告一段落，何成濬仍回武漢行營主任本職，范石生師離陝東調。西北勦共任務，由楊虎城全權負責，統一指揮。楊乃根據當前狀況，重新調整追防部署：以胡宗南爲第一縱隊指揮官，率領所部，担任第一梯次，由寶鷄以南之益門鎮入山，經大散關、鳳縣、留壩，向漢中前進。楊渠統爲第二縱隊指揮官，率領所部兩團及王志遠旅，張澤民團、與騎、炮等營，爲第二梯次，由鄠縣附近之齊家寨入山，經嘴頭、鳳縣、留壩，向漢中、城固前進。劉茂恩爲第三縱隊指揮官，率領所部，由長安以南之子午鎮入山，向佛坪、洋縣、西鄉前進。蕭之楚爲第四縱隊指揮官，率領所部，由藍田附近之湯峪口入山，向寧陝、石泉前進。以駐防漢中之陝南綏靖司令趙壽山，率領所部，負責堵勦。務期分道合圍。將殘股予以殲滅。不意共軍流竄甚速，國軍行動較慢。徐向前殘部竄至漢中附近，被趙壽山部迎頭痛擊，而後路的追兵均未到達。迨二十二年初，各路追擊部隊，陸續進抵指定地區時，徐向前殘衆，早已經過大巴山，竄至川北之通江、南江、巴中等縣，重新建立其根據地了。不久，日軍侵佔熱河，長城抗日戰事發生。中央急將蕭之楚、劉茂恩兩師東調。西北勦共陣容，重新調整，胡宗南師由漢中移駐隴南，孫蔚如率領其第十七師移駐漢中，担任聯防堵勦，防共軍由川回竄。至此，勦共戰爭，進入另一階段了。

徐向前股，在豫鄂皖邊區，遭受國軍大力痛勦，本已勢窮力蹙，成爲強弩之末，各部隊如能把握時機，強力合圍，不難將其殲滅。乃虧於一簣，未收全功，縱任流竄入陝，殊爲失計。徐股入陝之初，楊虎城一則輕敵，再則確無大軍可調。所以商雒地區之戰，楊部損失頗重，共勢大爲披猖，形成楊虎城與徐向前拚死生爭存亡的戰爭。蓋以當時的情勢，共軍如得逞，關中地區固不免遭受糜爛，整個西北大局，亦甚可慮。而中央大軍壓境，何成濬入鎮西安，楊虎城兵敗勢窮，必將喪失其得來不易的軍政權位。楊氏有鑒於此，乃拚其全力，與共搏鬥。當情勢緊急時，西安城內僅留綏署及城內門口勉行佈崗的衛兵，連從不一用的警衛第一團孫輔臣部，亦派往前線，加入戰鬥。筆者時在楊渠統軍中，掌理機要，得見楊虎城指示作戰的電報，不斷的如雪片飛來。激戰在長安以南地區進行時，楊氏更派其高級參謀李振西（甘肅定西人，黃埔軍校二期或四期出身），乘坐三輪摩托車（當時流行的一種輕便汽車，與現在的二輪卡三輪卡車型及性能完全不同），往來馳騁於西安及前線之間，傳達機宜，蒐集情報。我們設在黃樑鎮的指揮部，有時連衛兵也撤掉，一律開往火線作戰。戰鬥激烈時，西安城內可聽到隱約炮聲，其情勢的緊張，可見一般。此時各追勦部隊，如能緊密合擊，不難殲共於長鄠附近地區。可是進駐潼關的范石生師，固然頓兵不進。就是緊跟共軍後的胡、蕭、劉三個師，也很巧妙的與共軍保持了適當距離，而不曾發生接

觸。當時曾有許多微妙的傳言，自然不足置信。但是追剿軍追而不勦，坐使殘股漏網，却是不容諱言的事實。不過另說一面，担任追勦的各部隊，經過長期作戰，長途跋涉，超越叢山峻嶺，道路崎嶇，運輸補給特別困難，官兵食難一飽，衣不禦寒，（時入嚴冬，官兵仍着單衣，筆者目睹某部落隊的士兵，把民間禦寒的草門簾，拿來披在身上，以擋寒氣，不禁爲之心酸），的確是夠疲夠累了。精神體力，均難支持，可能是追勦無力的主要原因。就這樣，白白丟掉了一次殲共的機會，這算是又一次的失機。

這裡附述一件故事，也漫有趣。就是當我們與胡宗南師併肩作戰時，因爲語言隔閡，通信連絡，頗感困難。有一天接通電話，聽不懂對方講的什麽。大家認爲軍醫主任吳瑤城是「南方人」，一定懂得「南方話」，趕快把他找來，請他接聽。誰知吳一接聽，仍然不懂。原來吳是湖北佬，對江浙話也是一竅不通。可見方言複雜，實在害人誤事。大力推行國語，的確是極端正確的。話歸正題：共軍竄入南山，國軍四個縱隊，分途追勦。我們第二縱隊，到了入山第一站，距離鄖縣七十華里的嘴頭，就停止下來，把附近老百姓可用的食物，都給搜盡吃光。楊虎城「十萬火急」「限即刻到」的催戰電報，不斷掐來。楊渠統却好整以暇，設詞推拖。有人怕他違令擾民，遭受處分，替他担憂，勸他行動。他却笑着說：「主任（指楊虎城）把大部家當交給我管，我的責任不輕。現在中央各師，均未進山，動向不明。如果我們走的太快太遠，萬一後方出了意外，怎麽能夠趕回去應急。主任的電文是官面文章，他的心事，我能猜透，你們不懂。慢慢的走，絕不會錯的。」楊渠統是甘肅人，早在豫南鄂北一帶闖天下。民國十八年，在新編第五師李紀才部下當團長。李部出事，楊率所部投奔駐在南陽之楊虎城。就關係淵源說，是一個不折不扣的雜牌。可是大楊對小楊，極爲賞識，不次擢拔，信任有加。歷年以來，楊渠統在鄂、豫、陝、甘各地縱橫馳驅，立了不少汗馬功勞。所以在楊虎城的系統裡，有人以趙子龍稱之（指楊虎城、馮欽哉、孫蔚如，爲三國演義中的劉、關、張，而以四弟視渠統）。這是閒話，速歸正傳。就這樣，在嘴頭駐了七天，續進九十里，到達鳳縣，又停了一禮拜，度過二十二年的新年。我們駐在縣政府，三堂懸有一付木刻對聯：「立志當在青雲上，早起趕到太陽前」。意境頗佳，是那位縣太爺的手筆，現在已記不清楚了。一直等到中央各師，入山已深，我們才繼續前進。路過廟臺子，瞻謁張良廟，雄巍肅穆，令人興肅然起敬，超然出塵之感。深山中有此巨構，想見當初經營者的匠心和氣魄，眞正值得欽服。廟內各殿及廟外的石壁上，刊刻名人題字很多，匆匆瀏覽，美不勝收。廟門對面的半壁上，鐫刻于右老寫的一聯：「辟漢萬石，送秦一椎」。八個擘窠大字，道盡了張子房的精神志節。雄文大筆，堪稱所有題字中的翹楚。此聯我當時看的很清楚，記得也很深刻，自信不會錯一字。抗戰期間，我在寶鷄漢中，連續服務六年多。經常來往兩地，每過廟臺子，必定停留參觀。此時川陝公路，業已修通，張良廟對面的石壁，因爲拓寬路面的關係，已經全部炸削，原有題字，蕩然無餘。所幸右老的一聯，仍以木刻懸於廟內正殿前面過廳的兩柱上，不知是重寫重刻，還是就原來的題字縮小另刻。但字句依舊，並未變樣。可是近來看到幾種遊記之類的文章，提到此聯，或寫「萬石」，或寫「萬戶」。「石」「戶」二字，意義完全不同。按石音淡，是穀類量器之一種，十斗爲石。漢初官俸，是以石爲單位計算的，「萬石」是說他俸祿的多寡，「萬戶」則是說他封地的大小。究以何者爲是，已無法向右老在天之靈，請教求證。話說回頭，我們在山中停停行行，崎嶇險阻，艱苦異常。一直到爬上褒城縣北附近的鷄頭關頂，才豁然開朗，看見漢水盆地，另是一番景象，心胸爲之舒暢。此時各路大軍，雖均到齊，徐股却已逃入川北了。爾虞我詐，鈎心鬥角，一日縱敵，百世之患。等到二十四年朱毛殘部流竄入川，得到徐股的大力接應，又合夥竄據陝北，釀成紅刧滔天的大禍。行文至此，不勝太息痛恨於愚昧自私者之誤國也。

胡政之與大公報

陳紀瀅

後來，他這套書共出七巨冊，我僥倖存有全套，並且每本之上，都有他的簽名。民國三十四年底，聯合國已決定在舊金山召開制憲會議，政之先生爲我國代表之一。該團顧問某氏，素爲日本問題專家，且當過外交部次長有年，知道我有這套書，非要向我借用不可，而且要帶到美國，以便隨時查看。我起初拒絕外借，後來他保證還我，礙於情面，我只好照借。我說：

胡政之（霖）先生遺像

「○先生，喜歡保藏書籍的人，就怕外借，何況還要帶它去美國？我要求你，務必用畢賜還！」

「沒錯兒，你放心！」

結果，我這套書便如石沉大海，一去不返，永遠不再歸我所有。我要了幾次，都無回音，倘若再要，就得罪他到底了！至今想起這樁事，餘恨不已！

後來，這套書的後一半稿，就不再佔大公報的篇幅，只在國聞週報連載，一直到了重慶，才出完第七冊。芸生靠這套書，飲譽海內外，成爲日本問題專家。在沒有編寫這套書以前，芸生不懂日文，自那時以後，芸生從師學習日文，進步很快，在漢口時代，他已能說流利的日語了。

芸生河北靜海人，天津長大，學歷不詳。民國十五年以前，在天津商報工作，季鸞先生見他才華出衆，前途無量，邀至大公報工作，果然有很好表現。尤其在寫作方面，思想敏銳，情理兼備，氣勢不凡，簡潔明朗。季鸞、政之二位先生有時忙不過來，臨時口頭說點意思，由他執筆撰成文字，都能把兩位先生的意見表達周至，而有餘力。

芸生曾對我說，他得力於王船山之學，所以他對船山極爲崇拜。他也很懂得幽默，緊張時刻，偶爾開開玩笑，便把一場烏雲吹散。對於顏李四存學說，他也欽佩。因爲顏習齋與李恕谷兩位前賢都是我的近同鄉（博野、蠡縣與安國，在遜清號祁、博、蠡。）他曾與我加以討論。

他曾說：「南方陽明的知行合一與北方的四存，都是力行哲學的發揮。中國人自古以來，重力行，輕浮誇。河北省人所受顏李的影響至大。」

楊歷樵兄在三十年代介紹西方歷史、文學，是有特殊貢獻的一人。他怎樣參加大公報，我已不清楚，但知道他是江蘇人，似是聖約翰大學畢業，中英文俱佳。他在大公報的職務是譯路透社及德通社電報

，兼譯著名西洋雜誌的論文。那時候，美國出版的「現代史料」(Current History)，正在遠東風行。每期那裏邊都有一兩篇與中國或遠東有關的文章。歷樵一拿到手，就展開工作。往往人家還沒來得及看，他的譯文已在大公報上出現了。這種搶時間的迅速，是任何報所不及的。另一份是「外交季刊」，也是他經常介紹的。他看得快，有選擇能力，外文瞭解能力深刻，中文表達能力高強，所以他譯出來的東西吸引人閱讀。

在國聞週報上，他首先介紹了辛克萊、劉易士(Sinclair Lewis)所著「大街」(The Main Street)，算是美國文學進入中國較早的作品。後來賽珍珠(Pearl Pack)所著「大地」(The Cood Earth)好，像也是他翻譯的。

馬季廉也是一把了不起的能手。他在芸生之前，編國聞週報，他是清華畢業的學生，似是學經濟的，好多西洋經濟論文都，是他翻譯的。

艾大炎，武清縣人，日本留學生，跟我同室住。有一個時期，幫忙芸生編國聞週報，人甚圓通，日文方面的東西，都由他負責。

說起來，天津時代的大公報，人手並不多。僅是編輯部也不到二十人光景。外勤只有釜遜之、曹世英，何毓昌、高元禮四人而已！但連踢帶打，文武一齊來，什麽新聞也漏不了。倒是外埠特派員比社內多。平、滬、漢、粵，每處都是兩、三人不等，其餘特約通訊員有幾百，投稿寫文章的人無數。把人手配備在全國，為自己供應無窮力量，是那時報館的一大特色。

二三、我的收穫

光陰似箭，日月如梭，不知不覺，快到年底了。一方面，雙親自鄉下不時來信問我的工作何時了？甚盼我回家去過舊曆年。另方面，內人也常常寫信來說，哪個孩子又病了，吵着在家住不慣，催我趕快回去照顧孩子。所以我這臨時「打工」非辭活不可。

我檢查一下，除去每天編「小公園」，編「本市副刊」及幫忙安排「文藝」的版面，並且寫了百八十篇「編餘」外，最重要的是，有關東北報告及論文，大體完成。在一個「臨時工」來說，總算對得起報館；也無虧職守。我內心相當安慰。但我這時實在陷於進退維谷之中。我的父親是位退休律師，他老人家平素對報館無好感，對記者尤厭惡。他老人家絕對不樂意我服務報界，但大公報他是閱讀過的。對它的評價雖然不同，可是我若捨棄郵政而從事新聞，期期以為不可。他老人家這一關，是萬難通過，我心裏明白。但另一方面，大公報如日當中，聲譽之隆，全國無兩。莫說南方復旦，北方燕京兩所大學新聞系畢業生正多方設法希望進館。就是與大公報已有關係的通信員、特約記者，甚至作家，也有不少請人說情，只要位備一員，便心滿意足了。我這好生生的機會，僅需我表示願意留下。不但不費吹灰之力，而且絕對受到張、胡二公與報館同人的特別歡迎，毫無庸懷疑。

然而，我沒有！

因為我的郵局職業是個「鐵飯碗」，不需任何人情」，只要我安份守己，努力工作，便不須看任何人的顏色。我還年年加俸，步步晉級。雖然大公報張、胡、吳三位對我另眼看待，同人對我也禮貌有加，這是作「客卿」；但當我實際投入職員行列之後，將是怎麽個情形，我殊難預料？就是預料到，我實際感受又如何？同時，我已服務郵政滿六年，薪津已拿到銀圓一百二十元，與當時曹谷冰、許萱伯二位的待遇相等，較其他人還高。其他例假、房屋津貼、年終獎勵金、養老撫恤及退休等等報酬，還不包括在內。曹、許二位與張、胡兩先生的關係，我又怎敢比擬？何況，以實際情形說來，我那時於新聞事業無論在能力與資歷方面，都相當嫩，跟這些位前輩、仁兄們相匹，我還差着一大截。我若進館，怎可享受與他們同等的待遇。

左盤右算，我決定暫時仍難作一個「職業報人」，還是當一名「票友記者」算

了。

十二月底。有一夜，見政之、季鸞二位先生又慣例地坐在大編輯部對面，與谷冰、萱伯一面談天，一面看電稿。我便趨向前去，把我要回鄉的打算，簡單地向他們透露了。其初，他們很驚訝，政之先生「哦！」了一聲。這時，季鸞先生病體稍癒，但仍沒有恢復工作，只是天天到報館來看看，聽見我說，也楞了一下。然後，就請我到客廳裏去談話。

仍是五個月以前，初次接見我的地方。那時，他倆都穿著疏羅長衫，這時却穿着繡團花的深色花絲葛棉袍了。

「我們還以爲你可以待下去呢。」政之先生首先說道。

「是的，我很有意思在此追隨二公，只是我暫時還不許可。」我老老實實答話。

「非常可惜！我們這裏很需要像你這樣的人。」季鸞先生接着說。

「張先生、胡先生，承蒙二位不棄，實在感激。我也很需要像這樣的工作環境，只是我暫時不能。」然後又續說：「個人讀書甚少，新聞方面歷練更不多，如果二位覺着我還可栽培，今後仍照以往情形在社外工作。」然後再把我父親的期許與郵政規程，詳細報告了一番，以博取二氏之諒解。

政之先生聽了我一番話，才把剛才一副嚴肅的面容轉變爲笑顏，說道：「好了，以後請你隨時幫忙，無論走到那裏去，別忘了寫文章來。」

季鸞先生也說：「以後合作的機會很多。」

我謝謝他們，並說明在月底前，我就要離開。什麽人接替我的職位，請預先告訴我，以便交接。

我見目的已達，而沒有觸怒兩位先生，遂懷着愉快的心情退出客廳。隨後見二氏也回到編輯部原位置上。

我照常編稿。吃完了宵夜去睡覺。

好像谷冰兄曾在吃稀飯時，曾悄悄問我：「你眞的要走了？」我答：「是。」

他聽說後那份惋惜之情，曾使我感動不已。因爲我覺得相處四個月，沒被人討厭，我就很滿足了。

我倒在牀上，一時睡不着，思忖剛才張、胡二公對我的談話，並檢討我四個月的工作與收穫。

第一、兩位先生的誠意，實在令我感動。我前邊說過，全國想進入大公報的人，包括讀新聞學系的青年與社會各個領域的專家學者，何止千百？而我獨邀青睞，還不識抬舉，可以說愚蠢之至！但是，我在受寵若驚之餘，不由得忽然提高對自己的評價。我想，大概自我與他們接觸以來，還沒令他們失望；而他們認爲像我這樣的人，才是他們尋求的對象。我又是怎樣的人哪？說穿了，我只是個極平庸的人。我只知道賣力氣（智慧上的僅有才能），貫徹任務（交我作甚麽就作甚麽，而且要作好），不逾份（己身以外的事，不多問，不干預。）一絲不苟（任何事，我必認眞行事。）遵守新聞原則，在文字方面，不矜誇，不泛濫，平實表達要寫的東西而已！

難道這就是新聞事業所需要的「人才」嗎？我當時對此很多懷疑。後來由於發生「范長江案」，我才明白任何事業所需要的是「平庸盡職守份的人才」，而非「怪才！」也非「才高八斗」之人！關於「范長江案」，這裏先暫時按下不表，容待後續。

我當時很滿足自己的「才氣之平庸」。同時我也深感自己不留下來的適當。人類需求往往是很矛盾的。上趕着的事，未必全是；而矯揉造作，徒增人厭煩；只有一切順乎自然，才合天理。我覺得包括我以後要求續作大公報的「客卿」，是我平生的最大安慰。雖然也不免被人目爲最大失敗。

第二、留津四個月期間，我完成了六篇有系統的長文——

（一）「淪陷二年之東北踏查記」刊於二十二年九月二十五日「國聞週報」第十卷第三十八期。

（二）「日俄在東北對峙之實况

」刊於二十二年十月二日國聞周報第十卷第二期。

（三）「所謂日滿經濟強化之事實」刊於二十二年十月九日「國聞週報」第十卷第四十期。

（四）「日本攫我東北路權之實況」刊於二十二年十月九日「國聞週報」第十卷第四十期。

（五）「日本對我東北經濟侵畧之事實」刊於二十二年十月十六日「國聞週報」第十卷第四十一期。

（六）「日本操縱下之僞滿洲國郵政海關」刊於二十二年十月三十日第十卷第四十三期。

（註：這是我前幾天從中央圖書館查出來的，並不是我有此好記憶力。當時我看到這些舊文時，百感交集，喜悅與悲懷俱來！猶如遺棄了的親生嬰兒，失去了四十年後，又重新回到我的懷抱；但他已成爲中年人了！幸虧我命長，否則再無相見的機會。想到這裏，滿腔悲愴，不由得我抱着合訂本，眼淚撲簌！我想這應是一個文人的正常反應，我不以此自羞。按我這批舊作，都曾先刊於大公報，後由國聞週報轉載。而且，絕不止於這六篇，但我無法找到當年大公報，所以無法列出。深盼仁人君子代我查證。這六篇小文，正在請中央圖書館影印中，將來或許印成一本書，以資記念。）

第三、從我的工作崗位中，我結交了許多新聞界人物與作家。對天津社會有「更進一步認識。前邊曾談過益世報的劉豁公。同時羅隆基正在那時以前任該報的總主筆。「九一八」事變起後，我還在哈爾濱，讀他的益世報所寫的文章，才華橫溢，極具煽動性，很吸引讀者。我也極崇拜他。我在天津時，好像他已離開了益世報。在一個偶然場合，遇見他。交談之後，印象轉劣。我覺得他華而不實，一股外國留學生的「流氣」更爲顯著。再由於熟讀了季鸞、政之兩位先生所寫的社評，愈覺得他的文章浮誇，不經讀。對一般青年作煽動性的宣傳可以，但對具高深知識有修養的人，則淺薄無聊。他的才華雖出衆，人品也有問題。後來我們同在參政會任參政員，當年我崇拜的心情幾乎消蝕殆盡。新天津的劉髯公與庸報的蔣光堂都曾見過面。又章回小說家陳愼言及求幸福齋主，都曾領教過。「北洋畫報」是當時北方的唯一畫報，我也曾拜訪過。

通信最多的，莫過於「小公園」的作家們，包括沈從文、張天翼、李健吾、巴金、李同愈、馮至等數十人。

前邊我漏記了一位女記者于立羣。她是大公報開天闢地以來聘請的第一位女記者，可能也是最傑出的女記者。

在我沒認識她以前，已讀過她的文章，只覺得文字清婉流暢，很富感情。後來她特到我所住宿舍外邊的辦公室來看我，談寫作、談東北，言談得體，氣質非凡。她那時除採訪婦女界新聞外，還撰寫一些時人訪問。新聞的嗅覺不錯，文筆尤佳。聽說她仍在南開讀書。二十四、五年以後，就不再聽說她的消息。抗戰時，郭沫若的太太，叫于×羣，聽說就是她妹妹，長得也很像。她原籍廣西，在北平出生長大。她的才華能力，遠比彭子岡爲佳。不用說其他了。于立羣可能是女記者中的「鼻祖」，也是迄今爲止最卓越者之一。

第四，我以爲滯津四個月，使我親自體驗了一個全國性大報的實際生活，爲我最大收穫之一。我景仰多年的新聞機構，不但我親身看見，而且還在其中擔任一個角色。不祇一償宿願，且是一種榮耀。一個全國性的報紙與一個地方性報紙，不論編排技術、經營方法與人員氣度，都有所不同。使我從此以後，對衡量事物上，有了重大依據。

第五，由於我長時間讀報紙，無論社評、專欄與新聞，甚至於文藝性的來稿，使我領畧了一個報紙的風格。這種風格不祇由文字表達，也從工作人員身上求證。言行一致，不獨是作人的本份，更是新聞媒介所應恪守。我從此痛恨那雙重人格的報紙，更不屑與「表面一套」「背地另一套」的自命爲「報人」攀附。

第六、大公報編輯部的氣氛，使我最

難忘懷。這些氣氛由無數工作人員形成。那裏面包括着學識、修養與品德的昇華。更證明人類眞正平等，不在地位，不在財富，而在知識。有知識不驕人、不傲人，而用之貢獻社會，服務人羣，才是知識的正當運用，才能的有益發揮。

第七、這四個月，實實在在，我最大收穫之一，還是學會了如何作人！人與人相處，最重要的是互相影響。我才疏學淺，自度沒有影響人之本事，但隨時接受人之影響，可能是我天性中的最大本能。政之先生氣派之大，處事的果斷、細密，與他那放眼世界的胸襟與恢宏之氣，我固然想學也學不來，但頗體會其精神。季鸞先生那悲天憫人的心懷，報恩主義的哲學思想，動人的文筆與感人的高尙情操，更非拙笨如我這樣小人物，敢望其項背，但我尙能瞭解其皮毛，谷冰兄的蘊籍坦誠，萱伯兄的謙遜和平，芸生兄的塌實幽默，歷樵兄的敏思廣知，季廉兄的鑽研不捨，甚至於張遜之兄那江湖俠義氣慨，都留給我最深的印象，默默中對我有所影響。因逵詮先生畢竟見面不多，不敢胡言。（逵詮先生說話聲音沙啞，北方管這種嗓子叫宮啞嗓（？）有人拿他的嗓音，請教天津某大相士。相士答曰：「他的主貴，全在宮啞嗓！」可見人若富貴了，相士也會見風轉舵，攀附高枝。）其餘，連編輯部工友老張的服務態度，我都清新如昨，都會給我不可磨滅的記憶。

第八、這一切留給我一個志願，盼此後不因我是「短工」而杜絕了「服務報界」「文學報國」的前程。

這些思慮，一直送我入夢鄉。

二四、回到鄉下

二十二年終前一天晚上，政之先生又爲我餞行，地點是在一家館子裏，想不起叫什麼名字了。陪客仍是編輯部幾個同人。飯後，他又把我請到會客室，給我拿了些盤費，以作爲報酬。好像是一百五十銀圓。我去東北一趟，也給我一百五十圓。在報館住四個月期間，報館供我膳宿，每月發給我一些零用錢，忘記是多少了，反正還很富裕。不然，我也不會跟林墨農兄常常去下小館，聽京戲。

政之先生說：「這次眞多謝你了！你回家後，盼隨時把鄉間的情形寫來。」又說：「中國是個農業國，一般報紙只注意城市，不注意鄉間，只知道城市中的罪惡，不知道民間疾苦。」

我答：「一定遵照胡先生的囑咐。」

次日，一早乘車赴平，轉車回家。

過了陽曆年，不久便是舊曆年。爲過年，忙活一陣。我跟雙親與孩子們很久沒在一起團聚了，所以趁機會便好好過了一個「肥年」。

我也趁過年時節，寫了一篇「過年記事」寄政之先生。把「農家樂」一番情景，大大描寫一下，以說明禮俗與人民之影響，暗示謀國者應因勢利導，使它成爲一個有意義的節日。而尊老敬賢之優良傳統，尤當藉此時刻加以推廣。

我也寫過「怎樣改良冀中耕耘？」「河北省中部的造井情形」「安國縣藥材市場」「北楊村顏習齋家世紀」（我村距離顏氏故里僅十八華里。）還有「農民飼猪養鷄問題」「鄉間交通」等報導性文章，都承大公報以特別欄刊出，與趙望雲的農村畫，同時受到讀者的注意歡迎。因在此以前，很少報紙報導這些情形。

過了正月初六，就到了我滿假之期。雙親見我在家住了還不到一個月，就要走，十分不滿，特別是我母親非常不高興，哭了幾場。在天津時，我早已想到這一點，所以我早有準備，萬一老人家非要我多住些日子，我就再延以一個月的假期，不要薪水就是了。於是我續了一個月的無薪假。

利用這一個月期滿，串親戚、看朋友，並享受鄉下正月間的繁華。什麼好事會咧、扭歌舞的咧、玩少林拳、打什不閒、耍獅子、耍龍燈、打落子以及各種拳賽表演，可以說集玩藝之大成，都讓我看了。那時國難嚴重，但河北中部鄉下還嗅不到日本侵畧東北後的兇燄果實。可知交通不便，也有好處。

過了二月二日，正是陽曆三月初，我率領子女，又經平津、南京，回到上海，結束了我度長假的生活。

二五、中日關係微妙階段中的危機

二十三年春，我回到上海以後，除與李子寬兄保持聯繫之外，我公餘之暇，多半集中力量閱讀各種書報雜誌，與文藝、新聞界人士來往。平均每月給報館寫一兩篇通訊。

季鸞先生這時已恢復健康，爲了實際明瞭中樞情形，他與政之先生不時輪替南來，先在首都住一陣子，然後到上海。他倆都愛住剛開幕未久的北四川路橋頭新亞酒店。這個酒店與上海郵政管理局爲鄰。他倆一到，必召我前去談話。我也藉機會從他們口中，瞭解時局眞象及中樞肆應的方策。

北方大局之日見惡劣，二十三年初已窺見端倪。那年三月十七日，大公報發表一文，名曰：「中日關係之現階段」。從這篇文章裡，可探測當時的情形是如何嚴重。原文如後：

最近政府文告及當局言辭，皆力避日本字樣不用。如外交部爲傀儡僭號之談話，國府懲辦漢奸之通告，惟云責任有歸，未嘗明指日本。又如汪院長十二日在中央黨部紀念會之報告，雖痛陳外患之危，而亦不指出特定之國家，凡此皆足徵當局關於對日關係憂慮之深，亦證明對於如何應付日本外患之無決心無辦法也。

雖然，吾人所見或與當局有異同之點。蓋吾以爲中國對日，絕非畏懼所能了事，亦非無爲所能自保，惟有在不挑衝突不結外援前提之下，守最小限度之立場，爲最後自衞之準備。中國固不自動的招致決裂，然對方橫逆之來，則隨時須具玉碎之決心。同時中國固望與日本恢復平和之常軌，然撇開東四省主權問題不論之任何提議，則應一律謝絕，雖受威嚇，甚至實際侵畧，亦在所不屈。此消極的應守之態度也。然同時中國不能束手無爲，以坐待危機之來，故必須積極有所準備。準備如何？曰：第一、鞏固統一。夫日本軍閥自不願中國統一，且斷其不能統一，故有隙即乘，總欲妨阻其統一。然中國之事，畢竟中國人自操之，誠令一致覺悟，認爲泯息內亂，即爲提高國力之最有效途徑；而一致努力焉，則日閥纖巧之伎倆，亦無所施也。一旦統一確定，政令暢行，則日閥之於中國，勢將另眼相看，故欲免侵畧，首須鞏固統一。第二、中國物質的建設，尚在萌芽，則國力寄託，只在於人心。四萬萬人之意志感情即國力也，是以禦侮救亡，端賴組織民衆，團結民衆，教育民衆，而其前提則在改革軍政及民政，使人民生活得維持，自由得保障，然後得組織團結而教育之。此種工作成功一步，即國防安穩一分。一省成功，則一省安，各省成功，則各省安。如廣西政治，亦不過數年之歲月，僅少之費用，已有相當成績。今日已敢斷言，假令外患侵廣西，其所遭受之抵抗，必强於過去東北四省。一爲有組織，一爲無組織故也。第三、以上兩者，只目前平時有效，設一旦國際戰起，日本軍閥定將先謀有以制中國死命之道，故對於國際危機之最小限度的軍備，必須速籌。何謂最小限度？蓋國際戰起，以中國之國力，絕不堪參加，亦絕無十分倖進之機會，最要在能自守。即當國際危機爆發之時，中國須能以自己之力守土，倘來犯者，定與拚命。

中國以兵力守土，在平日難，而在國際戰時則較易，此即所謂最小限度之軍備。然即此亦須全國努力，始克進行，尤要在整理軍隊，減量增質，一面須改善最緊要之交通，及建設最緊要之工業。以上三點，乃目前積極的應持之政策也。吾人以爲對日問題，中國只有如此。夫就吾人未來希望而論，中日兩民族最好成立諒解，共保和平，然此種希望，九一八以後已不通，今日更不可能。何則？中日關係之和平正軌，必須在平等互利之原則上建立之。然日本自九一八以後，其心理上絕對否認中國與彼爲平等之國家，故根本上無可

交涉。夫推演至此，中國自身本有大部分責任，蓋東北四省失之如此之易，在日本亦出意想之外。熱河之後，中國呼號失土，日本軍人視之，不過小規模之實彈行軍演習而已。九一八以後，日本軍閥在中國軍事上所費之力量，遠遜於其本國政治上鬥爭之困難。蓋以最小犧牲，而獲得較其本國面積廣大之領土，同時又見無恥傀儡卑顏逢迎之狀，故根本上乃視中國如無人。此種心理，普通日人亦然，不僅軍人。故九一八以後之中國，除喪失四省領土之外，精神上尚另有重大損失，國家地位，一落千丈，此實自招，莫可尤人也。事實如此，今日而與日本談平等提攜，斷不可能，且現狀亦不能久安。蓋日本軍閥之於中國，現持兩種觀念。其一，即前述之蔑視心理，以爲循東四省之例，佔黃河以北何難，即飲馬長江，亦屬易事。其二，即不從其軍事專門之觀點，而顧慮中國藉外援以設軍備，待國際戰時，對日報復。前者視中國太輕，後者又視中國太重。視之太輕，故時時動控制之慾。視之太重，故又刻刻作防制之想。目前階段，正在此兩種矛盾心理流行之間，其所以無舉動者，國內政爭不能如願，國際應付亦感疲勞，故暫作稍息之姿勢耳。而其稍息之時，亦自有其工作，工作維何？曰偵查，曰誘嚇。文武人員，僕僕南北看究竟反蔣否？究竟聯美否？蔣對日究作何態度？反蔣者究竟有無作爲？諸如此類，皆屬偵查工作。然同時向我當局探今後決心，泛論兩國關係，親善之聲，間亦可聞。但最近所謂親善之解釋，與幣原時代迥又不同，彼之所謂親善，猶畧帶平等之意味，今則簡言之，一切跟他走而已。論及經濟問題，起碼將要求成立「經濟集團」，此無他，中國經濟發展之途徑與方式，須以日本資本主義之利害爲本位，而受其支配。質言之，即反對中國之工業化，使永遠不足爲日本工業利益之妨碍。夫此種要求，自中國視之，其爲禍將更大於喪失四省領土。中國四萬萬人若不向自由的工業化爭鬥，則永遠將淪於奴隸之地位，此豈中國所能堪者！日本執權階級忘却中日兩民族未來經濟之使命。應在分工合作，各盡其長；更忘却中國自主的工業化成功，中國人民經濟生活提高之後，中日貿易將天然的增加數倍或數十倍，彼等不從平等提携互尊互利之途徑上懺悔過去侵畧，恢復正常關係，而本其徹底蔑視的心理，除政治的侵併我四省，更欲經濟的支配我全國，此即目前所謂親善之內容，而大概正向我國當局開始其誘惑與威嚇者也？

情形如此，故中國之對策，應如上述，先努力消除其兩種不當之心理，爲泯其猶猜之計，在國際危機中，宜持坦白之態度，事實上證明絕不求外援以建國防，國防之事，必以自力爲之。而爲改正其蔑視之計，則上述積極準備之三項，必須全力經營，並可公開宣傳，使全國人民一致努力，對日本亦絕不諱言。此吾人認爲目前對日關係之決心也。

吾人以爲中日關係必須使日本軍閥得到教訓，知蔑視之非，及猜防之不必要亦不可能，同時須使彼等慚悟日本眞正利益，在交還所侵佔之領土主權，以收經濟上平等提携之大利，然後中日之間，始有交涉可言。自事實推論，中國政府人民必須大團結，且準備大犧牲，而後始能達到此境界也。在目前階段中，當局但宜努力行其最小限度之政策，對日宜愼而不宜懼。其有不當非法之事，宜隨時抗議，勿畏葸而弗論！遇其誘惑或威嚇之來，宜坦白眞摯的正其誤見，促其反省，勿但作浮泛的親善之交歡，反更加重彼等蔑視或猜防之心理！最近當局者遠禍緩衝之苦心雖爲可諒，然畏禍過甚，更足以促禍之速來，不可不愼也。

× × ×

當時日本在錦西與赤峰一帶屯駐大軍，一面威脅冀東，一面壓迫綏北，又屢次以建立「東亞共榮圈」相引誘，迫我們在經濟上捨身投靠，其用心陰險，達於極點，而汪兆銘所主持之政府種種表現，却是一派畏懼心理，所以大公報及時獻言，以挽危局。

同年四月十七日，日本外務省又作非

正式聲明：「反對中國有違反東亞和平之任何計劃，並反對他國供給軍用飛機、軍事教練及政治借欵於中國。四月十九日，外務省發言人續稱：「如因國際合作援助中國使東亞和平擾亂時，則日本將趨積極行動。如他國用武力，日本亦將用武力。」這是日本對中國最率直大胆之聲明，披露了它此後外交方針之全貌。換言之，它已提中國視作禁臠，除了它以外，任何一國都不能向中國援手，這種可惡的態度，實乃逼人太甚。大公報曾以「日本外務省之聲明」（刊二十三年四月二十日）嚴詞闢駁，其結論曰：

東亞人自決東亞之主張，中國在原則上本可贊同，然其前提，在平等提携，互相尊重。今日本與中國間無此基礎，故事實上陷於空論。至今後東亞大局之如何推演，中國與日本各操其樞紐之半。就中國言，中國政治愈進步，則去改善現狀愈近，蓋使日本改悟之前提，在於事實上邀得其敬重。就日本言，倘使日本聰明，則當知所謂東亞人自決東亞之主張，必須在兩國國民好意的諒解之下行之。反之，愈威嚇愈惡化，愈侵畧愈不成。日本現判斷各國爲東亞問題無與日本武力鬥爭之意，然東亞現局，倘竟令日本積極破壞，則大戰必因之惹起，此不關中國政策如何者也。中國一般人現已覺悟到不希望國際對日之武力干涉，同時望於日本改悟之下，使東亞民族得一永久相安之途徑。然觀日本此次方僅賴一片之高壓聲明，以臨中國，以嚇世界，則將來東亞的大破壞，中國實絲毫不負其責矣。

緊接着，大公報又於四月二十一日以「中國最小限度之立場」爲題，闡述四點主張。第一點：願政府國民先決定一原則曰：誓賭存亡，以擁護國家之自由與獨立。譬如人焉，此乃屍骸與活人之分，無可通融。不容折價，病人爲養病之計，一切痛苦可想，惟斷呼吸不可忍？國家亦然。中國無論如何孱弱，倘有侵犯我國家獨立主權之任何舉動，必予反對；同時倘有變相的限制我主權觝觸我獨立之任何誘脅，必予拒絕。而對於反對拒絕以後之任何危機，應決心自負全責，應付到底。寧戰危亡，不能自行斷送主權。猶之任何垂危之病人，斷不能自絕其呼吸以殉病菌之願，此一點基本原則，對任何外國皆適用，對日本亦當然適用。

第二點：中國對各國外交之一般原則，爲嚴守條約。中國多年之願望，爲改訂與各國之現行條約，使達於眞正平等相交之地位。對於此等願望，當然繼續努力，不達不止，而在未臻改訂以前，則現行條約，中國仍嚴格遵守，至於各國際公約，凡中國爲簽字國之一員者，概履行其規定之義務。任到何時，中國不能負條約，寧條約負我。

第三點：關於實際政策之應用，亦有其基礎條件：（一）政治的，不與任何國家共私的利害，不求任何國家之特別援助，惟以自由獨立國家之地位，盡條約義務，助世界和平。其間各國所要求者，惟繼續改訂商約，解放前世紀所遺不平等之痕跡，而對日本所特別要求者，則還我東北之領土主權。此外無恩怨，無畛域，無利害。經濟的，中國之經濟發展，完全以其本國之利益爲本位，不代任何國家打算，故無所排，亦無所親。其須繼續努力者，爲關稅之完全自主及解決租界問題等。至於通商投資等事，概依條約辦理，凡通商國民，皆享條約上應有之權利，同時皆不得有條約外之特權。而通商原則，爲自由競爭，投資原則，看需供條件。中國不負特別多銷某國貨之義務，而亦無特別阻止多銷某國貨之用心。借欵須我有需，企業須我想辦。條件合者，多接近，條件不合者，少接近。其條件自以中國之利益爲主，不能以他國之利益相衡。

第四點：內政外交原難割分，外交爲內政之一部，內政可以影響於外交，是以苟論外交上最小限度之立場，則不能不同時講求內政上適應之道。吾以爲第一應標明中國此後將儘力縮軍節費，以全力爲生產建設。中國承積弱之餘，當國際之衝，與其論武，不如論文。今後若干年內，中國應恃人格信用以爲國防，而不恃無基礎

之戰備。要之，應使任何國家對中國皆不必猜防，同時中國亦不作任何國家之工具。中國並不特別備戰，但決心不肯亡國，倘凌逼過甚，則必死拚，寧使魚爛瓜分，亦不能安然向任何國家遞降表也。

× × ×

這篇文章係針對當時日本當局之心理而發。它既怕中國求外援，開展經濟，建設國防，又怕我擴軍，以謀抵抗。大公報鑒於日本外務省之猜防與恫嚇，所以才拿這篇文章，以減少其疑慮，並失其立場。故文內有「與其論武，不如論文。」「中國應恃人格信用以爲國防，而不恃無基礎之軍備。」「中國並不特別備戰，但決心不肯亡國，倘凌逼過甚，則必死拚……」等句。這是多麽委婉而堅定的立場啊！

二六、藏本案

民國二十三年六月八日晚，日本駐南京大使館的副領事藏本英明忽然失蹤。九日晨，中國方面接獲通知，立刻命軍警大舉搜索。十日，警察當局在各報刊登廣告，懸賞萬元尋訪。但自這天起，日本國內各大報及通訊社，就妄加揣測，大事宣傳，並恫嚇謂將取斷然處置。同日日本軍艦加派兩艘到南京長江內巡弋。十一日，日本各報評論蠭起，直稱這是庚子義和團時代杉山書記生被害以來最大事件。連日各國通訊社電信，都說日本輿情爲各報所刊滬電所激動，已視爲第二中村事件或杉山事件，指摘中國應負完全責任。種種暗示，皆露出嚴重之姿勢及不測之情態。中國政府幾乎擱置一切政務，專辦此案，南京軍警晝夜活動，數十萬居民挨戶被搜，城廂搜畢，並及四郊。當局之慮，人民之驚慌，皆超越想像，不可形容，直到十三日中午才在明孝陵旁石洞中尋獲，由我外交部交日領帶回。其失蹤原因，已證明爲圖謀自殺，我方無任何責任，一場虛驚才算完了。

當時日本的氣燄與我方的驚恐，達於極點，全國民衆更惴惴焉如大禍來臨。

大公報連寫兩篇文章，以紀其事。一篇名「藏本案的大白」（二十三年六月十四日），一篇名「慰藏本」。茲將後一篇錄後，以見一斑：

藏本生還，其事已了，似不必再論，惟續讀其自述出城經過，不禁發生超越國界之同情，願作數語，聊當慰藉，想中國人抱同感者定不少也。按藏本自述：八日夜半徒步出城登紫金山，滿懷愉快，俯見全城，電燈如晝，遂揚手與美麗之南京告別。然過數日夜，徘徊山谷，求死不得，嘗脫衣臥地，願供狼一飽，而狼反驚遁。迨飢渴困憊，遂眠洞中，自分將與世長辭矣，及被發現，猶不願歸。自言一身不關國際，妻子眷屬亦不動心；觀其厭世之決心，殆有重大痛苦，然而和平敦厚如詩人，超渡生死如佛徒，而命運詭奇，不使其死。綜觀始末，直一深刻之人生悲劇，而幸未以悲劇終。吾人純由人類相愛之義，誠不勝表示其同情也。厭世原因本人不言，然就其性格之表現觀之，優可判斷其眞相。夫宦海炎凉，何國蔑有，浮沉下僚者，本不知有幾許可以讚美之人格，要而言之，適時與否而已。日本官界，亦講閥閱，得失之間，本不盡關才智。如藏本者，大抵爲無奧援之人也。至於個人奮鬥，則貴迎合時尚。日本近年一切籠罩於所謂「非常時」之下，爲外交官亦貴法西斯化，大抵得意昇遷者，倘非大有奧援，則必所謂識時之俊傑也。近年風氣劍拔弩張，對華態度尤尚急進。最近之典型外交官，大抵發表四月十七日聲明之天羽足以當之。若藏本氏者自殺尚如此從容，豈能爲狂熱之外交？臨盡尚話別南京，寧不招優柔之譏誚？多年失意，有由來矣。

不然，以其官久資深，精通華語，計時當早得意，況彼始官吉林，而今成所謂滿州國，近來彼等需要精通中國語——日方所謂滿洲國語——者尤殷，即以語學之能力，亦優可活躍矣。今之厭世，殆其詩人性格，有不利於政界競爭者在歟？雖然，願君勿悲觀！非常之局，應非永久，君或不適於非常，而却極適於經常，假令中日民族果有成立平等互尊的親善關係之一日，則中國人民歡迎之日本外交家必爲藏

本氏，而非天羽氏。吾人昨既言之：國際相與，貴根本上互有善意，此可於藏本求之。方其登山圖盡，猶讚美南京夜景，感覺愉快，此可知其對中國及中國人根本上爲善意。此乃中日間今日之所最需，而得以藏本氏證明日本文化分子尚居然有此胸襟，是則其一篇自述之詞，乃留一極良印象於一般中國人，君之貢獻於眞正東洋者已不小矣。

況就中國論，君之慶生，不啻中國之得天佑。蓋假令果依其志願，爲狼吞噬以死，則異日者，發見殘骸，零亂狼藉，彼時日方勢將目爲殘忍之殺害，中國之遭殃受禍，誰能知其所極！況假令不登山而投身大江，則又是何等局面？今日者，君慶生還，而我免不測，蓋有天幸，非關人力。吾人今願勸日本國民，宜乘此事件，諸加反省，從此務互存善意，勉種好因！是則此次藏本氏之個人事件，或將成爲將來兩國民之好紀念，並未可言。不過日本之事，不易斷言，藏本生還後，彼習癖上必以時時呼號斷然處置爲快之日本狂熱者流，究作何感想，吾人實不能測度。

即藏本氏今後之宦海生涯，亦在不可樂觀之數。雖然，君本求死，何論一官？惟勉君珍重，勿復輕生，來日方長，同情常發。彼山間飯肆，願客緩償，拒受金鈕，此種善意，乃中國社會之常，因君生還，使誤於惡意宣傳之日本國民事實上得一反省之機會，或可望其對中國爲改善其認識。夫如十三日新聯社電所云：南京日本官民於藏本還後，反大怒中國之無誠意，大抵至昨日此怒始不得不解。此種情形，爲日本計，尤屬不幸。惟望藉君之力，稍招祥和而泯瞋恚，殆不失爲東亞民族共同之福利歟！

× × ×

關於藏本案，今天年齡在五十歲以上的中國人應有記憶。在沒有尋獲以前，他所給予中國政府之困擾，可說達於極點。萬一找不到，或他被狼吞噬，或投江而死，日本政府必藉題發揮，對我不利。天佑中國，藏本終被發現，而且從他自述當中，才知道他是厭世自殺，非但與中國無關，而且正顯示他有無限隱痛。並且還有一段人情味的舉措，感動了他。原來他餓了兩天，實在忍耐不住，就跑到山下小舘果腹，吃完了飯，他付不出錢來，就把身上一付金扣鈕權當飯資。飯店老板說：「吃了飯，沒有鈔，不要緊，什麼時候有錢，什麼時候送來！」於是璧還他扣鈕，使藏本深受感動，覺得中國商人眞是慷慨義氣。這些話都是他親口向我警憲當局說的。由於這個背景更增益了大公報這篇文章的力量。走筆至此，不知藏本英明先生尚在人間否？願留日僑胞順便探詢一下，果然他還健生，仍不失爲一樁新聞佳話。

二七、大光報的誕生

日本挾佔領東北四省的餘威，得寸進尺，一面進迫冀東，挾持殷汝耕等漢奸成立冀東政府；一面又包圍察綏。中央把北平軍委會撤消，將關麟徵與黃杰兩部份軍隊調離華北，另成立冀察政治委員會，由二十九軍軍長宋哲元綜綰北方大局。全國上下都明白這僅只是暫局，日本絕不會因此止步。而江西剿共漸形與政府有利，軍事重心，已由南昌移武漢。

二十二年十月，好友趙惜夢兄約我相會於武漢，共商在漢口創辦大光報之計。我倆在漢口江漢路福昌旅舘一連談了三天，得到一個結論：華北終將不保，軍政重心此後將移向武漢。在武漢辦一個報十分必要。那時除武漢日報是受中國國民黨中宣部支持有相當規模外，其餘幾個報都是私人經營，銷路較狹，影響不大。我們忖度假如辦一個稍具規模的報紙，定可以後來居上。

惜夢兄說他南來前，曾由北平專程去天津與政之先生請教，胡氏竭力慫恿，並慨允盡一切力量相助。關於開辦費及經常費如何籌措？以及預估多少時間可收支平衡等問題，惜夢兄雖然沒明明白白告訴我，但言語之間，好像他已和武漢行營張副司令漢卿有過接洽，允一次補助若干萬元。當時我雖年輕識淺，但好像已深具經驗

似的，對於一個像張某這樣地位的人作經濟支援，我並不認為可貴。可貴的，則是大公報的贊助。我曾把我的觀點說與他聽。如何妥籌獨立資金，並善用大公報的聲望。惜夢兄是一位對朋友對事業極具熱情却也有城府的人，好像一切成竹在胸，都已決定，只待我答應來漢相助。我對於張氏助欵，雖不贊成，但是助欵為了抗日的目的，我又不能全然反對。

經過一番考慮，我終於答應了他，願傾全力相助，祇是說明不負經濟籌措之責。我同時也寫信給政之先生。他覆我信，確是多方鼓舞。

我返回上海，就代大光報訂購明精機器廠（廠址寶山路）平版印刷機三部、打版機、切紙機各一台，付了三成定金，並言明年底交貨，派技工安裝後，淸結欠欵。又代買了全套漢文正楷鉛字運漢。我與孔羅蓀弟，自上海郵區調往湖北郵區的事，已經核准，却須於二十四年二月生效。

惜夢兄偕于浣非兄等於那年十一月，就在漢口開始籌備，一切順利。原來大部份排字房及機器房的工人，都由大公報工廠勻調而來，共有三十名之多。銅模、鑄字爐等用品，也都是買的大公報的。當我們於二十四年初由上海到了漢口，籌備工作接近完成。那些工人大部份與我熟稔，工廠領班周顯庭君，原是大公報排字房的一部份主管，機器房的曹君，原是大公報印刷房的助手。連曾是送小樣跑上跑下的小孩兒那普津也來了，並且升了排字工人。總之，自天津來漢口的這批工人，都說大公報在漢口另開分館。他們升了職位，並且比在天津拿錢也多，人人高興，個個快樂。

大光報社址設在漢口英租界漢潤里，工廠也在漢潤里租了一幢樓房。職工宿舍也都在同一里內。漢潤里是漢口最高貴的一個里分，租價極昂。

在未出報前，我們的陣容是這樣的：惜夢自兼社長及總經理。總編輯是原在哈爾濱國際協報任同職的王星岷兄。于浣非兄任經理。

大公報駐漢特派員徐鑄成兄（就是後來領導上海文滙報的負責人。）也是大光報重要編輯之一。我負責編副刊「別墅」（綜合性的）及重要採訪。羅蓀編「紫線」。還有芮道一、韓淸濤等，都是原在哈爾濱的一批老友，算來陣容相當堅強，而且個個都年富力強，雖非青年才俊，但大家都夠得上饒有經驗的青年新聞工作者。

再加上所有大公報駐外特派員都兼任大光報特派員，試版二日，印刷淸晰，編排大方，頗有大公報風格。

三月一日創刊，登載着胡氏賀電及上海李子寬寫來的通訊及專電，其餘北平、南京、廣州、濟南、杭州、長沙等處，凡有大公報特派員的地方都有專電拍來。氣勢之盛，一時無匹，大家都推許大光報是天津大公報的漢口版。

我們的兩個副刊，既具學術性，又趣味化，打破了武漢既有報紙副刊的沉悶版面及地方性的限制，因為所有執筆人都是全國第一流作家。我們不但引進了新的文學境界，也引進了新的文藝陣容。大光報一開始，就是以全國性為起碼目標。在社論（大公報不稱「社論」而稱「社評」）方面，當年哈爾濱國際協報，就以社論著名，如今由原任總編輯王星岷兄來主持，又增加了大公報社評的若干風格，也非常受人注意。特別欄精選精譯，更特別受讀者重視。因武漢行營大批專家及武漢大學無數學者，都被邀撰稿。這些都給一個初創的新聞媒介最大鼓勵。再加排版好，印刷精美，所以一出刊便取得了壓倒性的勝利。第一個月發行量就達三萬餘份，第三個月到達五萬多，廣告源源而來，發行蒸蒸日上，不到半年工夫，上海某報，推許大光報擁有全國第七位的銷行量。各方面的稱讚及期許，幾乎天天可聞。掃蕩報同人自南昌遷武漢，特派員到大光報學習編排技術。

從開始兩三個月的情景看來，的確令人興奮萬分，一個有前途的報紙，當北方烏烟瘴氣之際，在華中誕生了。

政之先生不時來信鼓勵，更增加了我們的信心。

那年七、八月間，季鸞先生突來漢口。有一天，他派人來找我。我才知道他住在一個小旅館內。他見我了，劈頭就說：「你今天寫的這篇陶行知訪問記太生動了，這樣文章爲什麼不寄給咱們報館去？」

原來那天大光報正刊出我寫的一篇記陶行知先生的專文。我除了把曉莊師範的那套教學方法予以介紹外，我還着重描寫陶行知這個「怪人」。（他以先叫陶知行，後又改名陶行知，樣子怪，說話腔調怪，大概個性也很怪）。我的描寫完全採用不落實的象徵手法，讓他本人看了，不覺難堪，但讀者讀了，則覺有趣。

我聽了季鸞先生的誇獎，旣感激，又慚愧。

我說：「爲了幫忙惜夢兄，不得不寫些輕鬆小品，以活潑版面。沒有什麼價値。」

季鸞先生一聽我說「價値」，又談到徐鑄成兄「訪李石曾先生」，和我以前一篇「訪陳西瀅」兩文，他說：「論文字價値，談何容易！一張報紙就是時時要有吸引人讀得下去的記載，先別管有無影響！」

這幾句話給我印象至深。從此以後，不管寫什麼文章，我時時刻刻不忘「如何使人讀得下去」這句名言。深入淺出只是象徵性的原則。但具體的方法則是：用明明白白的文字，描寫一種看得見的事物，不誇張，不浮濫；用通俗的技巧，說明一些深奧難解的理論，教人懂，教人瞭解；這兩項守則，是現代新聞從業員最重要的方向。

尤其使我感動的，是前輩先生們，不吝惜稱讚晚輩的高尚品德。我嘗說：「稱讚不見得是鼓勵人上進的唯一方法，但是最好的方法。」前輩先生們往往對鼓勵後進不吝惜給予幾句稱讚的話。而後輩則接受了他們的美言，激勵上進。近二十年來，因風氣之壞，我默默中察覺，影響到一些具有稱讚地位的首長或專家學者，竟吝嗇到不肯對部屬及晚輩，說上半句鼓勵的話；就好像讚譽了別人，自己受損似的。過去，長官不嫉妬屬僚，老師不嫉妬學生，父母不嫉妬兒女，如今不說一古腦兒完結，我看所餘無幾了！這豈是中華道統！這豈是中華文化！不信，仔細觀察一下，便明瞭大半，泛泛的捧人，我固不贊成，但對於一個眞正肯努力，有成就的人，說上幾句誠心誠意的讚語，於自己吃什麼虧呀？

大光報託庇大公報的餘蔭，一直到二十四年底，還是過的興旺的日子。但好景不常，自二十五年起，就走上失敗之路。失敗的原因很多，但最重要的有以下幾端：

一、張漢卿氏的承諾，沒有全部兌現。

二、惜夢兄估計過高，至少應再有一年的時間，才能站得住脚。

三、舖張過甚。一開始，人力物力，都顯得過分浪費。

四、編部雖人才濟濟，總理部却人才貧乏，尤其發行、廣告兩課人員辦事不力。

五、過於重友情，養活了一批吃閒飯不工作的人。事業與友情相混淆。

這一切顯示對創辦事業缺乏經驗。冒險精神可佩，但穩紮穩打的精神則無。

到了二十五年下半年，先是欠紙費，欠房租；慢慢發不出薪水來，職員不鬧，工人則吵。其先還隱忍不發，後來演到包圍社長，威脅經理，罷工等事件發生，其次是職員相率離去，包括總編輯王星岷兄也投到武漢日報去。只有我與孔羅蓀始終義務幫忙到底，因爲我倆另有職業。

這是一段很慘痛的回憶，也是無比的教訓。今天如果批評它還有貢獻的話，那便是預備了這麼一個攤子，苟延殘喘，挨到抗戰後，到底作了大公報的先鋒，一切生財都被大公報收買過去，工人復歸故主，減去了張、胡二公不知多少氣力，使大公報於天津閉館之後，很快地就能在武漢繼續出版，更證明當初我們估計華中將是抗戰的重心的不錯。

（未完・待續）

民國以來第一清官——石瑛

吳相湘

石瑛字衡青，一八七九年在湖北陽新縣出生，民國卅二年（一九四三年）十二月四日歿於四川重慶市。

石瑛的曾祖、祖父都是讀書人，皆績學不顯達，石父以家產中落乃輟學治商。石瑛自幼舉止厚重，其曾祖乃親自教讀，稍長就外塾拜師受業，益奮發。年二十四歲，即一九〇三年參加湖北鄉試，中舉人。同舉之士，大率趨北京參與殿試求仕進；而石瑛則受當時新潮流影響，以爲非改弦更張不可，入武昌文普通學堂肄業，與居正、田桐等在武昌黃鶴樓結拜爲異姓兄弟，參加張之洞舉辦的湖北省官費留學考試，得中。一九〇四年秋西行，初至比利時，旋轉法國，入海軍學校，殫心力索，冀速窮其術以爲富國強兵雪恥。而校中歧視外籍學生，新戰術及新器械均不得聽講機會，石與同學向國華心憾之，終刺探得秘密之地圖文件，急携往比京不魯塞爾近郊一小照相館囑其攝影複製，在進行中館主發現文件來源，秘密報告法國海軍學校，故當石、向携同原件及照片自比京乘火車回法時，即被法密探跟踪監視。到達巴黎即遭逮捕。經中國駐法公使館以石、向動機純爲愛國，並無間諜行爲，向法政交涉，終經法政府同意不加罪刑，以驅逐出境了結。

石瑛因之渡海至倫敦，由同鄉曹亞伯之介識吳敬恒——據吳記述：曹是革命黨中天不怕地不怕的人，什麽人都被他謾罵，惟有對石瑛總是翹起大姆指，稱讚他是湖北的聖人——與吳比隣而居，補習英語三月餘即能講話，乃爲倫敦大學旁聽生，不久即補正式生，習鐵道工程。於規定課程認眞學習，每日騎脚踏車往返上學入市，與年青人爲伍，不甘落後，其治學精神亦如此。吳敬恒極敬佩之。一九一一年春，楊守仁傷心國事在英國利物浦投海自殺，吳、石同往經理其喪事，由於石瑛對英國官塲交涉適宜，處理事務明快，遂使若干英人認識中國革命黨人之赤誠。

一九一一年秋大革命爆發，國父孫逸仙先生自美來英與其朝

野接觸冀使明瞭革命之眞義，石瑛與李書城及吳敬恒日隨左右，多所協贊。十一月，孫先生與李書城經法回國，其後一週石、吳亦同經柏林、羅馬乘船東歸。到達南京，　孫大總統特派石瑛總辦全國禁烟（雅片）事宜。在職僅三月。民國元年四月，　孫大總統既解職，石回武昌主持同盟會湖北支部。是年冬，參加競選國會議員，當選爲衆議員。民國二年四月北上出席國會，發見袁世凱野心，而國會中亦流品龐雜不足以匡正，遂棄去。深感救國非空言可濟，自顧所學猶未之信，因決定再赴歐洲，未行，而二次革命失敗，石瑛之姓名已在袁世凱之通緝令中，石瑛乃急行赴英，入伯明罕大學採礦冶金。旋吳敬恒亦至英，因復聚首時相討論，每值課餘，石瑛且深入社會，以探求不列顚立國之基礎與政制禮俗國故民情之奧。留學英國歷九年，費用多賴友朋接濟，異常艱苦，曹亞伯形容石與苦行頭陀如出一轍，民國十二年歸國時川資缺乏，附乘貨輪甲板上，遇風浪則臥貨艙底，恃其身軀高大壯健，個性耿直，友朋均呼其爲「石頭」。

石瑛回國之初，原懷抱在廣東建設機械廠，以私人興實業爲社會倡導之計劃，遇阻力而罷。乃應蔡孑民之聘，北上任北京大學教授，深受禮遇。課暇與李四光等往復研討治術政論。民國十三年湖北督軍蕭耀南爲抵制曹錕吳佩孚勢力之侵入，延攬旅寓上海、北京之國民黨黨人回鄂襄助，石瑛乃偕居正、田桐、張知本、郭泰祺等回武昌，會談結果公推石瑛爲武昌高等師範大學校長、張知本爲法政大學校長，郭泰祺爲商業大學校長。嗣以蕭無誠意，石瑛不克行其志，未一年仍返北京大學任教。石瑛於授課之餘密合徒友，聲勢日張，風動學府。民國十四年十一月著名的西山會議在北京舉行，石亦爲參加出席之一人。

民國十五年夏，石以北方政局日亂不可久留，乃離北京南下、居上海一小旅社，旋赴廣州，屈就石井兵工廠工程師，以冀對國民政府有實際之貢獻。民國十六年春，北伐軍定上海，石被任爲龍華兵工廠廠長，石努力整頓革除積弊，終使支出減二分之一而出品加倍，對於國民革命繼續北伐所需軍火供應殊有貢獻。

民國十七年張知本任湖北省政府主席，特請准國民政府調任石爲湖北建設廳長，嚴重爲民政廳長、張難先爲財政廳長，賢豪並集，開湖北政治史上之新紀元，石乃得集中心力本其學養於交通水利農林工商諸部門一一創造規模，蕩滌舊污，爲後來者取法。居官時與張難先、嚴重均衣履樸素，步行街市，不識者均認爲「鄉下佬」。而久染舊官僚作風之人於此更感驚異，因有以湖北三怪稱石、張、嚴者。

民國十八年冬石辭官職，改就武漢大學工學院教授兼院長，這一大學即是由石主持過的高等師範大學一再擴充改制而成的，工學院新創，設備未周，石亟謀充實，對學生則勤於講授，並嚴格要求實習工作，將其本人刻苦向學之精神以身教之青年。

民國二十年冬，張難先任浙江省政府主席，挽石任建設廳長，情不可却，東下就職。時當浙江省百廢俱興財力竭蹶之後，石苦心擘畫，分別緩急以定進止，而杭江鐵路及發電廠工程，最爲急務，又莫名一錢，乃赴滬與銀行界磋商，反復開陳，始得贊助借欵投資，建設之僵局以活。外籍水利顧問數人，報酬鉅而無所事，石立解約遣去，張難先因亦遣去民政廳外籍警察顧問，矯正盲崇外人無功豢養之陋習，而鼓勵國人之努力工作者，行政效率因以驟增，政聲大著。民國廿一年石瑛奉命爲南京市長。

石就任南京市長，不以開拓馬路整肅市容爲已足，而特措意於下列諸端：（一）培養市民守法習慣：國都所在，達官貴人衆多，往往不屑或忽畧法規，石則不論何人，一齊以法，建築、稅收、地籍各要政，悉準定則而行，初有怨言，終久乃無敢違犯。（二）提倡國貨力戒奢侈：石本人衣履均土布製，有「布衣市長」之稱，石對市屬各機關學校服務人員亦要求服用國貨，勿學洋裝以與市民一般生活水準接近；石爲嚴格執行此一規定曾派密查隊四出密查。石又以達官貴人每以汽車接送兒女上學，殊與兒童及青年應刻苦向學之旨違反，且多數納稅人均以公共汽車代步，

號稱「公僕」之達官貴人豈可自顧享受！因派警察在各學校門口查察。石於南京市內建築標準時鐘數處，提倡守時，有人建議利用此建築收取香烟公司廣告，則年收廣告費甚巨，但石嚴飭不許。吳敬恒問其故，石乃告以在英時見工黨機關報每日新聞絕不刋登烟酒廣告，蓋認此爲獎進奢侈行爲，此爲世界各地報紙所無者，石獨欽佩其謹嚴之態度，故今效法之：寧犧牲財政收入，不於公共建築上表示贊同奢侈行爲。（三）提倡國民教育：努力擴充小學，提高教師待遇，親自注意延聘人才担任小學校長。（四）注意平民生計：舉辦小額資本貸欵，扶植舊有織緞業特產等，策進國民經濟之發展。

石主持南京市政，正值中日關係緊張之際，汪精衛長行政院，多與日人周旋，石對日人輒峻拒。一日，日本駐南京總領事須磨遇石於途，央外交部人員介見，石拂袖去。民國廿四年三月，一日本團體來南京訪問，汪精衛命市政府科長以上人員集機場迎候，石以辱國，憤而辭職。

同年七月二十四日，石被任爲考試院銓叙部部長，在職兩年，入督僚佐，出巡地方，多年紊亂之人事制度漸納入軌道。

民國廿六年對日抗戰軍興，國民政府以湖北地扼衝要，改組省政府，再以石任建設廳長，石慨然應命，不以特任官屈就簡任官爲懷。軍事緊急，公路之建築與破壞同等重要，一視作戰需要爲主，而必出以迅速，石均優爲之。至於籌劃工業、推廣合作，以及將武漢中心地帶之工廠籌劃遷移，計慮指揮，日不暇給，失眠舊症大作，民國廿七年秋，乃辭去本兼各職休養。民國廿八年湖北臨時參議會在恩施成立，石膺選爲議長，敬恭桑梓，義不可讓，持論一秉大公，視政府人民爲一體，竭誠翼導，無所偏倚，一掃詭隨依違與故持異同之習，而省政府主席陳誠極重石之德望，特加禮敬。

石在恩施時間其舊友劉敬芳患病，急爲送省立醫院診治，劉原爲著名中醫，篤信中國醫藥，雅不願受西法診治，其妻及幼子亦哭泣攀留，但石以非西醫不得痊，強迫立行，終救全其性命。這一事實說明其篤信科學方法之誠，故不惜強迫其摯友不得不放棄其頑固之成見。民國卅二年春，石力疾主持臨時參議會會議歷十餘日，會畢而足部痿痺。自是日就衰損，是年七月，就醫重慶中央醫院，終告不治。

石在英法留學前後十餘年，歸國後歷任職務又多在物質建設方面，然絕不囿於物質觀念而兼重精神修養，與若干留學歸國學生只知醉心西方物質享受崇拜外人言行完全不同；且石對於物質建設率以大衆福利所關者爲急務，而極端反對裝飾門面之行爲。又慨於以往士人不治生產以官爲家之陋習，努力提倡自給自信之生產與勞力，是常於公餘在私居種菜或辦小手工業以自給，憑自由稱讚石瑛是「民國以來第一淸官」，以及許多人撰文追念他，都是由於他的道德與生活值得效法。

二十年前滇邊行

羅石補

橫騎象背渡迷津

滇緬泰寮邊區行脚之四

橫騎象背渡迷津，少女臨流盡裸身，
洞寫盤絲原不妄；書稱夷俗豈欺人？
鄉關日遠英雄淚，國不偏安志士心；
久處蠻荒欽勁節，臥薪嘗胆痛孤臣。

當我到沙拉去參觀今古戰場時，由於我的好奇心，加上將士們的慇懃挽留，一住就是十多天，已經把和馬幫約定的起程時間錯過，好在他們在猛撒要賣買大批的貨物，會有較長時期的勾留，我們很可以從容到那裡去趕上大隊。只是這時候正值大雨季，山洪暴發，由沙拉到猛撒途中，有幾段路面有三四尺深的水，像我們這些騎術既不高明，又沒有泅水本領的人，騎在馬背上涉水，一走就是十多里，那實在是非常危險的事。

經過一再的考慮，杜先生終於想出了一個妥善的辦法。用他們担任運輸補給的大象來馱我們。騎象，在他們看起來是平常到像鄉下人騎牛，都市人坐汽車一樣。但我們北方佬看到這龐然大物就有點害怕，那裡還敢爬上牠的背？將士們告訴我：象的身體雖然高大，其實胆量最小。凡是牠沒有見到過的東西，縱使是一隻貓或狗，牠都會害怕。

一位緬南的戰友說：無論怎樣難馴的象，只要在地上挖一個小洞像老鼠洞那樣大，牠立即會把一隻脚給洞口塞住，任你如何打牠，都馴服得不敢動彈。這時候，象奴——收象人便可從容和牠談判條件，俟牠一一接受後，再用木頭或石塊在牠眼前，告訴牠：只要牠的脚提起來，馬上就把洞口塞住，這樣牠才敢恢復自由行動。因爲象的鼻子是萬能的，也是牠唯一的武器，假如老鼠要鑽進牠鼻孔裡去了，那才叫牠毫無辦法。

環境迫使我們不得不準備騎象長征，再加上將士們的鼓勵和日夜聽到的關於象的常識，已祛除了不少內心的恐懼。金指揮官更特地令後勤隊選定幾隻最馴良的家生象，並叮囑象奴們在起程以前，天天讓我們和象接近，再進一步訓練我們的騎象術。

第一天，我們開始接近這龐然大物，大家都感覺到牠是很通人性的。我們第一次站在牠面前時，象奴長對牠說了一大套我們完全不懂的話。只見牠聽到象奴長的話之後，立即和緩了先前那種緊張的情勢。據象奴長事後告我：他是對象說明我們是指揮官的客人，要牠送我們幾日路程。我開始佩服這些象奴的本領並不在公冶長之下。

第二大，象奴要我們開始接近到象的身邊，在牠面前用手撫摸牠的頭。我看牠吃草和任何植物時，只用長鼻一捲，立即進入嘴裡；但有時和象奴弄翻了，也伸出長鼻來打象奴。心想假如這畜生一橫心，把人捲向嘴裡，我們都會頃刻粉身碎骨。所以終於

不敢作進一步的接近。魯君是我們之中最胆大的一個，他首先去和象作撫摩的交際。最初很順利，不料牠突然之間，一聲大吼，伸長鼻子，噴出像濛濛細雨的水份，使遠遠站立的我們都沾衣欲濕，魯君更驚得面無人色。

象奴長立即喝止，並將手執的大刀在牠頸上重砍幾刀，只見皮開肉碎，流出一股白漿；但轉眼之間，這白漿又使傷口自然復合起來，恢復了原狀。象奴長對這隻象說了一番話，似乎給以訓誡。牠也就俯首貼耳，大概在表示敬謹接受。象奴長告訴我們：象常常好給人開玩笑，叫我們不要害怕，他保證這些家生象决不會發生任何意外的。

最初我很奇怪，象奴們每人都拿着一把沉重的刀來代替鞭子，每逢他所管帶的象不聽話時，便狠命的砍上幾刀。自從這次看牠被砍後流出白漿立即會使傷口復原，才了解象是不怕刀傷，而且皮太粗厚，鞭子對牠已失去效用，所以不得不用大刀來代替。

此外使我不瞭解的是：象奴們騎在象身上時，每隔幾分鐘，便用脚打牠的耳朵；我把這問題向象奴長請教。他笑着說：象記性最好，而且秉性忠厚，最關心牠的朋友，我們騎在牠的背上，牠既無法看到，又有輕若無物。因爲不知道背上朋友生死存亡，牠會設法使你從牠背上跌下來，讓牠好看一看你究竟是死是活？其實牠不看猶可，這一看從一丈多高的背上使你跌下來，十九都是包死不活。但因此，更使牠相信牠的判斷不錯。時常打牠幾下耳朵，等於是說你背上的朋友還活着，請你不必關心。

再經過幾天的接觸，我們和大象已成了很好的朋友，在象奴們協助下，我們可以請牠低下頭讓我們爬到背上去，來人們在象背上披着一個籐製的籃子，像馬背上的鞍一樣，但比較大得多。不僅可以坐而且可以睡，坐臥在象背上等於和孩子們在搖籃裡似的，搖搖擺擺，實在舒適得很。

第一次騎上象背，由於感到舒適，驕傲而神奇，王君特地爲大家拍照以留紀念。不料事後幾匹象老跟着我們不走，大家很奇怪的請教象奴。他說：象是和西洋人一樣最守規定也最講報酬的；牠們認爲攝影在牠工作範圍以外，你得給牠報酬，一直等我們每人掏出幾個老盾分給象奴，牠才算了事。

自我們發現了這一需要報酬的新奇事件後，又紛紛向象奴們提出許多問題。據說：象每天的工作大多數是八小時，超過時間，得給牠加班費，多少到沒有一定。不過同工一定要同酬，否則得少了的象便會給你搗亂。至於象所得到的錢，象奴們又會用賭博的方式給牠騙過來。

說到象和人賭博，那眞是有趣得很！我們爲了不大相信象好賭，更不知道如何賭法？特地請象奴長實地演習一次，讓我們開開眼界。他們拿着一塊七八寸見方的木頭，每面分刻着一、二、三、四、五、六點。首先是象奴們圍攏在一起，地下放着一面竹筐，作爲承接這顆大骰子的。一頭放着一個小竹筐，這是代表押單的。另一頭放着兩個小竹筐，押雙的賭注都在這兩個筐子裡。賓家用兩手捧起這粒大骰子往下一抛時，全體的人連觀衆在內大喊一聲都將身體作個一百八十度的轉身之後再看上面出的是雙是單？

最初我們很不瞭解爲什麽大家要打一個大轉身再看點數？象奴長拍拍我的肩說：等一會你們就會明白。大象們看到大家都在呼盧喝雉，興高彩烈；牠們都集攏來參觀。沒有好久，牠們懂得了輸贏的方法，於是要求加入賭局。當骰子抛下，大家打一個轉身時，人的動作要比象快十倍以上。趁大象那笨重的身體還正在轉動看不到身後時，人們已經把骰子重新擺佈好了，象總是要輸的。當然，間或也得給牠們贏一二次。但結果總是牠們把加班費的存欵完全輸光，再向象奴借貸，用牠們的勞力再加班來償還。聰明的象奴，便是玩弄這種手法來奴役他的象朋友。

一個風和日麗的早上，剛剛下過一陣豪雨之後，道途上不是水深尺餘，便是泥濘沒脛。我們一行十餘人，分騎五匹大象走上征途；道途上的泥和水對我們的行動絲毫沒有影響，我這才領畧

到象的可愛。象奴長和我在同一隻象背上，我們坐臥在象背的籐籃裡，舖上毛氈雨布，其舒適超過坐小轎車。最痛快的還是登高望遠，眼界寬濶，每逢樹枝或倒下的大林阻了路，領隊的象，只輕輕用鼻子一勾，便可使大隊順利通過。

日長無事，我們躺在象背上像孩子們睡在搖籃裡一樣，非常容易入睡。到睡眠過多時，大家的精神自會特別興奮；因此我要求象奴長告訴我關於象的故事。他告訴我：象分家生和野生兩種。捕捉野象的辦法是：先偵察牠們常經過的道途，然後挖下大陷井，上面把土舖平，讓牠經過時突然跌入陷井。等牠在陷井中餓到一兩天時，你便去送些食物和飲料給牠，這樣經過相當時日，牠認爲你很夠朋友，向你懇切求救時，你乘機告訴牠，救援要花很多金錢和勞力，立即向牠提出反要求，要牠出險後替你工作十年八年！

在無可奈何中，牠只有答應條件，你在三五天內，可以邀很多人去開出一條斜坡路通到牠的陷井，讓牠自己走出來。從此，牠便會生活在你的管轄之下，到期滿了，你可以用賭博使牠欠債，再延長牠的工作期間。

一隻象的生育和成長，實在太不容易！每到象的春情發動期間，公象得到了對方交合的答允後，牠便立刻去準備交匹地點——一定是深山中最僻靜的地區。經過母象視察後的同意，公象便去作第二步的準備工作——準備渡蜜月的糧草。因爲牠們的交匹要整整一個月的期間。在牠們交匹時，無論平常如何馴服的象，除象奴而外，任何人或其他動物，要看到了他們性交，牠一定要把你弄死，象的懷孕期間是十年，再經過十年才算長成。所以牠的壽命可以到數百年。

這一段行程，是這次長途旅行中最舒適也最不寂寞的。因爲象背上有同坐的夥伴。可以談心。因此，感到時間過得特別快。在經過許多大山之後，突然現出山明水秀的環境，我知道快到我久縈夢寐的迷津。這是蠻荒中的風景線、芒果、西瓜、鳳梨，和鮮魚，而且是和桃花江一樣有美人窩之稱。

迷津在望，這裡的山都是平地突起的，好像桂林的山。但山上綠樹蔭濃，其香撲鼻，並不像桂林的石山都是光禿禿的。所以這裡的山不僅有桂林的奇，而兼江南的美。我們所走的道路是沿着四五尺深水的小沙河涉水前進，這是迷津的支流，等到這支流和迷津會合時，我們便改道沿河岸上行。

雖然這期間正是大雨季，到處山洪暴發，河流泛濫。但迷津的水流不急，河底都是石子，再加上兩岸的青山照在水底，看起來水色碧綠。一到這環境，便使人精神頓爽。我騎在象背上正欣賞着山水，突然聽到瀝瀝鶯聲笑語。抬頭向前，只見上流頭一羣女郎，正顯露着健美的酥胸，在水裡沐浴，這已經使我不勝驚奇。等到愈走愈近時，水裡的人起來，和剛從灘上下水的，都是完全脫出沙籠，全身赤裸，不加任何遮攔。我們騎在象背上和她們擦身而過，她們沒有任何羞澀之態，年輕的，只等到和我們最接近時，轉過臉去，大概這就是表示遮羞。其餘中年和老年婦人，脫衣下水，對我們這批目不轉睛的陌生男子，好像旁若無人。記得西遊記上寫猪八戒在盤絲洞，看到羣蜘蛛精化身的少女在河中裸浴，樂得老猪眼花撩亂，竟想不去西天，老死於此溫柔鄉。這情景，在迷津的人看來，眞是少見多怪！三國誌演義寫武侯南征，夷人男女每當日落時均裸浴河中。我到了這裡之後，才知道古人並沒有欺我。

迷津有兩條丁字形街道，兩旁房屋都是用木板建築的兩層樓房，比較竹樓要堅固而美觀。尤其是街市兩旁的行道林，綠葉成蔭，果實纍纍，其幽靜整潔，是邊區任何地方找不到的。婦女們大都很清秀而皮膚比較白淨。裝飾也很別致，頭髮或結成上辮或盤成道女髻，上身却是掛上一對緊身的奶罩再加上一件透明尼龍夾克，下身穿着顏色鮮艷的紗籠更顯出高聳的乳峯，和全身的曲線。

我們住在一家雜貨店的樓上，老板是土生華僑，老板娘是當

地人，但兩夫妻都會說雲南話。隔壁一家鮮菓行，後面有一片大菓園，滿園芒果正熟，許多女郎正在採摘。老板娘替我作翻譯，帶我進果園去買新摘下來的芒果。這批女郎看到我們都停止工作，圍攏起來和我們攀談，當我們誇耀她美麗，便立即眉飛色舞，把芒果贈給我們不取代價。這些天眞活潑的夷女，據說她們最大的願望是：「有幸嫁得漢家郎」。

抵達迷津的夜晚。反共軍駐在附近的一位支隊長特來拜候我們。情意懇切，挽留我們多住一天，好到他支隊部去和大家見見面。情不可却，我們自然只有答允。第二天，我們到離市鎮八里多路的支隊部去和將士們見面。看到他們所住的營房簡陋萬分，用竹子作成的床，每個人只有一條軍毯，每餐一碗糯米飯用芭蕉心作菜，眞是名副其實的臥薪嘗胆！其精神令我敬佩。

劉支隊長原是雲南邊區一位縣長，部屬都是滇緬交界兩屬的人民，先前四國委員會要他們撤回台灣，將士們完全反對。原因是台灣離他們家鄉更遠！大家絕對相信政府決不會長此偏安，一定要在最近反攻大陸，他們都望等到反攻開始，這裡的反共軍立即打囘雲南，收復他們的鄉土。

以後　總統特派了一位代表來宣達德意，要他們接受決議返台。將士們感到總統的意旨決不能違背，這才決心整裝待發。我們到支隊部時正是他們決定日內起程，向緬泰邊境去聽候四國委員會安排返台的交通工具。所以把他們養的猪都殺來享客，並炸了很多鮮魚，獵得各色野味。大杯酒大塊肉，主人們的情意慇懃加上豪放的氣慨，我們這些受招待的客人，又那得不亦醉亦飽。

從中午吃到日落西，我們才帶着醉意返囘寓所。因爲滿身臭汗，不得不洗澡換衣，誰知這裡家家都沒有洗澡的設備，大河便是公共浴塘，我們也只有入境隨俗。同伴王君是携有照像機的，他想起了要在河邊照幾個裸浴女郎的鏡頭。不料在河邊一拿出照像機來，已入浴河中的都藏身入水；尙在岸邊的過不脫衣，走向遠處，這顯然是她們拒絕照相。當我們洗都澡後，王君也只有悵然而歸。

人在桃源共抗秦

滇緬泰寮邊區行脚之五

瘴雨蠻烟刋道行，衝泥策馬訪邊民，
書傳羽檄猶存漢；人在桃源共抗秦。
千載相公留德澤；百花香裡看春耕，
夷王也有鍾情種，不愛江山愛美人。

（一）

從迷津到猛撤還有三天路程，我們本想再勞大象繼續送到，可是合作站的僑商代表告訴我們：前途都是森林叢莽，路面到空間，最高處不及一丈便是樹枝交柯，荆棘籐蘿彼此相連，不見天日，騎在象背上無法通過。而且前幾天馬幫大隊經由這條路時，爲了避免低窪路徑積水太深，在較遠處另外刋出一段新路，不騎象也不會有涉水的危險！

照他的說法，前途不但不能而且不必騎象，我們自然只有改乘騾馬，問題是我們所需要的乘騎到那裡去雇？僑商代表已經知道我們正在躊躇，慷慷地說道：你們不必担心這些問題，馬老板過境時，已經囑託我們早就準備好了送你們的馬匹和沿途照拂的人，這使我們不得不佩服馬老板的盛情和細心。

在座另一位僑商叮囑我們：走這一段路要特別注意，切不要在馬背上左顧右盼甚至打盹，因爲有些地段在馬上只要低頭前進的，稍不留神，交柯的樹枝會擋住你的頭臉和身軀，把你從馬背上掀下來。他更現身說法舉出一個故事：說是某一次和一位反共軍的戰士經過這段路時，那位戰士偶不留神，沒有即早看清前途的情況，當他發現前面低垂交柯的樹枝，不容許他挺身昂頭過去

，立即低頭俯身時，人馬的行動沒有配合好，一個突出的枝枒，恰好從他低下頭時的頸項棉衣領口處直穿背部，像上吊一樣，如果不是後面有人救援得快，幾乎自縊而死。

捨象乘馬，我們又走了另一驚險的征途，從迷津的丘陵地帶逐漸走入大山區，愈爬愈高，愈高愈險！山上的樹木層層密密，彼此之間幾乎沒有距離，大概因為橫的發展餘地太少，只有空中沒有限制，於是一直向上，不僅是高不可攀，簡直是高到不可仰望。因為山上是層雲密霧，樹杪已伸入雲霄，加上一些籐蘿荊棘竹枝，他們向上發展的地盤，都被樹枝佔據了，只有到處找空隙，在大樹的彼此之間，又是這些小生物交織着，假如不是前人開着一條路，你想由這些山林裡通過，那才眞是比銅牆鐵壁還要困難。

這裡所謂路徑，只是把樹木斫掉，用火燒燬樹根和荊棘叢莽，有些樹的下端燬了，但上端還在空中，由四週的樹枝給牠托住，如果不是藤蘿把牠層層綑着，牽在鄰枝上，一旦掉到行人的身上，那才比炸彈還兇呢！我們一直在這種慄慄危懼中行走着。

更使人担心的是久雨後沿途的泥濘，每當下坡時，常常使馬失前蹄，一不小心，馬背上的人會從馬頭隨着傾倒下來，滿身泥濘有如泥菩薩，大家稱這種事故為唱「落馬湖」。幸虧山上到處是樹，跌不來不會滾得太遠便被樹擋住，不然，那一跌下馬背眞不堪設想。

叢林中最多而處處都可以看到的是猿猴，有時集合幾百在一起，隨着行列，在樹枝上連叫帶跳，似乎表示歡送你。可是你得小心，牠們高興起來在樹上折些果子拋向你，在牠或許是好意敬客，如果擲到你頭上去，不會出血也會青腫起來！住在這裡的居民，都會利用牠們作工，首先我看到成羣的猴子替居民折芒果，那是先給牠們一些食物，如包谷、蠶豆、花生，吃完後，牠們立即爬到樹上爭折着果子拋向竹筐中，頃刻就是幾担，採茶也是利用牠們，只是牠們不管老嫩，一齊採下來，茶農要加工分檢一番才能焙製。

猴子作工最有趣的要算折包谷，這些地區的包谷稈子長到像樹一樣高，而且農民有的是燃料不要禾稈，到收割後放上一把火燒在地裡作肥料，因此他們利用猴子把包谷採下來，猿猴是最喜歡吃包谷的，據當地居民說：當包谷結實時，必需在園地的四週樹上幾桿紅旗，猴子是最怕看到流血事件，因此看到紅旗便害怕。

等到需要牠們採折包谷時把紅旗取下，猴子們會成羣結隊走向園中，首先採下一枚，放在脅下夾住，再採一枚又放在脅下，原來夾着的已經在夾第二枚時掉下了。牠們根本沒有覺得，繼續折，繼續夾，一直到把全園所有包谷折完，大家都只夾着一枚歡騰而去，農民們只要到地上去給牠一一拾起。

（二）

離迷津的第二天，我們抵達宿站為時尚早，護送我們的一位僑商，邀我們到半山去拜訪哥羅土司。餐後，經過大家的同意，重整鞍轡，向着更高的山上進行。這條支路倒比較我們連日行的幹道要寬濶好走。據同行的僑商告訴我：這裡的哥羅土司，是位年輕而進步的人物，所以他能注意到修路。

在途中，我們因為不消担心前途的障碍，大家在馬上可以伸腰放胆緩轡徐行。所以這位僑商更滔滔不絕地講述這位青年土司的故事。據說這位趙土司的祖先是受明代所封的，因為當時這裡還是中國的屬地——一直到光緒十七年才被英人佔據，但英國人對這些蠻荒地區從未設官統治，仍本舊制，由原土司管轄，所以這些土司們依然是沿用着滿清時代頒給他們的龍印。

土司夷民對這種印信非常重視，這顆印傳到誰的手裡，憑它便可代表統治權。大概這土司原先都是漢人，但為了永久統治這些異族的便利，因此規定凡是承繼政權的土司，必須娶夷女為正妻，其餘的側室是沒有種族限制的。所謂正妻，只有兩種權利；

一是掌管這顆龍印——便是掌印夫人，其次是繼位的必須是她生的長子。

這裡的哥羅族趙土司，是抗戰期間我第六軍撤出這地區時和他的哥哥隨軍到雲南去讀書的，那時他倆都年輕還沒有繼位，一面為了避亂，一面可以接受中國文化。四年之間，他們都很用功讀書，只是大趙愛戀一位女同學，他既非卿不娶，而那位中國女郎偏又多情，寧忍昭君出塞之悲，不願捨棄異國之戀，在卿憐我愛的情形下，大趙竟違背祖制，不告父母和那位中國女郎結婚了。

大戰結束後的不久，老趙土司突告逝世，無疑的當時正在中國留學的世子要回國繼位。不料當他帶着弟弟和新婚的夫人回來後，竟引起很大的騷動，原因是這位中國女郎作掌印夫人遭到了人民的極端反對。經過多方調解，人民要求他另選一位本族女郎掌印，讓中國夫人降下一等，然後才能繼位。

不料這位趙世子接受了中國思潮，他根本反對多妻制度，不僅不願他心愛的中國夫人屈居人下，就是要他再選一位夷女為第二夫人，他也決不接受，爭持不下，王位虛懸。到是這位法定的繼承人爽快得很，當機立斷，竟宣佈他決定放棄繼承權，讓位給他的弟弟，這嚴重的問題才算順利解決，不愛江山愛美人，温莎公爵一定要引為知己。

可是這位大趙自遜位以來，並不似温莎公爵的那種逍遙閒散。最初，他一面協助他在位的弟弟作各種建設工作，同時，參考中國歷史，來研究本族的歷史。雲南陷匪後，一部份國軍退入緬境，他首先作同情的支援，中共陰謀南進，緬共乘機叛亂，整個緬甸已籠罩着赤色的恐怖的氣氛，他立即宣佈反共大義，將他們原有的自衛警察隊，擴編為反共自衛軍，南北撣邦和瓦邦的各大土司也受此影響，接受了他的反共號召，紛紛組織反共自衛武裝。

為愛情而放棄王位的大趙，而今是掌握軍權，並且兼任着東南亞反共聯軍總部的軍政委員，和哥羅反共自衛軍司令。他那位中國夫人，更是巾幗英雄，另組織了一枝哥羅族女子反共軍，這些健步如飛，登高山如履平地的蠻女，經過她嚴格部勒訓練之後，當然是一枝絕好山地戰的生力軍。她聲明一旦反攻大陸，她必定首先率領這枝部隊攻回雲南，作為她回到娘家的回門禮。其豪邁的氣概，眞不愧為中華兒女，三迤英雌。

（三）

我們漸次進入深山，看到有巡邏的武裝部隊，經過盤查之後，他們知道同行的僑商是趙司令的親戚，十分客氣的，一面派人帶路，一面派人由捷徑上山去報信，當夜我們休息的地區大概是他們一個縣政府的所在地。我看到那位軍官要縣政府送疊我們到達的消息時，在文書上插上一根鷄毛。我原來想不通是何用意？我的詢問經過僑商的翻譯，那位軍官的答覆是：插上鷄毛的公文或信件，是表示各地政府，要以最快的方法加速傳遞。我恍然悟到，這就是中國歷史所稱的「羽檄」也是俗語所謂之跑「鷄毛報」。從這裡，我們可以斷定，這是當年中國軍隊駐紮在這些地區時所傳下來的規矩，至今他們還保留着在中國已成了歷史陳蹟的郵傳方法。

第二天，我們在路上已看到了漫山遍野的梯田，有水的，農民們正在忙着耕種插秧，旱田裡多種着棉花。種棉，我們在夷區是第一次看到，據說這是留學中國的趙司令官回來的新政。因為這一族人，一向不知紡織，所以衣着困難。而今，他們不僅會種棉，並且女子都會紡織，我們再進到更深的山，不但人烟更加稠密，而且山花野草，也吐出撲鼻的芬芳，「百花香裡看春耕」，想不到鶯飛草長，暮春三月的江南情景，竟在這蠻荒地區重見到了。

中午，我們發現前途已轉入了一個半山中的小平原，完全見不到層層蔽日的大樹，綠竹漪漪，間雜着疏林流水。當我正在欣賞宜人的風物時，前面來了一隊人馬，正是趙司令親來迎我們的

儀仗隊，一見面，我們即歡若舊相識，尤其是他那位中國夫人，對我們親切倍至，當然，在她眼裡，我們都是她的娘家親人。

前行數里，便到達了司官署——也是哥羅人所稱的王府所在地，這裡是五六十戶人家集居的市鎮，也有一條街道，居民的房屋都是竹子和樹葉構成的，形式非常特別，很像中國古代文官的帽子。據趙司令事後告訴我：哥羅人稱這種形式的房屋為丞相帽子，相傳是武侯南征時，他看到夷民穴居便教民築室，並以他的帽子形式為造屋的模型。

我笑着說，武侯南征，決不會來到這裡，這些傳說都是附會的。趙司令認為南征的漢軍固然沒有到過這裡，但傳說不見得沒有根據，因為這些民族都是由北而漸次南移，大概在蜀漢時代，他們的祖先還住在滇邊，曾經親承武侯的教化，所以這裡的耕稼，都傳是武侯南征時教的。他這種解釋確有相當的理由。

趙司令對歷史更有不少新發現：他認為武侯南征，所謂深入不毛，過去把「不毛之地」解釋為草木不生的地區，其實這是完全錯誤的，他指出北方沙漠之地，才會百草不生，熱帶的南方，到處都是原始森林，那會有毛草不生的土地。這所謂「不毛」，便是今日緬北的「八莫」，這是中文譯音字的不同，在緬甸語「八莫」「不毛」沒有區別，從這一點，可以說明武侯至少到過緬北。

此外緬甸人有八擒諸葛亮一劇，這當然是針對七擒孟獲而編造的故事。如果孟獲不是他們的祖先，他們便不會編造一劇來自我陶醉。這又是個南征到過緬北的證據。趙司令又提出一個懷疑，他認為七擒孟獲，這七次所捉到的不一定是一個人，擺人話稱「不懂」或不知道為「木活」，也許當時漢軍所俘虜的夷王都是一樣裝束，一樣膚色，問他姓名時，他說「木活」，其實答話者的本意是說不懂你的話，問話者認為他是姓孟名獲。趙司令是舉出一個更幽默的例證：他說孔明是姓諸，名葛亮。孔明是道號，表字武侯，說到這裡，我們都鬨堂大笑。

司官府是兩層樓的木屋，上面蓋着黃色的木瓦。窗門都裝着綠紗，我最初以為是鐵絲的。經過仔細的觀察，才知道是竹子破成的細絲，用麻線編成，這真是精工細製。趙司官——哥羅王在府門前迎接我們，他首先致歉，說是他們傳統的習俗限制着他不能遠接我們。他是一個很和氣的人，並且懷念中國的情緒常常流露於話裡言間。

晚餐，是在司官府設宴，羅列着山珍野味，熊掌鹿筋，在座的還有幾位車里，南嶠滇邊各縣的哥羅土司，他們都是逃避中共而來投靠這裡的。因為哥羅族人他們一向是不分中緬畛域，土司與土司之間，彼此都是血親。在酒席間，這些雲南的土司們，都慷慨陳詞，訴說他們族人受着共黨殘酷的統治情形，並且矢誓要向緬境族人借兵，攻回雲南報仇。緬境各族人民的反共，有他們在滇境的族人來現身說法瀝陳共黨的殘暴，這那得叫他們不起而為保家園生命組織反共軍？

我們住在司官府的客舍，本擬第二日即轉赴猛撤，但主人們一再懇勸挽留，並以國賓的禮節來招待。趙司令夫婦更要求我們檢閱他所統率的反共軍，這使我們不得不稍作勾留，暫息勞身。

請介紹，
請訂閱，
請批評，
請指教。

往事憧憬錄

郭公鐸

辛亥革命在福州

宣統三年辛亥革命，那年我二十歲，尚在全閩高等學堂讀書，當時即謠傳革命黨要起義，城內甚爲混亂，大街小巷都建起了木栅欄，夜間增加打更人，由地保帶着人民多處巡防，親朋戚友多數都逃到鄉村去避亂，母親顧了幾頂轎子，帶着我們逃到南門外的郭宅鄉去，因爲郭宅鄉離城太近，只住了幾天，我姊夫陳寶瑄就來接我們到螺江他的家中去避亂，不到三天革命黨就在城內起義，我們在螺江遠望城內多處濃烟冲天，不到兩三天的時間，就由城裏傳到了消息，說是革命軍已經光復成功，旗人均已投降，我的親戚林伯開、邵攸皇，和我的大哥二哥，會同由城裏出來傳訊的人往城裏跑，目的是想去探聽城內的情況，我也跟着大家去看熱鬧，先到南台橋南社，大家領了公權布，紮在臂上，所謂公權布就是白布上印着紅字「公權」二字，我們憑着公權證就可以通行無阻，從大橋頭起通過了好幾座的木栅纔到了南門，沿途店舖都排着茶水招待革命軍，一路墻壁上都貼着許多標語，革命軍並有十斬十賞的告示，到了南門口，看到城門邊掛着血淋淋的一個人頭，旁邊貼着一張紙條，上面寫張鳳祥江西人，搶劫民物斬首示衆，進了南門，沿途店舖有的只開着一扇小門，有的還是關閉，街上三五成羣看熱鬧的人很多，當我們正在邊走邊看的時候，忽然喧嚷炸彈隊，炸彈隊，危險，危險，快些離開，我回頭一看，原來是便衣隊，人數約在三十餘人，多數是學生的模樣，每人手裏都捧着一個土製的炸彈，從南門進城，人羣隨着喧嚷的聲音很快地就在路旁兩邊逃避，大家都怕炸彈爆炸了沒有活命，有的人驚慌得連看都不敢看就往人堆裏鑽，現在回想起當時的情形實在好笑，一般民衆的知識水準也實在幼稚得可憐；當我們走到了南大街時，遠望着由鼓樓前，東街方向，簇擁着許多人，往我們這邊跑，嘴裏喊着不得了！旗下街旗人持鎗衝了出來，快逃啊！快逃啊！我們正在驚慌之間想要逃命的時候，這堆人羣又平靜下來，原來是革命軍命令旗兵開赴武備學堂繳械，才引起了這一場誤會的混亂。

走到了花巷口，革命軍司令部就設在巷口，司令部栅欄上正掛着一個人頭示衆，我看了告示才知道他就是武丑徐春浦，也是爲了搶劫人家的財物而被斬首示衆，徐春浦是北方人，在福州京戲班裏擔任丑角，有時也反唱花臉戲，如法門寺的劉瑾等，我小時喜歡唱京戲，（當時閩人稱平劇爲京劇）到沒有閩腔，因此徐很喜歡我，認爲我有學京戲的天才，所以他就教了我幾齣戲，我還記得他平時喜歡隨便哼着法門寺裏劉瑾唱的「限三天將人犯一起帶見，少一名將人頭懸掛在高竿」，那幾

句聲音宏亮，韻味濃厚的花臉腔，却沒想到他自己的頭顱現在會掛在栅欄上示衆的慘劇，我面對着血淋淋的首級，心裏實在有說不出的難過。

原來當時清廷曾諭各省編練新軍，福建練有常備第十鎮的新軍，裏面早就滲透了很多的國民黨同志，孫道仁與許崇智均爲該鎮統領，（光復後孫爲都督，許爲師長）另外就是駐防福建的旗兵捷勝營，歸福建將軍管轄，當時革命軍起義時，曾先通知閩浙總督松壽與將軍樸壽釋械投降未應，革命遂於九月十九日採用圍攻方法，由旗汛口攻打將軍衙門的大門，並在鰲峯坊攻擊將軍衙門的後門，另將砲兵陣地移駐于山，向將軍衙門轟擊，戰事時間不過三天即告結束。

閩浙總督松壽，他知道大勢已去，一個人由總督衙門偷溜了出來，走到附近的裱褙店裏，向老板要了一杯茶，接着就把預先準備好的金葉吞了下去，該店老板原與松壽很熟識，搶救不及，沒有多久就死在店裏；將軍樸壽率領部份旗兵抵抗，戰敗被革命軍俘虜了，押赴于山山麓九曲亭斬首，老友林容甫親見樸壽尸首係用白布遮蓋放在九曲亭道旁，福建革命就如是很順利完滿的宣告成功了，而犧牲的同志不到幾個人，足見當時清廷腐敗與無能了。

初涉官場話官僚

民國三年我由福建財政廳委派赴沙縣永安籌辦烟酒捐，此乃我第一次步入社會的旅程，由福州洪山橋上船，水平如鏡，舟行遲緩，沿途溪山秀麗，風景絕佳，上游灘多水急，亂石屹立，沸湧之聲，有如猛火煎油，使人神駭目眩，恐怖萬狀，兩岸林木蓊鬱，飛鳥相逐，江面舟行忽若途窮，忽又豁然開朗，水遠山長，眞乃山重水複疑無路，柳暗花明又一村，吾閩山水之淸奇，於此可見一般矣。我到沙縣永安不及兩月，烟酒稅即告開征，後因改爲商辦，我即奉命調回省垣，因福建乃貧瘠之區，無足留戀，遂赴北京另謀出路，我到北京舍姪嘯麓即設宴爲我接風，時福建財政廳廳長費毓楷適在京公幹，被邀作陪，席間費爲籠絡舍姪，堅約我返閩，聲言當界以較佳位置，我當即應允，在北京玩了幾天，就趕回福州，即將此情禀告母親，她老人家非常歡喜，經我打聽費亦已返閩，當即前往財政廳求見，傳達將我名片遞上，等了個把鐘頭，才回來對我說廳長身體不舒服，不見客，我到沒有介意，因爲我此次返閩係應費之邀請，我想絕不至於失望，當我看到了我的姊丈陳淮光時，才明白了內情，當時淮光姊丈係在費處擔任機要秘書，費重要公務均由其綜理，他說費從北京返閩時的確擬委派你爲水亭稅局局長，費的人事調動表上已貼上你名字的浮簽，可是這幾天北京政局有了變化，國務總理錢能訓受五四運動影響，被逼下台，而嘯麓連帶引退，費觀大局演變，他就無需買你這筆賬，所以把你的浮簽又取了下來，故費裝病不見你，這是內幕情形，你我至親才告訴你，我聽了之後有如冷水澆頭，當初一切的希望現在却消失殆盡，大約過了一星期，一個傍晚時候，我接到財政廳內收發的一張通知，內寫奉廳長面諭，請郭公鐸先生明日上午八時到廳有要事面談，我次日按時前往，情況就不同了，前次那個傳達一見面，就彎着腰恭請我在外客廳裏坐，隨即冲了一杯香片加玫瑰好茶，雙手捧着，嘴裏說請郭老爺用茶，接着又是加噴香水的面巾送上來，這時已將我的名片送了進去，過會又來請我到廳長簽押房裏坐，其態度禮貌和前次我來時完全兩樣；簽押房就是廳長的辦公室，裏面古董字畫佈置極盡雅致，辦公桌後面牆壁上掛着一面人事登記牌，如所屬之局名、稅額、局長姓名，備考各欄，紅紙浮簽上書寫着何人推荐等，都分別的貼着，據說只要推荐人的靠山一倒，紅簽即予扯下。

不到數分鐘，費廳長由臥室步出，見着我即雙手作揖，嘴裏嚷着恭喜、恭喜，秘書長又連任了，這幾天因爲我不舒服，前次失迎請你原諒，請坐，請坐，弄得我莫名其妙，我坐下後，他就對我說，你的事容我稍爲調整，即可發表，千萬嚴守秘

密。

後來我才知道，費對我這樣的客氣，原來有其原因，蓋錢能訓下台後，國務總理由財政部長龔心湛代理，秘書長一職仍由舍姪嘯麓連任，費得此消息後，恐得罪了舍姪，對他將來仕途或有不便，所以即速就傳見我，官場現實的情形，古今中外何嘗不是如此，當時我確然無限感慨！以後歷慣滄桑，也就見怪不怪了。

費為人機警有小聰明，官僚習氣太重。當時福建督軍李厚基事母至孝，費為了奔走李的門路，就拜李老太太為乾媽，後來在督軍署就出入無忌，此時適北京政府主張軍民分治，不准各省督軍兼任省長，費趁此機會要求李厚基力保，一面跑到北京去運動，不料徐世昌嫌其年輕不肯任命，舍姪雖極力幫忙，終歸無效，費認為舍姪已無利用價值，又有李厚基為其後盾，費對我乃以輕描淡寫的辦法，把最壞的缺三都茶稅局局長，委派我充任，敷衍了事。

我看透了他的心腸，無法共處，男子志在四方，何必株守家園，民國九年農曆八月廿一日先母去世，遭此大故，心如死灰，適廈門關監督胡維德之弟胡維賢調充蕪湖關監督，來弔先母之喪，晤談甚為投機，胡允聘我為該關諮議，喪期屆滿，我遂拋妻別子，跋涉遠行，慨如失侶孤飛，逢林便托，受盡風塵摧折，自憐亦復自笑。

為要做官想法長鬍子

民國九年我以荐任職分發河南縣知事任用，那時河南省長是張鳳台，當我由北京到達開封時，就遞了舍姪嘯麓的介紹函，沒有幾天就接到省長召見的通知，我記得當日被召見的候補人員共有十餘人之多，我們都坐在省長衙門外客廳裏等候傳見，等了好久張鳳台才到，在候見的人員中，以我的年齡最小，他們的眼睛總老望着我，看我心裏明白，他們一定認為我這小伙子竟然也妄想要做縣太爺，我看他們年紀都比我大得多，心理上未免有些惶悚，可是等了半天，第一個召見的却是我這個小伙子，待我辭退出來時，候見的人羣中有個八字鬍子老官僚，他走過來一把手就把我拉到一邊，低聲地說：老弟你的來頭眞不小，我們這些人有的候見了好幾次，排着班都沒有輪到接見，憑我經驗，第一個傳見的必定有希望放個縣缺，我想你老弟得缺絕無問題，恭喜，恭喜。這時廳裏其他候見的人也都紛紛地走過來向我道賀，官場勢利情形殊令人慨嘆；其實召見的情形他們也沒有弄個清楚，張鳳台對我特別的看待，當然有其原因，嘯麓當時在國務院當秘書長，張是徐世昌派的省長，他倚賴嘯麓的地方很多，所以對我另眼相看，可是張見了我，看我年紀太輕，又不敢重用，他考慮了半天，開口就問，世叔你今年貴庚，我答以二十八歲，他說你是世家書香子弟，當然學問道德均佳，以我與令姪的交情，自應多加倚重請你幫忙，可是你的年齡太小，假定放個縣缺與你，在這潮流之中，我實在怕人家議論，這可要請你原諒我的苦衷，現在你可以先在此候補，就在我身邊幫忙，委派你一個委員的名義，替我赴各縣察看察看，你以為如何。我當然只好答應，那時我的心裏實在有些難過，恨不得多長了十幾歲，不然的話縣太爺可不是做定了嗎！說也可笑，後來我為了喜歡裝老，看到報紙上的廣告，上海某藥房有出售一種生鬍子的藥膏，雖然價錢很貴，可是我為着做官心切，還是買來天天的擦，希望它能夠長些鬍子，恨不得幾天功夫就變成一個老頭子，不然何至於唾手可得的縣太爺，眼睜睜的把它丟掉了呢！而現在八二高齡的我，却又希望能夠變成一個年輕的人，人生心理上的矛盾，實在叫老天爺也難以安排。

馮玉祥殺害寶德全與迫走張鳳台

先是河南正規陸軍不過兩師一旅，第一師師長成愼，第二師師長為寶德全，寶為豫軍宿將，資望在馮玉祥之上，早為馮所猜忌，適河南督軍趙倜之弟趙傑在鄭州被直軍靳雲鶚部擊敗，狼狽竄回開封，軍

紀甚壞，潰兵所過之處，搶掠姦淫無所不為，寶德全閉城不納，而開封庶民得以免遭兵燹之禍，而馮軍突臨城下，聲勢浩大，寶不能敵，本擬棄城出走，但被開封道尹葉濟極力勸阻，並獻策不如前往晤馮，再作打算，寶不加考慮，竟冒險前往，馮之司令部設在火車上，葉寶二人在候車室求見，而寶所帶之衛士早已被馮暗中先行繳械，寶久不見其衛士心知有異，遂問我帶的人現在何處，答者云一會兒就知道，寶知情形不妙，眼望開封城自言自語，我救全城性命，今日竟無一人救我矣，過了一會馮即傳見，馮怒形於色，問寶趙督軍待你如何，答天高地厚，馮又說，那末你不跟他走，還來見我幹什麽，說完稍加沉思後，站起拉着寶德全的手道，我們下車走走，二人就在月台上一面走一面談，走不到二三十步，馮用手勢暗示隨身衛士，只聽槍聲一響，寶即應聲倒地，車站人員莫不驚惶失色，而馮還是談笑自若，足見其陰險毒辣矣，此事經過情形，乃當時任隴海車務總段長老友張珪友所目擊者。

張鳳台係前清進士出身，老氣橫秋，年邁無能，染有阿芙蓉癖，吞雲吐霧，臥對煙霞，腐敗情形不言可知，故當時開封有三不之稱，所謂三不就是「馬路不平」，「電燈不明」，「電話不靈」，馮的作風一般官僚政客畏之如虎，無不紛紛辭職，或開小差，惟獨張鳳台倚老賣老，戀棧不去，而馮則必欲去之而後快，於是想盡方法使張無法留戀而自動告退，先將省長公署大門前的兩根大旗桿折除，說是打倒封建思想，並將照牆上原有所繪的獬豸括掉，加以粉刷後，大書「提倡早起」四字，並畫「形容憔悴的人倒臥在床上吸大煙，旁寫「鴉片為害甚於洪水猛獸」，可是老槍張鳳台却無動於衷，於是馮更進一步，於更深夜靜時，拿着左傳孟子二書往見張鳳台，說是省長是進士出身，學問淵博，故特來請教，張鳳台雖然明白馮的心計，但却無法推辭，只好硬着頭皮應付，幾乎每晚如是，眞是有如疲勞轟炸，但張還是百般忍耐，馮看張還沒有表示，於是不時請張同至南關操塲閱操，馮與張併肩站在閱兵台上兩三小時，弄得張煙癮大發，眼淚鼻涕迸流，體力實在不支，這樣一來可把張鳳台迫得不得不告退，而離開了開封。

馮的作風甚怪，自馮入開封後，規定文官一律穿灰布長袍，青布馬褂，武官不准坐人力車，所有娼妓均被押送漢口，公娼雖被禁絕，惟私娼仍充斥各處，嚴禁賭博，抓到賭徒不罰欵，只須遊街三天，在鬧市當衆打牌，以示懲罰，絕對禁煙，然馮有一驍將韓占元，因吸大烟被拘下獄，後因馮戰事失利，特准韓照常吸煙，戴罪出戰，果然一戰奏捷，馮之一生瑣聞怪事，不勝枚舉，茲不多贅。

記鷄公山與靳雲鶚訂交

趙倜戰敗不敢再回開封，張鳳台被馮玉祥迫走之後，馮的作風不近人情，勢難相處，我就離開了開封，去北京另謀出路，我個性怕拘束不自由，不喜歡寄居親戚朋友的家中，就住在東城金魚胡同東口北京公寓，經過了三個月之後，客囊羞澁，付不出公寓租金，這時北京境況不佳，一般親戚朋友大多自顧不暇，無力接濟，而函請各方乞援亦無應者，公寓老板又緊逼付租，繼以伙食火爐也都被停止供應，生活更成問題，先兄會炘得悉我的處境，把我荐與步軍統領王懷慶，承允位置，未及發表而王他調，造化弄人，所謀輒左。

在這窮途困頓之際，適有摯友魏亦亨由汴來京過訪，謂受河南交涉員謝銓庭之託，囑其邀我擔任鄂豫鷄公山工程局局長；鷄公山在河南信陽湖江應山交界之處，該山氣候涼爽，風景幽致，有時滿山雲海，處身山上，如臨仙境，乃避暑絕佳勝地，雖值盛夏，旁晚尚需擁衾而臥，每值避暑季節，山中臨時市塲就建立起來，如外人日常用品應有盡有，山上設有避暑公會，學校、游泳池等，造屋建材多採用山石砌建，在山上避暑各國外僑，只需繳納租金，工程局即予修理房屋，光緒三十四年與外國曾訂立避暑章程，每至夏令，京漢線旅華外僑多上山避暑，暑期一過，即全

部下山，到了冬天，則滿山積雪，凍成一座冰山，樹木枝幹盡成冰柱，形成一個靜寂而美麗的畫面，山上缺煤，冬天多以樹根爲取暖材料。

回憶此次由豫到京，閒散時友人陳君告我前門外關帝廟籤極靈驗，何不前往一問前程，我只記得籤條前兩句是：「君是山中萬戶侯，須知騎馬勝騎牛」，雞公山工程局所管區域雖小，然而也可以算是山中一個小小的主管，至此親朋均說關帝廟靈籤的確應驗了，據說北京關帝廟是明熹宗以宮中所造之關帝像，移置於前門關帝廟者，清時香火極盛，有休寧翰林汪揖，元旦向其求籤，籤云：「一紙官書火急催，輕舟東下浪如雷，雖然目下多驚險，保你平安去復回」；駭而不解，數月後而出使琉球命下，歸國時波濤萬狀，甚爲危險，有烏鴉千餘，夜繞檣帆，船破數尺，有魚，塞其缺處仍不漏，故老相傳，或過甚其詞，要亦不致全屬虛構。

魏亦亨見我困難情形，當即借我五百元用作旅費，趕往河南接任；原來我得此事並非偶然，其間尚有一段原因，蓋前雞公山工程局局長强景循驕傲成性，警察局長歐陽友焱與公益會長武步軒，曾向其借錢不遂，乃鼓動包工控他偸工減料，吞沒公欵於十四師師長靳雲鶚，時靳適在山上別墅避暑，當即下令將强扣押，並要嚴辦，謝銓庭與强關係甚深，欲解此厄，想來想去想到了我的頭上來，因爲徐世昌時代靳雲鵬當國務總理，舍姪嘯麓任國務院秘書長，雲鶚是雲鵬的胞弟，謝知有此關係，深信我能代其解救，後來我到山之後，果然諸事迎刃而解。

我到了鄭州先去見過靳雲鶚，就上雞公山接事，又去漢口見過江漢關監督陳介，好在都是熟人，所以很快就領到了一些經費，人云官場如戲場，戲子登台要行頭，官場上何嘗不是如此，所以我在漢口就選了最上等的衣料，縫剪幾套衣服，登程逕赴北京去排排濶，住在第一流旅館的北京飯店，邀請了許多親戚朋友上東興樓榮館，他們見我衣履華貴，手頭濶綽，以爲這個窮措大，不到幾個月却變得一個大富翁的模樣，都以驚奇的眼光看着我，旅次東邀西約，爲我接風者殆無虛日，眞是應接不暇，也大有季子道出洛陽之概，我這種作風，也可以說是青年人的一種心理變態，蓋因頻年奔走，無濟饑寒，沒首風塵，前途若漆，以致灰心仕路，而在無意中竟然得到了雞公山工程局長，以爲脫顈遂囊，從此可以飛黃騰達，籍此以舒當年窮困抑鬱之氣，驕矜虛浮在所難免，此爲年輕人氣盛得意忘形之通病，或且是耳濡目染，已漸養成官場俗吏之惡習了。

我在北京這樣放蕩的生活不過一個多星期，就接到局中的電報促我回局處理局務，雞公山風景幽美，生活低廉，到是個很理想的住家地方，於是我就把家眷由福州接到山上，夫妻久別重逢，悲喜交集之情實難形容，事情我曾請我妻順便帶來福州土產之硃漆描金皮箱一套，沈紹安烟具一付，梳粧台一具，送與靳雲鶚夫婦，這就是我在社會上得到的奉上酬應工夫，居然這些土產却使靳雲鶚夫婦特別的欣賞，後來我由雞公山回閩葬母，靳電囑帶大玉蘭花十株，建蘭五十盆，回局時順便又送他福州名產多種，他在山時每晨必邀我共進早餐，我六哥同甫時任靳之秘書長兼軍法處長，晚間靳躺在烟榻上我們三人聊天，每談到午夜，相處極爲融洽，殆佛家所謂緣也，靳之部屬如旅團長等對我兄弟都十分尊重；於是我又領會到當時官場送禮風行的價值了，祇今回想箇中滋味，是苦是酸，實殊難言。

聞名國際之新鄭出土銅器靳雲鶚

我與靳相處期間，到也認識了不少軍閥，如蕭耀南、張福來、胡景翼等，有一天上午靳雲鶚令其副官長洪治平來請我到其別墅，到時見大廳上舖着紅色毡條，上面排列着五個出土古代銅器，經洪治平通報後，靳面帶笑容出來見我，就指着這五件古物說，這是新鄭出土，你看是何朝代古物，我因對此道亦不甚內行，未敢亂加

判斷，他說我想約你現在下山同赴新鄭出土現場察看，他並對我說出土經過情形，原來八月二十五日（按係民國十二年）河南新鄭有李銳者，鑿井灌溉，掘地約三丈，發現有銅器，將所得古鼎三只，以八百元售與許昌張慶麟，事爲縣知事姚廷錦所知，止之不可，適九月一日靳巡防至該處得悉，以出土銅器與中國文化攸關，遂令李應將出土古物歸爲國有，不得私自出售，李銳不敢違，即行交出，靳以所發現墓穴甚大，料其存量必多，特派工兵一排，令其細心從事開掘，故出土之古物極爲完整，損毀者極少，此點靳對古物之保全不無微勞，且點滴歸公尤爲難得；新鄭乃古之鄭國，我與靳到達新鄭時，見銅器、古磁、瓦當、貝貨碎片、殘骨等遍排滿地，由衛兵看守，我見現場有墓穴一處，深約三丈，爲橢圓形，底舖丹砂有三四寸厚，內有殘骸三具，古玉三只、貝殼三百餘只，其中最令人感興趣者，就是一件銅器，獸面人身，兩足鞠跽，兩手作承盤狀，面惡而狀恭，據考據此乃殘豐，豐是國名，其君坐酒亡國，載杅以爲戒，又有一銅盤，內有銘，後經王國維的考據，爲王子嬰次之盧，是莊公弟子嬰齊子重之器，而關伯益之解釋，謂此乃王子䅭之墓，新鄭發掘工作進行，至十月十七日始告結束，後來由何所長日章，邀請上虞羅叔言蒞汴，推荐縣王壽芝、李郁文從事「去鏽」，「起字」，「修整」，「補闕」等工作，約二年時間始告整理完成。

因新鄭發掘之古物，使我引起一種概念，我認爲周室東遷，九鼎只亡其一，項羽屠咸陽三月不絕火，其餘八鼎必毀於項氏，傳國璽跟着亡國之君多處播遷，現在所見眞僞難辨，蘭亭眞跡殉於李世民，足見古物之流傳不易，良可嘆息；惟安陽甲骨，敦煌壁畫，洛陽正始石經，以及新鄭鍾鼎銅器，數千年文化遺跡，被吾人先後予以發掘整理，是以遠古文化藝術之珍貴史料，以往認爲年代渺遠，傳疑無據之事，孔子史公所不能言者，而今人能言之，此蓋具有直接文獻之依據，有助於參考研究之處殊多；新鄭古器之發現，我得首先參預其盛，得窺全豹，實亦平生之幸事也。

康有爲因參觀新鄭出土銅器，曾順便遊雞公山數日，住在靳的別墅，曾詢以戊戌政變情形，他笑而不答，有一天靳寫一付對聯問康如何，康答以再學十年再說，康隨即叫靳的兒子寫小楷數行，驚曰此子將來了不得，小小年紀竟有此天才，難得難得，靳喜形於色，人之愛子甚於愛己，而康之曲折趨承，不愧爲政治家之上乘法實也。

我在山居期間，除處理公務外，閑來蒔花種竹，撥霧鋤雲，彌增山林之勝，然駒光如駛，荏苒年餘，好景不常，瓜期忽屆，蓋吳佩孚已另行派人上山接替我的職務，而靳亦愛莫能助了，官海浮沉，雲烟過眼，渾如春夢了無痕矣。

河南督軍張福來老粗有一套

我當時年輕力壯，做事有衝勁，後來河南督軍張福來上山約靳雲鶚同赴漢口與湖北督軍蕭耀南拜壽時，靳曾當着我向張讚美，他說你別看郭局長年紀輕輕，辦事能力可比那些老頭子強得多，你看現在雞公山整頓得比以前好得多少，所以我曉得，靳對我的印像很好，那時我年輕好勝心強，我想只要有靳做我的後盾，山上的事沒有辦不通的。

當晚靳歡宴張福來，邀請山上各單位主管作陪，歐陽警察局長想趁這機會要表現他的成績，預先寫好了一張報告，陳述他對雞公山治安如何認眞管理，對於外僑怎樣的負責保護，他却不知道張福來是個不識之無的大老粗，當他從衣袋裏拿出了報告時，靳雲鶚的眼睛就向他連做了幾次眼色，意思是叫他不要遞這個報告，可是這位歐陽先生不知道或是沒有看到，還是急於丑表功，却沒有理會就遞了上去，張福來接過了報告，看了一會就喊叫他的副官說：「我的眼鏡帶來了沒有」？那副官當然心裏明白，就高聲的答道忘了帶來，張福來到也表現得輕鬆而自然的說，沒有

帶來那就把報告帶回去，待會慢慢地看吧，你說他老粗，他到也有他的一套應付辦法，能夠臨機應變，沒有弄出尷尬的場面，這也不能不說他有超人機智之處，要知道由一個老粗到了封疆大吏節制方面，自非一蹴可幾，所以做大官的倒有他的一套特別長處，我們絕不能以老粗輕視他；後來歐陽給靳痛罵了一頓，說他差點把場面弄僵，而給張福來得罪了，這眞是弄巧反拙官場的怪現像。

我認爲鷄公山乃聞名國際避暑勝地，應該要把他整頓得更完美，更理想，我乃着手從新店車站起，上山道路編陡險竣之處均予拓寬整修平坦，山路沿途栽植柏樹約三千株，並分段建亭五座，以使行人休憩之用，當時山上雖無電燈設備，但我爲美化山區環境，特別設計煤油路燈，既美觀，夜間又可以增加行人的方便，經我短短期間整頓之後，鷄公山避暑地區的環境更爲改觀，我爲配合環境幽美，並在工程局門前花圃中建有六角石亭一座，額書「挹翠亭」，旁懸一聯：「披袷臨風，橫琴待月；倚欄招鶴，把酒看山」。康有爲爲了鑑賞新鄭出土銅器，曾一度上山爲靳雲鶚上賓，他應我邀宴，坐在「挹翠亭」上瞭望全山景色，對我整修鷄公山道路及美化環境也讚賞備至。

畧談陝軍健將胡景翼

我卸去鷄公山局長職務，即將家眷送回家鄉福州，自己即赴鄭州另謀出路，此時直奉二次戰爭正在醞釀，靳雲鶚爲直系中堅份子，鄭州爲靳之防地，我雖與靳有淵源，但未便毛遂自荐，家兄同甫時仍在靳處擔任秘書長兼軍法處長，我請其代我進言以便隨軍效力，靳說直奉之戰最近期間可能爆發，令弟乃一文人，盡可在後方等待，一俟打垮奉軍，當爲安置不遲，我看靳未接受我的請求，就去順德找胡景翼，胡的參謀長林立號開甲，是我摯友，我到順德先見到開甲，由他帶我晋謁胡景翼，時胡適在後園中種菜，赤脚短袷，滿身泥土，開口就問我從那裏來，我說鄭州，胡問見過靳師長否，我說見過，問靳在幹什麽，我說這幾天到鷄公山看新蓋的房子，胡說時局如此緊張，還不準備準備，蓋什麽房子，你現在做什麽事，開甲就代我接着說，他現在賦閑，就是來求師長委派一個差事，林又緊接着說，我想就先委公鐸一個參議，如何，胡當即面允，我也就謝委退出，關於胡景翼的家世，不妨在此一談。

胡景翼字笠僧，一字勵生，是陝西富平人，其祖父名得鼎，同治年間回匪之亂，在家鄉辦團練，禦匪陣亡，他父親名彥麟，七歲偕五齡幼弟吉麟隨母拾荒度日，吉麟後因上山拾柴被狼咬死，彥麟年十二即習商養母，肆主因其事母至孝，予以提携，漸以商業起家，前後兩娶，生子六人，胡景翼居長，他賦性聰潁，幼已不凡，在私塾讀書時，每聽到人家談起林文忠禁鴉片，英法聯軍入寇的故事，輒義憤塡膺，嘗畫老鷹於墻上，早起必以竹箭射之，蓋其革命思想早已潛伏於童年，旁人多非笑之，而其父却認其有出息，嗣後參加辛亥革命，在陝響應，促成共和，厥功甚偉，海內各報暨名家著作多有敘述；胡工書擅畫，儀表魁梧，體胖嗜睡，常見其會見賓客，或宴會上，甚至在辦公桌上，輒坐寢鼾聲大作，少頃醒來，精神愈益煥發，但朦朧中別人所說的話，他却能記得清清楚楚，當其任河南督辦時，其封翁每次來汴就養，必帶許多水果及家鄉土產，分贈胡的隨身副官馬弁等，值其翁進膳，胡則侍立左右爲其添飯，蓋其純孝之性，出自天然，後胡因患毒疔，爲延誤不治而死，在其患疔瘡前一個星期，我尚見到胡在閱兵，砲隊經過時，胡尚對陪閱官員頻頻有所指示，不意數日之間手臂患了疔瘡，據當時在督辦署任上尉副官廉世法說，胡患毒疔初不爲意，到嚴重時，督辦署高級官員聚集會商結果，本來欲往北京請德國名醫笛頗來汴診治，後見情況不對，爲爭取時間，只好派廉副官乘專車趕赴信陽大同醫院請美籍院長來汴醫治，該院長適已回國，只好請該院外科主任洋人某隨車返汴，據說當醫生到達督辦署時，病情已到無可挽救地步，未幾胡即告死亡；胡卒時年

僅三十四歲，胡生前曾爲我畫一佛像，側面向壁而坐，運筆蒼勁有力，而極生動，胡平日喜畫佛，據說他是佛的轉世，姑妄記之。

開甲對我說，此次如發生直奉戰爭，我想極短期間即可以解決，倘戰敗連我都完蛋，如戰勝時論功行賞多半都在我這筆桿上，你可先回鄭州等待，不必跟去前線受苦，過了幾天我却患了傷寒病，勢不得不回鄭州養病，到了車站我見兵強馬壯的陝軍，旌旗一新，一列一列的兵車望北駛去，不久果然二次直奉之戰爆發，未幾直軍慘敗，直軍前後受敵，以致一敗塗地；我想當時開甲未允我隨軍北上，而馮等倒吳陰謀之策劃，開甲事前或已知之甚詳，蓋胡景翼爲其金蘭之交，孫岳係其同學，馮玉祥乃其舊長官，惟以軍機未便與我明言，所以勸我先回鄭州。

我回鄭州不久病也醫好了，此時胡景翼以國民第二軍軍長兼河南軍務督辦，來豫履新，我在鄭州趨謁，他叫我到開封候命，此時開甲尚在後方處理軍務未來，俟開甲到了開封，他見到我滿面笑容，開玩笑地說，你還沒有死，蓋因我當時由順德帶病回鄭，故有此語，他說大難不死必有後福，我想令你再回雞公山當工程局局長，駕輕就熟如何，乃爲我介紹在座之林寶季良見面，在我與季良兩人向開甲告辭，走出督辦公署時，季良見我與開甲親密情形，他就問我你何時認識開甲，我說開甲與我情同手足，乃多年知交，他即說我現正在進行汴洛局局長兼河南交涉員，胡督已答應，現正託開甲從中幫忙，你雞公山事屬我管轄，只要我所謀能成功，你的事絕無問題，詎料季良發表了河南交涉員後，我去見他時，而季良則顧左右而言他，我再去見開甲，他對我也十分冷淡，這眞是令人莫明其妙，當時我年壯氣盛，不顧一切就寫了一封信與開甲，信的內容我還記得是：「開甲我兄勛鑒，公鐸一介寒儒，十年異地，幸逢廣廈，謬附驥籠，此次自冬入春，所謀皆成畫餅，自愧庸愚，終墳溝壑，而猶不能已於言者，以我兄愛公鐸有素，而事與願違，想此中困難有非外人所能道者，惟有遄返北京另作他謀，謹函陳梗概，並告行跡，專此奉辭，餘不縷縷。信發後，我正擬乘車北上時，老友陳衆奇帶着林肖衡太太來找我，他說肖衡得罪了李紀才，現在被扣押在警備司令部有生命危險，經過情形你大概也曉得，同鄉們決議請你馬上去北京找學衡設法營救，我說我正要北上，我與肖衡是好友，義不容辭，當然答應盡量幫忙。

記名命理學家林學衡
兄弟不同的個性

提起我與肖衡訂交係在我擔任雞公山工程局局長的時候，那時肖衡就在確山做縣長，時常上山晉謁靳雲鶚，我與他是同鄉，因此漸成知己好友，當時胡景翼部下旅長李紀才，駐節在確山所轄之駐馬店，陝軍餉械奇缺，肖衡對李禮貌欠周，因此，李銜之入骨，俟胡景翼督豫，任李紀才爲開封警備司令，督辦署參謀長是林立開甲，這時肖衡雖卸了確山縣長，他平常好排架子，還是帶着掛匣子槍的馬弁隨侍左右，有一天他來到開封，一下火車馬弁就被憲兵扣押，送到警備司令部，認爲卸任縣長無權隨帶携槍馬弁，肖衡就請開甲向李求情，結果馬弁保釋，槍枝却被沒收，在李認爲已經很賣面子，而肖衡仍感不滿，以爲槍不交還有失面子，再三向李要求還槍，因此可惹了許多的麻煩，在李認爲肖衡太不識相，有一天開封福州會館正在演戲謝神，肖衡亦在座，李紀才派一差弁拿了李的名片來到會館，說是李司令請林縣長到司令部領槍，肖衡毫不考慮的就隨來人同去，當時在座同鄉都勸肖衡切勿自投羅網，肖衡却說李紀才算得了什麼，他敢對我如何，果然一到司令部，李紀才出見，沒談幾句話便拍案大罵，喝令把肖衡押交軍法處，說他縱匪殃民，盜買軍火等十條大罪，呈請胡督辦擬予執行槍決，我與陳衆奇曾代懇開甲請求胡督辦從輕發落，開甲雖然答應幫忙，但李紀才把肖衡的帽子戴得太大了，要想換回這一幕危險的

場面却不太簡單。這是肖衡此次犯罪經過的情形。

當衆奇與肖衡太太告辭後，我即摒當行裝北上，於次夜抵達北京，天明即起趨訪肖衡令弟學衡，此時我居先母之喪，布衣布帽，閽者誤我爲求事者，對我說，五爺雀戰終宵，請你下午再來如何，我說你家三爺現在開封被警備司令部扣押，聞李司令要槍斃他，我是從開封專程趕來與你五爺商量營救你家三爺，我並非來找你五爺謀事的，此事刻不容緩，你快去叫他起來，閽者即行入內通報，旋即出來請我到客廳稍坐，我雖與肖衡爲友多年，而學衡却沒有見過面，學衡的臥室就在客廳後面，僅一板壁之隔，我還沒有坐定，學衡在臥室即大聲地說，公鐸兄你請坐，我馬上就來，大約叫他太太先起床，他尚在床上，正在起身，嘴裏連喊着請我到他臥室相談，學衡一見到就拱手說對不起，一面穿衣一面談話，他一開口就說肖衡該死，我算他的命今年不利，凡事必要小心，他却偏要胡鬧，這時全家女眷聽說肖衡被扣，也都跑了出來，問長問短的查個究竟，學衡的意思是請求段執政打個電報給胡景翼開釋肖衡，他以爲用高壓手段有效力，我說帽子太大恐怕反而惹起了胡的惡感，而對肖衡不利，甚至引起對方以速置肖衡於死地的危險，不如請一位陝西中較有地位而現在不得意的人物，來向胡景翼求情反較爲適當，他認爲我的建議甚妥，想來想去想到了于右任先生，學衡馬上坐了汽車去找于先生，我說我看還是先將電文擬好帶去請他看過簽字後，帶囘自由拍發爭取時效爲妥當，他即依我意見去辦。

學衡將于右任先生的電報拍發後，即趕赴開封營救肖衡，學衡是個生性傲慢，玩世不恭名士派作風的人物，他一見到胡景翼三言二語話不投機，竟然就拍案叫罵，弄得胡景翼對他也無可奈何，當然學衡當時在北京也有相當的地位，和活動的能力，加以于右任先生的電報力保，胡景翼也不得不買這個賬，於是就令肖衡寫張悔過書後開釋。後來據開甲對我說，當時胡景翼接到了于先生的電報，胡曾拿了張便條寫林肇煌(肖衡大名)三字，寫了又圈，圈了又寫，大約在斟酌把肖衡槍斃了好，還是買個于右任的面子釋放的好，結果還算肖衡命大，只要他寫張悔過書了事；沒想到肖衡請了一位書獃子代擬悔過書，這位書獃好弄筆墨，最後一句有「感再造之恩，戲妃代馬，圖報涓涘」，胡閱後大怒，對開甲說，肖衡這小子眞活得不耐煩了，我不是看在于右任先生的面上，老早就宰了他，你看他遞來的悔過書，那成什麽話，「戲妃」二字，把我比做楚莊王，滅燭摘纓，將我愛妾給人家調戲，你看他刻薄不刻薄，「盜馬」二字是秦穆公打敗仗之後的故事，俺姓胡的帶兵就少打敗仗，肖衡幸災樂禍，比擬不倫，因而不肯開釋，一直到胡死後，岳維峻繼任河南督辦，才把肖衡釋放了。

肖衡處世鋒鋩太露，至遭橫禍，我想他平時不止得罪李紀才，甚至連胡景翼也被得罪了，這位代擬悔過書的書獃，行文不慎，誤用典實，竟以「戲妃」「盜馬」四字幾幾置人於死地，後之爲人執筆者可以作爲殷鑒。

現在我來談談肖衡與學衡他兩個兄弟的個性與生活情形，當肖衡做確山縣長時，有一次他請我與衆奇到確山縣去玩，他所用茶葉皆由福州寄來的上等香片，水果則購自山東徐州等地出產的上品水果，就是廚子也有幾個，午餐僕役五六人環繞着侍候，晚膳則加點大燈籠一對，出門則坐上新洋包車，前後左右全副武裝的馬弁，騎着全新的自行車傍車而趨，招搖過市，當個小小的縣長竟然就這樣的排場，這未始不是惹禍的因素。

學衡字浚南，一號衆難，後以庚白爲號，出口成詩，下筆千言，倚馬可待，眞是個奇才，惟生性放蕩不羈，善於算命，著有人鑑一書，當代名人八字均在其中，據說非常靈驗而聞於時；人家都說他對於命理研究有獨到之處，我因營救其兄肖衡，後竟與成爲莫逆之交，可是他的人生觀與我見解不同，他說他是縱欲主義者，認爲嗜酒者盡量狂飲，好色者盡力漁色，少

壯不行樂，老大徒悲傷，食色乃生理上之需要，切不可抱着禮教觀念樹栅立障以防碍快樂，因果報應是無稽之談，餓死事小，失節事大，更是荒謬之說，他說名士風流，英雄不拘小節，自古已然，他又說世間無善無惡，富貴貧賤，通顯拂逆，皆為命運安排，劉邦刻薄寡恩，終成帝業，朱元璋做過乞丐和尚，當過兵，結果張士誠陳友諒都被他消滅，而做了大明之祖，倘以道德因果來說，這兩個壞蛋應該墜入十八重地獄才對，何以成為創業之君，時也命也，與善惡何關，所以他相信命運，而不信其他。

學衡喜歡打牌又喜歡看書，有時一面打牌，一面看書，所以每賭必輸，他罵我傻瓜、死頭腦，快樂的人生不知享受，我罵他滅倫背理，不近人情，總之學衡一生的做人與作風；可以說是個奇人怪士。

學衡當時算我的命只能活到七十二歲，我現在八十二歲，抗日戰爭勝利那年，按他為我算的應該是最好命運的一年，可是傷官見官，為禍百端，而非常的壞，所以也未見算得準確。

我到北京除找學衡營救肖衡外，不到十天即接開甲來電，已派我為河南全省軍用電話局通信科長，此時適憨玉琨被胡景翼擊敗，戰後派我前往洛陽調查通信破壞情形，待回開封，又派我赴信陽調查信陽電話分局長被控案，嗣即委我接長該分局，後來我才知道以前開甲對我冷淡，乃受季良影響，蓋季良欲將鷄公山工程局有條件的委派他人，又恐開甲之與我交情無法交待，故在開甲面前中傷了我，我素性冰心入世，鐵骨支貧，不知逢迎結納之事，故未與季良商談條件，以致唾手可得之事，竟為他人所奪，不然當年季良與陝督陳樹藩不合，幾為所殺，潛逃來汴，有如喪家之狗，其子得肺病，我曾請其父子到鷄公山居住養病，且介紹信陽大同醫院免費治療，並代其告貸於人，何至此時反目若不相識，足見金錢魔力勝過友誼萬千，世態炎涼，人情冷暖，良可慨也。

追念吳稚暉先生

吳懿

我是堅信宇宙都是暫局，然兆兆兆兆境，沒有一境，不該隨境努力，兆兆兆兆時，沒有一時，不該隨時改進。

——摘錄吳稚暉先生「一個新信仰的宇宙觀與人生觀」——

筆者開始寫這篇追念吳稚暉先生文字的當日，是六十二年十二月一日，二十年前的今天，四十二年十二月一日上午十二時正，吳先生的骨灰，正在金門海面，舉行海葬，一代完人，伴着蒼海白鷗，永遠的安息了。蔣經國先生有一篇文章，題目是「永遠與自然同在」，在末尾記述吳先生海葬的情形說：「（四十二年）十二月一日遵照先生的遺囑，將他的靈骨送到金門；僱了一條漁船，舉行海葬，那天正午，海面風高浪勁，我同其他同志，把先生的靈骨慢慢地安放到面對廈門的南海裡去了。當繩子脫離我的手掌的時候，心裡眞是有無限感慨；翹首遠眺，海濶天空，一望無際，這正是先生一生寬濶的胸襟；波濤洶湧，潮汐來回，正是先生一生的堅強與信守。先生的肉體來自自然，又歸還了自然，但是他留下的精神，將永遠與自然同在。在這國家多苦多難的時候，葬先生於南海，心裡的感覺，是無法用一枝筆來形容的。」

吳先生是在三十八年四月間來台，住在中山北路五條通，那時已是八十四歲的高齡，但是身體還很健康，一直很健談，喜歡戶外活動，他所住的五條通房舍，很小也很陰暗，所以在早晨和傍晚，時常可以看見這位老人踽踽在通裡漫步。那時的台北市，不像現在的人口這樣稠密，街道上的行人，總是稀稀落落的，尤其是早晨或是向晚以後，更是格外的寂靜，他那畧帶臃腫的背影，稀疏的白髮，象徵着他一生對中國革命所作的努力，和他所懷抱着的對世界局勢、國家前途、人生道路的卓識遠見。三十八年到三十九年之間，台灣的局勢依然是很緊張，一些神經敏感的人們，有錢的借機逃往國外去了，走不動的更是惶惶然不可終日，吳先生對時局却很樂觀，永恒的帶着對國家充滿信心的微笑。三十九年之後，他的攝護腺肥大症的宿疾，時發時癒，但這位堅強的老人，並沒有向病魔屈服，每天寫字、散步，或者和朋友們閑談，樂而忘倦，吳先生的書法，揉籀、篆、隸、楷而自成一家，如論其格調及功力，可以說是當代一人，但他對於名位二字，一向極爲淡薄，更不以書法而自鳴於世，不過推崇吳先生書法的人，仍然是越來越多，恭求墨寶的更是令他接應不暇，寫字是一種消耗體力的事，八十多歲的人，看見了一大摺一大摺的宣紙，在精神上底確是一個大大的負担，於是他便想起了一個辦法，在報紙上刊登了潤格，並且價錢訂得很高，有些不瞭解吳先生的人，以爲他年紀那麽大了，何必再想要錢

呢？其實他們不知道吳先生對於金錢，看得更為淡薄，更有一介不苟取的高尚情操。蔣經國先生談到吳先生的遺囑裡對於錢的支配，有段話說：「先生有一篇遺囑，內容雖然都是講的家事，但很富有教育意義，他把幾年來的賬目，算得很清楚。到台灣以後，先生的全部收入是：薪水一萬四千元，總統府撥給的醫藥費四萬九千元，寫字收入的潤資共計一萬七千元，這些錢除了開支以外，本有些剩餘，但是因為存在合作社裡，結果被倒掉了。所以他在結賬的時候，寫上『恰當』二字。後來先生身邊又餘了一點錢，這是在他寫遺囑以後的少數收入。他希望把這點錢送給親戚；並且在遺囑上寫了一句：生未帶來，死乃支配，可恥！」在蔣先生這段敘述裡，可以畧見吳先生對金錢的嚴謹態度，所以他所訂寫字筆潤，也無非對「恭請墨寶」的朋友藉以擋駕而已。

吳先生是在中國國民黨內倡導反共很早很早的一位，當民國十五六年國民革命軍北伐順利推展的時期，國際共產黨陰謀利用中國國內潛伏在國民黨內一些馬、列的徒子徒孫們，來控制中國的陰謀漸漸顯露了，製造黨內的分裂，發動農工和軍隊的暴動，那時的中國共產黨徒們，已經把中國國民黨列為他們的頭號敵人，把國民政府列為他們顛覆的對象。在當今 總統蔣公發動清黨運動以前不久，吳先生曾以中央監察委員的資格，向在上海召集的中央監察委員會，提出了「舉發共產黨謀叛」的呈文，這篇呈文是中國國民黨反共清黨的重要文獻，洋洋達三萬餘言，這篇文字，距今雖然已有四十六七年之久（吳先生的呈文是十六年四月二日提出的），但是現在我們如果從頭到尾的仔細翻讀一遍，再想一想這幾十年來，共黨對國家的顛覆陰謀，對大陸的血腥統制，就不得不佩服這位老先生的卓識與遠見。吳先生這個呈文，是中國國民黨不顧當時情形的險惡，而毅然清黨的先聲，因為那時北洋軍閥仍未完全消滅，黨內的共黨份子又慢慢的坐大，煽惑搗亂，無所不用其極，如果不及時清黨，後果眞是不堪設想。

胡適之先生在四十二年十一月間（按吳先生於是年十月三十日病故），旅居紐約的時候，寫了一篇追念吳先生的文章，也談起了清黨這段故實，他說：「我追憶這段故事，是要指出在二十六年前，吳稚暉、蔡孑民先生等一班元老，在當時的危險環境裡，大胆的出頭控訴共產黨『亡黨賣國』的陰謀，主張『出以非常的處置，護救非常之巨禍』，確是一種重大的道義的力量，這種道義的力量，在我們無黨派的自由主義者的心目中，是確曾發生很大影響的。」胡先生又說：「他是個有先見的哲人，他對於共產黨的巨禍，確有很深刻的觀察，我今天為了寫這篇紀念文字，曾翻看我的舊日記，在民國十七年（一九二八）五月十八日的日記裡，我曾詳記我在南京王雪艇先生寓中同吳稚暉先生同吃夜晚，飯後大談的情形。其中有這一段：『稚暉先生總憂慮共產黨還要大得志一番，中國還免不了殺人放火之刼。我却不這樣想……』。這是二十五年前的談話，現在看來，我是錯了，他的遠慮很可以佩服的。」我們看了胡適之先生這段記述，可以深切的體會到吳先生是如何有着憂國愛國的赤忱而並且具有遠見的一個人了。

「一個新信仰的宇宙觀與人生觀」是代表吳先生在哲學思想上的一篇文章，原文很長，大約有七八萬字，從民國十二年八月在上海太平洋雜誌連載，一直到十三年三月纔載完，那時中國的思想界，情形很是紛亂，學術界更談不上統一的信仰，在國內談哲學思想的，像梁啓超、梁漱溟、胡適之、丁文江、張君勱，更是各家之說併起。吳先生這篇文章以深入淺出的筆法，在中國的學術思想界放出了異彩，得到了共鳴，胡適之先生曾經說過：「吳先生的人生觀結語是：『悠悠宇宙，將無窮極。願吾朋友，勿草草此人生！』我們忘不了這一位一生從不肯草草生活的人。」

吳先生除了對國家大事時常提出政策性的主張以外，他一生的重心工作和事業，是推行注音符號，致力於中國語言和音韻的統一，他雖然一生說話都帶着濃重的

無錫鄉音，但他深切的感受到方言阻碍了知識的傳播。民國成立， 國父被推爲臨時大總統，吳先生從上海到南京去，進謁 國父， 國父想讓他做教育總長，他力辭不就，却自願的去推行國語注音符號工作，到了民國六年，蔡孑民先生出長北大的時期，他又致力於編纂注音符號字典。所以他對推行國語注音符號的著作特別多，他這些著作有一個特質，就是全心全力的研討推行方法。現在可看到的像「書駁中國用萬國新語說後」「讀音統一會進行程序」「補救中國文字之方法若何」「答某君書—廣韵注音字母的疑問」「四聲實驗錄序」「四聲實驗錄書序贅後」「致錢玄同君論注音字母書」「致羣報記者書—注音字母五聲問題」「覆羅國杰書—注音字母問題」「國音沿革序」「草鞋與皮鞋（談國語注音字母問題）」「說文解字詁林敘」「二百兆平民大問題最輕便的解決法（談注音字母問題）」「注音符號之推行」「怎樣應用注音符號」「國語月報封面談」「改定注音字母名稱爲注音符號及推行辦法案」「三十五年來之音符運動」「注音符號歌」。……由他這些關於注音符號的著作，便可以見到他平生對注音符號所付出的心血。

在民國五年十月間的全國教育會議裡，他對注音符號，曾經發表了一次專題演講，題目是「注音符號之推行」，在這篇演講裡，他曾經談到中國注音符號的歷史，他說：「注音符號的歷史，在中國已經很久。在五六十年前，外國人在中國內地傳教，就有把羅馬字母拼當地的土話，來教他的教徒的。在三四十年前，我看見蘇州、寧波、厦門等處，多有把羅馬字母拼本地音的事情，這是其一。此外差不多在五十年前，王龍惠先生的父親王炳耀，曾經在香港製造一種中國式的注音符號，以我所見到的，這個要算最早了。後來到三十年前，曾經一度鬧得很熱烈，福建有位蔡錫勇先生，因爲辦理洋務，用過一種快字速寫的方法，他的兒子蔡璋，曾在國會（此處所言國會，恐係美國國會）裡用這種方法速記；同時有盧戇章這個人，也用此法推行。嗣後約在二十年前，有蘇州人沈學，在梁啓超所辦的時務報裡面，發表了他所製造的十八筆符號，這種符號在舊書攤上的時務報裡還可找到。庚子年以後，王照又以漢字偏旁爲字母，像日本假名一樣，採用京音推行得很廣，又有一位勞乃宣先生，他的品學兼優，曾經做過江蘇提學使，他用王照的字母再來擴充一些，那時端方也很幫他推行。後來發生革命，民國元年，我們開了一個國音統一會，請他來做會友，他的脾氣很怪，自以爲是前清的遺臣，不肯加入，而隱居在淶水縣裡。……我們現在所用的字母，和王照所製的字母差不多，但是何以不另外造出一種符號來呢？其實現在沒有一個人敢造；倘使你造了，就有許多人起來反對，責問你是不是倉頡？」對國語注音符號的歷史，現在正在求學的學子們，確有瞭解的必要。所以摘錄出來。

吳先生的爲人，風格更是特異，民國十四年的時候，他在北平教書，蔣經國先生跟着他上學，蔣先生在「永遠與自然同在」的一篇文章裡，曾經談起一段往事說：「有一天不知是誰送了一輛人力車給先生。他接受之後，等到客人走完，立刻要我拿一把鋸子來，把這輛車子前面的兩根拉桿鋸掉，當時我以爲先生在開玩笑，不敢動手，後來他說：我要你鋸，你就鋸！我心裡雖感到奇怪，但終照他的話做了。先生看着槓子鋸斷，哈哈大笑，就同我把這輛沒有拉槓的車身，抬到書房裡，他一面坐上去，一面對我說：你看舒服不舒服？我現在有了一張沙發椅，接着先生又說：一個人有兩條腿，自己可以走路，何必要別人拉？你坐在車上被人拉着走，豈不成了四條腿？這是一件小事，我當時也不感到什麽；但是今天想起來，確有其深長的含意。」由以上蔣先生所說的故事裡，我們可以知道吳先生的爲人是如何的有超越常人之處，又是如何的眞切而坦誠，說起來是件小事，但又非平常人能做得出來的。

遇難慶生記

…宋希尚…

遇到久別重逢之老友多人，杯酒聯歡，相與促膝談心，各述生平最難忘之事跡，以供共賞。余提報三次遇難倖免之經過，頗獲大家之關注，囑筆之以存鴻爪云。

(一)飛行遇險

民國二十七年秋，余自昆明交通部滇緬公路籌備處調往蘭州主持西北公路運輸管理局事，時全國沿海港口已被敵方封鎖，國際交通受到嚴重打擊，中央為統籌軍事運輸起見，特在重慶召開後方運輸會議，余應召前往出席，自蘭州坐飛機往重慶，照例必在成都加油，稍事停留。是日座機，為小型蛙式，腹部下有左右兩輪，可以伸縮，用以起落。機體較小，座位僅二十左右。自成都起飛後。已告客滿。約經二小時許，山城已在望矣。但飛機一直左右迴旋，繞行大圈，久久不降。機內座客紛紛猜疑，或云機場被炸不能下降，或云情報關係，有所等待。大家屏息悶坐，不知其故。經過三個鐘頭，一美駕駛員偕譯員忽然步出機艙，表情嚴肅而憂慮，宣佈曰：「本機起落兩輪，已折斷其一，僅可利用一輪，獨脚着地，預料全機勢必傾覆翻身，引起燃燒危險，一再與地面聯絡，商議，決定將本機內所存油料儘量消耗至最少限度然後以獨輪側身着地，冒險降落。茲發給每人氈毯一條，請將各人頭部包好，抵抗撞擊，同時將身邊腰帶捆緊，避免滾動。事出意外，我唯有盡我全力，作孤注一試，一切求上帝保佑！」聞此消息，不啻晴天霹靂，等於宣判死刑，瞬刻之間，全機譁然，彼此面面相覷，有掩面哭泣者，有面呈死灰色者；這種大難臨頭，生死難卜滋味，實難筆墨可以形容。不久，只覺機身開始下降，又聞獨輪與跑道摩擦聲，全機已傾斜，失去平衡；正在危急驚懼萬分之際，機身忽然戛然停住不動。費三小時多消耗區區剩餘之油量，至此恰好燒完無遺，機身已無力作一番驚天動地，翻身滾轉肇禍之表演矣，二十餘人之性命，方從死神手中奪回。美駛駕員以脫險愉快之笑容恭立機門，向飽受虛驚下機旅客，一一握手祝福！

驚魂甫定，下機後又見機場四周密佈人羣，渝市救火車消防隊員全部出動，如臨大火。報社記者肩負攝影機，攀登高處或樹巔，獵取鏡頭，白帽護士隨帶綳床待命，而警衛治安人員，嚴陣環立以應付可能之事變，足見過去在上空盤旋時，地面方面已竭盡所能，作種種意外之準備也。西北公路局駐渝辦事處主任梅同學斐庵兄，來場相接，含淚握手，咽不成聲。所有見者，識與不識，無不笑顏相迎曰：「大難不死，恭喜！恭喜！」

(二)寓所被炸

蘭州東南城角井兒街某宅，為交通部

西北公路運輸管理局局長的宿舍，遠對五泉山，向有凶宅之稱。夜闌人靜之時，常常在閣樓上，發出一些莫名其妙的聲響。朋友中很多人勸我另覓新居，不必與「仙家」同起居。我因前任局長譚伯英兄住此，又以二十世紀科學昌明的時代，對於聊齋誌中所記狐仙種種自然不會相信，所以謝謝他們關心與一片好意。

過了一段時間，果然在午夜以後，閣樓上有時似乎覺得有些異樣，我也親自聽見了一些搬動桌椅和上下樓梯脚步的聲音，羣相疑懼。某星期日清晨，我獨自步上閣樓，巡視一番，但見空樓窗閉，蛛網四張，滿目灰塵，不堪久留，我內心私禱曰：「此來赤心爲國家服務，國難當頭，希望彼此和平相處，幸毋相擾。」以後果安靖清寂，一無所聞了。

我因軍運頻繁，對華家嶺危險一段公路路線有改善的必要，所以親往踏勘，改良坡度，放寬路面，住宿嶺上，隨時測量校正督工，約一星期之久，因天氣奇冷，早晚冒了風寒，所以返蘭州後，就發高燒。局中新來年青醫生，急功好勝，給我服了過量的阿司匹林，使全身不能自主，竟日昏昏入睡，直到深夜十一時許，出了一身大汗，渾身濕透，四肢乏力，好像癱瘓了似的。可是驚險的鏡頭，接踵而至。忽然間緊急警報聲，接連的如泣如訴，一聲聲哀號不止，加以窗外街頭的擾雜紛亂聲，奔走的脚步聲，亂成一片。老百姓驚惶失措，扶老携幼逃避呼號之聲，更慘不忍聞。但這時我好像漫不經心，似乎無動於衷。不錯，主要的原因，我這時候實在出汗太多，困倦乏力，動彈不得，我自己決定不去防空洞躲避，僅下意識的必要時將頭往被窩裡一鑽，算是安全了。

梅秘書成章兄，爲我河海校同學匆匆趕來，他要我立即離開宿舍，出城入防空洞避難，我婉拒了。他力勸，我仍不爲所動。他無法，他着急，只好立電甘寧青電信局壽天章局長。壽江蘇松江人，遊學德國，曾任李儀祉建設廳長時主秘，平日與我交厚，過從甚密，他聽到我不肯起床，他果然不顧自己安危，竟從他們的防空洞中趕到，毅然決然，未徵求我的同意，強我從被中坐起，爲我穿衣納履，不由分說，緊張嚴肅的黑夜中匆匆把我舁上汽車，直奔西郊。我剛剛被推進防空洞的時候，敵機的炸彈，已如雨下，九十餘架大批的敵機全夜輪番轟炸蘭州市，計七小時之久。

次晨九時左右，旭日當空，警報始行解除，回來未到井兒街，據報寓所業已中彈全燬，我看到我的臥房，正中一彈，所有臥床、被褥、衣服、書籍等等全部化爲灰燼。最可惜者，隨我多年東搬西遷最有用的一條絲棉被，竟被炸粉碎，一條條棉絲掛在院庭木架上，東飄西蕩，好像在迎候避難歸來的主人。災墟巡視之餘，不勝感慨萬分，如果我昨夜要不是梅、壽二兄的強勸強舁，無論如何要我離開此地，那就無法來想像此刻的我了。朋友眞摯的情誼，令人畢生難忘，永不去懷！

（三）蘭州黃河危橋

當長沙大會戰之前夕，余以交通部西北公路局長兼後勤部陝甘線區司令，負責大西北區國際軍運。時中央與國際間洽妥，有波蘭大砲二百尊，自莫斯科直送蘭州，由第八戰區令知準備大批司機接運，此項消息，乃竟爲敵方所偵知，於是蘭州三晝夜輪流不停之大轟炸開始。當蘇俄車隊長趕到公路局與余見面握手後，立即聲稱以此握手，即爲車隊雙方交接重要之儀式，匆匆離去，而警報之聲忽然大作。余在此緊急關頭，立即令飭早經準備就緒之二百名司機，上車接運，指派參謀人員，率車隊火速倒退向西開走，奔赴百里外永登縣一帶山谷隱蔽待命。如此緊急措施，果出敵人所未料。敵方雖調集大批機羣日夜分批搜索兩晝夜之久，一無所見，最後仍不得已決定集中炸毁黃河鐵橋。籍以切斷蘭州南北交通之要道，可憐此左宗棠時代建造數十年老朽之鐵橋，無辜遭殃，落彈五百餘枚，體無完膚，達成敵人任務。

正當此時，又接戰區密令，着將已到

之砲隊迅速南運，通過被炸黃河鐵橋時，尤應由該司令親自指揮妥愼辦理，不得有誤等語。余鑒於長沙會戰，關係重大，職責所在，義不容辭。乃即部署一切，當即擬定砲車過橋辦法；全部燈火管制，斷絕一切交通往來，在橋兩端臨時裝置紅綠電燈，作爲行車信號，有車在橋行動時則示紅燈，已達彼岸則亮綠燈，嚴格執行：①橋上只許一車，②車行橋上得寸進尺，愈慢愈好。是晚朔風凛冽，星月無光，余爲執行命令，決定親與司機並坐第一輛砲車司機台上，在昏暗中摸索，冒險上橋，自北南開，寸移尺進，只覺橋身全部震動搖撼，鐵架鐵樑支支作響，大有隨時隨刻傾倒崩潰危險。余習工程，畧知結構之理，急令車輛暫停橋中休息，靜觀其變；此時緊張心境，早置生死於度外矣。數分鐘後，待鐵內力穩定然後再以極慢速度推進，終達彼岸，費時約一刻許。如此，示範表現，砲隊遂得相繼一一安全通過，南下如限送到戰地，特然增加此生力武器，對長沙會戰，自有其不可磨滅之貢獻也。事後戰區會報中，談到此事經過，散會時，朱一民長官與余握手曰：「君本書生，竟有此胆，可佩可佩！」

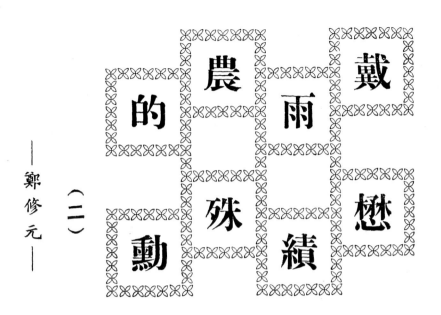

戴雨農的懋績殊勳（二）

——鄭修元——

在記述我們一行將抵忠義救國軍總指揮部視察情況之前，於此先就中美合作所副主任梅樂斯中將遺著「另一種戰爭」內，所述及有關忠義救國軍最重要的兩段內容，引錄如次：

「一、在中華民國抗日戰爭中，有一項不尋常的事實，就是日軍佔領區是我們抗日最佳的根據地。日軍只能控制點線，並未控制全面，尤其是無法控制山區。戴笠將軍的游擊隊和我們中美合作的人員，幾乎來去自如。」

「除中美合作所的訓練班和軍事單位以外，戴笠將軍並創了一支特別的游擊隊——忠義救國軍。這支軍隊一部份雖由中美合作所協助訓練，但與我們各海岸訓練班或華中華北各縱隊都無關連。

「忠義救國軍的活動範圍，距離上海不遠，包括長江下游上海、南京、杭州一帶。這支軍隊約有兩萬多人，不但與大部份僞軍暗中經常聯繫，且獲得他們協助。在十個月內，他們殲滅了敵軍一萬餘名，還至少牽制了七師日軍。他們的主要工作是破壞敵方的飛機、交通線、發電廠等。有一次我們獲知青浦附近有一座敵方儲存爆炸物的大倉庫，我們要他們施行炸毀，而他們竟遲遲未即執行。原來他們另有計劃，他們要我們印製傳單，說要轟炸該處，交由陳納德將軍的飛行員空投。日軍當然拾到這些傳單，於是將這些彈藥移入山區，忠義救國軍却早已選好有利伏擊地點，不但把大部份彈藥予以炸毀，還炸斃很多日軍，後來我們才知道該彈藥庫附近有一個居民約兩萬人的城鎮，如果就該地施行爆破，則這些居民大部份要遭殃及。我高興獲得這次教訓，更證明不能坐在辦公室裡，指揮游擊隊。

「這祇是他們行動的一例。他們還偷運仿造的流通劵，在淪陷區破壞敵僞的金融和採購物資。他們炸鐵路橋樑也很成功，爲了炸火車，我們發明一種輕便的延時裝置，要觸壓三四次才爆炸。他們利用這種裝置，炸毀了浙贛鐵路諸暨附近的鐵路橋樑，也炸毀距金華不遠的路軌，火車頭和五節車廂炸倒在水溝裡。在撤

退途中，又順便焚燒了敵軍的五座倉庫，兩千桶汽油及七百桶柴油。

「二、戰爭末期，中美合作所許多很容易完成的行動，都被阻無法動手。儘管如此，我們仍協助國軍攻佔大片沿海岸地區，最後完成聯接海上補給線。

「一九四五年五月，我們接獲情報，日軍主將山下奉文奉日皇命令『在最少代價下儘速結束戰爭』。日本參謀部並選定山東、京滬、杭州及汕頭等四地區集結軍隊。於是我們建議上級，奪取若干沿海島嶼，並發動一連串游擊戰以牽制日軍行動。此項計劃經分別獲得　蔣委員長及海軍金氏上將與魏德邁將軍之批准。

「在福州西北約八九十哩的第七訓練班，（筆者按：第七訓練班設於閩省建甌東峰。）突然傳來捷報。那裡的弟兄們奪下福州飛機場，日軍倉惶逃竄，我游擊隊即進佔福州市。同時距我們第六訓練班（班址在閩南華安）不遠的漳州，也被我方佔領。

「福州收復後，我和戴笠將軍在酷暑中，步行四小時到第七訓練班視察，然後轉赴建陽。在建陽我們已經成立指揮整個沿海活動的『駐華海軍組華東指揮部』，包括第一、第六、第七、第八及第十三訓練班、忠義救國軍，若干突襲小隊及四個情報單位和海岸監視人。這裡所蒐集的情報，頗爲駐重慶的美國陸軍總部所重視。沿海地區情報，百分之九十，係由中美合作所供給。

「七月底，從溫州附近的第八訓練班（筆者按：第八訓練班設於浙東瑞安縣屬之玉壺，副主任郭履洲兄，籍隸浙江寧海，黃埔軍校六期。抗戰勝利後，奉派爲京滬、滬杭兩路護路司令，迨忠義救國軍部隊改編爲交通警察總隊，履洲兄奉派爲第十八總隊總隊長，此後並獲升任交通警察總局副局長。現居台北。關於本團視察第八班情況，容待後述。）傳來令人興奮的消息：該訓練班的三個教導營逐退日軍，首先進入溫州，俘獲若干軍事文件，在該月內經該班擊斃的日軍，共達五百三十九名，而自己僅損失四十八人。」

「設在福建華安的第六訓練班，担任奪取厦門的任務，六月底間，若干情報證實日軍將自金門及厦門撤退，準備經陸地前往汕頭。在七月四、五兩日，於中途遭我游擊隊伏擊，斃敵軍二百六十八名，中美合作所人員僅損失十六人。稍後兩天戰役中，我們配合空軍及青年團又擊斃敵軍七百五十名。日軍從福建逃往廣東後，中美合作所人員，不僅控制住厦門到汕頭的一百二十五浬沿海地區，並控制到五百浬外杭州的沿海區域。數週後，當日軍宣佈投降時，中美所人員，不費一槍之力，便收復了厦門，而設於福建建甌東峰的第七訓練班，也立即進入杭州。

「此次東南之行，曾途經浙江江山縣保安鎮（筆者按：保安即雨公故鄉，其時太夫人率次子雲林及長孫藏宜等安居家園），又在戴家作客。其後我們從淳安橋西步行前往樂平，視察忠義救國軍。日軍獲知此項消息，派遣兩千部隊，在後緊追。我們一面撤退，一面由戴將軍命令忠義救國軍截擊日軍，並切斷其後路。我們穿山越嶺，抵達昌化縣屬之河橋鎮，在浙西担任省貨運處長之趙世瑞將軍，暨浙西行署賀揚靈主任，均趕來相會。是晚戴笠將軍與我共宿一室，四名日軍派遣之刺客，身懷手榴彈及利刃前來行刺，戴將軍與我，聞聲急躍出窗口隱蔽。刺客經格鬥後，卒爲衞士所制服，其中兩名日籍，一名韓國人，均在青島附近的滄口暗殺學校受過訓練。另一名爲漢奸，曾加入過共黨的新四軍。次日我們分頭前往浙西行署臨時所在地的湯家灣，席未暇暖，獲得情報有另一股日軍逼近該地，我們復又避入山間。我在山上足足躲了兩天兩夜，戴將軍則往來指揮作戰。經過兩天的戰鬥，忠救軍斃敵一百三十二名，傷敵一百五十名，並將其給養截斷，敵軍乃被迫不得不即刻撤退。」

在未抵達忠義救國軍總指揮部之前，我們先到浙江分水縣合村「淞滬指揮部」進行視察。指揮官爲阮清源兄，並另兼江蘇省第三區行政督察專員。清源兄爲戴先生高足，曾代理過忠救軍總指揮，對淞滬京杭一地情形，向極熟悉。尤其在各地區部署建立

之情報、行動等項工作機構，有優良成績之表現。於該單位視察事畢，我們一行即循昌化至昱嶺關，登上天目山脈經百丈峰，翻越海拔一千五百餘公尺之老嶺，而進入安徽省寧國縣屬之萬家橋，於相距忠救軍約二十華里左右之橋頭舖，渥承總指揮馬志超先生率同總部高級同人，遠道郊迎，前輩謙冲，彌增感佩。馬先生籍隸陝西華陰，黃埔軍校一期先進。於民卅二年七月，由戴將軍向委員長保舉爲忠義救國軍總指揮。該軍部衆共編爲三個縱隊，第一縱隊駐寧國墩指揮官李棪，籍隸湘省，亦係黃埔軍校出身。第二縱隊駐在總指揮部附近村莊，指揮官佘萬選，籍隸貴州出身於軍校十期。第三縱隊駐昌化縣河橋，已見前述。此外尚設有杭嘉湖行動總隊，總隊長爲金家讓。浦東特種行動總隊，總隊長爲張爲邦。另由該部調查室，負責佈置於京滬、滬杭兩路沿線之潛伏單位，共達十餘個，担負對敵偽情報、行動、策反諸項工作。調查室主任劉方雄兄，原任別動軍司令部機要室主任，於卅二年二月奉調斯職，對于蒐集情報以供該部對敵作戰之需，以及予敵破壞，及對偽軍之策反聯絡，甚著績效。

其時副總指揮爲王春暉兄，王兄籍隸湖南，出身於中央軍校高等教育班第十期，在奉調忠救軍副總指揮時，係在渝担任局屬之特務第五團團長。筆者任職局本部內勤，常相過從，迨我赴東南考察，旅次忠救軍總部時，獲與一別多年之春暉兄歡然道故，至爲欣快。不幸於民卅八年間大陸陷共時，他在程潛、陳明仁諸逆叛變降共以後，曾督率交警健兒，與共軍作殊死戰。乃以衆寡不敵，負傷自戕未遂而被共軍所執。不爲利誘，不爲勢屈，終於慷慨就義，壯烈成仁。

由於忠義救國軍總指揮部，係東南地區之最大單位，本團駐留時日，亦較任何單位爲多，有時集合部隊，宣示雨公所親書致忠救軍全體官兵之文告，有時親履其所屬部隊或工作單位，代表戴先生備致慰勞，亦常與總部各內勤部門主管，研討各該部門之工作情況，從而獲悉馬總指揮之治軍嚴明，信賞必罰。更能視部屬如家人子弟，對戴先生之命令，尤其奉行唯謹，矢志毋懈。

我們東南考察團一行，離去忠救軍總部時，約在民卅四年四月下旬。戴先生和梅樂斯即於五月下旬，蒞臨位於浙江於潛方元舖的忠救軍前進指揮所，召集忠救軍縱隊指揮官以上人員，舉行軍事會議。事爲日軍探知，糾集日軍一千七百餘人，以一少將級軍官指揮，突向方元舖前進指揮所駐地，實施包圍攻擊。戴先生當即電令活動於桐廬附近的第三縱隊，連夜出發，迅向日軍側背進擊；一面責成忠救軍副總指揮王春暉，指揮總部直屬部隊，予以抵抗。當時忠救軍的部隊，大部份均已由中美班予以訓練裝備，武器精良，士氣旺盛。日軍雖數度猛烈進攻，均被我軍擊退。激戰兩晝夜，我第三縱隊遠自一百二十華里以外，疾趨戰場，襲擊日軍側背，並截斷其後方聯絡補給，使其窮於應付。同時總指揮所也已判明日軍指揮官的確切位置，乃組成敢死隊，乘夜突擊，一舉摧毀其指揮所，擊斃其少將指揮官，日軍頓時慌竄，又遭我第三縱隊之痛擊，損失慘重。

日軍於上項戰役失利後，時時亟謀報復，於八月初，抽調蘇州、常州、廣德一帶日軍，由偽軍前導，從北面向忠義救國軍的指揮中心和主力地帶——於潛、昌化——進擊。一面由杭州、富陽之線抽調兵力，沿江進擊桐廬，牽制我第三縱隊，策應南下敵軍，進而形成合圍態勢，企圖達成「掃蕩殲滅」的目的。兩路日軍的兵力，共達萬人以上。

其時忠救軍的任務，是以主力支援國軍在江浙方面的作戰，牽制日軍，襲擊日軍，同時聯絡被我策動待機反正而暫時潛伏敵體的偽軍，控制江浙各地交通和注視日軍動態，以策應美軍之登陸。所以在戰略上既不能中敵之計，與其作生死決戰，以免我軍主力，受到重大損害。但亦不能輕易放棄現有基地，而影響全盤策應登陸反攻的計劃。因此，馬總指揮志超下令各縱隊集結兵力，保持機動，運用情報靈通和地形熟悉的優點，對敵軍展開運動游擊戰，處處以局部優勢兵力，打擊其一點，然後迅速脫離，再

擊其他弱點。

日軍兩路進擊，來勢凶猛，但因我軍不與之正面決戰，雖然在形態上已逐漸縮小包圍圈，而實際上並未收到「輝煌戰果」，反而常被我軍突擊。數日以後，日軍前鋒已接近忠救軍的總部，經馬總指揮親自率領一支突擊部隊，在僞軍的掩護下，秘密通過其陣線，接近日軍，乘其不備，猛施奇襲。日軍倉惶失措，無法遏阻我軍的凌厲攻勢，四散潰逃。一點突破，全線動搖，加以我各縱隊的乘機跟進席捲，和側擊呼應，日軍乃狼狽退去。

八月九日，日軍再派卅三旅團所屬部隊二千一百餘名，先由富陽北上，然後迂迴南下，奇襲河橋。但其狡謀，被忠救軍第三縱隊偵悉，急電河橋我軍嚴加戒備。戴先生與馬總指揮親加部署，當令第二縱隊派一加強團，迎戰來犯日軍，以第二縱隊監視日軍，跟踪夾擊。當夜十一時半，日軍以奇襲姿態突襲河橋，被我守備營長羅雲相迎頭痛擊，敵軍死傷纍纍，但仍恃其人多械精，多方衝突。我軍情勢，又漸轉危殆，羅營長親率敢死隊，衝鋒肉搏，負傷成仁，將士亦頗有傷亡，但日軍攻勢爲之頓挫。第三縱隊也適時趕抵戰場，夾擊日軍，日軍因以動搖。戴先生即乘機命令預備隊第四團繞道日軍北面，包抄側擊。激戰九小時，朝陽朗照，日軍終於不支而潰退。是役日軍死傷四百餘人。

當考察團離去忠救軍總部時，仍經原路越過老嶺而折返浙境。在啓程時，並承馬總指揮派出部隊兩個連，分在本團行列之左右兩側，予以翼護。俟本團一行進入較安全地帶，始行撤回。我們仍沿淳安、遂安、開化、江山、浦城、龍泉、雲和、麗水、青田而達位居浙東之瑞安縣玉壺鎮，視察中美合作所第八班。該班副主任，原爲趙世瑞兄，因趙另兼浙江緝私處處長及財政部貨運局浙江貨運處長，職責繁重，不遑兼顧，戴先生曾調派原任稅警第一教導團長婁劍如（婁兄湘籍，軍校四期出身，來台後在台灣省黨部工作有年，現居台中。）爲該班教育長，多負實際責任。美方派史文素少校爲總教官。向忠救軍浦東特種行動總隊張爲邦部選調人員，在該班施以特種技術訓練。其時張部活動基地，爲鄰近上海之浦東、川沙、南滙、崇明、啓東一帶。北自連雲港，南迄閩江口一帶海面，均有張部人員，縱橫活躍。張本人雖僅出身行伍，但忠貞勇敢，更極重義氣。戴先生爲使將來便於作戰指揮，乃於民卅四年三月間，將原任中美合作所第一班副主任郭履洲兄，調任第八班副主任；而以第八班教育長婁劍如兄接替第一班副主任。（筆者按：當本團於三月下旬行抵第一班時，第一班副主任，係由汪浩然教育長暫行代理。）第一期選調張部五百三十三人，於民卅三年八月二十五日開訓，十二月卒業。美方授以最新裝備，分別配給點五零重機槍、火箭炮、衝鋒步槍、湯姆生輕機槍、卡賓槍等，編組爲第九教導營，派陶鳳威爲營長。爲便於爾後作戰指揮，戴先生復呈奉委員長核准，成立忠救軍溫台地區指揮部，派第八班副主任郭履洲兄兼任指揮官，以張爲邦兄兼任副指揮官。所編訓的教導營，即納入該指揮部戰爭序列之中，參加作戰。

第二期選調張部四百五十九人，於民三十四年元旦開訓，結業後，編爲教導第十營，派胡公達爲營長。第三期選調張部四百餘人，結訓後編爲教導第十一營，派洪竹筠爲營長。佈防浙江沿海地區，均由溫台地區指揮部統率作戰。第四期選訓四百人，結訓後編爲特務營，派孫新民爲營長。

以第八班所集訓官兵爲骨幹之溫台地區指揮部所屬部隊，在民三十四年六月上旬，以迄同年八月上旬間，與日軍作戰多次，戰果豐碩，茲擇要概述如次：

日軍自福州撤退後（筆者按：國軍之收復福州，中美合作所第七訓練班，有所協助，詳情容另節補述），潰集閩東瀕海之連江。因恐懼美空軍的轟炸和海上的襲擊，不敢循海道北撤，乃改由沿海岸地帶，從陸上向浙省溫州撤退。被國軍李良榮部緊追猛打，至爲狼狽；浙東樂清、白象的日軍黎岡支隊，特自北而南，發動一次攻勢，連陷瑞安、平陽，接應由閩北竄之日軍。南侵北竄

的日軍，共約六千餘人，於卅四年六月九日在平陽會師，共同北竄。當其先頭部隊離開平陽後，我忠義救國軍溫台地區指揮部指揮官郭履洲（即中美所第八班副主任），根據日軍行進方向速度和時間距離，判斷日軍將乘夜晚橫渡飛雲江繼續北遁；但江中船隻不多，日軍數千之衆，非短時間所能盡載，而跋涉奔逃於待渡之際，必將尋覓較大建築物休憩，乃挑選善於游泳的爆破教官巫銘田率領隊員十餘人，背負爆破器材，於日落後潛渡飛雲江南岸，先行策動附近居民遷避；然後選定一碾米廠和榨油廠，分別埋設地雷和定時炸彈，並破壞渡河點的船隻與木筏，迅即潛返北岸，遙遙監視。一面趕製水雷三十枚，佈於渡江口岸，以待打擊強渡的日軍。當夜，日軍大至，果不出郭指揮官所料，暫入碾米廠和榨油廠休息，半夜時分，地雷和定時炸彈轟然爆發，日軍疲憊之餘，突遭此變，一時驚擾踐踏，損傷頗重。

六月十六日，日軍始竄抵溫州，旋即渡過甌江繼續北竄。而黎岡支隊的後籐大隊留守永嘉，以資掩護。郭指揮官乃買通日軍之翻譯人員，將定時炸彈埋於永嘉中山公園附近的後籐大隊部，並調中美所第八班的教導第九營陶鳳威、十營胡公達、十一營洪竹筠等部，部署於永嘉西南地區，準備分三路進攻溫州，以定時炸彈爆發爲號，同時發動攻擊。十七日午夜彈發戰起，上述三個教導營，準時羣起猛攻。日軍由東門倉惶潰退，狼狽渡江。我軍乃於十八日拂曉，克復溫州。教導第九營於清掃戰場時，檢獲日軍的軍中日誌，獲悉日軍中已盛傳中美聯軍將大舉反攻，驚惶萬狀，士氣因以頹喪。於是我軍乘機兼程追擊，到達樂清縣屬的白象、柳市附近時，敵黎岡支隊及由福州潰撤之殘敵，遽聞我軍追及，又復張惶潰逃，所携存的槍彈輜重，委棄殆盡。我軍鹵獲的軍用物資，共達三百餘噸之多。戰後運往浦東，點交第三方面軍湯司令官恩伯部接收。

原在溫州留守之殘敵，於倉惶撤退時，其中一部約一百餘人，由水路順流向江口的銅頭撤退。當時銅頭的僞軍大隊長陳榮博，早已接受策反，秘密收編爲忠救軍溫台地區指揮部水上大隊長，俟機反正，遂乘此殺敵立功。當日軍於六月二十日抵達銅頭棄船登岸時，忽見僞軍來迎，方甚慶幸可賴友軍接應，絲毫未加戒備。不意猝被痛擊，當場擊斃日軍百餘人，其餘三十名，悉數被俘，無一倖免。

另股日軍自白象委棄輜重後，退往椒江，竄據海門鎮，稍作喘息整理。一面徵集民間船隻，準備渡江北竄。一部殘敵六十餘名，於六月二十日竄抵黃岩路橋與溫嶺澤國之間，被我溫台地區指揮部的爆破組計熊飛部猛烈截擊，斃日軍十餘名，我陣亡及負傷組員各一人。

當時在舟山羣島的僞軍陶志山、李謙益兩大隊，已被我方秘密收編爲忠義救國軍新編獨立第一支隊第一、第二兩大隊，正待命反正殺敵中。迨我追擊部隊抵達椒江後，郭指揮官乃命獨立支隊長崔傑，趕往舟山，率領該兩大隊從水路潛赴椒山北岸，準備襲擊渡江北竄的日軍；一面下令教導第十一營洪竹筠部從嚴市街向衎頭，教導第十營胡公達部從三甲會攻海門。日軍遭我攻擊，急謀撤走，於是以一部兵力爲掩護，與我激戰一晝夜，然後乘帆船從海上遁去。其餘強渡椒江，遭我預先設伏的獨立第一支隊襲擊，頗有傷亡，我軍遂於七月三日收復海門。是役，我洪營攻擊海門，日軍以城牆爲依據，困獸猶鬥，洪營攀城仰攻，致陣亡官兵十餘名，負傷者二十餘人。

我軍收復海門之後，以教導第十營胡公達部及獨立第一支隊繼續北上追擊日軍。由福州及溫州兩地北撤的日軍，沿途遭我追擊，狼狽不堪，迭向盤據杭州灣的日軍七十師團求援。日軍由寧波派出一部兵力南下接應，進入寧海。我追擊部隊於八月一日拂曉，以寧海縣城西郊的尙教寺和東郊的白喬嶺爲據點，向寧海城內猛攻；日軍因獲七十師團之增援，火力轉強，我軍傷亡連排長各一，陣亡士兵十二名，乃撤至桑洲。日軍乘夜出城反攻，我軍憑有利地形和新裝備的火箭筒利器，奮勇還擊，斃日軍百餘人，

正擬乘勢續攻，日方旋即宣佈無條件投降。

在民三十四年五月至七月底間，曾經東南考察團蒞臨視察之中美合作所所屬第六、第七兩訓練班，均對日軍作戰，有過輝煌的戰果，特爲補述如次：

第六班（福建華安）於五月間，以該班新編的教導營和軍統局的閩南站（站長由第七班副主任陳達元兼任，副站長王兆鐖，王係國大代表現居台北。）挑選人員合組兩棲突擊隊，由陳副主任親率湯君沐的第一大隊二百人，配以美員普蘭克中尉等，於五月二十日拂曉前由海澄斗美出發，指向位於廈門與海澄之間的浯嶼船塢，先頭部隊百餘人順利登陸成功。日軍倉惶應戰，一面固守炮壘，一面急電請援。我突擊隊所使用的輕武器，一時無法攻破炮壘，而日軍炮艇多艘駛來增援，激戰至中午時分，將敵方後繼船隻，擊沉數艘後，我軍始行撤出。此舉雖未能盡殲日軍，克復浯嶼；但日軍經此奇襲，至爲驚懼，而此後雙方監視極嚴，船隻出入困難，使日方對此已失去入侵跳板的作用。

同年七月初，金門和廈門的日軍「德本先信」旅團主力三千人，奉命撤調廣東汕頭，因海空的絕對劣勢，且無適當船舶可供運輸，所以計劃由海澄登陸，然後沿海岸從陸上前往目的地。但又因地形不熟，恐懼我軍攔截；所以令其駐廈門的陸軍特務機關外圍組織「鐵公舘」擬訂行軍路線。

而主持其事的林頂立，（林兄來台後曾當選台灣省議會副議長，現居台北，從事實業。）適係軍統局閩南站所屬的廈鼓組組長。奉命潛伏在敵方，執行反間任務的人員，乃將該一計劃密報閩南站，轉報戴先生，當即下令中美所的廈汕指揮站，運用中美所第六訓練班及軍統局閩南站的力量，會商國軍七十五師予以迎頭痛擊，並防止其竄擾漳州。當時七十五師剛從龍岩調來，兵力分散，祗派出第六團的一個營開抵南靖，担任監視日軍任務。於是廈汕指揮站以中美所第六班新裝備的四個教導營爲截擊的主力，由第六班兩位副主任陳達元、雷鎮鐘負責指揮，美員哈柏林也參加策劃，親臨戰地。該班對於截擊敵軍的部署，係針對所獲日軍流竄路線的情報，作重點佈置，隨時發動襲擊，避免正面決戰。當設指揮所漳浦縣北門外的霞潭鄉，第一營湯濤部進駐杜尋，第二營湯秉衡部進駐漳浦縣的盤陀嶺，第三營連濟民部進駐小溪，第四營楊卓夫部進駐漳浦縣的深水坑，待機伏擊。軍統局閩南站的行動組和突擊隊，作機動性的活動，襲敵擾敵，以爲呼應。

七月二日，日軍即在海澄白坑登陸，携有山炮六門，重機槍九挺，民伕數百人，馱馬二百匹，輜重多起。先頭部隊登陸後，即佈防於白坑沿海，以掩護其後續部隊的登陸行動；一週後，方開始向南流竄。到達漳浦縣界時，我突擊隊張靜山部先作試探性襲擊；日軍雖受損傷，但急於南竄，不敢反擊。十二日進至深水坑，被我第四營楊卓夫部襲擊，發生激戰，日軍傷亡甚重。楊部亦死傷四十餘人，兩位排長陳文義、陳日暉力戰陣亡。日軍且戰且走，經漳浦縣城向盤陀嶺奔逃；該處地形險要，第二營湯秉衡部進駐後，有哈柏林等美方敎官及軍士助陣，一面密佈地雷，一面申請空中支援。當十九日日軍到達嶺前時，被我截擊，分駐小溪及深水坑的第三第四兩營，亦分別趕來夾擊，當塲擊斃敵軍官兵二百六十八人。日軍遭此打擊，一度逃向海邊，多方刼擄船隻，企圖改由海道撤走，又被我中美所海岸監視人員探悉，立即通知空軍飛往轟炸。又發現一支由一位將官率領的日軍，隱藏山邊暫憩，於是予以輪番多次的炸射，兩處死傷日軍，共達七百五十餘人。

中美所第七班的重要戰績，爲配合國軍第八十師攻佔福州，其經過概況如下：

爲了積極加强東南各游擊部隊的裝備，襲擊日軍，梅樂斯副主任計劃運來三萬枝火箭。但火箭遠在印度，轉運費時，緩不濟急，於是派人前往菲律賓和關島的第八艦隊指揮部和十七航空隊，希望能由東方空運補給。由於中美所曾經多次的救護和照顧過他們因作戰飛行而失事的飛行員，所以他們都樂於支持此種控制

中國沿海地區的行動。因此，中美所第七班副主任林超，和史華茲上校乃計劃攻佔福州機場，作爲接運空補的準備。

另一方面，國軍第七軍軍長陳孔達，奉三戰區顧長官命令相機進擊福州，陳軍長乃命令八十師李良榮部沿閩江左岸向洪山橋一帶推進。一面洽商中美所李參謀長崇詩，下令第七班，配合八十師進擊福州。林超指揮官督同副指揮官吉猛及美員史華茲親自率領的一支突擊隊，包括周堅、張疆兩個大隊及美軍八十餘人，於卅四年五月十一日，沿閩江右岸向福州倉前山南台一帶進襲。

當時日軍所得的情報，是美軍一千人和無數的中國游擊隊，帶着新武裝前來進攻，所以自行破壞機場設備，倉惶撤退。由於中美合作的堅強奮鬥，先聲奪人，已使日軍聞風喪胆；加以國軍八十師的奮勇作戰，乃於五月十八日收復了福州。日軍向羅源退却，當中美聯軍進入福州南台之時，民衆萬人空巷，夾道歡迎，使盟友史華茲君大受感動。是役第七班作戰成仁官兵共八十六人，忠骸葬於福州于山戚公祠左側，立有墓碑，與戚公祠遙相峙立，一爲平倭英雄，一爲抗日烈士，先後輝映，使後人景仰不置。

按中美合作所共設有十三個訓練班。由於篇幅關係，未克將各班情況及其工作成果，悉數列舉。又因東南考察團一行視察所及，僅爲中美所之第一、第六、第七、第八等四個訓練班，故本文所述者，僅限於此四個訓練單位，但即此四個訓練單位，益以忠義救國軍所屬部隊及其在陷區之潛伏單位，對於抗戰末期之東南局勢，却已收到有效控制的重要戰果，特於此概述及之：

美海軍原計劃於民國卅三年十二月，在我東南沿海漳厦地區登陸（美陸軍也有登陸雷州半島的計劃），以切斷日軍與南洋的聯絡，進而向京滬、九江進軍，與我國軍由西南向華中反攻的大軍會師。所以在當年十月以前，對中美所在東南的部署與勘察相當關心，一度敦促。但自雷伊泰海戰大勝，順利光復菲島，繼而空襲澎湖和琉球兩地，將日本海空軍徹底摧毀後，日軍已自行停止其對南洋的海空聯絡，而專寄希望於打通大陸路線。因此，美**軍也改變了他原先登陸計劃，而於民國三十四年二月進攻琉璜島，三月進攻冲繩，直指日軍防衛圈的緊要地帶，進而準備登陸日**本本土，與日軍決戰。

日軍自菲島失陷，海上聯絡斷絕後，他曾經假設美軍可能在華南沿海登陸，所以曾由其東京的「大本營」，下令中國派遣軍，於民國三十四年初夏，完成中國東南沿岸、長江下游和青島等方面的對美備戰，一面於結束其「打通大陸路線」的戰役以後，計劃進攻我抗戰中心四川重慶。甚至於民三十四年一月廿二日下達命令，指示日軍以大陸作戰的新戰術爲：「爲促進中國勢力的衰亡，扼殺美敵在華的航空勢力，今後對中國內地，得以多數的小部隊！實施有組織的長期挺進奇襲作戰。」

在我國方面，則以美援裝備的新銳師基幹，編成四個方面軍，積極準備由西南展開反攻攻勢。

雖然美軍並未在中國登陸，但由於中美合作所在各方面的部署和積極努力，美方人員參加中美所指揮的游擊部隊和行動隊，併肩對日軍作戰，在精神上已發生登陸的作用。比如綏遠大青山的却敵戰鬥和東南沿海的追擊戰鬥，都是以中美聯合作戰的姿態，先從心理上瓦解了日軍的鬥志。而別働軍（筆者按別働軍亦屬於軍統局，由戴先生直接指揮，司令官徐志道，蘇籍，軍校四期現任國大代表），副司令官陶一珊（蘇隸南京，軍校六期），參謀長尙望（浙省縉雲人，軍校五期。前三人均在台）。在西南方面保衛湘西的戰役和反攻桂林的戰役中，配合國軍，襲擊日軍，也有很大的貢獻。不但粉碎了日軍「先取芷江、貴陽，再攻四川」的迷夢，而且也使國軍的反攻決戰，旗開得勝。

此外，忠義救國軍的機動防禦和包圍側擊，不但始終維護着總指揮部的安全，未被日軍所乘，而且並從事實上擊破了日軍「以多數的小部隊實施有組織的長期挺進奇襲作戰」的新戰術。

由於中美所在東南沿海的新生力量和卓越成就，以及軍統局在京滬一帶，部署有無數的潛伏單位，發揮了極大的打擊敵僞效

果，才使勝利前後複雜微妙的東南局勢，能作到確切有效的控制。

于此附帶述及中美合作所行動破壞的工作成果，擇要列舉如次：

1、擊斃日軍軍官一百零四員及士兵六千一百八十四名。
2、傷敵軍官六十員及士兵一千八百一十二名。
3、破壞敵方火車頭、車廂、汽車等共七百二十輛。
4、兵艦一艘，其他船隻一百七十四艘。
5、大砲共十五門。
6、飛機三架。
7、機槍三十九挺及步槍八百九十二枝。
8、橋樑一百七十二座。
9、彈藥、炸藥共三千零七十一箱。
10、其他軍用倉庫物資，爲數甚夥，不及備列。

東南考察團一行，于離去忠救軍總部之後，仍循原路由昌化、淳安、遂安、開化、江山而至龍泉，視察駐在龍泉的浙江省郵電檢查所（所長劉兆祥兄，籍隸浙省青田，係劉伯温之二十代裔孫，早年留日學習警政，于民廿二年一月參加軍統局工作，曾任首都警察外事科長等職），該郵檢所原設金華，因受日軍逼近浙贛鐵路之威脅，奉戴先生之命，隨同浙江省郵政管理局遷駐龍泉。該所除掌管浙省全境郵電檢查外，並兼顧皖、閩兩省一部份鄰近浙省重要地區之郵電檢查業務，在浙省要地及安徽之屯溪，閩省之崇安、浦城、建陽等地，共設有辦事處二十八個，處下分駐檢員，全所內外動工作人員，共達二百三十餘人之多。劉所長精明幹練，能耐勞苦，對工作確能以身作則，朝乾夕惕，所屬同人，對之極爲敬佩。在局本部考核中，對郵電檢查部門之工作，該所成績，每年考績，均列優等。抗戰勝利後，該所由龍泉遷入杭州。不久又奉戴先生令派兆祥兄兼任上海郵電檢查所所長，嗣劉兄以滬杭兩地兼管，顧此失彼，誠恐偶有疏失，不免貽誤事機，乃呈准戴先生專任滬所職務，而保舉張毓檀同志（張爲山東籍，特訓班一期，不幸於去年因病謝世）代理浙省郵電檢查所所長。大陸淪陷，兆祥兄追隨政府來台，担任台灣省警備總部特檢處處長，將近二十年之久。表現優良，常獲上級嘉獎。

本團在龍泉郵電檢查所駐留兩天，視察竣事，仍循浙閩公路，重返建陽。小憩數日，由本團各同仁，開始整理視察資料，以作返局後編寫考察報告之準備。一面與建陽辦事處負責人李崇詩將軍，交換有關單位之工作意見。並承舉行聚餐會，邀集在建陽之中美雙方工作人員，歡聚一堂，聯絡情感。

（未完・待續）

憶揚州（一）

·周秋如·

十里珠簾香未捲
綠楊城郭是揚州

一、揚州的城牆

幼年時我居住在揚州城內西門街螃蟹巷，在我家的庭院內，抬頭即看見西門城樓和城牆，因距城牆不到二百公尺，日常出了書房即以爬城牆放風箏爲遊戲，所以我對揚州的城牆特別懷念。

揚州有舊城新城之分，初有舊城，後擴建新城，週圍估計約十華里，在我幼年時有西門、北門、天寧門、廣儲門、便益門、缺口門、鈔關門、徐凝門、南門、東關門、連同大小兩東門，號稱十二門，後來又開闢福運門、新南門和新北門三個門。城牆高約五丈餘，寬約一丈不足，盡以大磚建築，沿城牆一帶可常見「大清同治某某年××年修」或「道光××年兩淮鹽運使修造」等字樣鐫於城磚上，可見在清代視爲主要防禦工程，歷經修建是實。城門上有城樓，樓有三大間，正中對城內開三圓門，但在民初間，城樓內已空無一物。在我幼年時，偶見有乞丐食宿其間，汚穢不堪。西門及北門尚有城郭，即在城門外尚有一道城門。其間兩門相距約六七丈，並不相對，而兩門之中門道路成「S」形。城門有吊橋，此種佈署，係當代軍事防禦，不必贅言其故。但在幼年時，吊橋已變爲呆橋，已不見其吊索及橋樑可以活動之處。

揚州的城牆外，沿西北有護城河，東南沿運河，在沿河一帶尚無橋樑可通，只有渡船。每一城門，在城內旁有寬七、八尺之斜坡可上，在民初任人上遊，似無阻攔。登城後，每五、六丈有砲台，在城牆上西北角有大砲台。每個砲台上我曾看到有大砲二、三門不等，在大砲台上有大砲一門，那時的所謂砲，只是一個圓鐵筒。小砲約有四、五尺長，口徑約四寸，大砲有七、八尺長，上鐫有「清同治××年造」或「咸豐年造」。那種砲，在我看見時，只有一門，一門的砲身，而無其他；砲身上有小眼，聞係燃點火藥之用。至於如何使用，我非考古家，未敢妄言，當時沿城城堞亦尚完整，可逐一在城堞方洞中，或相間中遠眺城外風光，尤其在西北門城牆上，可遠見平山堂，觀音山一帶風景，近見法海寺、小金山一帶瘦西湖風光，別有風味。

上城牆，除了從城門旁斜坡道步行可上外，尚有城牆間有幾處以城磚砌成一寸餘寬之階級，陡直爬上，當時多十歲以上兒童攀登，狀似壁虎，在我幼年時，亦曾攀登過，但未見有摔倒者。

民國十三、四年間，我小學畢業後亦曾再上城牆，首先城牆上的大小砲不見了，傳聞係當局拿去造銅幣了，眞假不知，自後我也入學初中，比較是個大孩子了，也很少再去。但是一連串的城牆厄運到了，恕我無文書可作稽考，年代或者不對，據我記憶：起初城門外的一道城郭，被拆除了，十五、六年間城樓也被拆除了，十八、九年連城堞也被拆除了；這些拆除的事，當然係當時官廳所爲，因爲當時並無什麽議會之類，當然人民也不敢過問。直

到抗戰前，揚州的城牆，只剩得一道光光的圍牆了。

二、揚州的交通

回憶揚州的交通，應自水、陸、空說起，但我並非寫什麽考據，因我生長在揚州的城區，還是從揚州的城區說起吧。誠然，揚州自民國以來，正是走上農業社會經濟的沒落時代，雖然在歷史上也曾繁榮過。但是揚州的街道，沒有蛻變，非常的窄狹，就談左衛街、轅門橋、教場街、東關街、這些大街吧，其寬度若與現在彌敦道相比，只有三比一的光景。至於一些小街、小巷，很少可能以汽車兩部併行的。

在我幼年五歲時，記得從西門螃蟹巷隨母親到天寧門街伯父家，還是乘的獨輪木製的手推車，母親坐在一邊有木製的小椅上，我坐在一邊用棉布做成的棉墊上；一路車盤在用石板舖成的街道上隆隆地響着，有時車軸發出刺耳的「吱呀、吱呀」的磨擦聲，在那個時候，除了城區有這種手推車的交通工具外，另外尚有轎子，當時的官員，例如：縣知事，以及鹽商，大戶等出門，乘的是綠大呢的轎子，也有些名醫乘着轎子出診；這些轎子多是自備，轎夫也是專用，和現在的司機一樣。也有的轎子是臨時雇用的，像現在的士公司一樣，向轎行裡雇來的。

在民國八、九年間，揚州有了黃包車，其時一班人爲了比手推車迅速，也都改乘黃包車；但也有人認爲黃包車搖晃太大，加之有時會釣魚（即翻車之別名）而加以批評物議；畢竟時代是進步的，手推車逐漸被淘汰往城外鄉區去了；轎子也日漸無人乘用，（因爲轎子至少要二人抬，尙需一人換肩，需三人之多，不及黃包車一個人便夠。）跟着鹽商大賈的式微而斂跡，除偶見婚喪喜事仍擺擺排場外，在南河下的一切大戶，多已放在走廊上作爲陳列品了。

再談四鄉吧，從北到南有運河貫穿其中，南鄉二區的瓜州，嘉興橋、霍家橋、及三區均沿長江，江河交通以船爲主，在我們一代中，除輪船外，多數仍然是木製的帆船。雖然時代一再的進步，但這船的形式總沒有變更，所謂「夜半鐘聲到客船」，好像爲了這些文人、畫家，而要保留着一樣。運河以西多旱路，在十三集一帶以及自天長、六合、至揚州的行人、貨物，多以騾馬及手推車轉運爲主；運河以東仙女廟、宜陵、丁溝多河道，以船爲主；只有從凹子街至張網鎮，大橋一帶，多沙土路，以車子及小驢爲主。

我因爲住在西門，特別記得清楚的，進出城的手推車，可以隨時停放在路邊或批發商店內；但是一批一批的騾馬如何呢？在民初間有騾馬坊，例如：西門有王鳳記騾馬坊，可以寄存來往客商的騾馬，多至七八十頭，毫無困難，不但寄存如現在的停車場一樣，而且可以代爲飼養，甚至括風下雨，三五天也無問題。

在民國十三年間揚州有盧殿虎等開築鎮揚公路，從揚州福運門（新關）直到江邊嘉興橋，（抗戰前後坍江至六圩，減短三華里以上。）雖然只有二十餘華里，但當時一般鄉民認爲「破壞風水」，曾一再起來阻止，終由地方政府合作通車了，這是我們揚州有汽車之始。迨至北伐後至抗戰前，接連完成了揚清、揚泰、揚天、揚浦、揚啓等公路，但因路面修築不佳，汽車亦多破舊，除鎮揚路比較安全富麗如現在的巴士一樣，其他各線，班無定時，客貨疏密不一，迄不興旺。

民國十六年北伐期間，國民革命軍曾有一架雙翼飛機，停留在司徒廟南大校場上，其時觀者甚衆，我亦往觀，視爲新奇之事，抗戰開始，我政府曾重修葺，作爲軍用機場，聞曾停留飛機，但當時我在江南，不知其詳。淪陷日軍後，有無再用該場亦不詳，至抗戰勝利後，四郊潛匪，機場已少使用，聞部份變爲蔗地及山芋田矣。

廿五年間，揚州城內開闢了一條從新南門至新北門的馬路，兩旁種樹，爲揚州現代化之始，惜抗戰發生，原預定開闢之天鈔路等，均未實現。

抗戰勝利，我們回到揚州城裡，所見

揚州城裡的交通及交通工具，都沒有太大的變化，偶有一輛吉普車或轎車在街上行駛，恐怕比現在的單車還慢，因爲是路狹人多的原故；其餘主要的交通工具仍是黃包車，直到三十七年我離開揚州的時候，尚沒有看見三輪車。

三、揚州的CP

所謂CP即是中國共產黨之英文簡稱。茲據筆者記憶所及，將揚州的CP前後起根發落，及生長過程，作一概括的報導。

民國十四年上海「五、卅」慘案發生後，揚州的學生參與罷課遊行，並抵制搜查商店中日貨，其時揚州最高的學校有江蘇省立第五師範和第八中學，當時的學生運動中雖有左傾份子參與，但多披着「國家主義」和「民族主義」的外衣，除喊「打倒英日帝國主義」或者「收回租界」等口號外，只談日本人殺了顧正紅，上海巡捕房槍殺了學生，以事論事，而不涉反政府的口號。其時這一運動一直蔓延到鄉區小學，而連續至當年的九、十月間。當年主要活動份子，有羅青、曹起縉、王壽荃、林肇宏、駱孟開、胡鳳翔等。羅青並用蘇武牧羊調編：「天昏地暗滬江邊，可憐小英豪，慘死爲同胞；日本人，英國人，罪惡比天高，……」用簡印送與學生唱，並在仙女廟、宜陵等地作街頭演講，當衆**歌唱。**

由於五卅慘案之發展，共黨把握機會，推波助瀾，認爲革命潮流到來，遂於民國十五年春，由上海共黨派李飛至揚州，循線集合羅青等，從事於CP組織工作，是爲揚州的CP發芽生根之始。

在民國十五年間，由於國民革命軍北伐之一進一退，及軍閥孫傳芳之一退一進，揚州的CP大肆活動，除在「五師」「八中」等校佈署青年學生外，並在社會間掌握黨部，搞工會、農會，特別「六區」是羅青出生地，亦逐漸蔓延直到郭村等地，以城區阜成當舖爲窩巢，表面上是信仰三民主義，參與縣黨部、區黨部活動，實際暗中從事共黨活動，聽命共黨份子李飛之指揮策劃，直至圍打縣長張士仁，認爲是鬥爭的最大高潮與表現。

民國十六年四月十二日中國國民黨清黨，曹起縉、林肇宏相繼被捕，李飛潛逃，駱孟開轉往參加改組派，羅青潛避鄉區、王壽荃逃往西北，其時共黨人士楊世海、周厚鈞、林肇龍、童年等始與該等分野，保持立場，（後曹起縉於十七年在蘇州因鬧監被槍斃），此時共黨一時斂跡，僅有部份殘餘份子如「揚中」之蔡興，「丹徒旅揚」之陳明，及東鄉杭墨卿等。

民國十七年共黨鑑於在國民黨清黨下犧牲慘重，乃受第三國際之命，清算鬥爭陳獨秀機會主義，以此作爲教育幹部重建**共黨之依據，此時上海共黨江蘇省委派一**「暨大」出身之天長人王鴻，前來揚州從事於共黨組織工作，王爲一書生，在當時之絕對的地下活動中，十分愼重，除傳達「中共中央」或「中共省委」文件及共黨「布爾塞維克」月刊與「紅旗」報紙外，甚少有所行動。但在組織上之發展，有「揚中」學生楊學彬，（後死在南通）殷文運，（後死在上海）及王琪等，在城區又發展工人小組，大都是賣花生，拉黃包車之流。民國十八年秋，共黨爲實踐「立三路線」，一面清除王鴻，（認王爲地主出身）一面派遣鹽城人王小四（曾在蘇聯留學）來揚州，針對揚州中學發展CY（共黨青年團）工作，同時又派一徐州人劉麻子劉瓊來揚州主持CP工作，在此期間，揚州的共黨團發展了有六七個支部，在城區間有工人、士兵、一般店員；在「揚中」有高、初中學生，不下數十名之多；在筆者記憶中，較深刻者有工人藍××，士兵梅春志，學生有劉建藩、江世倈、王慕堂、陳功久、朱鴻選、朱鴻遇、洪爲濟、駱家騮、王福臨、王仲絲、殷文運、楊學彬，尚有許多外圍，如反宗教大同盟，反帝大同盟；還有「揚中」教員黃應韶，及貧兒院一般教職員學生等，直至民國十九年雙十節，由劉瓊所佈署之示威搗亂，爲當時地下工作之極盛時期，可是就是在那次雙十節示威暴動中，CP陳明於當晚被捕，

解送鎮江伏法矣。

當李立三迷夢於「一省或數省的首先勝利」之時，其自身亦蹈陳獨秀之覆轍，又爲第三國際清算矣。此時揚州的CP劉痲子，CY王小四，已逃匿不知去向，楊學斌、殷文運，亦相繼逃亡，王慕堂在石塔寺爲駐軍一一三旅捕獲，揚州的CP又成低潮，此在十九年底之事也。

四、揚州的刑場

人類的文明儘管已進入太空時代，可是在各國的法律上，對最重刑的罪犯，明文規定廢除判處死刑的國家，究不多見。尤其在我國通常的「殺一儆百」、「以昭炯戒」、以及「治亂世用重典」的「曉諭」和理論之下，對於死刑的宣告，迄今也沒有廢除，這是法制問題，我是門外漢，無須贅言。不過現在對於死刑的執行，均在監獄內，由檢察官等執行，至於是否「五花大綁」，與犯人當時的表情如何，以及有無人能夠旁觀喝采？均無所悉。與往年在我們家鄉「出人」（按「出人」即是槍斃人犯之別名）的浩浩蕩蕩底場面相比，大不相同了。因此我將揚州的刑場以及當時執行人犯死刑的情況，就我當年的耳聞目見，憶之所及，作一報道：

在前清死囚伏刑，聞說是殺頭，大汪邊就是刑場之一。但是余生也晚，未曾看見，不可亂說。在民國六、七年間，我住在西門螃蟹巷，偶在清晨，聞及軍號大鳴，由遠而近，家母云：「又出人了。」我即披衣躍起，奔出庭院，在大門縫內張望，見有士兵約三、四十名，前兩名吹着馬號，荷槍實彈而過。後有大漢多人，用大眼竹筐，抬着「五花大綁」上身赤膊底死囚二名，由西門街經螃蟹巷向北到薛家汪（或云血家汪）槍斃。在死囚的四週，尚有十來個兵戒備，最後是跟着一批約百來個的觀衆。不久即聽見槍聲數響，接着聞有人喝采鼓掌之聲。余因年幼，迨至近午，始敢前往觀看，僅記有一死囚，嘴上有八字鬚，腦壳半個已飛，血肉模糊，慘不忍睹。據說是槍斃的「革命黨」，是否是「革命黨」？姓甚名誰均無可考。

薛家汪在西門與北門城內的西北角，據說「揚州十日」時殺人流血積成汪塘，因以得名。究竟地名是「薛」還是「血」也難稽考。該地有一大塘，長滿蘆葦，廣約十餘畝，塘週有三五蓬戶，此地是我初見的刑場之一。

民十以後，可能因薛家汪人烟漸多，而刑場改遷西門外邵狗山，（又云騷狗山）距城不足二里，在雙橋附近。所謂山，實在所謂沙土坵，廣約二十餘畝，草木不生，荒塚纍纍，獾狗洞與骷髏骨觸目皆是，夜無行人，眞是「天陰雨濕聲啾啾」！該處墳場均係無主孤墳，葬身其間者多爲乞丐、「路倒」或無人收領之流屍、孤兒院、小人堂之病屍、或貧無立錐者，皆用「薄皮材」盛之，或蘆蓆裹葬，或係地保盡義務，皆畧掘沙土覆之，似與西藏高山之「天葬」無異，任聽獾狗野狐、烏鴉老鷹爭食，是爲我所見的刑場之二。

當時揚州有駐軍黃旅長名振魁者，常槍斃盜匪，每屆霜晨雪霽或朝陽初升之時，忽聞軍號之聲大作，余奔至街頭，在人羣中窺看，有槍斃一、二名或多至三、四名者，其軍警之戒備及死囚之抬綁，與前說綁赴薛家汪刑場之情況無異。但最後有軍官一名，騎馬隨行，該軍官可能是監刑官。囘憶民國十二年冬至日，曾槍斃死囚四名，其中一人身體肥胖，沿途高唱平戲「黑風帕」中的大花臉，觀衆鼓掌稱好。另一死囚犯大呼「二十年後再會」，還有一囚犯，經「西園」茶館門口時，要吃肉包子，隨有觀衆送交抬筐者，納入死囚口中。尚有觀衆以大碗盛酒相進者，當以軍警可能在爲「殺一儆百」的宣示下，對觀衆之行爲，及人潮般的擁擠，與大批赴刑場喝采的情況均無禁阻之意。

我曾隨着先父店中的店員，到西門城牆上眺望，只見人山人海，在邵狗山的人潮列成馬蹄形，不能詳晰，但聞槍聲，隨即鼓掌，（據云不鼓掌者有晦氣）接着城門口張貼了一張大佈告：「查案犯×××……奉令執行槍決，以昭炯戒」。上蓋有鮮紅的大關防。

那時沒有法院，縣知事衙門有承審，為什麽由駐軍槍斃人犯，當時司法和軍法是否劃分，均無從判斷。

民國十三年秋，黃旅長槍斃西鄉陳家集匪首宋彪，宋約五十歲，財產萬貫，已洗手不幹，儼然似潤士紳，常來往於鄉城間。無奈其部屬，仍由妻率領，橫行蘇皖邊區，打家刧舍，坐地分贓，黃旅長以請客為名，智捕宋犯定罪。當槍斃之日，余曾往觀，軍警戒備甚嚴，宋匪身着衣履，被綁坐沒頂轎中，（因何沒有轎頂，傳說不一，大概是不讓他再世轉人。）宋面色不改，亦未發言，至邵狗山刑場，兩槍斃命。當年冬，其妻復被捕獲，宋妻年約四十許，幼為江湖賣藝者，有武功，足釘雙鐐。其執行槍斃之日，余因仍住西門，亦得往觀，將其綁於沒頂轎中，沿途大喊大叫，如：「黃旅長是我的大兒子，……」「我做鬼也得要他的命……」至邵狗山刑場，不肯下跪，打兩槍後，猶罵聲不絕，且圖拗起，前後發槍拗起，前後發槍十三發，始行畢命；雖有武功，究不能抵槍彈也。

民國十四、五年間偶見槍斃人犯，行刑之地仍在邵狗山，但見有改用黃包車綑綁人犯拉推而行。當時改用黃包車可能為了方便，聞被征用之車非換牌照與坐墊無人乘坐，皆大呼倒霉不止。北伐後，余常離揚外出，聞刑場又改至廣儲門內化莠所（即救濟院收容遊民乞丐之感化所）附近荒塲。因何遷於該地，無從得知；可能因城外不安全或者在化莠所前，有感化警戒之意。其情況如何，因未親見，不得而知。

當軍閥孫傳芳敗退江北盤踞揚城時，曾將汪石毅害，懸首於左衞街儲水箱上示衆，至於在何處殺的頭，則不知其詳。

抗戰後，日寇在揚，殺我人民，均在敵憲兵隊，揚州運司衙門，或用狗咬，或用棒打，先酷刑而後處死，均密埋於敵憲兵隊內，我同胞無從得見。當時我江都縣政府行署先後在永安、塘頭、兼理司法，無論軍法司法案件，仍以合法程序判决，，奉准處以死刑者，均就地擇荒執行，亦無固定之刑場。

抗戰勝利後，我在揚州數月，即往江南，當時有無執行死刑，與刑場何處，皆無從知悉。

五、孫傳芳之歸去來

軍閥孫傳芳之興衰成敗，及其為善作惡，論者多矣，無庸筆者贅述，惟其在作最後掙扎之時，困踞蘇北，來去道經揚州，尤其在向我國民革命軍反噬，不無驚心動魄，凡吾鄉在不惑之年以上者，多有深刻印象，茲將孫在揚州之來去，就筆者親聞目睹，追憶如下。

十六年春，三月初某晨，天氣尚寒，瓦屋尤披薄霜，余慣早起，當日七時前，即往大汪邊「五師」（省立第五師範）入校，至府西街時，即見有孫軍崗哨，初不以為異，及至鹽務稽核所，遙見孫軍林立，荷槍實彈，手持大刀，如臨陣戰。因校門一帶，似已封鎖，不見行人。余正擬返回，但仍見有同學負笈行進，正躊躇間，有類似軍官者云：「學生可走旁邊入校，無關係。」迨至校門，由孫軍指點從左側偏門入校，師生准入不准出，戒備極嚴，一律驅往校內口字樓，不准越出樓外一步，此時余登樓南望，只見孫軍麕集在大操場上，約有三萬餘衆，一律灰色制服，豎五色旗，武器除步槍、大刀外，間有「水鴨子」重機槍，其他裝甲，騎、砲均無，應係所謂「輕武器」之裝備。在操場正中，用八仙桌六張拼成一講台，台上亦無一人一物，當時究因何事，師生耳語互問，多不知情，有圓滑者曾伺機側詢附近指揮之官佐，得云：「大帥來也」。

五師校門距口字樓甚近，不足百米，出入人等，我等在樓上清晰可見。至九時許，軍號聲大鳴，孫軍皆肅立，學生均已入校，校門口已不再准人通行，旋見有同式之綠大呢官轎兩頂，由兵伕多人，先後抬入校門，向南逕往操場正中停下，旋見下轎者為孫傳芳及其軍長鄭俊彥二人，孫着長袍馬褂，頭戴瓜皮帽，手持手杖；鄭着灰色制服，頭戴呢禮帽。繼見孫、鄭二

人，從圓凳踏登八仙桌上，此時除四週崗哨外，原在操塲上之部衆，均團團移動，圍坐台下靜聆其「大帥」訓話矣。

孫之講台，距口字樓約千米之遠，遙見其面貌模糊，彼時又無擴音器之設備，究所講內容爲何？毫無所聞。蓋此時孫大勢已去，類似喪家之狗，可能爲其最後擬向北與奉魯軍勾結有所昭示，迨至十時半，孫軍部隊又復移動，孫、鄭仍乘原轎由兵伕簇擁而去，近午部隊始陸續散離，學校始恢復原狀。

孫踞揚未及半月，悄然北去，雖有王敬庭等爲其捜括，但不戰而退，生靈無損，吾城人士莫不額首稱慶，共迎國民革命軍渡江矣。

十六年秋七月，暑假已過，學校又開學，某晨，余入學時，似聞遠處間有爆竹聲，偶見行人竊竊私議，余亦無何警覺，猶繼續入校。迨至校時，所謂爆竹聲繼續不斷，且較在途中所聞者刺耳，尤其同學多三五成羣，面色有異，至此余始知有槍聲也，旋見學校職員工役洗刷標語，收藏黨國旗，並由學校當局宣佈停課，勸令學生各散，余始知時局大有變矣。

余倉皇離校，途中已見家家閉戶，行人奔跑，婦女有避往教堂或紅十字會者，據路人傳說，孫軍已在北鄉陳家溝向城進撲。至家，余母懼，令往西門街距城門不遠之先父店中避難，收藏書籍改裝學徒，與店夥蜷縮櫃台下，此時城門已開，城外槍聲沸騰密如連珠，震耳欲聾，似已越過司徒廟，在雙橋附近也。

約在上午十時許，突聞迫擊砲聲數響，房屋震動，此時槍聲漸疏，聞剃頭店中名張保子者，向王道士爆竹店敲門購買爆竹，又敲先父店索紅紙一張，囑店夥書「恭喜勝利」四字而去。須臾，槍聲已停，城門已開，而爆竹聲大作，聽張保子大呼「恭喜，恭喜！」旋見大批孫軍湧入城中，此爲孫之去而復來，吾揚又陷於軍閥之鐵蹄下矣。

午後孫軍已佈告安民，勒令市民開市，余隨店夥往西門城牆上觀看，見有我國民革命軍一班長被槍殺，此乃最後奉命守城者。繼出城，至廿四橋，見田中有我國民革命軍兩名亦被槍殺，步槍已爲孫軍捜去，身間尚圍有子彈袋，迨至都天廟附近，又見有一國民革命軍被殺，身首僅有皮相連，據附近鄉民云：「當孫軍大隊來時，該國民革命因失散爲孫軍發現，詢其何處人？答曰「浙江人」孫軍不答，即舉大刀砍去」云云。蓋孫軍認我國民革命軍蔣總司令爲浙江人，因而懷恨也。

返城，至書院巷余之舅父家，舅父在其後院發現一孫軍之迫擊砲彈，有五磅熱水瓶之大小，但未爆炸，亦云幸矣。聞四望亭附近北小街亦落一砲彈，爆炸與否不詳。

孫軍進駐揚城後，多集中在第八中學內，迨至八月間，四出拉伕，風聲鶴唳，蓋此時孫軍準備渡江南侵，以圖進犯我首都。聞孫軍開拔離開「八中」時，該校井內發現孫軍死屍多具，是否畏戰自殺？抑或孫軍自行處死？均不可知。

是年中秋節前，孫軍傾巢十萬衆，分由揚州、儀徵、江浦等地渡江，向我國軍進犯，在京滬線下蜀、龍潭一帶作孤注之血戰，此役亦爲我國民革命軍成敗存亡之一戰，結果，孫軍覆沒，屍骨如山，血染長江，竟成赤色，孫軍除傷亡大半外，餘多投降，潰部萬餘，狼狽退蘇北後，逕向徐、海流竄，我國民革命軍乘勝追擊，再度蒞臨揚州，使吾揚城又重見天日矣。

折戟沉沙記林彪（十五）

岳騫

東北局面至陳誠出任東北行轅主任已大壞，所以如此，實因以前有幾次關鍵性戰後，使國軍損傷元氣，失去主動，導致後來失敗之機，四平大戰僅其一端，在民國三十五年底，即有兩次戰役，國軍損傷慘重，削弱了全盤戰力。

民國三十五年十月，國軍進攻安東，此役本是勝仗，但不幸二十五師全師覆滅，使勝利成爲慘勝。

是次戰役自三十五年十月二十三日開始，新六軍自營口南下，在蓋平一舉將共軍拱衛遼東半島全線主力擊潰；廿四日新六軍與五十二軍遂在遼南前線展在普遍廣泛的攻擊。五十二軍兵分兩路，一路自本溪沿安東瀋陽鐵路南下，越連山關、草河口、通遠堡、鷄冠山、鳳城直趨安東；另一路，自本溪向東，掃蕩鐵路外圍大安平東南山地一帶共軍，計劃經賽馬集、靉陽邊趨向寬甸，藉以保護沿安奉鐵路南下國軍側翼之安全。此時共軍除以少數部隊，節節抵抗自安奉鐵路南下國軍外，並秘密將遼南共軍全部兵力三分之二以上主力，亦即其第三第四兩個縱隊約六萬人移至安瀋鐵路東側山地，去吃正在挺進中的廿五師。

國軍五十二軍係十月廿五日進入安東市區，廿六日遂將安東全部佔領，廿七日即進出於莊河、大孤山、大東溝之線。另一路二十五師於二十八日擊破賽馬集之共後，即進入靉陽邊門，正在隘路迅速攻擊前進之際，共以六倍於國軍之兵力，擋住國軍進路並阻斷了國軍退路，兩側山頭高地亦經共軍預先佔領，形成了一個完密包圍滿網，廿五師連日來因行過速，不但無法與友軍取得聯絡，並且携帶之彈藥與食糧亦不充足，一時措手不及遂就地與共軍展開激戰。國軍在山谷中無法尋覓掩護物，司令部僅由幾輛吉普車圍成一圈，師長亦親自伏地持槍射擊作戰，經三日夜激戰，全師官兵非死即傷，共軍則自山頭居高臨上肆意射擊，最後則蜂湧而至，以手榴彈向少數尙能抵抗國軍集中投擲，最後全部官兵遂盡行覆滅，師長李正誼負傷意欲自殺時已無子彈乃被所俘。同時負傷被俘者尙有副師長段培德，七十五團團長趙振戈，七十四團團長董顯武陣亡，七十三團團長李公言負傷，傷亡官兵五千多人。

其後國軍救援部隊抵達時，戰役已過去數日，遺留戰場上吉普車均被射擊成爲蜂窩一般，其慘烈情況與七十四師師長張靈甫部官兵在沂蒙山區犧牲情況相彷彿。在營口發動攻擊之新六軍，於佔領蓋平後，繼續沿中國長春鐵路南下，向遼東半島尖端的旅順、大連外圍進擊。新六軍另一主力，於二十五日襲佔小孤山並將析木城一個共獨立師包圍，生俘者即達三千餘人，一師共軍逃出新六軍包圍網者不及三分之一。同時於廿九日自安東傳來，卅

五年五月在鞍山一帶叛亂投匪之六十軍一八四師，由楊團長朝綸率領下反正，重新回到國軍陣營。

在此一戰役中，國軍自本溪佔領了國境重鎮安東；另一路國軍則自營口一直打到旅順大連郊外之普蘭店，整個遼東半島幾乎盡入掌握；此外一八四師反正歸來，再加以新六軍在析木城大捷，幾乎消滅整個共軍一師，戰果不謂不豐。但與五十二軍第廿五師覆滅相比，人們內心裡均有「得不償失」之感，尤其杜聿明心情更爲沉痛，據云杜曾爲之數日不眠，悶悶不歡者多日。

二十五師爲國軍有名勁旅，民國二十二年長城抗戰隷十七軍徐庭瑤，是時師長關麟徵、副師長杜聿明，旅長張耀明，梁愷，抗戰後，關麟徵升任五十二軍軍長，張耀明升師長，關麟徵升十五集團軍總司令，張耀明升任五十二軍軍長，抗戰八年，一直歸關麟徵節制，爲國軍精銳部隊爲日軍深爲畏懼，勝利後趙公武繼任軍長，率部出關，二十五師六千精兵，十年苦戰，終覆滅於此山溝，對國軍戰力之削弱，士氣之打擊，難以衡量。

與攻安東之同時，國軍又進行東邊道掃蕩戰，此是一次錯誤軍事行動，實由當時國防部主管作戰之參謀次長共諜劉斐有意陷害，不顧東北國軍兵力單薄，實際情況不利，於三十五年十一月至三十六年二月間，正値冰封雪凍季節，連下四次掃蕩東邊道命令，致使國軍遭受重大銷耗，雙方兵力失去平衡。

東邊掃蕩，係以鴨綠江畔的臨江爲目標，其目的爲截斷東北南部共匪與韓共聯繫；這個計劃在表面看來，十分堂皇而正確，而實際上並非急需，且時間不對，因爲十一月至二月期間，爲東北嚴寒封凍期間，大雪封山，極目所視，茫茫白雪無窮無涯；兼以臨江、濛江、撫松各地，長白山脈綿亙其間，嶺高峯峻，多在數千英尺之上，且多不見天日原始森林，攀登不易，道路難覓，大軍運動更感困難。東北軍事當局，奉國防部命令，勉力抽調有限兵力，在鄭洞國指揮下，冒天候地形之險，進入長白山區掃蕩，[illegible]北一地區原爲日本[illegible]守東北第三道防線，亦爲關東軍假想對俄總決戰場，戰場工事曾經日本多年之經營，隱密堅固易守難攻。緣日本對俄國假想作戰計劃，分攻勢與守勢兩種；攻勢依以黑龍江省的滿洲里、松江省的綏芬河、察哈爾省的嘉卜寺、綏遠省的百靈廟等地爲前進基地；其計劃是出滿洲里遮斷西伯利亞鐵路，越綏芬河以攻畧孤立之海參威；再由綏遠、察哈爾出兵迂迴包抄外蒙古，俾使日軍立於外線作戰有利地位；所以中日戰爭以前，日本廣田弘毅外相提出對華三原則，①中日經濟提携，②承認「滿洲國」，③共同防共，這第三條「共同防共」即包含准許日軍駐防察哈爾、綏遠地區的條件。

守勢，則以黑龍江與烏蘇里江沿岸擇重點設防爲第一線；在松花江流域建築永久堅固要塞，以保衛哈爾濱及長春等都市爲第二線；長白山區的韓國與中國交界區域，東邊道一帶爲第三線。尤其第三線，日本一向視爲日俄有事於中國東北大陸，爲其控制東北，保障朝鮮，屏衞日本本土的一個總決戰場；是以戍守此一地區的日軍，一向爲關東軍最精銳部隊，平常即在山區各地經營永久性工事，存儲彈藥糧秣，以備不時之需。當卅四年八月蘇俄片面廢棄「日蘇中立條約」，兵分九路向東北進軍之後，第一線日軍尚能畧加抵抗，迨第 線多處突破後；第二線松花江各地日軍，因兵力單薄，自知無法在第二線作持久作戰，乃全力向第三線集中，企圖在此作「決死」之戰。因此僞滿皇帝亦遷「都」至東邊道的通化「大栗子溝」，由此即可看出，日本對此一地區何等重視，亦可證明此一地區之易守難攻。

東北國軍當局，當時正集中全力解決遼東半島旅大接收問題，倉卒之間奉命掃蕩東邊道，事先未經詳盡調查，又遭共匪徹底堅壁清野，一切情報全遭封鎖。因此進入山區之部隊，先後在孤山子、八道江、四道江各地連連失敗，銳氣盡失，人員損耗尤大，遂使雙方總兵力失去平衡，國軍在在東北頹勢難以挽回矣。（未完待續）

謙廬隨筆

三十

矢原謙吉遺著

宴罷，余驅車送彭返寓，偶詢其何以對呂推脫再四，不似往日對他人之爽快耶？

彭喟然嘆曰：

「大凶，大凶，管保過不了七七四十九天，就有血光之禍！」

果驗其言。亦云奇矣。

鐵之死，識者咸惜其持正不阿，竟遭天妒。丁春膏尤深感慨，而其激濁揚清之志，遂亦愈堅。彼雖從未明言其心境，偶亦慨然謂余曰：

「人間正氣，豈能以一殺字，鋤而去之？死者無言，奈何悠悠衆口乎？」

自余聞濱田君之言，乃疑此三者先後之死於中南海前，雖非巧合，亦恐絕非偶然也。

余又聞諸濱田君云：政壇中人，死而成謎者，又豈僅有故都一地為然？張宗昌與張葦村之狙擊於濟南，即其一例也。

韓復榘於中原大戰之後，一蹴而為「三齊王」，睥睨華北，莫可一世。而器小易盈，未幾即令當道深感尾大不掉。是時也，膠州尚有劉珍年者，擁兵自固，與韓遙遙分庭抗禮。劉部悉屬張宗昌與褚玉璞之舊日殘兵，北伐時，曾直隸於蔣之下，又與方振武、徐源泉等有舊，故遂為運籌帷幄者內定為「制韓，去韓，代韓」之人。相傳當時任就地聯絡者，即為山東省委張葦村。

劉興兵討韓後，韓復榘懍於「前門拒狼，後門進虎」之訓，堅拒當道「派兵助勦」之議，緊守邊境，不令「客軍」越雷池一步。

據濱田君云：是時，劉韓二將均力圖取得國外奧援。劉之幕中，有一老資格之「中國通」，名藤木其人者，為之任一切聯絡；韓所得之助力則更大更多。是故，姑無論劉韓爭雄，鹿死誰手？當道是否能於三齊貫徹其意志？雖尚成一疑問，而「山東明朗化」之有進無退，日趨順利，則可必也。

劉部雖善戰而衆寡懸殊過甚，遂為呼應之「客軍」，又不得其門而入，無法收前後夾攻之効。於是，節節失利，反為韓所逐。當道既按兵未動於前，自不便倉促赴援於後；山東境內，遂盡為韓一人之天下。

是時，張葦村在濟南之一切幕後活動，已盡為韓所悉。未幾，張遂有於鬧市中遇狙殞命之事。

張案既發，報界所傳不一，各持一端，或謂張乃藍衣社人物，故為日方所殺。或謂張實親日派，故遭仇日份子毒手。或謂張陰主獨立，故為當道所忌，乃遣人除之。或謂張之被害，疑與桃色事件有關。而獨於張或可能為韓所殺之說，則絕無人提及一語。

警方雖照例緝兇，有頃即不了了之矣

。自是，韓自知已不容於當道，雙方非僅貌合神離，實已圖窮匕見，惟欠正式翻臉。此所以韓雖有大功於當道，而當道對關係一向淡如水之二十九軍，倚重與支持，反遠較對韓爲深也。

人言：韓對外使外僑，出語夙稱愼重，力求不着邊際。張楊兵變後一二日，華北各省動盪均烈，關心政治之日方特殊人物，急欲與當地政要交換意見，自屬意中之事。殊此際韓竟突作「不能已於言」之狀，喟然謂來訪之日本駐濟南武官曰：

「說句眞的，當年要不是有第三路軍，在津浦線上，替他一頂一拉；後來哪裡還會有他的天下？那也就不會落到今天這個下場啦！」

韓之恃功而驕，目無餘子也如此。

濱田君又告余曰：濟南有武林洋行者，爲一純日資之皮革發賣商，營業甚佳已有年矣。張宗昌遇刺前後，其經理爲五反田君，漢語極爲流利，和善慷慨，特喜交遊；官府中亦到處逢源，大受歡迎。山東省政府參議鄭繼成，即其酒友之一，常相偕買醉，不醉無歸。見者或與之娓娓而談者，多不知其爲日人也。

一日，鄭忽來武林洋行，邀五反田君同往小酌，而意氣快快，若有所失。五反田怪而問之，鄭曰：

「張宗昌於吾，有殺父之仇，今張已來魯，而主席待之若上賓。吾曾面謁主席，請將張逮捕法辦，爲父伸寃。主席反斥我胡塗曰：

「他是我下請帖請來的客人，招待還來不及呢？豈有找他麻煩的道理？」

五反田君乃以溫言慰之，不外乎「寃家宜解不宜結」，「善惡到頭終有報」之類。鄭之色亦漸霽，惟嘆息曰：

「人死交情滅，今日似已無人再念我父袍澤之情矣！」

當日，二人飲至爛醉始休。

不一二日，日本武官室之友人，偶語五反田曰：

「日本謠言甚盛，頗多不利於張宗昌者。君在民間，亦有所聞乎？」

五反田甚慮鄭繼成報仇心切，鋌而走險，事敗時定遭囹圄之災。既屬朋友，焉可袖手旁觀？遂急往鄭寓，邀其出外同飲，百方慰藉之。宴畢，復作明日竟日之約。如是者數日於茲。

一日，二人買醉於趵突泉畔，盤桓已半日矣。鄭之老僕一人突至，匆匆告鄭曰：

「省政府已兩遣專差來家，請老爺立即入府議事，並謂此乃十萬火急，主席正在小花廳立等，毋得稍有遲延云。」

鄭聞此言，當即隨僕而去。五反田亦自歸其寓所，鵠候鄭來有所銓釋；至夜而鄭仍音息杳然。

次日，報紙滿載張宗昌車站遇刺之訊，而開槍者，則爲竟日與彼對酌之鄭繼成也。按之報章記載，張宗昌飲彈之際，五反田適與鄭猜拳行令，且食且飲；未嘗片刻分離。而鄭隨僕以去之時，又幾在張斃命二小時之後，縱生雙翼，亦斷不克神速若是！

自是，鄭即以「自首凶犯」之身份，入獄候審。五反田君爲避嫌計，亦未往探視，惟以身所經歷，與報章所載，鄭君所供，世間所聞，竟大相逕庭若是！靜夜自思，幾疑目睹之事或皆夜來幻夢也。

五反田君與濱口君素稔，遂馳書相告，聊供茶餘酒後之資；從而亦知報紙與史書之不可盡信也。

據濱田君云：消息一向靈通者，曾語之曰：張之返魯訪舊，實遭韓之大忌。故主使殺張之人，自係呼之欲出，毋庸詞費。而動手之人，則傳爲張樹聲轉懇王若瑟所遺。

（未完待續）

香港詩壇

癸丑除夕二首 余少颿

零拾頣園零草。高歌劍合延津。（頣師佚稿年時經幾度蒐集臘中方克檢齊付印單行本）苦憶濠江守歲。凝然竹對長春。（昔年除夕曾下榻竹長春館陪師守歲）

三十六溪花萼。當年珠海題襟。詩國新緣璀燦。臘鼓響應元音。（夏秋間校刋伯敭叔文兩伯岳遺詩殘臘殺青）

癸丑除夕 伍醉書

臨夜詩心兀不平，羌無好句叶春聲，却看急景垂垂盡，坐憶韶齡宛宛情。餘事即今難免俗，側身依舊尚勞生。羈居差慰伶俜意，弱女牽衣笑語盈。

出門乏地賣癡騃，又送殘宵一歲回，久廢桃符當戶貼，薄持栢釀侑花開。石油不爲寒爐計，春色還從瀚海來。身外榮枯誰得問？胆瓶添水自供梅。

癸丑卒歲十八韻 亦園

卒歲何須計，歌咏意自嘉。當門松萬樹。綠幕俗塵遮。往來有天使。雅淡等梅花。晨伴看雲出。晚伴看歸鴉。東風窗外過。天開七錦霞。俯指層樓下。通衢水流車。眾生眞擾攘。市聲極喧嘩。遊子忽興感。此生豈無涯。南來廿五載。身衰髮已華。向不計歸櫂。坐誤滋彌嗟。三代今已見。孫輩呼阿爺。豈能期百世。滄海長桑麻。旌旆何時返。陸地起龍蛇。爆竹聽已厭。我欲聽軍笳。此心雖已竭。鼓鼙尚可撾。不須憐老邁。家園萬里遐。今夜何點綴。短榻啜苦茶。春陽明日至。照影共摩挲。

甲寅元日書感用亦老卒歲詩韻 徐義衡

舊歲昨夜除，迎春趣轉嘉。步庭待旭日。遠岫淡烟遮。低頭看水仙。含笑對梅花。曉風響修竹。老樹醒寒鴉。白雲冉冉近。長空現流霞。庭虛諸籟寂。巷陋不聞車。老妻方起床。女孫笑語嘩。居夷念五載。一髮隔天涯。歸夢日以渺。歲歲添鬢華。倚欄自踟躕。長吟代吁嗟。雛孫解人意。牽衣叫阿爺。拉爺還入房。玩具散如麻。小手持紙筆。信筆走龍蛇。含飴正賞心。高樓出胡笳。清商怨以思。恍似漁陽撾。既吐流離苦。亦傷歲月遐。爲飲屠蘇酒。爲傾柏葉茶。慷慨令人思。撚髭自摩挲。

甲寅立春 趙湘琴

羈人何事最牽情。才見梅開早又生。世外悠然饒野趣。新寒細雨打窗聲。

秋感次希穎先生韻 洪肇平

搖落江湖入暮秋，沙蟲猿鶴刼還留。行吟吾輩欣同調，覓夢詞人泣廢邱。萬里霜風宜老樹，九霄斜照映危樓。淚枯徙倚眞輕命，自古騷心說不休。

侍希穎先生黃竹坑尋句

破閑携手共尋詩，賭酒翻憐鬥韻奇。萬竹成音都是恨，九秋入畫最堪思。雲山浩渺身安往？人物凋零世豈知。且看吾儕歌哭地，西風落葉漫紛披。

濂溪謂牡丹花之富貴，予獨愛其烟視媚行，風華致致，爲繫二詩。 伍醉書

飾玉籠燈照眼明，曲屏迴護彩雲輕。竊聞小字傳伊洛，故染穠華禮上清。羯鼓爾時應駐拍，銖衣前席暗抛擎。相逢莫便銷魂甚，恐惹春愁黯黯生。

蔑從閬苑問前身，唯覺天工妙入神。香霧薰爲仙掌露，凱風吹粲鳳頭春。始知巧笑定傾國，詎必能言纔可人？合倩徐熙留粉本，閉帷竟夕喚眞眞。

予於水仙，意有獨鍾，三載纏咏，今歲未應或缺。 伍醉書

幽息柔嘉不可名，攀簾疑下步虛聲；釵影神搖瀛海三千水，春入琴心一再行。閒情拚賦顫時雲髻亂，爐薰裊處夜寒生。終無奈，忍俊鐙前坐到明。

愁煞詩魔與酒魔，春魂釀夢上梨渦。薄憐妃子翠華轂，悄薦仙家金叵羅。靜夜幽香通秘室，畫屏私語隔微波。塵緣到此應抛盡，迸付宜州一曲歌。

編餘漫筆

編者

這一期有許多重要文章，自從南越侵擾我南海島嶼以來，南沙羣島已引起舉世注意，中國人更羣情憤激，指責南越無事生非，但南沙羣島眞實情況如何實少人知，本刊第三期曾發表一篇「南沙紀行」，報導我國海軍在南沙戍守情况，本期又發表鄭資約教授「南沙羣島確屬我國領土」大文，從歷史方面詳列證據，指出南沙羣島確是我國領土，本刊又搜集南沙羣島有關照片多幅，一併刊出，從這些照片中，可以看出南沙羣島在過去，現在都是我國領土，將來當然還是我國領土。

三月份在中國近代史上發生了兩件大事，一是民國前一年的黃花崗起義，一是民國二年宋教仁被刺案。黃花崗起義是黃克強先生所領導，克強先生本是文人，因從事革命，棄文就武，實則其詩詞文章均卓然大家，散見於報章雜誌者甚多，現得心波先生整理註釋，便成完璧。心波先生以當代燕許手筆，註開國元勛文章，其人其文，均足傳世。愛好克強先生詩文者，定感慶幸。宋案經過，六十年來亦乏客觀述評，蔣君章教授精研現代史，對此亦精闢見解。編者多年來有一想法，袁世凱負民國之罪，帝制尙在其次，而以刺宋爲首。使袁世凱不下手刺宋，中國不致分裂，憲政逐漸可納入正軌，以後十五年之軍閥割據，國家元氣喪盡，北伐統一未及建設，便遭強隣侵畧，十五年紛亂，影响六十年國運，基本原因即在於刺宋一事，研究近代史萬不能忽畧此一關鍵。

萬里長城近來因秦始皇帝身價提高，亦成爲熱門話題。萬里長城人人皆知，萬里長城眞正情況如何？編者就說不出。本期刊出劉棨琮先生萬里長城一文，並附出以前未見過的幾處重要圖片，讀了此文之後，對萬里長城來龍去脈，始有淸晰概念。

人物方面除去連載的胡政之與戴雨農，本期發表的有民國第一淸官石瑛，追念吳稚暉先生，雙槍黃八妹的故事。此三人有文有武，兩人已去世，一人尚生存，三人各有其個性，均代表中國民族優良傳統。

史料方面文字，徐向前入川記一文，是作者親身經歷，雖然親見經歷之事，未必能概括全局，但親見親聞之一鱗半爪，已足供治史者參考，如本文指出當時追擊大軍逗遛不進一事，爲以前所有文獻中未載。

附帶要報告一件事，就是由於紙價飛漲，本刊能否辦下去的問題，許多熱心讀者來信勸加價，熱誠可感，但社會購買力亦差，故暫不擬加價，當然還要辦下去，目前只有請朋友刊登廣告以補助虧蝕，雖然亦不當，但捨此之外別無他法，，希望能度過眼到難關，目前紙價已回順，也許可以回到合理的價格。

錦繡神州

出版者：德興文化事業公司

我國歷史悠久，文物豐富，古蹟名勝，山川毓秀。尤其歷代建築藝術，都是鬼斧神工，中華文化的優美，在世界上有崇高地位；所以要復興中華文化，更要發揚光大，我們炎黃裔胄與有榮焉。

如欲研究中華文化，考據博古文物，瀏覽名山巨川，遊歷勝景古蹟；畢一生精力，恐亦不克窺全豹。往年雖有此類圖書出版，惜皆偏於重點介紹，不能滿足讀者理想。

本公司有鑒於此，不惜巨資，聘請海內外專家搜集資料，歷三年編輯而成；圖片認真審定，詳註中英文說明，堪稱圖文並茂。內容分成四大類：「**文物精華**」「**勝景古蹟**」「**名山巨川**」「**歷代建築**」將中華文化的精英，包羅萬有，洵如書名：**錦繡神州**。並委託柯式印刷廠，以最新科技，特藝彩色精印。八開豪華精裝本，金線織錦為面，織成圖案及中英文金字，富麗堂皇。「**內容**」「**印刷**」「**訂裝**」三並重，互為爭妍；所以本書被評為出版界一大傑作，確非謬贊。

凡備有本書者，不啻珍藏中華歷代文物，已瀏覽全國名山巨川，遍歷勝景古蹟。如購贈親友，受者必感隆情厚意。

全書一巨冊　港幣弍百元

總代理

吳興記書報社

地址：香港租庇利街十一號二樓

電話：H四五〇五六一

Ng Hing Kee Newspaper Agency

No. 11, Jubilee Street, 1st Fl.

HONG KONG

九龍經銷處

德興書店（旺角奶路臣街15號B）

吳興記分銷處（吳淞街43號）

外埠經銷處

星馬婆　遠東文化有限公司

曼谷　青年文化服務社

菲律賓　華安書店

越南　聯興書報社

紐約　友聯圖書公司

三藩市　益智圖書公司

三藩市　新生圖書公司

三藩市　文化書店

波士頓　中西公司

芝加哥　文華書局

檀香山　大元公司

倫敦　東寶公司

加拿大　香港百貨公司

澳門　可大文具店

掌故 月刊

32

野史·傳聞·

人物·風土·

一九七四年四月十日出版

中華月報

一九五三年一月創刊的「祖國周刊」，在一九六四年四月改爲月刊，出版滿二十周年之後在一九七三年四月改爲綜合性的「**中華月報**」。

這個以「**文化性、文摘性、文滙性**」爲特色的大型刊物，設有「**金聲玉振**」（學術思想）、「**秀才樂園**」（時事議論）、「**海峽西東**」（國情報導）、「**天涯比隣**」（各地通訊）、「**大衆小品**」（散文隨筆）、「**時文選萃**」（文摘選載）、「**參考資料**」（文件選錄）、「**人物評介**」、「**書刊評介**」等欄，園地公開，歡迎投稿。

在四月號和五月號的「金聲玉振」一欄中已發表李璜、張忠紱、徐復觀、夏志淸、羅錦堂、金思愷等著名學者的論文。在以「秀才未遇兵、有理來講淸」爲口號的「秀才樂園」一欄，已發表名政論家司馬長風、齊亦魯等作者的精采文章。在「人物評介」一欄中已開始連載名作家司馬桑敦的「張學良評傳」。其他各欄也都內容豐富，不及詳述。

該刊每期一百頁，零售港幣二元，訂閱一年三十元，五年一百二十元。

中華月報社：香港九龍書院道九號
友聯書報發行公司：香港九龍花園街七十三號

掌故月刊 第三二期 目錄

每月逢十日出版

掌故

中華民國六十三年（一九七四）四月十日出版

每册定價港幣二元正

全年訂費港幣二十元 美金六元

出版兼發行者：掌故月刊社

地址：九龍亞皆老街六號B

通信處：九龍旺角郵局信箱八五二二號

電話：K八〇八〇九一

The Journal of Historical Records
6B, Argyle Street, Mongkok, Kowloon, Hong Kong.

督印人：鄧少卿

總編輯：岳騫

印刷者：和記印刷有限公司
新蒲崗景福街一一〇號超達工業大厦十樓

總代理：吳興記書報社
香港租庇利街十一號二樓
電話：H四五〇五六一 H四五〇七六六

星馬代理：遠東文化事業有限公司
新加坡廈門街十九號
檳城沓田仔街一七一號

泰國代理：曼谷青年文化服務社
曼谷黃橋東北路五六六號

越南代理：聯興書報社
越南堤岸新行街二十二號

其他地區代理：

澳門：可大文具店
亞庇：利民公司
千里達：中華公司
非律賓：華安書局
倫敦：東寶公司
芝加哥：杏林春
波士頓：中西公司
三藩市：新生圖書公司
三藩市：益智圖書公司
加拿大：香港商店
漢城：汎亞書籍公社
寮國：永珍圖書公司
斗湖：光明書店
非律賓：玲瓏書局
紐約：友聯圖書公司
紐約：友方圖書公司
洛杉磯：永安堂
檀香山：大元公司
三藩市：文化商店
加拿大：新國華公司

關於西沙羣島的一個歷史文獻

「李準巡海記」

·魯風·

本年三月十四日台北中央日報刊載丘宏達教授「關於西沙羣島的一個重要外交文獻」的文章。文中介紹民國二十二年「外交部公報」中的一件關於西沙羣島主權交涉的外交文獻。丘文對於關心和研究西沙羣島主權根據問題，無異提供了一個可貴的官方資料。

本文是對於丘文的補充，資料來源也是「外交部公報」（六卷三號），因為丘先生祇介紹了官方資料，而未提及關於西沙羣島的另一個歷史文獻——「李準巡海記」。李記對於研究東西沙羣島也同樣是一個重要史料。

「外交部公報」只載宣言、法規、命令、文書、統計、報告等，並無紀述。自民國二十一年起，公報加編「附錄——三月來大事記」，由陸俊主編（此一附錄自民國二十三年起，不再編印。）外交大事（如訂約、向例條約公約等），均一律收入，並附加詮述。在「三月來外交大事記」（民國二十二年七月至九月）中，除丘先生文中所引述的法國政府節畧及國民政府外交部駁復原文外，編者在「西沙羣島交涉及法占南洋九島事」（註）一節中，對西沙羣島主權問題，根據歷史文獻，詮述頗詳。

「東西沙兩羣島，向均隸我版圖，惟以遠在南荒，不甚為國人所措意。前清光緒三十二年八月，有日人九名至東沙，次年八月，更有大批日人來島工作，其首領即為日商西澤吉次。事為江督端方所聞，當報於外務部。是年九月，外部電令粵督張人駿查復，日商強占東沙之交涉，即於是時發軔。閱時兩載，至宣統元年八月廿八日，粵當局與廣州日領簽訂收買日商在島物產之條款，淨償日商廣東毫銀十三萬元，交涉解決。因有東沙之糾紛，遂以促吾國對於西沙之注意。其時粵省當局，曾兩次派員調艦，前往西沙查勘。初次為光緒三十三年四月，（姑據「李準巡海記」）前往人員為李準、李哲濬、吳敬榮等，艦則為伏波、琛航。（均據李記）覆勘為宣統元年四月，前往人員，與前次畧同，艦則為伏波、琛航、廣金。覆勘人員，且曾將西沙島嶼灘礁之十五島，各為正式命名（計東七，為樹島、北島、中島、南島、林島、石島、東島。西八，為珊瑚島、甘泉島、金銀島、琛航島、廣金島、伏波島、天文島、南極島。）呈由當時督署批准。從此西沙羣島，遂益確定為吾國之版圖。嗣是廿餘年，我國對於西沙羣島之享有領土主權，國際間從無異議。不謂廿年十二月四日法國外部突向我駐法使館，面遞節畧……」

大事記編者又參稽各地理書圖，以及陳天錫之「西沙島成案

彙編」，沈鵬飛之「調查西沙羣島報告書」，詳細表列西沙羣島名稱（組別、中名、西名、別名），並說明西沙羣島地理方位。按陳天錫及沈鵬飛兩著，均有宣統元年四月粵省派艦覆勘西沙之事。大事記編者指出：「夫既有覆勘，則必有初勘，覆勘在宣元四月，初勘則自必在宣元四月以前。惟兩書關於初勘之記載，則僅有『派副將吳敬榮等前往查勘』一語，而以卷牘遺失，均未能確言其爲何年何月。近各報競載前清廣東水師提督「李準巡海記」，則謂光緒卅三年春，曾巡海至東沙島，見懸有日旗，經商請張安帥（即張人駿）交涉收回，因思粵中海島之類於東沙者必不少，乃更請命於安帥，南探西沙各島，於光緒三十三年四月初二日啓程，李氏所乘者爲伏波艦，伏波管帶，即副將吳敬榮，與兩書頗相符合。前乎此未聞有探巡西沙之舉，後乎此宣元四月前，亦未聞有探巡西沙之事，則前舉兩書所謂『派副將吳敬榮等前往查勘，』或即指李氏此次之探勘而言。是宣元四月爲覆勘，且姑定光緒三十三年四月爲初勘，當尚與事實不遠。李氏巡海記，關於巡探東西沙，所記甚詳。惟東沙之驅逐日商西澤，頗費周折，李氏似未免言之太易，且亦未詳年月。又其所記探勘西沙各情況，文與事均極恢詭可喜，顧以圖卷無稽，其所命名之諸島，除伏波、探航、珊瑚、甘泉、豐潤、五島外，均不易與現所流行之諸島名稱，互相印證，是又不無遺憾耳。」

對於研究東西沙羣島問題，「李準巡海記」無異是一個重要歷史文獻。李記特列於後，以供參攷：

註：「外交部公報」第六卷第三號，民國廿二年七月至九月，頁二〇五——二二三；參閱：「民國二十二年外交大事記」（外交大事記第二集），外交部情報司編印，中華民國二十三年二月出版，頁二〇五——二二三。

李準巡海記

（一）東沙島

中國向不以領海爲重，故於海面之島嶼，數千年來並無海圖，任外人之侵佔而不知也。粵之東有東沙島焉，距香港一百二十海里，距汕頭八十海里，在澎湖南澳之間，向無居人。閩粵之漁戶常有至其地者，航海之船，往往遭風漂沒於此，漁人多有得其資財者，故粵諺有曰「要發財，往東沙。」光緒三十三年春，余乘伏波艦巡洋至其地，遠望有旭日之旗高飄，不勝驚訝，以爲此吾國之領海，何來日本之國旗，即下令定椗，乘舢板登岸。見有木牌豎於岸，曰「西澤島」，乃進而執西澤，詢以何時侵佔此島。西澤曰：已二年餘矣。余曰：此乃我國之領海，何得私佔？西澤曰：此乃無主之島，以其距台灣不遠，以爲屬之台灣，不知爲廣東屬地也。問其經營何種事業？曰：取島上之鳥糞，以爲燐質及肥料，並採取海帶玳瑁等物。余巡閱一周，長約十餘里，寬約三四里，有工廠三座，辦公室一座，並有治淡水機器，輕便鐵道十餘里，海面有小汽船一艘。據云共已費二十萬元。余一面派人監視，不許再行採取各物，存貨亦不許運去，乃回省商之張安帥（按即兩廣總督張人駿，字安圃）與日人交涉，交還此島。外部索海圖爲證，而航海所用海圖爲外人測繪，名此島曰布那打士（按即Pratas），不足爲證。遍查中國舊有輿圖各書及粵省通志，皆無此島名。王雪岑觀察，博覽羣書，謂余曰：乾隆間有高涼總兵陳倫炯著海國聞見錄，有此島之名。即據此圖與日人交涉，乃交還此島。日公使以西澤經營此島費去在數十萬，其工廠房屋機器鐵道汽船索補償其二十餘萬元，我以彼盜取此島之燐質肥料海帶玳瑁等物爲抵償品而交還焉。其島桑樹極多，其鐵道枕木，多以本島之桑木爲之。交還後由勸業道經管，仍留管事及工人在彼，採取各項出產品。每月余派廣海艦送火食至島，運各物回省。

改革後，黨人只知佔地盤，謀權利，遂不以此島爲意。留島之人，絕糧而死，可哀也。我雖不殺島人，島人由我而死，余滋愧內疚於心矣。後由國民政府於此島建無線電台，以報風訊，上海包工人亦以久無運糧食，接濟工人食料，亦絕糧而死。涉訟經年，索撫卹其家屬。今已設無線電，可通信息，不致再絕糧也。

（二）西沙島

東沙島之案，交涉既終，因思粵中海島之類於東沙者也不少。左翼分統林君國祥，老於航海者也，言於余曰：距瓊州榆林港迤西約二百海里，有羣島焉，西人名之曰怕拉洗爾挨倫（按即Paracel Is.）距香港約四百海里，凡從新加坡東行來港者，必經此線。但該處暗礁極多，行船者多遠避之。余極欲探其究竟，收入海圖，作中國之領土，因請於安帥而探此絕島。安帥極然余說。同寅中之好事者，亦欲同往一觀焉。乃以航海探險之事屬之林君國祥，乘伏波琛航兩艦。林君曰：此二船太老，行駛遲緩，倘天色好，可保無虞，如遇大風，殊多危險。余以急欲一行，故亦所不計。因偕林君下船，考驗船上之鍋鑪機器，應修理者修理之。凡桅帆纜索，無不檢查。其鐵鍊之在艙底者，概行拉出船面，林君節節以錘敲之，其聲有壞者，立以白粉條畫之爲記，概用極粗之鉛線紮之，防其斷也。備食米數百担，其他牛羊豬鷄等牲畜，罐頭食器汽水稱是。各色稻粱麥豆種子各若干。淡水艙滿儲淡水，炭艙滿儲烟煤。除船員外僱小工百名，木石縫工油漆匠若干，備木材桅桿國旗之屬又若干，蓋將覓此羣島爲殖民地也。余帶衞隊一排，以排長范連仲領之。吳君敬榮爲伏波管帶，劉君義寬爲琛航管帶。余乘伏波，以林君爲航海之主，悉聽其指揮。王君仁棠隨行參贊。同行者有李子川觀察(哲濬)，王叔武太守(文燾)，丁少蓀太守（乃澄），裴岱雲太守（祖澤），汪道元大令（宗珠），邵水香二尹(思源，)劉子儀大令，德人無線電工程師布朗士，禮和洋行二主布斯域士。三十三年四月初二日啓行，初三日抵瓊州之海口，採買魚菜，添盛淡水。道府來迎，應酬一日夜。初四日下午啓椗。沿瓊島南行。初五日入崖州屬之榆林港，清風徐來，余於甲板上觀之，見此港山環水繞，形勢極佳，而水深至二三十尺。入口不三里，下錨，四圍皆山，不是水口，誠避風良港也。惜局面太小，不能多容軍艦，有七八艘已不足以回旋。港內水波不興，上下天光，一碧萬頃，以爲正可直駛西沙矣。國祥曰：天氣不可恃。須看天文，有三五天之西南風，乃可放洋，且亦須於此添盛淡水。少頃，偕各員登岸，每人各持木棍一根，備倚之行，且可以禦禽獸。此國祥之言也。余以爲禦獸可也，禽豈能爲人害乎？國祥曰：西沙島多大鳥，不懼人，且與人鬥，非此不足禦之。上岸後，沿平原而入山凹，一路遍地皆椰子樹，結實纍纍，大可逾抱，高約百數十尺，其直如棕，葉長大似蕉，但分裂而不相連屬。其時天正炎熱，行人苦渴，以槍向椰樹擊之，其實紛紛下墜，人拾一枚。其有爲彈穿者，汁流出，即以口承之，味甘而滑，解渴聖品也。步行約六七里，有居人焉，披髮赤足，無衣，以布圍蓋下身，其黑如漆，前後心及兩肘兩腿，毛茸茸然，兩耳貫以鐵環，大如飯碗之口。老少可辨，男女殊難認也。其所住室，以椰子樹爲之，高不及丈，寬約一二丈，橫梁門柱，皆椰樹也。上蓋及壁，都以椰葉編作人字形之厚箔爲之。有門無窗，屋內之地，亦舖以椰席，厚可數寸。無桌几床帳，飯食起居，咸於此焉。余以手鏡爲之照像，各憙憙笑不已。又與同人行至一處，有男女多人，於野外草地上跳舞。有老者壯者於旁，敲鑼吹笛及擊瓦器，跳舞者女子居多，間亦有男子與偕，皆青年也。其齒白，而口吐紅色之沫。詢之，乃含檳榔使之然也。此男女跳舞者，如兩情相合，即携手相歸而爲夫婦矣。其語不可辨，國祥能懂一二。蓋黎山之生黎也。旋亦覓得一能諳漢語之熟黎作舌人。據云：島中馬鹿極多，以其大如馬，可以代步，故以馬鹿呼之。余極欲獵，苦無獵犬，熟黎曰：可以黎人代之。余即令此熟黎覓數人來帶路，並驅馬鹿。生黎手持一棍，舉動如飛，其山中之木樁

，尖如刀錐，履之過，如履平地。余率衛兵多人追隨於後，之極傍石而坐，稍事休息。正打火吸雪加烟，羣鹿自林奔出，大若牛馬，余持槍擊之，殪其一，倒地而起者再，衛兵捉之，其角大如碗，長約三尺，餘開三四乂。倒地時跌損一角，血淋淋出，一衛兵以口承而吮之。嗣以五六人用大木槓抬之回船，權之重四百斤。去皮分食其肉，茸則懸之船面，以風吹之，以爲可以保存也，三兩日後，生蛆腐爛，臭不可近，棄之大海中矣。一日雨後，余正在船面高處坐而納凉，忽見一黑色之物自海面向余船而來，昂首水面，嘴銳而長。余問曰：此何物也？國祥曰：此鱷魚也，韓文公在潮作文驅之者，即此是也，語時鱷魚已及船邊，攀梯而上，余命梯口衛兵擊之以槍，而衛兵反退後數步，不敢擊。余速下奪槍擊之，鱷魚下墜，白腹朝天，距船已四五丈矣。即令水手放舢板往撈，水手以橈挑之，長約丈餘，重不可起，恐其未死不敢下手。再擊二槍，反沉水底而不見蹤跡矣。連日風色不佳，夜間月光四圍起暈，必主有風，不能放洋。國祥於此購買柴薪無數，船面堆如山積，備缺煤時之用也。又購黎人椰席數百張，爲建屋作牆壁上蓋鋪地之用也。第四日約集同人往三丫港觀鹽田，去此約二十里，以籐椅貫以竹桿作代步，僱黎人抬之。議定每人小洋二毛，黎人力極大，行甚速，惟不善抬，一路殊多危險，不一時而至其地矣。其鹽田界兩山中，綿亙十餘里，皆鹽田也。其水鹹頭極重，一日即可成鹽，兩三日成者亦有之。然較之他處鹽田則不可多見矣。其價極賤，每担不過二三百錢，故香港澳門一帶之私鹽，皆由此運往焉。沿途樹林內多紅綠色之鸚鵡，大小不等，白色者較大而少。又多小猴，飛行絕跡，擒之不易。回榆林港後，抬轎之黎人，每人給以銀二毛，不肯受，以其求益也。增之至四毛，不受如故。詢之，乃知其議價時以爲每一乘轎兩人共二毛，今多與二毛，故不受。其樸野如此，眞上古之民哉！有黎人以大竹籠抬大蚺蛇一條來賣，給以銀二元，令抬去，又抬甕米酒若干罈來，每罈給以銀一元，其色黑而味甜。又有此間之回民，操北方語者，將石蟹飛蛇來賣。其石蟹鮮有完好者，磨醋可治瘡毒，飛蛇可以催生，人爭購之。又有一種椰珠，如魚目，聞係數百年之椰壳內實結成，岱雲購得之。其回民相傳爲馬伏波征交趾時遺留於此者，至今人不多，然仍操北方之音，與粵人異。國祥云：天色已好，可放洋矣。四月十一日下午四鐘啓椗，出口，風平浪靜。七鐘，忽見前面似一山形，若隱若現，國祥曰：此處向無山，必鯨魚也，當繞道避之。余以千里鏡窺之，見一黑影，橫亙於水面，不甚高，同人爭欲覩爲快，無何漸漸沉下矣。船仍按經緯度直行。國祥敬榮經夜不睡，行於甲板上，監視舵工，其桅桿頂尚有一人持望遠鏡觀察前面之島，不敢一毫懈也。國祥曰：以船之速率及海程計之，此時應可見最近之島，今不見，必有誤。以天文測之，差一度幾秒，危險萬分，此爲本船馬力不足，爲大流冲下之過，宜仔細，此處暗礁極多，稍不慎，則全船虀粉矣！少頃，桅頂人報告，已見黑影，然在上游。國祥敬榮乃心定而直駛向該島。十一點二十分下椗，錨鍊幾爲之盡。其處水清，日光之下，可見海底，多紅白珊瑚，大如松柏之樹。有一種白色帶魚，長約丈餘，穿插圍繞於珊瑚樹內，旋轉不已。飯後，余率諸人乘舢板登岸。國祥請余勿坐舢板，宜乘大號扒艇平底者，乃可登岸。余從之，果至最近岸之淺灘內，乘舢板者均不得入。此項扒艇，國祥於海口購七八隻之多，余初以爲無用，今乃知爲得用也！余仍持木棍，離扒艇，踐石堆超越以過。此石跳彼石，相距有遠有近，有高有低，扒艇不能前，非此不能登彼岸也。余正站圓形之大石上，欲再跳，而相距稍遠，恐墜水中，遲回者再，而所立之石動矣。余以爲力重爲之也，而此石已起行而前，余驚懼欲仆者屢！石行較近彼石，乃跳過焉。余驚問：石何能行？國祥敬榮同曰：此石乃海內大蛤也。其壳已生綠苔，不知若干年矣。又見一魚，其色黑而雜以紅黃，國祥曰：此小鯨魚也，亦長七八尺，潮水退不能出，困於此淺水灘耳。余以棍撥之，頭上一孔，噴出之水，高可一丈。余急登岸。見沙地上紅色蟹極多。與他蟹異，

爪長而多，其行甚速。以棍擊之，即逃入一螺壳中而不見。拾壳起，見其爪拳屈於壳內，了無痕跡。每蟹必有一壳，大不逾二寸。有一蟹之壳，先爲人拾起，致無所歸，即拳伏於沙上，如死者然。余以竹筐拾歸者數百枚，分贈親友，名之曰寄生蟹。工人持鋤鏟上岸，在各處掘地及泉，而求淡水。掘十餘處，至二三丈，均不可得，其實非島，乃一沙洲耳，西人亦謂之挨倫，此島長不過六七里，行不數鐘，即環遊一週矣。島上無大樹，有一種似草非草似木非木之植物，高約丈餘，大可合抱，枝葉橫張。避此林中，眞清涼世界也！其地上沙土作深黑色，數千百年之雀糞積成之也。島中無猛獸虫蛇，而禽鳥極多，多作灰黑色。大者昂頭高與人齊，長嘴，見人不懼，以棍擊之，有飛有不飛，其大者恆與人鬥，不自衞，將啄人目。遙見大羣之鳥約千餘百隻，集沙灘上。余擊以鳥槍者三，均不見飛，以爲未中。遣兵往視之。已擊倒三十餘鳥。衞兵逐之，始羣飛去，蓋不知槍之利害，人爲何物也！其椰樹及石上，多德人刻劃之字，皆西歷一千八百餘年所書。德人布朗士以筆抄其文記之。其石亦非沙石，乃無數珊瑚虫結成者，因名之曰珊瑚石。又至一處，有石室一所，寬廣八九尺，四圍以珊瑚石砌成，上蓋以極大蛤壳兩片爲之。余於此而休息焉。石上亦有刀劃德文，蓋千八百五十年所書也。均有照片，改革後不知失於何處矣。余督工刻字珊瑚石上曰：「大淸光緒三十三年廣東水師提督李某巡閱至此。」勒石命名伏波島。以余乘伏波先至此地，故以名之。又命木匠將製成木架，建木屋於島，以椰席蓋之爲壁，鋪地，皆椰席也。豎高五丈餘之白色桅桿於屋側，掛黃龍之國旗焉。此地從此即爲中國之領土矣！夜宿島中，黃昏後聽水中晳晳有聲，國祥曰：此海中大龜將上岸下蛋也，從此不憂乏食矣。率衆各將牛眼打鐙，反光懷內，候於河上，月下見大龜魚貫而上，爲數不可勝計。羣以燈照之，龜即縮頸不動，水手以木棍插入龜腹之下，力掀之，即仰臥沙上，約二十隻。國祥曰：可矣。足敷吾輩數百人三日之糧矣！國祥又引水手，持竹籮，在樹下撥開積沙，有龜蛋無數，其色淺紅，而圓大如拳，壳軟而不硬，拾兩大籮筐。歸後。燙以開水，撕開一口，吸而食之，其味厥美。國祥曰：雀蛋更多，但不能如龜蛋之可口。黎明率同人於樹下拾各種雀蛋，大小不等，有如鷄鴨卵者，有大如飯碗長六七寸者，均作淡綠色。其極大者，有黑點無數，剖之多腥，而此極大之卵，如鴕鳥之蛋，壳堅如石，了不可破，後携至省垣，在大新街囑刻象牙之匠人，開天窗，鐫山水人物形，作陳列品。其仰臥之大龜，寬亦六七尺，各水手工人，以刀斧從事去壳，宰割其肉，各分一臠，色紅如牛肉，其裙邊厚二寸，每龜得二三十斤，其全數重量，蓋四五百斤也。尚留八隻，不許宰割，即以生者抬於舢板或扒艇上，運之上船，以起重架起之，始得上。八龜已將官艙前面隙地佔滿，致水手工人無休息食飯處，衆即於龜腹上坐而食，且於此門牌焉。夜間，余憐其仰臥，令人反仆之，夜深人靜，羣龜鳴如鴨，哌哪之聲極厲，致同人不得睡，仍令水手反之仰臥，始無聲焉。午後率同人回船，留牲畜之種山羊水牛雌雄各數頭於島，布朗士對之泣曰：可憐此牛羊將渴而死，以其無淡水也。正午開行，約三十里，又至一處。兩面皆島，海底有沙，可以寄椗，非如伏波島之盡珊瑚石，難於寄椗也。且岸邊有沙，舢板扒艇，皆可登岸。又率同人偕上。其林木雀鳥，一切與前島同。工人之掘井者，少頃來報曰：已得淡水，食之甚美。掘地不過丈餘耳。余嘗之，果甚甘美，即以名曰甘泉島。勒石豎桅，掛旗爲紀念焉。此島約十餘里，寬六七里，余行兩三小時，尚未能一週也。在沙灘上拾得一物，其狀如金瓜，大如密橘，其色爲靑蓮，其分瓣處，間以珍珠白點，似石非石，質輕而中空，上面有蒂，如罌粟壳之狀，下空一孔，甚爲美觀，不知爲何物也。敬榮曰：此動物而兼植物，有生者，當尋與軍門一看，其他尚有種種色色千奇百怪之物，爲內地所未見者。有一石杯，盛之凉水，不漏而易乾，盛熱水，則發腥臭之味。手摩之直如石製，然其質軟，物本圓者，可以爲方，可以爲橢圓形。其紅白珊瑚，遍地皆是。

其紅者大逾一寸，然質粗而少紋，白者更多。余曾拾得一大者，百數十枚結於一塊，如一山形，以玻璃匣盛之，後與石瓜石杯同陳列於江南勸業會中。閱此島畢，亦放牲畜於上。又過對岸之島，較小於甘泉島，縱橫不過八里耳。其珊瑚比前更多，因名之曰珊瑚島，亦勒石懸旗爲紀念。下午囘船，開行約二十海里，又至一島，定椗後，乘舢板上岸，海內帶草極多，長不知若干丈，開小白花。舢板之槳橈，亦爲之阻滯，不得進行。見一石，上有物圓如金瓜，其蔕上開紫色之花，如蝴蝶狀。余曰：此必昨日海岸拾得石瓜之生者，即泊船近之，余親手撫其根，長約四五寸，似爲石質而長於石上者，力拔之始下，而根斷矣。有白漿自根下流出，其腥異常，如蟹爪之肉，其花甚硬，亦似石質，然鮮艷無比，究不知其爲動物植物也。拾囘數日，其花自凋落，殼內之漿亦流盡，而爲空殼，併與前拾之瓜，一併呈於安帥，送江南勸業會矣。上岸閱視一週，情形與各島相同，名之曰琛航島，勒石豎旗。囘船。是夜即下椗於此。第三日黎明又開行，約十餘海里，而至一島。登岸後見有漁船一艘於此，取玳瑁大龜，蓄養於海邊淺水處，以小樹枝揷水內圍之，而不能去。余詢其漁人爲何處人。據言爲文昌陵水之人，年年均到此處，趁天清氣朗，乘好風，即來此取玳瑁，海參，海帶以歸。余詢以爾船能盛淡水糧食若干，敢冒此險乎？漁人曰：我等四五人，食物有限，水亦不能多帶，食則龜肉，龜蛋，雀蛋，雀肉，魚，蝦之屬，飲則此島多椰子樹，不致渴死。余告以前方有甘泉之島，如往彼處，不憂無淡水也。余視其船內，以石灰醃大烏參及刺參一艙，皆甚小者。余問以海邊之大烏參，有大逾一丈幾尺者，何不醃之？漁人曰：內地不消此大者，因引余視海邊之淺水內有一大烏參，長丈餘，色黑如死豬然。余以棍挑之，其肉如腐者，脫去一塊。皮雖甚黑，而肉極白，但無血耳，不少動，以爲其死也，一工人以十字鍬鋤之。又脫一大塊，而此參乃稍行而前，眞涼血動物也！島上情形，與各島相同，遊覽既周，名之鄰水島。勒石豎旗，而往他島。均皆命名勒石。有名爲霍邱島者，以余妹倩裴伯雲太守爲霍邱人也；有名爲歸安島者，以丁少蓀太守爲歸安人也；有名爲烏程島者，以沈季文大令爲烏程人也；有名爲甯波島者，以李子川觀察爲甯波人也；有名爲新會島者，以林瑞嘉分統國祥爲新會人也；有名爲華陽島者，以王叔武爲華陽人也；有名爲陽湖島者，以劉子怡大令爲陽湖人也；有名爲休甯島者，以吳蓋臣遊戎敬榮爲休甯人也；有名爲番禺島者，以汪道元大令爲番禺人也。尚有一島距離較遠，約六十餘里，其島長二三十里，向名曰林肯，改名爲豐潤島，以安帥主持大事也。以天色驟變，不敢再爲留連，恐煤完水盡，風起不得歸也。四月二十三日，鼓浪而行，歷四十八小時而抵香港，次日即囘省。蓋出門已將一月矣。將經過情形一一爲安帥述之。安帥驚喜欲狂，以爲從此我之海圖又增入此西沙十四島也！所拾得之奇異各物，陳列於廳肆中。同寅中及士紳爭相面詢，余口講指劃，疲於奔命。所歷各島，皆令海軍測繪生繪之成圖，呈於海陸軍部及軍機處存案。此次之探險，以極舊行不過十海里之船，數百人之生命，付於林瑞嘉之手，實乃天幸，非盡人力可致也！

畧記廣東兒教院

·仲　平·

三十五年前，日軍侵華，國土淪胥，戰事一起，廣東省區亦大部陷落。民國廿八年，（一九三九）吳川李漢魂南潯鑒戰歸來，卸征袍而纂省政，時廣州已失，沿海富庶之區盡淪敵手，軍政機構遷於韶關，寇燄方張，庶政千頭萬緒。但李氏伉儷特別重視兒童問題，蓋當時民心如鐵，奮身抗戰，幾多毀家紓難，父離子散，在所匪顧的，當政者應如何安置流亡，撫輯家園，收容千萬兒童，教之養之，使國人無後顧之憂，爲國家培養百年人材；不是喊一句：「兒童是國家未來主人翁」空洞口號所了的。所以元旦宣誓就職，二月廿六日李吳菊芳氏即飛戰時首都重慶，請求撥欵賑濟廣東兒童，初名爲：「廣東戰時兒童訓練團」，旋正式定名爲：「廣東兒童教養院」。八月十四日在韶關中山公園舉行成立典禮。

廣東兒童教養院（簡稱兒教院）的成立，在戰時兒童教育上開創一新紀元。

首先：兒教院的學生都是戰區烽火下的兒童（小部份是軍政人員子女），炮火甫停，即派人到前線搶救幼齡兒童入院。香港淪陷時，僑胞撤退回內地，亦有許多兒童入兒教院，這些同學諒現在在港者仍有不少。當年兒教院同學深受戰爭之痛，雖有國家給予教養，但勝利後回鄉的，故宅已燬於炮火，父、母、兄、弟、姊、妹不知所踪，甚焉者，整條村被日寇夷爲平地，欲哭無淚。這不是丁令威的神話故事，更不是賀知章詩：「少小離家老大回，鄉音無改鬢毛衰，兒童相見不相識，笑問客從何處來」所能形容萬一的。這些同學長大之後很自然的投筆從戎去。有的參加空軍，有的參加海軍，參加陸軍的就更多了。從第一批的遠征軍，繼之的知識青年從軍，都踴躍參加，從緬甸打到松花江上，總算爲自己，爲同學出了一口氣。所以兒教院院歌開始第一句就是：「小小一塊鐵，鍊成鋼鎗殺敵人……」

由於長期抗戰，戰火越熾，所以收容的兒童越來越多，開始是一個院，繼而第二院，第三院以至七、八個分院；每院一千人，另外兩個直屬小學（實驗性質的），小學階段畢業了，爲了解決就業問題，開了七個工廠；爲了解決升學問題，辦了三個中等院校，一共十多個單位，萬多人，分佈粵北各縣。光是這些人的吃飯問題，就夠傷腦筋；廣東是缺糧省份，戰時全靠湖南運糧接濟，糧政問題爲省政首要之務。這近萬兒童正是嗷嗷待哺，不能一日挨餓，緊急之時，總院深夜長途電話與各院連絡調度，分別籌借，師生自己出動挑糧，蜒蜿山道上，印象迄今尤鮮。抗戰時期除了蔣夫人辦理兒童保育院外，沒有其他省份敢於辦理這樣大規模的兒童教養機構，所以李吳菊芳氏喜歡人家叫她：「吳院長」，因爲這句話包含了辛苦的耕耘和

愉快的收獲。除了吃飯的問題，全體教師（稱爲導師）和學生都住宿在一起，早上聽到起床號音，一齊起來，到河邊盥洗，行升旗禮，跑步，然後上課，晚上學生就寢，導師還要巡視床位，因爲大的學生喜歡偸溜出去操塲等地方，自由活動去。小的學生會蹬被或跌下床。入院學生有大小，小的只六、七歲，有的還流着兩條鼻涕，導師要兼做褓姆。可是年紀雖少，但日常紀律頗緊張，例如：要講究內務，灰軍氈固然要壓成一塊磚般，白蚊帳也差不多擠成一塊豆腐乾。做內務的時間還要快。還有，見到導師行的卅五度鞠躬禮，一點不含糊；這個紀律和軍營也差不多，尤其作息時間全以軍號爲準，全體學生都是童子軍裝，頗有小兵營之概。

讀書上課之外，其餘時間自己織草鞋，種菜，甚至養猪。所以當時兒教院是：「家、校、營、塲、」四位一體。教育方針是：「管、敎、養、衞，」確是一個特別的戰時兒童教育機構。這種教育制度下培養出來的兒童，絕對沒有心靈脆弱的，鍛鍊得思想早熟，富有獨立性。儘管經過幾次風浪，都能站穩在社會上，而且各有所長；也說明這種教育方畧的成功。普通的學校教育，只教學生唸書，是抗不起大風大浪的。

由於教育方針不同，所以特別延聘一班學者，爲兒教院編設新的學制：小學四年畢業，不放寒暑假。新的課本：分爲，文化（國語、地理），政治（公民、社會），經濟（算術），軍事（體育、衞生）四科。自己印課本。當時參加的學者有：金曾澄先生，崔載陽先生，吳鼎新先生：……等。黃友棣先生也爲兒童院編了一個：「兒童大合唱」。包括院歌十多首，到現在，同學們還會哼哼幾段的。

那時候讀書確是地道戰時色彩，每個學生一塊四方小木板（頗似野外寫生的畫板），一張竹櫈，一個布書包。人坐在竹櫈上，小木板擱在膝蓋上，從布書包拿出書本或筆記攤在木板上，這就可以讀書了。驟然間，響起空襲軍號，大家站起來：手穿着小竹櫈，木板和書包分別交义排在左右肩，排好隊形，値日生喊口令：齊步走！這就走向田野蔗林深處或大樹下，重新放上竹櫈，擱上木板，又聽導師講課，一點不慌不忙。那時候對政治課本中的甚麽日本田中政策，南進派，北進派還聽得津津有味呢？

因爲師生、同學大家整天生活在一起，教導切磋非常方便，殷摯無間，所以很少聽說學科跟不上的，讀課外書的風氣很盛行，特別是升入中學以後，不滿足於課本上已有的東西，各自鑽研、思索，也是形成了後來的各自走南走北。除了讀書，演話劇也是不大花錢的，當年在韶關公演話劇：「陳子壯」頗轟動一時，粵劇團演出也相當不錯，曾得到愛國藝人關德興先生的指導。

至於物質生活方面，抗戰時期誰都要吃苦，但是對於正在發育中的兒童來說，那是一個殘酷的考驗。尤其抗戰後期國幣貶值，生活的艱苦越來越甚，兒教院中，有幾個院的經費是中央撥給的還好一點，其他由省負担的，就更捉襟見肘。當時吃的湖南軍米，稱爲：「砂谷米」，顧名思義，可想而知是一種甚麽味道，但最要命的是塡不滿每個小肚子，每讀水滸傳至魯智深說：「洒家口裡淡出鳥來了」句，眞是心領神會。逢兒童節時，會有猪肉，逢大節日也會有的，可惜一年沒有很多個大節日，總嫌它姍姍來遲，如盼雲霓。而且又嫌它弱不禁風，嬌小可憐。所以讀及孔夫子的：「三月不知肉味」，覺得沒有什麽了不起。那時候也出力搞副業，如種菜，養猪等，可惜還沒有：「千斤猪」，畝產「十萬斤」的本領出現，總覺不濟燃眉之急。斯時最寶貴的財產是擁有一瓦盅猪油。此時此地的兒童聽起來，恐怕有天方夜譚之感吧。營養不足，疾病就特別容易發生，粵北的瘧病又特別厲害，一邊發冷抖，牙齒打戰，一邊上課的情形多的很，至今思之，猶有餘悸。

環境雖然很惡劣，但是除了要克服當前困難，還要計劃準備兒童的長遠問題，

這也正是吳院長的高瞻遠矚之處。當時曾保送一批同學升讀外面的中學，但兒教院的畢業生越來越多，於是和省教育廳合辦了江村師範學校，又將原來的工藝院和農藝院合併成立北江職業學校。而最傾心血的是辦力行中學（前身爲實驗中學），由李漢魂任董事長，吳菊芳等任校董。至此不但對兒童的「管教養衛」盡了責任，而且兒童長大以後的「管教養衛」也顧及了，更擬賡辦力行學院，規模籌劃，確具遠見。其間已保送了若干人入大專學院。方期十年有成，舉國騰歡之際，驟然日寇投降，省政府改組，兒教院反淪入風雨飄零之中，吳院長和千萬兒教院員生告別，由徐蕙儀女士（原七院院主任）接長維持了一個時期，但終扭不了人去政息的中國社會習慣，兒教院固然零星落索了，連力行中學也幾乎發生註冊問題。許多未完成學業的學生頗爲狼狽。

以後大家渡海南來，李氏伉儷曾於六四年及七一年到港，當年兒童皆已成家立室，有的當了專家，有的當了工程師，醫生，有的做了教師，這些大兒童相率兒女來迎，三代一堂，新雅樓頭，叙香園裡，舉杯之下，彷如隔世，情緒激動，笑淚並雜，分不清是高興或悲愁。十年樹木，百年樹人，睹景思情，感慨何已！當時有詩紀之：

南潯鼙鼓竭 將軍初告捷 銅韶風雲烈

幕府穩度節　殺寇復安民　其志豈兩絕
端念國家後　主人賴賡接　甘棠千秋業
夫人分心血　烽火遍地開　莫令嗷鴻哀
雛燕羽未豐　喞喞復喞喞　兒童教養院
幼及人之赤　我衣復我食　編書教我識
管教兼養衛　抒我父母職　父母心頭釋
奮勇更殺賊　兄弟七千人　導師共休戚
小小一塊鐵　鍛鍊更珍惜　江村春風濃
北江設專職　更植百年樹　力行傾心瀝
自助必天助　君子強不息　莫道磨折多
少年奠自力　體餓筋骨勞　長來志氣豪
欲讀千卷書　叱咤不可待　男兒好四方
姊妹亦氣慨　或征緬甸去　或登長白山
浮海育英才　經濟匡民生　悠悠八年長
相隔三十載　海上香園叙　師友辨相識
還嘲頑皮事　如梭鬢兩色　採薪蓮塘苦
雲斷贛南戚（註一）　肚空書讀飽
夜寒鷄鳴激　當年相沫濡　今夕共一席
人生貴多姿　撫掌談荊棘　我從間關來
心頭殊難釋　將軍髀肉生　校長音如昔
（註二）　把酒未盡歡　故鄉最相憶
願指黃龍飲　同志須努力

註一：民卅四年韶關撤退，師生顛沛於三南。

註一：吳菊芳院長後曾兼任力行中學校長，其廣州話仍帶外省口音。

本刊通信地址畧有更動，各方賜函、惠稿、訂閱、請逕寄香港九龍旺角郵局信箱八五二一號，較爲快捷。　（附英文）

P. O. BOX K-8521

KOWLOON MONGKOK POST OFFICE,

KLN., H. K.

國民政府建都南京十年大事憶述

齊憲爲

一、編遣會議

民國十七年十月 蔣公就任國民政府主席職，同年十一月，東北懸上青天白日滿地紅國旗，全國統一。十八年一月開國軍編遣會議。

提起當年的國軍編遣會議，有許多過來人都會嘆惜編遣而引發接連的內戰，重創了國家的元氣，這種損失是無可補償的。那末這次會議開錯了嗎？我們平心靜氣地檢討一下，會議的本身是純潔的，重要的。其所以遭致不良後果的原因，雖不無由於處理技術上的難能協調，然其癥結所在，還是由於封建思想的流毒，尚存留在地方勢力者的身上，在發酵，在作祟而已！

我國政權，從腐敗的滿清皇帝手裏，移轉到民國北洋政府，而北洋政府的政治，又都分割在各省軍閥手裏。多少年來，我們國家一直在分崩離析，內憂外侮的狀況之中。北伐完成以後，爲貫徹國民革命的目的，自當不避艱難，力圖政治建設，組成強有力的中央政府，方可禦侮圖強安定民生。諺云：財政爲庶政之母，建設國家，一定先要考慮到財源問題。查考當年我國全年的收入，只有四億五千萬元，除每年由關鹽兩稅償還國債一億元外，祇餘三億五千萬元，當時養了二百萬大兵，長官士兵每人每月平均以最低額十五元計算，每月就要三千萬元，加以中央直轄軍事機關、學校、兵工廠、海軍航空等項經費，每月約三百餘萬元，合需三千三百餘萬元，全年就要三億九千六百餘萬元，一切購置設備臨時各費，尚未計算在內，所以如不裁兵，把全國所有收入，拿來養兵，還是相差甚鉅。以往全靠募債加捐勉強維持，眞已到國家破產，民不聊生的地步了。

編遣會議規定，全國不得逾五十師，騎兵八旅，砲兵十六團，工兵八團，兵額共約八十萬人。這八十萬的兵額，每月要一千三百萬元，連同服裝費等二百卅四萬元，加上軍事機關費、海軍費三百五十萬元，每月共需一千八百八十四萬元，全年將及二億六千餘萬元，已超過全國歲入百分之六十以上，這種負擔，已經不輕了。

看了這一帳單，設身處地替中央政府想一想，此時此地舉行編遣會議，大家來商討裁兵，是天經地義，應當的事，它的目的和決定都是純正和合理的。但因具有地方割據野心的人，懷着鬼胎，發生叛亂，這是不能歸過於編遣會議的。

十八年一月決定編遣，二月桂系稱兵，進攻湘贛，中央下令討伐；四月敵軍遠遁，局勢大定；另股唐生智等也先後叛變。十九年春，晉軍復與西北聯合稱中華民國軍，分由津浦平漢全路南下，蔣公統率大軍馳驅中原，劇戰六閱月，雙方傷亡三十萬人，到十九年末，全國統一之基，方得重奠。

二、學生大請願

民國十九年九月，行政院長譚延闓逝世。十月閻馮下野，內亂敉平，全國重告統一。十一月　蔣公兼行政院院長，十二月公佈國民代表選舉法。二十年三月，胡漢民辭立法院院長職，五月國民代表會議議決訓政時期約法，六月一日公佈約法，　蔣公赴贛剿匪。七月東北發生萬寶山事件，繼於九月十八日，日軍侵佔東北，演變成第二次世界大戰。

所謂「萬寶山」，是吉林省長春縣的一個村落，自從日本併呑韓國以後，一般貧苦農民爲日人所驅迫，移到我們東北境內，從事耕種水田，稱爲鮮農。在萬寶山村上就有很多這樣的韓國人，他們常常喧賓奪主，和東北農民製造糾紛。這次他們擅自開渠築壩，和當地農民利害衝突，引起爭執。

二十年七月三日，日本警察假借護僑爲由，向羣衆開槍，演成慘劇，日人再依照預定計劃，作反事實的宣傳，掀起了全韓排華運動。各地華僑慘遭屠殺和被投海者千餘人，慘毒野蠻晤無天日。到九月十八日，日軍突然攻擊我瀋陽兵工廠和北大營房。於是瀋陽淪陷，長春營口安東各地，亦於同日被日軍强佔，國恥嚴重，全民慨憤，青年學生，怒火萬丈，憤不欲生，籲請政府出兵應戰。那時上海學生的情緒最爲激昂，份子也最複雜，各校學生聯合起來，要晋京請願，因人數太多，交通工具發生問題，在車站起了暴動，擊毀了站長室，自動接管了車輛，蠻橫地開到了南京，政府爲恐造成慘案，不敢武力制止，祇好聽憑自然。大隊男女學生，擁進了國民政府大門，滿滿地站了一大院子，大概有二三千人，進府以後就開始工作，在門外照壁等處大貼標語，有一部學生穿着整齊的呢質武裝，據說是暨南大學的學生，顯示他們確已具有投筆從戎的決心了。

國民政府乃軍警森嚴之地，忽然湧進了這許多不速之客，警衞人員緊張萬分，但每一個人都同樣抱着不惜和日本鬼子一拚的勇氣，所以見到他們雖然有感行動粗魯一點，而仍寄於莫大的同情，對待他們謙和有禮，避免生事。大隊人馬吵吵鬧鬧，要求主席出來講話。　蔣公不在府內，值日官苦口婆心勸他們早些回家，免得父母在家懸念，可是來者不善，善者不來，一無下場，豈肯就此罷休，一直僵持到天黑，主席仍沒有來，學生們推代表，開會，呼口號等等一聯串的熱鬧行動後，仍是毫無辦法。時當秋涼，看樣子祇能在院子裏過夜了，參軍處向軍事機關借來了大量毛毯分發他（她）們禦寒。就這樣草草地在堂上廊下渡過了一夜。

國府的男女同事，對這批學生，莫不視同家人子弟，紛紛自動向他（她）們個別慰問，女同事還買了點心，請女同學吃，起初他（她）們非常高傲，聲言不受招待，話也懶得多說，可是有一件事，非接受招待不可，乃是上厠所的問題，當年的男女厠所絕對分開，決不像本省各地都放在一起的，並且女厠多放在隱蔽所，無人指引是找不到的，加以府內崗位重重，不能隨便走動，好心的女職員，就自動輪流爲她們帶路，這樣才漸漸地有了情感，請她們吃東西不堅拒了。

熬到第二天下午，主席還未出來，見他們領頭的幾位，已經聲嘶力竭，再僵持下去，也終非了局。遂由張治中（時任軍官學校校長）出來向他們勸慰一番，並告即將恭請，主席出來和各位見面，衆情稍安。

那時　蔣公已由行政院轉側門進府，到下午約四時左右，在大禮堂上安上講臺。　蔣公披着黑呢大氅，走上講臺，說了幾句開場白後，就訓示說：「……你們不守紀律，不尊重國家法令，把火車站打了，竟還自動接管火車，破壞交通……你們不要受人利用……你們既然不守紀律，不尊重國家法令，還要我來和你們講些什麼呢？……」

嗣由學生代表慷慨激昂，涕泗横流地囘答：「……這次行動，完全激於愛國熱誠，決非受人利用，……因愛國心切，急

於來京，舉止不當之處，要請原諒，……」 蔣公始再向他們解說，當前局勢和政府的準備，並鼓勵他們不要荒廢學業，停止罷課，好好上學，將來再報効國家。學生大體滿意。

蔣公退入後又由張治中出來演說一番謂：「你們太辛苦了，現在請到軍官學校裏去休息休息，好好用餐晚飯，再送你們回去。……各位如有志從軍，可向校方報名，接受訓練……」學生至此，已無話可說。

三、空頭支付書

九一八事變以後，因國聯行動遲緩，英美意見未能一致，日寇凶燄益張，國內廣東方面少數同志，認爲 蔣公應負瀋陽失陷責任，另組政府，對抗中央， 蔣公呼籲團結禦侮，勿爲共黨利用，並迭請張繼、蔡元培等斡旋，奔走協商，只求粵方覺悟，共赴國難，可隨時退讓。

蔣公於二十年十一月十五日，向中央常會正式提出辭呈，辭去國民政府主席、行政院院長及陸海空軍總司令本兼各職，中央隨即選任林森代理主席，陳銘樞代理行政院院長。 蔣公在二十年十一月二十二日上午十二時四十分離京起飛，下午二時十五分抵寧波，換乘汽車回奉化溪口故里，再度引退。可是這次引退，正當江西主持剿匪工作，已經搗毀匪巢瑞金，並將殘匪包圍，作最後清剿之時， 蔣公突然引退，對於共匪和日本兩皆有利，國運如此，徒喚奈何！

二十年十二月廿二日四屆一中全會，在京舉行，修改國民政府組織法，並改組國民政府，規定元首不負實際政治責任。十二月二十八日選任林森爲國民政府主席，孫科爲行政院院長。在這一段時期裏，政府內部的混亂，軍隊士氣的低落，和社會人心的不安，已達極點。筆者舉出一件小事，就可測知當時國家的危險，已到什麽程度了。

往年的財務管理程序，多未上軌道，各機關所需經費，雖多編有預算，然不能像現在一樣，按期由國庫撥付，必須由各機關會計或出納人員，常常「跑」財政部請撥，財部國庫署視庫存情形，斟酌各機關的緩急，酌量開發支付，爲應付環境，往往討價還價，多多少少，各別不一，一個月的經費往往要「跑」上好幾次，才得領完。

孫科接長行政院後，財政部長是黃漢樑先生，文官處會計主任吳老先生憑老面子向財政部「跑」到了三萬元的支付書，在政局動盪之秋，這三萬元眞是得來不易，誰知國庫並無庫存，像空頭支票一樣，兌不了現，一再交涉，終未領到。不能調度金融，而貿然出長財政，眞是危險極了。不到一個月，行政院易長，黃漢樑當然不能再幹，可是已在財政史上留下了前所未有的笑話，這張空頭支付書，到重慶以後，吳老先生還常常取出來給大家見識一番呢！

四、遷都洛陽

二十年十二月下旬，國民政府改組，二十一年五月五日廣州政府自動取消。改組後的中央政府，因財政一籌莫展，政權動搖，而日軍進迫，如箭在弦，行政院長孫科離京赴滬與汪兆銘等相繼赴杭，敦促 蔣公回京，相約共同負責。

在一月二十八日晚臨時政治會議，通過汪兆銘爲行政院院長。不意就在這天午夜，日軍在上海發動戰爭，就是抗戰史上馳名的「一二八」之役。翌日決定政府遷往洛陽， 蔣公護送林主席及汪院長渡江赴洛，國民政府掛了一列專車，有職員一百餘人隨同北上。在南京留下少數職員，派黎秘書承福爲留守主任，會計出納也留在京，因名義雖已遷都，而政治重心仍在京滬，機關經費也仍在京請領，然後撥滙洛陽。

這位留守黎老主任溫良謙恭，國學造詣頗深，寫得一手好字，小篆尤其出衆。在京公務清閒，下班後流連書塲，雅好董連枝的大鼓，據聞她的唱詞多經黎老斧正，後來董的成名，此老與有

功焉。

此時滬戰正酣，中央精銳部隊八十七、八十八兩師，和敵人浴血交鋒，犧牲程度較十九路軍更爲慘烈。同時共匪乘我政府軍抗戰機會，迅速擴大叛區，先後進攻贛南的贛州，閩南的漳州等地，當時內憂外患交相煎迫， 蔣公在內外一致的要求下，於二十一年三月十八日，再度就任軍事委員會委員長之職，通電全國，畧曰：「……國難如此，遑計短絀，許身革命，義不容辭，進退去留，一維黨國之命是從，始終生死，無敢或苟……」。

中央曾於三月六日決定以西安爲西京，洛陽爲行都。因組織法規定，國民政府主席，不負實際行政責任，所以府內公務無論在京在洛都非常清閒。遷洛後，府址借用河洛中學，林主席就住在後進花園裏，新任文官長魏懷、參軍長呂超都是好好先生。因府內工作環境，大異往昔，在洛的同仁，大都漫遊華、嵩、恒嶽諸勝，留京同仁多乘此來往滬杭平津，料理家務或觀光一番，否則就離不了夫子廟的歌榭畫舫了。直至五月五日淞滬停戰協定簽字，時局稍定，乃於十一月間由洛遷回南京。

五、林故主席時期的國民政府

林公的安鎮中樞和節用建樓

林故主席森，字子超，別號靑芝老人。他老人家的嘉行碩德，正史已有記載，在這裏不必贅述。林公於二十一年一月一日就任國民政府主席，時正當內憂外患，政局動盪之際。府內的文武大員還沒來得及任免安排，就因滬戰爆發而匆匆遷洛，在洛陽一段時期，又値西北旱荒，常有災民攔輿請賑等事，國運不昌，艱難重重，乏善可述。二十一年四月在洛陽召開國難會議，討論安內攘外之方，二十一年十一月遷回南京。時因 蔣公定下長期抗戰的決策，一面還都南京，一面積極備戰，以西安爲西京，並定在四川設置陪都的計劃，以備萬一。還都南京後，政局方得安定下來，林公纔能正式執行元首的任務。那時府內最主要的幕僚文書局長楊熙績先生去職後，一直沒有發表繼任人選，經林公在洛一段時期，就各高級人員中長期考驗下，決定請許靜芝先生繼任，因所任得人，林公連任十二年，裏裏外外，事無大小，一切安排妥貼，雖在戰亂之中，仍得寄情於山林泉石，享盡人間清福，實因幕內得人之故。

當時因有年高德劭，與世無爭的林主席，安鎮中樞， 蔣公方得集中全力來準備抗日禦侮大計，當時政府曾把施政決策昭告人民，概要爲：①徹底肅清貪污；②擬定軍事負責人不兼地方政務長官之原則；③財政公開；④實行簡政，培養國力民生；⑤外交與軍事相輔而行，衡情審變，統籌民族利害而決策。

蔣公日理萬機，治事時間常在十小時以上。二十二年始有軍事委員會委員長侍從室的組織，陳布雷先生任第二處主任，參贊戎幕，減輕了 蔣公治事的負擔。

從此政治建設不斷進步，國民政府的內務也逐漸繁忙，因國府主席雖不負實際行政責任，而公佈法令，任免官吏，核備批轉公文以及各種大典，外交儀節等等，也相當繁多，員工也陸續增加不少，府內原有辦公房屋，都是古老建築，雖有一座洋樓，乃是十八世紀的式樣，陰森幽暗，不合辦公需要。林主席樸實儉約，積餘了很多辦公經費，除損五萬元建造一座洛陽橋外，用了十一萬餘元，在國府後進建築一所三層樓的辦公大廈。

這所大廈的興建是許靜芝先生主其事，一位姓萬的工程師繪圖設計，設計內容並不十分高明，可是非常堅固，雖祇三層（連底層和頂樓可號稱五層），裝有電梯、地板、壁櫥、電燈式樣新穎，材料也都不錯，主席室內特裝紅木多寶櫥，工匠係由蘇州請來，地毯是天津某廠定製，一切安排，着實費了一番心血。經此改善以後，中央政府纔算有了一所比較現代化的辦公房屋。

在建造過程中，雖然大興土木，勞師動衆，然在財務上並未增加國庫負擔，眞是難能可貴的事，這和現在各機關動輒藉故請款追加的情形相比，不可同日而語了。

六、蓮開並蒂

國府大樓完成後，庭院畫廊也都收拾一新，原曾植有四缸荷花，在二十二年夏天同時盛開，菡萏開花，原無足奇，那知驚動全府，遍傳蓮開並蒂，紛紛圍聚觀賞，筆者也仔細審看一番，一蒂並開兩花，朵兒不大，而有兩個花蕊，四缸荷花全都一樣，眞是奇事，大家都引爲瑞徵，欣賞不已。

就在這年文官處內同事有五對新婚，許靜芝先生曾邀集五對新人作東歡宴，也是佳話盛事。筆者還記得這五對是譚釐芝和高錦華、姚健和某小姐、傅緯武和胡人和，齊作之和陳欽之，陶雋人和蔡小姐，其中除姚健仍留大陸行蹤不明外，譚、傅、齊、陶都在臺灣，不過全已離府，另有高就了。

談到機關職員的聯姻締婚問題，有人這樣看法：凡機關裏末婚的員工多，經常自身在辦喜事，這個機關一定比較有活力，有作爲。如果這機關的員工多是忙着爲兒孫辦喜事，那末一定老邁之力，守舊不變，難能適應時代。一般說來，年青人，有熱情，愛榮譽，經驗少而幹勁大，所以治事雖多冒失而易成。中年以後，每爲家累所困，雖富學驗，而重利害，遇事瞻顧推諉，用以守成尚可，用以創業就難期成效了。

此雖不經之論，而回溯抗戰以前，各機關員工無不老邁少而青年多，得以支持八年抗戰，終獲勝利。現在各機關內，尚多三十餘年前的老人，其中能勤求智識，跟上時代，老當益壯，以經國衞民爲己任的，實不多見。其於公諾諾，於私求田問舍，致力於兒孫婚嫁或出國深造的，則比比皆是。此外老境頹唐，疾苦年年，那還有心情來好好辦公呢？所幸現在退休制度已經確立，希望多多換上些年青的血輪，爲反攻復國的聖戰而增多一些力量。

七、兒戲政變

二十二年冬，發生了一件離奇而形同兒戲的叛亂事件，乃是李濟琛、陳銘樞等利用抗日有功，名聞世界的十九路軍爲資本，反叛中央，在福州組織了一個所謂「生產黨」；成立了一個所謂「人民政府」。其荒唐的程度，竟至撕毁　國父遺像遺囑，禁用青天白日國旗，改國號爲「中華共和國」。並在廿一年十一月卅日通電宣佈成立。眞是倒行逆施，喪心病狂。

在此以前，中央已有所聞，爲擬消患無形，首採寬容勸導之法。林主席和陳銘樞私交頗深，特親自去閩，勸他同以國家爲重，捐除成見，團結剿匪。林公在福州滯留多天，未得結果。當時汪兆銘任行政院院長，見主席久不回京，焦慮萬分，就向魏文官長探問歸期，魏文官長深知二人私交篤厚，答以主席一定回京，可請放心。不久主席安然駕返，但主席一經離閩，人民政府就宣佈成立了。

聞當時陳銘樞曾面陳林公，如將來大事不成，要請包涵一二。而林公答以你如一意孤行，倡亂叛國，中央一定討伐，一經討伐，你必然失敗，中央也一定要下令通緝，我身爲主席，一定立刻簽發命令，毫無考慮餘地。陳聆訓默然不語，然終恭送林公回京，以後才開始叛亂行動。

這在陳銘樞的荒謬舉措之中，還能顧全一點道義交情，不無足述。可是這齣鬧劇，經　蔣公親飛建甌督戰，立即克復延平、厦門、福州，僞政府不旬日而亡。此事發生的離奇和平亂的神速。眞是空前未有。

八、義拯決囚

當年的軍事犯，都是由軍事委員會所屬的軍法機構審理，經軍事委員會核准後執行。不過被判處死刑的，爲慎重起見，照例都呈請國民政府備案，國民政府對於此類案件，也照例准如所請，因在法律上國民政府並無准駁之權，僅是行政手續的過場而已。

但事有意外，某次有位科員舒先生，接辦到一件案子，案情

大概如此：有一空軍校級軍官，在浙江某地山上搶刼一位女士的錢包，搶了卅塊錢，被判死刑，舒先生對於此案，不免發生疑問。那時的中國空軍素質很高，人數極少，每位都是國家至寶，既到校級，得來更是不易，並且空軍待遇很好，何至要搶刼女人的三十塊錢呢？推想其中可能涉及桃色問題，原是打情罵俏，後來翻臉成眞，論行爲確是搶刼，論事實未必即有犯意，且國家時當內憂外患，正需空軍效命衞國，何必爲了卅塊錢即犧牲一位空軍軍官？思前想後，終覺費解，再三推敲，認爲內有冤枉，不忍遽擬「准予備案」。不得已請教同事，所見也大致相同。都慫恿簽擬「駁回」，但在國民政府處理軍法案的常規上，無此先例，不敢冒昧，而各同人認爲既與此犯素不相識，也非受人之托，既純由案情客觀分析以後，認爲內有冤枉，自當據理力爭，此乃大義所在，何可畏首畏尾，誤人生命？舒先生終於破例簽得上峯同意予以退回。據聞後來呈覆內容並未重審，僅把原判死刑，改爲無期徒刑而已。

又憶此案之前，曾有某省呈報國府處決軍事犯一案，交秘書謝健核辦，發現判決錯誤，謝即親擬指令電達駁回。可惜遲了一步，某省復電謂該犯已在令到前處決，於是枉死城中多一新鬼。

以上兩事，雖因年久，所舉案由不詳，姓名不詳，然確係事實，爲此寄語軍法界諸公，宜常存積德之心，對於軍犯，量刑務必公正廉明，縝密審理，應力求脫其罪而不可得，然後定讞，庶幾幸免失誤，害人性命。

九、國府職員補習教育

在閩變時，正是發動大規模圍剿共匪的重要關頭，經過一年多的戰鬪，到廿三年十一月克復匪穴瑞金，將盤據江西七年之久爲數約卅六萬人的匪正規部隊和六十五萬人的非正規部隊根本擊潰，迫使向西流竄而去。不過江西省的人口原有二千七百五十萬人，經此前後七年的毒害，僅存一千四百萬人了。

在剿匪軍事日有進展之際，國運也日見昌隆，而無恥的日本帝國主義者的侵畧野心也跟着千方百計向我進迫。先於廿三年三月一日製造滿洲傀儡政權，佔我東北九省，繼於六月間在南京製造藏本事件，派艦威脅首都，國難嚴重，同仇敵愾，國人的奮發圖強，已刻不容緩，但欲圖奮發就得先充實自己，於是各機關公教人員有了補習教育和軍事訓練的措施。現在先來談一談國府職員補習教育的概況：

文官處職員的補習教育其辦理之積極，和課程之多，眞非想像可及，主其事的是朱文中先生，現在就記憶中提出一張教授名單和開課內容，就可知其範圍之廣了。

法學通論：謝冠生；地理：張其昀；刑法：林彬；歷史：繆鳳林；民法：〇（忘記）；政治學：薩孟武；國文：汪東（中大教授）；經濟學：馬寅初；英文：李瑪琍、宓君復；大代數：〇（中大教授）；回文：麥斯武德（？）；藏文：格桑澤仁（？）；社會學：〇（中大教授）；速記：許師愼、黃孝先；日文：〇（中大教授）；公文程式：張占鼇；會計：雍家源、傅先生；書法：周介陶；統計：吳大鈞（？）；攝影：孟先生。

註：有〇者姓名忘記，有（？）者記憶或有錯誤。

看了上面的名單，可知所羅致的盡是當時名教授。講堂分設在大禮堂和圖書館，功課這樣多，安排授課時間，煞費苦心，有若干課程祇得安排在辦公時間之內。用於補習教育的經費是每月七百元預算，教授上課，按時派汽車接送，不收報酬的很多，收錢的也不少。最貴的是馬寅初，每月致送束脩六十元，而一個月內上不了一次講，不知他究竟忙些什麽！張其昀的地理講座最爲熱門，經常有客滿之盛，他講到風土景物之時，常會引據古詩一首，以增情趣；謝冠生先生的法學通論和繆鳳林先生的歷史，也常常滿座。英文分高初兩班，原是熱門課，參加的人很多，但一經老師指背或口試，就不好意思，漸漸知難而退，學生愈來愈少了。其餘功課太多，不再一一介紹，不過就這次所辦職員補習教

育親身體驗，倒有一些看法，可供今後舉辦公務員補習教育時的參考。

公務員年齡不同；智識水準不齊，工作閒忙不一；求知興趣不一；生活習慣不一，要他們同坐一堂，用功讀書，是費力多而效果少的事。然而他們有一個共同之點，乃是理解能力較強，記憶能力較弱。自由來去可以，要上規矩不來。因此對於地理、歷史、政治經濟、法學通論等容易瞭解的普通智識，大家都會隨便來聽聽，常常擁滿一堂。民法、刑法稍有專門性的次之。英文、日文、會計、統計等想學的人很多，而不願答背繳作業，所以虎頭蛇尾，弄得老師不願再教而罷！其餘大代數、回文、藏文、速記等，除極少數特有需要或青年好奇之人參加外，不受大衆歡迎，而這些要死背死記的冷門功課，祇要學習意志一鬆，就會一無所得。爲針對公務員的學習心理，似可採用以下幾個原則：

一、課程要少，教授要好。

二、選擇一二通俗有趣課程，如歷史、地理、國文等，任人自已參加聽講。

三、由主官視業務及職員一般工作智識技能上之需要，開辦幾門如會計、統計、審計、民法、刑法等專門課程，由各員選習或指定修習，一經選定或指定，主官應經常地抽閱筆記或作業，不可放鬆。

四、如有志進修英文、日文，或速記等學科者，可自行就外間夜校或補習班肄業，憑成績單，由公家補助學費，或予若干金額之獎助金，不必自已開課，否則費力多而成績少，結果會一無所得。

五、除講義外，書本不必由公家發給，應自已出錢去買，因就以往的體驗，不化錢而得來的書是不肯用功讀的。

以上一些不經之論，姑妄言之，亦姑妄聽之可矣。

十、軍訓雜談

南京中央各機關公務人員軍事訓練，曾積極推行，國民政府文、參、主三處和行政院職員，合編一個大隊，大隊長似乎記得是行政院的陳克文先生，副大隊長是主計處的張延哲先生。各員一律穿黃卡其制服，每晨集合府後空場操練，因爲都是老爺兵，操來操去，老是停留在立正稍息，隊形變換和步伐車禮等幾項基本動作上。在還沒有夠得上弄槍的資格，就去參加一項大檢閱，據說成績還不壞。參加軍訓的除上操外，也曾參觀過軍事設備，上過很多軍事課程，如防空常識；防毒面具用法和步兵操典講解等等。

使筆者留有深刻印象的有兩件事：其一是參觀教導總隊，首先看到一個排的示範操練，不獨步伐整齊，隊形變化和機械圖案一樣，而在動作時，槍上皮帶飄蕩的方向，也整齊一律，嘆爲觀止，並且身體個個結壯，似鋼似鐵，煞是可愛。當參觀該隊士兵休息或在做餵馬洗刷等雜務時，大家無不全神貫注在手頭的工作上，沒有一個講話或東張西望的，他們一聽哨子聲，全同機器人一樣，各個同時就地立正，沒有絲毫遲疑，就這一點小動作，已足可看出他們訓練的精到了。

滬戰發生後，他們替國家民族首先盡了莫大的努力，很多健兒壯烈成仁。昔年筆者在某一刊物上讀到一篇轉譯日本雜誌記載兩位教導總隊士兵的英烈事蹟。就記憶所及的畧述如下：

有一位士兵被俘不屈，綁在樹上，罵不絕口，繼之高唱軍歌，通宵不輟，直到精疲力竭被殺成仁。又某次有日軍一團向前推進，前面高地忽有機槍射來，因天色已暮，祇好停軍備戰，發砲還擊，槍聲時斷時續，大砲也轟了一夜。天明以後，槍聲停止，上去搜索，發現祇有一個士兵利用坟墓，安放機槍，砲擊一夜方將他打死，而因有此不願撤退的士兵，竟阻滯了一團的日軍十數小時的行進，這種可歌可泣的事蹟，要不是日本雜誌替他們表揚出來，我們又何從得知呢？

第二件是兵役署長周亞衛先生所講步兵操典內有關「惜物」

的一節。他講：何應欽將軍昔年在日本軍校求學時，有一次輪他值夜，在值夜室裡閒得無聊，桌上正放有公用信紙，就信手取來，亂塗一番，以解寂寞，塗完丟入字簍，並未在意。誰知交班時竟要認眞查點，發現信紙少了幾張，毫不客氣，定要責令賠償。

周先生引述這段故事，諄諄勸導，對於「惜物」，乃無論一紙一線，都要認眞保存，切不可無緣無故隨意浪費，日本軍校的這種教育方法，含義至深且大，我們必須深切體會。就像我們平常繫紮物件用的蔴線紗繩等毫不值錢的東西，我們軍人口袋裡，也應當經常收存一二，帶在身邊，看來是廢物，而有時候會求之不得，無意中發生很大的效用……。這一堂課所講的問題很小，並無高深學理，而筆者因深印心底，在這念餘年的生活中，獲益良多。

公務員軍訓的效果，如果說希望他們即此可執干戈以衞社稷，那是決不可能，也不必作此打算。其作用無非使一般文人有機會瞭解武事的常識，遇到國家行動時，容易組織，容易配合而已。

就筆者個人的體驗，還有另一種的感覺，一個完整人格的軍人，是不容易養成的，所以軍人是可敬的，可貴的。沒有受過軍事訓練的人，對於立正稍息，以爲誰都會做，決不放在心上。而一經受訓，就知道雖然簡單到像立正稍息這類動作，要合規矩，達到要求，並不容易。舉一反三，以軍事學識之廣泛淵博和要求之嚴格，要做好一個軍人是何等艱苦不易的事，我們文人受軍訓，如單就立正稍息方面學習，是沒有多大意味的，我們應當在軍事管理的精密技術上和分秒必爭的時效安排上，去體會，研究和學習，那對畢生事業的施展，將會有很大的幫助。

十一、奠都南京十週年紀念

國民政府於民國十六年四月十八日奠都南京。如就歷史價值來說，每年這個日子，是值得紀念一番的。但在國定紀念節日裡，並未把它排上，日曆上也很少有記明的。所以外界很少注意及此。在國民政府內部，興趣也不一致，其中以寧方同事，對此懷念較多。

每逢此日，國府同仁，多發起聚餐，或加些吹吹唱唱的餘興，也還簡單熱鬧。到了民國二十六年，欣逢十週年紀念，大家興致勃勃，推朱文中先生主其事，籌備大事慶祝一番，除聚餐外，預定節目有平劇、崑曲、話劇等，經商借中央大學禮堂舉行遊藝會（當時尚無晚會的名稱）和聚餐。

一場戲的節目，如由一個戲班，或一個票房來演出，那就簡單多了。那次演出的七個節目，是由七個不同的關係和票房請約而來。文武場、班底、道具是租來的。戲碼是由朱先生斟酌安排，先後次序，不免有一番囉嗦，這是當然的事。

同時，每一齣的角兒，無論正配，都得汽車去接，老師、琴師、跟包、親朋家屬來上一大批，不獨齊來看白戲，還要擠在後台，無論老幼一個不能得罪，否則面子有關，一發脾氣，來個拆台不唱，就無法交代了。當時曾調集了兩輛交通車，六輛小汽車，穿梭恭迎。

老票友們，要估定時間，非到戲碼將近，不肯早來，這樣苦了主持節目的人，眼看前齣已演，後場人還未到，眞是心焦如焚，片刻難挨。新票友則心慌意亂，缺這忘那，要幫他東找西借，有一位脚板太大，所有靴子，穿來脚痛難行，祇得派出專車到各處商借，此君還要生氣罵人，謂連雙靴子都不知道替他預備好。第三齣是崑曲遊園，場面換過，打鼓佬幸得休閒，場外散步去了，票友戲一恍就完，打鼓佬尚未回來，勢必停鑼。到處央人替代一時，誰也不肯担當，只好派出大批人員，各路尋找，方珊珊而來，但已停鑼有頃了。

第五齣起解，是某夫人玩票，由上海趕來，行頭新製，扮相很好，上裝完畢，靜候出場。誰知琴師約定由上海早車來京，誤點未到，旁人的琴師，因未合過，雖有願意代勞的，她不敢冒昧

，急得汗淚併流，筆者也無可奈何，祇好央人墊上一齣拾黃金。拾來拾去，琴師還未到來，台上的叫化子已經聲嘶力竭，口乾唇焦，筆者一再親自遞壺飲場，請他拉長時間，可是嗓門有限，最後，不顧一切，衝進後台，「要人命也不能再拉了！」不得已把第六齣捉放接上。

捉放快完，琴師來了，原定節目，捉放之後，是紅豆館主的彈詞壓座。此時已近六點，來賓已陸續抽籤，再來起解，勢難壓座，紅豆館主，堅不肯讓，就此接演彈詞，彈詞一完，觀衆紛紛離座，聚餐去了。

夜場是話劇，與話劇團商量，在開幕之前補演一齣起解，並且說明，因由上海請來名票某夫人，面子關係，不得不安排登台之苦，話劇負責人起初大爲反對，認爲話劇要觀衆安靜，演出方有效果，如先來大鑼大鼓，把情緒鬧亂，怎還演得下去，後經各方說項，勉允所請，提前開鑼。

那邊筵席還未開完，這裡已經起解了，觀衆零零落落，不成場面，乃邀人去招呼吃客快來看戲，才陸續坐了六七成。起解唱來腔圓步穩，如能正常演出，必可大出風頭，現在七波八折，草草應付，難爲某夫人了。

這一場奠都南京十週年紀念的慶典，祇化費了一千幾百塊錢，裡外熱鬧，皆大歡喜；可是月盈則虧，是年七月七日，日軍在盧溝橋演習，夜間突襲我宛平駐軍，中日大戰爆發，八月十三日滬戰發生，全面抗戰開始，十一月十一日上海淪陷，十一月二十日就遷都重慶去了。事後大家閒聊，都抱怨紅豆館主的「彈詞」乃亡國之音，不祥之兆，籌備慶典，應當選吉利節目，不該用它來壓軸，現在弄得山河破碎，豈非天數。

十二、公餘聯歡社

前節記述十週年紀念籌辦遊藝會的情況，意猶未盡，再來談一談國民政府同仁玩票的滄桑。

國府同事中戲迷確很不少，可是程度不齊，配搭困難，初曾組織票房，定名爲「公餘聯歡社」，後因褚民誼倡導了一個公務員全面性的「公餘聯歡社」，命名巧合，自顧小不敵大，祇好禮讓，改名爲「華聲社」。

有位忠實社友嚴老先生，戲迷一生，祖遺財產都唱得精光，雖年已花甲，而每天清晨，仍到第一公園或城牆邊去吊嗓，苦練精神，可敬可佩，但說來可笑，他幾十年的苦工，對於唱做的舞台經驗，雖是講來頭頭是道，而實地表演則滿口無錫土音，行腔身段多隨隨便便，自由主張，所以除他自我陶醉之外，可說一無可取，難上格局。然同社票友，因受他精神感召，勤練不輟的大有人在，而祇圖形似，不求精到的習氣，也很受此公影響。

華聲社裡，曾聘有說戲老師和琴師，費用都由社員負担。也曾公演過兩次，回憶當年的舞台景象，眞是汗顏無地，「黃鶴樓」的趙雲，把頭一昂，帽子落地，張飛的臉祇開到額角，帽子戴近眉毛，像個小丑，「三堂會審」的王金龍，坐着沒有靠墊的椅子，矮了一截，醜態百出，騰笑全場。這樣的演出效果，難道都沒有師父教的嗎。

無奈這些教戲的，雖平素除由社裡給予固定車馬費外，凡向學習整齣身段的，無不私下另送紅包，並且早點宵夜經常應酬，三十二十移挪借用，更是常事。但他所授，全是皮毛，凡內行關節技巧之上，概不認眞教授，苟無相當孝敬，則冷眼旁觀，任憑班底欺弄，置若無睹，出了洋相還要怪他學戲不精，化錢受罪何苦來哉！

十三、廬山小駐

九一八前後，中國在內憂外患交相煎迫下，國家民族陷於危急存亡之秋，蔣公操本窮源，決定從軍隊教育根本所在着手努力，以圖復興國家。

民國二十二年夏成立廬山軍官訓練團。江西廬山白鹿洞是歷

史上有名的古跡，訓練團址即設此洞附近的海會寺，每年暑期集訓中級以上軍官，從二十二年六月起至二十六年抗戰爆發，前後五年，每到暑期，委員長　蔣公親自上山講授做人做事成功立業和救國復興的道理。有關機關高級人員，也多隨從駐廬，一時冠蓋雲集，政治重心暫時移轉「夏都」。

二十六年夏，國民政府主席林公駐蹕廬林，筆者也奉派隨同局長許先生赴廬，下榻牯嶺。雖稱辦公，而公務清閒，得以乘此尋勝探奇，誠一快事。主席官邸設在廬林，要比牯嶺清靜得多。

某次隨靜老晉謁，一路走去，香花鳥語，峰巒如畫，到了門前寂靜無聲，登堂探望，也闃無一人，祇得小坐候駕，奈閒雲野鶴，不知飛向何處，正有「……只在此山中，雲深不知處」之感。枯坐無聊，乃信步園庭，看看山景，遙見花木叢中，主席揮着鵝毛扇，白鬚飄飄，正指揮園丁沿途修剪樹枝，安步拾級，由遠而近，這幅圖畫，恍似仙境，不覺神往久之。主席歸來，知已久候，連喚請坐。

靜老請訓畢一同告退，便遊附近勝跡，歸途經軍官訓練團，操場，　蔣公正在訓話，擴音機清晰播出，「……我們革命的軍人，縱然遇到天掉下來，仍然要屹立不動……」。我正想佇立續聽，外圍侍從人員，已前來招呼，促請繼續前進，蓋此處祇准通行，不准停當也。

聽了　蔣公此言，深印腦海，一路上廻旋不去。因我們家鄉有句諺語：「天掉下來，有長人頂。」遇有困難，可聊以自寬，終不免是弱者的依賴心理。然細味　蔣公之言，乃天掉下來有我來頂，眞乃革命精神矣。

七月八日午後，靜老匆匆歸來，神情嚴肅，告知日軍已在蘆溝橋啓釁，恐怕廬山不會久駐，就要回京了。

盧溝橋距北平前門十五公里，屬宛平縣，石橋建於金代，跨永定河上，經歷代修葺，工程浩大，長六十丈，十有一孔。明楊榮盧溝北上詩有云：「河聲流珥漏聲殘，咫尺西山霧裡看，遠樹依稀雲形澹，疏星零落曙光寒。石橋馬蹟霜初滑，茅屋鷄鳴夜未闌……」。「盧溝曉月」是故都勝景之一，經此一戰，更名聞世界了。盧溝橋事變發生在七月七日深夜，我軍於波光殘月之下，守土自衛，奮勇抵抗，是爲我國抗戰之始，也是「和平已告絕望，犧牲已到最後關頭！」的一天。

七月十二日，　蔣公電令冀察政務委員會委員長宋哲元、北平市長秦德純就地抵抗，並令中央軍集中保定。七月十六日　蔣公召集學術界名流在廬山舉行座談會。十八日主持軍官團畢業典禮。廿日上午　蔣公來別林主席，下午三時由牯嶺下山飛京，國府文官處的駐廬人員，也即由許先生率同趕返首都。結束了廬山之行。

十四、別矣南京

七七戰事爆發後，二十七日北平陷敵。八月十二日在南京靈谷寺無樑殿內舉行國防會議，決定以軍事委員會爲抗戰最高統帥部，當時頗有人獻議設置大本營的，　蔣公卓見，以爲未經宣戰，不必另立名目。

八月十三日滬戰發生，九月十六日羅店失陷，情況惡劣。十月三十日國民政府決定遷重慶辦公。

先天道橫行無錫記實

·凡　平·

無錫在日寇佔領時期，錫西一隅，雖然有過三、四年的特殊情形，為抗日游擊隊和政府地下組織所控制，但除廿八、廿九、三十，二年多時間，有國軍獨立第二營及忠救軍行動總隊，與縣抗敵自衛團之配合，敵偽在城中對西區不敢越雷池一步，雜色隊伍和匪軍等不敢輕易竄入外，其餘數年期間則免不了在半無政府狀態中，常常兵來匪去，兵去敵來，兵與敵鬥，匪與兵爭，兵與兵鬥（指游擊隊），敵與敵鬥，匪與匪鬥，互相火拼，鬧得地方一片混亂，老百姓寢食不安，雞犬不寧；到後來又加上一個先天道出來橫行一時，在這一段時期，地方陷入極度恐怖狀態中，結果先天道竟被敵偽消滅。本文為吾邑在抗戰時期，地方上發生一件不尋事的記載，也是抗戰史上一段例外的掌故，極有在將來修編縣志時作參考的價值。再筆者旨在記載事實，不是追究其人，故將幾個先天道首腦的名字隱而不宣，亦所以表示厚道之意。

用邪說蠱惑羣衆　靠暴力製造禍亂

在我國歷史上，凡是用邪說來蠱惑羣衆，用暴力來製造禍亂，殘害生靈，荼毒社會的匪徒，一時聲勢浩大，如火燎原，最後結果攪得天怒人怨而歸於消滅，西漢的黃巾賊就是一個例子。我們讀史都知道漢靈帝時，在鉅鹿地方，出了一個野心勃勃的陰謀家——張角，他陰謀奪取漢朝的天下，樹立他自己的政權，來滿足他個人的領袖慾和統治慾；他自稱崇奉黃帝和老子的道家學識，而假借這種學識來做他製造叛亂的憑藉，又用妖術迷惑一般愚昧的羣衆，把那些羣衆組織起來，叫做「太平道」。他用符咒治病，叫病人懺悔，坦白地承認並報告自己所犯的過去。用這種贖罪的「精神治療法」醫病，有時對愚民也會收到一些效果，他便大張旗鼓，從事宣傳，一般愚民就不知不覺的跟着他走，把他捧

成一個救世救民的「眞主」，他便派出許多「道友」——也就是他的「幹部」心腹周遊四方，到處蠱惑愚民，十多年間，被吸收的「道友」達數十萬衆，那時各地的人都瘋狂地迷信他，連自己的家也不要，變賣財產，不憚跋涉去投奔他，道路上擠滿了投奔他的人，沒有走到目的地而在中途勞病死的有萬餘人，可見他魔力之大。最可憐的是當時政府沒有窺破張角的陰謀，甚至有很多官吏也認爲張角是救世救民的，也在有意無意中爲「太平道」作宣傳；後來叛跡已露，政府不知化了多少力量，動員了多少兵將，才把它消掉。

「先天道」教主的野心，照他的行動看來，和漢朝黃巾黨張角的作法，如出一轍，並且和唐朝的黃巢，明朝的李自成，張獻忠等也相彷彿，不過還沒有毛澤東那樣的野心要想赤化全世界。

先天道在戰前就有潛伏在無錫東鄉安鎮一帶，只因當時政府加以嚴密防範，未敢公開活動。民國二十六年地方陷敵之後，先天道在安鎮一帶蠢動，即爲敵後駐該地的忠義救國軍京滬線特派員包漢生所鎮壓又未得逞，祇得在暗中偷偷宣傳，蠱惑地方極少數愚民而已。先天道的總部設在東北，它的頭目——「總教主」——的姓名已不能記憶，（傳說它的政治背景爲梁鴻志，一說江朝宗）他在抗戰時期淪陷區內，趁着地方混亂，希能混水摸魚，創造出另一個局面來，以遂其領導統治的慾望，他派他的幹部到各省各縣去蠱惑民衆，組織民衆。派到我們無錫來活動的幹部名叫姜明波，也是北方人，他自稱法力廣大，不但能用符咒治病，且能以唸咒語起死回生，他能使用「陰陽扇」和「乾坤傘」，使槍砲子彈不入。被吸收的民衆，都是愚夫愚婦，及中下級貧農或生活困苦者，同時遊說一班不得志，不滿現實，平時爲人奚落的比較有些知識的份子與在地方上沒有人緣的有產階級，互相利用，以圖在地方一張聲勢；對地方上平時素有聲望地位，或有知識而頭腦清楚之人，一概不與接近，且惟恐窺破其陰謀，用種種方法，假託神意，拒絕他們參加入「道」。

姜明波大事遊說
失意人相互利用

民國三十一年五月，敵僞派重兵至無錫西區大舉「淸鄉」，該地原駐國軍獨立第二營及忠義救國軍和縣抗敵自衛團等與敵軍激戰了三晝夜，旋以後援不繼而撤退至後方後，地方實力空虛，即敵僞亦不派軍警前往駐守，僅在該區設立一有名無實的僞區公所，僞政權自亦無法推行，故實際該處仍爲地下工作人員活動中心，後方專員公署錫西辦事處與地下縣府均仍駐在此。先天道總部派在無錫的幹部姜明波，認爲該處已成眞空，乃乘虛而入，大事活動，遊說西區鄉民孫某、包某、倪某、奚某等四人均爲資產階級，孫某與包某且爲知識份子，曾任小學校長和教員，結果，他們勾搭上了，就互相利用，大事蠱惑宣傳，吸收了稍塘營，藕蕩橋，錢橋附近各村各巷的無知識男女數千人，胡天胡帝，聲勢浩大，橫行鄉里，大開殺戒，他們這幾個領袖人物，平時一向失意，抑鬱不得志在社會上抓不着一些權，對敵僞又不甘折腰，心中正在納悶，於是就利用這個機會，來造成一個勢力，不顧一切，藉着欺騙愚民的旁門左道，來幹一個痛快淋漓，以便把胸中一股抑鬱之氣，儘量發洩出來，所幸他們當時殺人，因爲要取信一般老百姓，多以敵僞爲對象，而且爲時之僅一年有餘，如果再延長下去，其結果就不堪想像，在這個時候，這幾個領導人物，對他們的徒衆，已經感到鞭長莫及，無法控制，另一方面，或許還要執行它上級的命令，擴大禍亂，殺人的對象，要轉移目標，他們雖然不堪辣手，但已騎虎難下了。

設香堂燭光照天
供祖師觀音佛像

先天道派在無錫活動的幹部姜明波與孫某等四人勾結上後，即在稍塘鄉井亭里廟宇中設立香堂，開始吸收愚民，組織愚民，他們一共有四個主要負責人，以孫某爲首，包某、倪某和奚某爲輔。姜明波是上級指導員，也是傳道師，香堂中間供的祖師爺，不是別的，而是一幀觀音佛像，眞是不倫不類，荒唐之至，香案兩旁，一排一排的木架上，都是插滿的刀槍劍戟，朝晨夜晚，由孫某等率領徒衆對佛像行三跪九叩首禮，同時宣讀教條，背誦咒語，咒語很是簡單，記得第一句聽說是：「日出東，日落西——」，還要對神宣誓：「如有三心二意，雷殛神誅——」每天二十四小時，通宵達旦，在廟前點燒香燭，夜間遠遠望去，照得半天通紅，像在失火一樣。在這個時期，附近各鄉鎮鐵店裡的製造刀槍生意利市百倍。

極神秘入教儀式
袒胸腹連砍三刀

入道儀式，神秘可怕，先由傳道師把申請入道的人引進香堂，向祖師爺和觀音佛像磕過九九八十一個頭，然後再引入一個黑暗的房間內，叫入道人脫去衣服，袒着胸腹，由傳道師用大刀在他（她）的肚子上面，胸部和小腹之間，連砍三刀（據說他用的刀兩面都是平口，不會傷人）詭稱他（她）已得神佑，從此刀槍子彈不入了，於是再授以唸咒口訣，及教以如何將左手挽起作「王靈官結」出去衝鋒殺敵時斜着身子像一隻蟹一樣橫行奔跑的步伐。入道以後，每天凌晨起身，先向東方日出處唸咒三遍，然後再用左手挽着靈官結，右手執着刀或槍，練習側着身子橫行衝鋒的武藝約一小時，方能早餐。在請求入道的前三天，和出發「征殺」的前夕，已婚男女都要和配偶分床而眠，如果違背此項道規，大刀砍下，就要流血，符咒就不能生效，刀槍子彈就會傷人了；所以那班愚夫愚婦都很誠心，不敢疏忽。至於被拒絕參加申請入道的人，在表面上並不拒絕他（她）們，仍予歡迎，傳道師也照樣仍在他（她）腹上用刀砍下時，故作驚惶之態，同時再到祖師和觀音像前，求籤問卜，先向禱告，如有「因緣」入道，請祖師爺發「上上」籤，如果沒有因緣，則發「下下」籤，經把籤筒搖了數分鐘，落出一籤，果然「下下」，（其實這個籤筒裡的籤都是「下下」）於是當場宣布他（她）沒有「因緣」，老祖師爺不許他（她）入道，眞是抱歉遺憾。

黑布巾裹着頭顱
使武器只用刀槍

黃巾黨人的頭上裹的是一塊黃巾，先天道人的頭上都裹着一塊黑巾，當時人都稱他（她）們爲「黑頭」，多數年青的無知男女，還穿着自己特製的密門鈕扣黑色短襖，所謂「英雄衫」，男的個個裝得活像水滸傳裡形容的梁山泊打虎好漢武松一樣，女的看上去都像一丈青扈三娘一流的女煞星，手裡握着單刀或長槍，精神抖擻，的確像有英雄氣概，他（她）們出去「遠征」殺敵之前，由頭目在香堂中發出命令，在香堂前鳴鑼爲號，各村各巷由近及遠，就鳴鑼接應，大家到香堂齊集，各人都在腰間和頭上裹着用黃紙畫的符咒，聽頭目報告敵人對像，及目的地後，就整隊出發，將達目的地前，或經探子報告前面將遭遇敵人之時，傳道師又給每人吞服一道符咒，他（她）們口中就立刻唸唸有詞，左手挽起「靈官結」，右手提起刀或槍，拚命的側着身子向前橫行直衝，殺氣騰騰勇猛非凡，敵人，尤其僞軍，見了大都望風披靡，不敢向邇，即使開槍抵抗，被擊中的可能性比一般普通的較少，反之敵僞以心懷畏懼，被刀槍斬殺者更多，因爲一個人側着身子向前衝，空間已減少了一半，槍彈中的率無形中也減少一半，而況敵人在畏懼恐慌心理下，開槍已不能瞄準，而這班先天道的男女信徒誤信爲神力相助。其實，據說，在將與敵人遭遇或到達

目的地前，傳道師給他（她）們所吞下的那道符咒，中間藏有一種興奮劑迷魂藥——顚茄花，他們吃了顚茄花，不一刻就會發狂，失去控制，奮勇亂殺，但過了不多時，約一、二個鐘頭以後，藥性一過，勇氣也就退了，所以在對抗敵人持續較久的厮殺時間中，傳道師要繼續不斷給那班「勇士」吞吃暗藏顚茄花的符咒，而那班「勇士」自己是不知道的，只認爲自己法力宏大，不怕槍砲子彈能打進他（她）們的身體了，然而他們給子彈打死的消息總是常常聽到。

奏凱旋耀武揚威
割人頭戳在槍上

民國三十二年秋天的晚上，先天道由井亭裡香堂出發，到鄰縣武進地界的洛陽鎮去，打駐紮在該地的僞和平軍，打了一夜，把一連僞和平軍打得片甲不留，僞軍連長顧鶴亭給先天道打死，士兵被打死的約近二十人，明晨「奏凱」歸來的時候，耀武揚威，行人辟易，不敢向邇，其中有兩個年青的少女，穿着「英雄衫」打扮得像一丈青扈三娘模樣，槍頭上還戳着兩個血淋淋的人頭，嚇得鄉人目瞪口呆，事後問她們究竟怎麽一囘事，女孩子怎會有這樣大胆勇氣？她們都說當時自己不由自主，完全由符咒的力量支配，（其實吃了顚茄花的關係）。同年冬天將要過年的時候，西鄉張舍鎮上到了十餘個日寇敵兵，暫時駐在該鎮保護僞區公所征收田糧，先天道知道了，就派去數十名道友，想把這班敵兵殺掉，地方人士深恐惹出大禍，大家懇求不要亂殺，敵兵知道先天道來了，就逃入駐所，關上大門，一個也不敢出來，先天道故作鎮靜，三五成羣，分散在街前街後，隨意散步，直到天黑，就從容囘去。不多一刻，敵兵大譁，僞區長急得要命，不知如何敵兵一名，竟神不知鬼不覺的已被先天道戳死在河邊碼頭上，敵兵隨即開拔囘城，鎮民亦連夜紛紛遷避，大家認爲敵人一定要派大除人馬下鄉燒殺了，可是後來竟一無動靜，不了了之，可見敵寇對先天道的畏懼讓步，鄉人對先天道自然益加信服了。

唸符咒毫無靈驗
責死人沒有誠心

民國三十三年春初，井亭裡的先天道二次再「征」駐洛社僞軍，斬獲亦是不少，繳得武器尤多。他們把繳獲的武器——盒子槍、機關槍、長槍、手槍等統統放在場上，用木柴生着熊熊的烈火燒燬，燒了好多天才燒完。給僞軍打死的道友數人，都把屍體抬囘，放在香堂裡，由傳道師奚某口中唸唸有詞，在死人身上畫符，並誡死者家屬不能啼哭，只許在神前叩頭膜拜祈求，一定能夠起死囘生；所以先天道打死了人，只見死者家屬在香堂裡叩頭如搗蒜，沒有聽到哭聲的。誰知一連畫符畫了六、七天，死人開始腐爛發臭了，才由死者的家屬領囘殮葬，而傳道師還不承認符咒的不靈，反而責備死者的不誠心，或夫婦沒有分床睡，眞是寃哉枉也。

被俘虜判處罪刑
决生死問卜求籤

大凡以邪說來蠱惑羣衆的邪教，總免不了一套欺騙的詐術，先天道當然也不會例外，他們把俘虜到的敵人，並不加以審訊或拷問，他們把敵人治罪或斬殺或釋放，祇叫敵人跪在神前，有一個名叫「師爺」，在神前叩頭通說，代他求籤決定，求着「上上」，就把他釋放，求着「下下」，就把他處死；後來，據說，他們亦是有兩個籤筒，一個中間都是「上上」籤，另一個中間都是「下下」籤，他們早已決定，要把他釋放的，就拏裝着「上上」籤的籤筒求；要把他處死的，就拏裝着「下下」籤的籤筒求；這種秘密，只有幾個主要人才知道，普通的「道友」是不知道的，他們都認爲是「神諭」的，如果給他（她）們知道了，先天道就無所用其蠱惑羣衆欺騙愚夫愚婦的詐術了。

聯義社之建立與其功績

鄺光寧

孫中山先生倡導革命，在滿清時期，發動革命起義，歷經十次，入民國後，領導討袁討龍護法討莫討陳，又達數次，所耗人力財力物力，至為鉅大，故所到之處，每在重要地區，先後建立興中會同盟會中華革命黨以及聯義社等，以為輔弼革命運動之機構，分向各方宣傳聯繫，蒐集人力財力物力，以應革命之運用，顧黨國史冊，對於興中會同盟會中華革命黨之功績，均有記載，對於聯義社，則未提及，實則聯義社之功績，彪炳千古，日月同光，有不可磨滅者在，爰畧紀其要端，以供研究革命史實者之參考。

一、建立之始

孫先生在海外鼓吹革命時，歷涉日美加英法比德各國，以及東南亞之緬甸安南暹羅馬來亞星加坡菲律賓台灣各地區，基於國際形勢，僑胞處境，觀察所得，以為欲謀增強革命之潛動力，必須海內外之同志，有密切的聯絡，互相呼應，但事實上各處一方，聯絡匪易，因深悟交通網之設立，實不可缺，於是在民國前二年（一九一〇）抵美國三藩市時，即指示黃伯耀劉瑞華，暨海員蔡文修戴卓文林東諸人設立聯義通訊處於積臣街振昌公司，對外稱為聯義號，蓋以商業性為幌子，藉避反革命者之注目，此為聯義社建立之始。

聯義通訊處在三藩市建立後，僑美之知識份子黃芸蘇李是男等，以及大部份海員，紛紛加入，繼而孫先生又指示日本橫濱僑胞譚發等，在山下町譚發之洋服店內，一併設立聯義通訊處，一面與三藩市之通訊處互相聯繫，一面對於各線航海輪船海員，予以網羅，其後聯義通訊處之名易為聯義社。

二、傳遞文件

孫先生在聯義社建立之初，曾對社員訓示，謂我如有要件須交給三藩市或橫濱聯義社者，務宜快速交到云云，故聯義社初期之主要任務，是為傳遞有關革命之秘密文件，該項秘密文件，無論是海外與海外來往者，或海外與港滬來往者，統由供職於各海洋輪船而加入聯義社之海員，負責送達，而且循環遞送，因海員等來往各洋海間，既告便利，送達文件，又能迅速而不遺失也，該項秘密文件，經海員送達聯義社後，聯義社便即致於收件者之手，共有助於革命運動，實甚重大。

三、籌措軍費

聯義社工作展開後，社員之又一使命，是為籌措革命軍費，其籌措方法，有自動慷慨解囊者，有勸告親友捐助者，有開會公開募集者，而最習見者，則為海洋輪船在航行途中，社員對於乘客，例有娛樂之會，以資聯歡，社員輒在娛樂會場，預置募捐袋，然後向乘客宣傳革命之要義，以激發乘客之愛國熱情，從而勸告踴躍捐輸，無論任何國貨幣，悉行收納，由捐輸之乘客，親將貨幣投入於袋內，最後，請乘客將袋口結束封妥，俟輪船到達之口岸，主持募捐之社員，乃將原袋送交革命機構人員點收，點收者給回收據，由主持募捐之社員，帶回船上記存，以資徵信，當年各輪船乘客，大都熱烈捐輸，故成績甚佳。

至於特殊捐助軍費者，若辛亥三月二十九日革命軍進攻粵督署之後，孫先生在芝加哥接到胡漢民報告失敗之電訊，有「恤死救亡善後費重奈何」之語，孫先生即對諸同志謂，籌措善後之費，是在諸同志之努力，嗣與聯義社員梅光培共商，着即籌集美金三千元應急，梅以義不容辭，即邀得梅羅富担保，向銀行借得三千美元，交由孫先生電滙到港，以為辦理善後之用，是役同志之死難者，多得以安葬，革命聲勢，由是益盛。

又如惠州起義前，各方面部署，業已完成，惟尚欠軍糈，一時無法籌集，起義之舉，勢將垂成，社員李杞堂聞訊，毅然捐出其祖遺之港幣五十萬元，以充軍用，惠州起義之舉，乃得實現，是役雖未成功，亦足證社員籌助軍費之熱忱。

四、運輸軍器

當年革命軍事行動，賴於軍器之供應，最為重要，該項軍器，有部份係由聯義社社員從美國方面秘密收藏於所供職之海洋輪船，偷運而來，其最著者，一、僑美同志，曾捐購軍器三十四件，由任職於南京號郵船之社員黃志漢曾飛鴻二人，運到香港，交給黃本張有郭牛三社員接收，然後再運往廣州，交由許智核收，二、討莫時，有數批軍火，由社員自美運來，其中一批運到香港担扞山外卸落海中，然後由接運船社員陳九，從海中起回轉往內地，社員運輸軍器，類此者，不知若干次，數量則多寡不一，社員歷盡艱危，瀕於死者亦屢，但皆不氣餒。

五、追隨遊埠

孫先生倡導革命初期，美加各埠僑胞，大都不知革命之眞理為何，竟有誤為是反清行為，而有大逆不道之嫌，故孫先生祇得親到各埠對僑胞演講，並勸告僑胞協助革命之進行，此在當時術語，謂為「游埠」，孫先生「游埠」時，社員必追隨其後，一併向僑胞游說，兼負聽候差遣之責，當時先後追隨之社員，為梅光培、朱卓文、黃芸蘇、黃伯耀、李是男、馮自由、林森、梅喬林、李綺庵等，彼等在僑胞羣中，既是知識份子，素為僑胞所敬仰，又是僑居美加各埠有年，與僑胞有深厚情感，故彼等追隨孫先生「游埠」，對於鼓舞僑胞之趨向，勸告僑胞捐助軍費，每收事半功倍之效，革命力量，於以日高，孫先生謂華僑為革命之母，殆基於是之事實也。

六、長期侍從

孫先生所在之處以及所到之處，均有聯義社社員侍從左右，在美國然，在日本亦然，在國內更無不然，侍從之社員，是分別職責，有專司廚務者，有專管護衛室務者，有專任理髮者，有於孫先生出外時專負衛隊之責，至於孫先生日常生活瑣事，以及購用物件等等，亦悉由社員分別辦理，社員等皆忠肝義胆，未嘗須臾以離。

武昌起義時，孫先生正在美國科羅拉多州之典華城旅行，途中得到歡迎回國之電報，乃經芝加哥前往美東，取道紐約趁船赴倫敦，繼由倫敦歸國。此一段行程之

追隨者爲社員朱卓文，到滬後，赴南京就臨時大總統職，以至解職南旋，在香山故里小住時期，侍從拱衛者，又均爲聯義社員，馴至晚年，由廣州赴桂林督師，以及北上逝世於北京時，聯義社員，無不始終追隨，故聯義社員之於孫先生，是長期之侍從者，而孫先生之於聯義社，又是最所信任者。

七、北伐之役

辛亥武昌起義以後，海內外黨人，咸有北伐之倡，聯義社社員之在美者，亦結隊回國參加北伐行列，當時社員梅光培等，在積彩埠發起組織飛機隊一隊，在美購訂飛機兩架，及聘得美國飛機師回國，孫先生因即委任朱卓文爲隊長，曹陽三、李綺庵、余碧扶爲隊員，由余碧扶率領抵滬，候命北伐，當時朱卓文並向孫先生提出飛機救國計劃建議訂購飛機，訓練機師，條列甚詳。

是時，在粵社員參加北伐軍者，有馬伯麟、李恩轅、鄧大璋、趙超等，北伐軍之名目，有稱決死隊，有稱炸彈隊，有稱敢死團等，其經已北上者，在徐紹楨統率之下，越過南京，進至蘇北之固鎮宿州徐州各地區，士氣之盛，可貫天日，皆表現聯義社員之義無反顧也。

八、討袁之役

癸丑二次革命既告失敗，孫先生領導同志，致力革命，尤爲艱苦，因是時，在北爲討袁，在南爲討龍，主持討袁者，有社員居正，在山東組織之中華革命軍東北軍，居正自任東北軍總司令，統率所部於民國五年三月間，自烟台進至周村濰縣高密益都各縣，又社員陳其美，在日本奉孫先生命回滬，設革命軍駐滬討袁總司令部，派員殲殺袁世凱之上海鎮守使鄭汝成，以及策動肇和艦海軍官兵起義，皆聯義社社員昭著之功績，不過民國五年五月，陳其美在滬被袁世凱之鷹犬刺殺斃命，則是聯義社之大損失耳。

九、討龍之役

袁世凱進行帝制之前，密令龍濟光統率濟軍，進駐廣東，並封龍爲郡王，以資利用，龍於是消滅輿論，摧毀教育，殘殺黨人，以致引動民衆羣起討龍，聯義社社員朱卓文、梅光培、李思轅、趙植芝、馬超俊等，深知氣民可用，乃與內地社員及地方有力份子，互相聯絡，分在東西北三江，揭竿而起，民國五年之間，討龍聲勢，如火如荼，而供職於各海洋輪船之社員，則積極運輸軍器，籌集軍費，甚爲迫切，次則聯義社又與各業工人聯絡，進行暗殺龍濟光，又有社員秘密遞送討袁討龍大小各種刊物於各階層社會，該等刊物，由上海至香港數量甚多，又社員陳俊朋、黃魯逸、謝盛之等，同時指導粵劇戲班老倌，在演唱之際，對帝制作譏諷之表露，以刺激民衆反袁反龍，袁龍在此情勢之下，遂告坍台。

十、討莫之役

民國五年，龍濟光統率所部濟軍退出廣州，民國六年，國會與北洋艦隊南來，是年八年，非常國會舉孫先生爲非常大元帥，組設護法政府，但不久，桂系之陸榮廷、譚浩明、陳炳琨、莫榮新，先後充任廣東督軍，並與政學系岑春煊、楊永泰、章士釗、郭椿森等勾結，對護法政府，予以種種抑制，尤其是莫榮新時期，抑制陰謀，最爲狠毒，且對於護法要員，每圖加害，孫先生因密令聯義社員，暗爲護衛，莫榮新却誣蟣護衛護法要員之聯義社員爲土匪，孫先生以莫所爲如此，曾予以警告，莫置之不理，孫先生乃於民國七年夏間，冒暑親赴廣東督軍署，向莫面斥，當時隨從拱衛者，爲聯義社員李拔南、區玉、黃球、關益堂、曾飛鴻、黃朗正、關崇圻、梁東、鄺石、陳章等，當時各社員等，深恐莫榮新對孫先生加以危害，故咸具決死之心，不顧任何犧牲，使孫先生安全而歸，但莫會晤孫先生時，祇是虛與委蛇，不肯接納孫先生之勸告，其後，更變本加厲，孫先生忍無可忍，復於九月十一日夜間，率領社員黃惠龍、馬湘、丁培龍等，

先後登上同安楚豫兩艦，指揮海軍將士，向廣東督軍署開炮，轟擊莫榮新，直至天明，莫無反應始止，此爲對莫懲處之意，經是役後，政桂系之勾結，益爲緊密，岑春煊之西南軍政府，即將出現，孫先生遂離粵赴滬，護法之局，於是告終，直至民國九年秋間，陳炯明統率之粵軍由漳州返旆討莫，莫始敗亡。

十一、討陳之役

民國十一年六月十六日，陳炯明部之葉舉、洪兆麟、楊坤如等，對孫先生叛變，夤夜圍攻觀音山總統府，當事發之夕，陳部駐廣州西關之一位營長賴達，在奉到發動叛變之密令後，即潛出營外，於深夜致電話於總統府參軍長林樹巍及聯義社黃朗正密告，謂陳軍各營炊事已畢，發動在即，望即預防云云，賴達所以告密者，因賴與林樹巍是高州同鄉，與黃朗正則同是聯義社社員也。

陳軍既叛，孫先生脫險轉往白鵝潭，駐於永豐軍艦，社員陳策（廣東海防司令）、袁良驊（舞鳳艦長）等，均追隨於艦上，協助反攻陳軍策畧，社員許崇智、李福林則各率部衆，由粵北向南進攻，散居各地之社員，又爲運輸軍器籌措軍費，努力不懈，在此時期，社員工作，最爲艱苦。

陳軍圍攻總統府之同時，亦圍攻聯義社，當時陳軍以亂槍向聯義社掃射，並向聯義社縱火，歷一夜之久，社員在社內被擊中斃命者六人，由海外歸國寄居於社內之海員，被擊死者又六人，該社雖被縱火，但至天明，坊衆爲免殃及池魚，羣起灌救，火勢始滅。

十二、抗日之役

抗日開始時，聯義社員之在廣州者，悉數奉令轉入內地，從事敵後工作，如刺探敵情，截奪敵糧，破壞敵偽各項軍事等，在香港者，則由設在永樂街某號二樓之聯義社招待所設法與之聯繫，此爲聯義社致力抗日分工合作之部署。

廣州市一德路之敵偽俱樂部，由留在廣州未能撤退之社員，設計將之炸燬，佛山江門汕頭各地區之社員，雖未奉到工作命令，亦各盡社員天職，分別在海陸各線截留敵偽物資，伏擊敵偽各軍，以牽制敵偽軍之前進，至於運輸軍用品，以接濟國軍，更自動進行，不遺餘力，又有掩護民衆逃過敵偽軍檢查處，指導民衆返鄉路程，轉運糧食以救濟淪陷之缺糧地區，工作範圍，甚爲廣泛。

十三、護衛要員

討袁時期，陳其美奉孫先生命，由日本回滬，主持軍務，是時袁世凱駐滬鷹犬，到處遍佈，革命人員在滬者，每遭拘捕，或被暗殺，故陳其美回滬，必須極度保密，方能安全，當由日本乘淺間丸出發時，即由在淺間丸供職之聯義社員唐寬、唐錫二人，爲陳化裝作海員裝束，抵滬登岸時，唐等與陳又作海員同伴姿態，携同海員應用物件，在談笑中，進入租界之安全寓所，果然，袁世凱之駐滬鷹犬，遂爲所紿，絕不知陳其美回滬之行踪。

林森、張繼等，先後由美乘坐郵輪返滬，吳鐵城由東京乘坐郵輪赴檀香山，均得到郵輪供職之社員照顧，以及暗中保護，吳鐵城在回憶錄中說，船員很多是聯義社員，對我加意照料云云，其例證也。

民國四年冬，蔡鍔由北京秘密到天津轉往日本，其後由日本到香港之一段行程，是乘坐日本郵輪者，在日本郵輪時，預先由社員謝持，通知在日本郵輪供職之社員唐隆，爲蔡化裝冒作船上侍應生，乃安全到港，由港到海防之一段行程，是乘坐隆生輪，當由隆生輪買辦彭俊生，與在隆生輪供職之海員周柏祥掩護到達海防，因彭周二人，又是聯義社社員也。

民國十一年，陳軍叛變時，蔣先生由滬南來護駕，蔣先生到達廣州西堤碼頭之前，聯義社已得到密報，當以西堤碼頭之是龍蛇混雜地帶，乃派出社員黃朗正，率同社員多人，在碼頭四周警戒，一面維持秩序，監視歹徒，一面暗中跟隨蔣先生，嚴密拱衛，直至蔣先生進入沙面，換乘電輪開往白鵝潭登上永豐艦，然後撤退，是次部署，極爲機密，得知其情者，恐無幾人。

民國二十五年，西南歸政中央後，蔣委員長來粵巡視，在京動程之前，社員居正在京致電廣州聯義社，請社員於蔣委員長到達廣州時，負責拱衛，聯義社接電後，即選派社員鄧大璋、黃坤、李超等，分別負拱衛之責，因蔣委員長是乘粵漢鐵路火車南來，預定在西村車站下車，然後轉往黃埔，聯義社社員，遂從西村車站起，沿途警戒，直至黃埔止，蔣委員長是駐節黃埔，黃埔四週，亦由聯義社社員日夜守衛，迨蔣委員長返京，任務始畢。

以上所記，是聯義社員拱衛要員事實之一部分。

十四、殺洪兆麟

陳軍叛變時，葉舉、洪兆麟是陳軍之主將，陳軍敗後，洪乃於民國十五年由香港乘坐美國郵輪批亞士號赴滬，洪當時訂購頭等船位，化名黎維藻，以避人耳目，故洪登輪後，無人得知，後被在輪上供職之聯義社員發覺，輪上各社員，遂共同商議殺洪之策，及殺洪之策既決，輪上社員多人，竟互爭爲執行之人，最後確定由韋德負責，韋乃船主名下之工作人員，以親近船主之故，乃取得船主之手槍，及是輪航行將近吳淞口時，韋即進入洪之房內，向洪連發兩彈，洪遂斃命，韋當時自知不能逃脫，亦舉槍自殺，一併喪生，此爲聯義社員痛恨陳軍背叛孫先生，矢志報復之一幕，亦是聯義社員視死如歸之勇也。

十五、香港罷工

民國九年，聯義社社員陳炳生，在香港發起組織中華海員工會，自任會員，凡屬海員，均得加入該工會，遵守該會章則，民國十一年一月，該會爲海員加薪問題，領導海員大舉罷工，海員於罷工期間，退居廣州，至三月間，加薪成功，海員即返回香港復工，此爲香港罷工之第一次，由是時起，海員聲勢，頗爲社會重視。

海員工會各海員，大都加入聯義社，聯義社社員，則並非盡是海員，故海員工會與聯義社之間，有微妙的鴻溝，但海員工會因加薪問題大舉罷工後，社會間在重視海員工會之中，每誤認聯義社與海員工會是二而一，莫能辨別，即如香港聯義社之登記牌照，被港政府撤銷事件，便是因海員工會曾一度罷工，致招港府不滿，港府遂以爲聯義社即海員工會，而將聯義社之牌照撤銷。

海員工會於海員罷工後，受社會重視，共黨海員蘇兆徵，遂秉承共黨意旨，侵佔海員工會，資爲利用，經對陳炳生排擠他去，掌握海員工會之後，遂有民國十四年六月策動香港各工會大罷工之舉，以爲香港罷工之第二次，蘇兆徵並將海員工會，移設廣州，以便操縱，香港方面，因各工會工人紛紛返回廣州，以致交通停頓，街道蕭條，無電無水，居民恐慌，直至民國十五年十月間，經過省港雙方代表商談，始告解決，民國十六年春間，聯義社奉廣東省政府命令，派員接收海員工會，清除參加共黨之海員，海員工會，方進入於正軌，此香港兩次大罷工事件，分析其實質，乃如是也。

十六、對共鬥爭

民國十三年前後，共黨在廣州假藉工人運動名義，侵入各工會，利用工人爲鬥爭工具，但僅是秘密的活動，直至民國十六年春間，聯義社奉令接收海員工會，國共雙方工會，遂進至公開衝突境界，共黨因聯義社接收海員工會，即於七月間向已被接收之海員工會投擲炸彈，但彈未爆炸，故未得逞，共黨繼於八月間，對接收海員工會之聯義社社員黃朗正、陳章等，在茶樓品茗之際，投以手榴彈，以致茶客三人及社員洪某，當場斃命，黃朗正與海員工會鄧某曾某，則足部受傷，投擲手榴彈之共黨簡某被拘捕後，由軍法處判處死刑，是年十二月，共黨之黃琪翔、葉挺，統率之教導團在廣州暴動，又向聯義社圍攻，並縱火焚燒聯義社，以及附近各街道，當時社員梁某等，即被擊斃，焚燬聯義社之火，則因附近各住戶爲避免遭受波及，故互相聯合，奮不顧身，將之撲滅，但聯義社樓上一部分，則被燬矣。

聯義社為革命團體之一，社員既衆，功績亦不少，故國民黨於民國十三年改組，召開全黨代表大會時，聯義社亦奉令選派代表出席大會，當時聯義社之代表為黃朗正，代表大會之後，聯義社即奉命成立特別黨部，直至清黨後，特別黨部奉令改為區分部，可見聯義社當年在黨方面之地位矣。

十七、總社壯觀

孫先生對於聯義社社員，倚畀甚殷，嘗對社員致詞，在訓詞中謂，無聯義社便無革命，無革命便無中華民國云云，可見孫先生對於聯義社之重視，孫先生既重視聯義社，所以關懷聯義社乃甚切，聯義社設在廣州市南關廠後街，房屋原屬舊式，地方不敷應用，民國十三年，決計改建為新式大廈，樓高四層，擴充應用地方，內部佈置，有大禮堂，以供開會之用，又有宿舍，以備社員下塌，但建築經費，因社中經濟拮据，事為孫先生所聞，乃指令中央銀行行長黃隆生，予以貸欵，以玉成之，該項貸欵，後經聯義社向海外社員募集，悉數清償，又可見孫先生贊助聯義社之熱誠，以及關切聯義社之深心也。

聯義社新厦題名，出於前國府主席林森手筆，聯義社奠基序文，為素有文名之李仙根所撰，林李二人，亦聯義社社員也。

聯義社新厦落成舉行開幕典禮時，孫先生指派許崇智、李福林二人參加，以示隆重。

聯義社分社，遍佈於香港、澳門、佛山、中山、江門、台山、汕頭、廣州灣、上海、越南、星加坡、横檳、三藩市、芝加哥、紐約、温哥華等處，但自廣州陷共以後，聯義社工作停頓，未能領導各分社，各分社情況，祇三藩市、芝加哥、温哥華尚有所活動，其餘則無甚振作。

十八、烈士公墓

聯義社於民國前二年建立，社員致力於革命工作，冒危犯難，出生入死，數十年來，犧牲生命者為數甚衆，聯義社為不忘社員之忠烈成仁，乃在廣州市東郊沙河路，建築聯義社烈士公墓，舉凡死國殉難之社員，悉行安葬於其間，以慰英魂，公墓地點，鄰近黃花岡七十二烈士墳塲左邊，面積五畝餘，所需經費，由社員捐助，工程進行，繪製圖則等，亦由社員主持，公墓大門，有「聯義總社烈士墳塲」之横額，是林森所題，公墓內有亭台水榭花木等，外觀內涵，佈置堂皇，都人士之遊黃花岡者，無不信步及之。

十九、幹部人員

聯義社幹部組織為委員制，設主任常務委員一人、常務委員五人，執行委員七人，候補執行委員五人，監察委員五人，候補監察委員三人，主任常務委員兼文案，常務委員兼組織調查宣傳財政，執行委員兼總務。

主任常務委員，過去多年，由趙植芝充任，趙逝世後，由黃朗正充任，黃朗正年逾八旬，老而彌壯，對於聯義社歷史與社務，最為熟悉，迄今仍領導羣倫，後起之社員，咸以黃之馬首是瞻，聯義社前途之不墮者，賴有黃朗正也。

二十、編印社史

聯義社在孫先生領導下，從事革命工作既極廣泛，使命亦甚重大，而其功績，更不可沒，但其所活動，大都屬諸秘密性，故其所成就，從不宣揚，而且社員等不矜其能，羞伐其德，誠無名之英雄也，職是之故，社會人士，祇知黨國要員之功業，不知聯義社之偉績，稽諸有關革命之史冊記載，對於聯義社過去一切情況，亦鮮述及，此在革命史冊而言，實有近於偏見之憾，在策勉來茲而言，則有失於昭示之嫌，聯義社社員黃朗正，於是有聯義社社史之編印，蒐集數十年來聯義社之事跡，社員之勛勞，以及死難殉國之社員芳名，分別紀錄，倘有遺忘或不詳者，則分函各社員徵詢，社員提供之資料，亦納入於社史之中，是以社史雖僅能表彰聯義社一部分事跡，却是聯義社最正確之實錄，固不徒可補革命史冊紀載之不足已也，是以聯義社社史之編印意義可以概見。

章太炎先生二三事

張玲惠

好像某詩人這樣說過：「當代我所師，新會與餘杭。」章太炎先生與梁任公並列，這雖說是崇敬先賢，但稍知太炎先生個性與思想的人，都會感到比擬不倫。如果太炎泉下有知，說不定要視為生平最大的侮辱。記得太炎先生晚年在蘇州時，他的學生去看他，談近代文人，他說：「文求其工則代不數人，人不數篇，大非易事，但求能入史斯可矣。若梁啓超輩，有一字能入史耶？」他對於任公的評價原是如此的。

就梁任公來說，他也是對於太炎生平不很了解的一個人，最明顯的例子，梁著清代學術概論，關於章太炎一節，首先就鬧了一個不大不小的笑話，該書第二十八節云：「章炳麟少受學於兪樾，治小學極謹嚴，然固浙東人。」太炎雖是兪曲園的學生，但，他的浙東人却不是原籍餘杭，屬於浙西。梁氏何以硬要將他派為王陽明（餘姚人）的同鄉呢？這一件小事，足以看出章梁之間存有如何的距離。

兪曲園是晚清一代的樸學大師，太炎從學，得益不少，後更精進，蔚成一家，大有青出於藍之勢，其規模造詣，非曲園所能限，也可以說是兪門之光。但在民族主義堅决立場之下的章氏，也曾一度有過所謂「謝本師」之作，以否認其師生關係，那不過是一時氣憤，到民初手訂文錄時，已將此文删去了。他在「說林」一文中並且說到：

「吾生所見凡有五第。研精故訓而不支，博考事實而不亂，……每下一箋，泰山不移，若德清兪先生，定海黃以周，瑞安孫詒讓，此其上也。」顯然將乃師列為經師之第一流，這才是他晚年平心靜氣之論。

太炎對於乃師前倨後恭，從學術的立場看來，未嘗不是「吾愛吾師，更愛眞理」的一種表現。然而歷史畢竟是殘酷的，太炎這一手「謝本師」的趣劇，不料又給他的弟子周啓明（作人）抄襲了一次，那是四十多年前太炎在孫馨帥（傳芳）幕中行「投壺」之禮的時候，作人大加反對，其「謝本師」的文章登在「語絲」上面。（至於作人在淪陷時期，又給他的北大學生某，再演「謝本師」一次，則係本文以外，不贅。）太炎於四十年間，由「謝」而做了被「謝」的對象，他當時的感慨如何，則非我們所知了。

德清兪先生傳其學於太炎，在他的門弟子中，又傳其學於何人呢？換一句話說，以太炎弟子之多，究竟他認為誰是他的「王牌」呢？我們知道太炎平日是異常自負的，他曾經說：「研精學術，忝為人師，中間遭離禍亂，辛苦亦已至矣。……吾死以後，中夏文化亦亡矣。」以此推論，就有人認為他對於他的門弟子幾

乎完全採取了不信任的態度。

以我們所知，太炎先生教學的生活可分爲兩個階段，第一個階段是他在東京亡命的時期，除了負責主持民報外，兼以教學爲生；第二個階段是他晚年寓居蘇州，設章氏國學講習會的時代。而造就人才之盛，自以東京的時期更多知名之士向他受教。例如上文所提到的周作人及其令兄周樹人，此外就是錢玄同，龔未生（後來成爲太炎女婿），黃季剛，許壽裳等人。關於太炎在日本講學的情形，周樹人有一篇文章曾經紀述過，他對於太炎的印象，又似乎比較介弟好得多了。

章門弟子之一，史學家朱逖先（名希祖，也是浙江人，曾任北大教授）死後，其子伯商所撰的「哀啓」中，曾經提及太炎晚年在蘇州暇時曾經將門弟子五人戲封爲天王，東王，西王，北王及翼王。用時髦的說法，這便是章氏心目中的幾張王牌了。汪旭初（東）的「寄菴薈」亦記此事：

「先生（指太炎）晚年居吳，余寒暑假歸，必侍側。一日戲言：余門下當錫四王，問其人，曰：季剛嘗節老子語，天大地大道也大，丐余作書，是其所自命也，宜爲天王，汝爲東王，吳承仕爲北王，錢玄同爲翼王。余問錢何以獨爲翼王？先生笑曰：以其常造反耳。越半載，繼見先生忽言，以朱逖先爲西王。……今先生與諸子，後先殂謝。一時詼嘲。思之腹痛。絸齋（吳承仕）久居此地，逖先爲浙西人，故名號從之。」

章門的五張王牌現在極可能碩果僅存的，確實只有汪一人了。那一個時期，汪氏正與黃季剛執教於南京中央大學，他是一個典型的蘇州人，（汪兄榮寶，曾任北府駐日公使，所以文中說「寒暑假歸」。）爲人氣性和平，塡起詞來，柔若無骨，有女兒氣。其中名氣最著，骨氣最傲，可以繼承章氏，那就數到黃氏季剛了。

黃季剛名侃，又號病蟬，湖北蘄春人。民初東渡日本習法學[illegible]上書章氏並附上大作，竟大得太炎的賞識，給他一封回信，劈頭就說：「得手書知君爲天下奇才」。這一封信是黃季剛最得意的瓌寶，酒酣耳熱之餘，往往可以背誦如流。黃氏後來在音韻學方面的成就，據說是自顧炎武、江永、戴震、段玉裁、王念孫、章太炎以下，一人而已！黃氏與汪旭初同在中大時，學者稱爲「汪黃」，黃氏聽了心中大不高興，非叫人改稱「黃汪」不可，亦可見其倔強之態矣。（又當時時尚有另一汪黃者，則以稱政壇要角，汪精衞與黃膺白也。）

錢玄同又號餅齋，因疑古而叛離乃師，但事實上也傳了他小學方面的絕學，可是在經學思想上，却與本師走了相反的方向，章先生是相信古文的，餅齋則受了最初的先生崔觶齋的影響，所主的是今文。又玄同在文人中有「二瘋子」的綽號，與太炎之被稱爲章瘋子，亦媲美。

五王之中，談到氣節與現代知識，又似推吳檢齋爲第一。檢齋，安徽歙縣人，前清舉人出身，他曾經筆錄太炎的學術演講，包括歷史、訓詁、詩文諸學，後來刻入「葪漢微言」中。九一八事變後他受時代思潮的激盪，服膺社會主義學說，所謂以治樸學的精神去讀「反杜林論」，（齊燕銘語。）進而參加領導北平學術界的救亡運動與開蒙運動，抗戰發生，他在天津英租界被日本憲兵引渡逮捕，非刑拷打，終於不屈而死。檢齋亦精音韻之學，餘事能歌，尤善操胡琴，老伶工陳彥衡等盛稱之，既遭敵人毒手，更令人有「廣陵散從此絕矣」之嘆！

章氏五張王牌之中，有安徽人，有江蘇人，有湖北人，只有一個浙江人。但現在浙江的學者，與太炎關係深切的，尚不乏其人。例如馬叙倫（夷初），就是他的杭屬小同鄉，他們關係在師友之間，並且非常深切，故不論其道德行為如何，不可不附記於此。

據馬叙倫的自述，幼年曾受學於湯頤瑣及宋澄之兩氏，湯、[illegible]

叔也。馬氏與太炎發生關係，則在光緒二十八年間，他初到上海的時候，太炎正在上海鼓吹革命。有一次章先生在張家花園演講，馬氏也跟着「許多人像螞蟻附着鹽魚一樣，向他致敬致親。」章氏對後來馬氏的影响頗大。馬叙倫與黃晦聞合辦「國粹」報時，太炎替他寫了很多文章，他們過從很密，政見相合。

民國初年太炎被袁世凱羈留於北京，那時馬氏正在國立北京大學文學院教書，而章門五王之中，錢玄同，吳承仕，朱逖先都經常去探視他的。馬叙倫也常常去看他。太炎那次到北京去的時候，正是甫度密月未久，因應共和黨之招有事擘劃，由上海去北京，初意小住即行，不料一入都門，就被軟禁於前門外大化石橋之共和黨黨部。一度移居龍泉寺，後有遷往東四牌樓的錢糧胡同。當時章氏的門生故舊，對於這位老先生的自由問題，奔走營救，恐怕也以馬叙倫與錢玄同出力最多。玄同之兄名恂（就是日本文學專家錢稻孫的父親），確是太炎生平一大知己，清末章氏得入張之洞的幕府，也是錢恂代爲延致的。這時錢氏正任總統府顧問，地位不甚重要，只好輾轉託人說話，但亦不得要領。太炎在龍泉寺曾得一度恢復自由，那却是叙倫與晦聞向袁系的政治會議議長李經羲要求所得結果。到了錢糧胡同不久，袁氏特務吳炳湘之流，又對章氏作起威福來，連見客的自由都被剝奪，章氏大憤，這一次還是馬叙倫找到一位桐城派古文家馬其昶來向吳炳湘疏通，才鬆了門禁。章氏與馬其昶的會見也在此時，經叙倫介紹而訂交，馬其昶以「毛詩考」向章就教。章對馬其昶，批評較其他桐城派文人寬大，會說：「並世所見，王闓運能盡雅，其次吳汝綸以下有桐城馬其昶能盡俗。」其淵源即在於此。

太炎見客的時候，一向是非常傲慢的，他曾經將一位西北的名將領（編者按：此人是孫岳。），毫無理由的逐出客廳之外。但對馬叙倫却很客氣的招待他，有時還誠懇的留他一齊吃飯，不過太炎在被幽居的時候，所有飯碗和筷子、匙等都是銀子做的，這是他吩咐的，因爲怕袁世凱在食品下毒藥，因此根據「洗寃錄」的話，每飯必以銀子來試驗一下，有毒沒有。說到吃飯，太炎是不顧什麽滋味的，吃起菜餚，照例也不過吃在他面前的兩樣。廚司每天請示他作何菜，章氏也只能想出兩種，一是蒸鷄蛋，一是蒸火腿，他待客的時候，也以這兩樣爲主要名菜。

有一次，太炎在失去自由之後，憤而絕食了。各方勸說，都歸無效。最後又是叙倫出馬去安慰他。那時正是嚴冬天氣，太炎已經絕食兩天，僵臥在床。因爲他平日預防袁世凱要用煤氣毒死他，所以一向是不許用火爐的。叙倫忍着寒冷向他辯說，由孔孟老莊談到佛學理學，最後才說到本題，勸他復食。從早上一直勸到晚間八時，太炎忽然想到不該叫客人同時絕食，要留馬氏吃飯，叙倫乘機提出與太炎同食，章氏終於勉強吃了一盌鷄子兒，幽居中的一代大師也就此復食了。

馬叙倫後來終於別了太炎，南下參加倒袁的工作，這也多少出於太炎的鼓勵，叙倫後來描寫兩人分別之時，說彼此的心理非常難過，太炎那次忽然破例送他到了台階的下面，流露出一種依依不捨之情。那時叙倫在他身邊，正好像是他的「護衛」，以章先生平日之富於情感又豈能無動於中！

爲了珍重紀念那一個時期兩人的公誼私情，馬叙倫南下以後，有一闋高陽台詞寄給太炎，非常動人，詞云：

「燭影搖紅，簾波捲翠，小庭斜掩黃昏。獨倚雕闌，記曾私語銷魂。楊花愛撲桃花面，儘霏霏不管人嗔！更蛾眉暗上窗紗；只是窺人。

從前不解生愁處，任灞橋初別，畧搵啼痕，爭道如今，離思亂似春雲。銀箋欲寄如何寄？縱囘文寫盡傷春，奈人遙又過天涯，斷了鴻鱗！」

章門諸大弟子之中，馬叙倫與朱逖先沈兼士等爲同鄉，又是北大同事，交誼甚篤。此外和錢玄同等相處倒也無間。祇是曾與黃季剛一度不睦。馬氏所著「石屋餘瀋」對於黃季剛有微詞。

太炎先生晚年與馬叙倫比較疏遠了一些。其中原因，據章夫

人湯國黎女士後來告訴馬氏，黃季剛從中的離間，似乎不無嫌疑。太炎先生在蘇州，設國學講習會於吳王廢基錦帆路上惜爲時甚短，似乎也沒有造就出什麽偉大的人才來。而在那個時候，他的老伴馬叙倫，則已經在兩任教育次長，一任浙江教育廳長後，厭倦了宦海的生涯。從新回到北京大學去教書了。

九一八事變，全國各地都醞釀着一種反日的羣衆運動。太炎先生是南北的人望所歸，雖然是在野之身，却很受各方面的注意。當施肇基、顧維鈞代表政府，在國聯中與日本人從事外交戰爭的時候，爲了對東北三省歷史地理問題不大清楚，每次都打電報向太炎請教，因而獲得寶貴的資料。那時太炎已是憂患餘生，對於人生的體驗較多，涵養日深，加以湯夫人從旁婉勸，做人的態度改變了很多。他甚至寫信給友人說：「少年氣盛，立說好異前人，由今觀之，多穿鑿失本意，大抵十可五耳，假我數年，或可以無大過。」他的老友曹亞伯寫了一部民國開創史送給他看，並要太炎題詞，他一聲不響，拿起筆來對客揮毫一番，寫的却是「英雄割據雖已矣，文采風流今尚存」兩句詩。章先生是一代文人，本身又是與開創民國的歷史有絕大關係的人，你要他題字，除了這兩句外，還有什麽可說的呢？

晚年的章太炎，正是絢燦之極，歸於平淡。不過他雖事事退讓，以涵養爲上，但是遇到國家民族存亡與文化絕續的關頭，依然不肯放棄責任。所謂烈士暮年，雄心不已。九一八以後的一個時期，親日的低調籠罩全國，章先生與馬相伯老人特聯名通電全國以民族大義號召國人，這電文是太炎親筆所擬，其中警句有云：「欲專恃長城，則無秦皇之力，欲偷爲和議，並無秦檜之才。」一時傳誦，羣呼痛快。在華北局勢日益緊張的時候，他又打電報給宋哲元，勸他愛護青年，不要隨便給愛國學生亂戴紅色的帽子。這也是一件極得輿論同情的事，總之垂老的章太炎，又誰說不正是剪了辮子在張家園中大聲疾呼的章太炎呢？

太炎曾捧過黎元洪，那在民國成立之初。黎爲臨時副總統，太炎特由上海溯江西上，與黎氏作歷史性的會見。太炎一見到黎氏恭維備至，力請他與袁項城作總統競選。不知道黎菩薩正在畏懼袁慰亭的氣燄，在明哲保身的教條之下，聽了章氏放言高論，既不能掩耳疾走，只好顧左右而言他了，因此裝着一副關心章氏的樣子，娓娓地詢問他的家世，及至知道太炎斷弦未續，則反力勸早擇佳偶，以爲內助。太炎給的一句話提醒了，也想到中饋久虛，終非長策，這樣才促他和後來的夫人，當時的才女湯國黎女士正式結婚了。

太炎在蘇州辦國學講習會的時候，湯夫人一直都陪伴在他身邊，伉儷之情，老而彌篤。太炎夫婦晚年極愛蘇州，這一點與俞曲園也很相似。湯夫人更有「不爲陽澄湖蟹好，此生何必住蘇州」之句，膾炙人口。太炎既死，湯夫人哭之甚哀。最難得的是在淪陷時期，夫人還將太炎文學院自蘇州遷入上海租界，艱苦的支撑殘局。後來內部經費支絀的情形給敵人知道了，於是派人去游說，並計以相當數量的「津貼」，却給夫人嚴詞拒絕了，她隨即忍痛的遣散了學生，結束了學校以絕後患。敵僞方面對她倒也無可奈何。後來她回了蘇州，境遇聽說不大好，太炎的遺棺，一直都暫厝在錦帆路的後院中，原來計劃要遷葬於西湖，因亂而作罷。

章夫人的文學修養本來不錯，所作詩詞，均很出色，嫁給太炎後更加精進了。對於章先生的死，她猶多凄婉之思。下面是她在章先生逝世兩年後所寫的兩闋小詞，愁苦之情，令人不忍卒讀，抄錄出來以爲本文的結束。詞云：

「忍把沉檀換刼灰，莫停紅燭上妝臺。枉教蠟盡淚成堆，舊事已隨落水去，舊愁還似暗潮來，更無一處可低徊！」——浣溪沙。

猩色屏風舊畫圖，龍鬚方錦夜深鋪，已凉天氣本來好，攬得秋魂入夢無？燈欲灺，月成弧，碧闌干外露如珠。殘蛩啼暗梧桐影，金井人還轉轆轤。」——鷓鴣天。

鄒作華与中國砲兵

胡書之

前砲兵學校教育長、全國砲兵總指揮官，兼吉林省政府主席鄒作華將軍，可以說是中國的砲兵耆宿，也是筆者二十多年前的老師。由於抗戰期間，砲校一度代訓軍校的砲科學生，將軍對於這些青年砲兵幹部的訓練特別嚴格，並主張精神教育，因此，咱們數以千計的同學，對這位老師不僅有着深刻的印象；而且肅然起敬，同聲景仰。民國三十四年（一九四五），當筆者離開重慶時曾向鄒將軍辭行以來，迄至現時一直沒有再度見面的機會，今將軍突以病死聞，能不黯然！

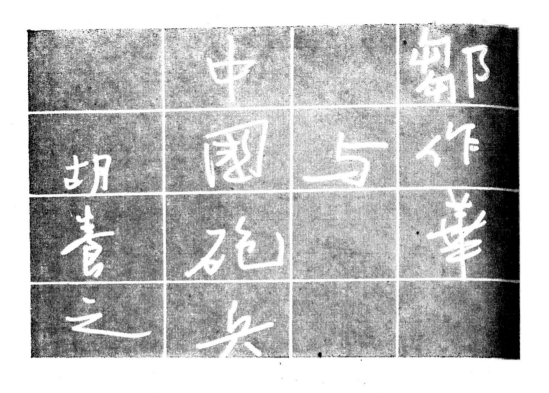

老一輩的砲兵將軍

鄒作華，字岳樓，吉林省人，生於民國前十九年（一八九三），卒於民國六十二年（一九七三）十一月七日，照中國習慣推算，享年八十有一。早年畢業於日本士官學校砲兵科，返國後，據說他一度担任「奉軍」中的砲兵軍長，前軍訓部砲兵總督劉翰東中將（遼寧省人），便是他的部屬。與鄒將軍同一時代的砲兵出身將領有邵百昌、劉士毅；前者爲湖北黃岡人，字筱珊，現年亦達七十六歲，畢業於保定軍校第六期砲科，德國防空學校，奧國砲兵學校，歷任砲兵連、營、團、旅長，砲兵、防空兩校少將教育長，江寧淞滬中將要塞司令，第四、七、九戰區及遠征軍中將炮兵指揮官等要職。後者爲江西都昌人，字任夫，保定軍官速成班砲科畢業，日本陸軍砲工學校及野戰砲兵射擊學校深造，歷任旅、師、軍長、國防部次長、總統府參軍等職，但他回國後一直未有担任砲兵職務，所以，他不算是砲兵了。

此外，尚有前砲兵學校教育長史文桂，安徽人，現年約七十五歲，保定軍校第八期砲科畢業，曾任砲一旅少將旅長。王和華，字協亭，現年七十六歲，河北寧河縣人。畢業於日本士官學校第十三期砲兵科，歷任砲兵營、團、旅長，砲校教育處長、總隊長，及軍訓部中將砲兵訓練總監等職。洪士奇，字壯吾，現年七十一歲，湖南寧鄉人，軍校第二期砲科畢業，日本士官學校第二

十一期砲科畢業，並入德國祐登堡砲校深造。歷任砲兵營團旅長、砲校教育長、砲校中將校長等職。王觀洲，字子仲，福建林森縣人，現年六十七歲，軍校第六期畢業後，奉派赴法留學改習砲科，返國後歷任砲兵營團旅長，第一戰區砲兵指揮官，及砲兵訓練處長等。彭孟緝，湖北黃陂人，軍校五期砲科畢業後，入德國祐登堡砲校深造，返國後歷任砲兵連營團旅長，砲兵教導總隊長，高雄要塞司令，國防部參謀總長及駐日大使等要職。這些砲兵將領，論年資都不及鄒作華爲深；且其中多數充當過他的部屬。

砲校初創的過程

中國最早的炮，或作礮，即機石也。按礮始於春秋時范蠡，歷漢至宋，所謂礮者，咸駕車以機發石；元朝始以鐵造砲，重五、六百斤，長五、六尺，裝置黑色火藥與石彈以作發射，砲頸有一引火洞，名叫龍頭，洞內通以藥線，爲火藥着火之用。這種鐵砲，明、清兩代都一直沿用。自甲午中日戰爭，辛丑八國聯軍之役，多次打了敗仗，嘗到了外國人「洋槍大砲」的厲害。李鴻章、張之洞等清末文武大臣，始提倡「堅船利甲」，效法東西洋的維新。實際上砲兵爲軍中的骨幹，它的任務是利用遠射程，發揚轟炸力以殲滅多數的敵人；並可破壞敵方的防禦工事，及掩步兵、騎兵的衝鋒。因此，在清末民初已有砲兵之設，但多屬日式的山砲或迫擊砲之類；保定軍校第四期以後，各期都設有砲兵科一中隊，故使用砲兵以北洋軍閥爲最早；尤其是張作霖的奉軍中之砲兵部隊，更爲犀利。當時東北已出現了砲兵軍的編制，鄒作華爲砲兵司令，估計重砲、野砲和山砲共達二百五十門以上。

中央軍校自第二期起才設有砲兵科，民國十五年（一九二六），國民革命軍在韶關誓師北伐之初，僅有一個砲兵團，團長爲蔡仲笏；前副總統陳誠將軍，當時即是該團的營長。直到「九一八」事變前，因爲日寇虎視眈眈，我國爲鞏固國防，而大事擴充砲兵，乃於民國二十年（一九三一）積極籌建砲兵學校；「九一八」事變後砲校便已成立，校址設在南京城東南約三十里的湯山。——初時設立砲校籌備處，委由訓練總監部的砲兵監張敬修兼代籌備主任。是年十月，改派張亮清爲主任，十二月開學，周斌充首任校長，李瑞浩任教育長。其時只收學員，由各砲兵部隊保送入校研究的軍官，而不是通常招考的入伍生。因爲過去中央軍校各期都有砲科學生，畢業後分發各部隊服務幾年，再入砲校專科深造。所以，砲校除了設有教導總隊訓練軍士——包括砲長以下在內的低級幹部外，另設有普通科和高等科。

普通科的學員是由砲兵連長以上的軍官，多爲上尉至少校，研究指揮團以下的一般野戰砲兵戰術、砲兵參謀業務及要塞砲兵等課程。高等科的學員，則由普通科畢業的學員，以成績優良者爲遴選深造對象。這一科除四大教程外，尚有砲兵團以上的砲兵戰畧，並包括軍制、兵工、兵器等課程。其受訓時間約兩年，加上普通科一年共爲三年。但畢業後的學員多半留在學校任教官，其餘則派遣出國留學，或分發到各砲兵旅或砲兵指揮部服務。

民國二十一年（一九三二）五月，砲校改任項致莊任教育長；翌年七月，又以邵百昌繼任教育長。直到民國二十三年（一九三四）七月，鄒作華將軍，始接替周斌，繼任該校校長，同年九月改派趙以寬爲教育長。民國二十四年（一九三五），蔣委員長親自兼任砲校校長，鄒作華改任教育長，趙以寬改爲教育處長。而所有該校校務，則仍由教育長鄒作華，全權統籌負責。翌年並接收了要塞砲學校，併歸砲校。

鄒作華長砲校六年

鄒作華爲什麽至民國二十三年才出任砲校校長呢？正如本文的前段所說：他從日本士官畢業囘國後，一度服務於張作霖的「奉軍」部隊，積功升至砲兵司令。當直、奉兩次戰爭時，鄒作華均曾統率東北砲軍，猛轟吳大帥子玉所屬直軍，迭次予以打擊。因之，馮玉祥於民國二十八年（一九三九）五月，以軍委會副委

員長的身份去都勻視察砲校時，曾幽默地對學生演講稱：「你們知道嗎？我和鄒教育長兩人都帶有一個『大』字的標誌；這並不是說我們的個子大，而是大砲和大刀。由於『九一八』前後，東北軍以大砲馳名，西北軍則以大刀見稱；鄒教育長當年所指揮的大砲固然威風八面，見了敵人就轟他娘的！但是我的大刀隊也不遜色，在古北口和喜峰口等地，把那些日本鬼子砍死了不知多少？……」台下的學生聽了老馮的幽默演說，猛拍手掌；站在台後的鄒作華則咪咪笑。

原來鄒作華於民國二十年才由東北歸附中央的，他在東北「奉軍」中是砲兵上將，當時他請求蔣委員降級為少將。但蔣氏以鄒作華於困難時期歸誠中央，實屬深明大義；尤其認為鄒氏具有現代世界砲兵常識，更為難得。為了表示接納他一再請求的誠意，便決暫降鄒作華為中將，仍支上將薪。並於同年派他赴歐美考察墾務及砲兵教育，前後達一年另六個月的時間，返國後為開發富源，鞏固國防起見，鄒作華於民國二十二年上半年，曾在內蒙辦理屯墾達一年之久；所以，直到二十三年七月始就任砲校校長。

據說當鄒作華將軍走馬上任的時候，蔣委員長親臨砲校為他主持就職典禮的監誓人，並讚揚「鄒作華為中國最標準的軍人。」實際說來，他也當之無愧，除有豐富的砲兵常識之外，身材尤其魁梧，體高約達六呎二吋，體重約二百磅；頭大如斗，目字型面龐，兩肩寬濶，胸部特別發達，外表極為堂皇而莊嚴；加上稱身的軍服，足登紅色紋皮馬靴，腿長腰直，儼然大將風度；走起路來，有如玉樹臨風；且其口才甚佳，每次主持典禮或紀念週，他說話的聲音宏亮，老遠都能聽得清楚。但倘若以現代的眼光來看，則認為鄒將軍未免有點奢華，太注重於形式。例如：他穿的軍服鈕扣、皮帶銅環、領章、肩章及馬靴後跟的銅刺，無不鑲以K金；他每天到校本部上下辦公時，例必排列軍樂隊奏樂迎送，比最高統帥更講究。

這種作風，直至砲校遷到貴州都勻後，仍未改變。當時都勻駐有「稅警緝私總隊」，總隊長為孫立人中將。每逢舉行慶典時，緝私總隊勢必參加，而孫立人一經走近鄒作華身邊，則如小巫之見大巫，咱們在台下看了不禁好笑！正因為這樣，所以後起的黃埔系將領們對他大起反感，認為鄒作華雖早已歸誠中央，却仍保持其「軍閥」時代的作風，不配為軍事教育機關首長，從而導致砲校一次大風波！一度鬧到全校停課。

那次的風潮發生於民國二十八年（一九三九）十月間，起因是黃埔軍校學生企圖爭取砲校的領導權。他們覺得全國的軍隊百分之八十已操在黃埔系手裡，惟獨砲校自教育長以次各高級官員如教育處長兼學生總隊長王和華、總教官胡雄（字念純，浙江江山人，日本砲兵專門學校畢業。歷充砲兵營、團、旅、總隊長、指揮官、高雄要塞司令等）等，都是留日派或保定系，未免不合時宜。於是由軍校第二期砲科畢業的洪士奇，出面領導一批黃埔系的將校們，向名譽校長蔣中正氏告狀，指摘鄒作華獨裁專制，濫用私人，仍未改變其「軍閥」作風；代訓軍校學生，恐負校長重托，故請求更換教育長。

其實，洪士奇很想取代教育處長或學生總隊長，由於當時他是繼彭孟緝後出任教導總隊長的，但彭孟緝原係第五期畢業生，却已調升了砲兵第一旅旅長，因之，洪對現職頗表不滿！當蔣校長接到以洪為首的一份簽名報告書之後，則大發雷霆！他覺得鄒作華是他親自委任的教育長，如果罵鄒作華為「軍閥」，即等於指責他用人不當；並且又沒有實據，眞是豈有此理？正當蔣校長要下令撤免洪士奇的時候，砲校所有黃埔軍校系的教官、隊長等便一起辭職。結果鄒作華親到重慶晉見蔣校長，一面保荐洪士奇與砲兵第七旅旅長史文桂對調，一面請辭砲校教育長，均獲照准。

發明兩種精密儀器

平心而論，鄒作華自民國二十三年出長砲兵學校之後，對於

中國的砲兵界頗有貢獻，他不單是積極地擴充了砲校各部門，從多方面去延攬砲兵人才；在科學和技術方面，他也曾先後分別發明了光測和聲測兩種儀器。這種儀式發明之後，都對我國砲兵部隊的作戰有很大的幫助；因為前者是利用光速來測定敵人的大砲陣地之所在；後者則利用聲速以測定敵人砲位與我方陣地的距離，然後確定我方砲兵對敵砲實行制壓或毀滅時所要發射的「諸元」。同時，鄒氏為了改良日本造的「三八」式野、山砲的機能起見，曾向政府建議在砲校設立小型兵工廠，由他親自設計把這種稍舊的日製大砲，重新裝置，俾增進其射擊效能。在抗戰前各部隊已有了改造「三八」式山砲，便是鄒將軍的傑作。

談到砲種方面，我國在抗戰前後也會大有改進；雖然中國自己還不能單獨製造重砲，但小型的迫擊砲及高射砲，我國兵工廠早有生產；其他各種大砲，則是向世界各國購買來的。凡是我國部隊所有的砲種，砲校都有；即使部隊沒有的，砲校也得留有榜樣，列入教育課程。因此，砲校所擁有的砲種，及各類砲兵器材，相當齊全。不過砲校也像軍校一樣曾經三度遷移，自「八一三」事變後，該校奉命先遷武漢，繼遷湖南零陵，再遷貴州都匀；由於該校的設施，多屬笨重的器材和裝置，因之，沿途也有些損失。只是具有運動性的各種大砲，則依然無恙。其中包括着：三十六生地至五十生地口徑的要塞砲；十五公分口徑的重榴彈砲，十五公分口徑的重迫擊砲，一〇點五口徑的中型榴彈砲，俄式野、山砲，日本「三八」式野、山砲，克魯伯野、山砲，德式七點五口的「卜福斯」山砲，德式「斯乃德」輕型山砲，以及打戰車的平射砲等等，應有盡有。但美國近年援助國軍防守金門的二十公分口徑最新型重榴彈砲，當時則付闕如。茲就各國出品砲種的特質和性能，分析如下：

中國大砲的種類

（一）是要塞砲——過去多以德國兵工廠出品者最為精良，它不單是鍊鋼的程度到家；且不輕易發生膛炸。即使膛炸，也不至於爆裂，砲手不會受到損傷。這種砲的重量，至少超過三噸以上乃至四噸不等。由於砲身長，射程達二萬五千至三萬公尺，以便迎擊數十里外來犯的敵艦和船隻；因為射程愈遠，後坐力愈大。故此，要塞砲的裝置，百分之九十屬固定性；並多半置於海岸山洞中。

（二）是十五公分口徑的榴彈砲——此為抗戰期間全國最大的野戰砲，其重量連同前車（彈藥車）共達兩噸左右，每顆砲彈約二十公斤；最大射程達一萬八千公尺。當砲彈着地發生爆炸後的「威力圈」（軍事術語，即其威力範圍之意），約有一百五十至二百公尺的直徑；換句話說，以彈着點為中心，在此彈着點周圍七十五至一百公尺內的目標，均可收到殺傷的效力。這種砲的後坐也很強，但其後架可以分裂像剪刀般成四十五度，既能減輕後坐力而增加命中目標的準確性，又能加大射界。惟其弱點是太笨重，非騾馬所能挽曳，而必需十輪大卡車牽引，叫作「牽引車」，屬機械化砲兵部隊所使用。抗戰期間的砲兵第一旅及第七旅，全部都是這類的裝備。可是行軍時，非公路不能動，最忌山地作戰。此種大砲為法製，鄒作華將軍任砲校教育長時，曾在每門砲身上鑲上一塊方形銅牌，寫着「人民血汗，小心謹慎」等字樣，即盼珍惜的意思。

（三）是一〇點五公分口徑的榴彈砲——這種砲與十五公分口徑榴彈砲的構造相似，性能大同小異，砲尾也是開架式的。惟重量僅一千五百公斤，最大射程為一萬五千公尺，有效射程約一萬二千公尺。現在香港英國駐軍所用的大砲，多屬此類中型榴彈砲。它的優點是行動較重榴彈砲為方便，可以用於山地作戰，也可以固守城池與攻堅。

（四）是十五公分口徑的重迫擊砲——本來迫擊屬步兵砲，但重迫擊砲前屬野戰砲。因為它的構造不同，砲膛沒有膛線，砲彈也是從砲口塞入的；所以它的射程遠不及其他野、山砲。然其

砲彈的降幅垂直，能破壞死角；對於建築物背後的目標及敵人的掩體工事，往往可以發揮威力。長沙三次會戰後，砲兵第二團的重迫擊砲，直接瞄準湘雅敵人的騎兵司令部連續發射了五枚砲彈後，醫院的大部建築遭受摧毀，裡面的敵人也多數被殲。

（五）德造七點五口徑的「卜福斯」山砲及「斯乃德」山砲——前者重約八百公斤，可以分解為八大部份，由八匹大騾子分別馱着登山、涉水，最適宜於山地作戰；且其最大射程達一萬二千公尺，有效射程為九千公尺。由於它具有活動的良好裝置，砲閂是方形的，可以自動裝卸砲彈，既無膛炸之虞，又有堅厚的護板可避免敵人騎兵及破片的襲擊。至於後者則是一種最小的山砲，重約一百公斤，却可分解為四部份，由四名砲手搬上屋頂發射，軍隊中稱之為「袖珍砲」，惟其射程可達五千公尺，威力却比普通的迫擊砲大得多。

（六）俄製野、山砲、日製「三八」式野、山砲、克魯伯野、山砲及法造野砲等，多半是七點五公分口徑，比起上列各種大砲的性質特點，都差得很遠。這些大砲既笨重而射擊時又欠準確性；尤其是鍊鋼的程度不夠，易於發生膛炸，使一般砲手往往視為畏途！長沙幾次會戰及常德會戰時所發生危險的，便是「三八」式和法國造的野砲。因此，在抗戰中期，當鄒作華出任全國砲兵總指揮的時候，即主張改用美製野、山砲的裝備。

勝利後功成身退

由於中國本身不能製造優良的重武器，於是乃有上列這樣不同國籍和不同性質的龐雜裝備；所以對於砲兵學生的訓練也較為麻煩。鄒作華將軍在砲校六年教育長任內，寫過好幾本小冊子。筆者對其中印象最深的一本是叫「今日中國砲兵」，內容除了分析以上各國砲種的性能而外，尚有射擊學和兵器學方面的，他說：「對於訓練砲兵幹部，日本還趕不上德國，德國砲校的每一個學生，在畢業以前除實地發射一千發砲彈以外，還要使用精密的儀器如砲對鏡，以觀測砲彈自離開砲口後，在空中飛行的彈道形狀、速度以及命中目標後的爆炸情形，然後再用計算機算出砲彈從砲位到達目標的距離和時間。……」

事實上，鄒作華從事指揮砲兵作戰，和研究砲兵射擊的多年經驗，對於飛過空中的一枚砲彈，他可立刻辨別出發射那砲彈的砲種，及其裝藥的大小。他憑這種經驗閱歷，以訓練學生，教導部下；所以他在砲校六年如一日，直到他將砲校移交給史文柱，去到重慶組織砲兵總指揮部之後，仍常出入大江南北各戰場，檢閱各砲兵旅、團、指揮作戰。勝利後，砲校遷回南京復課，民國三十五年（一九四六），政府改以金鎮任砲校教育長；而全國砲兵總指揮部亦因勝利而撤銷，鄒作華將軍功成身退，棄軍從政，奉派回到桑梓，凱旋榮歸，出任了熊式輝的東北行轅政務委員會常務委員。東北淪陷，大陸撤退，鄒氏又隨同政府遷台。三十九年（一九五〇）奉調總統府戰畧顧問；四十二年元旦假退役後，改任總統府國策顧問，兼國大代表。其時已與前考試院長莫德惠（柳忱）成為東北在台灣的有數元老；今莫、鄒兩氏均先後辭世，老成凋謝而河山未復，正如放翁詩所謂：「死去原知萬事空，但悲不見九洲同！」

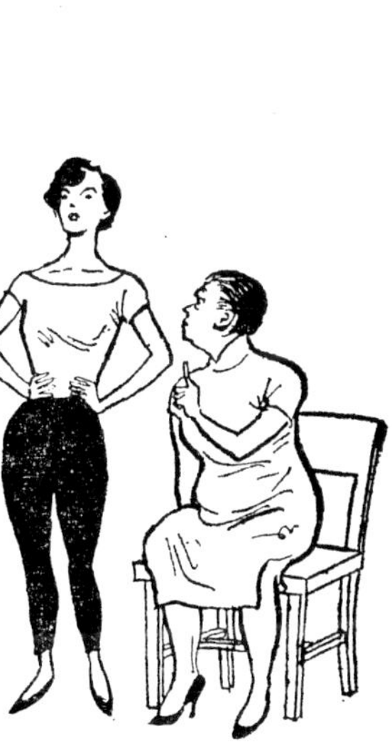

憶揚州

（二）

·周秋如·

六、花市燈如畫

在我們這一代的揚州，雖然是「六代豪華春去也」，可是在我們的少年時代，古老的揚州，還有點像中年婦人一樣，所謂「風韻猶存」。即有江、浙齊、盧之戰吧，也沒什麽直接的影響。譬如說吧：一隻大洋，可以換到三百出頭的銅板；一個銅板可以買到二個又甜又香的「擦酥燒餅」，你如果當時身上有隻「大頭」一元或者毫洋八角，就可以放心大胆的上小館子，或者泡冷飲店，回憶當年，眞個是太平盛世。

我們在海外已過了二十幾個春節，在忙碌的圈子裏，雖然有每逢「佳節倍思親」的感覺，但總覺得平淡無味，好像過禮拜天一樣，一刹眼便過去了，那裏有我們家鄉那種自臘月初一吃「起心酒」（這是商店老板爲了鼓勵店夥準備忙年生意的酒）起，要一直熱鬧到「元宵三日後，各幹舊營生」的情況呢？尤其在台灣過年，不會聽到有人玩過「花燈」，近幾年來，每逢過年，偶在百貨公司門前，看見幾張不圓不方的彩燈，製作非常簡陋而價値又十分昂貴，如果與我們當年的家鄉的花燈相比，那簡直連鄉巴佬也不要的。

在我們揚州，每到正月初五，大家忙進財神香的時候，市面的花燈即陸陸續續的出現了，這些花燈都是一般小市民的手工藝品，他們在冬臘月間即開始日夜的忙碌了，認爲是一年一季的生意，在他們心目中，第一是希望五穀豐登，農村購買力強；第二是希望天氣好，因爲他們是沿街張掛出售的，除了琉璃燈有店面外，普遍花燈都是紙紮的，若是落雨下雪，那便大受影響，如果是個乾冷寒凍的晴天，你可以從左衞街一直到多子街再到模範馬路大儒坊；再從左衞街的水櫃到轅門橋，教場街，一直到運司街，彩衣街；這幾條熱鬧的商業區的街道，兩旁無論是李松壽國藥號，老天寶銀樓，或者會文堂書店，賴大有皮絲烟店，大麒麟閣，茶食店，大德生藥店，謝馥春，老謝馥春，眞謝馥春花粉頭油店以及大仁綢緞莊，大英大藥房等，就在他們的店門左右，甚至就在店前，一層層的張掛，有的從二樓，有的從屋沿一直掛到地，同時階前也放滿了各色各樣的花燈，眞是「滿坑滿谷」，五顏六彩，形成一個龐大的燈市，入晚燈燭輝煌，眞夠是「花市燈如畫」！

我們看這些燈的形式，有老漁翁燈，猪八戒燈，孫行者燈，漁，樵，耕，讀燈，河蚌精燈，走馬燈，騎馬燈，花鼓燈，綉燈，瓜瓞綿綿燈，麒麟送子燈，榴開見子燈，花貓捕蝶燈，兎子燈，小白龍燈，秋蟲燈，蜻蜓燈，荷花燈，石榴燈，金魚燈，八仙上壽燈，王母蟠桃燈，狀元及第燈，青獅白象燈，花担燈……使你看得眼花繚亂；有手提的，有懸掛的，有裝木車盤在地上拖拉的，有用竹竿高擧的，形形色色，應有盡有。有大如桌的白兎燈，身上尚背有四隻小白兎，有小如拳的金魚燈，秋虫燈，你再看琉璃店裏琉璃燈吧！

各樣的神燈，佛燈，灶燈，天仙送子，以及狀元燈，宮燈……大大小小，使你嘆爲觀止！

我們再看這些燈的製作，都是用細竹篾經煑軟後和實心細蘆竹紮成燈架，再用紙糊，各色洋宣紙，各色油光連，或五彩玻璃紙，魚鱗紙，通草紙，再加各種金銀紙，彩色蠟紙的剪貼或者是各種彩色刷印的花紋「吉祥」「壽」字等。譬如金魚燈吧，金魚的嘴上有二個紅絨球，四週有綠色的小荷葉，通常是精而又精，美不勝美。

在我國農業經濟的社會，認爲過年是「桃符萬象更新」，也是吃喝娛樂熱鬧的時節特別在花燈節下，不管長幼老少，都有充份的假期和熱烈的情緒，因爲過了五天年也休息夠了，吃也吃夠了，賭錢也差不多了，這時四鄉八鎮的男女都大批的湧進城裏看花燈，你看西北鄉的大姑娘，大黃魚脚，紮着紅帶子，梳着劉海簁；東鄉的大嫂子，大奶奶，李大媽，張大嬸，王姑老太，穿着新綢鞋，戴着新絨搭，頭上插着元寶杏葱花，萬事如意花，筆錠如意花，如浪潮一般的你推我擠的，把幾條大街擠得水洩不通，這些攜兒帶女，人聲嘈雜，川流不息的情況，假如不算我說得太過份的話，你不妨閉目作思古之幽情，可在這些回憶裏，聞到一些鄉土味。

燈市一直要熱鬧到正月十三日上燈時節，這時街上的燈漸漸賣得差不多了，剩餘的落價求現，免得擺到來年，小氣的人家，這個時候去買便宜，正如在八月節晚上買月餅一樣。所謂「上燈」，即是家家晚上點神燈，吃元宵，小孩子各執一燈在外遊玩，並互相比勝。

花燈並不一定都是小孩子頑的，大人也不例外，你看遠處有鑼鼓傢伙聲，敲打着「七字」鑼鼓，原來是耍花担的，十七、八歲的大姑娘，挑着滿佈燈彩的花担，一邊唱着，一邊走着遊人擁簇着喝彩。每經大商號，即停下唱一段，鞭炮之聲不絕，只聽得「再唱一段，」喊聲不止。

正月十五日元宵日，最是熱鬧，湖北會館湖北幫的龍燈出來了，兩廣會館的兩廣幫也有一條……大早即上街了，一條龍也有二、三十節長，舞龍燈的人穿着一色頭的白紡綢衫褲，或者是一色頭的黑羊緞衫褲，鑼鼓聲，鞭炮聲，震耳欲聾。你如遠遠的看去，眞像一條活龍在搶珠，入晚兩旁張着燈籠火把，照耀得如同白晝，剛巧兩條龍一南一北在街上相遇，兩不相讓，互相比舞吶喊，直到聲嘶力竭，仍要再鬥，旋經地方調解，雙方始掛紅而退。

從正月十三到正月十八日都是燈節，十八日這天叫「燈落」，各戶晚間吃麵，至此才算是眞正的過年結束。紙紮的花燈，如果不給小孩子燒光，也送到鍋堂裏去了。現在的我們，只有套兩句陳詞：「往年元夜時，花市燈如晝；如今元夜時，何處燈依舊？」永遠成爲夢境了！

七、抗戰時期之地方游雜部隊

民國廿六年冬，日軍侵犯揚州，如果不隨政府西遷，又不甘受異族淩辱的話，只有下鄉避難爲上着。因而不少攜老扶幼，帶着箱籠財物，紛紛往四鄉逃難疏散，一時牛屋倉房，都聚居了不少的「城裏人」。當時二毛錢，可以買一隻大肥鷄；一毛錢可以買二十隻大鷄蛋；在東鄉的丁溝、樊川，西北鄉的黃玨橋、公道橋等地，有的是蟹黃包子鱔魚麵、開陽、乾絲、眼鏡肴，雖然大前門、美麗牌香烟貴了些，但還有得賣，閑來再與鄉長大太爺，保長二太爺來個「八圈」，倒也不覺國難當頭，家破人散之苦。可是好景不常，沒有一月半載，四鄉盜賊蜂起，綁架勒索，烤打砍殺，險些不被抓着當漢奸送命，也只好抛棄財物，回城的回城，往後方的再往後方而去。

當時地方武力揭竿而起，成立游雜部隊，起始於西北鄉八、九區，隨後東鄉三、五區亦有，它生長在敵我的眞空區域，許多流氓、地棍、土匪乘機混入，化暗爲明，化秘密爲公開份子日漸複雜，所到之處，騷擾民衆，以致後來成爲共黨生長的

溫床，與共黨坐大的淵源。

茲就筆者回憶所及，謹將抗戰時期揚州的地方游雜部隊作一概述，聊供同鄉茶餘酒後的資料：

廿六年臘月，有陳文者，係鎮江省會警察局所屬一警長，率領便衣警探五十餘人，攜帶長短槍，由瓜州潛往揚州八區公道橋。後，其時我江都縣政府縣長曹某已往後方，其殘存之縣保安隊，均改穿便衣，駐九區黃珏橋、廟頭一帶，迨至廿七年春正月，我江蘇省政府派呂達鈞任江都縣長，當呂由高郵至黃珏橋正打算恢復縣政時，陳文即由公道橋率衆乘其不備，將駐黃珏橋都天廟的縣保安隊一個中隊繳械，呂達鈞因此不能立足，即退往高郵與江都交界的永安鎮。

陳文自繳縣保安隊槍械後，一時人槍聚集較衆，即自稱為「抗日自衛團」團長，任閔壽松為團附（閔係共黨分子），陳筱安為參謀（陳係揚州流氓），到處收繳民槍，除公開勒索地方給養外，凡能聚集一二十人有槍三五枝者，輒委任為大隊長，日間自立稅卡，搜查行人；夜間兵匪不分，到處抄擄；西至大儀，陳家集，東至淮泗橋，龍尾田，北自公道橋、廟頭，南至古井寺，縱橫三十餘里，聚衆二千餘人，吃而不游，游而不擊，為害地方，實堪浩嘆！

廿七年春，江都縣長呂達鈞在永安設行署，會派九區區長丁元濬，八區區長林肇宏（又名林棲）前往工作，陳文即將林肇宏綁殺，丁元濬不敢逗留而逃離。

再談東鄉，先是在廿七年夏，有陳育廉、王炳義者，聚衆三區橋頭鎮，後為陶壽民所併。廿七年底，有自稱抗敵部隊方鈞者，自揚中率部二百餘名，至五區大橋鎮盤據，其時我縣政府在永安，僅有保安隊一中隊，為戒備永安、丁溝、宜陵，尚感不足，亦無力進剿，聽其坐大。迨廿八年，張濟傳任縣長時，遷行署於塘頭，正擬進剿方鈞，適新四軍管文蔚部由江南退集大橋，方遂為管所吞併。

在江都二、三、四區交界之霍家橋一帶有李學文部，多為鹽梟出身，打家刼舍，橫行一方，後為其部下所殺，其餘衆歸陳世忠率領，李某殺人如麻，所謂「殺人者人恒殺之」，似有定數也。

民國三十年後，蘇北局勢大變，江都全境淪陷，新四軍坐大江、泰間，東鄉五、六、七區大半為其竄擾，湖西八、九區陳文，初為我八十九軍所剿，聲勢大減；繼為共軍羅炳輝部所併。其時江都縣長張濟傳復任，再設行署於湖西廟頭，黃珏橋及四區灣頭，杭集，三區北三圩一帶，化有形於無形，當時在七區露筋有匪畢春茂部盤據綠揚湖一帶，聚衆五六百，號稱「抗敵支隊」長，畢匪多疑善變，手不離槍，雖吃飯，亦右手槍，用左手握舉箸；凡出門，如有問其路綫者，多舉槍立斃，實在是人間的活閻王，我縣政府曾派高恆松前往聯絡，以期利用其阻斷運河東西共軍之聯繫，無奈畢匪罔顧大義，反將高君謀殺；直到三十一年間，畢匪所部為共軍分化滲透，因而為部衆所殺。

其他尚有大刀會嚴羣所部，似掛有某游擊隊番號，在四區馬橋七區丁溝一帶蠢動，後亦消滅於無形。

八、清賦風潮

北伐以後，地方政治、教育、與社會風氣，都有着很大的變革，惟田賦一項，關乎政府財經命脈之來源，迄仍維持「錢粮櫃」制度。所謂「錢粮櫃」制度，即是政府的「錢粮櫃國課」，由地方「錢粮櫃」的「櫃書」世襲掌握，無論土地方面有什麼正稅附捐等，統由他們櫃書及其幫手，父傳子，子傳孫的經辦，因此生活糜爛優遊歲月，政府無法過問，也無法清理。如果縣長需要政府無法過問，也無法清理。如果縣長需要繳納國庫省欵，只好邀請他們商談，由他們墊繳或者分攤繳欵，在這個商談中，甚至請他們大宴一餐，也是常事。至於地方經費，仰其鼻息，更不在話下。譬如：民國十八年縣政經費，究竟用的是那一年田賦，縣長弄不清楚，財政科長也弄不清楚，只拿幾文用幾文，這就是封建殘餘，根深蒂固，雖然革命，還未能徹底革除。

政府爲何弄不清楚，這裡有幾個大問題、第一、縣境究竟有多少田？上等田多少？中等田多少？下等田多少？數字不詳，各戶的田地，在某區某地，也不正確，可，是櫃書及「錢粮櫃」的人，肚中有個大概，每年要完粮多少，只有他們知道。第二、誰人有多少田，更不知道，所有田契上，不是寫的那一代祖宗的名號，即是寫的什麽堂名，「三槐堂」「百忍堂」之類，你找到人，也對不到契，找到契也對不到人，這些錢糧櫃的人肚中也有個大概，朱二太爺家有二十石種，張大太爺家有三十石種，他們憑着歷年的經驗去接洽，催糧，討糧。第三、歷年的糧串，（即是稅單）不但成了櫃書的私有，且這些糧串上，不會寫明某戶應納賦稅幾元幾角幾分而是寫的「糧銀三兩八錢五」，或者是「六兩七錢二」，一直到民國二十年後仍然是寫的糧銀多少兩，你如何知道他們收了多少錢，即連完糧的糧戶也不知道要完多少錢。第四、有錢有勢的士紳大戶不管你寫糧銀多少兩，「誰來要錢糧即打斷誰的腿」客氣點的頂多與櫃書糧差們禮貌禮貌而已。沒錢沒勢的或者有錢無勢的那就聽任糧差「加一添作五」壓得喘氣不得，這裡可以看出田賦積弊之深了。當你跨進江都縣政府的大門，穿過廣場，第一進的兩旁，有兩個比當舖還要高大的櫃台，這就是完納田賦的「錢糧櫃」所在地，在「比繳**」之期，不管你路程有多遠，也不知道糧單上要繳多少錢，只好忍受聽憑索繳。**

民國廿一年，江蘇省政府，謀徹底整理田賦，令各縣清丈土地，辦理土地陳報時江都縣長楊卓茂，處事無方，釀成巨大風潮，仍不善加疏導，遂致鄉民暴動，破城毁衙。馬鎮邦繼任縣長，收拾善後，深知欲使土地陳報完成，必先除積弊，再擒首惡，乃於民國廿二年，首先清「錢糧櫃」歷年田賦收支情形，並將總櫃書楊某高某監禁清算，飭交民間田賦底冊（即魚鱗冊，櫃書們自己的底冊，前說肚裡有數者指此。）而痛加糾正，不得包辦，類似包辦，類似包商沿習。同時即在錢糧櫃的兩邊，各懸牌告示：「銀元一元折合糧銀×錢×分×厘，糧銀每兩折合銀元×元×角×分」使完糧納稅者一目瞭然，可以自行折算，並告示人民，隨時繳欵，隨時取串，不得私相授受。

由此田賦收入雖畧有增加，而與實際全縣田畝比例，相差仍大，尤以取消這一糧櫃集團利益，櫃書，糧差，不慣靠薪水吃飯，田賦成數逐漸拖延下降。廿三年，馬縣長澈底整頓，即着手辦理土地陳報，使田畝土地歸戶，書明四至面積，並分土地爲三等九則，據以清丈田地，製造賦籍。並說明人民權利及今後廢銀改元，各戶以本名立契，藉保產權。公告全縣廣爲宣傳。

照理，土地陳報爲政府革新田賦，保障人民利益，應無問題，無奈當時民智較差，加之「糧櫃集團」暗中積極破壞，散佈「土地陳報後田地又要清丈，多則沒收，少則加重完糧」等謠言，又稱用本名立契，將來要抓大戶，派大捐等，反使人心惶惶，連鄉保長也議論紛紛，觀望不前。

廿三年秋馬縣長親自前往五區大橋及三區李典鎮一帶巡視，並召集地方人士加強土地陳報工作之推行。迨至李典鎮時，鄉民鳴鑼聚衆五、六百人，竟向馬縣長行轅區公所包圍而來，各人執香，名爲請願，要求縣長停止辦理土地陳報，，實際來勢洶洶，並大呼：「一人一股香，燒死馬鎮邦，吃馬肉，喝馬湯」！喊聲震天，有暴動之勢；馬縣長見勢不佳，率少數衛士落荒而走，狼狽返城。

馬縣長返城後，即將三區區長革職，另派劉植勤任三區區長。此時筆者適由江蘇省政府二科派往江都縣政府工作，馬縣長即令筆者與保安大隊長呂達鈞二人，負責偵查此次風潮之爲首份子及幕後主使人犯，並稱所有員、警，聽任挑選使用，務必撲滅平息。余即與呂達鈞，指名率帶王榮官、楊斗南等警局人員，化裝深入三區，前後偵查達二十日之久，始將此次風潮之主要份子，有櫃書孫某及地主多人與塾師某某等（姓名已不清）廿一名，悉數查明，並畫圖註明各該住所。旋馬縣長即令

余與呂達鈞率保安隊一個中隊與警察局特務隊長郎會璋，率警三十名，分三路緝捕。回憶當時已在深秋初冬天氣，余等晚間出發，事前計劃路線及聯絡信號等，甚為週密。沿途靜寂，眞是「寒風瑟瑟霜滿天，村莊寂寂聞犬吠。」

至深夜一時許，始到達目的地，因人犯散佈地區廣闊，加之三區圩堤道路，往往沿村繞道，易為地方人民發覺，正在分別搜捕時，鄉民不悉眞相，又紛紛鳴鑼聚衆，其中有某塾師會拳術，極力拒捕，因事前余與呂、郎兩隊長相約，以不傷人為原則，雖有一二軍警為鄉民毆傷，我方未擊一人，約在當夜四時許，始將人犯捕齊。

九、狙擊漢奸吳孝侯之義士薛起

民國廿六年冬，倭寇踞揚，漢奸方小亭任偽維持會長，吳孝侯任偽警察局長，甘為仇敵鷹犬，魚肉同胞，無惡不作。尤以吳逆孝侯直接受敵憲兵隊及宣撫班之指揮敲骨吸髓，殺辱淫虐，無所不用其極，就其罪惡之大者畧述數端如下：

（一）廿七年春，倭寇小川聯隊駐揚城，索藝妓一百名，供倭兵作洩慾之用，並令吳逆作宣慰代表，率妓奉獻，吳逆只求媚敵，忘其人性，於一夜間捕捉城區娼妓及良家婦女百餘名，除勒索敲剝釋放半數外，得六十餘名。次日，復於各城門口以「勾通游擊隊」為罪名，捕我年青農村婦女三十餘人，整數押送大汪邊倭寇營房，聞旬日間，遭倭寇淫虐致死或為全節自盡者，在半數以上。

（二）倭寇入城之初，為圖統治我人民，令偽警辦「良民證」，除每證附貼照片外，尙需捺印指紋，繳納規費，種種手續，苛煩備至；其有少數猶豫未辦者，均指為「支那兵」，輒遭捕殺。

（三）我鄉愛國青年，忠貞志士，偶為偽警探悉，立遭逮捕，解送敵憲兵隊，由吳逆與憲兵隊翻譯王家禎侍敵刑訊，施以吊打，灌水、摘髮、剔指、犬咬、火烤，直至凌遲分解肝腦塗地而後已，其有被誣攀密告而失踪者亦日有所聞。

（四）吳逆偽警之薪餉，自下上繳，層層報効，當時有所謂「倒關餉」之名詞，每一偽警，視所派地段，定期獻賄，或以日計，或以月計「奉獻」警長若干，警長「奉獻」巡官若干，巡官「奉獻」分局復奉獻吳逆若干，因之所有偽警，無不任意搜括敲詐，橫征暴歛時有生命之危，尤其在各城門口之偽警，最為惡毒，凡進出城之貨物，聽其索取，否則即指為「支那兵」，慫恿寇兵捕殺。

綜上所述，吳逆之苛暴罪惡，罄竹難書，蓋其時我陷區同胞手無寸鐵，處此暗無天日之地獄中，惟有聽其宰割而已。

廿七年秋，余與江都縣長呂達鈞，因頭橋游擊隊事，發生齟齬，不容於永安，遂偕淮安人沈銓同志往湖西工作；無奈湖西為陳文所據，余等活動受制，僅能在敵偽空隙之間流動。經常活動區域，為淮泗、雷塘、龍尾、司徒等近城之鄉鎮，其時凡我鄉民，對吳逆孝侯之認賊作父，為虎作倀之情形，無不恨之入骨。迨至八月間，有九區黃玨橋人張有祥君，在龍尾等鄉，號召鄉民，立大刀會，以期參與抗敵陣列。余聞其愛國熱誠，遂邀其集議，策劃鋤奸工作。

吾等經一月之研討佈署，決定先狙擊漢奸吳孝侯，消滅敵寇爪牙，以示我人心不死，復國有期，更為我陷區同胞根除禍患，經張有祥君，推介薛起君執行，余並派李華山同志輔助其事。

薛君九區人，（何鄉不詳）年約三十左右，雇工出身，識字甚少，身體健壯，行止應對，殊為誠實，並稱國破家亡，自願担任愛國抗敵工作，雖赴湯蹈火在所不辭，於是吾等擬定計劃，擇定城區較為偏僻之三元巷，吳逆日經之地行事，并於事前一再由李華山偕同薛君進城，察看指認，以及進出路線，集散地點，一一銘記。

廿七年十月間，某日拂曉余與沈銓，張有祥等，在龍尾田歡送薛起進城，當時薛君身着短襖，化裝木工，背筐藏利斧一

柄，精神振奮，面現笑容，時正朝陽初升，宿露未乾，吾等行至將近李長樂墓始回，此時雖屬光明在望，但初冬之晨似有「風蕭蕭兮易水寒」之感，但均默祝「壯士此去兮即復還」！

薛君進城後，步行至三元巷體育巷口之廁所內，偽裝如廁，待至近午，聞吳逆坐車之鈴聲，自遠而近，遂提斧出廁，遙見吳逆身穿警服，高踞車中，車後武偽警二名騎車隨護，由西向東而來，薛君從左側猛力前撲，舉斧便砍，只聞得吳逆一聲怪叫，因力過猛斧口陷入車左木斗內，僅斧鋒傷及吳逆頭部左側，帽被砍破，削去頭皮一大塊，血淋面，其時吳逆業已喪魂失魄，頓然昏迷，由車夫急駛而逃，偽警初則驚如木鷄，，續見我薛君僅一鄉民，而且所持利斧，因陷入車木，為車帶走，而薛君又以為目的已達，放手而奔，偽警乃予追捕，薛君既道路不熟，又手無寸鐵，經奔至皇宮「私揚中」前，為偽警鳴鎗趕上，遂束手被逮。

薛君被捕後，備受敵偽酷刑，除自認為主謀，迄無其他供認，慷慨就義，亦足以泣天地動鬼神矣！惟其後薛君如何被敵偽處決，忠義之骨何在？終無所知。

吾等所派至北門鳳凰橋迎接之沈銓，李華山二同志，久候薛君不至，午後近北門探視，突見城門關閉因知吾等鋤奸事成，但仝時慮及薛君在城無所藏身，恐遭不測，遂悵惘而返。次晨復往探視，據北門之偽警焦某透露，吳逆在三元巷遇刺未死，兇手已獲並閉城搜索等情，始知吾薛義士已成仁矣！

嗟乎，禽獸相殘，因非同類，兩國相爭，各為其主，吳逆之戕害同胞，禽獸不如，薛君之忠義赴義，志在報國，雖出身微賤，就其忠勇之事蹟，捨身鋤奸，亦足以永垂不朽矣。

勝利復員後，余曾擬查訪薛義士遺族之下落，並彰其事，終因在揚主持警政僅三月而未果，迨至江南，又因共亂而阻，特草文追憶，以待將來。

編者謹按，此篇確屬事實，薛義士狙擊吳逆孝侯，發生於民國二十七年冬，是年十二月濟傳兄即接任江都縣長，續為請旌，並成立城區抗敵鋤奸團，曾在城內散發傳單，偽縣府前照壁張貼我方佈告，投擲手榴彈，警告偽組織人員及偽「揚州新報」，致使敵偽喪膽，匿伏不敢出城，我方政令得以順利推行，民族正氣得以發揚光大，薛義士之功誠屬不朽。

揚州史公（可法）祠聯

生有自來文信國（嚴保庸）
死而後已武鄉侯

一代興亡關氣數；（謝啓昆）
千秋廟貌傍江山。

讀生前浩氣之歌，廢書而嘆；（蔣士銓）
結再世孤忠之局，過墓興哀。

殉社稷只江北孤城，剩水殘山，尚留得風中勁草；
葬衣冠有淮南坏土，冰心鐵骨，好伴取嶺上梅花。

心痛鼎湖龍，一寸江山雙血淚；
魂歸華表鶴，二分明月萬梅花。

何處弔忠魂，看十里平山，空餘蔓草；（吳大澂）
到來憐我晚，只二分明月，曾照梅花。

萬點梅花，盡是孤臣血淚；（黃文涵）
一坏故土，還留勝國衣冠。

殘局泣孤忠，讀奏草終篇，猶見行間含血淚；（史某）
溯源同一脈，幸梅花無恙，又從亂後拜忠靈。

祠藏史公石刻草書聯：「斗酒縱觀廿一史、罏香靜對十三經」。

二十年前滇邊行

羅石補

劍氣干霄五華山

滇緬泰寮邊區行脚之六

佩劍戎裝對舞腰，非常時節可憐宵，
西湖嗚咽雷峯倒；忍聽珠喉唱斷橋。

（一）

我們到猛撤時，正是雨季剛剛過去，晴空一碧，氣爽天高，這富於詩意的天候，已使人精神感到爽適；加上這一地區，又是高聳雲霄的萬山環抱中，突然出現一塊縱橫百餘里的盆地，疏林流水，池沼丘陵，眼界頓寬，胸襟開擴，使人幾疑置身江南。

東南亞反共聯軍總部便是設在這裡的一座山上，滿山都是茶樹，所以土人叫這座山做「盧茶」，我反共將士譯為五華山，這有含有深刻意義的譯名，因為昆明的五華山是雲南省政府的所在地，而今每一個中國人到了五華山上，便會想到如何光復雲南，重上昆明的五華山？

將星雲集，劍氣干霄，我們到達這裡時，反共聯軍總部正召集軍政會議，各路將領，紛來出席，據說撤退回臺，便是這次會議的主題。的確，要把這些分散在緬甸地方反共自衛部隊和寮越等反共游擊隊中的中國人，以及土生華僑都抽出來撤回臺灣，在原則上本不容易獲得他們的同意。縱使他們體諒政府的困難，接受了撤退的原則，在實行的技術上也十分棘手，無怪乎大家要從長計議。

當我們還沒有抵達猛撤時，這裡的將士們都已知道我們這班文化人要來訪問。到達的那天晚上，總部負責人蘇將軍便招待我們去參加他們舉辦的軍民聯歡會，地點是一個大操場，幾千人有秩序的排坐着，有軍有民，大家靜悄悄地對着電燈通明的台上。

演出的節目有話劇、滇劇、京劇、歌舞，節目中有擺夷舞，有中國姑娘的歌舞。同伴王先生在歌聲中發現了他在杭州教書時的女弟子，起先他只覺得面熟，等聽到她的歌喉，決定去和她相認時，的確不錯。那位張女士看到了老師，竟至喜極淚下，滔滔不絕地告訴她別後的遭遇和參加反共的經過，眞是一頁哀婉悲壯的史詩。

原來王先生是她的音樂教師，也是最賞識她音樂天才的人，不幸張女士畢業後回到她蘇北的故鄉，看到在共黨統治下的故園，已成了禽獸世界，在鐵幕內的家人，悄悄地告訴她逃！逃！好容易，她終於逃出了魔掌。誰知國軍不斷的失敗，大江南北迅速地淪入鐵幕。她是領略過共黨滋味的過來人，只有隨着鐵幕的擴張而一直流亡到西南，到緬邊。

她曾作過教員，作過歌女，要過飯；但任何痛苦，決不能

改變她逃向自由的意志。等到大陸整個陷共了，她有一個新的覺悟·知道老是消極的逃避共黨不是長策，應該要積極地起來反共——擊破鐵幕，使全國同胞恢復自由。因此決然參加反共游擊隊，她不僅在戰場上顯過身手，而且不斷地在劇場上，把她一腔反共復國的熱情，通過她的珠喉，鼓舞了所有的觀衆。

張女士爲了歡迎她的老師，當晚特地增加了一個歌唱的節目，那是王先生當年所製，親自教給她們的一闋歌曲——「美麗的西子湖」。在蠻荒遠戍，異國流亡，終日夢想着塞北江南的人。偶然聽到這種歌聲，本來極易喚起故園恨，山河戀；加上張女士歌唱的天才和她當時歌此一曲的撫今思昔，亦悲亦喜的心情，眞是一字一淚，打動了每一個人的心弦。前面的一首詩，便是筆者聽到這歡聲後，寫給張女士的。

此外舞台上有一副對聯是我最欣賞而發人深省的：

讓反共藝術，加入反共戰術；

用游擊劇場，幫助游擊戰場。

（二）

我們在聯軍總部，得識了不少來自雲南各游擊區的反共英雄，從他們的談話中，知道外間所稱的李彌將軍部隊實際上是兩大部份：一部份是雲南反共救國軍，這些部隊分散在雲南全省各地，總指揮部設在毗鄰卡瓦山的××縣境，雲南省政府也設在那裡。猛撤是聯軍總部，這是雲南反共救國軍，和東南亞華僑反共聯軍，中緬回族反共軍，越、寮和緬甸各族反共軍十幾個單位聯合組成的。

據他們叙述這兩大反共軍事團體成立的經過：是由於他們都受過血的教訓，不得不把各個力量聯成整體，把許多分散的點線擴充成面。雲南反共武力之所以特別龐大，最初倒不是基於人和地的優越條件，而是因爲盧漢宣佈投共後，共軍經過三個月才進據雲南。這一空隙的時間，恰好讓愛國的志士們——退入雲南的國軍，地方自衛隊，退役軍人，從容地揭竿而起，進入游擊基地。卅九年一年之間，是雲南反共武裝極盛時代，也是滇共最頭痛的時期。到四十年初，共軍開始「逐點清剿」，很多反共部隊被各個擊破。

幸虧這一時期，李彌將軍在邊區設立雲南省府，發出團結全省反共武裝的號召，各部隊得到這一消息，萬分興奮地於艱難困苦中都和李總部取得了聯絡。好在各部隊都原有電台和通訊人員，電訊指揮十分靈活。從此以後，共軍對某一游擊區發動攻勢，總部即指揮各游擊區部隊出擊，以牽制共軍兵力，使他無法集結較大的兵力，消滅某一地的反共武裝。

但共軍是國際性的組織，他知道李總部的存在，會使他在雲南日夜不安，所以實施另一國際性的陰謀——指示緬共、泰共、寮共武裝北進，漸次逼近滇邊，擾亂李總部的後方，讓滇共集中兵力南進，合力擊潰李總部。這一期間，李部恰好向雲南推進，誓師北伐，等到前方遭遇到埋伏的重兵，後方的接濟已被緬泰寮共截斷時，只得奮勇突圍，回師緬境，把後方的敵人驅逐。

這一時期，緬寮邊境的人民因爲遭到了共軍的荼毒，大家都紛紛組織起反共武裝，保衞田園廬墓。到李部替他們驅逐了敵人之後，他們都感到對付有國際組織的共軍，也必須用國際性的反共組織。東南亞反共聯軍總部，便是基於這種共同的要求組成的。

以後，大家更感到反共戰爭，不僅是靠單純的武力，最重要的是反共文化思想體系的建立。所以又在這裡設立反共抗俄大學，各部隊都選派優秀幹部來接受思想的薰陶，和反共游擊戰術的檢討，這才奠定了東南亞反侵畧前哨基地的鞏固局面。

緬甸政府最初是非常反對反共軍的進出緬邊，曾經一度傾全國的兵力來驅逐，經過一再的失敗後，同時又給緬共武裝一個從容坐大的機會。到緬共接受中共的指揮，一度進入上緬甸，幾乎可以直接得到滇共的援助時，這才使緬甸當局着急萬分。李部的回師進剿，至組織東南亞反共聯軍後，他們的態度完全改變，

甚至以友軍的姿態來和反共軍相處，尤其是駐在上緬甸的部隊長，更是盡力支持。

從四十年到四十一年之間，是共軍對東南亞最苦悶的時期，根本原因，當然是由於緬政府與組成了東南亞反共聯軍的李部合作，使李部可以安心去爲光復雲南而努力；緬政府可以盡全力去剿除緬共武裝，其他各國的共黨活動，到處都會受到當地人民反共武裝的打擊。

最使共黨傷透腦筋的；是由各地華僑領導的反共地下組織，專一對付共黨潛伏份子的地下活動，使當地治安機關，毫不費力的隨時可以破獲這些秘密組織。這情況如果繼續下去，共產國際將對東南亞絕望；可惜好景不常，緬政府終於上了共黨另一陰謀的圈套。

獨立後的緬甸，是由五邦組成的聯邦政府，政權雖然是操縱在緬甸邦人的手裡，但他不得不設法羈縻撣邦和吉仁邦的有力人士。撣邦的地域最大，全境毗連雲南，這一族的人和中國分離，到目前只不過五十多年，在歷史上作了中國兩千多年的屬國，比較緬甸和中國的關係要深而且遠，所以撣邦人至今不自知是屬於中國以外的緬甸。

假如在緬甸剛剛獨立時，撣邦要脫離緬甸，那是名正言順，所以德欽汝不惜把崇高的大總統讓給撣邦土司蘇瑞泰，重要的外交部長給撣邦的蘇昆雀，便是基於這種原因，但他始終還對撣邦不放心。

吉仁族是英國征服全緬的根據地，在英治期間，吉仁可當到團營長，公務也要佔絕大多數。緬甸全國都信佛教，只有吉仁族信奉耶穌基督。當英國讓緬甸獨立時，誰都認爲重要軍政權將歸於吉仁人，不料事出意外，英國將緬政大權完全交給緬族人的社會黨，這是英人故意在緬甸放下一個內亂的種子，不久，吉仁族果然宣告獨立。

共黨的陰謀，便是建築在緬甸當軸的這種心理上，首先他製造謠言，說是吉仁族加入東南亞反共聯軍，是與李總部訂有密約——協助吉仁叛軍推翻緬甸現政府。接着又散佈流言說撣邦反共自衛隊的強大，是作爲獨立資本的。這些流言蜚語，一一打中了緬甸當局的心弦，以致日夜不安。但緬政府決不能憑謠言向國會提出修改憲法，不許撣邦人民組織自衛隊。

共黨的下一着棋子緊接着來了，向緬政府提出抗議：謂撣邦土司協助李部，有碍邦交，要求緬方處治。這一抗議，正合了緬當局的心意，立即宣佈「改土歸流」，收回撣邦的自治權。這種違法的舉動，撣邦人自不能接受，反共武裝，眞的變爲他們護法的力量。緬政府更相信撣邦獨立不是謠傳，因此出動大軍，甚至轉移剿共的兵力來和撣邦反共軍作戰。這便是緬軍和反共軍兵連禍結的眞相。

反共軍的將領們，提到這些經過情形，雖然不勝嘆惜，但他們一致都認爲中國軍的撤退是無法挽囘的。問題只是如何使緬寮各族人的反共武裝不會再受土共的各個擊破，影響到雲南境的反共軍。更進一步的是要他們極力避免和緬政府軍的衝突，以免互相殘殺，讓緬共乘機坐大。他們最担心的：是緬共一旦進據了這些地區，可以直接得到中共的援助後，緬甸將成爲越南第二。他們這次的會議，對這些都是重要的議題。

（三）

在猛撤一住數日，馬老板忙着他的生意，反共軍的將領在忙開會，我們只有到處遊玩。好在這裡的雲南商人多，聯軍總部又派着翻譯人替我們作嚮導，在長途跋涉之後，我們也樂得暫時寄情花鳥，訪問民情。

這裡的氣候一天有四季的變化，晚涼如秋，夜寒如冬，早起署有春寒的料峭，中午熱似盛夏，所謂「夜穿皮袍午穿紗」正是這裡日夜氣候變化的寫實。因此，居住在這裡的人要保持健康，有幾個要訣：首先是不要怕着衣脫衣的麻煩，要稍微偷懶一點，定會受寒中暑，尤其是夜間，上床時也許很暖和，只要蓋一床薄

毯，但一到子夜，便非重衾疊被不暖，沒有經驗的人，往往會在深夜着凉。

奇怪得很，在這裡一着凉便會生病，任何病到最後都會轉上擺子。我最初不瞭解這裡的人爲什麽要掛雙層蚊帳？住了幾天之後，才知道有一種小到看不見的小蚊蟲，沒有兩層帳子，不能防禦牠的侵襲。這些小東西，只要一咬着你，身上立刻會發生奇癢，醫生說：各式各樣的瘧疾菌，就也隨着潛伏在你身上，一着凉，便會打起擺子來。

土人住的房屋很有趣，是用竹子搭成的樓，底下一層大約離地七八尺，但四週沒有牆壁，也不住人。上面一層有牆壁窗戶的只有四五尺高，這便是土人的居室，連樓板都是竹子的，走動時格格作響。我看到這種房子，才懂得古人所稱的巢居，的確像鳥巢。

這種房屋，大概也是用以適應當地的環境，因爲這些卑濕地區，地面潮濕太重，容易受病，住在高處，既可避免濕氣，蚊蟲侵襲的機會也比較少。但土人害病的還是很多，尤其是瘧疾。

據軍民聯合醫院的江夫人告訴我們：在他們沒有到這裡以前，土人對瘧疾從來不知道醫療，他們認爲擺子是有一種鬼。因此只有躲避和求佛的兩個方法。有一次他住在一個很富裕的土人家裡，那位家長患瘧已經數月，求神無效，認爲無法挽救。經他一針注射，立奏功效，土人竟把他當作神仙，送他五百銀洋不受，結果一定要贈他一隻肥猪。從此，大家都相信醫藥，這一所醫院，也是老百姓合力建築的。

在這裡還有另一個保健的秘訣，那就是每天到大河去洗澡，我先前看到土人一到太陽轉西，男女老少都一律下河沐浴，不知道用意何在？照理說：這裡最炎熱的時候是正午，洗澡應該以正午適宜，夕陽西下，這裡正是已凉天氣，浸身水中，我担心他們會因此受寒。

當我提出這意見時，江大夫說：是並不是由於土人的愚昧；實在是很有科學根據的。因爲這裡的河水，源由於高山叢莽的原始森林，鳥獸的尸骸，蟲豸樹葉腐爛後所流下的水，經過正午太陽的蒸發，河面上已充滿了瘴氣，所以土人這時候不渡河，自然更不在河裡洗澡。

我們爲了好奇和遵守保健的要訣，黃昏時分，也到大河去沐浴。這裡的婦女入浴時，並不像迷津的女人脫得赤裸，而是和衣入水，在水裡把衣服當浴巾，一面洗身、一面洗衣，等到兩種工作都完全結束，那才把濕衣又在水裡穿上後再出水面，到岸上再換下濕衣。她們換衣手術之敏捷和大胆，那才使你吃驚；在衆目睽睽之下，她們旁若無人地，一轉眼便完成了換衣工作。

男子在岸上都脫得赤條地再下水，面對着婦女也毫不在乎。同伴們爲了「入境隨俗」，大家也都全身赤裸下水，我們這些在香港居久了的人，竟不敢大胆冒險，深恐觸犯了英國法律「向女子暴露下體」要打屁股十到廿籐，所以仍保留着最後的防線——穿着短褲下水。

那些夷女們看到這批赤條條的大漢，不但不避開，反而集中到我們左右，彼此手講指畫的對着我們，笑語喧嘩，不知道是說些什麽？但從態度上，可以看出他們是在以我們爲談笑的資料。突然一位年輕的少女，用不大純熟的中國話說：「趙龍」（夷語稱中國官長）屁股好白」！接着一陣大笑，這眞使我們覺得十分難堪，只得草草上岸，穿衣返回寓所。

（四）

一天天氣晴和的早上，住在這裡的朋友們帶我們去逛老街，因爲那裡不僅是風景區，是猛撤的舊都城，而且就便拜謁擺夷皇后。我們一行廿餘人，沿着一條官道前進，兩旁綠樹，濃陰蔭着溪流，茅舍竹籬，鷄犬人家，大有江南的農村風味。行至中途，經過一片中橫七八里的廣場，場後有一座小山，左面對着縱橫約二里寬濶的湖水。據說這裡是當年中國駐軍的營壘，在光緒十七年以前，猛撤駐有中國的千總，大戰期間，日軍以猛撤爲南撣邦

的軍事基地，把這故壘又擴充爲飛機場。

我們經過湖濱時，看到湖水漣漪，游魚成隊，毫不避人，最大的魚，有一兩斤一尾的。朋友們告訴我：土人認爲這湖裡的魚是代表龍，任何人不敢取食，所以聯軍總部也在這裡出有告示，禁止軍人捕魚，從這一點，便以看到聯軍當局，是如何重視民情。

老街比較猛撤要繁華得多，街道整齊，兩旁店舖都是木樓，而且櫥窗中擺滿了各式各樣的布匹綢緞和裝飾品，這都是馬幫商人運來的，夷民是不懂經營商業的。這裡地勢比較高爽，是在一座小山上，下面有一條大河，時有獨木船來往。我在邊區所有的山上都沒有發現過石頭，這裡却有很多的鵝卵石，所以街道上能舖着石子。

我們在街上吃了飯，通譯官帶着我們去謁皇后，她住的是臨街的一座三層樓的新木屋，當然是在這地區是最濶氣的房屋。見面時，她十分客氣的和我們談話。兩個笑起來便深現的梨渦，配着豐滿白晳的臉，和黑白分明的媚眼，的確是邊區難得見到的美人。她的裝束雖然也和這裡的其他女人一樣，但質料是高貴的，顏色既鮮艷奪目而又調配得十分調和。最難得的是她的一雙脚，不像邊區其他女人既大且厚而五指像扇形張開，而是白晳圓潤，拖着繡花的紅鞋，更覺可愛。

她一面開着留聲機賣着咖啡餉客，一面和我們暢談。她說她的祖先是中國籍，小時生在景棟，以後到仰光讀過書，曾經認識過幾位中國朋友，可是沒有機會到中國。希望中國軍把大陸收復後，到中國一行；對此佳人，尤其在蠻荒之地，我們都覺得傾談忘倦，這美麗的印象，直到我執筆時，還歷歷如在目前！

卡瓦族衆王之王

滇緬泰寮邊區行脚之七

將軍鬢髮已蕭蕭，猶有豪情不可消！

高舉義旗驅國賊；南蠻誰不擁班超？

——贈卡瓦尊爲王上王的李×哲將軍

（一）

在猛撤小住一旬，重又跟上馬幫大隊向雲南邊境反共游擊隊所控制的車（里）、佛（海）、南（嶠）瀾（滄）地區前進。當我們想到不久即可重新踏上西南國土，看到始終堅守着大陸邊緣的反共英雄時，大家幾乎忘記了旅途上一切的艱苦。但這一段路程，要經過生卡瓦區——那是連馬幫夥伴們一提到都有點談虎色變之感的畏途。

在雲南呆過的朋友，都會聽過生卡瓦搶人頭的故事。據說這一地區以殺得人頭最多的人爲每一寨的寨主，以人頭懸掛得最多的一寨爲京城。人頭是懸掛在寨的門口，人耳便懸在寨主的頸項上。他們把人頭當成民主國家的選舉票；把人耳當成了封建時代的朝珠。你想每一位過客每想到這情景時，摸摸自己的頭顱耳朵，能不慄慄危懼嗎？

當然，傳言未必可信，但馬幫的同伴，有不少是身歷其境的過來人。他們之中，大多數看到過「人頭寨」高掛着一排排頭顱，更有人親眼看到過自己的同伴頭顱被割去了！在旅途中聽他們說到這些經歷，言之有據，令人不得不相信，更使人不得不爲自己的頭顱担憂！如果不是爲了要親身去看雲南反共義師的心理所驅使，我眞想中途折回。

同伴中有位反共軍的劉上校告訴我：說他第一次到野卡瓦時——那是四十年反共軍反攻雲南，大軍進駐，威振蠻夷，野卡瓦固然不敢向這些英雄的頭顱打主意，但糧食困難，經過多方的設法，他們算是每個人分得一點糯米可以賁稀飯。這種最貧苦的地區，不僅沒有菜可吃，連鹽巴也不容易找，突然有位老總發現了房主人壁上掛着成串的牛肉乾粑，他們立即想到，如果有此佳肴佐餐，眞是行軍中難得的美味。

可是他們不敢孟浪，手上拿着銀洋，找到會講卡瓦話的人去

向房主人購買。但主人不承認他有牛肉乾粑，等大家指着壁上時，主人笑着說：那不是牛肉而是人肉乾粑，爲了證他所說的話，立即到房裡取出一顆血肉模糊的人頭，指着壁上，說明這所掛的肉脯，就是屬於這顆人頭所有。

大家看到這情景，不僅不敢再向壁上所掛的肉乾打主意，胆小的人，連稀飯都吃不下，一夜之間，大家只有輪番入睡，深恐自己的頭顱，偶不小心，會被主人偸去。這一段話，更增加了我們內心的恐懼！當我們把這意思向馬老板表達時，他笑着說：「你們讀書人究竟胆小，但這也難怪你們，的確，實際的情形是如此。但請你們放心，我已替你們早作了安全通過人頭寨的安排：……」

（二）

我們從猛撤出發經過四天到達孟布，這是四天來最大的市鎮，也是路途中休息站，在這裡停留了兩天。繼續前進，經孟平，邦桑，十天後始到營盤街，這一路的山勢比較沿途都險惡，道路坎坷難行。營盤街已經接近了卡瓦區，據說這裡是過去中國軍堅守藩邦的重要基地之一，光緒十七年以前，一直駐着漢軍的把總。到英國佔據卡瓦區時，一度在此駐過兵，但突然在一夜之間，英軍十多人失掉了頭顱，從此再看不到英軍的足跡。

馬幫大隊到此後立即歇足了，幾位大窩頭在此都有舖面或家眷。因爲這裡一面可以通到緬北，另一路可通到滇南。近年來，營盤街已成了商業的吞吐口，馬幫自然要在此進出貨物。

鎮日無事，我們一面和滇僑們談家常，同時打聽野卡瓦的殺人風俗。一位沐老板告訴我說：野卡瓦殺人是有季節的。除揷秧和割稻時歡喜殺人而外，平時並不殺人的。他指出這裡的生意，大都是以卡瓦區爲對象，每到殺人季節過後，他們都成羣結隊到那裡去作貿易。

據說卡瓦最需要的是鹽巴和布疋，野卡瓦區多需要鹽，熟卡瓦更需要布，因爲他們比較進化，會穿布衣。當然，最賺錢的交易是向生卡瓦區賣鹽，一塊鹽巴，可以換到十斤八斤烟土，或一兩斤白銀。但是有點冒險，你得要把各寨的風俗人情弄清楚，而且要有相熟的人帶着。

當我們談話時沐老板隔壁的一位印度商人來了。他指着那位滿臉鬍鬚的印度老板說：「前些年他幾乎送了命」——那是一個揷秧的季節。那位印度人的卡瓦朋友告訴他，說是他們寨裡早已缺少了鹽，如果趕時運一批去，定可獲利十倍，印度商人是唯利是圖，沒有想到其中的危險，當即運着一批貨物跟着前往。

當他到達卡瓦區，把貨物推銷得十分滿意時，寨主叫人來同他交涉，說是他們寨裡找不到人頭來祭谷，以致大家不能下種，全寨願意出五百斤鴉片烟買他的人頭，問他願不願意？這樣一來印度商人連什麼也不敢要，半夜開小差脫逃，從此再不敢上卡瓦區！

原來野卡瓦殺人是爲了祭谷，他們有一種迷信，認爲沒有找到人頭時，谷子便不會結實。相傳這種迷信，起自武侯。當武侯南征，駐節這裡，令軍士種谷。野人看到米飯可口，要求賜給谷種。但武侯所給他們的，是煑熟的谷子，這種谷子種到田裡自然不會發芽，卡瓦覺得奇怪。當提出質詢時，武侯告訴他們，必需用人頭祭奠才會生長稻米。

當時卡瓦分爲兩個部落，彼此不和，要人頭，當然只有向敵對的部落去找，每年兩次的互相殺伐，使他們無力向中國進犯，以致減輕了邊患。誰知今日他們竟向漢人打主意，又誰知道這一地區，今日竟成了我們反攻雲南的要道？

（三）

在營盤街住了十多天，馬老板突然找我們吃飯，當我們到達他的寓所時，看到已準備了豐盛的酒餚，似乎在大宴賓客。馬老板一見面，便告訴我們明天出發的消息，同伴王君笑着說：「過卡瓦區時，我們的頭顱都得由你保險」！

聽到這話，馬老板伸着大姆指說：「今天我敢誇一句口，同

伴們的安全，我可以開保險公司！因為我已經請來了卡瓦總王，這酒席便是歡迎他，也是介紹大家和他見面」卡瓦總王，這應該是一位了不起的人物，縱使不是三頭六臂，必定是像舞台電影中所常見的一見便令人生畏的蠻王。我心裡正在這樣想着。

一杯茶沒有吃完，門前進來一位生客，兩鬢斑白，年齡約在六十歲上下，後面跟隨着兩位年輕的軍人。馬老板立即倒屣相迎。看主人的態度，這決不是一位尋常的來客。不過從客人身上，並找不出顯得高貴的處所，只是和藹謙虛中，有一種神彩奕奕，使人一見有點肅然的神氣。

當他和我們一一握手後，馬老板說：「這就是卡瓦人尊為卡瓦總王的李×哲將軍，有了他，大家可以放下懸懸的心，安然渡過恐怖區域……」李將軍不等他說完，立即接着說：「我早聽到諸位先生要來到這裡，早就應該親來恭候，一以消息不通，不知諸位何時到達；再因前方軍情吃緊，不能抽身，這次接到馬老板的通知，立即趕來迎候，這是我們應盡的地主之誼」。

這就是卡瓦總王嗎？為什麼野卡瓦要尊重他？我們心裡有着這些疑問。席間，馬老板詳細地敘述李將軍一段傳奇性的故事——征服卡瓦的經過：大約是民國廿年左右，野卡瓦乘中國內部多事，武裝侵犯滇邊，邊境人民，受到他們的種種殘害，感到萬分痛苦。政府既無法派兵担任邊防，地方自衞隊更無力抗拒這種擁有新式武器，爬高山如履平地的野人隊伍。

當時李將軍正是邊區一位愛鄉愛國的青年，振臂一呼，集合同志數十人乘卡瓦虜掠鄉村之後，八面埋伏，一戰而使卡瓦兵狼狽大敗。他將奪獲的武器裝備響應而來的更多青年同志，野人驅出國境之後，緊跟着連夜追擊。野卡瓦連合各寨與李將軍所部再戰再敗，李將軍一面追擊，一面撫慰善良的卡瓦族人，並開導他們，漢人與卡瓦的關係親如手足，應該互相提携，他們都深為感動。安守本分的卡瓦人都忌恨那些造亂的野卡瓦，各寨紛紛奮起跟着李部向叛亂的卡瓦進攻，一戰再戰，卡瓦十八王已被他征服了十六，他更單槍匹馬，深入兩個不投降的寨中曉以大義，使他們驚為天人，一致下馬拜服。當他率領同志想回到家鄉時，卡瓦十八王一致挽留，要他留在卡瓦區，尊他為卡瓦區的王上王，並在「新地方」（卡瓦區的地名）建立總王府。要他統率卡瓦兵抗拒英人的侵畧。

卡瓦之所以流竄滇邊虜掠，完全由於英人要佔領「班洪」銀鑛，把當地的卡瓦一致驅逐，使他們無家可歸，以致危害中國。他們認為李將軍是天神，所以要求他替他們驅逐英軍，收復田園。在此情況下，李將軍只好答允了，經過一番訓練，終於在民國廿三年率領卡瓦兵把英軍逐出班洪，收回銀鑛。李將軍也立即辭去總王，回國來為本鄉服務。

雲南陷共，邊地人民深感國破家亡之痛，紛紛起義反共，李將軍趁此時機，重拔征衫，到卡瓦區高舉義旗，卡瓦人自然都聽他的號令，各地有志的青年也紛來投効。滇緬兩地反共游擊隊能通過卡瓦區，完全是由於李將軍的在此坐鎮。聽到這一段的經過，我們更相信班定遠的故事決非誇張。李將軍的功勞，也不在班超之下，篇首的詩，是當時吟贈他的。

（四）

第二天，我們果真出發了，李將軍在前，我們跟在他的馬後，馬老板走在全隊伍的最後。起初，我們心裡還有點忐忑不安，每經過蔓草叢生，深不見人的地區時，常常會想起昔日聽到的恐怖，說是卡瓦往往藏在草中，乘人不備，忽的割去馬上人的頭顱。但當我們到達野卡瓦第一個鐵柵寨時，看到男男女女，鳴鑼擊鼓，手中點着香，頭上頂着蕉葉盛着的菓點跪在路旁，口裡不知說些什麼，但一見知道是跪接我們的隊伍。

李將軍不知是說些什麼，大約是慰勞他們。我看到這些野卡瓦真有點怕，滿身刺着各式各樣的花紋，腰間用籐作成的圍裙，使我們想到武侯傳上所稱的籐甲兵，決非虛構。男人長着長髮，

女人則剃着光頭，男人把篠葉緊遮着下部，女人單單把我們認爲最神秘之點特別露出。恰恰和文明社會的人相反。

當我正在欣賞這些篠衣男女和跪在地下的虔誠情形時，突然轟轟廿四聲，使我大吃一驚，抬頭看時，前面一簇人馬如飛而來，相離不遠，滾鞍下馬，爲首的一位番王領先跪下，李將軍的參謀告訴我，這就是卡瓦的永恩王。李將軍下馬答禮，大家結隊前行。當我們到達王府時，又是廿四砲，永恩王率領着全體宮眷臣僚跪着等李將軍上殿才起來。並送上一面名册，上面的字我們認不得，印信是邊緣有兩條龍，刻着勅封永恩王之寶的漢字。

接着請李將軍閱兵，赤膊背着卡賓槍輕機槍的官兵，看起來都是精神抖擻的，指揮官是一位漢人，穿着如李部同樣的服裝，大概這是李部派來的軍事顧問，檢閱後，李將軍告訴我們，這些自衞隊是反共意志很堅強的，每次共軍進犯，都被他們打敗，四十年反攻雲南，這些卡瓦軍，曾經隨軍北上，建過奇功。

當天晚上，我們宿在王府，大排酒筵時，滿席的肉類，都是臭氣燻人，卡瓦人吃起來都是津津有味。李將軍說：他們任何肉類，都不食新鮮，必定要等到臭不可聞時才吃，他們都愛此臭味。我只吃點烤牛肉——那是每人一個鐵鍋，中間一盤炭火，拿起生牛肉烤着吃，旁邊放着一盤鹽，這是等於點心，卡瓦人用手指以口水粘上一點放在口中，一面吃茶，一面吃鹽，鹽在他們，大約算是茶食。

這樣經過五六個野卡瓦寨，一天傍晚，我們到達一個城牆最高的寨，在進寨門時，看到城頭掛着數十百個乾枯已久的人頭，我知道這是有名的人頭寨。這天晚上，國王請我們在飯後到廣場上參加們的盛會，許多男女，在一個血淋淋的人頭前哭拜，歌舞，把酒肉塞進他的嘴。據李將軍的隨從參謀說：卡瓦人在殺到人頭後要舉行七天這樣的儀式，以弔死者，也是慶祝全寨的勝利，再加上祭神。看到這情景，我心裡爲死者惻然，同時想起這正是我們俗語所謂猫哭老鼠。

過人頭寨兩三天路程，我們便到達中國境，首先是瀾滄縣的西盟鎮。這裡有反共軍的××部駐紮。我們看到這些將士，重新踏上了西南國土，高興得幾乎要流出淚來。恰好這時候有位從共區回來的地工人員，相談之下，我們知道共軍在滇邊已遭到各民族的忌恨，最近雖然到處發給布疋鹽巴，但共幹上山，依然是常常遭到山地人民的殺害。至於我地工人員，則處處受到人民的掩護。

但有一件非常值得我們重視的事。共黨最近將車里的版納王刀世勳加封爲「自由泰」的副主席。版納王是統治邊區數百年一直受夷人尊敬的。刀世勳是廿四世王，他在抗戰期間曾經到重慶讀過書。雲南陷共後，一直被冷落，於今突被重視，共黨大概是要利用他號召邊民，並且準備號召泰緬寮的泰族人民，可能是南侵的準備。

西盟是一個小鎮，但反共軍給他繁榮起來了，和共黨相隔咫尺，但反共軍一直能守住這前哨基地，駐軍的陶×將軍告訴我，這並不是奇蹟，完全由於民衆的力量。從這裡，我們可以看出共黨完全失去民心。只要我們向大陸進攻，人民是必定會站在我們一邊的。

以後，我們又到瀾滄，南嶠，車里各地，看到呂國銓將軍和羅×剛將軍的部隊屹立前線，他們一致認爲反攻雲南並不難，只是補給的問題。我們在羅部更看到他們夜間的出擊，結果帶回來一部份起義的共軍和來歸的青年。據說這都是他們早和我們地工人員接洽定妥，趁我們出擊時，一致逃出鐵幕。只可惜我們補給困難，不然，要成立起新軍來，兵員是決無問題。

（全文完）

萬里長城

劉榮琮

不到西安，不知中國歷史之悠久；不登長城，不知中國古代建築之雄偉。

雄關萬里　永存國魂

西安有三千多年的歷史文物，有二百多處名勝古蹟，是我國歷史文化的淵源。長城蜿蜒矗立於中國北部高山峻嶺之上，三千年來屏障北方國防，這是先民血汗凝結而成的遺產。這一座家喻戶曉傲視四海的巨構，是中國文化最顯明的象徵，是中國文明最宏偉的標誌，是我炎黃子孫的精神堡壘，也是民族抵禦外患的一頁血淚史。它充分表現中華兒女慘淡經營之苦心與毅力，並證明我國古代高度的建築技能。

萬里長城流傳着許多驚心動魄的英雄故事，它經歷了歷代的興亡，而今雖已結束了它的實用價值，成爲歷史的陳迹，但這座聞名中外的長城，論工程艱險，比之埃及的「金字塔」，和中東的「蘇彝士運河」，有過之而無不及，論時代意義，它是中華男兒堅韌毅力的結晶，與無窮智慧嘔心瀝血創造力量的化身，在當時號稱我國族的「馬其諾」工程，其國防價值，簡直無法以數字計算。

在江南，到處是花林烟草，細雨微風；聽的是吳儂軟語，舞的是羞月雲裳。但無論任何一個居住在南方的人，如果登臨長城各重要關隘，一覽山川的偉大形勢，在大漠風塵山巒迴抱的景象裡，面對着那粗獷雄濶、悲歌慷慨的邊城，每個人的血液中，都有湧出一種不可名狀的感覺，而興「雄壯兮國土！永在兮國魂！」的干雲浩氣。

長城除山海關外，都沒有城門，但有許多雄關險隘，如山海關、喜峰口、羅文峪、古北口、居庸關、張家口、紫荆關、雁門關、娘子關、榆關、黑峪關、平型關等。長城東起於白浪滔天勃海之濱的山海關，透迤西行，翻越過燕山、五台山、太行山、大青山、呂梁山、六盤山、賀蘭山、陰山，穿過草原、大漠，三次飛越黃河，西止於終年積雪的祁連山麓的嘉峪關，橫貫中國北部八個行省，長達一萬二千多華里，約當地球圓週十二分之一，眞是「東窮碧海羣山立，西入黃河落日明，千秋功績且勿論，英雄造事令人驚。」

已故易君左教授曩有「長城曲」之作，極盡描繪之能事，不愧爲詩詞名家。曲云：

「長城長，古國防，起秦漢，歷隋唐，捍中國。阻胡羌。何人敢南下而牧馬？何人痛北上而牧羊？何人銘燕然山？何人弔古戰場？何人出塞抱琵琶？何人騎駝還故鄉？犧牲一切爲祖國，中華兒女何堂堂！轟轟烈烈生固好，轟轟烈烈死何妨。割一十六州永遺臭，歌八千里長留芳。呼嗟乎！眼前莫歎一片草白與沙黃，

在千山萬壑中起伏蜿蜒的萬里長城

眼前莫歎一帶敗堵與頹墻，眼前莫歎一羣荒鷹與野狼，眼前莫歎一抹秋風與斜陽。古人奠其基，今人支其樑；古人織其布，今人縫其裳，國防無今古，團結如鐵鋼。

吁嗟乎！長城長，強鄰強，強鄰雖強不足畏，處處盡戰壕，人人皆機槍，時時吹號角，件件礪鋒鋩。力保和平主正義，順天者存逆天亡；中國要爲萬世開太平，中國要爲乾坤立紀綱。」

號稱世界偉大奇蹟

萬里長城從公元前五世紀開始建造，到公元前三世紀，初步呵成了一氣。從秦漢到明清，修了再築，築了再修，不斷經營，保存至今，號稱世界七大奇蹟的古代亞歷山大城，也不能和它媲美。

科學家認爲，萬里長城是有史以來用人工造成的最偉大的一座建築物。除了離地球廿三萬八千八百五十七英里的月球，可用肉眼看到它的影子外；如果把所有的磚石放在赤道上，仍能築成一道高約八呎、厚約三呎的「環球長城」。（按環繞赤道一周，約兩萬四千九百〇二英里）；或者移至英國，亦可重建英格蘭、蘇格蘭、愛爾蘭，以及威爾斯各處，所有的各種建築物而有餘。

某外交雜誌報導，萬里長城從頭至尾拉成一直線，長約一千四百英里；如果將它的稜障（連結壘與內壁者），與環城、支城等一併加起來，其總長當在兩千五百英里左右。據美國名工程師葛蘭脫氏計算，假如把萬里長城當年所耗費的人工，移至美國重建新大陸，當足夠建設其全部的鐵路、公路、運河，以及大部份都市。工程之偉大，可想而知。

中國自古的邊患，常從北方而來，北方地勢平坦，大漠一望無邊，敵軍的騎兵，隨時可以出沒，所以祇有靠這項連續不斷的偉大工事，才能「限戎馬之足」。長城並不專是作爲防守堡塞之用，同時它也是準備進攻的基地，因爲長城以內，可以練兵、屯糧和聚積一切軍用物資。

若是沒有長城在後方掩護，那秦漢以來苦干次「大出塞」的軍事，尤其是漢武帝時期衞青、霍去病諸名將的出塞，便不可能。以後如東漢和帝時竇憲的大出塞，把匈奴打過金微山（即新疆東北邊的阿爾泰山）一役，更是空前的成功。這次不僅使匈奴逼迫其他野蠻民族向歐西侵入，影響到整個西洋歷史的變遷。

早期長城建築史

中國最早的長城，築於春秋，管仲書說：「長城之陽，魯也；長城之陰，齊也。」明人董說七國考引圖書記：「趙簡子築長城以備狄。」（按趙簡子即趙鞅，在魯昭公時代，執政晉國）又史記趙世家：「趙肅王十七年築長城，……」根據這些

片斷史冊的記載，證明遠在公元前四八一——七二二年春秋時代，即有長城之設。

到戰國時，韓、趙、魏、秦、燕、齊、楚各國，因先民阻擋外來敵人侵襲，曾分別築城，根據顧亭林日知錄的統計，戰國七雄所築長城有齊長城、魏長城、韓長城、楚長城、中山長城和趙長城，這六座長城都不在北方。在北方的長城，日知錄列有隴西北地上郡的秦長城，魏惠王十九年築的魏長城，趙武靈王北破林胡、樓煩築的趙長城，燕國拒胡的燕長城等四座。（均見史記匈奴列傳及史記秦世家、魏世家）。

據正史記載，戰國時代，秦有自隴西（甘肅臨洮）北地（甘肅寧縣）至上郡（陝西綏德）的長城；趙有沿陰山至代（察哈爾蔚縣）的長城；燕有自沮陽（察哈爾懷來縣）至襄平（遼寧省遼陽縣）的長城。

及至秦併吞六國後，把燕國的遼東和朝鮮部份的長城佔有，並加以銜接。據史記秦紀載：始皇併天下，使蒙恬將三十萬衆，北逐夷狄，收河南，築長城，因地形用險制塞，起臨洮至遼東，延袤萬餘里，昔時邊境，恃此以固，由於此城之屛障，使胡人不敢南下而牧馬，這就是我們中華民族長城精神的發揮，以後凡是某事某物足以用爲依賴者，大都以此爲形容詞，如劉長卿自詡其詩爲五言長城，表示無人敢與之抗衡等是。

秦築長城萬里朱般

一般人以爲萬里長城是秦始皇修造的，據說此一民間傳說故事，最早見於唐末的和尚貫休所作之一首古風「杞梁妻」：「秦之無道兮四海枯，築長城兮遮北胡；築人築土一萬里，杞梁貞婦啼嗚嗚，……一號城崩塞色苦，再號杞梁骨出土。……」

事實上，經過歷史學家的考據，杞梁和他的太太，是春秋時齊國的人；而最早建築長城的，就是西元前四百餘年的齊國。西起於平陰城（今山東肥城縣西北六十餘里的古防門以西地），東至於海，這段時間距秦始皇下令蒙恬築長城，還有二百年。

秦始皇爲了連貫這條萬里長城，曾受盡了天下人的咒罵。唐時李華在「弔古戰

塢」文中說：「秦起長城，竟海為關，荼毒生靈，萬里朱殷。……」這就是那位暴君奴役人民的寫照。

秦始皇三十三年，即西元前二一四年，命蒙恬修築長城，綿延四十四縣。根據司馬遷的史記所述，這一長城「起臨洮至遼東，延袤萬餘里。」

臨洮即現在甘肅省的岷縣，遼東却是遼東郡的泛稱。秦時遼東郡實轄有今韓國地境。歷史家考證，秦萬里長城的東端盡頭，當在今北韓黃海道的遂安縣境。其間並未經過今人以之為長城代表地區的山海關。

現在通常照片上所見山海關、居庸關一帶的長城，是明朝大將徐達所修，在崇山峻嶺中，雉堞起伏，登臨遊覽者，莫不發思古之幽情，而驚歎其工程之偉大。其實，較之秦代長城之向東擴展，漢代長城之向西擴展，明代的這段工程，乃微不道。

漢明修長城頓復舊觀

秦亡後，北魏、北齊、北周及隋唐諸朝，均曾大力修築長城，使秦時原有舊城位迭有變更。此後，我國造磚窰業日益發達，迨至唐代則全部使用磚砌，既整齊且美觀。

建長城主要功用，當初固係資為國防主要工事，遷至漢代，更用以開拓貿易、發展政治之交通要道，漢元狩二年（公元前一二一）武帝在南山北麓，將匈奴逐出牧地後，即以之為向中亞前進政策之通路，而建立軍事之根據地。其展長原有長城向西建造，着眼處固在於保護向塔里木盆地展進。其時，匈奴在北部沙漠地帶，依然縱橫跳躍，此一貿易與軍事行動之交通線，自為當務之急。

武帝元封二年（公元前一〇八），自肅州（今蘭州）遠至玉門一帶，建驛站墩堡；太初三年（公元前一〇二）武帝二次遠征塔里木盆地成功後，於是自敦煌西至鹽澤，往往起亭障，用意在保護政治使節及商旅之安全，與供給其沿途之給養。先民之堅忍精神及組織力量，至可佩式！

自明開國以來，面臨元朝殘餘勢力韃靼之威脅，太祖迭次北伐沙漠，成祖六度出師遠征，均無法肅清漠南，獲得決定性的勝利。至英宗時，韃靼的別部瓦剌，益形猖獗，土木堡之役明軍敗而覆沒，英宗被俘，蒙古鐵騎直抵京師，躍馬皇城之下，幸賴大臣于謙等措置得宜，沉着應變，始自行撤退。

景帝以還，對韃靼之和戰問題，始終困擾着明廷朝野，蓋和則難以持久，戰則難以取勝；而所謂「北虜」寇邊事件，更有增無已，殺人越貨，搶掠焚燒，邊警頻傳，使明軍防不勝防。此一嚴重而棘手問題，直到憲宗成化年間，由於重修萬里長城中段（東起綏遠清河縣，西迄寧夏鹽池縣，全長一千七百七十里），始逐步緩和而平息。

明代長城其中固有新建者，亦有修葺聯綴舊有者。據史傳云：明初徐達等取元都，即築山海關以西長城，以拒元寇，其後韃靼屢擾沿邊，於是正統、成化以來，至於嘉靖，而九邊長城次第成立。

所謂九邊，即遼東、薊州、宣府、大同、榆林、寧夏、甘肅、固原、太原諸鎮之長城。明之長城皆以特製石磚築成，高大寬厚處可通車，每隔三十六丈築一堡塞，上建烽火台，寇至晝則舉烟，夜則舉火，以為警號。

王嬙故里

羣山萬壑赴荊門，生長明妃尚有村。
一去紫臺連朔漠，獨留青冢向黃昏。
畫圖省識春風面，環珮空歸月夜魂。
千載琵琶作胡語，分明怨恨曲中論！
——杜甫：詠懷古跡。

打從宜昌西上，過新灘不久便出西陵峽，有一段長約八十五里的平緩江面，然後，第一站是香溪，地在北岸，距兵書寶劍峽八里。這裡是漢朝昭君王嬙的故里。杜詩「羣山萬壑赴荊門，生長明妃尚有村」，就是詠她。今日香溪兩岸遍生香草，興山、秭歸等鄉婦最喜採擷，人們都說這是當年明妃遺澤，香及後世哩。

按香溪有二源：西源名叫白沙河，發源於湖北興山縣西北的老君山，東南流改名爲當陽河、三堆河；東源名叫深渡水，發源於興山縣北的鳳凰井。西南流又名馬家河。然後到了縣治的西南方，二源會合，南流到秭歸縣東北注於長江，它的入江處名叫香溪口，而香溪又名昭君溪，溪水平緩而紺碧，遊人沿着香溪往裡走九十里水路，船行水上，一如蕩漾在一疋青緞中，兩旁山木蒼鬱，人們一旦來到這裡，塵囂俗氣，將一掃而光了。

繼續前行，江水紆曲，忽然展現在眼前的是一大塊長方形的石頭，據說那是當年王昭君洗臉的地方。史載漢朝王嬙字昭君，她是香溪裡九十里的興山縣（漢屬秭歸縣地）人，當年被漢元帝選進宮中去時，的確是乘船沿着香溪離開她的故鄉的。

進宮後的王嬙，即爲漢元帝宮女，因爲元帝後宮很多，便使畫工把她們的相貌一一畫下來，好供皇帝按圖召幸。這樣，畫工操了貴賤的大權，宮女們便紛紛去賄賂他，望他把自己畫得漂亮點，好有出頭的一日。但昭君自恃貌美勝人，獨不肯同流合汚去進行賄賂。當然，畫工們大不高興，這便把昭君畫得醜了點。以這樣平凡的相貌上奏，當然邀不到皇上的青睞了。

後來匈奴來朝，求美人來作閼氏（即皇后），元帝也想藉這通婚的關係，來結兩國的和好，這便把相貌平平的昭君賜給匈奴。臨行那一天，元帝召見昭君。據漢書匈奴傳載道：「及入辭，光彩射人，悚動左右，貌爲後宮冠；帝悔恨，窮按其事，畫工毛延壽等皆棄市，而昭君竟行。入胡，妻呼韓邪單于，號寧胡閼氏；呼韓邪死，子復株昭若鞮單于立，復妻之：卒葬匈奴。」墓在今綏遠省歸綏城南三十里，邊地多白草，而昭君墓上草獨青，故名青冢。晉時避司馬昭諱，改名明妃，今日的興山縣裡還有一個昭君村來紀念她。

因爲當年王昭君在香溪洗過臉，後人附會的古蹟便多了，除滌妝處外，還有珍珠潭，俗傳昭君滌妝遺珠故名。當地有「每年長江水漲，而香溪不漲」的說法，以免冲淡香溪的香氣。當然這些都是民間的傳說，但也可以看出百姓們對這位美麗的王昭君的懷念。而香溪一地的秀麗景色，的確是令人神往的。附近多婦女操舟，有一船歌道：「一家一個打魚舟，日日朝朝水上游。有女十三郎十四，朝朝相見只低頭。」這又不曉得是不是昭君的遺風使然？

香溪深處還一個玉虛洞，是道家遺留下來的一個古蹟。唐天寶中，有一樵夫在這兒遇到一頭白鹿，往前追逐，遂沒洞中不見了。洞中有清泉，陸羽品水記謂歸州玉虛洞下香溪水，名列天下第十四。蘇軾詩道：「玉虛悔不知，實爲舟人註。聞道石最奇，

窟寐見怪狀。」詠的就是這裡。洞中有許多奇形而瑰麗的鐘乳，洞中可容五、六百人，爲避暑勝地，而香溪兩岸又多植柚子樹，花開時節，郁郁菁菁，淸香久久不散，香溪之名，當自此得。

昭君故里的興山縣，海拔約一千公尺，本屬山城，地多猛虎，入暮即緊閉城門，不敢出入，晚上有人打更巡夜，一如古老的國度。詩人鍾鼎文，有過興山縣詩可證。詩道：

小小的縣城，冷落而孤呇，
受着四面雄莽的山嶽侵凌；
薄暮時，城裡的炊烟四起，
一轉瞬，變作出岫的閒雲。
不等到日落，便關上城門，
城樓上，吹起戒嚴的號角；
城尉說，這不是防範盜賊，
是防範山野縱橫的虎羣。

香溪口之西即秭歸城，水經注載道：「秭歸縣，地理志曰：歸子國也。袁崧曰：屈原有賢姊，聞原放逐，亦來歸，喻令自寬全，鄉人冀其見從，因名秭歸。」秭歸縣城因山數堞，外形好像葫蘆。城之東北兩長並臨絕澗，南隔大江，實爲天險。城中城外，巃石犖确，無片土寸壤。縣治原設山麓，宋末元兵蹂躪江北，這才遷治於江南曲沱。後至明朝嘉靖間，復遷治北岸偏西，就是今日縣境之地，故人稱舊城爲老秭歸，其地正和香溪口相對。

今日秭歸城關東隅有屈原故里坊、屈原祠、衣冠冢等。另有宋玉祠、女嬃廟等古蹟。秭歸八景之一的「九龍奔江」處有屈原墓。這兒巨石橫臥江中，成爲險灘，名叫「人鮓甕」。巨塊成鐵黑色，槎枒猙獰，縱橫於洪濤起沒中。當年黃山谷曾有句道：「命輕人鮓甕頭船，日瘦鬼門關外天」，詠的是人鮓甕，其險仄可知。人們遊王嬙故里之便，不妨順道來此一睹大詩人屈原生長之地，既可暫息征塵，以作半日的勾留，又可發思古之幽情，引發無比縹緲的遐想，一舉兩得，眞是最理想的旅遊安排了。

胡政之與大公報

陳紀瀅

廿七、一片陰霾下的中日情勢

二十四年春，中樞對日政策，仍在實施緩兵之計，先是日本有吉公使與我當局談話，集中所謂反日問題。日方宣傳，也以中國人民反日爲煽動藉口。

大公報曾於二月八日發表「反日存華」社評，以闢駁之。其中警句如下：

「中國今日無所謂反日運動，只有存華決心，兩者性質逈異，絲毫不容混同者也。反日之解釋，應爲仇視日本及日本人，謀危害日本國家，至少亦志在毀損日本國家或其人民之正當利益。其表現於行動也，應爲鼓勵對日之戰爭，至少亦當爲用種種方法在政治上經濟上加害於日本，凡此皆中國從來所不爲，近年更不待論。過去當有排斥日貨之事，其性質皆爲表示對日本某種政治行動之抗議，事過境遷則復作罷。九一八以來，日本對華如此重大侵凌，但塘沽協定以後，排日貨組織亦復作廢，日貨在中國南北口岸自由銷售，華商之買賣日貨者到處可見，此皆公然周知之事實也。日方近復宣傳中國之反日，試問排貨尚且不聞，此外事實安在？若謂問題在言論，則中國之書籍報章，從來無鼓吹仇視日本及日本人者，最大不過抗議日本之對華政策及行動，是則反侵畧，非反日本。不然，豈日方解釋，須歡迎日本之分割我領土，束縛我主權，方爲不反日乎？且也實際上塘沽協定以來，中國報紙並抗議侵畧之文字亦且收拾起來。日本統治僞國，日益徹底，而中國報紙並確實紀載亦且極少。朝野各方，一片中日緩和之聲。長城戰區之各種事實，中國雖理直而氣不壯，報紙於嚴密檢查之下，隻字不見。通郵交涉，而中國報紙，務諱言之。協定已實行，方得揭載，而亦只揭載其畧而已，未聞有反對者。察東開火，報紙悄然而已。是以就言論言，中國報紙只短如我東北各報之頌揚日本謳歌「王道」已耳，日本倘有幾分承認中國是獨立國家之意態，應不能咎其反日也。

推至最近，或者日方所責，乃心理的問題，而非言行的問題。是則大難，上帝亦不敢干涉人的思想也，然即此亦甚錯誤。日本之中國通雖多，但畢竟不能通中國人之心理，惟中國人能通之。……其心理是如何存華，不是如何反日。

今日中國人之一般信念，以爲色無論黃白，洲無分歐亞，要之平等提攜，應爲

胡政之（霖）先生遺像

理想，況同洲同文之國家，更宜如此。中國民族所奉以爲今後之目標者，不求優越人，亦不受人淩踐。雖然，吾人無術開日本要人之自省，仍惟有自表明中國人之立場以結此論。曰：中國人惟誓保其國家榮譽的獨立與完整，決心存華，並不反日。日本要人倘目存華爲反日，則只有聽其自然，但人類公論，必能辨其非矣。

其間，中國曾派王寵惠博士乘東遊之便與日本外相廣田宏毅商談，共同發表友好談話。但日本軍界尤其關東軍見中國逢迎之不善及理解之不速，斥責中國無誠意。究竟怎麼樣才叫誠意？還要中國人自思。過去日本責中國無誠意，截至到二十四年夏季，更進一步，必須徹底表示誠意。怎樣徹底，又是不可解與不可問的事。

當時最困難的，爲中國所望之平等互善，與日本軍人所責的徹底輸誠，其極大之距離，並有不能互容之根本的差異。而日本國策，事實上既爲軍人主持，則無論爲大使或公使，無論大使公使之爲何人，其結果可想而知矣。

抑此所謂根本差異，尚不指東北問題。蓋縱擱置東北問題不談，日本軍人亦不能輕輕放過中國，可以承認其有誠意，是就以大勢論之，中國欲保其獨立自主之尊嚴而得日本諒解，其事誠不易也。

然則中國宜如何？曰求諸己而已矣。何謂求諸己？曰最大最急之事，爲政府發動求全國人心之團結。蓋與其仰鼻息於強鄰，何若求諒解於國內。誠能緩和言論思想之禁，請求全國共赴國難，國事至此，吾想聞風興起者必不乏人。而國內人心果能一致團結，則要足增國家地位，而滅窺伺之禍也。吾不知中國以獨立自主之國家，如何方爲對強鄰徹底表誠，但確信此徹底表誠之語，在本國同胞相互之間，此時却正急急需用！請放眼一看國家民族之境遇如何，苟具天良，孰能漠置。如何團結人心，當爲今日之第一急務矣。

× × ×

又該報於二十四年八月十九日，以「外交與內政」爲題，暢論在日本步步進迫之時際，如何因應之道，其中主要一段，文曰：

中國自九一八後，除不知彼不知己之外，且不知世界。今則既易認識日本，且當然應認識世界。故在今日言立國之道，當然須在全負其責，不躲閃，不猶疑，認定問題核心，以自決其運命。吾人敢坦率聲言：若依現在之國情，常作此種枝節應付，一定不至亡國不止！何則？日本既強有力，而有一定之國策，中國既弱，而手忙脚亂，枝節爲之，此步步趨於亡國之道也。且中國今日所待決者，非原則主張之問題，而爲如何實現之問題。蓋以原則主張論，塘沽協定以來，在政府本來已定，即務求中日之平和親善。日方動指摘我當局施行二重政策，中國國民但見政府步步附和日本，求免須臾，此外別無政策，從何論一重二重？然而今春外交部雖發親善宣言，而並未能緩薊察事件之發作。月前國府特下睦鄰之明令，而一紙文章，又能有幾許緩和環境之効？中國一大部分人實希望經濟上謀提攜，或能政治上得安定，然實際如何，又顯然可知。不觀日方近已極少用「提攜」之名詞，而昌言「北支開發」？提攜爲雙方互願，開發則一面作主，意義之間，恐又岐異。況經濟只爲問題之一部分，華北只爲疆域之一部分，日方政策，根本中又有根本，步驟中又有步驟，總之，彼有整個國策，不達不止，且一切取可能的急進態度，返觀我國近狀，雖極力逢迎，而實有望塵莫及之感。河北事件、察哈爾事件，風雲叠起，事事依從，而全國關係，並未得到絲毫安定。初則悚然，繼而茫然，對走馬燈的時局之進展，竭力順應，而依然不得段落，且更加劣焉。國家自處及對外之態度如此，非步步趨於亡國而何哉？

處茲危險悲觀之國際關係，第一仍惟有希望自己覺悟，內政上先樹立不亡之規模，欲求日本親善，此爲一線希望之所寄也。吾人所樂觀者，國家地位今已洞明，任何愚不肖之人亦當知身在覆巢之下，夫過去問派別、講恩仇、分意見、諉責任，當此大廈既傾，一切皆成空幻，惟有樹立

統一鞏固之國民的壁壘，共同肩負責任起來。不互怨、不自鬩、不受離間挑撥，對此危殆之國家誓共同守護。於我強鄰，應坦白堅決，告以中國立國之最後的立場，不作游移模稜之詞令，日本在此範圍內之發展，必許，其逾此範圍者，必拒。凡此允拒之責任，以一致之公意負之。國民黨諸領袖及張閻李白等軍人幹部今日所最亟者，即覺悟共同負責，先安定內政，解決方針，進一步準備今冬決定召開國民大會之事。吾相信中國自身果能成為精神上不可侮之國家，則日本將可刮目相看，然後國府睦鄰令主旨有實現之希望。

× × ×

民國二十四年六月，中國國民黨黨部自北方撤退，中央軍隊調開，平津間只留二十九軍駐守。北方大局由宋哲元氏支撐。那年秋天，長江一帶又鬧水災，人民死亡以十萬百萬許，生者處屋頂樹杪，苟全性命，救濟之事，杯水車薪，災區人民嗷嗷待哺。同時剿匪工作，在湘鄂間、川甘間、陝甘間，仍在艱苦進行，而日本在華北以咄咄逼人的態度，要我承認華北五省的特殊化。而各地學潮迭起，要求立刻抗日之聲浪響徹雲霄。

大公報於是年九一八四週年，特發表紀念詞。首先該報提醒大家：「國人應記憶，自九一八掀起之巨大風波，迄至今日並未止息，或者過去四年間所遭遇者，尚只為風波之起點，而今後始漸接觸其核心。簡言之，此問題未嘗告一段落也。自九一八迄今，國人曾犯種種認識錯誤，自九一八當時起至錦州問題止，其間外交上料斷之錯誤，為一般人其後所公認；然塘沽協定以後，又犯一大錯誤，其性質與初定休戰之日，一部分人相信問題實際的告一段落，實則為又一新局勢之開始也。積四年之經驗，證明重要一點：即凡強鄰在華之重要步驟，凡其達到目的之日，皆即為新事態開始之日，而非糾紛結束之日。今夏之河北事件，為塘沽協定後之新的重要步驟，其主張貫徹之日。國人未嘗不解釋為糾紛之告終，而實則為新幕之開始。」

繼則大公報又分析日本自退出國聯及廢棄海約的政策，但以後將較過去四年更為急進。

「然則其政策全貌如何？粗淺籠統言之可分三層。第一：日本指導並守護下之東北現局，須中國承認，其意以為僅默認為未可，須中國自行放棄在其四年世界外交上之立場。換言之，即精神上自行認錯，幡然改途，以公開承認之。第二：則為華北，現時先假定為五省。此華北區城，須精神上事實上皆成一特殊區城。第三：此外中國全境消極的須一致的不反對此種情形，所謂不反對者，非只取締宣傳、解消組織，須從思想上改起，故於教育問題頗加注意。積極的，則須得經濟的自由發展，國際上則在共同防赤目標之下，欲中國一切追隨。」

「此外尚有二義：一則望中國改變現行政制，一則不願中國得歐美國家經濟財政上之助力。惟須記憶者，以上為整個一套，不可分離，綜合而言，全中國為其政策之對象，現時則特重華北也。」

然後該報針對當時一班青年所鼓噪的「寧為玉碎，不為瓦全。」之義，有所論列：

「憶九一八後，一時國內曾盛行玉碎瓦全之辯；實則就本質言，欲寧碎須成其為玉；而就事實言，雖甘為瓦而苦仍不得全。此過去迄現在之情狀也。中國出路根本在己身，即必須其國家組織、政治效率、經濟力量、國民品性，能值得人敬重，方能得到敬重。國人自省，果何如哉？九一八者，乃積數十年怠惰散漫粗疏腐敗原因而成，此四年來國難之增進，又係九一八後依然怠惰散漫粗疏腐敗所使。今者問題之重大與真摯，又過於九一八當時者遠甚，而形勢分明，不容閃鑠，此最近之未來，乃國家運命之所繫，國人於此當知所勉矣。」

該報最後勉國人發奮自強，一切求諸己。

「至於中日關係之將來，吾人就原則言，完全樂觀；就現實言，則猶待努力。中日兩國人將來定可提攜共進，而現時尚

隔一間，此中國國民所亟應自行努力者。何則？欲世界人俱尊重中國之統一獨立自由，必須自己爲統一獨立自由奮鬥。蓋此皆應由自己掙扎得來，非他人所能贈與者。日本，世界一強國也，中國自省爲何如國？在中國現勢下而言提攜，恐徒美其名耳。吾人願吾同胞一致注意者，不必縈心於日本政策步驟如何，宜問自己如何。我同胞所以自愛其國家者進步一分，則外交環境改良一分，此誠艱鉅之事業，國人今日蓋知矣。吾人所願寄語日本國民者，只簡單數語，即中國人應認識日本之力量與需要，日本國亦務應認識並同情中國必維護其國家之統一獨立自由。中國所希望者，其實不過只如日本政治家近時常對歐美人所云之中國應自力更生，但求日本事實上行此標榜，爲願已足。中國人具有救國與睦鄰之誠意，但願此二者一致耳。」

× × ×

二十五年春，因日軍在華北不斷製造事端，宋哲元雖用盡方法虛與委蛇，仍難戢止其兇惡氣燄，而政府的隱忍政策，又不爲一般民衆諒解；特別是因共黨之蓄謀篡國，順勢煽火，左傾書刊，趁機大事煽動，全國學生首先被利用，其初以要求政府立刻抗日爲藉口，遊行示威，南北響應，從塞北到嶺南，到處瀰漫着學生運動；慢慢又藉故對付學校當局，無地不是學潮迭起。北平學生之圍攻市府及清華大學教授之聯名辭職，都在此前後發生，致政府不得不於二月二十日由國府下令：

「現代一切國家，凡以充實一切國力復興民族爲任者，無不以嚴維秩序爲首務。社會秩序，一經擾亂，不待外侮之來，亦陷國家到危亡之地。」等語。

大公報曾一再談論此事，它仍本社誓初衷「不盲」「不私」之義，一方面勸告政府愼重處理學潮，誘導青年，務使莘莘學子，明瞭國家眞實情況，共同爲大局着想；另方面，則苦口婆心，替政府作解脫工作，籲請青年以國家爲重，進德修業，準備獻身報國。這種論調雖不爲一般急進青年所歡迎，更不爲左傾報刊所贊成，却爲忠心謀國者所同情。但是這類言論，在分際之間，頗難着筆。幸有季鸞與政之兩先生多年服務新聞界之經驗與豐富之學識，寫來極自然而娓娓動人。譬如二十五年二月二十日社評「再論學生問題」一文，就可以看出言論之火候。原文如下：

最近學生問題頗有可慮之情形，凡關心教育者莫不認爲有危機之潛伏，吾人日前於學潮感言文中已論之，茲再分兩點貢其意見。

第一，所望於各級政府及學校當局者，仍本初衷，宜決心不論在任何情勢下，必保護學生，維持學校。對一切學潮，始終以單純的學生問題目之，勿使其政治化。國家辦教育，不能無紀律，而維持紀律，宜始終限於根據校章之普通手段，尤側重勸告戒飭，而不用懲罰。蓋察近時政治或教育之當局似注意一部分學生之政治的動機。教育部之政策，迄今甚爲穩健，惟今後若學校之紛擾不息，各地取締方法恐有分歧，而偶一不愼，則牽一髮動全身，頓時將成不可收拾之狀矣。近時情形，誠不保有特殊政治運動者之勢力影響及於學校，而學生之中亦誠不保有別具政治動機之人，惟此皆非主要之問題也。何則？國家今日之絕對需要，本在打破一切政治的歧異，而集一切「愛國意識之中國」於救亡建國惟一的旗幟之下，是則對於有任何傾向之政治意識的人，原則上應一視同仁，政策上應消彌歧異。其人物，其主張，苟爲國民的，皆宜在設法合作之列。故政治的傾向或動機之問題，在今日嚴重局面下，應不成爲重大問題也。且審查政府政策，近月以來本欲爲全國大同團結而努力，有力委員如馮玉祥氏在去冬代表大會之時，即有大赦政治犯之提案，數星期前本報亦曾畧論之。而此種主張並非個人意見，行將成爲具體的實際問題，此無他，國家絕對需要其愛國分子合作，而此需要已久爲一般所認識故也。夫過去政治犯若可不究，則並無觸犯國法事實之學生，縱意見偏頗，感情衝動，自然當在優容之列。政府機關所宜注意者，惟在如何杜其潰決，以防範爲保護而已。吾人身居平津，對

於華北教育之前途，尤爲繫念。特望此間之官廳及學校當局者，對學生界仍貫徹其保護維持之初衷，不局部事實動其信念。凡學生之觸犯紀律者，始終以校章解決之。同時對大多數學生，務盡誠坦指導之能事。吾人服膺誠能動人之說，以爲果秉至誠以勸導，未有不生效者。最要在獎勵學生，精研國是，當局者務設法使學生多知時事，並鼓舞其希望。吾深信在中國人自救之大纛下，一切感情思想之歧異，終可融化而爲一體也。

第二、所寄望於學生及指導學生者，近月以來之學生運動，皆團體行動，團體必有組織，組織必有指導者。吾人感覺此等指導者之責任特別重大，而願盡數言。蓋吾人局外觀察，以爲最近平津學校之若干事實，甚爲可慮，如北平高中之事，如北大壓迫赴京代表之事，即皆非增進學生救國運動信仰之道也，學生界首宜以兩點取得信仰。其一：凡行動皆紀律的。其二：勿於學生內部自啓紛擾。學生界之指導者，須對國事爲客觀的詳細研究，須隨時知國事在如何階段，有如何前途。本此以認識學生救國運動在現階段中有如何意義，是何種使命，然後愼審地決定其步驟，由此而論，吾人頗疑學生界指導者之認識不盡明確，因而其方法步驟不盡妥當。簡言之，吾人欲使學生運動收救國之效果，其對於社會，須以紀律之行爲招致同情，以收感化誘導之效，不可急操從事，致有時陷於無紀律反褊狹之途。吾人以爲國事前途，甚遼遠而重大，其間之曲折起伏尚無窮，國家各方面之需要鍛鍊者正無限，學生界宜注意鍛鍊自己以感化社會，此爲其最大使命。倘以學生界本身在目前局面下即可如何盡實際的職分，因而或以爲訴諸直接行動，即可漸達一種政治的目的，此殆陷於主觀的錯誤也。最近國難非常教育之研究甚盛，此學生運動之正文。今後而專力促進政府及學校當局解決此問題，而學生大衆在國事現階段下宜團結內部，統一意志，以埋頭鍛鍊，從事於此。此外凡足於妨碍學業或招致紛擾之事，皆力避之，此似爲目前最急之務也。至於學生內部最宜注意者，首在尙紀律而尊自由，少數劫持多數，或多數壓迫少數，皆非健全之現象，吾人希望全國青年以親愛之感情，秉自由之意志，以一致團結，爲紀律的組織的生活，而不願見學生界本身有用威力起紛擾之事故也。

寫稿至此，知北平清華大學全體教授因學生請求免考而辭職。清華爲最高學府，考試乃學生本分。救國運動，須以不碍學業爲限，否則將失同情，且勢不可久。吾人切盼清華學生爲全國示範，昨日之事，宜依教授會之正當主張而妥善解決也。

× × ×

又同年二月二十日，該報社評「鄭請內憂之亟務」一文中，也談到教育及學潮問題，其中警句，有如下文：

「特別關於教育問題，希望教育速參照專家意見決定國難教育之適當新方案，着手實行。蓋察學生界之不安，多由責任觀念而起，即國危如此，上課受考，皆似無益，故欲爭得非常鍛鍊，以爲報國之用。其思想嫌太簡，而動機則甚可貴也。中國國難五年矣，從此尚不知若干年，整個教育之目的，應爲造就担任國難之人才，不待今日而始爲非常，且與經常成同一之意志，學生界過分重視非常云云者，心理上之焦躁使之也。雖然，關於科目設置、教材選擇、及訓育體育上之問題，根據時勢需要，固應有所改進。

近日各專家發表意見不少，教育部正式蒐集之材料當尤多，所望迅速籌擬，逐步推行，此對於一般學生實爲重大之安慰。其應注意者，則改革課程，增加訓練，皆教育上普通問題，重在實行，勿事宣揚。至於平津學界問題，吾人望政府權力之施行，始終以達到扶助維持校章校紀爲限，想以愛護青年爲己任之各級當局皆具同感也。

× × ×

以上所引證之各文都在說明在中日關係微妙中各方面所潛伏之危機，大公報以國家爲重，時時刻刻在言論上，發於悲天憫人的胸懷，對政府督促，對青年勸解，

對日本則曉以大義，開啓其思想，並警告它勿逼人太甚。這些言論，當時看了，沒有什麽了不起，但事後思之，則其有助於政府安內攘外的政策，實在具有莫大的影響力。尤其是在將近四十年後的今日讀來，更覺其意義深長，足資今天政府當局及青年學子參考之處甚多。

二八、二二六事件

民國二十五年二月二十六日，日本又發生比「五一五」更大的事件。就是我們所稱的「二二六事件」。那天清晨，駐東京的第一師團一個隊，約有三千士兵，突然佔領總理大臣官舍，岡田總理大臣受傷、高橋大藏大臣、齋藤內務大臣、教育總監渡邊大將等皆遇害。前內務大臣牧野生死不明，事發後，近衛師團奉命彈壓，秩序恢復，首領爲野中大佐。

這件事立刻傳遍世界，但因日本檢扣新聞，外間始終莫名眞象。大體上說，是日本少壯派軍人對於一班元老重臣的對外作風不滿，尤其對俄對華政策之不夠急進不滿，所以以兇殺促其覺醒。

到第二天，（一）行兇者仍盤據總理大臣官舍，據聞正在談判，准許其回營；（二）內閣後任尚未定，呼聲最高的爲近衛公爵。現閣員在宮中辦事，以待繼任問題之解決；（三）陸軍領袖舉行會議，與解決時局有關。東京任命戒嚴司令官，一般秩序已照常。（四）西園寺牧野倖免於難。

按：這次事件是繼日相犬養毅氏被刺後更大事件。犬養氏被刺發生於民國二十一年五月十五，即所謂「五一五事件」。日本首相犬養毅氏於下述年月日的午後五時二十分在官邸被暴徒闖入，擊中三槍，流血而亡。同時警察廳也有人擲手榴彈並放槍，受傷者數人。內務府大臣牧野官邸、政友會本部、日本銀行等機構都挨了手榴彈。兇手們皆得逃逸，途中並散發傳單，請國民清除君側之奸。後來有十八個人向憲兵隊自首。

犬養毅氏是日本維新耆宿、憲政有功之人，曾在日議會奮鬥四十年之久，名滿東亞，組閣未數月，以八旬老翁，竟遭此不測。那時九一八事變發生不久，中國人正痛恨日本軍閥之侵畧，然對犬養毅因暴力而死，並沒有存幸災樂禍心理。

由於五一五事變，日本社會不安，曾連續發生過井上與團琢磨暗殺事件。此後就經常有少壯軍人陰謀暴動，其對象都是重臣及身負國家責任的人，只因爲防患未然，沒有公諸於世。

這次二二六事件，與五一五事件，相隔僅四年，其實施暴力範圍之大，遠勝從前，反映少壯軍人對於政治的急進，煩躁不安，達於極點。而據日本陸軍省發表，謂「青年將校等襲擊之主旨，在以際此對外重大之時局，元老重臣財閥官僚政黨等將破壞國體。故欲正大義以擁護國體。」更顯示日本軍方袒護屬下，而隱然埋伏大危機，至爲明瞭。

大公報曾根據當時的新聞報導，有所分析。其中有兩點值得介紹：

一、吾人不盡同意日本對外關係因此即有急劇變化之觀察，其理由：日本國策早已決於軍部。而軍部主張絕對積極。即所謂元老重臣主旨上無反軍部者，最大不過在方法上有所進言而已。而事實證明近年日本之行動，業已充量進展，其未做到者，皆經對國際的軍事上經濟上打算而發。是以即令今後日本政局之變動悉如暴力政變者之意，殆仍據現在之打算，繼續未來之強硬與積極，事實上恐無更急遽之變化歟？

二、由中國言，日本之事，中國感覺利害，較其他各國尤切。但我國凡稍能深思之人當不視此次之兇變在目前對中日關係有特別之影響。何則？中國對於所謂積極強硬，已慣聞慣受，只有自守一定限度，並不問對方由內部如何變遷也。雖然有一種感想焉。中國人較深切注意於日本之文化及思想，亦較易理解之，此與一般西人不同。吾人若置中日關係不論，而專研究日本己身，則以爲若此次之變與日本己身關係甚大。誠以日本現行政制乃據憲法而來，憲法乃明治帝欽定，而前者被害諸

人或在憲法上有輔弼之重任，或爲宮中近臣，直接君主。且其人多爲明治以來之勳臣，又不犯法瀆職，今少數軍官擅殺之，而自稱爲彰大義護國體焉。日本傳統思想之精華所恃以維新建國者，今已非復在東洋文化所可理解之正常解釋矣。其禍其福，日本國人應自辨之。

二九、京粵意見分歧

日本自「二二六」事變後，少壯軍人愈見囂張，一切大權操之於軍部。在華日本特務機關，以土肥原賢二爲首在冀察到處滋事；宋哲元氏雖多方委曲求全，仍難滿足日本軍人的要求。而京粵我方政要，對國事態度仍欠一致。二十五年三月十三日廣州電稱：「王（寵惠）胡（漢民）等會商結果，決定救亡方法，惟自力更生。其要點：（一）救中國人者只有中國人。（二）須上下合作，具備生齊生死齊死之精神。（三）胡入京，使京粵主張一致。（四）樹立全國擁護之中央政府，集中國力以赴國難。」

王寵惠氏於三月十五日離粵過港北行，携有胡漢民氏函件。胡氏在粵發表長文，解釋民族主義，其警語有云「我們要發動最大的民族復興運動，自力更生，抵抗一切帝國主義之侵畧。」「我們今日深懼的，是民族意識之含混，民族精神之頹喪，簡言之，是民族主義之被遺忘。結果民族淪亡，所謂自力更生，也終於無望。所以我們企求政府，要固持孫先生的民族主義之遺教，充分激發國民的民族情緒，繼續領導偉大的民族復興鬥爭。我國民與其青年們要固持孫先生的民族主義的精神，激發全民的民族意識，迫促政府依從全民族的同志和需要，做更廣大更普遍的民族復興運動。

大公報針對胡氏談話與其主張，曾發表社評，其優點如下：

一、國家環境今極險惡，救濟之策，在先除內憂，其問題最大者，在如何消弭各種政治上的歧異，而成立合作。此事重大，非空言所能能辨也。是以吾人認爲胡漢民氏在領袖地位之人，與其旁觀致慨，不如迅速到京，躬自負責推動。二、邀致全國上下合作，須有徹底精神，不容多有例外，前述粵電云「救中國的是中國人」，是則其當然之轉語「凡中國人皆應企求其合作。」易言之，除喪失民族意識者外，皆在合作之列。此當爲今日執政之黨所應採取之精神。三、同時有特値注意者，國家命運所關，不容輕率處理，粵電所述王胡等救亡意見，有集中國力以赴國難之語，此皆年來殆早爲老生常談，究之國力如何集中，及集中之後是否足赴國難，此皆負責領袖須具體籌策解決之問題。四、因此國家目前之急需，在樹立眞正強固而賢明之政治中心。此中心者，實際上足代表現時全國之現有勢力，精神上並足代表全國國民與青年之愛國熱情，同時亦了解其心理，且愛護之。然而關於政策之決定及推行，則此中心團體須自負其全責，不觀望，不推諉，不爲虛譽之求，不存客氣之見。此政治中心之人須如一個人，生死榮辱，誓必與共，始則各掬其天良，貢其知識，研鑽辯論，不憚求詳，迨一旦決定焉，則共同擁護，共同負責，勿中途而游疑，或失敗而諉過。所謂「上」者能如是，然後可以感「下」。不然，國人尙不知所謂領袖之人是否眞誠爲國事而合作，及其合作之是否可久？如何能使全國有「生則齊生，死則齊死」，精神？五、中國所缺者，尙非意識感情上之問題，乃組織上之問題。國難過大，經濟力及其他之力又微。組織的政治運用經驗復淺，故最畏者，爲人人雖愛國，而相銷相抵，終成誤國。今日之事，宜先全力健全政治的中心組織，此而成功焉，其他迎刃而解矣。關於此點，吾人亦甚屬望於胡漢民之携兩粵信任而入京，不然，倘僅在港粵間發表意見，似與國事少益，而遠東時局之機微如此，恐結果且不止少益矣。

三〇、大公報上海版的開闢

大公報決定開創上海版，早在二十三年初，決定於二十四年底。其最重要原因，就是日本軍人野心不死，圖謀華北之急

華北終將不保。張胡諸公及報館高級同人時常加以討論。幹報館的，對於時局特別敏感。但另創一個新館，談何容易！一方面，大公報因九一八事變，憑空損失了東北地區的三萬多報份，業務損失不謂不大；另方面，自二十年後，因物價高漲，開支浩繁，不但印刷成本提高，員工薪俸比前也增多，尤其一個北方報紙，不遷則已，一遷必向南方；離開發祥地，到另外碼頭重建基地，更不是一件輕率可決定的事。

然而根據當時的分析，除非大公報一遇急難壓根兒就停辦，否則要想繼續下去，就必須預築第二個基地，以做狡兎有三窟之計。

當時大公報也有幾項優越條件，是國內其他任何報紙所不及：

第一、它自九一八後，在銷行方面雖失之東北，却收之江南。原來自十五年張胡吳三氏接辦大公報以來，長江以南訂戶逐年增多，在總銷行額十二萬份當中，華南佔四分之一而京滬區域，就有兩萬多報份。瀋陽事變後，全國人民注意時局發展，讀者增多，而讀者又以北方報紙報導東北之事較詳，而北方報紙中，又以大公報爲普遍。所以不到一年內，大公報把在東北丟失了的三萬多份報，就很快地由江南地區彌補。到了二十四年底，華南訂戶竟超過六萬份，此時大公報總銷行額已突破十五萬份。其聲譽之高，遠非報份多寡可以衡量。因此大公報若移幟上海，則華南讀者必定歡迎。

第二、大公報雖是以北方爲基礎的報，但它的力量早已伸展到江南，不但銷行方面比一般報紙爲普遍，就是廣告業務，除當地申、新兩報之外，大公報所擁有京滬一帶的廣告戶，也比其他任何報紙爲多。當時估計，大公報若在上海另闢基地，不但可以增加京滬一帶的商業廣告，人事廣告亦必隨之增加；不但此也，而而且還可以把北方商業廣告帶到江南。因爲這些廣告戶平常都是刋登大公報，偶然在申、新兩報登一登，大公報若去了上海，必可獲得優先地位。

第三、當時一般最顧慮的是上海報界的反應。上海是申、新兩報的天下，其他時報、時事新報、晨報和幾個晚報都是相當基礎。另一個北方報紙來了，是否受到同業「歧視」與「排擠」，事先也不能不有所考慮。但大公報同人研判結果，則認爲沒有過慮必要。一者，報紙是大衆媒介，只要讀者歡迎，就不怕同業拒絕；二者，大公報雖是北方報，但張、胡、吳三公都與上海是長久歷史與與廣泛的人事關係。衆所週知，季鸞先生在民初曾參加于右任所創辦的民立報工作，後來協辦中華新報，並曾担任過新聞報的北方特派員，以及在中國公學授課等等。自民元起至十四年，停留在上海的時間最多。胡政之先生不但創辦過大共和報，民八成立國聞通信社，民十一再創刋國聞週報。兩氏可以說發跡於上海。與上海名流聞人都有深厚友誼。至於吳達詮先生（此時吳氏已辭大公報社長職務，供職中樞。）則因小四行之故，與上海金融關係尤深。不但如此，就是次輩人中如曹谷冰、李子寬、許萱伯、金誠夫等，以及費彝民、袁光中、李孝元，都是江蘇人，且自幼在上海讀書、作事，對於上海社會都瞭若指掌，跟純然北方佬到上海碼頭混事與探險的截然不同。何況這些人已久歷新聞界，每人都擁有崗位上的無數朋友，絕非陌生人可比。

所以一經決定，並取得了中央政府的許可後，上海方面工商各界所表現的一片歡迎之聲，曾鼓舞了大公報同人莫大勇氣，經過了三個多月的籌備，大公報終於二十五年四月一日創刋上海版。開幕之日，由胡政之、張季鸞兩位先生共同立意，由季鸞先生執筆，發表社評「今後之大公報」如下：

本報以前清光緒二十八年創刋於天津，民國十五年由新記公司同人接辦，迄今又十年。幸承全國各界之同情贊助，得植其事業基礎，更自本年四月一日即今日起，上海、天津兩地同時刋行，謹乘此機會縷述本報今後經營之旨趣，以奉告全國愛讀諸君，而乞其鞭策與呵護焉。

吾人所首願訴諸全國各界並信爲各界所同感者，在國難現階段之中國，一切私人事業原不能期待永久之規劃，即規劃矣，亦不能保障其實行。倘成覆巢，安求完卵。藉曰避地經營，實際又何所擇。是以首願我愛讀諸君諒解者，此次本報津、滬同刊之計劃，既非擴張事業，亦非避北就南，徒迫於時勢急切之需要，欲更溝通南北新聞，便利全國讀者，而姑爲此非常之一試是也。

本報同人認識祖國目前之危機異常重大，憂傷在抱，刻不容紓。囘憶十年來服務天津，多經事變，當年中原重鎮，今日國防邊區。長城在望，而形勢全非；渤海無波，而陸沉是懼。尤自去夏以來，國權曖昧，人心憂惶，蓋大河以北四千年來吾祖先發揚文明長養子孫之地，今又成岌岌不可終日之勢。國難演進至此，已非僅肢體之毀殘，竟成腹心之破壞。此而放任焉，中國之生存已矣！本報同人，自慚淺陋，徒切悲悚，惟於縈心焦慮之餘，以爲挽囘危局之道，仍在吾全國各界之智慧與決心，因而痛感負有溝通國民思想感情之言論界此時更須善盡其使命。同人等因願自津、滬兩地發行之日始，更隨全國同業之後本下列諸義以與國民相見。其一，本報將繼續其十年前在津續刊時聲明之主旨，使其事業永爲中國公民之獨立言論機構，忠於民國，忠其職分。同人尊重中華民國開國者孫中山先生之教訓，而不隸藉政黨，除服從法律外，精神上不受任何拘束。本報經濟獨立，專賴合法營業之收入，不接受政府官廳或私人之津貼補助。同人等不兼任政治上有給之職。本報言論記載，不作交易，亦不挾成見，在法令所許範圍，力期公正，苟有錯誤，願隨時糾正之。以上爲本報自立之本。

其二，同人認爲在國難現階段，惟民族團結爲自救之路，因此對於凡有國家意識自覺爲中國人者，原則上皆表好意。凡個人行動，苟其動機爲公，繼見解偏頗，原則上亦一律尊重之。所深惡痛絕者，惟違背民族利益喪失國民之立場之人耳。抑團結非空言所致，所貴討論意見，凝結感情。本報深願繼續努力於斯，在法律禁令之範圍內，公開本報爲全國人討論問題交換意見之用。同人深信救國利器爲動員輿論，輿論養成，賴自由研討，其介紹之責，本在報界者也，所願政府鑒於國難之迫切，民心之鬱悶，實行歷次宣言，保障言論自由，俾我全國同業得動員全國報紙以發揚民意焉，則不僅本報同人所希求矣。

其三，關於內政。同人認爲國家現狀，不堪再自紛擾，故以擁護統一和平爲其一貫之標幟。察同時認識鞏固統一之道，首在政治之開明健全，故其屬望及督責政府者亦至殷。去夏以還，默察全國心理，已一致集中於救亡。舉例言之，政府領袖之辛勤，全國學子之奮發，皆同一志趣也。然不幸因各方地位有異，見解難同，政情既複雜，而現象有盾矛，故在全國一致決心救亡之空氣中，而仍多感情思想之扞格，此恐爲目前最危之現象也。同人等願本其良知之詔示，竭誠爲調和疏解之呼籲，當儘可能剖析事實，衡量利害，不畏強權，不媚時尚，期以公正健實之主張，化全國各種感情思想上之歧異。雖然，在今日限制甚多之報界，此志固不易達，惟黽勉爲之而已。

其四、關於外交，同人之志以爲國家雖遭遇非常，吾民不應失其理想與常度，中國雖危弱，但對外應守合理遠大之方針，大問題最急著，莫若對日，吾人所見，以爲東亞兩大民族，將來必有互尊互親之日，其關鍵則在中國之自立自強。本報十年來甚注意中日未來之關係，故近雖嚴正反對侵毀中國主權之軍國主義的政策，但從不漠視日本國家與其人民。今日者，兩國關係愈增重大，吾人願依其初志，更願伸張吾民之公意，期勉遠東之浩刼，同時將不斷記載當前之危機，喚起全國之奮發。至於我立國精神，原爲人類平等，故世界禍福，皆所關心，各國友誼，皆所重視，此則不待論矣。

以上四者，爲本報旨趣之大端，亦爲過去愛讀諸君所共諒。雖然，今日者，就報業論，障礙太多，就國事論，局勢奇緊

。在今後中國自決運命之嚴重期間，同人等對於中國言論界究能否有所貢獻，其貢獻究能否於國事有萬一之裨益？則殊非同人等所忍言。惟望今後全國各界鑒其愚誠，與以鞭撻，使同人等若干自信爲其眞摯之感情，與其粗淺之見識，在全國同胞團結救亡之途中，得畧收鼓勵及參證之效焉，則幸矣。至於今後本報紀載之更求充實，研鑽之更期深刻，調查之更望普遍南北，所志固然，殊無自信，今日先特刊華北經濟專號四頁，以爲在滬刊行之紀念，將求全國同胞不忘北方！此後對於建設上諸專門問題，願加意介紹之，惟乞各界賢豪之贊助而已。

× × ×

大公報這篇社評，深深地感動了上海各界。特別是「在國難現階段之中國，一切私人之事業，原不能期待永久之規劃，即規劃矣，亦不能保障其實行。倘成覆巢，安求完卵。藉日避地經營，實際又何所擇？此次本報津滬同刊之計劃，既非擴張事業，亦非避北就南，徒迫於時勢急切之需要，欲更溝通南北新聞，便利全國讀者，而姑爲此非常之一試是也。」這一段話打動了上海區域讀者的心。包括新聞界人士，看了大公報在上海首日的聲明，也不禁激起深厚同情，把未出版前那種複雜心理，一掃而空。

「覆巢之下，安有完卵？」上海市民自民國二十二年一月二十八日後，已嚐過這種滋味，但上海市場爲幾家有歷史的報紙所控制，尤其申、新兩報勢力根深蒂固，無可動搖；別的報紙來了，倒無所謂，大公報挾其全國性的聲望，在鼎盛時代，突然介入，各報高階層心中的芥蒂還不要緊，中下級業務人員由惶恐而生的妒嫉心理，自在意料之中。

但這些心理因素，經過大公報同人的公開聲明與緩和作風，在很短時間內，都一一化解。

首先大公報取得上海派報工會的熱烈支持，凡是申報新聞報的訂戶，該工會願意同時介紹與派送大公報。其次取得上海市書攤也增加銷售大公報。全上海市各廣告商的合作，對大公報的廣告一律招攬並介紹刊登。至於內部所僱用的印刷工人也承印刷工會的幫忙，無分彼此，一律看待，工人受僱，努力工作。大公報迅速在上海站住脚，而且業務後來居上。這種情形，一方面反映大公報因特殊聲望，獲得大江以南讀者的廣泛支持；另方面也反映上海社會有極端的兩面——善良與罪惡；只要是好的，它還是肯接受，而且服服帖帖地接受。無論幫會、地下組織及特殊勢力，都很快地改變態度與大公報衷心合作，既是個人利害攸關，也是大義使然。

大公報在南京路成立了門市部，門庭若市，接洽業務的人，整天都絡繹不絕。出版不到兩個月，在京滬杭三城及京滬沿線，就增加八萬多份的銷行量，比天津直接發行，增加一倍有餘，而廣告收入也比天津版爲多。因此上海版的大公報不到半年光景，即有盈餘。（到「七七事變」後，上海大公報的銷行量曾猛漲超過十二萬份，合天津兩版，約共二十五萬份，爲彼時全國最高發行量。）同時原京滬一帶天津的訂戶仍照常維持，因爲北方消息，天津版較多故也。

由於經營上海版的成功，奠定了後來發展香港版及漢版、渝版、桂版的基礎。特別毀舘建舘的勇氣與在日本炸彈下大公報同人不屈不撓的精神，與上海建舘成功，默默中都中很大關係。毫無疑問，領導開創新局面的，政之先生應爲第一人。

三一、國內外新形勢

二十四五年間，除華北五省因日本野心勃勃，已陷於危急情況之中外，大江以南的情勢，也有顯著變化。首先是國軍剿共的成功與共軍的流竄。

在國軍五次圍剿之下，民國二十三年五月江西廣昌會戰，共軍慘敗。共軍無法再在江西盤據，於是決定突圍，向西流竄，設法與賀龍的「紅二方面軍」會合，找尋新根據地。

共軍西竄的時候，曾臨時裹脅一批當地居民參加共軍，號稱十萬人，於民國二

十三年底經湖南到達貴州。民國二十四年一月五日，到貴州的遵義。一月六日，共軍在遵義召開共黨所謂「中央政治局擴大會議」，中共後來稱這次會議叫「遵義會議」。這次會議，由六日到八日，一共開了三天，參加會議的有二十多人，由共黨「總書記」秦邦憲主持，討論共軍西竄的行動方向。

會議開始後，由共黨負責軍事的「中央軍委主席」周恩來提出軍事報告，引起激烈爭吵。首先由「紅三軍團」的彭德懷發言，指責共黨在西竄政策中，採取「搬家主義」攜來大批輜重，致使行動受阻，共軍人員受到重大損失。因爲西竄開始時，號稱十萬人，實際僅七萬人，到達貴州之後，只剩下三萬人左右。在會議上，發言激烈的還有劉少奇與毛澤東。劉少奇曾在共黨所謂的「白區」（指共黨勢力不能控制的區域）裡搞「工運」，因此他代表「白區」共黨人員發言，指責共黨「中央」自從「四中全會」以來，採取左傾冒險主義政策，使「白區裡的職工運動乃至黨的組織瓦解」，要求徹底檢討。

毛澤東也曾攻擊共黨「中央」採取「短促突擊」與「單純防禦」戰畧戰術之錯誤，以致導致共僞「中共蘇區」的喪失。毛澤東當時發言，是利用共黨共軍內的普遍不滿心理，對國際派施以報復性的攻擊。所謂「短促突擊戰術」，是第三國際派派給中共的「軍事顧問」李德所主張的。李德祖籍德國，以「軍事專家」自居，目空一切。其人驕縱跋扈，初到江西時，中共曾把他「奉若神明」，配給他一名叫賴月華的女共幹，作爲他的臨時妻子，後來由於他的戰術戰畧連續失敗，共軍頭目逐漸對他失去信心，「遵義會議」之後，他就沒有再過問中共的軍事。

最使毛澤東痛心的，還是他苦心經營的根據地被斷送。他過去曾主張利用張國燾的「紅四方面軍」採取攻擊行動，以牽制對「中央蘇區」圍剿的國軍，減輕國軍的壓力。這就是毛澤東所謂的「攻勢防禦」。

「遵義會議」發生了兩天的激烈爭吵，結果還是由國際派張聞天從中調解。國際派由於本身犯了許多錯誤，也不得不暫時低頭。負責軍事的周恩來見大勢所趨，只好自承錯誤，承担了一切失敗的責任。會議由張聞天作成結論，認爲自共黨「四中全會」與「五中全會」以來，黨的總路線是正確的，只是在反五次圍剿與西進期間，犯了軍事路線的錯誤，並要求黨內頭目摒除歧見，共渡危局。

這次會議實際上也是一種「調和主義」的會議，決議中讚揚「四中全會」以來共黨「中央」路線的正確，是安撫國際派，而對於軍事路線的兩項批評，前者是安撫毛澤東，後者是安撫彭德懷，主要的還是消弭共軍內部的不滿情緒，唯一沒有得到安撫的劉少奇。這是導致後來劉少奇倒向毛澤東一邊，而反對國際派的張本。

這次會議，共黨除通過決議案之外，且改組了中共「中央」及「中央軍委」：一、免除秦邦憲的共黨「總書記」的職務，由張聞天繼任。派秦邦憲爲「總政治部主任」；二、撤除周恩來的「中央軍委主席」職務，由毛澤東繼任；三、補選毛澤東的中共「政治局委員及常委」。所以「遵義會議」可以說是毛澤東在共黨中出頭的一次會議，使毛澤東躋身於共黨「中央」的核心領導行列。在此以前，毛澤東只不過是共黨的「中委」，一度雖被選爲「政治局候補委員」卻被瞿秋白所革除。

「遵義會議」之後，中共派陳雲到蘇俄向共產國際報告西竄與「遵義會議」的經過，求得共產國際之支持；派潘漢年以上海、香港爲中心，整頓「白區」的共黨組織。

民國二十四年七月二十五日到八月二日，共產國際在莫斯科開會。國際派王明（陳紹禹）奉史達林的指示，在八月一日代表中共「中央」的發表一項所謂「八一宣言」，首次抗日不是保衛蘇俄，而是「拯救中國」的口號，並要求國軍與共軍聯合抗日，各派捐棄成見，共同組織「統一國防政府」。

陳紹禹「八一宣言」的發表，正値共軍西竄期間，後來中共「中央」正式承認了這項宣言，並掀起一股響應的熱潮，也引起多次的爭論。主要的是毛澤東與張國燾，以及毛澤東與陳紹禹之間的爭論。當時，張國燾與陳紹禹都主張以抗日爲第一優先，其他的問題等到打敗了日本人以後再解決，而毛澤東則主張「打敗一切敵人」。

（以上引證的資料見青年戰士報「揭發共黨內鬥的十大內幕」一文。）

大公報於二十四年初引進了一位青年記者范長江，先在察綏及塞外採訪二十九軍所屬新聞，後又跟蹤國軍胡宗南部追逐共軍西竄的隊伍，深入松蕃不毛之地，描寫沿途情形，因文字生動，景象奇特，再由於大公報以顯著篇幅發表，所以非常引人注意閱讀。范長江的大名也藉此享譽全國。

二十五年六、七月之間，西南政局不穩，粵桂自組聯軍，宣言對外，桂軍並一度出兵湘境，陳濟棠氏十萬之衆也在粵境遙遙稱雄。中樞於應付日本在華北之步步逼人，以及追逐共軍逃竄之餘，還須應付黨內意見紛歧中的敵對行動，其艱苦情形，可以想見。最初曾派了蔡、胡等八名委員，前往廣州疏解，結果空手而歸；後來西南方面又派楊德昭諸氏入京，幸中央因應得宜，一片烏雲，終歸消散。

大公報滬、津兩版曾於二十五年七月二十二日發表「粵局解決後之政府責任」社評以論之。

粵局已定，桂將繼之。多年所謂西南問題者，轉盼一掃，政令軍令由是統一爲。此誠國事之一大進步也。雖然，吾另有感。

日前已論之，粵局解決之日，即政府責任加重之日。此無他，粵桂成獨立之局面，自一種意義言，仍足爲政府卸責分謗。譬如過去，遇內政外交不能推動之事，尙可云此統一未成故，粵桂障碍故。自今以往，則完全在中央肩上。吾故曰：粵局定，而政府責任加重也。吾人默察大勢，以爲今日中國亦至安，亦至危。何謂至安？統一大定，不虞分裂故。何謂至危？人心煩悶，亟待團結故。吾人以爲中央今後能否善盡保衞國家之責任，繫於能否得到全國有知識有良心者之一致擁護與合作。關於此點，今後有待努力者尙多也。政府中人宜常反省以下數點：（一）過去八、九年間之政治，迄未全上軌道，亦尙未能杜絕貪汚。一部分高級人員放棄革命者之丰采，而官僚政治化，以致減損人民之信仰。（二）因政治無徹底之刷新，而徒見政治之強化，致使一部分知識分子不能心悅誠服，而感覺壓迫。（三）因經濟恐慌增加一般生活之不安，其中以農民之痛苦與知識子之煩悶，尤爲可憂。（四）國難日深，危亡可慮，一般對政府之責望，遂不得不嚴。

綜合論之，近年國民之擁護統一，維持政府，乃因外患逼迫使然，非政府施政之信用得人意耳。是以中國近年政治上表現的偉大向心力，乃外患所促成，非政績所取得。凡有良心與常識之國民雖覺悟維護統一爲救國禦侮之前提條件，然同時實有不少之人對政治前途仍抱憂疑，此事實之現象，不容爲諱者也。吾人於粵局底定後，向政府表示之第一希望，爲加倍注意文化知識界之合作問題。側聞黨國大計，本擬於國民大會之後，開放政治結社之自由，是則在國民大會以前，即當有所表現。如取締集會統制言論，俱宜盡量寬宏。對文化知識界之各種言論行動，除非有碍治安，務宜加以諒解。夫爲國事有所行動與主張之人，純潔者多，有特別作用者極少，果其意見有偏，宜懇切指正，不必干涉。對學生運動，尤愛護到底。凡政府當局者，必須有傾聽一切反對言論之雅量，及尊重一切人民權利之至誠，方可以領導全民，完成救國建國之偉業也。吾人平居偶念，以爲政府計，如帶兵十萬之陳濟棠原不足畏，而一純潔愛國之獨立職業者，或一學生之批評感想，則足重視。何者？此中含有眞摯的輿論成分故也。吾人稔知中央當局有與民更始之決心，粵桂事了後，政治上定有進步。今以感想所及，更喚起

其注意如此。各省市軍政當局俱宜翊贊中央，多爲攬集人心而努力也。

× × ×

二十五年七月二十八日，該報又發表「救國根本在政治」的社評其中警句曰：「夫自十三年以來，全國之同情國民黨維護國民政府者，爲完成辛亥以來之革命；其所期待之政治，爲革命的新政治。十七年以來，外患內憂，重重壓迫，政府當局力不從心之事甚多，故可諒者宜諒，然應責者不能不責。今日之政局，爲十七年後政府最足有爲之時機。往者不論矣，自今爲始，必須徹底求政治全般之革新，以慰國民十三年以來之望。吾人以爲此乃今後救亡建國成敗利鈍之總關鍵，而不在外患之張弛緩急如何也。至於具體條件之最重者：（一）絕對廉潔。數月以來，中國刷新，成績良好，政府信用，已增高不少。雖然，不能以此爲滿足也。十七年後政治上的病根，非一朝一夕所可消除，端賴積極努力，步步改進。自大體言，應使主計、審計兩機關充實組織，提高權威。無論內外官署，苟有違法支出，甚至瀆職營私之事，一經糾彈，皆徹底處分。國民政府之監察權應使其更能發揮效用。所有國營事業及一切關係國庫收支及購料等事之機關，更嚴加注意。倘發現弊端，不論何人，依法懲處。中國每年造就之專門人才及中上級公務員之優秀有能力者異常之多，正宜促成旺盛的新陳代謝作用，以期漸達革命的政治之完成。（二）維護民權。近年各省創辦新政，頭緒浩繁，惟實績未如預想之良好，其易有之弊，爲忽視民權。如禁烟、善政也，然往往行之不善，下級官警往往有凌虐人民之事，而政府不得知也。又如築路，人民參加徵工，爲應盡之義務，然官吏必須親切待遇之，凡人民之困難，宜爲顧慮；惟實際上，各地執行情形則不能一律，政府當局亦無法洞悉也。

吾人以爲政府宜以命令或其他方法，誥誡全國大小文武官吏，無論何種施政，務尊重民權，切實保障。政府宜有稽察之組織，考核各級官吏與人民之關係，最宜爲廣開言路，使各省各縣市人民得檢舉官吏惡政，而政府保護之，尤禁止對人民爲法外之徵發需索。人民財產及營業，宜更有切實保護之方法。總之新政之成績不能論數字，應論民心。人民喜悅之政治，始爲其成功之政治也。（三）解除農困。農民問題爲政治上第一問題，此人人所常道者，政府甚注意之，然難收速效，此亦事實所限，無可如何。雖然，有政府財力不能爲者，有能爲者，全國情形有最急者，有次急者。吾人惟求在政府力所能爲之界限以內，對於情形最急地方，先爲必要之設施而已。今年長江一帶有豐收之象，此誠國家地方之幸。目前全國中情形最緊迫之農民，首推甘青寧，青寧殆爲全省，甘肅則河西最苦。吾人所聞之人民痛苦多矣，恐未有過於甘青寧者，艱苦之農民，除死或逃之外，在現時之軍政現狀下，斷無法忍耐也。然此事救濟甚易，政府應負担該地方駐軍之發餉，而禁止其徵發。其違令者，政府應有保護人民之道也。至關於一般農民之問題非本文所能詳，茲謹揭一標語曰：救國須救農，而願與全國論壇更具體商討之。

× × ×

在民國二十五年以前，國內大事中，還有二十四年的禁用銀幣改用法幣。國際大事中，有德國重整軍備、蘇捷訂互助條約、義大利侵略阿比西尼亞、法蘇訂互助條約等事。二十五年秋，西班牙又爆發內戰。德日簽訂反共協定，爲日後德義日軸心之伏線。

總之，在這個時刻，中國局勢因日本之急謀侵華，使全國人民心理中對未來前途，已蒙上一片陰影。北方有識之士，舉家南遷者大不乏人。而國際間，法西斯蒂與共產主義相爭不下，希特勒的勢力已深入東歐，大有風雨滿樓之概。

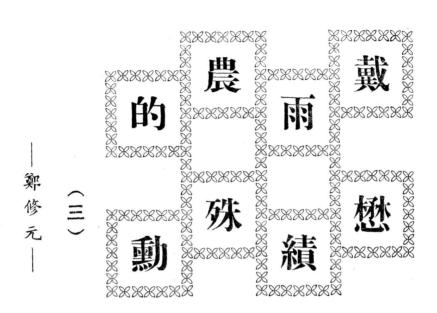

戴雨農的懋績殊勳

（三）

——鄭修元——

我們一行，於五月下旬，由建陽沿閩省公路，經建甌、南平、永安、連城而抵長汀，在該地候機飛渝。當暫留駐長汀候機約半個月時，忽接戴先生自渝發來電報，謂將偕同梅樂斯少將，即有東南之行，要我個人留在長汀，等候他們到來，再隨同他重返東南，隨侍工作。不料當戴先生偕同梅樂斯少將及杜月笙先生等一行飛抵長汀之日，我忽患瘧疾，高熱不退，且曾咯血兩口。自然未克赴機場迎候，團中其他同志，均偕蔡站長志謙（該站原駐贛州，在本團行抵贛州，旋即轉往東南，不數日贛州即爲日軍佔領，該站即遷長汀）同往機場迎接。戴先生一下飛機，沒有看到筆者，便問副團長王維一兄：「修元那裡去了？」維一兄當即以我患瘧高燒咯血稟復。翌晨，我熱度稍減，咯血亦止。乃勉強起床，前往戴先生住所謁見，他看到我滿面病容，咳嗽頻頻，乃對我說：「你還是囘重慶去休息罷，我另外打電報要仙舫來跟我去東南工作好了。」

按龔仙舫兄，湖南石門人，是時在局本部任人事科長。自此次隨侍雨公，出發東南隨節工作之後，以迄雨公於民三十五年三、一七殉職，在將近一年之時間內，戴先生僕僕風塵，奔波各地爲國宣勞之時，每次都有仙舫兄隨侍服務。雨公不幸於三十五年三月十七日在南京上空墮機殉職之時，仙舫兄亦爲殉難者之一。設使戴先生飛汀之日，筆者若未患病，則該次東南之行，定係由我隨節，甚至此後雨公每次旅外之行，亦可能均有我隨同前往，一則由於情況熟悉，對雨公有所諮詢派遣，較易秉承報命；再則在此以前我固曾隨侍雨公左右，歷有年所，承其耳提面命，幸尚無大舛誤，甚至常蒙謬獎也。

俗諺有所謂「死生有命」一語，或不能斥之爲「全係迷信」，因例此事件，尚有一事堪爲此一諺語作證者：當戴先生於三十五年三月十三日由北平啓節南飛之時（雨公係十三日由北平先飛天津、越宿續飛青島，駐留三天，於十七日再由青島南旋而失事），原隨節掌管機要文電之毛鍾新兄（現亦在台），亦因身體欠

適而請假一週，留平醫養，而未隨雨公南歸。由此飛機上多出一個座位，適另一在平工作之金玉坡同志，事前曾要求戴先生隨機南返，初因機位不空，未荷允可。乃於送行而同至機場時，爲雨公臨時邀上飛機，因而罹難。苟鍾新兄未因生病而請假，則殉難人員中，不至有金玉坡同志也。

前文曾述及東南考察團在赴忠救軍總部視察途中，先至浙省分水縣之合村，視察淞滬指揮部。茲再補充如次：

「清源兄早年曾在金陵軍官團第一期卒業，迨投入革命陣營之後，曾先後在浙江省警官學校速成科第一期，及星子特別訓練班與廬山軍官團受訓。並曾一度出任浙江省吳興縣警察局長。民廿二年夏間，正式參加軍委會特務處組織。在抗戰方酣之時，曾由戴先生呈准　委員長派其代理忠救軍總指揮官。嗣於民三十三年春間，奉召赴渝述職，於晉謁　委員長時，當蒙親自指派赴上海一帶潛行活動，並蒙　委座親書介函兩通，一致蔣伯誠氏，一致吳紹澍。旋即由戴先生派爲淞滬指揮官，其任務爲在蘇浙毗連地區，如嘉興、吳江、平湖、松江、青浦以迄上海一帶，建立潛伏單位，從事對敵僞之情報行動、策反等項工作。經清源兄之嚴密策劃與多方努力，曾於一年半左右的時間內，由忠救軍所撥的一個團的軍官爲基礎，漸次擴充爲七個團及四個直屬營，以備一旦盟軍在我蘇浙閩沿海登陸之時，可遂行最有力之配合作戰。」

綜計東南考察團之工作，自三十四年一月十二日由渝出發，於六月上旬返回重慶，歷時五閱月，足跡遍歷贛、閩、浙、皖四省，所蒞止視察過之軍統局、中美所、忠救軍等大小單位三、四十個之多，受檢閱之部隊約一萬五千餘人，並曾遵奉戴先生對本團同人行前之指示，每至一個單位除向該地工作同志代致慰問並發給特別慰勞金外，如有遺族居住該地時，並代表戴先生逐客訪晤，予以慰問，同時並酌發特別費，以補助遺屬之生活。本團於返抵渝垣後，經將視察所得，以及考察團之工作情形，編成總報告一份，送呈主任秘書毛先生核閱，本團任務始告圓滿完成。

三、安定東南之輝煌功績

日本於民二十八年間卵翼汪逆精衛成立僞政權後，原欲賴以遂其「以華制華」的策畧，准其招編僞軍。戴先生爲擊破日本此一陰謀策畧，於民國卅二年間（一九四三年）即命令軍統局根據軍事委員會所訂頒有關策動僞軍反正的各項法令，分別在各敵後地區組織內，專設策反機構，配合戰畧需要，妥密進行。是時在局本部第三處內，設有一個策反科（番號爲第三處第一科）筆者任第三處處長，第二科科長爲劉子英同志（劉兄籍隸陝西，臨訓班——即特警班第一期畢業，來台後歷任桃園、新竹等縣及鐵路警察局局長，現供職於警察署及台灣省警務處，兼任署、處主任秘書。能內能外，有爲有守，極爲歷任長官所倚重。）第二科內有一個最重要的股，專司策反指導。股長爲于寶彥同志，于兄出身於蘭州訓練班，來台後亦在警察單位，供職歷廿餘年之久。去年在高雄市警察局副局長任內奉准退休，已於今春競選高雄市議員，在該選區內獲得最高票當選。）民卅三年年底之統計，業經策動反正，待機起義來歸的僞軍，已達七十三起之多，僞軍官兵共達五十六萬一千零卅人，槍枝四十一萬九千二百四十六枝。迄至民卅四年八月初時，是項已接受我方策反的僞軍，已增至一百二十七部，內中實力較大及聯絡較爲確實者爲九十七部，兵力總共爲七十四萬人。

汪逆僞政權的要員周佛海，民國三十二年間，即已由軍統局敵後組織，策動其反正自效，仍以僞職掩護我方敵後工作的進行。我方的秘密電台，曾架設在周本人及其妻弟楊惺華的私宅，秘密工作。周並提供有關日僞的軍事、經濟，以及日本與東北的政治情報。民三十三年局本部選派熟習軍事參謀業務的人員，交由周佛海荐充僞政權的軍委會作戰科長，藉此與各僞軍秘密聯絡，根據我中央的反攻要求，調整各僞軍駐地。周氏並以在僞府的財經勢力和政治權位（當時周爲僞軍委會副委員長，並掌握有稅警

部隊、保安部隊和偽軍第十二軍)，聯絡控制已接受策反的各偽軍部隊。迨民三十四年我抗戰勝利已成定局之際，是項策反偽軍工作，進行益為順利，掌握運用也更為確實。因此，共軍方面，雖然也在對周佛海及偽軍，企圖以威脅利誘，慫恿他們與其結成「聯合陣線」共同反對中央，但因為戴先生的已着先鞭而終屬枉費心機！

在東南重鎮的上海方面，因日軍方面的激烈份子，初有毀滅上海的計劃，而共軍方面亦因策動偽軍的陰謀，不獲實現，也曾計劃勾結比較衝動的勞工份子和流氓地痞，破壞上海電力和其他公用設施，使上海市區陷於癱瘓。戴先生因此便命令中美合作所擬訂保衛上海、南京、杭州的計劃。該計劃的重點，為除了責成周佛海和駐南京偽軍任援道負責保護地方外，並使用忠救軍和其海上的游擊部隊，一面聯合杜月笙所能控制的地方勢力，共同為保衛京、滬、杭而努力。其目的在於不使此三地區遭受日軍激烈份子之破壞，以及共黨軍隊之竄據。

民國三十四年八月十日，日本宣佈接受波茨坦宣言，願意無條件向盟軍投降。此後共軍即公開暴露其刼奪竊據的眞面目，到處阻撓國軍的順利接收，並指使共軍，盡量佔據城市，破壞交通，襲併國軍武力，各地偽軍更成為他們所誘致兼併的對象。以致當時東南和華中一帶數十萬偽軍，關係整個大局，至為鉅大。戴先生是時尙在浙省淳安，即急電局本部主任秘書毛人鳳先生，迅就已經受我策反之軍力較大的偽軍九十七部，呈奉軍委會核准，各先給予先遣軍或支隊的番號名義，賦予維持當地地方秩序和阻止共軍滋擾的任務。

在上海方面，戴先生派周佛海為上海行動總指揮，肩負維持地方治安，防制奸偽，穩定金融的責任。另令軍統局的地下工作人員，並會同杜月笙先生和滬地士紳，為保護上海不被破壞毀滅而竭盡全力。曾經防止了共方多次企圖炸毀上海發電廠，及其他公安設施的事件。

當時京、滬、杭等大城市，雖已責成偽軍維持治安，但共軍在吳興、餘杭一帶，尙有約二萬左右的兵力，其中一部且已由海道開赴崇明、川沙；蘇北方面的共軍，也有渡江南下的企圖。而我中央所派接收的大軍，却尙遠在西南，由於集中和運輸需要相當時日，不克迅速東來。為免此一全國首善之區，形成眞空，而被共軍乘機竊據；戴先生繼呈請頒給反正的偽軍番號之後，即運用中美所所指揮的各游擊部隊及各訓練班編訓的教導營，挺進京、滬、杭郊區，控制局勢，防堵共黨軍隊的軌外行動，並相機進入各該城市，維持治安秩序。當經戴先生急電中美合作所參謀長李崇詩漏夜自建陽趕赴淳安，與梅樂斯副主任共商挺進計劃，當經商定辦法如左：

(一)中美所部份

(1)該所的前進指揮所，即由建陽向滬、杭兩地轉移。

(2)以中美所在東南地區的第一、第六、第七、第八等班，組成「平定部隊」，下分四個直屬支隊，以中美聯軍性質挺進東南地區各大城市，均受李參謀長之就近指揮節制。

(3)上述直屬第一支隊，以中美所第一班的教導營編成，由該班副主任婁劍如担任指揮官，開往淳安；再由李參謀長親自率領，挺進富陽與杭州之間的郊區。

(4)直屬第二支隊，以中美所第七班之教導營編成，由該班副主任林超担任指揮官，從福州地區撤回，連同原在建甌部份班隊，向淳安集中，繼續挺進杭州，轉往上海。

(5)直屬第三支隊，以中美所第八班的教導營及溫台地區指揮部所轄的游擊部隊編成，任命該班副主任兼溫台地區指揮官郭履洲為指揮官，集中浙江省的海門，循海道北進上海附近的浦東，與副指揮官張為邦所統率的游擊隊會合，進駐崇明，防堵蘇北渡江南下的共軍，一面警戒上海。

(6)直屬第四支隊，以中美所第六班的教導營編成，由該班陳達元、雷鎮鐘兩副主任分任正副指揮官，負責監視漳、廈地

區，保衛厦門，不被破壞。

（二）忠義救國所屬各縱隊及行動破壞隊的新任務如下：

（1）淞滬指揮部的所屬部隊，並配屬第一縱隊之第一團，警戒上海近郊和浦東，防堵共軍向上海郊區滲入。

（2）第一縱隊（配屬於淞滬指揮部之第一團）和第二縱隊，仍遵照第三戰區長官部的命令，防守天目山區，並監視浙西殘留共軍的活動。

（3）第三縱隊向富陽和杭州推進，以爲中美所直屬第一支隊之後繼兵力。

（4）京滬行動總隊，負責維護京滬鐵路的交通，防止共軍破壞。

（5）滬杭行動總隊，負責維護滬杭鐵路的交通，防止共軍破壞。

部署既定，戴先生即將上述挺進計劃，呈報　蔣委員長，並另行知會第三戰區長官部，梅樂斯副主任也在駐華美軍總部的支持下，對中美所美方全體人員下達命令：

「戴將軍已命令突擊軍、忠救軍和在他指揮下的各部隊，向淪陷區各大城市集中，以便爲中央政府重建秩序。中美所的美方人員，應遵守中國單位指揮官的命令行動，携帶全部電訊器材和全部武裝，當日軍仍在作戰時，游擊戰鬥，仍將持續，我方應盡速將所有武器和彈藥，運交忠救軍，並繼續予以後勤支援。」

八月十八日，軍委會以未巧、侍秦兩電核准戴先生的挺進計劃。戴先生除分別電令各該部隊加強執行任務外，爲免被共黨乘機造謠中傷，啓人誤會，特再分別電諭部屬謹愼言行。其致電單位及電文內容如下：

（1）八月十九日電杭州同志：「在今日情況之下，吾人工作，應以安定日本軍心及當地民心，協同各方維持社會秩序，以嚴防奸匪之活動。至其他一切，應聽命　領袖，吾人不得擅作主張、擅自行動，致引起各方之不安，而爲奸匪所乘，且爲社會所詬病。凡吾工作同志，在此局勢之下，必須檢點生活，謹愼言行，並須密切注意各方之動態，隨時具報。凡願効忠黨國與　領袖之各方人士，吾人均應與之密切聯繫，通力合作，絕不可各立門戶，分散力量也。」

（2）八月二十日上海同志：「凡本局工作同志，應格外明大義、識大體，不可與人爭功奪權，不與各方形成對立，應先求局面之安定與治安之維持，一切聽命中央。萬不可於此時逼人太甚，拒人於千里之外，而誤國家大計也。

（3）八月二十三電忠救軍全體將士：「諸同志應各就工作崗位，協應友軍，愛護民衆，共維地方之治安，嚴防奸匪之進襲。凡僞軍部隊，能服從中央命令，堅決抗拒奸匪者，本局均可查明其實力，呈准中央，給予相當名義，聯絡一氣，團結一致，監視敵軍行動，制止奸匪之活動。絕不可弱肉強食，循環報應，形成對立，自亂步驟也。萬一因給養不繼，必須向地方暫行籌備者，亦必商同地方士紳，按實際最低限度之需要，暫行借貸，絕不准脅迫勒索，如有故違，一經查明或有民衆告發，定必嚴懲不貸。」

中美所前進指揮所和直屬第一支隊，在參謀長李崇詩及第一班副主任婁劍如率領下，由淳安循富春江前進，到達與浦陽江會合處北方的閘口駐留，忠救軍第三縱隊也由桐廬向富陽推進，對杭州郊區加以警戒，準備俟日軍正式投降後，再進入杭州。

當時共黨份子勾結地方流氓陰謀破壞滬杭交通，被負責該路交通安全的忠救軍滬杭行動隊發覺，加以防止，共軍頑抗逃入杭州。行動隊惟恐他們再在杭州市區肇事生非，遂尾追赴杭，共軍乘機冒充忠救軍行動名義，騷擾市面，外人不明眞相，於是謠言紛起。戴先生聞報，急令李參謀長崇詩就近轉飭軍統局在杭州的負責同志，迅即責成已秘密投効的僞浙江省府主席丁默村，以「軍事專員」名義，切實掌握其所指揮的三個保安團和省會警察大隊，與軍統局的地下組織，密取聯繫，負責維持杭城治安。於是

嚴加戒備，搜捕奸宄，將造謠生事的共黨和流氓逮捕十餘人，才恢復正常秩序。

另一方面，無錫和鎭江，自日軍撤往上海後，共軍到處活動，並將鎭江附近之鐵路破壞。忠救軍京滬行動隊爲執行確保交通安全任務，鎭定人心，乃於八月二十一日進駐鎭江與無錫。

九月三日，日軍政府的代表重光葵和梅津，在停泊於東京灣上的美艦米蘇里號上，向盟國簽署降書，正式投降。中美所參謀長李崇詩乃率前進指揮所人員部隊進入杭州，隨即轉入上海。

中美所直屬第三支隊奉命後，郭指揮官履洲當即集合其所指揮的三個教導營，一個特務營和獨立支隊崔傑部與水上大隊陳榮博部，以及第八班在訓部隊（由教育長汪浩然率領）於浙江的海門，由海上運輸隊長鄭德時調度下，分乘大小機帆船三十餘艘，向浦東進發。八月十七日，先頭部隊特務營所屬張林根（張同志現在台北經商）連的船三艘，在台州洋面，遭遇日軍帆船一艘，約有一個連的兵力，裝有七五米釐機關砲二門。我船上的美國海軍上尉史溫澤爾，爲了避免誤會，命令美方士兵掛起美國國旗。不料日船竟罔顧其國家已宣佈投降的事實，突然先行開砲攻擊，擊中船舵，第二發又擊中另一艘我船，我軍猝不及防，傷亡落人達十餘人之多。美方柯克斯上尉，也被彈片擊傷。當時我船失去方向控制，漂流海上，所以輕武器限於射程，無法還擊，情勢相當危急。中美所的戰士們，很機智地將機槍裝上土製的旋轉座上，史溫澤爾上尉利用掃海索，代替毀壞的船舵，親自操舟。

另一船上的美員畢德曼，也拆下一條受損的桅桿，兩船協同努力，再度開動，張起風帆，穿越日船，以機槍和火箭筒向日船檣尾掃射，將其索具打斷。副砲手羅斯福及摩托機械士貝克，也以點五零口徑機槍和火箭筒攻擊敵方砲位，使其失去活動力量。日軍因死傷甚多，無力再戰，遂舉起白汗衫代替白旗投降。是役共擊斃日軍三十九名，俘獲六十四人。鹵獲機關砲二門、重機槍兩挺、三八步槍八十餘枝。當即折返海門，將日俘解送三戰區長官部處理。

次日（八月十八日）全軍出發，行經舟山海面時，又與日軍兩艘登陸艇遭遇，當以中、美兩國旗平舖船上，互不相犯。二十四日抵達浦東，受到當地民衆的熱烈歡迎，並與溫台地區副指揮官張爲邦所部會合。所有美員，全部由張爲邦先行護送上海休息。

是時，崇明島已被共軍粟裕部滲入，正圖立足後滲入上海，郭指揮官履洲即派特務營孫新民先行登陸崇明，共軍聞訊來攻，發生激戰，三晝夜中孫部奮勇作戰，始得進駐崇明縣城。一面派隊巡弋長江口岸，嚴密監視。

九月初，匪粟裕部增兵四個團由江北渡登崇明，從東北兩面圍攻崇明縣城，縣長沈雲達及營長孫新民急電郭指揮官告急，乃派張副指揮官率隊往援。孫營獲此支援，士氣益爲旺盛，內外夾擊，人人奮勇，力戰兩晝夜，兩度殲滅共軍攻城的敢死隊。擊斃共軍團長以下四百餘人，生俘二十名。鹵獲重機槍兩挺、輕機槍四挺、步槍五十餘枝、手榴彈數百枚。我軍陣亡十七人，傷三十人。殘餘共軍迅即渡江北遁。

不久，第三方面軍湯恩伯部進駐上海開始接收之時，我京滬鐵路的鎭江附近，常遭共軍破壞，郭履洲部奉命成立京滬區鐵路護路司令部，担任京滬、滬杭兩路之護路任務。並奉派履洲兄爲護路司令。

中美所直屬第二支隊林超部，在日本宣佈投降後的第二天（八月十一日）和第四天，曾先後收復閩江口外的壺口島，蓬桿島和石川島。因爲是年五月，日軍自福州撤退時，係從陸上撤走，閩江口外尙保有若干島嶼，爲其蒐集情報，控制閩江進出水道。中美所爲了美艦和運輸船能順利進口閩江，自菲島運輸補給品來華，曾計劃收復各該島嶼，經將計劃提承三戰區長官同意，並允屆時派隊協助。該計劃正擬實施中，而日本廣播投降，於是林超指揮官即派周堅、張疆兩大隊對各該島警戒前進，於九月八日乘

勢先予收復。林指揮官自奉令向淳安集中後，即將留駐各島及福州一帶的部隊，撤赴建甌，將防地移交國軍接收。然後會合第七班的中美人員趕往淳安，於九月下旬轉赴杭州、上海。

中美所直屬第四支隊，係由中美所第六班的四個教導營編成者，在日軍未投降前，即曾奉三戰區顧長官命令，接替國軍第七十五師在閩南的防務，並準備接受廈門日軍的投降。因此，日本投降後，即遵照顧長官及戴先生的命令，收復廈門島，升起中美國旗維持治安秩序。

民國三十四年九月初，當戴先生從各方面加緊部署，積極策進後，東南局勢已差告穩定。當時國軍到達上海的祇有憲兵一連，長江內外因爲戰事的關係，中日雙方沉沒的船隻和佈放的水雷，尚未清除。而美軍又急需使用上海港口，以便接轉物資，和裝運國軍北上接收各大城市。無論美軍和我軍都急需一位高級軍官蒞臨此第一大城市，處理緊急事務，因此，戴先生乃商請梅樂斯副主任先行進駐上海。梅氏是時已晉升美海軍少將，經於九月四日在劉鎮芳聯絡官等人陪同下，飛抵滬上，事先在上海四郊警戒的中美所直屬支隊及忠救軍，也在當天進入市區。由於梅樂斯將軍和中美所的部隊正式進入上海，代表了中美聯軍的首先勝利凱旋。梅氏不但以美國海軍最高軍官的身份，自然成爲當時在上海的美軍統帥，而且也以中美所副主任的身份，被推爲中美所各直屬支隊和忠救軍進入上海部隊的最高指揮官。在中美所李參謀長崇詩及美方助理貝樂利上校的協助下，積極推展工作。

首先要解決的問題，爲清除長江水道的障碍，梅樂斯將軍曾偕同貝樂利上校，親去會晤日本海軍司令部的海軍大將，向他提出事先經過調查準備解決的二十三個河道中的水雷問題，希望取得日軍的合作。該日本海軍大將，呈出一張河道要圖，並說明吳淞口外有三十條被美軍擊沉的軍艦，他們曾經用磁性掃雷器掃去四十三枚水雷。可是另外日本陸軍也丟棄很多水雷和詭雷，在圖上標明「安全」的水道中，當即由中美所的工作人員，根據日海軍所提供的河道要圖，清掃去七十三枚水雷和二十三枚詭雷，並爲了確保航行的安全，梅樂斯將軍又責成日海軍重新再徹底清掃一次。

長江方面，過去爲了阻滯日軍的運輸，中美所和軍統局的行動單位，曾經在水道中佈雷。於是再下令以江西修水爲中心的行動單位，開始清掃從鄂西的宜昌到上海全長八百浬的水道。

此外，爲了美艦和運輸船隻能順利地進出山東半島的青島港灣，派遣西安中東中美所第三班的克萊默少校，趕赴青島。當他與日軍洽妥安全任務後，即由日軍派出飛機一架，護送他到上海向梅樂斯將軍報告經過，並與上海方面密取聯繫。同時爲了使美艦和運輸船隻能夠順利進入大沽口和天津，需要尋找熟習該水道情形的英國領港員，但他們却被日軍囚禁在距青島不遠的濰縣。於是梅氏再派克萊默少校乘原機回去，設法交涉接送領港員出來，克少校也順利的完成任務，返回青島。迨後此賽德爾上將抵達青島時，一切已準備妥善。

上海的公共設施，雖然由於戴先生事先妥密的安排，以及杜月笙等地方人士的共同維護，未被日軍激烈份子和共黨潛伏份子所破壞；但最重要的上海發電廠的發電能力，却一直沒有恢復到戰前的十七萬五千瓩，每日僅能發電三萬三千瓩，祇及戰前的五分之一，因而嚴重地影響到上海的生產復員和其他工作。於是，由梅樂斯將軍派錢普負責聯絡各方，解決此一問題。錢普結合了很多美國海軍志願人員和中國海軍，首先將日人佔用的房舍清理出來，安頓曾經被日軍當政治犯監禁的電力廠前英商技術人員和經理人員，解決他們的生活問題，讓他們能順利的恢復工作。此一措施，收到很大效果，那些公用設施人員，經過多年牢獄之災，雖因營養不良而體力未復，但均能勉力恢復水電供應的艱鉅任務，困難亦因此而獲解決。

當日本失敗已成定局之際，日本海軍方面的一部份激烈份子，受到共黨潛伏人員的勾結和慫恿，組織了一個特種團體，繼續

其反抗盟國的陰謀活動。中美所及軍統局早已獲得此項情報，即在上海方面嚴加防範。此一陰謀組織，既無法在上海有所活動，於是企圖逃往台灣。民國三十四年九月下旬，美海軍卓伊上將和第七十二特種部隊到達上海的長江口外，捕獲一條正擬開往台灣的日本砲艇「安宅」號，送往上海交由梅樂斯將軍負責解除該砲艇的武裝，審問艇上人員。梅樂斯將軍派艾德、馬丁少校處理，並親加審訊，發現艇上人員，比原來應有的編組人員，多出一倍，但尚未進一步發現他們就是上述特種組織的人員，當即沒收船隻，人員則送交海軍站的俘虜營安頓。因為此一事件的發生，中美所的工作人員，便對擅自駛離滬上的船隻，特別加以注意。

同月三十日，上述特種組織的幾位高級日本軍官，強奪了一艘帆船，偸駛出海，準備逃往台灣，被中美所人員發覺。艾德．馬丁會同九個中美所工作人員，乘一艘四百噸的拖船，出海追趕。但當追及帆船之時，却發現另外尚有五艘帆船化整為零地自其他地區在海上集中，六艘帆船上滿載日人，有七五糎野戰砲一尊，由一少佐指揮。當時衆寡懸殊，日本少佐威脅艾德等於十五秒鐘內離去，否則開砲擊沉拖船。艾德毫不畏懼地仍令拖船向帆船駛近，然後上船將該日本少佐制服，救出中國船員，俘獲了六艘帆船和人員武器，駛回上海。戰爭結束後，艾德因此榮獲美海軍銀星獎章。

戴先生對於安定東南，盡了最大的努力，並作了各種妥密的安排之後，不久又奉 委員長命令，主持全國肅清漢奸工作。由於肅奸工作，任命事繁，為抗戰勝利後一項重大而特殊的業務，容待以後專章列述，暫不贅及。

戴先生係於民卅四年五月下旬，由重慶出發，飛赴東南視察，當日本宣佈無條件投降時，戴先生正在浙江淳安附近地區巡視中，對東南重地如京滬杭等地區之維持治存，防止共軍搶先竄據之一切部署，均於旅途中策劃指揮。於三十四年九月九日，始由浙境乘專機飛赴上海。抵達滬上後，即假杜美路七十號，設立軍統局東南辦事處由原中美合作所參謀長李崇詩綜理處務。同時調派王新衡先生（王先生早年留俄，曾任軍統局內勤處長、外勤區長等重要職務，現在台任立法委員並兼亞洲水泥公司董事長），担任軍統局滬特區區長，並兼上海市政府調查處處長。另派原忠救軍調查室主任劉方雄兄為滬特區副區長，亦兼任上海市政府調查處副處長。此後屬於上海地區之情報調查以及肅奸等項任務，便由滬特區統一負責處辦。

在東南辦事處內之高級人員，除李參謀長崇詩兄外，尚有陳祖康先生，尙望、何龍慶、龔仙舫諸兄，並於每日中午舉行午餐會報。除上述諸人外，滬特區之正副區長王新衡先生暨劉方雄兄，以及本局駐滬其他公秘單位負責同志，亦有多人參加是項會報。

戴先生如駐節滬上時，亦恒親自出席主持，因勝利初期，百廢待舉。而滬上華洋雜處，情形複雜，在地域上，又復綰轂東南，特別重要，況值局本部所屬單位以及中美所之附近單位與部隊，為安定上海以助國軍順利接收而首先進入滬市。故上海一隅，頓成東南地區之重心，有很多重要工作，均有賴戴先生之朝夕操勞，劍及履及。

三十四年雙十節國慶紀念日，戴先生曾在上海杜美路七十號辦事處舉行盛大酒會，招待中美所雙方人士，慶祝四年來並肩奮戰的最後勝利，同時也為中華民族和美利堅民族的國運昌隆，互申祝賀之忱。

於此有關中美所部份的紀述行將結束之時，再提出一項屬於西北方面之資料如下：

當日軍宣佈投降之時，外蒙的蘇俄軍和延安的共軍暗中勾結，企圖在傅作義赴張家口受降之前，佔領該地，於是由俄軍對日軍不斷施以壓力，不因日本已宣佈投降而稍休止。三十四年九月三十日，俄軍才承認日軍的停戰交涉，要求當天下午五時前，張

家口的日軍一律解除武裝，日軍被迫撤離張家口，在俄軍的通知和安排之下，共軍賀龍部即乘虛加以竊佔。並又乘勢襲佔歸綏和包頭，控制整個平綏鐵路。一面從北面打開直通東北的道路，便利山西一帶的共軍向北滲透，藉以威脅北平。當時十二戰區的傅作義的部隊，在抗戰的最後幾年未曾作戰，士氣較弱，傅本人已進駐歸綏。共軍集結其在晉冀察邊區的十萬餘軍隊，由共酋賀龍率領，發動對綏遠大規模的襲擊，聲勢浩大，我六十七軍何文鼐部，首當其衝，在平綏路西段各據點慘遭敗績，損失極重。

傅作義爲了確保歸綏，不被各個擊破，將部隊集中歸化城附近，準備作一次大規模的保衛戰，而將防守包頭的責任，交付何文鼐。惟何撤往包頭的部隊，祇有五六百人，原來防守包頭的李守信的蒙古軍一千餘名及正在訓練的兩千多人（李部原爲僞蒙古軍，經軍統局策動反正，抗戰勝利後給予歸綏先遣軍的番號），另有由中美所第四班（班副主任喬家才，山西籍，軍校六期出身，現任國大代表，居住台北。）訓練裝備的別働軍綏遠獨立支隊五百人，力量不甚雄厚而責任却極重大，於是又將綏遠省主席董其武請來坐鎮指揮。

迨十一月下旬，平綏路完全被共軍切斷，賀龍以十萬之衆包圍歸化，兩萬人圍攻包頭，情勢險惡，董其武已計劃突圍撤往後套，被當時無法到任之察哈爾省主席馮欽哉勸阻。馮以爲出城即無死所，而守城雖嫌兵力單薄，但有中美班新銳之師在內，如能善於運用，或可轉危爲安，却敵保土。董氏接納此一建議，將該獨立支隊調進城內，分爲兩部份，以一大隊守城，另一大隊控制爲總預備隊。並撥予十幾部大卡車，作爲運輸之用。

共軍攻城時，以人海戰術分波猛攻，別働軍士氣旺盛，又因經過中美所班之嚴格訓練，敵人不推進到兩百公尺有效射程之內，絕不濫射，因之彈無虛發，發揮了以一當十的功效。

共軍因傷亡甚衆，乃移主力猛攻城北角的蒙古軍，衝破缺口，突入城內約一千二、三百人之多。我方担任總預備隊的別働軍大隊長景震泰，立即率隊趕往堵截，並身先士卒，在卡賓槍和槍榴彈猛擊之下，共軍死傷枕藉，但因後路爲我守城部隊所隔斷，進退維谷，遂爾冒死衝突，但因祇有三百人，而與共軍之一千三百餘名，衆寡懸殊，因此處境極爲艱苦，激戰一晝夜後，共軍已竊佔城區的三分之一，如欲有效的予以消滅，勢需付出極重大的代價，摧毀敵方的機槍掩蔽處所。

當此時際，一位年僅十九歲的青年戰士，眼見兩位隊員因爭奪共軍的機槍而慷慨捐軀，不覺熱血沸騰，一面高呼「不能再忍了」，一面躍步前衝，當其終被敵人擊傷之時，尚忍痛躍起投出一枚手榴彈。我大隊長景震泰、指導員王軼凡，中隊長王德章等，亦皆奮不顧身，冒險奮力，指揮隊員專以摧毀敵人機槍陣地爲急務。共軍終爲我旺盛火力及大無畏戰鬥精神所懾服，失去鬥志，向我投降。共計被我擊斃三百餘人，傷二百餘人，就俘者約七百餘人，我別働軍傷亡，亦有六十餘人。城內敵軍，既然全被解決，城外的敵人攻擊，也因無重武器助陣，仰攻不易，於是賀龍乃知難而退，解圍撤去。

嗣於十二月三日賀龍部再來圍城之時，反被我寧夏省府主席馬鴻逵所派到達扒子補隆的援軍一個騎兵師，從側背予以痛擊，損失慘重，狼狽遁去。另股圍攻歸化城的共軍，也無功撤去，平綏路的西段，至是乃恢復了常態。而受戴先生薰陶鼓勵由中美所訓練裝備的別働軍，其忠貞英勇的表現，也贏得了友軍的由衷的讚佩。

四、藏本事件之驚濤駭浪

民廿三年六月間，日本駐南京領事舘副總領事藏本英明失蹤一案，在當時構成關係我們國家命運的重大事件，幸賴戴先生所主持之情報機構：軍事委員會特務處，平時組織部署嚴密，臨時處理迅捷週詳，終於找獲藏本，揭破日方陰謀。而首先獲得線索

一，進而破獲本案的，是戴先生的一位得意高足而身任外勤重要幹部的石仁龍同志。石同志，浙江省天台縣人，於高中卒業後，考入浙江省警官學校正科第一期。結業後，以成績優異，為戴先生羅致於情報組織之內，最初派在南京洪公祠的特訓班內，担任分隊長。其時受訓人員，盡係黃埔軍校出身的精英。在藏本事件時間內，石兄担任南京特別通訊組組長，其時石兄年方二十三歲，精明幹練，以目前流行的術語稱之，誠不愧為青年才俊。石兄現在行政院人事行政局担任要職，筆者為期撰述此一章節，力求確切詳明，乃再專誠趨訪仁寵兄，承其舉告如次：

南京特別通訊組，屬於軍委會特務處（對外稱調查統計局第二處）的外勤秘密組織。職司首都地區之情報偵查工作。在南京各機關團體，甚至各大旅社與歹徒容易混跡之公共場所，均經佈置有工作人員以構成嚴密的偵查網。藏本在民二十年的「九一八」及二十一年的「一二八」侵華事件以後，我國上下均洞悉日方對於侵畧我中華民族之野心，由於戴先生之秘授機宜，該通訊組在藏本駐南京總領事館內，亦佈置有秘密通訊員。

藏本失踪事件喧騰社會之前夕——民廿三年六月八日，石兄便獲得此一通訊員（因時隔四十年之久，石兄已不復憶及其姓名。）之密報。其內容為本日有由上海來京之日本重要人員，來南京日領館舉行會議，時至午夜，南京領館人員伴送上海來人至下關車站登程返滬，但前往送行之日領館人員，却少了一位副總領事藏本英明，不知何故？

翌日——民廿三年六月九日，日本駐京領事館即宣佈該館總領事藏本英明失踪，總領事須磨即至我外交部無理取鬧。日本駐華大使館，亦正式向我政府，提出強硬照會，限我政府在四十八小時內將藏本尋獲。日艦隊二十餘艘，集中下關江面，並卸下砲衣，指向南京市區，旨在對我政府示威。並揚言若我方不能在限期內找獲藏本，日軍即行進佔南京，如此強橫無理的壓力，自然使我國朝野上下，為之震驚。政府一面嚴飭當地軍警憲分頭訪查一面以時限過於急迫，經我外交部與日方折衝，總算將時限延展為一個星期。一共印就藏本的照片十萬份，同時普遍分發於南京市郊各居民一體注意查覓，並經懸賞十萬銀元。戴先生奉命辦理本案，有鑒於過去日本人曾以中村失踪事件為藉口，而發動「九一八」事變，此次藏本失踪，可能亦係蓄有陰謀。乃判斷藏本可能潛藏南京近郊，而不至遠離，故再下令所屬，特別注意於郊區之尋查工作。約於五六天後的一個下午，我南京特別通訊組組長石仁寵兄，忽然接到佈置於紫金山總理陵園警衛隊內之秘密通訊人員（陵園拱衛處處長為曾任總理副官之馬湘——粵籍——，該通訊員為該處警衛隊之分隊長、王姓而佚其名，每月給予津貼廿元。）的電話，畧稱：「在陵園附近路邊，有一擺麵攤的老嫗，見到一個來喫麵的怪客，身着洋服，話音難辨，老嫗不明究竟，但就其手勢表演，可以想到他可能是飢渴難耐，老婆婆給他喫麵、飲茶之後，該怪客始發現自己身無分文，乃將其襯衫上的金色袖扣，解下來付給老嫗，老嫗婉拒不受，該怪客始道謝離去。經該通訊員向此老嫗詳行詰詢其人之狀貌，極似藏本云云。」

石兄得此消息，一面電話報告戴先生，一面親自率領組內幹員數人，立即驅車馳往陵園，飭令原報告人王分隊長偕同組方人員即進入紫金山區，分頭搜索。果在山頂一小山洞中，尋獲藏本。在護送途中以及帶至首都警察廳特務組外事股內（筆者按：當時首都警察廳長為陳焯先生，別號空如。籍隸浙江奉化。保定軍官學校出身，廳內設有一個特務組，由戴先生介派趙世瑞為組長，對外事件，則交由該特務組出面處理）由仁寵親自詢問藏本時，他始終只講出兩句話：「中華民國無負於我，我亦無負於中華民國！」詢及他因何匿身郊外，以及經過情形，他竟緘口不言。但祇說當夜他攀登紫金山頂時，看到南京市區燈火輝煌，自忖三天內，可能遭受兵燹，化為灰燼，不免百感交集！我政府隨即通知日本領館，派人將藏本予以領回。並在此以前，由我官方邀集中外記者，與藏本英明見面。

事後我方獲悉一項情報，此事爲日方一項陰謀，當晚滬上來人在日領館舉行重要會議時，決定由副領事藏本英明効忠天皇，實行自戕，裝成被殺情況，一口咬定爲中國方面人員所殺害，可以作爲攻擊南京之藉口。當夜會議完畢，滬上來員（似爲日本駐華公使有吉明）轉回上海時，前往送行之日方外交人員於返回南京市區時，即令藏本在中山門外下車，自行覓地實施會議決定之計劃。所幸天佑中國，藏本竟未自殺，且因腹飢覓食而暴露行藏，終爲我方情報人員發現而尋獲。否則日方一旦無理蠻幹，輕啓戰端，則後果誠不堪設想。

約在此一事件發生後數閱月，於日方電訊報導中，敘及藏本英明某日在東京街上行走時，爲一年輕人所刺死。在吾人所獲情報中，日方對此事件，實一惡毒陰謀，因藏本在被我方人員尋獲後所表示之：「中華民國無負於我，我亦無負於中華民國」一語當可意味到，他不願遂行日本外交人員會議所決定之計劃來損害中華民國也。

本案告一段落後，戴先生曾對有功人員如石仁寵兄及潛伏在日領事館之通訊人員，與陵園警衞隊王通訊員以及參加登山搜覓之工作同志等，發給獎金，以資獎勵。

由於此一事件之啓迪，使吾人更認識情報工作之效果，在於平時多方物色情報細胞，作有計劃之周密部署，將外勤組織，構成一幅無孔不入，綿密無隙的網狀，然後一旦遇有事故發生，方可在工作上發揮意想不到的效率。此次藏本之尋獲，供給線索者，竟係一個每月祗領二十元的通訊員，即可爲例證。

關於藏本案件發生之後，在京各軍、警、憲兵等機關，均因事態嚴重，亦各分遣所屬，不分晝夜，四出綿密偵查，備盡辛勞，因而使本案能依限破案，戴先生亦極感其配合協力之功也。

（全文完）

故廣東省立勷勤大學校長陸公嗣曾傳

歐鍾岳

公諱嗣曾。字光宇。號定菴。廣東信宜人。高祖心畬公舉孝廉方正。有善行。府志爲立傳。曾祖善夫公恩貢生。廉州府教授。祖介春公舉孝廉。官戶部郎中。父實樞公邑諸生。候選訓導。生二子。公居長。聰慧好學。時當清末。科舉廢。學校興。公初進高州中學堂。旋赴廣州。肄業兩廣方言高等學堂。與鄉人林雲陔同學。交最契。維時番禺朱執信先生領導青年倡行革命。公欣然加盟。師事朱先生唯謹。辛亥三月廿九之役。朱先生攻督署受傷。避居公之客寓。公爲裹創易服。朱先生既脫險。公仍留寓策應。其勇決有如此者。是年秋。武漢義旗高舉。公亦遄返高州。與林君策動反正。高州軍政分府成立。公任參議兼信宜同盟分會評議員。除暴安良而外。廣攬賢俊。黨基用固。從父耀文先生器重之。命隨赴番禺縣署佐理縣政。事無大小。悉以諮之。番禺當省會要衝。夙稱繁劇。公贊勷蓮幕。馭繁以簡。百廢具興。瓜代期屆。公亦引退。於是負笈宛平。投北京大學專習刑名。嘗應文官考試。分發外交部。圖歷鍊耳。既卒所業。即拜廣州航政局長命。下車伊始。悉心擘劃。由是河道暢通。公私利賴。民國九年轉任廣州地方檢察廳檢察長。旋調審判廳長。厲行司法獨立。平反冤獄。懋績既彰。層峯倚畀。因榮兼大本營法制委員。其間擬具憲法綱要。及修訂民刑法案。洞中時弊。大元帥孫公深許之。曾一度權陽江縣篆。力求民隱。雖在任未久。而棠陰廣被矣。南京建都。湘潭譚公長行政院。簡派爲參事。司審訂法制。綱舉目張。嘉猷丕著。遂以廣東高等法院一席屬公。並兼最高法院第四分庭事宜。勤愼聽訟。清譽益隆。迨廣東省立勷勤大學成立。廣東省政府主席林雲陔先生兼任校長。派公爲副。實主全校行政。一切措施。便宜行事。其後林主席調任中央審計部。公遂正名。典模既樹。學子益趨之。未幾，日寇犯粵。公親率全校員生南遷。遍歷戰塵。而絃歌不輟。戰事敉平。大學奉令改組。仍留公長法商學院。公辭以勞瘁。當局洞鑒忠悃。完其素志。旋赤匪竊據西北。漸及東南。瞬息百變。羊城易守。公避地澳岸。雖簞食藜羹。時虞不繼。而吟咏靡絕。泊如也。大府東移。司法院篤念耆勳。徵召再出。公亦以老病辭。初、廣東省黨部成立。幹部胥爲各機關首長。公既孚衆望。先後叠膺監察委員。風憲嚴肅。政平治舉。逮國民大會召開。創制憲法。公充本邑代表晉京出席。獻替良多。生平律已以正。不喜聲伎。退食之餘。惟手執一卷。尙友古人。春秋佳日。或遇林泉幽窅。輒與二三知己治壺觴。樂唱酬。其所與遊。乃胡展堂譚祖安古湘芹林雲陔陳協之冒鶴亭諸公。而朱執信林直勉譚惠泉熊嶍然四君子則尤

生死了交也。嘗佐陳協之蒐輯高凉前賢詩句。熊皭然歿後。又斥貲刊行遺稿水鑑樓詩。於己作獨未嘗措意。予曾訪諸遺孤。而遺稿終未遑整拾。公生於前清光緒十二年丙戌正月廿六日。終於民國四十八年丁酉十月初八日。春秋七十有一。葬於濠江塲。元配李宗蓮氏前卒。側室林桂香氏健在。子三。國傑國英國俊。女八。玉菱瑞菱珍菱珠菱秀菱麗菱美菱淑菱。多滯留梓里。隨公違難者側室林氏與弱女美菱淑菱。美菱于歸李氏子。淑菱游學美國。有不櫛進士之風云。贊曰。

雲起從龍。光復桑梓。小試牛刀。蓮幕著美。北進大庠。精研法理。報捷春官。外交習禮。掌管航政。珠海暢通。分曹司法。持平秉公。中樞參議。大府嘉忠。叠膺簡命。策勳懋功。祭酒學府。菁莪沾育。立懦廉頑。化被南服。遭寇流離。揞持顚扑。載紘載歌。提携棫樸。赤焰瀰漫。栖遲澳岸。却聘食貧。晚節彌振。枌楡采詩。闡幽光燦。景仰高風。百辭莫贊。

中華民國六十二年癸丑冬日後學茂名歐鍾岳拜撰。

附遺詩　遊羅浮次雲陔韵

畫嶂千重碧落間。翠虬東走勢回環。明明斜照奇峰出。淡淡新粧初月彎。擘壁岩欹奔瀑吼。顏恒寺古臥松頑。輸君健步梯天上。點首飛雲未叩關。

會葬勳勤先生用皭然韵

去思峴首留遺愛。下馬墳前有萬民。生自能傳三不朽。死如可贖百其身。英靈水護河山在。知己難禁涕淚頻。一代安危公所繫。人亡國步亦艱辛。

顯菴丈詩賜昜輯高凉文獻次韻奉答

眼臉那能窺景寬。慚分史筆佐騷壇。故鄉風雅消沉久。八角山頭特起巒。（八角山熊皭然所居）

疢齋八十壽

高臥不須驚歲晚。逢辰猶及占春光。齒尊洛社虛朝杖。載酒玄亭晉壽觴。異代風流承水繪。同圖主客記山堂。（越秀山堂顯菴別業）華筵今日仙裾盛。定有傳家妙手湯。

旅感

衰年養病念心經。除却詩魔盟未成。看竹益增蕭索感。佩韋欲緩緊張情。解嘲海燕躭酣夢。厭聽鄰鷄來惡聲。午夜困眠朝困食。乞兵火急破愁城。

折戟沉沙記林彪（十六）

岳騫

國軍在東邊道先後發動四次攻勢：第一次，第二師由輯安向東掃蕩途中，遭共軍新編成之第四縱隊之伏擊截擊；由金山南下之廿一師之一團，在孤山子中伏潰滅，此次攻勢遂完全頓挫。第二次我一九五師由通化向東掃蕩，共軍且戰且走，國軍誤入共軍在八道江預設之口袋圈內，遭受一晝夜之猛撲，蒙受重大損失，第二次攻勢亦告挫敗。第三次，國軍九十一師，由柳河南進，在大荒溝、中荒溝、小荒溝，連遭共軍圍攻，雖能突破重圍，但已無進攻力量；同時國軍二○七師之張建勛團於三元堡，郭永部隊在旺清，分別遭受重大傷亡。第四次，時間爲卅六年二月，杜聿明抽調戍守熱河的十三軍部隊，配合五十二軍七十一軍等部隊，沿新賓通化公路向南掃蕩，第二師四個營，及一九五師；右路有八十九師，五十四師（一部），新廿師（欠一團）；左右兩路分別向油家街、三元堡一帶進攻，又誤入共軍口袋陣地，遭受奇襲圍攻，血戰數晝夜，始得突圍，但八十九師在此一役中全部犧牲。

八十九師亦爲國軍精銳，首任師長湯恩伯，湯恩伯即以八十九師起家，升任十三軍軍長，王仲廉繼任師長，南口抗戰時，石覺任十三軍第四師十二旅旅長，以後升任第四師師長，十三軍軍長，勝利後率部出關，與五十二軍均爲國軍勁旅，八十九師成立尙在二十五師之前，至此亦告覆滅，國軍精銳盡矣。

東邊道掃蕩戰，在冰天雪地中，奮戰三個月之久，結果國軍約有六十營兵力，三萬餘人損失在長白山中，佔東北國軍全部實力的十分之一以上。自此之後，東北國軍優勢盡失，機動打擊力量再衰三竭。

東北局勢之惡化，人多歸咎於主事者，實則亦未盡公道，陳誠雖有人譏爲一生未打過勝仗，但其爲人敢作敢爲，如處有爲之境，仍然可創出局面。至衞立煌爲人，固不足言古之名將，但在國軍將領中，仍是上駟之才，較之顧祝同、劉峙輩好過太多。豫鄂皖剿共時，人但知克復金家寨改爲立煌縣，實則金家寨之克，衞立煌功勞不大，衞立煌最大戰功是在新集擊敗張國燾、徐向前之主力，迫使紅四方面軍放棄豫鄂皖邊區向西北流竄。張國燾在港時，與筆者談起那次戰役，對衞立煌仍表示敬佩。

故東北之局，壞在外交與內部爲共方滲透，使無馬歇爾之調處，國軍在三十五軍攻下長春時一鼓下哈爾濱，向北推進至佳木斯、齊齊哈爾，逼共軍至中俄邊境冰天雪地之區，不惟求發展，想生存亦難了。使非共諜劉斐滲透參謀本部主管作戰，東北軍事局勢未必惡化如此之快，東邊道之戰便是一例。

東北局勢至民國三十六年底，已不可收拾，陳誠宿疾復發，臥病瀋陽，一籌莫展。蔣主席於元月十日飛瀋陽召開軍事會議，聽各將領報告，並檢討一般形勢之後，决心准陳誠辭職改組東北行轅，增設東北剿匪總司令，最初蔣主席可能屬意傅作義，元月十一日傳作義奉召飛瀋陽，謁見蔣主席，據傅作義陳述華北形勢重要，不能離開，堅辭東北剿匪總司令職。蔣主席不得已，乃

想到衛立煌，元月十一日飛回南京，即召見衛立煌徵其同意，衛立煌時正賦閒，但對東北剿匪總司令一職亦不願就，以後由國防部參謀次長林蔚再三敦勸，始勉強接受。命令於元月十七日發表，以東北行轅主任兼東北剿共總司令，以官職而言，實兼熊式輝與杜聿明為一，但東北局勢已遠非兩年前可比，當時京滬報紙即有「陳辭修辭官歸故里，衛俊如漏夜趕科場」之譴。東北籍立監委國大代表更要求政府懲辦陳誠，請蔣主席「揮淚斬馬謖」，事雖未成，但陳誠確從此消沉，至大陸情勢惡化時再起。

在衛立煌任命發表，尚未就職，陳誠已離開瀋陽去上海醫病時，共軍即對瀋陽外圍發動攻勢。

首先被攻為新立屯，一月十五日前，共軍第七縱隊主力及第八縱隊一部，與國軍第二十六師（彭鞏英）對峙於新立屯外圍。戰至十九日，共軍第二縱隊主力及炮兵一部增援，對國軍形成包圍態勢。二十日午夜，共軍進攻國軍新立屯以東及東南陣地。戰至二十一日，雙子山連絡中斷，國軍乃固守黃地、黃金台等據點，與共軍奮戰，傷斃共軍萬餘衆。迄二十三日拂曉，新立屯南之小萬金台及范家窩棚等地被陷，共軍進犯市區。激戰至二十五日，守軍第二十六師，憑核心工事與共軍肉搏，旋被共軍重重包圍，國軍空投糧彈亦告斷絕。遂於二十六日向西北突圍，撤至阜新以西之海州整補。

衛立煌於三十七年二月一日抵瀋陽，就任東北剿共總司令，以迄同年十月底瀋陽失陷為止，總共十個月期間，不但未能改善局面，且無法維持住局面，而一任局勢之自然演變，對共軍一籌莫展。共軍於衛立煌就職後，即開始對瀋陽以南的重要城市加以攻擊。

一月二十八日，共軍以遼南第八縱隊，及第四縱隊主力，與獨立第一、第二師，向遼陽外圍太子河鐵橋及首山車站猛犯，與守軍暫編第五十四師激戰。二月一日，首山等陣地多數被毀。入夜共軍攻太子河橋益烈，同時其第二、第十二師，獨立第九師，及第三師之一部，復分向高力門。大西門猛撲。二日夜太子河橋東碉堡被共炮擊毀，橋西碉堡亦一度淪陷。旋經守軍肉搏奪回。攻城垣共軍，連續向大、小南門衝鋒二十餘次，均未得逞。迄至三日，共軍第六縱隊經遼中竄抵遼陽城西車站附近。四日夜，復藉炮火掩護，向城垣外圍猛撲。高力門及大小南門一帶戰鬥尤為慘烈。激戰至六日晨，東門被共突破，展開巷戰。迄晚，守軍馬師長率特務連由車站向西突圍，遭共軍襲擊，多數被俘。七日遼陽遂陷。

當共軍進攻遼陽時，瀋陽國軍曾準備出援，但飛機偵察共軍在蘇家屯佈置重兵，準備圍點打援，國軍無法通過只得撤回。

共軍攻陷遼陽後，其第二、第七縱隊各一部，由遼陽以北沿鐵路兩側北竄，企圖竄擾瀋陽外圍。其第四縱隊一部，則於二月十二日向鞍山外圍施行威力搜索。其第六縱隊由遼陽附近南竄，遼南第八縱隊由鞍山以西迂迴，南竄至千山車站附近，十三日向守軍五十二軍第二十五師胡晉卿部進犯。戰至十六日，共軍更糾合其第四、第七縱隊主力，及第一縱隊一部，炮兵旅主力炮三十餘門，共約五萬餘人，繼續猛撲往復衝殺，至十九日晨，國軍核心陣地被突破，迄午共軍大部侵入市區；國軍仍堅守鞍山鋼鐵工廠，相持至夜。通訊中斷，鞍山於二十一日陷落，守軍全師覆沒。

鞍山守軍胡晉卿師長，以不足三團兵力，在鞍山市長羅永年協助下，堅守了達半個月之久，迨國軍每個碉堡前為共軍屍體塞滿，子彈無法射出時，始於二月二十一日宣告陷落，五十二軍副師長出身的羅永年市長戰至最後，以一顆子彈自殺殉職。

鞍山陷共後，共軍第四及遼南第八縱隊，於二月二十三日開抵營口以北之火高坎及大石橋一帶；二十四日迫近城郊。二十五日雙方於營口車站及後家油坊（營口北）發生戰鬥，迄晚二十時後連絡中斷，該城守軍暫編第五十八師及交通警察總隊一部降共，營口遂告陷落。

（未完待續）

香港詩壇

並頭牡丹

伍醉書

同心綰結兩相歡，春色從教等量看；阿閣舊描雙翅鳳，女床初穩騈栖鸞。料應耳鬢廝磨慣，脫假容顏左右難。須信二喬銅雀恨，夜長來守碧闌干。

繁絃競奏月中聲，耀眼朱華下赤城；娥女湘江俱絕代，機雲洛水已齊名。便修花史窮軒輊，苦費詩心與送迎。省識仙根原一脈，芳銓合喚董雙成。

甲寅人日社友十三人假酒樓團拜戲以十三元韻各爲詩紀之

八一老人夏書枚

流空兵氣萬千屯。投老終虛望國門。斲樸自爲鐫俗計。摛文誰識鑄人恩。時無仍古徒相鬥。業有虧成豈易言。他日茗樓傳韻事。座中同賦十三元。

立春院圃小立

亦園

萬松搖綠曉風微。有客高歌動翠薇。山氣將升雲合起。日光待上月忘歸。膏粱飽腹知何益。藜藿撐腸覺滿肥。別有退思人不解。欲隨小鳥向天飛。

近市東風氣不純。依山遙看軟紅塵。萬花非海偏生浪。一鳥鳴天獨喚春。酒有溫情宜歛客。詩無眞宰莫求人。笑余強項成何事。養得靈台日日新。

次亦立老春韻

徐義衡

龍城春到曉烟微。嫋嫋條風醒蕨薇。又是一年留倦客。更無片語說當歸。黃花不老人先瘦。碧草初生馬未肥。寂寞天涯何所事。欲爲鳴鵠起高飛。

冷雨連宵氣未純。雲山初霽潔無塵。半樽綠蟻迎嘉日。幾朵紅梅報好春。富貴在天須律己。窮通有道不求人。白頭莫問滄桑事。埋首詩城筆墨新。

癸丑七十生朝書感

徐義衡

時彥有哲言。人生七十始。我今恰古稀。新生從此起。世事日日新。忘却諸般理。富貴等浮雲。功名如敝屣。放懷宇宙寬。縱目九萬里。四大不可思。勘破貪嗔痴。天地與我一。萬物與我齊。身心從所欲。動靜不踰規。昨賞溪頭月。今吟鑾鼻詩。已欣登耋耄。無意望期頤。澹泊明吾志。寧靜是我期。梅香清且逸。可以伴吾居。松菊同吾性。竹虛是我師。得此四良友。永保傲寒姿。

次韻壽義衡

余少颿

仁者必上壽。端從積德始。我遇東海公。騷壇誦詩起。接席聆清言。方知養生理。暇日輒過從。迎我慚倒屣。龍潛縱勿用。驥伏志千里。維公捷才思。却躭書成痴。避秦稷下魯。去周西山夷。亦儒亦釋道。汲古恒中規。禮延坐上客。豐貯囊中詩。飫聞莊繕性。最愛匡解頤。香唔梅宜友。心虛竹與師。庭前四君子。同躋黃髮期。歲歲文字飲。永保喬椿姿。

壽義衡七十次原韻

亦園

明月照錢塘。不知何時招。天生有一人。松齡從此起。非佛亦非仙。語語有至理。平生輕富貴。棄之如敝屣。優遊宇宙間。相處如鄰里。胸中不着愁。只知愛與痴。君身能自齊。苦茗添吟料。天地萬類事。歌詠守前規。寒山與淵明。驚爲同母詩。春風常沐身。論壽豈期頤。山靜堪爲友。水淡可爲師。梅花幽且媚。不妨伴君居。何物如君性。歲寒三友期。青春長不老。永保少年姿。

壽義衡七十

涂公遂

天涯伏櫪老驊騮。豪氣當年騁九州。已令吟哦消吶喊。更將曠達替幽憂。溫情好語傾閒坐。雅興高懷闘勝遊。無限雲山供望眼。遙知海屋爲添籌。

編餘漫筆

編者

這一期得到魯風教授自德國寄來的「李準巡海記」一文，與上期鄭資約教授大作「南沙羣島確屬我國領土」互相輝映，對於南海諸羣島之歸屬問題又多一例證，魯教授百忙中爲本刊撰稿，至爲感謝。

其他各篇也均屬佳作，國民政府建都南京十年，即因抗戰而撤離，但此十年中間，不少興革均關乎一代典章文獻，齊憲爲先生以親身經歷之事，詳細叙述，乃最佳之史料。鄭光寧先生「聯義社」一文，有關「聯義社」史實之報導，爲前人所未道，彌足珍貴，在一般人印象中，聯義社乃幫會組織，末流變爲黑社會，不知乃革命團體，足與「興中會」相頡頏，光榮史實竟被湮沒，實屬不幸，深盼聯義社同仁能早日修成社史，糾正視人觀聽，以告慰先烈之靈。

仲平先生廣東兒童教養院一文，也是一件鮮爲人知的大事，當時各省各戰區皆有兒童教養院一類團體之設，也多由當地軍政長官夫人任院長，但有些只是一個空招牌，有些縱有成就，規模亦甚小。如廣東省之教養院收養兒童竟達萬人，實爲全國所未有，担任院長之吳菊芳女士功德實無量。世人對吳女士當時活躍廣東政壇，頗多微詞，但小瑕究不掩大瑜，即此一事，亦非常人所及，世人讀本文後，即對吳女士有成見者，定一變而爲崇敬。

鄒作華將軍爲中國砲兵始創人，去年以八十高齡病逝台北，身後亦備極哀榮。胡養之先生爲鄒氏門牆桃李，本文紀述鄒氏一生功業，以史家之筆，對鄒氏爲人有詳實而公平之叙述。

「先天道橫行無錫記實」一文，亦重要史料，先天道與本港之黑社會不同，黑社會誠然作奸犯科，多行不義，但黑社會並未以妖法惑人，黑社會宗旨只有作非法手段以圖利，尚無違抗官府意圖造反之事，「先天道」不然，「先天道」淵源於東漢「五斗米道」，不但愚民而且意圖造反，其行爲又極荒謬，讀者讀本文可知，故爲任何政府所不容，亦爲社會動亂之源。

章太炎先生二三事，亦有許多珍貴史料，較一般談章氏掌故者爲詳。

「二十年前滇邊行」一文，在本刊刊出後，深獲各方好評，本期已刊完，最後兩節較前更爲精采。

「胡政之與大公報」一文，尤受海內外注意，本刊已徵得原作者同意，一俟刊完即出單行本，特敬告讀者。

又新聞紙價稍回順，希望能降到合理價格，本刊無意加價，順告關心讀者。

錦繡神州

出版者：德興文化事業公司

我國歷史悠久，文物豐富，古蹟名勝，山川毓秀。尤其歷代建築藝術，都是鬼斧神工，中華文化的優美，在世界上有崇高地位；所以要復興中華文化，更要發揚光大，我們炎黃裔胄與有榮焉。

如欲研究中華文化，考據博古文物，瀏覽名山巨川，遊歷勝景古蹟；畢一生精力，恐亦不克窺全豹。往年雖有此類圖書出版，惜皆偏於重點介紹，不能滿足讀者理想。

本公司有鑒於此，不惜巨資，聘請海內外專家搜集資料，歷三年編輯而成；圖片認真審定，詳註中英文說明，堪稱圖文並茂。內容分成四大類：「**文物精華**」「**勝景古蹟**」「**名山巨川**」「**歷代建築**」將中華文化的精英，包羅萬有，洵如書名：**錦繡神州**。並委託柯式印刷廠，以最新科技，特藝彩色精印。八開豪華精裝本，金線織錦為面，織成圖案及中英文金字，富麗堂皇。「**內容**」「**印刷**」「**訂裝**」三並重，互為爭妍；所以本書被評為出版界一大傑作，確非謬贊。

凡備有本書者，不啻珍藏中華歷代文物，已瀏覽全國名山巨川，遍歷勝景古蹟。如購贈親友，受者必感隆情厚意。

全書一巨冊　港幣弍百元

總代理

吳興記書報社

地址：香港租庇利街十一號二樓

電話：H四五〇五六一

Ng Hing Kee Newspaper Agency

No. 11, Judilee Street, 1st Fl.,

HONG KONG

九龍經銷處

德興書店（旺角奶路臣街15號B）

吳興記分銷處（吳淞街43號）

外埠經銷處

星馬婆　遠東文化有限公司

曼谷　青年文化服務社

菲律賓　華安書店

越南　聯興書報社

紐約　友聯圖書公司

三藩市　益智圖書公司

三藩市　新生圖書公司

三藩市　文化書店

波士頓　中西公司

芝加哥　文華書局

檀香山　大元公司

倫敦　東寶公司

加拿大　香港百貨公司

澳門　可大文具店

斗湖　光明書局

掌故

月刊 33

人物·風土·

一九七四年五月十日出版

錦繡神州

出版者：德興文化事業公司

我國歷史悠久，文物豐富，古蹟名勝，山川毓秀。尤其歷代建築藝術，都是鬼斧神工，中華文化的優美，在世界上有崇高地位；所以要復興中華文化，更要發揚光大，我們炎黃裔胄與有榮焉。

如欲研究中華文化，考據博古文物，瀏覽名山巨川，遊歷勝景古蹟；畢一生精力，恐亦不克窺全豹。往年雖有此類圖書出版，惜皆偏於重點介紹，不能滿足讀者理想。

本公司有鑒於此，不惜巨資，聘請海內外專家搜集資料，歷三年編輯而成；圖片認真審定，詳註中英文說明，堪稱圖文並茂。內容分成四大類：**「文物精華」「勝景古蹟」「名山巨川」「歷代建築」**將中華文化的精英，包羅萬有，洵如書名：**錦繡神州**。並委託柯式印刷廠，以最新科技，特藝彩色精印。八開豪華精裝本，金線織錦為面，織成圖案及中英文金字，富麗堂皇。**「內容」「印刷」「訂裝」**三並重，互為爭妍；所以本書被評為出版界一大傑作，確非謬贊。

凡備有本書者，不啻珍藏中華歷代文物，已瀏覽全國名山巨川，遍歷勝景古蹟。如購贈親友，受者必感隆情厚意。

全書一巨冊　港幣弍百元

總代理

吳興記書報社

地址：香港租庇利街十一號二樓

電話：H四五〇五六一

Ng Hing Kee Newspaper Agency

No. 11, Judilee Street, 1st Fl, HONG KONG

九龍經銷處

德興書店（旺角奶路臣街15號B）

吳興記分銷處（吳淞街43號）

外埠經銷處

星馬婆	遠東文化有限公司
曼谷	青年文化服務社
菲律賓	華安書店
越南	聯興書報社
紐約	友聯圖書公司
三藩市	益智圖書公司
三藩市	新生圖書公司
三藩市	文化書店
波士頓	中西公司
芝加哥	文華書局
檀香山	大元公司
倫敦	東寶公司
加拿大	香港百貨公司
澳門	可大文具店

掌故月刊　第三三期　目錄

每月逢十日出版

掌故

第三三期　中華民國六十三（一九七四）年五月十日出版

每册定價港幣二元正

全年訂費港幣二十元　美金六元

出版兼發行者：**掌故月刊社**

地址：九龍亞皆老街六號B

通信處：九龍旺角郵局信箱八五二二號

電話：K八〇八〇九一

The Journal of Historical Records

6B, Argyle Street, Mongkok, Kowloon, Hong Kong.

督印人：**鄧少卿**

總編輯：**岳騫**

印刷者：**和記印刷有限公司**

新蒲崗景福街一一〇號超達工業大厦十樓

總代理：**吳興記書報社**

香港租庇利街十一號二樓

電話：H四五〇五六一　H四五〇七六六

星馬代理：**遠東文化事業有限公司**

新加坡廈門街十九號

檳城杳田仔街一七一號

泰國代理：**曼谷青年文化服務社**

曼谷黃橋東北路五六六號

越南代理：**聯興書報社**

越南堤岸新行街二十二號

其他地區代理：

澳門：可大文具店
亞庇：利民公司
千里達：中華公司
菲律賓：華安書局
倫敦：東寶公司
芝加哥：杏林春
波士頓：中西公司
三藩市：新生圖書公司
三藩市：益智圖書公司
加拿大：香港商店

漢城：汎亞書籍公社
寮國：永珍圖書公司
斗湖：光明書店
菲律賓：玲瓏書局
紐約：友聯圖書公司
紐約：友方圖書公司
洛杉磯：永安堂
檀香山：大元公司
三藩市：文化商店
加拿大：新國華公司

陳孝威先生及天臺報

王世昭

一、由幾篇文章說起

三月十七日中午十一時二十分，我與趙湘琴女士在銅鑼灣施家分手後。我對她說：「今年過年後我和陳孝威先生才見過一次。不知道最近他怎麽樣，我要去看看他！」於是我由百德新街，穿過英皇道，經新寧招待所，而後越禮頓道，到六十號七樓看陳先生。

一進門，先見到女傭阿妹，她說：「陳先生在裡面！」請我入客室。倒茶，姚太太高聲喊，「王世昭先生來了！」陳太太連忙由廚房裡跑進來，到房，把孝老扶出來，陪我一同坐在舒乏之上，我怎看孝老，還是和月前一樣，我問他好，他沒有什麽表情，只是說：「謝謝你！」接着，他喊：「阿妹，留在那裡的幾篇文字，趕快找出來，交給王先生！」我接過來一看，一封是陳伯稼先生給他的私信。一篇是尹望卿先生爲他寫的簡介，附陳先生大作詩八首，另三份是中華民國六十三年三月十日的天文台報，其中陳先生指出趙士謌教授所撰「陳孝威慰問杜爾斯五古詩讀後感」。一篇是他寫給陳伯稼的壽詩，題：「伯稼宗長九秩大壽誌慶」，那是七言律詩。還有一篇是「恭題與仁閣長生祿位分呈張梁任陳趙諸大師」未附註云：「參看太平洋鼓吹集張曉峯、梁和鈞、任卓宣三序文，遲莊回憶錄（世昭案：陳伯稼先生大作，凡六厚册都百萬言。）及趙士謌撰「陳孝威慰問杜爾斯五古詩讀後感」。

不久，他又喊：「阿妹！那幾篇文章交給王先生沒有？」（近年來孝老兩眼皆瞀，什麽也看不見，爲了不放心，所以說了又說。）我代答：「孝老，我在這裡看！」

於是他指着牆上貼着的紅封套（裡面寫着張梁任陳趙五位的大名，藉當絲繡平原之意。）說：「上列諸位先生，不特是我的知己，我該說：他們都是我沒齒不忘的老師，所以，我要祝他們福壽康寧，而且長命百歲！」

「小孩子他們都不懂這些東西，世昭兄：這幾篇務請你保管，千萬！千萬！」

「你的人緣好，運氣也好，所謀必遂，祝你前途無量！」

談了約莫大半小時，我正要與辭而出，他再叮嚀一句：「世昭兄，這幾篇東西

，拜託十拜託！」……最後，他說出：「不曉得我還能不能見到你？因爲你的事也忙，如果再見你不到，這就算我最後的遺言也可以！」

我怔一怔，孝老求生的意志一向很強，不到最後，一定不會說出這一句話。爲了這一句，我要走也走不動了，重復又坐十分鐘，我終於走了。和他握手道別的時候，他的掌指冷冰冰。他站起來，我說：「孝老！這幾篇文章我帶走了！」下午吳俊升先生到我家裡，我曾把這一件事告訴他。十七到廿四日正是一個禮拜，這熱愛國家，熱愛世界，熱愛人生，慈祥愷弟的老人，就這樣與世長辭了。

二、怎樣認識陳孝威先生

我耳食陳先生大名始於抗戰前，那時在桂林廣西公立法政專門學校教書，報載有位陳向元先生到廣西來旅行，經梧州、南寧、柳州、桂林各地。當時我教我的書，他旅他的行，只曉得他是福州人。到了抗戰第二年（民國二十七年）二月十七日我帶着中央軍校第六分校在東南亞地區所招的第十五期學生一百十七人（越南代招的二十餘人，係由駐安南河內總領事舍親許念曾辦理，合共應爲一百四十人之譜）經香港廣州而至廣西柳州。到香港的時候，廣西銀行行長張先生招待我在金龍酒家吃飯，那一天陪客有天文台報社社長陳孝威，這算是我和陳先生第一次見面。

大陸變色，我到香港第二年是庚寅年。這一年春天，由我出面簽字因友人之介向某君伉儷借欵三千元辦「老虎報導」半週刊」（小型報），社址是德輔道西。時間雖然短，陳孝威先生幾乎每日都到本社鄰室閒坐，探探我們的消息。我們這個報紙初出版印五千份，每日可銷出四千份，情況並不太壞。可是一個半月之後，三千元用光了，經濟沒有來源，只好停辦。但報販却來要求我們繼續出刊，他們說：再挨一個半月，錢便可以收回，經濟便不怕沒有來源了！可是現實問題，巧婦固難爲無米之炊也。

爲什麼我借到三千元便敢開門辦小報？事緣我在桂林辦探海燈週刊，資本樵湊只大洋二百元。此報期期虧本，出到第八期，本快要虧完了。那時小春秋雜志社社長郭君對我說：「不是你的週刊內容不好，是你出版形式（小報型）不好，假使你能改雜志型，銷路一定會增加！」我有些將信將疑，報刊的好壞依內容來決定，與形式有什麽相干！本社辦事員李君，也主張應該迎合青年心理，把週刊改作雜志型。果然，第九期我開始改版，只一期把虧了的本完全賺回來，第十期大賺特賺，第十一期，爲了桂林緊急疏散，印刷廠全體工人停工。其實最大的原因，因爲我的報紙是反共的，印刷廠工人爲了形勢不佳，所以不肯排印。有了這個奇跡出現，所以我到香港借到三千元，就敢辦小報也。那曉得香港開門辦報紙小販收錢以三月計，桂林則日銷日計。日銷日計用本不多，而三月計，報費無法回籠，所以失敗，這且不表。

三、曼谷世界日報與天文台報社

老虎報導停刊不久，大概八九月之間吧，天文台報復刊了。我忙於爲自由人，工商日報，香港時報副刊寫稿。一面寫了

一本書，定名曰：「中國詩人新論」，向美國救濟流亡智識份子協會接頭，稿被採用。爲了出版後銷路不壞，再寫一本書曰：「中國文人新論」，又通過了。在當時，這兩筆的收入很可觀，我乃得稍爲喘了一口氣！

在這不久之前，李運鵬自泰國來信，要準備辦報。其最大政治背境，爲警察總監乃砲；而經濟背境，則是盤谷銀行總裁陳弼臣，要我在香港做個準備。那時自由出版社一般朋友正在得勢，也幹得起勁，所以我找傑克(黃天石)先生，研究辦法。傑克先生無黨無派，且在香港新聞界擁有潛在力量與無數讀者，而其交遊則又無人不知。因此，李運鵬到香港，我先介紹他看傑克先生，因傑克先生到華僑日晚參觀，遂與岑維休，岑才生，歐陽伯川，何建章等相見，是日岑司理即在該報社歡宴我們。

世界日報於中華民國四十四年七月廿九日出版，在此之前，我以總主筆名義留港辦理徵文，黃天石以駐港代表名義共同負責看稿。大體上取用的多，發還的少，所以報社方面，花去了稿費三萬多港幣。

報紙出版到一月，世界日晚報共計要出版十二種週刊，由香港找人編輯的有九種，即山水易君左，書法曾克耑，考古衛聚賢，風俗徐亮之，音樂趙濟安，科學李秋生，文學王韶生，軍事黃煥文（在台灣）政治曾特生。此外婦女、青年、體育，則由曼谷找人。總九種刊物之成本是駐港代表黃天石。但黃天石爲了寫作事忙，不能兼顧，辭去駐港代表職。如另外介紹人，恐怕不適當，所以曼谷決定派我以總主筆名義兼駐港代表，總編九種週刊。

當籌備期間，般含道清風台一號黃天石尊府就是我們的駐港辦事處。黃天石既辭職不幹，我就遷到大道中洛興行，與天文台報在同一地方辦事。這個時候，陳孝威先生便會時時在那裡見面了。

四、我眼裏陳孝威的爲人

我對於孝老的看法，是與友厚，律己寬，御下嚴，事上敬，處家人父子之間責善太過，有時說話過於沒有遮攔。好在人與人之間見怪不怪，把他當作不得意的發洩，所以彼此還可以相安。然而他最大的優點是：是非分明，取予不苟，有恩必報，見善則揚。嘴裡罵人過了便算；有人求助，樂予裁成，諸如此類，不勝枚舉。

當我處理世界日報事務的時候，日以繼夜，留守在辦事處。這種精神，他認爲是創造事業的基本要素。承他看得起，時時以此揄揚於朋儕之間。

中華民國五十六年我飛菲律賓書展的時候，他曾爲我寫過一篇序（見天文台報及「王世昭教授簡介」中）。這篇文字，他談到學書的經過，以及對我的書藝批評，語多贊勉。

天文台報三十周年紀念，我曾爲之編過專刊，那一次的收入除廣告外，他後來對我說，爲了牙齒發生問題，生了一場大病，入瑪麗醫院留醫，差不多用去萬元。中華民國方面，蔣總統曾發獎金新台幣壹拾萬元，在全國，這是異數。

不記得那一年了，丁振亨先生病，他要我代理丁的總編輯職務。不久，我又有東南之行，他們兩夫婦答應我以副社長名義，便宜行事。可是，我不接受這個意見。我說：「事實上我替天文台報多年來所寫的是專欄，還是用專欄作家的名義較爲

切合。」更承立夫夫婦厚愛，請我用春秋雜誌代表的名義，對外洽商一切。十年來我在天文台報所寫的稿子，自竹屋散記，南遊散記，非遊散記以至南遊三記，約計八十九萬言。其中已出單行本的有南遊散記與非遊散記。至於竹居散記談碑帖的部分文字尚在整理中，而南遊三記寫得最多最長，但在我手邊的稿子却並不完全，似乎也需要整理了。

孝老與我的關係，雖不到推心，也可以說已到了置腹的地步。為什麼我始終對他有距離，因為辦到三四十年的報紙，積習已成，要改造，第一要資本充足，第二要人才集中，這兩個條件最難的是第一條件，而要實行第一條件的時候，公私要如何分？說起來容易，做起來萬難。

五、天文台報的未來

孝老逝世之後，香港的朋友關心到這個問題，海外的朋友也關心到這個問題，台灣的朋友尤其關心到這個問題。有人主張拖，有人主張不要拖，有人以為死活都無所謂。從法理上說，執牌人是陳伍淑儀女士，協助她的是姚太太伍爰女士。她們兩姊妹追隨孝老不下三十多年，孝老逝世後，天文台報是陳伍淑儀女士的，要怎樣作決定？？只有她有此權力！我們千萬不要忘記，天文台報有將近四十年的歷史，老招牌是愛國，骨子裡是反共，假使她們有一天愛那個不愛這個，反這個不反那個，這個印象，這個後果，就不堪設想了。我們千萬不要為淵敺魚，關於這個問題要冷靜地去處理，不要以為無足輕重，李德鄰就是因為無足輕重被利用的。

但伍淑儀對於天文台報的看法，只是秉承遺志與中華民國相終始。設有困難，她也不會堅持己志，非幹不可，因為天文台報對她只是負累，並非像抗戰前期，銷路達到十二萬份那樣有聲有色的時代了。

可是，天文台報在東南亞仍有影響力，就憑這四十年的招牌，替天文台報仗義執言的人恐怕還不在少數，今後怎樣呢？誰也不敢預測的啦！

記得孝老在生前，自知以日薄西山之身，見到青年黨人，便說：「我的報便是你們的報！」見着民社黨人，亦復如此；甚至見到張六師、孫寶剛，也常作如此表示。至於國民黨人，那更不消說了！總之，「烈士暮年，壯心不已！」由此可見他是一位大公無私，心存社會國家，志在天下的人物。自今之後，社會失去了一位良師，國家失去了一位益友，世界失去了一位高瞻遠矚的人。

他常說：「治國必需了解天下的人，治省必需了解一國的人，治縣必需了解一省的人！」老子說：「治大國若烹小鮮；蓋必需其人成竹在胸，而後方可有條不紊，措國家於磐石之安，置人民於衽席之上，不然的話，那就難說的了！

他殷勤望治，每聞國有善政，便色然而喜，每聞人有劣績，便惄然而憂。以在野之身，關心世道如此，若論中歲已不易，而況老年乎。

六、癸巳中國人物與陳孝威

陳先生，本名增榮，後改向元，終以孝威之名名天下。

他以前清光緒十九年癸巳（西紀一八九三年，民前十九年）十月初三日，誕於福州城南之瓜山。照福州習慣計算年齡應為八十二，照西洋計算則為八十有奇，照中國五年兩閏計算法，每十年可增四個月，八十可增四十個月，再加上兩歲增一個半月，陳先生虛歲享壽可大書特書八十六歲也。按當代中國已故人物，生於癸巳者有白崇禧，左舜生等。尚存人物生於癸巳者有毛澤東，陳啓天，夏威等。毛澤東近數年來年年徘徊七十八，七十九之間，似不忍跨上一步趕上八十這一關。正如日薄西山，顧戀過去，要落不肯落。蓋在中國習慣上，中年結婚的男人，往往將年齡報少，而老年有政治慾望的人，也往往寧可減壽而不肯添壽。怎奈天公不作美，髮要落、鬚要白、背要駝、齒要豁，正如秦皇、漢武、唐宗、宋祖，無法與閻王老子爭一

日之短長一樣，悲夫！

陳先生幼年畢業於福州武備學堂（等於陸軍小學，時髦名稱，應謂之幼年學校，——如空軍幼年學校之類。）如本「好鐵不打釘，好男不當兵」的原則，不是家境貧寒，即是少年跅弛那一類搗蛋的份子，所以會入伍生隊。畢業後升入南京陸軍中學，適辛亥革命，學校被解散，與同學王冷齋、楊培根、樊銑等回福州，遊說新軍統領孫道仁舉義，反正成功，以學業為重，乃赴上海謀發展，獲鎮江都督林述慶之任命為連長，參加攻南京之役。會民國成立，軍事教育制度亦革新，各省武備學校或陸小皆取消，陸軍中學改為陸軍預備學校。陳氏解軍職，入河北清河陸軍第一預備學校復學。至民國三年，升入保定軍官學校第二期。

七、陳孝威與嚙指血書

民國四年日本向我國提出廿一條件，五月九日簽字，全國輿論譁然。袁世凱帝制自為，全國遂有倒袁運動。時陳氏正在學，以學生參加愛國運動，熱血沸騰，表現突出，秦德純將軍於其回憶錄中曾大書特書云：

「此時，全國都表示反對，北京的學生尤為激動。陸軍軍官學校同學千餘，人全體罷課，堅決反對，與校方僵持頗久。風潮最激烈時，輜重連的同學陳增榮，悲憤萬狀，誓不欲生，咬破手指，血書：『南八，男兒死耳！』（世昭按：此張睢陽就義前詔南霽雲語。）全校同學，無不感動流涕，誓死反日到底。」

保定軍官學校，為袁世凱培養全國軍官的大本營，陳氏敢於向北洋軍閥挑戰，此舉使校長曲同豐不安於位，至於撤職，革官（時曲為陸軍少將），袁世凱新華宮做皇帝最後也坐不成。孔子所謂：「子率以正，孰敢不正」？就是這個道理。吳起所謂：「舟中之人皆敵國也，」也便是這個道理。

八、泰寧鎮守使任內的政績

氏既卒業於保定軍官學校，初任其母校校長王汝賢所部上校參謀，隨駐湘西。十二年任吳部何師少將旅長。十五年春任泰寧鎮守使，官中將，兼旅長如故。當履任之初，截留卸任鎮守使劉驥伐樹所餘，移作地方學校教育費。良因泰寧在河北，為遜清帝后陵寢，巨木參天，亙數十里。又廟社所在，法物祭器，多名貴古物。馬瑞雲及劉驥共盜去六千件，氏遣兵追還，以歸主者。其所為剛直廉正，兼而有之。而其治下高易鐵道久毀，氏修復之。易水淤塞，氏又親率卒伍，浚治使通，既便民生，亦利灌溉。有此四事，民思其德，為築「捧日臺」，而溥雪齋又為之繪「去思圖」，鄭孝胥並為之作記，遺老陳寶琛、陳三立、朱孝臧、朱益藩等七十六人為之詠歌，故海內引以為榮。鄭孝胥撰捧日臺記並書云：

「泰寧鎮轄易州、蔚州、淶水、淶源四邑，紫荊飛狐渚隘在焉。自古為用兵必爭之地。辛亥迄丙寅十六年間，兵過境者四十七次。人民畏兵若蛇蝎，苦鬼魅，搖手相戒，聞而唾之。其積威所刼，至於此極。及向元來為鎮將，兵民相安，才十旬而罷去。然居民為之築台於福山，號曰：『捧日』。何其於邂逅之遇，而留永久之思？豈非仁心儒術，感人實深，有以致此也耶！於是雪齋為作去思圖，孝胥復書其事。——已巳五月。」

陳寶琛題詩亦親書云：

「雪齋為圖誌去思，紀其事者鄭太夷。我初識子初弱冠，廿載拔出京塵緇。徧師試手四戰地，三月曷由殫厥施？斯民直道豈殊古，飢渴易饜情可悲。即今陵戶重茇憩，猶話戒禁松楸遺。舊居咫尺過我數，自署齋榜「有不為」！古靈瓜山數先正，一水洄溯吾所師。丈夫窮達不失已，守定邪世誰能移？十歲十戒初志在，要知實至名自歸——已巳初秋為向元六兄屬題」

八十二叟陳寶琛。」

九、却鄭孝胥之邀與抗日

九一八變作，僞滿洲國初成，鄭孝胥爲國務總理，電邀陳氏居要津，氏峻拒，鄭沮喪，有句云：「菊花未見秋無色」，其重視之如此。

民國二十五年，氏隱於香港，創天文台報。次年四月廿六日，陳氏應邀至桂，與白崇禧談天下事，語白曰：「日本不出三月必大舉犯中國。」「白氏遂留桂待命。八月應召入中樞，實力派團結抗戰之局於以形成。七月七日，蘆溝橋戰事爆發，氏潛思默運，鼓吹抗戰甚力。既而德意日三國聯盟，號爲軸心，鴟張特盛，氏洞矚天下事，於英，獻「論大不列顚之戰應使用之政畧，戰畧，戰術」，要言不繁，指出：

「德海軍居於劣勢，無渡海攻英之充分勝算計劃與準備。雖有強大空軍，但空不能制海，空又不能代海，縱屬強大，無所施技，況其命中率與持續性又成問題，勢必放棄戰畧轟炸。因此，勝利屬於英國。並提供可行之對策。」——原文陳著「爲什麽失去大陸？」

此文正本與英相邱吉爾，錄副與戰時香港岳珂中將，二人先後均有覆書，見太平洋鼓吹集陳孝威推動租借法案本事編年。

進一步他又爲美總統羅斯福借箸代籌，針對德意日三國同盟協定，提出五個理由。即第一，「使德意國不能於美國大選揭曉前，完成其攻英之目的，則德侵畧軍事攻勢，將由頂點而下降」。第二，「中國獨力對日久戰，並未疲敝，但得外來物資援助，不僅能夠支持至勝利爲止，且可隨時協同遠東英軍延阻日本新的南進侵畧之擴張」。第三，「德攻蘇，必先於攻美」。第四「日必進侵南洋」。第五，「義國決難置身事外」。因此他極力呼籲亟應擴大「租地售艦案」於南太平洋，並以物資援助中國抗戰，以充實遠東反侵畧之戰力。

民國二十九年十一月九日，羅斯福當選聯任三屆總統。民國三十年一月十日就職，同日提出「軍用品租借法案」於國會，三月十日通過，四月十五日，美設「中英希南四國供應品委員會」。自是之後，以上國家，均得到各種供應利益。中國第一批援華物資，合美金四千五百萬元，時四月十七日也。軍事委員會委員長今總統蔣介石先生，曾頒詞嘉勉云：「力贊抗戰，著績宣傳，爭國際之同情，褫敵奸之膽魄。」

十、無法扭轉重歐輕亞的局勢

民國三十一年四月廿四日，陳氏在桂林，倡「會師東京」之議，但對於重歐輕亞之全球性戰畧觀念，認爲不宜有輕重、先後、疾徐之分。如欲對症下藥，則亞尚於歐，否則甲敗乙興，爲禍將不知伊於胡底。當時陳氏曾預言重歐輕亞或重亞輕歐之結果，不能出於下列二案。即：

甲、戰敗日本，會師東京，先於德國柏林，可贏得戰爭，贏得和平。

乙、戰敗日本，會師東京，後於德國柏林，則贏得戰爭，失去和平。

西方人重歐輕亞之觀念牢不可破，果然贏得戰爭，失去和平。邱吉爾曾來函云：「……保證迅速擊敗日本。」蓋其會師柏林先於東京之結果，蘇聯得有餘力，宰割西歐，不戰而勝日本，助長共產黨控制大陸，遂造成今日之局勢。語云：「一着錯，滿盤皆輸。」陳氏洞燭機先，謀適不用，所以他重歐輕亞政畧與戰畧失當之下，爲中華民國打算盤，建議羅斯福總統訂中美同盟五十年之約。惜草藁初成，正待譯英，羅斯福總統竟溘然長逝，哲人其萎，邦國殄瘁，誠中華民國之不幸，亦世界未來之大不幸也。

先是，民國二十八年，氏抵馬尼拉，訪美國駐菲陸軍總司令，格蘭中將，交換抗戰意見，在受歡宴中，諸將校以三十六問題諮詢，氏應對如流，一座驚服。遂編成「美國將校與中國抗戰小冊，並譯成英

文，是為國民外交之始。

為了贊勷抗戰有功，民國三十三年行政院長宋子文，副院長翁文灝，秘書長蔣夢麟，政務處長蔣廷黻，正式以行政院復函有：「榮獲盟邦讚答，頗著績效，佩慰殊深。」于右任院長則贈詩二首云：

「使者能知天地人，論兵先識更無倫；
東方今見摧強寇，萬古雲霄四海春。
「百萬旌旗海上師，能教未戰定安危；
軍人勝算文人筆，料得降兇繫組時。」

十一、杜爾斯與中美防禦協定

大陸易手第二年韓國戰興，美軍退釜山，危甚。氏著論呼籲，以邱吉爾、杜爾斯分任英美首揆（時邱已退休），其文曰：

「……若以韓國半島設立一個聯防陣地，為外交上之討價還價，失諸太笨！今日之蘇聯中共，已非吳下阿蒙，美國拿不出本領來，不能叫伊止步。事急矣！非英國急起組織聯合內閣，起用邱吉爾為相，以運用美國，使與英國一致，不易扭轉危機。而美國在杜魯門主政之下，起用杜爾斯（共和黨）為國務卿，使民主共和兩黨政策一致，以與英國相聯結，亦不易扭轉危機。英美先能團結，然後擴為英美法，確定最高政治原則，確定一種共同制度的管理，誠如是，或能站得起，與蘇聯中共分庭抗禮。而美英法等國之創造力，生產力有發揮餘地。二者相比，朝鮮問題反居次要，不審英美二國當局有此智慧否？…………」

這篇文字發表之後，是年十月，英國大選，邱吉爾東山復起，杜氏先居閒曹，艾森豪威爾既主白宮，杜遂脫頴而出，時民國四十二年（一九五三）一月二十日也。

艾森豪威爾既結束韓戰於板門店，陳氏與杜爾斯函牘之來往更密，其陳策最重要者有三，即：

一，中美共同防禦協定。
二，處理越南六點計劃。
三，納一千三百萬華僑於東南亞同盟行列之中。

中美共同防禦協定訂於民國四十三年，金門得以確保，台灣得以安定，社會經濟得以繁榮，無一非受中美共同防禦協定之賜。杜之斷，陳之謀，成歷史佳話，亦國民外交達到最高峯的表現。葉公超氏常有詩云：

「寫盡世情四十載，風雲變幻直書之；
常聞讜論匡時會，國事同肩不肯辭。」

胡慶育氏亦有疾風歌云：

「疾風知勁草，何言生不辰？長征週至調，方容驥足伸。據年直書一戰禍起東鄰。東鄰既解甲，羣醜布荊榛。危言黃天立，妖讖傳黃巾。我疲力難敵，收隊八鯤身。中興要與國，舌辯敢辭頻。與美刑白馬，功歸葉與陳。路窮復得路，氣象日翻新。中原一回顧，曲突正積薪。苛斂絕民食，直驅人食人。何當振師旅，一舉滅暴秦。元戎有勝算，盍各奮精神。」

此歌附有一片序，其言曰：

「我政府退守台澎後，外交成就之堪大書特書者，厥惟中美防禦協定。孝威先生勸導於前，公超先生議訂於後，在朝在野，協奏膚功。會天文台報三十週年紀念，因作此歌貽孝威先生。」

蓋當中美防禦協定訂立之時，胡任外交部政務次長，部長則葉公超，歌詩俱在，陳氏所言，於此又獲一印證。

十二、越南六點計劃

越南六點計劃的建議，事因一九五五年四月，越南教派軍隊包圍西貢，吳廷琰政權岌岌不可終日。而美總統艾森豪威爾之代表柯林斯將軍左袒法國，對於吳氏頗有微詞。吳廷琰以天主教殉道精神，坐困於宮中不肯示弱。陳氏因專函杜爾斯陳六點意見，其內容如下：

「一，越南吳廷琰之政治地位，必能

維持。爲美國計，不可絲毫表示懷疑與動搖。但吳廷琰求治太急之政策，無論出自美國或其本人，必須予以修正，以符合越南背境與環境。

「二，越南現有武裝部隊，祇宜審慎整編，不可過事縮編。

「三，法國在越南之殖民地主義，必須退出。美法兩國邦交，雖極敦篤，但美國對法國在越南之殖民地主義，則不能再事退讓。

「四，越南人民傳統反法，現在反俄，過去反日，只有對美國友好。但因越南人民久在法國殖民地主義層層壓迫之下，無法爲有組織的表達。似宜及時組織臨時議會，五分之三爲民選，五分之二爲遴選，俾各派系有平流並進的機會（包括制定憲法）。

「五，保大皇帝不能再執政權。越南國軍應保持二十萬人。

六，越南三折，一視同仁。吳廷琰爲天主教徒，用人應廣納衆流，不能專用天主教徒。」

上列意見，杜爾斯全部採納，惟有二十萬國防軍強爲十五萬人（見美國防部顧問芬上校面告陳孝威者，原文發表於民國四十六年（一九五七）六月十四日天文台報）稍爲不同。故越南共和國成立，吳廷琰總統獨邀香港天文台報社長陳孝威爲國賓，便種因於此。

三十、納華僑於東南亞行列之中

至納華僑於東南亞同盟行列之中，陳氏對杜爾斯提出三點意見，（見詩史與世運六十四頁）。杜覆書云：

「頃奉九月三日賜書，所論華僑反共力量爲東南亞抗拒共產黨侵略威脅之重要因素一節，卓識閎論，敢不拜嘉。今可爲執事保證此惟一共同課題，亦正在吾人所經常深刻注視之中，執事當可見信也。」

十四、憂先天下，心在國家

比年而還，攖心勢局，雖居逆境，益勵堅貞。惜因大耄，視力退化，體漸虛弱，惟仍力疾，不輟吟哦。其間經延中西醫診視，均謂一切正常，咸以爲略加調攝，便無大碍。聞其夫人云「二月廿四日（夏曆三月初一日）侵晨六時，起身便溺後，即將其扶持平臥養息，詎臥後不久，於是日晨八時，遂奄息與世長辭矣，哀哉！」

氏元配溫氏，平室伍氏，舉丈夫子六，長國鈞，溫出，留德水電工程師，今陷大陸。次國濟，留美，三國照，服務香港，國淦，國榕，國炎均在學，伍出。

此外，氏於抗戰期間曾報名入陸大特一期，未入學。至特四期方卒業於遵義，故又是蔣總統的門生。

生前著作凡數百萬言，已結集出版者：太平洋鼓吹集，詩史與世運，我與羅邱杜，爲什麼失去大陸，泰寧去思圖詠等十二種行世。綜其一生，爲悼二語：

「義不帝秦，道宜存魯；
憂先天下，心在國家。」

雜記韓復榘

胡士方

曩昔友人謝五知先生創辦「逸文」雜誌時，曾促筆者寫點有關齊魯的文字，故在沙月坡師的鼓勵下寫過一篇韓復榘，但稿本寄出，「逸文」僅出兩期即停刊。兵亂之後，原稿也不知去向。近年看到很多人寫這位出名的「韓青天」，故也想將人未提過的，再來記叙一下。

韓復榘字向方，河北省霸縣人，清光緒十六年出生。韓家在霸縣的台山村，是一大族，分支很多。韓的家庭並不富有，父親曾任私塾老師，故他小時便進過私塾，後來才轉入學堂，連小學都未畢業。可是在窮苦的北方農村中，已是念過書，認得字之流的人物了。年青時聰明伶俐，性情好動。迫於環境，便一個人到了天津投身警界，去當巡警，幹了很短的一個時期，遇上陸軍第二十鎮張紹曾招兵，便去投効，結果被派到二十鎮八十標三營後哨當文案，猶如後來的文書上士，專門管理文書，及花名簿斗冊。這三營的管帶就是後來烜赫一時的馮玉祥。

馮玉祥雖然是安徽巢縣人，但出生於山東德州，小時家境也是貧寒，一看韓這小伙子面目白皙，生得機靈，又識字，寫寫公文都湊付，故頗得馮的喜愛，遂一路飛黃騰達。

尤其北伐之際，蔣先生馮玉祥與共同消滅張宗昌、孫傳芳，韓復榘在方振武、孫良誠協同之下，和孫連仲並肩作戰於彰德黃河北岸，戰績輝煌，最得馮玉祥的賞識，故不久即保舉韓復榘，繼馮的代理河南省主席鹿鍾麟之後，為河南省政府主席，遂一躍而為封疆大吏。比當年劉郁芬的京兆尹，張之江的察哈爾都統，李鳴鐘的綏遠都統還風光。

民國十八年，馮玉祥反叛中央，高呼他的「討蔣救國」口號，將山東和豫東一帶的孫良誠、劉汝明各部都西撤，並以華陰為總司令部，準備與中央一戰。此時韓復榘因早年投閣，已懷心病，在河南省主席任內，吃喝玩樂，又為馮所不滿，曾多次遭馮難堪之責罵，同時又不願從繁華的中原，再回荒凉的西北，故中央一拉攏，便投向中央。五月二十二日韓部於陝州東開洛陽之際，發出「養電」，表示「維護和平」，正式脫離馮玉祥，率部入山東。

韓復榘奉命到山東，本意是不願即刻與老上司馮玉祥兵戎相見，但一入山東，即遭晉軍第四路軍傅作義、李生達、馮鵬翥、張會詔、秦紹觀、豐玉璽六個軍的猛攻，韓復榘初在黃河以北，即不支退守濟南，後壓力愈大，為保存實力，遂又沿膠濟鐵路東撤。到了七月底，中央的第十九路軍蔣光鼐、蔡廷楷，及張喬齡的騎兵旅進軍新泰，直趨泰安，抄襲晉軍的後路，才使韓復榘的處境穩定。隨後晉軍敗退，又在大汶口渡河遇雨，八月十三日中央軍又進展至濟南東南五十里之漢終軍故里

——終軍鎮。傅作義、王靖國、李服膺、馮鵬翥，也退出濟南，於是山東便在中央控制之下。尤其李韞珩的第十六軍於青島登陸，韓復榘更如大旱之逢甘霖，遂於八月十七日順利的進駐濟南。雖然其進城在十九路軍之後，出力在劉峙、李韞珩之下，但中央却將山東的軍政大權交給了他，而登上了山東省政府主席的寶座。

韓到山東時，所率領的西北軍，除了在河南鄭州開拔山東之際，乘機分道西行南陽附近的鎮平，逃回馮玉祥方面的曹福林的團長陳新起、李金田領的五千人；及在路經山東曹縣被手槍營營附拉走的一小部外，差不多都是韓的親信。韓在山東，不久即兼任國民革命軍第三路總指揮。計將所部編為第二十師，二十二師，二十九師，八十一師，七十四師，及一手槍旅，和民國二十三年解散的騎兵旅，連各附屬單位總數將近十萬，兵力是相當雄的厚。

至於師長的人選，二十師師長為孫桐萱。孫字蔭亭，河北省交河人，弟弟孫桐崗，是中國早期留學德國的空軍飛行員。比毛邦初，衣復恩都早，可謂空軍的先進。因為派系關係，始終未能抬頭，聞現仍老居台灣。另一位弟弟孫桐峰，韓復榘主魯時代，在兗州做過滋陽縣長。孫桐萱本為二十師副師長，這一師是韓復榘的基本師。以前副師長是佟麟閣，後來是李興中，孫是擠走李興中而扶正的。孫粗通文字，比那些一字不識的老粗總算高一籌。在韓面前很馴服，不大管閒事，韓也視為心腹。其作戰很勇敢沉着，處事亦規矩，唯城府甚深。為人有時很厲害，他的副師長為賀粹芝，是他的老同鄉，在師中頗具潛力。

二十二師師長為谷良民，山東鉅野大戴邑人。馮玉祥的傳令兵出身，與其兄谷良友，都是在西北軍由大兵爬起來的。兄弟二人除了會帶兵打仗外，甚麼本領都沒有。兩人都不識字，尤其谷良民，連自己的名字都弄不清楚。聽說有一次在辦公桌上看見一張名片，便問：「這是誰來找咱」？衞士說：「這是師長自己的名片」。谷才說：「怪不得挺面熟的呢」！一時傳為笑柄。所以，在第三路軍有：「谷良民看報紙——無事」一句歇後語流行，講起打仗來，谷良民的哥哥良友更勇悍。馮玉祥在戰時以谷良友打衝鋒，平時即給他個空銜吃閒飯，這是馮軍上下都知道的。韓復榘在山東，對谷氏兄弟也分外表示知己，韓的長子大羣，就是谷良民的女婿。所以，谷與韓又是兒女親家。谷良民任師長，良友則為魯西民團總指揮。連縣長，專員，對谷氏兄弟，都特別小心，不敢得罪。

二十九師師長為曹福林。按二十九師早年的師長是劉汝明，接着是程希賢，以後是西北軍當軍需出身的張允榮任師長，曹福林是副師長。韓復榘在河南歸順中央後，因為二十九師內部都是曹福林的親信，曹又是韓的親信，故張允榮便給部下擠在河南。曹帶着部隊跟着韓走，成了二十九師師長。曹字樂山，河北景縣人。民國元年就跟馮玉祥當兵。十六混成旅時代，他已當到副排長。馮在其自傳「我的生活」一書上說：「在演習利用地物的時候，邱（斌）叫排長曹福林講做，曹福林演完了，只是不會講。邱一時性急，打了曹福林幾個巴掌，曹氣的哭起來，邱也非常生氣」。這便是曹的一段故事。其人誠樸謹愼，作戰勇敢沉着，處事穩健，韓復榘無副總指揮，無形中曹就是副手。後來任五十五軍軍長。韓伏法後，即轉戰中原，抗日期間，因與劉汝明結為至親，故依附劉汝明。勝利後，劉任第四綏靖區司令官，他即與田振南，米文和為副司令官。仍兼五十五軍軍長，率領二十九師黃芳俊，七十四師李益智，一八一師劉興遠，與共軍作戰。後來轉戰東南，撤退台灣近仍居台北。

八十一師師長為展書堂，係河南西華周家口人，也不識字。初為八十一旅旅長以作戰驍勇，在山東安邱淮河，召河一帶打閻錫山，獨具戰功，遂升為師長，人頗驕傲。韓復榘的第三路軍，改編為第三集團軍時，所部編為三個軍，孫桐萱升為十二軍軍長，曹福林升為五十五軍軍長，谷良民升為五十六軍軍長，唯展書堂仍任師長。且撥歸孫桐萱的十二軍，故大受孫的排擠，後遂辭職回鄉，旋即病卒。

七十四師師長爲喬立志，原來是張允榮在二十九師師長時的旅長。到任不久，即由李漢章繼任，李也是張允榮的旅長。七十四師以後調到江西，故山東對該師很陌生。

手槍旅原係手槍團擴編的，團長雷太平，迨擴編爲旅，雷即升爲旅長。吳化文是第二團團長，後來吳與第一團團長賈本申勾結，利用韓的參謀長劉書香是陸大同學，便告密說：雷太平有異志。其實雷是行伍出身，個性鯁直，是一粗枝大葉的人。不久即被吳化文頂走，由吳任旅長。吳爲安徽蒙城縣雙澗集人，據說原籍是山東諸城，係馮玉祥主豫時代招的學兵。小時讀過幾天書，人亦聰明，故被保送陸軍大學，陸大出來後，即派到韓復榘麾下任上尉參謀。馮玉祥參加北伐時，吳便升爲中校參謀。張自忠在河南開封，以二十五師師長兼第二集團軍軍官教導團團長時，吳任教育長，兩人均以治軍嚴明著稱，人頗敬畏之，故有「張剝皮，吳抽筋」之稱。按手槍旅是韓復榘的御林軍，素質裝備都比別的部隊好。其駐地也以濟南外圍爲主。筆者小時在北園外婆家，就認得居住鄰近的一位營長趙廣興。趙生活樸素，每日吃飯，都是在家啃米餅子的時候多，與士兵並無若何差別，至今仍對其有好的印象。

韓復榘的部隊中，有一個第三路軍軍事教育團，團址在濟南中山門裡之南營。此營房爲清朝綠營的駐兵地方。廣場上的演武廳，相傳袁紹的墳墓就在下面，曹操都在這兒練過兵。韓復榘曾操大檢閱，也多在此地。濟南每天到中午十二點正，放「子午砲」，叫市民對時，這門大砲，就安放此處。砲聲一響，全市可聞。該團的團長便是程希賢，程是西北軍的老師長，資歷不在韓下，在韓面前雖僅兼任高參，但比各師長都受尊敬。程早年作戰受傷，已失去右臂，但盤槓子，能一臂在槓上耍車輪，槍法仍能百發百中。

程希賢的訓練軍隊，除了「步兵操典」，「射擊教範」，「野外勤務令」外，更有大刀隊的「殺！殺！殺」之聲的劈砍，他如中國拳術武功，跳木馬，盤槓子，拋沙包，走盪木等等，尤應有盡有。最有趣的是部隊走在街上，必定隨着步伐的節拍，高唱「滿江紅」，「蘇武牧羊」，「救亡進行曲」等歌。又常唱的軍歌像「軍人首要服從，命令何等尊嚴，紂有兵丁一萬，何抵周臣三千……」及「三國戰將勇，首推趙子龍，長板坡前逞英雄………」歌後又跟着高呼「一！二！三！四」！以齊一步伐。這些歌詞，濟南的小孩子都聽會了。

程希賢因在山東已無實力，故七七事變一起，即遠走北平，後來也做了漢奸。

韓復榘在山東擁有這樣強大的兵力，除了初期與晉軍打過仗，就沒有作過戰。只有一次同劉珍年交過手。按劉是河北省南宮人，保定軍官學校九期畢業。初藉張宗昌的參謀長王慶堯之援引，任過張宗昌之旅長。後改編爲國民革命軍第二十一師，劉又升爲師長在韓未入魯時，就駐於膠東，以烟台爲根據地，地所控制的區域如牟平、福山、黃縣、棲霞、蓬萊，多係富庶之地。劉少年氣盛，學識頭腦都在張宗昌，韓復榘之上，他曾處死卸任直隸督辦褚玉璞，人都以烟台王目之。韓復榘那能容得了他，於是便通牒劉珍年叫滾出山東。劉當然不甘白白的被韓趕走，雙方便開起火來，遂釀成山東有名的「韓劉之戰」。結果，還是劉自海路撤到上海，又開赴浙江，而被當局拘捕處死。

從此山東成了韓復榘一人的天下。這時韓的軍隊主要的工作便是剿匪，按山東以前有孫美瑤的臨城刼案，後來則有孫有萬、草上飛、小白龍等土匪，確是相當猖獗的。不過韓也不遺餘力的去猛剿。他除了命令師長展書堂在魯南，旅長榮光興在魯西，把那些萑苻肅清外，並成立了一個「山東剿匪總部」，以劉耀亭爲總司令。劉是山東單縣黃集人，原是微山湖有名的大土匪，在山東被韓復榘招安，用他來「以毒攻毒」而被重用的。初任韓的偵探隊長，對韓忠心耿耿，成績大佳，遂升爲剿匪總司令。在山東權最大，各縣土匪一聽劉耀亭之名，比聽到韓青天還喪膽。像著名的

土匪頭小白龍、草上飛、雲中鳳，便是劉肅清的。尤其出名的土匪張黑臉，孫業文，早已在家洗手不幹，張黑臉且在鄉里賣燒餅已兩年了，也被劉耀亭誘捕回來，總共有一百多人，都給槍斃了。那時韓復榘的執法隊長牛眞三，專門負責槍斃人，刑場就在濟南南墟子門外千佛山側之八里窪。被韓復榘判死的犯人，照例是用五號十二號大汽車載出，由舊署院之省政府轉院東大街，沿舜井街出南門，車的速度很慢，筆者小時便見過多次，犯人都是五花大綁的蹲在車上，其慘絕的情景，眞令人不寒而慄。

尤其山東魯西一帶，民性強悍，黃泛多災，民間窮苦，爲非作歹者多。駐於聊城、茌平、博平諸縣的榮光興旅，又以殺人著名，據說數十人集體槍决者，時時有之，可見韓復榘對付土匪之毒辣。

山東最有名的土匪是劉桂堂，劉係山東費縣四區温泉鄉的郭泉莊人，面黝黑，乳名「七」，故外號叫劉黑七。小時在家爲人放羊，住在費縣賈莊的舉人李士古家。當時因費縣、臨沂、蒙陰、新泰、萊蕪一帶鬧荒年，老百姓糧食都吃不到，草根樹皮都成了好吃的東西。年輕的小伙子都捱不了這份苦，便各奔東西，有的下關東，有的跑江南，劉黑七此時便投往蒙山附近匪首尹世喜，後來尹世喜垮台，劉即成了頭目。第一樁生意，是先搶費縣南孝義莊，這個村莊是「二十四孝」之一老萊子的故里。劉領着四百多人，把該村搶了個光，從此便越搶越富，裹脅的人也越多，人數在一萬以上，臂上都釘着圓布的「劉」字眞成了正式的土匪隊伍。自民初開始，活動的區域，北至中俄邊境，南達江淮，西竄晉陝，差不多闖遍了長江以北的大半個中國。

韓復榘在山東，那能忍得劉桂堂這種行爲，故劉在棗莊以北的抱犢崮嘯聚時，即被谷良民、展書堂，打的無法立足。要不是劉黑七藏在柴薪裡，由部下化裝拾柴的挑出來，那是非活捉不可的。

劉的嘍囉後來瓦解，便隻身潛入天津租界。但韓復榘仍設法買通了劉黑七的兩個乾兒子孫子元、徐子雲兩人，去租界刺探，劉正擁着連搶帶誘的十幾個老婆享清福，在接見二人已畢，送出門口之際，二人即向劉開槍，擊中七彈，均未及要害，結果算是保了一條命。

平情而論，韓復榘對山東的治安是有成績的，雖未做到路不拾遺，夜不閉戶，但無論在那一個窮鄉僻野的角落行走，確是太平無事的。同時韓對於小偷懲治也特別嚴厲，雖不若土匪之一律槍斃，但捉到後，用個鐵鏈鎖在垃圾車上，爲清道伕拉六個月車子，並且規定穿着黃褂子。像這樣拉來拉去，確是人人都怕，所以，小偷在山東也少得很。

韓復榘的部隊雖然是國民革命軍，隸屬軍事委員會，但中央却不能指揮調動，實際就是他私人的隊伍。他本人雖是中央委員，國民黨的政要，但他對國民黨却毫不重視，那時山東省黨部的主任委員是張葦村，乃田中玉主魯時代所創的八個專門學校之一的礦物學校畢業，因辦黨，與陳果夫、陳立夫有點關係。以後當上了主委，便目空一切，行爲囂張，又好女色，最爲韓復榘看不起。韓復榘提起省黨部那一些人來，都呼爲「黨孩子」。之後，張葦村在濟南商埠進德會看夜戲被刺殺。據說就是韓復榘殺給中央看看的。

至於中央在山東的要員，只有在韓復榘初到山東時來魯的蔣伯誠。名義是軍事委員會特派員，實際就是監視韓的乖張行動的。他在山東與韓相處的最好，蔣伯誠愛看平劇，小老婆就是名坤伶杜麗雲，他終日沉緬於歌管聲中，像到山東的女伶新艷秋、章遏雲、雪又琴、錦遇春、張艷卿，都是蔣力捧的脚兒。蔣的私生活如此無拘無束，在韓的心裡覺得這是對蔣推心置腹所致。一般人也認爲是蔣的成功之處。

其次是中央黨部派到山東任省黨部委員的秦啓榮。秦是山東萊蕪人，與戴笠是軍校六期的同學。在山東負有任務，也未被韓發覺，秦總算是成功的。因爲韓在山東組有特務隊，又有韓的爪牙，山東省會警察局長王愷如，外號「開路鬼」，也掌握一

羣便衣警探，專門對付中央的情報工作者。如被發現，多是用個蔴袋包裝起，在夜晚投入濟南市北的黃河裡，暗地消滅。筆者有位前輩的鄰居馬君，以前就在山東省府東大樓韓的私邸做過近身衞士，這是他親口告訴我的，可見韓復榘對中央之敵視。

韓在山東任主席時，可以說集大權於一身，生殺予奪，任其所為。甚麽制度、法律，他是一概不理的。像山東高等法院院長吳貞纘，也得看韓的顏色行事的。省府最親信的人員，是秘書長張紹堂。張係韓未發跡時的把兄弟，是說書相面，吃江湖的一把手，學識有限，頭腦陳腐。但一人之下，衆人之上，權力最大。其次是民政廳長李樹春。李字蔭軒，河北人，也是行伍出身，過去是韓的參謀長。在河南省當過民政廳長，還當過國民政府的參謀次長。對行政根本是外行。但太平時代，蕭規曹隨，也幹的很平穩。不過他分發出去的縣長、專員，十之七八，都是西北軍的舊部。如第五區專員趙明遠，第六區專員范築先，濰縣縣長厲文禮，臨朐縣長周鈞英，臨淄縣長馮乾光，益都縣長楊九五，歷城縣長張賀元，以及濟南市市長聞承烈，曾在西北軍做兵站總監，都是清一色的西北軍人，唯官久必豐，他們在縣市長任內，都撈了一筆。不過李樹春為人比較平實守分。故韓對此輩兵的[illegible]、孫桐萱、展

書堂都好。

財政廳長為王向榮，字小航，是韓的財神爺。也是不懂財政，只知搞錢的一把手。財廳的政務，多靠其秘書長翁量能，及科長李秉鎔。翁當過軍需，幹過行政，人極聰明，處事也瀟灑利落。李秉鎔字式陶，山東濟寧人，是由小公務員熬出來的。頭腦，筆下，都有一套，可以說科班出身。王向榮讀書不多，碌碌無能。但多喜與文人來往，收藏名人書畫不少。如文徵明、董其昌、王石谷、惲南田、鄭板橋諸家的精品，他都有。又好平劇，當時財政廳就有個票房，翁量能的太太，就是一位譚派的老生。王向榮還從名凈李克昌學過黑頭。有一次山東為黃河水災唱義務戲籌欵，四位廳長唱過一次「空城計」，王向榮便唱司馬懿呢！他在任內刮的錢是相當可觀，韓復榘也知道，聽說有人向韓說：「王小航是吃的不少，但已吃飽了。如果再叫個餓着肚子的來，豈不更加多吃」！故韓遂未撤王職。王後隨沈鴻烈抗戰，死在任上。

建設廳長張鴻烈，這是一位人才，張字幼山，河南滎陽人。早年留美是伊利諾大學碩士。清末就在河南任過督學。民國後，又任河南開封中州大學校長。馮玉祥、韓復榘於河南當主席時，張就任過教育廳長。他是韓自河南帶過來的唯一人才。他在山東各山區原野造林，在各城市設立勞工休息室、運動場、游泳池。並倡辦黃河、小清河、運河之水利。其人很謙虛，對韓的施政，也頗有匡正。在西北軍的幹部中，可以說是出類拔萃的人物。

教育廳長為何思源，字仙槎，山東荷澤人，係曹州第六中學，及北京大學畢業。以後去美國進芝加哥大學，和哥倫比亞大學，煌煌學歷，在山東人的眼中乃天之驕子。濟南教育界就有句流行話：「六中、北大、哥倫比亞」，便是指着何思源半諷半頌的隱語。因與朱家驊拉上關係，遂躋身政界，被派到山東任教育廳長。韓復榘到山東，何仍屹然不動。那時中央對山東指揮力量甚弱，何思源無疑是一個被重視的人物，因之也漸漸有一種小政客的作風，會見風駛舵，也會左右逢迎，久之，居然八面玲瓏了。何在出洋鍍金之前，家有一位小脚的髮妻，何的前輩王鴻一，好友郭金南諸人怕何對髮妻變心，便勸何妻剪髮，改時髦衣着，並要其善待何思源，作為預防，結果，何自海外歸來，竟帶回一個藍眼黃髮的法國老婆。故魯人對何的陳世美作風，都很看不起。

何思源辦教育，雖然比起過去的王壽彭高明一些，較王鴻一也畧勝一籌，但無若何特出的地方。有之，祇是將全省的廟宇，都改成學校，例如濟南南關宏偉的岳王廟，被改成市立第一實驗小學，道士李雲樵也被趕走。全省類此之事，難以盡述

，這大約就是推行教育的成績。其他便是編印「平民千字課」，鼓勵窮人讀夜學識字班。最令人不解的，就是在當年提倡白話文，廢除讀四書大力之下，濟南市長聞承烈竟重印大學中庸，頒發各市立的小學誦讀，市教育局長張鴻漸，還從旁鼓勵，且成了必須背得滾瓜爛熟的課目。

韓復榘的四位廳長，可以說好壞都有，王向榮碌碌無能，李樹春平平無奇，何思源、張鴻烈，總算不錯，最要不得的便是是那位秘書長張紹堂，其人不學無無術，剛愎自用，人品也差。全省人都嘲笑韓復榘以一部彭公案治山東，實際就是張秘書長的主張。韓對上對下的措施，多是經過他的策劃。韓平日對下飛揚拔扈，部屬多不堪忍受，但對上，以至中央，那種我行我素毫不買賬的行爲，也都是張紹堂的主意。張身爲秘書長，不但對山東一點建樹沒有，即對韓本人也害多利少。例如韓開罪當時避居泰山的馮玉祥，抗戰一起對中央之失態，也都是這位張幕僚長造成的。筆者的老師沙月坡先生，係山東臨清的回教徒，山東優級師範畢業。做過韓復榘的參議，傳說韓復榘審案時，把某參議送信給韓的人，當作土匪的送信人也槍斃了故事。所謂某參議，就這是位沙先生。他對張紹堂知之最深。沙先生住濟南東小王府，我時常往訪。在談及張紹堂時，輒罵他是成事不足，敗事有餘的大混蛋。

韓在山東延攬的清客，除了姚以價、鍾向南、張越、沙月坡、王訥、賈賓厚諸人外，在省府最受韓禮遇的則有兩位，且都姓梁，一位是梁建章，字式堂，河北大城人，庚子辛丑科舉人，日本法政大學畢業，做過直隸實業司司長，及浙江會稽道尹。民國九年當過籌備國會事務局委員。馮玉祥治理西北時，曾幫過馮玉祥。韓復榘因梁是馮敬重的同鄉前輩，故以師禮事之，比對老參謀長邱斌還有分量。

另一位是梁漱溟先生，韓復榘任山東省主席，雖才具不夠，但頗要名譽，又有雄心。民國十八年，在河南輝縣百泉就辦過「河南村治學院」，故也命在山東推行村治。梁先生係清光緒乙酉舉人桂林梁巨川的哲嗣，民國五年，便在張耀曾任司法總長時做秘書。後主講北京大學，以所著「東西文化及其哲學」一書享譽士林。在北平和王鴻一、彭禹廷創刊「村治月刊」，亦知名一時。所以，韓復榘便電請梁先生到山東來，不但大力支持梁在鄒平創立的「山東鄉村建設研究院」；並以鄒平、荷澤爲實驗區，劃濟寧等十縣爲第一行政區，荷澤等九縣爲第二行政區，臨沂等八縣爲第三行政區，任命梁的助手梁仲華、孫廉泉、張里元爲該三區的行政專員，於各屬縣普設學校，培養鄉農學校師資，所以，不少青年學生都追隨梁先生工作，在山東也頗有成績。足以媲美晏陽初之在河北定縣的「中華平民教育促進會」，陶行知之在南京的曉莊學校。梁先生在抗戰期間也以此成爲鄉建派的主腦。按梁先生無煊赫之學歷，但苦學成名，人亦方正篤實，不失書生色，在山東亦頗得人望。

此外還有位「梁財神」梁作友，山東黃縣人。口口聲聲要捐獻家產給國家，結果是一個大騙子。不但將韓復榘騙了，且騙到中央，連孔祥熙、宋子文都幾乎上當。這是韓丟臉的大笑話。此事有人寫過，故不贅。

韓復榘雖出身寒微，讀書不多，但於文化古城駐紮甚久，對文人亦頗尊敬。在山東推行教育亦算努力。各縣的民衆教育館、圖書館，都設立起來。山東省立圖書館館長,則聘請日照王獻唐主其事。王學養俱深，書法、鑑定、板本、考古諸學識，都有很高的造詣。故王到任後，即大興土木，擴建了一座宏偉的藏書樓，並請傅增湘題「海岱書藏」於其上，鄒允中書聯於柱石，形藍田撰建樓始末記，向廸琮書碑立樓前，學術氣氛之濃厚，爲以前所無。同時又建金石陳列室，將山東武梁畫像、瑯琊石刻，泰山温凉玉，出土文物，甲骨、古泉、漢簡，都一一羅列，供人觀摩。尤其山東聊城楊氏海淵閣藏書，自民國十九年土匪王冠軍、千金子，搶掠之後，善本佳槧，流落四方。韓復榘親與何思源，王獻唐商議，從速搶購，以保存古籍。雖

仍有不少流入平津，或日本人之手，但若宋刻，元本，却被山東圖書館購進不少。此事現在台灣任中央研究院歷史語言研究所所長的屈萬里先生，恐怕也很清楚的。這無疑是韓一生中所做的一點好事。

韓復榘對平劇也相當愛好，在濟南城內貢院牆根便辦了一間山東省立實驗劇院開了以公家出資辦戲教育的先河。院長請的是王泊生，王係北平蒲伯英所辦人藝戲劇學校出身。唱學張二奎，以「打金枝」為他的拿手戲，對戲劇教育則是內行。延聘的教師如張永奎，田瑞亭、莊紹仙、馬喜連、宣連喜、馬子和、展樹軒，都是梨園行的人材。以後並請盋趙太侔、熊佛西諸氏任教該院，兼授話劇。現在權傾一時的江青，電影名星魏鶴齡，平劇名伶吳素秋、徐榮奎、郎定一等，都是該院的學生。抗戰後，王泊生仍主持該院，但校址則遷重慶。

濟南是津浦、膠濟二鐵路交會之地，自開立商埠以來，就有不少日本僑民移住，經營各種生意。上焉者如日本的濟南醫院、菊池醫院、豐田神尚，馬場春吉與朱經古合辦的東魯中學；中焉者如金水旅館、鶴家賓館，下焉者如開當舖、賣咖啡、賣冰棍，形形色色，不一而足。日本居留民團團長是西田畊一，日本駐濟南總領事是有野學，他們仗着日本那種「強勝」的氣[illegible]

外交的麻煩，往往不敢招惹他們。但韓復榘則以「裕魯當」，「民生公司」等機構，暗地與日人抗衡。不過最棘手的，便是一些日本浪人、高麗棒子，在商埠五里溝，魏家莊一帶，賣海洛英、紫金丹、快子快，來毒化國人。韓對這些毒販，恨之入骨。於是派便衣偵探將該區圍住。如遇國人出入該區，即徹底搜身，一有吸毒證據，便執行槍決。故吸毒者漸趨於絕跡。此手段雖太嚴厲，但山東境內之毒品，可謂「韓青天」的德政。

說起日本侵畧我國，自甲午戰役起，就未停止過。九一八以後，更是節節進逼。山東與日本隔海相望，日本鬼子老早就想在山東境內打主意，韓復榘更是他們的對象，在七七事變前一年，日本就有位花谷正來山東活動過的。按花谷正是日本士官學校二十六期步科及陸軍大學畢業。早年即在中國的北平、長沙、漢口、九江諸地做間諜工作。九一八事變時，花谷正即掌理外交情報，做關東軍特務機關長土肥原賢二的助手。且一度任張學良的顧問。在關東軍司令官本庄繁之下，與板垣征四郎，石原莞爾齊名。人狡猾貪婪。在濟南任武官時，即與韓復榘有來往，所以，華北局勢緊張之際，花谷正便在韓身上下功夫。更想搞「山東獨立」等名堂。韓雖未入彀，但虛與委蛇，總是有的。

[illegible]之爭津浦路，日

酓寺內壽一屬下的第二軍司令官西尾壽造，以及師團長磯谷廉介，便沿津浦線，侵佔滄州，進逼德州。馮玉祥以第六戰區司令長官名義，命韓增援，韓便派出地方雜牌部隊，敷衍馮之命令，以致馮玉祥與鹿鍾麟據守黃河北之桑園，被廹放棄。迨日軍於二十六年十一月十三日攻陷山東之濟陽縣，濟南的戰事即展開了。

當時日本鬼子攻濟南，是以黃河北之大莊為指揮部。十一月二十三日，日軍在濟陽渡河後，韓復榘即令二十師留守濟南，其他部隊則由其本人率領，退守泰安。二十五日上午日軍猛攻，二十師尚有一部堅守黃河鐵橋北端。城內正在炸燬省政府各廳處，水屯兵工廠、演武廳、進德會、裕魯當、高等法院等建築物，實行「焦土抗戰」之際，黃河以北之部隊，未及撤退完畢，便將黃河大鐵橋炸燬了。筆者當時雖讀小學，年紀不大，但對韓復榘部隊不戰而退的狼狽情形，至今思之，猶如目前。還記得二十六年十一月二十六日晚上炮聲震天的響了一夜，二十七日晨，管理地面的「地保」便逐家敲門，通知說「皇軍」來了，並命令家家排日本旗。我家有白布無紅布，為了做「良民」，無辦法中便將寫春聯的紅紙，剪了一個圓形，貼在布上，用竹竿排在大門口。中午日本鬼子便來了，一進我家便將全家趕在天井裡，逐屋搜查，大約十分鐘才走，雖未發生意外，

但已嚇得我們魂不附體。未及三日，我們全家便逃到濟南之東南鄉錦繡川自己的山莊去避難了。

說到這裡，湊巧有位韓復榘的銓敘科長陶先生也逃到這一個村莊裡，且與先君成了莫逆。按陶先生名本智，字若愚，劉子山所辦東萊銀行經理陶峻南的哥哥。人品端正，學養俱佳，且寫得一手精絕的盧體字。那時山中有座和尚廟叫做柳泉觀，是濟南市后宰門關帝廟的下院。深山古寺，清幽絕塵。陶先生每天除了替廟中寫經外，便一同閒談。山東省政府的掌故，他如數家珍，娓娓不倦，故筆者對韓復榘的認識，多賴於此。

韓復榘於二十日退到泰安後，中央曾馳電令其據守大汶口，其參謀長劉味眞且主張盡力抵抗。韓早年到過日本，近幾十年來又親眼看到日本鬼子毒化中國，欺凌同胞，當然是反日的。但他有一個錯覺，認爲自九一八之後，中央是容忍而不抗日。宋哲元與他有深交，到山東樂陵掃墓時，和韓談過，也知宋哲元不積極抗日。人人都不抗日，中央偏命令他抗日，無異是藉日本鬼子來消滅他。韓是有野心的，覺得自己由行伍至封疆大吏，能有今日之局面，還不是靠軍隊這點本錢。日本軍攻勢凌厲，還若拚命抵抗，損兵折將，誰給補充？故一味保持實力，師法馮煥章當年武穴停兵那一手。自忖擁有重兵，來日仍可翻雲覆雨，在中國大搞一番。尤其他近身的幕僚張紹堂之流，更恃韓之實力，向中央反唇相稽，遂使中央忍無可忍，唯公開宣布治韓之罪，又恐韓擁兵反抗，不可收拾，因此才有開封會議，虛發日機空襲警報，將韓扣押之舉。

韓被捕後，他的手下如十二軍軍長孫桐萱；八十一師師長展書堂，二十師師長周遵時，五十五軍軍長曹福林，七十四師師長李漢章；二十九師師長黃芳俊；五十六軍軍長谷良民，二十二師師長張測民，手槍旅旅長吳化文；大多數都參加過盧山受訓，對中央都有些傾向，故也未加抵抗，僅聯名請求保釋而已。其中孫桐萱因中央已許其繼韓之職，故連簽名保釋也不參加，當時僅韓的衞隊稍有抵抗，其他一點枝節都未發生，韓便被解往漢口。

這時如馮玉祥對韓幫助，中央也不會冒然將其置於死地。但馮回憶往昔被韓拆台之慘，對他已恨之入骨，故任由鹿鍾麟審處，鹿陰狠無情，對韓一向不滿，遂於二十七年一月二十四日在漢口宣佈韓不盡守土職責、勒派烟稅、強索民捐、侵吞公款、收繳民槍等罪名，判處死刑。當晚即在武漢槍決。

聽說韓被判極刑後，曾數度請求見當時的蔣委員長，大概是想申訴請赦吧！記得「劉汝明回憶錄」一書中，說過韓復榘在河南投中央時有一段事：「其中有個坑道營長姬慶功，打仗是極爲勇敢的，打同州時挖抗頗有功績。因之我對他非常好，在二十九師各直屬部隊中，他很有點作用。李金田、陳新起，以爲他不會有問題，那知他竟然不顧而去，而且影响了好多直屬部隊沒有回來，他說跟了韓主席去帶的人多可以升團長。到了鎭州以後他自恃有功，行爲多有不法，韓向方要整飭軍紀，便拿他開刀槍決了，韓向方後來在北平告訴我說：臨刑之前，姬慶功要求他說：『主席，你看在我帶着這麼多人跟來，饒我吧』。韓說：『劉子亮待你那麼好，你還不跟着他們去，就因爲這個，我一定殺你』」。

看了這一段記述，如果韓復榘行刑之前，獲見蔣先生，假定蔣先生拋開國法不提，而對韓說：「馮煥章待你那麼好，你還不跟着他去，就因爲這個，一定殺你」。試想韓將何詞以對呢？

還有最近逝世的徐道鄰先生，爲其先父編述的「徐樹錚先生文集年譜合刋」一書上，曾透露一段說：「二十二年，馮賊住在泰山上的時候，韓復榘派人和我聯絡，說可以幫我忙來報仇，因爲我不願做陸承武，作一個冒名的孝子，沒有答應」。可見韓復榘又想以殺張宗昌的手法，來對付當年提拔他的老上司馮玉祥，手段是何等的毒狠而可鄙。

可以，無論在天理、國法、人情上，

韓已犯了不可饒恕的大罪。假若他當時在山東打一場漂亮仗，抗戰勝利，華北的軍政大權，那能輪到孫仿魯、傅宜生呢！

韓復榘死後，有關他的傳說甚多，如上台演講說：「今天人很茂盛，不到的舉手」，「大家站個圓周率」，「新生活運動我甚麼都贊成，就不贊成靠左隨走，大家都靠左邊走，右邊給誰走呢」？侯寶林說相聲，也拿韓來開心；說他爲他老爹過生日，點了齣戲叫「秦瓊大戰關雲長」。更說他到了一間學校看到打籃球，便氣的把校長叫了來說：「你把錢都放了你荷包裡啦！爲甚麼十個學生買一個皮彈子呢？要是一人給他一個，不就不搶了嗎」？：……其實這都是一些新聞記者及好事者揑造的一些笑話，是與事實不符的。按韓復榘雖書讀的不多，但眉清目秀，北人南相，講得一口畧帶天津味的國語，並不是那樣的大老粗。韓自幼從軍，轉戰南北，所見所聞，當然豐富，相信他的頭腦，不是普通人所及的。講起運動來，他在西北軍即與孫良誠，有籃球健將之稱。游泳、足球，更是他所愛好，在山東他很好提倡運動，何致如以上所述的那樣無知呢？不過一失足千古恨，死後便成了一般人講笑話的對象，這是欠公平的。

至於韓的遺體，則由其如夫人紀甘青，及前濟南市市長聞承烈草草葬於河南之雞公山。正室夫人高藝珍，乃河北霸縣高步瀛的堂姪女，因所出長子大羣，是谷良民的東床；次子二羣，是馬鴻逵的快婿，故往依附馬鴻逵，聞近仍在美國。

再談談韓復榘的部隊，韓的第三集團軍總司令遺缺雖由孫桐萱繼任，但孫仍兼十二軍軍長，實際也就是一個軍，計轄賀粹芝之八十一師，張測民之二十二師；周遵時之二十師。賀爲河北人，以前是二十二師之副師長。張測民，河北省鹽山人，是張之江的姪子。周遵時，山東即墨人，過去是韓復榘的炮兵團長，爲山東抽訓壯丁的主腦人，他的二十師即是以壯丁爲主而組成的。這三位師長都是西北軍出身，孫桐萱爲了便利駕馭起見，便以十二軍軍長交給賀粹芝，周遵時升爲副軍長。八十一師則由石友三的舊部葛開祥繼任。葛安徽蒙城人，也是西北軍的老幹部。但孫桐萱仍控制不了這些人，一來是人望與頭腦不足，二來是在韓復榘被扣時，孫見利忘義，坐視不救，不若曹福林、谷良民、展書堂還有點義氣，在軍中已令人看不起。故周遵時在河南與湯恩伯拉上關係後，即聯合師長，團長，向上峰告發孫桐萱，指孫無故撤換六位老團長，濫用私人，尅扣糧餉，營私舞弊。那時第一戰區司令官程潛，及後任衞立煌、蔣鼎文、對孫在開封、鄭州、中牟諸地，担任河防時，也多不滿，於是中樞便將孫撤職，且一度解重慶。結果十二軍遂歸了第一戰區副長官兼三十一集團軍總司令湯恩伯統屬，第三集團軍也消滅了。中原會戰後，賀粹芝的軍長也被免職。賀爲了這口竊氣，在未交待之前，便將兩個師由第一戰區拉到第五戰區李宗仁處，表示不聽湯恩伯那一套。於是拉走的一部被改編爲八十一師，由葛開祥任師長，歸劉汝明指揮，未拉走的一部分則編爲二十師，由譚乃大任師長，歸李楚瀛指揮，以後又編入顧錫九的八十九軍中，總之，韓復榘的部隊，除曹福林之五十五軍，始終跟着劉汝明，到退入台灣，其餘則七零八落了。

徐永昌將軍傳畧

·趙正楷·

徐永昌將軍遺像

民國十三年冬，有幾位住北京大學的同鄉，年假回家，路經太原，說起是年十月國民軍首都革命見聞，談到了孤兒自立的徐永昌其人其事，感人甚深。十五年底，他駐包頭，曾來太原，我們在崞縣會館開會歡迎，因他當時一直是帶兵作戰的人，大家都以軍人視之。不料他長袍布鞋，文縐縐的走上簷臺，向同鄉們左右端詳了好一陣子，纔慢吞吞地開了他那「京腔」（徐先生是在京保一帶長大的，所以當時同鄉們都詫異他不帶鄉音），先是說：睡熱炕不衞生，纏小脚要弱種，接着說：生意人，太守舊，商業沒落，民生可虞，等等。大家希望他講些時局與戰事，他却絕口不提。終於有人發問了，鬧哄哄地問的他無可奈何時，他淡淡地很和緩的說：「這話不該問我」。這就是我第一次見到的徐先生，不像是武人。果然，他拜訪趙次隴（戴文）先生時，趙先生一見也拱手說：「儒者氣象，儒者氣象」！他是一九四五年二次大戰結束後，同盟國東京灣受降的中國代表，是一位出將入相的人。謹就所知，畧述如次。先生名永昌，字次宸，清光緒十三年（一八八七）十一月一日生於山西省崞縣之沿溝村。父名慶，頗知書，耕於鄉；母趙氏。父年四十四始有先生，以家貧，携妻子赴大同，服賈以養。先生少穎悟，五歲識字，七歲入塾，讀四書以迄左氏春秋傳，因家多變故而輟學。蓋先生在大同十三年中，兩遭母喪，兄姊三人亦相繼以歿，光緒二十六年十月距繼母張氏之喪僅三月餘，相依爲命之慈父亦見背！先生此時，名爲十四歲，實則尚少數日始滿十三。孑然一身，孤苦無依，乃暫歸習呼爲曹叔者之店內，打雜維生。

是年秋，八國聯軍陷京師，西太后挾光緒帝西奔。十二月初，武衞左軍護蹕過大同，某營部駐曹叔店內，有書記官徐椿齡者

，年近五十，營中尊呼爲老先生，有茶癖，以士兵初到此間，相邀出遊，老先生呼茶喚水，輒無應者。先生初喪父，對老先生頗存敬愛，聞聲不忍，即提水泡茶以爲常。老先生嘉其勤謹，詢明身世，頓生憐憫，又喜爲同姓，遂携入營。以年幼，不得補兵，侍老先生執勤務。於是離大同，隨軍轉徙，歷晉豫冀三省，和議成，還駐通州。光緒二十八年初，年稍長，補伕，挑水牧馬，均習爲之。是年底，補兵。日俄戰起，隨軍駐平原，戰後任武衞左軍騎衞士，駐呼蘭，護衞地方，參加剿匪。光緒三十四年春，剿匪任務完成，回駐通州。誠信謙和，爲軍中所重。

光緒三十四年夏，武衞左軍奉設隨營學堂，先生渴望求學，但自問不曾試學作文與算術，安望考取？乃日夜補習，幸獲如願以償。計錄取一百六十人，先生名次百五十九，於是發憤攻讀，第一次月考，名列第六十一，第二次月考列二十四名，第三次月考已進至第四名。此後以迄陸軍大學，均每試獨占鰲頭，穩居第一名矣。宣統三年夏畢業後，授副軍校（中尉），任武衞左軍左路前營左哨副哨長。悲國勢之陵夷，憤西后之失政，遂與革命黨人相往來，常集會於北京國風報館，軍中同志有遇害者，事幾敗！

辛亥武昌起義，山西響應，閻公錫山被推爲都督。崞縣拔貢續桐溪（西峰）得邑紳張桑（臨夫）助金七千，與弓富魁（海亭）招收勇壯，組織鄉團，畧施訓練，即由原平出發北上，乘虛直搗大同。清廷改派陳希義爲大同鎭總兵，命率所部武衞左軍左路部隊，收復大同。先生不願與民軍戰，乘間辭曰：「予離鄉十二年矣，欲歸不得，但要回鄉打槍，我不願意」！營長李得功，素重先生，遂薦任毅軍新兵營哨長。

民國元年春，北京第三鎭兵變，剽刼民財，紛紛逃竄。先生佈哨新城，捕逃截贓，涓滴歸公；既獲嘉勉，亦遭人忌，故始終不敢居功！是年夏，陸軍部籌設將校講習所，遂辭哨長入所，二年冬畢業，爲中德教官及陸軍部主官所器重。惟畢業前二月曾參加陸軍大學京師區初審試驗，靜候發榜，遂辭陸軍部南京派令與天津軍方之聘。三年初，合各省區初試及格人員複試後即入校正式受課，是爲陸軍大學第四期。

四年夏，袁世凱帝制之謀益彰。先生素沉靜，日以學業爲重，不問外事。暑假實習回京，或有以此訊見告者，先生謂：以袁之明，當不如是，不信！十二月某日報載袁氏封黎元洪爲武義親王，始矍然而驚，立意倒袁，遂於五年春南行赴滬，與孫岳（禹行）、王法勤（勵豪）等謀，擬赴浙，浙既獨立，乃轉魯參與居正（覺生）、吳大洲之起義民軍。六月袁死，先生爲吳大洲籌組參謀廳後，於秋初回京返校，繼續學業，是年底畢業。爲與續西峰孫禹行謀爲統一救國之計，復辭外調而任陸軍訓練監編輯官，西峰嘗語先生曰：「予作事之心，消沉已久，遇君乃大振」；又曰：「求同事不求其能代己，祇求其能幫己者，便是二等人物，予且將以所任卸之於君」，其見重有如此者。

六年初，徐州會議後，復辟之說，甚囂塵上，先生初亦不信。六月中旬，張勳、康有爲入京，同時開到辮兵三千人，逕駐天壇等處。七月一日辮兵入內城，市上懸龍旗，報紙亦刊發號外，發佈總督巡撫等封疆大吏一批，是遜帝溥儀公然復辟矣！先生以其事近兒戲，亦可當兒戲對之。乃立赴保定視禹行，期說曹督調派輕裝部隊二團，剋日入京，出其不意，擒張勳而收辮兵，復辟之事，可迎刃而解。因禹行已任直督曹錕之顧問，可以遂行此計也。不意曹尙觀望，孫亦避走，先生乃轉約李鳴鳳（岐山）赴津訪西峰，並晤陸建章（朗齋）。即持陸函訪第十六混成旅旅長馮玉祥（煥章）於廊坊，晤第四旅旅長張錫元（嘏民）於通州，並爲張帶開拔費萬元，促張率所部於翌晨黎明掩入北京朝陽門，以小部往擒張勳，大部出襲辮兵，與馮軍取夾擊之勢。不意張佔領朝陽門後，忽爲王士珍（聘卿）電話勸阻，復自折回，事又無功！幸段祺瑞馬廠誓師，曹閻兩督軍響應出兵，亂遂平息。而洞燭機先者，實先生也。

六年冬，禹行創辦直隸軍官教育團於廊坊，邀先生主其事，何絜語先生曰：「大丈夫做事，不妨拖泥帶水，年來察弟行事，何絜矩乃爾」！對曰：「願共勉之。第兄在曹所，亦望毋自高位置，苟能掌一團或一營騎兵，得當可以縱橫大江以北，阻北洋軍毋使南向」。禹行深韙之。蓋是時國父已在粵組織軍政府，就任大元帥，宣言戡亂護法也。七年春，總統馮國璋與國務總理段祺瑞交惡，奉軍入關助段，軍官教育團奉命移保定，先生部署遷徙，迅赴事功，凡三日，即在保定開課。在學青年，受先生人格之感召與學術之教導，深植革新軍事之基礎，後來國民第三軍幹部多出於此。西峰旋南行，促先生同赴粵，謁　國父，遂偕之廣州，國父適赴日本。時陝西靖國軍正爲陝督陳樹藩所迫，遂與西峰取道港越入滇，經筑、渝、而抵成都，促滇黔川靖國聯軍總司令唐繼堯及川軍熊克武、呂超等，分兵援陝，先生與西峰隨軍北上。八年元旦，師次廣元，不得進；西峰改道先入陝，先生回保定，再執教於軍官教育團。

九年春，岐山在渭南邀先生赴陝，先生本與西峰有約，遂會於三原。時西北志士續範亭、鄧寶珊、武勉之、馮欽哉、弓富魁、胡德夫等來會者十餘人，先生語西峰曰：「吾人在陝，無補時艱，若糾合同志，各招募百數十人，各得十數枝槍，經畧平凉，西取皋蘭，統一甘省，建立革命基地，此其時也」。西峰曰：「子言誠然，時勢亦正可行；奈此少數槍枝無從獲致何」？先生勸岐山放棄其樹藩所授之渭北游擊司令，移其槍枝，共圖西進；岐山不能決，先生遂辭去。六月，應第八旅旅長靳雲鶚之約，校閱其北自黃河橋南迄武勝關沿途駐軍。適直皖戰起，雲鶚謀商直軍旅長王承斌，使戰事止於德州琉璃河一帶，河南不戰，皖勝則歸皖，直勝則歸直，挽請先生調停之。先生素惡閱墻，且以皖軍必敗，而其新練邊防軍甚可愛，乃爲奔走於鄭洛兩軍間，使豫境不戰以待前方戰事之解決；結果皖敗而豫遂歸直。七月，禹行成立直隸保衞團，促先生任營長；禹行旋長第十五混成旅，先生任參謀長。是時北方兵變頻仍，先生嘗撫視部曲而誡之曰：「變兵刧財，多在夜間，荷槍攜贓既不類，棄械轉懼他人刧，即使僥倖還鄉，亦必至使老親受驚，妻兒蒙羞，又何敢以是種行藏，在光天化日之下安然享受耶」？又誡幹部曰：「古稱兵猶火也，不戢將自焚也，今帶兵而不努力教練，不認眞約束，必至走上自焚之路，尙何愛國愛民之足云」。未幾岐山爲樹藩所害，先生爲之痛惜不置！十年夏，樹藩亦爲閻相文、馮玉祥所逐。

十一年夏，直奉戰起，禹行任直軍西路司令，先生督戰，抵良鄉以北之長楊村，敵忽挾優勢兵力來犯，先生從容部署，力戰却之。越日拂曉，先生起巡視，遙見司令部小山下有敵蜂擁而來，即率留守之少數學兵以機槍二挺擊退之。於是全線激戰竟日，司令部四週均遭炮火，先生募敢死隊，沉着應戰，以寡敵衆，不少動，敵傷亡慘重，翌晨總退却。先生率部追擊，至豐臺，奉令南下援豫，遂轉出鄭州許昌間。蓋是時豫督趙倜響應奉軍，雲鶚與戰不利，急電請援也。旋奉軍退永平，豫亂亦平。戰後先生任十五混成旅第二團團長，禹行兼冀南鎭守使，並兼右翼巡防統領，駐大名，先生實佐理其事。

冀南有所謂十大匪首，連年騷擾，民不聊生，禹行奉命剿辦。適　國父由港抵滬，曹巡閱使(錕、時任直魯豫巡閱使)派禹行代表南下晉見，剿匪事委先生主持。先生力闢匪徒亡命善戰之說，召將士而誥之曰：「人之生也，或勞心，或勞力，爲土匪者則反是，既不能勞心，又不肯出力，專以油猾取巧，欺壓善良，僥倖行險，乘隙偷生，懶惰怯懦，是其本性。吾人衞國保民，負責剿匪，但肯出力，不須拚命，必奏大功」！於是命第一、二兩團及龐炳勳之騎兵營，分路兜剿。首將通匪賣路之南宮縣游擊隊長訊明正法，匪失却耳目，一舉而被擒者四、五百人，餘匪四散；再困之於南樂清豐之交，匪無法立足，乘夜突圍，分竄豫境。其年冬，冀南地面，已趨平靜，乃劃三區，分派指揮官肅清殘匪。迄十二年秋曹任總統，所謂十大匪首，或死或逃，已全部肅清。

時續西峰、劉守中（允丞）居邯鄲之叢臺，常來大名說禹行倒曹（錕）吳（佩孚），並馳函相促，禹行不能答。先生以萑苻遍地，民生疾苦，國之所急，在此不在彼，遂之叢臺婉謝之。十三年五月先生調長本旅第一團，駐定縣。該團前團長病逝，部隊久失訓，先生力事整頓，兩月之間，撤換營長二，連長八，汰弱留強，嚴振紀律，內務整潔，冠於全旅。於是地方又安，商民稱慶，八月杪當道派員檢閱時，已軍容甚盛矣。旋直奉二次戰起，馮玉祥赴灤平任指揮，胡景翼部集唐山作豫備隊，禹行任京師戒嚴司令，方與西峰，允丞等議倒曹、吳，促先生入京。先生以曹、吳政治雖不良，尚知有國家人民，儘可建議促其整頓；今置縱兵殃民者不問，而先倒曹、吳，實爲不順！僵持者再，咸謂：「倒曹、吳一舉，事在必行，禹行計已決，特不願拂君意，亦以其所恃者在君也」。先生乃語禹行曰：「吾二人論私爲知己，論公則兄爲長官，無論公私，兄皆可以指揮我；今日之事，問意見，我不同意；下軍令，我當從命」！議遂定。十月二十三日晨，玉祥率部入京，幽曹擁段（祺瑞），組執政府，成國民軍：馮（玉祥）部爲國民軍第一軍，胡（景翼）部爲第二軍，禹行所部爲第三軍，吳佩孚遵海南走，是所謂國民軍首都革命也。國民第三軍此際，擁有一師六旅，禹行請命以師長畀先生，先生辭曰：「吾人此次革命，倉卒間成立如許部隊，兄多病，我遽任師長，人其謂我何」？遂任第三軍第一混成旅旅長，轄三步兵團及四獨立營，駐保定，負責肅清平漢路北段任務。

十四年初，段執政任禹行爲豫陝甘剿匪總司令，並許以入陝督陝，入甘治甘。禹行促先生兼任本軍第一路總指揮，由保入豫，統率全軍西進。先生遂於七月初入潼關，十二日抵渭南。是時李虎臣蹤其後，田玉潔伺其側，咸圖染指，而陝督吳新田之北洋軍第七師已在臨潼一帶佈防。先生召連長以上幹部而誥之曰：「本軍部隊，多爲新兵，既無後路，利在速戰；如稍困頓，則四圍友軍，皆爲敵矣！今率新兵，求猛攻速決，全在軍官。其次，吾人身至陝西，而家則在直、魯、豫、皖，設使他人部隊騷擾到吾人家中僅有之衣食用品，甚或殃及妻女姊妹，念此種種不良行爲所加於吾人之痛苦與憎惡，吾人之所不欲者，愼亦毋加諸人」！越日，抵滻水附近佈防並分遣奇兵渡河襲敵，遂與戰，大破之。十六日晨進西安，禹行於是任陝西督辦，先生任第三軍第一師師長兼陝西警備司令。嗣第三軍各部隊陸續到達先生令賡續推進，實行入甘，不意段執政又任馮玉祥督甘、西進之議乃寢。

先生由保入豫後，胡景翼病逝，岳維峻繼長國民第二軍。秋九月，維峻邀先生赴開封，吳佩孚亦遣代表來會，共商聯孫（傳芳）討奉。先生語維峻曰：「國民二軍已成奉軍包圍之勢，第三軍入甘不能，在陝難自給，國步方艱，聯吳驅奉，是亦一道。惟我如不戰，吳無出路，我戰而勝，彼亦不利，故作戰至某階段，吳必在後作亂，有如天道好還，實亦外此吳無出山之日也。欲解此危，莫若助靳荐青（雲鶚）組國民軍第四軍，吸收吳部，並以山東許之，靳爲我友，吳可相安矣」。維峻稱善者再，惜未能用。十一月初，先生如約率部出潼關，過鄭州北上，與直督李景林戰，克之，長驅入保；即分兵出霸縣，而以主力撲任邱大城，向天津力攻。旋第一軍韓復榘部迫津西，敵總退却。禹行入津，任直隸督辦兼省長。但以靳雲鶚觀望於魯南，孫傳芳坐視於徐州，李景林、張宗昌之直魯聯軍遂於十五年春向津反攻，奉軍再入關，吳佩孚部乘機抄襲，田維勤北上，寇英傑入豫，國民二軍潰散於豫西，第一軍撤五原，玉祥下野走俄國，先生率所部及第三軍之願撤西北者退集包頭，所言悉驗，實國民軍興以來所未有之厄運也。是年深秋，玉祥回五原，先生適往視禹行疾，禹行見先生至，大喜，語之曰：「煥章歸來，現正開打倒三綱五常會議，弟對此事觀感如何」？先生對曰：「予意綱是若網在綱之綱，常即經常之常。如一國之中有一負責者，一家之中亦有一負責者，此即是綱；又如父義、母慈、兄友、弟恭、子孝，五者人之常行，亦即人類經常所守規範，此即是常。時人所要打倒者，爲「父母

可以不慈，子女不可不孝』，試問父母寧有不慈者乎？父母如不慈，即不是常而是變，比如父母因病或因誤會而一時失慈，子女即忤逆不孝，誠不應爾，所謂『父母可以不慈，子女不可不孝』，是指此而言。此不是常，常與變是相對的。孟子說：『君之視臣如土芥，則臣視君如寇讐』，要知眞夠個君，即不能視臣如土芥也。虞書說：『元首叢脞哉，股肱惰哉』，人之頭腦或亂，其四肢亦隨之亂動，可見君臣相處，亦如一人手臂之相依，君之現象正常，即無視臣如土芥者。所以孔子說：『君君、臣臣、父父、子子』，此係常道，無何深理奧義，何用打倒」。禹行曰：「善！所以我不去」。

當先生入陝後，王法勤由廣州介紹俄代表錫拉尼中將來商助械事，禹行命先生與接談，情殊不洽！嗣禹行接受其顧問數人，派往先生所部第一師中，先生但飲食之。其年冬第三軍入津後，俄顧問求去，先生即遣之。先生常謂：「俄人侵畧成性，對我無好意，在近代中俄交涉史中所有兩國邊界情形，一展輿圖，即可證明。而彼則強調扶助弱小民族，殊不知其所謂扶助也者，乃先助某國一部分人民脫離其本國而獨立，再則將之併入俄國，美其名曰聯邦，實乃刼持之使爲附庸耳」。今在五原，復因助械事對玉祥曰：「俄國援助吾人，誠意雖有，但存心不善！否則何不將中東鐵路依約交還中國耶」？於是返包頭，謀屯墾，赴晉謁晉綏軍總司令閻公錫山，閻公重其爲人，深與相結。十六年初，先生遂率國民第三軍以客軍入晉，駐汾陽。禹行養痾於汾陽之峪道河，旋即赴滬。

十六年春，國民革命軍總司令　蔣公中正率軍北伐進抵京滬，夏、國民政府奠都南京，晉綏易幟，參加北伐，閻公錫山任國民革命軍北方軍總司令，先生率國民第三軍駐井陘，秋，合楊愛源所率晉綏軍出平山，與其他由龍泉關、倒馬關、紫荊關、及天鎮東出之晉綏各軍相呼應。於是掃蕩滹沱河之線，攻抵行唐。敵還陣沙河，復突破之，敵全線北退，先生率部追擊，過定縣，直薄望都。適以定縣被襲，各軍倉皇西退，先生馳騎追及於曲陽，語諸將曰：「閻公輕車駐東長壽，正太路空虛，敵軍數日可抵太原，若是則君等將安所歸」？乃要各軍各遵原路撤返，然後回前線指揮所部從容退集於獲鹿平山一帶，佈防於滹沱河線，閻公委以北方軍東路軍總指揮。惟所部國民第三軍，請仍以客軍待遇，閻公嘉其義，成其請。先生受命，令晉綏軍楊效歐師固守獲鹿，連接至國民第三軍滹沱河之線，其餘晉綏部隊，悉令退集井陘山地，構築工事、儲煤炭、積雪水、備糧秣，謀固守以待敵之可勝。三、四月後，敵大舉來犯，先生在前方畧予周旋，一夜之間，即率全軍轉入山地，佈防北起觀音陀、中經井陘山、雪花山、南迄固關以南之線。敵幾經力攻，莫如之何。

先是國民革命軍總司令　蔣公爲促寧漢團結，辭職赴日，十七年一月歸國復職，並兼任第一集團軍總司令，繼續領導北伐。同時國民政府分任馮（玉祥）閻（錫山）李（宗仁）爲國民革命軍第二、三、四集團軍總司令，任命先生爲第十二路軍總指揮。夏初，先生率所部及第三集團軍東路軍反攻，出井陘，過獲鹿，與循津浦前進之第一集團軍及沿平漢線北上之第二、四集團軍，互爲聲援，一戰越滹沱河，再攻至望都，敵前方某軍向先生輸誠，敵總退却。五月底，先生克保定，閻公命即留保，令第三集團軍北路軍總指揮商震追敵北上，入平津。旋各集團軍陸續到達，蔣公北上，與閻、馮、李各總司令會於北平，謁　國父靈於西山碧雲寺，先生均躬與其事。　蔣公詢先生對國事意見，先生以外患內憂，多在北方，建議定都北平，或將軍事學校設於北方，藉資整訓，深蒙嘉慰。時張宗昌李景林之直魯聯軍據灤東，決由各集團軍抽兵肅清之，先生與其役。在雙方相持間，先生令所部呂汝驥騎兵繞渡，直襲灤州城而下之，直魯軍潰，灤東平。平津各報盛譽先生平灤東功，先生不自居也。未幾，東三省宣佈易幟，國家乃告統一。

當先生甫入保定之際，接滬電云禹行逝世，先生大慟！即率

國民三軍袍澤開會追悼，並為之迎靈發喪。迨北伐完成，先生以所統國民第三軍，原受符於前軍長孫禹行，孫存則義當返璧，現孫病逝，而以所部易帥改隸，應可邀諒孫公於九泉。於是將所部整編為兩師（師長馬延守、方克猷）、一騎兵旅（旅長呂汝驥）、一炮兵團（團長李鑑堂），正式隸屬於第三集團軍閻總司令麾下，釋兵遂初。是秋，受任綏遠省政府主席。時綏省苦旱，野有餓莩，土匪橫行，民不能安其居，先生商請賑濟督辦朱慶瀾（子橋）運東三省餘糧以救綏災，又請華洋義賑會會長張元善以工代賑，開築河渠。以先生宅心之仁，赴事之勇，交遊之廣，得道多助，賑糧源源而來，足食與工，有如豐歲，實為歷來救災聲中所僅見。同時督同晉綏軍努力剿匪，以蘇民困。十八年春，匪清災消，農田亦依時播種。

在綏省地方已趨安定之際，先生乘間回晉尋父母墓。墓在大同興國寺義阡，葬者纍纍，友好議改卜，先生曰：「父母葬斯地有年矣，精氣歸於土而以遺骸遷，非予之所忍也」。又議盡遷其鄰家，先生曰：「不忍於己之父母者，乃忍於人父母乎」？因不復改卜，而別置田若干，施諸寺，進寺僧而告之曰：「後之來葬斯阡者，以此田為贍，域內之家，欲遷者聽其遷，不遷者皆我父母鄰也，其善視之」。乃加封樹，並於諸鄰家俱覆土增崇，使無就夷廢，有以慰孝子慈孫終天罔極之思焉。又回崞縣祭掃祖塋，纂修族譜，並送續西峰之葬。西峰於十五年夏國民軍西撤期間，病逝天津，其年冬運柩回籍，至是始營葬焉。

十八年八月，調任河北省政府主席。時各國駐華使節仍駐北平，新任日公使佐分利來訪，並在日使館設宴招待，適東北又發生所謂鐵嶺事件，佐使深以中日兩國懸案之多將使雙方關係陷於僵局為憂。先生即席言曰：「予對中日兩國懸案之多，可謂正常。予見法院訴訟之兩造，多屬朋友故舊，而鄰居親戚兄弟間之訟爭，亦復不少，中日兩國懸案之多，正反映兩國關係之深。由懸案多的方面看，覺到是件不了的事，由關係深的方面看，我們是近鄰，是朋友，是親戚兄弟，直無不可了之事矣」。佐使深服其說，且一再援引，轉為日上院議員訪華團及朝鮮總督來平時言之。不意三個月後佐使回國述職，竟以自殺聞！先生痛失一和平之友，特赴日使館弔祭之。是年又值河北省水旱災交侵，先生約集平津銀行界，並請朱慶瀾、熊希齡、李石曾等會商，呈行政院核准長蘆鹽觔附加，抵借百萬，設立河北省農田水利委員會，鑿井濬渠，培養民力。並致力於河北省預算之整理，節約省政開支，剔除中飽，增益稅收，財政立趨安定，時論韙之。又在滿城縣之一畝泉建立國民第三軍昭忠祠，崇祠前軍長孫禹行暨歷次戰役陣亡官兵，以安忠魂。當十一年在大名剿匪時，先生修函迎養徐翁椿齡，翁以腰脚尚健，辭不果來。十七年夏，始迎至津，自是由津而保而綏而平，得朝夕奉，儼如孝子慈父焉。十九年八月，翁病逝，先生督師蘭封，遙奠之；翌年春，在北平法源寺為治喪，並為文勒石紀念之。

十九年中原之役，先生一如十三年國民軍班師前不同意以武力解決政爭之主張，且又終於接受軍命，營壘河上，所異者，前操必勝之券，此則固知其不可為耳。故在隴海線作戰六閱月，雖陣地無缺，而自渡河入豫，即於黃河橋路軌間鋪板覆土，灑水維護，並於兩岸置民船數百隻，以備萬一之用。既而津浦線北軍失利，或以前途見商者，先生曰：「予受命而來，當全師而歸，他無所知」。又語友軍：「倘失敗，所有北撤部隊有一未過河者，本部決不渡河」。旋平漢線友軍西撤，隴海左翼友軍亦動搖，先生乃部勒所部，掩護友軍，陸續渡河；繼命所部孫楚軍掩護其餘六軍，孫軍馬延守師掩護其餘二師，逐撤逐守，依次北渡，重炮輜重，循序先行，而先生獨殿後。過開封時，並將行軍所借商會餉欵，派人送還，言忠信，行篤敬，雍容謙退，有馮公孫羊叔子之風焉。石友三既渡河，抵彰德，轉圖截取掩護友軍，先生察其異，一面裝運官兵行李，實以輜重，沿平漢路過彰北上，一面親率所部及盧殿勳軍經修武分兩路入太行山，遲抵上黨之高平縣。

於是命令各軍分區駐防，到駐地後，限三日整頓出操，恢復常態；旣定，乃電辭總司令職，解征衣，翩然歸太原，旋任晉綏警備總司令，兩省地方，倚若長城，華北亦賴以安定，時賢譽爲「全師還晉功尤豐」者，即謂此也。

二十年秋，任山西省主席，值「九一八」事變，內憂外患，交相煎迫，而地方首長謀國步趨，或未能一致，先生奔走平津間，謀所以安華北者安國家。每語人曰：「外侮不足哀，屈辱不足憂，戰敗不足懼，其所哀所憂所懼者，在吾人能否覺悟其受侮之由而一掃之耳。吾人應知：非團結無以禦侮，非自強無以圖存，力避內鬨，各就力之所能及者而爲之，國事前途，庶有濟乎」。又以提倡新學四十年，而國人尚不知愛國，尚不知服用國貨之可以救貧，以致洋貨充斥，漏卮日深，國內工業，日就萎縮，而學風且日以窳敗，於是設山西省政設計委員會，致力於經濟建設。通令全省服用國貨，令教育廳組中小學教科書編審委員會，按國家地方需要，切實加以改革，並誥之曰：「不服用國貨國必亡，不改革教育種必滅，吾人今知其弊而不自糾正，將待他人乎？吾人何以不能賢於他人耶」？又以丹料毒品之戕害國民健康，販賣者受日本浪人之指使，其罪實同於漢奸，設查禁毒品委員會嚴禁之。以土地有限，人口日增，民食之不給也，倡興水利以足之。凡此皆先生所謂力之所能及者也。

二十一年七月，日軍犯熱河，九月，軍事委員會設分會於北平，先生往來其間，對華北人事之協調，力量之團結，甚著賢勞。是年冬，奉　蔣委員長召赴武漢，建議加緊佈置國防工事，並對外交、內政、教育各端，多所獻替，　蔣公深納之，許爲極愛國者，人以　蔣公爲知人。二十二年初，日軍侵山海關，及於長城各口，進陷灤東，於是有塘沽協定。先生僕僕故都，辛勤其間，促各方聽命中樞，忍辱準備，協力同心，以圖自強。二十三年七月，奉召再至武漢，並赴江西前線視察勦共軍事。楊永泰以共勢已蹙，問爾後政治軍事意見。先生曰：「凡軍事愈接近成功階段，愈應戒愼恐懼；今共勢雖殺，而對共因與共源之肅清，究少注意，此須努力於其善後與教育者。蓋今日所勦共，乃昔日所養成，今日者，乃將來之昔日也」。

二十四年春，共軍竄陝北，先生請中央組參謀團入陝，指揮勦共軍事並監督其政治，　蔣公許之。時日外相廣田正與蘇俄竊議收買中東鐵路，先生曰：「是予自始不認俄人爲有善意於我者」！同時日軍復對冀察加緊壓迫，先生憂勞於陝北勦共軍事與應付日本之侵畧，遂致觸發宿疾，復患咯血，赴平就醫。而以國事紛擾，雖在醫院，仍多有以軍事外交就商者。嘗慨然曰：「日本之得寸進尺，固其國策，然亦由國人之無識見，有以助其成功耳。日本國策，在阻撓中國統一，凡有統一中國力量者，日視之皆如視　蔣公也。至謂日本政府不願與國民黨政府諒解云云，試問我國今日，經得起倒了此國民黨政府而另組一其他政府乎？悲夫，以弱事強已難，以愚事智，其難乃至無極！更不必言漢奸之勾結事仇也」。又以聽任地方與日本武官折衝之非計，條陳由中央直接交涉，其言有曰：「如我政府與日政府直接交涉，是我之對手方祇有一個日本，否則各地方負責者將遭遇多數之日本對手，蓋每一個日本武官都要藉此在中國獲得鉅大利益與成功，而每一個日本武官猶如一個日本也。中央不求對一個有身分的日本政府交涉，而任地方當局對多數無身分的日本交涉，其得失利害可不待智者而辨矣」。書上，　蔣公復電嘉勉，有「一鞭一條痕，針針見血」之語，並徵入川切商，以病未愈，不果行。是年，授陸軍上將。

二十五年秋，德王攜貳，烏伊兩盟十二旗王公，素與晉綏關係接近，通電內附，中央另設綏境各盟旗政務委員會，派先生代表赴綏策助成立，遂與百靈廟德王主持之蒙古地方自治政務委員會對峙，亦所以杜日侵畧。是時共軍渡河擾晉西，先生馳歸，佐太原綏靖主任閻公指揮勦除，爲防共東竄或竄擾綏境引起日軍藉口，請中央調兵協勦，築碉圍堵，期在晉西聚殲之。蓋籌碩畫，

每至深夜，不自惜其久病之亟須休養也。五月初，共突圍西竄，復歸陝北，先生乃辭晉主席，任山西清鄉督辦，得間就醫，然仍爲國事數往返於北平、南京間，誠所謂以身許國者矣。

二十六年春，調任軍事委員會辦公廳主任，佐委員長 蔣公整訓師旅，準備國防工事，不遺餘力。七七變起，任委員長保定行營主任，指揮第一戰區抗日軍事，外濟內撫，軍民歸心，旋任軍事委員會第一部部長。是年冬，政府西遷，長期抗戰，全面展開。二十七年初，軍事委員會改組，先生任軍令部部長，佐 蔣公運籌決策，指揮抗戰，思深慮遠，貢獻良多。台兒莊之捷，舉國歡躍若狂，先生以軍興以來，失地數省，今恢復大業，百未謀一，即遽以小勝自喜，將恐長人民浮囂之風，乃上書曰：「竊維口舌興戎，古人所戒，況當軍事好轉之始，於宣傳方面，尤宜格外留意。蓋台莊之捷，固由於我之將士用命，而亦由敵之不即增援。敵之不即增援，非其實力不足，一以留兵備俄，一以意見紛歧；而或有內憂。設我宣傳過當，予敵團體上以難堪，則彼將上下同心，不顧一切，先以全力對我。敵勢尙強，我協力禦敵，且能獲勝，彼協力對我，我豈易當，此不可不留意者一。國際情勢，多忌善變，我國地大物博，久以垂涎，由弱而強，豈其所願；茲表同情於我者，非爲我，實忌日耳。我若驟勝而驕，矜誇自詡（不僅今次爲然），則將移忌日之心，轉而忌我，豈我之利，此不可不留意者二。哀兵必勝，始露其端，舉趾日高，何以爲繼？倘狃於一勝，遽謂日人易與，民氣浮囂，必有難以善其後者（戰事結束時亦必棘手）。況鈞座領導建國之始，似宜養成堅貞弘毅之民風，宣傳雖屬一端，始基尤所當謹，此不可不留意者三。以上三項，有一不愼，必加重前途困難。竊謂宣傳文字播音，宜以端謹厚重爲依歸，而以輕薄浮誇爲大戒，於痛詈日人尤加愼焉（日軍閥與日人切宜分別，於其天皇尤不可輕侮）。敵以暴，我以仁，敵助寡，我助多，最後勝利，必屬於我。否則空言召禍，甚非計之得也」。又誡僚屬：宣傳勿誇張，勿謾罵，貴知彼尤貴知己，敗不可餒而勝尤忌驕，凡所指陳，皆切中肯綮，補救時艱。自播遷以來，而武漢而衡山而重慶，八年之中，擘畫調度，悉合機宜。雖宿疾屢發，而勞苦堅忍不少懈。其最費心力者，在研幾徙薪之處，皆勝敗所關，存亡所繫，有非外人所可得而詳者矣。

三十四年八月，日人乞降，國民政府主席 蔣公派先生爲同盟國東京灣受降之中國代表。當先生簽字於日本降書之頃，應新聞記者之請從容而言曰：「此吾人懺悔之日也！凡有代表來斯會之國家，皆當就其以往舉措，作一反省，如其良心告之以有過，即應勇敢認過而懺悔」。及入東京，覩日人之肅靜與其報章言論之坦率，語左右曰：「日本之興，可計日而待也」。或言此可痛飲黃龍者，先生亟止之曰：「而不悟憂難之將臨耶」？其深沉大度悲天憂國之懷，躍然在人心中，宜乎其享譽盟邦，蜚聲三島也。是年補國民政府委員。三十五年六月軍令部結束，任陸軍大學校長。三十七年兼任國防部長。三十八年夏，閻公錫山成立戰鬥內閣，任行政院政務委員而實司國防部事。此數年間，更僕僕於平、幷、穗、渝、蓉、昆、甘、寧、包頭間，冒險犯難，再爲國事而奔走，蓋數十年如一日也。政府遷臺，先生率陸大師生東來。四十年初，陸大第二十三期畢業後，學制變革，遂於四十一年改任總統府資政。是年十月晉授陸軍一級上將。

先生澹泊寧靜，用行舍藏。不怕死，不愛錢，在軍則命營團以上軍需組聯合軍需委員會，審查收支帳目，定期公佈。從政則三省主席及軍令部長任內俸給收支，皆有專人爲之逐項登記，前後列帳數冊，將以留示子孫，使知所守，毋玷家聲。非義之財，從不受也，其廉介如此。性恬退，愛山水，每登臨，輒作遐思，不忍卒去。文質彬彬，仁民而愛物，統兵數十萬，主政三省，未嘗妄殺一人。一生以愛國愛民教部屬，故部屬咸愛戴之。聞一善，終身行之而弗替。比病革，入醫院，囑左右勿勞人知，對身後無一言，赤裸裸而來，赤裸裸而去，光明磊落，固其宜也。以中華民國四十八年七月十二日卒，壽七十有三。

張作霖傳

余非

東北自清末開禁以來，關內人民移入者甚夥，經甲午、庚子、日俄諸戰役，地方不寧，不少人流爲土匪，人呼爲馬賊，或稱紅鬍子，北洋時代的「東北王」張作霖，就是從這裡面出身的。

（一）從馬賊到地方軍領袖

張作霖，字雨亭，遼寧海城縣人。短小精悍，貌似書生。生於光緒元年（一八七五）。少時家貧無恃，曾在毅軍當兵，官至哨長（排長）。中日甲午戰後，毅軍撤回關內，張作霖聯合張作相、湯玉麟、張景惠等十餘人在八角台附近（台安縣）組織鄉團，保衛地方。庚子之役，俄國勢力伸入東北，張作霖曾組「義勇軍」，與俄軍周旋，部衆擴至千餘人。光緒二十八年，奉天營務處長張錫鑾收其部爲新民巡防營，任張作霖爲管帶（營長），張作相、張景惠、湯玉麟等分任哨官（連長）。張作霖受編爲官軍以後，負地方剿匪之責，屢建功勞。光緒三十一年升爲五營巡防統領，自新民移駐遼源。宣統元年升爲奉天前路巡防統領，轄步騎兵七營，駐防洮南府。

當時奉天的軍隊有新軍與舊軍之別：新軍陸軍第三鎮，統制曹錕，駐防長春、永吉一帶；陸軍第二十鎮，統制張紹曾，駐防新民，錦州兩府；第二混成協，協統藍天蔚，駐防瀋陽北大營。舊有的軍隊分爲中前左右後五路，共有三十多營，歸巡防營務處節制。在辛亥革命時，奉天新軍密謀響應，東三省總督趙爾巽欲調後路統領吳俊陞（駐遼源、通遼一帶）率部鎮懾之，張作霖聞訊，率部先發，自洮南進駐瀋陽。趙爾巽對他甚爲嘉許，並命他兼任中路巡防（駐瀋陽鐵嶺附近）統領。與他同時的，除吳俊陞外，尚有左路統領馮德麟（駐彰武、黑山地區），右路統領馬龍潭（駐東邊道）。此時張作霖的兵力約在十五營以上，已成爲地方軍的領袖。

民國元年九月，趙爾巽將中前兩路巡防改編爲二十七師，以張作霖爲師長，駐瀋陽附近；將左路巡防改編爲二十八師，以馮德麟爲師長，駐防北鎮、錦州一帶；右路巡防仍舊。另由後路巡防抽出一部編爲陸軍騎兵第二旅，由吳俊陞兼任旅長，駐遼源地區。不久，趙爾巽去職，張錫鑾繼爲奉天督軍，頗知愛護部屬，各部對他亦甚爲恭順。

（二）督軍奉天，巡閱三省

民國四年，袁世凱謀稱帝，以段芝貴督理奉天軍務。段對部屬控制心切，引起反感，各部暗推張作霖爲首，與之抗衡。次年，各地討袁之聲紛起，張作霖揚言宣佈獨立以嚇段，段遂自請辭職

，狼狽回京。是年二月，袁以張作霖爲奉天督軍，馮德麟爲幫辦。

張作霖升任奉天督軍後，首謀統一奉天軍權。當時他的二十七師，轄兩個旅，一個砲兵團和一騎兵團：

五十三旅旅長——湯玉麟
五十四旅旅長——孫烈臣
炮兵團團長——張作相
騎兵團團長——張景惠

張作霖以二十七師事務委孫烈臣，引起湯玉麟的不滿。湯旋叛變逃往二十八師，張即以孫烈臣爲師長。任張景惠爲五十三旅旅長，張作相爲五十四旅旅長。復將後路巡防與騎兵第二旅改編爲陸軍第二十九師，以吳俊陞爲師長。時二十八師（駐北鎮）師長馮德麟對張嫉恨，多所困擾，張遂設法離間，以其第五十六旅旅長汲金純（駐錦州）爲遼西剿匪司令，直接聽命於張，二十八師便只剩下張海鵬的第五十五旅（駐新立屯）。民國六年五月，張氏聲言撤換第二十八師師長及五十五旅旅長，並調二十七師及二十九師向新立屯、北鎮取包圍態勢，馮德麟遂率同張海鵬赴北京參加復辟運動，第二十八師長由汲金純升任。

當時吉林督軍孟恩遠、黑龍江督軍畢桂芳尚與奉軍各不相謀，民國七年三月，張作霖乘黑龍江陸軍第一師長許蘭洲逐督的機會，薦鮑貴卿爲黑龍江督軍。同時，吉林督軍孟恩遠曾一度被北京政府撤換，至是亦與奉天相結。三省既漸統一，張作霖適於二月下旬在京奉路截留日本軍械一批（日本政府根據中日軍械借款協定，第一批運到步槍二萬七千餘枝，這批軍火是段祺瑞準備用以建立「參戰軍」的），遂積極招募軍隊，擴充了一師五混成旅：

第一混成旅——梁朝棟
第二混成旅——鄭殿陞
第三混成旅——蔡平本
第四混成旅——王學臣
第五混成旅——[illegible]
暫編第一師——張景惠

暫編第一師曾助段祺瑞南征，深入湖南，因吳佩孚通電停戰，始班師北歸。

民國七年九月，張作霖爲東三省巡閱使，三省軍政大權漸入其手。民國八年夏，迫吉林督軍孟恩遠出走，調鮑貴卿爲吉林督軍，另以二十七師師長孫烈臣爲黑龍江督軍。吉黑長官，至是均爲心腹。

（三）直皖戰爭前後的擴張

當時段祺瑞的參戰軍改名爲邊防軍，發展到三師四混成旅，徐樹錚任「西北籌邊使」兼「西北邊防軍總司令」，公然以「西北王」自居，想與「東北王」張作霖分庭抗禮，引起了張作霖的極大反感。張作霖遂與直系結合，反對皖系。民國九年四月，八省聯盟出現。是年七月十四日，直皖戰爭爆發。是月十九日，段祺瑞失敗下野。張作霖以助直有功，與曹錕等會議於天津，論功行賞。曹錕以吳佩孚居戰功之首，應予報酬，張作霖說：「孺子吳佩孚，宜繼張敬堯之後，而畀以湖南督軍可也。」吳氏於鄰室聞之，憤辭湘督之薦，率兵逕返洛陽。日後兩次直奉大戰，其因皆基於此。

直皖戰後，張作霖出任蒙疆經略使，併有熱河、察哈爾、綏遠、內蒙古一帶，勢力大事擴充，先後增設的軍隊有：

第六混成旅——鮑德山
第七混成旅——李景林
第八混成旅——郭松齡
第九混成旅——牛永輔
第十一混成旅——湯玉麟
第十三混成旅——趙恩臻

當時張景惠率奉天第一師駐南苑，鄒芬率第十六師駐西苑，汲金純率第二十八師駐[illegible]

（四）奉直第一次大戰

奉直勢力膨脹對峙的結果，造成了民國十一年的奉直第一次戰爭；導火線由梁士詒組閣問題引發。當時北京政府處於奉直兩大勢力之間，政令不出都門，財政甚感困難。大總統徐世昌應奉方的推薦，邀請交通系的首領梁士詒組閣。梁外號梁財神，在金融財政界有辦法，算是較理想的理財人物。但當時吳佩孚另有想法，認爲梁是奉方推薦的，梁籌來的錢會先接濟奉方；便藉口梁士詒借日款贖膠濟鐵路賣國求榮，通電反對。梁士詒不得已，乃稱病請假。是年三月間，奉方以維護京畿治安爲名，陸續向關內調兵。張作霖爲了反直，已轉與段祺瑞聯合，並曾派代表李紹白到桂林見孫中山，請孫在廣西誓師北伐，以夾擊曹吳。

在戰爭開始前，奉方據京奉路全線、津浦路北段馬廠滄北、及平漢路長辛店以北，包括京南、京東及津沽一帶。又駐軍於密雲及長城之古北口，以控制北京。並聯絡河南的趙倜，山東的田中玉，以爲牽制。奉軍的大本營設於天津城東的落垡，分兵兩路：東路主攻，在京奉、津浦兩線，分爲三個梯隊。第一梯隊長張作相，任第一路前鋒總司令，駐次安縣。第二梯隊長張學良，任第二路總司令，駐楊柳青。第三梯隊長李景林，任第三路司令，駐靜海。西路爲輔，在京漢線，亦分爲三個梯隊。第一梯隊長張景惠，第二梯隊長鄒芬，第三梯隊長鄭殿陞。又於東西兩路之間沿永定河之線爲中路，集中編併之混成支隊及補充團若干，據守固安一帶。各路總司令爲張作霖，副總司令爲孫烈臣，參謀長爲楊宇霆。

直軍的佈置，針對奉軍陣勢。吳佩孚設大本營於涿州，分兵三路：右翼軍以張國鎔爲司令，駐任邱、大城間，以禦奉軍東路。左翼軍及中路以王承斌爲司令，率孫岳、彭壽莘，駐琉璃河、良鄉之間，以禦奉軍西路[illegible]及總司令吳佩孚駐涿縣，其軍隊則集中於固安、霸州，以應付奉軍的主力。爲了防備豫督趙倜，吳佩孚調馮玉祥自陝入豫，任爲司令，防守隴海線。

奉軍的旗幟爲紅黃藍三色，表示漢滿蒙三族，兵士的徽章爲白色。直軍的旗幟爲紅色，表示漢族，兵士的徽章爲赤色。奉直兩軍相較：奉軍入關總數十二萬人，直軍參加作戰者不滿十萬人；奉軍有大砲一百五十尊，機關槍二百架；直軍有大砲百尊，機關槍百架；直軍的士氣與戰術優於奉軍。

四月二十一日，奉軍闞朝璽一部由馬廠沿津浦路前進，爲直軍所阻，雙方戰釁遂起。四月二十七日，張作霖下總攻擊令，各路同時開火。

東路方面：直軍張國鎔部初爲張作相、李景林所敗，五月一日，王承斌援至，奉軍始却。迄五月三日，大城、馬廠、青縣相繼失守，幸賴李景林扼守楊柳青，使奉軍後路不至斷絕。

中路方面：奉軍初攻甚猛，佔固安，渡永定河，勢不可當。許蘭洲等且通電數吳佩孚十大罪狀。五月一日，吳佩孚自涿州出發，親自督師，與張學良部戰於固安；別遣一軍擾奉軍後路；張學良創潰。張作相率兵來援，亦不能支。固安、楊村、落垡、廊坊遂次第爲直軍所佔。

西路方面：原爲奉軍主攻線，戰事最烈。奉直兩軍在長辛店、豐台、良鄉一帶爭奪，雙方進退多次。奉軍炮火猛烈，直軍死傷甚衆，兩軍相持於琉璃河。五月一日，奉軍第二十五混成旅長齊占九通電數吳佩孚罪狀，以應許蘭洲。五月四日，奉軍聞中路敗訊，士氣大喪。吳佩孚親來督戰，下令總攻擊，並令軍士化裝難民，混入奉軍陣地，遂克長辛店。多數奉軍不及撤退，紛紛繳械。吳佩孚夫人曾購得牛肉五千罐、餅乾一萬箱親攜至軍前犒勞，軍士一時歡聲如雷。

五月五日，張作霖率殘部奔灤州。五月六日，李景林放棄楊

柳青。五月七日，直軍進佔蘆台。各路戰爭先後結束。是役，奉軍死約二萬餘，傷逃萬餘，被俘四萬餘，軍費損失三千餘萬。集於灤州的兩萬餘衆，已潰不成軍矣。

五月十日，北京政府頒令免張作霖本兼各職，張作霖宣佈東三省自治。六月十七日，直奉兩方經英國教士勸解，奉方代表張學良、孫烈臣與直方代表王承斌、楊淸臣，議和撤兵。第一次奉直戰爭，于此結束。

當奉軍與直軍在北方大戰時，孫中山曾督師北伐，進抵吉安，以陳炯明叛亂而受挫。至於皖系的浙督盧永祥，則始終沒有發動。

（五）引用新人，重建新軍

第一次奉直戰爭，奉軍出兵五師二十四旅，損失三師二旅之衆。奉軍原分爲新舊兩派，張作霖至是知舊派不足恃，遂徹底革新。綜其改革措施及其成就，約有以下幾項：

①引用新派將領，以楊宇霆（隣葛）爲參謀長，總持一切；以韓麟春（芳辰）、姜登選（朝六）管理陸軍整理處，主持選拔人才，籌劃軍隊編練事宜。

②改革軍制，以旅爲單位。除張學良的二十七師、吳俊陞的二十九師尙保存外，其餘各軍編成二十七個混成旅，五個騎兵旅（每旅三團）。以李景林、郭松齡等統領新軍。

③以東北講武學堂造就初級幹部，任蕭叔宣爲教育長。

④擴充奉天兵工廠，由楊宇霆兼辦。預計每年出砲二百尊、砲彈二十萬發、槍彈六千萬發、無烟藥百餘噸。

⑤成立海軍，以沈鴻烈爲總司令。

⑥自法國購新式布利凱飛機四十餘架，成立空軍。

到了民國十三年第二次奉直戰爭前夕，奉軍的精良，已冠絕一時。茲將各軍分佈情形，詳列於下：

在奉天省者

軍隊	旅長（或師長）	駐在地
第二十七師	張學良	錦州
暫編第一師	李景林	北鎮、義州
步兵第一旅	闞朝璽	鄭家屯
步兵第二旅	郭松齡	奉天
步兵第四旅	裴春生	興城
步兵第五旅	于芷山	義州
步兵第六旅	宋九齡	奉天
步兵第七旅	湯玉麟	鳳凰城
步兵第十二旅	趙恩臻	新民
步兵第十四旅	楊德生	彰武
步兵第十六旅	齊恩銘	綏中
步兵第十九旅	高維嶽	錦州
步兵第二十三旅	李爽愷	北鎮
步兵第二十四旅	邢士廉	北鎮
步兵第二十五旅	蔡平本	梨樹
步兵第二十七旅	温瓚玉	奉天
騎兵第一旅	穆春	康平
騎兵第三旅	蘇錫麟	奉天

在吉林省者

步兵第三旅	張宗昌	海龍
步兵第八旅	丁超	長春
步兵第九旅	陳玉崑	依蘭
步兵第十旅	于琛澂	吉林
步兵第十三旅	吉興	局子街
步兵第十八旅	張煥相	哈爾濱
步兵二十旅	楊遇春	農安、伊通
步兵二十七旅	李振聲	寧古塔

步兵二十六旅	李桂林	雙城堡

在黑龍江省者

第二十九師	吳俊陞	龍江
步兵第十一旅	巴英額	黑河
步兵第十五旅	萬福麟	滿洲里
步兵第十七旅	張明九	海拉爾
步兵第二十二旅	石得山	呼倫
騎兵第二旅	李冠英	安達
騎兵第四旅	彭金山	泰來
騎兵第五旅	陳輔陞	海倫

每個步兵混成旅均有騎兵、砲兵、工兵、輜重各科，如一旅以五千人計，總兵力至少在十五萬人以上。

（六）奉直第二次大戰

張作霖懷第一次奉直戰敗的舊恨，整軍經武，時思報復。民國十二年曹錕賄選總統，東南諸省認爲非法。而吳佩孚自直皖戰後，乘戰勝餘威，「勞師川黔，用兵湘桂，寇粵侵閩，謀奉攻浙」，亦與人結怨。民國十三年九月三日蘇浙戰爭爆發——皖系浙督盧永祥與直系蘇督齊燮元因爭淞滬管轄權發生衝突。九月四日，張作霖通電助盧：「夫曹吳稔惡如山，悉數難終，……仗義誓衆，義無可辭，謹率三軍，掃除民賊。」九月九日，蟄居天津的段祺瑞亦發出通電，歷數曹吳之罪。而孫中山的北伐宣言，進一步表明了聯合倒直的三角同盟，再度訴諸行動：「本大元帥夙以討賊戡亂爲職志，十年之秋，視師桂林；十一年夏，出師江右；所欲爲國民剪除蟊賊。不圖宵小竊發師行頓挫，遂不得不從事於掃除內孽，綏輯亂餘。今者烽燧雖未靖於東江，大戰之機已發於東南，漸及於東北，不能不權其緩急輕重，尅日移師北指，與天下共討曹吳諸賊。」

在戰爭開始的時候，奉軍共組織六個軍。張作霖自任總司令，名其軍爲「鎮威軍」，設大本營於錦縣。第一第三兩軍在山海關、九門口等處爲左翼，主守。第二軍由錦州攻朝陽，南出冷口，爲中路。第五第六兩軍分攻開魯、赤峰，直趨承德，爲右翼。第四軍集中錦縣，爲總預備隊。綜其戰力：左翼堅強而雄厚，中路輕捷而勇敢，右翼最弱。其編組狀況如下：

鎮威軍總師令：張作霖（駐錦縣）

總參謀長：楊宇霆

第一軍軍長：姜登選，爲第一路司令（駐喜峯口）

副軍長：齊恩銘，爲第一路副司令

轄一師一旅之衆，約三萬人。

第二軍軍長：李景林，爲第二路司令（駐朝陽）

副軍長：張宗昌，爲第二路副司令

轄一師一旅之衆，約三萬人。

第三軍軍長：張學良，爲第三路司令（任山海關）

副軍長：郭松齡，爲第三路副司令

轄一師二旅之衆，不足三萬人。

第四軍軍長：張作相，爲第四路司令（任葫蘆島）

副軍長：丁超

轄三混成旅之衆，約萬餘人。

第五軍軍長：吳俊陞，爲第五路司令（任熱河）

副軍長：湯玉麟

有兩混成旅之衆，約萬餘人。

第六軍軍長：許蘭洲，爲第六路司令（任熱河）

副軍長：吳光新

約四混成隊，不足一萬人。

另有騎兵兩旅，野戰砲三營，砲兵三旅，同時隨各路大軍出發。

統計三省出兵十餘萬，又有飛行機三隊：第一隊隊長張學良，第二隊隊長趙玉中，第三隊隊長袁列坡，以葫蘆島爲根據地，向山

海關及喜峯口方面活動，分應各路。

直系方面，吳佩孚素有準備。九月十六日，吳氏應北京政府電召，率部入京，即提出對付奉軍作戰計劃。計分前線三路，後援十路，編制如下：

討逆軍總司令：吳佩孚（駐天津）

副司令：王承斌（兼後方籌備總司令）

總參議：白堅武

第一軍總司令彭壽莘，兼第一路司令（任山海關方面）

副司令王維城，兼第二路司令

副司令董政國，兼第三路司令

總司令部初設於灤州，後移山海關，由山海關向綏中攻擊，絕奉軍入關之路。

第二軍總司令王懷慶（任朝陽方面）

副司令米振標

前敵總指揮劉富有

前敵副指揮龔漢治

設總司令部於朝陽，據此以攻義州及北鎮，為直軍入奉的先鋒。

第三軍總司令馮玉祥（任赤峯方面）

第一路司令張之江

第二路司令李鳴鐘

先設總司令於喜峯口北之平泉縣，徐向熱邊遷移。其任務有二：一據熱河邊境，以進窺錦西及興城等縣，斷綏中及山海關一帶之奉軍後援，一則進攻奉軍後路。

以上為前線三路。援軍十路，以張福來為總司令：第一路司令曹鍈，第二路胡景翼，第三路張席珍（副司令曹士英），第四路揚清臣（副司令林起鵬），第五路靳雲鶚（副司令田維勤），第六路閻治堂，第七路張治公，第八路李治雲（副司令馬林燦），第九路潘鴻鈞（副司令吳長植），第十路譚慶林（副司令張金鎮）。另以杜錫珪為海軍總司令，温樹德為海軍副司令，李炳之為豫省後方籌備副司令，鄭士琦為直魯海疆防禦總司令，遲雲鵬為直魯海疆防禦總指揮。

當時直系出動的兵力，在吳佩孚指揮下有十二萬人：計吳佩孚的第三師一萬人，青年軍一萬二千人；楊清臣的二十四師一萬人，胡景翼的陝軍第一師二萬人，靳雲鶚的十四師一萬人，張治公的陝軍八千人，田維勤的二十六旅四千人，齊陳的陝軍第一旅四千人，曹士英的陝軍第二旅二千人，閻治堂的二十師一萬人，陳嘉謨的二十五師八千人，憨玉崑的三十五師八千人，孫建業的鄂軍第一旅四千人，曹士奎的鄂軍補充旅三千人，馬志敏的一團一千人，丁香玲的一團一千人，李治雲的一旅二千人，馬林燦的一旅二千人，郭振才的一團一千人。在王承斌指揮下的有五萬五千人：計王維城的二十三師一萬人，彭壽莘的十五師一萬人，曹鍈的二十六師一萬人，馮玉榮的十三旅五千人，葛樹屏的十四旅五千人，孫岳的十五旅五千人，曹士傑的十六旅五千人，邵汝康的一旅五千人。在馮玉祥指揮下的有二萬六千人：計馮玉祥的第十一師一萬二千人，張之江的第七旅七千人，宋哲元的二十五旅七千人。此外尚有董政國的第九師，王懷慶的第十三師等，均為直軍的嫡系，總計在二十萬人以上，比奉軍多一倍。

雙方接觸開始於九月十五日。直軍第十五師聞奉天工人五千名在山海關外約六里處掘壕甚忙，特派偵察隊前往調查，事為奉軍覺察，直軍旋退去。十七日，張作霖接吳佩孚入京之電，正式宣佈戰時戒嚴令，並乘專車赴錦州，決定親率奉軍出征。

當時奉軍戰略：姜登選的第一軍抵禦馮玉祥部（直軍第三軍），李景林的第二軍進襲王懷慶部（直軍第二軍），張學良的第三軍對抗彭壽莘部（直軍第一軍），張作相的第四軍為預備隊。吳俊陞的第五軍與許蘭洲的第六軍以大半之騎兵隊，配合李景林部進迫熱河。

此次戰爭，主要戰場在榆關、九門口、熱河三處，茲分言

之：

（一）熱河戰事，奉軍李景林部自北鎮出發，九月十五日與米振標軍接觸，雙方展開激戰，互有勝負。二十三日，奉軍佔朝陽縣城，直軍死者五百人，被俘三百人。最後奉軍分兵兩路，一路直攻建平，一路暗襲淩源。直軍亦分兵迎戰，死傷甚多。二十九日吳光新克建平，三十日，張宗昌佔淩源，直軍向喜峯口方面潰退。十月三日，張宗昌在淩源縣城西南約五十里之茶河大敗王懷慶部。十月七日，吳光新等在赤峯附近敗毅軍及王承斌部。奉軍復以飛機在赤峯投彈，直軍大為驚恐，遂自赤峯撤退。直軍之負責熱河戰事者為二、三兩軍，第二軍前敵總指揮劉富有、副指揮龔漢治因朝陽失守（九月二十三日），於十月四日被免去本兼各職。劉富有的二十六旅，張林的熱河第一成旅，龔漢治的先鋒隊，以及熱河方面的毅軍等，均已潰不成軍。自淩源敗退的董政國旅，亦損失過半。時第二軍軍長王懷慶尚逗留在叨爾登，馮玉祥的張之江旅雖已向赤峯進發，而已猶徘徊於古北口。熱河方面的戰事至此告一段落。

（二）山海關戰事，奉軍「一三聯軍」在山海關原取守勢，擬俟熱河得手，然後兩路夾攻直軍。直軍則於熱河取守勢，擬俟山海關得手，然後夾攻奉軍。奉直兩軍在山海關方面的前哨地點在關外以東，以郊野為界，兩軍距離約六公里。自十七日以後雙方不斷發生衝突，然規模不大。自十八日至二十七日的十天中，奉軍主要戰畧是以飛機轟炸直軍陣地，並謀炸直軍司令彭壽莘。所出動之飛機計十八日八架，十九日兩架，二十日兩架，二十一日兩架，二十三日四架，二十四日四架，二十五日兩架，二十七日兩架。投下炸彈雖多，均未中重要目標；道路傳言彭壽莘被炸重傷斃命，亦屬子虛。步兵方面，雙方戰場主在京奉鐵路沿線三五里內。十八日奉軍佯退，直軍誤中地雷，畧有損失。二十一日直軍以裝甲車架機關砲向奉軍攻擊，並有別動隊出九門口抄襲奉軍後路，次日進佔王家莊，並以馬牛牲畜為前驅，以破奉軍之地雷電網，此時奉軍仍無意與直軍大戰，僅連日派飛機在榆關、昌黎、灤縣等地擲炸彈，以事鎮懾。然戰場既在山海關外，直軍居高臨下佔有地利；且時近深秋，高粱將自枯死，奉軍亦失所隱蔽。此種情形，不能不使奉軍在戰畧上有所修正。適李景林之二路軍捷電紛來，犒賞有加，一、三聯軍不欲居人之後，乃憤激請戰。張學良、姜登選以士氣可用，下令攻擊。當時直軍在前線者有十五師、第九師、二十三師、二十六師。奉軍則有第十六旅、第四旅、第二旅、第六旅、第三旅及二十七旅之工兵一營，第二旅之砲兵一營，第六旅之砲兵二營，另有爆炸隊一隊，飛機十架。九月二十九日，奉軍開始進擊直軍陣地，雙方展開激戰，戰場在萬家屯以北及黃家場、龍王廟、姚家莊等處，互有勝負。以奉軍砲火猛烈，直軍漸由攻勢改為守勢。至十月七日，奉軍已將小河口、石門口、無名口、黃土嶺、賀家、姚家山等處佔領。直軍在關外的防線既失，奉軍遂集中全力進攻山海關。其陣勢佈署：第一線為步兵，後列機關槍隊，再後為砲隊。主攻者為二、六兩旅。奉方出動飛機三十餘架助戰，並以重砲轟城，直軍大亂。奉軍乘勢肉搏前進，遂克山海關，時為十月九日。

（三）九門口戰事，九門口在山海關以西，形勢較山海關尤險。該口寬度六、七尺，兩邊山勢陡峻，口外數里設有地雷電網及種種障碍物，防備極嚴。張學良於下令攻山海關的同時，分軍進擾九門，以為牽制。適直軍後方自起衝突，所部長官開槍鎮壓，秩序大亂。守口軍隊以奉軍繞道攻入，軍心動搖，奉軍乘機猛攻，遂佔九門，時為十月八日，是後，奉軍死傷四五千人，直軍第一軍左翼指揮十三混成旅長馮玉榮戰死。

綜上三個戰場，在十月十日以前，直軍先後潰敗。吳佩孚原在京調度後方軍事，自洛陽開拔北上之第三師亦暫京畿附近。及山海關敗訊至，吳乃於十一日凌晨偕將校二百名、兵士五百名分乘列車往前線督戰，雖有奉軍飛機盤旋轟炸，神情自若，尚圖於一、二日內將奉軍逐出關外。

自山海關至九門口長城依山向西北伸展，中間內曲，凹處有三道關，關東北為角山，係當地最高處，乃直軍耳目所在。附近之要隘為二郎廟。奉軍入九門口後，以受角山之阻，不能南向山海關，乃遲向西方進攻。十日克王崗子，十二日克沙河寨，十五日克石門寨。奉軍欲由此向南以斷京奉鐵路，然石門寨前為長興店，有直軍重兵把守。由此往東為五泉山正對沙河寨，再東為角山正對九門口。直軍欲由五泉山攻沙河寨斷奉軍歸路，由角山攻九門口以囊括關內奉軍，均未得逞。吳佩孚之第三師亦受重創。

十月十七日晨，奉軍第三軍副軍長郭松齡率本部軍隊一萬三千餘人攻三道關。三道關因山勢以立，有關三重，頭關最下，二關較高，三關尤高，仰攻甚難。張學良本擬在此取守勢，而郭松齡獨謂不然，以為直軍援應未至，正宜出奇制勝。幸奉軍砲火熾烈，掩護步兵步步進攻，死傷雖衆，卒能連破三關，在角山寺紮營待援。一、三聯軍至是聯絡一氣，十八日遂令十六旅進攻秦皇島。

直軍自十五日石門寨（距九門口六十里，督戰者為陝軍第二軍長張治公）失守，山海關、秦皇島之後路有斷絕之虞，吳佩孚為挽回頹勢，一面傾全力謀奪角山寺二郎廟之高地，一面遣軍向沙河寨（在石門寨後方約二十餘里）方面進襲，戰事均極激烈，分言如下：

奉軍攻佔角山寺二郎廟在十月十八日。十九日拂曉吳佩孚即下總攻擊令，分兵三路，企圖反撲。以第十二師及陝軍一部任中路，第二十三師及豫軍一部任右翼，第二十四師及鄂軍一部任左翼，第三師及楊清臣部為援軍。總計部隊五師八旅之衆，取包圍陣勢向奉軍猛攻。吳佩孚親在長興店森林地帶督戰，聲言「一日戰敗，寧死不退」。當時奉軍在關內線戰開展，張學良、姜登選、韓麟春、郭松齡等決定仍分一、三聯軍為二路，一路攻取灤州，一路攻取秦皇島。故僅派一旅兵力守角山寺，另以大隊繞直軍[illegible]第十三、十四、十五各師傾力向角山迤西附近之奉軍猛襲。此地奉軍，不過兩旅，倉卒應戰，衆寡不敵。幸援軍忽至，以重砲轟擊直軍陣地，予敵重創。奉軍乘勢猛攻，直軍漸難支持，吳佩孚於此時親來督戰，士氣復振，日暮以後，戰猶未已。晚九時許，張學良、姜登選、郭松齡等抵角山眺望兩軍戰鬥形勢，即令奉軍退守角山西南麓，由角山上發出探照燈，專以砲隊及機關槍隊射擊仰攻之直軍。直軍死傷狼藉，至二十二日晨始漸退去。

直軍向沙河寨附近進襲始於十九日下午四時，動員兵力一萬五千餘人。該部屬靳雲鶚之十四師，張福來之二十四師，共約三旅之衆，皆直軍之精銳。奉軍以此處兵力單薄，防線幾被突破，幸石門寨方面奉軍火速應援，得以穩住戰局。二十日晨，奉軍左翼佯退，右翼直軍誤中地雷，死傷甚重，奉軍乘勝進擊，大敗直軍。二十二日晨七時，奉軍第十旅佔領安門寨，此處距京榆鐵路不過十里。

（七）馮玉祥倒戈，吳佩孚瓦解

於此榆關大戰方酣之際，直軍內部發生巨變。馮玉祥十月二十三日晨班師抵京，逼曹錕下台，並要求下令停戰，免吳佩孚本兼職。二十四日國務總理顏惠慶召集各閣員在秘宅會議，決定應馮玉祥的要求，草擬令稿請曹蓋印，曹閱稿長嘆，旋於下午七時下令停戰，原文如下：

比歲國家多難，兵禍相尋，本大總統受任之初，即以振導祥和為職志，耿耿此心，久經宣示於衆。此次用兵東北，實出萬不獲已，而蘄望和平之志未嘗一日或渝。軍興經月，戰釁未消，軫念痌瘝，至深惻怛。茲特申令停戰，自下令之日起，兩方軍事着即停止進行，各守原防，聽候中央籌議結束辦法。其有抗令不遵者，仍當強行制止，以期促進和平，與民休息，此令。

[illegible]

[illegible]

照前令辦理，此令。

直魯豫巡閱使兼陸軍第三師師長吳佩孚，着免去本兼各職，此令。

特派吳佩孚督辦青海墾務事宜，此令。

中華民國十三年十月二十四日

馮玉祥班師的消息於二十三日夜為張作霖獲悉，張即令各軍乘勢猛攻。吳佩孚於二十四日上午猶督隊猛戰，藉資挽回，至下午一時北京政變消息傳抵直軍，士氣遂落。是晚，龍王廟附近第二十三師的一部為奉軍繳械，而冷口附近的第十三師及第九師聯合軍四千餘名，亦因敵不過張宗昌的進擊而投降。直軍至是益不利，紛紛向秦皇島退却。其時，吳佩孚已率所部抵津求援，前線軍事由彭壽莘指揮，暫集秦皇島待命。

十月二十七日，奉軍下總攻擊令，於當晚以大隊圍攻秦皇島。彭壽莘部於激戰之後退走昌黎，復走唐山。二十八日張宗昌自冷口下灤州。至三十一日灤州以東直軍數萬人，皆被迫繳械。十一月三日張宗昌部攻佔蘆台，直軍張福來部退走。十一月四日，吳光新的騎兵隊自蘆台進擊，佔領塘沽。

直軍的迅速瓦解，得力於國民軍在後方阻截。原來馮玉於班師主和後，即與胡景翼、孫岳組國民軍。胡軍出唐山以遏直軍歸路，孫軍攻保定以斷直軍後援，馮軍駐紮豐台以備天津。吳佩孚自前線返津，由塘沽上陸，準備討馮，集師於七里海、楊村、北倉、軍糧城之間，一面電請蘇鄂諸省赴援。時山西、山東均宣告中立，鄭士琦派兵駐德州，閻錫山派兵守石家莊，以絕吳氏援軍。張紹曾調停於吳、馮之間，未得要領；長江諸督，結七省（蘇皖贛湘鄂閩浙）聯防，以存觀望。而天津各國領事及馮軍司令又根據辛丑條約不准吳佩孚在天津周圍二十里內駐兵。吳氏進退維谷，甚為頹喪。十一月二日，馮玉祥部攻楊村，奉軍亦自唐山方面進逼，直軍潰退。三日佔北倉。吳佩孚率部自塘沽遁海南下

，奉軍遂全力沿津浦路向南伸展。

（八）奉軍盛極而衰

直系倒後，黃郛做了一個月的攝政內閣；旋推段祺瑞為臨時執政。段祺瑞依附於奉軍與國民軍之間，無所施展。民國十四年八月二十九日，段應張作霖要求，以奉系將領姜登選督皖（代吳炳湘），楊宇霆督蘇（代盧永祥）。並以馮玉祥督甘、孫岳督陝，以敷衍國民軍。時李景林已督直（代王承斌），張宗昌已督魯（代鄭士琦），張宗昌部更長驅南下，佔蘇、常，入上海。奉系勢力至是達於極盛。當時李景林部約六萬人，張宗昌部約九萬人，姜登選部約三萬人，張學良、郭松齡的第三軍，自山海關外，分佈至安徽一帶，約七萬餘人。另外，在熱河的軍隊萬餘人，在奉天的軍隊近三萬人，在吉林的軍隊四萬餘人，在黑龍江的軍隊二萬餘人。此時的奉軍總數達三十五萬人，較第二次奉直戰前多一倍。

張作霖既伸其勢力於長江下游，直系殘餘孫傳芳、蕭耀南等不自安。民國十四年十月十日，孫傳芳召集皖蘇浙閩贛五省代表在杭州會議，力主排奉。十六日，孫傳芳、夏超、周蔭人等遂藉口奉軍駐兵淞滬破壞和平，宣言仲討，自浙江進兵淞江，連克蘇州、鎮江。楊宇霆（南京）、姜登選（蚌埠）以力莫及，棄職北上。張宗昌全軍守魯，與李景林組「直魯聯軍」以抗浙軍，遂離奉系而獨立。

當浙軍北上逐奉之時，馮玉祥的國民軍已與奉軍磨擦日深，張作霖以郭松齡等部應付之。郭松齡與楊宇霆、姜登選、李景林等均為第一次奉直戰後崛起的新人物，因受張作霖父子之推重，大受楊宇霆、姜登選的嫉恨。原來自第一次奉直戰後，奉軍內部分為新舊兩派，舊派以張作相、吳俊陞、湯玉麟為首。新派分為兩系：一系出身日本士官，以楊宇霆、姜登選為首；一系出身陸大，以郭松齡、李景林為首。舊派已不得勢，新派兩系明爭暗鬥

，日增無已。二次奉直戰後，李景林、張宗昌、楊宇霆、姜登選均以功居要職，郭欲求一熱河都統，尙爲楊宇霆所扼，心甚恨之。及楊宇霆、姜登選爲浙軍所逐，郭爲阻奉軍南下增援，遂與馮玉祥相結，於十一月二十三日在灤州電請張作霖下野，以政權交張學良，並通電攻擊楊宇霆，聲明班師回奉，倡導和平。是月二十六日郭松齡在灤州截殺姜登選，率軍直趨瀋陽，兵抵白旗堡（距瀋陽不到二十公里）。馮玉祥時亦出兵熱河，奪取錦州。張作霖在此岌岌可危的情形下，準備逃往旅大；幸吳俊陞的騎兵力戰，和日本的砲兵相助，始轉危爲安。十二月二十一日，命張學良爲前敵總指揮，張作相、吳俊陞爲左右翼總司令，分道進攻。十二月二十四日，郭松齡事敗被戮，戰事告終。

直魯聯軍的組成，郭松齡的叛變，使奉軍趨於分裂。其後，張宗昌排李景林而以褚玉璞督直，奉軍內部復因新舊之爭不能和衷共濟，勢力逐漸削弱。

民國十五年一月，張作霖宣言與北京政府斷絕一切行政上的關係。這一動機，一方面表示對段祺瑞政府的不滿，另一方面到欲休養生息，確保東北。這是受了文治派王岷源（永江）的影響。王氏認爲中國紛亂如麻，非東北一隅所能爲力，若再勉強從事，今日聯甲制乙，明日合丙倒丁，於全局固無所補救，徒然損耗人力物力，斲喪東北的元氣。而且民國十三年奉俄協定後，蘇俄在東北的勢力日漸膨脹，日本爲防蘇俄，對東北的壓力日甚一日。揆諸當時實際情形，確保邊防實爲當務之急。張作霖乃自稱東三省保安司令，有閉關自守之意。

（九）迴光返照之一幕

張作霖此一措舉，是想對吳佩孚表示友善。吳自民國十四年十月受舊部擁護，在漢口就討賊聯軍總司令職，聲討張作霖，孫傳芳亦以五省聯軍總司令名義通電響應，對奉軍威脅極大。是後奉軍雖然擊敗北軍，內部復因郭松齡叛亂，元氣大喪，時國民軍擊敗李景林而奄有直隸京兆，張宗昌感於直隸既失，山東唇亡齒寒，乃與李景林倡導吳張合作，聯合討伐馮玉祥。吳懷「首都革命」的舊恨，張報馮郭倒奉之仇，二者遂相結納，同向北京挺進。不久，河南國民二軍爲吳所敗，岳維峻退至山西，直魯聯軍敗國民三軍於落垡，克保定、大名。奉軍更挾戰勝郭軍餘威，佔領熱河。國民軍勢力頓挫。

是年四月十五日國民軍自北京退往南口，臨時執政段祺瑞亦走避天津。張吳聯合進攻南口的戰爭於五月中旬開始，直到八月中旬始將南口攻克。是時，南方國民革命軍已進抵湘鄂，奉直聯軍方沿京綏路西進，吳佩孚急速趕回漢口佈防，爲時已晚。是年九月，吳佩孚向河南撤退，革命軍轉兵東下，配合自閩北上的何應欽部夾攻贛浙。是年冬，孫傳芳大敗北歸，求援於張作霖。張作霖至此，乃合全部東北軍，山東張宗昌部，直隸褚玉璞部，和退至山東的孫傳芳部，組織安國軍，自爲總司令（十二月），至民國十六年六月，進稱大元帥，總攬北京政務。

民國十六年秋天，奉軍大加整頓：第三方面軍在京漢、京綏、正太線，張學良爲總司令；第四方面軍在直隸，楊宇霆爲總司令；第五方面軍在吉林、熱河，張作相爲總司令；第六方面軍在奉天、黑龍江，吳俊陞爲總司令。是後，奉軍曾沿津浦、京漢兩線設防，然卒以北伐軍攻勢猛烈，馮玉祥、閻錫山復於後方襲擊，乃漸告不支。至民國十七年五月革命軍於津浦線已過濟南，於京漢線克保定，於京綏線佔張家口。張作霖知事不可爲，命張學良率軍出關。六月三日，張作霖在皇姑屯遇炸身死（時年五十四），東北局面，遂歸張學良維持。

張學良自回奉後，鑒於大勢，且深痛乃父之死，決計停止對革命軍的軍事行動，且屢電表示其希望和平不礙統一的意見。惟是時津東各地，尙爲張宗昌、褚玉璞等殘部所盤據，乃於九月二十三日在灤州附近協力解決張褚殘部。至十二月二十九日，與張作相、萬福麟等通電服從國民政府，實行易幟。

我所認識的徐道隣先生

楊　牧

一

徐道隣先生於一九七三年十二月二十四日黃昏因心臟病復發，在西雅圖逝世。徐先生逝世時，爲華盛頓大學亞洲語文學系教授，主講中國思想史，正史選讀，及元明戲曲。

徐道隣先生遺像

我於徐先生的學術文章了解甚淺，蓋研究題目不同，思惟方法亦異，實無資格多說。但我自懂得讀書以來，徐先生的名字一直是近代中國人物中，少年鷹揚晚年深邃的象徵之一，兼以這兩年在華盛頓大學共事一系，時常過從請益，徐先生之死，也使我產生許多悽愴的感想。

二

徐先生在近代中國政治界扮演了許多重要的角色，這是我近來才聽說的。我最初接觸他的名字，還是在高中時代閱讀「現代學術季刊」的時候。「現代學術季刊」在香港出版，據徐先生去年告訴我，是他們幾位朋友合資辦的，公推陳伯莊先生在香港編輯督印。在我記憶裡，季刊內容以哲學，社會學，心理學爲主，文章大多嚴肅冗長，我以一個鄉下高中生的能力，到底看懂了多少，實在很可疑。我記得徐先生曾在「季刊」上發表了幾篇關於社會文化的新觀念的文章，我於囫圇吞棗之際，恐怕除了知道天下有所謂「文化」和「社會」的觀念以外，並未嘗有甚麼思想上的進境。這是個人性向和知識的限制，鄉下人不甘卑野，胡亂看書，幻想突破眼前的環境，有些像強生博士筆下的華士剌斯，現在想起來，不知應該從何說起。

後來我進了東海大學，徐先生赫然就在政治系任教。那時東海才辦了四年，大度山還相當粗曠，樹木不高，風很大，可是師

生創業奮鬥的精神也澎湃激昂。我一年級在歷史系，通才教育的制度下，只念了些中國通史之類的東西，其實並無緣到徐先生班上選課；二年級轉外文系，愈走愈遠，所謂政治學到底是什麽，我到今天還沒弄清楚。在東海四年，我聽過徐先生幾次公開演講，好像都在圖書館左側的大教室裡，入夜時分，燈火輝煌，徐先生拄手杖進來，在黑板上寫下講題，即侃侃而談，似乎並無稿子，只有一兩張紙的大綱。有一次徐先生演講，題目是「精神病與我們」，從心理學的觀點分析凡人的種種舉動，滑稽突梯，把大教室裡的學生聽得大笑不已，結論是，「我們」通通有些程度不同，種類不同的「精神病」，學生挨此棒喝，並不憤憤，反而掌聲雷動，歷久不衰。這是我在東海參加過的最熱鬧的一次演講會。

我在東海時，也讀了徐先生的「語意學概要」和「行爲科學概論」。讀是讀了，心得也並不多，大概還是因爲性向和興趣的限制，只能如此。大學時代，同學中自有不少卓犖深刻的朋友，我可能是看到他們在談奇書，心中癢癢，便也跟進，多少有些競爭比賽的心理，讀過便罷，聊天吹牛時可免過份心虛，這種情形也是有的。想起來，那四年中，我一半時間花在寫詩寫文章，與「學術」甚少因緣，另一半花在啃讀英國文學和中國古典，摸索猜測時多，消化思想時少。偶爾涉獵其他，除了逞強自勉的因素以外，恐怕還是華士刺斯的心理在作祟。當時同學中，最善讀這種我所往往讀不懂的書的，大概首推張震東。我就記得張震東讀「行爲科學概論」的樣子，我想他一定選過徐先生的課。東海畢業後，他去了芝加哥大學。前兩年徐先生還對我問起他，言下非常欣賞。

我們從東海畢業以前，徐先生就出國了。我現在記得最清楚的，是徐先生拄杖而行的樣子，在文學院，在東海路上；他的笑容特別和藹慈祥。大度山的冬天風大，師生多有穿長袍的，但徐先生好像從來都穿大衣，不穿長袍，這也許與他的德國教育背景有關。徐先生出國以前，商務印書館出版了他的「徐樹錚先生文集年譜合刊」，他爲自己的父親作年譜，編文集，本來是傳統地合乎倫理的，却被李敖罵了一頓，我想他心裡一定很生氣，但他並沒有發作；我想他五十歲以後的脾氣是涵養出來的，年輕時恐怕不見得能夠容忍。李敖後來也爲他自己的父親李鼎彝出版「中國文學史」，不知又如何自圓其說？總之，李敖當其意氣飛揚的時候，最恨兩個文學院，一個是臺大文學院，一個是東海文學院，寫文章時，只要有機會罵兩句，絕不輕易放過。東海文學院教授先生被他「看看病」的也有好幾位，包括徐先生在內。這兩年有幾次我和徐先生談到李敖，他總是說李敖很聰明，「文筆不錯」。

三

徐先生到美國以後，先在西雅圖華盛頓大學，繼遷哥倫比亞大學，又遷密歇根州立大學，最後又回到了華盛頓大學。我一九七一到華大時，他已在西雅圖安定下來了，家住在一個山坡上，可以俯視湖水，遠眺羣山，生活非常舒適的樣子。徐先生自己在華大教書，徐夫人則在西雅圖兩個較小的學院兼課教數學，兩個孩子也都很大了，雖然不會看中國書，却能聽中國話，這也是一般中國家庭在美國的現象，我想徐先生是了解而不以爲意的了。

我和徐先生在系裡的辦公室只隔了一個走廊，門開時，鷄犬可以相聞。雖然如此，但因爲徐先生習慣早睡早起，課多排在清晨上午，我則習慣晚睡晚起，課總排在午後，所以見面機會並不如想像中那麽多。據說他通常凌晨即起身，在家寫文章，八點左右到校，教課一二小時，却行回家。下午時間隨便看看書，天氣許可，則挽袖整理花園，夜裡看點電視，早早便上床。這樣的作息方式，我們稍年輕的人是無法實行的，所以眞正能與他坐下聊

[illegible]生病期間，才我自動找他聊天，否則在學校，如果兩人正好碰準時間同在系裡多是他下課後，偶爾興致好時，找我說說聊聊，聊完便又回家。他常常拿書給我看，看完便問我有無心得，使我多了不少讀書的機會，這是我的幸運。我很尊敬他，但苦無法理解他的學術，日子久了，隨意請教他些文史方面的問題，避開他專精的法律學倫理學不提，心理才安定些。

徐先生過了六十五歲才又回到華大來，美國是一個不知敬老的世界，同事中能欣賞他的道德文章的，多是中國人。美國人講究聲色俱厲的事業態度，你越不謙虛，他們越佩服你，這種莫名其妙的作風，中國人一向吃不消。徐先生五十歲以後，忍過不曉得多少事，避過不曉得多少風頭，鍛鍊出一種隨和的生活態度，凡事並不堅持爭執，有些美國同事大概以為他只是普通教教句讀的中國老先生，不知道他深藏的學問。有一次在一個酒會裡，我把他介紹給比較文學系的系主任，系主任是研究德國文學的，所以我抽身要走時隨便說：「你們兩位不妨用德文交談」，後來這位德國文學專家瞪大眼睛對我說：「我在美國還沒遇到幾位德文說得那麼好，歌德讀得那麼熟的人。」我想中國人當中知道徐先生熟讀歌德的人大概也是不多。我自己三十歲以前也相當自命不凡，不知謙虛為何物，過了三十歲，這幾年來才發覺自己之空空如也，因此更能欣賞謙虛無爭的人生態度，看到徐先生時常用和平的方法化解煩惱，逢到可惡的事，搖搖頭，苦笑一下，不去多想，覺得那未嘗不是亂世養生的道理。

我這樣回憶徐先生，可能根本不對。我聽說留德時代的他，也曾經是意氣干雲不可一世的少年，返國從政的他，也曾經是積極奮勇睥睨豪邁的人物——這些我都無緣目睹，所認識的徐先生是一位慈和的老人，在動盪的中國境外，安祥地為美國學生講授「論衡」，聲音平靜，彷彿眞是與世無爭的。

（一九七四年一月五日西雅圖）

記徐道隣

適然

道隣為徐樹錚長子，留學德國，其夫人即為德籍。歸國後任行政院政務處長。時在抗戰前夕，中日關係日趨惡化，蔣委員長乃令陳布雷撰文「敵乎？友乎？」刊於大公報，以警告日本須停止侵略。此文當時即以徐道鄰名義發表，頗受日方重視。

徐樹錚為馮玉祥謀殺，主其事者則張之江。據道隣自述，當民國二十二年馮玉祥「讀書」泰山時，山東省主席韓復榘不能自安，欲除去馮氏，掃清臥榻之側，但苦無藉口，因思及徐道隣，擬倣馮玉祥殺害徐樹錚，用陸承武出名，自認為父報仇舊例，着人與徐道隣接洽，可殺馮玉祥為道隣報父仇，只事後由道隣出名承當便可，為道隣所拒。蓋道隣留學德國，習於法治，以為報仇之道唯有訴訟，暗殺非法治國家所應有。適抗戰勝利，道隣毅然辭去公職，具狀控告張之江，案雖無下文，亦頗震動一時。

道隣詩文均佳，記其「阮郎歸」一詞：「玉容消瘦怯寒襦，蟬韻歇，雁聲孤，深情怎負渠？一杯在手意躊躇，雙眉未肯舒。簾前花影疏。重陽烟雨兩模糊，風光不似初。」頗有北宋風致，而寄慨遙深，不能以艷詞視之也。

徐氏去歲，病逝美國，識與不識均感惋惜。其同事孫克寬教授有輓詩二章並序文，頗能道出道隣生平，茲錄之：

吾與斯人，東海共硯，晨夕清言，茗尊雅謔，頗有意氣之投，出國後，訪于西雅圖，緘海濱之鷗鷺，問鄰架之縹緗，翫札往還，亦有吟詠，不謂人琴遽邈，喪亡同悲，輒成五古二章。

泱泱大王風，徐泗盛人傑，公子出名家，資稟實英絕，跌宕百夫特，縱橫三寸鐵，胸羅百國書，獨往諸故轍，高文震宇內，清論霏玉屑，平生懷寶劍，堅剛恨芒缺，兩出佐名藩，蕭然去就潔，陽九厄英陽，去國忍長別，宗邦未能依，神理或未滅，一尊酹何時，萬恨自嗚咽。

中臺盛文史，講席陪豪英。結鄰山之趾。種柳門前榮。疑義析奇文。酌酒河漢傾。阮公性最愼。淡泊泯縱橫。相離萬里遠。小詩見平生。重逢各去國。海濱鷗鷺驚。日月曷可追。悲哉尙筆耕。誰知竟死別。琴軫不再鳴。北風吹雪大。雪涕聊陳情。

盧幹之

畢少懷神父

與

慈幼會在華事業

畢少懷神父遺像

他是天主教慈幼會任期最長的會長，慈幼會在華所設的學校多由他創辦的……

畢少懷神父（FR. Braga），爲意大利人，生於公元一八八九年，卒於一九七〇年。一九六九年爲其八十大壽，亦爲其來遠東傳教五十週年，是故港澳兩地之慈幼會士特舉行盛大慶祝，以資紀念。主曆一九一九年，畢少懷神父時年三十歲，剛剛升司鐸後，他即由義大利啓程東來，於廣東韶州（今稱曲江）担任慈幼會主辦之勵羣中學（初名鮑思高中學）校長，這座由天主教所設之學府，成爲城內一間最有聲譽的學府，與省立韶州師範齊名，

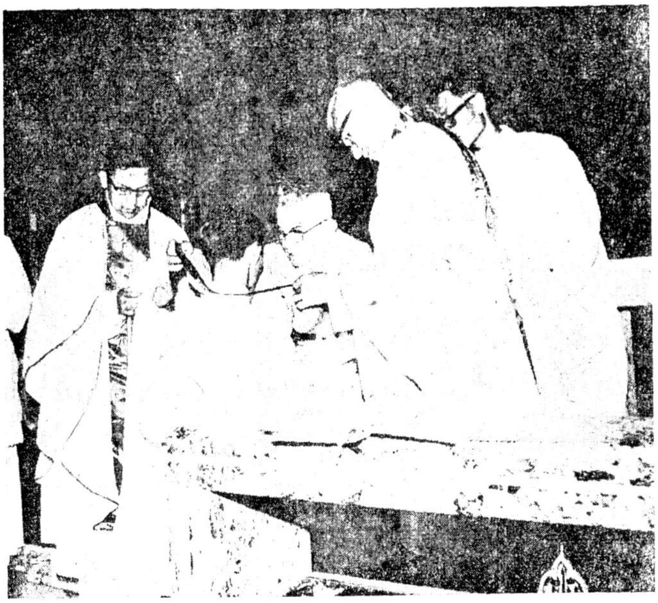

畢大司鐸爲慈幼會修士行穿會衣禮

那時慈幼會接掌韶州教區，主教是雷鳴道神父，主曆一九三〇年，南（雄）韶（州）連（縣）教區雷主教爲主致命，壯烈犧牲後，畢少懷神父即奉命升任慈幼會中華區會長，其時會區雖然成立，然一切尚待興學，經畢會長慘淡經營，加意擘劃，會務蒸蒸日上，除將香港、澳門、上海等地原有之慈幼會所屬學校大事擴展外，又於昆明、徐州、北平先後設立工業學校，教育無數青年學子，二次世界大戰結束後，畢會長又力圖發展會務，於台灣、越南、菲律賓各地成立會院，開辦學校。畢會長於一九五〇年卸任慈幼會中華區會長後，即往菲律賓工作，現在菲律賓已於主曆一九六三年成爲正式會區，畢會長也是第一任會長，會務非常發達，此皆由於畢會長高瞻遠矚，辛勤創業之功。

畢少懷神父任天主教慈幼會中華區會長要職，前後二十年（一九三〇年）對於中華區慈幼會曾有極大貢獻，堪稱爲中華區慈幼會創業功臣之一。慈幼會在華事業，在大陸所辦之學校，不幸被關閉停辦，然在港、澳、台各地所辦之學校共二十多間，香港方面有：聖類斯中小學、鄧鏡波英文書院、慈幼中小學、聖安多尼小學、香港仔工業學校、九龍鄧鏡波工業學校、葵涌伍小梅工業學校、牛頭角鮑思高對學，慈雲山鮑思高小學、石蔭慈幼小學；澳門方面有：慈幼中學、粵華中學、葡光學校、聖若瑟書院；台灣方面有：台南慈幼中學、台北會院。各校均自建校舍，規模宏偉，設備完善，學生共達三萬多人。

慈幼會爲天主教的大修院，會祖是聖鮑思高神父，是十九世紀的偉人，他不只是一位宗教家，而且是一位教育家，他所創的「預防教育法」及所提示的警語「空閒是魔鬼收獲的時間」，至今仍爲教育界奉爲圭臬。慈幼會的辦學宗旨是：「四育並重，學藝並進」，使青年不但有學問，而且有技能，貢獻所長，爲社會服務。鮑思高神父爲義大利人，生於一八一五年，卒於一八八八年，享年七十三歲。目前，慈幼會的會士達二萬一千餘人，全世界各地的有慈幼會所辦的學校，羅馬方面有慈幼會所建的大學。

慈幼會在中國，是由一九〇六年開始，首批慈幼會士由雷鳴道神父率領，先在澳門創設聖母無原罪工藝學校（即今之慈幼中學）。自從畢少懷神父任慈幼會中華區會長後，彼即着意培植國籍司鐸，現今國籍慈幼會士已佔全體在華工作之會士三份之二，而這些會士，又大部份爲畢少懷神父之子弟，（如現任正副會長馬耀漢、陳興翼神父等）。按照慈幼會的規定，會長六年一任，而畢少懷神父則連任三屆有餘，具見慈幼會總會（在義大利都靈省）對畢神父之倚重，畢神父卸任後，歷任會長是：陳基慈神父（曾任上海鮑思高中學校長義籍）杜希賢神父（曾任聖類斯中學校長英籍）蕭希哲神父（曾任長洲哲學院院長義籍）現任會長是馬耀漢神父（曾任香港慈幼中學校長華籍）自公元一九五〇年至今，四位會長任期共閱二十四年矣。

天主教慈幼會
會祖聖鮑思高神父
1815——1888

畢少懷神父（FR. Braga）體格肥碩，個子中等，慈祥和藹，平易近人，雖年高八十，然精神健旺，並無龍鍾之態。彼熱愛中國，在抗戰期間，對我國同胞幫助不少，尤其於淪陷時，將曲江勵羣中學闢爲收容難胞之所，受惠者不下數千，勝利後，我黨政軍方面高級人員，每多敬其爲人，樂與交遊，而畢神父每次出街，尾隨稱呼之青少年更絡繹不絕，步武聖鮑思高「青年慈父幼童良師」之風。今者，畢少懷神父已於一九七〇年冬去世，香港方面，曾於一九七一年一月十一日在聖安多尼堂舉行安所彌撒，哲人其萎，然其功績則永垂不朽也！

（圖爲香港慈幼中學歡迎畢少懷神父蒞臨慶祝會之照。左爲作者，中爲當時之校長現任慈幼會會長馬耀漢神父）

胡政之與大公報 陳紀瀅

（九）

三二、大公報復刊十年

胡政之（霖）先生遺像

三十五年九月一日，爲大公報復刊十年之期，該報又於津滬兩版同時刊載社評「本報復刊十年紀念之辭」一文。按：二十年五月二十二日，正値該報一萬號，曾撰有「大公報一萬號紀念辭」，縷述接辦經過及今後言論方針，深受全國讀者之同情，尤其爲新聞同業所樂聞。因季鸞政之兩先生往往藉此機會有所宣布，其詳情多爲外界所不知而樂知。又因爲談話坦率誠懇，易博同情。所以大公報的讀者對於該報紀念性的文章，更不肯割捨，因爲其中有若干珍貴資料，可作報史也。請看下文：

本報以前淸光緒二十八年創刊於天津，主之者爲故英歛之先生，入民國後由故王祝三先生接辦，至十五年因故停刊數月，改由現在服務本社之新記公司同人營業，以是年九月一日繼續發行，今日適爲十週年紀念。本社於今日特製十週紀念章，贈與服務十年之職工三十八人，津滬兩社同開紀念會。並發表舉辦科學文藝兩種獎學金，聊資紀念。同人念十年來所受海內讀者同情之厚，回顧前瞻，悚惶無已，惟自陳十年來經營之得失，更祈讀者諸君之愛護鞭策焉。

本報於十五年前復刊之始，規模狹小，全體職工約七十人。社長吳前溪先生去冬辭職，（按：前溪即吳達詮之筆名。吳氏此時已被任實業部部長）只任公司董事，同人惜之。最不幸者爲何君心冷之早亡。（按：即筆者二十二年留津時期所發生。）現時全體職工增至七百人，僅職員約二百人。十五年九月一日印行兩千餘紙，今津滬合計，逾十萬紙，憶復刊第一月總支出，約六千元，今津滬支出，不下十萬元。最初印報機爲小型平面機三架，今用高速度輪轉機，現時全國分銷機關，共一千三百餘處，除東四省不能寄遞外，行銷遍於各省。今春感於時勢之需要，自四月一日起，於滬津兩處刊行，銷路逾增。其姊妹事業國聞周報亦由兩千部漸增至兩萬餘部。此十年來事業進步之梗概，全出於讀者同情之厚賜者也。

同人自復刊以來，常以本報之經濟獨立，及同人之忠於職業自勉。此種願望，幸獲有成。回憶十年經過，除第一年入不敷出，耗用股本之外，未幾即漸達收支適合。邇來工廠設備之發展，皆以營業收入

充之。現時工廠財產，價值約四十萬，皆自然發達而來者也。多年因紙料昂貴，經營困難，三年前始漸有盈利。同人審念，為保持職業神聖之計，對於職工福利，須有設施，故自年前起，創設養老保險諸基金，專欵存儲，月累歲增。果幸而事業長久，凡我職工不憂老病死亡。至於照章攤派紅利及工友教育衛生諸設備，其事尋常，不必列舉。同人微志，願為中國社會完成一經濟獨立的言論機關，同時為我千百職工建設一鞏固安定的生活根據。雖十載經營，稍具基礎，然念來日之大難，惟有與國家社會同其休戚而已。

至於十年來辦報之得失，亦有願自陳述者；茲舉數端，敬承教誨。同人自以差堪告慰於讀者諸君者，約有三點。其一，中國社會對於報紙及報人久無正確之認識，蓋於報紙使命及報人職業之重要，多未有相當之體會。然此不能盡責社會，亦應自責自勉。同人十年來謹服膺職業神聖之義，以不辱報業為其消極的信條。雖技能有限，幸品行無虧。勉盡報紙應盡之職分，恪守報人應守之立場。十年來中國報業蒸蒸日上，同人廁身其間，幸未辱及同業。其二，本社為私人營業，同人為職業記者，故其所採方針，類於外國無黨派之普通營業報紙，蓋以採訪事實，紹介輿情為主。同人自信，不敢存成見，有偏私，兢兢自守，十年如一日。其三，同人學識譾陋，對國家社會之重大問題，不能有良好之貢獻，惟苟有主張，悉出誠意。國難以來，憂時感事，晨夕不安。但本良知發言，不計利害損譽，錯謬定多，欺罔幸免。以上三者，同人之所自信也。雖然，愧念十年來全國讀者愛護期許之殷，及國家社會需要報紙解決問題貢獻意見之切，回首前塵，驚心今日，誠不能不深感其能力薄弱，有負讀者。蓋同人嘗念其有應盡之責任而未盡到者：第一，報紙生命，首在新聞，蓋應能反映中國之全部重要問題，以滿足救亡建國途中國民之一切需要，所志宜然，未達萬一。第二，尤缺陷者，各國報紙近年莫不注重關於國民經濟之紀述與主張，中國亦亟需之，同人雖願努力於斯，而十年未邁初步。

第三，近代報紙本有國民外交之意義，以擁護國家利益為其主要使命。本報復刊以來，雖甚留意於外交問題，然猶常憾見識不足，或主張不勇，故無曲突徙薪之功，徒感焦頭爛額之痛。第四，報紙為人民共用之工具，凡各地疾苦，各界煩悶，皆宜勉為宣達以期政治日新，此雖同人素志，而實排一漏萬。第五，同人篤信輿論之鍛鍊，賴於知識之集中，故十年以來，祈求各界權威與之合作，辱承不棄，常得有披露專家意見之光榮。然所惜者同人努力不足，未能普遍求教。第六，現代報業除刊行報紙外，應為社會實際服務，凡社會應倡行之事，報紙宜為其先鋒或助手。同人審知此義，然限於人力財力，未能有所發揚。此次舉辦科學獎金、文藝獎金，僅表紀念之微意耳。以上諸點，謹具梗概，實則社會同情過豐，同人智能過少，缺憾無窮，不可罄述。今當十週年紀念之日，然不能不縷述衷曲，以求讀者諸君之鞭策者也。至於同人今日對國事之感想，則回首民國十五年今日本報復刊之日，正國民革命軍過汀泗橋將達武漢之時，蓋本報再生於革命大動盪之始，而逐漸成長發達於北方社會，中經北伐完成，以入近年之國難。凡此十載滄桑，莫不目擊身受。居今論事，則甚感國民精神因逆境而進步，建國大業，定將漸成就於憂患苦痛之中。惟就同人而言，則十年來徒隨時勢而悲喜，常顛倒與興奮於希望與失望，自愁與自解，或憂傷感奮焦急企盼之各種情緒間，十載紛紛，都如昨日，其所得結論，徒為自懺無能，今願請罪於全國愛國同胞之前，此後更盼全國知識界之不吝指導也。

三三、西安事變時之大公報

民國二十五年十一月底，國軍收復綏北之百靈廟，將為首的匪軍擊潰，粉碎日軍的陰謀。就在全國人民慶祝綏東大捷聲中，忽然發生了歷史上所稱的「西安事變」！關於這樁事發生原因、經過，以及結

果，因年代未久，國人記憶尚清，並且已有許多記載，足供參考，我雖不願在此贅述，我只願意把事件發生後大公報的言論與其影響，補述在這裡。

大公報為這樁事，先後曾發表四篇社評。第一篇發表於二十五年十二月十四日，也就是事變公開於全國後的首日。題目是「西安事變之善後」。這篇文章因只知十二日西安發生重大事變，而電訊不通，莫知詳況，各界驚憂，達於極點。大公報僅就原則闡明三點：

一、解決時局，避免分崩，以恢復蔣委員長自由為第一義。陝事主動者倘拒絕此意，使政府領袖不能行使職務，甚或加以不測之危害，是則須負甘心禍國之完全責任。不論其所持理由如何，凡中國良知純潔之國民應一致反對之。中國自民十五年以來，得有今日之規模，而蔣委員長精勤負責，為之領袖，其立場為奉行三民主義，以純粹中國人之精神，擁護中國利益而衞其生存。近年以來，尤其盡勞盡瘁，苦心經營，中國如航險海之船，彼則執舵者，雖風雨晦冥，前途莫測，而彼始終鎮定堅持，為國家而奮鬥，其意志之堅強，精神之熱烈，與夫謀國之細心，統軍之能力，實中國近世傑出之領袖人才，當為多數國人所同認。

夫國家必須統一，統一必須領袖，而中國今日一之底定及領袖之養成，豈易事哉？十年來國家以無量犧牲，無量代價，僅換得此局面，倘再逆退，將至自亡。艱難困苦之中國，今才見彼岸，而又遭逆風之打擊，主其事者撫躬深省，果為何來乎？故吾人以為公私各方面應迅速努力於恢復蔣委員長之自由，倘其有濟，則勸政府必須寬大處理，一概不咎，國家問題，從長計議，若此種努力竟不能奏效，則望我全國國民認定陝事主動者為破壞國家嚴重事件，苟不欲蹈西班牙慘淡覆轍自殘而亡，則當一致擁護政府以善處之也。

二、其次專論地方利害，亦不得不望主動者迅速悔禍，免陝省之糜爛。夫陝西在北方省區中為受革命犧牲最大最久之地，西安圍城之十周年紀念甫於日前舉行，當年守城者即今日楊主任虎城。且也陝甘接壤，而此次陝邊主張與共合作，夫主其事者既稱要求停止一切內戰，而其方法則為羈禁政府領袖，此當然可預期政府最後不得已將動戡亂之師，是則若令調停絕望或變局延長，則不但西安又成戰地，關中皆將蒙兵燹之禍。是則西班牙之兇昧，陝西省將首當之。今秋以來，陝西苦旱，民食恐慌，再遇重大兵燹，其慘將不可思議。楊主任虎城服務鄉邦，飽經患難，際此重大危機，宜發揚愛國愛鄉之精神，善盡居間斡旋之力，同時希望中央於彰明法紀宣布立場之外，更宜竭力疏解，此中惟為大局之需要，且以保障陝民之安全。黨國元老如于院長右任宜表率陝民，特別致力，若能迅速赴西安，以為斡旋，尤為國家地方之幸事矣。

三、最後吾人願反覆為國人告者，切勿化中國為西班牙。夫十二日西安之變，在此兩日中，國事已受重大損失，若長此混沌，或竟發生戰事，其結果當不堪設想。按西安空氣，數月來即如是，蔣委員長亦非不知，徒以其人富於自信與熱誠，故未作意外之備，然亦因其對社會形勢體會未周，致不能弭患於未起。今者因此意外之變，國家頓陷於重大危機，蔣公將不能行使職務，則責在中央幹部當局與夫各省之主要負責長官。昨日所聞，除中政會前晚之嚴正決議外，昨早行政院決議一切遵守蔣院長之既定方針，所有軍政事務則由軍委會軍政部照常處理。而南北各省長官則紛紛電京擁護政府辦法。雖然，為鞏固國本解決危機之計，尚亟須全體積極負責，共同勸告西安方面對國家安危利害宜切實考慮，社會各界人士亦俱應發表意見，共同挽回。同時政府對西安危機之由來，人心煩悶之可慮，須有消弭之道，簡單言之：（一）須以恢復蔣委員長自由為寬容不咎之前提條件，（二）非萬不得已最後之時，勿用戡亂手段，所有調解斡旋之力宜用無不盡，（三）各省各界宜一致鎮定團結，維持大局，同時宜考求消弭內患之方法。今日為中國民族政治能力之最重

大試驗，切須避免西班牙之覆轍，勿令人人呼號救國而結果竟糜爛以自亡！

第二篇社評發表於十六日，題目是「再論西安事變」。這篇文章係補充前文之不足。首先說：「吾人以爲今日最有發言權而又爲全國所重，即西安亦不能漠視者，當爲綏遠前方衛國之將士。此諸將士者，月餘以來在冰天雪地中精忠奮發，傷亡載道，全國同胞莫不衷心欽敬，乃今當前方血戰之時，而張學良等刧持全軍統帥，以動搖人心，破壞組織，前方將士尤受精神上、事實上之重大打擊。張等猶自稱救國，其如此事實何？吾人深望閻副委員長以代表晉綏前方將士之資格，迅速向西安方面竭誠勸告，以圖挽回。……」其次該報說：「聞張等於事變後之表示，與學生救國運動之主張有類似之點，且聞事變之前，西安曾有學生請願風潮；事變之後，西安市內有學生正舉行宣傳週。雖然，吾人願速知全國及西安之學界眞正態度，蓋青年意見亦政治上之一重要因素，一般純潔愛國者要其祖國成何種境界，亟有表明之必要也。青年須知目前大局正加速度從西班牙之途徑推演，西安既不顧國家環境之嚴重，刧留統帥，欲以少數意見變更國家組織，其事實的推演，政府軍隊勢不能不爲戡亂一舉，此絕無非難阻撓之餘地者。然而不幸至此，將使中國若干健兒均爲內亂之犧牲，一旦西安爲戰區，充其量將使玉石俱焚，同歸於盡。然而螳螂捕蟬，黃雀在後，國家大局，將又陷於坐受宰割之境地，彼時救國之方法與力量又安在乎？……」最後該報說：「西安市人民現受切膚之禍，對於和平解決有特別發言權。最近消息，張楊部隊已在西安市內構築工事，中央軍隊已入關警備，依現狀推演，不遠期內定將發生戰事。夫在主帥被羈法紀破壞之現狀下，任何人無從阻政府之派兵，然一旦交戰，陝民首受災害，倘演至西安圍城，則結果之慘更有不可思議者。……吾人故望在京陝籍人士宜向中央請願，顧全地方，非至最後無途徑時，務應避免戰爭，尤請求勿用轟炸，同時應設法與西安通信，邀同西安各界領袖共同勸告張楊，速復主帥自由，以免人民戰禍。楊氏籍隸陝西，似尤不至對陝人生命財產之不顧。……」

以上兩篇社評都寫於事變初起之時，其議論之周嚴與立場之堅定，已廓清一切不正當的謠言，尤其對政府立場之維護，使決策者受到甚大鼓勵，而於義無反顧，更多助益。

但眞正影響張楊二氏及東北軍的却是第三篇文章「給西安軍界的公開信」，發表於二十五年十二月十八日。這篇文章由中央複印百萬份，派飛機於十二月十九日飛往西安市內及附近上空散發，所有東北軍及楊虎城所屬看了這張傳單式的社評，馬上轉變了態度。張楊二氏的心理，也立刻起了急劇變化。後來筆者親自遇見當時參加事變的幾位東北高級軍事將領，他們描述那張傳單的功效時說：「我們看了這篇社評，又感動，又洩氣。那篇文章說得入情入理，特別把東北軍的處境與其遭遇，說得透澈極了，所以我們都受了莫大感動。但大家又說：大公報不支持我們，還有什麼話可說？我們便拿着傳單去見副司令，進了房間，見副司令正在閱讀那上邊的文章，他看完了之後，神色也變了，立刻召集會議，討論一切。後來的變化雖然多半受　委座品德的感召，但軍心渙散，將士轉向，不能不說與這篇文章有重要關係。」如今參與其事的將領，還有在臺灣的，一問便知。所以大公報這篇「給西安軍界的公開信」成了近代歷史重要文獻之一，其所發生的功效絕對大於楚漢爭霸中的「楚歌」。茲將全文照錄於後：

陝變不是一個人的事，張學良是主動，也是被動。西安市充塞了乖戾幼稚不平的空氣，醞釀着，鼓盪着，差不多一年多時間，纔形成這種陰謀。現在千鈞一髮之時，要釜底抽薪，必須向東北在西安的將士們剴切勸說。我們在這裡謹以至誠給他們說幾句話。

主動及附和此事變的人們聽着！你們完全錯誤了，錯誤的要亡國家亡自己。現在所幸尙可挽回。全國同胞這幾天都悲憤

[illegible]焦灼着，[illegible]你們情緒。東北軍的境遇大家特別同情，因為是東北失後在國內所餘惟一的軍團，也就是九一八國難以來關於東北惟一的紀念。你們在西北很辛苦，大概多帶着家眷，從西安到蘭州之各城市，都住着東北軍眷屬，而且眷屬之外，還有許多東北流亡同胞來依附你們。全國悲痛國難，你們還要加上亡家的苦痛。所以你們的焦灼煩悶格外加甚，這些情形是國民同情的。

你們大概聽了許多惡意的幼稚的煽動，竟做下這樣大錯，你們心裡或者以為自己是愛國，那知道危害國家再沒有這樣狠毒嚴重的了！你們把全國政治外交的重心，全軍的統帥羈禁了，這講什麼救國？你們不聽見綏遠前線將士們突聞陝變，都在內蒙荒原中痛哭嗎？你們不知道嗎？自十二日之後，全國各大學各學術團體以及全國工商實業各界誰不悲憤？誰不可惜你們？你們一定妄信煽動，以為有人同情，請你們看看這幾天全國的表示，誰不是痛罵！就是本心反政府想政權的人，在全國無黨無派的大多數愛國同胞之前，斷沒有一個人附和你們的。因為事實勝於雄辯，蔣先生正以全副精神領導救國，國家纔有轉機，你們下此辣手，你們再看看全世界震動的情形，凡是同情中國的國家，沒有不嚴重關心的。全世界的輿論認定你們的禍國，是便利外患侵略，因為這是必然的事實。蔣先生不是全知全能，自然也會有招致不平反對的事，但是他熱誠為國的精神與其領導全軍的能力，實際上早成了中國　領袖，全世界各國都以他為對華外交的重心。這樣人才與資望，絕再找不出來，也沒有機會再培植。

你們製造陰謀之日，一定能預料到至少中央直屬的幾十萬軍隊要同你們拚命。那麼你們怎樣還說要求停止內戰？你們大概以為把　蔣先生刼持着，中央不肯打你們，現在討伐令下，多少軍隊在全國悲悔焦慮的空氣中正往陝西開。你們抗拒是和全國愛國同胞抗拒，這樣死了，教全國同胞雖可憐而不能見諒。你們之中有不少真正愛國者，乃既拚了命而禍了國，值與不值？這幾天全國各地的東北同胞都替你們悲痛，盼望趕緊悔悟，你們還不悔還不悟嗎？

所幸者現在尚有機會，有辦法，極容易，在西安城內就立刻可以解決。你們要從心坎裡發憤認錯，要知道全國公論不容你們，要知道你們的舉動充其量要斷送祖國的命運，而你們沒有一點出路。最要緊的，你們要信蔣先生是你們的救星，只有他能了解能原諒你們。

你們趕快去見蔣先生謝罪吧！你們快把蔣先生抱住，大家同哭一場！這一哭，是中華民族的辛酸淚，是哭祖國的積弱，哭東北，哭冀東，哭綏遠，哭多少年來在內憂外患中犧牲生命的同胞！你們要發誓，從此更精誠團結，一致的擁護中國。你們如果這樣悲悔了，蔣先生一定陪你們痛哭，安慰你們，因為他因國事受的辛酸，比你們更大更多。我們看他這幾年在國難中常常有進步，但進步還不夠，此次之後，他看見全國國民這樣焦慮，全世界這樣繫念，而眼看見他所領導指揮的可愛的軍隊大衆要自己開火，而又受你們感動，他的心境一定是自責自奮，絕不怪你們。從此之後，一定更要努力，集思廣益，負責執行民族復興的大業，那麼這一塲事變就立刻逢凶化吉，轉禍為福了。你們記住幾點：（一）現在不是勸你們送蔣先生出來，是你們應當快求蔣先生出來。（二）蔣先生若能自由執行職務，在西安就立刻可執行。你們一個通電，蔣先生一個命令，就可解決了。幾時出西安是小問題，誰不是他的部下，誰不能作衛隊呢？（三）切莫要索保證，要條件，蔣先生的人格，全國的輿論，就是保證。你們有什麼意見，待蔣先執行職務後，儘可以貢獻。只要與國家民族有利，他一定能採納，一定比從前更認真去研究。（四）蔣先生是中央的一員，現在中央命令討伐，是國家執行紀律，但我們相信蔣先生一定能向中央代你們懇求，一定能愛護你們到底。

我們是賣報吃飯，誰看報也是一元法幣一月，所以我們是無私心，我們只是愛中國，愛中國人；只是悲憂日前的危機

·馨香禱告逢凶化吉，求大家成功，不要大家失敗。今天的事情，關係國家幾十年乃至一百年的命運，現在尚儘有大家成功的機會，所以不得不以血淚之辭貢獻給張學良先生與各將士，我想中華民族只有澈底的同胞愛與至誠能挽救。我盼望飛機把我們這一封公開的信快帶到西安，請西安大家一看，快快化乖戾之氣而爲祥和。同時請西安的耆老士紳學生青年，都快去求張先生楊先生們，照這樣做，這是中國的生路，各軍隊的生路，也就是西安二十萬市民的生路。全世界全中國這幾天都以殷憂的目光望着西安，陰鬱的天空，趕緊大放光明吧！萬不要使華清池西安等地在中國歷史上成了永久的最大的不祥紀念，我們期待三天以內就要有喜訊，立等着給全國的同胞報喜。

× × ×

這篇文章，武漢讀者也是十九日看到的。因爲那時候，自上海至武漢的飛機不是天天有，而且班次也沒有現在這樣多而準確。我們連日讀了大公報的社評也有相同的見解，所以大光報的社論也是要求張楊二氏迅速恢復蔣委員長的自由。武漢三鎮的讀者平素以爲大光報與張學良有過關係，它的態度一定是向着張學良，至多表示模稜兩可而已。那曉得大光報的態度非常明朗，斬截地斥責了張氏的行爲。當十二月事發之後，地方治安當局立刻派憲警在大光報社前後佈置崗位　惜夢兄也曾被傳去問話。後來見大光報態度非如所想像的那麼偏激，也就撤了監視人員。

大光報開幕之初，一方面被人目爲大公報的漢版，另方面也被人視作東北人的報。而最初武漢時代的剿匪司令部內，的確擁有大批東北人，如洪鈁、田雨時、張松筠、郭維城、王化一、王卓然，連黎天才等都是大光報社的常客，進進出出，都是與張學良氏有關的人物。但自從司令部移往西安後，早已門前冷落車馬稀，此刻報社正陷入困境，假如那時有一股外力，乘機會把報館封掉，未嘗不是主辦人，馨香默禱之事。然而惜夢兄與同人都識大體，絕不幹那種「賴皮」的勾當，並且一定還要表現讀書人的風格，說良心語，發表正確主張。由此可知，一樁事若做得對，不怕沒有人擁護；反之，地方觀念，親友關係都不可恃。西安事變，考驗了東北人的智慧，也激起了全國國民的良知。

× × ×

二十五年十二月二十五，是全中國人民喜慶若狂的日子，也是全世界關心中國的人士喜悅的日子，只有後來三十四年八月九日日本無條件投降消息傳來的那一刹那可媲美。由於　蔣委員長已於那天離開西安到了洛陽，全國立刻掀起慶祝高潮。武漢三鎮立刻由軍隊、學生及市民所組織的「慶祝　蔣委員長脫險」的遊行隊伍，由暮至午夜，一直在歌聲爆竹聲中遊行。圍觀的民衆加入行列，呼喊口號，充分表現了一片眞誠。

全國各地無不如是。「狂歡」一辭實不足描寫那時人民心情於萬。

大公報於十二月二十六日，津滬兩版同時刊出「國民良知的大勝利」的社評，原文如次：

昨晚從六時半以後，全國大小都市歡聲雷動，爆竹齊鳴，實現了狂歡之夜。昨天又恰是雲南起義再造共和的紀念日，我們與國民同慶之餘，願先簡單的貢獻幾句祝詞。

自西安事變發生，我們於憂慮悲憤中，實在抱着一種信念，以爲一定能逢凶化吉。我們十八日給西安軍界公開信中，說明期待三天以內能給全國同胞道喜。現雖然時期遲了三日，但果然能達到向全國報喜的願望，我們的欣喜不問可知了！

我們何以有此逢凶化吉的信念，就是信任中國人都有愛國的良知。這共同的良知有偉大不可思議的力量，甚麼凶都可以除，我們因此相信參加西安事變的人們，他們的良知必然同全國同胞一樣。他們雖然觸犯了軍紀，但他們的良知還一定存在着，這就是希望逢凶化吉的基礎，現在果然實現了。

自十二日到昨天全國各城鎮以及各鄉，無論何界都那樣的憂慮焦急，而昨夜喜

[illegible]全國[illegible]，這在中國歷史上無疑的是空前的表現。這是證明全國同胞的確愛護國家，因此同情爲統一獨立自由而奮鬥的蔣介石先生，反對分裂擾亂的任何舉動。而同時同胞的良知實在盼禱陝變能不經武力而解決。因爲大家在原則上，對於東北軍陝軍本一律希望其爲國家的干城，責備他們、可惜他們，但並不仇視他們。

極不幸極危險的陝變一經解決，却立刻變爲國家民族大喜之事。因爲這兩星期來，中國國民不提防的無準備的經了一個嚴重的試驗，而試驗結果却大得勝利了。這一勝利，使得全世界知道中國確是統一的國民，確有領導全國的領袖，使得我全體國民無論文武，無論何種職業者，今後更堅強了愛國衛國的自信，因而精神上事實上更增進了團結。

從今天起，中國的建設要更進到一種新階段。我們想說的話也很多，現在不談。我們願意與全國同胞先靜聽蔣委員長給大家說什麽話。我們此時只致其慶祝慰問之辭：第一，蔣先生在執行國家職務時，受此驚險，現在到洛陽了，我們願隨全國國民給他致祝，希望他早日回京，主持大政。第二，願慰問陝西人民，尤其西安市民，險些無端遭受大禍，我們想昨晚全國各都市中最歡欣鼓舞的是西安市。第三，願慰問華陰渭南間各軍隊及綏遠前方與在甘肅服務將士之平安，同時願慰問在西安受驚的各文武大吏，悼惜此次死難的諸位同胞。至於陝局如何善後，事關國家綱紀，我們不應妄談。但相信全國國民都信任蔣先生自有適當辦法貢獻中央，那麽我們正可專慶祝中國之逢凶化吉，其他暫時可以不問了。

× × ×

西安事變，餘波盪漾，迨二十六年元月底，中間組織軍事法庭審訊張楊等人，張學良判處徒刑後，由蔣委員長要求特赦，予以看管。對楊虎城僅以撤職留任了之，其部下孫蔚如擢任爲陝省主席。二月初，渭河南北張楊部隊開始全線之撤退，西潼間鐵路交通恢復，顧主任祝同率隊入西安。前隸屬西北剿匪總部之東北軍，除沈克，檀自新兩部另就任務外，其餘各軍師奉調出關，不復入隴。東北軍各將領分批入京請訓。此時張學良氏正住在溪口，他們都到漢口往晤張氏。

二十六年三月二日，大公報又發表社評「勉東北軍」：

前隸屬西北剿匪總部之東北軍，除沈克、檀自新兩部早直接奉命另就任務外，其餘各軍師聞將奉調出關，不復入隴。其將領等正擬分批入京請訓，第一批數人日前到溪口晤張學良氏，昨已返京謁見當局，吾人茲於東北軍各將士行將盡瘁新任務發揚新生命之時，謹貢獻數言，以勉其前途焉。東北軍將士與全國多數忠良軍人相同，富愛國精神，當犧牲一切以赴國難，此爲一般同胞所夙知者，而其於役關隴，心懸東北，既深亡家之痛，更多妻孥之累，其境遇與心理尤特惹全國之同情，故今當陝局解決該軍出關之日，一般同胞當無不感覺喜慰，願爲該軍將士祝福也。

雖然，同胞之間不容盡作諛詞。吾人熟諳年來西北之事，以爲東北各軍此次出關，應對國家大局及其本身責任更有新認識，新覺悟，從此眞鍊成幹部國軍之一部分，以爲捍衛國家光復失土之用。一般國民愛惜既殷，故責勉之意亦不能不切也。

吾人願就兩點對東北將士貢獻意見。其一思想上。其二，組織訓練上。先論前者，年來東北軍思想上煩悶，論情皆有可諒，實則錯誤不少。如停止內戰之說，易言之，即停止剿共之說，自前年瀰漫軍中，遂對政府發生怨望與懷疑。然其實際上之錯誤，則忘却政府並非好戰，而關鍵實共黨。試迴想自十六年以來，共黨否認中華民國，自設蘇維埃政府，至少言之，亦意在分據國土別創社會。況彼常取攻勢，凡可擾之地，無地不入，即到陝甘後亦依然常希圖爲戰略上之展開。夫此十年來國家之慘淡犧牲，乃共黨武裝暴動所引起，此種事實，不容不顧。共黨近變更態度，聞者滋慰。然假使此種新趨勢見於數年之

前，則根本上將無西北剿共之役矣。蓋如三中全會根絕赤禍決議案之四項，乃政府一貫方針，國家必然需要，共黨幾時承認，用兵幾時終了，此當然之結論也。

且就一般言，反內戰者願望也，情緒也，而軍隊不能如是主張。任何國家之軍隊，皆負保衛國家治安之責任，不幸國有內亂，軍隊當然負責削平，此與對外戰爭同為神聖任務。倘軍隊心理反對平內亂，而曰吾願專任對外，假令多數軍隊如此，國家本身之組織且不能保矣，遑論對外乎？其次東北將士，抱有「回老家去」之心理，此為國民最同情之點，然蘊於感情則是，現為行動則非。何則？譬如普法戰後，法國失阿爾薩斯、羅倫兩省，其人民志在復土，卒得成功。雖然法國努力整軍待機雪恥之日，不聞該兩省產生之法國人特別鼓噪，甚至刼持主帥。又如歐戰以後，德國萊因區遍駐外軍，全國引為奇恥大辱，去年卒得完全恢復其主權。而此十幾年間，不聞籍隸萊因之德國軍人越權干政，逼迫政府。此無他，現代問題全為國家之問題，吾輩謀國事，應純自國民立場論，不得以某省人地位論。東北被佔，國家無力致之，全國國民應負衛國復土之責，非只在東北籍人民之事。是以愈熱望回老家，愈應努力拱衛國家全局。中國大興，東北必定恢復，倘使國民間、軍隊間，步調不[illegible]不止，則國家永陷無力，何能者更不止東北矣。

吾人所以為此言者，蓋僅欲闡明一點，即一切軍隊必須國家化。而國軍本分為守紀律，盡任務，而不干涉國策之施行。然此非謂軍人應無條件盲從政府也，軍人有意見亦自可貢獻政府，於國策中表現，但行動則須絕對紀律化。中國必須使全國軍隊成為堅固敏活之一體，方可為現代化之國家，方可以言國防也。吾人熟聞自去年春夏以來，西安軍界思想不健全，感情日激越，遂卒形成雙十二之變。然吾人平情論事，實不忍責所謂少壯派，而不能不責指導者。如孫銘九輩二月二日之暴舉，竟使王軍長以哲等主張和平收拾者犧牲生命，其事誠為可痛。然春秋論斷，則孫等並無罪，而授以不健全思想者負其咎。吾人本此見地，對於東北軍一般將士之縱抱有錯誤見解者亦絕不責難，其所殷殷屬望者，則自今而往務具健全之認識，盡神聖之本分，在全國同胞同情期待之好空氣中安心服務，從此絕不傾耳於一切政客策士之說，不縈心於政治外交之理論辯論，專信任領袖，團結袍澤，以待為祖國犧牲之日。舉例言之，如綏遠守土將士之態度即如是，吾願東北軍亦如是也。

第二點關於組織訓練上，亦欲一言。東北軍自從河北撤退，轉戍陝甘以來，從不得休養訓練之機會，而其編制情形，徒多軍師之名，兵員充實，有所缺憾。此次出關後，吾人盼其編制組織更加充實，而集中訓練之。即東北軍之名義，僅習慣上之稱謂，今後望其與其軍隊皆完全國軍化，凡此種種，深信　蔣委員長定有良好之規劃。至於東北將士家累眾多，生計困難，則另須多方救濟。吾以為安插東北流亡，救濟東北青年，乃國家一般行政上應行籌劃之事，倘一般有辦法，則東北軍官即可減輕負累，此治本之道也，望政府澈底籌擬之。最後吾人願寄其同情於一般東北軍官，嘉其此次轉圜危局，既導國家安全，亦闢自己出路，同情願聲明國民定信諸將士之愛國，惟叮囑愛國必以其道。時當孟春，回師中原，試猛憶年來之艱險，追悼陝變之犧牲，定有日感滄茫，不能自已者。從此努力，珍重前途，勿負全國同胞東北父老之殷望，亦勿復使同情東北軍者憂慮與痛心，則吾人不勝盼禱者矣。

三四、沈鈞儒等案

自西安事變後，國家呈現了一片新氣像，其中之一，是川康整軍案。衆所週知，四川是民國以來，軍令龐雜、政出多門、內戰最多的一個省份。演到民國二十六年夏，雖然只賸下劉湘、劉文輝、鄧錫侯等少數軍事首領，但內情的複雜，仍非其他區域可比。

中樞洞燭機先，自二十四年起，就不斷派大員入川，首先協調各軍事首領，消

[illegible]之信心。由於劉湘綏靖主任爲川軍將領中自參加國民革命軍以來擁護中央始終一致之人，前年四川受共黨之侵，中央大軍血戰經年，助劉平川，事定，中央以全川軍政之責交付與他，又以巨欵整理其財政金融，以利建設。這些都證明政府對劉氏的信任，也爲特別重視四川的證明。乃一年以來，因下級糾紛，間有阢隉，造謠好亂者又出沒其間，所以謠言時起，加以旱災重大，愈深全國西顧之憂。但由於劉湘氏接受中央整軍方案，一切謠言化歸烏有。大公報曾在二十六年六月十日的「川康整軍之喜報」一文中，特別指出「整軍意義，只是整軍，中央當然信任劉主任執掌全川庶政。劉氏能爲國家建功，政府將尊崇優遇之不暇，豈有反減弱其政治地位之理？是以吾人於聞川康整軍案之決定，甚嘉劉氏之明達，故更爲言以堅其志，且深信劉氏必循此光明之趨勢而進。同時則望中央對於在川人員之人事調整，亦留意實行。四川過去，確有瑣細之磨擦，因小誤大，自非政府本心。最後吾人敢預言：川康整軍圓滿成功之日，國家大局將又增一重新的保障！劉主任湘及各將領務須記憶此舉意義之重大也。」

劉湘氏之依服中央爲抗戰前的大事。後來劉氏派兵出川，以及政府以重慶爲陪都，使四川爲抗戰基地的司令台，可以說[illegible]故不可不記。

另一樁事是民國所謂「七君子案」，也在二十六年六月初宣判。這案是當時全國上下，尤其青年最注意的事件。這件事的由來，大體上是這樣的：

九一八以後，全國人心激動，要求政府立刻抗日，以平民憤。由於上海左派書刊的鼓噪，致使學生及社會青年，爲達到願望，遊行請願、示威、罷課等動作，不絕如縷，因而造成「七君子」偶像頭銜，以爲領導。這「七君子」包括沈鈞儒、鄒韜奮、李公樸、王造時、沙千里、章乃器及史良（女）等。這七個人雖然不見得人人夠格領導青年，却因被捕而掠盡了虛名。他們多年以來在上海發表激烈言論，以攻擊政府取媚青年。

沈鈞儒本是位法學家，曾任上海法學院院長，在法學教育方面不無貢獻。有一時期，他的聲望與褚輔成（慧僧）齊名。但這老兒（那時他年將七十）不甘寂寞，對於追逐虛名更多興趣，遂成了時代的「名人」，實在是罪人。

鄒韜奮本是生活書店主辦人之一（另一人爲徐伯昕），爲江蘇職業教育家黃炎培一手提拔而起。他所辦的「生活」週刊，自九一八起一直到七七事變，因文字淺顯、態度激昂，極迎合青年大衆脾胃，由上海一隅，普遍銷行全國。最盛時期，曾有十萬份以上的發行量。再加該店所出版的「世界知識」與「婦女月刊」等，都擁有大批青年讀者。同時生活書店又印行大批文學及社會科學讀物。所以在那個時期，該店影響力之大與在出版界的聲勢，非一般可比。

李公樸也是職業教育社領導下的一員，其初爲申報辦理社會服務，後來辦職業訓練班，又跟柳湜合辦「讀書生活」。他們活動對象是上海市的一兩百萬的小店員。上海是小店員的世界。李公樸深知羣衆心理，講話有煽動力，常常假「讀書」之名，召開座談會，以贏得這批小店員的衷心擁護，奠定羣衆路線的基礎。

王造時，江西人，青年黨，他那時在上海教書，「七君子」中當時似乎他與沙千里（律師）比較在羣衆中印象不深。不知怎地，他倆討了「趕時髦」之光，也成了「七君子」，算是僥倖得名的。

章乃器，經濟學家。他當時在國內學術地位很高，他在經濟方面所發表的著作，頗受人重視。他不但教書，也是某一私家銀行（國貨銀行？）高級負責人之一。論聲望，他在七人中比較最切實。

史良，女性，蘇州人，爲名律師，早就在租界響叮噹的，常常代理國際有名的大案件。史良律師的大名遠近皆知。與她齊名的是沈茲九女士，主編「婦女」。但沈不像她愛出風頭。史良化妝極濃，芸生

會批她為「血盆大口」，因為唇膏塗得極寬且深也。

當然，那時唱反調及蠱惑青年的，絕不止他們七個但他們七個却叨了「時代」之光，成了歷史「名人」！

先是，上海成立全國救國聯合會，他們都是負責人。他們利用這個組織發表激烈言論，政府認為有鼓噪青年非法危害政府之嫌，所以把他們拘捕，押在蘇州監獄內，過了半年，才提出公訴，並予審判。大公報曾於二十六年六月十一日發表社評，談論這件事，其中要點如下：

本案之特點：（一）全國救國聯合會之組織，在去年此時，越半年而沈等被捕。又半年而沈等被捕，又越半年而公判，居今視昔，政治情勢業已顯著變更。（二）沈等與全救會又為兩個問題，本案之解決，不即為救國會問題之結束。（三）本案在今日，關係實際政治者已小，而關係教育方面思想方面者猶大。

是以吾人希望本案之解決：（一）適於現在之新政治情勢。（二）使救國會本身問題由此而得適當的真正的解決，不使於公開的或潛在的形式之下，將來仍磨擦而糾紛。（三）期待以本案之解決，使今後教育上思想上受良好影響。

職是之故，當本案公判之日，吾人所最注意者，為期待知悉沈等今日新感想。[illegible]沈等今日仍主張「各黨各派立刻派遣正式代表，人民救國陣線願為介紹進行談判，以便制定共同抗敵綱領，建立一個統一的抗戰政權。」則無論其答辯狀內所稱「政權」非「政府」之辯是否牽強，總之違反國家利益，將有觸犯法律之濃厚色彩。反之，彼等若能坦白承認過去所號召者，徒為在緊迫時勢中之躁急主張，而有反省的合理的表示，則可促進今後救國會問題之適當的解決，對文化界有良好之影響。

回憶去年全救會之所號召者，誠不無危險之影響。當時政局雖與今日不同，然躁急之鼓動，龐雜之組織，各黨各派合作建立政權之理論，蓋不惟不足以加強國家之地位，且使政府更艱於指揮與運用，去冬上海尤可隨時爆發意外之危機。嘗聞論者有云「救國何罪」？蓋以為苟動機為救國，則行動無謬誤，實則問題須看國家所受事實的影響如何，不能僅以名義為準。譬如吃飯固足以養生，然要須食物內容之無害也。吾人以政治上重要理論之確定與統一，實建國禦侮之重大前提，不然，自身先紛亂不寧，遑論對外？全救會之事，去夏以來為社會一大問題，其理論主張，影響不小。今者幸統一大定，內亂結束，中央召開國民大會，方將領導全民，共同建國，對共黨亦許其捨舊圖新，則對其他更不可優容涵蓋。故關於沈鈞儒等一案，吾人以為最宜注意者，為如何乘此善決救國會之問題，不使一年之糾紛再留影響於異日，想我法院自國家刑事政策之觀點上，定有公正適當之處理也。

× × ×

沈鈞儒等七人於盧溝橋事變爆發後未久，就被釋放。「人民救國陣線」（簡稱「人民陣線」）之名，竟被一般人引用，而認為是文化界與青年的結合團體。後來這批人都到後方，仍然從事政治性的團體活動，抗戰末期，與民主同盟歸宗，原來都是共產黨的外圍組織。李公樸與聞一多被殺於昆明，鄒韜奮病死，沈鈞儒於大陸淪陷後，曾在紅朝任過一陣偽職，大約前十年也死了；其餘人下落不詳。從中共佔據大陸後，人民陣線之名，從根挖起，煊赫一時的「七君子」與「人民陣線」被容於中國國民黨時代，却不見納於打着以「人民」為主的共產黨旗下，不能不算是搞團體與搞政治的悲哀了！

（未完待續）

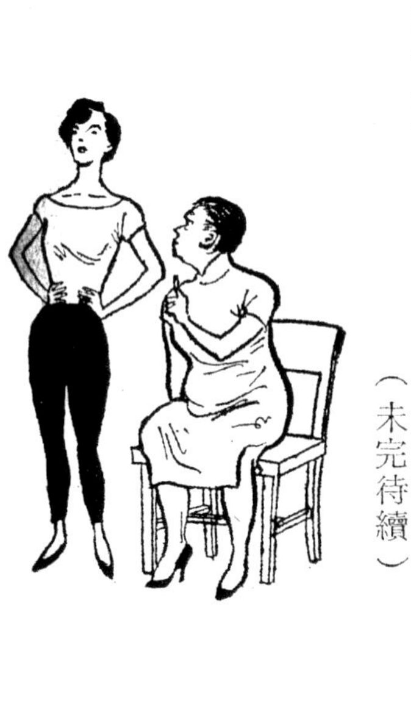

憶揚州（三）

·周秋如·

十一、新年遊教場

教場在揚州城內的中心，爲一大曠場，四週商店，茶館，酒樓杯立，場中攤販，遊藝，雜耍麕集，在當年盛世爲吃喝遊樂之所，如同南京的夫子廟，北平的天安門，上海的城隍廟是四鄉八鎮進城的人，無論如何，都要到教場裡逛逛，在農業經濟社會裡它代表了現代的電影院、兒童樂園、舞廳、飯店一樣有吃有玩，聽你高興。尤其是不分階級，不分長幼貴賤，就是赤脚穿草鞋的，隨便到九如分座、如意園、靜樂園、月明軒，……也照樣可以大模大樣的作客，特別在過年時，教場裡更分外熱鬧，終朝鑼鼓喧天，人潮擁擠：說書、唱曲、打拳、魔術應有儘有，蔚爲大觀。

回憶在民國十一、二年童年時，對教場特別嚮往，只要一進臘月門在書房裡即數着距離新年的日子，打算如何玩玩痛快，好容易挨到過年，乘姨兄來拜年，兩人穿着簇新的衣服，口袋裡裝滿着一大把壓歲錢，吃了午飯，即從舊城步行，經小虹橋到益仁巷，在益仁巷裡即聽到教場裡的鑼鼓和人聲吵雜之音由於巷狹人衆，俗稱「一人巷」，人推着人，一直到了教場。

首先是看到賣梨膏糖的，一面拉着手風琴，一面唱着：「大姑娘吃了我的梨膏糖，新年一定嫁個狀元郎。癩痢頭吃了我的梨膏糖，新年長髮放毫光。……」圍了一大堆人，我們不感興趣，稍停即走，再前面是唱「揚州小曲」的兩個「老槍」（指吸烟者）拉着胡琴，一個十七、八歲的大姑娘敲着相思板正唱「小尼姑下山」，這裡圍了不少人，在前面的尚有板凳可坐，我們也不曾停留。靠這兒不遠有了說大鼓書的，一手執着夾板，一手不停的敲着大鼓，正說着岳傳裡的「笑死牛臯氣死金兀朮」，裝着牛臯哈哈狂笑的樣子，一嘴黃牙，吐沫橫飛，我們也不感興趣。接着看見圍了一大堆人，裡面鑼鼓震天，我們從人堆的空隙中鑽進去，原來是看變把戲的，前面一圈約有百十個像我們十一、二歲大的兒童。場中有二個人在拚命的敲打着鑼敲，一個八、九歲大的小孩，赤着膊在場中翻着觔斗，一個老頭手中拿着兩粒瓜子，在場內四週給人看，姨兄說這是表演「破肚栽瓜」，我們感覺很有趣，這時老頭又拿出一個花盆，在地上鏟了一把泥，把兩粒瓜子種在盆內，又用小茶壺澆了一些水，再用一塊大藍布蓋上，約有三、五分鐘。老頭藍布一揭，果然從盆內生長出尺把長地碧綠的瓜籐來，隨即大家鼓掌叫好，突然鑼鼓停止，變把戲的老頭、小孩及敲鑼鼓的向四週觀衆要錢，喊着：「在家靠父母，出門靠朋友」我與姨兄各人，都拿一個銅板擲去，一時場內丟擲在地上的銅元約一吊多錢。老頭等把錢收了，鑼鼓聲又大作，小孩在場內又翻着觔斗，老頭突然叫小孩睡在地上，那個小孩哭着不肯，老頭強迫那小孩睡下，隨即拿出一把亮晶晶的小刀，上面裝着個木柄，約七、八寸長，口中喃喃唸咒後，猛然向那睡在地上的小孩肚皮上「撲嗤」一刀刺下，

紅血四濺，只看那小孩眼睛一閉一言不發。我與姨兄兩人嚇得兩腿直抖，有的兒童也嚇得哭了，隨即我與姨兄即拚命的向人堆外擠出，週身發汗。

出了把戲場，又遇到說淮書的一個老頭，敲着小鑼小鼓，帶說帶唱，說的是「彭公案」我們也聽不懂。再轉向南邊一帶，是一排一排的看「西洋景」的，有男有女的唱着：「往裡看來！往裡瞧！」，「上海大馬路」，「殺子報」，「還有大姑娘洗澡」……看的人不少，有坐着的，有站着的，我與姨兄每人又化了一個銅板，一共看了十張片子，有的是彩色的畫片，是京戲劇照，有的是黑白照片，尚有革命軍光復南京城的照片，覺得清晰有趣，栩栩如生。再向南行我們又看見一大堆人，忙着擠進去，瞧見許多大刀、長槍、戈矛、畫戟、雙刀、寶劍等，盡是些古代的兵器，陳列在一邊，這是打拳賣藝的。先是一個人舞雙刀，只見刀光閃閃，四週的人鼓掌叫好。接着又是兩個人手握紅纓槍在對打，雙方約戰有五六十個回合，不分勝負，觀衆叫好之聲不絕。旋即有人出來收錢，我與姨兄又各出一個銅元，接着又是耍九節鞭，舞寶劍的，因爲時間不早，我們便又擠出人羣。

這時，將近黃昏，我們即從南向北，沿着場邊而行，沿途有象棋攤、押五音攤[illegible]魚的，賣糖果吃食的，賣水仙花、春蘭的，賣各種年畫的玩具的，賣「抖抖翁子（即陀螺）「地翁子」的，「別洞子」（玻璃叫）的「洋泡泡」，「響叫子」，「捏巧的」「轉糖的」，看得我們眼花撩亂，覺得樣樣新鮮好頑，尤其是各種花爆，最爲欣賞，我與姨兄各人買了一些「天鵝生蛋」，「流星趕月」，「天地響」，不覺已走到漆貨巷口，又各人買了一串糖球，山楂上面嵌着瓜子仁，這時教場內散的人已不少，我們即經漆貨巷、賢良街，往舊城歸去。

上文所寫，實在是「白頭宮女話天寶」，不登大雅，只是希望讀者回憶鄉土風俗而已。

十一、寶光寺破毒記

北伐後只知有禁煙，鮮聞有禁毒者，關於吸毒一事，在我們揚州人的概念中，非常模糊，直至民國廿年左右，始漸聞有吸食毒品「紅丸」之事，究係何物，如何吸食，亦多得之傳說，可見當時揚州除鴉片烟，對於毒品實在未見有何染習，更無販賣製造吸食之所。

所謂「紅丸」係以嗎啡等毒品和以糖漿等，製成形如豌豆之毒丸，外染紅色，吸時以針烙火炙粘於竹管之一端，燃火吸之，僅有焦糖味，携帶吸食方便，用以代[illegible]厚烟味外洩之危險，又無烟槍、烟斗、烟燈及「燒烟泡」之繁累，加之售價低廉，一般有烟癖者，用以過癮，易避查緝人員之耳目，省時省事，在下層社會及一些「癟三」「老槍」們無不趨之若鶩，所以吸毒者，越吸越深，毒癮越過越大，鳩形鵠面，血盡髓枯，最後倒斃泥塗，隨時可見，爲害之烈，亙古未有！

此種毒品，起源於上海，十八、九年間流傳於通如，蔓延至靖、泰至廿年左右，滲入我揚州東三江營，嘶馬塘頭各地，但在城區，仍少見到。迨至陳果夫氏主蘇，對於烟毒之查禁，不遺餘力，深知鴉片烟爲害已深，非一旦所能禁絕，乃在各縣設禁烟科、戒烟所，勒令烟民領照，所有烟館土販一律公開，限設土膏店、售吸所，期化暗爲明，以「寓禁於征」之計，分期施戒，逐漸禁絕，惟對毒品則絕對禁止，一再下令查緝；但毒品人犯刁狡異常，殊難偵知。

廿三年春，余有祖僕余三林子者，因年老無家，遂入南門寶光寺爲僧，日執雜役，種菜、挑水等，時逢年節，仍往舍間走動。某次，與余閒話，該寺入晚輒有形跡可疑者二三人，入夜不去，待夜半，與知客僧法智者交談，窺視之，僧俗均不見，但聞有焦糖味，次晨見該等出，似携帶有物品，然亦不詳其爲何，據其[illegible]

確認該寺僧之所爲，必係以寺廟清靜之地爲掩護，而作販吸毒品「紅丸」之所，初不知該等尚在製造也。乃密商張濟傳兄，經決定搜捕。

是年五月初，某日拂曉，余與張兄率工作同志，古、馬、魏、臧等，及便衣刑警多人，前往南門城內，西門城牆角之寶光寺，因事前瞭解地形，及出入路線，乃將該寺前後看守，余與張兄及古同志等逕往知客僧室內搜查，進室內，除有簡單之床舖外，其餘桌几書櫥，亦簡單整潔，毫無異狀，亦無任何可疑物品，該僧高臥不理，呼之不應。余等正感進退維艱，該僧突躍起，詰詢何故打擾，聲音響亮，各人面面相視，甚有頹顏支吾者。其時，余自信余僧爲人忠誠，絕非誣言妄指，堅持詳爲搜查，無奈室內，連便器亦經檢視，均無所獲。余思余僧曾云「夜深不見」可能有藏身處，乃察看室內四壁畫屬木板、油漆甚舊，毫無痕跡，惟細看牆板大小不一，因此可疑，乃四處推搖，無意間觸及一釘，一扇牆板轟然落下，遽視之，牆板下落處，爲一地下室之入口，其時吾等知事成在握，同時又防止另僧暗害（恐類似紅蓮寺之機關），旋重集奮勇者一齊入地下室，赫然發現乃一製毒之機關也。

該室有石階，惟黑暗無光，吾等因晨間辦案，未備電筒，乃向大殿內取蠟燭多支燃點而下，其時室內並無同犯，經查獲已製成之「紅丸」六千粒，每百粒製牛皮包袋一包，未製成之毒丸亦有數千粒，製紅丸之木模板五塊，原料三罎，烘爐一台及各種戥秤用具，核計其資金約二千銀元之鉅。

當時該僧面色由紅而白，而青，聲音低微已至「不可說」之境地，吾等乃將人犯及贓證送交政府繩之以法。

自此案後，吾揚之毒犯亦已斂跡，城區內迄無再發現者。不幸廿六年冬，日軍陷城後，不但烟禁廢弛，且毒品已由「紅丸」進而「白粉」「海洛英」矣，到處有「畫地圖」及打「高射砲」者；（按：均爲吸毒之形態而傳稱之別名。）由於烟毒爲貧困及一切汚穢罪惡之滙合生長，日軍雖投降，地方已糜爛矣。

十二、嘉興橋之崩陷

在海外，常有颱風、地震、路陷、山崩的新聞，由於科學的進步與財力的豐富，隨時搶修復舊，不足爲異。回憶我揚州嘉興橋因在大江洶湧之急流下，一夜之間，曾崩陷得無影無踪，永不復返，茲就筆者記憶所及，記述如下：

嘉興橋是在揚州南鄉瓜州以東，沿江邊的一個小鄉村，當地居民以農、漁爲生，僅約二十餘戶，竹林茅舍，雞犬桑麻，怡然自得，與世無爭。在江堤與村莊之間的排水溝上有一木橋，此橋即是「嘉興橋」，因而地亦以橋名名之。

自從民國十三年鎮揚路開闢後，由揚州至鎮江，嘉興橋爲陸路之終點；由鎮江至揚州，嘉興橋又爲陸路之起點；於是在原有木橋之東側，又加建一公路橋樑。木橋漆有紅欄杆，橋下遍種荷花，清趣盎然。由於嘉興橋突變爲水陸碼頭，來往商旅不絕，尤其自北伐後，鎮江改制爲江蘇省會，冠蓋雲集，每於週末至揚渡假，帶來無比繁榮。

回憶在民國十八、九年間，嘉興橋已漸蛻變爲市鎮，因來往旅客大多在此候車、候船、茶館、吃食店、烟紙店等，如雨後春筍，不斷興起。偶而風雨冰雪，舟車停阻之際，旅客麕集江邊，亦有客棧，旅社可以休息。市鎮逐漸擴大至百餘戶，在市鎮中心，又由鎮揚汽車公司開闢一大廣場，作爲停車調車之所。終日行旅喧囂，渡輪汽笛與汽車喇叭齊鳴，往年樸素寧靜之農村社會，竟披上近代化之文明矣。

孰料好景不常，民廿年秋，蘇北淮水爲患，同時江河暴漲，沿江一帶居民，鳴鑼聚衆，日夜在風雨中護守江堤。其時嘉興橋之堤圩，岌岌可危。旋因運河河塘崩潰，淮水入海，江堤壓力漸減，遂得轉危爲安，事後鄉人，對此亦不復注意，迨至廿一年夏，（時間確否待攷）長江上游泛濫成災，洪峰迭起，沿嘉興橋江岸一帶居民

，為保產保命，徹夜動員，掘沙集蘆，伐樹，聚木，用以護堤；遠至揚子橋、施家橋等地，均支援協防；在沿江十里之堤岸上，搶救者達三千餘人。據事後施家橋鄉董胡東波先生（為筆者之父執，其子胡玉崑，勝利後任該鄉鄉長），當日自晚六時至次晨二時許，江潮洶湧，驚濤駭浪，而風雨不停，堤內溝渠噴水逾丈，旋經地方父老集議，恐江堤突然崩潰，從事搶救者，必遭重大犧牲，多數主張撤離。其時鎮揚汽車公司之汽油桶，多已利用，尚有人擬利用停於汽車場之大客車，內盛沙土護堤。正離守未決間，突見堤岸人聲號叫四散奔逃，蓋因江堤漏水，發現田地有龜裂現象，據老者云，此乃地陷之先兆也。其時風雨益急，沿江居民，扶老攜幼，拋棄財物，分向瓜州、施家橋、霍家橋方向逃生，悽慘之狀，令人酸鼻。四時許，突聞地下有雷鳴聲，胡老先生等尚未行至施家橋，回首在夜光中驟見嘉興橋地帶有類似山邱隆起，旋即無聲而沒，蓋嘉興橋市鎮已崩陷無踪矣。

次日風雨漸息，鎮揚輪渡至北岸時，只見汪洋一片，昔日之碼頭車場，及百餘戶之市鎮，形跡全無，到處漂流有門板、牲畜及老弱浮屍，傷心怵目，無過於此。

民國廿二年，鎮揚路重在江邊六圩建築碼頭，其時沿江江堤迄未復舊，又繼續[illegible]失。至廿四五年間，江蘇省建設廳廳長沈百先，曾邀中央某德國顧問（水利地質專家忘其名）至六圩一帶查勘，據稱：我沿河一帶上層為黃土，下層為鬆動之黑沙，極易為水流衝刷崩陷，其面積北至施家橋止，如將沿江改建為新式碼頭和堤防，需欵數百萬元，既非政府財力所許，且又無經濟價值。並稱：瓜州地層亦復如此，因何瓜州不陷，係因沿鎮常設躉船，致流沙淤集成岩，不至為浪淘刷。並建議我政府簡易防護辦法，為建躉船二十艘，互用鐵鍊連接，作為護堤及碼頭之用，年久可似瓜州之地帶。嗣因廿六年抗戰軍興，政府無法顧及而罷。

抗戰期間日軍據揚，曾在六圩江邊建一長約百公尺之土堤，伸入江中，旁釘木樁，作為上下碼頭之用，在江岸上亦建有車棚，檢查站等，筆者於民三十年曾總六圩親見之。迨至卅四年勝利後，往六圩時，原日軍所建各物，均無踪跡，諒亦為江波所吞噬矣！

瀋陽清故宮與國立瀋陽博物院

陳嘉驥

民國十七年，東北當局奉令，倣照北平故宮博物院前例：用瀋陽故宮地址，以清故宮所藏物品為中心，成立瀋陽故宮博物院，由金梁出任第一任院長。民國二十年「九一八」事變，瀋陽及整個東北均淪於日人之手，偽滿政府成立，以長春為都，二十四年將瀋陽故宮博物院改為偽「國立中央博物館奉天分館」。

民國三十四年八月，日本向盟國投降，偽滿隨之解體，三十五年七月一日，政府命將偽滿「國立中央博物館奉天分館」及偽滿「國立中央圖書館奉天分館」合併成為國立瀋陽博物院，並於三十六年一月成立籌備委員會，派金毓黻負責籌備，十月十日正式開放，供人閱覽。

國立瀋陽博物院與北平故宮博物院，為我國兩大故宮博物院。瀋陽清故宮面積與建築均遜於北平故宮，但亦頗具規模。清朝入據中原，遷都北平，以瀋陽為盛京，視為祖宗發祥地，對原有宮室年有修葺，康熙、雍正、乾隆三帝且曾回瀋陽巡視，並有增建。因此，瀋陽故宮與中國歷代其他古都宮室不同，得以完整保存至今。

清故宮在瀋陽城內中央偏東，清太宗於首次擊敗明兵後，即自遼陽遷都瀋陽（一六三五），於是大興土木營造宮室。首先建築的是大政殿，作為升朝大會羣臣問政的新所在，殿高三丈，長十丈，深五丈，雖無北平故宮太和殿氣派，但也景象堂皇。大政殿左右各設十署，為王公大臣議政所在，嗣後歷年均加整修，乾隆二十二年，特獻「泰交景運」匾額。清朝最初帝后所居的大內宮殿，在大正殿西面，嗣又將大政殿併入，完全倣照當時明朝北平宮殿形勢，成為一正方形，不過與北平宮殿相比，只是具體而畧微而已。正門名大清門，門前東華門與西華門左右並列，文德與武功兩石坊分峙兩旁，並有奏樂亭兩座、東西朝房各五間，下馬碑一座，上面刻有漢、滿、蒙、回、藏等種文字。正殿，為「崇政殿（即篤恭殿）」，正中懸乾隆題的「正大光明」巨匾，為皇帝朝會之所，左右各有翼門，殿前右面建飛龍閣，左面築翔鳳閣；殿後兩廂有師善齋、協中齋、月華樓、霞棲樓，中間為鳳凰樓，高三層，玉石臺階，大理石欄杆，丹窗、金柱、飛簷三級，上蓋覆純金黃瓦，為大內最富麗的一座偉大建築，中簷懸「紫氣東來」巨匾，樓中自清朝始祖布庫哩雍順及歷代帝王畫像均供奉在內。最後面的大殿名清寧宮，懸紫檀木巨匾，上書「萬福之原」，四周環飾九條龍，十分雄偉。

宮的東廂即大正殿，西廂是文溯閣，左鄰有衍慶宮、關雎宮、頤和殿、企祉宮、敬典閣。右鄰有永福宮、麟趾宮、廸光殿、保極殿、維思齋、崇謨閣等。其他房屋亦均宏偉可觀，宮殿之間是平坦御道；

左右以迴廊聯絡。文溯閣在大內西部，建於乾隆四十七年，乾隆親題「聖海沿洄」匾額，閣前有嘉蔭堂，閣後有仰熙齋，環境優美，是一座理想的圖書館。

瀋陽博物院古物部份的藏品分為：①考古品、②歷史品、③美術品、④工藝品四種。偽滿時期原藏品共有三萬七千八百六十三件，日本投降後，俄軍進駐時期，被搜刼遺失甚多，經整理結果，查出共損失一萬八千三百三十三件。這些寶物大部份被俄人攜返俄國，小部份流落民間，經三十五年與三十六年蒐購，截止民國三十六年底，共有古物二萬二千二百零九件。

這些古物陳列於五個宮殿內，第一室為清朝開國初期皇帝遺物，如努兒哈赤的盔甲，皇太極的寶劍，弓矢、龍袍、多爾袞的馬鞍，以及其他明器與墓誌等。第二室為考古品，有史前石器、陶器、骨角器、漢明器、高句麗陶器、渤海郡陶瓷、遼金磚瓦、石刻、金屬器等。第三室為佛教美術，皆係自承德附近十大佛寺所供奉珍品移來。第四室為工藝品，有三代銅器，宋、遼、金、元、明、清的瓷器，清刺繡、景泰藍、雕漆、清御印等。其中以清朝御印十顆最珍貴，有大清受命之寶一，皇帝之寶三，奉天之寶一，天子之寶一，奉天法祖親賢愛民之寶一，丹符出驗之寶一，四方之寶一，勅命之寶一。第五室為地質標本，有古生物標本，岩石標本，礦物標本，古人類頭骨標本等。

瀋陽博物圖書館部份，係由偽滿「國立中央圖書館奉天分館」接收改組而成，「奉天分館」成立於民國二十一年五月，所藏書籍計共二十餘萬冊，公報雜誌十七萬餘冊，其中最重要的有自長春偽皇宮運至瀋陽的宋、元、明善本書一千四百四十九冊，此多係民國後，遜帝溥儀仍深居北平故宮時，以賞賜為名由其弟溥傑等攜出的。此外最值得國人注意的有二：一是文溯閣所藏的四庫全書。四庫全書在乾隆三十七年由朱筠的建議，編纂四庫全書，次年成立四庫全書館，廣招飽學之士為纂修，由紀昀為總纂官，共集四部書三千四百五十七種，七萬九千七十卷，歷時十年分寫七部，每部三六五三三冊，分存七處，這七處是：①北平故宮的文淵閣，②圓明園的文源閣，③瀋陽故宮的文溯閣，④熱河離宮的文津閣，⑤揚州大觀堂的文滙閣，⑥鎮江金山寺的文宗閣，⑦杭州聖因寺行宮的文瀾閣等處。迄大陸局勢逆轉我政府撤退來臺時，尚有四部完整；即熱河文津閣所藏的存在國立北平圖書館，北平故宮所藏的仍存在北平故宮博物院，杭州文瀾閣所藏的存在浙江省立圖書館，及瀋陽故宮文溯閣所藏的存在瀋陽博物院。遜帝溥儀到東北充任日本傀儡偽滿皇帝後，對古物尚知愛惜，特在文溯閣旁建一座避火樓，將四庫全書移入避火樓內保存，俄兵進駐期間，因避火樓鐵門深鎖，俄軍未曾注意，亂民無法打開鐵門，故能完整如初。

其他更值得寶貴的有，清朝全部實錄聖訓的原本，及清宗室譜牒等。

瀋陽博物圖書部份，所藏圖籍分類為：

甲、長春偽皇宮所藏宋、元、明善本書等一四四九冊。

乙、清實錄七〇七一七冊。

丙、文溯閣四庫全書三六五三三冊。

丁、清殿版書籍七三四二八冊。

戊、清殿版滿文書一四七七五冊。

己、普通書籍一一二三二五冊。

庚、清殿版古今圖書集成五〇二〇冊

辛、民國後新書五三三二冊。

壬、地圖一一二二冊。

癸、拓本一七〇六冊。

另有東北名學者收藏家李香齋先生，於民國三十六年贈送名書二六〇二冊。博物館並於民國三十六年九月將偽滿「國務院舊記整理處」改為「檔案編整處」，將九一八事變前收藏於東北各省署縣的卷宗，予以有系統整理；其年代由清末至民國二十年「九一八」事變止。檔案文字除漢字外，還有滿、蒙、俄等文字，總數約為二百餘件。此外尚有上虞羅氏捐贈的北平明清內閣大庫檔案六萬四千餘件，再加上故宮原藏內務府舊檔案五萬七千餘件，這些檔案是研究我國近代史最寶貴的資料。

梨園述往

憶張三

文淵

漢口——這座湖北省的大都市，英法兩國，早在這地區上擁有租界，各自爲政，互不干涉。

法租界捕房裡面那批巡捕，以及消防隊中服務那班救火員，是這地區中最橫行無忌的害羣之馬。

這些傢伙，平時仗着洋人勢力，吃了碗公家飯，到處「吃白食」、「看白戲」、「敲竹槓」、「講斤頭」，眞是無惡不作，壞到極點。

如果惹翻了他們，不消半日，便集合了一二百人，來找你麻煩，爲了息事寧人，誰都不願意找苦吃。

在法租界中心區，有家戲院，這家戲院專演平劇，凡南北名伶，差不多都在這家演過。

這次的演出，是馳名大江南北一位名伶——張國泰所率領的××劇團。

說起張國泰，凡五十以上的平劇演員，或許有個耳聞，但不大熟稔，假如提他幾個徒弟，知道的一定很多。

例如：毛韻珂，（毛劍秋的父親），林顰卿（過去百代公司曾灌過他的唱片），除了這兩個比較有名外，其他如朱友奎……等，那就更等而下之了。

（伶界藝人以「幾盞燈」爲名的，全爲張國泰的門生。）

那天開場第一砲，唱什麼戲，由於年深月久，無法查憶，但記得當天晚上，座無虛席，樓上樓下，擠得滿坑滿谷。（這段事實，經當年有位平劇界前輩向筆者所口述後錄下的資料。）

該劇團在漢口碼頭，一砲而紅。

但，事實恰恰相反，到了晚上結賬時，以全院坐位比例，賣座僅四成左右。

這次演出，前後台採取拆賬制度，三七分賬劇團方面，除去開支外，應提總數七成，第一天賣座，明明全場爆滿，收入却糟到極點，往後必然更不堪設想。

張團主爲了生活，不得不向前台提出交涉：

「老板！像今晚的賣座，您說只有四成，鬼才相信？照這樣下去，除非把院子拆了，才能算客滿啦？」

前台院主，在漢口地面上，也稱得起地頭蛇，幹戲院這行飯，並非初出茅蘆，見風使舵，這是他們的本能，聽張國泰一說，立刻滿臉堆笑地解釋道：

「張老板先沉住氣！兄弟絕不會「打過門」，飛「葉子」（戲票，），您是第一次來漢口，所以當地的情形，還不太熟。」

張國泰兩手向外一攤，然後說道：

「戲班跟院子，船幫水，水幫船，咱們沒路走，您也不好過，對不對？」

院主含笑點了點頭，張團主又接着道：

「像今天這種情形，以後怎麽再唱得下去？」

院主抓了下光亮的腦袋，苦笑着道：

「這情形，兄弟早就知道，可是又有什麽辦法？所謂打掉牙齒肚裡嚥，這裡看白戲的人太多啦！」

張國泰氣忿着道：

「咱們憑台上玩意兒混飯吃，這些人憑什麽看白戲？」

院主搖晃着腦袋，嘆着氣道：

「憑什麽！就憑這個！」

他把自己拳頭，比劃了一下。

張國泰皺皺眉頭問道：

「這批人是幹什麽的？」

「還不是捕房和救火鬼那些人！」

講到這裡，站起身子，拍拍對方的肩膀，然後緩聲說道：

「今兒晚上開鑼前，您到門口站會兒，就會明白了。」

第二天晚上六點左右！

張團主緩步轉到票房，順便就在戲院門前眺望着。

只見門口熙熙攘攘，一批批男女觀衆們，爭先恐後向戲院鑽[illegible]，中國[illegible]人，對收票員說了聲

「這是我的！」

收票員點了下頭，接着，像一大串螃蟹，一下就進去了十來個。

這批人混進去不久，第二批人，接踵而至，「外甥打燈籠」——照舅（舊）。

張國泰看着雙眼冒火，差點暈了過去，一跺脚就回到後台，自己暗忖：

「眼不見！心不煩！」

不用說！第二天的賣座，仍和昨晚一樣。

散場後，張團主和前台職員們，開了次談判：

「各位全是靠戲院吃飯，咱們是同舟合命，兄弟唯一要求，請大門口收票的同人們，能不能稍緊一下？」

前台收票員，聽罷後，大家都面有難色，其中一人苦笑着道：

「您說的是實話，可是我們有我們難處，您不曉得，這批傢伙厲害得很哪！」

張國泰臉色微變，沉色說道：

「我不信他們還敢殺人？」

「怎麽不敢！」有人這樣接了一句：

這次談判，幾乎絲毫沒有結果。

回到後台，越想越窩囊，他自己捉摸了一下，劇團跟前台方面，已訂了弍個月合約，假如停鑼不唱，非但違反了道義，自己還得另打碼頭，何況臨時也沒法向別處接洽。

他也想到，像這種情況，再繼續下去，不到十天，連褲子賠了也不夠……

他正想得出神時，只見武行頭朱葆山，搖晃着那付健壯如牛的身體，走到張國泰身前道：

「老板在想什麽心事？」

張國泰[illegible]了口氣[illegible]道：

「還不是爲了上座的事。」

朱葆三用拳頭，朝半空猛擊一下道：

「這院子把門的那些人，簡直跟死人差不多！」

忽然！似乎猛然想起一句話，又說道：

「對！咱們自己派人收票！」

張國泰垂頭說道：「我早想到了，每個人都有活，派誰？」

「這——」朱葆山不吭氣了。

張國泰接着說道：

「人倒有一個，不過我正在考慮，是不是該請他來？」

朱葆三精神一振，趕忙問道：「誰？」

「小三！」張團主回答着說：

「好極了！」朱葆三高興提直叫了起來，一面打着自腦袋，一邊埋怨着說道：

「這樣一個現成幫手，我怎麽會把他忘記了呢？」

張國泰搖搖頭說：「我還不能決定！」

「這還有什麽考慮的，小三是您侄子，俗語說，「拳頭往外，胳膊朝裡彎，」他不幫自己叔叔，難道去幫外人？」

張團主笑道：「我倒不是顧慮這些！」

「難道還有別的？」

「不錯！」張國泰點頭說：

「你想！這孩子年紀輕，脾氣暴，要他守着門口，準出事不可，所以我不敢叫他來。」

朱葆三咧着大嘴道：

「那怕什麽？這倒底是有王法的地方！就算有麻煩，咱們難道是櫥窗裡的貨——擺樣子的不成？」

張國泰被他說得有些動心，朱葆三再追了一句道：

「老板！別多想啦，趕緊寫信，準保沒錯！」

一連幾個晚場，天天滿座，拆賬可越來越少，除了扣去借欵外，所剩已寥寥無幾，幾乎連伙食都成了問題。

在這樣的情形下，張國泰不得不重下決定，立刻寫了封快信，教他侄兒速來漢口。

不到一個星期，張三帶了只小箱子，抵達武漢。

張國泰看到侄兒果然按時而到，這份高興，自不必說，當時就到附近菜館，爲侄兒擺了兩桌酒席，表示接風之意，同時，在劇裡邀來一批演員，充當陪客。

大家本就很熟，彼此毋用介紹，一時之間，雙方吃得非常痛快。

酒到半巡，張國泰這才歸入正題說道：

「小三！你可知道，我叫你來的用意？」

張三搖搖頭笑道：「我正想問您哩！」

國張泰遂將當地看白戲情形，說了一遍：

「所以找你來的目的，希望在門口方面，由你負責。」

張三拍胸道：

「叔叔放心，交給我準沒錯！」

國張泰語重心長地，又叮囑着道：

「强龍不壓地頭蛇！一切不能按着自己性子，能忍則忍，只要混滿日期，就算功德圓滿了。」

張三點頭道！我儘量忍耐就是。」

經過這番叮囑，張團主放心不少，遂不再嘮叨，連連勸飲。

「小三！咱們這次認不認栽，就瞧你的啦！」

張三站起來答道：

「大爺放心，小三不是窩囊廢！」

朱葆三翹起大姆指道：

「小子！眞有你的！來！咱們爺兒倆乾一杯！」

這頓午飯，直吃到下午二點多鐘才散，大家回到戲院休息。

張國泰早在前台樓上，收拾壹個房間，作爲侄兒下榻之地，臨走時對張三說：

「一路很累，趁閑着沒事，多休息會兒，晚上好辦事。」

張三說道：「叔叔您住那裡？」

「後台！」張團主邊說邊走，出了房門，自顧上後台休息。

晚上！七點左右是戲院中最忙的一霎那。

張三換一套咖啡色線呢短襖褲，戴上呢帽，下了樓梯，便坐在大門口，那張高脚櫈上面，一邊注意進門的看客，有沒有不買票進場的。

看起來眞不錯！車水馬龍，人如潮湧，一個個魚貫地朝鐵門口亂擠。

驀的——

有一排男女，人數約十二三個，走到鐵門口，僅向收票員點了下頭，便往內就闖。

張三看得眞切，立刻從高櫈上跳下，用手攔住了對方問道：

「票子！」

爲首那個彪形大漢，用目光朝張三的全身，上下打量了一陣子，然冷冷說道：

「沒有！」

張三微笑道：「憑什麼？」

那人用手指，衝自己臉頰指了一下道：「就憑這個！」

張沒有發作，強忍着氣婉聲說道：「對不起！不行！」

「爲什麼不行？」那大漢面色漲緋紅地反問着：

「不爲什麼，就爲戲班裡幾十個人要混飯吃，就爲前台要靠它維持開支，就爲這些。」

那人說張三不過，便惱羞成怒大吼道：「你知道我是誰？」

張三平靜地說道：「不管是誰，都要買票進場。」

「你是什麼人？」

「我是我！你沒有問我的必要。」

那大漢從沒想到，今天會栽這麼大的跟斗，假如爭不回面子，以後乾脆回家替孩子餵奶。

想到這裡，再看他同來的那十幾個人，都用信任的眼光，盯在自己身，靜候他施展威風，於是牙關一緊，暴跳如雷道：

「老子偏要進去！」

張三笑着道：「只要買票，當然可以！」

「老子偏沒有票！」

「除非我不在這裡。」

「你準備怎樣？」

「請你買票！」

「不買！」

「請你出去！」

「那有麼簡單！」

大漢一挽袖口，對準張三胸前，猛擊一拳，來勢居然十分凌厲。

張三微笑道：「講動手？老兄還差得遠！」

說完，左手輕輕一隔，右手微推，那大漢好似紙毬般跌出丈餘，直滾在大門外的石堦下。

同來的那些夥伴，除了四五名女性外，尙有六七個年輕小夥子，他們看到自己人被揍，仗着人多，豈肯罷休，喊了聲：

「動手！」

六七個傢伙，一哄而上，把張三圍在中間，立刻拳脚亂飛，毫不留情。

戲院方面，也有五六位收票員，他們爲了顧慮對方日後報復，所以未敢助拳，僅僅在旁解勸着。

張三看出這批壞蛋，決不能用任何言語，可以解決不了的，既到這種地步，也就顧不得一切了。

眼見面前六七個人，對自己動手動脚，不由暗暗好笑，趕緊雙臂揮動，對方那六七名小子，全數被他摔出門外，一個個滾落在堦上，哼聲呼痛不止。

其他四五名女客，早就逃了出去。

張三雙手插腰沒有追趕。

「好小子！等着瞧！」

張三沒有開腔，叨上技香烟，仍然若無其事地，坐在櫈子上面。

甭說！這天晚上，賣座竟然分賬九成左右，打破以往任何劇團的新記錄。

於是前台後台，一片歡愉之聲。

安靜地渡過了三個晚上，都沒有出什麽事，同時也做了三天好生意，每晚爆滿，全數憑票入場。

恍眼間，張三抵達漢口，連頭算來，已經是第四天了。

這天上午九點多鐘。

張三和平常一樣，起床漱口，泡了壺濃茶，再到樓窗口，朝對面那家麵館，喊了碗「龍鳳大麵」，（燻魚和鷄放在麵上」，然後回到桌上，坐下來喝茶。

正在等麵的時候，房門外面，忽然站着一人，冲張三點點頭，用湖北音調說道：

「老大哥！你家早！」

「早！」張三順口亦敷衍一聲。

那個人沒等招呼，居然一脚跨進了房間。

張三正欲開口，伙計就在這時送麵進來，張三對那人望了一眼道：

「吃麵嗎？」

那人笑笑道：

「我吃過點心了，你家先用，我等着你家！」

「等我？」張三感到有些迷惘。

那人似乎明白張三的心意，沒等他開口，就含笑說道：

「老大哥只顧吃麵，吃完了，請您家下樓去講句話！」

張三這才恍然大悟，心忖：

「喔！趕情這傢伙，是來找樑子的。」

於是不再多說，點了下頭，自顧吃麵。

不到幾口，那滿滿一碗麵，已是涓滴不存，於是抹了下嘴，走到床前，在枕頭底下，取出他那防身武器。

這是用全鋼特製「K」字型的東西，粗如姆指，兩頭尖銳，中間爲握柄，這東西在打鬪時，頗爲合用。

那人見張三取出武器，便微笑着道：

「兄弟請您家下去，不過是談談罷了，又不是動手打架，帶這東西幹啥子？」

張三心想：

「好吧！不帶這撈什子也沒有關係，省得你笑我膽怯。」

想到這裡，就把那件東西，仍舊放在枕頭下面，再回身來人說道：

「我們下樓吧！」

兩人前一後，走下樓梯，直往大門外走去。

這時一批後台演員，大家都好夢正酣，根本不知道前面的事。

張三也因自視過高，所以沒有通知任何一人。

那人領着張三，走出戲院，拐彎到了十字街口時，張三就感到情形不對。

只見街頭各處分路要道，東一羣、西一羣，都是些特殊人物，三三兩兩，分散各處，總數不下有百餘人之多。

他再想回頭，身後來路，已被對方堵住。

雖然心情有些緊張，表面仍然裝着毫不在乎的樣子，他正想回頭問那位朋友，一恍眼間，那人已不知去向，只剩下自己，孤零零地站在中央，毫無援手。

張三雖知陷入重圍，却鎮靜如常，自己彷彿像座鐵塔，矗立於大街中央。

雖說不心怯，他那付炯炯有光的眼神，處處在週圍作防圍性的監視。

街頭上人影憧憬，但氣氛却沉寂如死，到處顯出一付肅殺，張三心裡明白：

「暴風雨的前夕，正是最寧靜的一霎那！」

果然！

對街那一批，人數約有二十多人，正逐漸向自已身前逼近。中間一人，赫然是在前晚，被自已首先摔出門外的那個大漢。

對方走到他面前，口角間露着獰笑，說道：

「老兄還認識我嗎？」

張三毫不在乎地答道：

「燒成灰也忘不了！」

對方聞言後，立刻臉色一整，正想開腔時，却被張三先搶着說道：

「是不是你想找我？」

「不錯！」那人點了點頭。

張三含笑道：「找兄弟到這兒，有什麽見教？」

那大漢又露着獰笑道：

「兄弟在那天晚上，栽在老兄手裡，今天再想請你成全我一次。」

張三從眼角中發現，本來站在四週的那些人物，已漸漸向自已這面方採取包圍形勢。

他神色間，依然平靜如常，聞言之後，冷冷一笑道：

「好說好說！兄弟今天單鎗匹馬，老兄方面，到塲的朋友，似乎還不少，看來是老兄成全我的成份多得多，現在就請你吩咐吧！」

對方面色微紅，立刻惱羞成怒地吼道：

「光棍打光棍！一頓還一頓！前天你請我吃了晚飯，少不得今天要招待老兄一頓點心了。」

張三冷笑道：

「這頓點心，老兄可能還招待不起！」

那大漢氣急敗壞地大罵道：

「放你媽的屁！你目前已成了沒牙的狗，還要什麽花樣？識相的，擺十桌酒，點香燭，放鞭砲，磕四方頭，老子還能放你一條生路，否則！此地就是你葬身之處！」

「姓張的這輩子裡，大風大浪也見得多了，像今天這種龍門陣，兄弟倒並沒放在眼裡！」

對方大吼道：

「你少在老子面前充売子，弟兄們！大夥兒上！」

一聲號令，二十多個大漢，紛紛抄出鐵尺刺刀，朝張三身前冲了上來。

張三兩臂送推之間，最前面兩個傢伙，已被擊倒在地下而且當塲昏了過去。

大夥怔一了怔，見張三這時，已如一頭瘋虎，冲入人羣，抄起一人手腕，把對方高高舉了起來，順手推送，把那人身軀，丟到對方人叢之中，當塲又打昏了對方五六個。

四週那批打手，看出對方紮硬，爲平生所罕見，立刻向夥伴大喊道：「這傢伙好紮手，大夥兒一起上！」

一百多人，立刻刀斧紛飛，全向張三身上招呼着。

張三這時，已從對方那裡搶到一枝鐵棒，他右手揮動鐵棒，左手抓到人就丟，不到半天，地下又躺下了十五六個。

這塲毆鬪，驚動了整個漢口，商店惟恐殃及池魚，大家關上了牌門，躲在門縫裡向外面偷覷着。

由於這批傢伙，不是巡捕，就是救火員，所以根本沒有人敢出面干涉，任他們在毆打着。

街頭上人聲鼎沸，一片喊打之聲，早把戲院中人驚醒，正要出門探視，沒想到戲院門前，早有數名巡捕，監守着大門，不放任何人員外出。

朱德三和一班武行，他雖在前台的樓上，聽到外面一片混亂

，立刻冲到對面，朝張三房門口望去，見室內除了只麵碗之外，什麼都沒有，心知漢是張三惹上了麻煩。

他在情急之下，走到窗口，向街上望去，看到滿街都是人影，却看不到張三人在那裡。

朱葆三知道門口有人守着，出不去，同時又關心張三安全，跨出窗框，準備從窗口跳到下面，爲小三助拳。

一面囘頭照呼那些武行道：

「跟我一樣，從窗口跳下去，到街上幫小三兒！」

話沒講完，窗口下面，忽然有人冷冷說道：

「識相的，統統進去，把窗戶關上，否則就對你們不起！」

朱葆三往下一看，涼了半截。

原來窗下，有兩個巡捕，手裡握着短鎗鎗却正對着自己。

他再强壯驃悍，這時也只得順從對方，沒法子！只得把窗門關了起來，大家躲在玻璃裡面，向街頭張望着。

張國泰急得滿頭是汗，嘴裡吶吶地喊着：

「這怎麼得了！這怎麼得了」

他幾次想冒死冲出去，却都被門口那些巡捕擋住。

在街頭決鬬的張三，絲毫沒有退避之意，肩頭後背上，插上了一柄利斧，（救火用的斧頭。）鮮血不時向外流着，但依然勇猛無匹。

對方人數雖多，一時也把他無可奈何，受傷人數，至少有四五十人，其中可能亦有傷亡的夥伴。

張三雖受重傷，兩眼已然發紅，對方除非不被抓到，一經抓住，立刻像籃球一樣，把他丟出一丈開外，受傷的人，大部份全被他丟傷的。

足足打了近兩個小時，那些巡捕和救火隊員，仍未沾到半點便宜，對張三這種英勇，每個人都敬佩萬分，暗中翹起了姆指說：

「眞是好漢！」

雙拳難敵四手，何況對方數，已超出他一百多倍，張三縱有拔山舉鼎的神勇，亦難免爲人所逞。

他正在奮力抵敵之間，一柄指揮刀，從他背後，直刺了進去，而且整個刀身，通了張三的身軀。

張三發現自己，中了暗算，想欲把刀拔出，可是刀柄却在後面，一怒之下，按動刀背，猛力向下面按去，刀算是被他推出來了，但是從臍下開始，已劃裂成兩半，連腸漏子了出都來。

他一手按緊腸子，不讓它下滑，另一只手，仍舊抓人就丟，勁道毫不稍退。

「眞是位好朋友！免得他再受痛苦，讓我送他上路吧！」

說完，拔出腰中手槍，向張三連發了兩鎗，他終於不支而倒地。

大夥兒見張三已死，一面把自己方面受傷的人，派人分送到各醫院醫治，另外再派十幾人雇了部洋車，把張三尸體，搭到車上坐好，大家押着洋車，往戲院那邊拉去。

因爲經過二個多小時的惡鬬，距離戲院，已一大段路程，他們必須把他尸體，送到戲院門口，包括恐嚇和警告。

誰都沒有想到，張三被搭在車上，經過車身一陣搖晃，猛然間又甦醒了過來。

他睜眼向兩邊一望，發現左右押車人物，全是自己對頭，他背上那柄斧頭，仍舊插在上面，他趁那股餘勁未失，從自己後背，拔下利斧，猛然向左右揮了兩斧，當塲又劈死了兩個，餘勁既失，終於再度氣絕。

張三就這樣的死了，張國泰這份傷心，當然不問可知，他厚葬了愛侄，然後解散戲班，也謝絕了紅氍生活。

事隔數十年，在大陸尙未變色之前，一批平劇演員們，經常把這段往事，當作了茶餘飯後消遣資料，談起來繪聲繪色，事過境遷，現在知道的人，已經不多，但以上所述，確屬眞人眞事，絕非空中樓閣。

NO.7401（購書時請註明號碼）

南天書業公司

07–115, HENNESSY ROAD HONG KONG
電話：H277397 H275932 H272194

書價漲落時價爲憑

No.	帖名	HK$
1	論經書詩上	30.00
2	論經書詩下	32.00
3	禮器碑	32.00
4	石鼓文	24.00
5	曹全碑	20.00
6	顏眞卿顏勤禮碑	40.00
7	龍門二十品上	26.00
8	昇仙太子碑	40.00
9	龍門二十品下	26.00
10	雁塔聖教序碑	20.00
11	孔宙碑	24.00
12	天發神讖碑	26.00
13	張猛龍碑	22.00
14	泰山瑯邪台刻石	18.00
15	秦權量銘	24.00
16	張遷碑	26.00
17	雲麾將軍碑	20.00
18	集字聖教序碑	18.00
19	九成宮醴泉銘	18.00
20	孔子廟堂碑	18.00
21	十七帖 2 種	22.00
22	蘭亭叙 7 種	22.00
23	伏波神祠詩卷	24.00
24	黃州寒食詩卷	18.00
25	孫過庭・書譜	34.00
26	鄭道昭・下碑	34.00
27	懷素・自叙帖	24.00
28	西狹頌	28.00
29	爨寶子爨龍顏碑	36.00
30	石門銘	30.00
31	石門頌	34.00
32	黃山谷李白詩卷	18.00
33	嵯峨天皇橘逸勢集	24.00
34	顏眞卿・三稿	18.00
35	空海・風信帖	22.00
36	高貞碑	18.00
37	王羲之尺牘集 1	22.00
38	晋祠・温泉銘	24.00
39	尹宙碑	22.00
40	麻姑山仙壇記	26.00
41	王鐸詩卷 2 種	30.09
42	開通褒斜道刻石	30.00
43	米元章羣玉堂帖	34.00
44	王獻之尺牘集	20.00
45	黃山谷松風閣詩卷	30.00
46	嵩山三闕銘	36.00
47	漢・金文集	24.00
48	王羲之尺牘集 2	26.00
49	乙瑛碑	22.00
50	漢瓦當文集	22.00
51	袁安・袁敞碑	20.00
52	顏眞卿多寶塔碑	22.00
53	墓誌銘集 1	26.00
54	瘞鶴銘	24.00
55	墓誌銘集 4	26.00
56	蘭亭十三跋	26.00
57	祀三公山碑	24.00
58	漢刻石 8 種	26.00
59	墓誌銘集 3	26.00
60	褚遂良孟法師碑	18.00
61	郙閣頌	26.00
62	墓誌銘集 2	26.00
63	忠義堂帖上	30.00
64	忠義堂帖下	40.00
65	道因法師碑	26.00
66	麓山寺碑	28.00
67	張瑞圖詩卷三種	26.00
68	化度寺温彥博碑	28.00
69	北海相景君碑	28.00
70	中嶽嵩高靈廟碑	20.00
71	西嶽華山廟碑	20.00
72	智永眞草千字文	20.00
73	興福寺斷碑他	22.00
74	米元章苕溪詩卷	32.00
75	敬史君碑	26.00
76	張即之・般若經	36.00
77	董其昌行草詩卷	20.00
78	董其昌臨自叙帖	24.00
79	晋唐小楷十一種	26.00
80	歐陽詢皇甫誕碑	22.00
81	暉福寺馬鳴寺碑	32.00
82	趙子昂仇鍔墓碑	32.00
83	趙子昂三門記	26.00
84	啓法寺碑	18.00
85	漢史晨前後碑	30.00
86	宋張即之・墓誌銘	24.00
87	楊淮表紀	18.00
88	漢傅文集	26.00
89	唐顏氏家廟碑上	40.00

90	唐顏氏家廟碑下	40.00
91	淸劉墉作品集上	26.00
92	淸劉墉作品集下	20.00
93	王陽明何陋軒記	22.00
94	隋龍藏寺碑	26.00
95	唐褚遂良伊闕佛龕碑	40.00
96	魏晋小楷集	20.00
97	東坡李白詩卷	28.00
98	宋人小品集	28.00
99	關中本千字文	20.00
100	趙之謙氾勝之書	28.00
101	八大山人臨河序	22.00
102	觀海童詩	22.00
103	吳讓之梁吳均與朱元思書	18.00
104	懷素草書千字文	26.00
105	木簡殘紙集 3	28.00
106	多胡碑	26.00
107	甲骨文集	30.00
108	木簡殘紙集 1	32.00
109	木簡殘紙集 2	32.00
110	何紹基作品集	28.00
111	祝允明出師表	24.00
112	明末三家集	26.00
113	文徵明離騷九歌	30.00
114	包世臣作品集	26.00
115	金文集 1 • 殷周	30.00
116	天平寫經集	22.00
117	李東陽 • 王寵集	24.00
118	鄧完白作品集	26.00
119	金文集 2 • 西周	32.00
120	金文集 3 • 西周	48.00
121	六朝寫經集	26.00
122	康里子集	24.00
123	金文集 4 • 列國	40.00
124	隋唐寫經集	28.00
125	米元章虹縣詩卷	22.00
129	前秦廣武將軍碑	27.20
127	封龍山頌/張壽殘碑	27.20
128	昭仁寺碑	34.40
129	谷朗碑/禪國山碑	32.00
130	草書千字文二種	30.00
131	臨石鼓文	30.00
132	孟顯達碑/龍華寺碑	28.80
133	高慶碑/松滋公元長溫泉頌	28.80
134	玄秘塔碑	32.00
135	等慈寺碑	36.00
136	三墳記	28.00
137	甯贇碑/曹子健碑	34.40
138	草書千字文	21.60

139	李勣碑
140	金剛般若經
141	褚遂良法帖集
142	絕交書
143	曹眞殘碑王基殘碑
144	善才寺碑
145	山居雜賦卷
146	王勃集
147	淸伊秉綬作品集
148	淸趙之謙 • 吳鎭詩
149	唐高閑草書千字文
150	月儀帖三種
151	懷素自叙帖/峋嶁碑
152	張子東銘
153	徐三庚出師表
154	房玄齡碑
155	吳寬種竹詩
156	楷書千字文/神霄玉淸萬壽宮碑
157	裴鏡民碑/孔穎達碑
158	書譜/十七帖
159	龐公傳/在昔篇
160	赤壁賦
161	淸吳昌碩尺牘/詩稿
162	宋黃山谷范滂傳
163	漢孟旋殘碑張景造土牛碑
164	北齊鄭述祖天柱山銘
165	淸鄧完白白氏草堂記
166	晋皇帝三臨辟雍碑
167	元楊維楨城南詩卷
168	唐張旭草堂古書四帖郎官石記/肚痛帖/殘千字文
169	中宗賜盧正道勅
170	史事帖千字文二種
171	蘇東坡宸奎閣碑
172	漢魯峻碑
173	薛曜夏日遊石淙詩
174	北齊徂徠山摩崖
175	雋脩羅碑水牛山文殊般若經碑
176	唐鈔本世說新書
177	梁貝義淵蕭憺碑
178	馮子振居庸賦
179	趙文淵華嶽頌
180	吳讓之庾信詩
181	王知敬李靖碑
182	玄宗石臺孝經上
183	玄宗石臺孝經中
184	玄宗石臺孝經下
185	張瑞圖西園雅集圖記上
186	張瑞圖西園雅集圖記下

我與傅作義

·喬家才·

民國三十四年，筆者在後套陝壩，主持一間訓練班，陝壩當[illegible]司令長官（司令長官朱紹良駐蘭州），以後升任第十二戰區司令長官。筆者與其共事將近一年，今傅氏已逝，茲將當時兩件大事敘述於后。

傅作義遺像

一、陝壩的客人

我在後套的一段時期內，陝壩來過兩位貴賓，一位是中國人，另外一位是美國人。

這一年的夏天，綏西脫離第八戰區，改爲十二戰區，司令長官由第八戰區傅副司令長官升任。中央特派蔣銘三先生從重慶飛來陝壩，參加傅長官就職典禮，代表中央監誓。蔣先生任第一戰區司令長官的時候，委派我担任晉冀豫邊區黨政軍工作總隊長，雖然因爲洛陽撤退，追隨他的時間非常短暫，但是我對他的信仰，非常深刻。蔣先生是一位長者，他那溫文儒雅的大將風度，以及對人誠懇，對後進獎掖的寬厚作風，在在令人尊敬。我聽到他到了陝壩，第二天一清早，踏了一輛脚踏車，從大順成到塞上新舍謁見他。我去得早了一點，他還沒有盥漱完畢，等一會兒，他洗完臉出來，見我等在那裡，非常高興。的確，在荒凉的塞外，能夠看到一個舊日的部屬，並不是一件容易的事情。我請他次日到我們班裡，給學員們講話，他沒有考慮就答應了。當我告辭的時候，他一定留我一塊兒吃早飯，我沒有料到，傅長官同他約好

[illegible]已[illegible]我[illegible]在他們[illegible]中間，[illegible]成了一個不速之客，覺得怪彆扭。在進餐中間，向傅長官報告，蔣先生已經答應，明天到班裡去講話，請他一塊兒去。傅長官微微一笑，輕輕地搖搖頭，說聲「無須」。我知道他不會同意，不過，就禮貌上講，我不能不請他。吃完早餐，不到一個鐘頭，就是傅長官就職大典，我事先一點也不知道。餐畢，大概休息了一刻鐘，傅長官對蔣先生說：「我們可以動身了。」

「馬上就是傅長官的就職典禮，你一塊兒去！」蔣先生對我說。當着傅長官的面，我不能說什麼，祇好欣然接受。這一個隆重的典禮，長官部並沒有通知我們班裡，也沒有邀請我。自從馬西糾紛開始，接連發生許多不愉快的事情，使我同長官部在感情上極不協調。傅長官雖不至於把我當做敵人看待，至少也是恨透了我，把我們劃作化外之人，不論有什麼慶典，什麼集會，都不通知我們班裡，這樣一來，我們也落得淸淨，免去許多不必要的麻煩。這一次參加這一個慶典，眞有些唐突，不太順當，因爲並不是主人的邀請，而是客人臨時拉去的。

就我個人的感覺，這一個大典，進行得並不愉快。傅長官宣誓以後，蔣先生以監誓人的身分，發表演講，簡要誠摯，對傅長官頗多贊揚。最後傅長官致詞，就常情來講，一定是說些感謝中央和自謙的話，沒有想到並沒有這樣做。他口口聲聲說委員長信任他，却又是滿肚子牢騷，好像永遠也傾吐不完的樣子。他從門炳岳將軍罵起，罵到第八戰區，一直罵到我們這些在綏西的中央機構人員，足足罵了一個多鐘頭，才算罵完。這些話究竟是罵給蔣先生聽，還是罵給他的部屬們聽，也許是給我們這些中央機構的人員下警告，給我們一些顏色看，我實在猜不透。不過，在這種大好的喜慶日子，即使眞有委屈，無論如何，也應當忍耐些，不需要罵大街。

我一到後套，就聽到許多朋友們談論，說傅長官恩將仇報，對不起門炳岳軍長。今天他在演說當中，把門軍長臭罵一頓，好像是傅作義有一百個對，門炳岳有一百個不對。據朋友們說，抗戰初期，傅長官任綏遠省政府主席，敵人打到綏遠，他帶上他的基本隊伍三十五軍，退到山西，綏遠境內，祇留下門軍長的騎兵軍，退守後套，阻止敵人南侵。後來敵人從北打進雁門關，向南進攻，郝夢齡將軍在忻口擋住南下的敵人。傅先生則担任太原防守司令。忻口之役打得很不差，抵抗了相當長的時間，敵人一再增兵，最後郝夢齡將軍陣亡了，他是抗戰以來，第一個死得最漂亮的將官。後來忻口失陷，太原沒有抵抗，傅先生率部撤退到晉西北。他覺得在山西呆下去，實在沒有什麼滋味，才想到回後套去，於是拍一份電報給門軍長，徵詢意見。門軍長是一位忠厚長者，覺得中央並沒有免去傅宜生綏遠省主席的職務，就應當讓他回來，於是覆電歡迎。等到傅先生回到後套，把政權從門軍長手裡拿回來，態度就改變了，橫看豎看，都覺得騎兵軍不順眼，千方百計想把他們擠走。等到敵人進攻後套，他把騎兵軍擺在最前，把一個軍，整個犧牲掉。後來敵人退走，他向中央報告綏西大捷，得到青天白日勳章。門軍長心想，我替你抵抗住敵人，犧牲了

自己的騎兵軍，功勞却是你姓傅的一個的，沒有自己的份兒，還要說打的不好，於是跑到後方去告狀。第八戰區非常同情門軍長，說是傅指揮不當，以致把騎兵軍犧牲了。今天他升到戰區司令長官，非常得意，所以要罵軍長，所以要罵第八戰區。中國有句俗話：「成者爲王敗者賊」，反正門軍長已經嘔氣死了，祇好任由成功者，想怎樣罵，就怎樣罵，死人不會反抗，也不會申辯。

第二天上午，蔣先生來到班裡，給學員們講了一個鐘頭的話。我到班裡，還沒有請美國教官們吃過飯，現在借上歡迎蔣先生，請他們作陪。因爲我們沒有一間比較大一點的房間做餐廳，所以在教堂隔壁的樹林子裡舉行，雖然是中午，樹林的茂出枝葉，可以遮蓋住强烈的陽光。蔣先生很風趣，不做作，沒有半點官僚習氣，同美國人非常合得來，所以我們的宴會，非常愉快，乾了許多杯，盡歡而散。

下午兩點鐘，蔣先生離開大順成，走後片刻，朔縣吳月卿兄從陝壩來找我。他代表陝壩的黃埔同學們，來見蔣先生，接洽開一個歡迎會，太不湊巧，剛剛慢了一步，沒有碰上頭。月卿同我民國十五年一塊兒從北平到黃埔，同連入伍，分別多年，到後套才見了面。他拉我一塊兒到陝壩，商量開歡迎會的事情，我同傅長官的情感已經很壞，不願意再多事，去刺激他。因爲我們開一個歡迎會，傅長官一定會吃味的，可是月卿死也不放鬆，非要我去不可。

陝壩有一位軍校第三期的周同學，湖南人，熱中於奇門盾甲一類的事情，整天推算休戚禍福，是長官部的高參。我們到了他的寓所，已經有好幾位同學等在那裡。大家研究這一個問題，都堅持非開這個歡迎會不可。因爲蔣先生在黃埔教過書，所以定名歡迎蔣老師蒞綏大會。我左思右想，總覺得不太妥當。我自己沒有什麼可怕的，不過因爲開一個歡迎會，給部隊裡工作的同學們帶來麻煩，實在不合算。最後我想到一個折中的辦法，把歡迎會擴大，改成「歡迎蔣老師蒞綏，慶祝傅長官就職大會」。這樣一來，兼籌並顧，既可達到我們歡迎蔣先生的目的，同時又可避免傅長官不高興，而且可以把籌備的責任交給長官部的副官處，我們既省麻煩又省錢。大家認爲我的意見非常好，一致贊成。最後決定，大會用留綏中央各軍事學校同學名義舉行，由畢業生調查科負責通知各同學，周同學同副官處接洽，月卿同我報告蔣先生和傅長官。

我們打聽清楚，下午四點鐘，傅長官陪同蔣先生到他創辦的奮鬪中學參觀並演講。我同月卿趕緊跑到奮鬪中學，這樣可以同時同他們兩位碰頭，免得分頭接洽。我們去的時候，傅長官正向集合在大禮堂的學生們做介紹，接着蔣先生演講。等到演講完畢，我們把同學們的意見向他們兩位報告，傅長官還表示客氣，蔣先生則很爽快地答應了，並且說不論什麼時候都可以，我們兩個人算是交了差。

會開得相當熱鬧，參加的同學特別踴躍，在部隊裡工作的同學，也都趕來參加，總共在三百人以上。因爲這一個會，實際上是由長官部籌備的，我們的題目正大光明，既標明慶祝傅長官就職，許多人就可以大膽來參加，不必顧慮其他了。假如單純地開一個歡迎會，恐怕連三分之一的人也到不了。開會前十分鐘，大家推定甘肅李屛北將軍担任大會主席，又推定由我代表同學致詞，我不願意接受這一個責任，萬一說話不當，稍有差池，實在對不起大家。可是對我的意見，置若罔聞，沒有另外推選人。大會進行得非常順利，蔣先生講話沉痛懇切，把中原會戰，仗沒有打好的責任，都攬在他自己身上。尤其說到民衆對軍隊的仇視，非常痛心，一再提醒大家，千萬不可以離開民衆。最後對大家勉勵了又勉勵，叮囑了又叮囑。傅長官講的話也很不差，心平氣和。最後輪到同學代表致詞，我坐着不動，有三四個同學跑來不管三七二十一，推得推，拉得拉，硬把我推到臺上，想不說也不行了。現會場到這一個階段，每一個人的情緒，已經到了最高潮，講話

[illegible]間，總不能太長，所以我決定不超過十分鐘。精練醒目的語句，說了三點歡迎將老師蒞綏，三點慶祝傅長官就職的意義，每一點不過十幾句話，扼要得體，熱烈誠懇，總算沒有給大家丟臉。大會結束，功德完滿，皆大歡喜。

「你講得很不錯！」散會以後，當我擠在人羣中，步出會場的時候，有一個人從後面拍我的肩膀，回頭一看，原來是新任綏遠省政府主席董其武將軍，他一方面伸出手來，同我握手，一方面說道：「你今天所講的話非常識大體，可見他們（長官部的官員）對你的批評有些過火。」

「謝謝你！」我說：「也許因爲我不會做人，說話不會轉灣，不能得到人家的諒解。」

「絕不盡然，一隻手拍不響，彼此處不好，應當大家來負責，不能單怪一方面。」董主席說的話，非常客觀公正，在整體號召下的綏西，人們祇能說有利於整體的話，不敢輕易表達自己的意見，像他這樣敢說公道話的人，我還是第一次碰到呢。

將先生走後不久，我們看到長官部把許多部隊集中到陝壩附近，挑選優秀的士兵，另行編成部隊，騎兵部隊，把馬的顏色相同者，編在一起，開始種種訓練，一直折騰了一個多月，天氣又很炎熱，有好些士兵都病倒了，弄得軍隊裡怨聲載道。我很奇怪，在前方作戰的部隊，不去打仗，而要他們練習做馬戲團，究竟怎麼一會事呢後來才知道，魏德邁將軍要來陝壩，這一切的準備，是預備給美國將軍校閱的。一天突然接到第八戰區調查室主任湖北吳景中兄從蘭州拍來一份電報，他告訴我，魏德邁將軍兩三日內來陝壩，並且要到我們班裡看看。第二天中午，又接到戴先生從重慶拍來電報，說魏德邁將軍到班裡時，妥爲招待，但不可鋪張。其實我們毫無準備，要什麼，沒有什麼，那裡還談到鋪張呢！

魏德邁將軍來陝壩的日程，既然把中美班排進去，長官部就應當早點通知我們，爲什麼一點消息都不透露呢？一個統帥部處理事件，應當光明正大，實不應鬼鬼祟祟，下午我去見傅長官。

「聽說魏德邁將軍要來陝壩？」我問傅長官。

「是的，」他回答。

「什麼時候來？」

「明天。」

「是不是要到班裡看看？」

「大概要去吧！」

「事先我們一點都不知道，什麼準備也沒有，時間好像太急促了一些。」

「沒有什麼關係。」好個沒有什麼關係，你爲什麼要準備一個多月呢？我心裡在想。

「長官部明天有車子到飛機場吧？」

「是的。」

「既然把中美班也列入他的視察日程以內，我也應當去飛機場一趟，可不可以搭長官部的車子一同去？」

「可以。」

魏德邁將軍的專機，預定第二天中午到達，十點鐘我騎一輛腳踏車到陝壩，把車子寄存在朋友的家裡，再到長官部搭車子。我分配搭乘魯參謀長、關處長、安軍長、孫軍長等乘坐的一輛小轎車，我們五個人擠了滿滿一車。長官部的官員們，從長官自己一直到所有的歡迎人員，一律穿着新的灰布軍衣，布綁腿，藍布鞋子，用一條扭在一起的黑白毛繩，把鞋子同脚打了一道箍，在脚面上打了一個花結子。這種打扮，眞有點像戲臺上演武戲的打手，我還是初次開眼界呢。我同他們混在一起，看起來，有些不倫不類，非常不協調。因爲穿着一套草黃色呢軍服，不打綁腿。這一套衣服還是十年前做的。民國三十一年，太行會戰，我把它埋藏在地下，戰爭一直延長了個多月，等到取出來，已經給蟲子咬了十幾個洞，後來到了西安，才織補好，雖然有些破舊，總是呢子衣服，混在布衣服當中，究竟體面得多。在平時，我很

少穿它，可是在一切慶典或比較禮貌的場合中，一定穿上它，因爲這是國家規定的服裝。

歡迎的人排列成一長行，魏德邁將軍一行下飛機後，傅長官介紹與歡迎的人見面，一一握手。在洋人眼中，中國人的面孔，幾乎是一模一樣，再加上清一色的打扮，更加分辨不清楚。因爲我的服裝與衆不同，所以見了一次面，他們就記住了。魏德邁將軍同大家見面以後，發表了一段簡短的演講，由一道來的皮宗闞少將給他翻譯成中國話。

等我們從機場回來，一進陝壩市，呈現在眼前的情形，同出去的時候，完全兩樣。我們的坐車在魏德邁將軍坐車以後第四輛。我看到街道兩旁，站着各色各樣的羣衆，一排接連着一排，代表各種民衆組織，手持紙旗，搖擺不停，表示歡迎。

第二天早上八點多鐘，長官部電話通知我，說魏德邁將軍十點鐘到班裡來。按照情理講，至遲也應當昨天晚上通知我們，爲什麽要等到這個時候，才來通知我？理由非常簡單，他們處處讓我們措手不及，什麽也弄不好，讓美國人看見的，祇有他們樣樣都好，然後把援助中國裝備都給了他們，用心深刻，無微不至。

九點四十分鐘，我們把學員集合在公路的盡頭，作爲我們歡迎的隊伍，又向長官部借來四名號兵，按照陸軍禮節，魏德邁是中將，應當吹兩番接官號。他係我們的最高統帥兼中國戰區總司令的參謀長，在禮節上，我們應當做到不失禮，也不過火才對。傅長官陪同魏德邁將軍一道來，他們的坐車在距我們的隊伍二百米以外停下來，我同郝拉得和其他美國教官迎上去，予以介紹，然後陪同他們檢閱隊伍。

我問傅長官，是不是在我們班裡吃中飯，他說要在班裡吃飯，我才派人坐上長官部的卡車，趕緊去陝壩接飯館子的人，來班裡預備。天氣很炎熱，我們又沒有一間涼快的房間，於是把他們讓到樹林子裡的涼亭上休息。魏德邁將軍來我們班裡，主要在看[illegible]人。因爲美國政府最近有命令，中美合作所的美國人，就近受他的節制。他同班裡的美國人見過面，就讓他的隨員們去接洽，他回到涼亭，同傅長官和我談話。

『我們的武器不能打共產黨。』魏德邁將軍劈頭一句話，就這樣向我說，態度很愼重。

『將軍！』我反問他：『你這樣說，是否說我們這裡發生了這種事實，或者得到什麽情報？』

『沒有，這是我們美國政府的政策。』

『我們既然同你們合作，就是你不講，我們也應當知道你們的政策。不過你既然提出來，我倒有一個問題，需要請你答覆。你說你們的武器不能打共產黨，但是當我們的學生拿着你們的武器，一旦同共產黨遭遇，而被他們襲擊的時候，該怎麽辦呢？』

魏德邁沒有想到我會提出這樣一個問題，兩眼盯着我，帶着微笑，一時回答不出話來，隔了兩三分鐘，才對我說道：『我祇是聲明美國的政策而已。』

皮翻譯催我快點開飯，他的態度不大客氣，我想他不是仗洋勢力擺架子，就是受了傅長官的影響，先入爲主，對我有成見。據說他在蘭州任交通兵團團長的時候，就同傅長官交情不差，傅長官既然想盡種種方法來對付我們，很可能已經向他說了我們許多壞話。不然，大家都是軍校第六期同學，無寃無仇，他憑什麽要盛氣凌人呢？我一向對於傲慢的人不客氣，我說：『你要知道，剛才傅長官才告訴我，要在我們這裡吃飯，我們不是開飯館的，臨時預備，沒有這樣快，不到十二點半鐘，開不出飯來，請你忍耐點吧！假如你覺得太慢了，那就只能怪長官部，沒有早點通知我們。』傅長官坐在一旁，臉繃得很緊，默不作聲，好像沒有聽見我說話似的。

宴會在我們剛給美國人蓋好的飯廳裡面舉行，雖然內部還沒有粉刷，可是五十多個人在裡面吃飯，相當寬敞。我起立要大家爲美國總統乾杯，美國人也要大家爲我最高統帥蔣委員長乾杯。吃了一道菜，我站起來，準備說話，皮翻譯沒有等我開口，搶着

對我說：『你要演講，等吃完飯再說。』『不用你替我操心，你的責任是翻譯，我有話說，就得請你辛苦了。』我們有的是翻譯官，本來不打算勞駕他，現在他自己找上門來，那就不能不勞他的駕了。他好像很不願意，終於勉強站起來。

我請班裡的中國官員和美國教官站起來，大家向魏德邁將軍敬了一杯酒，又同他的隨員們乾了一杯，最後大家敬傅長官一杯，然後我向魏德邁將軍說：『將軍！我們班裡的貴國教官，除了少數值班的，現在都在這裡，如果你願意對他們說什麼話，這是一個最好的機會。』

『謝謝你！給我這樣好的一個機會。』魏德邁說。

魏德邁一點酒都不吃，可是他的隨員們，個個都是酒罎子，尤其是那位一星將軍，酒量非常大，一再要同我乾杯。我並不喜歡吃酒，酒量又很有限，可是在這種場合，自己做主人，就不能不吃，又得防備吃醉了失態。我們的宴會雖然臨時準備，結果大家吃得很高興，長官部本想我丟人，在洋人面前栽跟頭，結果又妄費心機了。

魏德邁將軍在陝壩幾天當中，長官部排列好許多節目，我參加過一次晚會，兩次宴會。他們所以要邀請我，大概由於兩種原因，第一，因為我同魏德邁一行，已經有過兩次接觸，不能沒有我這個人參加；第二，既然請我們班裡的美國人，就不好把我這個主任除外。

所有的節目，傅長官都用過一番心思。歡迎晚會在陝壩大會堂，傅長官就職，也是在這個地方。參加晚會的人，大約在一千人以上，餘興節目，有平劇的天女散花等。為什麼選擇這一類的戲劇？是經過慎重考慮的。洋人聽不懂中國話，對於唱詞，一句也不懂，尤其害怕震耳欲聾的大鑼大鼓。但是天女散花一類的戲就不同了，唱詞既少，而又非常熱鬧，還有優美的中國式的舞蹈，每一個洋人都看得懂，都會感到興趣的。

的。一次宴會祇是吃飯，沒有什麼花樣，是由陝壩各界出名邀請

另外一次晚宴，由長官部邀請，場面很大，別出心裁。宴會八點鐘開始，地點是陝壩天主堂的樹林裡面。一進林園的大門，就令人感覺到好像是到了江南，也許是天堂，絕不是荒涼的塞外。行人道兩旁的樹枝上的燈泡，放射出柔和的燈光，樹林裡面點綴着紅綠相間的小燈泡，顯得這一座林園特別美麗。播音機從樹林深處放送出悅耳的美妙音樂，這是天上的仙樂，不是臨近敵人的前線能夠聽到的。宴會設在樹林中間的一小片廣場上，餐桌成U字形，用自助餐式，自己取菜，按名入席。自助餐是美國人的玩意兒，這樣可以使美國人興起一種故鄉的溫暖感覺。餐桌對面一百多米的地方，臨時搭了一座三尺多高的戲台，餐後演出各項節目。有一個節目是蒙古歌曲，四個蒙古女人穿着鮮艷華麗的衣服，戴着蒙古人的首飾，哼出單調的歌曲。我問一位朋友，從那裡請來這麼漂亮的四個蒙古女郎。他說：『活見鬼，那是四個男人裝扮的，訓練了好久，用來招待洋人的。』

軍隊的各種技術表演，我沒有看到，聽說比馬戲班和運動會的表演還要精彩。總之，十二戰區以一省的力量，經過兩個多月的籌備，就是在極小的地方，也要投其所好，絕不馬虎放鬆，招待得服服帖帖。

二、保衛包頭

日本無條件投降後，班裡的美國人紛紛傳說，他們得到重慶的消息，我們班裡的中美人員，將由綏遠一直開往北平，參加北平的受降典禮。這些美國人嚮往北平的頤和園、故宮、天壇、北海、八達嶺的萬里長城，聽到這個消息，都高興的蹦蹦跳跳。我沒有接到正式的命令，覺得沒有這樣便宜的事。當然人人都希望參加具有歷史意義的受降盛典，我們打了八年仗，誰不願意看到

敵人放下武器，向我們屈膝呢？後來因爲張家口被共產黨佔據，平綏路被截斷，這一個希望終於變成夢想，空高興一場。十月底，美國人奉到命令，要他們離開後套，經寧夏西安，返回重慶。

共產黨的作風，一向是欺軟怕硬，得寸進尺，並不因爲佔據了張家口，就算滿足。他們想控制整個平綏路，一方面可以從山西經察綏熱河，直通東北，這一條交通路線，對他們向東北發展滲透，非常重要。另一方面，控制了平綏路，可以威脅北平，作爲向中央談判的政治資本。他們深知十二戰區的軍隊，在抗戰的最後幾年，並沒有打過仗，士氣非常低落，是最弱的一環，容易攻擊。所以選定這一個目標集中他們晉冀察邊區的十幾萬大軍，由賀龍率領，發動對綏遠大規模的襲擊，聲勢浩大，希望一舉攻佔綏遠。戰鬥一開始他們就分頭襲擊平綏路西段的各個據點，何文鼎將軍所部首先遭殃，吃了一個大虧，損失慘重。傅長官看到情況不對，爲不被各個擊破，和確保歸綏，把他的部隊集中到歸化城附近，準備來一次保衛戰。防守包頭的責任，交給何文鼎將軍，他祇有五六百殘部，撤退到包頭。原駐包頭的部隊，有李守信的蒙古軍一千多人，未經訓練的壯丁兩千多人。後來我們的別動軍奉命由薩拉齊開到包頭，防守飛機場。何文鼎將軍看看包頭的力量，祇有這麼一點兒，怎樣去對付強大的敵人呢？他覺得苗頭不對，負不了這一個責任。那時包頭到歸化城，還勉強可以通車，趕緊跑到歸綏，硬把董主席拖到包頭，才把保衛包頭的責任卸掉。

賀龍看得很清楚包頭能夠作戰的部隊，至多不過兩千人，以兩千人去防守那麼重要的包頭城，同空城差不了許多。在他想來，攻佔包頭，十拿九穩。一旦佔據了包頭，則平綏路東西兩方面的交通都被切斷了，歸化城勢必陷於孤立，不特補給困難，連增援都不可能，就是不去攻打，困都可以困死。然後他集中全力，攻擊歸化城，不是就容易得多了嗎？賀龍按照這一個原則，用十幾萬人把歸化城孤立起來，拿上兩萬人來攻擊包頭，這是一個十對一的力量。

大概是十一月下旬，情況已經非常緊張，平綏路完全被切斷，除了歸化城和包頭兩個重要城市之外，其他的地區都落到共產黨的手裡。包頭既被包圍，形勢險惡到萬分，董主席覺得包頭實在無法守得住，想乘着黃昏，突出重圍，撤退到後套再說。當時察哈爾省政府主席馮欽哉將軍，因張家口落到共產黨手裡，不能前進，也在包頭。他聽到董主席打算突圍，立刻去告訴他：『你絕對不能出城去，一出城不但包頭完蛋，連你的性命也保不住。現在城裡幸好有五百多個中美班的學生，如你善於運用，這五百多個學生，一定可以守得住包頭。』董主席接納了他的意見，才打消了突圍的企圖。

「主席！敵人會不會打進城裡來？」那一天夜裡，敵人開始攻城，馮主席左右有一個人這樣問他。

「你聽到馬林槍的聲音沒有？」馮主席反問那個人。

「沒有。」

「那麼敵人還遠得很哩。」馮主席告訴他。

「主席！究竟共產黨會不會打進城裡來。」槍聲緊密，戰鬥激烈，另外一個人又問馮主席。

「你聽到馬林槍的聲音沒有？」

「聽到了。」那人說。

「那麼敵人已經都被打死了，你還担什麼憂？」

這一個故事，說明馮欽哉將軍非常鎮定，對我們訓練出來的學生，很有信心。他同景大隊長都是河東人，所以知道我們學生的戰鬥精神非常旺盛，因爲經過嚴格訓練，敵人不到兩百公尺有效射程以內，絕不開槍，等到開槍，則又彈無虛發。這些自動武器的射程，雖然距離不遠，但是打防禦戰，一個人可以當十幾個人用。所以他說聽不到馬林槍的槍聲，敵人的距離還遠得很，聽到槍聲，則敵人應聲倒地，早被打死了。

我們的別動軍從飛機場撤到包頭城裡，董主席把他們分成兩

部份，一部份担任守城的任務，一部份作爲總預備隊，撥給他們十幾部大卡車，作爲運輸工具，什麼地方緊急，立刻用卡車把預備隊開上去，情況就穩定了。

這是一場艱苦險惡的戰鬥，我們以有限的兵力，抵抗超過我們十倍以上的敵人。他們用人海戰術，像波浪一樣衝到城下，在我們的自動武器射擊之下一個一個倒下去。他們攻勢太猛烈了，終於把蒙古軍防守的城北角衝破一個缺口，等到預備隊增援，已經有一千三百多個敵人衝進城裡。我們的學生很迅速地堵住缺口，不讓敵人繼續往城裡的一千三百個敵人擴張戰果。他們活動的結果，佔據了城裡三份之一的地區。要想消滅這一批已經得到掩護的敵人，必須付出相當大的代價，必須經過比守城更艱辛的戰鬥。

衝進城裡的敵人，因爲缺口已經被我們堵住，後援斷絕，退出城去，既不可能，祇留下兩條路子給他們走，那就是拚命的戰鬥，或者投降。我們的別動軍除去守城的撤不下來，可以參加巷戰的不過三百人，以三百個人對一千三百多個頻於絕境的敵人衝殺，眞是一場壯烈的戰鬥，困獸猶鬥，何況是人類。

戰鬥到緊要關頭的時候，爲了消滅敵人的一挺輕機槍，我們一個最年青的學生，祇有十八歲，他看到兩個同學被敵人打倒，熱血都沸騰了。他說：「隊長！我不能再忍受了，我一定要拿回這挺輕機槍。」還沒有等到景大隊長允許，他已衝上去了。雖然白白地犧牲了一條性命，可是從他的英勇情形，不難了解我們的戰鬥精神，是個什麼樣子。

經過一晝夜血戰，我們學生的大無畏精神，終於完成了神聖的任務，寫下可歌可泣，輝煌燦爛的一頁。一千三百多個敵人，被我們打死了三百多個，打傷兩百多個，其餘的七百多個人，統通被我們活捉住。衝進城裡的敵人既然被我們全部解決，城外的敵人更不足畏了。這一仗，我們所付出的代價相當大，總共傷亡了六十多個人，超過我們總人數的十分之一。

景大隊長和指導員王默凡等幹部，在這一次巷戰中，身先士卒，所以不論官長，還是學生，沒有一個不奮勇殺敵的。中隊長山東王德章同志也負了傷，他曾親自用手榴彈炸毀敵人最兇猛的一挺輕機槍，使戰鬥很快結束。說到王中隊長，我想到關於他的一段插曲。他係軍校十三期畢業，我到班裡的時候，他的階級僅僅是一個上尉，我覺得他有些委屈，立刻呈報重慶，想把他提升爲少校。因爲他的同期同學，有些已經升到中校了，他的能力並不壞，讓他停留在上尉階段，不太公平，可是我沒有把保他升級的事情告訴他。他自己不滿他現在的階級，對於他自己的前途，感覺到很暗淡，滿肚子不高興，什麼事也懶得做，已經實行怠工。讓一個情緒低落，怠工的幹部去帶學生，前途眞是不堪設想。我對一個這樣的幹部，絕不寬恕，找他來談了一次話。

「聽說你在實行怠工，眞的嗎？」王中隊長走進我的房間，我讓他坐下，開門見山地問他。

「報告副主任！我不想幹啦。」他的情緒很不好，聽到我問他，一點沒有猶豫，就這樣答覆我。

「我很同情你，我知道你對你的階級不滿意，好吧！你既然不願意幹，也用不着怠工，我不會躭誤你的前途的，會答應你離開這裡，讓你去找一個你滿意的工作，你可以走了。」

他回去想想，覺得苗頭有些不對，我既沒有責備他，又不安慰他、挽留他。一說要走，我就很痛快地答應他，究竟是怎麼一回事呢？越想越糊塗，最後跑到班本部打聽一下，才知道我已經保他升少校了。這樣一來，他眞有些不知所措了，怠工是爲了不升級，不幹也是爲了不升級，想不到新來不久的副主任，並沒有經過他請求，就自動去提升他，那麼他的舉動不是很對不起人家嗎？他越想越慚愧，越想越難過，不能不懺悔了。

「報告副主任！」夜間他自動來找我，向我報告。

「什麼事？」我看到他堆滿了笑容的臉，心裡很奇怪。

「我不想離開這裡，還要留在這裡工作，我不走了。」

「不行，我這人做事乾脆的很，絕不能拖泥帶水。不想幹，是你自己說的，說不幹，就不能再讓你留下來。你要知道，勉強留下來，將來的結果一定很壞，彼此都會後悔的，所以你不能再留在這裡。」

「報告副主任！我錯了。」

「你沒有什麼錯吧？」

「是我錯了。」

「眞的，你承認錯誤嗎？」

「是的。」

「你既然眞的承認錯誤，我倒要同你談談。關於你的階級問題，你祇能怪過去的負責人，不能怪到我的頭上。我來班裡沒有幾天，我們彼此過去又沒有相處過，你並不知道我的爲人怎樣，爲什麼同我過不去呢？你的情緒不好，我可以原諒你，但是實行怠工，則不能寬恕。你要知道，一個革命軍人，應當在工作上努力，斤斤計較階級高低，太沒出息。我不喜歡一個沒有出息的同志，跟我一道工作。你自己說不願意幹，就是想要幹，我也不要你幹，所以我還是不能答應你留下來，不走不行。」

「報告副主任！你得原諒我年青，沒有經驗。」

「好吧！你既然不願意走，可以留下來，不過不能因爲你怠工而給你升級，仍舊是上尉，你願意嗎？」

「就是降一級，也願意。」

「不後悔嗎？」

「絕不後悔。」

以後，王德章的工作，特別努力，是一個非常優秀的幹部。等到批准他升爲少校，反而無所謂了。這一次保衛包頭，因爲他勇敢苦戰，建立了意外的功勳，也因此受了光榮的創傷。

賀龍攻打包頭，碰了個大釘子，實在出乎他意料之外。他們攻打了兩天兩夜，而且有一千三百多人衝進城裡，不但沒有發生什麼作用，却被我們全部解決。城外進攻的敵人，雖然用人海戰術進攻，究竟人海敵不過火海，不但沒有發生多大作用，犧牲特別慘重，據我們估計，城外攻城的部隊，傷亡總在兩千人以上。他們不能夠繼續攻擊，祇好撤退。但是賀龍並不甘心，就此罷手，休息不到一個星期，捲土重來。十二月三日，包頭又被包圍，開始第二次的猛烈攻擊。我們打了一次勝仗，士氣旺盛，對共產黨的能耐，看得清清楚楚，不在乎他們再來送死。相反的，他們聽到我們的槍聲，已經落了魄，不敢往上衝，所以緊接着再來一次進攻，實在是一個不智的舉動。這個時候，寧夏省政府主席馬鴻逵將軍的一個騎兵師，已經到達扒子補隆。當他們攻城，被我們堅強抵抗，無法進展的時候，沒有防備住，背後突然遭受一個生力軍的兇猛襲擊，弄得丟盔撂甲，狼狽而逃。連包圍歸化城的部隊，也在一夜之間，撤退得乾乾淨淨。我們保衛包頭，一連打了兩次漂亮的仗，的確使人興奮。像包頭那麼一點兒軍隊，共產黨用上兩萬人去攻打，都打不下來，可見他們太不行了。傅長官的部隊受到這種刺激，氣也壯了，一下子振奮起來，他們從此瞧不起共產黨的軍隊，士氣非常旺盛，共產黨再也不敢嘗試侵犯綏遠了。

爲了告慰死者，也爲了鼓勵生者，我們對包頭保衛戰役中陣亡的同學，舉行了一次隆重的祭奠，以我們新營房的大禮堂作爲祭堂，這座新的禮堂剛才落成，保衛包頭的同學，也曾爲這座禮堂流過許多汗，現在在這裡來祭奠他們，特別有意義。早晨，我們舉行班祭，供以少牢，獻以鮮花，奠以清酒。接着大家到了天主教堂，請陳神父爲我們的陣亡同學做大彌撒祭，教徒們在前面跪着，我們站在後面，在肅穆莊嚴的氣氛中，完成宗教儀式。我不是天主教徒，我們陣亡的同學也不一定信奉天主教，那麼我爲什麼要爲他們舉行一次大彌撒祭呢？我希望任何宗教對於死者，能有所幫助。陝壩各機關，各團體，整個上午陸陸續續前來致祭。當然包頭的勝利，間接保障了陝壩的安全，他們前來祭奠爲他們的安全而犧牲的戰士，都是出於自願的。

憶南通

（上）

——宋希尚——

誰家玉笛暗飛聲，散入春風滿洛城；
此夜曲中聞折柳，何人不起故園情。

這一首李白「春夜洛城聞笛」的詩，此時此地讀來，不禁令我想起了故鄉嵊縣，也想起了第二故鄉，負有模範縣之譽的南通。

一、樸實無華的南通

①古老的縣城

南通這座縣城，算起來，已有一千零幾年的歷史了。它於五代周世宗顯德二年建立通州，清爲直隸州，屬江蘇省，俗稱南通州；又名崇川；民國改縣，稱南通縣。

這座古老的縣城，東濱大海，南臨長江，實爲江北的重鎮，在縱橫八千餘方里上，居住著二十萬善良純樸的人民。城方五六里，四圍的城牆，雖已早經拆除，把原有的城基，改作了行駛汽車的環城馬路，但東、西、南三座城門，還是高高的矗立著，城門上建有敵樓，雖說是已經剝落了，但一種莊嚴雄偉的氣概，依然存在。每天早晨，四鄉趕集的農民，一個個摩肩接踵，都要從這三座城門洞裡出入。

城廂的住戶，萬五千戶，每戶都有正當的職業，他們男勤女儉，合力創造他們自己溫馨的家。在這萬五千戶中，其中不乏祖上立過功名的人，你可以看到大門內二門的門額，高掛着拔貢、貢元、解元、進士的匾額。這些匾額，因爲年代久遠，金字也已黯淡了，但還能嗅得出「詩書門第」的一股「世代書香」的氣味來。

城內最繁榮熱鬧的，要算是十字街。十字街準對著全縣行政總樞的縣政府，府前有魁星閣，據說這個閣以前是演戲用的，閣的頂端，置有大鐘一座，它爲全城人民報告標準的作息時間。十字街的街道，雖然窄狹了些，但還能足夠通行。路面既不是瀝青的，也不是洋灰的，是用一塊塊的大石板平砌而成的，這並不有碍觀瞻，倒反而顯得這古老縣城的特色。十字街兩旁的店舖，雖然多數還是些古色的平房，但裝璜佈置，已經現代化的了。諸如各式各樣的霓虹燈，光芒閃耀，櫥窗裡的模特兒，好像眞的時髦女郎。這些匠心獨運的佈置，比起上海的繁華與高貴，當然較遜一籌，但店舖的殷實，店員的和藹，說句並非誇大的話，也不是上海這些公司行號所能相提並論的。在十字街的店舖裡，你可以隨時買得到你喜歡的和生活上所需要的，而且價廉物美，所以老於南通的客商，都說：「南通有上海的享受，而沒有上海的靡費，有上海的熱鬧，而沒有上海的「浮華」」的確，南通就是這樣一個地方。

除了十字街之外，最熱鬧的東、西門外的大街和南門外望心橋頭的段家壩，這三處是南通土布市場的所在地。

南通的農民，每年在春耕之餘和秋收

之後的兩段時間裡，家家戶戶都以織布爲副業。所謂「大白布」、「尺、五」以及後來經過改良的「大機布」，都是南通最有名的土布，每年運銷於全國各地，爲數甚夥。單以暢銷東北省的「大白布」、「尺、五」而言，年以數十萬疋計。此項手工業，一直到大生廠採用機器織布後，還是依然興盛，未見衰退。農民織成之布，每晨趕往這三個市場去求售，數以萬計的鄉下人，把這三個市場，擠得水洩不通，遠望過去，晨曦中的人潮，一似長江後浪推前浪的蔚爲大觀。這晨曦中的熱鬧是南通特有的。

②名勝古蹟

談到南通的名勝古蹟，最著名的，在近城有五個公園和城北的北土山，城東南的嗇公墓及一些古剎、亭臺樓閣外，要算距城十餘里的琅山、馬鞍山、劍山、軍山、黃泥山了。這五座不高不低、不大不小的山，沿着長江北岸，準對着南通的縣城，參參差差，一前一後的排列着。這五座山，不但是點綴了南通的風景，也是江北唯一的重鎮，歷朝都很重視，派有駐軍，清置琅山總兵，民國設要塞司令。後來經過張謇的擘劃經營，更成爲南通的風景區。那裡不但有蒼翠的樹木，而環繞五山的，更闢有幽美的林溪，林溪引江爲流，既增風景之美，又利農田灌溉，誠一舉而兩得。林溪的兩旁，築有堤岸，堤岸的兩邊，植得桃柳，遊人至此，可以欣賞到水色山光，細柳輕盈，鳥語花香，緩步前進，則牧童晚唱，野鶴棲磯，而一平似鏡的江面，飄浮着點點風帆，潮落時的島嶼縈迴，又令人有低迴之感。張謇的林溪精舍、東奧山莊、西山村廬等別墅，亦建於此。

五山中的琅山，最爲熱鬧。山上廟宇櫛比，建築巍峨，但香火最盛的，要算大聖殿，每年春節，江南北的香客，背着黃色的香袋，絡繹於途，他們和她們，都很虔誠地向琅山大聖默上了香，叩下了頭。這些香客中，除了農民和商人外，還包括了不少的聞人和名人、士紳和官吏。山頂有「朱雲塔」，塔高九層，登臨遠眺，南通的全景，可以盡收眼底。

琅山之左爲馬鞍山，馬鞍山以其形勢得名，山有「我馬樓」，樓有「岑臺」，爲南山別墅的最高處。琅山之右爲黃泥山，黃泥山爲五山之中最小的一座。嶺築「虞樓」，亦爲張謇所建，「虞樓」的命名，爲先師張嗇公紀念對江常熟虞山白鴿峰下翁相國之墓而來。先師曾有：「爲瞻靈墓宿虞樓，江霧江風一片愁；看不分明聽不得，月波流過嶺東頭」一詩爲記。

黃泥山之麓，距江水不遠的地方，爲世界美術家沈壽夫人的埋葬處。沈壽於光緒甲辰（一九〇四），慈禧七十大慶時，因獻所綉佛像得名，那時商部奉諭在京師所設的繡工科，即由她主科的，辛亥鼎革之後，沈壽受聘南通女工傳習所所長，民國十年六月，歿於任所，南通地方當局，爲紀念此一代藝人，卜葬於地。凡往遊五山的人，必去黃泥山麓，瞻仰壽墓。

二、南通與我的淵緣

我是在錢塘江以南出生的人，何以與揚子江以北的南通有此一段淵緣？當追溯到民國三年冬，我報名參加南京河海工程專門學校入學考試時起。事隔五十餘年了，可是我還清楚的記得，在上海西門江蘇省教育考試的時候，是漫天大雪，白皚皚的馬路上，素稱熱鬧的上海，僅有數得清的幾個行人，我因目睹我剡溪三年兩次的水災，田禾廬舍漂沒的慘狀，矢志水利報國的私願，熱血融化了冰雪，準時提到了試場，很倖運的，我竟被錄取。翌年三月十五日在南京丁家橋借江蘇省咨議會會所爲校舍，開學那天由倡辦人農商部總長兼全國水利局總裁張謇（季直）親來主持，諄諄勗勉並合影紀念。

在校讀書期間，我一直朝乾夕惕，孜孜研習，未敢稍懈，畢業後由校方遴選與其他同學三人，分發到南通保坍會見習，其他三位同學，於見習期滿時，先後離去，而我則竟與南通結下了不解之緣，終於成爲我的第二故鄉。

①築港工程

南通這條江岸，全是黏土所建，它原是以抵禦一般的潮汐，後來因爲受了對岸長陰沙的擴展影響，南泓日益淤淺，中泓漸次北移，造成如臯以東天生港至姚港一帶江岸的一大弧形，坍削日甚一日，南通地方人士，爲求自衛自救，通力合作，在張謇公領導下，組織保坍會，以保護坍岸爲目的，我以見習生的身分，參加了測量設計與築楗工作。

偌大揚子江之流量，天天冲刷着江岸，如何來研議計劃，確是一件水利工程上的大課題。該會曾先後邀請了美國的葛雷武、鮑威爾，比國的平爵內、貝龍猛，荷蘭的方維因等專家，一再商討，而奈克則爲南通第一次所請到的荷蘭工程專家，原仿照濬浦局築楗計劃，後以所費過鉅，不是南通地方財力所能負担，故中止經年，最後於民國四年，延聘上海濬浦局總工程師奈克的兒子，特來克（Mr. Henry de Rijke）主持建楗工程。奈克以濬浦工程見效，世界馳譽，特來克頗想繼承父業，工作能力特強，他把他父親的原計劃，加加修改，把柴排工料減輕到每方公尺爲一元五角，從天生港至任家港，凡長九千公尺的江岸，原擬築楗十二座，每楗間距爲七百五十公尺，每楗費用一萬五千二百元，十二楗，共爲十八萬二千四百元。我到南通見習的時候，已自天生港第一楗起向東在蘆涇港築第三楗了。嗣後的三四年中，築楗工程，次第展開，自任家港至姚港，同時也興築樹楗工程，江岸的坍勢穩定，而且有落淤護岸的趨勢，築楗坍的計劃，顯然已收到了很大的效果。我初出校門，親見水利工程的成效，躍然而喜，對工作上益感興趣，從此我處處虛心，在在觀察，時將觀察心得筆記之。

特來克是一位年未三十壯健勤奮的青年，既沒有家室之累，也不計酬報，他以一股服務的熱誠，除了負責保坍工作外，凡通、如、海一帶地方的水利、道路、橋樑等，一切有關市政方面的土木工程，他不辭勞瘁，無不全力以赴，貢獻其所能，所以社會人士，無不尊之重之，尤其退、嗇昆仲二位老人，極爲器重。他對我們四個見習生，視爲兄弟，後來其餘的三位，都先後離此他去，我以江岸保坍，正爲河海工程學中面臨的課題，繼續留在那裡，並且很想有空時對我國未修的江河水利，作進一步的研究，而特來克，正好是一位藹然可親的青年工程師，果然，從此我與特來克之間，竟成了學術研究上的朋友。

特來克每月必去上海渡假，作三五天逗留。某次忽携歸上海舊書舖搜購來的古版的水利書籍數十册，有志對我國水利，下番工夫，俾多瞭解，其中以明潘季馴所著的「河防一覽」，全爲潘氏治理黃河經驗之談，且與近代科學治水原理，有很多地方不謀而合，特來克爲之心折，極感興趣，因我年輕，初出校門，遂商請於公餘之暇，爲之翻譯講述，約定每晚自七時半至九時半，在他辦公室中，一燈相對，促膝而談，以打字機爲臨時書記員，以咖啡糕餅爲慰勞品，凡「以水制水」、「以水刷沙」、「以柔克剛」、「以清敵黃」、「以掃挑溜」等名言宏論，我們各提所見，並與歐美學說，相互引證。我爲了答謝特氏對我的指導，及有此機會來溝通中西學術上的觀念，也深感興奮。這樣無間寒暑，經過了兩整年的時間，把這部「河防一覽」，彙積成帙，譯成英文本六大册，並附有圖表及評論。可惜這部經過兩人兩年心血所譯成的我國治水經驗，未及校訂出版，特竟撒手人世，後來此稿由上海荷蘭領事携去，經他們的專家審查，認爲在水利學術上有重大的價値，呈送政府保存。聞此原稿，現珍藏在海牙國家圖書館中。

② 小洋港閘工

南通的小洋港，是一條沒有船舶停泊的死港。它在琅山之南，任家港與姚港之間。港的附近一帶，琅山南面，都是一片肥沃的農田，因受到潮水的倒灌及潮落後缺水的灌溉，農產品不能如預期的收穫而影響了當地人民的生活。這時張謇師正在經營「五山」，要在小洋港興建蓄水禦潮之閘，由特來克設計，派我前往駐山監造，這是我有生以來第一次獨當一面負責的

工作。我也瞭解這次工作是我的試金石。我兢兢業業，事必躬親，希望把這件工程成爲一個好的開始。在施工期間，因爲附近沒有適當膳宿之處，於是借住在距工地六里之遙的琅山三元宮。琅山爲南通的名勝之一，三元宮又是山上最大的一座廟宇，所以倒也生活得很愉快。三元宮擁有不少的廟產，香火又盛，廟裡大小百餘個僧徒，一個個都肥頭大耳，好像要和山門裡第一座佛像彌勒佛爭美。他們除了定時的誦禮佛外，一天到晚，無所事事，無掛無礙，菜根豆腐，確是另有一種風味與樂趣。

三元宮的主持僧，爲一個青年和尚。他曾肄業於南通師範，爲嗇公特別培植，授以新智識，來担任改造今後佛教的幹部之一。他爲我佈置了兩間精雅的房間，一爲臥室，一爲起居間，壁間還選掛了幾幅名書名畫。靠窗的一張紅木高架茶几上，一隻大明宣德的香爐裡，燃點着一枝令人神往的大香。即使一個很粗俗的人，我想在這樣一個環境裡，一定變爲清心寡欲，成爲佛門的弟子。我私自慶幸，在這裡先後住了十個月，也吃了十個月的素，也算過了十個月的和尚生活，每天早出晚歸，無挂無碍，覺得十分自在。

小洋港的閘，從開始起，一直按照預定計劃施工，可說一點也沒有意外。而我觀，一石一木，必親自過目，絕不借手於人。很有許多工人，在背地理說：這小子太認眞。我也不以爲意，因爲我認爲認眞，乃是工作的應有態度，對任何人沒有害處。包商工頭劉老兒，寧波人，是一位狡猾而有經驗，善於交際的老年人。他很能講話，以寧波紹興大同鄉關係，特別向我親近，談到工程施工，他當然說得頭頭是道，他從工程本身，談到包商的苦樂、包商的人格，意思是要我放心，他是有人格的人。他勸我何必一天到晚這樣辛苦的站在工地，無休無息的監視，可去喜歡去的地方逛逛，工地的事，他一定代我照顧，做得很好。他認爲我年少老成，規規矩矩，前程遠大，有意和我做個朋友，我雖然有時假以辭色，但對工作始終沒有放鬆過一步。

閘基的木樁，因爲靠近江邊，土質鬆軟，所以設計方案中，有一定的直徑、長度、排數，打入泥中的深度，也有一定的尺寸，這是此一閘最重要的基礎，所以我特別重視。每支木樁，從打樁架打入，我自始至終，不離一步；晚間收工，我把當天打入的樁數點清，合併當天以前的支數，統計施工的進度。可是，有一天早上，我發覺工地的排樁數比昨天完工時多了好幾支，我懷疑我的記憶錯誤，於是我查對施工進度表，斷定已發生了問題，我要工人把未經我在場打入的木樁，拔出後重新再打，但他們堅持不肯。那個包商，最初還是以笑面的手法來欺騙我，後來因爲雙方相持不下，他居然翻臉威脅，想要動武，他將報告四大人（先師在日，地方老百姓都稱他四大人），我一切不怕，我唯一的對象是工程而不是人，經過半天的唇舌及嚴正的態度，把木樁拔出一看，比其他的木樁短了兩三尺，也就是說包商偷了工減了料的鐵證。我當時態度溫和，不究既往，重打新樁，一笑了事，全場爲之翕然，包商在工人的排解勸慰下，很尷尬離開了工地。背後他們竊竊談論這樣年青二十多歲小夥子，有點小聰明，但看不出有這樣大的決心與魄力，難怪與老奸巨滑的老頭子，鬥法勝利了。

③樹楗工程

我在美國卜朗大學完成碩士學位後，又轉赴歐洲考察水利，返國後就任督辦吳淞商埠局建築科事。十四年該局因經費來源的支絀，遂告結束，我奉張督辦嗇師命回到了我的第二故鄉，担任保坍會經理。在短短的六年之間，我由保坍一名見習生，担任保坍會最高職位總理之職，實在感到誠惶誠恐。

那時的保坍會，已無經費來源，築楗工程早已停頓，而琅山附近上下游一帶，江岸的坍削反日一日，大有岌岌可危的趨勢，尤其在下游一帶的冲擊更甚。若照原有計劃築楗保坍，則柴排的層次，必須加強，估計每座柴排，最少要銀元四萬元左

右，就姚港一帶的情勢來看，必得新築五六座之多，否則琅山大有重行入江的可能。可是那時的保坍會，是無法負担的。與江南常熟方面力爭當時所謂段山垻的漲灘，希望以新漲沙田的利益，來補償江北一部分坍削的損失，雖經長期與有關官廳交涉，但杯水車薪，亦無濟於事。退、嗇二公爲保衞地方，焦思苦慮，自可想見。我爲分憂任勞，不忍坐視，在萬分無奈之中，想到考察美國密蘇里河（Missouri River）「樹楗」（Retards）保坍之法。因爲密蘇里河雖沒有揚子江之大，但水中所挾帶的泥沙，不算不多，水流洶湧，不算不大，所造成河岸的坍削，也不算不烈，而該河的樹楗保坍，我已親眼看到，著有成效，如果仿效施之於姚港一帶的江流，相信定有同樣的效果。我將原則陳明嗇師之後，就設計研究將密蘇里河樹楗的方法，加以改造，以適應我們的環境。江邊採集六七丈高以上的大樹，橫陳岸灘，在樹的根部鑿一三寸大小的圓孔，用粗鉛繩就大孔串合，每串大樹數十株，分上下兩層，抛沉水底，平埋在坍岸之下，並使與水流成垂直方向，以禦潮水的衝擊，爲了防止每株大樹本身爲浪的搖曳，用特別設計的巨大的三合土「錨」，繫於樹楗的鉛繩之上，分別填埋於樹楗的前後和上下游，再以特製之三合土大「樁」，橫埋地下，以拉直之，使樹楗不能有所浮動，最後堆砌巨石，使之高出水面。這樣設計的用意，爲利用樹的枝葉的彈性，在水中搖曳，以速泥沙之沉澱，樹楗上的堆石，以挑散水力的襲擊，並保護江岸的下陷，嘗試結果，頗收一時之效。

樹楗設計，完全是爲了經濟打算，救窮與救急。因爲沿江大樹，到處都有，既可就地取材，又屬價廉工賤，原設計每座柴排四萬元的代價，現在不過數千元已足。而我得此大胆嘗的機會，皆出嗇師排除萬難堅毅支持下，始見成功。嗇師在年譜最後所載「保坍會十七楗沉排往觀」及「至姚江東視十八楗工」，就是指此樹楗而言。

三、遙望港九孔大閘

遙望港是一條通海的大河，是一條南通、如皋兩縣及大有晉與大豫兩鹽墾公司在水利上具有價值的大河。

民國七八年間，南通的實業，正在突飛猛進，而實業中的鹽墾事業，尤可說是黃金時代，凡長江以北，淤黃河以南，運河以東，濱海一片廣大的灘地，爭相開發，而大有晉、大豫、大豐、大賚、大綱、華成等鹽墾公司，也就在這時候先後成立。其中大有晉、大豫兩公司所轄的灘地分屬南通、如皋兩縣所有，這條遙望港流通江海的大河，正爲大有晉、大豫兩公司天然的分界河。兩公司爲墾區內洩洪防潦，禦潮蓄淡，加速改良土壤的需要，議在遙望港出海處修築攔河大閘。遙望港面寬濶，距海甚近，根據流域內的流量，必須建一個鋼筋凝土的九孔大閘，始足以供宣洩，爲了便於通航，中孔又必須建活動橋樑，以供啓閉。在當年，像這樣規模的工作，就是少見的水利大工程了。

①專家設計

南通、如皋兩縣水利會及大有晉、大豫兩公司，以茲事體大，工程繁重，乃商之退、嗇兩老，禮聘保坍會荷蘭工程師特來克負責主持大閘工程，特氏邀請我爲之協助。所有圖樣的設計、施工的規範、閘址的測量等，我始終參與其事，也可以說由我草擬後送經特來克核定。開工之日，我奉調自保坍會移住海灘，常川駐守工地，負責施工，特氏則特備有小汽輪一艘，往來於南通遙望港工地之間，月必一二次，隨時解決遭遇困難及指導工程的進行。

②赤地千里

遙望港閘工工地的荒涼，我眞不知如何來描述它。周圍數十里，找不到一草一木，天空地面鳥獸絕跡，當然更談不上有人烟了，眞是浩浩無垠，赤地千里。在如此寬廣的遙望港裡，縱橫雜亂的大小溝洫中，找不到一滴可飲的淡水，盥洗漿衣，完全是鹵鹹的海水。在海灘沙漠中，夏天特別悶熱，而冬天則又特別風大寒冷，我

於這樣荒蕪的環境下，蜷伏在一所僅蔽風雨的工寮內，寢於斯，食於斯，工作於斯。我好像犯了什麽法似的，在異域充軍。除了一位沉默寡言的會計史介人先生外，每天所接觸的，全是些粗野的工人，所籌劃的，是如何把工料運到工地與保管？工人工作的如何分配？他們的成績是否適合工程的標準？乃至工人的考勤與飲食生活，事無巨細，在這荒野單位上我得一一去親自處理，也無由借手於人。這樣經過了一年之後，大鬧基礎工作，如椿工與灌漿，方克告成。

③霍亂的厲害

工程正在開始紮鋼筋鬧墻鬧墩的重要關頭，特來克例行的前來巡視，並因工程開展關係重要，預備多住幾天，他仍照慣例，除了實地巡視工程指導工作外，所有食宿，全在這艘特備的小汽輪上。這汽輪雖小，但很整潔，生活所需的全部工具，內部的設備，可謂應有盡有了。特來克對這艘小汽輪也特別喜歡，認爲這是他和他的愛犬的流動家庭。這次他到工地時，正是非常炎熱的夏天，他忍不住夏天港灘的悶熱，無處可以洗澡，就在附近海水瀦池中，再次去沐浴，我雖婉言勸阻，未被接受。就在當天傍晚，他爲警犬咬傷尚在包裹中的手臂，忽然感到劇痛，同時上吐下瀉，頭暈目眩，知已感染了嚴重的霍亂症，在短短的一晝夜間，無次數的吐瀉，頓使一個健壯男子，變成精敝力竭。我們大家着了慌了但在這荒野的工地，根本毫無醫療設備，不得已，星夜返棹南通。不幸，於到達他親自設計督造的南通城外中山公園鋼筋混凝土橋邊，這位熱心幹練年僅二十有九的工程師，溘然長逝。嗇師與通、如各界人士，無不哀悼惋惜，經徵得他家屬的同意，卜葬於南通劍山之南，嗇師特爲之親撰墓表，錄之如次：

（未完待續）

折戟沉沙記林彪（十七）

岳騫

營口守軍係由僞滿部隊改編的暫五十八師，師長爲王家緹；該師戰鬥力甚佳，王家緹平素表現亦不錯，但在遼陽、鞍山相繼陷後，被在共軍供職的前僞滿軍官同僚游說引誘下，意志動搖；復加以營口港封凍，機場又失修不能使用，外援完全斷絕後，於三月二十九日投共。

原竄據法庫外圍之共軍第三、第十縱隊，爲策應其遼南鞍山之進犯，於二月十二日越遼河竄犯石佛寺附近，經被擊退。十六日回竄河北岸，旋法庫守軍暫編第六十二師，因據點孤立，乃自行撤退；於十七日夜向東突圍，中途遭截擊，犧牲甚重。

二月二十二日，共軍第十縱隊，進迫開原以西，向車站守軍進犯；二十五日再度猛撲，並不斷炮擊城區；二十六日，共軍第三縱隊由中固北上，會攻開原。激戰至二十七日，守軍第一三零師之第三九團，因傷亡過重，無力固守，終被共軍突入。迄二十八日晨，開原亦即陷落。

共軍陷開原後，即糾集各縱隊主力渡遼河北竄，二月二十八日，共軍西滿獨立第四師於當夜突入老四平，翌日即爲國軍收復。

三月三日，共軍第一、第三、第六、第七、第十各縱隊，亦分由法庫、庫平、昌圖、開原，向四平集結完畢。迄三月四日午後，其第一縱隊第二師及獨立第五師主力，在炮火掩護下，向四平機場猛攻。迄六日晨，機場不守，國軍撤防四平城垣。當夜，共軍再糾合第一、第三縱隊，及第二縱隊之一部，附北滿獨立第二、第五師，野、山炮四十餘門，四面圍攻；往復猛撲數十次，戰鬥慘烈異常。迄七日拂曉開始，共軍集中十一個師兵力，附炮七十餘門，輪番向城垣猛轟，雙方展開激烈之戰鬥。九日，共軍第七縱隊加入戰鬥。十日晨，四平外圍各據點先後被共軍炮火摧毀；東南、東北兩高地亦相繼失陷。迄十一日晚，再增戰車四輛，於步、炮、戰協同下，向城垣猛撲。戰至十二日上午，共軍由東北角突入市區，雙方開始逐屋爭奪戰。國軍第八十八師師長彭鍔，親督所部與敵混戰竟日，終以傷亡慘重，彈盡援絕，乃率殘部由北繞中長路以東向南突圍，至是四平遂陷。

四平守軍雖孤軍作戰，但戰意仍然高昂，四月八日在飛機場及西南部陣地，即予共軍第三縱隊以相當傷亡。共軍增援後，翌日對飛機場再度展開攻擊，守軍居然在飛機場失陷後，展開反攻又予奪回；不明眞象者或以爲四平國軍實力必相當雄厚，實際上孤軍還不足萬人。衞立煌對四平忠勇國軍並無援救計劃，在鐵嶺之廖耀湘更意在保存實力，連呼應姿態動作都沒有。國軍奮戰至四月十三日，共軍才得攻入市區，孤軍並不稍却，仍逐房逐屋爭奪，拚鬥至烈，最後僅剩兩千人，但仍力戰不屈。四月十五日，四平國軍彈藥糧秣均缺，實已無法繼續奮戰，且自始至終就是一場毫無解圍希望的戰爭，乃分兩路突圍。

四平街是瀋陽長春間的中點，戰略地位至關重要，國軍出關

以來，歷經三次大戰而名聞全國。第一次大會戰爲三十五年四、五月間，時四平已爲遼北省主席劉翰東率少數人接收，並就地收編僞滿部隊、地方臨時部隊約二、三千人。此時，國軍正式部隊在杜聿明指揮下，自山海關逐步打至瀋陽，俄軍在共軍佈署停妥後，突然全部撤退，瀋陽以北之鐵嶺、開原、昌圖、四平全部爲共軍佔領，遼北省主席劉翰東乃化爲農夫蟄居民間隱藏。稍後國軍勁旅七十一軍、新一軍等部隊均行趕至，對四平展開圍攻，其後新六軍由本溪迂迴趕至四平，實施全線猛攻，共軍乃行崩潰，國軍乃展開扇形大攻勢，一舉攻至松花江畔，光復了大小七十個城市，造成戰史上有名的「吉長大捷」，此役雙方兵力動員共約二十五萬之衆。倘非馬歇爾調處停戰，共軍在無法停脚情況下，哈爾濱等城市亦將被次第收復，共軍勢將被迫退至佳木斯等邊荒城鎮去打騷擾性遊擊戰，無法形成大的野戰部隊。自不能奪取大城市，殲滅國軍。

四平街第二次大會戰，即爲人所皆知的陳明仁率七十一軍、十三軍五十四師堅守四平之役。此役鏖戰二十餘日，共軍動員約二十萬人，國軍守四平者約七萬人，解圍之師約十五萬人，雙方共動員四十餘萬人。最後，四平雖能解圍，但遼寧南部的半壁江山盡行委諸於共，失地在千里以上，情勢大變矣。加以，東北行轅改組，舊人星散，人事變動太大，軍心不安，士氣毫無；不久即連四平街解圍時，衝刺前進那份銳氣亦行喪失。

東北國軍在杜聿明時代，始終以北取哈爾濱南下大連爲職志，在吉長大捷之際，曾向國防部要求增派兩個軍，俾能將齊齊哈爾、佳木斯、克山、昂昂溪、牡丹江等地亦列爲國軍接收之列，驅逐林彪部，進入冰天雪地的邊荒地區，使其無衣無食，如不越境至蘇俄，亦將自然消滅。證之當年馬占山部隊於齊齊哈爾、克山、昂昂溪等地淪陷後，即不能立足往事，即可知冰天雪地長達七個月之東北北部，倘不能掌握若干城鎮，決無法生存之事實。再如，長白山中迷亡之十萬日軍，最後杳然無踪，亦可爲證。

四平街會戰之後，除吉林與長春外，所有四平街以北城鎮盡行喪失，這時鐵嶺以北之中國長春鐵路因已全部不通，長春與吉林間鐵路亦早爲共軍所截斷而無法互爲聲援，一切均賴空中補給，以致彈糧兩缺士氣全無。

吉林守軍六十軍爲雲南部隊，軍長曾澤生。曾澤生在其所屬一八四師叛變時，曾經痛哭流涕，一再自請處分；其後國軍進駐安東時，一八四師又反正歸來，關係與曾澤生運用其影響力不無關係。曾澤生爲人安份守己，毫無當時一般軍人跋扈之態。

其後東北局勢急遽惡化，吉林省政府改組，鄭洞國出任吉林省政府主席兼東北剿總長春指揮所主任，吉林省政府所在地乃遷至長春，吉林仍由六十軍鎮守。鄭洞國爲人篤實，對上忠誠向無二心，對下和藹厚道不擺架子，尤其對「派系」根本就沒有那種觀念，致普受一般將領擁戴，當年東北國軍間如有誤會，鄭洞國均能化之於無形，倘鄭洞國不被派至長春，則卅七年十月，瀋陽西向解錦州之圍的卅萬大軍指揮權，當不會落於驕橫跋扈與私德敗壞的廖耀湘手中，那麽黑山全軍盡墨之役，或將不致發生亦未可知！

（未完．待續）

細說「長征」

【九】

龍吟

九月二十五日早晨，蕭光部已竄至劍河東北之元斗午，因爲糧飯缺乏，紅軍一部有四百多人到三穗、瓦寨附近徵發民糧，此時黔東指揮官王天錫率領兩團已到三穗，即向紅軍迎頭痛擊，這一支紅軍本是派出徵發糧食，自非蕭光主力，受到王天錫打擊，即退守三穗東南瓦寨附近，此時桂軍第七軍周祖晃師，湘軍十九師李覺部分別由靖縣及通道趕到三穗東南，各派出一部向紅軍圍攻，蕭克眼見又陷重圍，畧爲抵抗即向南突圍，國軍尾追至梁上附近，與蕭克主力遭遇，一經接觸，湘黔桂三省國軍皆趕到，與蕭部激戰，自下午三時戰至六時，蕭克不支，突圍逃向八卦河，國軍方面宣稱擊斃紅軍三百多人。

由此役看出國軍戰鬥力不濟，平時國軍追剿紅軍，最苦是追不上，只要追上一定能大勝，因爲紅軍缺衣缺糧，傷病漸多，武器漸少，完全處於劣勢。國軍則得到充份補給，士氣自然不同。再以數量而言，蕭部紅軍不過兩千多人，若以國軍戰報言，只有一千多支槍，國軍當時參與戰鬥者共計三師，黔軍自是不濟。但桂軍周祖晃師屬第七軍，在北伐時即是勁旅，周祖晃本人亦以善戰著稱。至李覺十九師爲何鍵部主力，李覺雖非出色將領，以後抗戰期間在第九戰區作戰，也未曾失機。以此三師圍攻蕭克兩千紅軍，竟任其一再逃脫，其故安在。當由於各懷私念，又無統一指揮，不能密切配合。是時桂系正與中央敵對，完全保持半獨立狀態。對紅軍之戰畧，在拒之省外，只要紅軍不入桂省，便達到目的，多少還有些「養寇」之念。桂軍戰鬥力最強，桂軍不肯出力，其他兩部也就無能爲力。所以蕭克既被包圍，在激戰二少時後，仍然被突圍。

蕭克突圍之後，徘徊於錦屏、劍河一帶山區，前後有十多日，國軍以三個師兵力，始終無法捕捉到蕭克主力，任其飄忽竄擾。

國軍最高指揮部力圖阻止蕭克北上與賀龍會合，下令沿湘黔大道及鎮陽河沿岸構築工事，封鎖蕭克北上之路。蕭克在錦河、劍屛山中停留十日之後，官兵稍獲休息，探得國軍工事尚未構築完成，即乘機北竄，十月十一日在嶺松附近越過湘黔大道，王家烈得到消息，即令王天錫啣尾急追，王天錫雖然遵令追擊，但黔軍戰鬥力實在太差，而且官兵多半抽鴉片，行軍速度自然大打折扣，不能與輕裝慓悍之蕭克部相比。

在內地十八省而言，除甘肅外，以貴州爲最窮苦，因此青年多以當兵爲職業，自雲南護國之役起，到國民革命軍北伐時爲止，前後十年間，黔軍爲西南勁旅，四川受其侵擾，視爲外府，川省兵力雖多，對黔軍亦無能爲力，與貴州毗鄰各縣，始終爲黔軍盤據。國民革命軍北伐，黔軍首先响應，編爲第九軍以彭漢章任軍長，第十軍以王天培任軍長，是爲北伐最初之十個基本軍，王天培軍尤其善戰，自貴州出師一直打到魯南，其後以違反節制被處死，但黔軍戰力始終不衰。

在省內黔軍所以不振，實由於王家烈治貴州之後，橫征暴歛，搾盡民財以自肥，帶兵官又復起而效尤，吞兵餉，吃空額，兵員一般不足五成，兵士無餉，自難維持紀律，部份又染上鴉片烟癮，更影响戰力，因此黔軍日就式微。以後抗戰期間，各省部隊均大顯身手，無論桂軍、滇軍、川軍均戰功彪炳，惟獨黔軍沒沒無聞，派出省作戰者亦只有一個師，毫無戰功之可言。

王天錫奉命啣尾追蕭克，固無法追得上，就算追上，也不可能獲勝，但蕭克此時也筋疲力盡，自不敢停留與王天錫作戰。十月十五日蕭克部到了鎮陽河邊，這是國軍預先計劃阻止蕭克的最

後防線，工事尚未完成，蕭克趕到見河水不深，下令紅軍官兵徒步涉過。當時陰曆已是九月中旬，天寒冰凍，紅軍竟能徒涉，實出守軍意料之外，及至發覺再想阻攔已經不及。紅軍渡過鎮陽河之後，即向北急竄，沿途經過施秉、黃平、餘慶、甕安各縣縣境，未敢攻城，只在縣境經過。但各縣民團及鄉鎮自衞隊紛紛起而攔阻，蕭克部徒涉鎮陽河時已損失部份兵力，過了河未得休息，奪路急奔，官兵無心亦無力作戰，所以即使遇到鄉鎮民團也不能取勝，沿途傷亡流散甚多，十月十七日竄至烏江南岸石阡附近之石頂山一帶，暫時停止前進，休息整補。

蕭克停在石阡附近爲王天錫追到，由佛頂山南端發動攻勢，蕭克部受到相當損失，所部奪路逃竄，未能合在一起，是爲蕭克部最危險時期。國軍方面戰報未提及蕭被衝散事，可能國軍指揮官未曾發覺，倒是二十多年之後，中共方面出版之「中國工農紅軍第一方面軍長征記」附錄之「中國工農紅軍長征概述」，曾述及「在甘溪戰鬥中，我軍一度被截爲兩段。但這兩部份軍隊，即英勇地分兩路前進，結果，終於爬過荒無人烟的崇山峻嶺，突破敵軍的重重封鎖……」

蕭克部當時最多不會超過兩千人，又被截爲兩段，已近崩潰邊緣，但紅軍終能各自爲戰，翻越崇山峻嶺北進，其鬥志之旺盛，確不可及。

十月十七日蕭克部在佛頂山被王天錫擊敗，次日即經銅江、石阡中間地區繼續北竄，國軍除王天錫部，李覺部十九師也參加追擊，尤以東部之謝振團與蕭克部距離最近，但也不能將蕭克部圍殲。此時賀龍部亦南下接應，賀蕭兩部逐漸靠攏，國軍阻截賀蕭合股之意圖已告失敗。

賀龍自從在鄂中喪師，又回到老家桑植、大庸一帶，積極補充，實力大增，蕭克由湘黔邊境北上，賀龍自然知道，就想南下接應，但由於距離過遠，而在沅陵尚駐有國軍新編三十四師陳渠珍部嚴密監視，賀龍亦未敢輕出。

陳渠珍爲人與賀龍相仿，均爲哥老會首領，進而受招安作官，賀龍由鎮守使而受編爲國民革命軍師長，繼而升軍長，迨至南昌事變後，正式加入中共。陳渠珍則始終未離湘西，雄據湘西王寶座，湖南省當局始終對之無可如何，只得予以安撫，任爲湘西行署主任，所部編爲新編三十四師。該師只負責湘西治安，不出境作戰。因陳渠珍之作風與賀龍相似，故賀龍在陳渠珍監視下，始終不能南下。及至蕭克部由石阡北上，何鍵飛調陳渠珍防堵，陳渠珍亦感到蕭克部已威脅其防區，當即調兵堵截，對賀龍監視稍懈，賀龍乃乘機南下，接應蕭克。

蕭克部於十月十九日到達平洞，與賀龍部已可聯絡，兩部正式會師地點，國軍「剿匪戰史」說：「由十月下旬迄至十一月中旬，蕭匪殘部約一千人，先後竄經永綏、保靖、永順各縣境至大庸（永定）、桑植一帶，與賀龍匪部合股。」所述含糊不清，對賀蕭會師之處，亦未述明。

「中國工農紅軍長征概述」則清楚說明：「十月下旬，與紅軍第二軍團勝利會師於貴州東北的松桃石良塲。接着兩軍在四川東南的秀山南腰界，舉行了會師大會，組成了紅二方面軍。」

據此說記述，則賀龍部確實深入貴州境內接應蕭克，賀龍本人則未入貴州界，至蕭克部到達四川省秀山境，兩部始舉行會師大會，組成紅二方面軍。

組成後的紅二方面軍人事如下：

總指揮　賀龍　　政治委員　任弼時
政治部主任　甘泗淇

第二軍團
軍團長　賀龍（兼）　　政治委員　關向應

第六軍團
軍團長　蕭克　　政治委員　王震

（未完．待續）

香港詩壇

聞亦老足疾痊可出院緘詩代柬

余少颿

百日丘園却曲行。顚持天使意難勝。稱詩欲聖宜鐫腦。至道通神始折肱。玉局閒情傳秀句。維摩靜處印心鐙。花朝已過重三近。壇坫吁喁待拄藤。

亦老跌傷左股留醫百日現已完全康復並附帶治好高血壓及失眠諸症遵醫囑在家靜養兩月詩以慰之

徐義衡

花朝出院即良辰。就浴龍泉滌俗塵。百日留醫祛百病。三餘有暇咏三春。鐵肩喜鑄金剛股。彩筆重親般若身。二月小休容易過。詩壇行見一番新。

重三感賦

梁寒操

重三今日喜新晴。佳什爭榮正滿城。世變靡常衣狗幻。國捶難靖豕蛇驚。默祈盤錯邀天眷。更倚艱虞玉我成。待見黃魂起三戶。亡秦興漢發天聲。

甲寅上巳修禊再用右軍韵

徐義衡

料峭東風疾。春寒自有因。修禊逢嘉日。稱觴咏海濱。逍遙三界外。俯仰萬類陳。百年一彈指。終歲四時均。修理何須計。

當頭日月新。

甲寅重三暨詩學研究所成立六周年聯吟以蘭亭序文分韵得信字

何敬羣

去年癸丑追東晉。二十七番花有信。招邀觴詠集英賢。海外聯鑣聲氣應。今年甲算又翻新。峻嶺崇山仍發興。春陽踏處惠風暢。旗鼓重張再分韻。眼中景物足歌歔。念裡坤維待雩禜。倒懸二紀孰爲解。批孔揚秦復梟獍。水邊祓禊有餘哀。樽前慷慨能無忿。休嗟手無劍可掣。猶有懷中筆能奮。應須作氣壯山河。莫僅臨流風月詠。漫漫沉霧幾時掃。赫赫天聲何日振。華岡衆志蔚成城。六年淬礪爲堅陣。大明之雅勗鷹揚。無衣之詩迴國運。波揚東海垢淨滌。竹罄南山罪俱問。氣清天朗紀斯會。不負清流相帶映

七四年二月十四小集酒樓到者十四人年皆七至八十合計千歲以上賁老云此次可以十四鹽爲韵因賦此

夏書枚

雪霜從不壓南檐。却爲凶殘日纂嚴。綠鹽有香環夢寐。白頭何意鬥乂尖。法華妙轉三千界。平水輕拈十四鹽。辛苦流光迎癸亥。高吟一字薄雙縑。

前　題

曾克峕

千齡耆叟集瓊檐。鷲炙豬肝選味嚴。春宴嘲詼香海側。羈愁指點菊山尖。侍兒莫撫纖纖手。樂府誰歌昔昔鹽。鬥韻矜奇步徐

夏。顚狂草至染霜纖。

前　題

何敬羣

同爲遵海廿年淹。一瞬仝成十四髯。逸興猶豪壚畔酒。世情添味水中鹽。春能媚客花爭放。詩到從心筆退尖。最喜筵前俱健飯。不煩趙使遠覘廉。

前　題用十四寒韵

吳俊升

禊集芳洲唱和難。陽春古調今人彈。漫長日月閒中逝。寂寞江山醉裡看。諸老聯吟增逸興。一堂相聚有餘歡。年年共此杯盤樂。松柏長青保歲寒。

芳洲春集限鹽韵

余少颿

餘寒已退尖。卜晝訪青帘。忝與耆英盛。渾忘歲月淹。烟韶供嘯傲。魚蔵味腴厭。榆莢留垂杖。猶堪後會拈。

前　題

王淑陶

樓台春暖耆英聚。末座叨陪不我嫌。海外錦川增秀色。天中白日入高簾。孤懷每念蒸民苦。大老長存渭水占。世界太平知有道。蒼生翹首待調鹽。

甲寅春後十一日芳洲社同人小集錦川樓十四人齊到吳士老計算年齡得一千零三十四歲可稱千歲宴賁子老意以十四鹽爲韵因各賦詩紀盛

徐義衡

語笑千齡十四髯。卅年雲展與泥潛。青囊濟世壽人廣。絳帳春風化雨霑。疑字推敲憐賈瘦。新聲婉麗比徐甜。天涯倦客蕭疎慣。不管盈頭白髮添。

編餘漫筆

編者

本期偏重人物傳記方面。香港天文台報社長陳孝威先生逝世，友好均感悲悼，並定於本月十二日集會追悼。陳氏一生無赫赫功業，但對國家忠，對朋友義，而且一秉至誠，毫不矯揉造作，雖然有些地方不免使人感到迂腐，但仍覺得其眞誠可愛。所以布衣能名動朝野，逝後更使朋友們懷念，自有其道理在。王世昭先生與陳氏同鄉至交，相處最久，相知亦最深，由王先生執筆追悼陳孝威先生，最爲適當，文以人傳，人亦以文傳。

傳作義也於不久前逝世，本期刊出喬家才與傳作義交往的兩件往事。對傳作義其人而言，一般均有好評，其人帶兵也得將士死心，所部勇敢善戰，更是有目共睹之事。但與其有深交者，則有另一種說法，指其人善於作僞，大奸似忠，大詐似信。也許所言太過。編者不識傳作義，過去亦崇敬其人，傳作義功過是非，後世史家將有一段時期爭論而不能論定，編者無意於此時加以褒貶，但從傳氏一生，却發現另一條線索，即一個有地位的人，往往毁在自己的歷史經驗中，今日失敗處，即昔日成功處。以傳作義開城降共而論，是非且不談，只說他何以會下定如此巨大的決心，以六十萬大軍不戰而降，開中國歷史上最大集體投降記錄。編者經過多年思索，不能不想起民國十六年傳作義以晉軍第四師師長守涿州的往事，那次他堅守了一百天，擊退了奉軍十倍兵力的五次圍攻，最後因爲缺糧缺彈，經中立人士奔走調處，開城投降。中間不到半年，國民革命軍北伐成功，傳作義頓成英雄，國人皆譽其作戰之勇，無人責其降敵之非。此以成功往事，傳作義自不能忘，故在北平危急時，又復開城投降。但歷史不能重演，所遇對手亦不同，所得結果與傳作義預料也完全不同了。

余非先生之「張作霖傳」，是一篇有價值力作，重點在史料敘述，少作評論。所述之史實，尤其東北軍之番號，較一般戰史爲詳。平心論張作霖其人若以東北人眼光看，保境安民，自有功勛，但就全局而言，張作霖實爲民國罪人，大體自民國五年至民國十七年，北方所有戰爭，無一次與張作霖無關，若非其間接策動，即由於其直接參戰，玩火者最後終於自焚，此段往事，人所皆知，不再贅述。

間斷已久之「細說長征」，因作者事忙，久未寄稿，近因讀者紛紛催促，故仍請作者撥冗撰稿，從本期起繼續刊出，希望以後不致斷稿。

一月號

二月號

三月號

四月號

五月號

掌故

月刊 34

人物·風土·

一九七四年六月十日出版

中華月報　一九七四年各期要目

中華月報社・香港九龍書院道九號

一月號

二月號

三月號

四月號

五月號

掌故月刊 第三四期 目錄

每月逢十日出版

掌故

每冊定價港幣二元正

全年訂費港幣廿四元 美金六元

出版兼發行者：**掌故月刊社**
地址：九龍亞皆老街六號B
通信處：九龍旺角郵局信箱八五二二號
電話：K八〇八〇九一
The Journal of Historical Records
6B, Argyle Street, Mongkok, Kowloon, Hong Kong.

督印人：**鄧少卿**
總編輯：**岳騫**
印刷者：**和記印刷有限公司**
新蒲崗景福街一一〇號超達工業大廈十樓
總代理：**吳興記書報社**
香港租庇利街十一號二樓
電話：H四五〇五六一 H四五〇七六六

星馬代理：**遠東文化事業有限公司**
新加坡廈門街十九號
檳城杳田仔街一七一號
泰國代理：**曼谷青年文化服務社**
曼谷黃橋東北路五六六號
越南代理：**聯興書報社**
越南堤岸新行街二十二號

其他地區代理：
澳門：可大文具店
亞庇：利民公司
千里達：中華公司
菲律賓：華安書局
倫敦：東寶公司
芝加哥：杏林春
波士頓：中西公司
三藩市：新生圖書公司
三藩市：益智圖書公司
加拿大：香港商店
漢城：汎亞書籍公社
寮國：永珍圖書公司
斗湖：光明書店
菲律賓：玲瓏書局
紐約：友聯圖書公司
紐約：友方圖書公司
洛杉磯：永安堂
檀香山：大元公司
三藩市：文化商店
加拿大：新國華公司

孟河費醫與翁氏叔侄

・芝翁遺著・

中國醫學，發明甚早。自神農嘗百草而爲藥之祖，黃帝作內經而爲醫之祖，司馬遷傳扁鵲倉公，春秋時有醫和醫緩，歷漢晋唐宋元明以來，代有名醫，到了清朝，名醫輩出，如所習知者有吳有性、喻昌、張璐、葉大士、薛一瓢、徐靈胎、王林屋諸人，乾隆帝勅編醫書，發內府藏書，徵海內秘籍，命吳六吉劉裕鐸爲總修官，成醫家金鑑，薈萃古今學說，宗旨純正，海禁開後，西方醫學傳入中國，由於彼此治學角度不同而生歧異，東方醫學偏重歸納法，西方醫學偏重演繹法，對病理症狀之診斷，顯有不同，一般重視局部病變的消除，多趨西醫，而於注重實質兼顧整體之中醫，多予輕視，而中醫又無繼起者作充份正確的發揚，遂漸形式微。然日本明治以後，一切仿效西方，於中國醫學，尚有「醫籍考」之作，分醫經、本草、食治藏象、診法、明堂、經脈、方論、史傳、運氣十類，以朱彝尊經義考體例，條舉我國歷代醫學及諸家論列，加以考訂，搭羅既備，別擇極精。中醫之脈學，一部份且由日本傳到西方，成爲現代西醫重要的診斷技術，針灸之術亦自公元三六二年傳到日本，五一四年傳到韓國，十七世紀更由荷蘭醫士介紹到歐洲，近則法德美意各國都在積極推行了。

清季江南名醫，如陸九芝、鄒潤安、王樸莊、費伯雄等，均盛稱於時，而以費伯雄爲尤著。清史載：「費伯雄，字晋卿，居孟河濱江，咸同間以醫名遠近，詣診者踵相接，所居遂成繁盛之區。持脈知病，不待問，論醫戒偏戒雜，謂古醫以「和」「緩」命名，可通其意。著書曰「醫醇」，燬於寇，撮其要成「醫醇賸義」，附方論，大旨謂常病多，奇病少，醫者執簡，始能馭繁，不可有異！享盛名數十年，家以致富，子孫皆世其業。伯雄所著，詳於推病，畧於傷寒，清末江南諸醫，以伯雄爲最著。」

稗官小說「太平天國演義」，有張嘉祥孟河請醫的回目，平劇「三本鐵公雞」中，火燒向帥這齣裡，且粉墨登場。向帥即向榮（字欣然），太平之役，方以江南大營統帥，欽差大臣，督師金陵，積勞致疾，他部下驍將張國樑（即嘉祥），親到孟河請費伯雄診治，費切脈診斷，認向帥氣血大虧，根本治療，非靜居調攝，不易奏效，經用救急之法，進藥數劑，病很快就好了。張國樑伴送費回孟河，途中，費私對國樑說：「時局艱危，向大人鞠躬盡瘁，無法自逸其身，日後病發，便無可爲力了。」其後向果歿於軍，大營軍務，始由曾國藩繼任。這是徐靈胎所謂：「兼證兼病，有不愈不死，有雖愈必死，」故李蒓客稱費爲徐靈胎後第一人。

費伯雄生於清嘉慶五年庚申（公元一八〇〇）。祖岳瞻，父文紀，並業醫，行誼具載鄉黨潛德錄。伯雄幼讀書，學爲帖括文，某年，學使按臨澄江江陰，他父親叫他去應試，恰逢風雪，道路泥濘，小車不能行，沒有法子，只好折回家裡，登堂見父，正欲稟告去而復回的原因。他父親見他復回，給他一個不理不睬。他連叫了幾聲，他父親當做沒有聽見，連「唔」了一聲也沒有，臉色更是不好看極了。費伯雄心裡一凛，曉得他父親望子成龍心切，恨他沒出息，所以不予理睬，再待下去，後果怕還要嚴重，當下一惶恐，便向他父親跪了一跪，起身出門，仍冒着風雪就道，幸好還趕上試期，獲儁而還，遂爲父子如初。

他進了秀才之後，似乎便對家傳醫學的研究，更積極些。據說他的學醫，「係屬世傳，尤深探原靈素，步武仲景。而於子和河間東垣丹溪之學，罔不融會貫通，擷其精華」。舉例言之，歸安朱煦庭，病瘵幾殆，瘵，便是現在一般所謂肺癆，從前沒有什麽特效藥之類，患了這病，只有睜着眼等死，費伯雄診之後，開了一個藥方給他，叫他照方配藥，連着服用一千劑。三年之後，神完氣足，膚貌充盈，病患脫體，一直到七十餘歲，精神仍猶矍鑠。他平生治病，不矜異，不畏難，不拘泥於古方，也不求一時的速效；診時，辨症極爲審愼，診後，處方尤極爲準確，故能藥到病除，確有妙手回春之能。

翁同龢對這位名醫也是極爲推服的。在翁文恭日記中，如「同治十一年十五日記云：「常州費醫號晋卿，年七十餘，目光奕然，聲音圓亮，視病診斷，要言不煩，求者成市。士人云：費君之父更精，名費一帖。費君亦秀才，而曾充地保，惲次山聯稱爲名士而名醫，著有詩文集，又有醫醇一書。」

翁同龢體雖魁碩，而因少年攻苦，肺脾胃皆虧，且時常患遺泄，平日多痰，鼻子聞到油氣便嘔。同治十二年，同龢因丁其太夫人憂，回籍守制，在鄉居時間，遂有閒工夫，所以特地找醫生醫治。同時，他的姪子狀元翁曾源，也正患着羊癇瘋病症，叔姪二人曾同日找費伯雄看過，曾源字仲淵，是同龢大哥同書（字祖庚，號藥房）的兒子。同書在安徽巡撫任內，因軍務被曾國藩所劾論充，後來改戍新疆，慈禧顧念翁心存，特授他長孫曾源舉人，又欽賜進士，准他一體殿試，曾源學問頗佳，字也寫得好，遂中同治二年一甲一名進士，總算慈禧給了老臣很大安慰，但這位小狀元因自幼患上羊癇瘋，時常發作，所以中了狀元，一直在鄉沒有出來做官。

翁家叔侄兩狀元，同時由常熟到城裡常州孟河求醫，翁同龢曾很詳細地寫在日記裡，摘錄如次：「

同治十二年十月十一日記云：「十一日，陰，早間船來，遂登船。余挈壽官一船，仲淵別一船，已刻開行，……至太平橋泊，日已落矣。

十二日，晴。……黎明開舟，……六十里抵無錫。

十三日，晴。……十五里常州東門，繞西門馬頭泊，月出矣。是日微風，張帆無力，夜飲茶市肆。昨侯子庚云：費醫已故，今日令洪慶詢諸士人，無是說也。

十四日，晴。……三十里抵奔牛鎮，鎮中有橋，入橋東北行，是爲出孟河道。凡道大橋三，橋之畔，皆有小村落，不知其名，多木排。約四十里，至石橋灣泊。村甚小，不過七、八十家，從此正東爲孟河，通舟楫，而費醫所住曰河莊，亦口孟莊，小舟尚可行，大舟則到此而止，無轎。士人云：抬轎不入祠堂。有小車，余從常州雇轎夫三人來，每人日凡一千，連小轎。

十五日，晴。質明起。源姪以輿，余偕壽官以獨輪車，二李僕以步，同詣孟河，（有城，疑從前此處是江口，今改在小河耳。）東行約十里，望江邊諸山絡繹，其最高者，曰黃山，有廟屬武進。

叩費君門，未起，先令洪慶詢掛號，錢二百。至茶肆小坐。已初二刻，入診。費君年七十二、三，目光奕然，聲音甚圓亮。診源姪，曰「兩尺皆虛，肝脈獨絃。胃有積痰，有時眩暈。」余

即告以羊癇瘋十四年矣。曰：「不可作羊癇治，全是水不涵木耳。」處化痰養陰方。且云：「此病根株已深，能去七分爲妙矣。」

診余曰：「肺、脾、胃，皆虧，且有痰。」告以遺泄之症。乃曰：「腎陰亦虧。」診壽官，亦曰：「先後天均不足，先治脾。」皆要言不煩。嗟呼，倘人海中有此醫，則無誤藥之病矣，爲之感惻。源侄送四番金（按即銀元），余與壽官各二番。張蓋乘車歸，日才加午。

土人言，費君之父更精，名費一帖，此君亦善士，以治向軍門（按即前述之向榮）得名，向酬以三品頂戴，其子亦能醫，其孫入泮。未初一刻解舟，四十里奔牛泊，月色皎然矣。醫能知我病，孰知我心哉？源姪之疾，有疏而密，由實而虛，由清明而狂易，到家後屢發不一矣。此行若果收效，亦吾心願之一也。……」

翁同龢所記求醫事，頗趣。他所躭心他的姪子曾源的病，就日記所言，似病了十四年的羊癇瘋，到這時已加重了，故說「由疎而密，由實而虛，由清明而狂易。」一行歸家之後，這羊癇瘋小狀元，第二天晚上到次日早晨，竟連續發了三次，雖然費伯雄的藥是照服了，而病沒有因而治愈，誠如伯雄所言「根株已深」，所以雖經過這一代國手，也無如之何，終於不治。但也有了奇蹟，從這回診過之後，病不見輕也不加重，竟又拖過了十四年，一直到光緒十三年七月十三日，才病逝於家，年五十一歲。假如這人不是患了這不治之症，可能叔姪兩人更番都是狀元宰輔，同龢所稱「心病」，殆指此。曾源逝後，俞曲園輓以聯云：「三秋桂，三春杏，皆從天上頒來，只獨占金鼇頂上；文端孫，文勤子，何意山中歸臥，竟長辭綠野堂前。」上聯說他舉人進士都是出於欽賜，下聯則悼惜其有門蔭而不祿，做得很好，因附錄如上。能延不可治之疾十四年，說來費的醫術，不能不算難得了。

伯雄在鄉，亦有譽望。咸豐間，太平陷鎮江，武進通江鄉劉明松，集奔牛鎮鄉民於夏墅，倡議抗糧。有人向常州府密告，知縣擬發兵往捕，伯雄知道了，急忙親往通江鄉晤劉，曉以大義，諭以禍福，劉等憬悟，願聽約束，設櫃徵糧，三日畢事，地方安堵，民賴以安。

他也擅長詩文，詩則古體瓣香青蓮，近體步武玉谿；文則具昌黎之氣勢，兼廬陵之丰神。此外，並工度曲，善飲酒，喜劇談，愛賓客。早年習書，臨池功深，晚歲尤多作畫，能米家山水，學政李小湖贈詩，有「古來藝通道，神悟到毫顛」之句，足知其對藝事的修養。光緒四年戊寅卒，年八十歲，遺囑「讀書以明倫理，積德以遺子孫。」著作除醫醇賸義四卷外，另有醫方論四卷，留雲山館文鈔詩鈔，及怪病良方各一卷。

伯雄子畹滋，孫哲甫、繩甫、惠甫。徐仲可（珂）言，伯雄生前將衣砵傳給繩甫，沒有傳給畹滋，老頭子逝世後，畹滋、繩甫父子均在舊處應診，父在正廳，子在旁廳，但病人多趨旁廳，把老子急得直罵，繩甫爲了老子面子，看那輕病的，叫到正廳去診，給老人家順順氣。

繩甫名承祖，用藥以輕平爲主，所用藥不過四十味，君臣相配得宜，每能手到病除。曾國荃總督兩江，患有風濕，盛宣懷全家四十餘人忽染喉症，均數服而愈。國荃奏保恩貢，累保至道員，戊戌後清廷徵醫爲光緒帝療疾，劉坤一薦繩甫，不赴，上海道蔡乃煌奉命促駕，仍不赴。但一般均以御醫稱他了。晚年居上海，門診四兩，到民國二年改定出診二十兩，轎金四兩，有時還得「面議」。其子婿等命受其業，其任子彬，爲惠甫子今尚健在，爲孟河費氏惟一之嫡系了。

（完）

費子彬丈的醫德醫術

岳騫

本月份爲費丈子彬大醫師八十四歲華誕，小子追陪子彬丈垂二十年，受教甚深，獲益尤多，茲將日常所見所聞於子彬丈者寫出，以當嵩祝。

子彬丈爲明代宰相費宏之後，以避劉瑾亂政，卜居常州，後人以醫鳴世，至子彬丈已歷四百年，海內談醫學世家，費氏允稱第一。子彬丈曾祖伯雄公，以名醫復有大德於鄉里，本刊創刊號載王震先生撰「費子彬先生八十雙壽序」已有詳盡叙述。至費氏歷代名醫壽世活人之功，本期轉載高拜石芝翁遺著「孟河費醫與翁氏叔侄」一文，也有詳盡叙述。

就區區與子彬丈二十年交往過程，眼見此老醫德，實在是作到「醫者父母心」，對於病人的關注、負責，使病者感到面對的不是醫生，而是自己的父母，在心理上對老醫生感到親切，信任，病情先減輕三分，再經老醫生悉心診治，沒有一個病人經過子彬丈診治之後，不霍然而癒的。

二小兒靖國，就讀中學四年級，可能由於先天不足，加之發育過速，十五歲身高已將及六尺，因此身體一直虛弱，更由於學校功課重，經常開夜車，所以身體一向虛弱，天氣畧變，就要傷風，每病就去麻煩子彬丈，於是二小兒同費公公就成了「忘年交」。

子彬丈對二小兒確實關愛備至，每次去看病開藥方之後，還要致電詢問藥吃了沒有？以後感到經常吃湯藥不是辦法，又配一種藥丸令其常服，果然二小兒吃了一瓶藥丸之後，傷風感冒未曾再患。我爲此

事鄭重向子彬丈道謝，彬老却微笑說：「我也爲了省却麻煩，免得他一病了就來找我。」

子彬丈雖是中醫但由於家學及個人天份、經驗，已衝破中醫藩籬，能治一向由西醫診治的病症，盲腸炎與攝護腺腫大症。

盲腸炎在現代醫學而言，自非絕症，但却非開刀不可，尤其急性盲腸炎一時一刻都躭擱不得，所以患了盲腸炎很少人請中醫診治。

子彬丈針對盲腸炎配就一種藥丸，一服即可止痛，再服病狀若失，既無需開刀，亦無需輸血，實在方便之至。經子彬丈藥方治好的盲腸炎，前後應超過十人，就所知有邵醉翁外甥某君，患了急性盲腸炎，正當半夜時間，無處求西醫，因同彬老素識，家人前來求救，彬老給予治盲腸炎專藥，囑回去服下，一定有效，其家人最初尚不太相信，但此外也無法可施，只得勉强服下，誰知服下之後，立時止痛，安睡一夜，次日病狀全失。

費醫生與本刊編者合照

彬老家中女傭人，突患肚痛，自去醫院求診，經醫院鑒定爲盲腸炎，但由於病人太多，尚未輪到開刀，女傭人忍耐不住，又回到家中，彬老知道，當給予藥丸，令其服下，一服即止痛，次日即可工作，毫無痛苦。

至於老年人攝護腺肥大，必須開刀，已成醫學界不易之理，而且開刀也驚天動地，故老年人攝護腺發炎，可以視作老年人一大關口，但彬老能治攝護腺肥大，無須開刀，尤其巧奪天工。彬老診所懸有已故名書法家趙鶴琴先生一文，詳述彬老治癒其攝腺腫大經過，近日又有七六高齡名詩人蔣醉六剛由彬老診癒其攝護腺肥大症，親撰對聯「仁邀五福，術耀千秋」相贈，此聯亦可概括彬老一生。

盲腸炎與攝護腺肥大症，一向由西醫診治，彬老能以中醫處方，不需開刀，一藥而癒，其成功處不僅在醫學，即對中國文化之發揚，厥功亦至偉。

彬老今年雖已八十四高齡，但其輩份尤高。同輩兄弟及師兄弟，如計年齡皆在百齡之外。故彬老當世已無同輩，眞眞是魯殿靈光。更難得的是身體康健，年輕人去得地方，彬老皆去得，年輕人能吃的東

西，彬老皆吃得。人生能享高齡，固是福份，但必須要似彬老這樣身體而享高壽，才是眞眞有福。多少年來，凡是朋輩宴遊及中國筆會舉辦旅行，彬老一定欣然參加，遠至大嶼山寶蓮寺當日來回，亦無倦容，一次去新界旅行，下車去靈渡寺，要步行三十分鐘，許多朋友皆在車上不肯下來，彬老却健步如飛，行到寺內，若無其事，此眞福德兼備，非常人可及。

彬老家庭生活亦極爲美滿，德配侯夫人，精繪事，爲大千居士入室弟子，舉凡中國女子所具有之德容言工，侯夫人無一不備，七十高齡，望之如四十許人，大約是五年前，我有一次冒昧問一句：「師母今年五十幾了。」夫人微笑道：「我們結婚都快五十年了。」乍聽眞使人不能相信，總之費師母爲人，有孟光之德而貌過之，有李易安之才而福過之，精於書法繪事似管夫人而壽過之，是眞福慧雙修，爲千古才人生色。

費醫生家居情形之二

費醫生在菜市場

子彬丈醫道之精，久有定評，其德望之尊，亦冠絕當代，不論何時，同彬老去館子吃飯，一走進門，總有一半客人站起打招呼，夥計更紛紛趕快招呼，侍奉殷勤，這些地方，都不是財力與權勢所可獲得。

當茲子彬丈八四華誕之日，謹將一些個人所親見親聞有關老人德行之事，簡略寫出，以告朋輩。

費醫生診症情形

曠代奇才

景梅九

——趙采農——

景先生諱定成，字梅九，筆名老梅，有時自署枚九，英文筆名MU。民國紀元前三十三年，生於安邑縣，史稱夏禹建都之故址也。以其係革命元老，功在黨國，人多以梅老尊之。

梅老天資超人，過目成誦。據李著駢廬雜憶所載「梅老十七進學，十九中舉，二十四歲考入日本帝國大學留學，對於國學，造詣極深，在學術界早有南章（章太炎）北景（景梅九）之稱。然很少有人知其就讀帝大時，數學一門，每考必為百分也。」陝西人稱之為景才子，河東人稱之為景聖人，湖南李少陵稱梅老為一代報人，浙江高拜石稱梅老為革命奇人。孫仲瑛革命詩話記載「民初革命黨人之在北方者，有五君子。即景梅九、李石、吳稚暉、汪精衛、張溥泉是也。」馮自由論開國前革命書報一事，曾言及「辛亥革命，清帝后退位之順利，國風日報等，於有力焉。」

光緒三十一年，即西歷一九〇五年，中山先生在東京成立同盟會，第一日梅老即參加。據古春風樓瑣記載「一九〇五年國父孫中山先生在日本成立同盟會，第一日與會者，十七省學生。當時十八行省中惟甘肅無留學生，故無人參加。山西人有谷思愼（仲言）、王蔭藩、榮福桐、景定成（梅九）、朱炳麟、燕斌、景耀月（太昭）。同盟會山西分會會長谷思愼，評議長景定成。仲言梅九與景太昭三人，合辦一刊物，命名「晉聲」。其後湖南陳家鼎與寧調元所辦洞庭波雜誌，因歸葬蹈海烈士陳天華，惹起長沙清吏注意，欲加逮捕，陳家鼎亡命東渡，與梅老杜義，為擴大宣傳革命，將洞庭波改名為「漢幟」，家鼎梅老同任編輯，梅老更撰小說，譯述名著，文筆淺鮮而激昂，極受讀者歡迎。

遠在光宣之間，梅老與劉師復、張溥泉、吳稚暉、李石曾、鄭彼岸、梁冰絃、鄭佩剛諸人，對於無政府主義，宣傳甚力。抗日勝利後，梅老回到運城，講演兩次，第一次講題「馬克斯主義駁議」。第二次講題「社會主義總評」。梅老於宣統二年，為宣傳革命計，獨資在北京創辦國風日報，其社論及副刊，均由梅老負責。民國二年梅老與劉師復，在上海合辦雜誌，梅老始用MU筆名發表文章。民三在巴黎新世紀，及民七在上海民國日報副刊——覺悟上，皆署MU。

民國元年梅老與湖北田桐（梓琴）在北京合辦「國光新社報」，常對袁世凱政府闕失，為文斥責。袁曾派其農商部次長張仲華，携十萬元支票，欲圖收買，景田二人，却之不受。不久就有一顆炸彈飛來，幾乎打中田桐，是年九月，田梓琴陪總理赴太原。二次革命失敗，民國二年五月二十四日，時報載有袁世凱談話「我受四萬萬人付託之重，不能聽人搗亂，自信政

治軍經驗，外交信用，不下於人。若彼等力能代我，我亦未嘗不願，然今日誠未敢多讓」。至此辛亥革命所成的基業，僅存國號耳。是年十月六日，袁世凱當選總統後即下令撤銷列名國民黨籍議員，計參議員一百四十九人，衆議員三百一十人。據謝彬所著的第一屆國會議員之變遷中姓名錄記載「山西籍十一名黨員中，景定成列首名」。民國二年六月九日袁世凱免去江西都督李烈鈞（協和）職。同月十四日，免去廣東都督胡漢民（展堂）職。同月三十日，又免去安徽都督柏文蔚職。十一月十四日解散國民黨，梅老忍無可忍，遂在國風日報上，露出其最能見血之針鋒「解散民黨的命令，謂係根據克復虎口炮台時所得證據，那麽，這幾箇月來，袁政府何以不聞不問？直到今日纔發作，謀叛議員選舉總統，議員既然無效，總統是否無效？」袁氏看見國風報上消息，拍案大怒，下令步兵統領，暨京師警察廳，派人查封報館，並抓梅老。但其爪牙，尚不知梅老業已携眷離京赴陝矣。其後袁氏帝制活動甚烈，亦料到梅老勢必反對，心想先殺梅老，以防後患，商之楊度。這位湖南籍才子楊晳子，與梅老係多年老友，故意對袁世凱說，「景梅九這箇人，好比茅坑的石頭，又臭又硬，把他宰了，原不費什麽力，可是這時候，犯不着這樣幹，成全了他一箇烈士之名且不說，却是『褲襠裡夾泥巴』，不是屎，亦是屎。影響所及，對於整箇局面來講，更有點那箇了。倒不如讓他自生自滅，不予理睬。」此時梅老再去陝西，首先與曹俊甫、井岳秀、胡笠僧、劉廷獻、郭堅、李岐山等人，研討如何先對抗陸建章、陸承武父子和陳樹藩，最有名的一篇討袁檄文，即在此時發出，文字生動，頗收奇效。迨後討袁軍事失敗，袁世凱電令陝督陳樹藩，將梅老押解晉京，陳以梅老在西安聲望太高，未便下手，乃發帖請客，飯後客散，以有事請教爲由，將梅老留下，始將袁電交梅老，並說總統要請梅老到京走一趟。梅老帶笑而言曰「乾脆押解進京，你好交賬。」翌日凌晨，派警察兩名押解到觀音堂，轉搭隴海路火車去北京送交陸軍執法處處長雷震春審問。案尚未結。而袁世凱因各省紛紛反對，於民國五年六月六日，啣恨而死。梅老即於是日下午出獄。出獄之後，寫了一本入獄始末記，討袁檄文，印在第一頁，此眞不朽之作也。筆者因讀梅老入獄始末記以後，用覺後筆名，向國風副刊——學滙上投稿，不久梅老贈送罪案，及克魯炮台金名著互助論等。民八夏縣堆雲洞平民中學開辦後，梅老爲筆名介紹黨國先進甚多。

梅老對於叛黨變節之徒，深惡痛絕，他與章太炎，原係東京舊友，在國學造詣上各有千秋，學術界除稱南章北景之外，亦有人以革命二枚稱之者，因太炎字枚叔，梅九有時發表文章，自署枚九也。提起章太炎三字，無問乎識與不識，都會豎起大拇指表示尊崇，以其曾參加過同盟會，且在革命過程中，坐過監牢。不意民國元年，竟與本黨立異，自組其所謂「統一共和黨」，垂青於黎，兼及於袁，且曰「以項城之雄畧，黃陂之果毅，左提右挈，中國宜無滅亡之道」。其後又接受袁世凱所派之籌邊使及一萬元開辦費，這一位文名滿天下，有被目爲瘋子雅號之國學大師章炳麟，爲了官與錢，變節折腰，變成了袁氏籌邊使兼宣傳員。章氏某日抵京，即往國風報社訪景，梅老齒冷其官迷，給與以點頭哼，一言不發，埋首寫社論，此時坐在旁邊的灶王奶奶開口便說：「章先生啊！你做你的大官好了，咱們也不想沾你的光」，三言兩語，硬使其出了大門。章瘋子臨走時，搖頭嘆息而言曰：「唯女子與小人爲難養也。」景梅老與章太炎之絕交，蓋自此始。

十二年曹錕賄選，共總用去三百五十六萬元，換來四百五十餘票，當時每票按五千元致送，凡收賄欵者，人稱其爲猪仔議員。國民黨參衆兩院議員，不願出賣人格者甚多，景梅老其一也。曹錕早知景梅老不好講話，在投票前夕。派一位李姓同鄉，手持曹信一封外，帶五千元支票一紙，前往國風報社遊說：「人家都知道我與你佬很熟，所以派我來，請幫幫忙，你不答

應我同去交不了賬，請收下吧。」梅老平生不曾罵過人，此時乃動了大火，講出一箇「滾」字，李姓同鄉，見事不妙，悄悄溜了。第二天國風報將李某來的經過，一一刊出，最後表示要投白票。及到場投票時，有三位將軍在旁盯看梅老，而梅老大搖大擺送進去一張空白票，親友聞之，爲梅老担憂，勸梅老暫避一時，亦有轉託灶奶勸之離京者，但他仍然不聽。並說：「曹錕雖是草包，門下不乏才俊之士，我若報上不登，或可遭暗殺。今天我景梅九若有三長兩短，曹大總統豈不變成教唆殺人兇手嗎」？各親友無不佩服其高見。迨陝西胡景翼（笠僧）開府河南，參謀長劉守中，（允丞）秘書長王用賓，（太蕤）警衛旅旅長是安徽霍邱的薛光華（字伯宇梅老學生也），某日胡王劉三人，聯名電邀梅老赴豫，梅老纔携眷前往。胡笠僧本係西安健本學堂出身，該校乃是梅老與井勿幕、鄒子良、焦子靜、師子敬諸人所創辦，梅老且在健本兼過課，笠僧當係梅老及門弟子，所以梅老在河南時，胡氏始終以老師稱之，眞是「一日門墻，終身弟子也」。

此時曹吳曾策動紅槍會首領李桂和，率衆圍打省城，內外相持不下，梅老要出城對紅槍會人講話，大家都不放心。最後決定，讓梅老在城門樓上講，約一小時之譜，紅槍會首領李桂和頗受感動，遂率其所屬撤退，大家說梅老一人上城，不費一兵一彈，敵人退却，眞奇人也。梅老在豫住招待所，某天晚飯後，胡王劉等與梅老閒談，忽然胡笠僧說：「要請梅九老師做省長」，大家一齊鼓掌，惟梅老似無所聞，劉允丞問景「你爲何不表示意見？」梅老乃云：「自投身革命以來，國事不可不問，官是絕對不做。」其後於民國三十一年，甘肅舉人慕少堂教授曾對筆者說：「景梅老說不做官，他就永遠不入仕途，難得難得。」

梅老以前曾吸食鴉片烟，有人罵他腐化，乃作腐化記一書以答之，自言「別人喫鴉片，越喫越瘦，我喫鴉片，越喫越胖。別人是思想腐化，人格腐化，纔是眞腐化。我吃鴉片，不過是一部分生活腐化，而非眞腐化。」文長三萬餘言，說得頭頭是道。三十一年，筆者由渝返隴，因與猗氏劉芙老同車，所以繞道西安要看看梅老，梅老一見，即對筆者說：「我把鴉片烟戒掉了」。筆者問他如何戒法？梅老云：「一箇人必須瞭解主客之分，我喫鴉片，是我喫他，我是主他是客，主不見客，客就非走不可。如果成癮，則反客爲主，變成了他喫我。他既喫我，我又戀他，則非與鴉片共存亡不可。所謂癮不癮，乃有無決心之代名詞耳。」

雙十二事變，直可稱之爲張、楊叛變，楊九娃以一股雜兵，弄到十七路軍總指揮，且幹到西安綏靖主任，猶不知足，可謂愚蠢矣。在事變之翌日，市區紛亂不堪，楊虎城念及數十年前，梅老是他救命恩人，曾派兵駐守景宅附近，以防匪軍侵入，並親往景府謁候，自稱救國。當經梅老斥責：「你們此舉，怎是救國？實係自誤誤國。簡直是對於舉國尊崇的領袖大不敬，背叛長官，刼持國家元首，智者不爲也。共黨禍亂中國多年，眞是民族的梟獍，你們引狼入室，災先及身。你想共黨會擁護你們嗎？胡作亂爲，我眞爲你們担心啊！」當時西京日報編輯王紫崗，因報社被叛軍所佔，住在梅老家中，此話係王紫崗來台後，路過花蓮時，親告筆者。

九一八瀋陽事變，政府爲謀國內團結，一致對外，民國二十年十一月二十八日中央選任林森（子超）爲國民政府主席。翌年四月林主席在洛陽主持國難會議時，有託五台趙丕廉（子青）代邀梅老來中央共赴國難，梅老曾覆一函謙辭，末言「雖在衰年，仍願到東北去收復失地」。

梅老仁者心腸心求必應，一生以救人爲懷，素有活菩薩之稱。國府遷南京，太谷孔祥熙（庸之）膺選工商部部長，梅老一封薦函，附一張名單，介紹九十餘人，孔庸老對梅九云：「祇能用五分之二，請你原諒」。他一生救人不知其數，助人更不知其數，除前言楊九娃之外，①曲沃喬楓寂，亦係梅老派灶奶救下者。②在北京

[illegible]往全作了救濟金，竟無吝色。因有[illegible]弼（子良）做崇文門監督，還怕沒麵喫嗎？⑧陝北鎮守使井岳秀滙到太原興業錢局一千元，托錢局某職員代收代轉，代收人早已用去八百，祇剩二百元交梅老也就算了。④李濟川向他借錢，他身上一文不名，不久李濟川見他睡着了，把牆上掛的新狐皮皮襖取下帶走，梅老還說「此事不必張揚，說出去，這孩子不好做人了」。⑤在西安時有一同鄉青年，求他寫信向建設廳長趙守鈺（友琴）推薦，他因事忙忘記，以後這青年自動代他寫一封介紹信，去謁趙友琴廳長。廳長派主秘王堯青代見，堯青看見非梅老筆跡，持信報告梅老。梅老云「我是答應寫信給友琴的，我事忙忘了，人家孩子，候差久了，可能沒辦法，纔寫此信。你回去報告廳長，能派工作更好，如有困難也就算了，千萬莫難爲這個孩子」。⑥二十一年春，梅老爲安邑縣修縣誌，住在安邑西門外廟宇中，筆者奉令回晉出差，一到安邑，即進廟看梅老，正閒談間，忽聞廟外田野傳出婦人哭聲，梅老云「此婦人哭聲，惱而不哀，悲而近懟，怨怒之呻吟也。這女人一定有寃枉事」，梅老偕夫人閻玉青及筆者三人前往一問，果不出所料。剛回到廟內，適安邑縣長郭固與其承審員來訪，梅老把所見情形，面告郭固。郭縣長回衙，即把被押人釋放[illegible]老）做長安知縣，請梅老暨西安各政要喫午飯，梅老屆時進衙，被傳達擋駕，以後傳達知道梅老是主客，一再求饒。景先生說「不認識沒關係。」

梅老才高學邃，著作等身，茲就筆者記憶所及，有罪案，入獄始末記，三人主義，葵心，尚書新註，腐化記，石頭記眞諦等。石頭記眞諦，係民國二十三年在西安出版，共印三千部，分上下兩巨冊約三十萬言，印費由趙子青代付。第一頁是張溥老一篇序，第二頁乃梅老自己一篇極長給友人函代序，敘明爲何寫作此書，原原本本，全盤托出。關於紅樓夢上人物言行，旁徵博引，處處都有根據。他嘗說：「胡適之所見不少，未入紅學之門。」此書一出海內之士，無不驚服。

景夫人閻玉青，係解縣閻虎臣之胞妹，無政府主義學人華林之大姨也。其生前曾託筆者，將梅老著作，整理整理，經梅老過目之後，她再去找孔庸之部長，籌欵付印。三十七年筆者供職西安時，曾與孟瑗（梅老女公子）之夫尉之嘉相商，由筆者出名通知梅老親友學生同事舊部，各捐月入百分之一，在西安租賃三間平房，已僱兩青年抄寫，每人每月六十元，推尉教授先看過，然後再送梅老一閱。不料剛做月餘，世局逆轉，西安撤退，各奔西東，言念及此，至感歉然。梅老作詩如作文，[illegible]筆者整理梅老文稿，曾語筆者：「某年暑季，我買一把新摺扇，請梅老題詩，他即題七古一首，二十四韻於其上，費時不過二十分鐘耳。另有詩稿兩厚冊，尚未付印。」

梅老有三男一女，皆非閻玉青所出。長子崇文，北京中國大學畢業，在立法院做事甚久。與已故芮城國大代表尚厚庵，有金蘭之誼。次子崇道，三子崇友，均服務軍旅，頗有成就。女孟瑗與夏縣尉之嘉在上海結婚，生一男一女，其夫婦在民國八年時均爲堆雲洞平民中學之發起人。之嘉曾任上海暨南大學，廣州嶺南大學哲學教授，其所著「名學」一書爲當代學者所贊許。共黨進入西安，首先查封國風日報，梅老聞之曾三次欲與共黨一拚，爲家人所阻，筆者在台南工作時期，看到萬象雜誌第二期，刊載梅老因國風被封而氣死，其女景孟瑗，抱屍大哭之後，手持自製小旗，上書「打倒毛澤東」五字，沿街演講，被共幹逮捕，後經中共陝西省主席趙壽山，念與梅老多年友情，乃對共幹講：「此女係一瘋子，抓她幹嗎？」遂予釋放。自此之後，再未聞景孟瑗之去向。

梅老在國學方面，與章太炎齊名，眞是數一數二的學者。有時談起來，上自孔孟莊老下及詩文詞曲，乃至紅樓水滸，聊齋西廂。滔滔不絕，一講就兩三小時，聽

者忘倦。他於音韻學，祇贊許戴東原一人耳。在新學方面，他和吳稚暉、張溥泉、李石曾、張靜江、華林等，對於無政府主義，三民主義闡揚頗多，且曾在北京世界語專門學校担任教授。平陸李端甫（曾在河南安徽山西做過縣長）、翼城郝春台、猗氏荆有麟等皆爲其及門學生，有麟除在學滙上發表文章外，還在中副上寫文章，以後轉職總政治部，共軍進南京被殺，亦云慘矣。其女名叫奧特華，兒子名叫維也納，亦怪傑也。提起世界語，近年尚有許多人不知其爲波蘭籍柴門霍夫所發明。民國十三年很時髦，青年學子，能以會說 Esperassto爲榮。梅老社會地位，在五院院長以上。他早在光緒三十一年，膺選同盟會山西分會評議長。民國十六年，膺選中央組織部部長。民國元年任西北大學校長，民國八年，在夏縣堆雲洞辦平民中學，自兼校長。民前一年在北京獨資創辦國風日報，（抗日期間遷西安，三十六年被共黨查封）抗戰期間，在西安獨資創辦出路週刊。民十二年在河南自稱第六軍軍長，駐地國民軍一旅長某來問梅老：「你這軍長係何人派的？」梅老反問該旅長：「你們一二三軍軍長，都是誰派的？」該旅長無言答對，遂站起鞠躬，表示歉意而言曰：「對不起，請原諒。」此事係第六軍軍法處長霍縣何舜生在蘭州時言之也。三十六年十一月十九日，運城淪陷，梅老在西安組織救國軍，自稱總指揮。其特務營營長裴九如，即係筆者所介薦。梅老平生不好名，不愛錢。正因爲不愛錢，他一生錢用不盡，亦正因爲他不好名，名滿天下，與人不爭無怨。他不講喫、不講穿、不愛賭、不愛嫖。西安易俗社有名劇本，絕大多數出自梅老之手，在西京多年，看報看戲不用錢，住房喫麵不用錢，燒柴燒炭不用錢，乘黃包車三輪車不用錢，甚至乘火車汽車飛機也不用錢。一生不曾請過客，名片上不曾寫過頭銜，客來不迎，客走不送。從來不顛倒是非，不計較得失，不發怒嗔人，不危言聳聽。能言人所不能言，能言人所不敢言。發表文稿，毫無顧忌，亦不徇情，至大至剛，奇人奇事。終日忙碌口無欄杆，在北京朋友，送一灶爺外號，其夫人閻玉青亦從此被稱灶奶矣。走筆至此，暫告結束。茲錄追隨梅老三十年以上之湖南才子李少陵，白話詩一首，以殿其後，由此亦可以畧知梅老爲何許人也。詩曰：

也無恩怨也無憂，也愛牽拘也自由。
天地兩間一梅九，千錘百挫不低頭。

巨蟒

何碩

勝利之初，有美籍盟軍駕車經滇緬路，遠見河流上橫架一道大橋，俄而橋身震動，頃刻碎石紛飛；細細審視，竟是巨鱗片片，原來是一條首尾不見的巨蟒。一位美國軍士，自恃膽大，居然拿了一枝來福槍爬到高山懸崖橫木之上，向下俯視，果見大蛇酣睡於斯；看它頭大有如風車，蛇尾橫跨兩岸，就似一道橋樑，於是，他舉槍向蛇頭瞄準，轟然數響，蛇猶閉目安眠無恙。原來這條蛇竟是銅皮鐵骨，子彈打著，就似搔癢一般，該軍士不服氣，竟又舉槍瞄向它脆弱的眼部位置。孰料一響過處，巨蟒被逗得性起，突然舉頭朝向那美軍軍士張開血盆大口。這時，他不知是嚇得發抖，抑或是巨蟒口中有股吸力，竟然使他撲通摔下，葬身蛇腹之中。其餘車上的同伴遠遠見狀，嚇得掉頭鼠竄。

他們返抵軍部後報告上峯，並電知空軍派出轟炸機前往大投炸彈，終於將此巨蟒震斃。這時，美軍也派了大隊人馬前往審察，乃見蛇被震死谷中，腥氣遠溢數里。而它的皮革，竟然堅硬得普通軍刀無法開剖。後來，還是派人專程前往緬甸取得快利無比的緬刀，始能將蛇皮割開。衆人把蛇腹剖開後，都不禁大驚失色：誰知胃中藏物非常驚人，裏面除了女人戴用的手飾珠光寶氣琳瑯滿目外，內中還有槍枝、鋼盔、水壺、腰帶扣、羅盤……等等不易消化之物品。因此才知道最近常在此荒山野嶺走失的散兵，必然是全數葬於蟒腹了。

吳佩孚傳

余非

得意時清白乃心，不怕死，
不積金錢，飲酒賦詩，猶是
書生本色；
失敗後倔強到底，不出洋，
不入租界，灌園抱甕，眞個
解甲歸田。

——四不老人

北洋時代以「三不主義」（不投降，不住租界，不逃外國）聞名的吳佩孚，抗戰初期寓居北平，自稱「四不老人」，以念經吟詩自娛，屢却日人誘惑，爲中外所同欽。民國二十八年十二月以牙疾病逝，政府嘉其志行堅貞，勉全所守，明令褒揚，追贈一級上將。其幕友楊雲史有哭孚威上將軍詩四十首，記其生平事蹟；中「橫摩三十萬，鼓角滿秋山」之句，是寫他民國十三年第二次直奉戰爭時的氣槪。

一、貧苦無行一秀才

吳佩孚字子玉，山東蓬萊人，清同治十三年（一八七四年）生。幼習五經，博通經史，十四歲喪父，家貧無以自養。入登州水師營充學兵，月俸二兩四錢。暇時從鄉人李丕森受業，慕關羽、岳飛、戚繼光之爲人。十八歲元聘王氏未婚病歿，歸葬吳氏祖塋。二十三歲應登州府試，考題爲「惟女子與小人爲難養也」，時主山東學政者爲姚丙然，吳議論通激，姚頗嘉許，中第三名秀才。後以染上煙癮，在煙館受劣紳翁某之辱，吳曾集市井無賴，大鬧翁府，然後逃往北京，借居崇文門外鄉人孫某所開之隆慶棧，以算命餬口，常常無以果腹。

二、初入軍旅

光緒二十四年，吳佩孚二十五歲，從堂兄亮孚之勸，往天津投軍，在武衞前軍統領聶士成帳下做戈什哈（勤務兵），爲文案郭緒棟（字梁丞，吳開府洛陽時入吳幕）所賞識。光緒二十六年直督李鴻章在開平設武備學堂，以孫寶琦爲總辦，聘德國教官訓練新式戰術。吳復從郭之勸，考入該校肄業。得中班教員靳翼青之鼓勵，頗知奮發。未及一年，因義和團事變，學堂停辦，吳佩孚流蕩到保定。至光緒二十八年六月，投入天津巡警營，仍任戈什哈。

天津巡警營是北洋第三師的前身，此處先把它的歷史敘述一下：庚子事變後，天津不許駐兵，清廷不得已，以巡警營來維持天津的秩序，是一種變相的軍隊。光緒三十年，袁世凱改編巡警營爲北洋第六鎮，以馮國璋爲統制，是年四月，改第六鎮爲第三鎮，以段祺瑞任統制。其後屢經變動，最後第三鎮統制由曹錕升補。民國元年，第三鎮改名第三師，曹錕任師長。民國六年，吳佩孚以第三師旅長代理師長，率部征湘，但在光緒二十八年他只是該部的一個聽差。

是年，袁世凱在保定辦陸軍速成學堂，分測繪、參謀二科，吳佩孚入測繪科受業爲少尉。光緒二十九年，吳佩孚以第一名畢業於測繪科，派任中尉，在北洋督練公所參謀處（總辦爲段芝貴）差遣。時袁世凱與日本聯絡，圖共同對抗俄國（庚子之後俄不自東北撤兵），欲派幹員往煙臺日軍守田利遠少佐處合辦情報事務，遂遣吳佩孚往。

三、追隨曹錕的開始

在日俄戰爭的時代，吳曾去東北爲日本辦理情報事務，屢建奇功，頗得日軍器重。光緒三十二年，調回保定第三鎮，任步兵第十標第一營督隊官（營附），旋升任管帶（營長）。次年，隨第三鎮赴關外剿匪，駐守長春，納張佩蘭爲側室。未幾，曹錕接任第三鎮統制，這是吳佩孚與曹錕關係的開始。吳佩孚隨曹錕在東北作戰，以用兵神奇，有小諸葛之名。

武昌革命爆發，第三鎮調回關內，守備津保。民國成立，第三鎮改爲第三師，調駐南苑，曹錕仍爲師長，吳佩孚此時升爲砲兵團長。民國二年，袁世凱派湯薌銘督湘，令曹錕以長江上游總司令名義率第三師駐岳州爲之聲援，吳佩孚隨軍南下，次年升任第六旅旅長。

民國四年，袁世凱謀稱帝，蔡鍔在雲南起兵，吳佩孚隨曹錕入川增援。民國五年夏，袁氏失敗，黎元洪繼爲總統，第三師回駐保定，曹錕奉命爲直隸督軍。民國六年七月，張勳擁清帝復辟，國務總理段祺瑞在馬廠誓師討逆，吳佩孚、馮玉祥等旅攻天壇，大敗張勳軍，亂事遂平。

四、率兵征湘

復辟之役以後，馮國璋繼爲總統，段祺瑞仍任總理。段主武力統一政策，於民國六年九月派陸軍次長傅良佐督湘，欲打擊南方護法勢力。會零陵鎮守使劉建藩宣佈獨立，桂軍譚浩明亦大舉援湘，傅良佐兵敗北走，段遂以曹錕爲川粵湘贛四省經略使率師南征。曹駐漢口，命吳佩孚代理第三師長兼前敵指揮，率一師（第三師轄第五旅長張學顏，第六旅長吳佩孚）三混成旅（王承斌、蕭耀南、閻相文）之衆南下，這是民國七年春天的事。

是年四月一日，吳佩孚陷長沙，旋即進佔衡陽，湖南大定。吳佩孚於此時已奉命署理師長（第五旅長張學顏調職，由董政國升任，第六旅長由張福來升任）。曹錕以爲論功行賞，方以湘督期吳佩孚，乃段祺瑞以第七師長張敬堯（皖系）任之，曹吳大憤。段祺瑞飭吳急攻兩廣，吳以「頻年南北戰役，塗炭生靈」，於

八月二十一日通電息爭，廣州軍務院總裁岑春煊亦覆電響應，於是湘中南北軍官聯名主和。總統徐世昌於十一月下令停戰，與南方軍政府議和於上海。北方總代表朱啓鈐，南方總代表唐紹儀。民國八年二月二十日開首次會議，其後屢經折衝，均無結果。

時南軍方面，湖南省長譚延闓，師長趙恒惕，偪促於郴永一帶，與吳佩孚常有連絡。吳佩孚雖主和平，以湘督張敬堯近在長沙，慮餉援斷絕，尚不敢公言反段。段知吳有異志，乃實授第三師長孚威將軍，以資籠絡。

五、撤防北歸

時內爭無已，主持中央大局的安福系結日以自重，外交着着失敗，終釀成民國八年的五四運動，吳佩孚在此運動中，連電指責政府，並提出取消中日密約、召開國民大會等主張，一時極受國人推重。五月十四日，南方代表在上海和議中，提出不承認巴黎和會關於山東問題之決議，北代表不允接受。最後，安福系派王揖唐繼朱啓鈐爲議和代表，並將借日款所練的「參戰軍」改爲「邊防軍」。另一方面，吳佩孚已與南軍各將領簽救國同盟軍草約，相約互相援救，乃與湘軍將領譚延闓等通電反對安福系之所爲。

時張敬堯部在湖南紀律蕩然，湘民不堪其擾，紛派代表請吳佩孚驅張，並討安福系。吳佩孚初慮段派勢力之盛，至是見反段的時機已經成熟，乃與廣州軍政府簽撤兵協定，決計北撤。廣州政府予吳六十萬毫洋爲開拔費。吳請求撤防的理由是：「遠戍湘防，瓜期兩屆，三載換防，不可謂速，鬩牆羮豆，何敢言功？既經罷戰議和，南北即屬一家，並非寇仇外患，何須重兵附守？」實則，吳佩孚撤防的原因，在拉攏南方，打擊安福系。民國九年五月二十五日，吳佩孚自衡陽撤防北歸，由湘江順流而下，二十七日過長沙，張敬堯沿江戒備，未予阻撓。三十日抵漢口。其回防途次詩云：「虎旅來湘浦，萬里振天威，孰意輦轂下，妖孽劇京畿。」所謂「妖孽」，即指安福系。故他在致邊防軍西北軍全體將士書中有云：「此次直軍撤防，原爲掃除殃民禍國之安福系，及倡亂賣國之徐樹錚。」吳佩孚自漢捨舟登陸，鄂督王占元替他辦糧草，備火車。六月七日，吳軍北上，旋即進駐洛陽，分兵直豫各要隘，吳並赴保定部署軍事。

六、直皖戰爭

吳軍既撤，防地盡爲湘軍所佔。不久，張敬堯退出長沙。北方直皖之戰，旋亦爆發。

直皖戰爭的原因，乃直皖勢力衝突的結果。吳佩孚要求解散安福系，解散新國會，取消中日密約，取消邊防軍，這都不是段祺瑞所能容忍的。操縱於二系之間的徐世昌總統，此時左右爲難。曾電召直奉蘇三督入京共商大計，直曹（錕）蘇李（純）均託詞不往，奉張（作霖）從中調停，亦無結果。徐世昌初受直系壓迫，免徐樹錚邊防軍總司令職；繼受皖系壓迫，免第三師長吳佩孚職。實際上，兩則命令均未生效，仍不免走向戰爭一途。

七月十五日，段祺瑞下令討伐曹吳，謂其「京漢一路，已過涿縣；京奉一路，已過楊村。……其直犯京師，震驚畿甸，已難姑容。」曹吳亦通電各省，謂邊防軍「稱兵近畿，……有意開衅。」當時段組定國軍，自任總司令，以徐樹錚爲參謀長，下分三路：第一路段芝貴兼京師戒嚴總司令，第二路曲同豐任前敵總司令，第三路魏宗瀚。其兵力計邊防軍三師，西北籌邊軍三旅及第九、第十三兩師。直軍方面，約有下列各單位：

一、第三師：清末第三鎮改編，原隸曹錕，民七入湘作戰，吳佩孚以功升任師長。

二、直隸陸軍第一混成旅：旅長王承斌，成立於民國五年二月。

三、直隸陸軍第二混成旅：旅長閻相文，成立於民國六年三月。

四、直隸陸軍第三混成旅：旅長蕭耀南，成立方民國六年六月。

五、直隸陸軍第五混成旅：旅長商德全，成立於民國六年十二月。

六、直隸陸軍第六混成旅：旅長曹鍈，成立於民國六年十二月。

另有民國七、八年之交成立的直隸陸軍第一補充旅冀漢治，第二補充旅李榮殿，第三補充旅彭壽莘，第四補充旅王用中。吳佩孚以曹鍈爲東路抗徐樹錚，爭奪楊村；自兼西路抗段芝貴，爭奪涿州。段芝貴所統率的西北軍及邊防軍，完全是新兵新械，且有日人做顧問，頗佔優勢。會奉軍入關助直，廣東軍政府亦通電聲援，直軍氣勢大振。

初曹錕令吳佩孚自保定北上，段祺瑞派段芝貴自涿州向南抵拒。兩方接觸，左起天津，右起紫荊關，皆是戰場，戰爭一開始，皖軍前敵總司令曲同豐被俘，軍隊瓦解，段芝貴在高碑店打牌，聞訊而遁。七月十八日，直軍佔涿州，二十三日進駐南苑。此時湖北吳光新部已被王占元繳械，徐樹錚亦已自楊村敗逃，戰事遂告結束。七月二十七日，徐世昌下令免段祺瑞職，撤消邊防軍，懲辦禍首。所謂禍首，第一批名單包括徐樹錚、曾毓雋、段芝貴、丁士源、朱深、王郅隆、梁鴻志、姚震、李思浩、姚國禎等十人，除李思浩逃去華俄道勝銀行，餘則避居日本使館，段本人則由團河退居府學胡同私邸。

七、吳張交惡

直皖戰後，直曹奉張左右中央政局。吳佩孚雖率軍回駐洛陽，仍不忘其素日所主張：①解散新國會，②南北重開和會，③召集國民大會。張作霖嫌他風頭太健，處處掣肘，並以吳爲「區區師長」，呼爲「孺子吳佩孚」，吳張自是結怨。九月二日，吳奉命爲直魯豫巡閱副使。此後即著意編練軍隊，建設地方，思謀對奉之策。

時兩湖巡閱使王占元馭軍無方，激起武昌兵變。鄂人李書城等赴湘開會，主張湖北自治，組自治軍。以駐湘鄂軍夏斗寅爲先鋒，一面聯合湘軍，由趙恒惕兼任援軍總司令，同時進攻湖北，與王占元軍隊發生衝突。民國十年八月，北京政府派吳佩孚出兵援鄂，旋敗湖南趙恒惕軍及四川熊克武軍。

是年十一月四日，吳佩孚感於時局動盪不安，召集長江聯防會議，以豫鄂蘇贛皖五省爲聯防區域。十二月十四日，奉張入京，推薦交通系首領梁士詒組閣。吳以梁爲奉張所支持，恐將來在餉項上揚奉抑直，乃通電反對。時奉張方聯絡交通系、安福系以壯聲勢，迫徐世昌赦免安福系首領，並任曹汝霖爲實業專使。是月二十一日，曹錕以權力多歧，統一無策，特召集保定會議，與吳佩孚等磋商。

民國十一年一月，梁士詒組閣已成：外交總長顏惠慶，內務總長高凌霨，財政總長張弧，陸軍總長鮑貴卿，海軍總長李鼎新，司法總長王寵惠，教育總長黃炎培，農商總長齊耀珊，交通總長葉恭綽。時華盛頓會議決定膠濟鐵路由中國贖回自辦，財政總長張弧向日借款贖路，吳乃首先通電嚴斥（一月五日）：

> 害莫大於賣國，姦莫甚於媚外，一錯鑄成，萬刼不復。自魯案發生，輾轉數年，經過數閣，幸賴吾人民呼籲匡救，卒未斷送外人。膠濟鐵路爲魯案最要關鍵，華府開幕經月，我代表壇坫力爭，不獲已而順人民請求，籌款贖路，擬訂發行債票，分十二年贖回，但三年後，得一次贖清之辦法。外部訓練，債票准華人購買，避去借款形式，免得種種約束。果能由是贖回該路，即與外人斷絕關係，亦未始非救急之策。乃行將定議，梁士詒投機而起，突竊閣揆。日代表忽變態

[illegible]本款，用人由日推薦。外部電知華會代表，復電稱請俟與英美接洽後再答。當此一髮千鈞之際，梁士詒不問利害，不顧輿情，不經外部，逕自面復，竟允日使要求借日款贖路，並訓令駐美各代表遵照。是該路仍歸日人經營，更益之以數千萬債權，舉歷任內閣所不忍爲；不敢爲者，今梁士詒乃悍然爲之。舉曩昔經年累月人民之所呼籲，與代表之所爭持者，咸視爲兒戲。犧牲國脈，斷送路權，何厚於外人，何仇於祖國！從梁士詒勾援結黨，賣國媚外，甘爲李完用、張邦昌而弗恤，我全國父老兄弟亦斷不忍坐視宗邦淪爲異族。祛害除姦，義無反顧，惟有羣策羣力，亟起直追，迅電華會代表，堅持原案。凡我同胞同澤，偕作後援。披瀝直陳，竚候明教。

其後梁吳電戰不已；江蘇齊燮元、王瑚，湖北蕭耀南、劉恩源，陝西馮玉祥、劉鎮華，江西陳光遠、楊慶鋆，山東田中玉，安徽馬聯甲，河南趙倜等，均響應助吳；全國商教聯合會，聯合京師總商會、京師農會、北京教育會，全國報界聯合會，全國學生聯合會等亦組織「救國贖路集金會」，反對向日借款。一月二十三日，梁士詒託病請假赴津，二十五日，徐世昌令顏惠慶兼代國務總理。

奉張爲衛護梁內閣，對吳大加指斥。一月三十日，曾電呈總統徐世昌，對時局有所指陳：

夫以膠濟鐵路問題，關乎國家權利，籌款贖回，自是唯一無二之辦法。若代表爭於華府，而梁閣讓於京師，天地不容，神人共怒。吳使並各督責其賣國，夫亦誰曰不宜？但事必察其有無，情必審其虛實，如果實有其事，即加以嚴譴，梁閣當有何辭！倘事屬子虛，或係誤會，則鍛鍊周內，以入人罪，不特有傷鈞座之威德，且何以服天下之人心！況國務之有總理，爲全國政令所從出，事煩責重，勝任必難，鈞座[illegible]，當如何鄭重枚卜；若進退之間，同此舉舍，[illegible]內人民，視堂堂閣揆，一若無足重輕，則國事前途，何堪設想！今梁閣是否罷免，非作霖所敢妄議，繼任者能否賢於梁閣，亦非作霖所敢預知；假令繼任產生之後，復有人焉，以莫須有之事，出而吹求，又將何以處之？

奉張爲了對抗吳佩孚，採取了以下幾種措施：

一、拉攏曹錕，使與吳分離。
二、結納皖系殘餘，徐圖大舉。
三、密約廣東方面分兵攻取湘贛，以爲牽制。
四、聯絡山東田中玉，河南趙倜，以造成包圍形勢。
五、調重兵入關，分駐軍糧城、津沽、密雲、古北口、馬廠，蘆臺等處，以與直軍對抗。

直奉既成對峙局面，雙方親友趙爾巽、孟恩遠、鮑貴卿、曹銳、王承斌等，往還調解不成，遂致兵戎相見。

八、直奉第一次戰爭

三月十九日，張作霖設總司令部於落垡，自任總司令，以孫烈臣爲副司令。其部置如下：東路：在京奉、津浦線，分三梯隊，張作相、張學良、李景林分任梯隊長，駐廊坊、靜海、馬廠等處。西路：在京漢線，亦分三梯隊，張景惠、鄒芬、孫殿陞分任梯隊長，駐長辛店、南苑等處。中路：在永定河，集中五補充團、九混成旅，扼守固安。

吳佩孚西對十多萬奉軍，在北京中南海懷仁堂點將發兵，從容佈置：設總司令部於涿州，自任總司令。東路：在馬廠及津浦路一帶，張國鎔爲司令，防守子牙河，大城、任邱等處。中西路：在琉璃河一帶，以王承斌爲司令，防守琉璃河、固安等處。另以馮玉祥爲司令，駐隴海線監視趙倜。

四月十九日，張作霖通電各處，「期以武力爲統一之後盾」

。同日，吳佩孚亦發電，謂「奉軍不入關，戰事無從而生」。是後數日，雙方電戰不已。二十一日，直系將領開保定會議，一致主張拒奉。二十五日，吳佩孚、齊燮元、陳光遠、蕭耀南、田中玉、趙倜、馮玉祥、劉鎮華等通電宣佈奉張禍國十大罪狀，欲「爰整義師，殲厥巨魁，以洩公憤而快人心」。總統徐世昌見情勢緊張，於二十六日下令：「凡兩方接近地點，一律撤退。」此令並未發生效果，張作霖於二十七日夜下總攻擊令，東路馬廠、中路固安、西路長辛店同時開火。

戰事初起，奉軍炮火猛烈。王承斌、張國溶採取守勢，戰不利，陣稍却。五月一日開始，吳佩孚親赴前線督戰，改守為攻。至五月三日，西路進退於長辛店、盧溝橋；中路進退於固安；東路進退於青縣、霸縣，大城、任邱；已成相持之局。五月四日，吳佩孚改變戰略，全力攻取長辛店，並乘勝進迫落垡，奉軍大潰。五月五日，總統徐世昌下令奉軍即日悉數出關，直曹有關部隊各回原防，葉恭綽、梁士詒褫職法辦。十日，免豫督趙倜職，由馮玉祥繼任。

九、賄選聲中的政治主張

五月十四日，吳佩孚通電各省，徵求恢復第一屆國會的意見。十五日，孫傳芳通電主張恢復法統，請黎元洪復任。二十九日，齊燮元通電請徐世昌總統退位。六月二日，徐世昌辭職赴津，曹錕、吳佩孚、齊燮元、孫傳芳等請黎元洪復大總統職。十一日，黎元洪入京就任，以顏惠慶為國務總理，吳佩孚為陸軍總長。吳電辭不就，於七月一日回防洛陽，提出了以下幾種政治主張：

一、恢復法統，

二、與西南各省開誠合作，

三、於制憲時，注意「聯省自治」的精神。

是年八月，舊國會在北京復會，王寵惠出任內閣總理，南北頗有統一之望。

時直系有津、保、洛三派，津、保兩派嫉吳，設法打擊王閣。十一月十八日，吳景濂指控財長羅文幹訂立奧國借款展期合同有納賄證據，迫黎捕之入獄，而王閣為之瓦解。吳電斥捕羅為非法，對王閣擁護甚力，一時大受曹錕、王承斌、齊燮元、蔡成勛、馬聯甲、田中玉、杜錫珪等的攻擊，吳遂通電聲明，對閣事不再置喙。

津、保派打擊王閣，目的在驅黎賄選。遂以直軍駐京代表劉夢庚為「大典籌備主任」，並收買大批議員組「全民社」為擁曹機關。時黎元洪任期將滿，吳佩孚主張「先制憲，後選總統」，津派迫不及待，力求「先選舉，後制憲」。雙方意見相左，保、洛有分家之勢。是年十二月九日，曹錕六十歲生日，吳未往賀。十二年一月八日，復使鄂督蕭耀南、豫督張福來等致電曹錕，謂時機未熟，請其考慮。

北京政局動盪，吳佩孚在洛陽編練軍隊，建設地方，不捲入政治漩渦，一時頗受推重。郭梁丞（秘書長）、楊雲史（機要秘書）、李倬章（參謀長）、白堅武（政務廳長）、張方嚴（參謀處長）、孫芝田（副官處長）等均在幕中，張謇、章炳麟、康有為等亦來結納。民國十二年四月二十二日，吳佩孚五十華誕，康有為手撰壽聯云：

牧野鷹揚，百歲功名纔半紀；

洛陽虎視，八方風雨會中州。

時人以康為文聖，吳為武聖，其受推崇如此。此時吳佩孚的直屬部隊凡五師一混成旅，其防地如下：

第三師：師長吳佩孚，駐防洛陽。

第八師：師長王汝勤，駐防宜昌。

第十四師：師長靳雲鶚，駐防信陽。

第二十師：師長閻治堂，駐防潼關。

第二十四師：師長楊清臣，駐防開封。

第二十六混成旅，旅長田維勤，駐防河南。另有胡景翼的陝軍第一師及若干獨立團，合計兵力十餘萬人。

時直系津、保兩派既欲擁曹錕繼大位，多方與黎元洪爲難。閣潮之外，繼以軍警索餉，並組織「驅黎請願團」，包圍總統府，迫黎退位。六月十三日，黎元洪出京赴津。次日，張紹曾內閣總辭。北京政府成眞空狀態，國會通過以高凌霨攝政，曹錕乃得着手進行賄選。吳佩孚於此期中一言不發。嗣津、保派因受國人評擊，改變計劃，主張「先憲後選」，吳始通電響應。孫逸仙見吳佩孚不流於汙，曾派徐紹楨赴洛陽訪問吳氏，欲與合作，但吳氏另有一套看法，認爲孫的三民主義爲權利的主張，與其「民德主義」的義務觀念相反，故不相從。最後有孫段張三角同盟的形成，吳氏之敗，部分基於此。

是年十月五日，曹錕賄選告成。十日，曹入京就職，並公佈憲法。十一月，以吳佩孚爲直魯豫巡閱使兼直魯豫航空監督。次年一月，復派吳兼任督辦直魯豫汽車道路事宜。

十、直奉第二次大戰

直系勢力於此時如日中天，然以曹錕賄選總統，孫逸仙在廣東通電討伐，段祺瑞在天津發出討曹電文，（皖系）浙督盧永祥、淞滬護軍使何豐林等亦電數曹錕罪行。當時吳佩孚利用陳烱明在廣東牽制孫逸仙的北伐，利用蘇督齊燮元、閩督孫傳芳對抗盧永祥，自己則集中全力對付奉張。惟此時直系內部並不和諧，吳佩孚欲拉攏皖系，擬選盧永祥爲副總統，津派不表同意，甚至想聯奉抗洛；同時，齊燮元有意染指副總統，視浙盧爲眼中釘，亦與吳同床異夢。至於馮玉祥，平素受制於曹吳，早有另起爐灶之念。

民國十三年九月三日，江浙戰爭爆發。起因由於浙督盧永祥伸其勢力於淞滬，引起蘇督齊燮元的嫉恨。九月八日，北京政府下令討伐浙盧。浙盧爲蘇齊所逐，乞援於奉天。張作霖卿民國十一年的舊恨，響應浙盧抗曹，於十五日命將出師，大舉入關。張作霖自任鎮威軍總司令，設大本營於錦縣，軍隊編制如下：

第一軍總司令姜登選，副司令齊恩銘。
第二軍總司令李景林，副司令張宗昌。
第三軍總司令張學良，副司令郭松齡。
第四軍總司令張作相，副司令丁超。
第五軍總司令吳俊陞，副司令湯玉麟。
第六軍總司令許蘭洲，副司令吳光新。

其作戰佈置：以第三軍一師一旅守山海關；第一軍兩旅駐綏中；第二軍一師一旅向朝陽進發；第五、第六兩軍利用騎兵分攻開魯、赤峯；第四軍集中錦縣爲總預備隊。另奉軍有飛機三大隊，以葫蘆島爲根據地，向山海關及喜峯口方面活動。

北京政府見東北形勢緊迫，即電召吳佩孚進京，謀抵禦之策。吳於九月十六日自洛抵京，曹錕即召開特別會議，商定對奉作戰計劃，決定設總司令部於天津，調彭壽莘、馮玉祥、張福來、鄭士琦、董政國、靳雲鶚、胡景翼、楊清臣、張治公等師旅，與奉軍相周旋。十七日，曹錕以「近日奉軍動員，五路進兵……拆毀萬家屯一帶鐵道，並侵犯阜新縣境」爲由，下令討伐張作霖，以吳佩孚爲討逆軍總司令，王承斌（直魯豫巡閱副使）爲副司令。吳佩孚遂編定各軍，在四照堂（遜清攝政王府）登壇授旗：

總參議：白堅武
參謀長：張佑民
第一軍總司令彭壽莘（第十五師長）兼第一路司令
　第一路副司令馮玉榮
副司令王維城（第廿三師長）兼第二路司令
　第二路副司令葛樹屏
副司令董政國（第九師長）兼第三路司令
　第三路副司令時全勝

第二軍總司令王懷慶（第十三師長）
　副司令米振標
　前敵總指揮劉富有
　前敵副指揮龔漢治
第三軍總司令馮玉祥（第十一師長）
　第一路司令張之江
　第二路司令李鳴鐘
兵站軍需總監：曹銳
　副總監：李彥青、劉紹曾

另有十路援軍：張福來爲援軍總司令，一路司令曹鍈，二路司令胡景翼，三路司令張席珍，四路司令楊清臣，五路司令靳雲鶚，六路司令閻治堂，七路司令張治公，八路司令李治雲，九路司令潘鴻鈞，十路司令譚慶林，俱由張福來指揮，向平津集結。當時在北京擔任城防的是徐永昌的一個營，和孫岳（兼京畿警備副司令）的十五混成旅的一部分。至於曹錕的衛隊旅，則只擔任公府拱衛，不擔任城門守衛。總計陸軍兵力二十餘萬。另有渤海艦隊（溫樹德）的軍艦七艘，以大沽口爲根據地，向遼東灣方面活動。洛陽、保定、南苑等處有飛機七、八十架，編爲四隊，支援作戰。

直軍作戰計劃：第一軍兵力三師約四萬餘人，在山海關與海軍聯合對抗奉軍第三軍張學良，並相機進攻瀋陽。第三軍一師三旅約二萬五千人，由古北口出承德攻赤峯，對付吳俊陞、許蘭洲，並相機繞道攻瀋陽後方，以與第一軍呼應。第二軍一師兩旅出喜峯口，以熱河爲根據地，向朝陽方面抵拒奉軍第二軍李景林部之進攻，並伺機攻取遼西走廊。分析其戰力：第一軍最爲可靠，彭壽莘、王維城、董政國皆吳之嫡系。第二軍係雜湊而成，王懷慶資格雖老，軍隊沒有戰鬪力。第三軍馮玉祥軍隊訓練有素，然**早因請餉問題，與直系有隙，雖爲曹吳而戰。至十路援軍，均與直系無深切關係。**

戰爭一開始，直軍已有隱憂。馮玉祥非先領十五萬開拔費不允行軍；行軍之後，復連電訴苦，吳佩孚知其不可恃，命胡景翼駐喜峯口、平泉以監之。是年十月初，王懷慶的第二軍接戰不利，馮玉祥的第三軍逗留不進，朝陽、開魯、凌源、赤峯相繼爲奉軍佔領。吳佩孚命王承斌率援軍赴熱河指揮，王於十月三日抵古北口，旋與奉方李景林軍遭遇。山海關方面，九門口首告失陷，奉軍攻勢益烈。吳佩孚免前敵總副指揮劉富有、龔漢治職，而代以陶經武、張林，並親赴前線督戰，調張福來增援。

是月十二日，吳乘列車抵山海關，設指揮部於秦皇島。每晨偕幕僚赴山海關或九門口督戰，有時乘艦指揮海軍砲擊葫蘆島，終未收效。吳曾命張福來率兵規復九門口，擊潰奉軍六個旅；山海關方面的戰事，也曾一度得手。然奉方的空襲，編成四至七架的飛機隊，朝夕對秦皇島施以空擊，直軍飛機迎戰，未能制止，對士氣影響很大。時前方苦寒，餉需無著，吳佩孚擬載兵自葫蘆島登陸，奇襲瀋陽，以挽頹勢。適馮玉祥於十月二十三日班師回京，戰局遂無法挽回。

馮玉祥與南方素有往來，倒吳計劃早就決定。在軍隊開拔之初，先向吳索東三省巡閱使職，繼又索開拔費十五萬元，繼又索小槍彈百萬發。吳只給他十五萬元戰費，其他皆未允。當時孫段張同盟，奉張透過段祺瑞，補助馮軍費二百萬。馮親說胡景翼，並遣使約王承斌、孫岳共謀去曹結張，遂決定班師。馮玉祥爲國民軍第一軍，胡景翼爲國民軍第二軍，孫岳爲國民軍第三軍。囚曹錕於延慶樓，迫其下令停戰，並褫解吳佩孚軍職。

吳佩孚在前線聞變，秘而不宣，繼續督戰如故。是月二十五月，始召集各將領，發表退兵計劃。在榆關方面，畫定秦皇島、昌黎、灤州三大防線，命張福來、彭壽莘、靳雲鶚等分別防守。吳佩孚本人，則率幕僚衛隊三千人，於二十六日返抵天津，電調蘇督齊燮元、鄂督蕭耀南、魯督鄭士琦等入衛。各軍未及發，魯**督鄭士琦先叛，陳兵濟南，斷津浦路，遏南軍不得北上。惟第九**

皖援軍潘鴻鈞旅先至，與馮玉祥戰於張莊，敗績。時山海關兵事亦敗。張宗昌率兵萬六千餘人自冷口南下，破直軍第九、二十兩師，於二十八日聯合胡景翼部下灤州，將直軍截成兩段，並分兵圍秦皇島及山海關之直軍。山海關方面的直軍，此時麕集秦皇島，由張福來、靳雲鶚率領，用軍艦運往塘沽者萬餘人。不及登艦者，悉被奉軍繳械。三十一日，自山海關至唐山一帶的直軍已全失抵抗能力，奉軍蜂擁入關，以吳光新的騎兵爲前鋒，向塘沽進展。十一月二日，日本駐天津總領事吉田茂勸吳佩孚與段祺瑞合作，收拾時局。吳不忍背曹，拒之。吉田茂復授意吳氏日籍顧問岡野增次郎。勸吳住入日本租界，吳亦不納。次日，吳率殘部五千人自塘沽登艦南駛，本擬自山東入豫，魯督鄭士琦不納，遂溯長江而上。經南京，蘇督齊燮元通電擁吳在武昌組護憲軍政府；及至漢口，鄂督蕭耀南不表歡迎；吳遂乘車入豫，在洛陽組護憲軍司令部。是月二十四日，段祺瑞受張作霖、馮玉祥等擁戴，以臨時執政身份組織政府。

十一、東山再起

是年十二月，陝軍憨玉崑部向吳進逼，吳退往鄭州。既而胡景翼奉命督豫，率軍渡河而南，吳佩孚退往信陽。吳原欲往湖北，蕭耀南拒其入境，乃暫避於雞公山。胡景翼軍節節南下，吳部在豫鄂邊境者四萬餘人，多被胡軍繳械。吳不得已下山入鄂，幾經疏解，蕭耀南仍不欲其留在漢口；會湖南省長趙恒惕致電相邀，吳遂決定南行。民國十四年三月，吳佩孚率部二千餘人抵岳州，適逢吳氏五十二歲壽辰，各方代表雲集，遂有湘鄂川黔四省聯防之議。是年八月，湖北蕭耀南、河南岳維峻商組七省聯盟（湘鄂川黔晉豫陝），舊直系軍人亦均欲擁吳佩孚再起，驅逐奉軍。時奉馮磨擦日深，馮玉祥據西北，奉張據東南。浙督孫傳芳以奉軍進據魯徐，再佔淞滬，南侵不已，於十月十五日自稱蘇浙皖閩贛五省聯軍總司令，向奉軍進迫，欲與吳聯合。是月二十一日，吳佩孚受鄂蕭之邀，自岳州赴漢口，通電接受十四省區討賊聯軍總司令職，設總司令部於漢口東北的查家墩，其組織如下：

討賊聯軍總司令：吳佩孚
- 副司令：齊燮元
- 總參謀：章炳麟
- 秘書長：張其鍠
- 參謀長：蔣方震
- 軍務處長：張福來
- 外交處長：張志潭
- 交通處長：高恩洪

討賊聯軍鄂軍總司令：蕭耀南（兼後方籌備司令）
- 第一路司令：寇英傑
- 第二路司令：陳嘉謨
- 第三路司令：盧金山

討賊聯軍桂軍第一路司令：馬濟

討賊聯軍川黔總司令：袁祖銘
- 川黔後方籌備司令：劉湘

討賊聯軍川軍第一路司令：楊森
- 第二路司令：鄧錫侯
- 第三路司令：賴心輝
- 後方援軍司令：劉存厚

討賊聯軍黔軍第一路司令：王天培
- 第二路司令：彭漢章
- 第三路司令：周西成

是年十一月，段祺瑞下令討伐吳佩孚及孫傳芳，飭馮玉祥、岳維峻沿京漢線南下；張作霖、李景林沿津浦線南下。時孫傳芳已進兵江蘇，吳佩孚亦進兵河南，適奉軍內部不和，郭松齡與馮玉祥勾結倒張作霖，直系勢力得以大張。是年十二月，郭松齡失敗被

殺，馮玉祥通電下野，魯督張宗昌、直督李景林忽倡吳張合作，討奉戰爭遂告結束。

民國十五年一月，奉張奪回山海關，期與直軍合擊國民軍。馮玉祥因京畿及直豫地盤受奉直包圍，聲稱赴俄，將職權交張之江。二月，吳佩孚、蕭耀南、齊燮元聯名指斥馮玉祥，集師討伐。以寇英傑為河南督軍、靳雲鶚為河南省長，率軍入河南。三月，吳部悉佔河南，馮玉祥由蒙赴俄。四月，鹿鍾麟等釋曹錕，欲求吳佩孚諒解，吳不納。國民軍遂退出南口。

當吳佩孚與奉張聯合，準備以分進合擊的方式進攻察哈爾。他們的計劃是直魯聯軍及吳佩孚的靳雲鶚、田維勤、潘鴻鈞等三部攻南口正面，吳俊陞、湯玉麟攻多倫，山西閻錫山出大同攻平地泉、豐鎮。總兵力雖在五十萬以上，因各方觀望，只有直魯聯軍向南口攻了一陣，沒有效果。

是年五月，國民軍以全力侵山西，徐永昌、韓復榘、石友三等取高陽、圍大同，來勢洶洶，閻錫山告急。二十七日，吳佩孚自漢口北上。六月三日，在保定召開軍事會議，決定以三路進軍國民軍：東路田維勤，中路王為蔚，西路魏益三。六月二十八日，吳佩孚到北京與張作霖會議，決定吳奉及直魯聯軍通力合作，總攻南口，推吳佩孚為總司令。會中決定：平綏鐵路及其以東屬奉軍及直魯聯軍，平綏路以西屬吳。吳佩孚在前方的部隊統由田維勤指揮，田聲勢浩大，號稱二十個旅。吳佩孚駐在長辛店，於六月二十九日下總攻擊令，直到八月中旬，才把南口攻克。

當吳奉合攻南口之時，南方國民革命軍已大舉北伐。吳佩孚曾以宋大霈為援湘軍第一路司令，任前敵正面作戰；王都慶為第二路司令，防守右翼常澧一帶，唐福山為三路司令，率贛軍任左路作戰；董政國為第四路司令，率唐之道兩旅及閻日仁一師作總預備隊。終不敵國民革命軍的攻擊。七月十二日，唐生智入長沙，八月二十二日克岳州。吳佩孚於南口戰役後，急趕京漢路南下，集合潰軍，堅守汀泗橋。激戰數日，漸告不支，於三十日退守武昌，重新佈置防務；以靳雲鶚為武陽夏警備總司令，劉玉春為武昌防守司令，劉佐龍為漢陽防守司令，陳嘉謨以湖北督理，會同劉玉春守武昌。吳自己則在漢口坐鎮，並時赴武昌督戰。

九月七日，唐生智因劉佐龍之內應佔領漢陽，並渡江取漢口。吳佩孚急召靳雲鶚計議，靳不至，欲逼其下野，與革命軍講和，吳遂使劉玉春、陳嘉謨率二萬餘人守武昌，自率部向信陽撤退。靳雲鶚與革命軍謀和未成，退至信陽請罪，吳未深究。時張作霖派張學良、韓麟春守黃河；國民軍馮玉祥已自俄回國，誓師五原，率兵東進；國民革命軍復沿京漢線節節進逼；吳勢大窘。未幾，吳佩孚自信陽北退鄭州，張宗昌、褚玉璞的直魯聯軍亦開駐保定，大名以相抵禦。吳氏秘書長張其鍠於此時提出建議，主張奉軍出津浦路收南京，直軍出平漢路收漢口，未為張接納。是年十月十日，唐生智攻入武昌，城內二萬人均被繳械。吳佩孚的勢力遂只限於河南一隅。

是年十二月，奉軍集於磁州、徐州、蚌埠者約十五萬人，逼吳佩孚往豫西抵抗國民軍。吳佩孚乃移駐鞏縣，軍隊分佈於南陽、武勝關一帶者，尚有二十餘萬眾。其後，奉軍復進犯汜水，吳不得已，遂於民國十六年五月十三日率高級幕僚張其鍠、蔣雁行、畢澤宇等自鞏縣南下，決定入川。既而第九軍長于學忠降奉，秘書長張其鍠為土匪誤殺，襄陽鎮守使張聯陞聯絡馮玉祥部截擊於襄河，其處境甚慘。幸已與川將楊森，取得聯繫，乃間道經保康、興山、秭歸入蜀。

十二、失敗下野

楊森時為國民革命軍第二十軍軍長，駐防川東，設軍司令部於萬縣，對吳佩孚的行止甚為關心。初派賀國權旅駐興山一帶探聽消息，藉以保護。七月十五日，聞吳佩孚至，遂率夫人及旅長親迎於巫山界嶺（川鄂邊界），以白帝城為其居所，禮遇備至。

先天道橫行無錫記實

（下）

——平　凡——

破邪說敵僞施計

賺頭目擒賊擒王

先天道自「出征」洛陽和洛社等處，奏凱歸來以後，一班「道友」，囂張日甚，無法無天，盡情胡作亂爲，尋至公報私仇，並隨意殺人，在藕蕩橋鎮上公然把鎮民黃寶林、李明甫等殺死，並且揚言要殺錢橋鎮及雙河上等處某某等人，還要衝進城去，奪取僞縣政府，取代僞縣長掌握縣政，敵寇駐錫憲兵隊長，以先天道勢力日益擴張，引爲大患，遂與僞縣長密商抵制方法，當時僞縣長爲邑人楊某，此人出身世家，排行第四，人家稱他楊四憨頭，其實他足智多謀，小事糊塗，他也早已知道先天道的橫行猖獗和厲害，並且也聽到有打進城去，奪取僞縣政府的謠諑，他早已計劃好對付的方法，想出一個「擒賊擒王」和「釜底抽薪」的計劃來，把先天道一網打盡，他同敵憲兵隊長一同出面故意對先天道表示好感與欽佩，並且要求合作，遂派僞保安隊長徐梅初（邑西北鄉人）下鄉連絡，在城中迎賓樓菜館設宴，邀請先天道負責人孫某和上級幹部姜明波等杯酒聯歡，共商大計，把他們騙進城去，然後予以處置，並且戳穿這邪教的愚民騙術而予以消滅。孫姜二人原擬一同應邀前往，事有湊巧，孫某偏偏在那天生起病來了，（後來據說是裝病）於是由他的助手倪某代表前往做替死鬼。僞縣長和敵憲兵隊長把姜倪二人誘騙入城後，即把四城門戒備森嚴，不許有先天道的人進入，他們在宴會席上故意讚捧先天道法力無邊，要求與他合作，並且願把僞縣政移交給先天道接管，惟須請姜明波使用「陰陽扇」與「乾坤傘」一試法術，若眞能槍彈不的話，隨即就迎接先天道入城接收僞縣府，倪某聽了非常高興，姜明波心裡明白，已知道中了計，墮入陷阱，但是要逃也逃

不掉了，心想試也死，不試也死，或許萬一僥倖能避過槍彈，亦未可知，便硬着心腸答應下來。

社橋頭邪教試法
機關槍打進神傘

宴請完畢，就把姜倪二人軟禁在僞縣府中，約定於四月十三日（三十二年）上午九時，在城外社橋頭試法。到了那天，敵僞憲兵軍警戒備森嚴，先天道道友數千人，都持槍執刀前往爲他們的頭目助威，城鄉遠近民衆前往觀看的，眞是人山人海。上午九時正，姜明波在敵僞軍警憲兵押同到達社橋頭，他一手持着一柄紙傘，（乾坤神傘），一手執着一把紙扇（陰陽寶扇）立在劃定的一塊地上圈子裡，三面都立着荷槍實彈的僞軍警憲兵，名爲保護，實則防他脫逃，在五十公尺外，按裝重機關槍一挺，在一聲口令之下，「乾坤傘」一轉動，機關槍碰碰幾響，說時遲那時快，姜明波已倒在地上，身上已被子彈穿了不少洞，臥在血泊中了。

姜明波飲彈斃命
先天道如此收場

數千名來城助威的先天道男女道友，見到姜明波被打死，都紛紛棄刀抛槍而逃，無數觀衆也爭先恐後的走避，一時人聲鼎沸，秩序大亂，前仆後繼，都在人身上踐踏而過，受傷的人不計其數。姜明波中彈死了，無知的先天道友才知道受了騙，一切都是騙局，於是大家諱莫如深，不敢提及，先天道在無錫就此消滅了。至於代表孫某前往城中參加僞縣長和敵憲兵隊長宴會的倪某，被禁閉在僞縣府後，直至抗戰勝利未見回家，他的下場結果，大家亦不言而喻，他早已跟着姜明波一同上天去了。

敵僞時期先天道在無錫橫行猖獗的時間，前後不過一年多，但地方上已給它鬧得天翻地覆，鷄犬不寧，如果再延長下去，這班亂民，頭目又無法加以控制，其情形一定將更不堪設想。先天道消滅以後，僞區公所奉僞縣府令，叫所有參加先天道的人家，把刀槍繳出；沒有幾天之後，西鄉僞區公所的門前塲上堆積的刀槍，好像一個小坵。敵僞時期先天道在無錫橫行的情形，確是轟動地方的一件不尋常事件。

（完）

達里岡厓牧場紀要

學銚

一、前言

自從外蒙古三番兩次受外力煽惑，演出所謂「獨立」醜劇以來，達里岡厓牧場就被外蒙古所併佔了，尤以自「蒙古人民共和國」在外力「提攜」下，次第與各國建立外交關係，參與國際政治活動，使達里岡厓牧場所屬發生疑惑，但是外蒙古的「獨立」依據是建基於「中蘇友好同盟條約」，當中共政權成立時，蘇聯政府片面撕毀該項條約，這種毀約行爲，無異拔除外蒙賴以「獨立」的基石，而我國人民亦鑑於蘇聯卵翼中共，一致要求廢除該項同盟條約，於是民國四十二年二月二十四日立法院全體立法委員一致決議：

「中華民國三十四年八月十四日中華民國與蘇維埃社會主義共和國聯邦在莫斯科簽訂之中華民國蘇維埃社會主義共和國聯邦友好同盟條約及其附件予以廢止，並保留我國及人民對於蘇聯違反條約及其附件所受之損害，向蘇聯提出要求損害賠償之權」。

我國　總統即於同年八月二十五日，明令廢止「中蘇友好同盟條約」。查外蒙古之獨立，是根據該條約及其附件而來，現該項條約既經明令廢止，則外蒙古之獨立，已然失却法的依據，而仍爲我國領土的一部份，這實是不爭之事實，但是達里岡厓牧場是否仍屬外蒙古範圍？並不因此而得正確的答案，歷來中外專家學者，對有關達里岡厓牧場方面的論著不多，因此國人對這一地區的詳情也就不甚瞭了了。筆者學識譾陋，爰就讀書所及，對這一地區的情況及其所屬的看法，畧作說明如次，並請教於高明。

二、達里岡厓不屬於外蒙古

歷來有關達里岡厓牧場（亦作牧廠，或也稱爲馬場）的記載非常之少，所謂達里岡厓，據清張穆「蒙古游牧記」何秋濤注本，對它名稱的由來有如下的說法：

「百六十里接達爾岡愛馬場界，案此馬場，在瀚海北，因諾爾得名也」。

按這段文字是記述錫林郭勒盟蘇尼特左翼旗牧地東北至哈喇得勒句下的注解，引句中達里岡厓作達爾岡愛，「諾爾」蒙古語，是湖泊的意思，明白指出達里岡愛名稱的由來是於湖泊而來，我們再看同書卷四阿巴哈納爾右翼旗牧地「有達里岡愛諾爾」句下的注解爲：

「案達里諾爾即達爾泊，蒙古名捕魚兒海子，元之荅兒海子也。岡愛亦作岡噶、岡垓，與達里諾爾相聯」。

綜合以上兩段引文，我們可以明白達里岡厓牧場名稱的由來，是因有達里湖與岡厓湖，這種情形極爲普遍，就像浙江省

因浙江而得名一樣。

現在我們不妨再看同書同卷另外一段記載：

「康熙三十六年，諭車棱札布曰：『達里岡愛爲我軍牧馬地，可攜爾屬衆，赴彼安居』，……馬場外又設羊羣牧場，置年無考，每年定例，內廷用羊三千五百隻，悉數給焉，設總司牧寬蘭達一員，委署寬達蘭一員，計羣長十一員，領催二十二名，牧丁二百二十名。」

從這段引文，我們明白看出達里岡愛牧場不屬於喀爾喀外蒙古的範圍，因爲當時準格爾部向東侵喀爾喀地方，外蒙古三部向南逃，並向清廷求援，所以才有以上康熙與車棱札布的對話，更因爲當時喀爾喀三部尚未列入版圖，所以康熙才有：「達里岡愛爲我軍牧馬地」這句話，此外更可以從：「每年定例，內廷用羊三千五百隻，悉數給焉」句，可以斷定當時達里岡厓牧場不但不歸外蒙古範圍，而且是由清廷內廷直接管轄的，更從姚明輝所撰「蒙古誌」一書卷三有：

「上駟院牧場在蒙古者二，曰商都達布遜諾爾牧場，在獨石口外之北，……曰達里岡愛牧場，在多倫諾爾廳東北，東至衮鄂都爾，與車臣汗左翼後旗爲界，西至札木額古德都木達呼都克，與蘇尼特左翼旗爲界，南至額欽碧流圖與阿巴噶右翼旗爲界，北至錫巴爾圖鄂格什，與車臣汗中末右旗爲界，廣三百里，袤四百里，二場共設總管一人，察哈爾都統兼任，小總管一人，翼長商都達布遜諾爾五人，達里岡愛四人，牧官牧丁各視其羣數而設之」。

從這一段引文，可以了解，達里岡厓牧場是上駟院所掌管許多牧場之一，現在不妨再看看上駟院的地位，據清史（國防研究院本）職官志五卷一百十九列有上駟院，再據卷一百四十二兵志十二有下列的記載：

「清初沿明制，設御馬監，康熙間改爲上駟院，掌御馬，御馬以備上乘……以副都統或侍衛爲放馬大臣主其事，上謁祖陵需馬二萬三千餘匹，東西陵需馬四千三百餘匹，悉取察哈爾牧場，……天聰時，征服察哈爾，其他宜牧馬蕃息，順治初，大庫口外設種馬場，隸兵部，康熙九年，改牧廠屬太僕寺，分左翼右翼二廠，均在口外，是時大陵河設牧廠一，邊牆設二，曰商都達布遜諾爾，曰達里岡愛，隸上駟院……」

從清史這一段記載，不但可以使我們確切瞭解到達里岡厓牧場絕不屬於蒙古範圍，同時我們也可以明了它是屬於清廷上駟院所間接管轄的其直接管轄者是這個牧場的總管，從前面所引姚明輝「蒙古志」認爲達里岡厓牧場總管是由察哈爾都統兼任，那麼察哈爾都統就是達里岡厓牧場的直接管轄者了。至於察哈爾都統的由來，據清史（國防研究院本）卷一百十八職官志四作：

「游牧察哈爾駐防都統一人：康熙十四年置八旗總管各一人，乾隆二十六年，改置都統」。

那麼在清高宗乾隆二十六年以前，達里岡厓牧場很可能是由上駟院直接管轄的，但是文獻不足，不敢遽於作武斷的認定。

除了以上所引各種資料外，我們還可以從另外一方面來看達里岡厓牧場不屬於外蒙古範圍，我們可以從與達里岡厓牧場毗鄰的外蒙古各旗的界域來看，據「清代邊政通考」第二篇第一章理疆第二節外蒙古喀爾喀部落看：

「外蒙古喀爾喀部落後路斡齊賚巴圖圖什業圖汗部二十旗，……左翼中旗札薩克多羅郡王游牧，東至固爾班哲格爾得，接達里岡愛牧廠界，……東路格根車臣汗部二十三旗，……右翼後旗札薩克一等臺吉游牧，……西北至滾尼温都爾，接達里岡愛牧廠左翼後旗界，……中末右旗札薩克一等臺吉游牧，……南至多木達哲爾克特山接達里岡愛牧廠界，……東南至布哈山梁，接左翼後旗達里岡愛牧廠界」。

清代邊政通考是摘錄自大清會典中有關邊政部份，其功效實與律令相同，前清各種則例之產生，都根據會典，所以大清會典實在可以算作清代的根本大法，民國十八年八月曾經司法院交最高法院解釋：「認爲特別法之一，在未經頒佈新特別法令以前，酌予援用」云，因此大清會典所記載的，實即官文書，前引邊政通考既是錄自會典，其權威性自然是相同，上面引文裡所述與達里岡厓牧場相鄰的外蒙古各旗，其界域都不包含達里岡厓牧場。

除了以上所引各種資料外，高博彥氏於其所撰「蒙古與中國」一書第四編第三章第三節地方區劃，亦有如下之記載：

「地方區劃，可分爲三部，即內蒙古、外蒙古、額魯特蒙古是也，……今爲簡便起見，造以二表歸納其中，一、內蒙古，1哲里木盟四部十旗，2……9察哈爾九部八旗兩大牧場——察哈爾都統直轄，九部者：察哈爾，……兩大牧場：一曰達里岡厓，一曰商都達布遜諾。……二、外蒙古……」。

高博彥氏明白認定達里岡厓牧場在內蒙古範圍之內，自是極有見地的斷定，此外，宋哲元監修，梁建章總纂的「察哈爾通志」一書所列察哈爾省的範圍爲：

「察哈爾省在中國全境東北部，位於東經一一〇度有奇至東經一一九度有奇，北緯三十九度有奇至北緯四十七度有奇之間，……北至錫林郭勒盟及達里岡厓北境極邊，與外蒙古東部車臣汗部接壤…………」。

在察哈爾通誌所列的察哈爾範圍，明白的包括了達里岡厓牧場在內。

總而言之，從任何正確的資料中，都沒有看到達里厓岡牧場屬於外蒙古的記載，當然，當外蒙古受外力蠱惑大演「獨立」醜劇時，併吞了達里岡厓牧場後，許多撰著的作者，只偏重於現象的記敘，而沒有推究在現象背後的原因與法理，而輕於認定達里岡厓是在外蒙古範圍之內的，這當然是不實和不負責任的記載，不足爲據。

三、達里岡厓情況

達里岡厓牧場不屬於外蒙古範圍，已如前文所叙，至於如何會造成今天這種情況，我們不能不追述民國初年外蒙古受外力誘惑演出「獨立」醜劇時的情況，當時外蒙古方面認爲「獨立」的範圍越大越好，而達里岡厓牧場與外蒙古毗鄰，其中游牧的蒙胞，不少是喀爾喀蒙胞在清初逃避準格爾之亂時奉清聖祖康熙帝命，准在達里岡厓游牧的喀爾喀蒙胞的後裔，這一段史實，除了前文所引康熙三十六年時，康熙皇帝對外蒙古車棱札布所說的：「達爾岡厓爲我軍牧馬地，可携爾屬衆，赴彼安居」看出，其餘魏源的「聖武記」、孫福坤的「蒙古簡史新編」等資料，也有類似的記載，因此外蒙古想以這個爲理，將達里岡厓列入「獨立」外蒙古範圍之內，其實這種以地屬人的說法，毫無是處，一手支持導演外蒙古「獨立」的蘇俄，何以不肯將西伯利亞境內布里雅特蒙古族人聚居區，劃給獨立外蒙古的範圍呢？當時外蒙古在中俄蒙三方會議時，所提出的協約草案第四項就提到：

「蒙古國邊界雖應遵照第二欵所載之中俄互換照會第四條磋商蒙古國既承認中國之限制，……按照清理藩院內蒙古則例內載邊界爲根據，承認將歸附蒙古國之各地方如外蒙古喀爾喀四部落等處一百五十旗六盟四十九旗、呼倫貝爾所屬索倫、巴爾虎、額魯特、喀倫春及烏梁海、哈薩克、達里岡察、哈爾魯克土默特等旗、全行劃歸蒙古國管轄」。

這段引文裡所說的達里岡察，就是指達里岡厓，但是儘管外蒙古當局作如此主張，事實上中俄兩國都不同意，所以民國二年中俄會議雙方獲致協議，發表中俄聲明文件及其另件，其中另件第四欵爲：

「外蒙古自治區域，應以前清駐庫倫辦事大臣、烏里雅蘇臺將軍及科布多參贊大臣所管轄之境爲限……」。

另件第十一條又規定：

「自治外蒙區域，按照民國二年一月五日（俄曆一千九百十三年十月廿三日）中俄聲明另件第四欵，以前庫倫辦事大臣、烏里雅蘇臺將軍、科布多參贊大臣所管轄之境爲限，其與中國界線，以喀爾喀四盟及科布多所屬，東與呼倫貝爾、南與內蒙，西南與新疆省，西與阿爾泰接界之各旗爲界」。這項文件的兩個條欵，明白的否定了外蒙古併吞達里岡厓牧場的主張，同時這項資料也是達里岡厓不屬於外蒙古範圍的另一傍證。

因此，達里岡厓牧場總算沒有列入自治外蒙古範圍之內，尤其民國八年外蒙古自動撤消自治，重回中國版圖，達里岡厓自然更不成爲問題，可惜好景不常，北洋軍閥內鬨，徐樹錚離開外蒙，更兼以俄國革命，蘇聯共黨執政，其間經過恩琴的蹂躪，而後俄共培植外蒙共黨，於民國十三年再次演出「獨立」舊劇，同時併吞了達里岡厓牧場，並將之分設爲五個旗，到了民國十四年又合併爲一個旗，旗公署設在達里岡厓牧場的中心，這個牧場雖然被外蒙古所併佔，但外蒙從未將它劃歸鄰近的肯特省，而是由外蒙古僞都烏蘭巴托（意爲紅色英雄之城，亦就是原來的庫倫）當局直接統治，一直到民國十八年僞外「蒙古人民共和國」擅將行政區劃爲十八省時，才將達里岡厓牧場劃屬蘇赫巴托省（Subbaatar Aimak），而佔該省面積的絕大部份。

民國二十九年俄國探險家卡札維支（V. N. Kazakevitch）曾經到過達里岡厓牧場，將這個牧場的情形加以報導，據他說牧場首邑除有「政府」機構的幾個蒙古包外，另有監獄兩個蒙古包，外蒙古僞內政部分支機構的三個蒙古包，學校三個蒙古包，政府職員所住的十五個蒙古包。

民國十三年（西元一九二四年）達里岡厓牧場一帶，天氣奇寒，使牧場的若干區域的牛羣死亡過半。

四、結論

達里岡厓牧場在錫林郭勒盟的北部，東西最寬處約有二百公里，南北最長處約有一百二〇公里，約有臺灣省面積的三分之二，水草豐美，是一個天然的好牧場，在我國而言，達里岡厓牧場所處的地理位置，緯度相當高，但是如果從整個世界看，它所處的緯約與歐洲捷克、德國南部、匈牙利、奧地利及法國北部，美國北部相當，還不算是高緯度地區，反而是農牧兩宜的地帶，如果能妥善經營，可以發展爲最優良的天然牧場，筆者認爲將來規復達里岡厓牧場後，應該將之設爲一個特別旗，其理由如次：

一、達里岡厓牧場位於錫林郭勒盟北部，向北伸入外蒙古車臣汗部之中部，與呼倫貝爾部僅僅相距兩百多公里，對外蒙古東部具有隔絕作用，如果將達里岡厓設爲特別旗，由中央直接管轄，自然可以穩定外蒙古東部。

二、達里岡厓牧場改設特別旗後，由於組織固定，經費增加，自然可以繁榮這個地區，可以成爲我國北部的一個重鎭，如果能夠有計劃的經營畜牧業，不難使它成爲亞洲最大的畜牧場，對於改善國民的營養極有助益。

三、達里岡厓牧場約有二萬人，已經夠成立一個特別旗的條件。

四、達里岡厓牧場設爲特別旗後，除了前叙組織固定、經濟繁榮外，在外蒙古未收復前，亦可以成爲內地商品運銷外蒙古的集散地，而溝通外蒙古與內地的情感。

巧奪天工——應州塔

·張錦富·

應州木塔眞影

應州塔是晉北一大名勝，是具有將近一千年歷史的巨型木塔。雖然只有五層，却高達六十六公尺，差不多像一座近代二十層樓房那麽高大。比南京鋼筋混凝土造的靈谷寺的九級靈塔高六公尺；比唐代西安的十三級磚造的大雁塔高兩尺；比開封城七色磚造的十三級鐵塔高上三公尺。無怪乎當我在朔縣就讀山西省立第二職業學校時，很多應縣的同學都異口同聲的說：「應州塔，離天丈七八」了。

考試院故院長莫德惠先生足跡遍全國舊區劃之二十八行省，當筆者詢及其對山西名勝印象最深者爲何處時，他毫不遲疑的說：「應州塔。」繼詢其故，莫先生謂：「世界上的高塔很多，但在九百多年前，能有此雄偉的木塔，實在是建築方面的一種奇蹟，充分顯示我國先民的高度智慧，不能不說是巧奪天工。」

山西省應縣昔稱應州，此木塔即位於縣城西北角，名爲「佛宮寺塔」。其規模不同凡響，塔基周圍約三十三公尺，木架的結構爲六十多種不同形勢的斗拱，乃遼代建築之精華。最大的特色是：下簷平坐和上簷三層的支柱，不是由下而上一木製成，而是分作三段架構而成，故其平坐和上簷的塔柱，得以任意架列於下簷的斗拱內側，既有變化自由之妙，又有新穎神奇之勝。山西通誌上形容它「玲瓏宏敞，稱宇內浮圖第一」。其第二層至第五層各爲八面，計三十二面各懸一塊匾額，有曰：「萬古瞻仰」，有曰「稀世之珍」：：明代永樂年間成祖登臨此塔時，嘆爲觀止，遂加御題「峻極神工」四個大字。成祖六世孫武宗

於正德三年往遊，在塔下大宴羣臣，並着皇庫撥銀命太監周善監督修葺此塔，又親題「天下奇觀」四字，懸於塔上。緣其建築結構極其神奇巧妙，使一般人都不敢相信，這座矗立在晉北黃土高原上的木塔，是古代凡人憑持雙手所能構築，因而綏蒙同胞均稱之爲「神塔」。

據山西通誌記載：「佛宮寺」原名「寶宮寺」。遼道宗清寧二年（公元一〇五六年），亦即北宋仁宗嘉祐元年，勅命一位「田和尙」修建此一木塔，道宗並親自題賜「釋迦」金字匾額。迄金代明昌四年，曾一度增修塔外寺園。元代仁宗延祐二年（公元一三一五年）始改稱「佛宮寺」。

應縣臨近萬里長城，塞外的蒙族同胞，每年南來山西省東北部的五臺山進香時，都必路經應縣去膜拜這座被他們目爲「神塔」的木塔。蒙族同胞中有一種傳說，這座鬼斧神工的「神塔」，是古時土木名匠的行神「魯班爺」親手修建的。「魯班爺」在一夜之間就在應州修好十級木塔，當時塔高一百三十二尺，因爲塔身太重了，壓得土地公哇哇地直嚷救命，於是「魯班爺」一揮手，把上半截的五級拋到長城外去了，綏遠省北部原有一座塔，就很像應州塔的上半截，不過早被漠北的風沙所埋沒了。這些毫無事實根據的話，自然只是民間的傳言而已。

從外觀上看，佛宮寺塔計有五層，推自第二層起，每一層上的斗拱部份，都略爲向外挑伸，並且托着一圈窗臺，窗臺上部，朝內收縮，方爲窗櫺，因此在第二、三、四、五層的每一層塔身中間，均各形成一圈突出部份，看起來有些像是塔簷，因而有人說佛宮寺的原樣設計是「明五暗四」，合計九級。其實，它的內部也只是五層，九級的說法未必正確。

佛宮寺木塔爲八角形，塔基亦爲八角形，第一層最爲高大，設有兩重塔簷，因而山西通誌乃謂佛塔爲六層建築。登上塔基爲二十五根巨大黃松木塔柱，據說其木料均係就地取材，木質極佳。抗戰與戡亂時期，晉省地方部隊駐此，共軍多次攻襲，機槍亂掃塔樓，將部份塔柱射穿，但無折裂情形，而且從創口中看去，木柱猶似新伐下來的木材一樣完好，毫無蟲蛀或腐朽的痕跡，由此足可證明木塔之堅固。

佛塔下木柱間修有圓廊，廊中爲塔成後增建的磚造護壁，護壁內爲八角形的塔屋，屋內供奉三丈多高的釋迦牟尼坐像，與雲岡古窟的一座石像同一形式，乃佛塔之重心所在。遼代道宗題賜「釋迦」橫額，及第一層設計爲重簷而又特別高大，都是因爲有這座高大的石像。坐像前除有供桌、拜墊、香爐、籤筒等祭物外，佛像蓮花座下有一甚大洞穴，上面覆有厚重的木板。據當地老年人傳說，孔穴之下埋藏有北宋楊家將老令公楊業的忠骸，他們認爲這一洞穴可以直通到「兩廊山」的「洪羊洞」去，更有人說，從木蓋下不時透出之陣陣寒風，就是從「洪羊洞」吹來，這些無稽之談，只可借以更增加佛宮寺塔的神秘性。

石佛背後，有一座寬約七、八尺盤旋而上的木梯，可通第二層的迴廊。迴廊環繞塔室，廊外是窗櫺，窗扉雕鏤頗爲精巧。由第二層到第四層的構築格局完全一致，每層塔室中間都懸有歷代名家所題的匾額、對聯，中供佛像，壁上並嵌有甚多名家碑刻。山西通誌曾載：唐晉王墓上有一塊石碑，光亮如鏡，時稱「透玲碑」，元朝時半毀於兵災，所剩下的一塊兩尺許的碑石，被嵌存於塔壁之上，使佛塔益添幾許靈氣。

塔的頂層無梯可上，但設有一根手臂粗的鐵鍊，由塔頂中心塔壁垂掛下來，壁上設有踏脚的凹口，可供遊客手攀鐵鍊，脚踏凹口，攀登到塔頂上面。

佛宮寺塔的裝飾設施，計有四處，最下層襯托塔頂琉璃瓦的，爲一八角型的白瓷磚座，磚座之上是一朵約有四方公尺的蓮花。磚座向南的一面有一道小門，稱爲「南天門」，攀着鐵鍊可從小門爬到塔頂。又在蓮花座上安放着一個如鼓形的鐵鑄巨甕，甕中豎着一根直徑一尺多的鐵柱，支撐一個僅比鐵甕畧小，而能旋轉活動的鏤空花罩，應縣同胞稱之爲「鐵罩籬」，可能先民在設計時，具有測定方向的功用。若夜間在「鐵罩籬」內點燃燈籠，遠遠望去，煞有奇觀。

算盤戰勝計算機

蘇王麟珠算稱奇才

・葉春暉・

一名國中學生，終以驚人的算盤速度戰勝了電子計算機，贏得了滿堂的喝采，使中國人的算盤技術，在國際上再一次耀武揚威。

這名年僅十五歲的蘇王麟同學，是台北市立成淵國中三年級的學生，但是他的珠算已高達「七段」。以這種年紀，能夠升到七段，莫說在台灣不多見，即使在世界各國也是罕見的。

其實，蘇王麟同學在他就讀台北老松國小五年級時，就已經是珠算「七段」了。認識蘇王麟的人，都說他是神童。

蘇王麟先生

架着一付黑邊近視眼鏡的蘇王麟，向記者表示說：他之所以有今天的成就，完全得力於老松國小陳士忠老師，及目前成淵國中李寬龍老師的指導。

蘇王麟非常感激的說，這兩位聞名全省的珠算老師，對他的照顧可說無微不至。尤其他進入了成淵國中之後，李寬龍老師對他異常器重，經常在一旁督促和指正他，使他在運珠法上，獲益不少。

筆者到成淵國中去訪問蘇王麟時，珠算老師李寬龍與訓導主任余武雄均在座。他們對蘇王麟的「神算」推崇備至。

今年只有卅一歲的李寬龍老師，早年也是珠算界中頗負盛名的高手。三年前他來到成淵國中時，發現聰明伶俐的蘇王麟是一位不可多得的奇才，於是決心好好造就他。

這位年青瀟灑的珠算老師認爲，蘇王麟雖然已經享有七段的盛名與成就，但是，由於他的年紀太小，對運珠法還不太穩定。當蘇王麟由老松國小升入成淵國中後，李老師便耐心教導他，使得他的運珠慢慢達到穩定的地步，同時，他又發現蘇王麟不懂得簡潔法，在這方面，李老師又進一步的教他瞭解省畧（即簡潔）的好處。

這一來，蘇王麟的珠算速度不僅加快，而且程度也更上一層樓了。

成淵國中訓導主任余武雄，亦是十分重視珠算的一位師長。余主任對三年四班的蘇王麟，表示推崇。但是，他希望蘇同學能

夠百尺竿頭更進一步，不要以目前的成就感到自滿。

不時挪動着眼鏡，而顯得有點稚氣的蘇王麟，外表看來留給人的第一個印象，便是「土裡土氣」，事實上，他是一個聰明而又精靈的孩子。

訓導主任余武雄告訴記者，蘇王麟在學校不僅珠算成績一路領先，功課也常名列前茅。由功課上的從不後人，便可說明蘇王麟的「聰明」；在珠算界的屢獲冠軍，亦可表現蘇王麟的「精靈」，這是一個非常恰當的譬喩。

蘇王麟同學留着平頭，穿看藍色的學生制服，他跟衆多的學生並無兩樣，在他平凡的臉上，看不出他有什麽特別之處，他的十個手指長短也跟常人一樣，可是，他却在珠算界放出了萬丈的光芒，這又多麽令人驚奇。

天才不足恃，興趣最重要

蘇王麟在小學五年級就享有「神童」之譽，在中華民國珠算協會和國際珠算協會所舉辦的比賽中，曾壓倒羣雄，連續獲得了多次的冠軍榮譽，這使得「神童」的聲譽更爲遠播。

蘇王麟同學所獲得的大小金杯，以及各地頒贈的錦旗和獎章，眞是琳琅滿目，無法計數。許多同學們，對他的成就都十分敬佩與欽羡。

認識蘇王麟的人，都說他有天才，據指導蘇王麟珠算的李寬龍老師表示，要珠算打得好，只有興趣加勤練，「天才」是不足恃的。

李老師解釋說，打珠算，不同於寫文章和畫圖畫。一般人對文章寫得好的人，都說有「文學天才」；對圖畫畫得美的人，誇耀他有「藝術天才」；而打珠算完全是靠興趣與勤練，並沒有什麽高深的學問。

但是以蘇王麟這樣小小的年紀，便有「七段」的成就，是件不可思議的事。若說蘇王麟並沒有什麽「天才」，爲什麽他的珠算比一般年紀的同學打得好，甚至還超過成人的程度，這一定有什麽秘訣。

由於蘇王麟在一場「土算盤」同「洋算盤」的對抗賽中，以個人優異的速度，擊敗了「洋算盤」，這使得所有的人對中國算盤刮目相看，並對蘇王麟的珠算技巧產生了「莫測高深」的心理。

大家都對蘇王麟的身世，想多一份的瞭解。

蘇王麟生長在一個大家庭中，上有祖父祖母，爸爸媽媽，兩個哥哥，兩個姐姐，三個妹妹，他排行老五。

蘇王麟的父親是位商人，經營肥皂生意，目前是台北市肥皂公會的理事，他對蘇王麟的珠算成就並沒有什麽注重，倒是他的母親蘇陳玉梅，對孩子的興趣非常關心。

自從蘇王麟進入台北市老松國小後，就受到該校珠算老師陳士忠的教導。陳老師對珠算頗有研究，他一直想施展抱負，預備把研究所得貢獻學校教育下的代。因此，陳老師在學校，便開始大力推行珠算教育的工作。

這時候，蘇王麟已進入三年級，正好被陳士忠老師發現。在陳老師的熱心教導下，老松國小的打珠算風氣盛極一時，而蘇王麟的身手，也在陳老師的嚴厲與耐心教導下，顯示了他的不凡，並經過多次的比賽，蘇王麟的驚人成績，受到了全國珠算界的重視。

蘇王麟每天要勤練珠算兩小時，從不間斷。他認爲「熟能生巧」，是一句很能派上用場的名言。

他到小學五年級時，曾參加了中華民國珠算協會的檢定，並通過了國際珠算協會的檢定，而榮登了「七段」的高峯寶座，他的成就眞是「一鳴驚人」，這使得當時年僅十一歲的蘇王麟，被許多人稱爲「神童」。

他的母親蘇陳玉梅，常常勉勵蘇王麟不要自滿，要繼續努力。蘇王麟是一個懂得上進的孩子。他知道驕兵必敗的道理，因此，他並沒有辜負母親的期望，及老師的苦心教導，他都繼續不斷的在算盤上勤練。他打算盤的速度，越來越驚人了。

後來，他進入成淵國中，遇到珠算老師李寬龍，李老師給予

蘇王麟的指導，則不亞陳士忠老師。

李老師說，蘇王麟是個平凡的孩子，其實他在一般孩子中間，還顯出一股「士氣」，但是，蘇王麟的勤於練習，是成功的最大因素。

蘇王麟的兩個哥哥和兩個姐姐，在珠算方面可說一竅不通；但是就讀台北市大理國中的大妹，已是珠算「四段」的高手，二妹也有「二段」的資格，小妹則以「一段」的成績，急起直追。

三個妹妹在珠算上的表現，都非常優異，大概多半受了蘇王麟的影響。

他在家中，經常跟自己的小妹比賽，這是促使進步的最好辦法。他把自己得來的經驗告訴妹妹，要她們「勤練」，這也是做爲警惕她們的座右銘。

成淵國中教珠算方法新穎績效佳

蘇王麟所就讀的成淵中學，是全省實施珠算教學最具代表的一個學校，茲把該校珠算教學的概況簡述於後，備供參考。

該校珠算教學實施方法是：多出習題，設法使學生有更多練習的機會；經常舉辦比賽及能力檢定，提高學習興趣，並依據學生成績優劣，分別予以指導。

至於珠算教學的實施要點，可分下列幾點：

①延聘專才老師。②購買國內外珠算書籍，以供學生研究參考。③聘請數學專家與珠算專學，到校講述有關珠算教學問題。④與鄰近各中小學，時常舉辦珠算比賽。⑤珠算科學生的選拔，以一年級爲選拔對象，從各班中遴選對珠算有興趣的學生參加，在每學期的第一學期施以三個月的指導練習，在練習期中傑出優勝者，代表該校對外參加各種比賽或邀請賽。

該校除蘇王麟七段之外，還有六段四名，五段三名，三段四名，二段八名，初段二名，佔全國參加檢定人數相當高的比例，由此看來，他們的教學方法，實在值得參考。

重整天一閣藏書記

趙萬里

民國二十年的夏天，我從北平去上海，目的在訪問廬江劉晦之先生，預備跟着我的朋友容希白、徐中舒先生一同去參觀劉先生自藏的青銅器。及至到了上海，結果和我預定的計劃完全相反，在商務印書館遇見鄭振鐸先生，無意中談起天一閣，我提議乘着朋友們未到上海的當兒，不妨先赴寧波一遊，立時決定了應走的路線，從杭州渡江乘公路汽車出發，那時馬隅卿先生正在原籍休假，我們到了寧波，馬先生歡迎我們到他家裡去住，在寧波勾留了一星期，天一閣去了二次，閣前一泓清水，有小橋可通，假山青籐和不知名的羊齒類植物蔭蓋全部的假山，石上小亭搖搖欲墜，閣後一片荒涼。青榆樹高出屋沿，回視閣的全部僅有五樓五底的容積，西邊一間有梯可達，閣之上層東邊一間租給閒人住着，炊烟正從窗縫裡呎向閣的上空，那時住家的媳婦正在預備晚餐，閣的東西柱上懸着薛叔耘的對聯，聯旁外的柱上，掛着范氏傳統的戒條，不准子孫無故開門入閣，罰不與祭等等條約。樓上的窗戶關的像鐵桶一般的嚴緊，細察閣的建築方式，和其他寧波住宅並無多少不同之點，所用材料簡陋非凡，消防設備簡直等於零，和藏四庫全書的文淵閣規模相比，眞是天淵之別了。我不信文淵閣是模仿著天一閣蓋的，我們本想直奔閣上參觀，因爲范氏族長不在，無人負責招待而罷。後來請鄞縣縣長陳冠靈先生和小學校長范鹿其先生交涉，又因范氏族中主事者，到鄉下收租去了，一時不得回來，我們急於離甬，參觀閣書之議遂無形擱置。這一次到甬的成績，除了在一位新認識的朋友家發現了一部天一閣舊藏明藍格鈔本，鍾嗣成原本錄鬼簿和賈仲名續錄鬼簿。合隅卿、振鐸和我三個人的力量，以二日一夜之力，鈔了一部副本以外，沒有其他驚人的發現可以值得稱道。

民國二十二年七月初旬，我又從北平去上海，在四馬路振華旅館邂逅著馬隅卿先生，那時他正從寧波到上海來醫宿疾，我們見面以後，無非談些關於小說、戲曲書和其他書本的問題。忽而又提到天一閣，很想去天一閣作一次澈底的整理工作，我們鼓着勇氣同船去寧波，幾經接洽，由鄞縣縣長陳冠靈先生（陳寶麟）、鄞縣文獻委員會會長馮孟顓先生和范氏族中成立了一種諒解，相約七月二十五日起，以一星期爲限，開閣觀書。在此期間，所有監視我們的范氏族人膳食費，都由我負責籌欵担任，但須向鄞縣縣政府補遞一封公函，以便據以備案，我於是又回到了上海，面請蔡孑民先生署名發函給鄞縣縣政府，請求予以方便。公函備好了，我於二十五日黎明，又在寧波登岸，那天寒暑表在百度左右，正是實行開閣的第一天，聞訊來觀光的人紛至沓來，把一個小小的閣樓擠得水洩不通。那前清乾隆御賜的殘本圖

書集成，放在正中間，五個櫃子裡，所謂歷代帝王、名賢圖孤本，早已成了贗鼎，也北平廊房頭條三等貨還不如，范文正的墨蹟也是後人僞造的，而范氏族人珍之如拱璧，豈不可笑。此外東西二間，共有十箇大櫃，裡裡足足裝了二千多種破的、爛的、完整的、殘缺的，種種不同時代的書。這是我十幾年來夢想神遊的目標之一。我最注意的是明代方志和一切明朝官書。孟顯、隅卿二位先生和大律師朱酇卿先生、竹洲女子中學校長楊鞠庭先生，都來幫忙。又在法庭裡請來了幾位書記來做謄寫的工作，北京大學史學系同學張苓思先生，看了日報，知道我在寧波，也趕到閣來幫着編目，我一個人負全部提調之責，旁人整理過的書籍待經我審查一次才算完事，我從上午六時起，到閣工作，下午七時才出閣休息，晚上如無應酬，也得和隅卿或其他熟人乘風凉閒談，所以睡眠時間最多不過五小時，但是精神並不覺得疲倦，這二千多種的書，到現在我還能默憶出大部份來。我們整理的步驟，是用預定的一種較精密的統計法，無論行欵邊口版心大小，屬於機械方面的，固非一一記載不可，就是序跋和內容的特點，也得在極短時期內縮寫下來，以便日後作書志時參考，我們發現好幾個櫃子裡都有蠹蟲，因此，對於傳統的保存閣書之秘訣發生疑問，故相傳閣裡的書全部夾了芸草，可以防蠹，櫃下鎮着浮石，可以吸收水分，這完全是神話，其實天一閣所謂芸草者乃是白花除蟲菊的別名，是一種菊科植物，早已失去了牠的除蟲作用，浮石不知從郭外那個山裡搬來的一種水成巖的碎石，並無甚麼吸收空中水份的能力，現在閣裡的書遭蟲蛀的數不在少，東邊一個櫃子裡裝着六部不全的成化本宋史，沒有一部不遭蟲蛀，所以科學防蠹的工作，實在今後保存閣書最重要的一著，到了第七天我們想瞻仰閣主人，范東明的遺像，特地請縣長陳冠靈先生來，一同舉行公祭並攝影，以留紀念，編製書目的工作，即於次日完成，一共發現了二百多種書，超出阮薛二目之外，這是我們引爲最快意的。

天一閣現存的書，以史部佔最多，茲約畧述之如次，一地理類的志書，天一閣藏明代方志，在全國可算首屈一指，誰也比不過他現存的二百四十種其中十之八九在他處，我敢擔保絕對找不到同樣的第二部，萬曆刻本，佔最少數，大部份是嘉靖或是正德弘治間修的，紙墨精湛，觸手如新，多作包背裝，令人愛不忍釋，現在隨意舉幾個例子在下面，以見一斑，如上海縣志，我的朋友周越然先生，藏有嘉靖刻本自然可貴之至，但天一閣裡，有比嘉靖更古的弘治本，周先生見了，一定要驚訝不止，又如武康縣志，在全浙志書裡，是最罕見名貴的，天一閣居然有一部駱文盛所修的嘉靖本。又如嘉靖間楊循吉所修的吳邑志，乾隆間修吳門補乘時，已經找不到，天一閣居然有一部散裝未訂的初印本。又如宋季朱長文的吳郡圖經續記，黃丕烈題跋說有明刻本，我訪問了許多藏書家，都不理會，天一閣裡居然出現一部原本，是隆慶間龍宗武從錢叔寶家藏宋本付雕，無怪黃蕘翁會忘不了牠。又如正德間周季鳥所修的雲南志，在李元陽纂修本之前半世紀，前年，我在涵芬樓看見李元陽本，後來又在常熟瞿氏見到景泰本，而正德本又在天一閣發現，一連見到三部明修的雲南志，眞是巧極了。又如正德建陽縣志裡有一葉建陽書坊圖，是我做建本考的好材料，裡面又有一卷坊刻書目，和康熙修本建陽志比較內容的全異，我託人完全鈔下來，以便暇時考訂周弘祖古今書刻之用。至於其他陝西沿邊各縣志書裡，包藏着不少明代邊政的史料四川雲貴僻省的志書裡，包藏着不少民族史的材料，這都是不言而喻的。記得有一部隆慶志，隆慶地在居庸關外，在明季屢失屢復，天一閣裡藏的是嘉靖二十七年謝庭桂所修，算牠是孤本總不會錯。這些志書裡各項史料的豐富，可供多方面的學者作參考書過，當然不用我來細說，然而牠和五百年的學術界，從來沒有接觸發達，連裝潢也都保持着牠的處女美。本來中國地方性史書，最爲傳。所以宋元舊志著錄於四庫全書者，就無人過問，漸漸的就會失都大邑，有幾部舊志點綴着。杭州是南宋的政治中心，咸淳間修

的臨安志，至今還短五卷，至於咸淳以前所修的乾道淳祐二志，更是殘缺不全，杭州尚如此，其他更不必問。惟有寧波的宋元六志，流傳獨多，即楊實成化志，張時徹嘉靖志，至今未嘗絕跡，這不能不說是天一閣保存之力。我很想根據平時在公私藏家所見的明代方志，和天一閣所藏的全部『案明史地理志的次序，來排列結一個現存明志的總帳，看看究竟有多少種，大約少則八百，多則一千，總是可能的。那一個有志氣的書店能夠借來影印一次，這眞是學術界空前的盛舉，値得我們提倡的。二傳記類的登科鄉試等錄，天一閣藏明代登科錄，在明朝已經赫赫有名，嘉靖中，錫山俞憲輯皇明進士登科考序裡說，各科有缺，畧不能銜接，或謂四明范氏藏錄最多，盍就詢之，輾轉乞假，查得補全。據此可知明代登科錄，在明中葉已罕見，現在閣裡尚有洪武永樂以下各朝的登科錄，這不能不欽佩范東明搜輯之勤，想范氏搜輯這許多當代的史料，必有深意在內。在一個未上鎖的櫃子裡，發現一本亂稿，內記歷朝科甲人名字不少，我因爲在上海友人家見過范東明古謠諺的手稿，證明這也是他的手蹟，大畧這就是東明老先生未竟之業。明朝的登科錄和宋朝的大同小異，宋時的著名小小字，及一舉二舉字樣，而明則無之，然大致尚與宋同，宋季登科錄傳世者，僅寫朱熹登科的紹興十八年同年小錄，和文天祥登科的寶祐四年登科二種而已。而現在的天一閣所藏明錄，竟幾十倍於傳世的宋錄，合已經散出閣外的算起來，其總數必當倍徙於此。除了登科錄以外，尚有各省會試鄉試武舉等錄，約有一千二百餘種，無論是那一省那一科所刊，都是半葉十行，有一定的欵式。此外尚有進士三代履歷十餘冊，皆萬曆朝搨本，許多不甚知名的，文學作家的身世，藉此考見不少。記得嘉慶間法梧門，在翰林院裡得到了順治進士三代履歷三冊，上面有王士禎兄弟的履歷，一時翰苑諸彥，題字的題字，考據的考據，忙得不亦樂乎，後來傳爲佳話。如以天一閣所藏相比，眞是小巫見大巫，法梧門輩太可笑了。登科錄等等可算是最直接的傳記體史料，除了天一閣，別處很難覓得同樣的一冊兩冊，在黃河流域各省，舊的祠堂裡，容或有之，此外無發現的可能了。上舉二類的書以外，零璣斷璧，往往而有，如明銅活字本唐人集子，南北所見的，至多不過四十種，閣裡多至三十餘冊，八十餘種，這眞是下宋本一等的奇書。又如淮海居士長短句，閣裡忽有一正德單刊本，與南宋高郵郡齋刻本編次畧同。又同國朝英烈傳，閣裡有藍格大字本，用對字句作章回標目，以審查明代鈔本的有效方法，觀察至遲當是嘉靖時人手筆，遠在崇禎之前。凡此都是新鮮玩意兒，例子正多，不再細舉。當年范東明選書的標準，與同時蘇州派藏書完全採用兩個不同的方法。他是取法乎下的，明以前刊本書籍很少受他收容，除了吳興張氏藏的宋小字本歐陽文忠公集，是天一閣舊藏外，很少有此例外。惟其如此，明人著述和明代所刊的明以前古籍因他保存了不少。換言之，天一閣之所以偉大，就在能保存朱明一代的直接史部，除了乾隆修四庫全書時，天一閣和貴族的學術界，一度接觸以外，至今二百餘年，學術界沒有受到他一點影響，這一個奇異的洞府，幾時可以容我們作前度劉郎再去訪問一次，這是我天天所想望的。

我現在努力編製這一次整理天一閣藏書的全部報告，每一部書，在可能範圍內，都給牠一個簡短的提要，所用方法似乎比阮目薛目緊密得多。舉個例子如下，詩學梯航一卷，明鈔本正統十三年戊辰之歲夏五月南京翰林侍講學士奉訓大夫前兼修國史兼經筵官吉水周叙序，正統十三年夏六月朔日承事郞鳳陽府臨淮縣知縣渝州彭光後序，半葉十行，行二十字，白口，四周單邊藍格，此吉水周鳴所著。鳴字岐鳳，洪武中以經明行修，薦爲桐城訓導，永樂初，掌國子學正，預修永樂大典，仁宗時，陞國子博士，官至職方員外郞，故其子叙序此書，謂之職方府君事蹟，見吉水縣志，官業傳此書體裁，畧似傳與礪詩法源流，爲類六：曰叙詩，曰辨格，曰命題，曰述作，曰品藻，曰通論，千頃堂書目載此書注云，宣宗命學士周叙等編，則失之矣，這一千多種巨量的書

，非經過相當的時間，目錄不能完成。這一個重整天一閣現存書目，我預備叫牠作內篇，此外還有一個附篇在內篇之後外篇，是將歷次散落在閣外的書，作一次總結帳。說到閣書外散的原因，一言難盡，約有一由於四庫全書時閣書奉命進呈，因而散落的。乾隆三十八年，浙江巡撫三寶從范懋柱手裡提去了不少的書，據四庫提要及浙江采集遺書總錄計算起來，共有六百三十八部，這一類的書上，有一個客觀的識。封皮下方正中有一長方形朱記文，曰，乾隆三十八年十一月浙江巡撫三寶送到范懋柱家藏某某書一部，計書幾本。開卷又有翰林院大方印，封皮上的朱記，有時為妄人割去，至大方印則時時遇到，四庫全書完成後，庫本所據之底本，並未發還范氏，仍舊藏在翰林院裡，日久謂翰林學士拿還家去的，為數約不少，前有法梧門，後有錢犀盦都是不告而取的健者。輾轉流落厰肆，為公私藏家收得，我見過的此類天一閣書，約五十餘種。二由於乾隆後當地散落出去的閣書，在乾隆以後，雖有阮雲台學使出來編目，替牠捧場，然同時閣書，頗有流落閣外者。盧氏抱經樓為前清一代四明藏書家後起之秀，他的藏書裡最著名的一批鈔本明實錄，就是天一閣的舊物。此外寧波二三等的藏書家，如徐時棟姚梅伯之流，以及到過寧波做過官的，如吳引孫有福讀書堂，沈德壽抱經樓，都有天一閣的細胞，在他們的藏書裡稱霸者。就是現在幾位寧波舊書肆裡，遇着晢白乾淨的明白明刻，白棉紙書，十之八九都是天一閣的遺產。天一閣的書，很少有印記的，可是無論牠改了裝，我也能認得這本書是不是天一閣的故物。所以如此說來，無怪以阮目與王簡齋叢書裡的代表最早的天一閣書目較，則王簡齋本目完密多了。以薛目與阮目和我所藏的一本阮薛之間無名氏所編的天一閣目較，則薛目更簡陋多了。天一閣書，在過去三百年間流落外間者眞不少哩。三由於民國初年，巨盜薛某竊去的，這一次是天一閣空前的損失，至少總有一千種書，散到閣外。閣中集部書，無論宋元明損失最多，即明季雜史一項，所失亦不在少，登科錄和地方志去了約有一百餘部，輾轉的由上海幾個舊書店，陸續售歸南方藏書家。當時以吳興蔣氏，收得最多，號稱孤本的明鈔，宋刑統就在裡頭。現在蔣氏書散，整批明別集，流歸北平圖書館，其他登科錄及明季史料書，則歸商務印書館，在一二八滬或起時，作了日本飛機隊的犧牲品。此外，我所認識的上海蘇州幾位藏書家，也都有少數天一閣的遺藏分佈着。在我日記簿裡載下來的，此類書已經超了五百種。根據上述幾個原因，編輯天一閣閣外現存書目，是刻下不容緩的事。我打算外篇與內篇同印行，我希望各處藏書家，都能幫助我實現這一個弘願。

原編者按：此次編目，除趙萬里外，尙有下列諸人：

趙萬里　字斐雲，海寧人，國內有數版本專家，淸華大學畢業，北平圖書館編纂專員，故宮博物院專員商務印書館特約編纂等

馬　廉　字隅卿，鄞人，北平各大學文學講師

馮孟顓　諸生，慈谿人，寧波市文獻委員會主任委員

楊貽誠　字鞠庭，鄞縣女子中學校長，教育局長

朱鼎煦　履歷不詳

張羨餘　字苓思，浙江大學畢業

天一閣始末記

繆荃孫遺著

自明中葉以來，海內藏書家，莫不以四明天一閣爲巨擘，黃黎洲表彰之，全謝山爲之記，阮文達公爲之編書目，學士文人心中，均有一天一閣矣。初范堯卿司馬，素好購書，與豐道生善，先在萬卷樓鈔書，且求道生作藏書記，値道生得心疾，樓上之書，爲門生輩竊去不少，又遭火患，以其幸存之餘，於歸范氏，司馬又稍從弇州互鈔，以增益之，遂雄視浙東焉。閣之初建也，鑿一池於其下，環植竹木，然尚未署名，及搜碑版，忽得吳道士龍虎山天一池石刻，元揭文安公所書，而有記於其陰，大喜，以爲適與是閣鑿池之意相合，因即移以名閣。司馬二子方析產，時以爲書不可分乃別出萬金，欲書者受書，否則受金。其次子忻然受金而去，今金已盡，而書尚存，其優劣爲何如。此閣構於月湖之西宅之東，牆圃周圍，林木蔭翳，閣前略有池石，與闤闠相遠，寬閒靜閟，不使持烟火者入其中，其能久一也。司馬沒後，封閉甚嚴，繼起子孫，相約爲例，凡閣廚鎖鑰，分房掌之，禁以書下閣梯，非各房子孫齊至，不開鎖。子孫無故開門入閣者，罰不與祭三次；私領友入閣及擅開廚者，罰不與祭一年；擅將借出者，罰不與祭三年；因而典鬻者，逐不與祭，其例嚴密如此，所以能久二也。黃黎洲後，萬季徵君馮南耕處士繼往，崑山徐健庵司寇聞而來鈔，而海寧陳廣陵詹事纂賦彙，亦嘗求之閣中，全謝山爲小玲瓏馬氏，亦往鈔之。迨四庫館開，范氏進呈書六百三十八部，爲藏書家之冠，詔建七閣，專人往浙，繪閣圖，仿其式以造，亦至顯榮矣。乾隆癸丑，阮文達公督浙學，數之閣下，命范氏後人分廚編定書目碑目刊行。道光庚子，英人破寧波，登閣周視，僅取一統志及輿地書數種而去。咸豐辛酉，粵匪之亂，閣既殘破，書亦星散。范氏後人，四川知縣邦綏，避地山中，得訊大驚，即間關至江北岸搜訪，聞書爲洋人傳教者所得，或賣諸奉化唐墺造紙者之家，急借貲贖回。寇退，又偕宗老多方購求，書稍稍復歸；其有散在他邑，不聽贖取者，則賴郡守任丘邊公葆誠移文提贖，還藏閣中。後寧波太守江寧宗湘文延，慈谿何明經松重編書目，未就去任。光緒己丑，無錫薛觀察福成，復屬歸安錢念劬明經編成四卷，己丑刊行，體例勝於前編，惜書止存十分之二。光緒三十四年，內兄夏閏枝守寧波，余欲登閣觀書，閏枝於八月間與范氏訂約，至次年始得復，定期三月十八日。余於十三日自江寧赴之，十五日到甬，十八日到閣，范氏派二庠生衣冠迎太守。茶畢登閣，約不携星火，閣甚庳隘，然樸素堅固，明制宛然。閣上寶書樂，明嘉靖時題，閣下長聯云：承梅澗柳汀以後，淸節衣冠，世澤求四明司馬，北南雷東磵之奇，圖

書泉石，高樓仰百尺元龍，阮文達撰。又有天一閣書藏，亦文達筆。梅叔跋云：天一閣藏原有之書，另辟一藏，專收後來之藏云云。惜范氏子孫不能體文達之意也。廚用散木，兩面開門，界而爲五，每廚門標每類例，須范氏子孫檢閱，余携現存書目細閱，應抽閱者付之。范氏子開廚，但見書帙亂疊，水濕破爛，鼠嚙蟲穿，迥非阮達公所云，（定香亭筆談，余兩登此閣，地甚卑溼，而列匱書，乾燥無蠹蝕，大可異）。范氏子見書不能檢，余告之，乃抽出再檢再閱，范氏子挽余自抽，蓋目不知書者，余笑曰，肯破例耶，相與一笑。到廚分類，每類止數十本，然皆嘉前書刻本，無方體字，鈔本藍格綿紙，令人不忍釋手。囑鈔宋刑統，正德江陰志而出，聊慰生平素願，然所見殊不逮所聞矣。閏枝歸謂余，曰，再閱百年，遺書盡入蟲腹，天一閣其泯滅乎。閏枝赴湖州本任，只鈔得刑統，而江陰志未來。癸丑，余避難僑滬，忽聞閣書大批出售，余友石銘得宋刻書經注疏歐陽集六十四卷本，又見明刻明鈔書五六百本，及明登科錄百十本，意其子孫居然肯賣，後知滬上奸商，浼賊往偸，迨知覺，已去大半，鳴官究治，止獲二賊，書仍不能還閣，近日有司之新律也。閣書止存三分，又去其二，並不能待獲之蟲腹，可謂文運之厄矣。

詩謎拾珍

公孫魯

記得民國三十三年的某一天，重慶「新民晚報」刊出某君的「山居感懷」五言律詩四首，說明每句影射第一屆參政員一人，請讀者試猜，但記不清曾否列出何種獎品。這四首詩謎，就舊文學技巧說，是相當夠水準的，因此，在當時的陪都，引起了一陣猜謎風；尤其是某些渡江名士，各抒心機，默思苦索，大家見面即將各人猜的提出研究，交換意見，也有把自己所猜的謄寄給新民晚報的編者，由於大家等待謎底揭曉，該報銷路爲之大增。

直到一個月之後，報上才公佈謎底，分四天刊出。在那四天當中，凡是喜愛此道的人，幾乎每天都等着閱讀「新民晚報」，就好樣香港人等大馬票中彩號碼的公佈一樣，回首前塵，瞬經三十年，而那些參政員呢，大都已歸道山，成爲歷史人物了，所剩的少數若干人，當然也是日薄西山，在世之日不多矣，言念及此，可勝慨哉！詩曰：

深山出古井（陳石泉）
結構好棲居（梁上棟）
繞室黃花供（余家菊）
當窗白日舒（光　昇）
南華還對譯（莊西言）
西紀渺愁予（歐元懷）
欲問桑園意（胡景伊）
淩波一葉如（張振帆）

二

蒼茫何處去（胡　適）
寂寞少知音（奚　倫）
縱目窮寰宇（周　覽）
雄談及古今（陳　時）
南山文久閟（陳豹隱）
西陸日方沉（晏陽初）
坐聽修翎遠（任鴻雋）
悠然忘此心（成舍我）

三

制作商鞅法（秦邦憲）
連翩管晏奇（齊世英）
軒農基始業（黃炎培）
炎漢繼成規（劉叔模）
徙木全民約（王近信）
匡時說霸儀（陳其業）
淩空須遠馭（馬乘風）
形勢待君爲（王造時）

四

波濤一萬頃（張　瀾）
道德五千言（李鴻文）
柱下藏書富（周士觀）
麟經立論嚴（史　良）
躬耕恢舊業（陳經畬）
學易假餘年（孔　庚）
何事春燈戲（胡文虎）
雕龍佐座談（譚文彬）

憶揚州

（四）

·周秋如·

十三、飛機場之前後

揚州飛機場的前身，是由距西門外三華里所在地的大校場改建的。這個大校場的面積，經民初測量有五百三十餘畝之廣，地在蜀崗南麓的平原上。遠在洪楊亂後，由滿清政府於同治年間所建築。在校場北端有五開間坐北朝南的瓦屋五進，建築高大，爲當年清軍統帥率領高級官員用以校閱會操時休息之所。在瓦屋左前方有用磚石築成的閱兵台一處，長約四丈，寬約丈餘，除正南方無坡外，餘三面均有七級石坡，用以上下。台之正中央豎立有一根將近二丈高的巨大旗桿，上端有方型木斗，用以升降統帥旗之用。

據父老傳說，當年復興滿清的大功臣曾國藩，曾來此代表皇上校閱過淮軍軍官，一時文武百官薈集，旌旗蔽天，營寨連綿，眞是皇威浩蕩，盛極一時。直到民國年間，西門外雙橋一帶，仍留有營盤的殘跡。

回憶民初余幼時，常往司徒廟舅父家，屢經其地，出西門一過廿四橋，即遠遠的看見有根大旗桿豎立着，上面的木斗裝滿了鳥巢。場內一片荒蕪，閱兵台已年久頹廢，不復存在，只剩得旗桿似屹立在土石堆上。那五進瓦房，均已牆穿屋破，門窗盡毀，空曠無物，成爲游民乞丐藏身之所。西北山林蓊鬱，四週荒塚累累，只見寒鴉陣陣，遍地衰草，牧羊成羣，徒增惆悵，供人憑弔而已。

民國十六年春夏之交，孫傳芳經揚州向北撤退後，我北伐軍曾派偵察機一架，尾追偵察，一度停落在大校場上有半日之久。揚城民衆聞訊，羣往圍觀，余亦好奇前往，見有雙層翼之飛機一架，停歇場中，爲單人所駕駛，當時並無跑道及其他設備，竟能安全升降，足證我革命軍人之英勇，同時場內又無警戒，觀衆任意用手撫摸，亦不禁阻。

北伐底定後，大校場依然如舊，未再見飛機停留情事。在民國十八、九年間，余往司徒廟時，旗桿如常，惟瓦屋破壞益甚，斷牆殘壁，已成狐穴兎窟之所。

民國廿年「九一八」後，我政府料非抗日不可，遂在廿一年間，由軍政部計劃在揚州建築飛機場一處，以資保衞首都之左翼。旋經派員會同江蘇省建設廳長沈百先，及江都縣長馬鎭邦研議查勘，决定以揚州之大校場擴建飛機場最爲適當。嗣在民國廿二年春，着手測量勘界，由原面積擴建到一千一百五十畝之廣，該場地區屬九區司徒廟鄉百分之七十五，二區七里甸鄉百分之二十五，同年即徵購部份之農田山林土地，進行擴建矣。

飛機場之測量建築不難，而征購擴建之土地不易，不但農民賴田地以維生，且亦多不明國防大義者，於是由地方人士會同政府人員組成征購場地評價委員會，由縣長馬鎭邦任主任，將所擴建之六百餘畝土地，事前評定價款爲瓦屋每間遷讓費三十五元，草房每間二十五元，桑田每畝五

十元，山墳地每畝二十元，無主荒墳由政府代遷，有主者自遷。經一再公告，並動員鄉保長逐戶勸導，經年困擾，始完成征購手續。

廿三年春，政府開始建築揚州機場及跑道等，原有之旗桿及殘餘之牆壁，一律拆除，至此大校場遂告完全消滅而成爲飛機場矣，直至廿四年初，始建築完成。

據余舅父相告，在政府徵購土地時，有揚州舊城北小街之名中醫任樂然者，遷葬祖墳時，發現墳下有澡盆大小之池塘一個，內儲清水，水中有活鯉二尾，於是舉家嚎哭，認爲破壞風水。尚有發現古代棺槨，其中屍體衣冠鮮艷如生惟經風則毀。至發現古錢、銅鏡、玉器等殉葬物品，亦復不少。

機場完成後，因距城甚近，未建築營房倉庫。迨至廿六年抗戰軍興，我方即派有戰鬥機進駐，在廿六年十一月初旬，曾先後遭日機轟炸二次我方略有損失。旋因江南戰局逆轉，機場跑道損壞未復，我空軍即已撤離。

廿六年十二月，日軍據揚後，遂派寇兵佔據機場，曾從事整修，惟因敵寇兵力分散，時遭我游擊隊襲擊，迄未使用。

卅四年八月，抗戰勝利，日軍投降，揚州光復後，該機場爲我接收，僅於當年冬孫良誠部隊離揚時，曾在機場集合整理出發，未見有其他用途，直至卅八年大陸易手，均未使用。滄海桑田，不禁一嘆！

十四、綠楊村菊花大會

「西風亂葉溪橋樹，秋在黃花羞澀處。」我們在海外已見到第二十四個秋天了，這兒一年四季都看到菊花，但名種似乎不多，我們平日所看到的，大都作爲插花式供給婚喪喜慶花籃花圈之用。尤其在這個時代，求公職已屬不易，更那有陶淵明一類的人，辭職回家去做「採菊東籬下」的雅事呢！

現在想起來我們揚州的「綠楊村」，一年一度的菊花大會，雅俗共賞，實在是古城韻事，茲就回憶所得聊寫一、二：

「綠楊村」在我們揚城北門外，它並不是一個村莊，而是一個遊憩處所的茶社，因爲這個茶社是被綠楊、古樹以及竹林包圍着，如果由抽象派的畫家來畫的話，僅是一幅一大堆地重疊的深綠色，其他什麽也看不見。它的得名，可能是由於「綠楊城郭是揚州」這句詩而來的。

我們從天寧門出城，經過下街「香影廊」、「慶昇」兩家茶社，沿河經「冶春」過北門外的問月橋，再向西沿河邊行百餘步便到。如果由天寧門或北門乘船遊瘦西湖，也必經過綠楊村。在綠楊村的後面是高崗，傳說在昔時盛世，園林連接，都建築有樓台亭閣，而今荒塚累累，滿眼蓬蒿，只令人悵望懷古而已。

一進綠楊村有一道磚砌的門，門楣上有隸書「綠楊村」三個字。入門有小木橋一座，一邊通河道，一邊通達茶社內的一個荷花池，這座小橋只有三尺餘寬，五、六尺長，兩旁有紅欄杆，所謂「小橋流水」，的確名符其實，過橋左邊沿河爲一排垂楊，右邊竹籬內便是茶杯粗的綠竹，約十來步，那是停泊遊船的碼頭，再沿竹籬向右即到達綠楊村內。

綠楊村分爲東西兩部份，在兩邊竹林內有一座草房，曲徑可通，草亭內有石櫈石桌，也有藤椅竹机，並無茶座，祇是供遊人休息而已，在許多竹竿上，往往有人用小刀刻些「××年仲秋金陵××到此一遊」或者刻些「十年一覺揚州夢」之類的詩句，也有些打油詩，情歌等，但絕無淫穢或標語口號一類的文字。

在東部茂林修竹中有草屋廳房兩座，廳內外都設有茶座，向後沿高崗下有燒茶做點心的草房一排，這裡並沒有什麽建築，也沒有什麽古蹟，祇是閒聽風聲蕭蕭竹葉簌簌，雖無七賢之盛，亦足以陶情怡性，在城市居久的人，到此小坐，精神爲之一爽。

往年綠楊村尚有一隻旗桿，用長竹高高的綁在大樹上，上面旗子是用白布做的長方形，布上有三個紅字「綠楊村」因此曾有人以「白旗紅字綠楊村」爲上聯徵對

，在城外遠遠的即看到，大有「十里鶯啼綠映紅，水村山郭酒旗風」的詩意。

每年到九月初重陽前，綠楊村即開始舉行菊花大會，從進門起，沿途兩旁，都放着一盆一盆的菊花，到了茶廳內，四週窗上几上也都放着盆菊。在茶廳前更有一座丈多長的花架，有五，六層高，每層陳列着二、三十盆名菊，有紅有紫有黃有白，眞是萬紫千紅，極盡鮮艷，有的花瓣細如絲，有的粗如指，有些以顏色命名，有些以形態命名，諸如大紅袍，玉帶鈎，龍鬚、虎爪，不勝縷記，眞夠嘆爲觀止。

這些菊花的來源，大多由堡城一帶花局所供給，也有私人提供展覽的，你如果喜愛那一盆也可以價購帶回家中欣賞。除了這些千百盆的菊花外，在面對荷花池的一座坐北朝南的草廳內，用松柏紮成假山，上下四週紮有千萬朵的各色菊花，在山腰還有金山寺，一個廟宇，一座寶塔，廟門前坐着法海老和尚，法海旁邊還有一個戴方巾的許仙，山上有一艘船，船上有白蛇精；白娘娘及小青，船外有些蝦兵蟹將、烏龜精、黑魚精、螺螄精、河蚌精等，這是一幕家喩戶曉的「白蛇傳」，這些人物的面貌和形態無不栩栩如生，城區市民往觀者，從朝至暮絡繹不絕，使所有茶座均無虛席。

在綠楊村茶廳內，尚有一對綠毛龜，養在玻璃缸中，龜身上長滿綠色的長毛，如同穿着簑衣一樣，亦爲游客靜坐觀賞事物之一。

如果有三、五知己或一家大小賞菊遊玩，再吃一餐午點實在是既飽眼福，又飽口福。泡一壺龍井茶，來個燙干絲，一籠點心，生肉、乾菜、蟹黃、五仁等包子，或者千層油糕，鷄絲捲，白糖開花饅頭，翡翠燒賣，聽客點叫，在戰前所費不到一元，可算是「惠而不費」。

遊客們一面吃茶賞菊，一面尚有唱道情的，扛着魚鼓，手拿夾板，丁東滴達的唱着，隨人賞賜。還有一個當年青樓名妓後來人老珠黃的老嫗，手拿月琴，唱些秦少游、李照清的詞曲，別有趣味。

晚間到處掛着汽油燈，在花廳的柱上紮有一條用菊花穿的大龍，口中不斷的噴水，照在燈光下色如銀練，直到城門將閉時始曲終人散。

十五、「關亡」與「走陰差」

星卜巫覡各地皆有不足爲異。憶吾揚早年亦有「關亡」與「走陰差」，乃女巫所爲，亦經余所親見，其情形畧述爲下：

余之祖母偏愛吾父，因而寵及吾母，民國六年祖母逝世，吾母懷念不已，乃於翌年秋，在西門街住所，召女巫至家中「關亡」。當時余雖童年，但印象頗深。女巫穿藍竹布衫褲，年約四十左右，裡下河一帶口音，手持白竹布包巾，別無他物。尚有一十五六歲之少女全行，是否係女巫之女，則不可知。伊等沿街巷走動，口呼：「關亡，走陰差！」經吾母招喚至家，其時余家中僅有吾母及姨母、姨兄等。女巫詢關何人？吾母乃謂擬關余之祖母，經告以姓氏、生辰、及去世日期等，尚未開始。吾母已眼淚滿眶。依余所記，女巫並未焚化符籙，似未移文陰府，僅用白包巾蒙面，連打呵欠。一瞬間，自去包巾，但見其頸部喉下忽腫脹如腕狀，似有物隱其中。此時女巫態度自然，且不息口嗑瓜子，以示渠未發言，而有魂魄附身也。旋在其頸部腫脹處似聞細小之聲云：「我離你們好久了，我在陰間好苦啊！」吾母聞聲，遂哭泣不已。女巫頸部亦隱隱啜泣。繼又聞云：「二奶奶（指吾母）有什麼話？你說罷！」吾母云：「你在下面（指陰間）需要什麼嗎？」答云：「錢不夠用，天涼衣服不夠穿，親族窮鬼太多。」吾母復放聲哭泣，姨母亦流淚。吾母云：「我一定再焚化給妳。」並指余試問：「你認識他嗎？」答云：「認識他，叫××」。聲音細小，似喚余之乳名。吾母又謂余云：「你叫祖母沒有？」余遂呼：「祖母。」女巫附魂又逐一指喚余之姨兄，暨大妹乳名，並稱呼姨母爲「三姑娘」，（姨母行三）吾母遂非常信服。於是請求其保佑吾父及闔家平安，一一答允，並囑吾母平時

謹慎小心門戶，照顧孫男孫女，旋稱：余來陽間太久，即須回陰，臨去似覺依依不捨，頻聞泣聲，吾母尚未及續談，女巫已將白巾復蒙面上，又作呵欠連連，旋將巾取下，其頸部之腫脹已消失矣。伊乃停食瓜子，恢復原有言談，携帶少女索欵而去。

以上爲筆者親歷之事，亦爲生平所僅見之一次，以後不復再見。

民國九年夏，余尚在縣西街趙書房讀書，西門街茶水爐老闆胡大個子，背患癰疽，歷久不癒，呻吟床笫，痛苦萬分。其妻胡大娘，遂招一女巫，爲其「走陰差」查明生死。其時余適放學，臂夾書包回家，見胡屋中麕集一羣婦孺閒衆，不禁好奇心起，亦從人堆中擠進。見一類似鄉婦之老嫗，身着黑洋紗衫褲，頭紮藍布包巾，臥地打滾。旋即手舞足蹈，口中頻作咒語。繼則口吐白沫，兩眼翻白，雙腿作搖動行路狀，據同行一中年女子向人云：「老嫗已入陰府矣」。此時除聞胡大娘及其女嚶嚶低泣外，四週觀衆寂靜無聲。俄頃，老嫗忽作交談狀，怒目氣憤狀，及與人掙扎狀，喉間呻吟似有所苦。終乃睜目起坐，指胡大娘而言曰：「不可矣！不可矣！」衆問何故？曰：「陰間大小衆鬼已將胡老闆充作跳板，脊背朝天，供鬼等來往行走，爲數甚衆，刻已破爛一處，經我懇求另換跳板，衆鬼不允。」胡大娘聞言，放聲號哭，圍觀者亦爲之酸鼻。余因年幼，怕見哭泣之事，途中遂轉開，嗣後亦不復再覩。

迨至北伐後，社會風氣革新，遂不聞有「關亡」及「走陰差」等事，但算命、相面、搖課求籤、打卦、測字等江湖行業，依然存在，且有自命名家，登報宣傳，並有時人爲之捧場介紹；倘究其實，彼輩與「關亡」「走陰差」之女巫亦僅一丘之貉而已。

十六、浩劫三十八年

民國二十六年十二月十四日，日寇陷我揚城，姦、擄、燒、殺，堪稱浩劫。我輩身歷抗戰八年，祇要能存在一天，終屬難忘之一日。玆將至三十八週年，謹將當年日寇陷我揚城時之殘酷暴行，就筆者所記憶之資料者，概述如下：

先是在淪陷前數日，揚城天空，忽烏鴉蔽天，不明何意而來數逾千萬，日夜啼噪，有如號哭，城區花木亦多萎謝。據父老云：「此均兇兆也。」此時城區政府機關業經撤退，居民向後方及四鄉逃散者多已停止，城門關閉，百業停市，行人稀少，入晚電燈斷火，整個城廂籠罩在恐怖陰影之中。

十二月十日左右，長江敵兵艦用機槍向我六圩，瓜州一帶掃射，沿江居民逃跑一空。迨至十四日上午，日寇由鎮江分乘艦艇向我揚城進犯，由日酋永津率領敵兵約三百餘人，並有漢奸數名，執紅白旗各一面，在前帶路，沿途鄉民聞訊，四散奔逃；偶爲日寇發現，立被擊斃，計沿鎮揚路被寇兵屠殺者約二十名。近午，日寇分由新南門、福運門入城，由漢奸將日酋永津帶至紫氣東來巷某巨宅內，設立司令部，其餘敵兵駐於大江邊，運司衙門等地，旋敵兵各持武器，分散騷擾，向我留城之同胞實施其燒殺暴行矣。

當時我城區並無一兵一卒，所留居民均手無寸鐵，而日寇竟以巷戰之方式，到處以機槍掃射，凡我同胞，不論老幼一律槍殺。更轟打我民房，搜索婦女，輪姦强暴，自十一、二歲之女童，至六、七十歲之老嫗，如被搜獲，均無幸免，有全家逃亡，屋內空無一人者，敵寇即舉火焚燬，入晚城區火光燭天，婦孺呼號之聲不絕。

我軍不及撤退而遺留在郊區之重傷患者，計：天寧寺七十餘名、重寧寺五十餘名，東關外萬壽寺約三四十名，均被日寇掃數槍殺。

缺口城內臥佛寺難民收容所，收容難民約四百餘名，日寇指爲「支那兵」，用機槍掃射，被擊斃者約三百餘名，逃散或伏於屍中僞死得生者僅約百人而已。

缺口城內天主堂、聖母院、及震旦中學，由法國神父、修女，及華藉神父蔡洗耳所收容之難胞婦孺，約五百餘人，因法

人一再阻止，僅維持二日，敵兵集合多名，指有「支那兵」分別包圍，擬大舉放火；法籍神父不得已允將婦女解散，是日我婦女被敵兵在街道中姦淫者，不計其數，且被擄去，永無下落者，亦有三、四十名。

賢良街基督教堂，南門浸禮會醫院所收容之婦孺，亦爲日軍衝入多次，均在光天化日下遂其獸行。

甘泉街有夏姓婦女爲敵兵逐日輪姦，乃用膏藥一方貼於下部，日寇乃以刺刀刺入，使其哀號而死，大東門陳三麻子燒餅店老闆娘，爲敵兵搜至街中輪姦，因不勝其苦，稍加抵抗，爲敵兵用皮靴亂踢而死。天寧門街萬國勳之女（係筆者表姊）在北郊避難，爲寇兵發現追捉，萬女投池塘而死。張同子巷王姓婦，爲敵兵發現其面部塗鍋烟灰，經輪姦後，用煤油澆王婦頭部，活活燒死。石塔寺西樹林中，有約十二、三歲之女童裸屍吊於樹上，下部用刺刀挖去。

敵兵除燒殺及姦淫獸行外，尚到處擄刧，凡見我民間，金銀手飾及銀元、銀角，皆抄擄一空。至皮衣、狐裘，則往往割去兩袖，穿入軍裝之內。我民間祖先之遺像，因多掛於樑間，敵兵認爲珍藏之古畫，亦多毀去其上下軸，搜刧而去。並驅使我兒童數十名，爲其向大江邊搬運，筆者之戚張植仲弟，即曾被其驅搬衣被，千眞萬確。

總計日寇自入我揚城後，除在郊區將我傷兵難胞集體屠殺外，其在城區五日內將我同胞擊斃或姦殺者，約有一千二百餘名，失踪或自殺由家屬埋葬或被擄不知下落者，尚不在內。此一千二百餘屍體，曾由商會會長常石芝、寄園旅社老闆劉吉甫，及甡記紙行老闆羅植之等，以商會及紅十字會等名義，用蘆蓆裹屍於西門外埋葬。

至日寇在四鄉之燒殺蹂躪，更罄竹難書從其先後駐紮地點，計有仙女廟，邵伯、宜陵、霍家橋、大儀、甘泉山公道橋、黃珏橋、……等地，地方居民倍受荼毒，尤其在「掃蕩」我游擊隊時，動輒指我手無寸鐵之鄉民爲「支那兵」任意屠殺，鄉村婦女，時遭蹂躪，種種暴行，人神共憤！

如此浩刧，雖已成歷史陳跡，但由於日寇侵我之結果，使方慶統一之我國，又再遭內亂之禍變，使我同胞更進一層墮入苦海，殊爲浩嘆！

本刊通信地址略有更動，各方賜函、惠稿、訂閱、請逕寄香港九龍旺角郵局信箱八五二一號，較爲快捷。（附英文）

P. O. BOX 8521

KOWLOON MONGKOK POST OFFICE,

KLN., H. K.

憶南通

（下）

——宋希尚——

荷蘭工程師特來克君墓表　民國九年

君名亭利克，特來克其氏，父喬亭納司，以老於治水名東方，東方譯奈格者也，母瑪麗，奈格君始以治水聞荷蘭，中歲，日本政府聘治大阪小樽緣海岸港，垂三十年，君以泰西曆一千八百九十年，生於日本東京，長而好學，能世其父業，凡其父所規治之工，君日侍側學且習，又承父心營目構口講指畫之久且深，故益嫥而篤，南通內淮而外江海，為農畎渠溝之所嗡嘘，江比大圯，駸駸逼縣治，謇兄弟嘗一再延泰西河海專家，博求治之之術，奈格君葛雷武主楗，平爵內方維因主陂，具龍猛兼主之，卒延君，君至則棲處江濱，朝夕測度，審規三閱月，申父說而任事，其於謇禮視父執至恭，其受約之始，謇為言南通自治工程，方治而力薄，舉事月日無定，不勝延專家，欲以吾所欲營者，次第畀若計劃督視，視可則訂於約，期成必信，為舉事目，曰：江楗準流與速與向，審宜直者宜折者，句者勺者，其無弗當，惟若責，導入江與海之涵牐，殆二十所，距離近遠，制豐狹，施先後，審曲面勢，盧材訓工，惟若責，君起而諾，曰：備治西北郭汽車之路，亟公園水泥之橋，游泳之池，惟若責，君又諾曰：通之外，海門靑龍之港，如皋龍游之河，遙望港，李家橋之牐，亦惟若責，君則又諾，諾乃具約，三年君成江楗十，大牐一，常牐二，橋一，計劃具備之牐五，涵六七，路三，烏乎忠已，其卒也，直海壖傳疫，君督遙望牐工，夜分疫作，遄歸就醫，不及至而道卒，年裁二十有九，民國八年八月十八日，泰西曆一千九百十九年也，縣之人聞君之死疫，無識不識，皆悼嘆之甚，通俗誠質，豈必人人有君子忠厚之心，其賢乎君，亦君之賢有以致之，况與日月共事三年之久者哉，君於治工，早作而夜思，無寒暑間，居恒蒐集中國前世言河渠之圖書，不恡重值，令人譯而為之說，以為中國古自有法，法往往與泰西合，治中國水，焉可不究中國故書，其嗜學虛己善受又如是，嗚乎，又何勤也，方君治一事竟，或時其歸，陳圖述狀，言縷縷中肯綮，謇喜拊之，謂所任工竣，必為請政府褒章，君躍然色大喜，烏乎，孰謂天不稍假歲月，延君之年必有待也，顧年不君待，謇則曷忍負君者，後君卒五月，謀為卜葬於劍山之南，塏址堿岸，既爽而固，乃臚君事狀請焉，政府以君卒，特錫褒辭，副通人之願爾，君母若弟，感君與通人之相厚，許葬於通，而以君所得中國之圖書，贈通圖書之館，亦足令人慨乎想見其家人之有禮矣。乃重為之辭以申余哀，辭曰：

荷蘭為國，海與滁兮，其名荷蘭，沮洳於詩兮，人習為防，因害以為利兮，世建名業，特來克氏兮，考翼嗣基，有父有子兮，楚材晉用，惟其嶷嶷兮，三載於通

，剬時劇事兮，弗給之較，而嫥嫥職志兮，非客視主，主亦忘客之異兮，胡天不弔，九十百里兮，仡仡壯夫，而不脫於橫癘兮，留君之骨，注入涕淚兮，惟劍之麓，上林而下涘兮，俾向於西，視績之底兮，馮夷陽侯，順靈所指兮，過君墓者，識此佳士兮，君於南通，譽永世兮。

④僥倖的完工

特來克爲一健壯青年，他的突然而死，直如晴天霹靂，頓使六七千工人正在趕工中的遙望港大閘，失去領導中心受到了嚴重的打擊。通、如兩縣水利會立即召開緊急聯席會議，籌商善後辦法。我是工地的負責人，奉召星夜趕赴通城，報告工程現狀。因爲時間迫急，我祇好披星戴月，僱了羊角小車，天未明就上了路。在百餘里崎嶇不平的路上，羊角車咪咪不停叫聲中，我默默地坐着悼念特來克與我之間的友誼，同時又担心着工地上今後如何進行，且不知如何來考驗我自己。荒郊寂寞，暑熱逼人，但聞如泣如訴嗚嗚不已的羊角車聲，眞是百感交集，心情沉重。會議結果：①大閘工程仍照原計劃續繼進行；②目前工地，責成宋君暫維現狀；③從速電請外國專家前來主持，以竟全工。當晚，兩縣水利會與會人員，聯合設宴，嗇師就主人席，推我首座，並且說：「一切拜託！」其他全體主人，也都紛紛拱手，並起立向我敬酒慰勞，誠懇動人。嗇師在旁笑曰：「此杯辛苦酒，是不好吃的，但望好自爲之！一切順利。」如此我肩上就背起了千斤重担，勞苦不辭。當然維持工地的現狀，我是義不容辭的。次日途中，我細細檢討，知道年紀輕，難負重託。

水利會原擬聘請的外國工程師，經過嗇師叠電北平外交部上海領事團徵聘後，因待遇問題、環境問題、家眷問題等等，往返磋商，遷延了一年多，始終沒有得到結果；而我在這荒野偏僻的海濱，與大衆小心合作，於無聲無息中，默默地，一步步推進。閘工由閘墻、閘墩、閘面、活動橋，而至閘底禦冲的柴排，終於塡平地面，修整堤岸，整個九孔大閘工程，依照特氏設計，按步就班不知不覺中次第完成了。其間退、嗇兩老，因視察公司的墾務，順便親來工地察看，目覩工程的進展，全體工人，勤奮不懈，對我獎勉有加。

大閘舉行落成典禮之日，兩縣官紳和兩公司與地方代表們三百餘人雲集海隅，嗇師即席致詞，除報告工程設計、施工與經費等外，對我兩年駐工辛勞，備加讚許，並囑我當塲起立，接受全體鼓掌，這是我有生以來第一次身受的光榮。第二天，又承嗇師在三餘鎮大有晉總公司召見，再次訓勉，並說：「兩縣官紳，地方父老，以汝在此荒僻海隅辛苦二年之久，爲表達感謝之意，託余致贈銀元二千，聊表酬勞。」我聽了這番話，感激之餘，悚然答曰：「我在保坍會已支有月薪，任勞乃分內事，况有此機會磨練，在工程上得到不少經驗，深感滿足，何敢再受額外之酬；但願將來有機會赴美深造，並考察水利，充實自己，於願足矣！」嗇師聽了，大爲喜悅，並撫我背而告曰：「此志可嘉，當助成行。惟此刻海門將建大生第三紗廠，正計劃該廠水陸交通問題，廠旁有青龍港，距長江十五六里，擬自江口至廠建一輕便鐵道，並在青龍港上建一船閘，以利運輸，汝爲我計之，工成之日，當即以運河工程局（時張任該局督辦名義），派汝去美深造。」

⑤小小風波

在工程過程，數千人集體生活，居住在這一片廣漠荒凉四無人跡的海灘上，自然難免人事上糾紛，這一段小插曲，今日回憶，頗饒風趣。

原來工地上一切日常必需品，全靠南通城裡及距工地四五十里的如皋縣「掘港鎮」專程運送，根本就談不上有什麼娛樂活動了。這樣環境，對我來說，因爲身肩重担，責無旁貸，要做好我首次經辦的水利工程，身心交瘁，倒並不覺得什麼難受，反而認爲這是面對現實的考驗，所以生活的枯索無聊，爲工作緊張而冲淡了。

可是經常住宿工地，拋家別妻而來的

有六七百個工人，他們似乎於工作之餘，缺少了些什麼？加以他們一個個都是生龍活虎，年輕力壯，一天的勞苦工作，並沒有減損他們的體力。他們除了機械式的勞力之外，從沒有用過腦子，剩餘的精力，無由發洩，尤其是在連日陰雨，不能工作全體休息的期間，他們更顯得無法安頓自己。「羣居終日，言不及義」，一天到晚鬧哄哄的，不知道說些什麼？做些什麼？

是一個月黑風高氣候沉悶的深夜，我與我的工友，掌燈巡視工寮。發現有幾處工寮內燈火通明，三四或五六成羣的工人，聚集在一起，席地而坐，有飲酒的、有賭博的。再往前較遠地方，在已熄了燈的工寮裡，聽到有嘻笑聲，而且好像是女人，我看到了，我聽到了，我心裡也明白了。我頓時覺得工人的所作所爲，常此下去，必將發生事故，有提早糾正整頓的必要。本想立即阻止他們，但在一轉念間，我是單身一人在此，衆怒難犯，我得先有一番準備，不能過分的衝動，致肇意外。我要擺出見怪不怪有少年老成的功夫，同時我還得查明女人的來源，在這荒離市集如此遼遠的海濱，那裡來仙子下降呢？這一夜，我爲這問題，左思右想，困擾通宵。

第二天一早，我把工頭招來，我很矜持的端坐在辦公室裡，責問他如何不好好的管理工人？我提出了昨夜的所見所聞，要他立即負責糾正，今後不許再犯。這個工頭，他究竟是領導工人的人，頭腦清楚，能言善辯，他向我深深的鞠躬，他說：「工程師！我知道你是一番好意，不過，我們做工人的，目的是以勞力來換取金錢，在工程上，自當接受工程師的指揮監督，如果不合你的要求，我可以隨時解僱他們；至於私生活方面，不屬於工程師管轄的範圍，我也無權阻止他們，請工程師多多原諒，少管閒事。」這幾句話，說得我有點生氣，我說：「我是主管此地工程的，凡在這工地上一切的一切，都是由我負責，你是工頭，應該聽我指揮，有服從我的義務，並負責執行命令。」他說：「工程師！你錯了，他們飲酒嫖賭，花的是他們自己血汗的錢，他們沒有向工程師透支移借。他們玩女人，是他們的自由。這些女人，是在掘港警察機關納捐領照的，她們有營業的權利，接客的自由……」他說到這裡，辦公草棚外，已擁有不少的工人，大家紛紛提出抗議，而且聲勢洶洶，揚言要發動罷工。幾位職員，從中一再勸導，也不生什麼效力。他們想以人多爲王，要威脅我，嚇倒我這年輕工程師。

最後，我向衆曉以大義，呼籲大家共同來維持工地秩序與其重要性，如果不嚴格來禁止嫖賭，試問工地將成何體統？工作如何協力推進？已往的事，譬如昨日死，姑不追究，從今天起我提出約法三章：①工頭必須負責管理，並須負責維持工地秩序；②工人工作以外的私人生活，可以自由，但必須遠離工地；③若有不願接受上項約定者，解僱。老實說工頭與大部分工人也多不滿他們中害羣之馬的行爲，所以我提出的三章約法，大獲人心。一場風波，就此和平結束。此後大家對我敬畏有加，同心協力，在親愛精誠的氣氛中，完成了在江北最鉅大的水利工程。

從我兩次（小洋港與遙望港）經驗中，深深體會到帶領羣衆工作必須：①腳踏實地，實事求是；②言行一致，以身作則；③立場堅定。方以博得大衆信賴。

最近十年中看到韓戰、越戰，美國前線軍事當局，往往用飛機遣送士兵從戰場到香港、東京、台灣渡假，在夜總會、跳舞場討生活，確是人生心理上、生理上不可忽視的措施。我們中國傳統文化中，孔老夫子早已明白告訴後人「食色性也」的至理名言，我對此舉是十分瞭解的。

⑥宋季港弔孝

我在遙望港工作時期中，除了在工作上求取興趣外，甚麼也沒有可供娛樂的地方。每天五時起床，閱讀一小時，六時早膳後即與工頭支配工作，隨即四處巡視，直至下午六時散工時止。幾位協助我辦理事務的同事，都是由鹽墾公司臨時借調，署解書記，惟一可與談今說古的，只有從大豫公司南一區調來一位經辦會計的海門宋季港史稚巖兄名維城，民八南通師範

學校畢業。史爲海門望族，乃兄介人先生，曾任南通第七中學校長、中央大學秘書，尤爲時人所敬仰。史君年長於我約十歲，沉默寡言，很少自動自發的表示意見。他生活很有規律，飲食也有一定的分量，他對經辦的會計工作，間或有人來查詢，他不善詞令，往往由我代他說明與分析。但他所做的帳，頭頭是道，一絲不苟。他於本分的工作之外，雖然很少與人交談，對日記甚勤，每天必定在他的辦公室窗口一張沒有油漆的寫字桌上，將一天所接觸的，感受的，一一記下，似乎作爲他唯一的消遣。當那大風波發生之時，擾攘了半大，他是一個最關心我的安全，替我着急的人，害得他手足冰冷，驚惶失措，病了好幾天。日子久了，我覺得史君是一個正人君子，胆小安分的人。不過，我直覺的感到他好像健康欠佳，多憂慮，很像我們中國舊小說中所描寫的弱不禁風的書生。

果然，他在工作了不到一年，他因病向我與公司請假回家休養。當時我以爲他究竟是一位書生，吃不起苦，受不了這海灘的大冷大熱，所以把他累壞了。那知他請假回家之後，傳說他已患了嚴重的肺病，可能已無藥可救。我正在將信將疑，並且要想專程去慰問的時候，忽然接到了他的噩耗，唉！他畢竟以肺病去世了！

當他「五七」前夕，我安排好了工地的工作，僱了一輛獨輪車，兩個壯健的車夫，到達海門宋季港史府去弔孝，一路上我有無限的傷感。到了宋季港天已黑了，人也累了，兼之主人的殷勤招呼，當晚就宿在史府。

「五七」之期，弔客盈門，依照海門的喪俗，大殮之後，即停柩於堂。可憐史夫人，身懷六甲，扶棺慟絕。介人先生事先將乃弟日記信件等等張貼在靈柩兩旁壁上，故人的手筆猶新，而哲人其逝，不勝悲痛！當我鞠躬致敬時，介人先生白冠白袍立側答禮，並向大衆宣布曰：「達庵先生：舍弟自幼體弱好靜，不善交游，其對先生爲人有無比崇敬，凡先生在遙望港工程之督造，事務之處理，刻苦耐勞之精神，乃至工地整飭紀綱等等，不畏強禦，嚴明公正態度，均爲舍弟在工地親見親聞，而認爲難能可貴，値得敬畏者，一一筆之珍藏，今日四壁所張貼者皆舍弟之日記，彼頗有意與先生結義，但恐高攀，未敢啓齒。今舍弟不幸逝矣，願猶未了，如不見棄，我爲代表，即就舍弟靈前交換蘭帖，結成義兄弟，以慰亡魂。」言畢，深深地向我鞠了一個躬。我聽了介人的話，內心非常感動，古人所謂人之相知，貴相知心，在今日時代，竟有在我身旁，默默觀察知我心如史君者。當即允諾，並在靈前交拜，此亦史無前例，也是我最難忘的一幕！

遺孤兩男三女，在台經商者爲次子廸，字亮生，年逾知命，他的兒子震洲，就是稚巖之孫，經省立中興大學教授朱應麒兄之介，在畢業後赴美前相識，此刻在密蘇里大學，習化學已得碩士學位，今夏將去威司康辛大學攻博士，去年聖誕節且已結婚。新夫人爲政大畢業生，頗爲賢淑，有信來，以「叔公大人」尊我，孜孜好學，前程無量，故人有後，私懷無限欣慰。

⑦會雲閘與輕便鐵路

我於結束了遙望港的赤鹵荒野生活後，奉令移往鄰縣海門大生三廠，駐守距廠十餘里的青龍港。雖屬由港移港，脫不了「水」的關係，但在環境與生活上自然不可同日而語了。因工作上關係，時與廠方主管人員如沈燕謀、吳曉江、袁其儁、高觀四諸兄晤談，一反海濱離羣索居之感。最令我高興的，食飲洗用的水是長江水，江水是活水，淡中帶甘，督工之際，閒坐江邊，親汲江水，泡茶一壺，自烹自飲，大有板橋道人道情中「蒲團打坐，夜燒茶，爐火通紅」所描述風味，回想當日在遙望港鹽水洗面，鹽水解渴，鹽水沐浴，幾無往而無鹽的生活，何曾霄壤？

會雲閘與輕便鐵路的工程，幾乎平行，自廠至港口，約長十五六里，工程範圍比較遙望港九孔大閘，簡易多了。我將兩項工程測量設計後，把所需材料，一次請購妥，餘下的僅是督工建造，有了兩年來實地經驗，覺得駕輕就熟，無往不利。因此，我乘這個機會，得暇研讀水利工程和

語言進修，作爲出國留學的準備。就我在海門短暫的觀察所得，海門這地方的民情與南通有一樣的敦厚純樸，而男耕女織、布衣麥飯，勤儉操作則有過之而無不及，我很欣賞嗇師所撰的「海門孝威楊君墓碑」，不但在文學上是傑作，其動人處，也可代表海門人的個性與人格，且亦有助於今日世道人心歟。特錄之於後：

海門孝威楊君墓碑

民國十三年甲子吳中男子海門楊點，梅汀其字，清道光二十七年辛丑生，民國十二年癸亥八月初六日卒，年八十有三，父故農家，點年二十喪母，絕哀至毀，越三載，父繼娶常州張氏，時江以南悉陷於賊，張氏隻身離散，自賊中亡至海門，無所歸，歸點父，未幾父卒，點率婦事張敬順，張生巨族，前嫁有子，不嫻田舍操作，婦一代之，張思前子，點爲出貲，四處出訪尋，不得則問前子言貌舉動若何，彷彿之以慰解，小不適，則佐婦侍而摩掖，疾甚，爲湔中衣械窬，徹六晝夜卒，哀毀若喪父，時點已五十有二矣。方四十時，海門尚爲廳，廳民苦丞令行納賦易知單法之擾，父老奔走相告，求解於孝廉方正黃景仁，黃令衆籲丞，爲胥役所刦，衆葸，會丞有事於鄉，點率其隣父老數十人，遮道頓首求請，丞怒停輿以手板揮擊，衆不爲却，則諾，衆乞書諭爲信，丞乃返，令衆至廨給諭，父老大歡，盡隨行，沿途觀者衆，聚至逾千，函入內，遽令胥役閉門禽繫，點故長技擊，憤立當門，麾衆逸，胥役毆撲，咸踉蹌辟易，既羣掊交撞不敵，逮焉，點白丞，此事楊點一人主之，無預鄉衆，時不及逸者尙數十人，縛庭柱幾滿，點復大聲言，此事楊點一人主之，曷爲繫衆，丞遂釋衆而獨治點，丞意點亦一鄉人，必有使之者，意蓋在景仁，嚴刑逼供，三木並下，再暈絕而供如故，下獄，則胥役掠拷尤酷，點自分必死，然氣不少餒，衆或醵錢，隨點家遺視之人入餽，點怒斥曰，我豈貨父母遺體哉，我自爲公忿耳，丈夫便死，終須清白，奈何汙我，餽者泣退，獄具，丞以毀署密聞上，總督侯官沈文肅公檄前通州牧孫公雲錦臨勘，公先微服詗實，萬口訟點寃，揭上雪之，文肅公奏褫丞職，罷易知單，越十餘年，孫公於淮安知府任所牽嘗鞫江寧貌兒山獄，解任聽勘，時朝旨嚴，人人爲公悚惕，一日點知謇且詣省，走語謇，點之命，孫公所活也，今餘生耳，人慮公或被枉遣戍，果爾願執僕役隨侍，公貧，貲糧屝屨，點自備之，若枉過是，點願身代，辭氣悲壯，謇慰止之，人言讕語也，顧子所言誠男子，又十餘年公歿，點白衣冠，爲位於所居鎭社而哭之慟，海門昔爲民害等易知單者，胥役以人命搆獄，眞殺害人者，固必覆罄其家而償死，或賄以脫，道殣溝胔，亦必破其地四近之家，飛灑株連，十里不啻，鄉人士疾之，援清道光朝奏行溥善堂成案請復，大府報可，而格於胥役，至再三，丞率袒之，胥役有恃益橫，而民衆不堪，謀於謇，謇任必成而必衆延點主其事，胥役大恐，百方鉤結爲難，點龍蛇之，豕蝨之，陽溫陰肅，仁响以慈，義威以剛，枝梧鬥格，頻四三年，謇卒白大府按察使，逮案其尤點桀者，胥役始屛息絕謀，而堂以寧敉，今又二十年矣，點始習儒好武，嘗授課，不應科舉，而兼治醫家言，易知單大獄解，家益落，乃專業醫，病家雖深夜叩門，無遠近必應，貧者資以藥，家既稍裕，又於隣里篤老鰥寡，貧予錢而寒予衣，蓋終其身不倦，點好恃強，六十後伸臂蹴脚，猶排二三少年，聞人訴子弟或婦不孝義者，捽而撻之至百，謝罪父兄乃已，七十後堂有事，或病家之請，無暑寒晨夜雨雪輒單車馳赴，謇嘗爲言，特強非所以守強，當有時怯，不聽，目漸眵矣，卒以八十二歲猝中風不語，耳亦聾，然人以手指伸屈示事者，猶以指手應，寢簀十有一月卒，子一，闇弱不能承點志，謇爲之憂，點曰，我子劣，顧欺於人而不能欺人，即死尙不憾不及家業之終守否也，男子哉，鄉人既私謚之曰孝威，謇表其墓而又銘之，銘曰：

無非無刺，奄然媚世之儒之不足數也，不義不仁，齦私小己之豎之不足呿也，吾惟子是與而歸於土也，而今而後，於何而寄吾之胆氣，芒乎已乎其終古也。

卅餘年前一件親身經歷的異事

老河口遇仙記

△曹文錫▽

民國廿三年，張岳軍（羣）氏出任湖北省政府主席的時候，省府工程處處長因事去職，他委我接充，我即面謁請辭，並說：「我不是學習工程的，恐難勝任。」張氏說：「尊翁亞伯，協助中山先生創建民國，他為人忠誠正直，所以人們都稱為曹剛直。我知道你的品性舉動和他一樣，也有小剛直之稱，可說得克紹箕裘。我派你充工程處長，並不需要你有工程的才技，只要你綜理事務和監督各員工，至於建設事項，自有工程師負責。目前各地的吏治太腐敗，如果操守不良的人，充當大任，才能愈高，作弊愈大。我委你充工程處長，還要你隨時到本省各地暗中視察吏治和民間的情況，回來向我面告。你是忠誠坦白的人，不會辜負我的期望的。」

我當時受到這一番訓示，就不能不接掌那職務了。自此之後，東奔西走，也因此結識了不少各地方人士。

從漢口到老河口

當時，湖北省的公路，原有幾條重要幹線：在鄂南的有省陽公路（由湖北省城武昌至陽新縣）；在鄂北的有襄花公路（由漢口至襄陽）；老白公路（由襄陽經老河口達陝西省的白河）；襄沙公路（由襄陽至沙市）。這幾條幹線所經過的地區，都是全省精華所在。

我於民國廿三年六月間奉到委令後，即行到職。不久，鄂省西北一帶，霪雨為災，很多橋樑和涵洞多被冲毀，交通一部份停頓。我派了許多員工前往搶修。到了那年農曆八月十三日，我帶同一位姓曾的工程師和一個譯電生乘坐一輛小汽車自漢口出發，沿途視察。其時鄂贛皖三省剿匪總司令部也派了一位視察專員苑崇穀君附車同行。當時蔣委員長兼總司令駐節南昌，張漢卿（學良）兼副總司令駐節湖北。苑君曾在抗日名將馬占山部下充當旅長，作戰經驗豐富，此行任務，係往視察襄、樊、老河口各地山川形勢及戰畧要點，以便草擬軍事計劃。我們數人同車，沿着公路，向西北進發，每日黃昏時候，到最近的市鎮找尋旅店住宿。至第四日（即舊曆八月十七日）到達了老河口，這裏是較大和歷史上有名的市鎮。於是，一同下榻於這裏的國民飯店。是日秋風蕭瑟。細雨連緜，沒有到外間巡視。飯店的主人，誠意招待，和靄可親，我詢及附近的古蹟。他說：「襄樊一帶，三國時代的遺跡很多，但離這裏三華里外的光化縣縣城附近，只有老萊子故里的遺址，可以尋訪。」

光化縣長屬世交

翌日（八月十八日）天晴，早上我和苑君乘人力車同至光化縣縣府，拜訪縣長。原來這位縣長耿季釗（現充台大教授）

，他的哥哥耿伯釗是同盟會老會員，和我是世交。相見之下，極爲歡悅。在縣府坐了一會，耿縣長便帶我們探訪老萊子故里。同行的還有位縣府承審員吳君。我們步行不遠，便瞧見道旁有一座石牌坊，上邊鐫有「老萊子故里」五個大字的橫額。這座牌坊，是後人興建作爲紀念的，並不算是古跡。此外就沒有什麼遺跡了。同行的承審員吳君，衣服樸素，相貌慈祥，他臨出門的時候，手執一串唸珠，沿途喃喃宣唸佛號。我對耿縣長說：「你的政績很好，還有一位慈悲爲懷的承審員，一定是民歌德政，弊絕風淸！」

耿縣長說：「你太過奬了，本來司法是獨立的，縣府不能過問，承審員一缺，向由高等法院直接派來。吳君是我的舊友，他是習法律的，而且篤信佛教，因爲前任承審員李君，前三個星期請假後一直未回，已不知他的去向，我便請吳君臨時代理那職務，一方面呈請高等法院將他派委，現在還沒有得到回音呢。」

我們回到縣府，時方正午，耿縣長設筵招待，同席的還有耿太太和縣府的秘書、科長等多人，談笑甚歡。

耿季釗叙神奇故事

席間耿縣長向我說出了一件神奇的故事，他說：「本縣三星期前，發生一件很怪異的事，老河口的陳家村，有兩個陳姓的居民，因爭數畝田產而涉訟，原告是族叔，被告是族侄，但被告却持有契據。前任承審員李君，祖護原告，擬將田產判歸族叔，不料正在執筆作判之時，庭上忽然從屋頂吊下一條木板，這種木板，原是前淸衙門裏打罪人用的舊刑具，當時承審員李君面色突變，在場人員亦莫不驚異。可是，轉瞬間這木板就不見了。於是，中止審判。翌日，在場人員才向我報告，而承審員李君也留給我一信，謂因公進省，一去多日。至今未見回署。當日衙中員役，將這件怪事，互相傳告，外間的人，也很多知道了。可是我仍是狐疑。後來查閱這宗訟事的案卷，得知原告人陳昌，被告人陳儒未，那就令我驚奇了。爲甚麽呢？因爲當我去年接任縣事不久之時，老河口鎭商會會長陳華山曾向我報告一件怪事（以下一段，皆爲陳華山會長的報告經過）：

據陳華山說：老河口附近的陳家村，有一居民陳儒未，原是貧苦人家，他年少失學，因此目不識丁，向來以做小販爲活，家中只有一老母。但在去年以來，他却漸漸變成富有了，居然置田產、建房屋，還和鎭上的幾間大商店有生意往來，屯購不少糧食，每次都獲厚利。我（陳華山自稱，以下同）得到那消息後，深恐陳儒未和盜賊或奸細有來往，特地親往調查。一入陳家村，就見到幾間新建民房，雖然不大，若非中產以上的人，斷不能辦到的，這就是陳儒未的房子。我當時請他的隣居代爲通傳，說要拜訪。陳儒未和他的母親，立即開門接我進去，他們詢知我是商會會長，而且也是同宗，更爲謙恭。儒未是一個二十多歲的青年，言語笨拙，不脫村人本色。陳母爲五十多歲的婦人，頭髮有點斑白。我問及她的家世和獲利的經過。陳母向我說：『我們世世代代都是貧苦人家，自從去年以來，生活便好轉了，這是多謝上天賜給的。關於我家賺錢的事，很多隣里都知道，我不妨原原本本對你先生說知吧。以前我的家翁是個漁人，每天在老河口附近打魚。有一天家翁網得一尾很大的鯉魚，全身金黃色，雙目發光，他駭異起來，就把牠放回河裏。這尾鯉魚，像有點人性，在水面打了幾個圈，頻頻向我家翁搖頭擺尾，然後沉下河裏。他回家後，向各人說及這事，至今已經三十多年了。我家翁在二十年前去世，我的丈夫也在五年前死了，只剩下我母子兩人相依爲命，儒未做小販，勞苦辛勤，幸免凍餒。去年八月初十日，他日暮時回家，忽有一女子跟着他回來，說是姓龍的，又說我家乃她的大恩人，我懷疑她的身世，囑儒未不要接納。但那女子說，我不是世間的女子，此次前來，是爲着報恩的，你家不特對我有恩，而且有緣，緣盡了，我就會走了。她說罷，在身上掏出十多兩金子給我，

我正要拒絕的時候，她把金子放在地上，轉瞬間就失去她的踪影。當時我兩母子驚駭異常，晚上和儒未討論這件事，認爲那位龍姓女子，可能就是我家翁三十多年前所放的大鯉魚的化身。翌日，那女子又來了，竟替我料理家務，井井有條，並囑儒未不要當小販，將所有的金錢，購買她所指定的物品，果然，不到兩個月，那些物品，都漲了價，這樣連續幾次，都是賺大錢的。隣居的人，有時聽到我母子和一女子談話，但他們見不到她的影子，大家都害怕起來，說我家出了妖怪。後來我向他們詳細解釋，因此，他們都稱她爲龍王小姐。』

「陳媽說到這裏，我便告辭了。但心裏總不相信有這種怪事。回家後，還多方託人偵察陳儒未的行動，並向他的隣居個別查詢。但所得的消息，和陳媽所說的都差不多。至於和陳儒未交易的那幾家商店，都說儒未是個忠直的青年，除本鎮外，沒有外地的朋友。他的突然發達，算是一宗異事！更奇的是：他每次購買和放售糧食等，很像有神仙從旁指點，否則斷不會每次都賺大錢。我因爲要查明底細，幾天後，再訪陳儒未母子，要求他們介紹我結識那位龍王小姐。儒未答說這件事要徵求她的同意才行。第二天下午，儒未匆匆到華生商店找我，並說龍王小姐表示跟我有緣，叫我馬上跟他去見她。我和儒未到達時，陳媽站在門前，笑臉相迎，入屋後，見廳中有一中年婦女，身裁很高，頭上披一條白布，身上的衣服，不像普通婦女。她見我來到，合掌爲禮，跟着說：『你是陳華山先生吧？我們的緣分很好，請你常常到這裏來，隨時都可以會面的，你是個長者，將來的福澤很厚。』我問她：『龍小姐！你在那裏得道的？怎麽會來到陳儒未家裏呢？』她說：『我在四川峨嵋山修道，因爲陳家和我有恩有緣，所以要來了却這宗事，現在的世界，一日比一日紛亂，只要存心忠厚，安份守己，便可逃離刧運！我們見面的時候很多，下次再談吧。』剛說完，只聽得劈拍一聲，便不見她的踪跡了。陳媽又對我說：『龍小姐的踪影飄忽，但她和我母子，相處得很好，替我料理家務，和普通女子一樣。隣居的人，也有幾個見過她的，但只見到頭部或上半身，而且每次所見的都不是同一形像。據龍小姐說，那些不過是一種幻身，而我們所見的是本相呢。』當晚我回家後，心裏似喜而又疑惑，以後我有好多次到陳媽家裏，先後也有多次和龍王小姐晤談，她總是勸我博施濟衆。並說：『成仙成佛，世人極難做到。』我對於身歷其境的事，深覺迷惑，今日特來向耿縣長報告經過，我所說的，並沒有半點謊言。」

苑少將要見龍小姐

我聽罷耿縣長的這段神話，爲了好奇，便請求馬上把陳華山找了來，耿縣長起身打個電話，不久，陳華山便匆匆趕來了，彼此寒暄一陣，我便對陳華山說：「你是個忠厚和誠實的商人，所說陳家的奇事，可能是眞的事實。但我國古代有一種妖術，可以迷惑人們的視聽，歷代筆記也有記載，我不敢妄爲判斷。但靈異的傳說，可以影響國家民族的。更有強盜奸人，利用妖術作爲顛覆的工具；如古代的黃巾賊、白蓮教等，便是前例。而秦始皇和漢武帝也因爲求神仙遂屢次受騙。其餘民間藉神仙作不法的事，更不可勝數。我是讀書人，而且是公務員。現在剿匪時期，如有奸細混跡其中，治安很受影響，必須查得明白，務求水落石出。所謂龍王小姐，我懷疑是一名妖婦罷了！」

陳華山和耿縣長對於我的話自然不便反駁，都只是唯唯諾諾。陳華山辭出後，耿縣長又對我說：「對於此事，我曾派了幾名探員，囑他們切實偵察，經過頗長的時期，他們的報告和陳華山所說的大致相同，因爲對治安沒有什麽影響，我也淡然遺忘了。不料三星期前，縣府審判堂中竟發生空中吊下木板的怪事，令我驚詫起來！事後，我又詳細調查和陳儒未爭訟的陳昌，原屬一名無賴，向來沒有田產，在訴訟時，他曾訪過前任承審員李君數次，其中或有黑幕。因此，我認爲陳儒未和那位龍小姐的事，是一件不尋常而值得探討的。」

耿縣長談畢，在座的苑君表示希望一見這位龍王小姐，我也隨聲附和。耿縣長說：「我夫婦二人，可以陪你們同去，以便一探其中的玄虛。」

是日午後下午二時半，我們一行四人分別乘坐人力車直趨老河口鎮。

龍小姐允見我們

由光化縣縣府至老河口鎮，不過四華里，片刻可達。我們進入國民飯店後，耿縣長又搖電話通知陳華山到來，不一會陳君到了，耿對他說：「我們四個人，都很想見見龍小姐，你可以即往陳家村先和她商定會面的時間嗎？」

陳君說：「龍王小姐並不是常在陳家，但陳媽母子向她祝告，不到數小時或可得到回音的。」說罷，便請耿縣長夫婦和我及苑君，將姓名、籍貫、年歲等用紙寫好交他，便辭了我們，乘車奔往陳家村而去。我們四人在旅店閒談，耿縣長始終否定有神仙的事；苑君則疑信參半；我說：「我生平聽過不少這類的事，可是連鬼物也沒有過，如果這次得見龍王小姐，我就承認世上眞有神仙了。」

到了下午六時，陳華山匆匆地跑來，對我們說：「龍王小姐約你們今晚十時會面，但她接見的只有耿太太、曹先生和苑先生。她表示和耿縣長沒有緣，不能接見，這未免太掃興了」

耿縣長說：「沒有關係，我在旅店裏等你們回來好了。」

下午七時，陳華山請我們到鎮上一家館子晚膳，一直談至九時，陳華山說：「我派一名夥計帶你們到陳家村，陳媽母子會在門到迎接的，我先回家一行，隨後便會趕到。至於耿縣長，就請留在旅店休息吧。」

九時一刻，陳華山的夥計到來，預備一同出發。我說：「這裏離開陳家村多遠呢？沿途怎樣？」

陳華山說：「步行半小時可到，沿途平坦，都是沙石路，普通的車子可通行，每天早晚很多村民來往，入夜後雖然靜一點，但治安上絕無問題，可是耿太太不慣行遠路，我僱一輛人力車送她去，比較安穩些。至於曹先生和苑先生，是壯年人，走幾里路，想不成問題吧！還有一點，沿途不宜揚聲，以免驚動村人。」大家商議妥當，陳華山的夥計，已喚來了一輛人力車，並囑車夫慢慢地拉耿太太到陳家村，要在門前停着，等候回程。於是，我們便啟程了。我懷着一枝手電筒，苑君是軍人，他身上帶有一枝小手槍。由華山的夥計前行帶路，耿太太的人力車居中，我和苑君在車後跟着走。當時是八月下旬，雖然寒風颯颯，但天氣清朗，約半小時，已到達陳儒未的門前那夥計即辭別我們回鎮，陳媽母子二人，早在門前迎接我們進去。

身高六尺的女人

陳家這所房子，是新建不久的，東西兩旁，各有房兩間，上頭是一個較大的廳，廳的兩旁，也有房子兩間。我經過一個小房門前時，這房內本來沒有點燈的，忽然發出一點神異的光芒。我忙把手電筒向內一照，突然看見一個女子在房裏站立着，身段異常高大，我心中有點驚奇，快把電筒按熄，默念：她一定是龍小姐了。接着，便聽得一陣聲音說：「請你們到對面的房內稍座，我一會兒就來。」

此時由陳儒未帶我們三人到東邊的小房裏坐下，房內上邊，擺着一張小床，床下還有塊長形的踏脚板；下邊設一張長木椅，旁邊一張茶几，中間燃着一盞很大的油燈，地方還算清潔。當時耿太太坐在長椅中間，苑君坐右，我坐左邊，陳媽母子端了三杯茶來，並說：「請三位先坐坐吧，龍小姐快來了。」說罷便走出房門。

我們三個人默坐在長椅上，停止交談。一會兒，有人進來，就是我剛才用手電筒照見的那個女子，我們一齊起來向她俯首示敬，她也合掌回禮，坐在我們對面的小床上。只見她身長約六尺，比我們高出許多。頭上披一條白紗，身上穿一件黑衣，還有一條白長裙高至胸下，這條裙很長，連雙足都掩蓋了。額前像有一道髮箍，正中和左右，各鑲一朵白花，花的中央各

有一很小鏡子，類似鑽石。袖子很窄，左手掛着一把木劍，長約三尺，垂在地下。右手却拿着一柄長約二尺的鐵刀，刀身像有銹痕。她站立起來，先對苑君說：

「你是張學良的部下嗎？你和日本人打仗，立了不少功勞，而且心地光明，毫無私念，値得人敬佩的。你向我有什麼查詢呢？」

苑君說：「我的前途請仙女指示！」

她說：「人間所作的事以及居心的邪正，在本身來說，以爲沒有人知道的，但在冥冥中却有一種紀錄，你以後沒有很大的進展，也沒有過分的失意，還可得享大年，你繼續努力好了。」

接着便向耿太太說：「你是耿縣長的太太嗎？」耿太太答聲「是」！便向龍王小姐說：「請問我有多少兒女呢？」

她說：「兒女是不能强求的，你自己很明白，不必問我了。」續說：「請你和苑先生到廳中去，我和曹先生談罷就來。」

要我用雙手緊握刀背

於是，耿太太和苑君辭出。龍王小姐開始和我談話，她說：

「你的根基很好，是一位正直無私的人，將來有和我再見的機會。」說罷她行前兩步，再說：「你站起來把雙手緊握着我這鐵刀的刀背吧。」她把右手的鐵刀橫豎，刀口向身，這刀約有二寸多濶，於是，我遵命雙手十指緊執着刀背，她却拖着我慢慢地後退，一直退出房門。那時我覺得有一股熱力，從刀背傳到手指，再流入兩臂而達心窩，片刻間，腦部和兩足而至全身，都像充滿熱流，當時頗爲惶駭，但不敢作聲。

她這麽拖着我背行，進入對門的小房裏，這就是剛才我用小手電筒照見她的地方。房裏沒有燈，可是像有一種靈光，可以看見一切物品。她囑我放開雙手，相對地坐在兩張木椅上。我從容詢及許多有關時事的問題，她一一答復，但有幾項，她不允作答，並說：「那些世界的事，和你沒有關係，事屬天機，不能洩秘。」（按：十年之後，他答復我的問題，均已應驗，那些明日黃花，恕不縷述。）

當時，我充滿了喜悅的心情，不能再想出其他的事了。於是，她把鐵刀又橫豎胸間，再令我緊執刀背，退回對面原來的房裏，對我說：「你先到客廳去，一會兒，我也來了。」

時間已到回山去也

我出到廳中時，見陳媽母子、耿太太、苑君都在座，陳華山夫婦也已到來，大家坐着下邊的幾張長木椅，上頭擺着一張大椅子，大約是留給龍王小姐的，不到五分鐘，她出來了，但手上沒有東西，剛才所持的木劍和長刀，不知是否留在小房中？她出來時，大家都起立，她合掌答禮後，站在大椅子前，陳媽倒一杯茶送給她，她一喝而盡。即把杯子交還陳媽。並對我們說：「我和各位有緣，所以今晚能夠在這裏會面，現在時間已到，我要回山去了。」說畢，只聽得一聲劈拍的音響，就不見了她的踪影。我們深感駭異！陳媽說：「龍小姐回山了。她每次離開時，都有這種聲音的。」

我這時却俯首默想：龍王小姐的身體，比常人高出一尺多，膚色是帶樱黑的，她的言語，不像湖北人，更不像北方人，她的話講得很慢，像外國人學中國語一樣，不知是何方神聖呢？此時已是晚間十一點鐘，我們向陳媽母子告別。出門後，耿太太仍然乘坐原來的人力車，其餘各人皆步行，我跟着人力車走，因爲走得慢，和耿太太一邊行、一邊談着，她掉頭向我說：「我們得和仙人晤面，眞是有緣，關於我的兒女問題，以前曾請醫生檢驗過，斷定我不能生育，我自己也明白，現在龍王小姐却一語道破，更令我內心非常震驚，眞是未卜先知哩。」

半小時後，行抵老河口鎭內，陳華山夫婦回家，我和耿太太、苑君三人回到國民飯店，這時耿縣長仍坐在房中等候，我們將經過情形告知，他臉上露出驚奇之色。時已深夜，我到隔壁房子把司機喚醒，令他開車送耿縣長夫婦回縣府，我便回到房裡，關門就寢。

翌晨起身感覺異樣

次日，早上起來，盥洗後，我覺得遍體舒適，腦子靈活，行了幾步，像身輕似燕，毫不費力，比較昨日，判若兩人。我驀地想起昨宵龍王小姐令我握着她的刀背行走的事。我以前曾聽說過，凡道力高深的人，可以把他的氣功，在幾分鐘內傳給別人的，何況她是一位仙人呢。想到這裏，我心靈上萬分欣慰。一會兒，苑君到我房裏，談及昨宵的事，他說：「我們昨晚眞的遇仙了。可惜龍王小姐沒有判定我們日後的休咎，但是，她怎知我是張學良的部下，又和日本人打過仗呢？」

我說：「她是仙人啊！她對我的家世，似很明瞭，而且我握着的刀背，帶我走了一個圈子，今早起來，覺得整個人都強勁得多了。」說罷，約齊同來的人，到小館子早餐。餐後，苑君說：「我的任務和你們不同，要趕速辦理，今天便啓程了。沿途視察地理的形勢又要和各地駐軍長官洽商進勦事宜，以便早日回司令部覆命。」大家同回飯店，苑君收拾行囊，和我們辭別。苑君去後，我爲了深入研究龍王小姐的事，想和當地人士結識，以便進一步的查詢，馬上打電話給陳華山說：「我到這裏三天，還沒有拜訪過當地知名人士，現在想請你帶我去逐一拜訪，你的意思怎樣？」

陳說：「很好！我今天沒有事辦，可以陪你到各地逛逛，我馬上就來。」

他說：「曹處長！你不惜紆尊降貴，探訪我們小鎭的人，確屬難得，這裏的地方不大，我們到各處走一趟吧。」

張老丈大談陳家村

於是，我跟陳華山出門，經過一家大糧食店，他帶我進去介紹一位李先生給我認識，那位李君，是商會的副會長，坐談約一刻鐘，便告辭出門，又轉入另一街道，這裏有一間門第輝煌的舊式大宅，陳君按着門鈴，一瞬間，有一司閽人開門，陳君向他問：「張老先生在家嗎？那閽人答：「陳會長，請到客廳坐，我稟知老太爺出來。」他引我兩人到客廳，端上兩盅香茶，逕往後堂去了。這座房子很大，階前有一個大院子，栽了許多花木，壁上掛了幾張古畫，所有紅木桌椅，一望而知爲閥閱門第了。不一會，一個年約六十餘歲的老頭出來，身上穿着長衫馬褂，精神十分健旺，他見陳華山和我，趨前握手爲禮，陳君替我兩人介紹，這位張老先生，號靜庵，是前清舉人，世居老河口，是飽學多才之士，曾當過兩任知縣，入民國後，也曾出任光化縣縣議會的議長，是當地最有名望的人物。他和我談話頗久，語言風趣。至上午十一時，陳華山走到張老先生的身旁，耳語了幾句，並在桌子上寫了許多張便紙條，喚出一名僕人，叮囑他趕快分送出去。陳君對我說：「這裏的區域不大，有幾位地方紳士和商界知名人士，我和張老先生，已經請他們到三品樓晤敘，不必你勞駕往來跋涉探訪了。」說着我們便一同出門，步行至一家酒館，門前懸着「三品樓」的招牌，這招牌的三個大字，便是張靜庵先生寫的，筆勢雄勁，不愧名家手筆。我們登上二樓的大廳裏，早有數人在內，陳華山逐一替我介紹。不一會再有幾個人到來，暢談甚歡。張老先生對我說：「近年本鎭發生一宗神奇的事：一位女仙降臨陳家村一個無知無識的陳姓家裏，往來飄忽，能知過去未來的事，附近的人，都稱她爲龍王小姐。可是，和她有緣的才能會面，座中只有華山兄常常和她晤談，算是最有仙緣的人！」談到這裏，陳君便對張老先生說：「曹處長也是一位有仙緣的人呢！」他把昨宵的事，詳細說了一遍，座中諸人，均露出驚奇的眼光。張老先生說：「這一點，就足證明曹處長是個根基深厚、宅心良善、和信仰堅定的人了。」那時，筵席擺好，大家一同入席，同席的共有十二人。餚饌豐美，各人談話，都以龍王小姐作題材。張老先生說：「我世居老河口，但這種仙跡，以前沒有發生過，而且確屬實事，可惜我年逾耳順，無心問世，無意向龍王小姐查詢休咎了。」散席後，我向各人告別，陳華山飭人僱人力車送我回飯店。

抗戰時期我國出版之文學史學期刊

何多源

淞滬淪陷，廣州，武漢即代之而爲中國文化中心區，及後廣州漢口放棄，中國文化機關更大量向西南遷移，學者作家亦隨之而深入內地。於是重慶成都昆明桂林西安延安即變爲文化的重鎮。其遷移之經過，可從各地各時期出版之學術刊物表現出來。

八一三淞滬戰爭時期，文化人曾在上海貢獻其所能，用着詩歌報告文學特寫……在報章雜誌以及其他刊物發表，以激動國人愛國的情緒，保存戰爭期中的文化史料。在此時期中，小型的期刊如雨後春筍產生起來，最著者有吶喊烽火光明七月文學等。

上海淪陷後，大批文化人轉移到後方，上海文壇，一度沉寂，然而不久，上海新的文化堡壘又復建築起來，此期間有小品文半月刊離騷，此外文滙報副刊的文會，大美晨刊的早茶，大美晚報的夜光，雖不算純文藝的刊物，但包含着不少文藝作品，此後文滙報停刊文會，而繼之以純文藝性質的世紀風，於是文藝刊物逐漸發展起來。此外有申報復刊後的自由談及文藝半月刊，文藝新潮，魯迅風，紅茶半月刊，綠洲等。此種刊物雖篇幅不多，內容亦非十分精粹，但在惡劣環境包圍之下，能繼續下去，已算難能可貴了。

京滬放棄後，烽火文叢改在廣州出版。救亡日報亦由滬遷來，於是廣州文壇頓形熱鬧。

武漢，在未失陷時爲中國中部重鎮，文人蝟集，文藝半月刊戰時特刊，抗戰戲劇即於此時產生。

重慶爲中國戰時的首都，此地雖交通不便，印刷困難，但因抗戰情緒熱烈及大量文化人集中之故，文學刊物自較別處爲豐富，其中最令人注意者嘗推由武漢遷往之文藝月刊及抗戰文藝了。

香港本來是商業之區，文化水準不高的地方，但自抗戰發生以來，由內地遷來有嶺南，廣州，國民等大學，國內著名日報如大公報，申報都在此出版，文化人集中香港者也不少，於是文藝刊物便滋生起來。其中較令人注意者有大公報副刊的文藝，申報的自由談，星島報的星座。各報輪流附刊之文協周刊、大風雖非

純文藝刊物，但包含文學作品也不少。

關於史學方面，則因「抗戰以來，高等教育所受摧殘最烈。各大學與研究機關均在流離轉徙之中。然研究工作仍進行不懈，因為印刷困難，發表之成績較少。但本年一月間，吾國史學界有二篇重要的論文發表，一為錢穆君國史引論，載於益世報史學，一為繆鳳林君從國史所得的民族寶訓，載於時事新報學燈，二君為吾國少壯學者，治史能貫通大義，前述二文，發揮中國文化之特性，平易明白，洞見底蘊，洵為抗戰時期學術上有價值之貢獻」。（見張其昀抗戰建國與學術研究，大公報廿八年六月四日）

此外在抗戰期間印行之史地期刊有前述益世報副刊史學邊疆，昆明西南邊疆月刊社之西南邊疆月刊，邊聲日刊社之邊聲，西安西北史地學會之西北史地季刊，貴陽之貴州文獻季刊，北平燕大之史學年報，上海之文獻等。

茲將抗戰期間刊印之文學史學地學期刊而為作者所見者分述如下。以見此期間此種學術研究之一斑。其中為作者所知而因原刊不在，無法查考，留待日後補編之。

文學期刊

吶喊（周刊）

文學社，中流社，文季社，譯文社合編　上海文化生活社經售

民廿六年八月廿五日創刊　每冊二分

滬戰發生，文學社等同人當此非常時期，思竭棉薄，為我前方忠勇之將士，後方義憤之民衆，奮其禿筆，吶喊助威，爰集羣力，合編此刊。第一期，有十六頁。內容（一）站上各自的崗位（創刊獻詞）（二）郭源新：我翱翔在天空（詩）（三）巴金：一點感想，（四）蕭乾：不會扳槍的幹什麽好？（五）王統照：夜深沉（上海抗戰之前夕），（六）靳以：我的話，（七）黎烈文：偉大的抗戰，（八）黃源：空軍處女戰，（九）胡風：做正經事的機會，（十）茅盾：寫於神聖的炮聲中。此刊之創刊詞寫得極好，茲撮錄如下。

「大時代已經到了！民族解放的，神聖的戰爭要求每一個不願做亡國奴的人貢獻他的力量。

在這時候需要熱血，但也需要沉着；在必要的時候，人人要拿起槍來的決心，但尚未至此必要時，人人應當從容不慌不迫，站在各自的崗位上，做他應做的而且能做的工作。

我們一向從事於文化工作，在民族總動員的今日，我們應做的事，也是離不了文化，——不過是和民族獨立自由的神聖戰爭緊緊地配合起來的文化工作，我們的武器是一枝筆，我們用我們的筆，曾經畫過民族戰士英姿，也曾經描下漢奸們的醜臉譜，也曾經喊出了在××××××的同胞的憤怒，也曾經申訴着四萬萬同胞保衞祖國的決心和急不可待的熱忱，……

這都是我們所曾經做的，我們今後仍將如此做，我們的能力有限，我們不敢說我們能夠做得好，但我們相信我們工作的方向沒有錯誤！

中華民族開始怒吼了！中華民族每一個兒女趕快從容不迫地站上各自的崗位罷！

向前看！這兒有炮火，有血，有苦痛，有人類燬滅人類的悲劇；但在這炮火，這血，這苦痛，這悲劇之中，就有光明和快樂的產生，中華民族自由解放！

只有爭取獨立自由的中國，才能保障東亞的乃至世界的和平。同胞們！認識我們的光榮偉大的使命！……

和平，奮鬥，救中國！我們要用血淋淋的奮鬥來爭取光榮的和平！同胞們，站在各自的崗位，向前警戒！一百二十分的堅決，一百二十分的謹慎！」

烽火（十日刊）

巴金主編　上海西會橋三號烽火社發行　民二十六年九月五

日創刊　全年一元五角。

自從發動了神聖的抗戰，上海文學社，中流社，譯文社，文季社就聯合起來創刊這個刊物。其目的在想貢獻個人的微薄的力量，爲前方忠勇的將士和後方義憤的民衆盡一點「吶喊助威」之責，其內容有抗戰小說，散文，報告文學，詩，木刻，通信。執筆者有茅盾，巴金，碧野，錢君匋，王統照，白曙，靳以，田間………等。

上海淪陷後，此刊遷往廣州惠新東街二十號發行，由文化生活出版社經售。並出版一至十期合訂本及十一至十六期合訂本。

二十七年十月一日出版到十九期，十月廿一日廣州陷落，此刊停刊。此期載有下列文字：

巴　金：在轟炸中過的日子
容　默：空襲
李育中：戰鬥的廣州（詩）
蕪　軍：廣州受難了
孫　鈿：奴隷
蹇先艾：塘沽的三天
駱濱基：夏忙（小說）
齊　同：禁書雜感
劉火子：筆（詩）
豐子愷：警鐘
呂亮耕：西半球上的烽火
黃偉強：慘痛的回憶

文　叢（月刊）

靳以主編　文季社發行　文化生活出版社經售　民國二十七年創刊　全年二元

文叢是繼北平文學季刊，文季月刊而出版的。第一卷共六期，刊行於上海。上海陷落後，遷廣州出版第二卷。第一卷有合訂本出售，其內容有曹禺之原野（四幕劇），蕭乾之夢之谷（長篇小說），張天翼之陸寶田（中篇小說），蔡天心東北之谷（中篇小說）另有盧焚，端木蕻良，劉白羽，艾蕪，沙汀，靳以，魯彥，張天翼……等短篇小說三十篇。巴金，茅盾等散文三十餘篇，何其芳孫毓棠等詩歌十篇。

第二卷在廣州出版，民廿八年四月在桂林印合訂本。此合訂本，包含長篇小說二篇：（一）巴金之火（二）靳以之前夕。短篇小說九篇（一）碧野之夜航（二）蘆焚的無名氏（三）靳以的血的故事（四）羅淑的地上的一角（五）荃麟的海塘上………。散文有陶靜之飛行的劊子手；雨田之仇恨等十二篇。報告與速寫有錢君匋的戰地行脚；湖州在烽火中，蕭乾之三個檢查員，孫陵之紅豆的故事等十一篇。詩有新時之紅箋等十二篇。特載有巴金之紀念一個友人，黎烈文之關于羅淑，靳以之憶羅淑，雜感有豐子愷之小泉八雲在地下及傀儡。

此刊內容豐富，樓棲先生曾於大公報文藝副刊評論此刊之二卷五六期，茲撮錄如下『巴金的火和靳以的前夕，要等到續稿登完了後才能批評外。其餘的幾篇作創。都給了我以不小的愉悅和滿足。最值得推崇的是羅淑的遺著，地上的一角，這是從生活的深處發掘出來的有血東西。……靳以的血的故事，似乎是單憑故事本身的力量來控制讀者的感情；因此作者採用了叙述方式，故事的生動性自然減色得多……不過作者究竟是一個儘夠魄力來操縱文字的作家，他有打人心坎的文字，所以讀後，還是一篇滿意的作品。孫陵的紅豆的故事，是一篇美麗的散文，是一羣往陝北洛川去工作的青年的旅途生活的報告，全篇的情調有點兒「紅豆」感。麗尼的江南的記憶，是一篇優秀的散文詩，他不僅在歌頌江南，懷念江南的豐饒的土地，而且興奮地唱出了：「在每一個江南角落裡，打游擊！」此外還有幾篇散文：一文的地之子，繆崇羣的嬰和廢墟上，都有着他們嶄新的內容。』

文藝新潮（月刊）

林之材主編　上海薩坡賽路巴里二二四號文藝新潮社發行　民廿七年九月創刊　全年一元三角

此爲純文藝月刊，內容刊載創作，翻譯，木刻，漫畫，歌曲。創刊號於民二十七年九月十六日發行，載有編者之發刊詞及用工作來紀念魯迅先生；王任叔之魯迅第一篇小說，魯迅遺著：論中國木刻，巴金：給一個敬愛的友人；苗埒等論文藝大衆化，豐子愷之漫畫（救國捐）；許欽文之小說一個桃子，顧均正所譯之農民生活是這樣簡單的；孫毓棠之詩秋燈，螢，別，贈共四篇，此外尚有編者之評論第一年，靳以等散文；文壇消息等。

此刊第一卷四，五號合刊出版後，樓棲先生，曾評論之，原文載廿八年三月十日文藝欄，對於本刊內容，頗爲推許。

魯迅風（旬刊）

馮夢雲主編　上海山東路五洲書社經售　民二十八年一月創刊　全年一元

「魯迅風，是一個雜文的刊物，內容和風格都分明在追隨魯迅先生的足跡；每篇雜文都是用諷刺的筆調寫成的，雖然還沒有魯迅先生的雋永和深刻。」此乃樓棲先生評語；載民二十八年三月十一日大公報文藝欄。

此刊每期約十二頁。其創刊號有下列文字：

（一）發刊詞（二）魯迅先生書簡：論中國木刻（三）景宋：魯迅風與魯迅（四）唐弢：魯迅的雜文（五）石靈：聖誕樹下（六）關銘等偶語兩則（七）江漸離：街頭雜寫（八）桂芳：紅姑娘（九）文載道：歲寒漫筆（十）辨微：游擊戰雜感（十一）劫：檢查瑣談（十二）河靈：逆旅。

文藝（月刊）

文藝社編印　上海山東路五洲書報社總經售。全年一元

此刊前爲半月刊，由三卷一期起改爲月刊，此期內容有茅盾之問題的兩面觀（論文），許衡之泥濘（小說），羽卒之關于普希金（讀書隨筆），張質之學習（報告），葉茉之搶救上海的文藝運動（短評），移謨之翻譯之態度（短評），羅吉之喜鵲之歌，舒昂之潮（小說），蜀青之伊麗莎（詩），克木之歸航（詩），韋葉之風（散文），易默譯之火圈裡（長篇報告），敔柷之同路人（介紹）。

紅茶（文藝半月刊）

胡山源主編　上海北浙江路唐家弄四七號紅茶文藝社發行　民二十七年創刊　全年三元。

此刊內容有論文，小說，散文，詩詞，及中學生園地（收中學生文藝作品）。

壹零集（文藝月刊）

朱家駿主編　上海北京路鹽業大樓三樓四號　壹雲集文藝月刊社發行　民二十八年四月創刊　全年一元五角。

此爲純文藝月刊，內容分圖畫——木刻，論文，詩歌，小說，散文，專載等。

綠洲（中英文藝綜合月刊）

沈偉主編　上海北京路鹽業大樓三樓四號綠洲月刊社發行　民國廿八年一月創刊　全年一元二角

此刊分中英文二部，其內容有文學論文，小說，散文，詩歌，戲劇，執筆者均爲新進作家。每期約五十頁。

濤聲（文藝月刊）

郭谷尼主編　上海南京路一三八號濤聲文藝出版社發行　民廿七年創刊　全年一元二角

此刊內容有創作，譯稿，散文，詩歌，報告文學，各地通訊，青年與學生問題之討論及木刻之漫畫。撰稿者多爲青年新進作家。每期約五十頁。

民二十八年五月出版至二卷二期。

南風（月刊）

林微音主編　上海漢口路協興七樓一一七號商務出版社　二十八年五月創刊　全年二元。

此爲純文藝月刊，創刊號內容有（一）傅彥長：黑紅的水風茶（小說）（二）趙景源：詩三章（三）周樂山：墓記寫死去長子周斯道的經過，及十年來作者的生活，（四）朱維基重歸，（詩）（五）吳瑛：契珂夫的情書（六）陳歌辛：道歉（詩）（七）沙西濛：利害（小說）（八）路龍環：蛇（小說）（九）沙蕾：夜（詩）（十）邵洵美：偉仙大作品（詩）（十一）千夢：期望（詩），（十二）英，霍登著芳信譯：親愛的死者（戲劇），（十三）林微音：成熟幼稚。

文藝長城（月刊）

文藝長城社編　上海二馬路二一〇號內四〇五號潮鋒社總經售　民二十八年四月創刊　每期一角五分。

此刊「是南洋華僑愛好文藝的青年所辦的刊物，是以推動華僑文藝運動，提高華僑文化水準爲目的的純文藝刊物，」創刊號的內容，有討論南洋文藝的論文四篇，詩六篇，戲劇一篇。

輪藝（半月刊）

馬翎主編　上海山東路五洲書報社　民二十八年五月創刊全年一元二角

此刊內容分戲劇論文，劇本，小說，散文，小品，雜文，翻譯，通訊，學生習作等，作者多爲青年作家，其創刊號有（一）歐陽予倩之現階段之戲劇運動（二）林蜚之演劇與觀衆（三）周師許譯：洛麗泰陽傳（四）馬翎；反攻（劇本）（五）周衍：藝訊（六）周璐；佩佩的悲哀（七）巴彥：頭（小說）（八）啓華；浦南的烽火（九）盛沛：十幾個小伙子（學生習作）……

戰地（半月刊）

丁玲，舒羣編　漢口上海雜誌公司經售　民國廿七年發行　每期一角二分

「戰地是十六開本，三十二面，創刊號內艾思奇的論文文藝創作的三要素，對於青年作者實在是一篇很有益的文字。牠把『現實的形象』，『思想』，『情感』，這三者的作用和相互關係解釋得又淺顯又透澈。……馮乃超的文藝統一戰線的基礎，雖然是短短的『雜感』，但頗鋒利扼要。關於詩的朗誦有作曲家呂驥和詩人錫金的文學，對於這新興的運動，展開了精密的討論。作品部分，報告與通訊六篇，方面頗廣，是其優點，但觀察尚欠深入。

小說清償（白朗）寫一個東北軍人復仇心之堅決，頗見筆力，然而正惟主題太單純一點，連累到主人公的性格也太單純。長篇連載滿洲的囚徒（羅峰）雖然只登了一段，但主人公的面目已經引人注意了，板垣師團長衛兵日記，譯登得太少……（茅盾評語見文藝陣地二期）

自由中國（月刊）

盛雲遠與孫陵編　漢口　郵箱四七號　民二十七年創刊　每期一角五分。

此爲一般性的什誌，但偏重文藝方面，其所載題目以文藝爲最多。創刊號的論文有：田漢的寫實主義，周揚的抗戰時期的文學，「短篇小說四篇」老舍的洛奴，寫平津的沒有靈魂的起碼漢

[illegible]好不顧手足之情，很有刺激的。劉白羽的在艱辛裡生長，把難民車裡的形形色色告訴了我們，是詩篇似的一個速寫。孫陵的國境線上，寫東北游擊隊。報告也有四篇，就是楊朔的西戰場上，鐵紘的上海，碧碧的戰士的母親，王西彥的料車上的家庭。丁玲的彭德懷速寫的手法很好，但如果能再長些就更好。………（茅盾評語見文藝陣地一卷二期）

文藝（月刊）

胡紹軒主編　武昌三道街三十七號武漢文藝社出版　漢口雜誌公司發行　民廿七年復刊　每期二角

文藝是武漢有相當歷史的純文藝月刊。執筆者有適夷，老向，田漢，王平陵……等名作家。

彈花（半月刊）

趙清閣主編　漢口華商街一五七號彈花文藝社　民廿七年四月創刊　全年一元七角

此爲純文藝刊物。執筆者有老舍，王平陵，穆木天，王瑩，安娥，沙雁等。

文藝月刊戰時特刊（半月刊）

中國文藝社編　重慶中一路三八四號該社發行　民二十六年九月創刊　全年一元八角

此刊創刊於漢口爲十日刊，後武漢淪陷，乃遷重慶，改爲半月刊。廿七年四月一日，出版紀念全國文藝界抗敵協會成立特輯。撰稿的有老舍，王平陵，沙雁，吳漱予等。都是大會發起人，所以對於這一個會的經過，記載很詳細，而尤其是關於大會的各種文件，差不多可以說都搜羅無遺了。

二十八年二月一日在重慶出版二卷十一，十二期合刊，此期[illegible]特輯。執筆者有朱偰，舒舍予，王平陵，于右任，胡庶華，易君左，等數十人，另有梁宗岱之談抗戰詩歌，閻哲吾之怎樣編製大鼓書詞，王平陵之徵求抗戰軍歌的經歷和感想，胡紹軒之街頭劇論等。

三卷一二期合刊二十八年出版；內容有：王平陵戰時作品的現實性等論文四篇；冰瑩之在野戰醫院裡等小說二篇，李長之等短詩五篇；常任俠之勝利的史蹟長詩一篇，安娥等報告文學三篇。

易君左之杜甫居蜀（記杜少陵居蜀之事蹟），及王伯生之漢宮魂戲劇，等內容頗富。

抗戰文藝（周刊）

中華全國文藝界抗敵協會文藝編輯委員會編　重慶臨江門橫街卅三號該會發行　民廿七年創刊　全年二元二角

此刊初爲三日刊，發行於漢口，時爲廿七年五月四日。武漢淪陷後，遷重慶，於十月十五日復刊。

此刊第三卷九，十期載有馮雪峰之關於藝術大衆化（論文）黃藥眠之陳國瑞先生的一羣（小說）歐陽山之皺眉的射手（小說）羅烽之橫渡（小說），草明之戰地隨筆，楊維銓之二月四日（報告文學），王禮錫之英國文化界之援華運動。王平陵，曹葆華之短詩。王冰洋之龍鬚（散文），盧鴻基之談戰時藝術及編者之文藝簡報。

文藝陣地（半月刊）

茅盾主編　香港及重慶生活書店發行　民二十七年四月創刊　全年二元六角

此爲抗戰時期出版之內容豐美的純文藝期刊，初由漢口生活書店發行，後遷重慶，作者有茅盾，適夷，許欽文，王禮錫，穆

木天，丁玲，張天翼，王任叔，鄭振鐸，艾蕪，臧克家……等，知名作家。

此刊二卷一期爲魯迅先生逝世二周年紀念特輯。現出至第二卷十二期。到此一期止，文陣已出滿了一年。

此期內容有林煥平之論一九三八年的日本文學界，舛木人之叫爸爸回來（小說），魏伯之丹河之流，（報告），慶鈞之祖國的愛（報告），駱濱基之東戰場的別働隊。周文之救亡者（小說），趙如琳之轉機（獨幕劇）。黃繩之評希伯先生（書評），江裳之走難民行等詩歌，陳烟橋之我們的騎士（木刻），符羅飛粉畫二幅。

文藝戰線（月刊）

周揚主編　陝西延安文藝戰線社印行　民廿八年創刊　每期二角。

此刊的內容，文俞先生曾爲文於文協四期加以論評；「此刊是文壇一支新建的大軍團，和抗戰文藝，文藝陣地，同是站在第一線，代表了文藝的最高水準，在創刊號刊的艾思奇的論文抗戰文藝的動向，和周揚的發刊詞，『我們的態度都是很精萃的，前者是我們的等候了許久的新哲學家的對文壇的指引，後者就是文藝戰線的標誌，都對於當前文藝動向有所批判和指示，創作方面，從劉白羽的五台山下和野蕻之新墾地中，我們吸着瀰漫盈溢的新氣息，邊區活躍的新氣息，……柯仲平的長詩平漢路工人破壞大隊的產生，這幾千行的叙事詩，可說是替詩壇開路的坦克車，……』

本刊第二期於本年三月出版，內容有（一）沙汀之聯保主任的消遣，嚴文井之兒子與父親，李威深之火車司機等小說三篇。（二）周揚之從民族解放運動中來看新文學的發展及何畏之我們要奮力渡過抗戰的難關等論文。（三）何其芳之日本的悲劇等報告文學三篇，（四）劉白羽記范築先先生。（五）胡考之陳二石頭（演講文學）（六）卡琳如之慰勞信（詩歌）等三篇（七）張振亞之評田間近作（書評）沃淸木刻二幅。

文藝（副刊）

（香港大公報副刊）　蕭乾主編　香港皇后大道中大公報社發行　每月港幣六角

大公報創刊於淸光緒二十八年（一九〇二），發行於天津，民二十五年，北方外患日亟，乃移總公司於上海發行，民廿六年盧溝橋之變，平津淪陷，天津報自動停刊，未幾，八一三戰起，上海與各地，亦交通阻斷，該報爲應全國廣大的需求，乃遷津舘於漢口，於九一八出版，上海報則撑持至滬市淪陷以後，終因拒絕非法檢查而停刊，此爲民二十六年十二月十四日之事。廿七年八月十三日，該報感覺廣東在全國抗戰期間之重要，乃擇商業上便利之香港發行香港版。

此文藝副刊遂於八一三滬戰週年紀念日與華南讀者見面，此刊發刊經有多年，在港復刊時爲三百九十五期，編者於復刊詞中，曾說明此刊之內容與使命。

「在太平年月，幾年來本刊曾堅持一個消極，但是嚴謹的傳統，我們從不登萎靡文章，時至今日，這個原則自然已不夠了；我們應做的是怎樣把文字變成見識，信念，和力量——比吶喊更切實的力量……我們以爲文藝作品應當向；（一）多方面發展。戰爭也許是最尖銳的，但不是唯一的題材……（二）實地的。我們以爲前方工作的朋友自然要努力寫比鐵流更雄偉的作品，且不必拘於任何過去形式……（三）反省的……在戰爭爆發之期，作家們唯恐同胞信念不堅，寫了許多歌頌戰爭的文筆，原極自然，但眼看這戰爭是一個悠長而且艱苦的，僅是歌頌，自不夠了……所以此刊今後內容，力求廣泛，對作品題材絕無歧視。且創作翻譯，同時並重。對抗戰時期的討論文章，亦極歡迎。在這凡非漢奸俱是知己的時期，我們對爭論文字也不惜篇幅，此外木刻漫畫

復刊期登載有（一）沈從文之湘西，此地係作者之故鄉，那裡，不但天產豐富，人情淳樸，兼有大江南北的綺麗與雄壯，且為苗漢雜居的地方。當此敵人步步深入的時候，湘西確為抗戰期間的重鎮，作者曾於廿六年冬返故鄉一行，此文乃記述其在湘西所聞所見。（二）巴金之在轟炸中過的日子（三）靳以的八一三，俱屬散文，第二期載有（一）茅盾的追記一頁，寫戰時上海前夕之情形，（二）續登湘西（三）孖用譯馬利查河奔騰着（保加利亞國歌）。（四）止默之閘北孤軍，第六期載余克之抗戰一年來之上海劇壇。第八，九，十三期係來自戰地特刊。均係由馳騁前方的作家寄來之作品：有陳毅之最近的山西，劉白羽之西北線上。軻華川口鎮之役，烈華：羅王血戰記。

文協（週刊）

全國文藝界協會香港分會編　香港郵箱七七一號發行每期逢星期一在香港大公，珠江，申報，星島，各副刊輪流附刊，　民二十八年創刊。

此刊內容分（一）文藝短論（二）作品批評（三）會員通訊（四）文壇消息（五）會務報告。

民廿八年六月十二日在申報副刊出版第七期，內容有老舍之抗戰中的中國文藝，黃繩論抗戰文藝批評的弱點，文俞的讀華北前線，犀生的文藝情報。

星座副刊

星島日報星座編輯部編，香港灣仔道該報發行　民二十七年八月一日創刊每月八角

此刊每日刊行，為綜合性的副刊，但偏重於文藝方面，其創刊號有施蟄存之小說：進城，茅盾之論文：宣傳和事實，郁達夫之抗戰周年，羅洪之期待着第一響槍聲，徐訏的詩初夏在孤島，

柯可之抗戰春秋芻議。

自由談（香港申報副刊）

香港申報編輯部編，香港雲咸街發行，民二十七年十二月五日復刊　每月五角

自由談係上海申報歷史悠久之副刊，申報於廿七年四月遷港復刊，因篇幅關係，未將此副刊刊印，迨十二月五日，該報擴充篇幅，此副刊乃復刊，此刊雖為綜合性的刊物，但內容偏重文藝方面，其復刊號有適夷之人生的奇景，蔡楚生之彷徨的一夜，林煥平之防空演習，均係散文，此外有沈逸千之寶安逃出之民婦（漫畫）

大風（十日刊）

陸丹林主編香港皇后大道中卅三號三樓大風社發行　民二十七年三月創刊　全年三元。

自盧溝橋事變發生，全面抗戰開始，沿海各省，相繼失陷，文化事業，最受摧殘，大風社同人在香港創辦此刊。其性質雖非純文藝之刊物，但偏近文學方面為多。內容共分十三類：（一）風雨談類：以簡約之文字，犀利之筆，評論國家大事，或社會要事（二）專著：載專家學者之文章（三）叢譯：介紹外國名著或特寫文章（四）史實掌故（五）文藝：包括詩歌小說，劇本，或選譯或創作（六）通訊：載各地通訊，尤注重戰地通信，抗戰實錄，（七）人鏡：載人物之生平事蹟（八）抒情小品（九）書評（十）圖畫—插圖，漫畫（十一）新聞屑：搜集古今中外奇逸趣妙：小新聞。（十二）天下事：暢論國際大事。（十三）耳邊風：載簡又文個人所見所聞，所讀所知……的一切事事物物，其性質有類作者之東南西北風。

創刊號內容有：（一）簡又文之大風起兮（發刊詞）（二）陶亢德之偉大的國民（三）陸丹林之自由與忌憚（四）葉恭綽：

研究西南文化應有的概念（五）雷迅，抗戰的情緒（六）謝冰瑩：戰士底手（七）老舍，到武漢後（八）郭鏡秋，變了地獸的天堂—蘇州（九）張春風，夢遊北平（十）雲飛揚，一個日本女作家的戰地通訊（十一）馮自由：記張靜江（十二）朱樸，張發奎瑣記（十二）都零，漢奸列傳附圖（十三）丹荔，抗戰詩話（十四）幹明，多瑙河畔的德奧風雲。

此刊出至廿三期停刊，迨民廿七年十二月復刊，繼續刊印廿四期。

文學年報（第四期）

燕京大學國文學會編印北平隆福寺街文奎堂經售　民二十七年四月出版

此刊創刊於二十一年，其性質偏重於文學研究，此爲第四期，內容有（一）郭紹虞之朱子之文學批評（二）何蟠飛之元義山詩的作風（三）楊明照之九鼎攷畧及劉子斠注（四）余煥棟之王漁洋神韻說之分析（五）董璠之四阿含中的龍（六）容庚之記翁樹培古泉彙攷及古泉彙（七）黃如文弇州先生文學年表（八）吳興之華唐詩初裁書後。

抗戰戲劇（半月刊）

田漢與馬祥彥編　漢口湖北街　華中圖書公司發行　民二十六年創刊　全年二元

此刊內容分三部（一）論文（二）劇本（三）通信，其中以劇本所佔篇幅爲多，撰稿者多爲名作家，現時各地演之抗戰名戲，多係此刊載之劇本。

戲劇雜誌（月刊）

柳木森主編　上海愛多亞路浦東大樓五一九號　戲劇雜誌社發行　民二十七年創刊　全年一元五角。

此刊內容分二部一爲研究新戲劇之論文，二爲新劇本，作者有歐陽予倩，唐槐秋，夏衍，袁牧之……等知名作家，每期約五十頁。

戰事藝術（半月刊）

桂林戰事藝術半月刊社編印　民二十七年創刊　每期五分

「我所見的是一二兩期，每期有短論，速寫，詩，以及關於舞台藝術的有系統的文字。第二期中，雁沙的把筆端觸到後方種種，指出了「前方值得我們寫的種種固然豐富，而後方值得我們寫的也並不見得會比前方的貧乏。」……吳珍瑞的發動職業劇人來參加抗日救亡工作是一個切實建議。這一問題，可以從兩方面看：第一職業劇人們，還沒有積極參加抗日救亡工作，這是抗日救亡力量的一種損失；二有些職業劇人現在也常常演些新編的抗日救亡戲了，然而戲的內容是不盡能夠正確的，頗有混亂民衆認識的危險。所以發動職業劇人，組織他們，供給他們好的新編劇本，在今日實在是刻不容緩的一件事，這是所謂職業劇人，主要是舊戲演員。彭世植的關於改良舊戲的一點意見，也是一篇有研究有灼見的文字。……戰時藝術是地方性的有力刊物，所以對於當地的抗戰運動一定能起很大的推動的作用。牠將成爲廣西方面抗戰文藝運動的一個戰鬥單位。」——茅盾文藝陣地一卷二期。

戰歌月刊

昆明救亡詩歌社編印，民廿七年八月創刊。

「這是一份難得的詩與詩的理論的定期刊，第一期有穆木天，羅鐵鷹，澀波……等創作詩和馬于華的論文朗誦詩的本質及運用，第二期爲九一八特輯，其中『怎樣發展淪陷區之詩歌戰鬥』，是很重要的一篇方案，第三，四期中，最切實的一篇理論是穆木天，論詩歌朗誦運動，此外值得介紹的是海燕的我們需要諷刺

詩，及徐嘉瑞的高蘭的朗誦詩，文藝陣地二卷十一期。

史學期刊

史學年報（十周年紀念特刊）

燕京大學 歷史學會編 北平燕京大學歷史學系

民二十七年二月出版 一元四角

史學年報，創刊於民國十七年七月，撰稿均爲該系教授及學生，內容豐富，此爲二卷五期，即十周年紀念特刊。載有論文二十六篇，凡五十萬言，均爲精心結撰之作，其細目如下：

閻貞憲先生遺稿五種 洪 業
宋代制舉考畧 聶崇岐
匕器考釋 曹詩成
卜辭所見之殷代家族制度 葛啓揚
清代東三省移民與開墾 劉選民
願亭林之經濟思想 熊德元
戰國宰相表 齊思和
清三通之研究 王鐘翰
近代湖南人中之蠻族血統 譚其驤
官制沿革備論（論秦以後無眞宰相上） 鄧之誠
英法聯軍佔據廣州始末 陸欽墀
西力東漸與日本開國經過 蕭正誼
英國與門戶開放政策之起源 何炳棣
孱守齋日記 張爾田
張孟劬先生遯堪書題 王鐘翰錄
中國地方志綜錄補志 朱士嘉
燕京大學圖書館善本方志題記 朱士嘉
讀漢金文小記 顧庭龍
經籍要目答問 容 媛
德氏前漢書譯注訂正 王伊同
清史稿纂修之經過 張爾田講稿 王鐘翰序錄
書評
書議覆條陳築路奏疏後 趙豐由
蒙著元代社會階級制度 杜 治
賈著中國舊史學 朱士嘉
包著歐洲最近擴軍問題 劉子建
史學年報十年來之回顧 齊思和

史學副刊

昆明才盛巷二號史學社編 附刊於益世報 昆明圓通街益世報社發行 每月一元

民廿八年五月三十日出版至十二期，本朝載有（一）張維華之羅刹又名老羌或老槍。按羅刹係清初東北一大邊患，順治康熙間數勞師征剿。羅刹爲官書中常見之名，而流俗或稱曰老羌又或稱曰老槍。（二）張連懋之袁樹五先生傳，袁樹五諱嘉穀，號屏山，別字樹國，樹五其字也。雲南人。著有臥雪堂文集二十二卷，詩集十二集，滇繹四卷，漢孟季王居碑題跋一卷，臥雪詩話八卷，湖月集一卷等。（三）史學消息。

邊疆周刊

張亞山主編 每週附刊於昆明益世報 昆明圓通街益世報社發行 每月一元

民廿八年五月廿二日出版至二十二期，此期內容載有楊力行之湘西南的苗浧和屯政及方豪之關於國家，民族，華北，華南，等名詞之討論，五月廿九日出版二十三期種此期載有顧頡剛先生之續論中華民族是一個，答費孝通先生。

邊聲（月刊）

邊聲月刊編印　民二十七年六月創刊　全年一元五角

「本刊內容分論著，邊情紀述，中外大事述評，邊疆消息彙誌，雜俎，文藝等欄。第一期論著各篇內容大異如下。(一)王文萱：清代蒙古地方政府之研究，(二)鄒超盤：抗戰下西北的安危與回民，(三)赤峯：解決苗民問題意見種種，(四)王風喈章育才：我國邊疆教育推進之途徑，(五)張興魁：青海民界教育漫談，(六)馬裕恒黃協中記錄民衆訓練的理論(係吳鑄人在蒙藏學校之講演詞)，(七)湯吉和美國最近的遠東政策，(八)王孟鄰譯英國與遠東，邊情記述五篇，關於貴陽者一篇，青海二篇，內外蒙古各一篇。」引自圖書季刊新一號。

西南邊疆（月刊）

昆明西南邊疆月刊社編印　民二十七年十月創刊

昆明昆華民衆教育館發行　全年二元

本刊撰人多係對於西南邊疆問題具有特別興趣者，主旨以學述研究爲立場，介紹西南邊疆之一切於國人，已出三期，每期面數在一百左右。

創刊號有論文七篇：(一)胡煥庸國防後方的四川，(二)凌純聲孟定——滇邊一個瘴區的地理研究，(三)熊秉信雲南金河上遊之地文與人文，(四)楚圖南中國西南民族神話的研究，(五)聞宥論 Pollark Script，(六)吳宗濟調查西南民族語言管見，(七)江應樑雲南西部㺭夷民族之經濟社會。行記一篇：方國瑜班洪風土記，書評三編，皆係有邊關疆之書誌。

第二期有論文六篇：(一凌民復建設西南邊疆的重要，(二)何璉瀾滄孟連公鷄廠鉛銀鑛產，(三)張鳳岐一個原始農業生產的邊區——車里，(四)江應樑㺭夷民族之家族組織及婚姻制度，(五)芮逸夫西南民族語文教育芻議，(六)吳宗濟拼音文字與西南邊民教育，(七)楚圖南中國西南民族神話的研究(續)行記者一篇，方國瑜班洪風土記。

第三期有論文六篇，(一)鄒序儒戰時邊篇移墾事業，(二)胡煥庸交通革命中之雲南，(三)后晉修思茅瘧疾及其流行之初步研究，(四)張鳳岐瘴瘧與雲南人口，(五)董彥堂㺭夷歷法考源，(六)馬學良湘黔夷語掇拾，邊訊一篇，彭桂萼西南極邊六縣局概況，書評一篇。

所載論文，關於雲南者居多，材料多數由實際調查得來，(引自圖書季刊新一號)。

西北史地季刊

陝西西安西北史地學會編　西安粮道巷公字三號該會發行

民二十七年二月創刊　每期一角

「西北史地學會組織，發動在七七事變之前，因爲種種關係，這個季刊去年二月才創刊，該會於負担研究西北史地的責任之外，還想聯合各地同志，以廉恥風節相砥礪，組成一個很大的講學團體，當此寇已深入的時候，是很需要的。

本期除汪青及徐炳昶氏卷頭語和導言外，收論文凡十三篇，其作者如張鵬一，吳廷錫，劉愼諤，黃文弼，李儼，王金紱，何士驥諸君，大抵爲知名之士，計讀史記周本紀秦滅西戎爲中國開拓西北邊疆之先，禹貢雍州範圍之擴大，秦代得陳寶之推測，兩漢通西域節路線之變遷，唐代算學史，長安魚化寨新石器時代的遺址等文，都是關於古代史地的考證研究的，其關於現代地理研究的，僅兩篇，即中國西北之植物地理及外蒙達爾哈特區域之現狀及其民族之由來，似乎失之過少，諸篇文字，都是值得一讀者。」引自圖書季刊新一號。

貴州文獻季刊

貴陽慈善巷貴州文獻徵輯館編印　民二十七年五月創刊　全年四元

本刊以闡述黔省文獻及刊布貴州先賢未印行稿爲宗旨，本期

共三百餘面，凡撰著十篇，遺作二篇，文錄十篇，詩詞三篇，及館務紀要十四則，撰著內容，畧如下述：（一）任可澄牂牁江考，（二）文宗潞貴州省山脈概說，（三）李獨青明史何騰蛟傳考異，（四）萬大章貴州史地叢考，（五）龍汝鈞周桐埜評傳（六）楊萬選苗族考，（七）陳德謙春蕪詞評述，（七）鄒國彬章州土司沿革考，（九）凌惕安鄭出尹先生年譜（十）柴筱樓貴州名勝考畧」。（引自圖書季刊新一號）

文獻（月刊）

文獻叢刊社編　上海甯波路一三〇號中華大學圖書公司發行

民國廿七年十月創刊　全年六元三角

自民國二十六年七月七日全國抗戰以來迄今將達兩載，此次戰爭為前古未有。而關係民族存亡之戰爭，其抗戰之事跡，實為極可珍貴之史料。惟歷史陳跡，最易消失，其資料苟不及時蒐集，瞬息即逝，如中國歷次對外戰爭，如甲午之役，一二八之役，史料之遺留者，實不多睹。

現在首先注意保存此種歷料者，當推昆明之國立北平圖書館，凡中文，日文，以及歐美出版之日報，通訊社稿，戰時通訊員之報告，淪陷區內之通信，均在搜羅之列，就其搜集抗戰文獻之資料言之，可分為下列十四類：（一）新聞紙（二）期刊雜誌（三）學術團體及民衆團體之刊物（四）私人記載信札及日記（五）政府公報及官書（六）各種情報（七）秘密軍事報告（八）書籍及小冊子（九）布告宣言及傳單（十）地圖及統計圖表（十一）照片及電影片（十二）各種宣傳品（包括偽組織之公報及日報）（十三）醫藥防疫賑災等救護團體之文件及報告（十四）戰時前方後方服務之各公共團體報告。

國立北平圖書館專門人材衆多，經費充裕，且為國立學術機關，搜集此史料以供給歷史家及學者之利用參考，至為適當。

除北平圖書館外，從事搜集整理此種史料，尚有嶺南大學圖書館，廣州大學圖書館，此二館會將各種日報剪貼，分類保存，廣州大學，則至今繼續不懈，將來利用日報材料以便搜尋抗戰史料者必感異常便利。

此外刊載抗戰史料，按月輯成一冊者有上海出版之文獻，此刊創刊於民國二十七年十月，每月輯印每一問題之若干材料，此種資料多從日報剪錄而來。現已出版至第八期，一至四期另有合訂本出售。在此數期中，有「蔣委員長抗戰言論」「抗戰將領言論特輯」「保衛大武漢特輯」「國民參政會大會特輯」「六中全會特輯」「汪精衛撤職的經過」「每月戰況」「游擊區紀事」「戰時特寫」「世界動態」「經濟動態」「文化特輯」「大事記」。第五期至第八期有「五中全會文獻全錄」「一二八抗戰七週年特輯」「中國的新省西康」「國民精神總動員綱領及其實施辦法特輯」「日軍佔入海南島特輯」「第三次全國教育會議特輯」「第二次地方金融特輯」「蘇聯第十八屆聯共代表大會報告」「中國後方的經濟建設等」。附冊另有「藝術文獻」「婦女文獻」。

此刊除輯錄史料外，尚有論文特稿，其較有價值者有卷一鷹隼之甲午之戰與中國文學，卷三鷹隼之從百年來對外戰爭論抗戰勝利等。

各期，材料尚屬豐富，但距完善之域仍遠，茲畧舉其缺點如下：（一）取材只限於本國日報，期刊，（二）中國政府公報各部院之工作報告書如農本局業務報告，國立編譯館舛刊，教育部工作報告完全未有利用（三）中立國之期刊日報絕少引用（四）日本出版之日報期刊年鑑，未嘗利用，此種材料如善於引用，則日本自開戰以來之情勢如何，可以知曉（五）刊載之材料不注明來源。

又此刊發刊於二十七年十月距抗戰開始之時十有五月，迨抗戰完成後，頗有難成全史之憾，是以該社決定除繼續發行新卷帙外，一面補刊十五卷，始自蘆溝橋事變，至新卷帙發行之前一月止，此乃學術界所亟需而希望此種工作早日完成也。

胡政之與大公報

陳紀瀅

（十）

三五、抗戰爆發

民國二十六年七月七日，日軍藉口丟失了一名士兵，攻擊宛平縣的盧溝橋。於是引導八年抗戰，全國犧牲無算，在歷史上鑄成「七七事變」、「盧溝橋事變」、「抗戰勝利」及「日本無條件投降」等等名詞。

日軍攻擊宛平縣的消息，七月八日下午傳遍全國。那時大光報正是走投無路，處於極艱困的環境。報館已於那年春天由漢潤里遷到府石街一個小里份內，偪促一隅，完全爲了省錢。好友王星岷兄在武漢日報待了不到半年，便因病去世。發殯之日，最傷心的是我們原在哈爾濱的幾個老友。原來大家都想在喜劇中扮演一名角色，却不料因計算不週，先讓我們的老友以悲劇下場。他的夫人於他去世未久，也懸樑自盡，算是悲劇的外一章。痛上加痛，給予朋友的教訓至多。大光報裁員減政，衆友紛紛離去，與開幕時光相較，盛衰顯然，一種凄凉的景況，令人酸鼻。編輯部原來有一、二十人，那時只賸下四、五人，編要聞及本市新聞的，只由二人包辦。羅蓀一人照顧所有副刊，我既是總編輯，又是總主筆。每天總要寫一編社論，還要熬夜看大樣。我們讓惜夢兄一人獨到南京，去向中央求援，希望能獲一線轉機，使報館繼續下去。可是惜夢兄去了匝月，不見有一點好消息傳來。但是我們幾個好友會商結果，一定苦撑等他回來。就在七月八日下午，我們突然得到中日兩國在盧溝橋打起來的消息，起初是驚惶，後來是懷疑，等到半夜，又傳來日軍續行攻打北平消息之後，才曉得這絕非偶然事件，軍事行動一定要繼續了。我根據初步消息，寫了一篇社論，分析日軍的動作，與密切注意其發展。

七月九日，日軍又圍攻天津。關東軍及日本國內也發出增援華北的種種消息，我們才敢判斷事態擴大了。

我一連幾天寫文章，向讀者剖析日軍的動作及論我們應付之方，同時呼籲社會人士要做心理準備及安全措施。那時我們雖然還沒有看到抗戰將有八年之久，惟一旦打起來短時不能了，是顯而易見的。戰火將漫延到華中，也是可預見的。

我每天寫二、三千字既有理性又有煽動力的文章，再加戰事消息隨時變化，連着出了幾次號外，報紙銷路，突然大增。幹報館的不會幸災樂禍，但時局緊張，却

胡政之（霖）先生遺像

是辦報的好時刻。我們一面注意新聞的收集、編排，標題也力求顯著。看看那幾天的情形，大光報不說從此有了絕對轉機，至少營業會好起來，勉強可應付支銷，不會如從前按天拿現欵去買印報紙，一次可買一星期的紙張了。

惜夢兄也在七月中旬由南京趕回來。他見了這種情形，也大為高興。

約在八月中旬（八一三後數日），季鸞先生帶領曹谷冰、孔昭凱及李清芳三、五人，自上海乘車間道來到漢口。他們馬上與惜夢兄跟我接觸。季鸞先生一見我們，劈頭就說：

「你們辦報辦得也相當辛苦。你們跟谷冰研究研究，看看能不能跟大公報合作？」

就這麼一句話，第二天，惜夢兄便跟谷冰兄面對面研究合作辦法。如果惜夢兄要堅持維持大光報繼續下去，此刻並非不可能。至少業務情形可轉好。不過如果大公報一出版，包括武漢日報與掃蕩報，所有地方報都將受影響，則毫無疑問。而當時大公報若想在武漢置一套印刷機器，容易得很，有的是印刷廠要出頂。一者惜夢兄兩年來為辦大光報飽經憂患，已深感疲乏，他個人已動搖再撑下去的決心；二者他商之於我，我稍加分析，就勸他乘機會把全部生財讓與大公報，既解決了大光報也就是他自己的困難，又成全了大公報，還敦睦了多年師友之情，一舉數得，何樂而不為？惜夢兄經過一番考慮，遂毅然聽從我的話，願意將全部生財，以最低價格，讓渡於大公報。據我記憶，三部平版機、全套字模、兩部鑄字爐、砌紙機、打版機等，全部作價六千銀圓。另一部份所欠工資，也由大公報代為付清。整個用費不到一萬元，大公報就很輕易地把大光報的資產接盤下來，說起來，兩合算。

自民國二十四年三月一日起，至二十六年八月下旬止，大光報託庇大公報的餘蔭，在漢口出版了兩年又五個月，對於促進當地報紙進步之外，最大貢獻恐怕莫過於生財、人手讓渡於大公報了。

正好原來的漢潤里辦公與工廠舊址，還未租出去，大公報又把它承租下來，工廠與辦公室遷回，一切恢復了舊觀，尤其自天津來的三十幾名工人，重新回到舊主名下，歡欣之狀，莫可言宣。世事多變，但這樣變，誰也料不到。默默中，好像我們都當了大公報的前鋒。

大約谷冰兄與惜夢兄商得有眉目的當日，谷冰兄就到漢景街郵局來看我。我在前半年，才由江漢路郵局局長職位調到漢景街郵局局長職位。漢景街也是個支局，但是第一支局，規模大些，有襄辦五、六人，前者僅有三人。

谷冰兄說是奉季鸞先生之命，請我回報館幫忙的。

我謝了他的盛意，但說：「我這兩年幫惜夢兄的忙，的確很吃力。只因有友情，一切都沒有顧到。實在應乘機會休息休息。何況我還是個小小郵局長？」

谷冰兄告訴我，天津館的人正在途中，上海館能出來幾個，還不知道。此刻若出報，人手很缺乏，急需我幫忙。

我答應次日去親見季鸞先生面談。

季鸞先生一見我就說：「這回你可跑不了！」然後他把開創漢版所面臨的困難，一一向我說明。並且說：「不管將來誰來，你這回不能再有託詞，幫忙到底吧！」我又把我的處境與一個支局長的責任，說與他聽。季鸞先生聽了，也十分同情。他又憶起民國二十二年對我說的那些話，也不禁感慨地說：「這個年頭兒，一切事業無法規畫，就是規畫了也不見得完全實行。幸虧你沒留在天津，不然今天又不是跟我們逃難？」「不，張先生，是我沒有勇氣！但您幾位的盛情我永銘在心。」我說。

然後他歸結說道：「你照常當你的郵局長，晚上到報館來上班編報。請你負責編副刊，暫時再幫忙編編本市版。有什麼臨時採訪，再說。」季鸞先生這樣誠摯地表示，我無法再拒絕。遂辭別了他，去惜夢兄處說明經過，也取得了他的諒解。這是我重歸建制的開始。

於是在我每天八小時繁重工作之後，

跑到漢潤里報館幫忙籌備工作。連遷工廠帶佈置新編輯部，一共僅兩週，就大致就緒。在試版期間，只有季鸞先生、谷冰、昭愷二兄和我共四人，支持一個一張版面的編輯工作。彼時武漢一般報紙也因紙張缺乏，減爲出張半。季鸞先生仍寫社評。谷冰與昭愷二兄分任國內外要聞編輯，我負責本市新聞及副刊，臨時請了一位校對先生。谷冰兄白天還要照顧經理部。發行廣告及門市業務由李清芳兄獨力支撐。好在排字房及印刷房可完全操作勝任愉快。

我臨時拉了幾天的副刊的名稱，我說：「是否還叫『小公園』，或是『文藝』？」季鸞先生經我一問，他就走到我的辦公桌前，一面沉思落坐，一面執筆在一張白紙上，慢慢地寫下「戰線」二字。「現是是抗戰了，咱們得改改方向，今後副刊不一定非純文藝性的稿件才要，所有文章不能與時代脫節。」

季鸞先生把他寫的「戰線」兩個交與我後，問我：「現在武漢報紙副刊多少錢一千字？」我答：「一元到二元。」他說：「咱們三元到四元。不要苛待作家。」又提示了我這項原則。然後我又請示：「可不可就用張先生寫的這兩個字製鋅版做副刊報楣？」他答：「你還是讓清芳另寫兩個字去吧！」我說：「難得張先生親筆寫下這兩個挺拔遒勁的字，我要先用個時期。」我見他沒有完全拒絕之意，遂叫人去製版。

試版三月，成績甚佳。於是訂那年九月十八日在漢發刊。季鸞先生親撰兩篇社評，以與武漢及華中讀者相見。

第一篇「本報在漢出版的聲明」，另一篇「九一八紀念論抗戰前途」，前者原文如下：

我們原是天津報，從去年四月在津、滬兩地發行。十餘年來，承全國同胞的厚愛，得以成長發達。此次平津淪陷，我們在天津停版了，接着上海戰起，上海本報也郵遞困難。在這國家興亡的關頭，我們的報竟不能與全國多數省區的讀者相見，這是我們同人非常慚愧的。

因此我們決定一面維持滬報，一面在漢口出版，從今天起，在滬漢兩地同時發行。漢口版的號數，是繼續天津上月五日停版的號數。當此在漢口出版的第一日，我們願向讀者諸君聲明幾點。第一，我們向來是營業獨立的報紙，但經此國難，已經將多年的經濟基礎犧牲了。天津的機器，未得運出來，紙料也缺乏。現時在漢出版，設備簡陋，一切不夠用。我們希望漸漸的能夠充實起來，同時則盼望向來各地愛讀本報的諸君，特別原諒，特別援助。武漢三鎮的各界諸君，多年是同情本報的，今後尤其盼望各位加以庇護指導。第二，本報遵照中央命令，並實際因紙料的奇缺，每日只出一大張。但我們要竭盡心血，使這一張紙與大家有用。我們要儘可能搜集戰地確信，並加以正當的批評觀察，要儘可能集中全國各界權威的救國高見。同時我們自己對於外交政治經濟等不斷的貢獻意見，以求裨益於全國持久抗戰的前途。

第三，我們這一張紙，希望全國各界充分利用，懇求知識權威充分合作。我們尤其盼望平津流亡學生，留日歸國學生，以及龐大文化界，在前線或後方作各項工作的各位，與我們保持聯絡，給我們投稿或通信。我們懇求各專家，在我們這一張報紙上，共同討論許多戰事的專門問題。

我們自己想對前線與後方軍民說的話也很多，從今天起，陸續發表。希望各位同過去一樣，指教我們，愛護我們，那就感激不盡了。

×　×　×

發刊那天正是「九一八」六週年紀念日。自民國二十年九一八瀋陽事變發生，每年這個日子便成了全國軍民恥辱、悲憤的紀念日，各大都市無不舉行紀念會，以資警惕。抗戰發生了，這個紀念日，更加重了意義，尤其上海瀕於淪陷，日軍從瀏河與杭州灣登陸，要繞道向南京推進的前夕，以武漢爲軍政大本營的情勢下，「九一八」六週年紀念日，已定於當日上午假漢口市特二區三教街上海大戲院擴大舉行。大公報趁創刊之日，發表了一篇最沉痛

、最週詳的紀念詞，題目是「九一八紀念日論抗戰前途」，原文如後：

今天是九一八的六週紀念日，年年此日，煩惱愁悶，慨歎呻吟，今年今日，却已展開了壯烈的血戰，以淸算六年來日本侵畧中國的恥辱。

九一八到今天，中國民族一直在羞辱中過日子。國民的情緒，一天天的沸騰，到前年冬天北方危急之時，業已沸騰到達極點，甚至一部分人懷疑到政府國策。現在抗戰展開，這一個多月以來，在南北戰塲的壯烈血戰中，我們的陸軍空軍都表現了優良的成績，比五年前增高幾倍的戰鬥力量。政府國策的效果，國民團結的進步，皆於此大明。但是國民要了解，這戰事也決不是中國所挑動的，多年來我們的政府實在不放棄和平的期望，雖在加緊戒備之中，能忍儘忍，此次忍到無可退了，纔不得已而應戰。

日本在政畧上，現在已陷於不可挽回的失敗，南北任何局部戰鬥的一時得失，與全局並不相干。何以言之？第一，中國早已決定在任何情形下，斷不屈服，換句話說，中國民族今天對日本軍閥只兩句話：或者你們全佔了去，或者你們全吐出來！中國已決心不容零碎分割，要麽全征服，要麽全解放。所有九一八以來日本所用的一切辱華欺華名辭「特殊化」、「明朗化」、「局部化」、「自治化」一類話頭，中國決心再不讓不理。只是犧牲拚命，拚到中國完全自由獨立之日爲止。中國這種決心，實在是對貪婪殘暴的日本軍閥的一個重大打擊，而竟使中國不得已而下了這種最後決心，無疑的便是日本對世界對亞洲政畧上一個重大失敗。國民要記得！可憐的中國，在盧溝橋事變發生以後，我們政府對於所謂局部解決的最初三項，並且准許了，但是依然不行。不多幾日，故都北平就被佔，天津就被毀了，而且接着就攻平綏，打上海了。 蔣委員長多年負國家重任，謹愼又謹愼，小心又小心，愛軍士，愛人民，天天渴望着和平建設，只要日本軍閥給獨立完整的中國留一點路，我政府是斷不肯輕於決裂的。但是 蔣先生在盧山早就說過：「一到了最後關頭，中國一定要打到底，斷不能中途屈服妥協，因爲那就要接受亡國條件，就等於投降。」

這一月來展開的壯烈血戰，就是 蔣先生盧山演說的實行。 蔣先生這種忠誠堅決的精神，代表了整個民族，貫徹到全國軍隊。現在國民黨陣營內全國軍人一致奮鬥，不屈不撓，所有部隊，完全在同一精神與信念之下，爲祖國效死。請看這一月來的各戰塲任何部隊都是寧死不退！每一士兵都明白覺悟其責任，知道犧牲有極高代價。這樣精神統一，這樣犧牲壯烈的對外戰爭，中國歷史上是第一次。這沒有別的，就是共同認識犧牲必得勝利，屈服就是亡國！中國民族這樣決心，今後在任何情形下，斷不變更，那麽日本軍閥憑甚麽能征服中國？所以日本不論怎麽兇橫，在政畧上業已一敗塗地了。

第二，中國這樣大規模的抗戰，當然有苦痛，戰事延長的苦痛自多。但是不要怕！因爲中國打仗，只這一次，無論怎樣苦，這一戰之後，中國永遠再無戰事。換句話說，我們軍民這一次的犧牲，就換得來全民族子子孫孫的永遠的自由。這樣犧牲的代價是何等高貴呢？中國在世界上只有這個敵人，而且與日本爲敵，也只是這一時，並且眞正的敵人只是日本軍閥，不是日本民衆。所以我們只要將這一仗打完，就永享和平幸福。日本却不然，他的軍備固然爲征服中國，也同時爲對付世界。所以和中國爲敵，打這樣血戰，敗也是敗，勝也是敗。因爲實力已減退，經濟日動搖，對華商業喪失，世界市塲被奪。所以在中國越糾纏越深入，他對世界缺陷越大。前年多由小册子上明明說要驅逐一切白人勢力出亞洲，眞的，這些白人坐候他征服中國之後再安然驅逐他們嗎？所以極常識的論斷，中國是打一次仗，日本是打無數次仗，這也是事實上日本軍閥必然失敗的理由。

第三，中國不但是消極的抵抗日本侵畧，並且在世界上有理想，有主張。中國

這一戰，是以自己的生命資財爲世界爭取新秩序。成立新軌道。中國決心爲條約尊嚴，爲國際互助而戰。中國絕不侵畧人，不妨害人，其理想是各國民平等互尊，尤其要主張弱小國民要有自主之權。中國現仍忠於國聯盟約、非戰公約，但認爲這些工具不夠。中國要拚命給世界打出一條光明之路，要與全世界主張和平自由的善良人類共同奮鬥！我們相信中國這種精神，就是世界大多數善良人類的共同精神。試看自從血戰開始以來，全世界誰不同情中國？譬如美國、其政府雖然消極，但民衆與論却一天天增加熱烈同情；又如前幾天香港到一英國商船，是爲日本所雇載鋼鐵往日本的，此事本已尋常，但船上的美籍海員全體到香港後即罷工，聲明不願幫助日本侵畧中國，雖因此失業，甚至下獄，亦所甘心。

我讀此電訊，眞感到無限感動，無限欽佩！這些海員爲同情中國之故而犧牲職業，遭受痛苦，我們應當怎樣感謝呢？這種事並不是偶然，我們全國軍民，只要循正義之路勇敢奮鬥，不久全世界善良人類是都要援助我們的。關於世界大勢，可以這樣說：國家講利害，民衆講良心。就利害論，日本征服中國，則世界均衡全破，要實現多田小册子的驅逐白人。反之，中國站穩了，全世界可以軍縮，保和平。這一利害之間相差太遠了。

現時主要國家如英法俄，確然是同情我們的。中國與蘇聯更成立了不侵犯條約，鞏固了兩國間的和平友誼。今後相信中國與這些主要國家一定更增進關係。美國政府也有被與論鬨動之一日。就是德國，本來也是我們很好的友邦，近來雖然受了日本的蠱惑，但相信德國國民終能珍惜歐戰後中德友誼之價値，覺悟日本是他們最大的商敵，他們也是要被日本驅出亞洲的白人。總之，簡單一句話，世界民衆良心上本來同情，而以國家說，利害上也不漠視。中國不是倚外，但是這問題本是世界問題。日本軍閥封鎖中國，是斷不能貫澈的。中國軍民要信賴自己，同時信賴世界與論。不要說與論是空的，只要我們自己努力奮鬥，我們多助，日本寡助，是世界大勢必然的歸趨。我前說日本政畧的失敗，這也是要點之一。

但是全國同胞要切記！以上是說結論，不是論過程。中國要達到此結論，必須還要經過許多艱難困苦的過程。本文業已太長了，一切問題陸續討論。現在乘這九一八紀念之日先簡單呼籲於全國同胞：中國能持久必能勝利。能全國動員，則必能爲最大限度之持久。尤其在廣大後方的各省各界，必須自覺責任，在中央領導之下，切實組織起來。此事中央正在集思廣益，逐步實施，我們先提此原則，今後再與大家共同討論。今天即以下列諸語結束本文：我們願隨全國同胞之後，敬悼九一八以來爲國犧牲的軍民先烈的英靈！感謝肩負重任之　蔣委員長及諸將帥、諸黨政幹事及全國陸空將士，嘉勉慰勞全國前方後方辛勞工作的各級各部門之公務員，及一般做救濟慰勞宣傳工作的民衆團體與個人！我們當此紀念日，又不禁寄念我東北四省同胞，及最近淪陷區的同胞暨一般流亡困苦的學生青年。至於我們自己今後誓竭心血，作戰時言論之一老兵，在先烈呵護、領袖指導、各界合作之下，爲國家、爲民衆、爲前線將士，忠實研究與紀載，以求裨益貢獻於雪恥興邦之遠大前程！

× × ×

那天下午三時，上海戲院武漢各界所舉行的「九一八事變六週年紀念大會」空前擁擠，這不但表現抗戰後第一個「九一八」新加給人們刺激所產生情緒的反應，更喚醒全國民衆六年來大家的積鬱要從此得到舒展！然而，從此更要準備更大的犧牲！

好像是由市黨部主任委員陳泮嶺任主席，許多東北人也參加了這次盛會。其中除激昂慷慨的演說外，最動人的一幕，是一個十二、三歲東北少年所唱的流亡曲「我的家在東北松花江上……」因爲他的聲音宏亮，而且動人，所以自第一句起，就把整個會場控制住，而且許多人就開始流淚，等到唱到中間，全場千八百人都在

擦眼淚，而一位女士放聲大哭着跑出會場，更增加了全場悲憤氣氛。最後喊口號時，個個人的聲音都是激昂的、悲憤的，沒有絲毫勉强。

這是「九一八」以來最成功的一次紀念會。想想看，那個年頭九一八紀念日對一般民衆，尤其對東北同胞所受到的衝擊是多麽大多麽深呀！

三六、大批作家群集武漢

二十六年八九月間，上海、南京的文藝團體與個人，爲了躲避日本攻擊上海的兇鋒，就相率來到武漢。又因爲軍事委員會成立第六部，裡邊包括許多演劇隊及宣傳工作人員，所以著名的劇人、演員及劇作家都先後到達武漢。其中戲劇界包括洪深、田漢、應雲衛、史東山、趙丹、顧而已、袁牧之、陳波兒、金山、王瑩、張瑞芳、舒繡紋、白楊、陳天國、秦怡等。再加上已經在武漢的有黎莉莉、朱銘僊、虞靜子、袁叢美等，眞是熱鬧極了。劇人兼詩人陳凝秋也來了，左明跟凝秋在一塊兒。他們、她們都住在模範區一個里份裡，女的在樓上睡地板，男的就睡在樓下。一幢小樓房平常只住一家四、五口，這時候如沙丁魚似的擠在一起。住了五六十個人。樓下舖滿了稻草。箱子、包袱、行李捲、網籃、暖水瓶、化妝箱等個人私用物堆在地下，好似擺地攤兒，眞是零亂已極，活活兒是難民營模樣。

我跟陳凝秋自十九年在滿洲里離別之後，已有多年不見；跟左明在上海見過幾次面後也有三四年不遇。其中如應雲衛、袁牧之、陳波兒等早在上海認識。這次他們逃難來武漢，我原是居住於武漢的，自應以地主身份探望他們。

因有這次探訪，所以才瞭解他們和她們生活的苦況。

特別是陳凝秋，早期南國社的怪人。我曾於十九年在滿洲里照顧他生活達半年之久，後來一去無音訊。我在上海三年也不知他的下落。

「凝秋，你這個怪人！你到那兒去來？不是日本鬼子的炸彈，恐怕你還不出來！」我見了就罵他。

然後他告訴我「九一八」後曾去熱河參加義勇軍。後來又到山東流浪一陣子，這兩年在上海與左明一塊兒搞戲劇。

問他今後打算，他搖搖頭。「根本就沒打算。」他說。

左明是南國社最早的台柱。當年他與陳凝秋都比洪深、田漢有才氣，只因爲脾氣怪，沒走上洪、田兩位拿藝術當作敲門磚之路，所以有名而未彰。他倆都演過「南歸」與「北歸」，女演員吳似鴻就是他們的搭擋。

左明暗示他要去山西，因山西民族革命大學已在籌備中，有人拉他去教書。

不久，唐槐秋帶着「中旅劇團」又來漢口了。「中旅」在二十四、五年間，曾在漢口公演多次，主要演出的劇本是曹禺的「雷雨」。飾魯貴的姜明、與四鳳的黃鎮、演員以及唐槐秋、唐若青父女，孫景璐等都是該團台柱，爲觀衆所風靡，享譽一時的。飾繁漪的趙慧琛給人的印象獨深。武漢觀衆對於「中旅」眞是捧到家了，也迷到底了！

有一天，我在編輯部忽然接到一張明信片，看看寄信人的姓名是舒舍予。我知道老舍來到漢口了。我馬上根據地址去探望他，他住在舊德國五碼頭華清街，正是我漢景街郵局地段，所以不用打聽就找到了門口。

我雖於二十二年留津四個月期間爲編「小公園」曾與他有過接觸，但還沒有會過面。聽他一講話，就想起他在「老張的哲學」與「趙子曰」裡邊的對話，不但十足的北平味兒，還有許多特別術語。

「這一路可慘啦！到保定就遇上日本兵，前邊是機關鎗，後邊是嘟嘟炮，頭頂上是炸彈開花，差不點兒見了閻王爺！趕到石家莊，火車就不走啦，只得下步躂兒，一步一步地蹭，走了兩天才到了彰德府。本來一天的路程，却走了一個禮拜，你說邪不邪？」

我安慰了他一陣子，然後他問我，都

是什麽人在武漢？我一一具答。他聽說何容、老向已來了，高興萬狀。因郭沫若、茅盾等雖然名揚四海，但他還沒跟他們見過面，只有這兩個人早已在北方熟悉了。我并且告訴他，他倆已被馮玉祥先生聘爲入幕之賓。

不久，老舍也遷武昌千家街馮氏公館。

馮氏那時是軍事委員會副委員長，工作清閒。他是不甘寂寞的人，於是他詩興大發，作了許多白話詩。作好了，就要他的祕書改。那時賴亞力已滲入馮公館，賴亞力對文藝一道外行，就請馮氏邀請作家來襄助，於是才有何容、老舍三位大作家之被聘核稿。他們三位也幫忙以馮氏爲主的一份月刊「抗到底」的編輯業務。後來他的「我的生活」一書，是吳組湘記的，田濤也是記錄的一員。

有一天，我忽然接到馮氏來的電話，叫我某日某時去他公館吃晚飯，說在座還有老舍等，屆時我應邀前往。我初次看見馮公館門口的衛兵與其他軍事首長的衛兵不同。別處衛兵荷槍，他的衛兵却揹大刀；別處衛兵表情嚴肅，他的衛兵則滿臉陪笑，整個裝扮好似剛從鄉下進城的兵。又令我立刻想起喜峯口宋哲元以大刀殺日本鬼的往事。（後來馮氏移居渝市康莊，仍是這個打扮的衛兵。）

原來馮氏邀我是商談發表他大作的事。他作了許多短詩，主題都是抗日的，文字淺顯每行有韻脚，極合一般大衆讀者閱讀。當時，我讀了幾首，覺得此時此地，馮氏的詩文，極具宣傳效能。我當時就代表大公報謝謝他，並且說：「我帶回去先讓季鸞先生拜讀一下。」

馮氏的晚宴，不脫離北方飯菜的本色，攤黃菜，香椿拌豆腐，滷香花生米、葱爆羊肉和大鍋雜和菜，另外有饅頭稀飯。七八個人絕對可以吃飽，却沒一點浪費，也沒有山珍海味。有人講，「馮氏一生矯情，待人薄，自奉厚……」云云，至少我兩次接受他的招待，都是這樣儉樸的飲食。我也問過三位「幕賓」及後期的祕書王治秋等人，都笑而不答。並且有人說：「作僞作到底豈不也好？」

且說我把馮氏的大作送給季鸞先生閱後，他稍加思索後，就說道：「只要是抗日的，甚麽人的文章也要登！」

因此，馮民自命爲的「丘八詩」，從二十六年十月間起，直到二十七年十月武漢撤守，經常出現在我所編輯的「戰線」欄內。有一次報紙增刊，我還寫了一篇「馮玉祥將軍訪問記」，刻劃他住在千家街的生活與周圍環境，頗引起一般讀者的興趣。

二十六年底及二十七年初，又有大批東北作家湧到武漢。其中包括蕭軍、蕭乾、羅烽、白朗、舒羣、李輝英、孫陵、楊朔、高蘭、王語今、端木蕻良、張鐵弦等數十人。有的是我在哈爾濱時的舊友，有的聞名已久。却初次相逢。因爲我是大公報的副刊編輯，且是在武漢住居已久，所以都來找我，解決食宿問題。恰好我所擁有的漢景街郵局局長公寓，有兩間房可以容膝，一間是客廳，一間是儲藏室，臨時買了幾領草蓆，往地上一舖，就可以打地舖了。女性住裏屋，男性住外間，大鍋飯、大鍋菜，我就臨時冒充開了孟嘗君。漢口當地人喜吃蒸飯，我們每頓飯蒸一斗米，吃得乾乾淨淨的。警報來了，我領他們去合記蛋廠躲避。

那時期，稿源的豐富可知。再加季鸞先生的慷慨，及重視作家，抗戰初期大公報對於文人的幫助，雖不大，却解決了許多臨時問題。稿費之外，小數目的預支，經常辦理。

二十六年底，敵機時常自京滬一帶起飛空襲武漢，有幾次被我方空軍擊落在王家墩上空。我們爲歌頌神鷹將軍除以詳盡消息報導外，並以新詩加以描繪。這種新詩必定是淺顯的字句，不需要解釋唸出來，一聽就懂；寫出來一看就明白，但仍須有詩的意境，與詩的韻脚，要鏘鏘，要昂揚，使人聽了振奮，使人讀了愉快。於是我們決定給這種詩一個名稱「朗誦詩」。首先，原在武漢的光未然（張光年）曾在「戰線」上發表了一篇「難民曲」，就是

本着我這種構想寫的，季鸞先生及報館同人讀了都加讚美，但還沒加上「朗誦詩」的名稱。後來高蘭（郭德浩）寫了一篇「歌神鷹戰士」，我便在題目之下加了「朗誦詩」的命名，以便與一般詩有不同的風格。

從此之後，「朗誦詩」的名詞便不脛而走，被全國詩界與文壇普遍使用了。演變到後來開「朗誦詩大會」以及成立「朗誦詩大隊」都是由區區不才倡始這個名詞而來的。

三七、上海撤守與南京淪陷

二十六年十月二十七日，上海我軍退出閘北。大公報於次日以「滬局與國民的覺悟」一文，提醒國人：

上海我軍昨晨退出閘北，這當然可惜，但是並不足驚訝，更無須懊惱，全國各界請注意以下的說明：

第一，上海本不是中國對暴日的決戰地，八一三以來之上海戰，只是對日的抗戰序幕，而這序幕本不能無限延長的演現在激戰兩個月半，毋寧是意外之長，或者軍事評論家有人要說中國失算，所以這種局部退却，是不足驚訝的。何況我們是退出閘北，絕非放棄上海，實際上我們早有第二第三新陣線，也或者退出閘北後，戰畧上反易於展開。

第二，論軍事，不論進退，要看戰鬥力之損耗如何。這兩個半月的滬戰，我們犧牲當然不少，而敵人損失比我們還大。現在退出閘北，而我們依然保持嚴整的陣形，與雄厚的兵力。所以祇能說是變更陣地，並不是戰鬥失敗。過去兩個半月，戰地距海岸太近，敵方運輸既便，而海軍炮火又烈，所以我們吃虧。現在退了一步，就我軍說，應當反有許多便利。總之，退閘北的意義，就是退閘北，絕不是打敗仗。

第三，只有一點：就是大家心理上的影響。尤其上海市同胞，目見閘北被佔，自然不免悲苦。其次，因滬市附近一部份被佔之結果，上海與內地交通上商業上恐增不便，這也是大家不歡之一因，不過我勸同胞們覺悟！大家不是早決心長期抗戰的嗎？為什麼要長期，是因為短期不能決戰之故；而既說長期，起碼要以年計，不能以月計。戰事範圍當然很大，戰禍苦痛，當然很長。那麼，即便失了全上海，也只是長期抗戰中的一個過程，有何注意的必要。我從前早說過：中國必勝，但必須力用彀，苦吃彀，大家請看八一三以來我軍戰績是怎樣光榮！同時可知，要戰敗敵人，當然還要經過更艱難更困苦的奮鬥，所以昨日之滬戰消息，應當使國民更興奮，更沉着，也更堅定決心，繼續努力。

第四，有特別要嚴防之點，就是敵人想結束滬戰而穩佔北方。這個毒計，是我們必須絕對否認的。現在九國公約國會議將開，英美本說第一步要調解，日本雖不到會，一定要藉滬戰新形勢，運用外交，想以上海停戰換我北方的廣大國土，這當然為我全體國民所誓死反對，不能不預先加以嚴防。我們堅決信仰最高統帥部一定要貫澈求取最後勝利的政畧與戰策。在九國會議席上一定要教我們代表有極嚴肅的聲明，就是：非日軍撤出中國。我領土主權行政完整完全恢復，斷不停止全面的抗戰。我們深謝友邦好意，但絕不放棄自衛決心，我們要保衛整個中國，絕不能喪失華北任何一塊土！這個決心，縱令打的賸下一個城，一條槍，也不容變更，滬戰任憑怎樣變遷，絲毫不得影響抗戰大計。

第五，有一種議論，以為中國不妨戰敗，只要屢敗屢戰。這個話，我不同情，因為勝敗是戰爭結局的名辭，不是戰鬥中過程中所用。中國民族，一定要全體一致堅信必勝，不容存敗戰心理。在戰鬥進行中，有得失利鈍，而無勝敗。我們自己不承認是敗，那麼，任何失利，也不算敗。這一次，方式是長期抗戰，結果是最後勝利。國民只要牢憶此簡單兩句話，趕緊工作，趕緊補充，前仆後繼的緊張戰鬥，對於每一區域一時的得失，萬勿介懷。中國最重要者，不是這心理問題。北方保定線平綏線何以吃虧，這是這敗戰心理使之。

近來士氣再振，戰况就立刻好轉。所以決心必勝，就是勝的第一個要素。我們滬戰將士勇敢而堅定，在任何情形下不悲觀，不氣餒，這種精神，是國民的模範。大家應該學他們，同時慰勞他們，前方後方，各盡職責，繼續應付這第二期的世界大戰！昨日上海路透電，有外國人親見暴寇逼我落伍士兵，自掘土而活埋之，世界有無這樣殘酷的獸類！我們能否與這樣不人道的兇犯共戴天日！再接再厲，拚命到底，就是命運給我們民族闢下的惟一之生路！國民不要過於重視滬戰，應牢記此根本信條！

× × ×

二十六年十一月十一日，大公報又以「閘北孤軍奉令退出」一文，以紀念謝晉元團長孤守四行倉庫的英勇行動。謝團長與八百壯士的故事，因爲有楊慧敏童軍泅水渡蘇州河送旗及一首由桂濤聲作詞，夏之秋譜曲的「中國不會亡」（後改爲「中國一定强」的悲壯歌曲傳流後世，永垂不朽，至今爲人津津樂道，引爲全民族的光榮。也截止現在，像那樣動人的歌曲，還很罕聞。

大公報這篇文章雖然不如歌曲那樣簡賅動聽，但其分析的富有理性與其啓示意義，實乃抗戰期間大文獻之一，不可不重讀。原文如下：

閘北四行堆棧中的謝團一營，這幾天鬪動全中國以至全世界，不知換來廣大人類多少同情之淚與讚歎之聲！該營昨天拂曉以前，遵奉 蔣委員長命令，業已安全退出。這件事，我們認爲應當特別加以評論。

第一，謝團長及全營官兵此次死守不退，決心作光榮的犧牲，於明知必死之後，在顯有退出方法之時，而捨易就難，捨生就死，就是把握住軍人道德的絕對性，大節凜然，光芒萬丈。教全世界知道中國新軍人的氣質，使全國同胞得到做人的模範；我們實在萬分崇敬，萬分讚美。

第二，但此事發生以來，我們如有鯁在喉，欲言未言。就是：在閘兵大軍既退之後，不宜准許此數百健兒守着犧牲。然此屬軍令範圍，軍令是莊嚴神聖的，報紙不宜妄論，所以默然。前晚聽說 蔣委員長果下令使其退出，我們甚以爲慰，而欽佩統帥部處理之得當。

第三，如何命令退出好，其理甚明。因爲作戰之目的，是爲戰，不是爲死，在戰畧上戰術上需要之犧牲，雖成師成軍，殉國戰死，亦屬應當。其非戰畧上戰術上所需要，換言上，在戰畧上戰術上無意義無使命之時，雖一個士卒的安全，也必須細心愛護。以滬戰來說，既然閘北做了戰畧的撤退，那麽，這一營斷後的官兵，就不必獨留。最高統帥爲愛護他們，命令退出，避免作不必要之犧牲，就國家愛護軍隊的立場上說，當然是賢明的措置。就是

國民因此事可以得到重大教訓。：對於軍隊的意義，應當更有深刻的認識。戰爭是悲劇，作戰是忍行，然而根本觀念是仁。中國民族的抗戰爲保障千代萬代子孫的自由，爲維護世界人類共同福利，目的是大慈大仁，所以國家可以要求其國民去拚命，去犧牲。全國軍隊與人民對於國家這個大仁大慈的要求，有絕對供獻一切犧牲一切義務。國家命令是神聖的，命令死守，就須死守，命令犧牲，就應犧牲。因爲要達到大仁大慈的目的，當然要有犧牲者。倘若違令偷生，就是犯軍紀，就該受國法，爲貫澈作戰目的計，一切軍紀軍法上的嚴厲處置都是當然的，因爲作戰目的的大仁大慈之故。但同時有一重要原則，就是：每一士兵都只能使其爲有意義有使命的犧牲。每一士兵既貢獻其最寶貴之生命於國家，國家當然對於他們十分珍惜，十分愛護，儘可能的減少其痛苦，保護其安全。長官對部下，當然要共同甘苦，視如兄弟。事關軍紀命令者，有無上威嚴，而人與人之間，則平等友愛。在情的方面，全軍統帥與一下級士兵，是同胞，是兄弟，所以除國家作戰精神大仁大慈之外，軍隊自身，又必須以仁愛的精神，澈上澈下，綜合起來。

此次閘北孤軍的死守及其奉令退出，可以闡明兩義：一個是軍人的絕對犧牲精

神」一個是長官愛護部下的至情至理。兩義相合，遂成爲可歌可泣的佳話。中國以準備不充的國家，與暴敵作這樣大戰，軍械上，交通上，運輸上，都有困難；所以我們官兵的艱難困苦特別大。

南北戰線，凡遵命令盡任務的部隊，都有不少犧牲，我們軍人的忍苦耐勞，與其勇敢堅强，比世界任何國家毫無遜色，並且能忍耐各國軍隊之所不能。而此次孤軍死守的謝團，更得表彰中國軍人道德於全世界，同時藉此次命令該團退却之事，又闡明最高統帥絕不輕令官兵犧牲的仁愛精神。有此一舉，可以使全國軍隊更認識責任，使全國國民更明瞭軍隊之根本意義，這實在是十分可慶的。我願大家明瞭，國防基礎，首在軍人道德之確立，同時需要國民都了解軍隊本質，大家做其後援。全國現在服務中之一切部隊，其道德觀念，犧牲精神，一定要達到謝團的程度。一般人民對於兵役觀念，也要如是。苟爲國家所需，應當貢獻一切。另一方面，則各部隊長官必須以　領袖之精神爲精神，對於每一士兵，皆要儘可能的珍惜愛護。各地辦徵募壯丁之文武官吏，對於徵求新兵，尤其要親切指導。中國軍隊必須都爲謝團，才能算是標準化。同時則長官之於士兵，必須都有　蔣委員長這樣珍惜愛護的精神，纔能使千千萬萬的官兵，個個自愛互愛，纔能使國軍如泰山之堅。

一般國民，聞此事始末之後，第一，應當都以謝團長爲做人模範；第二，應當感謝軍隊，愛護軍隊。如救護傷兵徵募寒衣尤其要努力實行。我們同胞軍民之間，互愛互親，纔能貫徹大仁大慈的作戰。末了，我們願特別感謝上海英軍，對於謝團長退出時表示同情友誼。昨早新垃圾橋邊中英軍人感激握手的光景，又象徵人類共同親愛的情感，也越法證明我們作戰目的之正當了。

× × ×

二十六年九月二十二日，中共「中央」曾發表所謂「共赴國難宣言」，提出四項諾言：一、三民主義爲中國今日之必需，願爲其澈底實現而奮鬥；二、取消暴動政策及赤化政策；三、取消蘇維埃政權；四、取消紅軍名義及番號，改編爲國軍。

毛澤東於二十六年十一月五日，在中共「六屆六中全會」中所作的結論的一部，被稱之爲「統一戰線中的獨立自主問題」中，與王明（陳紹禹）的主張衝突。王明認抗日爲第一優先，但毛則下令：百分之七十發展自己，百分之二十作爲妥協，百分之十對日作戰。後來證明中共完全遵照毛澤東的命令行事。

同年十月廿五日，由李濟琛、陳銘樞、蔡廷鍇、蔣光鼐、陳友仁、徐謙等所領導的「中華民族革命同盟」正式解散其組織，並發表宣言號召國內外盟員及全國同胞，全體動員各盡其力，擁護政府抗戰到底。李濟琛發表談話：「積極動員全國民衆，共赴此神聖之民族戰爭，以爭取最後勝利，完成民族解放之使命，實現民有民治民享之國家。」

大公報爲「中華民族革命同盟」宣告解散，曾於十一月二日發表社評，以示敬意，並呼籲全國同胞「要團結、要互信、要澈上澈下，無黨無派，都全誠相見，以共同擁護　領袖，貫徹這艱難困苦的自衛戰爭。」

× × ×

上海撤退後，敵人分三路進逼南京。一路以右翼從瀏河、太倉、崑山，沿京滬路迤北指向首都，一路以左翼由杭州灣登陸，由嘉興、吳興、宜興等地包圍金陵，另一路則沿京滬鐵路線前進。我軍浴血抵抗，節節後退，並且完成了首都防衛的佈署。

這時候，日本一面以大軍進攻，企圖於數日之內，攻陷南京；一面央求德國駐華大使陶德曼出面僞裝調解，以期在我不抵抗之下，將我首都予以進佔。

國民政府面臨這種形勢，於二十六年十一月二十日，對外宣言昭告中外，中國政府正式由南京遷往重慶。本來政府在此以前，早把政府軍重心，分別置於武漢及重慶，但還沒有正式公告。今見日寇不知適可而止，乃挾其軍事優勢，進迫南京，

所以才不得不出此公告。大公報特爲這件事情，發表「恭讀國府宣言」的社評，以激勵國人，並爲歷史紀念。原文如後：

國民政府昨發表重要宣言，恭讀之下萬分感慰，謹爲數言以頌之。

國府此一紙宣言，足以抵百萬生力軍。因爲自失太原，退淞滬，接着敵軍一面攻濟南，一面攻蘇、嘉，一部分人心不免有憂鬱之暗影，而這個宣言發表後，頓時把這個憂鬱一掃而空，全國士氣之振奮，人心之感激，有不可以言語形容的。宣言中說得明瞭：「邇者暴日更肆貪黷武，分兵西進，逼我首都，察其用意，無非挾其暴力要我爲城下之盟，殊不知我國自決定抗戰自衛之日，即已深知此爲最後關頭，爲國家生命計，爲民族人格計，爲國際信義與世界和平計，皆已無屈服之餘地。凡有血氣，無不具寧爲玉碎不爲瓦全之決心。」這是政府一貫的立場，也就是國民一致的認識。今天政府在這第二期激戰進行之始，重行聲明，對外更能確切把握國際之同情，對內更增強民衆對勝利之信仰。而其最後所昭示全國者，是：「國民政府茲爲適應戰況，統籌全局長期抗戰起見，本府移駐重慶，此後以最廣大之規模從事更持久之戰鬥。」國府所在地臨時遷移，這就是在事實上表明持久戰鬥，到底不屈。況且爲統籌全局計，政府移駐上游，便利甚多，我們恭讀宣言全文，及國府移駐辦法，惟有感激欽佩，認爲非常適當。

全國軍民讀此宣言之後，應當一致以政府之決心爲決心，而各盡職責，求取勝利。宣言前段，稱讚全體將士之忠勇奮發，說道：「被侵各省均有極劇之戰鬥，壯烈之犧牲，而淞滬一隅，抗戰亘於三月，各地將士，聞義赴難，朝命夕至；其在前線，以血肉之軀築成濠塹，有死無退。暴日傾其海陸空之力連續攻擊，陣地雖化灰燼，軍心仍如金石。臨陣之勇，死事之烈，實足以昭示民族獨立之精神，而奠定中華復興之基礎。」全國軍民都記着！這三個多月勇戰與犧牲，已如國府宣言所云：發揚獨立精神，奠定復興基礎。戰士們的勳勞，偉大極了，但是暴敵猖狂，還在進攻，今後正需要更廣大更持久之戰鬥，所以全體將士必須更努力，全國民衆也必須組織訓練，爭上前線，一定要做到國府宣言所說：「人人本必死之決心，以其熱血與土地凝結爲一，任何暴力不能使之分離。」這就是政府指示的抗戰方針，也就是我們軍民各界共同的義務。

國民還要知道：政府對長期抗戰，確有把握。宣言中有兩語：「外得國際之同情，內有民衆之團結，」這就是把握。關於我們自身的，大家應自己同心協力，全國擁護及服從政府，繼續戰鬥。這一點，在精神上，早已有成就，但有許多事更需要工作。至於國際關係，即政府負全責在辦。

宣言中說明：「外得國際同情，」這當然是有內容，不是說空話。舉一端說，我們外交部大概爲辦事便利之計，特別要到武漢辦公，而各國大使館皆已決定來漢。大家記得：國府定都南京後幾年，各國使節還輕易不進京，現在都毅然同我們外交部共患難。這也是國際同情之一種象徵，其他暫不必評論了。

最後我們恭祝林主席蔣院長國府各位的健康！請政府殫精竭慮的主持！全國公務員及軍民各界一致服膺昨天宣言的精神；共同奮鬥！此次抗戰，本來要長期，國府在任何地點發號施令，都是一樣貫澈於全國。「重慶」是慶祝復興，我們謹祝此宣言爲中華復興之開端！

× × ×

我清楚記得在十二月七日的晚上，約九點鐘時分，我們正在編輯部伏案編稿子，見季鸞先生自樓下上來。他邁着沉重的脚步，經過大家的面前，走入他那辦公的斗室，脫掉了黑呢馬褂，只穿着一襲厚呢灰袍，臉色凝重，倒背着手在編輯部走來走去，他也不與任何人打照呼。

大家都知道，必有大問題發生了。因爲多年來，同人追隨他，知道他的脾氣，遇有好消息，他必滿面笑容，也不管大家在寫文章在編稿，一定打斷大家的工作，一五一十地把消息說與大家聽，使大家以

先知爲快；反之，若有了壞消息或重要問題尙待解決，則面色嚴肅，也不跟大家講話，他就在室內來回踱步。這時候，誰也不敢攪亂他，必須等候他自動找人說話，才搭他。季鸞先生身裁不高，又瘦瘦的，但走起路來却沉重得很，咚咚之聲淸晰可聞。我偶然抬起路，見他兩眉緊縐，雙目凝神，如有什麽嚴重問題，正在思考。大約他來回踱步有十幾分鐘的工夫，他才爽然扭身走進他的斗室。

他走入室內後，我們幾個伏案編報的同人，如同宣佈了自由，未交一言，只是彼此相顧一笑，照常工作。但大家內心裡還是放心不下，不知出了什麽事，因爲多數人知道，季鸞先生是從武昌 蔣委員長處宴罷歸來，一定有了大問題，否則不會像那樣面色沉重默默無言的。

約一個半小時後，季鸞先生滿面堆笑，拿着他寫的文章交給谷冰兄，「你最後校對一下！我走了。」說完，季鸞先生這時的脚步似乎比剛才輕鬆很多，很輕快地下樓去。

我們見他下了樓，才聚集在谷冰兄桌前，看寫的是什麽文章。谷冰兄把季鸞先生的文章攤開來讓大家看，原來是針對陶德曼調解中日戰事，若干政府要員徘徊於「和乎？」「戰乎？」的歧途，而 蔣委員長兼行政院長就在那天晚上，諮詢季鸞先生的意見。季鸞先生當時怎樣答覆的，我們不知道；但他的文章則明明白白主張打下去，不能上敵人「和諸」的圈套。這也就是馳名海內外抗戰時期最重要歷史文獻之一的「最低調的和戰論」，（載十二月八日），原文抄錄如後：

我們首都已不幸在敵人圍攻中，全國人在此時，應當對敵人澈底認識，對祖國前途更澈底檢討一下。

昨天東京電，敵外務省發言人說，歡迎第三者調解，但同時東京已準備八十萬人的遊行慶祝，預備於佔領我首都之日舉行。大家只就這簡單兩條消息看看，就可以認識敵人如何玩弄辱沒中國，並可以知敵人所謂調解是甚麽意義。

自蘆溝橋事變發生以來，中國沒有一天拒絕調解，但始終是中國肯，日本不肯。最近又發生調解的聲浪，但試問假若日本尙有萬分之一的誠意，那當然要停止進攻，然後纔能說到和平調解，現在怎樣呢？這四個月來，以海陸空大軍進攻中國南北省區，其直接加諸中國的軍事的摧殘不用說了，其在城市，在鄉村，在陸、在海，以飛機，以炮火殺戮我們的平民，不知道多少千，多少萬；焚燒摧毀我們平民的財產，又不知是多少億，多少兆，這都不用說了，而現在一面言歡迎調解，一面慶祝進攻我首都！

這可以知敵人所謂調解之意義，只是慶祝勝利後的納降，其最毒者，乃希望我合法的正統政府，肯接受他佔領我首都後之所謂和議。因爲如此則省得他製造傀儡，並且可藉我正統政府之力，以自消滅國內的抗戰精神，同時使國際上無法說。這於他太便利，太合算了，而中國怎樣呢？

我們是無黨派的報紙，向來擁護統一，服從國策。在開戰之前，從沒有一天以言論壓迫政府主戰，也從沒有附合一部分人年來所謂即時抗戰論，以使政府爲難。今年盧溝橋案發生以來，認爲大難臨頭，更不容伸張私見，所以始終只是擁護 蔣委員長在盧山演說之主旨，並闡揚軍事上、外交上政府屢次發表之正式聲明。所以自抗戰發動以來，一面鼓勵軍民抗戰，一面擁護政府在外交上的立場，因此之故，我國亦向不反對國際調解，亦並不反對外交上之多方運用。但事到今天，却不容不大聲疾呼，請求政府當局對於最近所發生的所謂調解問題，應下明白之決心了。我們以爲政府即日即時應當明白向中外宣布，如日本不停止攻南京，則決計不接受調解，不議論和平。我們以爲這絕對不是高調，乃是維持國家獨立最小限度之立場，我們不問日本條件如何，總之一面慶祝攻佔南京，一面說和議，這顯然證明日本抹殺中國獨立人格，那條件之劣，就不問可知。且縱令條件在文字上粉飾得過去，但實行起來，一定在實質上喪失獨立。因爲倘若誠意議和，就再不會攻我首都。既攻

首都，就是想叫我正統政府於失盡顏面之後，再屈服給他。敵人既存心如此，試問怎樣和得下去，換句話說，怎樣屈得下去呢？

我們認識國家軍事上、經濟上之種種艱難，同時極不滿於英蘇美等比京會議之虎頭蛇尾；但無論如何，我們必須自己努力保持國家獨立與人格。這個如不能保，則不但抗戰犧牲付諸流水，並且絕對無以善其後。中國今天雖在此危急環境之中，但仍有一極强之點，就是軍心團結，永無內亂。倘使我正統政府於失首都後反而接受所謂和議，則國內團結，立將立時不保，那就怕眞要成瓦解土崩之大禍了。

國民政府遷渝辦公之日發表宣言，說爲的是避免城下之盟。城下之盟，固然可恥，但猶是政府在城之中，現在於第三者動意調解，我已聲明可以考量之時，而還要攻首都，並且大舉慶祝，這比逼我們作城下之盟，其意義還更要毒辣，其辱我欺我之程度，還更加幾倍了。我們的境遇，現在很艱難，但不可以自己更增加其艱難。敵人的進攻已經夠猛烈了，不可以再加上一個「自潰」。我們當此危急存亡之日，請求全國軍隊、全國各界共同維護住我衛國抗戰的最高統帥部之大旗，共同擁護

蔣委員長於千辛萬苦之中貫徹疊經聲明之國策！倘南京不幸被佔，應明白拒絕名爲調解實爲屈服之一切議論。我們應彌補政治上軍事上的缺陷，大家誠意扶助　領袖，在三民主義之下，不分黨派，同心奮鬥！這樣下去，或者被佔領地要出現多少漢奸組織，一如上海發現之所謂大道政府之醜怪傀儡，但是那完全代表不了中國，完全是敵人負責，所以並不可怕。我們全國一切擁護國家獨立的人，依然可以守住正統政府，大家心安理得地抗戰與犧牲。這樣，中國就永不亡，民族精神也永不致衰落。時機緊迫，千鈞一髮，我們貢獻這幾句愚直之言，特別希望在漢口的政府當局們注意。

×　×　×

敵軍終於十二月下旬攻佔南京。敵軍入城後，就立刻展開屠殺手段。它用種種殘暴的行爲，對我居住在南京的無辜民衆，殺害十餘萬人（初步數字五萬餘人），其狀之慘，其禍之烈，不但比中國歷史上所謂「揚州十日」「嘉定屠城」厲害百倍，在近代戰史中，人民死傷之多，也無過於此！大公報鑒於敵人的瘋狂暴行，有增無已，特於十二月二十八日，以「爲匹夫匹婦復讎」爲題，喚醒世人，共同起來制止日軍的獸行。原文如後：

敵軍佔南京後，屠殺難民，淫汚婦女，報告甚多，却是外僑所傳。上海西字報一再紀載，美報訪員有長電致本國，昨日**德國海通社滬電，甚至說敵軍司令也承認有此事，但是一般少壯軍官所爲，彼不負**責云云。總之，敵軍在南京屠殺姦淫，窮凶極惡，已是鐵般的事實，所不知者，只係被殺遇害之確數，而最初之報告說被殺平民有五萬人之多。

敵軍在河北，在山西各縣，都殺平民，淫婦女，但報告都不詳，而地方偏僻，無從確查。現在南京之事，則外僑所傳，世界所知，僅此一端已構成日本帝國主義萬惡不赦之罪狀，河北南京如此，江南各地實際皆然。現在又攻陷我杭州，在北又攻濟南，凡敵軍所到，其兇淫殘暴，都是與南京一樣，凡有人道觀念者，對於這土匪不若之獸行敵軍，應當怎樣鄙棄，怎樣憤懣！

南京難民區，是旅京外僑發起，得敵軍默契而成立的。固然其事並非正式性質，但既是人類，總不應完全無信。南京居民本來多數已走開，其最後留京者，當然是平民居多，也是因爲信任難民區之故。奈何於攻城之後，竟這樣殘忍，這樣兇淫，雖古代野蠻民族也不至如此。日本戴着現代强國之面具，且口稱是反對抗日的中國政府，不是反對中國的人民，現在受這樣殺戮，並且汚辱良善女性，不計其數，何况到處皆然，不止南京。從世界文明史的眼光看，這眞是赤裸裸的兇殘之獸行，不是人類所應有。

（未完待續）

中藥秘方

洗目仙法

山西太原府姓淸，七十歲，雙目失明，看不見十九年，偶晤一異人傳授此方，用靑皮五錢，皮硝五錢，煎水二碗，洗之，無不應驗。每月每日洗三次，辰午酉時，各洗一次，正月初三日，二月初一日，三月初三日，四月初九日，五月初五日，六月初六日，七月初三日，八月廿五日，九月十二日，十月十三日，十一月十四日，十二月初九日，無論男女老幼，花目翳障，風火虛眼，一切眼痛，洗之即瘉。此方洗好萬餘人。江西南昌府，張延之雙目不明，虔心齋戒，依期洗之，一年復明。南昌廣福庵僧人，雙目不明八年，依期洗之，一年痊瘉。

治癌症秘方

（1）主治各癌症，根據服方結果，已經治瘉腸癌、肝癌、子宮癌、乳癌、胃癌等，其中除乳癌較差外，其他癌症，服之都很好，其特別是腸癌，只服四五小時，即起異常效果。

（2）處方：到中藥店購，半枝蓮一兩，白花蛇草二兩，共爲一劑，用水十五碗煎，至六小時，日夜當茶飲。平時每一月之中，煲一次服食，因該藥方對臟腑之熱毒及生痔瘡，痾血熱咳等症服後都很效驗。本港曾有數位人士服瘉，半枝蓮淸涼無毒，是排汚草藥。服後不能即時飲開水，因恐其他藥之效能。如果癌症生花，即是表面看見爛的，可將剛生長的鮮草藥椿爛，取汁敷之，取汁用水燒熟當茶飲。這藥方不分男女老幼，瘉後還得用三至四個月方能徹底全瘉。服後大小便常有膿血排出，淸除後即好。

（3）半枝蓮，上海市，廣州市都有得賣，港澳中藥店的藥材，都是自內地來，想必可買到。

（4）以上藥方，係天津市爲中共判處死刑之李爲祿所傳，此方是李氏在執行死刑前寫出的，他怕死後失傳，到目前爲止，已經治瘉二百多人。

治糖尿症聖藥

粟米一錢，正淮山三錢，北芪三錢，水二碗煎存一碗半，另加猪脺二條，要去油，燉成八分熟。（猪脺：粵語猪橫脷，閩語即猪肶）

老人小便不通驗方

酒黃柏三錢，乳茯苓三錢，百節草三錢，當歸五錢，榆白皮三錢，白檀香三錢，川草解三錢，琥珀錢半。以上用水二碗煎成八分，渣同煎服，一日一服。

折戟沉沙記林彪

（十八）

岳騫

卅七年三月間，衛立煌根據鄭洞國在長春建議，將吉林六十軍撤至長春，以增強長春防守力量。事實上當時守吉林已不大可能，需要政府空運來維持的城市太多，除太原、濟南、瀋陽、長春、吉林等孤島城市外，其他如鄭州、開封、西安等地區，因交通不便陸路太長，亦需空運經常維持。因此，東北剿總於獲得當局核准後，於四月初密令曾澤生，以最迅速行動撤至長春。曾澤生首先以換防爲名，將駐守小豐滿水力發電廠部隊撤至吉林，繼後乃在共軍猝不及防的情形下於四月九日開始撤退。六十軍行動之前，已先行將二道嶺子共軍予以襲擊殲滅，嗣即漏夜向長春地區挺進，沿途遭受共軍攔截阻擊，雙方均有相當傷亡。四月間的東北天氣，已是夜間結冰白晝溶解季節，因此六十軍所有車輛及重炮在泥濘道路上運動至感困難，致使大軍行動爲之遲緩，曾澤生乃下令，將所有車輛、重炮、輜重盡行破壞後遺棄途中。在此同時，長春國軍分頭向共軍各據點出擊，藉以阻止共軍集中移動；六十軍在放棄重裝備後，行動大爲輕便靈活，官兵得以奮力殲滅楊大橋、波泥河子之零星共軍後，且戰且走即進入長春外圍。四月十日傍晚在放牛溝又遇大股共軍阻擋，六十軍與共軍正在激戰中，鄭洞國指揮之新七軍趕至，共軍隨之遠颺，兩部國軍乃得在放牛溝會師進入長春新防區內。

吉林國軍轉進長春之日，正是共軍第三次展開四平街攻防戰之時，東北剿總幕僚，向衛立煌建議謂：「四平目前兵力單薄，絕對無法支持共軍之圍攻，同時瀋陽亦無力出援解圍；不如趁共軍對長春國軍包圍部署尚未完密之際，將長春之新七軍、六十軍兩支勁旅，以南下解四平街之圍的姿態撤至四平；鐵嶺國軍亦同時北向攻擊以支援長春南下部隊與四平街守軍。倘此計劃成功，使長春部隊撤至四平街，不但四平街得以確保，瀋陽地區國軍地位亦可改善」。但衛立煌顧慮太多，他認爲吉林國軍得能全師撤至長春，未蹈華北戰區石家莊國軍北撤保定全軍覆滅之覆轍，已屬徼天之倖；倘長春國軍南撤有所閃失，不但影響東北，甚至影響至全國，這個責任實在太大，長春國軍於此時機已決定了未來命運。

國軍撤出吉林之後，只剩下三大據點：長春、瀋陽、錦州，林彪要策劃進攻此三大據點。但先進攻那一個據點，可能經過一番考慮，結果先攻錦州。

錦州自古以來即爲兵家必爭之地，其所以如此，並非錦州本身地勢之重要，實以其外圍地形利於固守復便於進攻。錦州南濱海洋，有葫蘆島港口可資補給支援，故能負隅久守；大凌河迤經義縣向東直歸於海，形成天然之地障外壕；西托朝陽，山脈綿亙，可作持久作戰之憑藉；北有義縣封鎖山口要隘，使敵之大部隊不能自由進出，此林彪必待義縣陷落，始對錦州展開總攻之主因，故守錦州必先控制義縣，義縣失守，錦州即失去憑藉。

衛立煌接掌東北軍政大權後，採取了縮小防禦圈，分三點據

守政策。這三點是：第一點是以瀋陽爲中心，緊緊守住鐵嶺、遼東、新民、撫順幾個縣份；第二點是長春，並爲了集中兵力，對據守吉林、小豐滿的六十軍曾澤生部撤至長春，吉林國軍在共軍沿途截擊下，一關又一關的終於有三分之二的兵力到達長春，重武器多半破壞後丟棄於半途；第三點是以錦州爲中心，分別據守着義縣、錦西、葫蘆島等地。這時東北國軍在編制上亦約達五十萬，計長春、錦州地區各約有七萬人，瀋陽則約爲卅五萬人；瀋陽爲東北剿總總司令部所在地，由總司令衞立煌直接指揮，長春、錦州各設置一剿總指揮所，分由鄭洞國、范漢傑任指揮所主任。

范漢傑爲抗日名將，他此次由河南鄭州調至東北，並未帶來什麼部隊，實際上指揮的，仍是以九十三軍爲主的第六兵團。范至錦州後，原第六兵團司令孫渡調至華中軍政長官公署，由盧濬泉升任第六兵團司令，九十三軍軍長則由盛家興繼任；其他兵力爲，新編的新八軍軍長爲沈向奎，原屬六十軍的一八四師，師長爲楊朝綸。一八四師在國軍吉長大捷時，由當時的潘朔端師長率領在鞍山叛變投共，嗣國軍收復安東後，一八四師由楊朝綸率領下反正；當四平街之役時，楊朝綸率部死守梅河口，予共軍以極大創傷，本身亦等於全軍覆沒，此次在錦州是重新編成。另外，四十九軍陳衡師長，於錦州大戰開始後，倉促由瀋陽空運帶來了一個步兵團，一個炮兵營，其後又來了一個炮兵十三團。這些兵力總計，不過七萬人左右，其中九十三軍的一個師還遠在義縣戍守，以此區區之數來對抗三十萬以上的林彪部隊，其勝敗之數不卜可知。

共軍對錦州的攻擊，係於三十七年九月初開始，未開始前，先將錦州義縣間交通予以截斷，並對錦州作了一次試探性攻擊後，遂以其最精銳的第七、第八、第九三個縱隊及兩個炮兵師，於九月十二日起對義縣發動猛攻。九十三軍廿師官兵，在王世高師長率領下奮力抵抗，鏖戰九日夜之久，氣不稍餒，不但出乎國軍想像之外，且爲共軍所意料不及，最後在彈盡援絕，不但已無食糧，且無食水情況下，廿師官兵幾乎犧牲殆盡，義縣方爲共軍攻入，王世高於九月廿日亦以身殉國。

國軍義縣戰役之敗，當時曾任東北剿總參謀長後來任金門防守副司令官，在「八二三」炮戰陣亡之趙家驤將軍，在台憶及此事，曾有評述。據趙說：

「當共軍傾巢進犯義縣時，我即主張糾合瀋陽週邊國軍之精銳，出新民直拊彰武以斷敵之後路，使敵不敢安然圍攻義縣，待敵主力轉向彰武時，則我西進之師立即還守新民，避免與共軍發生決戰，待共軍回師時我軍可再度出師。如敵分兵固守彰武，而仍一味圍攻義縣，則國軍西進之師亦可分兵進攻阜新，迫義縣共軍兩面作戰，總之無論如何決不應容許共軍無所顧忌的全力進攻義縣。無如衞總司令，對我建議唯唯諾諾遲疑不決，僅在事到臨頭，才空運四十軍一部去增援；此乃被動而又被動之下下策，終致戰局全非，一敗塗地，又白白多斷送了一支强勁部隊，令人惜之。」

義縣失陷後，共軍第七、第八、第九三個縱隊，及兩個炮兵師即相繼南下，與錦州週圍之第三、第四、十一、十二等四個縱隊會合，另有冀熱遼邊區李運昌部約十萬人，配備錦州外圍，共軍總計已超過三十萬人。共軍係於九月廿三日晨對錦州發動主力攻擊，並在此以前先以有力部隊襲擊錦州西北帽山國軍陣地，遂即將帽山陣地佔領；嗣即對四方台國軍十八師及廿二師陣地進犯，守軍支持至廿五日，即被共軍攻佔。廿八日，九十三軍軍長盛家興，率一九四師大部，八十八師一個團，向帽山、四方台等地反攻，圖奪回此攸關錦州命運之高地，但未成功，反有相當耗損。廿九日至卅一日，共軍集中火力，自東西兩面同時對錦州展開猛烈夾攻，守軍浴血奮戰，予共軍以相當數字之傷亡，使其絲毫未得進展，倘錦州當時再多一個戰鬥力如九十三軍的一個軍，共軍攻錦州之戰，必不會輕易得手。

共軍負創後，乃行調整兵力，先行加强炮兵轟擊守軍陣地，及錦州市內房屋，全市均淪於火海之中，共軍以數十萬衆，自十月十一日起，從四面八方向錦州市區突進，國軍兵力不敷分配，不但對突入之共軍無法增援堵擊，即對原有陣地亦感無法繼續防守。前後共經廿天之苦戰，迄十四日晚錦州始爲共軍分頭竄入，國軍被迫各個作戰，不久即告陷落。錦州守軍確已盡全力，其失敗乃在兵力不足，倘四十九軍能全部空運錦州，與九十三軍配合作戰，帽山等地當不致迅速陷落，錦州必可支持一相當時期。錦州陷落時，堆積車站等地麵粉等物資極夥，均爲共軍所得，城內各地一片瓦礫，死屍橫陳各街巷之間，此一戰役之慘烈，實不讓哄傳遐邇之四平街大戰。指揮所主任范漢傑與第六兵團司令盧濬泉，率少數衞隊曾衝出重圍，惜在外圍爲李運昌部所俘。

當錦州戰事吃緊，國軍曾自錦西與瀋陽分別出援。

由錦西馳援錦州之東進兵團（第五十四軍闕漢騫部，配屬第六十二軍林偉儔部，獨立九十五師、獨立二九六師），由闕漢騫指揮十月十日進抵塔山，遭共軍頑强抵抗，無法突進，乃折返錦西。旋第六十二、第九十二軍船運葫蘆島增援，十二日進抵塔山以南；十四日突入塔山，與共軍巷戰，中午全部克服。十五日，共軍第四縱隊蕭華部反撲，激戰甚烈。國軍卒未能衝過塔山、高橋兩地，達成解圍任務。故錦州守軍始終陷於孤立，東進兵團對塔山共軍之進攻，士氣極爲振奮，各軍、師長均能奮不顧身，親臨最前線指揮，爭取戰果。惟以塔山之既設工事，當我軍撤守時，未能予以破壞，反致爲共軍利用，國軍反復攻堅，傷亡重大。但仍始終未能脫去交通線之依賴，大胆鑽隙滲透；或由西海口登陸，直拊塔山之背，以減林彪對錦州之壓力。

由瀋陽增援之西進兵團，由廖耀湘指揮，包括新一軍潘裕昆、新三軍龍天武、新六軍李濤、四十九軍鄭庭笈、七十一軍向鳳武、二〇七師許萬壽旅，共計十二個步兵師，又都是美式配備，尤其新一軍、新六軍，自緬甸打到東北，爲國軍部隊之王牌。

廖兵團由瀋陽出發在十月五日，行軍至彰武，黑山即被共軍所阻，據當時担任林彪部第十縱隊司令員梁興初（政委周赤萍）所寫「黑山阻擊戰」回憶錄，記述在錦州陷落後，第十縱隊東移至塔山抵抗廖兵團進攻時，曾奉到林彪命令，要他堅守三日，錦州失陷之後，廖兵團仍未能攻過黑山，於是在黑山、彰武一帶膠着達十日之久，最爲失策。

錦州於十月十五日失陷，長春於十月二十三日失守，廖兵團至十月二十六日始放棄西進之計劃，想退回瀋陽，已經來不及，被共軍包圍，全軍覆滅，除去潘裕昆與龍天武化裝逃回瀋陽，其餘高級將領，全數被俘。

廖兵團之覆滅，原因自非一端，廖耀湘個人驕奢淫佚，將帥不和，各懷二心。更重要的是在戰畧部署上犯了大錯。

廖兵團之西進，首越巨流河，再渡柳河，河幅極寬，流向不定，水淺而淤，不利徒涉，雨季尤形成絕對障碍；三涉繞陽河，四趟沙河、八道河，面向黑山、北鎮之隙路進出；最後尚須越涉大凌河。而北鎮南北山地綿亘，更爲天然之橫走廊，大兵團逼處其間，不啻自陷絕境，故一旦遭遇三倍之共軍，即全軍潰敗於此河沼地帶。

此次爲林彪畢生打得最大一次殲滅戰，奠定林彪以後在共軍中最高威信，後來所以能扶搖直上，種因在東北的戰功。而東北之戰，要以黑山之戰爲决定性一役。

（未完待續）

請介紹，請訂閱，請批評，請指教。

……（軸）彩色緙絲

縱一七四 CM
橫九十二 CM
即66×36英吋

山水人物、設色細膩窮神盡態惟妙惟肖刻織技術精密、爲宮院本祝壽之作

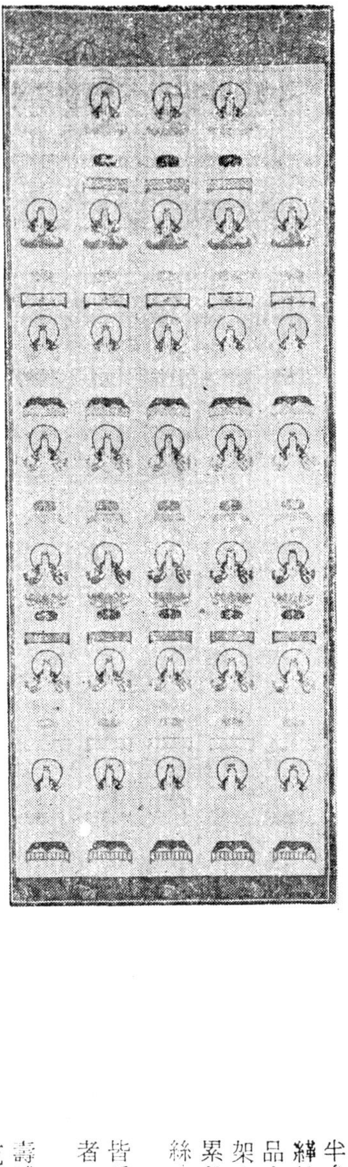

宋 卅三佛像（軸）彩色緙絲

縱一六八 CM 橫六四 CM
即66×25吋英

卅三佛像分層設色無一相同、金綫燦爛奪目、盤坐神態繡穆、爲內庭供奉之物。

元 青瓷藍釉大花瓶

高廿三CM 濶十七CM
即9×7英吋

元代產物、藍釉大花、珍藏數百年色澤不變、實爲罕見之寶。

……宮博物館珍藏之富，如歷代銅器、玉器、瓷器美不勝收，惟緙絲則寥寥無幾。近年集緙絲全部印成兩冊，尚包括刺繡在內，售價高達叁萬元。而歷代名畫精印有十冊，只售台幣七千元。則緙絲見重於當世，於此可見矣。

我國緙絲流傳頗早，漢唐名跡偶有散見，彼時僅有簡單之圖案，色彩亦極單純。至南宋以後，始漸而爲人物，山水、然已有毛筆彩繪參雜。至清代則幾乎描筆參半矣。

緙絲與刺繡有難易之分、刺繡係在整幅織品上以色綫穿插繡出。緙絲則以經綫懸於架上，再配以多種不同之緯綫織成、經年累月、一針一縷從容刻成、故緙絲亦稱刻絲。

故宮所藏歷代緙絲、僅數幅有名欵，皆爲男性所作。其出自女性閨閣名媛之手者、皆不署名。識者皆謂女作水準尤高。

本篇介紹三件稀世之珍：一爲羣仙祝壽緙絲。一爲佛像緙絲。另一爲元瓷花瓶。均經港台專家考究、一致鑑定爲宋元作品。羣仙祝壽僅水紋黑綫爲筆所繪，其他全部刻絲、遠望之。、山水人物、窮神盡態、惟妙惟肖。

佛像緙絲凡佛卅三座、分層設色、無有相同、其所有之金綫、燦爛奪目、歷久不變。盤手端坐、神態肅穆、專家認係內庭供奉之物、其裝裱所用之材料、屬於宋代織綿圖案。

元代青瓷藍釉花瓶、其花紋色澤、歷數百年而仍光鮮奪目實爲罕見之寶。

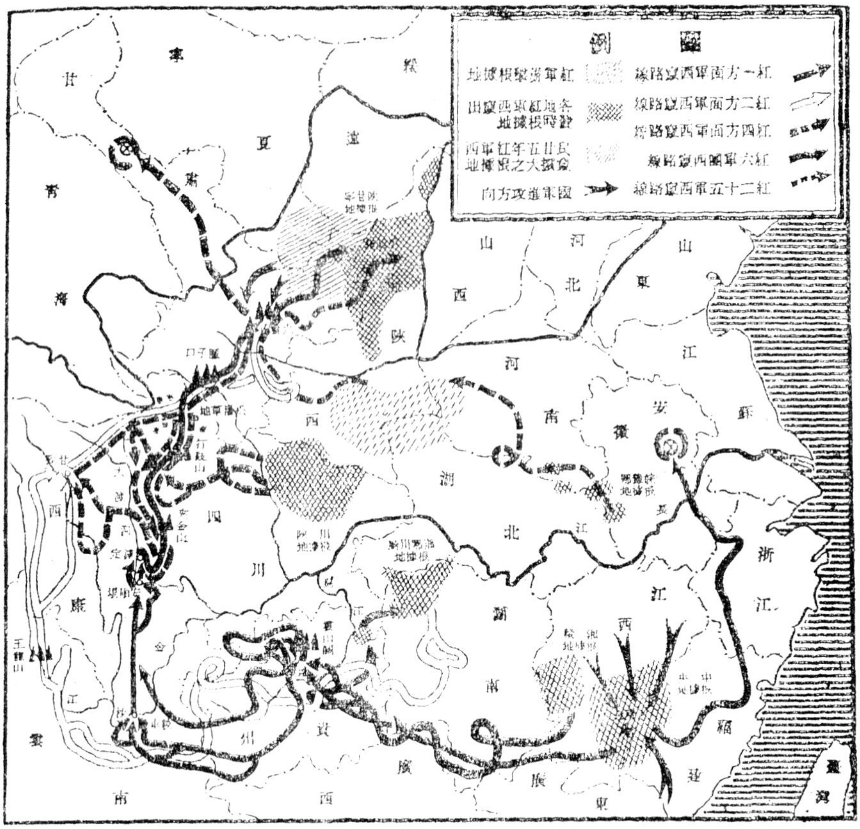

紅軍各部「長征」路線圖

細說「長征」

【十】

□龍吟□

賀、蕭兩股會合後，經過月餘整補，至十二月上旬，人槍已有萬枝，聲勢日趨壯大，乃由大庸南移，企圖進犯沅陵，當時守備沅陵國軍爲新編三十四師陳渠珍部之第一旅周燮卿，第二旅戴季韜部，共約四千餘人。

二十三年十二月七日晨，蕭、賀紅軍主力迫近沅陵城郊，周、戴兩旅因衆寡懸殊，乃憑城郊架設工事迎擊，十時許，紅軍向沅陵東北兩門猛攻，戰鬥激烈，但因守軍陣地堅固，紅軍雖屢次進攻，均被守軍以熾盛火力擊退，至九日下午二時，歷時三晝夜，紅軍先後猛撲十餘次，均無進展，且死傷八百餘名，國軍增援部隊新編第三十四師一部行將到達沅陵，紅軍見進攻不下，乃自動向大庸退竄。

斯時，國軍第二十軍郭汝棟所部（郭原爲第二十六師師長，是時奉命擴編爲第二十六軍，轄第二十六師及暫編第十九旅）之暫編第十九旅羅啓疆部已進抵湘西，主力守備桃源，一部控制常德，第二十六軍主力正由鄂南向長沙運動中，徐源泉總司令所部之第三十四師張萬信及第五十八師陳耀漢兩部，已由鄂西推進至長江以南之津市、澧縣一帶。

十二月十七日，蕭、賀再度集中主力，由大庸向桃源、常德方面進犯，當時國軍守備桃源部隊，僅暫編第十九旅之兩個團，與紅軍接觸約一小時，因紅軍以便衣隊潛入桃源縣城擾亂，守軍後方被襲，守軍爲轉移有利地勢繼續阻擊紅軍，乃主動放棄桃源，轉主力集中常德，繼續阻擊紅軍，桃源隨即陷落。

十二月十八日，竄據桃源之蕭、賀紅軍，繼續經杜家河、白洋河向常德進犯，守城部隊指揮官羅啓彊旅長，以常德爲湘西軍事政治根據地，乃集中全力並地方保安團隊加强工事，死守待援。

十二月二十日，奉令馳援之第二十六軍主力及第十九師馳抵常德近郊，第十六、第六十二兩師亦將到達沅陵。

死守常德之暫編第十九旅已苦守三日，是時見大部援軍到達，士氣大振，乃與援軍協同出城攻擊，紅軍不支，退至常德以南約二十華里之黃土店附近，常德之圍始解。

二十一日，國軍第二十六師由常德東南之石門橋、毛家灘之線，第十九師由官店坪分向黃土店圍攻，紅軍見我大軍圍剿，仍本避免決戰之慣技，以一部在黃土店牽制我軍，主力向北經杜家河竄至常德西北約十餘里之陬市，二十二日復退至漆家河，繼續分向桃源、大庸各方面竄去。

二十二日，我第十六師及第六十二師到達沅陵，何鍵總司令爲迅速規復桃源，令該兩師暫控制沅陵，並令新編第三十四師駐沅陵之一部由沅陵向東，第二十六師由常德向西，分向桃源進攻，並另電請徐源泉總司令所部由澧縣經臨澧、漆家河向桃源側擊，盤據桃源之蕭賀紅軍一部，見國軍分途向其圍攻，自知不能抗拒，乃於二十三日拂曉前，自動放棄桃源，向大庸方面撤退，國軍遂於是(二十三)日克復桃源縣城。

紅軍自進攻沅陵、常德無功，而桃源又棄守，士氣極爲沮喪，乃退集大庸、永順、桑植地區，從事整補，斯時第一方面軍已竄往黔北，何總司令深恐湘西之蕭、賀紅軍與朱毛合股，乃令沅、常各部隊，積極向大庸、永順一帶圍攻。

國軍駐沅陵之第十六、第六十二及新編第三十四各師，及常德、桃源一帶之第二十六軍郭汝棟部積極圍攻，惟此攻彼竄，難以捕捉主力決戰。

迄至二十四年一月中旬，駐沅陵之第十六、第六十二、新編第三十四等師，逐步向永順方面搜索前進時，湖南省政府在沅陵設有辦事處，並沿途輔以安撫民衆等政治工作，由十五至十七等日，先後將澧水南岸之關馬廠、洞華溪一帶共軍擊潰，二十一日迫近永順縣城，盤據永順之紅軍約一千餘名，於是日稍事抵抗即向龍山方面湘、黔邊境潰退，國軍於二十二日收復永順，隨將永順附近及逝溪兩岸肅清。

二月上旬，蕭、賀紅軍大部，仍盤據大庸、桑植及龍山一帶，而第一方面軍則已竄往川、滇邊境，重慶行營特調整部署，改派何鍵爲第一路軍總司令(第二路爲龍雲)，仍指揮原西路軍部隊，協同川、湘、鄂邊區總司令所部，肅清湘西蕭賀紅軍，並指定徐總司令收復大庸，第一路軍收復桑植、龍山。

三月十日，第二十六軍向大庸方面進攻，是日八時許，雙方在城郊激戰時，第三十四師亦迫近大庸以北，紅軍遭受三面圍攻，不敢戀戰，遂於九時許，以一部牽制國軍，主力突圍向桑植、永順中間地區竄去，國軍遂克服大庸縣城，迄至十三日，暫編第十九旅已將大庸北郊胡家坪一帶紅軍肅清。

向桑植進展之第五十八師，於三月二十二日始抵桑植近郊，於是日晨四時向桑植縣圍攻，盤據縣城者，爲賀部主力約三千餘人，憑恃縣城頑强抵抗，國軍陳耀漢師長率領所部猛烈進攻，並縱火焚燒紅軍工事，迄至十七時許，紅軍不支向龍山方面潰竄，國軍遂於下午六時三十分完全佔領桑植城，戰後調查，共擊斃紅軍三百餘名，奪獲輜重物品甚多，是時由永順向北進攻之第一縱隊國軍，已將桑植以南散股肅清，是後庸、永交界處之石田溪紅軍據點，亦被第十六師陶柳旅痛擊，於三月二十六日收復，至此沅、庸、永一帶大致肅清。

自大庸、桑植先後爲國軍收復後，蕭、賀已潰不成軍，狼奔豕突，三月杪潰竄龍山、永順邊境一帶山中潛伏，我第五十八師陳耀漢部，除以一部肅清桑植附近外，主力向龍山方面啣尾追擊。

(未完待續)

編餘漫筆

編者

費子彬老醫師爲一代名醫，仁心仁術，濟世濟人，無論識與不識，皆交口稱譽。本月適逢老醫師八四華誕，本刊特轉載芝翁高拜石先生遺著「孟河費醫與翁氏叔侄」一文，編者也撰一文，就親見親聞於費老醫生者，以告讀者。

又本刊本期封面爲費夫人侯碧漪女史所繪，費夫人精於繪事，爲張大千居士入室弟子，編者已有介紹，讀者試欣賞本期封面之精美名畫，便可証明編者所言並非阿諛之言。

「曠代奇才景梅九」是記述景氏最翔實一篇文字，民國初年山西、陝西兩省確出了許多獨立特行之士，年代既久，其事蹟逐漸不爲人知，本刊以後當繼續發表同類文章。

吳佩孚一生事蹟，傳說太多，但大多失實。余非先生之「吳佩孚傳」，大部根據檔案寫成，其間有關直奉兩次大戰之部隊番號及作戰經過，爲已出專書之傳記所未載，史料價值甚高。

「達里岡崖牧場」一文，係專門性研究文字，讀來似嫌枯燥，但此文關係異常重大，因此爲邊疆未定界之一，國人多數不知，故特刊出，也許有一天會如釣魚台、南沙羣島一樣，成爲世界的頭條新聞。

天一閣藏書，前後達四百年，爲中國私人藏書最富之館，歷代學者均有專書記述。此閣所藏，價值甚高，惜乎歷經兵燹，兼之後人不善保存，多有散失。本期刊出兩篇著名目錄學者專論天一閣文字，兩人前後相差達三十年，已看出其中情況大有變化。時至今日，像范氏天一閣，楊氏海源閣私人藏書之館已少，寶貴書籍均歸圖書館，以科學方法管理，保藏，雖不能言絕對安全，但散失之可能性，畢竟減少。但過去私人藏書對保存國粹，厥功至偉，天一閣更是此中翹楚，故特予介紹。

讀者皆以爲本刊內容太過嚴肅，希望能多刊輕鬆文字，愛護之情，誠然可感，但此類文字實不易求。本期刊出「老河口遇仙記」，要算是一篇輕鬆有趣文章，作者及參與其事之人均在台北，且均爲有地位之人，自無說謊之理，亦無說謊必要，但此事眞象究竟如何，編者不敢斷言，請讀者自己判斷。

本期刊出一份中藥秘方，已收到影印副本，其中如治糖尿病一方，編者朋友在數年前即曾試用，確實見效，故特鄭重刊出，以廣流傳。

胡政之與大公報一文，連續刊出後，國內外好評如潮，預計尚有三期刊完，即出單行本，特此預告。

人物·風土·

掌故

月刊

35

一九七四年七月十日出版

掌故月刊 第三五期 目錄

每月逢十日出版

掌故

每冊定價港幣二元正
全年訂費 港幣廿四元 美金六元

出版兼發行者：掌故月刊社
地址：九龍亞皆老街六號B
通信處：九龍旺角郵局信箱八五二二號
電話：K八〇八〇九一
The Journal of Historical Records
6B, Argyle Street, Mongkok, Kowloon, Hong Kong.

督印人：鄧少卿
總編輯：岳騫
印刷者：和記印刷有限公司
新蒲崗景福街一一〇號超達工業大廈十樓
總代理：吳興記書報社
香港租庇利街十一號二樓
電話：H四五〇五六一 H四五〇七六六

星馬代理：遠東文化事業有限公司
新加坡廈門街十九號
檳城杳田仔街一七一號

泰國代理：曼谷青年文化服務社
曼谷黃橋東北路五六六號

越南代理：聯興書報社
越南堤岸新行街二十二號

其他地區代理：
澳門：可大文具店
亞庇：利民公司
千里達：中華公司
非律賓：華安書局
倫敦：東寶公司
芝加哥：杏林春
波士頓：中西公司
三藩市：新生圖書公司
三藩市：益智圖書公司
加拿大：香港商店
漢城：汎亞書籍公社
寮國：永珍圖書公司
斗湖：光明書店
非律賓：玲瓏書局
紐約：友聯圖書公司
紐約：友方圖書公司
洛杉磯：永安堂
檀香山：大元公司
三藩市：文化商店
加拿大：新國華公司

三位歷史證人，沉痛話「七七」

資料室輯

邵毓麟（前駐韓、駐工大使）

有廿二次大會戰，一千一百十七次重要戰鬥，三萬八千九百三十一次接觸戰的抗日聖戰，我國軍民死傷人數在二千萬以上，流離失所者達一億以上，共損失四百四十九億六千七百餘萬元國幣。由這一概估數字，可知八年抗戰的勝利是如何的艱辛。

抗戰爆發，我國與日本國勢對比懸殊，可是我國堅苦卓絕，忍辱負重，終於克服了最頑強的侵畧者，爲世界戰爭史開創了奇跡，英烈悲壯，曠古未聞。民國廿八年五月四日，日機瘋狂轟炸重慶，國人傷亡近一萬，可是，死亡的威脅所給與國人的反應：「今天抗戰，我們認爲是我們這一代的人，有力量替國家討還一筆積欠已久的血債，所以我們應該自負，應該興奮，不怨天，不尤人，如果這筆血債再留待我們子孫來討還，那就不知更如何的慘重了！」

是什麼因素支持了我國人民，在不成比例的國勢下，刻苦奮鬥，戰人所謂之不能戰，克人所謂之不能克？

抗戰時期，焦土抗戰，是什麼因素，使國人在國土一寸寸的失去，人民一羣羣的死亡後，仍能堅持決心，深信「抗戰必勝，建國必成」？

抗戰時期，全國人民的生活水準降到最低下的要求，是什麼因素，使得國人在死亡和貧苦之間，仍能繼續慷慨從公，不計私利，以生命作爲獲得勝利的代價？

是什麼原因？……

今天紀念「七七」，爲的是什麼？

爲的是分享以生命和血汗作爲賭注的抗戰先輩所爭取來的「世界五强之一」的歷史光榮？

爲的是，純粹爲紀念而紀念？

或者，是因爲我們無能，而藉紀念來麻痺自己欲振之力的精神？

或者只是因爲……？

抗戰軍興，邵毓麟大使正在日本任我橫濱總領事。那時，正是廿八歲的青年。

他說在我們現在的情勢下，紀念「七七」，强調「重慶精神」或「抗戰精神」，至少有下面幾點是不可以忽畧的：即紀念「七七」，乃所以「顯忠恕」、「明義利」、「辨是非」，以及再一次的警告日本。

他說，民國廿六年十一月，七七事變甫告爆發，正在他任駐日橫濱總領事時，日本憲警配合軍閥在我國扶植「中華民國臨時政府」僞組織，威迫我橫濱區華僑集會「支持」「中華民國臨時政府」，會議地點迭在橫濱中華會館。

聞訊後，邵大使在開會當日親往參加，日本軍警導演的醜劇尚未上演，他即上台發表演說，聲言日本的醜陋和威迫我華僑的劣行，極爲簡短的演說完畢，華僑們即全體響應，不支持日本特務導演的醜劇

，同時，他並把日本軍警所準備在現場舉起的五色僞旗奪歸，當做戰利品；翌年日相近衞發表近衞聲明後，中國使節回國，他並將此一五色旗獻給政府保存。

以這一個例子，邵大使表示，抗戰時期不但全國軍民擁蔣護委員長抗戰到底的決心，即連遠在異國的僑胞，也都是心向祖國的，這是什麽原因呢？

他說，最主要的原因就是領導中心的確立。

邵大使說：抗戰軍興，蔣委員長應全民族要求爲我獨立自由而領導七七抗戰，這是爲對國族之「忠」的表現。而勝利後，對日寬大，則爲「恕」的表現，紀念「七七」即所以表彰中華民族精神「忠」、「恕」的涵義。

邵大使幷將這一點作了引伸：

他說：自日本近衞聲明發表「不以中國爲談判對手」後，中日斷交，返國後，他曾向蔣委員長作過報告，嗣後幷曾應汪精衞和周沸海等人之邀作過內容大致相同的報告，可是和汪周兩人談話，他已覺出，汪周對抗戰的信心並不堅定，後來，終於證實這些「低調俱樂部」的成員都成了「僞官」，抵銷了我們不少抗戰的成果，由此一例，可以看出，今天我們紀念「七七」，實需深刻體認這一段事實，共同以忠」、「恕」爲行爲方針，共同努力。

七七抗戰後，全國上下「捨利取義」，甚至「捨生取義」，將中華民族的潛能發揮至最高限度，不計犧牲，毀家抒難，在抵抗日本帝國主義的侵略下，抗戰到底。邵大使認爲這是抗戰精神的最佳表現，也是眞正抗戰精神之所在。

他說，抗戰精神是民族主義的表現，可是，現在的情勢已不同於抗戰，我們目前紀念「七七」，如果不能體會「七七」的現代意義，則不能算得上是紀念「七七」。

邵大使說，抗戰的情勢是純粹民族主義的表現和需要，可是，現在我們紀念「七七」主要的是要發揮當時報國衞國的決心，由於環境的改變，我們更需要的是要能發揮民族主義以外的民權和民生兩項精神，尤其，目前正是中共篡改七七抗戰史實，企圖竊奪抗戰果實的時刻。

民國五十四年，邵大使在出任我駐土耳其大使任內，曾應佐藤和岸信介之請，協助日韓締結外交關係，因爲此一關係，邵大使曾多次有和佐藤及岸信介長談的機會。

邵大使曾向佐藤和岸信介表示，日本當年所犯的錯誤是不瞭解中華民族的民族性。

邵大使向他們表示，日本所犯的最大錯誤就是侵略中國，他說，日本近衞內閣受軍閥左右，企圖併吞中國，在當初中日尚存有外交關係時，以日本軍部和使領館，以及具有特務工作任務的僑民之多，都不曾瞭解中國的抗戰潛能，而妄圖併吞中國，可見，日本是完全的不明瞭中國。他指出，民國廿七年一月，日本內閣因德國駐日大使陶德曼協調迫降不成，竟發表聲明，「今後不以國民政府爲對手」，幷認爲三月足以亡華，其不瞭解蔣委員長已成中國抗戰領袖，和中國抗戰之潛力竟爾出此聲明，其迂腐固執如此，而現在日本田中內閣所走的路竟然和當年相似。

因此，邵大使說，今天我們紀念「七七」，對田中而言，應是一個警告，現在的田中對中國的瞭解和當年的近衞相比，錯的竟是一樣。

邵大使表示，今天紀念「七七」，我們固需體認我們外交情勢的演變，抗戰期間，英美作戰本部以消滅希特勒爲優先條件，因此，使得蘇俄在遠東戰場取得了發言權，這是歷史的悲劇，也正是我們應當深切體會之處——一切靠自己，艱苦奮鬥，是「紀念七七」，千言萬語，最終的意義。

石美瑜（前國防部軍事法庭庭長）

民國三十四年，抗戰勝利。石美瑜三十七歲，在審判漢奸汪精衞的手下陳公博之後，奉派至南京、上海兩處，担任國防部及第一綏靖區審判日軍將級戰犯的軍事法庭少將庭長。

往事歷歷在目，所有日軍高級戰犯殘酷暴行的罪證，確鑿不可數計。

其中尤以日軍師團長谷壽夫中將，實在無法網開一面。在聽取被告律師的答辯之後，審判長石美瑜愼重宣判：

「南京大屠殺案主犯谷壽夫中將，六十六歲，日本人，縱容部屬殺戮非戰鬥人員，並強姦婦女，總計達三十餘萬衆，造成舉世無匹之慘案，可謂人類蟊賊，罪大惡極。爰依戰爭罪犯審判條例規定，處死刑。」

這份判決書，主文、犯罪事實、判決理由，長近萬言，遍舉谷壽夫扮演「殺人魔王」的經過。

今日展閱，仍叫人不勝欷歔的段落有：

「二十六年十二月十二日至同月二十一日，計於南京中華門外花神廟、寶塔橋、石觀音、下關草鞋峽等處我被俘軍民遭日軍用機槍集體射殺幷焚屍滅跡者有單耀庭等十九萬餘人。屍橫遍地，慘絕人寰。」

「十四日，市民姚加隆攜眷避難於中華門斬龍橋，又遭日軍將其妻姦殺，八歲幼兒，三歲幼女，因在旁哀泣，被用槍尖桃入火中活焚而斃。」

「十九日，鄉婦謝善眞，年逾六旬，被日軍在中華門外東岳廟用刀刺殺，並以竹竿插入陰戶。」

「日軍在中華門外，於輪姦少女後，復迫令過路僧侶續與行姦，僧拒不從，竟被處宮刑致死。」

石美瑜回憶說，在他根據軍事檢察官的指控書，以及其他資料，草擬這份判決書時，止不住的淚水已經遍溼了紙背。

他說：「身爲審判長，不應該涉及感情的。但，審判這樣一件案子，誰能鐵石心腸無動於衷？」

他提出一份當時紀錄下來的資料。根據當時司法行政部長謝冠生，在「中華民國戰爭罪犯處理委員會」所作的報告，前後經審查的日本戰犯案件，計達十七萬一千一百五十二件。

「這都是經由民間向各級法院控訴的。不聽過這樣的數字嗎？可見我們的同胞，過去是怎樣被日本人蹂躪。」

石美瑜說，各法庭共審判日軍戰犯二三八八名。結果，爲配合我國政府「以德報怨」的仁愛胸懷，只有罪無可恕的谷壽夫等少數幾名主要戰犯被處死刑，其餘兩千多人，都經網開一面遣回日本。

我中華民族先聖先賢都能愼刑恤獄，使罪犯遷入善心。當時各軍事法庭所遵循的刑事政第，也是如此。目的在建立中日兩國永久和平之基礎。」

郭岐（前教導總隊輜重營長）

在抗戰八年中，另一件令人難以忘懷的往事，則是日寇在南京造成的令人毛骨悚然的「南京大屠殺事件」。

時任教導總隊輜重營營長的郭岐先生，親歷了這段使人血液沸騰，慘不忍睹的往事。其後郭岐並在國防部審判戰犯軍事法庭審理日本第六師團長谷壽夫一案時，出庭作證，陳述了日軍在我首都南京的屠戮情形。

如今回憶這段往事，郭岐先生仍然有沉重的悲痛。他說在南京大屠殺聲中，我國無辜同胞，被日軍不問根由，逕予斬首者，即不下十餘萬人。婦女被輪流姦淫，割去奶頭，彈逼子女目睹母親被凌辱鏡頭的事情，更是不勝枚舉。

在南京大屠殺聲中，不但年輕婦女難逃被姦被殺命運，即連老婆婆，也免不了刼運。

郭岐表示，舉世震驚的南京大屠殺，正確的開始時間，應該是民國二十六年十二月十二日，其後日人在城內見人就殺，腥風血雨，鬼神皆驚。而今雖已相距三十餘年，但往事歷歷如目。我們實在難以輕易忘懷這段悲慘史實。

抗戰時期在華之韓國光復軍

范廷傑

韓國自一九一九年「三一」大革命後，未遭縲絏之革命領袖無法容身於國內而逃至中國，在上海建立韓國臨時政府，繼續從事於反日革命活動。自一九一九至一九五七年十九年間，韓國志士曾屢次發動暗殺日人事件，其中以一九三二年四月二十九日，尹奉吉在上海虹口公園炸死日本白川大將事爲最轟動。炸案發生後，日方搜索甚嚴，韓國臨時政府諸領袖不能常駐滬上，遂分別潛往上海以外之中國各地活動，惟臨時政府仍設上海。

一九三七年七月中日戰爭爆發後，韓國臨時政府亦輾轉西遷，經杭州、鎭江、長沙、廣州，於一九三九年春，到達四川綦江。各革命領袖陸續集聚後，鑒於國際間侵畧與反侵畧之壁壘日漸分明，中國抗戰已獲有利之支援，於是集議商討，決定籌謀統一散處於中國各地之韓國革命武裝力量，使之有一團結之重心，俾全力貢獻於抗日戰爭，於是有籌組韓國光復軍的倡議。

一、韓國光復軍的組成

韓國臨時政府建軍計劃擬定後，金九主席立向中國政府提出請求，當即獲得蔣委員長之批准，復經兩國當局商得同意：在各國尚未承認韓國臨時政府前，韓國光復軍暫由中國軍事委員會負責指揮。一九四〇年九月十七日，韓國臨時政府遂在中國陪都重慶宣佈光復軍總司令部的成立。並任命李青天爲光復軍總司令，李範奭爲參謀長。金九主席在致開會辭時，曾以誠摯的語氣說：

「目下我友邦中國，正逢着東方的大侵畧野心家，爲着自身的生存，更爲着世界的和平，而展開了神聖抗戰，全世界上任何民族，除了人類的反動份子外，無不熱烈的來贊助中國的勝利。尤其這次中國抗戰，是與我韓國獨立，極有關

係，故我們願意動員全民族的武裝力量，來與中國戰友共同奮鬥，報復中韓的國仇，相信，這個力量是不僅爲我韓族復國圖存的機輪，而且爲中國抗戰的一批生力軍。

今天，我們在中國戰時首都重慶，舉行韓國光復軍總司令部成立典禮，是覺得意義很深長，相信，從此可以在中國境內調動正式的光復軍，與友邦中國抗日大軍，並肩殺敵了。從此不但調動白山黑水間枕戈待旦的三韓健兒和散在華北一帶的白衣大羣，更能以此國內的三千萬革命大衆，聞風與起，衝斷倭敵的鐵蹄鎖鏈而遂行聖潔的天職了。

我們對於友邦中國最高統帥的人格和偉畧，原來極抱欽崇，這次更特許我韓國光復軍在中國境內正式編練，而使我們韓人在此中國抗戰的時期，盡聯合軍的一部任務，並使着我們達到偉大的目的，我們覺得非常感激的。不過我們更要夙夜不懈的來勵行中韓聯合軍的使命，早日成全我們偉大的事業，是我們唯一的職責。」

韓國光復軍總司令李青天，是一位才能卓越，經驗豐富的革命黨人。他原名池大亨，於一九〇四年（韓光武八年）九月九日入韓國陸軍武官學校（即陸軍幼校）。一九〇七年爲大韓帝國陸軍部派遣日本東京陸軍學校留學，一九一〇年考入日本陸軍士官學校習步科，一九一二年畢業任見習官，一九一三年晉升爲日本步兵聯隊少尉，一九一五年晉升中尉。一九一九年，因響應「三一」獨立運動，召集韓國留日學生大會，發表獨立宣言書而不見容於日本，四月下旬，亡命至中國東北通化縣哈泥河李始榮所創辦之新興講習所。見該所規模初具，決將該所改爲軍人養成所，定名爲新興武官學校。初在代校長李滄氏下任教官，十一月接任校長職，即由韓國國內及安東、通化、奉天、吉林一帶招募韓國聰俊青年，施以士官教育。並以哈泥河爲中心，在柳河縣快當帽子崇山峻嶺間及孤山子、三源浦等地設立武官學校分校，從事建立韓國獨立軍之基幹。一九二〇年七月，受日軍壓迫，率武官學校全體師生，潛避長白山麓之安圖縣繼續訓練。旋以日軍緊逼，遂聯合洪範圖之征日軍，趙東植之救國軍，金佐鎮之獨立軍，以聯軍副司令而負責指揮全體部隊與日軍戰，一戰之下，擊退日軍，保全中東路沿線所有韓軍實力，轉移至吉林省極北部之虎林縣一帶駐屯。九月，統合所有各派軍隊一萬三千餘名，編成高麗革命軍，任訓練委員長兼高麗革命軍士官學校校長。一九二四年五月，蘇俄駐華代表加拉罕與日本駐華公使芳澤謙吉達成密約，遂強迫解散高麗革命軍。李青天即時返回東北，就任正義府軍事委員長兼朝鮮革命軍總司令官。一九三一年與東北義勇軍聯合，組成中韓聯軍，遍歷遼吉黑三省，與日軍展開游擊血戰。一九三二年，以後援斷絕，潛往營口，由海路去天津轉赴南京。一九三三年保薦由東北南下獨立軍中之少壯舊屬，及金九主席與韓國義烈團領袖金若山所選派之青年共九十二名，入中國陸軍官校洛陽分校，編爲軍官訓練班第十七隊（普通班），另較優之青年五十名入南京陸軍官校（特別班）就讀。光復軍成立後，被任爲總司令。李氏具備文韜武畧，剛毅果斷，不但有一顆狂熱之愛國心，更有一股百折不撓的革命毅力。

參謀長李範奭，原籍漢城，雲南講武堂騎兵科畢業。一九一九年四月，韓國革命領袖在中國東北成立北路軍政署，附設士官學校（位於寧安縣三河漳東溝），李範奭應聘爲該校教官。日軍以迭遭在東北之韓軍襲擊，羞怒之下，向東北之中國地方軍政當局施以壓力，迫使逼令韓軍撤退駐紮之區，地方當局怵於日軍勢力，不得不執行是項陰謀。北路軍政署司令金佐鎮，集所部編爲旅行團，向安圖縣轉進。李範奭担任旅行團長，在和龍縣三道溝青山里附近與日軍發生遭遇戰，殺得日軍全軍覆沒，造成一次亡國以來獲得空前勝利而極著聲譽之青山里大捷。一九二四年秋，革命軍被解散，李氏潛往北平，化名吳基星，與台灣同志合組「韓台革命同志會」。在行動綱領之擬訂中，李氏主張以暴動與暗殺爲主要手段，台灣同志持反對意見，認爲韓國毗連中國大陸，

事敗易逸，台灣四面環海，事敗惟有束手犧牲，雙方意見不克一致，開會數次，無何進展，遂解散該會。一九二八年，李氏在武漢參加某次示威遊行，被警捕去，送回韓國，監禁四年，出獄後，復至中國從事革命活動。光復軍成立後，被任爲參謀長。

韓國光復軍的總司令部設於重慶，總司令參謀長之下，設總務、參謀、政訓三處。建軍伊始，首以集中各地韓國志士參與建國工作爲要務。且光復軍之建立，其政治的意義實大於軍事目的。是以號召留華各派韓人，集中一幟，共爲復國而努力，爲其主要目標。因而臨時政府在致前方將士書中，明白表示：

「願前線將領，不問黨派與主義，凡以抗敵建國倒倭救韓爲職志者，聞風而起，來集一幟，加强我光復軍之力量，進與友邦軍隊聯合，爭取勝利，以收十三億被壓迫民族之聲援與同情。」

臨時政府擴充光復軍之員額，復由外務部長趙素昂對海內外韓國青年提出呼籲：

「凡欲爲祖國獨立與民族解放而戰者；凡欲爲建立新共和國與合理的社會而戰者，皆可與之共主於光復軍旗幟之下。」

呼聲一起，立獲響應，散布於豫、晉、綏、贛各戰區及陝北一帶之韓國革命志士，紛紛加入該軍。經各該戰區司令長官之協助，分別接受戰地各種短期之軍事訓練，除少部份仍留各該戰區担任政治工作外，其餘陸續改編爲光復軍。

二、朝鮮義勇隊的歸併

然而，韓國臨時政府擴大韓國光復軍的計劃，並非順利無阻。另一韓國獨立運動的領導人物金若山，却以其所領導的「朝鮮民族革命黨」爲基礎，聯合其他幾個革命團體，於一九三七年十一月十二日，在漢口組成了「朝鮮民族戰線聯盟」，次年十月又建立了「朝鮮義勇隊」，對韓國臨時政府及光復軍採取分庭抗禮之「不關政策」，稍疏於叙述，請先就金若山之出身背景略作說明：

金若山原名金元鳳，韓國慶尚北道人，一九一三年時年十六，在家鄉組織青年同志，從事反日活動，旋被捕，判處死刑，入獄待決。嗣越獄，逃往中國東北。一九一八年在吉林集合革命青年二百餘人，組織純以暗殺、暴力與破壞爲手段之革命團體——朝鮮義烈團，以「七可殺」爲行動綱領，專事殺戮日敵韓奸。後以東北難以立足，一九二一年率義烈團員三十餘人入關至北平。一九三一年旋率團員十餘人入黃埔軍校第四期，畢業後返上海。一九三一年「九一八事變」後去南京，向中國當局提出「朝鮮革命計劃書」，獲准在南京湯山成立「朝鮮青年幹部學校」，金氏出任該校校長，以速成式訓練學員，每三個月爲一期，每期四十餘人，開辦年餘，共招三期，因較優之韓國青年招收不易而停辦。金氏以其爲黃埔四期之淵源關係，與中國方面商洽建立朝鮮革命武裝隊伍時，得到黃埔同學會之支持，遂決定組織朝鮮義勇隊。計劃擬妥後，呈報蔣委員長並奉核准，一九三八年十月十日在武漢外圍保衛戰激烈之時正式成立。該隊之組成份子大部爲金氏曩昔所領導之義烈團員及青年幹部學校畢業學生爲基幹，而在建制上隸屬於中國軍事委員會政治部，成爲中國國軍編制內的一個單位。

當金若山於一九三七年十一月組成「朝鮮民族戰線聯盟」之際，即曾確立其進行路線：（一）取得國內外各革命團體及羣衆之聯繫；（二）建立朝鮮革命武裝隊伍；（三）加緊完成朝鮮國內外各革命團體的統一。顯然，他是計劃以「朝鮮民族戰線聯盟」爲旗幟，建立一個韓國獨立運動的新領導中心，漠視韓國臨時政府業已存在之事實。金氏之所以採取此項態度，係認爲：

一、國土尚未光復以前，臨時政府實不能在無人民之海外實施其政權。

二、各國尚未承認或援助臨時政府。

三、現在臨時政府，並非依據各革命團體，或國內人民之民

主的合法選舉而組成者。基於這種認識，金若山反對金九期望各武裝力量歸併於光復軍的提議，並且拒絕擁護臨時政府。他的意見是：以朝鮮義勇隊爲基礎，將所有在華之各派武力，擴大合併到義勇隊中來，由他負責領導指揮，金氏這種構想，見之於朝鮮義勇隊成立兩週年宣言，宣言中說：

「鞏固並擴大海外朝鮮革命者的團結，首先要求在華朝鮮革命力量在朝鮮義勇隊旗幟下，集中起來。我們一切力量都要爲了朝鮮民族的解放。我們堅決指出少數只圖個人派系利益，不惜破壞在華朝鮮革命同志之團結所加於朝鮮革命的危險。我們更應當指出違反朝鮮革命利益的任何個人派系，終必爲革命浪潮所傾覆。」

金若山這種與韓國臨時政府分道揚鑣的政策，一直到一九四一年才由於受到國際局勢的影響，而有所改變。蓋日本於一九四○年九月二十七日與德義訂立三國軍事同盟，形成軸心集團，並於一九四一年四月十三日與蘇聯訂立中立條約，以解除其在北方所受之威脅而積極作南進的準備。在反侵略國家方面，中國政府也與英、美、荷三國取得更密切之聯繫，結成ＡＢＣＤ太平洋上反侵略陣線。致使日本尙未南進，已先受到包圍。國際反侵略陣線既形成，中國之抗戰已非孤軍奮鬥，盟邦支援迅速而積極，國際形勢勢將發生巨大轉變。金若山有鑒於此，迅速改變策略，拋棄其後來對臨時政府之「不關政策」，於一九四一年五月召開朝鮮民族革命黨第五屆第七次中央會議，討論與獨立黨合作辦法，並決定參加臨時政府。會後發表聲明稱：

「目下諸民主國反法西斯集團，已與法西斯集團展開大血戰。在歐洲，已有波蘭、法國等反法西斯流亡政府，次第被各民主國所承認，而予以援助之實例。且反抗東方法西斯之朝鮮政府，亦有被此等諸民主國家予以承認之希望。尤其抗日之中國政府，正在準備予以積極援助，此等外援，將在朝鮮革命，貢獻必爲巨大。因此，本黨決定參加臨時政府，並予以支持。」

金若山在此宣言中，雖宣布朝鮮民族革命黨支持臨時政府，但對於義勇隊併入光復軍問題，仍避而不談。實則軍事團結問題一日不決，韓國兩大黨（獨立黨與民族革命黨）便不能眞正合作，建軍之終極目標自亦無法達成。中國政府對於韓國兩黨之態度，持不偏倚之立塲，希望不因韓國的黨爭，而影響其復國大業。同時鑒於光復軍之成長與壯大，認爲軍事的合作，可以鼓舞並提高韓國民族之復國熱情，同時號召海內外，認淸韓國革命者憑藉武力，直接參加對日戰鬥，終有一天擊潰侵略者而使國土重光。因是，多方籌謀，必使有一妥善的安排。固然中國此時在法律上尙未承認韓國臨時政府，惟却早已表現於實質上之承認，助人即所以自助，自不必爲法律問題所拘泥。而韓國光復軍，雖其已經茁長，尙未臻至壯大，理宜由中國當局，應乎事實之需要，予以合理的運用。蔣委員長因於一九四一年十月致電參謀總長何應欽有所指示：

「對朝鮮光復軍在原則上應爲政治上之運用，不宜爲法律問題所拘泥，……至該光復軍成立時之處置：（一）直隸本會由參謀總長掌握運用，並於會內指定專人掌管該軍之指揮命令及請款領械事項；（二）原隸政治部之朝鮮義勇隊應同時改隸本會，由參謀總長統一運用，以免紛歧。」

蔣委員長此一決定，爲韓國臨時政府實現統一建軍之理想，開闢了新的途徑。韓國志士，亦認爲在國家民族立塲以及應乎實際需要，改組之舉，勢須實現。韓國臨時政府，遂採取主動，與金若山坦誠相對，並命臨時政府各部首長，民族革命黨及義勇隊各級幹部往返磋商，同時並與中國方面交換意見。幾經周折，卒將合併原則達成協議，呈報於中國最高當局，並邀核准。中國軍事委員會遂於民國三十一年五月十五日發布命令：

「奉諭：『韓國光復軍總司令部增設副司令一員，並派

金若山爲該軍副司令，其原有朝鮮義勇隊着改編爲該軍第一支隊。……』茲將朝鮮義勇隊改編爲韓國光復軍。」

在中國軍事委員會的命令下，兩支在華韓國革命武力合而爲一體，在韓國革命運動之建軍史上，自有其重大的意義。幾乎所有韓人均爲此喜訊而歡欣鼓舞。惟金若山對於此舉感到不快。他快快地發表一篇朝鮮義勇隊改編宣言，惋惜他擬將朝鮮義勇隊與韓國光復軍合併起來，編爲朝鮮民族革命軍的方案未能實現，並譏評原有的光復軍也不是建立在各黨派合作的基礎上，且認爲光復軍這個名詞也帶有復古的色彩，缺乏積極的革命意義。金氏曾以激動的口吻說：

「結果在中國軍事委員會命令之下，將朝鮮義勇隊改編爲韓國光復軍第一支隊，當然我們對於我們正確的主張不能實現，不無若干遺憾。」

金若山既心存介蒂，無怪以後在韓國議政院中，在國務會議裡，以及在軍事之指揮調度方面，處處杯葛臨時政府，時時攻擊金九主席，致人事安排不能協調，軍事計劃無法展開。

三、中國黨政當局對韓國光復軍的扶植

韓國光復軍既隸屬於中國軍事委員，基於軍事觀點，則該軍亦應主動地進入軍事委員會的指揮掌握之中，因而一切裝備、訓練、後勤、補給等，均須與軍事委員會有密切的聯繫與妥善的配合。金九主席遂洽請軍事委員會派員担任該軍參謀長，以促進光復軍之發展。軍事委員會即於一九四二年三月十三日由軍令部調遣尹呈輔將軍（時任中將高參）出任光復軍參謀長，並另調軍令部之袁喆，與政治部之王平一參加該軍工作，俾以中國革命及抗戰之經驗，協助韓國建軍。金九主席於三月三十日晨接見尹氏等予以嘉勉外，並對蔣委員長表示謝意。

本文第二節業已提及，蔣委員長曾於一九四一年十月頒令參謀總長何應欽，對促成韓國光復軍的擴編與其後的裝備、掌握與運用，都有具體的指示。

何應欽總長遵照指示，並與韓國臨時政府諸領袖及光復軍統帥磋商後，即由軍事委員會訂立「韓國光復軍行動準繩」九項，以資遵守。此九項行動準繩規定：

一、韓國光復軍在中國抗日作戰期間，直隸軍事委員會，由參謀總長掌握運用。

二、韓國光復軍歸中國軍事委員會統轄指揮，在中國繼續抗戰期間，及韓國獨立黨臨時政府未推進韓境以前，僅接受中國最高統帥部唯一之軍令，不得接受其他軍令，或受其他政治牽掣。其與韓國獨立黨政府之關係，在受中國軍令期間內，准保留固有之名義關係。

三、軍事委員會以援助韓國光復軍向韓國內地及接近韓國邊境之地域活動，以能配合中國抗戰工作爲原則，在未能推進韓境以前，應以有韓人可吸引之淪陷區爲主要活動區域，在其軍隊編練期間，特准其在中國戰區第一線（軍部以前）附近組訓，但須受中國當地最高軍事長官之節制。

四、韓國光復軍之指揮命令及請領款、械等事，由軍事委員會指定辦公廳軍事處負責接洽。

此項行動準繩確立後，韓國光復軍之經費薪餉，即悉由中國軍事委員會供給。留渝之光復軍總司令部官兵，與軍事委員會直轄各機關同等待遇，舉凡生活補助費、米津等，一律按中國政府頒布辦法支給。在前方之各支隊給養、服裝、糧秣等，亦援中國國軍之例供應。

一九四一年十一月十五日，蔣委員長正式核准韓國光復軍可在中國境內對日作戰。軍事委員會遂將此項決定通知李青天總司令，申明正式承認韓國光復軍在中國之合法地位，並通令各省市各戰區政黨各長官協助該軍，配合對日作戰。此不僅爲韓國革命前途之新曙光，亦中韓關係史上劃時代之大事。韓國臨時政府特於十二月一日發表聲明，接受中國政府之決定。聲明稱：

「爰於昨年九月十七日，在渝成立韓國光復軍總司令部，命李青天為總司令，主持軍事，時僅十數月，成績蔚然可觀，有由敵陣倒戈而來者，有由淪陷區域倒戈而來者，有由國內聞風響應者，一年以來，前後相繼，北自幽燕齊魯，南至吳越沿海光復軍旗幟，行將耀武於敵陣。人數雖尚未衆多，聲勢則日形洪大。彼蕞爾倭賊，被華軍圍剿五年，屢遭慘敗，望風披靡，窮於補充及運輸，最近復誘脅韓人，強要徵發，名為志願兵，聞其兵額，將及二十五萬之衆，悉數驅赴前線，欲與我光復軍對壘，而決雌雄。際此嚴重局勢，幸荷中華民國最高統帥　蔣委員長之邀准，許可光復軍正式參戰。韓國之良將勇士，自是始獲用武，中國之高義鴻猷，洵屬感佩！竊思武裝行動，自有畛域，凡係一國領土，斷難容兩種軍令，何況作戰指揮，亟有賴於統一，聯合陣線，切忌羣龍無首，本政府有感於此，特令在中國國境以內所有光復軍，於中國抗戰區內，暫歸中國統帥管轄，受其節制，一遵戰時法規，所以恪守軍令，嚴飭紀律，同心同德，克剛克柔，背期有聯軍之實，而劇共同之仇。何啻中美英蘇加澳荷印，已結成民主反侵略陣線，泰緬菲越，亦將奮起呼應，值此千載一遇良機，我光復軍亦參加民主國際陣營，配合友軍作戰，共劃納粹，同滅倭賊，祖國光復，在此一舉，全民解放，實利賴焉。」

其後，軍事委員會並擬定「對韓國在華革命力量扶助運用指導方案」一種，呈送中國國民黨中央常務委員會核議，並經蔣委員長於一九四二年批註意見，中常會經審慎研究後，制定「扶助朝鮮復國運動指導方案」，呈奉蔣委員長核准施行，此項方案之基本精神是：

一、中國國民黨本總理三民主義扶助弱小民族之遺教，建立東南亞永久和平，對韓國在華各革命團體予以積極的扶助，期培成其復國力量，重建完整之獨立國家。

二、中國國民黨同志應以親愛精誠與熱誠謙和之態度接待韓國各革命團體。

三、在抗戰期間，韓國各革命團體應配合中國軍事要求，參加實際抗敵行動，以加速日本帝國主義之崩潰。

四、對韓國在華各革命團體之接洽指導，由　蔣總裁指定三人主持之，其所需要之經費補助，以中國國民黨名義統一借發。

韓國光復軍基本隊員，皆為多年反日鬥爭中倖存之體國有志之士，富有革命思想與經驗，戰志昂揚素質甚高，中國當局核定均以少尉階級任用，並經編組集訓，整裝待命。各隊除雜役兵外，並無殘兵。該軍各級負責人員悉心規劃，與中國當局多方協助，期其潛力能得充分發揮，以為韓國光復後建立國防軍之基幹。

四、韓人要求獨立作戰

大戰進行到一九四三年初，盟軍在歐洲及北非迭獲勝利，局勢完全改觀。卡薩布蘭加會議後，同盟國已掌握主動，向勝利之途邁進。有關國際性的政治、經濟、文化等問題，無不引起諸國之熱烈討論。尤其有關殖民地之獨立，被滅亡國家之復興以及軸心國家如何處理等問題，更是意見紛紜，莫衷一是。最為韓國民族所關切者，為戰後韓國問題之處理。適於此時，有所謂國際共管韓國之論調斷續傳出。如亞細亞雜誌記者及「幸福」「時代」和「生活」雜誌的編輯們倡言「共管」以解決韓國獨立問題；南加州大學國際協會且論及韓國未具獨立資格。這種借箸代籌的消息，給予英勇苦鬥的韓國志士以極大的刺激和失望。而美國芝加哥太陽報倫敦特派員更報導了英美的政治領袖在華盛頓商討的「英美戰後世界機構建立計劃」中，關於遠東方面之第四項謂：「韓國未獨立前，置於國際監護之下」。這當然只是一種構想，一種建議，但若構想演成事實，建議變成定案，則三千萬韓族的自由意志豈不永被扼殺。韓國臨時政府於是展開呼籲，請求盟國立即給予承認，雖幾經努力，但美英諸國反應冷淡。於是反對臨時

政府的一派韓人，情急之下，要求中國給予光復軍以獨立地位與日軍對壘，以期贏得國際間的注意。其激烈者，竟怨及中國當局未能給予韓國以獨立發展機會，且以韓國光復軍隸屬於中國軍事委員會指揮一事，爲不平等，認爲「非韓國的光復軍，乃中國的光復軍」。閔石麟即曾坦誠的說出這些韓人對光復軍隸屬問題的批評：

「韓國光復軍，既是韓國的國軍，何以佩帶青天白日的幅徽？何以與臨時政府的關係十分薄弱？並且革命軍最重要的政治訓練，何以亦由中國政治部來掌握？此外不合理的九個行動準繩，更如何能發展工作？所以光復軍是救濟韓國軍人的機關而已。但是除了總司令部的職員以外，其他地方的職員。似乎是在十分困難的生活中何以不亦去救濟一下呢？」

中國對日抗戰以來，多少精銳部隊，犧牲於戰場之上，一次戰役之結束，輒遍地血腥，傷亡枕藉。韓國光復軍人員，素質雖優，數量太少，焉能經得起如斯消耗。且該軍之存在，其政治意義實重於軍事作用。今日一名隊員，可能爲他日復國後建立國防部隊千名甚至萬名的種子，中國當局自不願將該軍任意投入戰場。殊不料竟遭致上述之譏評及「伐齊爲名，參與無期」之怨謗，不特中國當局處境維艱，即韓國臨時政府亦飽受各黨派之攻擊立逼臨時政府要求中國廢除光復軍行動準繩。一九四三年二月四日外務部長趙素昂至中國外交部，提出一項「中韓互助軍事協定草案」十條，未得要領而退。臨時政府旋將草案備具照會寄送中國外交部，外交部遂分函中央秘書處及軍事委員會，商請酌辦。中國在未承認韓國臨時政府以前，以外交立場言之，自未便接受其任何文件，但是有關方面，亦不能忽視此項照會，於考慮遂行照會所提各點前，決定組織點驗團，從事於光復軍之實際點驗團，其目的爲：(一)在切實考驗各隊員之思想、志趣、能力、體格，以於將來委派工作之根據；(二)在切實預防投誠之韓人被敵利用，混跡光復軍中，爲敵作間諜活動(先是中國情報獲得日本最近訓練間諜四組，派來中國自由地區從事間諜活動，已在岳陽、宜昌捕獲兩組，其他兩組不知下落，正嚴搜中)。由五月初開始點驗光復軍總司令部，渝地點驗完畢後，即分兩組，每組約三數人，由軍委會辦公廳、軍委會統計局、光復軍總司令部等機關派人組成。第一組担任點驗散駐西安、洛陽、鄭州、立煌、六安、老河口各地之光復軍，第二組担任點散駐永安、上饒各地之光復軍。不意，正進行間，各黨派又因中國貸款問題，故意誣衊金九主席分配不公，對臨時政府施以圍攻，一時枝節橫生，紛紜難解，點驗工作，被迫中止。

一九四三年十一月二十五日，中美英三國領袖在開羅會議，宣言「三盟國念及朝鮮人民永久受奴隸待遇，應使朝鮮在相當時期內得享自由與獨立。」旅華韓人，對此宣言的反應意見，甚爲紛歧。有的韓人對「在相當時期內」一詞，表示驚訝，認爲韓國之獨立將無限期延擱。有的韓人認爲宣言確定後，韓國無條件獨立與自由，允爲解決遠東問題之公平方案。金九主席異常振奮準備與各方緊密團結，謀求復國之道。適在此際，韓國議政院又一次議決要求中國改訂光復軍行動準繩之議案，提請政府執行。

此案之提出並獲得通過，其原動力在民族革命黨。蓋該黨時時予臨時政府以難題，目的在迫使金九主席窮於應付。蔣主席(林森主席於一九四三年八月一日逝世，十月一日蔣委員長正式就任國府主席)對於韓國臨時政府要求取消光復軍行動準繩等問題深爲關注與同情，擬即有所決定，一九四四年七月十日代電轉飭中國國民黨秘書長吳鐵城等研議具報。吳鐵城等於八月九日提出計劃呈報蔣主席核定，蔣主席遂批准韓國光復軍改隸韓國臨時政府，使其在補充訓練及軍官之任命方面，取得獨立行動權。惟在對日作戰期間，仍將受中國軍事委員會之指揮。此項指揮，非爲剝奪韓國臨時政府之權限，實因蔣主席爲聯合國方面中國戰區最高統帥；韓國軍隊在中國境內與中國軍隊並肩作戰，受命於中國

戰區最高統帥之指揮，與歐洲及太平洋兩大戰場盟國部隊受命於艾森豪、麥克阿瑟兩統帥之指揮節制同。是以韓國光復軍各部隊僅在中國各戰區接受戰區司令長官之統率，以達到共同配合對敵作戰之任務。韓國光復軍副司令金若山，亦於此時辭去副司令職，專任臨時政府軍務部長，與中國軍事委員會相配合，積極加強光復軍之擴充與訓練。

五、大戰結束前後

太平洋戰爭進展神速，美軍的跳島閃擊戰術，使日本已經分散的兵力，失去互相支應的機動彈性戰力，惟有龜縮在各島之珊瑚礁間或岩洞中苦挨時日。威力強大之美國空中堡壘，更輪番出擊，指向日本本土，作地毯式的飽和轟炸。日本軍閥明知敗亡在即，却堅持戰至最後一兵一卒，誓不敗降。並醞釀必要時放棄其本土，以朝鮮半島與中國東北為根據地，作大陸之決戰。金九主席認為不論其本土決戰或大陸決戰，韓國之首先光復，為加速日本敗亡之重要關鍵，因為在地理上、戰略上、政略上，盟國登陸韓國以切斷日本與大陸之交通，擊潰在韓國之敵人以及摧毀各種生產設施，為擊敗日本之最佳途徑。臨時政府遂向中國當局提出十六點軍事進行計劃，決定向韓國本土進軍之綱領。中央黨部立邀軍委會等有關單位，研擬進一步之援助辦法，以配合是項計劃之部署與實施。經決定「援助韓國光復軍辦法」六項，呈報蔣主席並獲批准，重要條文為：

二、韓國光復軍在中國境內之作戰行動，受中國最高統帥部之指揮。

四、關於韓國光復軍之接洽事項，由韓國臨時政府與中國軍事委員會所派代表協商之。

五、韓國光復軍所需一切經費，經協商後以借款形式由中國交予韓國臨時政府；但光復軍經常費依照中國軍隊現行**給予規定，由中國軍事委員會按月撥交韓國臨時政府。**

六、在中國各俘虜收容所所有韓國籍俘虜經感化後，轉交韓國光復軍。

軍事委員會除在西安、立煌等地開辦光復軍訓練班外，並將瀏陽湘陰縣府收容之四十餘名投誠韓籍士兵，以及渝市南泉集中營收容之三十餘名韓籍俘虜，全部納入光復軍訓練班受訓。而金九主席與美國協商合作，在阜陽開辦之訓練班，先由韓國光復軍第二支隊長李範奭，於四月二十九日飛西安，與美方進一步洽妥，並呈報中國當局，經蔣主席核准成立。

一九四五年八月九日，金九主席偕光復軍總司令李青天赴西安，作巡迴視察。並與中美有關方面分別接洽，促進其軍事進行計劃之早日實現。正進行間，美國兩顆原子彈，迫使日本無條件投降，第二次世界大戰於焉結束。中國收復失地，韓國國土光復。金九主席對各方面稍事安排，即返回重慶，於八月二十二日會見吳鐵城秘書長，在討論日本敗降後之各項問題時，曾提出請將日軍中之韓籍士兵於繳械後，仍發給軍械，撥交韓國光復軍。吳鐵城接納是項意見後，函請軍事委員會於解除韓籍士兵武裝後，加以訓練，轉交光復軍。金九主席復要求同盟國家，於解除日軍武裝時，應使在日軍中之韓人將軍械繳給韓國光復軍。並迅即任命第二支隊長李範奭為韓國光復軍挺進總司令，向韓國挺進。

惟美國方面，無意允許在華韓人以臨時政府任何名義返回韓國。因是金九主席及臨時政府重要人員，迫而採取以個人名義分批返國。行前，組織韓僑宣撫團，對散在中國各收復區之韓僑，進行宣慰。宣撫地帶分為華北、華中、華南三區，李青天則兼任華南宣撫團團長，迅即展開工作。

一九四五年十一月五日，金九主席等一行二十九人及華籍報務員三人，由渝飛滬，經與麥帥交涉，獲准返國後，於十一月二十日及十二月三日分兩批飛返漢城，結束了漫長長的二十七年之**國外流亡生活，實現了返回祖國的願望。**

抗戰雜憶

凌紹祖

民國二十六年抗戰開始後，今　總統蔣公曾赴前方視察，認爲民衆組織和宣傳工作做得不夠，難以配合軍事。當時，我在江蘇省黨部服務，戰爭的前方屬於江蘇省之淞滬各縣。中央令江蘇省黨部在前方成立一個辦事處，專門直接指揮前方各縣黨部的戰時戰地工作，並派周紹成先生和我二人分任主任、副主任。我們的辦事處設在蘇州。

抗戰的大本營成立了一個第六部，部長是陳立夫先生，副部長是張厲生先生，專營全國戰時黨政組訓工作。第六部也成立了一個駐蘇辦事處，主任是鄭亦同先生。

第三戰區司令長官部也在蘇州成立，最初的司令長官是蔣先生兼，副長官是顧祝同。長官部有政訓處，處長是顧希平。一時蘇州乃成爲指揮軍事和黨政的重鎮。

我在辦事處所管的是外勤工作多，活動範圍就是前方的各縣。適巧，中央也派了一個宣傳隊到前方工作，隊長是方希孔先生。因此，我們很多機會都是和方治所領導的隊配合進行的。

在戰爭的初期，各地民衆多沒有經驗，大家都畏懼敵人飛機轟炸和大炮射擊；地方還離戰地遠得很，有許多民衆已携家作遷移之計，把原住的房子反鎖起來。所以我們的部隊開上前線，經過時看到這種情形，都極易生出反感。有時，要點水喝也沒人供應，也就是部隊得不到民衆的支援。有時，部隊的士兵們憤怒地說：「民衆們都跑光了，我們爲誰作戰？」如何改善這種情形？都是屬於我們的工作範圍以內。

有一天，我們出發到前線的太倉，到達時已近黃昏，太倉城門口有一排守軍很嚴重地戒備着。我們先派人去和守軍說明，再全部進入太倉縣城。進城後，祇見到兩個民衆，一位老先生和一位老太太；那位老太太用厨刀在門口石階上切着一小把青菜，大概是準備自己的晚飯。另外，看到了一隻貓和一條狗，分兩處攤伏着，看來是多日未獲食物。太倉的縣城是一個窄而長的形狀，我們走盡一條主要的街道，再沒有看到其他的人和動物了。街道兩旁的房子已被敵機炸得東倒西歪，電燈電報的桿子全部炸倒。很多人家於避離後，大門仍然敞開者，無人的住屋裡箱子疊得高高地。駐軍部隊長很嚴明，在每戶敞開的大門框子貼上一張「擅入民居擅取民物者斬。」的告示，整個太倉城像死一樣的沉寂，祇聽到我們一行人脚步的聲音。我們找到了縣政府，縣府裡的人全派到四鄉做協助軍事的工作，留守的僅一、二人而已。等了很久，張迺藩縣長回來了，相互交換戰地許多問題的意見。已經到晚飯的時間，但是縣府裡僅有一碗肉湯，一點飯糍，無法留客。我們爲了吃飯，乃向常熟出發。

我們在前方工作，每個人都心情沉重，性情緊張。方治先生有時講一、二句幽默的話，大家都很欣賞。譬如，我們在進入太倉城時，所見的景象，個個都搖頭嘆息。方先生忽然說：「太倉縣城是腔腸動物。」大家都笑起來了，因爲形容太倉縣城再沒有比這幾個字更確當了。

太倉至常熟途中，車子時行時止，因爲上空敵機成羣飛行，巡迴轟炸。有一次我們隱避在一座山腰古墓旁，當頭敵機盤旋不去，大家都悶氣極了。方先生突然說了一句話：『古人說：「與鬼爲鄰」。今天我們不是「與鬼爲鄰」了麽？』大家又都笑起來了。

漢奸是實在不能饒恕的。抗戰初期，各地就有小漢奸的活動。舉例來說：我方由南京運出的軍火列車，每到蘇州車站時，多遇到空襲。所以蘇州車站是京滬線上遭遇空襲最多的一個車站。有時軍火車被敵機擊中以後，可以連續爆炸幾個小時。那時車站的周圍全成了危險區。有時增援的部隊或伕役什麽時候到站，隨即就會有敵機來臨，如響斯應，那是證明了京滬線沿線各城市都分佈着小漢奸。

有一度，敵機利用了太湖作爲它的水上飛機塲，每次起飛，警報發出後，不到一、二分鐘即飛臨蘇州上空。我的聽覺很靈敏，常常先聽到飛機聲，隨着就聽到警報聲，所以在蘇州是沒有跑警報的時間。

對蘇州的轟炸也很激烈，在一次空襲後，我隨即到觀前街等處巡視，街上除了救護隊以外，幾無行人，許多店舖裡的人也跑光了。我看到幾家大的鐘錶店，敞在那裡，名貴的鐘錶無數地陳列在裡面，但是誰也無心看它一眼。

在蘇州服務的人，當時視到車站爲畏途，遇到有什麽必需迎送的客人，不得不去時，當然也就不計什麽了。

我們因事必需返回鎮江或南京時，多利用辦事處的自備汽車，時間多在夜晚。京滬線鐵路和公路是平行的，有時相隔得很近，敵機在轟炸鐵路時，公路上也照樣光顧。我們有一次由南京回蘇州時，已屆深夜，途中遇到敵機轟炸常州站附近的火車；天空由敵人施放照明彈，光耀有如白晝，我們的車子停在公路上，車身不免反射着亮光，也同樣受到敵機的掃射。

開赴前線的部隊，遇到空襲而不及隱蔽時，多就公路兩旁的田畝上就地散開，端坐或臥倒，秩序井然；雖身旁有人中彈受傷，絕無浮動之現象。由此可以證明，我方軍紀森嚴，士氣旺盛。

蘇州的高級機關林立，發生了一個不能解決的難題，就是戰區的民衆組訓工作應由誰來領導？當然，戰區長官部的政訓處是責無旁貸的。但是第六部的駐蘇辦事處也在組織規程上條列了主管的若干工作，其涉及的範圍至廣，幾至無所不包。有一天，政訓處顧希平處長與第六部駐蘇辦事處鄭亦同主任會同召集了一個會議；研討這一個問題，當天出席的有戰區內所屬的黨政各單位的主管人員，但是討論了一個下午和一個晚上，似乎沒有什麽結果，因爲兩方面全是由各該上級明令規定了的，誰也沒法相讓。最後祇有「請示上級。」在「請示」期間，也祇能你也做，我也做，當然發生了凌亂的現象，這個問題一直到蘇州撤退時還沒有得到解決。

淞滬的抗戰非常激烈，三軍的英勇，贏得國際上的敬佩。後來，我方的戰畧，認爲對日抗戰將是長期性的，乃提出「以空間換時間」，「集小勝爲大勝」的戰畧，因已在淞滬得到相當的代價後，即轉移陣地。在淞滬我軍撤退後，江蘇省會鎮江一度集結大軍，省會的秩序也就隨着緊張起來。鎮江的警備司令原來是江蘇保安處長項致莊，到了這時候感覺到應付不了，省府主席陳果夫先生隨即改派保安處副處長李守維警備省會。

我在蘇州撤退的當晚，在省廬遇到李守維先生，他拉我到一個僻靜的角落裡，出示陳主席果夫先生的手諭，那張手諭寫着：『一、派李守維爲江蘇省保安總團長。二、保安總團成立十個保安團。三、將庫存所有槍枝彈藥一律撥交李總團長接收。』他以極興奮的心情說：「好了。我們只要有本錢，還怕不能在江蘇長期抵抗嗎

？」，從鎮江撤退到揚州後，保安總團部即行成立。以後，蘇北的若干保安旅，以及陸軍第八十九軍的建立，都是以當初的保安總團爲基礎。

鎮江省會的撤退工作連續做了好多天，省會各機關的人和物分批由水運運到對江的揚州。這次的撤退做得很徹底，當時江蘇省黨部的所有重要文件等均早經疏散，工作人員亦分批撤走。我們少數不到十個人是最後撤走的一批。當時，交通工具已經沒有，我們由城南步行到江邊；街上的行人已經稀少，店舖多數閉上了門。我們在路上祇遇到二、三個尼姑，還有，經過小街一家裝池店，壁上正裱着一付狄君武先生寫的行書對聯，我在那裡欣賞了一會，然後就走到江邊，上船，逕駛江北。

撤退到揚州的第二天，果夫先生在五台山的蠶種製造場召集了一個黨政座談會，研究今後的許多問題。在會議的進行中，果夫先生突然宣佈了一個消息，就是接到中央的電話，江蘇省政府改組，准果夫先生辭去省主席職務。因之，省黨部全體委員當時即作了一個決定，全體請辭，俾中央亦予以改組來配合新的省政工作。

就在二十六年的冬季，舉家由揚州遷到淮陰，轉往徐州，經過鄭州，直趨武漢。中央各機關已全部撤退到武漢，各省的人都向武漢集中，武漢三鎮湧起了人的狂潮。通往武漢的鐵路、公路、水路、山路，全擠滿了不願意做奴隸的人們。有的舉家西遷，攜老扶幼，經過幾十天日夜的跋涉，路上有時沒有吃的，沒有喝的，這眞是一個偉大的時代。

汽車的駕駛員成了時代的寵兒，有的駕駛開着空車向後方行駛的，時時遇着成羣結隊想搭便車的人們的攔阻。聽說有一位駕駛先生在路上被一羣妙齡女學生所攔阻，他下車巡視一過，指着一個最漂亮的小姐說：「你願意和我結婚嗎？如其願意做我的太太，請你上車。」這位小姐點點頭，隨即被扶上車揚長而去。被遺留下來的那些小姐們滿腹失望，但是臉上却掩不住羨慕的神色。

武漢的輪渡來囘都擠滿了人，武昌的黃鶴樓，蛇山公園，漢口的中山公園裡，每日由朝至暮，都是人山人海。這些不願意做奴隸的下江人，有的攜老扶幼，有的拋妻別子，捨棄了他們的家園，翻山越嶺，來到武漢三鎮。漢口的小吃店，武昌的點心舖子，擠得滿滿的，隨時在打聽戰況，總希望早日反攻，再造家園。無奈，戰況的推移，形成一種長期戰爭。所以，流亡的下江人也夥着家人做起小買賣來。我們能在武漢吃到江蘇常州的糟扣肉，也可以吃到揚州的小籠包餃。人人都在作長期的打算。

在一次最後班次的漢口到武昌的輪渡中，遇到一位明媚的少婦，她問我是那裡人，我說：「江蘇。」她說：「我是上海人，我們可以說是同鄉了。」在說了幾句話後，她竟然問起我：「你是不是要到重慶去？我可以陪你去麽？」我說：「你的家人呢？」她說：「我的丈夫是開被服廠的，我匆匆地離開上海，一個人來到武漢，住在丈夫的朋友家裡，越想越不是辦法。我可以和你走嗎？」我祇有很緩和地安慰她：「武漢暫時不會有問題，你的先生可能很快會來，你們一定會團聚的。」

我有一位朋友的女兒，她一人隨着人潮流落到武漢，因爲不能解決食住問題，就夥同幾個女孩子，終朝和男人鬼混，後來總算嫁了一個人。這是放蕩淫靡的一面。

中國國民黨在二十七年四月，在武漢召開了臨時全國代表大會，大會決議設置總裁，總攬全黨黨務，由全國代表大會選舉。設三民主義青年團，團長由總裁兼任。在落伽山辦了一個大規模的訓練機構——第一戰幹團，許多有志青年都著上了軍服，從事戰事工作。

人在亂世都特別關心自身的休咎。當時，在漢口有很多位預言家，創造了很多聽了令人不得不信的神話。我記得有一位「後知靈」的看相先生，每日祇接待有限度的訪客，且必須事先掛號者。我們家鄉的一位金融界巨擘——胡筆江先生，由好幾位武漢知名的金融界人士前往請「後

知靈」看相，結隊前往時氣派之大，誰也會料到應受到特優的招待的。

但是，「後知靈」看到胡筆江時，竟冷漠逾恒，隨便敷衍了幾句話，毫未恭維。離開時，有位陪往的朋友就責備「後知靈」：「你眞有眼不識泰山，他是銀行界的大亨，你怎樣可以如此淡視呢？」「後知靈」答復說：「他的運已終了。」一時大家都認爲這一下「後知靈」不靈了。你想胡筆江身爲銀行界的巨擘，絕不會輕臨險地，如何會「運已終了。」但是不久，他由香港，乘中航公司桂林號飛機回重慶，日方誤以機中有孫科派機截擊機毀人亡，胡氏之外，尚有浙江興業銀行總經理徐新大。消息傳來，「後知靈」眞是過後方知其靈了。

同鄉吳幼春先生，自幼苦讀，爲一虔誠的基督教徒，爲光華大學同學，後又在省黨部同事，當時亦同居武漢，他對命相之學有極深之研究。有一天，他要我同去看一位相士黃喬松。爲我起一個大六壬課，參酌我的八字推算流年。推算的結果，說我非到秋季七月間不能有事做。到七月以後，有事找到，不須自謀；並且同時要兼做文武二職。我聽後，頗不以爲然。我想，如其我要做事，隨時可以有機會，不必等到秋季。到秋季，我也可以不必一定要做事。至如同時兼任文武二職，更屬無稽之談。誰知，事竟有出人意料之外者！

在秋季以前，有人介紹我到湖北省政府當秘書，當時的主席是陳辭公，秘書長是柳克述先生。我說：「一個秘書和秘書長不熟悉是不相宜做的」，就這樣謝了。第二次，有人介紹我去做師政治部主任，條件是需要參加一次訓練。我當時很不願受訓練，這樣也就作罷了。如此的機會陸續而來，總因爲條件不合，乃致一事無成。

抗戰的形勢，敵人當時正以海陸空軍溯江西犯，江北方面，在安慶登陸，繼陷我濳山、太湖、宿松、黃梅等地，後進攻我廣濟。江南方面，向馬當、湖口進犯。敵人的企圖是會合江北之敵，圍攻武漢。我中央乃按照原定計劃全師撤退。在撤退前，中央發表，我爲江蘇省黨部委員，同時發表者是王振先、石順淵諸兄。在這同時，政治部發表我爲第三戰幹團上校教育科長。眞是到了秋季，我同時兼了文武二職。當時江蘇的省會已移到江北的淮陰，戰幹第三團則在江西吉安。葛建時先生係戰幹第三團的政治總教官，我的職務想是由他推薦的。因爲我要回到江蘇，這教育科長的職務是不能兼了。可能到蘇北以後，除了省黨部委員以外，初兼省民衆自衛隊總指揮部政治訓練委員會主任委員，繼改爲第三處處長。魯蘇戰區副長官韓楚箴先生奉命成立魯蘇區江蘇省動員委員會，自兼主任委員，任我爲書記長。陸軍第八十九軍司令部成立秘書處，軍長李守維任命我爲少將處長。在這抗戰期間，始終兼着軍職，這也教做命運的安排了。

當廿六年冬，江蘇撤退到武漢後，一度到長沙住了一個期間。同時到長沙的有曹明煥，周紹成兩位先生。當時我和周紹成先生準備出國到蘇聯去留學。因爲，抗戰初期，蘇聯對我國的態度尚不差，並且還有軍事上的援助。我們想到將來我國與蘇聯的關係，心裡總想應該對她要有深刻一點的研究。我們到長沙去，就是爲了此事請教於陳果夫先生。果夫先生不住在武漢而住長沙是因爲主持國立政治大學遷校事宜，當時政校初步的遷校計劃是設在湘西。

長沙是屬華中的一個大都市，華東流亡的人羣雖像洪流湧向後方。武漢三鎮亂糟糟地，街頭巷尾只看見人頭攢動。但是，長沙却仍然保持着嚴肅、寧靜的市容；僅有一小部份地區，如八角亭等，有着較稠密的人羣。

我們見到果夫先生以後，果夫先生對我們出國的計劃大爲不滿，他說：「現在國難嚴重，本來在國外的人還趕回來同赴國難，你們這時候跑出去，算做什麼？」這是義正詞嚴的指示，我們聽了都心悅誠服。過了幾天，他又找我們談話。他說：「你們在江蘇負過很久的責任，現在江蘇的同志到後方來的很多，任之閒散不是辦法。你們向湖南省黨部借幾間房子，辦個訓練班，將來派這些受訓過的同志回到敵

後去工作。」因此，我們就一度留在長沙，向湖南省黨部洽商一些問題。

有一天，我到湖南省黨部的時候，聽說有一批江蘇來的流亡青年聚在省黨部的門房裡，等候登記。我去一看，忽然看到兩位堂弟在裡面，——紹康和紹源。刼後異地重逢，驚喜交集。我詳詢之下，知道他們由紹志向難民機關領了兩個難民條子，掛在胸前，到處由難民收容所招待吃住，也有交通車輛向後方運送。就這樣，他們兩個人由揚州到達了長沙。當然，他們兩人已經狼狽不堪，我除了送他們一筆錢添製衣物用品改善生活外，問問他們的以後計劃，他們說是有志從軍。當時中央軍校適派人在長沙招考新生，我代爲找到了適當的介紹，他們都進入了軍校，以後他們都成爲正式軍官，參加了國軍的行列。

由武漢再回到江蘇，那是一個很遙遠而艱難的行程，因爲軍事的轉移，武漢的人心漸是浮動之象。我先送走妻兒，她們是溯江而上，暫寓重慶。我又送走胞弟紹夔，他是到國立藝專讀書。國立藝專在昆明復校，校長是滕若渠（固）先生。我給了他一點路費，一封致滕校長的介紹信，我在信上說：「夔弟是一位流亡學生，他假如在應領的公費外因爲買書及添購衣物仍有所需，請校長以私人的關係借給他，由我歸還。」滕校長很愛護他，也借給他很多錢。夔弟研究藝術理論算是有成就，他後來在國立故宮博物院服務，繼續研究。來台後在國立師範大學專授藝術理論，深得同學之信仰。其文亦深爲藝壇取重。惜天不假年，因癌症於四十四年陰曆正月初五日在台北逝世，享年僅四十二歲，滕校長亦早歸道山，撫今追昔，不禁愴然！

離開武漢，第一步先到長沙，搭的是粵漢鐵路快車，我和振先、順淵，包了一間頭等臥車間。沿途空襲，火車隨行隨止，在那大熱天裡，車上無汽水及洗浴的設備，比難民車還不如。我們因爲有一個房間，裡面有一具自來水洋瓷面盆，所以漱口、洗臉、淨身、吃水……均仰賴無誤。三個人擠在一個房間裡，一個舖上睡兩人，一張沙發椅上坐一人，可說各得其所。有一天，車行途中突又發生空襲，旅客均紛紛下車在鐵軌兩旁的山邊樹叢中各找避難之所。避了很久，未見敵機臨空，大家都有點不耐，頭伸出來東張西望，不期而遇地在樹叢中見到了一個熟悉的面孔，那就是常州的談佩言先生，他是由西安撤退到武漢，以事再轉長沙。到西安的時候，他隨一個話劇團工作，有一次在空襲裡，遭到敵機的轟炸，所幸臥倒在地，僅將口部炸裂，裂縫直到右耳根。因醫治適時，幸未送命；但以失血過多，本是一個胖子，竟變成瘦瘦的，叫人有點不敢認了。空襲過後，我們請他擠到我們的房間裡，因爲他在車廂中一直是站着，實在吃不消了。

到達長沙，眞是叫人眼花撩亂，街上到處擠滿了人羣。不僅是白天如此，夜間亦復如是，眞是一個不夜之城。我們打聽往南昌的交通工具；那是長途汽車，並且要早幾天登記，夜間開車。

到南昌，住在洪都招待所，在當時是一所很堂皇的旅社，剛選好樓上的房間，即聞空襲警報之聲，乃忽忽跑下樓梯，在樓梯後面的一個小空間暫避。這時，忽然來了一位女士，也忽忽地跑進來，向我懷裡直鑽，我也很自然地抱着她，默默無語。一直等警報解除，我們才有心情互相望了一下，完全是陌生的人，隨即分開各自散去。後來到屯溪，又碰到了這位女士；那是在一個從事敵後工作的辦事處，知道她是一位登記志願到敵後工作的護理人員。

在南昌的勾留期間，拜訪了幾位朋友，多未遇到。因爲當時每天都免不了有敵機來空襲，住所大半遷到郊區，市面相當冷落，絕不如長沙的繁榮。

住在招待所裡的小販，不時有人敲門，那是做書畫古董生意的小販。這班小販很斯文，一派書生打扮。他們腋下夾着一大包字畫，有時手上還捧着一二隻古瓷花瓶或者古銅香爐。他們遇到愛好書畫的風雅客人，就不厭其煩地打開一幅一幅的古字古畫讓人欣賞，希望成交幾筆生意。我是對

字畫有癖好的。向他們領教過。這類的字畫，大概都是古人的。我第一次遇到的一位小販，他就展示了一副八尺的八言對聯，下款署名「朱熹」。還有一幅絹心的條幅草書，署名「文天祥」。像這樣稀世之寶，所索的價錢却出人意料之外，一副朱夫子的對聯僅僅要我兩塊銀元。當然，明眼人一看便知，所有的都是贋品。但是南昌做這種生意的却多得出奇。我和熟悉當地行情的人請教過，這究竟是什麼道理？有人說：南昌做木商獲暴利者多。本來是窮光蛋，一朝發了財，大半先建築一座大的房子。房子蓋好了，四壁蕭然，不成體統。俗語說：「堂前無古畫，不似舊人家。」爲了要冒充世家，就不得不廣徵古字古畫來充充場面。爲了供求之需，這門生意就產生了。因爲眞蹟畢竟不多，而且價值也很有可觀，不是一般人均有購買的能力，所以贋品充斥，而且做得離奇。

到南昌的過路客，大概都對滕王閣有嚮望之心。我在中學時代讀過王勃的滕王閣序，眞是艷羡之至。因此，我也就瞻仰了一次「滕王高閣臨江渚」的江渚。在我問當地人：滕王閣在什麼地方？如何去法？他們都表現出不大有興趣的眼光對着我。我在找到了「江渚」的時候，那眞是令人不敢相信所謂「滕王閣」已經不見了，那僅是一個歷史上的已經湮沒了的建築物。而江邊的淺水灘畔停泊了不少雜亂無章的破落戶般的小船，誰會相信這曾是面臨滕王高閣的江渚？

屯溪是第三戰區司令長官部所在地。司令長官已由顧祝同眞除。我們專程到屯溪，爲的是向顧長官請示回江蘇後的工作。當時江蘇省政府主席係由顧長官兼任。對我個人來說，那是夠感慨的！因爲抗戰開始時，我是奉派在蘇州工作，當時第三戰區長官部設在蘇州。現在又奉派回到敵後的江蘇，而第三戰區却是移駐在皖南的屯溪了。在屯溪，我下榻在軍法執行監部，當時的執行監的倪公輔（弼）先生。部裡的人多屬舊雨，所以在屯期間精神非常愉快。

江蘇的省會，自撤退到蘇北後，即設於淮陰。我離開屯溪後，即經金華、永康、温溪……等地而到温州。在温州等海輪赴上海。由上海再乘輪渡江到蘇北，轉往淮陰。其中所經區域多爲敵僞控制。惟以預經佈署，一切都很順利。

淮陰是我舊遊之地。但當我此次回到淮陰時，不禁有了陌生的感覺。江蘇省黨部的主任委員韓楚箴（德勤）先生，江蘇省政府主席由韓先生兼代，其本職爲民政廳廳長。王公璵先生任省府秘書長。李守維先生任陸軍八十九軍副軍長兼江蘇保安處處長。黨政軍所有的中上級幹部都是熟人居多。彼時的淮陰，完全是戰時體制，一切籠罩在戰時氣氛之下。

當時，除多數縣城淪陷外，仍有不少縣城還在控制區之內。在控制區內者，爲淮陰，淮安，高郵，寶應，泰縣、阜寧，鹽城，泗陽，漣水……等。還有一種可稱爲半控制區，就是縣城雖爲敵人所佔，但其餘的鄉鎮仍在我掌握之中。關於政令的推行還很積極，各級行政的機構也還完整。軍事方面，除成立八十九軍外，還有若干省屬保安旅，縣屬保安團隊。以這些部隊爲中心，建立了好多游擊根據地，並且控制了蘇北好多地區的面，使得政令的推行收到很大的效果。黨務工作人員也配合政治軍事的需要，除鞏固控制區外，並深入敵後，做組織、宣傳、情報，策反等工作。

江蘇省受了地理上的影響，中間橫流着一條長江自然分隔成江南，江北兩部份。省會由鎮江撤退到江北，對江南因爲隔了一道江指揮聯絡都不甚方便。所以，當時省政府，省黨部設在江北。省政府在江南設了行署。省黨部在江南是一個辦事處，分別就近指揮江南各縣的黨政工作。江南行署主任是冷容庵（欣）先生，省黨部江南辦事處主任是周紹成先生，至於江南的軍事另有系統。

蘇北的軍事屬魯蘇戰區，總司令于學忠駐山東，副總司令韓德勤駐蘇北。因此，抗戰初期，蘇北還駐有東北的部隊。在二十八年的元旦，我還記得應邀參加過檢

閔霍守義的騎兵旅。那是在淮陰的鄉下，一片森林圍繞着平原上，完全是黑色的馬羣，馬肥兵壯，士氣如虹。至於，在本省成立的部隊，不管是國軍的番號，或是省防部隊，縣屬團隊，多是利用民間的武器。因爲，那時對大後方的交通。不是如何的通暢，而必需經過敵僞地區，所以困難重重。

在蘇北，除了上述的國軍，省縣團隊外，還有就是游擊部隊。因爲，在蘇北最高的軍事長官是魯蘇戰區副總司令韓德勤，所有國軍及省縣團隊都歸韓副總司令指揮。廿七年秋我由武漢囘蘇北時，曾先在泰州就擱了一個短期，當時的縣長是張維明，張縣長是我的老友，見我返囘蘇北，表示歡迎，並且爲我在縣政府內佈置了一個臥室。我的鄰室住的是李師廣（明揚），當時的省府委員。我和李師廣見面就很詫異，他是一位省府委員，爲什麼不住在省府所在地——淮陰，而單獨一個人作客泰州？有一天，我逛到隔房與李師廣聊天，看到他還和一位軍人在密談，那位軍人愁眉苦臉，李師廣却頻頻地安慰他，我當即離開。當天晚上，泰州地方人士設宴爲我洗塵，座中有李師廣，還有和他密談的那位軍人。經主人介紹，知道那位軍人就是張少華。第二天清晨，我又到李師廣的房間裡，看見他正埋頭起草一份電稿，我問他何以如此辛勞？他說要爲張少華的事發一通電給韓先生，並詳述其經過。大概，張少華的部隊駐江南武進沿江的地區，最初紀律不甚好，時有擾民情事。韓先生當時主持江蘇的黨政軍，得到報告後要對張的部隊加以整頓。張很怕受到處分，所以找李師廣幫忙掩護。李師廣表面上是一位老好人，以慈祥的笑臉攻勢對付所有求助於他的人，討得的好感做他未來在蘇北軍事上發展的資本。蘇北在許多縣城淪陷後，各地出了許多英雄人物。有的是本來是一個大隊長、中隊長，或者分隊長之流，在政府撤離後，自己帶了若干弟兄，有點槍械彈藥，因而自立爲王。更有一位大胆人物，在地方淪陷後，自己剛由獄中釋放出來，就找到一柄厨刀去用亡命的手法收繳了一些槍械，招兵買馬，自稱司令。

這許多各路的英雄好漢，後來都被李師廣收容，他視爲根據地的泰州也就形成了一個局面。再用電台向中央作虛誇的報告，終於取得一個魯蘇皖邊區游擊總指揮的番號，與省府作分庭抗禮的姿態。假設李師廣能將號召的游擊部隊眞正的編組訓練，受省府的統一指揮，那對蘇北的軍事將是一件有利的事。要知李師廣這種做法，裡面有他的政治企圖，其最終的目的在問鼎江蘇省政，江蘇當時雖然淪於敵後，但其地位是很重要的，因爲逼近京畿，包圍上海。等到總反攻，又能追奔逐北，直指平津。中央當然注意到留在這個區域裡的主管長官忠實可靠的程度。韓先生對中央忠實，處理軍政事務亦極不穩，李雖有取而代之之心，但在中央是不會考慮到此的，李的慾望不能實現，其憤懣之情自然會與日俱增，而對韓之對立亦日見顯露。

在江都縣的東鄉，第五區，有一個大橋鎮，那是在長江北岸，沿江邊的地區。國軍撤退時遺留了一小部份游兵殘勇，由一個中下級軍官名叫方鈞的率領着，就嘯聚在大橋，自稱司令。漸漸地也爲那一區的民衆所熟知，勢力也逐漸的龐大。方鈞的實力僻處江渚，既未與省府發生關係，亦未納入李師廣的系統。當中共新四軍在江南萌亂之象，爲我軍監視圍剿時，就向蘇北發展以作退步。第一就接收方鈞的地盤。那時，以江都第五區的大橋，吳家橋、謝家橋三鎭爲基地。開始時，僅以此基地爲訓練幹部之用，並無主力部隊。但政治工作確做得非常積極。在這時中共新四軍的政治工作團團長朱克靖已進駐泰州。朱克靖在中共黨內資歷極深，爲人陰毒，手段靈活。他住在泰州的文明旅館別墅，純粹是屬公的姿態，專門支援我方黨政軍高級幹部，對外的表現生活相當腐化，房間裡終日有一桌痲雀，參加者大半是李師廣部下的高級將領。遇到我方人員，他喜歡自我介紹：「我是朱克靖——老異黨」他當時在泰州的目的，在求對蘇北作深刻的瞭解，分化國民政府的力量，用感情拉

攏一班雜牌游擊部隊的頭子，最後是爲新四軍造成有利的發展環境。中共利用李師廣反韓的心理以泰州爲滲透的基地，李師廣則利用中共以反韓，亦即利用中共以打擊政府。

新四軍初由江北渡江到蘇北，是夠狼狽的，最明顯是物質的缺乏。李師廣曾親到大橋區域予以慰問，第一步就派通訊兵爲他們駕設通訊設備。新四軍的朱克靖也就來到泰州報聘，雙方打得火熱。新四軍並且可以公開在泰州張貼招考幹部的告白。李師廣所屬的高級幹部除極少數中央軍校出身者較爲明白外，大多數對新四軍都無所謂，甚且還有好感。至於如陳才福之流還認爲新四軍是微不足道，可以欺負的，眞是愚不可及！當時的泰州，眞是一片烏烟瘴氣。中共也就暗設機關，湧入了大批幹部，積極滲透。共軍在泰州公開發行日報，公開辦了一所中學。但是李師廣事事爲他們做幌子。日報由李師廣題端，中學由李師廣題學校名牌並且做董事長。

當時江蘇省黨部是分區督導制，我所督導的區域包括泰州。那時省黨部的主任委員是馬元放。對於泰州這一種惡化發展的趨向，我有責任向省黨政當局陳述，並且直接向中央報告。同時，我對李師廣也有很懇切的檢討。有一次有一位中共的**朋友來找我，問我要不要注意魯蘇皖邊區總指揮部幹部訓練團的教育長問題，因爲，**教育長正欲易人。李總部的辦公所主任段木貞（歷任江蘇省黨部委員）和我有多年交誼，並且很接近。這位中共問我：「你看段木貞做教育長好不好？」我就問他：「你何以要注意這個問題？好怎樣？不好又怎樣？他說：「你如其贊成段木貞，團內我可以有辦法促其實現。」我回答他：「研究研究再說罷。」當時，我眞想不通，一個中共的人員爲何注意到我們李總部幹訓團的人事？而且，他還有辦法促其實現？我也去找段木貞研究這個問題，當時得到了幾個結論：一、幹訓團內的幹部及學員已爲共軍所滲透，他們團結成了一個力量可以左右團內的一切。二、段木貞因爲李師廣的態度接近中共，段木貞也就變成灰色曖昧，所以能爲共軍所接受。我再調查李總部的情形，幾乎已爲共軍作了有計劃地打入。我曾經與韓先生作了一次極詳盡的報告，韓先生當然也很爲注視。在一次韓副總部的重要軍事會議後，韓先生曾將這些情勢向李師廣查詢，李師廣曾問韓先生：「這些話是聽誰說的？」韓先生當然會將由來告訴他。他說：「我們不妨請龍孫來當面談談。」這是一次雖然是很不愉快，但不能不算是一次重要的談話。我一向處世，是對任何人以及任何事抱着謙讓態度的，可是這次我却不能這樣**做，因爲，這是一件有關蘇北前途的大事。並且，這不是無關緊要的小是非，而是**有關國家的利益，及正義和眞理之所在，我不得不找出許多事實和例證向李師廣提出質詢。李師廣是一位有很奇突個性的人，他親自做的事，或者親自說的話，他能很認眞地一概否認。他自己對着自己親筆簽的名可以不承認是他寫的，你看這還有什麽可說！但是，他心裡是明白了；他很快就回到泰州。

泰州城裡昭昭汪地方一所中共的機關旋即被破獲了，單是重要的文件就搜到四大籮筐，這四大籮筐文件極有研究價值的尤其內中包括若干名冊，更爲重要。但是李廣師將這批文件拒不公開。當時馬元放、張淵揚諸先生都曾親到泰州與李師廣商量，主張李應將這批文件公開，加以研究，結果是同樣遭到拒絕。一般人的推測所獲名冊中牽涉到李總部一部份高級人員，恐怕爲中央知道受到不好的影響，所以一直拒絕到底。因爲這批文件的湮滅，使中共對蘇北的陰謀遲被發現若干時日。

李師廣所屬的一位縱隊司令陳才福，過去是在上海灘混混的朋友。陳的部隊很講究軍容，雖然那些帶在頭上亮光閃爍的鋼盔是用草綠色噴漆在白鐵皮上做成的，外面看來確很神氣。那時這些部隊在所屬的防區內設卡收稅，要做什麽事都可以爲所欲爲。有一次，新四軍在泰州購買了一批軍糧運到江都的東鄉，經過陳部防地**時，全都爲陳扣留了。儘管共軍盡力交涉**

，始終未得要領。因爲在私利的關頭，雖李師廣的命令也不能貫徹。這件扣糧案，激起了共軍的憤怒，開始向泰州進軍，發動攻擊，目的在以武力奪回糧食。在這種情勢造成以後，最傷腦筋的是李師廣了。共軍向泰州發動攻擊時，李師廣的總指揮部參謀作業人員，對防禦的部署也很積極。可是，總指揮部作戰命令在未送達自己部隊之前，共軍方面已先得到。這種仗如何打法？

那時，我正在興化，當時的江蘇省所在地，也就是韓副總部所在地。李師廣打電話給我，告訴我泰州當時情況的危急，希望我報告韓先生，並且找我代爲要求三事：一、請省府速發彈藥，二、請省府撥發鉅款，三、請省府派增援部隊。我接了電話後，即向韓先生報告，並說明這是一個很重要的關鍵，請求韓先生速予泰州以援助，促使李師廣知道縱共的錯誤與後果，將他的心理轉變過來。韓先生當時很以爲然。他在作了安排後，當即告訴我：一、副總部已派參謀長郭心冬即往泰州；二、錢和彈藥已由郭帶去；三、已派第三旅旅長張星柄就近率部赴援。我隨即將韓先生的處理在電話中告訴李師廣。我在上面已經說過，李總部自爲共滲透後，這個仗已經無法打下去；即使打下去，也是必敗無疑。韓先生雖然有心支持泰州，但是那頹局却無法挽回。在共軍快打到接近泰州的時候，李師廣接受了共方的條件而屈服了。共軍在泰州的政治活動更加大了，共軍的領袖和李總部所屬的司令們增加了交往。最嚴重的是共軍和李總部的所屬部隊交換政工，因此李派去的政工變成了共黨；共派來的政工赤化了李師廣的游擊部隊。共軍在解決了泰州問題以後，就作跨越泰州到口岸公路的打算，箭頭指向泰興。

在新四軍佔領泰興黃橋以後，蘇北的形勢趨向惡化。中央的軍事情報是夠準確與快捷的。當時中央所得到共軍對蘇北的情報是，共軍對蘇北的軍事行動分三方面進行，取包圍的形勢：「北進的是由陳毅所指揮的共新四軍負責，（二）南進的是由黃克誠所指揮的中共八路軍負責，三東進的是由羅炳輝的野戰軍負責。在接到中央情報的當時，還看不到上述的跡象；後來逐漸的形成了，完全和預得到的情報一樣。

中央戰地黨政委員會也許是因爲當時容共政策的關係，主持人的立場關係，當時派來三個委員到蘇北，協助戰地工作。這三位是黃逸峰、姚爾覺，和季方。戰地政務的工作範圍包括很廣，所以他們到蘇北以後，扛着中央的招牌，可以到任何地區，可以和任何人接觸，可以從事任何工作。最大的問題是這批人所從事的工作，因爲扛着中央招牌的關係，很易引起一般民衆的錯覺；根本的原因就是這三位都是參加過共黨的份子。

他們從事的工作是在抗戰陣營裡做分化的工作，對共軍做培養的工作。這三位的籍貫，黃逸峰是東台人，季方是海門人，姚爾覺是徐州人。所以他們活動的範圍幾乎已遍達蘇北。

共軍對蘇北包圍的形勢已逐漸形成，北面的重點放在鹽、阜，南面的重點放在黃橋。以共軍的實力，可以任他選擇由北向南，或由南向北發動攻擊。共軍如在任何一面發動攻擊，我方必集中全力以應戰；則後方將感空虛。所以採取決策，爭取時機，先殲滅南面黃橋之共軍。這次所用的部隊是以八十九軍與獨立旅爲主力，是一枝勇敢善戰的部隊。八十九軍李守維軍長（新甫）在奉韓先生之命赴前線視察出發之日，中午，邀我同進午餐，同席者僅有副總部郭心冬參謀長；在進餐中途又臨時來了一位季方。進餐時，因爲有季方在我們幾乎都沒有講話。而季方的講話是專來爲共軍作說話，對於這次對共軍的軍事行動加以勸阻。飯後我先離開，李軍長送我到門口，在經過一個園子小道時，我提出了許多問題向他請示，他對所有的問題沒有作具體的答復，最後僅說了以下的幾句話：「這次是我們蘇北最後的關頭。如果我們獲勝，什麼都不成問題；如果不幸失敗，則什麼都不必談了。這就是我和李軍長最後的一段談話。他在下午即乘汽艇

趕往前方去了。

當時的省會暫設東台，亦即韓副總部及江蘇省政府的所在地。

黃橋戰役原由省保安處長顧錫九指揮，另有一戰地工作團，由顧處長兼任團長；劉旦暉和我兼任副團長。在戰役開始之前後，泰東地區突然流行好像「台灣熱」的疾病。所謂「台灣熱」的徵候，是發較高的熱，滿身生紅點子，頭部痛而有沉重的感覺，四肢無力，祇有躺在床上。我當時就是因爲忽然患了此症而未能及時趕到前方。這種病當時很流行，並且無特效的藥物可以防治。

剿共的部署，韓先生原命李軍長指揮陸軍三十三師之主力，附以省保安第七、八兩旅及各縣保警，固守淮安、漣水、阜寧之線，防禦北路之共軍。另自率陸軍一一七師，獨立第六旅，陸軍三十三師之一部，及裏下河各縣之省保安旅與游擊部隊，迎剿南路之共軍。攻擊部署，編爲兩個縱隊，陸軍大部附省保安旅之一部，爲左翼縱隊，派省保安處長顧錫九爲指揮官，一一七師師長劉漫天副之。以游擊隊附以省保安旅，爲右翼縱隊，派李師廣爲指揮官。當攻擊前進時，李師廣按兵不動，致成相持之勢。

適韓先生忽患傷寒症回駐東台，李軍長目覩危局，激於忠貞，自請指揮左翼縱隊兼指揮官，得到了韓先生的應允。中秋節後，大軍南下，所向無敵，連克姜堰等重要據點，復自海安出發，又克沿路加力等地，共軍退至最後根據地──黃橋，負嵎頑抗，左翼自黃橋東面主攻，李軍長下令「攻克黃橋者，賞銀五萬元」。二十九年十月四日上午九時，三十三師一九三團奮勇進攻，黃昏時，攻入黃橋東門，共軍呈動搖之象，該團團長王學階，欲得全功，於是夜電報：「佔領黃橋，共軍向西撤退。」李軍長於五日拂曉，命預備隊追擊；匪首陳毅，感於脫離戰場困難，一面選拔敢死隊千餘人，突擊轉入佔黃橋東首之部隊，一面請求李師廣支援。當李軍長向黃橋前進時，正值共軍反撲，戰況慘烈，王團長亦報稱：「共軍有增援部隊反擊，故我攻勢頓挫，退據東部」。李軍長認爲情況劇變，乃易決心，急令追擊部隊轉向黃橋圍攻。於此決戰期間，李師廣決計由「通共」進爲「助共」。除以十五萬發子彈增援陳毅外，並派李長江率兵三個團，在我軍後方放火拆橋，肆行襲擊，李軍長認係共軍迂迴，乃抽調作戰部隊一個團掩護後方，頓時局勢逆轉，李軍長亦遇難，黃橋一役乃功敗垂成。李軍長貌威而心慈，忠貞不二，抗戰開始即抱定效死不屈之心，爲韓先生得力之輔弼，領袖之忠實幹部。乃大志未酬，傷哉！

黃橋之役失敗後，省府復遷興化。蘇北局勢，日益窘迫。韓先生仍奉令在蘇北就地抗戰，並派顧錫九處長北上，淮東地區另行建立游擊根據地。這時，省府的處境非常窘困，祇有韓先生決心支持。而泰州李師廣因爲久蓄主持江蘇省政府的陰謀，終未得逞。曾經由其副手李長江向敵僞投誠，祇要敵人將興化的省政府消滅，泰州的部隊即可易幟投僞。這種醞釀經過成年累月的交涉，敵僞的主張將此一陰謀實是行的程序翻轉來。就是泰州先要實行易幟投僞，然後敵寇即對興化加以軍事攻擊。際此省府最困難之際，李長江又作落井下石之謀；敵僞的主張終獲勝利，泰州李師廣所屬的部隊也就先行易幟投僞了，以李長江爲首。李師廣則於易幟之前一日離開泰州到達鄉間，還保持着魯蘇皖邊區游擊總指揮部的番號。有一部份部隊爲丁作彬等仍隨着下鄉從事游擊。

泰州易幟以後，敵軍對興化的軍事開始了，經過激戰，韓副總部及省府即向北轉進。途中又遇共軍攔擊，人員、物資、文件的損失相當慘重。在新四軍政治部出一本紀念冊裡，曾論到黃橋之役，端力推崇李師廣對新四軍的豐功偉績，對於此益可證李師廣之陰謀，良不誣也。

省黨部主任委員葛建時先生因蘇北局勢劇變，爲便利推行工作乃遷往蘇南辦公。中央令設立江蘇省黨部蘇北辦事處以配合在蘇北的省政府，我奉令爲主任，駐淮東地區。韓先生在淮東主持這艱危的局面

，在敵僞奸匪環伺中，其艱苦卓絕可以想見，但對軍事的整編，全省政治工作的拓展，仍不遺餘力。中央亦常有飛機來供應軍餉。後日寇調關東軍大部隊圍襲我淮東地區，匪僞亦乘機攻擊，省府終於三十二年春向皖北推移。

當時實際留在蘇北原地抗戰的還有一部份部隊，李師廣的一部份未曾投僞的部隊，和蘇北游擊指揮部陳泰運指揮官統率的過去的稅警團。這兩部份的部隊分駐在泰州東台興化邊境的三角地帶。中央又在此區域成立了一個「特別區」的行政機構，管轄蘇北一部份的行政。我所主持之蘇北辦事處亦奉命移駐本區。泰州到東台有一條河，此河普遍名之曰「官河」，是過去運鹽之水道。在泰州縣誌上稱之爲「魯汀河」。李陳的防區以魯汀河爲界：河東屬陳泰運的防區；河西屬李師廣的防區。抗戰末期，李陳二部又獲中央一個新的軍事番號，稱爲「長江下游挺進軍」，李師廣爲總司令，陳泰運副之。防區仍如舊，李設總部，陳則設副總部，後李爲敵所俘，陳則眞除爲總司令。

陳泰運爲貴州人，中央大學畢業，復入黃埔軍校；忠貞果敢，且有智謀。他的副指揮官林叙彝，廣東人，亦黃埔軍校出身，統御有方，深得部屬之擁戴，爲陳最得力之助手。其部隊完全施以游擊訓練，戰力威猛，且富機動性。在李師廣的防區內，與共軍往返頻繁。在陳泰運的防區內則嚴陣以待，壁壘分明，我即駐在陳的防區之內。陳泰運很尊重文人，他防區內的大學畢業生都曾被他邀請出來，參加各項工作。在當時，這三角地帶裡，駐的部隊不算少數，民衆的負担不輕；但是他們却無怨言，總以爲這是對國家的貢獻，眞感動人！

敵軍和中共對我們的防區特別重視，敵軍時來掃蕩，中共朝夕窺伺。以我的辦事處來說，除了對外的交通站公開以外，我們辦事處是無固定地址的。辦事處的員工衛士當時約近二十餘人每人都身佩短槍。每天的工作處所都在變動，有時上午和下午就不能在同一個地址工作。每天晚飯後大家一起上船，在航行中商定當晚的宿處，到達宿處後即行封鎖警戒，第二天清晨起身後再商定當天的工作地點。因爲當時雖說是有軍事的防區，但共軍環伺，很難防衛得十分周到。中共的報紙上，終天的指名罵我是蘇北的國特頭子。如對本區有軍事行動時，必以陳總部及我的辦事處爲目標。有一次，我們搜到共軍的作戰命令，上面印着：「蘇北游擊指揮部陳泰運駐×××一帶，蘇北辦事處凌紹祖駐×××一帶，……「因爲陳泰運和我對共軍的一套威脅利誘是絲毫無動於衷，被認爲是頑固派，列在必須消滅之名單以內，欲得之以甘心，所以陳泰運和我在該區內的行動特別提高警覺，機動性强並且嚴密。李師廣的行動則較爲粗疏大意，所以最後，在抗戰勝利的前夕仍不幸落入了敵寇之手。抗戰勝利後，蘇北幸賴有陳泰運的一部份部隊及時進入了泰州、揚州及沿運河的各縣，臨時控制着地區的治安以迎接後方大軍的來臨，這是抗戰史中蘇北地區，不可抹殺的一頁貢獻。

前文所述日寇決心肅清淮東地區，曾於三十二年二月實施所謂「包圍貫穿，反復掃蕩戰法」；共軍亦乘機對我襲擊，魯蘇戰區副總司令兼江蘇省政府主席韓德勤指揮陸軍八十九，陸軍一一二師，陸軍獨立第六旅，以及省保安第三縱隊實行「運動戰」，輾轉苦鬥，備極慘烈；後展轉播遷，省府暫設皖北之阜陽。對留駐省境內之各縣行政機構與游擊部隊均賴電台指揮，堅持仍留原地，分區游擊，直至勝利來臨。

國民政府在重慶時

·齊憲爲·

重慶府址

國民政府的西遷重慶，原則上並非遷都，而是「遷渝辦公」。直到二十八年九月六日。才由國府明令定重慶爲陪都。二十六年十月三十日中央決定國府遷渝後，林主席於次月初乘軍艦先行，繼由各級職員，携帶公物，乘龍興輪西上，最後留京辦理善後的少數文官處職員分乘九輛小汽車，兩輛交通車，由陸路趕程，因沿途修理，購油和管理上的種種困難，到了長沙，就改變主意，轉道宜昌，換輪去渝。

二十六年十二月一日，國民政府在重慶開始辦公，因事起倉卒，一時難能找到一所合式的官署，參軍處和當地政府，商量結果，借用上清寺的工業學校校址。地盤不大，而面對馬鞍山，後靠曾家岩，形勢很好，文參主三處分佔一角，將就安頓，後身左方最高一排六樓六底的教室，是文官處的所在，主席辦公室就設在樓上，禮堂位於正中，後面有個長方形的水池，乃當年在此採石建屋，逐漸開鑿而成。

主席林公雅擅佈置，相度地形，令在山後開鑿防空洞，在洞口池旁建造茅屋一所，窗牖軒敞，迴廊有緻，四週遍植花木，蔚然成景，來此躲避空襲的員工眷屬，在敵機來臨以前，徘徊其間，會有心閒意適之感，也減少了不少轟炸的恐懼。

林公時來茅屋小坐，偶亦備作會客之用，後山與女校爲鄰時有一陣陣的幽揚歌聲，傳入耳際，會使人解除些案牘上的煩惱。山上種有菜蔬雜糧等物仍准農人出入府禁，按時耕作，所以與民無爭，此山之下，就是保障全府文、參、主三處員工眷屬生命安全的防空洞，有此農作物的掩蔽，不用另加僞裝了。

空襲誌險

二十六年十二月十三日南京淪陷，戰事日趨不利，雖於是年四月七日，有臺兒莊之捷，曾殲敵三萬餘人，然終難挽回頹勢。二十七年十月廿五日國軍撤離武漢，十一月十三日長沙大火，十二月二日汪兆銘潛赴河內，益使人心緊張，形勢危急。日寇爲圖加重打擊我軍心民氣，自從得了我武漢空軍基地以後，突在二十八年一月十日，首次用轟炸機十一架空襲重慶，因係初次來臨，大家毫無準備。同事汪君的二老，未曾躲避，雙雙炸死，首開同仁間的不幸紀錄。嗣後警報頻傳，二十八年五月三、四兩天敵機瘋狂襲渝，尤以四日傍晚炸得最慘，綜計死亡四千四百餘人，傷三千一百餘人，所幸國民政府安然無恙。

二十九年七月以後，日寇希圖加速內侵，妄想動搖我軍民的抗戰意志，乃大舉轟炸我後方各地，七、八、九月間經常以轟炸機大編隊入川。八月二十日一次，竟用一百五十三架轟炸重慶，這次，市區中心，自午至晚，焚燒火頭有三四十處，晚間八時未熄。就在這一段時間裡，國府也先後中彈多次，並遭受了一些不

事件。武漢基地的敵機，一經起飛，我方即得情報，立即通知各重要機關，先作準備，此即所謂「預行警報」。大概敵機到萬縣附近，就放空襲警報過梁山或涪陵附近，放緊急警報，從「預行」到「緊急」。時間頗長，往往有一小時以上，所以軍民人等，都有充分時間，可作準備。

某次正當空襲之中，來府避難員眷，或在洞口散步，或在池旁小坐，忽聞噓噓怪聲，繼之一聲巨響，震撼天地，原來一架軍機失事，飛行員跳傘降落大溪溝，機身正巧墜落在國府防空洞口的水池邊，立見血肉橫飛，秩序大亂，究有幾人慘死已記憶不清。這次敵機並未襲渝，故未放緊急警報即行解除。經清查員工人數，文官處少了工友宋鴻德一名，即就屍體中查看，誰知飛機撞上人體，螺旋槳把血肉飛散，遠離數十公尺的高牆樹梢，多染有肉絲血污，餘留在地上的只有一堆肉泥。有人用鐵鉗夾起骨肉雜碎，和衣服布片細細察看，已無從辨認，最後在附近找到半個頭顱，雖已面目全非，而他的友好認出金牙一顆，乃確知宋工遇難。

二十九年二十日之大轟炸，國府落彈多枚，一枚正中池塘，竟將池水吸上山頭，再下流注入防空洞內，以至洞口積水數寸，引起騷動，所幸一場虛驚並未傷人。這次房屋被震，屋瓦門窗平頂，破碎損落，到處皆是，電燈匠周鴻卿勇於任事，一俟警報解除，即奮身搶修線路，不料頂板下塌，當場壓斷脛骨，親見一脚懸宕，不忍卒睹。陳主計長其采，特為介紹中醫接骨，係用藥酒內服治療，當時大家都不以為然，但不久竟能復原行走，中醫的功效，如此神乎其技，要非目見，將不會置信。

三十年八月底，國府大禮堂被炸。因九月一日要舉行紀念週，集中員工連夜清理瓦礫殘壁，趕搭蓬場，次晨照常在原址舉行。林公曾勉勵同仁曰：「敵機雖能毀吾物質，不能毀吾精神。」蔣公曾云：「在臨時蓬廠中做紀念週，此乃余前年所謂即在瓦礫中亦在國府原址作紀念週之決心，今果應矣。安知吾廿一年立志，欲於三十一年收回東北之志不能貫澈乎，此心悲樂無已。」隨後即趕速為重建之計。

因在轟炸期間，施工困難，成本工料不易估，意外損失，更所難免，林公親自核定由陶馥記營造廠承辦，並商得審計部同意，採用點料照實計算方式進行。馥記老板陶桂林，激於愛國之忱，不計利害，親自督工，土木工人，也都精神萬倍，無間晝夜晴雨，為公効命，得於匝月竣工還較原有範圍擴大了許多。

此雖營建小事，而上下一體的抗戰精神於此可見。林公深為嘉許，並聞曾發給獎狀以資鼓勵。

某次，警報解除後，天尚未黑，躲避空襲同仁，熙熙攘攘，爭相出洞回家。主計處職員陳君，不愼失足，落入池中，池水深僅及胸，陳君原擅游泳，不知何故，竟會滅頂不起。衆人繞池打撈，良久方得拖出，經府內醫官盡力急救，已回生乏術，慘告溺斃。

自從府內接連發生了幾件慘案以後，大家議論紛紜，以為受敵機轟炸時，歷次都無死傷，而發生慘案的何以却都是意外事故？於是引起了一部份迷信者的附會，繪聲繪形地散佈了一則神話。水池前面原有一排簡陋房屋，是供工友宿舍和飯廳廚房之用，其中一間用板壁封閉，內藏何物，多年來大家都未注意，水池中彈那天，屋頂隔板飛塌，赫然露出墳墓一座，黃土成堆，未見碑誌，竟因此疑神疑鬼，咸謂府內歷次災異皆由此墓作祟云，於是同舍工友廚師紛紛購備香燭，紙錢，在墳前祝禱平安。

後經查詢究竟，原來當年接收房屋時，工業學校負責人曾當面交代此屋內有古墓一座，盼勿拆遷，以保平安云云。經此證實，氣氛更形神秘。好事者多方查證，有謂是某烈女之墓，有謂係某寃死貞女之墓，然終未考據出什麽結果。當時為安定衆情，仍照樣修復，隔板封閉，後來有位好心腸的參軍，為超度遇難寃魂，曾請來喇嘛多位，在茅屋內做了好幾天

佛事。

國府連遭轟炸，彈痕累累，筆者曾約略計算，直到抗戰勝利爲止，在這小小範圍之內，落彈不下百枚，其中最大的不過五百磅，炸在石頭上，僅見深五六寸，直徑三尺左右的一個窟窿，炸在泥地裡那就會形成好幾尺的一個大潭，不免有些駭人了。

可是下了這麽多彈，直接命中，全燬房屋的，只有大禮堂被炸的一次，其餘都落在建築物的前後左右，門窗玻璃，屋瓦平頂遭殃而已。那時隨炸隨修，習以爲常，毫不恐懼，也沒有患得患失之心，不過常常瓦礫滿地，惱人清理，有感多費手脚而已。這種情景，足以說明抗戰期間一般人的堅強意志，也正如林公所示：「敵機雖能毀吾物質，不能毀吾精神！」就用這種精神，贏得了抗戰的全面勝利。

空襲與宿舍

在抗戰以前，公務人員除單身職員有住公家宿舍者外，携眷人員，自主官以次，沒有供給宿舍的，至於傢具器用更是公私分明，不會有人貪圖小利，向公家借用的。

我們在二十六年歲尾，初到重慶，也都一貫自行租屋安家，那時物價便宜，空房甚多，化上二三十元一月的租金，已足可安身了。直到五三、五四大轟炸以後，房屋被毀過多，又眼看死傷枕藉，怵目驚心，幸免於難的，莫不爭向郊區疏散，又有許多員眷，住所被炸，人口雖幸平安，而已身無長物，有待救濟，至此，政府各機關對於職員眷屬宿舍問題，已不能不管。爲救急之計，多有先就辦公廳臨時擠住，一面分向郊外租賃或趕造簡單宿舍。此時幣值低落，房價高漲，公務員的微薄收入，確已無力解決住的問題。記得那年曾有妙想發國難財的奸民，囤積空屋居奇，被罰戴高帽子遊街示衆的活劇。

由於這一演變，各機關開始揹負起眷屬宿舍的包袱，這個包袱，由渝而京，由京而臺，並由房屋而傢俱，而水電煤炭，包袱愈來愈重，現在已習慣成自然，更無法擺脫了。這個過程，也是政府機關負担公務員眷屬宿舍和傢俱的濫觴。

國府地址，因在上清寺，遠離市區，所以國府職員的住處，也很少在市內，大多數散居在大溪溝、牛角沱、兩路口、曾家岩一帶，印鑄局的印鑄工廠，是即原疏散在山洞（地名）的，所以遭遇空襲的損失不大，無奈大家已成驚弓之鳥，心理上莫不以遠遷爲安。

林主席對於防空疏散早有卓見，曾先後在山洞和歌樂山上築小巧的行館，建築費用和傢俱設備，都出私囊，未動分文公欵，且也早就顧到國府同仁的安全，一直在想找一處風景優美而兼有天然洞穴與水源的住處，用來建築疏散辦公廳和職員宿舍。終在輿夫的引領下，找到了「燕兒洞」其地，所謂燕兒洞者距歌樂山十餘里，其地即以洞爲名。此洞有出入口各一，內部深邃，有上洞下洞支洞，各盡曲折之妙，石筍滿佈，幻成花鳥人獸之狀，較諸宜興張公善卷兩洞，可謂具體而微，但幽趣則並無遜色。其上復有「牛心」「狗心」兩洞，因有石象形得名，皆有房有牖，造物天然，空氣流通，可以久流。

林公親乘滑竿遍勘四週環境，繼在相隔數里之處，又覓得「九間屋」其地，因在岩脚連有天然洞穴而得名，隨即決定在此兩處興建房屋，並指示建築要化整爲零，隨景佈置，不許妨碍農田，屋脊仿照民屋式樣，以期減少空襲目標，又指定在京時曾監建總理陵園的工程師楊光熙先生担任設計監工。一面指定職員組織建築委員會主持其事。

按重慶的疏散房屋，大多是克難的竹壁木造建築，請來了這樣一位工程師，未免大材小用了。可是此君兢兢業業，無間晴雨，必親臨工地，一切土木操作，無不逕對工人認眞教導，勿使稍有偸減，種植花木，也不例外，坑挖多廣多深，也必親臨監視，這樣的工作精神眞是可敬可佩！不久，就一如林公之願，用極少的經費，完成了切合實用和理想的全部建築。

燕兒洞和明善堂

關於燕兒洞的疏散建築與環境佈置，因受林主席的精心指示，有很多獨特之處是值得一談的。當時全部建築用地，都是選用亂石堆或不毛的石坡，支撐木架地板建造，重慶鋼筋水泥難得，故用木架地板，隨着地形大小高低，一所所星羅棋佈，分散建築。主席官邸、辦公廳、眷屬宿舍、公共飯廳、廚廁、浴室、合作社、子弟學校，一應設備俱全。巡行一週，有數里之遠。其所需費用，在比價時最高要二十五萬餘元，結果是以五萬餘元發包承辦，一面由楊工程師和建築委員張君、戴君等監視購料點工發欵，辛勤運籌得以如期完工，這種公忠體國的克難精神，也是難能可貴，足以稱道的。

各所房屋的型式，都隨地制宜，配合着所在的山林泉石，曲盡佈局之妙，所以到處成景，雅俗共賞。同仁們一遇風和日麗的假日，相互探訪，以當郊遊，其雅趣逸興誠不亞於置身在大觀園中。

在眷舍的亭子山下（一稱停旨山，謂昔年有欽差奉旨緝拿張獻忠曾停旨於此），有明善堂一所，此處景物清絕，也是員眷常遊之地，林公也常常蒞臨，曾親題「常樂我靜」四字爲贈，該堂已製匾懸掛。國府爲了密藏檔案，特租用此堂，約明免付租金，除神像外全部租與國府使用，看來，此約有喧賓奪主之嫌，殊不知此乃經辦人以如簧之舌，說服了善堂管事而訂的。蓋此地已屬檔案重地，主席常幸，爲恐其他機關也來染指，或被駐紮軍隊，一有此約，可以謝絕外人了。善堂原本富有，爲托庇保護，自願不收租金，絕非強迫。

最有趣的是，一進明善堂大門，就見一對大型塑像，男的鷄脚人身，血盆大嘴，身臉焦黑，凶醜難看，手持鐵鍊，脚下踏一握算盤之人。但是他的太太，却完全人形，美艷非常，懷裡抱着一個肥碩嬰兒，含笑端坐，塑工精緻，花容如玉，堪稱傑作，觀[illegible]堂內窗明几淨，花開滿院，後有玉皇閣，高嵩三層，供奉老子和呂洞賓騎鶴像。登樓小憩，桂香撲鼻，窗外奇樹穿雲，恍登仙境，頂樓爲老道習靜之所，遊人不便去打擾了。

在荒郊深山之中，有此佳處，留供我們這些避空襲之人，來分享一些清福，也算是抗戰時期的幸遇。此外，在燕兒洞和九間屋兩區，多設有員工消費合作社，供應員眷實用必需品，並在燕兒洞設有員工子弟學校一所，我們在抗戰時期的清苦生活，也在靠着這些福利，得以平安地度過了。

儉德清操

我們在處世的經驗上，可以體會到愈是學問好，聲望大，功績多，官位高的人，愈是平易近人，他的私生活也愈是甯靜儉樸，林故主席確實就是這樣的典型。文人常以「輕車簡從」四字來稱道那些不尚奢華的達官貴人，而林公則更高一籌，竟是「輕車無從」了。因爲他老人家習慣獨來獨往，除司機外，平時不喜隨帶侍從，不過他是元首，他又有這樣的高年，在體制和需要上說，這是不大適宜的。

某次國府裡有一個重要集會，在上清寺的路口，就開始交通管制，主席座車到來時，因未懸通行證，前座沒有隨從，汽車又這麼老舊，警衛人員，就予攔阻，不許前進，這時林公把手杖伸出車外，輕輕向警衛身上一點，這才警覺到車裡坐的是誰？立刻敬禮放行。

類此情形，無論是爲安全着想，或爲需要着想，都該有個傳話跑腿的人跟着照料才是。所以有關當局曾促使主管單位注意，並注意座車的性能，和經常的檢查與保養。之後，才換了一部裝有熱氣管的新車。對於侍從人員，則乃是保守着原先的習慣。

日軍踞滬時期之一僉壬

劉豹

上海被日軍佔踞時期，狡黠無恥之流魑魅魍魎之輩，實繁有徒，稽其罪行，有在政治經濟文化教育以至娛樂事業圈中肆行作孽者，有假託抗日之名而為漢奸之實者，有公然依附日軍藉日軍權威以魚肉人羣者，此皆罔顧正義之僉壬也，爰紀其一，以概其餘。

一、自美避兵役逃港

曾威競，一名貞忠，又名己宏，祖籍台山，父僑美三藩市，由工而商，晚年，薄有所積，乃遣其子女於美而獨挈兩妾還居香港，營菟裘於中區堅尼地道以終老，子女皆誕於美，僑界謂之為「土生華人」，土生華人，亦美籍人也，享有美國公民之權益與有服兵役之義務。

基於美國兵役制度之規定，一九三七年正是曾威競適齡入伍之年，但曾威競怯於應徵，乃放棄美國公民之權益與不領取護照，自三藩市匆遽至香港，逃避兵役，抵港後，自詡為華僑富家子弟，謀求投身於祖國政治場中，但曾之為人，習於美國人生活，秉性驕頑，惰於求學，所受教育，僅在三藩市華人區之中英文小學校，中英文程度，均屬甚低，故其志向雖高，才識實未能相濟，而且祖國傳統之禮教，立身之道義，悉無所知，究其所知者，功利主義耳。

二、依隨杜石山活動

時有潮州普寧人杜石山，畢業於日本士官學校與中國留日學生會會長陳道行同期與日人磯谷廉介為知交，居日本時，娶一日婦為妾，而棄其髮妻於鄉間，迨由日返港，日婦隨行，當中日關係日趨惡化期間，杜石山竟與日本駐港領事署緊密聯絡，供給日方以我國政情，蓋日婦從中穿針引線也，另一方面，杜石山以日本通姿態，與我國軍政要員往還，表面謂以日本政情資料，供給我國軍政要員參攷，反而繼從我國軍政要員方面，獵得我國情報資料以供給於日方，杜之所居，九龍塘雅息士道一幢寬廣花園洋房，是為對日方及對我軍政要員聯絡酬酢之場所，曾威競從美國返居香港不久，即結識杜，彼此臭味相投，日必敘談一次，杜每許曾為勇敢機智之愛國青年，亦華僑中最有前途之雋才，曾則頌杜為富有軍政學識之國士，與洞達世界情勢之專家，由於互相推崇，乃互相結合，曾從而依隨杜趨向政治路綫活動。

日本發動太平洋戰爭之前夕，有誘重慶方面和談結束對華軍事行動之意，因派出特務份子，從多方面企圖與我國要員聯繫，特務份子中之日本參謀本部鈴木卓爾中佐，因而在港設立專責對重慶方面之聯絡站，遂得與宋子良接觸，繼而日軍「支那派遣軍總部」，更派今井武夫到港協助鈴木，民國二十九年三月間，所謂中日和談，乃祕密展開，當時雙方代表，日本為鈴木卓爾、今井武夫、臼井茂樹等，中國為宋子良、王新衡、陳超霖、章友三、張

[illegible]杜石山與其日婦，而在外圍聽候差遣者，曾威競其一也，曾因而得與王新衡張治平認識，其後，曾因接近王新衡，自稱加入藍衣社，追隨戴笠之後，致力特務工作。

所謂和談經過月餘之久，無所成就，烟消雲散，但杜曾二人活動之志，未嘗稍衰，相約賡續合作，杜仍在香港與重慶及日本領署兩方面聯絡，曾轉往上海，諱為從事地下工作，實則由杜指示秘密與今井武夫聯絡，因為杜曾二人所圖，固殊途同歸也。

三、日軍第一次扶植

太平洋戰事發生後，上海租界地區，悉被日軍佔據，曾威競乃乘時一再趨謁今井武夫，願意協助辦理情報，今井喜其投効，乃向日軍駐滬武官府久保田推荐，謂曾威競前在香港致力於中日和談，又為杜石山之摯友云云，由是深得久保田垂青，曾亦即具陳其辦理情報之計劃，計劃中之一端，則為設立宏記公司，因設立宏記公司，既可辦理情報之機構，又可經營商業，即以商業所獲溢利，為辦理情報之經費，此項計劃，果得久保田批准，并撥給日軍所封禁之四川路四一〇號三樓英商某洋行房舍，連同該洋行全部傢俬物品，給曾應用，宏記公司於是成立，久保田為監視曾之[illegible]部囑託身份，駐於宏記公司內，又派台灣人陳景園為繙譯，曾每日收集之情報資料，悉由陳景園譯就日文，然後送往日軍武官府，至於經營商業部份則取得日軍部之同意，在寧波設立宏記分公司，採辦寧波一帶土產，運滬推銷，每月營業利益，日軍部規定，須以十分之五歸諸日軍部，曾威競於是邀約陳偉賢唐浩然等，籌集資金，在寧波江北岸外灘七十一號，設立寧波宏記以為上海宏記之分公司，經理職責，由陳偉賢充任，但經過三個月時間之考驗，日軍部對於曾威競所供應之情報資料，評為無甚可取之價值，而指曾利用日軍部准許設立宏記，是為別有私圖，對於寧波宏記分公司，日軍部以為應得十分之五的利益，曾未照繳，而指曾有欺騙行為，因此向曾表示不滿之意，適其時，陳偉賢唐浩然二人，以所籌集之寧波宏記分公司資金，虧折殆盡，一再向曾呼籲接應，曾遽以結束覆之，一面又將上海宏記所辦之情報工作，停止進行，並將原是英商洋行遺留之傢俬物品等，移往大東酒店寄存，佔為己有，及日軍部調知其情，又以寧波宏記分公司十分之五利益，未遵照規定繳納深以為恨，遂由虹口日軍憲兵隊部，將曾扣留，羈押於四川路橋北堍之拘留所內，且施以酷刑，約經兩星期之久，始予釋放，此為曾威競第一次得到日軍扶植之事實[illegible]

四、與敵偽人員聯歡

曾威競獲得日憲兵隊部釋放後，並未以受過日軍虐待的教訓而覺悟，一面因羨慕陳彬龢以吉田東祐之支持，大事活動，乃賡續走今井武夫路綫，冀得到今井賡續支持，又對於日軍舉行之太平洋戰爭將士死亡追悼會，親往參加追思儀式，與致以輓聯，歌頌日軍之英烈，一面則聯絡陳彬龢之親信黃警頑任雲鵬等，以期取得陳彬龢媚日之經驗，資為師承，至於投靠汪政權之歐大慶、葉夏聲、關楚璞以及當時親近敵偽之鄭質庵、王宣平，暨日人渡邊新藤等，曾不斷與之週旋，分別在國際飯店金門酒店、設筵歡宴，以期獲得提携，其用意是不甘於寂寞也。

五、為卸罪出賣親友

民國三十年春間，上海情勢，愈趨混亂，日軍暴行，日益兇狂，漢奸作孽，絕無顧忌，市民處此恐怖環境中，無不慄慄自危，咸思離滬轉往內地，然轉往內地，必須持有內地駐軍核發之通行証，方能無阻，而由滬往內地第一綫之要衝，為浙江富陽一帶，越過富陽後之駐軍，有軍事委員會別働隊忠義救國軍，該軍特派京滬連

絡員劉方雄，曾威競因王新衡之介紹，得與劉聯絡，遂央劉給以忠義救國軍之通行証，其理由謂爲援助愛國人士脫開日軍範圍，以免慘遭殺戮，劉信其言，逕由淳安倩人秘密携帶忠義救國軍核發之通行証到滬給曾，曾得到該項通行証，即交由唐浩然、錢邦杰、吳建生、徐子辰等，銷售漁利，每張爲當時僞幣由四千元至六千元，但購得該項通行証者，持往內地時，有於越過軍事防綫之頃，被日軍扣留查察，經輾轉追究，最後確知該項通行証，是來自曾威競之手，日軍遂以曾有抗日之嫌，又由滬西開納路日憲兵隊部，將曾拘捕，曾在憲兵隊部爲卸罪計，極力供稱該項通行証，是唐等所出售者，並親領日憲兵隊到唐錢吳徐四人之住宅，將唐等四人捕去，唐等四人，初未知帶領日憲兵隊來捕人者出於曾之自動，繼又以爲曾與久保田、今井武夫有聯系，當能向日軍部說情，可以早得省釋，但半個月後，曾由憲兵隊部無恙返家，唐等四人，則被日軍監禁於虹口牢獄中，唐等四人家屬咸以爲異，因對曾提出質詢，一、忠義救國軍之通行証，是來自曾之手，出售於人，是曾之意，何以發生問題後，一若與曾無絲毫關係者，二、曾與唐等四人，同是因通行証之案被日軍拘捕，何以曾得於兩星期間獲釋，唐等四人，則被監禁，當時曾答稱，渠本人獲釋，係徐采丞奉到戴笠密令，着徐到日憲兵隊部，將之保出，又云：本人獲釋後，當設法營救唐等四人云云，唐等四人家屬，於是守候曾之營救消息，然久無好音，乃對於曾之答覆，由懷疑而憤恨，因爲所謂徐采丞奉到戴笠電令，着爲曾之保人，是曾自己說的，無任何方面可爲徵信，次則，曾謂設法營救唐等四人，但未見曾有任何進行，反而日偕任雲鵬等，進出滬西憲兵隊部，與隊長荒木飲酒打球，彼此極形和翕，故唐等四人家屬，不信曾之獲釋，是出於徐采丞所具保，當是曾已在憲兵隊部，向日軍夭志投誠，遂出賣親友，帶領日憲兵隊拘捕唐等四人，以示立功。

六、日軍第二次扶植

滬西日憲兵隊部以曾威競既經立功，頗予信任，日軍武官府今井武夫，又以爲曾與重慶方面高級人員，必有特殊關係，亦重視之，於是又作扶植曾之籌劃，即在滬西地區之愚園路一三九六弄西園大厦內，將日軍管理之三樓全層，連同傢俬古董汽車等，給曾居住應用，及設立特務機構，曾遂憑日軍權力，進展其活動範圍，並收容漢奸流氓等，資爲爪牙。

西園大厦三樓，面積三千餘尺，內部設備，極爲堂皇，曾威競原是成都路浦東別墅之三房客，居處爲前樓廂房，以視西園大厦，眞有霄壤之別，遂居西園大厦後，便躍進爲富家巨室之狀，家庭情況，亦從而轉變，曾原有一位髮妻，于歸僅兩月，自殺而死，曾乃在香港石塘咀妓寮，聚一妓婦以爲塡房，今屆西園大厦，又得日軍扶植，乃在滬某舞廳，後娶一舞女爲妾，飽暖思淫慾，宜其腐心於投靠日軍，以圖富矣。

曾威競是時對於被羈押於虹口日軍監獄之唐浩然、錢邦杰、吳健生、徐子辰四人，業已遺忘，營救進行，置諸腦後，故唐等四人，延至日軍投降撤離上海時，始獲釋放，此爲唐等四人，代曾受罪，而爲曾之替死鬼也。

七、對粵籍殷商敲詐

民國三十四年八月，日軍宣佈投降，曾威競立即轉變作風，凡所表現，花樣百出，其較著者，畧述爲次。

一、改易服裝，全部美式配備，衣黃色卡其結領帶軍服，戴白色高型軍帽，居然美國軍事工作人員本色，并揚言過去在滬，是致力地下抗日工作，今始表露眞面目云。

二、忠義救國軍京滬連絡員劉方雄來滬，曾親往迎迓，奉居於西園大厦家中、藉以挾劉自重。

三、忠義救國軍總指揮馬志超抵滬後，曾相往伺候，當時馬之所需，必盡力張

羅一，以博馬歡心。

四、勸興紡織廠董事長粵籍股商余稚敬，是著名之慈善家，曾威競僞稱軍統局專員之名，誣余爲經濟漢奸，（同時被誣之粵籍商人有盧天祐等）向之敲詐黃金五十條，余在種種威脅之下，爲免發生事端，祇得爲數付與，但付去之後，又有其他之所謂重慶人，踵曾之後，向余敲詐，余着親信代向曾投訴，並請示以應付之法，意在丐曾對有關方面排解，曾却置諸不理，以事實上，曾無排解之力也，余不得已，遷居隱避，但滋擾者仍不休，最後徙至香港，卒以刺激過甚，不久，在銅鑼灣寓邸逝世。

五、曾威競經過多端活動，在資財上，雖有所得，在政治上，尚無所成，又以失却日軍之扶植，爲保守計，乃取得劉方雄同意，重操辦理情報之舊業，以其工作機構，不曰宏記而曰宏基，以記基二字同音也，宏基設在上海南京東路慈淑大樓六二二號室，蒐集之情報資料，則送交軍統局，蓋不啻以昔之日軍部，目作今之軍統局，同時又以經營工業爲幌子，復在宏基內設立「天隆染織廠」此天隆染織廠者，又不啻日軍時期之寧波宏記分公司，特天隆染織廠，無人投資，祇有招牌虛懸於宏基之內而已。

曾威競的做法，實不勝數，舉一可反三矣。

八、杜石山狼狽到滬

其時，杜石山忽從香港乘輪船抵滬，狼狽萬分，因念與曾威競交誼彌篤，亟往覓曾，以爲當得援助，但會晤後，曾着杜居於西藏路一品香旅社，即不復聞問，杜雖悵惘，亦莫奈何，至於杜所以忽爾到滬者，緣日軍進攻香港前，杜既供應日方以情報，及日軍攻佔香港，杜又秉承日軍總督磯谷廉介意旨，組織石山部隊，設總部於畢打街某大樓內，總部轄下，分兩大隊，第一大隊隊長爲皖人劉任賢，第二大隊隊長爲魯人孫斌，兩大隊下，分若干小隊，歸日軍指揮，由香港出發，越過大鵬灣進至平海，無異是日軍之別働隊，及日軍投降撤退，英人重臨香港，即將杜石山扣押於赤柱監獄，後被判處遞解出境，解往地區，是依杜所自願，送至上海，在杜之意，以爲上海有曾威競在，可得照顧，無虞困窘，顧不料曾予以極度的冷落待遇，而絕不念舊也，考曾對杜所以爲是者，一則，以杜爲失敗之人，已無剩餘價値，可資利用，認爲無照顧之必要，次則，曾正以投靠軍統之姿態出現，自不願與杜接近，致影響自己之前程，杜則感於曾之對已，前後判若兩人，昔在香港何其恭，今在上海何其倨，不禁悲憤填膺，益以途窮日暮，無法自活，乃鬱抑而死，要之，曾對杜石山之冷落，與對唐浩然等之出賣，是一貫的行爲也。

九、庇護王春哲親信

對日戰事告終後，上海發生顏料案件，轟動一時，有關之主要人物爲潮州人王春哲，（又名ＣＣ王）王年三十餘歲，聰明能幹，設林王貿易公司於北京路一三二號二樓，又在靈飛路呂班路轉角之某公寓，租一層樓，置中西厨師，以爲招待友朋作宴叙及幽會之所，此外，尚有巢穴數處，猶狡兎之有三窟，皆是王對各方面聯絡勾結之據點，故王所籌謀之事業，斷非常理所可想像，顏料案件，容或其一，曾威競與王春哲，素有密切往還，且常爲林王貿易公司之座上客，當王被槍決後，該案之主辦人，對於王之心腹親信鄭嘉裕，追緝甚緊，鄭於流竄之際，乞曾爲籌庇護之策，曾乃邀鄭匿於其所居之西園大厦住宅內，其條件，是向鄭索取巨額保護費，直至該案入於緩和階段，鄭始由西園大厦秘密離滬南來，乃得保全性命。

日本虛構事實向美國詐騙釣魚台

・沙學浚・

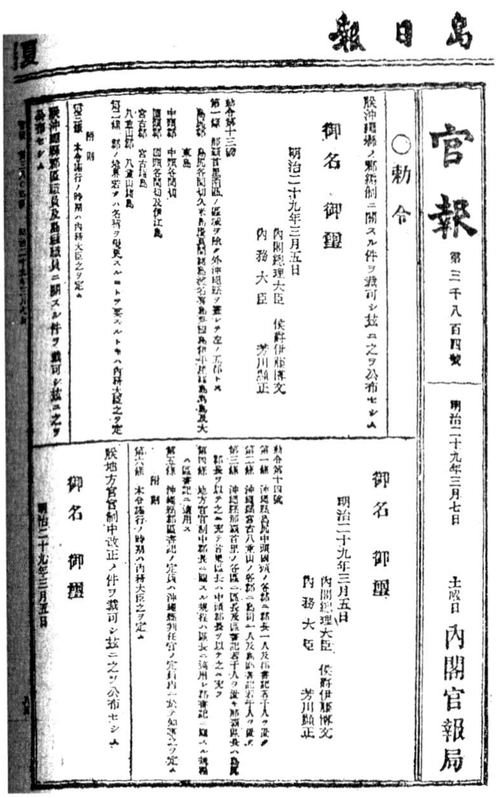

島日報

官報 第三千八百四號 明治二十九年三月七日 土曜日 內閣官報局

○勅令

朕沖繩縣ノ郡編制ニ關スル件ヲ裁可シ茲ニ之ヲ公布セシム

御名 御璽

明治二十九年三月五日
內閣總理大臣 侯爵伊藤博文
內務大臣 芳川顯正

勅令第十三號

第一條 那覇首里兩區ノ區域ヲ除ク外沖繩縣ヲ盡シテ左ノ五郡トス

島尻郡 島尻各間切久米島慶良間諸島渡名喜島粟國島伊平屋諸島鳥島及大東島

中頭郡 中頭各間切

國頭郡 國頭各間切及伊江島

宮古郡 宮古諸島

八重山郡 八重山諸島

第二條 郡ノ境界若クハ名稱ヲ變更スルコトヲ要スルトキハ內務大臣之ヲ定ム

附則

第三條 本令施行ノ時期ハ內務大臣之ヲ定ム

朕沖繩縣郡區職員及島廳職員ニ關スル件ヲ裁可シ茲ニ之ヲ公布セシム

御名 御璽

明治二十九年三月五日
內閣總理大臣 侯爵伊藤博文
內務大臣 芳川顯正

勅令第十四號

第一條 沖繩縣島尻中頭國頭ノ各郡ニ郡長一人及郡書記若干人ヲ置ク

第二條 沖繩縣宮古八重山ノ各郡ニ島司一人及島廳書記若干人ヲ置ク

第三條 沖繩縣那覇首里ノ各區ニ區長及區書記若干人ヲ置キ那覇區長ハ島尻郡長ヲ以テ之ニ充テ首里區長ハ中頭郡長ヲ以テ之ニ充ツ

第四條 地方官官制中郡長ニ關スル規程ハ區長ニ適用シ郡書記ニ關スル規程ハ區書記ニ適用ス

第五條 沖繩縣郡區書記ノ定員ハ沖繩縣判任官ノ定員內ニ於テ知事之ヲ定ム

附則

第六條 本令施行ノ時期ハ內務大臣之ヲ定ム

朕地方官官制中改正ノ件ヲ裁可シ茲ニ之ヲ公布セシム

御名 御璽

明治二十九年三月五日

對於一項爭端，任一有關方面，如有理由，應提出理由，不應虛構事實，如果一方虛構事實，即證明他沒有理由。

一九六八年開始發生了釣魚臺列嶼（日本稱爲尖閣列島）主權的爭端，各方知道釣魚臺列島，由中國人「原始發現」，予以命名，先用作中國、琉球問的航海指標，近世是臺灣漁民的捕魚區，六百多年以來是中國的領土（註）。下列兩事，引發了日本爭奪釣魚臺列嶼，並由釣魚臺列嶼爭取東海大陸礁層之野心：（一）一九六八年九月十七日，中華民國中國石油公司與美國四家石油公司訂立合約，探勘開採包括釣魚臺海域的石油，（二）同年十月，聯合國亞洲經濟開發委員會調查研究報告說釣魚臺海域有油田。日本控制下的琉球政府，首先於一九六九年五月九日在釣魚臺列嶼各島，樹立界碑（日本稱爲國標或標柱）。復準備下列包含了虛構事實的文件，向美國施行詐騙，要美國承認日本對釣魚臺列嶼的主權要求。

（一）琉球政府於一九七〇年九月十日發表「尖閣列島主權及大陸礁層資源開發主權之主張」，東京各報十一日都以第一版頭題地位刋出，朝日新聞的標題，是「琉球政府尖閣列島領有宣言」。琉球政府「主張」的內容，主要包括四點，以第二點陳述爲最重要：「明治二十八年一月十四日（日本）內閣會議決定，並於二十九年四月一日發表第十三號勅令，將尖閣列島定爲冲繩縣八重山郡石垣村」。

（二）「冲繩季刋」是日本「南方同胞援護會」的機關刋物，其五十六號定爲「尖閣列島特集」，於一九七一年在東京出版，共三百四十頁，資料豐富，並附地圖多幅和照片多幀。在其二百五十頁的「尖閣列島年表」上，有下列陳述：

「明治二十九年四月一日第十三勅令規定冲繩縣施行郡制，冲繩縣知事，乃將尖閣列島列入八重山郡，指定爲國有地。（魚釣島、久塲島、南小島、北小島）」（按明治二十九年，即西元一八九六年，馬關條約訂立後一年。）

上述兩則陳述的共同部份，也是最重要的部份，都是虛構事實，分三點說明於後。

（一）「四月一日第十三號勅令」，根本不存在，筆者於一九七二年春間，曾託旅居東京的朋友，到各大圖書館查閱此一勅令原件，以便影印。據告：日本內閣官員報局明治二十九年的「官報」，部被借出了，因而查不到。後託華盛頓的朋友，到美國國會圖書館，查閱此年官報，據告：

（1.）找不到「明治廿九年四月一日的第十三號勅令」，但四月一日這一天，有四個勅令，編號及其內容是第一一三號，侍從武官官制，第一一四號，炮兵方面條例，第一一五號，（日本

本土）都市警察區域，第一一六號，臺灣總督府軍務局官制，都與尖閣列島，無絲毫關係。

（2.）查出官報第三千八百〇四號，有第十三號勅令，日期不是四月一日，而是三月五日，因其與冲繩有關，寄來影印本一份。（見圖）

從三月五日到四月一日，共計廿八日。廿八天以內，不可能有兩個第十三號勅令。三月五日第十三號勅令的存在，也可證明四月一日第十三號勅令的不存在，這是日本虛構事實第一項。

（二）尖閣列島根本沒有編入冲繩縣八重山郡，附印官報上欄，三月五日第十三號勅令內容，關於冲繩縣郡編制。「第一條」列舉了五個郡，每一郡之下列舉了所管轄的島嶼。

第五個郡是「八重山郡」，此郡之下只列「八重山羣島」，未列「尖閣列島」，足以證明「尖閣列島列入八重山郡」是一謊言。

如果一八九六年日本確曾將尖閣列島編入冲繩縣八重山郡，一定會在當時向日本國內及國外宣告尖閣列島的經度緯度、命名、管轄關係及有關事項，但日本並沒有做這樣的宣告。（按日本一八九一年將琉璜羣島編入小笠原羣島，一九〇五年將竹島（靠近韓國）編入隱岐島管轄，均曾這樣做。）

在日本政府及地方政府宣佈編入的同時，有關縣政府奉命在這個新領土上樹立界碑。琉球政府直到一九六九年五月九日才在釣魚臺列嶼各島樹立水泥標柱，比一八九六年遲了七十二年之久。這等於嬰兒出生後不報戶口，等他長到七十二歲時才報戶口，眞是幼稚可笑。日本即使將釣魚臺列島編入琉球，在國際法上都不會有效，何況他沒有這樣做，這是日本虛構事實的第二項。

（三）一八九六年根本沒有尖閣列島名稱

上述兩項文件都提到「尖閣列島」。此一名稱是冲繩師範學校教師黑岩垣於一九〇〇年命名的，他說：

「此列島（按指尖閣列島）迄無總括的名稱，爲了減少地理學上的不便，余乃新設尖閣列島之名稱。」（井上清著『尖閣列島（釣魚諸島）之歷史的解明』東京，一九七二年，七十五頁）『尖閣列島特集』四十六頁也提及此點。足以證明一八九六年還不會有『尖閣列島』這一名稱，這是日本虛構事實的第三項。

憑著『明治二十九年四月一日第十三號勅令』這些虛構事實，日本政府達到了利用詐騙方法爭取到釣魚臺列嶼的目的。對內他使日本人相信所謂『尖閣列島』是冲繩縣的一部份，因而是日本的領土。日本的詐騙手法對外以美國爲對象，其英文資料內容，筆者雖無從閱及，相信上述虛構事實必定包括在內，且列爲最重要的部份。

美國政府被日本詐騙的效果，十分顯著。下列兩則報導，說明美國政府的意見，和日本政府完全相同：

「美國駐日大使館發言人說：『他們認爲接近台灣的尖閣列島，乃是琉球羣島的一部份，並將定期歸還日本』。」（一九七〇年八月十二日合衆國際社東京電）美國國務院一九七〇年九月十日發表見解，指出尖閣列島的主權屬於日本。」（日本時事社九月九日華盛頓電）

八個月以後，美國政府的態度有些改變，不堅持釣魚臺列嶼是琉球羣島的一部份。一九七一年五月二十一日，國務院代理助理國務卿威廉布萊（William D. Blair），曾代表尼克遜總統，致函中國留美學人，表明美國對釣魚臺問題的態度。茲將其重要部份，抄錄如下：

「依一九五一年對日和約第三條，美國取得北緯廿九度以南「南西羣島」的行政權。這項條約，一般了解爲包含尖閣列島。當第二次世界大戰結束時，尖閣列島在日本行政之下，和約未曾明文提及這個列島」。

一九六九年，尼克遜總統與佐藤首相協議的結果，美國將於一九七二年，將其依和約取得之南西羣島行政權歸還日本。然後日本將取得任何原來在行政權未移轉前所享有的權利。我們認爲對於尖閣列島所有權的任何不同主張，均爲當事國所應彼此解決的事項。」

——轉載星島日報

北洋人物誌——張宗昌傳

余非

曾任直魯聯軍首領的張宗昌，綽號長腿將軍，又號狗肉將軍。平生以「三不知」聞名，所謂三不知是不知手下有多少兵，不知每月發多少餉，不知自己有多少妻妾。他的部隊，官比兵多，兵比槍多，槍比子彈多，故又以「三多」聞名。

（一）早年曾赴東北

張字效坤，山東掖縣人，光緒八年（一八八二）生。父張錫五，早年做過吹鼓手；母蕭氏，亦生於破落人家。張宗昌十歲那年，母親改嫁給一崔姓理髮師，張即在店裡做學徒。因受不了嗣父的責罵，十三歲時跑去博山煤礦當礦工。張在博山三年，積了些錢，轉赴烟臺做碼頭工人，並把母親也接了去。這年他十六歲。

翌年，張宗昌聞東三省生計好混，即夥同鄉友去東北，在黑河一帶，淘金為生，收入不惡。後入馮麟閣部當土匪，以身材高大，勇敢善戰，深為馮所賞識，被提拔為馮的近身侍衛。

光緒末年，趙爾巽任東三省總督，張作霖與馮麟閣部被收編。張宗昌於此時洗手不幹，去海參威謀生。當時海參威人口十多萬，五分之三是華僑，他們大部來自山東。張宗昌在華商總會做門警小頭目，其主要工作是護伴該會的會計員按月到各會員商家去收月捐，或便衣巡邏中國匪類，或協同俄國軍警緝查盜案。張宗昌以此變為下流社會中炙手可熱的人物。

（二）民初的軍旅生活

辛亥革命爆發，陳其美等在上海起兵，派人去東北招募騎兵。得張宗昌的導引，與鬍匪首領劉玉雙取得聯繫。張宗昌於此時跑到上海，被委為騎兵團長，劉則被委為營長，在張之下。劉不久抑鬱而死，張宗昌却從此扶搖直上。

民國二年，二次革命發生，袁世凱派馮國璋率師循津浦路南下。時張宗昌駐軍浦口，即率衆降，馮任為衛隊營營長。之後，馮任江蘇都督，對張頗為賞識，委為南京軍訓教育團副團長兼教育長，旋升為暫編陸軍第一師師長。

袁世凱帝制失敗後，黎元洪任大總統，馮國璋任副總統，段祺瑞任國務總理，行「武力統一」政策。張宗昌部被調到湖南作戰，歸吳佩孚指揮。及吳撤防北歸，張以力單退入贛境。贛督陳光遠慮其難制，以計解散之。是後，張曾跑回山東做土匪，在青島附近聚衆騷亂，北京政府下令褫奪其官職勳位勳章，並通飭各

省嚴緝，張遂自烟臺渡海去東北，在綏芬河一帶嘯聚徒衆，打家刧舍。後來被張作霖收編，受任爲旅長。

（三）在張作霖麾下

民國十一年直奉戰爭，奉軍敗退。吉督孟恩遠率兵躡其後，與直軍相策應。奉張大懼，問諸將誰願往當，張宗昌奮身自任，遂遣行。張部僅四、五百人，備八列車供運兵用，沿路招收土匪，以益其數，大敗孟軍，以功授鎮守使。時俄國尙在革命時期，白俄軍人多携械逃入華境，張悉予收編，成爲勁旅。是年九月，張作霖曾遣張宗昌赴海參威購械。

民國十三年第二次直奉戰爭，張作霖以張學良、郭松齡由京奉路正面進攻冀東直軍；以張作相，姜登選出熱河向察綏進攻；以張宗昌、李景林由冷口一帶側擊正面的直系軍隊。由於馮玉祥發動「首都革命」，直軍大潰。張宗昌、李景林自冷口南下，直下灤州。吳佩孚兵敗浮海而南。是後，李景林、張宗昌大肆擴充勢力。李景林以直隸人的關係，首先搶佔了冀東到天津一帶的地盤，做了直隸軍務督辦。張宗昌以追擊吳佩孚爲名，揮戈南下，直逼濟南。時山東省議會正副議長杜尙、宋傳典等受了張宗昌的運動，通電主張「魯人治魯」，臨時執政府在張作霖的威脅下，任張宗昌爲山東軍務督辦。

第二次直奉戰後，奉軍繼續南下，勢及淞滬。張宗昌爲前鋒，一時叱咤風雲。時上海「晶報」載有胡懷琛的「東南刧灰續錄」，以詩紀事，中有數首涉及張宗昌。其中一首云：

十華胡兵氣燄驕，凱旋歸去亦堪豪。
他時回憶江南事，好自摩挲一鐵刀。

自注云：「張宗昌定製鐵刀，鑲以紅木柄，以贈下級軍官，作戰勝紀念品。」此詩紀武事。又一首云：

呼盧喚雉趁豪情，沙石黃金價値平。
最是盛家公子濶，一擲七十萬元輕。

自注云：「吳光新、張宗昌輩來滬，於治軍之餘，又事賭博，滬上有所謂盛七者，前清某宮保之子也，與之賭，輸七十二萬，噫，豪矣！」此詩紀賭事。某宮保指盛宣懷，宣懷子盛老七，以豪賭著稱。

（四）組直魯聯軍

民國十四年秋，張作霖與吳佩孚聯合討伐馮玉祥。張宗昌與李景林組「直魯討逆聯軍」，成爲特殊勢力。是年十一月，李景林參加了郭松齡的反張（作霖）戰爭，郭失敗被殺，李亦被迫下臺。張宗昌薦其部將褚玉璞督直，成爲直魯聯軍的首領。

張宗昌督魯期間（民國十四年春到十七年夏），首先大舉擴充軍隊，編所部爲十二個軍：

第一軍長：張宗昌自兼
第二軍長：褚玉璞
第三軍長：程國瑞
第四軍長：方永昌
第五軍長：王　棟
第六軍長：徐源泉
第七軍長：許　琨
第八軍長：畢庶澄
第九軍長：朱泮藻
第十軍長：金先悟
第十一軍長：王翰鳴
第十二軍長：馬玉仁

這些軍長，只有畢庶澄稍具現代知識，張重用他爲青島警備司令兼渤海艦隊司令。

民國十六年春，張宗昌以援孫傳芳爲名，派畢庶澄爲淞滬警

備司令。旋以北伐軍的進迫，畢率殘部退回青島，爲張宗昌所殺。第八軍長改由祝祥担任。

張宗昌在山東的部隊約五十萬以上，除十二個軍以外，尚有炮兵隊、鋼甲車隊、憲兵隊、保安隊、以及在東北招募白俄編成的「老毛子隊」。其餉源約如下述：

一、公開賣官。　二、發行山東善後公債。
三、濫發鈔票。　四、徵收軍事地畝捐。
五、種賣鴉片。

有時軍費不及，還得縱兵搶刧。

張宗昌手下，亦有知名之士，如洪憲餘孽楊度、前清狀元王壽彭等，但均不受重用。楊度在張失敗後逃往上海，依附杜月笙，民國二十年病逝。王壽彭於張失敗後逃往青島，旋亦抑鬱而死。

（五）從失敗到被刺身亡

民國十七年春，北伐軍進抵山東，張宗昌把軍隊撤往青島和膠東，讓日本出兵濟南，造成「五三慘案」。是年六月，張宗昌退往德州，旋即轉往冀東。時張作霖已遇炸身死，東北局面由張學良維持，聲明不讓張宗昌和褚玉璞殘部退入奉天。張宗昌知大勢已去，於九月十二日隻身逃往秦皇島，轉赴大連，托庇於日人。曾派褚玉璞去山東活動舊部，重整旗鼓，事不果成。是後，張即寄迹日本，折節讀書。

九一八事變前夕，張宗昌曾謁張學良，告以日本對東北將有大舉動，學良不聽。未幾，其言卒驗。九一八事變後，日本特務頭子土肥原曾勸張宗昌去東北做傀儡，張受張學良電召，離日回到天津。以爲當畀以重任，實則學良恐彼爲日本利用，但以虛禮羈維之而已。

時膠東駐軍二十一師師長劉珍年與山東省主席韓復榘發生衝突，聲言要獨立，韓復榘以石友三爲介，邀張宗昌往商大計。張以劉爲其舊部，前往勸說。事息，韓對他隆重招待，却無重用之意，張遂決定回津。

臨行前，張往別石友三，託其向韓致意，即率同僚屬逕赴車站。甫登車，爲刺客所殺。兇手爲山東省政府參議鄭繼成，或云係鄭爲父報仇，或云爲韓、石的預謀，不可知矣。張死後，韓給費二百元，草草成殮，其靈柩則由舊屬運回北京。時爲民國二十一年。

趙公戴文傳稿

·方聞·

趙公戴文民國紀元前四十五年（淸同治六年，歲次丁卯十一月初三壬子日巳時，西曆一八六七年十一月二十七日）生於山西五臺之東冶鎭。先世居山西馬邑鄉（倂入朔縣），明季始遷五臺，耕讀相傳，代有隱德。父選三公，幼孤貧，長業商，以勤儉過人，生計漸裕，生平扶危濟困，樂善好施，義俠著鄉里；歐陽文忠所謂「積德成仁，宜享其隆」者，維公有焉。母氏白，賢明勤劬，克盡相夫敎子之責。公生而穎異，九歲入學。年十四，讀同里徐公松龕——繼畬所著瀛寰誌畧，遂曉然世界形勢；又嘗誦平湖陸稼書隴其所著松陽抄存，知有聖賢之學，因慕其爲人，遂自號次隴。晚又號淸凉山人。

年十七，精讀三式。應書院試，江西王之埤山長批其文曰：「蛟龍得雲雨，終非池中物」。旋讀皇極經世橫運等書，探明宇宙人生，識當時之中國，已至貞下起元之階段，滿淸政府終不足有爲，革命思想，油然而生。二十四，入晉陽書院，受業於樂平鄉（倂入昔陽縣）李菊圃用淸，深研程朱之學。二十七，應科試，列一等第一，選入令德堂，受業於孝感屠梅君仁守，益肆力於身心性命經世致用之學。庚子變亂，返籍組民團，衞鄉里，幾遭不測。事平，執於寧武中學。

民國前七年（淸光緒三十一年，西曆一九〇五年）年三十九，東渡日本，入東京宏文學院，始與閻公伯川相識，志同道合，遂訂交焉。力究東西學術及當時國際大勢，皆能洞悉其要畧，而革命思想愈爲蓬勃，毅然加入同盟會，決志獻身革命救國，爲總理之忠實信徒，翌年，與閻公各懷炸彈返國，陽則從事敎育，任山西農林學堂國文敎員，兼晉陽中學堂齋務長，而密與閻公共負同盟會山西責任，策劃革命，辛亥太原首義，爲力甚多。

民國初，任山西都督府秘書監。民國五年，任山西督軍公署參謀長，兼任晉北鎭守使，將校研究所所長，晉綏軍將校多出其門。六年，任陸軍第四混成旅旅長。治軍之暇，兼及敎育文化事業，主辦山西育才館，國民師範學校，洗心社等事，皆本所學，殷懃迪訓，三晉人士，景行仰止，士風爲之丕變，人心愈淳樸而振奮也。

及國民革命軍北伐，公任第三集團軍總參議，兼政治訓練部主任，察哈爾都統，及太原政治分會委員，北平政治分會委員。旋入佐中樞，任國民政府內政部次長，內政部部長。十八年，擢監察院院長，國民黨第三次全國代表大會當選中央執行委員，惟勤惟愼，夙夜在公，一掃泄沓之習，甚爲 主席蔣公禮重焉。

二十一年任國民政府委員，太原綏靖公署總參議。二十五年六月，任山西省政府主席，就職伊始，即以整飭吏治，組訓民衆

爲急務，雷厲風行，不數月而全境肅然。抗戰軍興，年逾古稀，隨軍轉戰呂梁山地區，艱苦備嘗，確乎不拔，恒以孟子舍生取義之說，爲各級幹部講訓，以激其忠義之氣。

公平生於書無不窺其奧，尤喜治論孟學庸及易，兼精孫子，並提倡紀效新書，凡發於言，必躬行而實踐之。中年究心佛典，法顯唯識，境界廓達。廉潔自持，常以大禹「菲飲食，惡衣服，卑宮室」自勵，雖久歷顯要，而毫無私蓄，抗戰以來，眷屬寄寓陝西，至最簡單之生活，亦難以維持。平時待人接物，望之儼然，即之溫然；而論事講學，辨義利，別是非，明死生，奬善懲惡則正然厲色，聲若洪鐘，不稍假借，聞者無不敬畏。蓋貞明和順之積於中，剛健英華之發於外也。其贊襄　閻公致力革命，垂四十年，自持至誠至正，以身作則；用人惟公惟賢，爲事擇人，晉政有成，肇基於此，清貞亮直，有如一日，風義之高，世所罕見。

三十二年夏，感不適，預知蛻數，然爲政講學不少衰。冬初向中央建議：恢復從祀孔庭之制，扶助陝西三原之清麓書院奉清鴻儒任啓運從祀孔庭，及聘太虛上人代表佛教爲參政員等四案。力倡「志佛家之所志，行儒者之所行」，其明明德，新天下之素志，老而彌篤。

是年十二月二十七日上午九時四十分，以肝癌不治逝於吉縣之克難城。遵遺囑，即日入殮，次日公祭，又次日出殯，權厝於壺口之東，年七十有七。　總統　蔣公特派徐部長永昌蒞克難城代表致祭。

公逝世周年紀念會，閻公發表講話，勉人效法公八沒有的精神曰：

趙先生一生的精神與行爲，可資大家效法處甚多。據我平日瞭解，趙先生值得人推崇的，有八個沒有。一、沒有瞞過一文錢，清清白白，廉正自持。二、沒有瞞過一個人才，有一點長處的人，總想說出來。三、沒有偷過一時懶，凡請他辦的事，一定盡心盡力去辦。四、沒有畏過難，無論多難的事，認爲該辦就辦；不管得罪人。五、沒有顯自己才能的意思，即根本未曾寶貴過自己。六、沒有輕視過人，對什麽人也不輕視，即對差役亦如此。七、沒有厭過學，雖在病中，也不肯間斷用功。八、沒有倦過教誨人，對任何人不惜三番五次的教誨。他本人雖謙誠和藹，但對人也很嚴肅，尤其對不好的人，毫不留情面的予以教訓和指責。

三十四年秋太原光復，先移櫬於太原文廟三立閣，嗣葬於藺村，與傅青主霜紅龕故址爲鄰。

生平曾兼任國民黨中央政治會議委員，蒙藏委員會副委員長，山西省黨部執行委員會主任委員，戰地黨政委員會第二戰區分會副主任委員，第二戰區政治部主任，山西省經濟管理局副局長等職。惟公遺囑，其靈位僅署「中國國民黨黨員趙某」云。

所著有孟子學術足以救世界一卷，軍事講演錄八篇共一卷。甲種問題一卷，清涼山人文稿上下兩卷。洗心社講演錄四卷，周易序卦說一卷，及周易翼邵集，禪靜初譚，唯識入門，易學八法經驗。讀藏錄，駁三式，世界將來說，夢遊錄，應學沿革考等，先後行於世。晚又著有明德圖，宇宙緣起說，小康時代之必要條件，觀將來等，均稱精闢。總彙爲清涼山房集。

五十六年十二月三日逢公百年誕辰，在臺各界發起舉行紀念會，由何公敬之主持。　總統蔣公親臨致禮，題頒「典型永在」匾額。嚴副總統題贈「開濟勳名壯，來格來歆，尚克相中興事業。修齊道德尊，其言其行，應長留三晉雲山」。致詞稱：「趙先生革命勳業，愛國愛黨志節，足爲楷模，應受全國人士欽敬」。參加紀念儀式者有李公石曾、謝公冠生、于公野聲等政府首長，社會名流近千人。尊賢風氣，爲之丕振。

公弟戴襄，字贊甫，少公二歲，清貢生。民國後歷任山西省議會議員及參議院議員等職、精明豪爽，篤於孝友，爲人排難解紛，一言而平，有仲連之風，妹三，長適同邑五級村張氏，二十七年敵攻五臺急，不忍爲敵順民，率寡女及甥女投井。次適同邑南大興村白氏。元配劉氏早歿。繼配姚氏，以國破家亡，深爲憂

憤，迫於貧病，三十年夏，歿於陝西三原。子四，長效復，留學東瀛，歸服務於軍政教育各界。二十六年冬避地萬泉，常爲人講佛，後爲共軍所執，不屈而死。次仰復，於民國九年，赴美留學，因病被阻登陸，憤外人之壓迫而蹈海，均劉氏出。次宗復，燕京大學畢業，幼景復，畢業於金陵大學。女五，長惠蘭適同邑張樹芬，次若蘭適同邑徐士珙，次芝蘭適新絳楊式達，次秀蘭適汾陽張詠，幼玉蘭適壽陽崔丕承，均姚氏出。孫三：長培根次培烈，均效復出。幼培勳，宗復出。孫女二：長瑤溪，仰復出。幼鑑，景復出。

贊曰：傳稱三不朽曰：「太上有立德，其次有立功，其次有立言」。孟子稱大丈夫曰：「富貴不能淫，貧賤不能移，威武不能屈」。此數者，世人難履其一，公獨兼而有之，可謂完人也已！至其弟之以義處事，妹之知難而殉，妻之憂憤以死，子之罵賊與蹈海，無不可歌可泣，忠貞剛毅之氣，鍾於一門，其家風可以想見矣。

附錄

一、明德圖（暫缺）

二、希望世界和平之遺言

此次戰後世界和平問題，時賢論者多矣。或作全面探討，或作專題研究，或舉出大綱，或製成方案，當此侵畧國家勢衰力竭之際，正論一出，正動隨之。觀察世界將來，盗主時代行且過去，民主時代即將來臨所謂民主時代即由小康入大同之階段也。我國艱苦奮鬥，不僅爲自身求存在，且更爲人類謀和平，戰時貢獻固多，戰後貢獻責任尤重。中國之命運有言：「須知此次世界大戰最後的效果，無疑的歸結於文化，所以此次戰爭，亦可說是文化戰爭。歐美三百五十年來民族主義民生主義與社會主義的成敗興亡，皆在此一役爲試金石。此戰若不失敗於侵畧主義者的魔手，則人類文明即將刮垢磨光，而中國文化亦必發揚光大」。足徵欲求世界人類和平幸福，必須發揚光大中國文化；然則我國文化當先發揚光大者爲何？曰大同是也。夫大同景象詳載禮運，實爲中國文化之最高理論，吾黨已奉爲指針矣。茲先將小康必要條件，就吾人習聞常見，往聖先賢所啓示者，條列於後，期備參考：

（一）國際聯合行政機構之組織（國聯） 此次戰後，世界各國，必將重新建設國際聯盟，組織公共政府，惟基本上當採用孔子所說「天下有道，則禮樂征伐自天子出之義旨」。

（二）國際信用之互保（國信） 侵畧時期，各國最重國防，戰後各國必須確立互信共信，始能進入小康時代，惟基本上至當採用孟子所說：「域民不以封疆之界，固國不以山谿之險，威天下不以兵革之利」之義旨。（如美國撤廢限制華人移民律即域民不以封疆之一例）

（三）國家立國基礎之建設（國本） 世界各國大小不同，要必須自固國本，方能獨立生存，欲達此目的，基本上至當採取孔子所說：「足食足兵民信之矣」之義旨。

（四）國家生活習尙之節制（國制） 小康時期，階級未泯，國家之貧富亦不相同，生活水準雖難齊一，惟執政人士，務當豪奢必戒，貪污必除，基本上均必須具有大禹「菲飮食而致孝乎鬼神，惡衣服而致美乎黻冕，卑宮室而盡力乎溝洫」之作風。

（五）國家土地問題之解決（國土） 國家之土地肥瘠不同，階級未泯之時，國民土地之多寡有無亦不同，欲解決此問題，基本上必須師法井田制度之精神，平均地權，公勻分配，期達到孔子所說：「均無貧，和無寡，安無傾」之義旨。

（六）國際正義之確立（國力） 侵畧時期，小役大，弱役强，最爲險惡無理，此次戰爭結束，國際間之正義，必重新建樹，基本上至當採用孟子所說：「小德役大德，小賢役大賢」之義

旨，進而實現孔子所說：「興滅國，繼絕世，舉逸民」之願欲。

（七）國家軍備之限制（國軍） 全球各國兵役日增，民生日蹙。皆由侵略戰爭而生。此次戰後，各國人人自必確信孟子所說：「殺人之父，人亦殺其父；殺人之兄，人亦殺其兄；滅人之國，人亦滅其國，然則非自殺之也，一間耳」。當此人心悔禍之時，必將促成國際普遍裁軍，使世界各國陸海空軍以及所有兵器，皆有限制，以保證人類之安寧，惟基本上至當採取周禮限軍之意，大國幾軍，次幾軍，次幾師，次幾旅。

（八）國家經濟制度之改造（國財） 生產事業，應在民生上設施，不當追求利潤，此次戰後，世界各國將必以自給自足爲原則，商業交易其次也，基本上至當採用大學所說：「生財有大道，生之者衆，食之者寡，爲之者疾，用之者舒」之義旨。

（九）國家外交政策之確立（國交） 邦交爲有國界時代之要事，得其道則國存，失其道則國亡。此次戰後，世界各國必將從新整建邦交，基本上至當採用孟子所說：「交鄰國之道，以大事小者，樂天者也；以小事大者，畏天者也。樂天者保天下，畏天者保其國」之義旨。

上列九條，皆致小康以進大同之要道，乃吾人所常見者，人同此心，心同此理，願由常聞習見而喜聞樂見，共業感召，實現小康，以期大同世界景象之早日到來。至於詳細方案及實施步驟，自有當代各大政治家，各就國情同異，精密研究，以明明德於天下。

中華民國三十二年九月三十日

三、臨終遺言

天地人物，無生不終，故儒者言：「乾坤毀則無以見易」。釋氏云：「山河大地，有成住壞空，身非我有，命不久存」。智者無不作如是觀，我之知見，亦復如是。茲已屆捨壽，欲有數語，告諸同志，書列於下：

甲、平生有三件不做的事：

（一）不作壽 先父母與自己總沒有做過壽。

（二）婚喪事故不收緞帳 先父母喪葬與兒女等完婚，總未收過親友的緞幛。

（三）不送訃文 先父母歿，與友戚只送哀啓，從未送過訃文。此三者是我矯正風俗之志也。

乙、平生遵守的兩件事：

（一）行儒者之所行。

（二）志佛家之所志。

儒者以明明德於天下爲願力。佛家對十二類生皆欲令人無餘涅槃而滅渡之。光大和平，自無始以來，莫尊於斯二者。乃自物質科學發達後，兵器精巧，殘殺之酷，目不忍睹，於以助成侵略者之雄威，無不威服，遂使全球學者無不崇拜物質之學，宗教家無論矣，即東西哲學家，對於科學，亦豎降旗，因對儒佛二者之學，竟亦視爲無用矣。吾爲此懼，遂立志欲將儒佛二者所遺之經典，不只從文字上求，要在行爲上表現，以爲儒佛二家吐氣，故對儒佛行爲願畢生以守之。

丙、佛前明誓受十戒：

殺、盜、淫、妄、酒。

財、色、名、食、睡。

此十者，是我將我無始以來及現在所有身做過的諸惡業，均在佛前明白懺悔，得此十戒，願生生世世以守之也。

趙戴文謹白

民國三十二年十二月二十五日

七十餘年，事多愆尤，生期報盡，豈堪再留。

（一）我歿之日，當日就要棺殮，靈柩上書「中國國民黨黨員趙某」並籌備祭紙祭儀祭席，二日公祭，三日出殯掩埋。

（二）掩埋之地點，在西新溝。生壙附近找一窰洞教王梅去住（公侍從副官）

（三）電贊甫（公之弟）告三原全家眷屬，一個也不必來克奠祭，合家人在三原公祭一回就好了。

（四）電外戚張復之楊式達崔丕承統不必來克祭我，只各在家私祭私哭那就好了。

（五）再我歿後只電國民政府與中央黨部，其餘統不必電告。

（六）三日掩埋後登報聲明喪事已辦畢了，俾衆週知。

中華民國三十二年十二月二十五日

綜觀公臨終諸作，亦可以識公之志行矣。蓋公有特立獨行之大勇，兼海涵地負之局量，其行己也，禹墨是仰，其治學也，儒佛兼通；其立人也，有教無類；其視衆也，以乾父坤母之胸懷，行解醫傳珠之仁術，道濟天下，德宏造化，實視民如傷，饑溺猶己者也。昔李元禮峻標植，以天下名教是非爲己任，諸葛公鞠躬盡瘁，死而後已。張橫渠謂：「爲天地立志，爲生民立命，爲往聖繼絕學，爲萬世開太平。」嗚呼！若公者，其亦斯人之儔歟？

胡政之與大公報

陳紀瀅

（十一）

胡政之（霖）先生遺像

我們對這些被害的同胞，不但根據中國人的立場，萬分悲痛，萬分憤懣，並且從人類普通的立場不得不大聲疾呼，籲全世界有正義人道觀念者，起來爲匹夫匹婦復讎！全世界的善良人類！不論何洲何國，何黨何業，請大家都作人道的勇士，聲討這現代化裝的萬惡日閥，西洋人特別尊重女性，請看日軍在南京在各處怎樣欺辱良善婦女！報上常看見成千百成羣的婦女，被敵軍編隊帶走。又最近西人紀載，在南京見一日本軍官室中，禁錮婦女有七八人，一般情形，可想而知。歐美人士素有義俠之心，對於這無人道的巨寇，畢竟作何感想？

我們希望全國同胞者，也是這一句話：「爲匹夫匹婦復讎。」在私人問題，復讎本是褊狹心理，但爲民衆復讎，則是聖賢遺訓，爲中國道德之精華。我們人民此次被暴敵蹂躪太殘酷；太悲痛了！明末所謂揚州十日，嘉定屠城之痛史，現在天天演着，就以最近幾天說，看浙江、看山東，眞是水深火熱，不可形容。我們政府，我們各界，目擊耳聞，男女同胞這樣遭難，應當怎樣立志決心，替這千千萬萬的匹夫匹婦復讎呢？敵人這樣，是完全暴露其罪惡，其註定敗亡，乃當然之事。我們大家務須聯合全世界主張正義人道者努力殺敵，以爲這些被害人伸寃雪恥，後方各界特別要刻刻不忘！

× × ×

日寇南京屠城，是近代史上的一椿最野蠻、最慘痛的事實。我們到今天還沒有一份較詳盡、較完整的紀錄。中日斷交後，某電視台曾播映一位美國牧師所拍的紀錄片，也欠週詳；中國製片所拍「抗戰八年」也僅有片斷紀錄，實在對不住死去十萬以上的同胞，我希望相關方面，把這段歷史補正起來，以爲我們後世子孫的借鑑。

却說大公報發表了以上這篇文章之後，季鸞先生就在編輯部宣佈：今後編輯方針，要以儘量揭露日寇暴行爲主，請大家儘量搜集翔實資料，副刊也要配合刊載故事性的描繪。

於是在原來的廣告版，闢了四欄地位，逐日刊載「敵寇暴行錄」，以事實揭露日本軍人在南京及京滬前線，浙江、山東等處姦淫擄掠、屠殺、焚燒等罪人。別的報也跟隨大公報加強敵人暴行的報導。

有一天，我接到一篇來稿，題目是「第三〇一個」，撰稿人謝布德，自稱是浙

[illegible]學生。他所寫的故事是根據[illegible]後的外國報所載，而在京滬一帶，包括日本軍人，大家熟知，遠近傳播，絕對眞實的故事。

這個故事的大意說：日寇於佔領上海後，日本兵除姦淫中國婦女外，東京軍部爲慰勞這些「遠征軍」，也在日本國內強徵了若干良家婦女做爲營妓，送來中國前線慰勞。

在蘇州地方，這些日本兵以姦淫中國婦女多寡爲競賽標的。有一個名叫岡田的下士，曾以汚辱了三百個中國婦女，在他所屬部隊名噪一時，並取得「冠軍」的雅號。有一天，他聽說本國營妓來了，於是他邀集同僚，聯袂去光顧從家鄉來的營妓。

他們按手續付款、登記、排隊，輪到岡田進入一個小隔間時，他前邊的同僚，向他毗牙一笑，露出春風得意的樣子，他便懷着神祕的緊張跟進。其初，他沒有多理會，反正不過是一位穿和服的同胞少婦就是了，但經他仔細一瞧，認出眼前的少婦，不是別人，却是自己的太太靜子！

這一驚非同小可，岡田立刻昏過去，靜子也霎時倒在地上。

過了一會兒，這一對苦命鴛鴦甦醒了，互訴離情，並抱頭痛哭，岡田問靜子：

「你被多少人糟蹋過了？」

「數不清了！」靜子一邊搖頭，一邊說。

岡田[illegible]以前自己獲得一冠軍」的那份「光榮」，立刻消失。心頭上驀地浮起「天理循環，報應不爽」的思維。

他倆越法痛哭，擁抱得更緊，久久不語。靜子突然一瞪眼，拿起一把水菓刀來割喉自殺。岡田於激憤悔恨之餘，也引刀切腹。

當候缺者，久等不見人出來，不得不以重拳敲門，惡言相同，但室內報以空前的寂靜，他不得不貿然推門，門啓處，一對夫婦已臥泊在血漿中。

× × ×

大公報配合着這篇小說的發表，由芸生撰寫了一篇社評，題目就叫做「讀第三〇一個有感」對於日本軍閥的罪行痛加針砭，盼望日本士兵看了這個故事及速覺悟。回槍向內。這個故事當時傳播很廣，可以說日本軍閥滔天罪行之一例。後來謝布德進入報館工作，當了我的助手，就是因本文而起。

三八、香港版的開闢與人員的調配

且說上海我軍退出閘北後，不久「大道政府」成立，租界之內，牛鬼蛇神，開始活動。大公報上海版於二十五年四月一日創刊，到二十六年十一月間，恰好一年半光景，就遭逢滬變，再次嘗到流離顛沛之苦。因季鸞先生已率領一部份同人到武漢另闢天地，政之先生本來留在上海，察看時局變化，以定行止；但此刻又面臨抉擇。

當時日本正徘徊於「北上」與「南下」歧路上。張鼓峯事件以後，日本陸軍動向，本有攻俄企圖，但它的海軍又有佔領南洋之意。於是「北上」？「南下」？在日本內部爭論不休。政之先生胸襟四海，他與季鸞、達詮兩位先生以通信方法磋商之後，決定將滬館關閉，另在香港開闢碼頭。一者香港是上海以南的商業中心，報紙容易維持；二者香港是英國殖民地，藉外人統治勢力，可苟安一時。再說萬一內地有什麽危險，託庇海外，仍可開展對日作戰的宣傳工作。惟政之先生對香港情形，並非如對上海那樣熟悉。所以他便於那年十一月底，率領上海館一批人搭船去了香港，其中主要人手，有許萱伯、徐鑄成、蔣蔭恩、王文彬、李俠文等，他們到了香港立刻展開工作，終於二十七年元旦日在港發刊。這是大公報在海外辦報之始。今天香港大公報雖淵源於此，但並非一脈相承，因其間中斷了好多年。

有一個時期，有人曾暗地批評，說季鸞先生是跟政府走，政之先生則在政府以

外繞圈子。其實，政之先生之遠走海外與西南，那種艱苦情形，遠甚於武漢與重慶。不但在人事上有隔閡，就是業務上也比較不容易。而以當時大公報所擁有之人力，倘乎麕集於一館，那就顯着太臃腫了。政之先生的創業精神，由於毅然在香港及後來在桂林先後設館表露無遺。

截止到二十七年初，漢口館又陸續增加了王藝生、趙恩源、徐盈、子岡、高元禮等人。

趙恩源，河北通縣人，燕京大學新聞系畢業。他與孔昭愷兄自二十二三年起，同時擔任大公報要聞版編輯達十四五年之久。他倆工作情形，就如同當年曹谷冰與許萱伯兩位先生的職位，是編輯部的總管與靈魂。恩源兄的最大長處，不祇細心，且絕對同情採訪記者的來稿，不輕意割愛任何人的文章。更不會把別人的心血投諸字紙簍；就是刪改也是非常技巧的。這樣使每一工作人員都受到他的鼓勵，而樂意採訪。

徐盈——學名徐緒桓，河北滄縣人，自幼兒隨家人在北平長大，金陵大學農學系畢業，興趣廣泛，博覽羣書。自中學時代就向報章雜誌投稿，最初寫些文學小品，民國二十一二年開始向大公報及國聞週報寫文章，受知於王芸生。民國二十五年進天津館負責各項重要新聞的採訪。七七事變後，偕他的太太彭子岡女士自海道繞津浦路、隴海路來到漢口，路途中吃盡了苦頭。到武漢後，稍爲安頓了一下，就披掛上場，在當時報館人手異常缺乏之際，算是大力增援。抗戰八年中，論採訪，徐盈的功績最大，他的才能也最傑出。因爲他不像一般記者，只知道趕時髦，搶熱門新聞，他也尋訪冷門消息。他既因學農有專門知識，農業發展以及後方與農業有關的問題，他不但有新聞嗅覺，更瞭解深入，寫出來的東西不同凡響。跟着他對工業也瞭解很多，甚至於兵工、水利、化學、造紙、交通運輸等方面，都有深入的研究。最重要的，他會發掘問題，由問題產生新聞，藉新聞解決問題中的困難，幫助社會、裨益國家。我留心記者工作，三十年來，還沒發現第二個徐盈！他爲人謙虛和藹、刻苦耐勞、誠懇待人，與處事之週詳，使每個與他接觸過的人士，無不留下最佳印象與最深刻記憶。他稍微口吃，更幫助他被人加深樸拙觀感。

彭子岡——原名彭雪珍，蘇州人。生在蘇州，五六歲就到了北平，曾是慕貞的學生，最後上的那個學校，我已忘記。子岡在中學時代就向上海開明書店出版的「中學生雜誌」上投稿，文字俏皮流暢，富有青春氣。最初她可能沒有志趣當記者，自從與徐盈結婚後，受了徐盈的鼓勵，才轉了向。到漢口初期，他對新聞採訪一道，還很陌生，每天向大家請教：「我今天應該找什麼新聞？」慢慢路道熟了，新聞便找到她。當時在武漢的名女性如史良、鄧穎超、劉清揚、傷兵之母周茂柏夫人、義勇軍之母趙老太太，女作家謝冰瑩、蕭紅、白朗及女演員封季(鳳子)等，都是她筆下的人物。

慢慢跳出女性的圈子，寫些社會活動、文人動態、醫院氣氛與家庭生活等具有新聞性的報導。她以寫散文與小說的筆法寫新聞，開啓了中國新聞中的特寫(Feature) 典型。子岡的特寫，不久就被人接受，博得稱譽。

那時自來水鋼筆還沒有太流行，她寫稿還是用頂端帶點的鋼筆頭，醮着藍墨水寫，只見她自外邊回來後，伏在案上，噠噠……緊寫，如同在紙上點點子。她的文思似湧，下筆如飛，不一會兒完成一篇報導，就交給趙恩源兄核閱。恩源兄接過她的稿件，左看右看，緊皺眉頭，莫知所云，就拿給我看，我接過來，不看則已，看了也是兩眼漆黑，不辨之無。恩源兄一邊開玩笑，一邊也是眞話，說道：

「子岡，您的字我總得相面嘛！」意思是說，字太潦草，橫不像橫，豎不像豎，總得以相面的功夫仔細端詳，才辨清眞面目。

我對子岡說：「記者的字，爲了求快，很少寫得端正的；但須清楚，而且一筆一劃和整個字形，不要令編輯先生用懷疑

子岡面皮很嫩，兩頰一陣紅暈，以淺笑表示了歉意。

從此之後，「子岡的稿子，須以相面的功夫看。」成了編輯部同人的趣談。

雖然大家不斷拿她開玩笑，但嗣後她寫來的稿件，很少有改進，天長日久，她那「鷄飛鴉舞」勾抹塗消，顚倒橫豎的稿件，常常被潤色得玲瓏透剔，如金似玉，滿紙馨香，其中包括着多少編輯先生的容忍與修剪功夫啊！

子岡雖然生在吳儂軟語之鄉，却說得一口地道北平話。因爲她的聲音亮，味兒足，所以她說的國語特別動聽。但子岡却有好羞的本能，動不動就臉紅。提起當年徐盈如何追求她，冬天攢着一把冰糖葫蘆，伸手窗外，以免融化的事，不禁洋洋得意，但她的臉也一紅一赤的。

後來我們到了重慶，曾在下半城新豐街一幢樓房內，爲上下鄰居達半年之久，所以他們的私生活，知之最深。

武漢時代，只有兩位女記者，一位是子岡，一位是新華日報的范苑珍（即范瑾）。子岡筆下好，范則嘴巴厲害。她是懿訓高中畢業，能在萬千羣衆面前煽動。後來去了延安。所謂「文化大革命」期間，曾露過她的名字。好像是北京日報的社長。

子岡後來在重慶，與新民晚報的女記者浦熙修，同進同出，儼然姊妹記者。浦投共，是否由她牽線，不得而知。「大鳴大放」期間，曾有她和徐盈的名字，徐盈當中共「國務院」宗教事務管理局的副局長，子岡主編「旅行家」雜誌，都被扣上一頂右傾帽子，此後便無消息。

子岡的姐姐彭×珍，嫁得東北朋友李充國。李曾任重慶大學教授，戰後去遼北接收任建設廳廳長。

高元禮——四川人，我在天津時代，曾與他同室居住四個月，瘦瘦的。無論體育、文教，以及一般新聞，都有極高的採訪能力。在這個期間，徐盈、子岡與元禮增援武漢，對於我，尤有助益。因爲初期，我於編報之餘，還不時奉命去訪問人，訪問蔣百里將軍就是其中之一。

經理部也增加了幾位，其中一位是叫朱什麽康，外號「小朱」，是上海國聞通信社舊人。

那時駐外埠記者，僅餘兩處：一處西安，由汪松年負責；一處成都，由張篷舟負責。但前方則有長江、陸詒及秋江。他們三位分別活動於由南京至安慶，第三戰區和第九戰區。每天有電信發到報館。長江與秋江的戰役專稿，萬人爭誦，轟動一時。其餘特約記者自山西、河北以及山東各地寫來的報導，都比一般報紙爲多，也比較詳盡。

但最受讀者歡迎的，還有空戰的特寫。一位是朱民威兄，一位是劉毅夫兄。民威兄於二十四年自南昌新生活運動委員會轉來到武漢，那時我們與惜夢正辦大光報，他就曾寫過許多文章，後來他到航空委員會服務，爲周至柔將軍的部屬，有接近空軍戰鬥部隊的機會。劉毅夫兄那時也在空軍工作。在武漢階段，民威兄於每次空戰之後，必有一長篇空戰紀載，從敵機起飛進襲，我軍迎敵，用怎樣飛行技巧與敵戰鬥，如何打落敵機，凱旋、慰勞，以及健兒們的談話，都有生動、詳盡的紀載，以補當日新聞報導的不足。往往爲了爭取時效，特寫與空戰消息同時發表，更引起讀者的注意。

那時空軍總部還出版着一個週刊，名「中國的空軍」，最初由丁卜夫主編，編排新穎，文字生動，每次出版後，人手一冊，互相爭誦，爲最受人歡迎的刊物。

到重慶後，民威與毅夫都在成都航委會服務。關於空戰消息、空軍健兒生活，以及每次出戰，如徐煥昇將軍之率隊空襲東京、偵察鞍山等役，有時他倆都有稿件寄報館，有時同時登載，有時先後登載，於是「空軍文學」的美名，於焉確立。回想那段時期，他二人之辛苦與大公報的不惜以巨大篇幅刊載，眞是空軍戰史上最値得紀念的一頁。目前這兩位老友，一位寫完了空軍將士的傳記，一位正在完成「空軍

史話」。我實在為中國空軍感到慶慰，尤其是抗戰時期的健兒們，無論是成功的與成仁的，都在他們的筆下，名垂千古了。

三九、中華全國文藝界抗戰協會成立

二十七年春初，武漢既擁有政府軍政要員指揮作戰及加強佈署，也包容了全國文藝界人士努力宣傳工作。軍事委員會政治部也應需要而成立，其中第三廳就是司掌文宣工作。郭沫若任廳長，洪琛、田漢等分任處長，陽翰生負主任祕書職務，茅盾、胡風、巴金及數十位文藝界人士都被聘為委員。

有一些文人羨慕軍人生活，他們按階級都穿上了軍裝佩戴符號。尤其田漢，他的官階是少將處長，不但星光閃閃，而且長統快靴還帶着刺馬針，戴白手套，見了人兩腿一併行軍禮，好不威風！有人見了向他開玩笑說：

「田老大！你這個打扮，一掃文人沓泄之氣，今後要看你的了！」田漢笑而不答，一副躊躇滿志的樣子，恐怕是他有生以來最得意的時期。

周恩來既是副部長，第三廳又被紅色份子包辦，四個處其中有三個完全為左派份子所把持。可知那時人事的複雜了。

這時期，洪深領導着一班人，時常在大光明戲院，上演話劇，先是演「飛將軍」，後演「五奎橋」，都是洪深編導的。熊佛西領着一批北方劇人，如楊村彬、葉仲寅等也不斷公演。唐槐秋所領導的中旅，因係職業劇團之故，早在武漢觀衆心目中紮下基礎，他公演的是曹禺名劇「雷雨」與「日出」。所以明星劇院賣座不錯。光未然及一批武漢當地朋友，如冼羣、夏易初、劉巍等也在維多利亞紀念堂上演獨幕名劇，如「傀儡家庭」（軟體動物）、「父歸」、「可憐的裴伽」及「莎樂美」、「少奶奶的扇子」等。還有演「街頭劇」的。各種宣傳隊、合唱團，以及壁報隊，無計其數，整天值輪流下鄉表演或到工廠去向工人宣傳。總之，這時候的武漢，眞是一片鬥爭氣氛，全民都動員起來了！

中國國民黨宣傳部及文化界同仁有鑒於文藝工作之重要，乃發起籌組「中華全國文藝界抗戰協會」，以便團結作家，集中力量，從事抗敵宣傳。經過一個短時期籌備，終於三月二十七日在漢口江漢路普海春飯店成立。這是抗戰後，全國文藝界首次，也可以說大陸淪陷前，文人大團結及唯一的一個全國性綜合協會。（簡稱「文協」）。因為是聯合陣線，不分黨派、不分男女、不分老幼，通通包括在內。筆者忝為籌備委員之一，事先與中宣部及有關方面討論，把這個會成立後可預見的一般情勢向他們分析，因之我曾竭力推荐由老舍為中堅，主持會務，以便協和四方。

我的建議被接受。我推荐老舍是有多種原因的。主要老舍既非國民黨，也非共產黨，而他愛國心切，有主張，無偏見，同時也有担當。在那個時節，如果由一位有強烈色彩的人士負總責，實欠合適。我曾銜命跟老舍說明此事，他最初自不免謙讓一番，但無絕對拒絕之意，總算徵得他的同意。當時中國國民黨中樞，以葉楚傖、邵力子及張道藩三位中央委員加入這個會，並在幕後指導會務。其餘參加的人士，有華林與王平陵二氏及其他有黨籍的作家多人。共產黨方面作家比國民黨作家較多，因此由老舍主持會務是最穩妥的。

成立大會由老舍主席，到的人很多，盛況空前。

其中有兩個特別節目，一是馮玉祥氏演說，一是日本作家鹿地亘的講話。

馮氏以擅長向羣衆演說著稱，那時他已發表了很多首「丘八詩」與作家們廣結文字緣。他那亦莊亦諧、有煽動力的談話，的確很能抓住聽衆的注意力。特別是他那天穿了一襲灰布棉衣，說是長衣又在膝上，說是短襖，又在臀下。不長不短，教人看了，不由得不發噱。馮氏却自鳴得意，毫不理會；只是這件衣服，就可以引起觀衆對他會心的微笑。然而他談到如何痛擊日本鬼子，如何做宣傳，却聲色俱厲，

令人折服他的見解，忘了他服裝的滑稽。他那天的演說，異常成功。

鹿地亘與他的夫人池田幸子，是一對反戰、反日的夫婦。他們自中日開戰後，就來到我國，協助策劃抗日宣傳工作，其中包括說服日本俘虜。那天，鹿地亘也在台上講了話，也很動聽。

選舉結果，老舍、郭沫若、茅盾、洪深、田漢、陽翰生、張道藩、王平陵、姚蓬子、曾靖華、葉楚傖、邵力子、華林與筆者等三十一人，都當選了理事。還有潘丫農、宋之的、夏衍等九位監事。後來，並且推選老舍掌理總務、蓬子掌理出版，我與王平陵掌理組織。可是始終並未推選常務理事。（這個會，到了重慶，八年期間，也並未按年召開過會員大會，理事也迄未改選，只增加了梅林襄助老舍處理會務，抗戰後，這個會自生自滅，歸於無形。）

事前，我曾請示季鸞先生，他極力鼓勵我參加。因我既是大公報的一員，我已失去個人地位，尤其與我業務有關的工作，必須得到報館的允許。散會後，我把白天一切情況向他報告，寫下「聞鹿地亘氏講演感言」社評，載二十七年三月廿八日，原文如下：

昨天的中國文藝界抗敵協會成立大會，是抗戰以來最有意義的盛大集會之一，其宣言與宣言與告世界文藝家書、致日本文化人書，可說是代表中國民族最嚴肅最熱烈的呼聲。而昨天大會，尤其可特書大書的，是日本文學家鹿地亘氏之同情的演說。

我們並不是要利用鹿地亘氏的言論，作對日宣傳。那就小看了自己，也太小看了鹿地氏了。因爲鹿地氏是本他自己的良知信念，發爲正義與和平之聲，這種情緒是人類的至寶，我們只有敬佩，只有同情，而同時由鹿地氏之願參加我們文藝界大會，及我文藝界，我們全國民歡迎敬佩鹿地氏兩點，證明中日兩民族實在有和平正義的思想，這裡面含有將來正當解決東亞問題建設東亞和平的重要因素。我們願就此點特別說幾句話。

自去夏戰禍勃發以來，我們實在衷心痛恨日本軍閥。因爲日閥不但是摧殘中國，蹂躪中國人，他們同時是刧持並矇蔽日本人民，剝奪日本人民的自由與幸福，以滿足他們少數軍人的殺戮慾與征服慾。我們從任何方面都感覺日閥罪惡重大，因爲他們障碍東亞民族之和平共存。他們要消滅中國民族，同時導日本民族於消滅。

世界任何兇猛之帝國主義國家，斷無有企圖消滅幾萬萬人口的國家的獨立，而必欲以武力貫澈其企圖者，只有日本軍閥對中國這樣愚，這樣狠。中國民族實在是和平民族，中國民族的固有精神是文學的，因之，是國際的。

昨天文藝界大會告世界文藝家書中一段，「我們是文藝工作者，我們一向是爲人類的和平，爲消滅人與人中間的隔膜，民族與民族中間的怨恨而努力」。這種和平的國際精神，實在是中國民族一般的精神。中國人講抗戰，講衛國，都是被迫萬不得已而爲之。不然，這兩大羣黃面孔用漢字的人們和平互助，共求進步，中國人誰不萬分情願呢？

日閥大舉進攻中國以來，其摧殘我中國的慘酷嚴重情形不必詳叙了，而其最不可恕者，是殘殺非戰鬥員與淫汚婦女。只南京一市殺戮幾萬人，大阪每日新聞載着殺人競賽的新聞，某少尉殺了一千幾百，報上稱爲破紀錄的光榮。現在至低估計，中國各戰地平民死的，比兵士還多幾倍。至於淫汚婦女，更是無可叙述，無可批評，因爲在中國人心理上，從來沒有想到世上會有這樣暴虐的人類。誰然如此，我們在精神上不責行兇作惡的日本人，而不能不聲討發蹤指示的軍閥。因爲日閥逼迫日本士兵作戰，同時他們自己領導作惡，其軍紀敗壞，實在是當然之事了。我們統帥部深怕中國軍隊對敵人取報復行爲，所以三令五申，務必保護俘虜，「中國這種精神，固然不足使日閥感動，但至少可說明中國不但不仇視日本人民，並且不仇視日本兵士。現在中國國民一致認定我們的敵人是軍閥日本，不是人民日本。我們立志要誓死抗拒日閥的征服，要打倒日閥，要

以流血促日本人民之反省，請他們大家自動的裁抑軍閥，終止慘禍。而我們同時深信日本人民多數是有良知的判斷，是反侵畧、反戰爭。只是被軍閥刼持着，矇蔽着，無可如何。所以中國軍民之誓死抗戰，在一種意義上，實在是援助日本人民，使之能有力量以從軍閥壓迫中解放出來。

觀察大勢，日本軍閥在國內還正得勢，日本的正義分子還抬不起頭來。所以我們必須從軍事上努力，必須事實上給日閥打擊與教訓，使其在國內墮聲威，失信用，使日本廣大民衆能漸漸覺悟與奮鬥。所以在目前，萬勿期待日本國內輿論之變遷，而應專心一志，拚命抗戰。雖然如此，我們全體軍民雖在血戰之中，不可一時喪失理想。全體軍民務必相信日本民衆最後一定可與中國爲友，中日兩大民族終必爲和平爲正義聯合起來。我們要向此方面而始終努力，不要失了信念。因此之故，對於鹿地氏昨天的演講，願特別致敬，因爲有這一席話，可以使中國全體軍民對日本的認識增加深切，在血戰中，瞥見前途的光明。這一點是有重大意義的。我們盼望鹿地氏及日本國內主持正義的優秀分子，努力使日本人民明瞭問題及解決問題的方法，並聲明中國人一定都願與日本人民共同努力，建設東亞和平。切記一句話：中國民族是和平的，其拚命抗戰，只是萬不得已。我們應當共同努力打倒兩大民族的共同敵人，以求子子孫孫的共同幸福，時勢趨向，一定如此。我們堅決信仰主張和平正義者一定成功，只餘實現遲早之時間問題。

× × ×

文協成立以後，既無會址，也無經費，往往開會臨時找地方。吃茶、吃點心，都是自己掏腰包，聚餐也是個人付錢，困難情形比今天還厲害。

這時候，敵人一方面由濟南攻打魯南，一方面由南京侵入皖南，對武漢形成一大包圍形勢。武漢三鎮天天有空襲，雖然那時我們的空軍仍然保持優勢，每次空戰，往往打得它落花流水，片甲不留，但敵人源源不斷的補充與我們的飛機漸漸感到缺乏，恰好成對比。此刻正謠傳以霍根豪森大將爲首的德國軍事代表團，行將被希特勒召回國去，國民心理上不免蒙上一層陰霾。

文藝界同人，一部分跟演劇隊去了戰區，一部分則正接受山西民族革命大學之聘，要前往臨汾。原來自太原失守後，山西省府暫遷臨汾，閻伯川氏鑒於國內情勢的急劇變化，要動員青年必須施以革命教育，才能成功，於是決定成立「民族革命大學」。曾先後派梁敦厚（化之）梁綖武二氏前來武漢，聘請有革命性的名流學者前往執教，在民生路一江春召開座談會，許以優厚待遇。於是應聘者有李公樸、鄧伯贊、馬哲民、施復亮、光未然與蕭軍等數十人，而不夠教授資格願意當學員的青年人，也紛紛報名，其中包括了大批文藝作家及演員。

所以由於「民大」（後來的簡稱）之成立，疏散了不少麕集武漢的文化人。雖然後來因李公樸當了訓導長引進不少人民陣線分子，熱鬧一時，所謂「革命教育」並未能認眞實施，竟因臨汾之失陷，「民大」解散，這批人大多數又轉往延安去了。

這一幕相當「火爆」，不可不記。

四（）、台兒莊大捷

日寇進擾南京後，除對武漢作大包圍企圖外，其最大軍事重心則擺在魯南，以期打通津浦路，爲南京敵軍作右翼支援。它動用板垣及磯谷兩個師團，約共十萬人，前進第一個目標是徐州，歷史上稱爲「徐州會戰」。我軍洞知敵軍用心，針對敵方陣容，也作妥善的佈署。其中有自四川來的孫震、鄧錫侯部隊守滕縣，自河北來的張自忠及龐炳勳部隊守臨沂，山東當地孫桐萱及曹福林部隊守津浦路左翼，另有湯恩伯、孫仲連率領大兵團負責接應及迂迴繞擊。雙方鏖戰共五晝夜，於四月七日，在魯南台兒莊地方造成一次空前大捷，不僅把板垣及磯谷兩個師團，完全擊潰，並且俘虜了日軍數千人（最初消息說逾萬人

。）勝利立刻傳播中外，各報都爭發「號外」，舉國歡騰，人人如瘋似狂，爲盧溝橋事變後首次振奮人心的大新聞。（去年國防部放映「八年抗戰」影片中，台兒莊大捷一幕中，還是漢口大公報工友黎吉祥君站在大門口散發「號外」的鏡頭。）

大公報於四月八日發表社評「台兒莊勝利以後」，以紀其事：

台兒莊的光榮捷報，昨日午間就傳遍了全國，歡騰振奮，億兆同心。此次勝利當然意義極大，敵人打通津浦的陰謀，這一戰，受了澈底打擊。而敵人板垣、磯谷兩師團都是敵軍精銳，經此一戰，證明我們軍隊如運用好，決心堅，便充分可以戰勝暴寇。這精神的收穫，其價值更是偉大無量。

在本文撰稿時，我們還不知肅清台兒莊後追擊軍隊的進展如何，對於俘虜詳情，也不知道。不過這都不關重要，因爲這並不是最後決戰。我們勝了，固然慶幸，但不容自滿，更不可自驕。接着還要打，還要求勝，一直勝利到恢復一切失土，才算最後之勝。全國國民要刻刻牢記：我們有廣大的失土，我們軍民雙肩上的責任實在異常之重。台兒莊之捷，只是在衞國殲敵的光榮大路上走了一程。這一程，當達到目標之剎那，固然深感幸慰，而回顧九個月的戰跡，我們流多少血，失多少地，我們 頭袖及前方統帥們如何憂勞擘劃，我們戰士如何英勇犧牲！這一段艱難悲壯的歷史，我們今天喜慰勝利之時，是不容片刻忘懷的。

此役的勝利怎樣來的？根本上說，是出於四萬萬同胞共同的決心及眞正的覺悟。其決心與覺悟如何？就是認定不勝利則亡國，不救國則滅種，歷史上戰爭之悲之慘，但絕對沒有如日本軍閥這樣殘、這樣酷。大家今天祝捷之時，要記着：只南京市我們最少非戰鬥員同胞被暴敵侵害！其確實數字雖不能得，但慈善界計算，至少不下十萬。大家同時更想到在廣大的被佔領區域，多少女性被敵人殺辱！這個數字也不能統計了，但合南北各地而論，要有幾十萬遇害者。現時在滬在杭在蘇在京在其他地方，不知有多少青年婦女，其中且不知有多少受教育的閨秀，被敵人監禁，視爲營娼，正過着暗無天日求死不得的悲苦日月！窮兇的日本軍閥，忘了二千餘年來我們祖先怎樣教導日本，脫野蠻而習文化，仗着半世紀工業的佔先，竟忘恩負義，悍然欲滅亡我國家，奴隸我人民，這九個月隨時隨地充分發揮殘虐的獸行。我們軍隊、我們人民，在此存亡主奴的關頭，當然壯烈決心絕對奮鬥，今年以來各戰線形勢的進步，就是以這種至哀至壯的心理爲背景的。此次魯南之役，業已激戰月餘，我們每一個部隊都盡了任務，每一個士兵都受了辛苦，且不惜任何犧牲，爭着盡忠衞國。如孫震、鄧錫侯部守滕縣，武裝甚劣，犧牲甚大，因其苦支數日，所以保住徐州。張自忠、龐炳勳部堅守臨沂，屢建戰功。孫桐萱、曹福林部側擊左翼，斷敵交通，都是此次勝利的因素，且都有光榮的犧牲。而湯恩伯、孫連仲等部去年轉戰冀察晉綏，犧牲甚重，戰績甚優，此次又在台兒莊達成任務，其部隊雖名稱如舊，但士兵已大半是去秋以來所補充。這些光榮部隊，業已兩度犧牲了。全國同胞，對於此次勝利之觀感，應當一致遵奉 蔣委員長通電之意旨，大家要悼念殉國官兵，關懷被難同胞，在既證明確能殲敵之後，更要決心、更謹愼，要如 蔣委員長所指示：「應當兢兢業業，再接再厲，從戰局之久遠上着眼；堅毅沉着，竭盡責任，忍苦忍勞，奮鬥到底，以完成抗戰之使命，求得最後之勝利。」至於敵方情勢，兇惡的日閥，雖然衆心動搖，但還要竭力行兇，日閥覆滅雖屬必然，但需要我們軍民更大的奮鬥，方可使之實現。這一戰，證明日本暴力之不可恃，然其暴力還在。日本是步步向黑暗的深淵猛進而不肯回頭的，我全國軍民務須切實知彼知己，沉着奮鬥。末了，我們敬慰問 蔣委員長、李、程司令長官、白總參謀長及各將領官兵之勞苦，祝我全軍在津浦線及他線繼續有重大之成功！

繼台兒莊大捷之後，未久，更有徐州大會戰。這一戰，因日寇志在必得，增援

極大兵力，擬將我留在魯南大軍，團團包圍。我軍因台兒莊大捷，已達到消耗敵軍之目的，更因藉鞏固隴海路西端陣勢，以確保晉南鄂北的戰局，乃決定撤兵戰略，不墜敵人陷阱。所以各兵團奉令之後，都能夠順利脫離日寇之包圍，撤到預定之陣地。這一戰，雖然敵軍達到佔領徐州的企圖，却沒有使我軍受到損失。在戰略上，它是失敗的。我軍雖是撤退，但在保存實力方面是成功的。

由於這一戰的教訓，軍力靈活運用，不在一地一城的得失，乃最高政略，也爲後來各戰場用兵的張本。

四一、范長江的被辭退

我在前文已經提到范長江自二十四年進入大公報之後，因報館當局的蓄意培植，若干重要採訪，都派他去，先是蒙綏，後是跟蹤共軍西竄，深入不毛之地。一本「中國西北角」及一本「邊塞風雲」，藉大公報的有力傳播，不到兩年工夫，「名記者」徽號已屬於范長江，而名揚遐邇了。

「七七事變」後，報館爲擴大採訪網，以搜集更大軍事新聞，除原有記者何毓昌、曹世瑛及高元禮等人外，又由長江介紹原在上海新聞記者陸詒及一位名叫孟秋江的，加入工作。台兒莊大捷及徐州會議的新聞都由長江採訪。南京失陷前後沿江一帶新聞分別由陸詒及秋江採訪。那時他們的報導，因關係整個戰局，無論大小長短都受到讀者的詳細閱讀；一字一句深入人心。所以他們的大名，在讀者心目中，與日俱深。「長江」「秋江」之大名，如孿生兄弟一般，更時常在報上併見。這批在前線工作朋友們的辛苦與驚險，換來些較多的稱讚，也是天公地道，無可厚非。

范長江五月中旬自徐州歸來，全館同人都以歡迎「英雄」的心理招待他。他也以「功臣」自居，很自負地接受大家的頌揚。因我在報館的特殊地位，除參加公宴外，差不多的人我都另有招待，以示聯歡。在此以前，我並沒見過范長江，只因爲看過他寫的通信很生動，既有同事之雅，理應對他表示我的敬意。有一次，我宴請他吃了小舘之後，請他再看話劇，不料我發現他的某種小動作，使我大爲吃驚。原來話劇內演員們，不免有些可笑的對白與滑稽的動作，平常觀衆遇到這種場合，不過是報以低笑而已，頂多轟然大笑也不致擾人而已。他則不然，一碰見這種場面，就張口狂笑渾身搖動，震鎮全場。遇到可笑之處還則罷了，甚至於那種對白與動作，根本不値一笑的地方，他也是那樣大驚小怪的，不但使鄰座不安，全場都集中目光來注視他。一次如此，多次如此，無數次仍如此！後來竟致惹得觀衆以「噓」聲相向，他漠然不理。

我最初以爲他偶一爲之，也不介意；後來見他回回如此。我就低聲提醒他：「希天兄，請你小聲些！」（他的學名叫「范希天」，報舘人都私下叫他「希天」，沒人叫他「長江」的。）

經我一提醒，他稍微矜持一會兒；但不旋踵間，故態復萌，狂笑如故。

那時，我還以爲他離開都市日久，對於娛樂項目生疏，精神上極需要一些輕鬆場面，以緩和情緒。因此對於他一時失態，既同情他又可憐他。哪知道，後來又跟他看過一次電影，許多不値得動情的小鏡頭，也使他大驚小怪，連場內的許多孩童都注目相視，甚至於有人偷偷罵他「神經病！」

最奇怪的是，他這樣擾亂公共秩序，觀衆對他的惡劣反應，他彷彿不知不覺。這種又激動，又麻木的衝突表現，在我數十年來所見芸芸衆生中，還沒有遇到過第二人！

由於這兩次親身經驗，使我對於這麼一個享大名的人，會有如此幼稚的舉動，極感失望。固然，東方人對一般事物的反應，不似西洋人那麼敏銳。說好了，是有修養，所見極廣；說壞了，是遲鈍，是麻木。無論如何，在公共場合，應力求言笑不擾人，尤其是戲院、影戲，絕不應似在球場那樣瘋狂，至少是常識。范長江何以有此毛病？除了動作與文章不相配合之外

，我只能說他淺薄！後來他是否改了這種毛病，我不知道，且看以下事實：

編輯部自有了范長江以後，每天晚上，他放言高論，大說大笑，使一向安靜的環境驟然變成了噪音市場。其初大家還很容忍，他說他的，慢慢誰也不敢跟他交談了，免得因與他談話，而攪亂大家。

起先，他曾公開指摘編輯部同人擅改他所寫稿件。那時芸生已代替谷冰負責編輯部一切事務，他曾婉言告訴他，哪些文稿爲什麼要改，爲什麼刪，或是因戰時法令，或是因意義重複，或是因文字須加修飾種種原因，才有增刪。報館編輯無論對來稿及自己記者寫的稿件，站在他工作崗位，有權修剪是新聞界通例。除非事前聲明不得擅動一字。因編輯同人，無論誰來的稿件，一經發排，就須替報館負責，出了事，不能推諉說原稿就是這樣！

芸生對他說：「就是季鸞、政之兩先生寫的社評，都不拒絕同人的刪改。」又說：「希天兄，以後您如果不願意讓人刪改您的稿子，請註明，我們一定照辦。」

芸生講的是實話，但語氣是嚴肅的。

經過這麼一段不甚愉快的談話後，范長江並不知退，他又向編輯部提出第二個要求：「我要作要聞版編輯。」

芸生跟季鸞先生、谷冰等商議了一下之後，就允許他的要求，把昭凱、恩源每晚看的稿子勻一部份給他核閱、標題。不料剛剛作了兩夜，他忽然又揚言：「我不能這樣出賣我的健康！」因爲既要作要聞版編輯就不能不熬夜，熬夜是新聞版編輯的正常生活。熬夜誠然有碍健康，但不知有多少位新聞界前輩，因熬夜損傷了身體作了古，更不知有多少位新聞從業員，正在過着有損健康的熬夜生活！范長江才熬了兩天夜，就這樣抱怨，像谷冰、芸生、昭愷、恩源等，他們都熬了十年以上的夜，聽到耳中是什麼滋味？

他們立刻把長江的話，傳入季鸞先生之耳，氣得季鸞先生許久說不出話來。後來才說：

「我們已經熬了幾十年的夜了！是的，我們是在出賣健康！」又說，「他不樂意出賣健康讓他走路！」

等季鸞先生平息了盛怒之後，谷冰、芸生又與他幾經磋商，才決定請這位中外皆知的「名記者」離開大公報館，結束與大公報的工作關係。

傳達這個決定是由谷冰兄執行的。谷冰兄次日婉轉地對長江說：「希天兄，您給大公報幫了不少忙，報館同人對您很感謝。現在這種環境可以對您不很合適，報館誠恐委屈了您，所以不樂意再躭誤您的前程！」

於是教會計給他算清了帳目，請他不必再來上班。那是二十七年五月底的事。

范長江以爲他已是唯我獨尊、天字第一號的名記者，大公報少了他就得垮台，所以胆大包天，狂言亂語，貪得無饜；萬沒想到大公報竟然敢主動地把他辭退！

范老二（綽號）聽見谷冰兄傳達命令後，起初還佯示鎮靜，慢慢可儍了！

經過一夜的反覆思忖。第二天，一清早他帶着徐盈、子岡三個人，翩翩駕臨漢景街郵局，我的小小「官舍」。

頭一天，我在報館已在谷冰兄處獲知詳情，深爲他可惜，也爲報館可惜。我可惜的是：報館培養一個人才，需要耗費多少心血、時間，還需要化費多少金錢？一且鬧得不愉快，並非只一方面的損失，雙方面都有損失！

季鸞先生心存厚道，縱然主動地辭退了他，但並未把這件事對外公開，尤其是既未發消息，又未登廣告，以保持范長江的顏面與不阻碍他的前途。

他們三人走上我的會客室，四人圍桌密談。長江一五一十地報告了經過，並且大罵芸生對不起他。

「您今天來找我有什麼意思？」我不免開門見山地問他。

他踟躕了一下，就說道：「報館當局太沒有把工作人員當人看，招之即來，揮之即去。依我看，我們幾個人今天正當用，假如您肯和我們共同撤退，則立刻使報館垮台，至少也給它些難堪！」

我立刻明白了他的來意。便馬上扭過

臉去問徐盈、子岡。他倆正在皺着眉頭注視着我。我說：「徐盈兄、子岡，您二位已經決定跟希天兄撤退了嗎？」

「陳公，陳公！我們看看有沒有轉圜餘地？」徐盈說話一向客氣。我至少也比他大六、七歲，故有此稱呼。等於我們平常稱呼谷冰為谷老，稱芸生為芸老的一樣。但稱季鸞先生與政之先生，無論當面或背地，都是張先生與胡先生。

子岡這時把眼球一轉，向長江盯了一眼，便說道：「我可沒有答應一道撤退！」

長江聽了子岡的相反表示，也很尷尬。他佇待我的答覆。

「希天兄，這樁事演變到現在，眞是不幸。你和報館雙方都有損失，甚至於讀者也有損失。我樂意去探聽一下有沒有挽回的餘地。」又說：「承你瞧得起來看我，我自忖我在報館的地位，實在沒有你三位重要，而且無論如何，我是客卿。報館有我沒我，毫不足輕重，不像你們。」

「那裡！那裡！我知道他們非常看重你！」長江大吵大嚷着，雖然他儘量降低音量，仍然刺耳不堪。

「假若他們眞是那樣，我越發該自重！但是我絕不以為自己了不起，大公報沒有我，一樣兒受重於讀者。」這絕對是眞話，也是實情。

「不然，」長江駁我道：「咱們都撤退，看它怎麼出報？我已經打電報給陸詒和秋江了，讓他倆馬上表示態度。」

我見他執着如故，使我不得不說出以下這段話來：

「希天兄！大公報可以三篇文章捧出一位名記者來。你我也包括在內。以區區不才來說，像我這樣的小小編輯，車載斗量，不可勝數，還不是靠報紙的培養才有小小的浮名？有什麼了不起？閣下才氣比我雖高，但試想想，你的大作要不是刊在大公報上，有誰知道你范長江是老幾？即使我們今天都撤退，也不過讓社會覺得大公報當局不能容人而已，對於它的業務則絲毫不生影響。今天想進大公報的青年，無慮千萬，比我們寫得好的，比比皆是。報館如果連續在特別欄內刊用他三篇文稿，他就可以一躍而為名記者，不出一月工夫，就彌補上我們撤退後的遺缺，它怎會垮台？你的自尊心，我非常欽佩！不過我個人實在渺小得很，微不足道，縱然咱們一齊撤退，絲毫也不能使報館難堪。謝謝你看得起我！」

徐盈接着說：「希天兄，就讓陳公去探探路吧！」

我說：「我樂意從中努力！」

長江經我這麼澆了一盆冷水，自不愜意。又說：「萬一不行，我要向社會公訴！」

我聽了他的話遂說道：「我已說過，這樁事是雙方面的損失，但這種決定必出於不得已。在我記憶中，大公報當局與同人鬧得不愉快還無前例。」又說：「希天兄，以我浮淺的經驗，今天社會看重我們，完全因為我們尚在報館服務之故；一旦我們離開報館，人家怎樣看你，那要全看你個人的成就了。社會有情也寡情。我看，中國古話說得好『合則留，不合則去。』『君子絕交不出惡聲。』萬一你訴諸輿論不成，大公報刊登一則小小廣告，就可以使你永遠抬不起頭來，那你又何必？以小弟來看，你希天兄，才高無量，請你忍一時之氣，另外去發展你的長才，創一番事業讓報館當局瞧瞧，那時你可以睥睨一時，顧盼自豪了。何況大丈夫報仇三年不遲？」

我這幾句話，好像說動了他的心。他說：「桂林夏衍創辦『國際新聞社』屢次邀我，我遲遲不能決定，這次我要去了！」

「着哇！創一番事業，讓大家看看！我們忝為一度同事，也以你為榮！」

他們三人各懷不同心情離我而去。當天下午我就接子岡電話，說是她和徐盈是被逼而去；並且說，上午談話，她已告訴了芸生。

當天夜裡沒上班前，我先去找谷冰。他斷然告訴我：「絕無轉圜可能，希望您婉言告訴他。報館當局希望他有好前途。合作一場，這樣結束，確是非常惋惜！」（未完）

敦煌藝術寶庫莫高窟

沙漠中的石窟寺

實齋

沙漠中的綠洲

莫高窟隱藏地

現在的「萬里長城」的西邊，是到甘肅省的嘉峪關爲止。出了嘉峪關，是一片大平原。平原上，由西往東，排列着三個縣。這三個縣，最西邊是玉門縣，最東邊是敦煌縣，中間畧偏北是安西縣。

這三個縣裡面，以敦煌縣最有名。不但漢朝就開闢了「敦煌郡」，就是現在，全世界沒有不知道「敦煌」的大名的。現在的敦煌縣，是在北緯四十一度，東經九十四度七左右。氣候寒冷，每年平均有五個月是在冰凍時期，十月就開始結冰，到第二年三月底才解凍。因爲是沙漠地區，風沙特大，氣温也有很大的差異。每當西南風起的時候，沙塵蔽天，對面都看不見人影。在每年七八月之間，氣温高到攝氏四十四度以上。每年十二月和一月，氣温低到攝氏零下二十四度。

敦煌縣的總面積，比台灣全省還大。它地方雖然大，人却很少，它大部分都是沙漠，只有極少的地方是耕地和草原，好像畫家無意間，灑落在灰黃色畫布上的綠色斑點，疏疏落落的分布在縣城附近，和縣城西南的「南湖」周圍。如果我們用心在地圖上找，在縣城東南四十五里的地方，可以找到一個小小的綠色點子；他一點兒也不惹人注目，可是舉世聞名的「敦煌千佛洞」！莫高窟——就是那兒。

敦煌境內，有兩座有名的山：「三危山」和「鳴沙山」，兩山連接之處，是一片幾十里寬的坡地；坡地上黃沙滾滾，十分荒涼。「莫高窟」這個小小的綠洲，就隱藏在這片坡地裡；他隱蔽得非常之妙，以至我們走到了他面前，不知道他在哪裡。

原來這片坡地，從很古很古以來，就被兩山之間流出來的「大泉」，衝擊出一道又深又寬的河床。這河床的東岸，是起伏不平的砂丘；西岸是陡直像削壁似的岩壁——莫高窟就開鑿在西岸岩壁上。我們在窟頂平廣的砂坡上，是看不見，也不會想到下面的情景的；但是只要從一個陡坡，急轉直下，莫高窟就突然擺在我們眼前了。到這時候，我們才恍然大悟，原來莫高窟就在我們的脚底下！

疏勒河橫過敦煌的北面，經玉門關，最後滙合衆流，成爲「哈拉湖」。但和敦煌關係最大的——其實應該說是跟莫高窟千佛洞關係最大的——是「黨河」。這條河在敦煌以南，千佛洞的陽

面，灌溉敦煌的田。此外更重要的一條水，就是剛才說的，正在莫高窟下面經過的那條「大泉」，它是千佛洞飲水的來源，沒有它，千佛洞也就不會存在了。

千佛洞的景象

「平沙莽莽黃入天，別有天地非人間」

敦煌千佛洞的景象是非常迷人的：跟一條尼龍絲帶似的「大泉」，橫鋪在千佛洞的前面。這條泉水，清徹得一塵不染，天生的是爲千佛洞而存在的。他從千佛洞的南邊，兩里多的地方鑽出砂面，彎彎曲曲的流過千佛洞，就又鑽到砂蹟裡去了。

這股地泉，給敦煌千佛洞帶來了勃勃生氣，也成就了全世界獨一無二的藝術寶庫。它使得包圍在沙漠當中的石窟寺，至今仍保持着一塊小小的綠洲。在泉水兩旁，叢生着白楊和綠柳一些雜樹，和千佛洞頭頂的那片砂崖，形成極烈的對照。

崖上面是一片黃砂，荒涼滿目；崖下面則是濃綠成陰，清泉如鏡。分佈在灰色崖壁上的成千帶萬，大大小小的石窟，彩畫琳瑯，令人目迷五色。借用兩句古詩來形容：崖上是「平沙莽莽黃入天」，崖下是「別有天地非人間」。請想想：當人們從敦煌縣城出發，跑了幾十里的沙漠之後，一種荒凉寂寞之感，緊緊壓在心頭，就在這個時候，忽然眼前出現了一片彩虹的迷人景色，怎不令人意外的驚喜呢！到這時候，才能使人了解到：爲甚麼古代的佛教徒，要在這片沙漠地區裡，硬從崖壁上開鑿出千佛洞來。

古代的石窟寺

雕簷畫棟光彩奪目，龍飛鳳舞鬥盛爭奇

這個石窟寺，在古代比現在還要壯麗得多。據現在還保存着的，唐朝傳下來的幾塊碑文上的記載：那個時候，有數以千計的石窟。每個石窟的前面，都有磚木構成的門樓：門樓與門樓之間，又有重重疊疊，龍飛鳳舞的空中走廊，互相連接着。古代天才的工匠們，又以無比的宗教虔誠，在這片陡峭的灰色崖壁上，像鑲嵌寶石一樣，小心翼翼的，鑿出一座座美麗的殿堂；每一座殿堂，都是雕簷畫棟，光彩奪目，大家爭奇鬬盛。就是不讀那些唐代碑文，我們也還可以從現在殘存的，六座彩畫如新的唐宋窟簷上，依稀想見當年的盛況。

石窟寺前的那條泉水，在古代叫做「大泉」：因爲那個時候，泉水波瀾壯濶，聲勢汹湧，宛如一條大河；河水裡可以映出窟壁上重樓叠閣的倒影。除了唐宋碑文上的記載外，現在的「古漢橋」的遺址，也可以給這條河水的歷史作見證。

除了這些飛廊、重簷、畫閣之外，那個時候，還有許多穿着各式服裝的人物穿插其間。這一切，我們現在還可以在千佛洞石窟裡的壁畫上找出來。那些壁畫上所畫的所謂「供養人像」，實在就是捐錢造這些石窟的主人，出錢請畫師畫的。當時的服裝、用具、生活情形，都可以從這些壁畫中看得出來。

千佛洞和敦煌石窟

我們現在一提到「敦煌石窟」，大家就想到「千佛洞」。其實「千佛洞」這個詞兒是很籠統的：凡是佛像很多的山洞，都可以叫做「千佛洞」，並不一定指敦煌的石窟。比方山西大同的「雲崗」、河南洛陽的「龍門」、甘肅天水的「麥積山」，那兒都有雕刻着很多佛像的石窟，大家也都把它們叫做「千佛洞」。

這樣看起來，我們把敦煌的石窟寺，叫做「千佛洞」，這詞兒起的並不怎麽合適；不過自從英國的探險家斯坦因，發現了敦煌石窟以後，又印了一部內容全是敦煌藝術品圖片的大書，那書

名就叫做「千佛洞」。這麼一來，全世界的考古學家、歷史學家、藝術家、地理學家……就都把「千佛洞」作爲「敦煌石窟」的專用名詞，好像別的地方，雖然也有石窟，也有大大小小的無數佛像，就都不應當叫做「千佛洞」了。

「千佛洞」這個詞兒固然不妥當，「敦煌石窟」這個詞兒也不怎麼好。這在甚麼道理呢？因爲敦煌有好幾座「石窟」，有的石窟規模很大，裡面有無數珍貴的藝術品；有的規模很小，裡面黑洞洞的，沒有甚麼價值可言；因此就是用「敦煌石窟」這個詞兒，也還顯得過於籠統。

粗淺的說來，敦煌石窟應當包括四處地方：第一處是聞名世界的「莫高窟」，第二處是西千佛崖，第三處是榆林窟，第四處是水峽口。這四處地方，雖然都有石窟，都有佛像，而且作風都大體一致；不過這裡頭，規模最大的，還得數「莫高窟」。我們也可以說：敦煌的藝術精華，都在「莫高窟」。你只要看了「莫高窟」一處，別處可以不必再看了。

「莫高窟」這個名詞，唐朝就有了。他們把那兒的山，叫做「莫高山」；把那兒的地方，叫做「莫高里」或是「莫高鄉」；因此建在那兒的石窟，當然叫做「莫高窟」

莫高窟在清朝雍正時修的，敦煌縣城東南方四十五里的鳴沙山下，共擁有四百八十個石窟。西千佛崖在敦煌縣南七十五里，南湖店、黨河北岸，只有十六個石窟。榆林窟又叫「萬佛峽」，在安西城南一百四十里，踏實河兩岸，共有二十九處石窟。水峽口又叫「小千佛洞」或是「下洞」，離榆林窟不遠，在古代也屬於敦煌境內，那兒也有十一處石窟。

上面所說的石窟，都是指洞裡存有壁畫或塑像的石窟說的，那些較小的，沒有裝飾的，老和尙住的山洞，是沒有算在內的。

從歷史看敦煌

敦煌「莫高窟」，是我國佛教藝術品的最大寶庫。在已經編了號的四百八十個石窟裡，共收藏了兩千座以上的塑像，上萬的浮雕，和長達二十五公里的壁畫。在我們想，這所震撼古今，名傾中外的大寶庫，應當建造在山明水秀的「蘇、杭」，或者古色古香的北平才對；爲甚麼反而建造在荒凉寂寞，杳無人烟的沙漠地區裡呢？是沙漠地區的氣候特別好？是那兒的人工特別賤？是那兒的物產特別豐富？都不是！

既然那兒的條件，一無可取，爲甚麼佛教徒偏偏要選中這個地方，來修建藝術之宮呢？這我們得回過頭來，看一看古代的歷史。我們知道：敦煌正在「古玉門關」的後面。一出「古玉門關」，就是古代通往「西域」的南、北兩條大道。這兩條大道都在天山南路，一條經過「羅布淖爾」沼澤地帶，一條穿過新疆省南部的「塔里木盆地」，一直往西。漢朝的絲織品，就是順着這條「絲道」，一直運到羅馬東部的叙利亞去的；紙也是從敦煌出古玉門關，經吐魯番，過撒馬爾罕，經波斯，而傳入歐洲的。

他是兩千年前，漢武帝派遣張騫，鑿通西域的大道；也是兩千年前，漢武帝派遣「貳師將軍李廣利」攻破大宛國所走的大道；也是一千九百七十年前，印度佛教經大月氏國進入中國的大道；也是一千零四十年前，唐僧玄奘法師，從印度取經回來，所經過的大道；也是蒙古帝國時代，馬哥孛羅通過「羅布沙漠」西去大道。

敦煌在歷史上，担當過不少的任務：他既是邊防重地，也是交通中心，更是東西文化交通的塲所。尤其在唐代，是他最輝煌發達的時期：他做了中西交通的樞紐，宗教繁盛的聖城，文化最盛的都市。

因爲他是當時交通的要道，而一出「古玉門關」，便是漢朝人所謂的「三十六國」：算是中華民族領土內各種民族聚居最複雜的地方。因此當太平盛世，那兒是四方聚集之地，文物大盛；在動亂時代，那兒又成爲有關邊防的重鎭。

我們再看，今日的新疆省，也就是漢朝所謂的「西域」的大

道上，現在還留存着無數的古代佛教徒所建的石窟的遺跡。這些石窟寺，分佈在喀什噶爾、庫車、吐魯番，和闐、尼雅、米蘭……一帶。

這使我們了解了一件事，那就是：印度的石窟藝術，在通過新疆省這一廣濶的地區時，已沿路撒下無數的種籽，使他們揉合了西域的色彩情調，開花結果；然後再由佛教徒，把西域地方的新種籽，傳播到敦煌，更加上中國本土的文化，形成了融貫中西的「敦煌藝術」——這就是敦煌「莫高窟」藝術的最大特點。

敦煌和佛教的關係

在漢武帝還沒有開闢「西域」的通路以前，佛教就已通過大月氏國和罽賓國的媒介，傳到葱嶺以東的許多「西域」國家。只不過因爲匈奴佔據着「河西走廊」的通路，使他無法再往東傳到中國罷了。等到匈奴被漢武帝打跑了以後，「河西走廊」成爲漢家的天下，「西域」和大漢帝國的交通也暢行無阻，佛教也就很自然的，隨着其他西方的物產，傳入中國了。

根據可靠的記載，佛教的傳入中國，大概是在西漢末年，佛教在中國已經很流行，中國的佛教徒，已經會自行鑄造佛像了。東漢末年是盜賊蜂起，天下大亂的時代；接着是魏、蜀、吳三國鼎立，戰爭從此沒有停止過；老百姓「民不聊生」在受盡各種苦難的情形下，今世既然沒有希望，只有轉修來生了。這就是爲甚麽在兵荒馬亂的時代，一切的城市村莊都被破壞了，沒人過問，而莊嚴的佛寺，却不斷的在各處興建起來的原因。

三國分立的局面，雖然因晉朝的統一而告結束；可是晉朝統一的局勢，並沒有維持多久，就發生了連續十六年之久的「八王之亂」接着是「五胡亂華」：匈奴、羯、氐、羌、鮮卑……等外族，相繼進入黃河流域，造成了「五胡十六國」的大紛亂局面。於是整個的中國，分裂爲南、北對峙的兩個朝廷：「南朝」是東晉、宋、齊、梁、陳，「北朝」是北魏、東魏、西魏、北齊和北周。這樣一直到隋文帝統一南北爲止，前後一直大亂了兩百八十五年。

這兩百八十五年當中，可以說是中華民族最痛苦的時代，也是佛教最發達的時代。因爲一方面，那些上層階級的君王——尤其是胡人，最信仰佛教；另一方面，那個時候，只有和尚不當兵，而且也只有寺廟的田地房產，是用不着完糧納稅的；無怪乎佛教在那個時代，發展得那麽迅速了。

敦煌「莫高窟」的石窟寺，和現在還留存在新疆省；喀什噶爾、庫車、吐魯番、尼雅、米蘭、和闐……一帶地方的石窟寺，都是在那個大動亂的時代建立的。我們也可以說：爲了這些石窟寺，我們中華民族的老祖宗，是付出了多少血汗的代價！當今天我們看到敦煌「莫高窟」的無數佛教藝術品的時候，我們應當不要忘記這一連串的血的教訓。

敦煌莫高窟和五胡十六國

敦煌「莫高窟」的石窟寺，是鑿於一千六百年前的「前秦苻堅」的時代。「前秦」是個甚麽朝代呢？「苻堅」又是誰呢？這得先從「五胡亂華」說起。所謂「五胡」，是指：「匈奴、鮮卑、羯、氐、羌」五種外族，入侵中華的本土而言。

這幾種外族，從一千六百年前，也就是西晉惠帝的永興元年（西元三零四年），匈奴族的劉淵，入據「左國城」，自立爲「漢王」開始；到一千五百二十五年前，也就是「南朝」宋文帝的元嘉十六年（西元四三九年），北魏的太武帝「拓跋燾」，統一了中國的北方，和「南朝」的宋國形成「南北朝」對峙的局面爲止。前後歷時一百十五年，是中國歷史上，各種民族大移動的時代，也是戰爭最頻繁的時代。

這個動亂的大時代，以匈奴的劉淵毀滅西晉王朝爲序幕；接

諸羯族，鮮卑族，氐族和羌族，也跟着進入黃河流域，先後建立了十幾個短期的王國，歷史上稱爲「五胡十六國」。

這些進入中原的野蠻民族，他們的生活習慣，還停滯在游牧的階段。他們騎在馬背上，靠着擄掠和刧奪爲生；戰鬥和殺戮，已是他們生活的一部分。他們的鐵蹄，掃蕩了中國北部，但也在中國北部，撒下了佛教的種子。

我們看，在「五胡十六國」當中，有五個國家都取名「涼」，那就是：前涼，後涼，南涼，北涼和西涼。「涼」是甚麽意思呢？就是指的「涼州」。「涼州」這個名字，漢朝就有了，那是指現在甘肅省境和青海省一部分的地方。

隋唐時代的莫高窟

敦煌的「莫高窟」石窟寺，從東晉時代「前秦」的苻堅，在佔據西涼時，開始興建；接着是南北朝的「北魏」，這莊嚴美麗的石窟，一座接一座的，從石壁上開鑿出來。佛教藝術的花朵，在這荒漠的砂丘中，一朵接一朵的開放着。到了隋末唐朝，石窟已開鑿了一千多座；因此「莫高窟」又被叫做「千佛洞」。

一千三百八十年前，隋文帝楊堅奪取了「北周」的政權，建立了隋朝。八年後，他又滅了「南朝」的陳，結束了東晉以來，二百七十多年南北分裂的局面，統一了全中國。儘管隋朝的統治，只維持了短短的三十八年，就爲唐朝所代替；可是就在這短短的三十八年當中，隋朝却在莫高窟開鑿了不少石窟。時隔一千多年，幾經破壞，現在還仍然可以找出九十五座隋代的石窟。對於隋代的文化和經濟能力的深厚，我們單從他遺留下來的石窟中，就可以看出。

隋文帝即位之前，「北周」的武帝，曾有過毀滅佛教的運動；但那只不過「曇花一現」，等到隋文帝上台以後，立即就展開復興佛教的工作；於是新的佛寺，新的塑像和新的寶塔，都如「雨後春筍」一樣的興建起來了。隋文帝是很崇信佛教的，他在「開皇」年間，曾派遣專使到敦煌的莫高窟去開鑿石窟；現在我們在隋代所建的石窟中，還可以見到「開皇」年號的「發願文」。

但是莫高窟的眞正繁榮，還得數唐朝。就拿現在已經整理編過號的石窟來說，莫高窟的古代石窟總數，是四百八十個，其中唐朝所開的石窟，就有二百一十三個，幾乎佔總數的一半。我們單就這些石窟的規模、氣派，以及藝術成就而論，唐朝所開的石窟，也超過前代很多，更非以後各朝所能趕上的。莫高窟在唐代，可說是到達了光輝的頂點。

爲甚麽唐代在莫高窟，有這樣偉大的成就呢？我們得從地理環境和歷史因素兩方面，來求取答案。我們首先應當明瞭一件事，那就是：莫高窟在唐代的繁榮，是和唐代經營「西域」分不開的。

在中國歷史上，我們一提到對外發展，開疆闢土的時代，總離不了漢、唐兩代。唐朝自從取得了天下，平復了各地的內亂以後，就盡力向外發展。從唐太宗李世民的「貞觀」年間，到唐玄宗（就是唐明皇）的「開元、天寶」年間，前後一百四十年左右，是大唐帝國最輝煌燦爛的時代，也是對外發展，向西北開闢國際商路的時代。這一來，位居西北前線的敦煌，當然也就跟着繁榮起來了。

漢武帝唐太宗自古以來並稱

在中國歷史上，自來是「漢」跟「唐」並稱的。在對外擴展，開疆闢土來說：唐朝的唐太宗，跟漢朝的漢武帝，也可以說並駕齊驅，難分高下的。對於「西域」的經營，「絲道」的打通，當然要推漢武帝爲第一人；可是繼續經營西域，把天山南北，甚至連今日的俄屬中亞西亞，都收入掌握之中的，漢以後只有唐代。

就以敦煌來說：自從漢武帝開通西域以後，敦煌就一直成爲

中國西北邊疆上的一座國際城市。雖然經過「五胡亂華」、南北朝的大混亂，他始終是中國跟西域各國交通的咽喉之地，也是東西經濟與文化滙合交流的交义點，地位十分重要。

漢以後，前秦、北魏、和隋朝，在他們勢力強盛的時候，都曾經營過西域，並且也都以敦煌爲根據地。外國人商人要在這兒辦理入境手續，才能進入中國內地；其實他們就是沒有手續可辦，在經過長途的跋涉之後，也需要在這兒畧事休息。中國商人到西域去，當然也得在這兒辦理出境手續，雇賃駱駝，儲備糧食和飲水，作橫越「戈壁」大沙漠的準備。

我們可以想像得到：當時敦煌市上，一定到處可以看到高鼻子、深眼睛的西域人。他們跟漢民族，在和平的商業活動中，繁榮了敦煌這個國際城市，也繁榮了佛教聖地「莫高窟」。

西去三條大道以敦煌爲起點

隋朝人裴矩所作的「西域圖記序」指出的：從中國到「裏海」那邊去，共有三條道路，都以敦煌爲起點，而且那時候，去西域的「陽關大道」，就是通過「莫高窟」前面去。

提到唐朝的輝煌歷史，一切很像漢朝：唐太宗開疆闢土的雄才大畧，也直追漢武帝。更妙的是，漢朝前面有個秦朝，秦朝的歷史雖然短，但他却統一了亂哄哄的戰國時代，並且還出了一個殘暴不仁：修築萬里長城的秦始皇。唐朝前面，也出了一個短促的隋朝，統一了南北對立的局面；並且也出了一殘暴不仁，開鑿運河的隋煬帝。因此在歷史，我們常常是把「秦漢」連在一起來說，對於「隋唐」，也是一樣。

唐太宗李世民，可以說是中國歷史上，唯一能追得上漢武帝的大人物。他對內用兵，統一了全國，展開了最繁榮的太平年月：對外更打敗了東西兩「突厥」，控制了西域七十二國：南面一直佔領了越南，打通了印度；西邊一直擴展到阿拉伯，東邊到達了朝鮮，北邊一直攻到外蒙古。唐太宗本人，且被那些落後的國家，尊奉爲「天可汗」。

唐朝的佛教藝術開出燦爛的花朵

從唐太宗的「貞觀」時代，到唐明皇的「開元、天寶」時代，是大唐帝國的巔峰時代，也是大唐帝國繼漢武帝之後，開通中西國際交通的時代。

在這個蓬蓬勃勃，國富民豐的大時代中，佛教因得了經濟上的滋潤，信徒的供養，傳播得極爲迅速；而佛教藝術也在這片肥沃的土地上，開出燦爛的花朵來。正靠着國際交通門戶，敦煌附近的「莫高窟」，也在大量的金錢和人工注入之下，一座賽過一座的石窟，被開鑿出來了。

但是好景不常，唐明皇的「天寶」十四年，「安史之亂」終於爆發了，楊貴妃死了，唐明皇逃到四川去了，大唐帝國兵荒馬亂，經濟崩潰了，昔日繁榮不再了，遠在敦煌的莫高窟，也跟着走上同一的命運。

敦煌的繁榮與大唐經營西域

敦煌的繁榮，成爲大唐帝國西北邊疆上的國際都市，實在和大唐帝國經營「西域」有關。大唐帝國正處在「五胡十六國」擾亂中原以後的一段時期：嚴格說來，大唐的「李家」父子，就是胡人血統。他們建都長安，深知西北邊疆對於國防的重要；更害怕西北的胡人，長驅直入，走上「五胡亂華」的舊路線。因此「馬上得天下」的唐太宗李世民，自居爲漢武帝第二，要開通「西域」，一方面保障帝國的全安，一方面更利於中外通商，給帝國帶來無窮的財富。

但是我們不要忘記一件，穿過「戈壁」大沙漠，經過西域十

幾個國家，向遙遠的西方通商；要是沒有強大的武力，和有組織的補給制度支持，這個生意是做不成的。大唐帝國既然決心要向西方通商，他當然得先投下一筆資本；在開闢通商路線以後，還得設置若干補給站──而第一站就是敦煌。請想，這咽喉要地的敦煌，還會不因此而繁榮的嗎！

現今的敦煌和古代的敦煌

敦煌石窟的發現，不但對「佛教藝術」上是一大寶藏，就是在其他學術研究上，也是一件震動世界的大事。誠如蘇瑩輝先生，在他所著的「敦煌學概要」引言裡所說的：「敦煌石室寶藏的發現，是五十九年以前的事，「敦煌學」成爲一個名詞，是近三十來年的事，「敦煌學」成爲國際漢學家們所公認的一門顯學，則是近二十年的事。

在歐、美「敦煌學」的普遍被重視，已是有目共覩，在日本，尤其是近幾年來，可謂風靡東瀛！」

「敦煌學」的範圍包括的很廣，他不僅限於石竇的藏經和壁畫雕塑等藝術，他與敦煌的整個歷史文化有關。他代表着一大段興亡的歷史。在這裡不僅發現了漢，晉的簡牘，而且在敦煌附近，而能看到漢，唐時代的邊城，和烽燧遺址。勞貞一先生，在他所著的「敦煌藝術」中，對於現今的敦煌與古代的敦煌，有一段詳細的介紹，節錄於後：

「在河西走廊的盡西頭距肅州六百五十里，距安西二百四十里。從安西前去離開甘新大道，走在一望無涯的戈壁當中。只有南方遠遠的雪山，和許多的一個大墩排着四個小墩的唐代烽燧。走過一個瓜州口毫無居人的破城，並且兩個只有一家人的野店，便可以到達敦煌……敦煌以北約八十里，便是漢代長城的北界。一般人對長城的起訖，有個最錯的觀念，便是東起山海關，西至布隆吉城。這是不對的，若以明代的邊牆算，是東起山海關，西至嘉峪關，嘉峪關西便無明代以後的長城。若以現存的漢城來說，應當說西至玉門關以西的漢富昌燧附近。敦煌境內的漢長城，都是沿着疏勒河一直向西，一層版築舖上一層芨芨草……，沿着城垣有許多烽臺，便是漢人做的燧，大致十里一個。烽臺是用土甎築成或用版築成，在左近房屋遺黜的灰堆上，便是斯坦因發現漢簡的地方。玉門關是一個每邊八丈長的小城，三十里外可以望見，現在城垣保存尚好，距敦煌是二百五十華里。

東北軍事史略

王鐵漢

注記

一、本文記載自前清光緒三十三年徐世昌任東三省總督起，至民國十七年張學良任東北邊防司令長官止。

二、本文敘事實而不加評論。

三、本文對軍政首長姓名為求眞實可傳計，均直稱姓名不諱，而不稱其別號。

四、本文取材見參考資料。

第一、東北軍的原始

一、新舊軍之併立——清光緒三十三年，徐世昌為東三省總督，始將新軍（中央軍）第二十鎮（統制張紹曾）調駐錦州、新民，第二混成協（協統藍天蔚），駐瀋陽北大營，第三鎮（統制曹錕）駐長春，第二十三鎮（統制孟恩遠）駐永吉，第一混成協（協統朱慶瀾），駐黑龍江。

辛亥革命以後，第三鎮，第二十鎮，第二混成協，即先後奉調回關內。

奉天舊軍（地方軍），有巡防營三十二營，吉林有巡防營十二營，黑龍江有巡防營九營。奉天巡防分中、前、左、右、後五路，辛亥革命時，張作霖為中前兩路巡防統領，馮德麟、馬龍潭、吳俊陞為左、右、後各路巡防統領。

東三省總督趙爾巽，曾利用舊軍壓制新軍之響應武昌起義。

二、舊軍之蛻變——民國元年九月將奉天中前兩路巡防改編為陸軍第二十七師，以張作霖為師長，左路巡防改編為陸軍第二十八師，以馮德麟為師長，並由後路巡防抽出一部，編為陸軍騎兵第二旅，以吳俊陞為旅長，仍兼後路巡防統領，右路巡防未變。

吉林駐軍第二十三鎮，亦於元年十月改稱為陸軍第二十三師，仍由孟恩遠為師長，二年一月將吉林巡防營改編為吉林陸軍第一混成旅，以裴其勳為旅長，四年七月將第二十三師改為吉林陸軍第二第三兩混成旅，以高士儐、徐世揚為旅長，並增設吉長、延琿、寧阿三鎮守使，由裴其勳、高士儐、徐世揚分別兼任鎮守使。

駐黑龍江之第一混成協，於元年十月改稱為陸軍第一混成旅，朱慶瀾為旅長，三年七月就原有軍隊與巡防營改編為黑龍江陸軍第一師，以許蘭洲為師長，另編成陸軍騎兵第四旅，以英順為旅長。

民國元年七月，東三省都督趙爾巽改任奉天都督（不兼轄吉黑兩省），十一月，趙爾巽辭職，張錫鑾為奉天都督。二月六日，吉林都督陳昭常辭職，張錫鑾兼任吉林都督，孟恩遠為吉林護軍使，元年二月，黑龍江都督宋小濂辭職，由周樹模繼任，二年七月，周樹模辭職，畢桂芳護理黑龍江都督，九月朱慶瀾為黑龍江護軍

第二、東北軍的興起

三、人事之升騰——民國四年，袁世凱密謀稱帝，乃於四年八月任段芝貴爲鎮安上將軍督理奉天軍務兼節制吉黑兩省軍務，並任孟恩遠爲鎮安右將軍，朱慶瀾爲鎮安左將軍。迨雲南起義，段芝貴被迫離職，袁世凱於五年四月任命張作霖爲盛武將軍督理奉天軍務，以馮德麟幫辦軍務。五年六月袁殂，七月，黎元洪任總統，發表張作霖爲奉天督軍，孟恩遠爲吉林督軍，畢桂芳爲黑龍江督軍。五年初及六年七月黑龍江陸軍第一師師長許蘭洲，逼迫朱慶瀾、畢桂芳先後去任，英順、巴英額兩旅長，又通電攻擊許蘭州。張作霖乘機推薦鮑貴卿爲黑龍江督軍，許蘭洲也離開黑龍江。鮑將黑龍江軍隊改編爲黑龍江陸軍第一第二兩混成旅，由李慶祿、張明九爲旅長，另編成騎兵第一第二兩旅，而以袁慶恩、張奎武爲旅長。

六年六月，馮德麟赴北京參加張勳復辟被免職，張作霖兼任陸軍第二十八師師長，則由該師第五十四旅旅長孫烈臣升充。六年八月，將騎兵第二旅與後路巡防合編爲陸軍第二十九師，以吳俊陞爲師長。六年十月，調察哈爾都統田中玉爲吉林督軍，而吉林軍官通電留孟，又令孟恩遠爲吉林督軍。六年十一月陸軍第二十八師師長由該師第五十六旅旅長汲金純升充。鮑、孫、吳等均爲張所培植提拔，孟恩遠以抗命之故，亦聯奉以自保，張作霖之權勢，乃漸及於吉黑兩省。

四、東北軍開始入關——七年二月張作霖接受徐樹錚的意見，將北京政府自日本所購之軍械（中、日軍械借款）在秦皇島截留，即增編奉天陸軍第一第二兩混成旅，以闞朝璽、鄭榮廷爲旅長，又成立暫編奉天陸軍第一師，以張景惠（第二十七師五十三旅旅長）爲師長，鄒芬、梁朝棟爲第一第二旅旅長，後由添編奉天陸軍第五第四兩混成旅，以齊恩銘、蔡平本爲旅長。旋即派奉天第一師及第二師二兩混成旅，進入關內。張自任奉軍總司令，由徐樹錚任副司令，楊宇霆爲參謀長，助段祺瑞攻湖南援陝西。嗣以吳佩孚通電停戰班師，張景惠之第一師，即調駐北京南苑。直皖戰起，許蘭洲之援陝奉軍，也調回天津。

徐樹錚聯張擁段，其秘密條件，爲排除馮國璋，推段祺瑞爲總統，張作霖爲副總統，徐樹錚爲國務總理。至七年底徐樹錚假奉軍名義，請領軍費，成立軍隊，專擅跋扈，張頗不爲然，即將徐樹錚、楊宇霆同時免職，以孫烈臣爲副司令，八年七月孫任黑龍江督軍，由張景惠任副司令。

五、張作霖統一東三省——七年五月中日共同防敵軍事協定，在東京簽約，擬出兵西伯利亞，吉黑兩省即乘機增編軍隊，七年六月吉林增編吉林陸軍第四混成旅，十月又增編吉林暫編陸軍第一師，以高士儐爲師長。七年三月黑龍江成立陸軍第十九混成旅，鮑貴卿自兼旅長，後改由張煥相任旅長，保護中東鐵路。七年九月張作霖爲東三省巡閱使。八年七月中日兵衝突於吉林之二道溝，政府從張作霖之請，調鮑貴卿代孟恩遠爲吉林督軍，而以第二十七師師長孫烈臣爲黑龍江督軍。吉林暫編陸軍第一師師長高士儐因擁孟拒鮑被免職，乃將吉林第一師併編爲吉林陸軍第六混成旅，調陸軍第二十八師第五十六旅旅長郭瀛洲爲旅長。十年三月鮑貴卿辭職，孫烈臣調任吉林督軍兼省長，第二十九師師長吳俊陞升任黑龍江督軍兼省長。至此，東三省軍政大權。均入張氏掌握，東三省軍政統一矣。

第三、東北軍的發展

六、東北軍之擴充——民國九年直皖之戰，直軍得奉軍援助，始轉敗爲勝。戰事終結，奉天即增編第六第七兩混成旅，以鮑德山、李景林爲旅長，同時將衞隊旅改爲奉天第三混成旅仍由張學良任旅長。十年五月張作霖兼蒙疆經畧使，計劃征蒙

民國十年底東北兵力番號駐地如下

番號	主官	駐地
陸軍第十六師	鄒芬	北京
第三十一旅	田獻章	西苑
第三十二旅	繆承艮	西苑
陸軍第二十七師	張作相	奉天
第五十三旅	趙明德	奉天
第五十四旅	李振聲	奉天
陸軍第二十八師	汲金純	承德
第五十五旅	楊德生	凌源
第五十六旅	張作濤	承德
陸軍第二十九師	吳俊陞	黑龍江
第五十七旅	萬福麟	滿州里
第五十八旅	石得山	綏芬河
陸軍第十九混成旅	張煥相	哈爾濱
暫編奉天陸軍第一師	張景惠	北京
第一旅	劉香九	南苑
第二旅	梁朝棟	南苑
暫編奉天陸軍第一混成旅	闞朝璽	遼源
暫編奉天陸軍第二混成旅	鄭榮廷	北京
暫編奉天陸軍第三混成旅	張學良	瀋陽
暫編奉天陸軍第四混成旅	蔡平本	錦州
暫編奉天陸軍第五混成旅	齊恩銘	山城鎮
暫編奉天陸軍第六混成旅	鮑德山	廊房
暫編奉天陸軍第七混成旅	李景林	天津
暫編奉天陸軍第八混成旅	郭松齡	新民
暫編奉天陸軍第九混成旅	牛永福	通縣
暫編奉天陸軍第十混成旅	趙恩臻	北鎮
暫編奉天陸軍第十一混成旅	湯玉麟	鳳城
暫編吉林陸軍第一混成旅	丁超	長春
暫編吉林陸軍第二混成旅	陳玉崑	依蘭
暫編吉林陸軍第三混成旅	于琛澂	永吉
暫編吉林陸軍第四混成旅	楊遇春	五常
暫編吉林陸軍第五混成旅	蔡永鎮	寧安
暫編吉林陸軍第六混成旅	郭瀛洲	哈爾濱
暫編吉林陸軍第七混成旅	李桂林	農安
暫編黑龍江陸軍第一混成旅	李慶祿	海倫
暫編黑龍江陸軍第二混成旅	張明九	海拉爾
暫編黑龍江陸軍第三混成旅	巴英額	黑河
暫編黑龍江陸軍第四混成旅	張海鵬	訥河
黑龍江騎兵第一旅	袁慶恩	安達
黑龍江騎兵第二旅	張奎武	泰來
察哈爾騎兵第一旅	陳錫武	多倫

第一次直奉戰爭軍指揮系統及戰鬥序列如下：

- 鎮威軍總司令 張作霖
- 副司令 孫烈臣
- 參謀長 楊宇霆
  - 東路軍總司令 張作霖
    - 第一梯隊司令 張作相
      - 第廿七師張作相
      - 第廿八師五十六旅張作濤
    - 第二梯隊司令 張學良
      - 第三旅張學良
      - 第四旅蔡平本
      - 第八旅郭松齡
    - 第三梯隊司令 李景林
      - 第一旅闞朝璽
      - 第七旅李景林
  - 西路軍總司令 張景惠
    - 第一梯隊司令 張景惠
      - 奉天第一師張景惠
      - 察哈爾騎兵第一旅陳錫武
    - 第二梯隊司令 鄒芬
      - 第十六師鄒芬
      - 第六旅鮑德山
    - 第三梯隊司令 鄭榮廷
      - 第二旅鄭榮廷
      - 第九旅牛永福

，東三省乃藉此增編軍隊：奉天增設第八、第九、第十，三個混成旅，以郭松齡、牛永福、趙恩臻為旅長，復將右路巡防改編為第十一混成旅，由湯玉麟任旅長。吉林添編第五第七兩混成旅，蔡永鎮、李桂林分任旅長。黑龍江添編第三第四混成旅

，巴英額、張海鵬爲旅長。九年九月張景惠任察哈爾都統，仍兼暫編奉天陸軍第一師師長，另以第一師旅長鄒芬代王廷楨爲陸軍第十六師師長，陳錫武爲察哈爾騎兵第一旅旅長。十年九月汲金純爲熱河都統，率第二十八師進駐承德。於是東北軍地盤奄有東三省及熱察兩特別區，擁有五個師，二十三個混成旅，三個騎兵旅。在北方與北洋直系成對峙之兩大勢力。

七、第一次直奉戰爭——直皖戰後，直奉都在擴張權勢，由於兩湖與蘇皖贛巡閱使的去來，雙方明爭暗鬥，忌怨已深，至十年底，梁士詒組閣，吳佩孚反對，張作霖支持，互不相讓，遂激起直奉之戰。張既決定對關內用兵，於十一年二月，又起任楊宇霆爲東三省巡閱使署總參議。四月九日即下動員令，陸續派兵入關，號稱鎭威軍（張爲鎭威上將軍），張自任總司令，孫烈臣爲副司令，楊宇霆爲參謀長，總部進駐軍糧城，分東西兩路軍，東路自津浦京奉路之間，西路由北京沿京漢路，分別向直軍進攻，四月二十一日起各路均發生戰爭，五月四日西路軍即被直軍擊潰。東路軍以西路軍之影響，亦向灤州撤退，旋即撤至山海關由張學良爲第一路司令，李景林爲第二路司令。兩軍在山海關幾次激戰之後，經英國傳教士勸雙方休戰，奉以孫烈臣爲代表，直以王承斌爲代表，於六月十七日在秦皇島英國軍艦上簽訂和約八條，雙方自十九日撤退軍隊，終結戰爭。五月十七日免去張作霖東三省巡閱使及蒙疆經畧使本兼各職。六月二十日東三省議會聯合會亦推舉張作霖爲東三省保安總司令，孫烈臣爲副司令。

八、東北軍之改革——十一年直奉之戰，奉軍戰敗，第十六師暫編奉天第一師被直軍擊敗繳械，第二第六第九混成旅潰不成軍，第二十八師也撤出熱河。張作霖由於作戰經驗，深知東北軍官兵素質及訓練，亟需加強。乃決心澈底改革，建立新制度，整飭舊將校，充實陸軍講武堂，培育新幹部，重用新人，信任新人，以臥薪嘗胆之精神，整軍經武，而求雪戰敗之恥。其主要設施：

（一）整理陸軍——成立東三省陸軍整理處，派孫烈臣爲統監，張作相、姜登選爲副監，張學良爲參謀長，負整編訓練之責。張作相、吳俊陞仍兼任師長，李景林則升任暫編奉天陸軍第一師師長。將所有部隊整編爲東三省陸軍二十七旅，騎兵五個旅，每旅以三個團爲標準，師屬的旅，旅屬的團，均用統一番號（例如二十七師所屬爲第五第十九兩旅，第三旅所屬爲二八、四四、五五等三團。）不按一般順序排列。十三年四月吉林督軍孫烈臣病故，由張作相升任，張學良爲第二十七師師長。

（二）建立海空軍——海軍則成立東北航警處，派沈鴻烈爲處長，在葫蘆島設立航警學校。訓練幹部，由沈氏總綰其事。因各國政府有限制售軍艦與地方政府之禁例，乃向「政記公司」購得三千餘噸之商船兩艘，改裝爲軍艦，命名爲「鎭海」、「威海」，繼又購入俄國破冰船一艘，改裝爲軍艦，命名爲「定海」。東北海軍遂蔚然成軍，即任沈鴻烈爲東北海軍司令。第二次直奉戰爭各艦均出動助戰。後以渤海艦隊內亂，沈氏運用手段，先將該隊旗艦「海圻」誘至旅順歸入掌握，然後駕駛「海圻」赴青島，將「海琛」「肇和」兩艦順利接收，其他小型艦隻，亦全部歸入東北海軍。旋又購入水上飛機數架，將「鎭海」改裝爲小型航空母艦，海空配合，實力益增矣。

空軍則重建東北航空處，由張學良爲督辦，設立航空學校，訓練幹部，並選青年二十八人分兩次送法國航空學校受訓。十三年初自國外購到各類型新式飛機一百二十餘架，成立「飛虎」「飛龍」「飛鷹」「飛豹」四個大隊，編組成軍即任張學良兼東北空軍司令。第二次直奉之戰，曾予直軍以威脅。

（三）擴充兵工廠——奉天原有的兵工廠，僅能製造槍彈及手榴彈等。十一年夏即延攬兵工人才，積極擴充，內設總務、材斯、工程各處，槍、炮、炮彈、彈藥、硫酸、煉鋼、造幣等廠。至十三年其員

整編後東三省陸軍番號兵力駐地如下：

番號	主官	駐地	兵力
陸軍第二十七師	張學良	錦州	師轄步兵兩派，騎砲兵各一團，工、輜各一營
陸軍第二十九師	吳俊陞	黑龍江	同右
暫編奉天陸軍第一師	李景林	北鎮	同右
東三省陸軍第一旅	闞朝璽	遼源	步兵三團
東三省陸軍第二旅	郭松齡	瀋陽	步兵三團，砲兵一團
東三省陸軍第三旅	張宗昌	東豐	步兵三團
東三省陸軍第四旅	裴春生	興城	步兵二團
東三省陸軍第五旅	于芷山	錦州	步兵二團，屬二十七師
東三省陸軍第六旅	宋九齡	瀋陽	步兵三團，砲兵一團
東三省陸軍第七旅	湯玉麟	鳳城	步兵三團
東三省陸軍第八旅	丁超	長春	步兵二團
東三省陸軍第九旅	陳玉崑	依蘭	步兵二團，騎兵一團
東三省陸軍第十旅	于琛澂	永吉	步兵三團
東三省陸軍第十一旅	巴英額	黑河	步兵二團
東三省陸軍第十二旅	趙英臻	新民	步兵三團
東三省陸軍第十三旅	吉興	延吉	步兵三團
東三省陸軍第十四旅	楊德生	彰武	步兵二團，騎兵一團
東三省陸軍第十五旅	萬福麟	滿洲里	步兵二團，屬二十九師
東三省陸軍第十六旅	德恩銘	綏中	步兵二團
東三省陸軍第十七旅	張明九	海拉爾	步兵二團，騎奇一團
東三省陸軍第十八旅	張煥相	哈爾濱	步兵二團
東三省陸軍第十九旅	高維嶽	錦州	步兵二團，屬二十七師
東三省陸軍第二十旅	楊遇春	農安	步兵二團，騎兵一團
東三省陸軍第二十一旅	李振聲	寧安	步兵二團，騎兵一團
東三省陸軍第二十二旅	石得山	綏芬	步兵二團，屬二十九師
東三省陸軍第二十三旅	李爽塏	北鎮	步兵二團，屬第一師
東三省陸軍第二十四旅	邢士廉	北鎮	步兵二團，屬第一師
東三省陸軍第二十五旅	蔡平本	山城鎮	步兵三團
東三省陸軍第二十六旅	李桂林	雙城	步兵三團
東三省陸軍第二十七旅	溫攢玉	營口	騎兵二團
林三省陸軍騎兵第一旅	穆春	通遼	騎兵二團
林三省陸軍騎兵第二旅	彭金山	泰來	騎兵二團
林三省陸軍騎兵第三旅	蘇錫麟	新立屯	騎兵二團
林三省陸軍騎兵第四旅	李冠英	安達	騎兵二團
林三省陸軍騎兵第五旅	梁忠甲	海倫	騎兵三團

工已超過六千人，每年可產製七五生的野炮二百門，十二、十五生的重炮一百門，每月可產製一三式步槍一千枝，每一日夜可造步槍彈四十萬。規模之宏大，設備之完善，不只全國第一，即日本人亦為之側目。

另設有迫擊炮廠，每月可產製輕重迫擊炮二百門。

九、第二次直奉戰爭——十二年十月五日曹錕以重賄當選總統，粵、皖、奉三方曾有聯合打倒曹吳之議，奉方復利用郭松齡的關係，派盛世才為代表赴四川連結劉湘，以反抗直系。至十三年九月一日，江蘇（齊燮元）浙江（盧永祥）戰起，盧為皖系，張作霖於四日通電響應盧永祥，且聲明奉天因受直軍之壓迫將開戰，直奉兩方即作軍事行動。奉方仍名鎮威軍，張自任總司令。下轄第一第二第三第四第五第六，共六個軍。第一，第三為聯軍對山海關方面，第二軍在熱河，第六軍為騎兵也用在熱河，第四第五兩軍為預備，控置在錦州綏中一帶。第二軍李景林部於九月二十三、日攻克朝陽，繼續攻佔凌源、建平等地。第六軍許蘭洲部亦於九月二十二日攻佔開魯，繼續佔領赤峰。直軍在熱河之王懷慶第十三師及毅軍和龔漢治、張林等部隊均被擊潰，至十月七日熱河方面戰事。即告平息。第一第三聯軍自十月八日攻克山海關，九門口後，雙方經過幾次主力決

戰，到十月二十日直軍已徹底被擊敗。十月二十四日直軍得到馮玉祥倒戈消息，軍心益散，迨十月二十八日張宗昌部由冷口進佔灤州，在山海關方面之直軍即全由奉軍繳械收編，戰爭遂告結束。曹錕被幽禁，吳佩孚自秦皇島循海路退天津，再由天津經海路轉退漢口，奉軍可謂完全勝利。

十、直奉軍後之政局——當十二年十

第二次直奉戰奉軍指揮系統及戰鬥序列如下：

鎮威軍總司令　張作霖

參謀長　楊宇霆

軍	軍長	副軍長	旅	旅長
第一軍	姜登選	韓麟春	第四旅	裴春生
			第十二旅	趙恩臻
			第十六旅	齊恩銘
			第十九旅	高維嶽
第二軍	李景林	張宗昌	第三旅	張宗昌
			第二十三旅	李爽塏
			第二十四旅	邢士廉
			第二十五旅	蔡平本
第三軍	張學良	郭松齡	第二旅	郭松齡
			第六旅	宋九齡
			第二十七旅	溫瓚玉
			騎兵第八旅	于芷山
第四軍	張作相	汲金純	第八旅	丁超
			第十旅	于琛澂
			第十四旅	楊德生
			第二十六旅	李桂林
第五軍	吳俊陞	闞朝璽	第一旅	闞朝璽
			第十七旅	張明九
第六軍	許蘭洲	吳光新	騎兵第一旅	穆春
			騎兵第三旅	蘇錫麟
			騎兵第五旅	梁忠甲

附直軍戰鬥序列

直軍總司令	吳佩孚
副司令	王承斌
第一軍總司令	彭壽莘
第三師	吳佩孚
第九師	董政國
第十五師	彭壽莘
第二十三師	王維城
第二十四師	楊清臣
第十二混成旅	葛樹屏
第十三混成旅	馮玉榮
第十四混成旅	時金勝
第二軍總司令	王懷慶
第十三師	王懷慶
毅軍	米振標
熱河第一混成旅	張　林
第三軍總司令	馮玉祥
第十一師	馮玉祥
第七混成旅	張之江
第八混成旅	李鳴鐘
第二十五混成旅	宋哲元
第四軍總司令	曹瑛
第二十六師	曹瑛
第十六混成旅	曹十傑
援軍總司令	張福來
第十四師	靳雲鶚
第二十師	閻治堂
第一混成旅	潘鴻鈞
第四混成旅	張金標
第二十六混成旅	田維勤
陸軍第二師	張治公

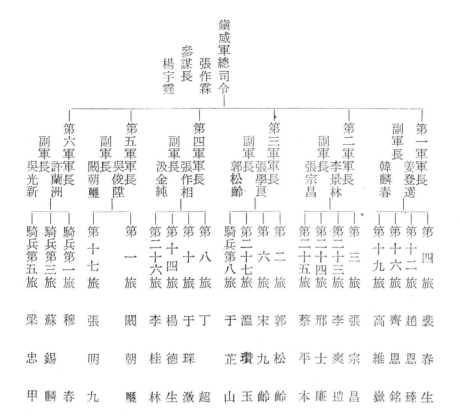

月曹錕賄選成功，　國父即謀聯結段祺瑞、張作霖共同推倒直系，信使往還，絡繹不絕（附　國父與張函件）時論有粵、皖、奉三角同盟之說。至十三年十月直系潰敗，馮玉祥班師回京，幽禁曹錕，由黃郛攝閣，段、張及馮玉祥先後電請　國父北上，共商國是。　國父於是年十一月十三日由廣州起程，十七日抵上海，轉道日本，於二十四日到神戶，而段祺瑞迫不及待，竟於是日自津入京，宣布就任臨時執政，黃郛通電解職，北方政局形勢爲之一變。十二月四日　國父由神戶乘輪抵天津，三十一日始扶病入京。　國父駐節天津期間，曾與張作霖互相訪晤，張學良也一再進謁，段祺瑞僅派許世英代表慰問，根本無所謂「三角同盟者會於天津」之事，而且其時　國父主張召開國民會議，段則主張召集善後會議，政見不同，無法一致，三角同盟勢亦不能繼續維持。

致張作霖商時局函

雨亭先生執事：精衞轉到手教，懇摯無倫，自非神明契洽靡間，不獲聞此讜論。某氏之惡已昭著於國人，吾輩爲國除患，知之當爲切至，相期之殷，不敢不勉。來示謂藉武力濟和平之窮，極爲扼要。……至尊見以協和回贛，組安回湘，乃與鄙意不謀而同，所以遲遲徒以財政過絀，不能因應咸宜。協和回軍之需，至少須五十萬元，組安之需亦須二十萬元，乃克有濟。此間自戰事起後，救死扶傷，在在需款，含卒乃無以應之。如公處此時，能助此額，協、組皆可立發，他無所顧，不識尊意以爲可行否。……吳賊造孽，已極其能事，天不助亂，我幸而獲勝，此後萬端待理，大同底定，更未知何日？我公高掌遠跖，何以見教？萬冀不遺，進而爲具體之商榷，則公私之感，寧復有暨。精衞初擬返奧報命，後以俄事及敵方緊急，乃電囑其先赴尊處，唯有以教及之。此覆，即頌勳祺。孫文中華民國十二年五月三日國父全書文三七頁

致張作霖告討賊軍情並派葉恭綽前來面洽函

雨亭總司令大鑒：自去年陳烱明聽吳佩孚嗾使叛亂於後方，致我北伐之師中道挫折，因而致奉天師旅亦不克掃蕩燕雲，擒斬國賊，良用爲憾。失敗而後，隻身到滬，猶奮我赤手空拳與吳賊決鬥。一年以來，屢蒙我公資助，得以收拾餘燼，由閩回師，又得滇軍赴義，川民逐吳，遂將國賊在西南之勢力，陸續捕滅，而廣州根本之地得以復還，此皆公之大力所玉成也。惟得廣州之後，殘破之餘，元氣一時難復，而財政之困，日以迫人，以致不能速於掃蕩，竟使叛逆尙得負隅東江，爲患至今。而吳佩孚、齊燮元近日濟以大幫餉彈，逆賊得以傾巢來犯，……幸將士用命，將敵人主力完全擊破，廣州得轉危爲安。從此廣州內部平定可期，而北伐計劃亦可以施行矣。故特派葉譽虎前來領教一切，並詳報各情，到時幸賜接洽爲盼。並候大安。孫文十二年十一月二十五日

國父全書八四〇——一頁

十一、權勢之伸張——十三年十二月十日，段執政令裁撤各省巡閱使，以張作霖自請解除東三省巡閱使，令嘉之。仍令張節制指揮東三省軍政。並令張作霖督辦奉天軍務善後事宜，張作相、吳俊陞督辦吉林、黑龍江軍務善後事宜。十一日發表李景林督辦直隸軍務善後事宜，闞朝璽爲熱河都統。十四年一月七日發表張作霖督辦東北邊防屯墾事宜。又以張宗昌爲蘇皖宣撫第一軍旅長，韓麟春爲蘇皖宣撫第二軍旅長（未成立）歸蘇皖宣撫使盧永祥指揮，進軍江蘇擊敗齊燮元後，於十四年一月發表張宗昌爲蘇皖魯勦共總司令，四月二十四日任張宗昌督辦山東事務善後事宜，姜登選爲蘇皖魯勦共總司令。八月二十九日發表楊宇霆、姜登選督辦江蘇安徽軍務善後事宜。自戰勝曹、吳，北起熱河，南迄蘇皖悉入東北軍範圍。

十二、實力之增長——奉軍在十三年戰後之增加，可分五部：一、爲李景林部

。李任直隸督辦，除原屬之暫編奉天陸軍第一師外，同時增編直隸陸軍第一第二第三第四第五混成旅，以王丕煥、馬瑞雲、張憲、胡毓坤、朱益清為旅長，原屬第一師之邢士廉旅調江蘇，又增添兩個旅，後編為第十九師。二、為張宗昌部。張原為第三軍旅長，攻下凌源後：即升張為暫編奉天陸軍第二師師長，至進入冷口佔領灤州，收編直軍為東北陸軍第二十八、第二十九、第三十一、第三十二等四個旅及原有之第三旅，是時第二師直轄為五個旅。迨張宗昌自蘇皖魯勦共總司令移督山東：復將駐山東之陸軍第五師、第二十、第四十七混成旅及山東陸軍旅二第四第六等三個混成旅，收歸已有。三、為張學良部。第一第三聯軍攻下秦皇島降直軍及熱河降軍共五萬餘，收編為六個旅，特設京榆駐軍司令部，張學良為司令，郭松齡為副司令，司令部駐天津，部隊則分佈在京奉線東自錦州西至廊房。四、為在江蘇之部隊。張宗昌所屬之王棟第三十一旅，歸張指揮之蔡平本第二十五旅，邢士廉第二十四旅，仍留駐鎮江、南京、上海。旋蔡旅擴編為第八師，邢旅擴編為第二十師，均歸江蘇督辦楊宇霆指揮。五、為在東三省與熱河之部隊，亦畧有增加。

十四年五月將東北勢力範圍內之部隊重作整理，編為二十個師統稱為東北軍。其番號兵力如下：

番號	主官
東北陸軍第一師	李景林
第二十三旅	竇聯芳
第四十旅	王賓
東北陸軍第二師	張宗昌
第三旅	褚玉璞
第二十八旅	程國瑞
第二十九旅	許琨
第三十一旅	王棟
第三十二旅	畢庶澄
東北陸軍第三師	闞朝璽
第一旅	袁永朔
第四十一旅	劉山勝
東北陸軍第四師	張學良
第十九旅	欒雲奎
第二十七旅	宋九齡
東北陸軍第五師	趙恩臻
第十二旅	孫旭昌
第三十三旅	范浦江
東北陸軍第六師	郭松齡
第二旅	劉偉
第三十四旅	陶經武
東北陸軍第七師	高維嶽
第五旅	劉維勇
第六旅	劉振東
東北陸軍第八師	丁喜春
第二十五旅	錢忠山
第三十五旅	田德勝
東北陸軍第九師	汲金純
第十四旅	楊德生
第三十六旅	李夢庚
東北陸軍第十師	齊恩銘
第十六旅	溫瓚玉
第三十七旅	劉連瑞
東北軍第十一師	湯玉麟
第七旅	張龍文
第三十八旅	孟昭田
東北陸軍第十二師	裴春生
第四旅	霽雲
第三十九旅	朱繼先
東北陸軍第十三師	張九卿
騎兵第三旅	蕭國慶
騎兵第六旅	武漢卿
東北陸軍第十四師	穆春
騎兵第一旅	徐永和
騎兵第七旅	王永清
東北陸軍第十五師	張作相
第十旅	張作舟
第二十六旅	邢占清
東北陸軍第十六師	于琛澂
騎兵第十旅	趙芷香
騎兵第十四旅	楊遇春
東北陸軍第十七師	萬福麟
騎兵第四旅	張殿九
騎兵第五旅	馬占山
東北陸軍第十八師	吳俊陞
第十五旅	梁忠甲
第二十二旅	石得山
東北陸軍第十九師	李爽塏
第四十二旅	榮臻
第四十三旅	朱同勳
東北陸軍第二十師	邢士廉
第二十四旅	劉翼飛
第四十四旅	趙鳴皋
東北陸軍第八旅	丁超
東北陸軍第九旅	陳玉崑
東北陸軍第十三旅	吉興
東北陸軍第十七旅	張明九
東北陸軍第十八旅	張煥明
東北陸軍第二十一旅	李振聲
東北陸軍第三十旅	齊占九
東北陸軍騎兵第二旅	彭金山
東北陸軍騎兵第八旅	于芷山
東北陸軍砲兵第一旅	鄒作華
東北陸軍砲兵第二旅	魏益三
東北陸軍工兵團	柏桂林
東北陸軍輕重兵團	牛元峰
東北空軍司令	張學良
東北海軍司令	沈鴻烈

第四、東北軍的離合

十三、東北軍分裂——東北勢力範圍，雖日趨龐大，但外則有李景林、張宗昌積極擴充實力，蓄意各成一系，自作主張，內則有學派新舊之分，相激相盪，暗潮時起。至郭松齡變作，李景林亦通電脫離奉天關係，並電勸張作霖下野，張宗昌則全軍守衛山東而稱直魯聯軍。分裂之勢已

成，以前之整齊統一局面，則不存在。

十四、郭松齡倒戈——郭松齡由張學良之推許，始爲張作霖所信任，東北軍之精銳，均在張學良、郭松齡掌握，頗有舉足輕重之勢。楊宇霆、姜登選忌其寵，亦異其派系，遂與郭互謀傾軋，積不相容。當決定楊宇霆爲江蘇督辦的前夕，李景林、郭松齡、張學良猶聯合向作霖具申意見：將張宗昌調江蘇、李景林調山東，姜登選爲安徽督辦，而由張學良任直隸督辦，以控制京輔，屏藩遼東。按其局勢，雖不失爲有識見之建議，然實含有爭奪權力之意圖。至孫傳芳襲擊蘇皖，楊宇霆、姜登選棄職北上，張作霖重作軍事部署，召郭松齡囘瀋會議時，郭已先聯合馮玉祥，簽訂密約，繼得李景林之贊助，乃於十四年十一月二十二日，在灤州電勸張作霖息戰下野，以政權交張學良，並通電攻擊楊宇霆，捕殺姜登選，班師出關，倒戈反張。同時將原有之第四第五第六第七第十第十二師，砲兵第一第二兩旅，改編爲五個軍（原任師長趙恩臻、高維嶽、齊恩銘、裴春生及旅長孫旭昌送交李景林看管），稱東北國民軍。郭自任總司令，派宋九齡爲前敵總指揮，鄒作華爲參謀長，劉振東、劉偉、范浦江、霽雲、魏益三爲第一第二第三第四第五軍軍長。

十一月二十三日，郭軍即沿京奉線進軍，擊敗張作相、韓麟春、汲金純、湯玉麟等部，在山海關、綏中、錦州、黑山等地之逐次抵抗，於十二月六日攻佔錦州，二十一日攻佔新民。張作霖則調集後方及吉黑兩省部隊，派吳俊陞爲討逆軍總司令，兼右翼軍司令，張作相爲左翼軍司令，張學良爲前敵總指揮。十二月二十二日兩軍沿巨流河對戰。所謂郭軍原是張軍，官兵對張學良有信仰、有感情，聞知張在前線，郭軍戰意消失，軍心動搖，大部向張學良投降，且白旗堡被吳部騎兵襲擊，後路截斷，郭松齡遂完全失敗，於二十三日換衣逃遁，二十四日經騎兵第七旅王永清俘獲，在解瀋陽途中被槍決。失敗之速，死事之慘，無出其右者。

同時，李景林因國民第二第三軍壓迫，心有不安，復以許蘭洲之疏解，乃改變態度，於十二月二日，釋放郭松齡解津拘禁之奉師旅長，並與張宗昌聯絡，組織直魯聯軍，拒絕馮玉祥軍假道援郭。此爲郭松齡慘敗之又一原因。

事變後，張作霖以罪只限郭松齡一人，仍用原有幹部即日將部隊改編完。唯魏益三所屬步兵兩團，砲兵一團，因遠在山海關，則投向馮玉祥。

十五、東北軍復合——東北軍於十五年一月十七日攻克山海關後，即決定對馮玉祥作戰，分向熱河及灤州進攻，三月五日佔領灤州，四月六日佔領承德。直魯聯軍聞奉軍已得灤州，即進攻天津，於三月二十三日佔領天津。馮玉祥下野，準備去俄國，國民一軍由張之江統率。張作霖於三月二十九日入關抵秦皇島，召集李景林、張宗昌、張學良、韓麟春，會商作戰計劃，決定以褚玉璞爲直隸督辦、湯玉麟爲熱河都統，李景林、張宗昌、張學良、韓麟春爲鎮威軍第一第二第三第四方面軍團團長，分三路向北京進攻，四月十八日佔領北京；馮玉祥部向南口及張家口退却。李景林在此次變局中，二三其德，不見諒於各方，於十五年六月離職，所部整編爲第十七軍，由榮臻任軍長、胡毓坤爲副軍長，隸屬於第三方面軍團。這是郭松齡事變其間，歷經錯綜複雜情況之後，東北軍的復合。

第五、東北軍的變化

十六、和吳及聯閻——吳佩孚於十四年十月二十日，在漢口就十四省聯軍總司令，因張宗昌關係，移討奉爲討馮，遣使於奉；張作霖亦於十五年一月五日電吳表示諒解，遂結同盟之好，共同支持北京政權，當向北京進攻時，吳曾派田維勤軍協助。閻錫山頗受馮玉祥的壓迫，亦曾派兵對保定及平綏路上之豐鎮作進攻姿態。奉直既棄嫌修好，晉已啓釁於國民軍，勢必依附奉直，因而形成張、吳、閻聯合以討馮之局面。

十五年六月三日起，奉直晉三方面軍隊，先後由吳佩孚、張宗昌統一指揮，分路向南口、張家口進攻。自八月十四日，于珍軍攻佔南口，吳俊陞部騎兵亦佔領多倫，田維勤、靳雲鶚軍及商震部亦相繼攻佔懷來、大同、豐鎮等地。馮玉祥部倉皇向平地泉，包頭總退却，秩序凌亂，幾不成軍。馮部之韓復榘、石友三、鄭金聲，且向閻錫山投降，改編爲晉軍三個師。東北軍劉震東旅於十二月二十五日佔據包頭，十六年一月四日進抵五原，國民軍退至陝、甘，西北戰事，始告平息。即發表高維嶽爲察哈爾都統，商震爲綏遠都統。

至於北京政局，自十五年四月九日，北京政變（馮玉祥策動），鹿鍾麟以警備總司令名義宣佈段祺瑞罪狀，釋放曹錕後，段於四月二十日下野，由吳光新護從走天津，臨行前發佈命令，任胡惟德兼署國務總理，攝行臨時執政職權。嗣經張、吳幾次會商，解決時局問題，迄未達成協議，遂由顏惠慶，杜錫珪、顧維鈞，遞次爲攝政內閣，以維持政局。

十七、組織安國軍——國民革命軍在十五年九、十月已深入鄂、贛，底定福建。吳佩孚於八月二十五日自北京回到漢口坐鎮。孫傳芳則感四面楚歌，應付困難，即於十一月十九日從南京微服至天津，向張作霖求援。會商結果，是將東北軍全部及張宗昌之直魯聯軍，孫傳芳之五省聯軍

軍政府組織系統及戰鬥序列如下：

海陸軍大元帥 張作霖

- 國務總理 潘復
  - 內務 沈瑞麟
  - 外交 王蔭泰
  - 軍事 何豐林
  - 財政 閻澤溥
  - 實業 張景惠
  - 農工 劉尚清
  - 司法 姚震
  - 教育 劉哲
  - 交通 潘復
- 陸軍第一方面軍團 軍團長 孫傳芳
  - 第一軍 孫傳芳
  - 第二軍 鄭俊彥
  - 第三軍 李寶璋
- 陸軍第二方面軍團 軍團長 張宗昌
  - 第一軍 張宗昌
  - 第二軍 張敬堯
  - 第三軍 程國瑞
  - 第四軍 方永昌
  - 第五軍 王棟
  - 第七軍 許琨
  - 第八軍 柴雲陞
  - 第十一軍 吳奠卿
  - 第十二軍 寇英傑
  - 第十三軍 劉志陸
  - 第十五軍 陳文釗
  - 第二十二軍 許寶祥
  - 第三十軍 毛思義
  - 第三十一軍 武衍周
- 陸軍第三方面軍團 軍團長 張學良
  - 第八軍 萬福麟
  - 第九軍 高維嶽
  - 第十軍 王樹常
  - 第十一軍 富雙英
  - 第二十軍 于學忠
  - 砲兵軍 鄒作華
- 陸軍第四方面軍團 軍團長 韓麟春 楊宇霆代
  - 第十五軍 汲金純
  - 第十六軍 胡毓坤
  - 第十七軍 榮臻
  - 第二十九軍 戢翼翹
  - 預備軍 富占魁
- 陸軍第五方面軍團 軍團長 張作相
  - 第十二軍 湯玉麟
  - 第三十軍 于芷山
  - 第三十一軍 鄭澤生
  - 第十五師 張作相
- 陸軍第六方面軍團 軍團長 吳俊德
  - 第十六師 于琛澂
  - 第十八師 吳俊陞
  - 第九旅 陳玉崑
  - 第十三旅 吉興
  - 第十七旅 張明九
  - 第十八旅 張煥相
  - 第二十一旅 李振聲
  - 第三十旅 齊占九
  - 騎兵第二旅 程志遠
- 陸軍第七方面軍團 軍團長 褚玉璞
  - 第六軍 徐源泉
  - 第十四軍 孫殿英
  - 第十五軍 褚玉璞
  - 第十六軍 袁振青
  - 第十七軍 曲同豐
  - 第二十軍 李藻麟
  - 第二十一軍 王振
  - 第二十三軍 楊清臣
  - 第二十八軍 紀元林
- 海軍總司令 張宗昌 副司令 沈鴻烈
  - 海軍第一艦隊司令 沈鴻烈
  - 海軍第二艦隊司令 吳志馨
- 空軍司令 周培炳

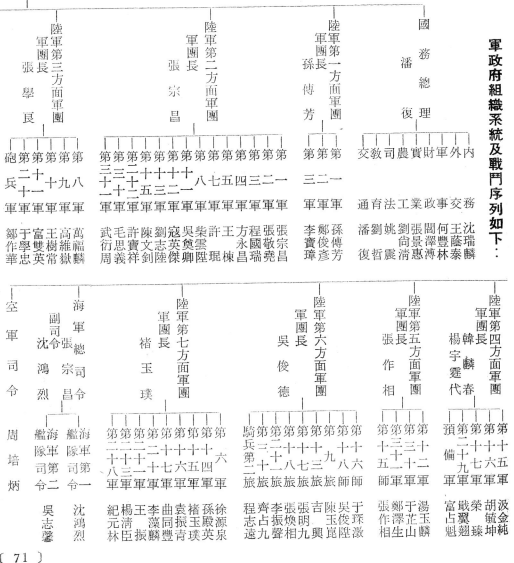

，閻錫山之晉軍，合組為安國軍。且徵求吳、佩孚的同意，於十一月三十日，由孫傳芳、張宗昌、關錫山、商震、劉鎮華、寇英傑、褚玉璞、張作相、吳俊陞等十六將領，聯名通電：為統一指揮起見，推戴張作霖為安國軍總司令，統馭羣帥。張於十五年十二月一日在天津就安國軍總司令職，即任孫傳芳、張宗昌、關錫山為副司令，組織大規模之總司令部，並設置外交、政治、財政三討論會。張宗昌於十二月三日在濟南就安國軍副司令職，仍兼直魯聯軍總司令，孫傳芳於十月四日在南京就安國軍副司令職，仍兼五省聯軍總司令，關錫山則於十二月二十日在太原就安國軍副司令職。安國軍作戰計劃，是以重兵進入河南援助吳佩孚反攻湖北。閻部固守晉綏，嚴防馮玉祥再舉。直魯聯軍配合渤海及東北兩艦隊，進出南京、上海協助孫傳芳抵抗北伐軍，張、孫復在南京設立聯合軍司令部。

十八、成立軍政府——十六年二月張學良、韓麟春之第三第四方面軍團進入河南支援吳佩孚。孫傳芳、張宗昌兩部在杭州、南京沿長江一帶被國民革命軍擊敗，於三月底先後退過江北。吳佩孚殘部勢窮力蹙，逼處河南中、南部。在此情況之下，安國軍幹部會議，決議，先解決政治問題，由孫傳芳等全體將領於十六年六月十六日發佈通電，推舉張作霖為海陸軍大元帥，組織軍政府。張於六月十八日在北京就海陸軍大元帥職，即准顧維鈞辭去攝政內閣總理。另任潘復為軍政府國務總理，並任命國務員：內務沈瑞麟、外交王蔭泰、軍事何豐林，財政閻澤溥，實業張景惠、農工劉尚清、司法姚震、教育劉哲、交通潘復。同時，為簡化軍事指揮系統，廢除以前各種名稱，任孫傳芳、張宗昌、張學良、韓麟春、張作相、吳俊陞、褚玉璞為第一第二第三第四第五第六第七方面軍團軍團長。張宗昌為海軍總司令，沈鴻烈為副司令兼海軍第一艦隊司令，吳志馨為海軍第二艦隊司令。周培炳為空軍司令。

第六、東北軍的出關

十九、各方情況不利——十六年四月十八日國民政府奠都南京。先是馮玉祥於十五年九月自俄國回抵五原，就國民革命軍聯軍總司令，即令全軍繞道甘肅援陝，擊破圍攻西安之劉鎮華軍，於十六年五月進佔潼關。閻錫山改變態度，於十六年六月六日就國民革命軍北方軍總司令職。吳佩孚殘部分散，吳本人則於十六年七月二日自南陽往四川依靠楊森。而張學良、韓麟春第三第四方面軍團，擊敗河南雜軍，進出洛陽、西平、上蔡以後，即受到北伐軍唐生智、張發奎兩軍之猛烈攻擊與馮玉祥、關錫山的側背威脅，遂於十六年五月，撤至鄭州、開封，旋又撤至黃河以北。孫傳芳、張宗昌、褚玉璞之第一第二第七方面軍團，對南京、安慶之反攻，亦均失利，於十六年五月先退至蚌埠、臨淮、徐州，六月二日則撤到蘇魯交界地區。嗣以寧漢分裂，北伐軍事受有影響，孫、張兩方面軍團又於十六年七月二十五軍佔據徐州。孫傳芳部即分兩路南下，一由津浦線攻蚌埠、浦口，一由宿遷侵淮陰、鎮江。至八月二十六日分路渡過長江，向南京進攻。於九月一日，經國民革命軍第一第七兩軍擊潰，殘部均退至江北，損失慘重，隨即連同徐州之張宗昌部，退守山東。

二十、五九通電息兵——十七年一月，國民革命軍繼續北伐。北京軍政府召集軍事會議，決定以第一第二第七方面軍團沿津浦線取守勢，第五第三第四方面軍團沿京綏、京漢兩路線，將閻錫山、馮玉祥兩軍採取攻勢，造成五三慘案，張作霖鑒於內外情勢嚴重，乃力排衆議，於五月九日通電籲請南中息兵，以免為外患所乘，陷國家於危亡之域。同時令第一第二第七方面軍團撤至德州、滄州，第三第四方面軍團撤至保定，第五方面軍團撤至張家口、宣化一帶，均取守勢。

二十一、六二通電撤兵——張作霖在十七年五月審勢量力，並慮及東北外患後顧之憂，乃決定退出北京，全師出關，且毅然拒絕日人之誘脅，決不引外力以求自固。即於六月一日，接見公使團及紳商法

國代表話別，後應九各代表要求留鮑毓麟旅在北京維持治安。二日發表通電聲明：「中央政務交國務院攝理，軍事歸各軍團長負責，國事悉聽國民裁決，……所冀中華國祚不自我而斬，共產惡化不自我而興……」。於六月三日晨一時離開北京，六月四日晨五時十分回瀋專車，行至皇姑屯京奉南滿鐵路交义處，日本關東軍陰謀預置炸彈爆發，俊陞當時炸死，張作霖身負重傷，旋即殞命。

二十二、撤兵經過情形——孫傳芳、張學良、楊宇霆於六月三日，同車離開北京，經天津赴灤州，指揮各部撤退。張作相第五方面軍團，湯玉麟部撤往熱河，其餘向山海關、錦州撤退。孫傳芳第一方面軍團除鄭俊彥部經北伐軍收編外，僅有兩個師，隨同張學良、楊宇霆之第三第四方面軍團向灤河以東撤退。張宗昌、褚玉璞之第二第七方面軍團，集結天津附近，猶豫未定，俟徐源泉向閻錫山輸誠，張褚始於六月十二日率殘部五萬餘人，自天津向古冶、灤州撤退，還想另作圖謀。嗣經楊宇霆取得灤河西岸北伐軍的諒解，即指揮胡毓坤、王樹常、于學忠各軍，在灤河以東經十日之激戰，方將張、褚各部繳械收編。張宗昌由秦皇島轉去大連，褚玉璞、孫傳芳均赴瀋陽，更北軍之撤退，即告完成。

二十三、張學良就東三省保安總司令——張學良於十七年六月十八日抵瀋陽，十九日就任奉天軍務督辦，萬福麟被派爲黑龍江軍務督辦。張復於七月四日，就任經東三省議會聯合會推舉之東三省保安總司令職，曾表示停止軍事，休養生息，決不妨害統一。並積極解決由關內撤回之部隊及原在東三省的軍隊，以旅爲單位，澈底改編，仍稱東北軍。其番號兵力駐地如下：

番號	主官	駐地	備考
東北陸軍第一旅	王以哲	瀋陽	
東北陸軍第二旅	丁喜春	黑山	
東北陸軍第三旅	何柱國	義縣	
東北陸軍第四旅	劉翼飛	興城	
東北陸軍第五旅	董英斌	錦州	
東北陸軍第六旅	李振唐	綏中	
東北陸軍第七旅	趙維楨	五常	
東北陸軍第八旅	丁超	長春	
東北陸軍第九旅	李杜	依蘭	
東北陸軍第十旅	張作舟	永吉	
東北陸軍第十二旅	張延樞	錦州	
東北陸軍第十三旅	吉興	延吉	
東北陸軍第十四旅	徐永和	開原	
東北陸軍第十五旅	梁忠甲	滿洲里	
東北陸軍第十六旅	應振復	彰武	
東北陸軍第十七旅	韓光第	海拉爾	
東北陸軍第十八旅	張煥相	哈爾濱	
東北陸軍第十九旅	孫德荃	盤山	
東北陸軍第二十旅	黃顯聲	洮南	
東北陸軍第二十一旅	李振聲	寧安	
東北陸軍第二十三旅	馬延福	山海關	
東北陸軍第二十四旅	黃師嶽	遼原	
東北陸軍第二十五旅	孫旭昌	遼陽	
東北陸軍第二十六旅	邢占清	哈爾濱	
東北陸軍第二十七旅	劉乃昌	山海關	
東北陸軍騎兵第一旅	郭希鵬	新民	
東北陸軍騎兵第二旅	程志遠	泰來	
東北陸軍騎兵第三旅	張樹森	新立屯	
東北陸軍騎兵第四旅	常堯臣	長嶺	
東北陸軍騎兵第五旅	李福和	開魯	
東北陸軍騎兵第六旅	白鳳翔	通遼	
東北陸軍砲兵第一旅	王和華	北鎮	
東北陸軍砲兵第二旅	喬方	北鎮	
東北陸軍砲兵第三旅	劉翰東	北鎮	
東北陸軍工兵司令	柏桂林	瀋陽	
東北陸軍輜重兵司令	牛元峯	新民	
東北空軍司令	張學良	瀋陽	
東北海軍司令	沈鴻烈	葫蘆島	
黑龍江陸軍步兵第一旅	蘇炳文	海倫	
黑龍江陸軍步兵第二旅	王南屏	訥河	
黑龍江陸軍步兵第三旅	馬占山	黑河	

第七、東北軍奉令改編

二十四、張學良任東北邊防司令長官——張學良懍於家仇國難，毫不理會日本的多次警告及多方阻撓，毅然決然的於十七年十二月二十九日宣佈東北同時易幟，舉遼吉黑熱四省，以服從國民政府，助成中國之統一。國民政府於三十日任命張學良爲東北邊防司令長官，張作相、萬福麟爲副司令長官。翟文選、張作相、常蔭槐、湯玉麟爲遼寧、吉林、黑龍江、熱河省

政府主席。

東北軍亦納入國軍系統指揮之下，二十年來之東北軍，遂成歷史上名詞矣。

中央將東北軍改編為國軍統一編制番號如下：

番號	主官
陸軍獨立第八旅	王以哲
陸軍獨立第七旅	丁喜春
陸軍獨立第九旅	何杜國
陸軍獨立第十旅	劉翼飛
陸軍獨立第十一旅	董英斌
陸軍獨立第十二旅	張廷樞
陸軍獨立第十三旅	李振唐
陸軍獨立第十四旅	陳貫羣
陸軍獨立第十五旅	姚東藩
陸軍獨立第十六旅	繆澂流
陸軍獨立第十七旅	黃師嶽
陸軍獨立第十八旅	杜振武
陸軍獨立第十九旅	孫德荃
陸軍獨立第二十旅	常經武
陸軍獨立第二十一旅	李振聲
陸軍獨立第二十二旅	趙芷香
陸軍獨立第二十三旅	丁超
陸軍獨立第二十四旅	李杜
陸軍獨立第二十五旅	張作舟
陸軍獨立第二十六旅	邢占清
陸軍獨立第二十七旅	吉興
陸軍獨立第二十八旅	蘇德臣
陸軍獨立第二十九旅	王永盛
陸軍獨立第三十旅	于兆麟
陸軍第三十六師	湯玉麟
陸軍第一〇六師	董福亭
陸軍第一〇八旅	孟昭田
陸軍騎兵第一旅	郭希鵬
陸軍騎兵第二旅	程志遠
陸軍騎兵第三旅	張樹森
陸軍騎兵第四旅	常堯臣
陸軍騎兵第六旅	白鳳翔
陸軍獨立砲兵第六旅	王和華
陸軍獨立砲兵第七旅	喬方
陸軍獨立砲兵第八旅	劉翰東
東北空軍司令	張煥相
東北海軍司令	沈鴻烈

二十五、東北軍改編後之行動——十八年八月，因收回中東路權問題，中、俄交涉決裂，東北邊境多處衝突。張學良為增兵國境，乃編成東北邊防第一、第二兩軍，派王樹常、胡毓坤為軍長，開進哈爾濱及扎蘭屯。十一月十七日蘇俄步騎兵三萬餘配有飛機坦克大砲，向滿洲里及扎蘭諾爾進犯，勢極兇猛，我軍奮起應戰，防邊守土，卒挫強敵，第十七旅旅長韓光第，即在扎蘭諾爾殉國。十九年閻、馮叛變，張學良力排日本的干涉，於九月十八日通電申討，派兵入關，閻，馮瓦解，中國復歸於統一。

爾後即參加抗戰剿匪各戰役，另載國軍戰史，以時間不在本文範圍以內，故從略。

第八、張作霖的幾事

二十六、搜查蘇俄大使館消弭赤禍陰謀——張查知蘇俄大使館收容中國共產黨圖謀擾亂治安，即於十六年四月六日密令北京武裝警察會同憲兵，得使團同意，進入北京東交民巷使館區，將蘇俄大使館包圍，搜索附屬之遠東銀行及中國鐵路辦事處，拘捕中、俄共產黨徒李大釗等六十餘人，檢出蘇俄赤化中國的重要文件幾十箱，並在大使館武官室搜出蘇俄軍事專家及密探之中國軍事報告全部（同時搜查東三省及天津俄國總領事館，亦獲有蘇俄陰謀文件）。蘇俄大使即訪顧維鈞抗議，顧託詞未接見，七日蘇俄大使向顧抗議，稱：軍警入使館房屋，事屬非常，違反國際公例，侵犯使館尊嚴。顧維鈞同時向俄大使抗議，謂：收容中國共產黨，謀紊亂治安，為國際公法所不許，且違反「中俄協定」。當即成立特別法庭，採證據主義，審判由俄使館拘捕之共產黨徒，於六月二十八日經審判長何豐林宣判：李大釗、路友于二十人死刑。舒啓昌等四人各處徒刑十二年，李雲貴等六人各處徒刑二年。俄人奧紐夫等十九人送京師高等檢查廳另行審判。這一轟動中外之搜查蘇俄大使館事件，就這樣告一段落。

二十七、保存故宮文物——在北方政局動亂中，張對於故宮文物，竭力保存，其個人既未豪奪，更未巧取，此雖屬當然之事，但衡之北京政府首腦人物中，有此光明磊落之行徑者，尚不多見。

國父與外國友人

何其坦

每年到了十月份，國人常喜說：「光輝的十月！」讓十月發光的人就是 國父。這裏想簡述平日不太常爲大家讀到的國父與外國人，或外國人與 國父之間軼事，以表迎接光輝十月的心意。

民國三十七年夏天，我乘中興輪由上海來臺灣，在船上聽到一則廣播報導，說歐美人士選出了本世紀前五十年中世界十大偉人。 國父孫中山先生被列入十大偉人名單。報導引述 國父當選世界十大偉人的理由是：他以一個人的奮鬥，改變了全球四分之一人口的生活方式，同船的人聽到這項廣播，多顯得「與有榮焉」，感到國父留給後人的德澤，怕是比中興輪下湛藍的海水要深廣得多了。

和 國父同時爲建立民國奮鬥的，固然多有人在，那些人却多是被 國父喚醒的。竊嘗想，中國而有 國父這樣的人出生，漢唐以前，差堪比擬的人寥寥可數，漢唐而後，一人而已。如今他又得到國際人士如此崇高的推重，實在不是偶然的事。國父手創的三民主義，顯然已成了亞非拉丁美洲國家救國建國的指標，相形之下，與 國父同時在世的，其他國家的領袖人物，爲世界人民留下了什麽？

張其昀先生在「國父全書」序文中提到這樣一件事：

「民國三十年五月，美國駐華公使詹森，在今 總統蔣公餞叙席上，作臨別贈言，曾以我國的三民主義，列爲世界四大文獻之一，其次序如左：

一、耶教聖經「登山寶訓」。

二、英國大憲章。

三、美國獨立宣言。

四、孫中山先生所創造之三民主義。

張先生還說：「詹森公使旅華卅餘年，對中國文化有深刻瞭解，故能高瞻遠矚，其所言極富於史識。」

外國人士對於 國父的尊崇，較之國人，並無遜色，他們的識見，或有和我們不同，值得我們參考的地方。我們看 國父自述他革命的緣起，不禁想到這樣的一點認識： 國父一方面把世界的新思潮引入中國人生活之中，一方面又把中國文化，用世界新思潮爲尺度，加以升高和評價，加以融合與運用。他主要的創造之一在此。三民主義不正是他比較政治學研究的結晶嗎？

國父革命思想的產生，顯然是與受了外國人現代化作爲的衝激有關。 國父自述他新思想的發源說：「我之思想發源地即爲香港。至於如何得之，則三十年前（此言是 國父民國元年在嶺南學堂的演講。）在香港讀書，暇時輒閒步市街，見其秩序整齊，建築閎美，工作進步不斷，腦海中有甚深之印象。」

國父接着說：「我每年回故里香山二次，兩地相較，情形迥異。香港整齊而安穩，香山反是。我在里中時，竟須自作警察以自衛，時時留意防身之器完好否。默

念香山香港，相距五十英哩，何以如此不同？外人能在七八十年間，在島上成此偉績。中國以四千年之文明，乃無一地如香港，其故安在？」

接下去，國父談到他曾一度勸故鄉父老，對家鄉建設從事小規模的改革。父老們却無動於中。他不得已利用放假的時候，同鄉自力進行，翻修道路。可是修路一涉及隣村的土地，就發生糾紛。他又把這個意見，呈請縣令支持進行。縣令答應在國父下次假期來臨時，協力相助，豈知，當下次假期來到，香山的縣令已經換了新人。新任縣令是花五萬元銀幣買得此官，如何肯出錢支持國父築路？國父不得已，只得懊喪的囘到香港。「由市政之研究，進而爲政治之研究」，這才由英國人的政治革命史實中，找出了應走的道路。他想：「曷爲吾人不能改革中國之惡政治耶？」

國人皆知，國父革命之見於行動，是受了日人侵畧中國，清廷戰敗，簽訂馬關條約，割讓臺澎一事的巨大刺激，因憤而去檀香山成立了興中會。不久，香港也有了興中會的分會。興中會香港分會的成立，是國父當時受了上海同志宋躍如先生的函促。宋躍如先生即蔣夫人的尊翁，當年襄助革命的有力人士。國父到了香港，就打算襲取廣洲爲根據地，開始向清政府發動攻擊了。**國父的做法之一，是**「設農學會於羊城（廣州）」。

提到國父革命期間，得到外人的協助，大家會先想到參加惠州之役的那些日本人。事實上，外人參加襄助革命最早的外人之一，是美國的化學工程師奇列。國父叙述第一次廣州之役的情形說：「當時贊襄幹部事務者，有鄧蔭南、楊衢雲、黃詠裳、陳少白等。而助運籌於羊城機關者，則陸皓東、鄭士良，並歐美技師及將校數人也。」國父這裏提到的歐美技師之一，就是奇列。

關于廣州之役，此處可順帶一提的，是起義的時間，恰好是一八九五年的十月廿六日，算農曆是九月九日重陽節。距離現在首尾已八十年。

美國化學師奇列進入廣州農學會工作，說明了國父領導的革命，一開始就有外國友人參與其間。這並不是說國父的革命需要依靠外人，而是國父的革命思想、目標，以及他個人的人格感召力，是有其世界性，是走在時代先頭的。

國父在廣州起義失敗之後，先到香港，二日後，來不及和當時正在香港的康德黎握別，就乘日輪廣島丸到日本神戶，稍作停留，又轉往橫濱。同行的人，有鄭士良和陳少白二位先生。

在神戶時，有一事畧可一說：國父和陳少白等到了神戶，見日本報紙上登有一則來自長崎的電訊說：「支那革命黨孫文陳少白過港。」（引自田桐先生「革命閒話」）陳少白一見大驚，把報紙拿給國父看，並且說：我等以起義爲造反。想做皇帝，才叫做革命，怎麽日本人稱咱們的起義爲革命呢？國父一聽，應聲撫掌笑着說：好，好，好！從今以後，我們只說革命，不說造反了。

國父在橫濱沒有停留多久，就決定去美國，因爲當時國內風聲頗緊，返國無期，不如趁機會出去走走，以廣見識。行前，他索性斷長髮，易洋裝，裏外都是一個新的人了。另外，他還介紹陳少白認識他的日本友人菅原傳。國父記這件事的經過說：「少白則獨留日本，以考察東邦國情。予乃介紹之於日友菅原傳，此友爲往日在檀所識者。後少白由彼介紹於曾根俊虎，由俊虎而識宮崎彌藏，即宮崎寅藏之兄也。此爲革命黨與日本人相交之始也。」

菅原傳是國父在檀香山讀書長住時候結織的一位基督教傳教士，初不料他竟成了國父後來在日本結織革命志士的媒介人物。

國父在離開檀島之後，仍與菅原保持連絡，可見是有心人，他與菅原的在日本相會，並不只是巧合或偶然的事。

國父離開日本之後，在檀島遇見老師

國父在美國本土由西向東走了一趟，停留的時間不算太久，却在華僑社會把革命思想的種子悄悄的播下了。另一方面，這也使他更加招致了清廷的注意，因而才發生了稍後倫敦蒙難的事。

國父在倫敦蒙難的事，大家都熟知了。這裏只根據 國父自撰的「倫敦被難記」，畧叙兩件小事，以見 國父當時已成了英國老少所崇仰的人物了。 國父說：

「康德黎君挈吾歸，相見之悲喜，接待之殷摯，自不待言，康德黎君夫婦等，咸舉杯爲吾頭顱壽，是晚，求見者弗絕，至深夜始得就寢。此一宵睡夢之酣，實爲予有生以來所罕有。連睡至九小時，忽爲樓上羣兒跳號之聲所驚醒。但聞康德黎君之長子名坎斯者，謂其弟妹曰：『柯靈，汝扮作孫逸仙，南兒，汝扮作馬凱尼，我則爲援救孫逸仙者。』未幾，喧嘩雜沓之聲大作，馬凱尼被撲於地矣、孫逸仙被援出險矣！於是笛聲嗚嗚，鼓聲鼕鼕，以示大赦罪之意。而合唱一歌曰：『不列顚之先鋒隊』。」

另外一件小事，是在清廷駐英使館工作的英籍僕人柯爾，柯爾在 國父出險之後，也成了新聞人物，他自知已不能見容於清廷外交官，乃自動辭職，不再繼續工作了。這時候，英人盛傳柯爾拿了 國父

國父爲了答謝他的幫助，把身上僅有的廿英鎊，勉強給了柯爾。柯爾後知 國父的艱難，加上英人的傳言紛紛，就把廿英鎊又去送還給康德黎先生，要他轉給 國父。這筆錢，後來還是由國父堅持送給了柯爾。成了一件讓英人津津樂道的感人故事。

國父因爲一度蒙難，反藉此結織不少英國人士。

國父說：「予自出險後，相識者漸衆，倫敦及倫敦以外之英人，多因此謬相推愛，頗極一時賓朋酬酢之樂云。」根據 國父的記載，他因爲倫敦蒙難所認識的人，除了一些不知道姓名的英人外，另有孟生博士其人。在報端撰文討論或聲援 國父蒙難一事的，有一位荷蘭教授楷文狄希先生，詹姆斯．G．胡特先生，香港中國郵報，及思比克報 The Speaker 等。爲清廷効力的英人馬凱尼，因此事備受指責。馬凱尼後來還曾經投書報紙自辯，連帶的說國父所言，並不可信。馬凱尼大約是僅有的和 國父結怨的一個英國人。

國父在倫敦蒙難之後，在英國停留了將近十個月的時間，這中間，他大部的時間，這中間，他大部份的時間是在大英博物圖書館去讀書。清廷的駐英使館特別僱了私家偵探，監視 國父的行動，按日向他們提出報告，所記的大都是 國父每天

進去，又什麼時候出來。國父在這段時間，認識了幾位不宜稱之爲朋友的俄國人。國父記述這一段經過說：

「有一次在圖書館內看書，遇到幾位俄國人，交談之後，知道彼此都是革命同志，俄國人便問起我來說：中國的革命，何時可以成功呢？我當時得了這句話之後，便不能回答。但是我那一次亡命到英國，雖是初失敗之後，沒有辦法，然捲土重來之氣正高，心中希望一二年內就要再舉，再舉又必期成功。不過，對那俄國人又不敢輕於答覆，故爲最穩健之回覆說：大約卅年可以。俄國人便驚訝起來說，你們那樣大的國家，發起革命，只要卅年便可成功嗎？我當時又問俄國人，你們俄國的革命，何時可以成功呢？他們答覆說，大約一百年後，可以成功，我們便大滿足……但是現在不能不奮高，如果現在不奮鬥，就是百年之後，也不能成功……我當聽了他們這番話之後，回想到我的答話，便覺得無以自容，因爲我在初失敗後本希望中國的革命，急於成功……及聽到他們的答話，知道他們的計劃穩健，氣魄雄大，加我好幾倍，所以我在當時，便非常慚愧。」

國父爲馬克斯共產主義，有深入的認識，是在這個時候，又恰巧遇見了這些俄國人，這意義在今天看來，是非常重大的

。因爲，當時的國父，心中對馬克斯已經有了批判的意見。他注意到俄國人的氣魄雄大，有百年革命的毅力，這一點值得今天的我們深思。這次中俄革命人物會面，可以說就是數十年後，世界上的兩個革命思想互爭勝負的初次接觸。在目前，共產主義的惡潮洶湧，來勢頗爲囂張可懼，殊不知，世界最新的思想趨向，却是三民主義，這由自由世界資本主義的弊病百出，想到社會福利經濟的重要，和共產世界的被迫修正其方向，可以證明。因此我們想，眞要是等到百年以後，（國父倫敦蒙難是一八九六年，遇見俄國人可能就在這年冬天或一八九七年春天，百年之後，正是本世紀的末尾——一九九七年。）世界上還有沒有共產當權，或至少是存在着，恐怕是一個未知數了。準此以觀　國父與俄國革命黨人在倫敦的相會，其象徵的意義，是很重大的。

這以後不久（　國父是於一八九七年六月離英赴加拿大，以後才到歐洲的。）

國父到了歐洲，在那裏一停就是兩年。

國父在這期間又結交了不少外國友人。他記着說：「倫敦脫險後，則到歐洲，以實行考察其政治風俗，並結交其朝野賢豪。兩年之中，所見所聞，殊多心得。始知徒致國家富強，民權發達，爲歐洲列強者，猶未能登斯民於極樂之鄉也。是以歐[illegible]永逸之計，乃採取民生主義，以與民族民權問題，同時解決，此三民主義之主張所由完成也。』

我們由　國父這一段話知道，　國父的思想，在他一開始認識了馬克斯主義之後，就超越了它，提出一種中國式的，在當時來說，應該是超時代的解決社會民生問題的新辦法，這正是　國父爲世人所不及的地方。

國父在歐停留了一二年之後，鑒於那裏還沒有華人在各國留學，華僑的人數極少，難以見到。他沒有鼓吹革命的對象，不得已，就在一八九七年的七月下旬，回到了東方的日本。因爲他覺得，日本是當時向中國人鼓吹革命，很適當的一個基地。

這一次到日本，　國父結交了更多的日本人。　國父記這次回日本的情形說：「抵日本後，其民黨領袖犬養毅，遣宮崎寅藏，平山周二人來橫濱歡迎，乃引至東京相會，一見如舊識，抵掌談天下事，甚痛快也。時民黨初握政權，大隈（重信）爲外相，犬養爲之運籌，能左右之。後經犬養介紹，曾一見大隈、大石、尾崎等，此爲予與日本政界人物交際之始也。隨而識副島種臣，及其在野志士如頭山、平岡、秋山、中野、鈴木等，後又識安川、犬塚、久原等，各志士對中國革命事業，[illegible]

國父在以下還提到其他的日本人。許師愼先生曾經把稍早和這次　國父所結識的日本志士考訂了一下，列出一份詳細的名單如次：

菅原傳　基督教傳教師。
曾根俊虎　海軍大尉。
宮崎彌藏　因出繼改姓島津。
宮崎寅藏　實際參與中國革命。
宮崎民藏　彌藏寅藏之兄。
犬養毅　進步黨領袖。
平山周　參與中國革命。
大隈重信　外務大臣，後組閣。
大石正已　大限內閣農商大臣。
尾崎行雄　法務大臣。
副島種臣　樞密院副議長。
頭山滿　玄洋社領袖。
平岡浩太郎　福岡煤礦王。
秋山定輔　衆院議員，創「二六新報社」。
中野德次郎　經營礦山。
鈴木久五郎　商，衆院議員。
完川敬一郎　從事實業。
犬塚信太郎　從事實業。
久原房之助　實業，衆院議員。
山田良政　參與後來惠州之役。
山田純三郎　良政弟。
菊池良一　新聞與貿易業。
萱野長知　參與中國革命。
[illegible]

以上廿五位日本人中，至少有三分之一實際參加了 國父領導的革命運動，山田良政還在後來的惠州之役中犧牲了生命。

日本人平山周，對於 國父和他這一次在日本結織，有生動的記述。平山周是在致中國國民黨黨史史料編纂委員會的專函裏，敘述這一段經過。他說：

「明年五月，弟（平山周）等爲外務省囑託，將遊支那。適宮崎有恙，弟獨先發，初到上海，過書肆，見『倫敦被難記』（作者按——這是在一八九六年五月，國父的『倫敦被難記』已經在大陸發行了。可知當時國人就已經對 國父心懷景慕，心嚮往之了。）乃購歸而讀之，喜極不能眠……弟知 總理是廣東人，因欲入廣東究其情形，前往香港，偶見北支日報倫敦來電，某月某日 總理發利物浦，向東洋，始知 總理之行止……有一日友介紹張君壽波，弟等問以知否 總理，張君曰：香港普濟會堂歐君鳳墀應知之。弟等回港訪之……相見再三……歐君曰： 總理有來書，欲回港，然回港實太危險，今見兩君（平山與宮崎寅藏）熱心誠意，敢以實告，願兩君留 總理於日本保護之。」

「匆匆返國，船入橫濱，上陸趨謁 總理， 總理到濱正一禮拜云。弟等傳以

這以下，平山周談到他對總理的印象是，天眞流露，不設城府，對他傾心相慕。第二天，他們就一同去看犬養毅了。

據平山周的回憶， 國父此行，原想由安南進入內地，在大陸本土進行革命，見過平山周之後，經過一夜的考慮，才決定暫留日本。

國父爲人，本身居心寬厚，一直與人爲善。對本國人如此，對於初見談得來的外國朋友，也是如此。前述他的日本友人之中，致力於追隨 國父革命最久的人，是宮崎寅藏。 國父對於他的信賴很深，不但委任他全權在日本辦理籌貲購械，接濟革命軍，還讓他負責日本地區革命平作推動的大任。 國父有一封給宮崎的信說：「關於日本之運動，當託足下全權辦理，宜祕密行爲，不特平山、北和田數子，不可使之聞知，本部中人及民報社中人，亦不必與之商議……如有所商酌，可直接函電弟處，其在日本之助力，以犬養毅君爲最適宜……」

事實上， 國父革命得自日本友人的參與，不僅限於人力，出錢相助的也有。國父後來有封信寫給吳稚暉先生說：「庚子惠州起兵，及他方經營接濟所費，不下十餘萬元。所得助者，只香港李君出二萬餘元，及一日本義俠出五千元，其餘則我一人之籌獲而來也……萍鄉之事起，人心忽有他方一同志許助五萬金……故定計南行，得日人資萬四千元……以謀起義。」

以上 國父所說的日本友人的籌款，宮崎寅藏或都曾參與某中。宮崎後來寫了一部回憶錄式的書，題名爲「三十三年之夢」（中文譯）名改爲「三十三年落花夢」對於 國父在興中會時期的革命情形，有很詳細的敘述。宮崎在後來同盟會時期，特別是對同盟會在日本的得以成立，從中奔走聯絡，貢獻很多。宮崎還介紹 國父認識了另一位日本的知名之士：末永節先生，末永節後來也是一位熱心爲 國父効命的日本友人。

末永節號浪嘯月，中學畢業，志在航海，是平岡浩太郎的同鄉。他在 國父由歐回到日本的第二年，由宮崎寅藏引見和國父相識，一談之下，深受感召，從此就決心贊助 國父進行革命。一九〇五年七月，同盟會在東京成立，三個月後，民報創刊發行，末永參與籌劃，還做了民報一至五號（一九〇五年十月——一九〇六年六月）的發行人。末永會提到民報籌備時候的艱苦說：

「那時，民報編輯部設在東京市牛込區新小川町二丁目八番地，當時借黃克強氏同去看了好幾處才決定。因房主怕我們拿不出租金，拒絕租借，後來請古賀廉造氏做保證人，才把房子租下來。原因是房

果不放心白面書生……。」

末永節在辛亥武昌起義之前，帶着日本故鄉福岡親友湊給他的六百塊錢，到了上海。因爲聽到武昌起義的消息，又趕到了漢口。在那裡，他和革命軍政府的外交代表胡瑛——胡瑛與末永是舊識——見面，並且挺身而出，先去說服日本駐武漢領事松村，和海軍武官大中，勸他們勿干涉革命軍的行動。另外革命軍政府並促使法國領事羅氏，轉請美、英、德、俄各國領事，發表嚴守中立聲明。在這期間，末永並且曾協助黃興軍事方面的工作，表現相當感人。

這裡提前敘述　國父在辛亥武昌革命時，與其他外父友人的接觸，也是　國父以革命政府領袖身份，正式外交活動的開始。

武昌起義後二日，　國父在美國哥羅拉多省丹佛城（當時譯典華）閱報得知起義消息。他在興奮之餘，動身離美，繞道歐洲，遊說英法。　國父曾說：「時予本可由太平洋潛回，則廿餘日可到上海，親與革命之戰，以快生平。乃以此時吾當盡力於革命事業者，不在疆場之上，而在樽俎之間，所得效力爲更大也。」

國父到了英國，由美國友人——也是同志——咸馬里代約四國銀行團主任會談，磋商停止清廷之借款。後來，　國父又委託一位維加炮廠經理爲他的代表，與英國外務大臣磋商，向英國政府提出三項要求，結果都得到同意。這三項由英國友人協力完成的第一件外交成就是：

（一）停止清廷一切借款。

（二）制止日本援助清廷。

（三）取消各英屬政府（對　國父）之放逐令，以便　國父取道回國。

此外，四國銀行團，並決定派一位行長隨同　國父來華，以便新政府成立後，可就近談判借款事。　國父後來追述這一段外交成就說：「時以予個人所盡之義務，已盡於此矣。」事實上，以當時　國父的處境而言，有此收穫是非常難能可貴的。

說起來，　國父在英國的這些成就，和另一位英國友人的挺身相助，很有關係。辛亥的前一年，　國父經過英倫時，有位英國名士加爾根，到旅館去拜見他。加爾根曾遊過中國，略知中國的政情與人情，却對　國父所倡的改中國爲共和的理想，滿腹懷疑。加爾根因此和　國父在旅館裡辯論數日，終因爲看到　國父提出來的革命方略三個時期——按即指軍政、訓政、憲政三階段——才渙然盡釋心中的疑團。當即應允助　國父鼓吹共和。

當　國父在辛亥起義後到達英倫時，加爾根大喜，他費了不少心力，爲中國革命做解釋宣揚的工作，以至於「東方之各西文報，皆盛傳吾（　國父）於民國建設之計劃，滿盤籌備，成竹在胸，不日當可見之實行……皆加爾根在倫敦各報爲吾揄揚之言論也。」

國父在離開英倫之前，還做了一件値得一記的事，是他應留英國人之請，親手繪製了一幅青天白日滿地紅的國旗圖案，並註明尺寸，交僑胞們去做，僑胞們在二日內製成了五十幅，使得倫敦的唐人街掛滿了新的國旗，這該是外國領土最早出現青天白日滿地紅國旗的地方了。

國父離開英國之後到了巴黎，在那裡，他曾經會見了法國朝野許多人物，其中，除受到首相克利門梭的誠懇接待之外，如法國外交部長畢恭、文學家米爾等，都表示了對　國父的欽敬，和支持中國革命的立場。法國政治星期報記者還訪問　國父，問他對中國內政外交的意見。　國父一開頭就提出了「中華共和國擬維持官話，以爲統一語言之基礎。」以及其他軍事外交學術發展的意見。

辛亥革命成功之後，末永節曾提出一個構想：即武漢既然是革命成功的發祥地，又恰巧位於大陸的中心，新政府值得就武漢特別加以營建，使成爲一紀念性歷史性的大都會。例如：可以在武昌的黃鶴樓建一大的圖書館，在漢口設置一大型博物館，讓革命精神在這裡永遠發光，引導後來的人。可惜，辛亥以後，民國多事，末永節的心願終於未有實現。

末永節是在民國四十九年辭世的，他在世時，是參加同盟會成立的日本友人之一。當初同盟會成立，第一次籌備會，是在一九〇五年六月廿八（七月卅）日，假日本友內田良平家裡舉行（東京赤坂區檜町三番），內田也參加了這次會議。同盟會的成立會議，是七月廿（八月廿）日改在同區阪本金彌家中舉行，這兩次會議，宮崎寅藏都是居中連絡和參與人。

國父對宮崎寅藏不僅特加信賴，還對他有很高的推崇。前文曾提到宮畸所寫的「三十三年落花夢」。國父在爲這本寫的序文中，開始有這樣一段話：「世傳隋時有東海俠客號虬髯公者，嘗遊中華，徧訪豪傑。遇李靖於靈石，識世民於太原，相與談天下事，許世民爲天下之資、勗助之，以成大業。後世民起義，除隋亂，果興唐室，稱爲太宗。說者謂：初多俠客之功，有以成其志云。宮崎寅藏君，今之俠客也，識見高遠，抱負不凡，具懷仁慕義之心，發拯危扶傾之志……遨遊漢土，以訪英賢，共建不世之奇勳……不遠千里，相來訂交，期許甚深……方之虬髯，誠有過之。」

以上敘述，容易予人以 國父的革命原是得道多助，過程不如想像之艱辛，其實不然。這裡旁敘二事，以見 國父革命並非隨處均易得人支持。其一，日本民間人士，固多有獻力參加中國革命者，日本政府却是站在現實的外交立場，經常對留日黨人的活動，橫加阻難。民前十年三月，黨人中有人發起舉行「中夏亡國二百四十二年紀念會」。這個紀念會的時間，訂於三月十九日明崇禎帝殉國那天舉行。豈知，清廷公使蔡鈞得到了密報之後，立刻要求日警出面制止。日警因此把黨人章炳麟等召了去。日警問他們是清國何省人，章炳麟答說：我們都是中國人，不是清國人。日警後來直言說中夏亡國紀念會有損日清邦交，將加制止。章炳麟等知道辯也無益，只好無言而退。暗中却在養精軒如期舉行會議。當時，門外的日警密佈，黨人留學生前去參加的仍有數百人之多。國父由橫濱率僑胞數十人參加會議，臨時決定把紀念會改爲聚餐。 國父在囘到橫濱之後，却悄然另外補行了紀念儀式。

此後日本政府對黨人多方爲難之處常有，似乎並無二致。這情形再加上戊戌政變失敗之後，康梁在海外打出保皇的旗子，以反宣傳，甚至欺騙的手段引誘僑胞，打擊革命勢力。例如「康有爲到加拿大，向那絕無政治思想的華僑，把光緒帝歌功頌德，恭維得勝於堯舜，賢於周孔，非保着他，似乎就是亡國……況且他又答應着入會的，捐財的，將來都可以陞官晉爵，共享富貴。因此稍知愛國的，或懷着野心的，都來附和他……而我們那海外各埠的興中會會員，亦受他們的迷惑，有許多人變節。至於會務的進行，受他們的打擊，更不堪言了。」康梁的這種作爲，所造成的對於 國父革命工作的困擾，就事論事，與今日中共份子在海外濫唱「囘歸」「認同」的口號混淆視聽，引誘海外中國人的誤信，所加於吾人的困擾相比，也多有類似之處。康梁在中國傳統知識份子中的地位，固然不是今日的中共份子所能比擬，但，其惑亂人心，阻碍革命的效果，過去與現在並無不同。

國父曾形容當時革命的處境說：「當此之時，革命前途，黑暗無似，希望幾絕，而同志尚不盡灰心者，蓋正朝氣初變時代也。」

我們由這種情況再想到外國友人同時給予 國父的同情和支持，就知道這些友人爲中國革命所輸獻的心力，是多麼可貴，意義重大了。

日本政府的現實外交，所加於中國國民革命第一次較大的打擊，是造成惠州之役的失敗，讀者皆知，在 國父鑒於滿清政府因爲義和團惹起了八國聯軍的大禍陷於危殆，乘機在南方的惠州起義，準備再舉行動，在南方建立根據地。當時 國父得自外國友人的支持，一是日本派駐台灣的總督兒玉源太郎（日俄戰時日軍大山大將的參謀長）允予接濟，一是一批日本民間友人的參與。這些友人，除了前述的宮崎寅藏和平山周等人之外，還有福本誠、

原口聞一、遠藤隆夫、山下稻、伊東正基、大崎和伊藤岩崎等人。 國父以台灣爲接濟革命軍武器的轉站，初期的準備和起義行動，相當順利，鄭士良率領黨衆由新安縣的三洲田集結出發，一路攻向新安、龍岡、淡水、永湖、梁化、白芒花、三多祝等地方，使新安、大鵬、惠州一帶盡入掌握之中。

國父的計劃，有這樣的打算：讓革命軍轉向東北打，先攻取厦門，就近可以和台灣連絡，那樣一來，東南的形勢就更加大有可爲了。

那裡知道，這時候不巧正值日本的首相山縣有朋辭職，有名的侵華首腦之一伊藤博文繼任，一改支持 國父革命的方針，伊藤禁止兒玉援助中國革命。不但如此，伊藤還不准日本軍官官投効 國父。 國父不得已，派了一位日本友人山田良政傳達命令給鄭士良，山田良政到了廣東，因爲迷路，被清兵所害，成爲第一位爲中國革命殉身的外國友人。

我們由此事看日本人對中國人的態度，覺得以往和現在並無二致。就是個別的日本人中，確有其熱忱、純眞與可愛的人在，而日本的政府，它的作爲對中國人而言，都總是那樣現實、愚昧而醜陋。這是一個歷史性的教訓，我們是不該忘記的。

惠州之役在軍事上是失敗，在喚醒國人，提高革命黨人的聲勢上，卻是一項大的成功。

國父記述這次起義之後的檢討說：

「經此失敗而後，回顧中國之人心，已覺與前有別矣，當初次之失敗也，舉國輿論，莫不目予輩爲亂臣賊子，大逆不道，咒詛謾駡之聲，不絕於耳，吾人足跡所到，凡認識者，幾視爲毒蛇猛獸，莫敢與吾人交遊也。惟庚子失敗之後，則鮮聞一般人之惡聲相加，而有識之士，且多爲吾人扼腕歎惜，恨其事之不成矣。」

這以後，形成了革命黨人言論鼓吹的一個高潮：像日本留學生的大量覺醒，戢元成（翼翬）、沈虬齋（翔方）、張溥泉（繼）的「國民報」、章太炎、吳稚暉的「蘇報」、鄒容的「革命軍」，都在這段時間出現。章鄒二人雖因此受到監禁，因此而因此受人重視，鄒容的革命軍，因此大受海外華僑的歡迎，爲外邦人士所注意。

惠州之役以後， 國父在日本橫濱住了一年，從事籌款和革命的宣傳工作。這時，法國的安南總督韜美，因爲景慕 國父的思想及行事，好幾度託法國駐日大使，向他表示傾慕，願意相交，並且邀 國父抽時間作安南之遊，可惜的是 國父因事未克即刻成行，等到一九〇二年十一月河內有一個規模盛大的博覽會， 國父前去越南的時候，韜美總督已經離職，返回法國去了。他在臨行之前，還特別叮嚀他的秘書長哈德安，說如果中國的革命領袖孫逸仙來到安南，要好好的招待。這一段全憑 國父的人格行誼贏得的國際間的私人友誼，在今天看起來，還是彌足珍貴的。

法國人韜美對 國父的友誼並不到此爲止。 國父在同盟會成立之後，分別在香港、澳門和廣州成立了同盟會的分會。有一次， 國父由日本去安南，他所乘的船經過上海吳淞，在那裡停靠，法國駐滿清政府的一位武官布加卑，特別拿了一份安南總督的介紹函件，登船去拜見他。表示了法國政府願意贊助革命的意思，二人相談十分歡洽 國父在南洋停了一段時間，籌設了同盟會的星加坡分會，又由南洋返回日本。這一次又是在吳淞停船，法國武官布加卑再度登船求見，詢問 國父內地革命之實力狀況，表示願意派人相助。 國父告以大畧，同意了布加卑的意見。

布加卑這次去見 國父，是奉法國陸軍大臣之命而去的，其意義自不尋常，胡毅生先生記述這一次布加卑求見 國父的詳情說：

「有法國軍官上船訪 總理，在房中談甚久。余等（胡先生與鄧慕韓等）同立門外守候。 總理尋敲門，召余入，介紹與法軍官見面，即布加卑少校也。布隨出英文報一紙，令余讀其中一段記事，余讀畢。彼云，甚佳，貴國人英語發音，較法國人清晰也，余目之，不解其旨。 總理

乃以粵語謂余日：此爲法國在天津駐屯軍之參謀長，奉政府命與吾黨連絡，彼欲派員赴各省調查吾黨勢力，如確有實力，則法國願助吾黨獨立建國。余已允派人隨之同行。惟天津法軍營中，須得嫻熟英文者一人，長駐、翻譯文件。東京本部不知有何人願往而能勝任者。余以廖仲凱對，總理以爲可，並余作書告之，書交布帶至滬付郵寄云。」

鄧慕韓先生補記這次 國父與布加卑見面，更饒趣味，他說：「當法國政府派布加卑來華見 孫先生時，囑安南總督鄭重介紹，安南總督以布加卑與 先生素不相識，如此重要任務，倘有差誤，關係極大，乃約河內幫長，本黨黨員楊壽彭到商。密告以此事，（楊）即將本人名刺，裂而爲二，一交布加卑，一交楊轉寄 孫先生，他日會晤時，彼此須將名刺交出。驗明符合，乃可談商。及布加卑到吳淞法郵船見孫先生時，即照而行。」

國父和法國軍官布加卑的安排，後來果眞是照着做了。 國父記述他的做法是：「予命廖仲凱往天津，設立機關，命黎仲實與（法國）某武官調查兩廣，命胡毅生與某武官調查川滇，（實際還到廣西江西廣東。）命喬宜齋與某武官往南京武漢。」前往兩廣川滇的法國武官，現在不知道姓名，只知道往南京武漢的武官是歐極樂 Ozil。黨人和法國軍官到各省市去，不僅在瞭解革命黨人的虛實，還對各地的同志大事鼓吹革命的主張。

由於他們做得比較大胆，在武漢的活動，被清廷的新軍統鎮張彪化裝潛入，明白了眞相，把情況報給張之洞（張時爲兩湖總督）。張乃派了在海關工作的英國人跟蹤法國軍官，法國軍官警覺不夠，竟把自己所知道的黨人的實情，告訴了他。後來清廷據此向法國提出抗議。不久，法政府改變了支持黨人的政策，布加卑等人才撤回法國去。這是在倫敦蒙難之後，因爲黨人的活動所引起的一次較大的國際交涉。

這以後，黨人的勢力大增，活動也日見蓬勃，革命黨人被捕或犧牲的，多有發生。這情形引起了清廷的恐懼，清廷知道同盟會的大本營在日本，因而屢向日本交涉，要求將 國父驅逐出境， 國父不得已，才和胡漢民等離日到了安南，又在河內設立機關，不久就發動了潮州黃岡之役。

值得注意的是，這一次（是黨史所記的第三次革命）起義，仍有日本友人參加，萱野長知和池亨吉是其中爲國人所熟者。萱野長知負責由日本購運軍火接濟，可惜此次起義，黨人迫於情勢，沒有按 國父原先的計劃行事，事起倉卒，負責在陸上接運軍火的許雪秋同志，因爲安排上的疏忽，沒有按時接運。運送軍械的日輪「幸運丸」不敢久留海上，轉往香港，香港政府又知道了這件事，限令「幸運丸」離境，萱野長知的一番經營，等於徒勞，「幸運丸」又駛返日本去了。

民元前五年的惠州之役，是第四次革命。這一次參加活動的外國友人除萱野長知外，還有法國退伍軍官多人（他們是應聘而來）。這次起義，軍事方面的行動原是相當順利，清廷的新軍且有允爲內應者。只等日本運來的軍火到達，就可成立黨人的正式軍隊，配合鄉勇，展開行動。

萱野長知的任務，仍爲購運軍火，可惜東京的黨人對於 國父處理錢財的事有了誤會，臨時鬧起意來，使整個計劃爲之破壞。 國父說：

「乃不期東京本部之黨員，忽起風潮，而武器買運輸之計劃爲之破壞。至時，防城已破，武器不來，予不特失信於接受軍火之同志，並失信於團紳矣。而攻防城之同志，至時不見武器之來，乃轉而逼欽州、冀郭（人漳）軍之響應。郭見我軍薄弱，加以他軍爲之制，故不敢來。」

關於這次東京本部黨員之風潮，其發生的情形，黃興傳記中有這樣的記載：「丁未春間，日政府循淸公使楊樞之請求，勸總理出境，饋以贐儀五千金，日商鈴木久五郎，亦慨贈萬元。 總理受之，留給民報維持費二千元，餘悉以供潮惠黨人急需。同人未喻其意，故不以爲然，及潮州

惠州軍事失利，反對者日衆。

事實上，這次參與行動的日本友人，除了萱野長知之外，還牽涉到一位北輝次郎。北輝次郎聽說萱野購買的軍火，都是不堪使用的廢物，因致電香港中國日報，說此項軍火萬不可用。事實是，運軍械的船隻因爲事敗沒有如期到港。這種情形再加上日商鈴木久五郎的大量捐贈款項，可以證明 國父在日本民間仍能得到實力上的支持。我們從日人支持 國父，和黨人中爲經費瑣事對 國父亂逞意氣，見小失大，兩相比較，是不能沒有感慨的。

第五次革命欽州防城之役，是黨人第一次在西南部採取行動，這次起義，如大家所知，又失敗了，而且又是和軍火接濟不至有關。由於軍力不充，使得原可爲革命黨人効命的新軍，觀望不前。欽廉計劃不成， 國父接着又對鎮南關採取行動，黨人與清軍血戰七日夜，十萬大山中隱遁的軍力因爲路遠，無法趕來參戰，才不得不退往安南。這是第六次革命失敗，參與的外國友人，有一位法國軍官炮兵上尉男爵狄氏，和若干安南同志、日本人池亨吉等。

國父記載這件事的大畧說：「欽廉計劃不成之後，予乃親率黃克強、胡漢民，並法國軍官，與安南同志，百數十人，襲取鎮南關……連戰七晝夜，乃退入安南。」

令人感到惋惜的是，此時的法國政府，與日本政府一樣，不再支持黨人的革命，清廷的偵探，在 國父經過涼山時發現了他的行蹤，清廷因此向法政府交涉，促令迫 國父出境，法國政府屈服， 國父從此連安南也不能留住，轉往新加坡去了。

國父離開河內時，留黃克強、黃明堂二人，一入欽廉、一在河口，準備進圖雲南。黃克強因自組軍力，轉戰在欽廉上思一帶，所向無敵。後以彈盡退出，這是第七次革命失敗。

革命軍以械彈不至，屢次招致挫敗，械彈的取得，又皆與外國友人的協力相助有關。外國友人對早期革命的重要，及國父爭取外國友人相助的苦心和成就之可貴，在這一點上表現得最明顯了。

革命黨人第八次失敗，是黃明堂取得河口後，與黃克強圖合力攻打雲南，因爲黃克強發生意外，功敗垂成。黃克強是奉到 國父的電令，去協助黃明堂的。不料，他在經過老街時，被法警疑爲日本人加以逮捕，送回河內，事爲清使所知，向法國交涉，因而也被迫離開安南。

這是法國政府第三度阻難中國革命運動的發展，事實上，這只能說是法國爲應付清廷的要求，所採取的遷就現實的做法，法國政府基本上並不仇視革命黨人，他們內心寧可以說還暗暗的同情革命。這有以下的事實爲證：

黃克強離開安南以後，黃明堂率黨人六百餘人退入安南自保。法國政府決定把這些黨人遣送出境，並考慮到黨人的志願，把他送到新加坡去。 國父對此事有這樣的記述：

「後黨人由法政府遣送出境，而往英屬星加坡。到埠之日，爲英官阻難，不准登岸。駐星法領事乃與星督交涉，稱：『此六百餘衆，乃在河口戰敗而退入法境的革命軍。法屬政府以彼等自願來星，故送之至此。』星督答以『中國人民而與其本國政府作戰，而未得他國承認爲交戰團體者，本政府不能視爲國事犯，而祇規爲亂民。亂民入境，有違本政府之禁例，故不准登岸。』而法國郵船停舶岸邊二日，後由法屬政府表白『當河口革命戰爭之際，法政府對於兩方，曾取中立態度。在事實上，直等於承認革命黨之交戰團體也，故來星加坡之黨人，不能作亂民看待』等語，星政府乃准登岸。」

由此可見當時革命黨人與法政府的關係，並不如想像之惡劣。當然，各國政府所採取的現實外交，其不利於革命運動之進行，仍屬顯而易見。

例如，自從河口之役受挫，黃克強在安南被逐之後， 國父在安南、香港、日本等這些和中國鄰近的地方，都不能居留了。活動的基地全失，他在不得已中只好

把「國內一切計劃，委託於黃克強、胡漢民二人，而予乃再作漫游，專任籌款，以接濟革命之進行。」這是說，國父由民國前三年到前一年之間，就把自己努力的重點任務，放在爲革命活動籌款，跟打開外交上的有利環境上。這是一九〇九和一九一〇年的情形，是革命成功前最沉寂最艱難的一段時間，倒是與我們今天的處境，畧有幾分彷彿相似。

國父這以後的籌款活動，一面是希望利用外國友人的助力，經營一種可以生財的事業，作長期奮鬥的打算；一方面是向各國的僑胞和黨人勸募。國父在寄南洋同志的一封信裡，曾提到當時進行的情形說：

「弟自抵歐以來，竭力經營籌劃，以期輔同志之望，然所謀至今尚未就緒，因在南洋時所得前途所擬之條件，乃經手人從中漁利，非資本家之意也，弟察此情形，即以婉却經手之人，而託政界上有力之韜美君（即法駐安南總督）幫同運動資本家。韜美君滿意贊成，將有成議矣。乃不意法國政府忽然變更，新內閣大臣比利仁不贊成此事，而資本家故有遲疑。而韜美君仍欲與外部大臣再商，欲由彼以運動新內閣大臣。因法資本家非得政府之許可，斷不肯投鉅資也。」

這是國父在歐洲籌款情形的一部份，可惜韜美君對外部大臣的活動沒有成功。國父因而轉赴英美，也無所成。

國父曾告訴吳敬恒先生說：「美國政客現皆在華盛頓鳥（紐）約，所欲見者二人，一已於月前作古，一於前禮拜往歐。故只見其代理者二人，雖甚歡接，然未能深談也。」在英國的活動，是希望獲得借款，國父說：「此路之條件甚屬便宜，利息亦照常算法，並不要求特別之權利。惟須吾黨各埠同志出名担保一事耳。英路之介人，現往美國，弟到美時，當與他再商。」

由此可見當時籌款的事也進行得波折重重，極不順利。而第九次革命之發起與失敗，又恰在這時候來到，黨人的心境如何也就不難相見了。

第九次廣州之役，因爲黨人提早發難，倪映典中彈被擒，終歸失敗。國父此後由美返回東方，不特日本不許他入境停留，連南洋的荷屬殖民地，和緬甸等地也不讓他進入或停住。國父在不得已之下，集合黨人決定了再一次廣州之役（即辛亥年三二九之役）的計劃，和進行籌款之後，又去了美國。這時候，國父由於行動受的限制太多，使得原來的外國友人盡失連繫，第九第十次革命行動，因此也全無外國人參與其中，那黎明前的一刻，竟然是革命最爲艱難黯淡的時候。

三二九失敗，使黨人（如陳英士、譚人鳳、居士等）決心把革命活動的重心移向華中，這才促成了辛亥「雙十」一舉成功的大業。

辛亥雙十起義，清廷曾要求武漢的外國使節團支持，開炮攻擊革命義軍。根據庚子條約規定，外國人對於中國，必須聯合一致，一國不能自由行動。因此，武漢的外國使節團就集會會商這件事。在會議中，各國的意見並不一致，德國領事主張壓制黨人，連德艦的炮衣都脫下來了。德國領事把革命黨人的行動看成義和團，說如不及早干涉，勢力一大，就不可收拾了。適在這時，一位國父的外國友人羅氏趕來會場，羅氏是法國駐在領事，他在前去參加開場的時候，看到革命黨人貼出的佈告，臨時的大總統正是寫着國父的姓名，這使得羅氏大爲興奮，覺得他爲中國革命出力的時候到了。

羅氏在會中力言德國領事的說法不當。他說中國革命的領袖是孫文，孫文乃是我的老朋友，他的主張，是推翻帝制，建立共和政體，無論在理論和行動上，他都是具有極大規模的人物，怎麽能把他目之爲義和團呢？經此一言，美國俄國表示支持羅氏，英國隨之，日本領事原擬同情德國，却沒有堅持己見。外交團就這樣決定了保持中立的立場，清督瑞澂見勢不對，立刻逃往上海，新軍首領張彪也跟着一走了之。

羅氏不但是國父的友人，他還做過

國父的秘書。羅氏是在 國父遊歐的時候，經過法國駐安南總督韜美的介紹，認識了 國父。當他聽 國父暢談了革命的理論跟方畧之後，大爲欽佩，認爲果眞是照此行事，中國就可以免除許多危難。以後 國父回東方來，羅氏也來到了安南。防城革命之役，羅氏是出過力的。河口之役有法國軍官參與行動，也跟羅氏的協助有關係。這以後因爲 國父遠遊歐美，和羅氏失去連絡了好幾年，彼此大約都沒有料到會在革命成功的當口上，又發生了工作上的相助關係。

國父革命期間，結識的外國友人甚多，作者倉促成文，不及備載，僅摘其有當於今人參考反省者，畧加敘述，且在時間上亦只到辛亥革命爲止。 國父奔走革命，在大陸之外對清廷作戰，以一人之力對抗有二百數十年統治基礎的清廷政權，成功的希望，在一般人看來，認爲「神話」。

本文最後，謹摘錄 國父當年與外國友人談話，或爲文批駁外人對中國問題的主張，供大家參閱。

國父在民前十四年與日人宮崎寅藏談他對中國革命的看法，他說：「余以羣治爲政治的極則，故於政治之精神，執共和主義，但此豈可垂手而得？必也革命……方今世界文明，日益精神，國皆自主，人盡盡獨立，獨我漢種，每况愈下，瀕於危亡……人或云共和政治不適於中國，此不諒情勢之言耳！共和者，我國家治世之神髓，先哲之遺業也。……嗚呼，今舉吾國土之大，人民之衆，而乃爲俎上之肉，飢虎得取而食之，當此千鈞一髮之秋，吾乃不得不自進而爲革命之先驅，以應時勢之要求。若天興我黨，有豪傑之士，慨來相援，余即讓渠獨步，而自服犬馬之勞。不然，則惟有自奮，以任大事而已。」

可以說，外國人所以樂於助 國父進行革命，多是被他這種卓越的思想、抱負，和自我犧牲的人望所感召，是他們自願効命，不是徒事交際，巴結懇求而來。 國父這種有所以立的精神條件，是值得今日的我們牢記不忘的。

民前八年， 國父留居美國時曾爲文申論「中國問題之眞解決」。他在文中呼籲美人注意遠東的中國，否認清廷爲代表中國人民之政府，此外，文中還有這樣發人深思的話：「近日尚有一種似是而非，每占進步之一理論：極言中國人民衆多，物產豐富，若一任其採行西法，警覺睡獅，勢必凌厲無前，靡爛世界；各國之預防中國人開明自主，莫若造成一傀儡政府，務使中國每况愈下，以便逞意私圖……此等理論，表面似覺動聽，然試一精心考察，即恍然知爲無稽之談……」 國父在以下力言中國之走向民主、富強、團結自立，不是黃禍，而是「黃福」。最後結語：「吾作中國救世之工作，自屬吾人之本份，但此工作近來包括蓋世之干涉，吾人欲收功效，必須愼求妙方，力戒輕動。凡列強之中有誤會者，則解明之，有干預者，則謝絕之……。」試想，民前八年，正是革命屢遭挫敗，成功的希望看來極爲暗淡的時候， 國父在此時即對世局有如此的觀察，發爲如此剛健坦率、識見遠大的言論，以視今日某些國人之但求遷就時勢，苟安亂世者爲如何？ 國父所交的外國友人固多，但那都是益友，甚少別具用心的人在。我們由他的行事中，可以學到許多國與國、人與人間的交友之道，這些道理加以實行，也就是革命救國之大道了。

——完——

掌中珠

一部古老漢西字典

—— 鍾彝鼎 ——

俄人偷去了無價寶

本文要簡介一部漢西字典，但請讀者不要誤解本文所稱的「西」是西班牙，或者誤解爲西藏，本文所指的「西」，乃是西夏。我國的文字，除漢文是主流外，還有滿州文、西藏文、西夏文等等。世人能通西夏文的已不多，因爲西夏文湮沒已久。一九〇八年，帝俄派了一名爲探險，實爲偵測我國新疆蒙古西康四川兵要地誌的單位，由科智洛夫（P. K. Koslof）率領，在我國大西北及川康地區從事間諜工作，這支由科智洛夫率領的所謂探險隊，在我國寧夏地區的黑水鎭，盜掘了一個古墓，發掘的西夏文物數十箱，全部盜回俄國，交聖彼得堡研究院亞洲博物館，作爲研究侵犯我國的資料，在盜走的文物中，有一部漢文和西夏文對音的字典，書名是「掌中珠」，當時西夏文湮沒已久，這部發掘而得的掌中珠，乃是研究西夏文的無價之寶，所幸各國研究西夏文的學者，向俄人接踵探索，掌中珠才公諸於世。

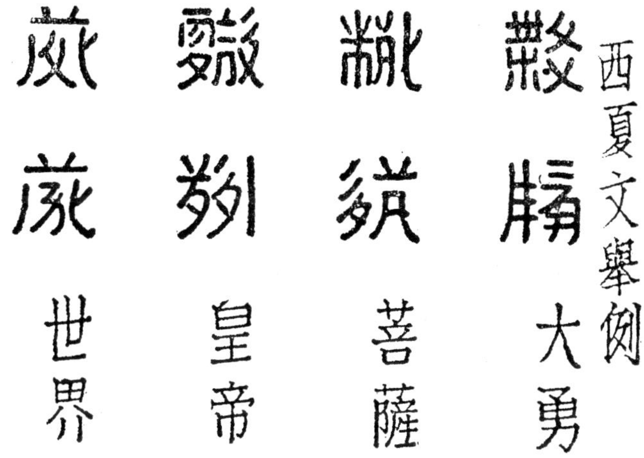

西夏古國滅於元代

西夏，即今之寧夏，在黃河北岸，位於北緯三十四度至四十二度之間，東以山西爲界，西鄰青海，南接四川，北與哈密及賀蘭山黃河毗連。據宋史載，西夏國王李元昊，仿漢文篆體，自創一種文字，成爲西夏文，公曆一二二六年，西夏爲成吉斯汗所滅，西夏文也就逐漸絕跡。近百年來，列强不斷覬覦我國西北地區，因此，各國打着「研究」、「探險」和「考

古」的旗幟，到我國西北作間諜活動的，眞是層出不窮，其顯著的，除俄帝的科智洛夫外，還有英國的斯坦因和瑞典的安特生。斯坦因於一九一三年率領其第三次之中亞探險隊縱橫我國西陲，足跡一萬餘里，除測量我地形，考察我民情外，也大事盜掘，他到了黑水發掘文物，不下於科智洛夫所得，都全部帶走，安特生於民國初年來我國，在我國西北發掘和蒐集資料達十年之久，所得文物，原約定與我國均分，但安特生藉詞須要研究，也全部帶走。由於他們將我國西北的文物，大批大批的帶走，觸發了各國人士研究西夏文的興趣，其最著者，有法國的毛利瑟（Morisse）和德維利亞（M. Diveria），蓬拿帕特（R. R. Bonaparte），德國的白漢弟（A.Bernhardi）俄國的伊鳳閣（Ivanov）和聶利山（N. A.Nevsky），日本的石濱純太郎，英國的布謝爾（T. W. Busoell），美國的洛佛（B. Laufer）等人。

西夏文誤爲女真文

公曆一八九五年，法國蓬拿帕特將蒐集我國蒙古地區的金石資料，編了一部「蒙古金石」，居庸關石刻也收印在內，歐洲人士得見西夏文字，當以居庸關六體刻石爲始。不過，當時歐洲人士對居庸關六體刻石的文字，除了有四種不能鑑定外，所餘二種，他們認爲大字者爲梵文，小字者爲女眞文。迄後，各國研究西夏文的人士，對此說都表懷疑，德維利亞著「西夏文字考」，首先予以否定。德維利亞說：所指居庸關石刻的女眞文，應該是西夏文，這是西夏文在絕跡數百年後，第一次獲得世人的認識，但也只限於「認識」，仍不能通其意。

一九〇四年，法國毛利瑟購得西夏文譯的「妙法蓮華經」殘本，該殘本有漢字註釋，毛利瑟由此而研判若干西夏字的漢文字義，又因爲有若干名詞的對音，毛氏對少數西夏文字，得以約畧確定其發音，這種貢獻，可以說是開闢了通讀西夏文字的途徑。一九〇八年，帝俄科智洛夫盜掘黑水古墓，發掘了掌中珠這本漢西字典，西夏文從此再得通讀。以學術的觀點來看，這本字典對研究西夏歷史語言等等，助益實大。

西夏人古勒茂所編

掌中珠是西夏人古勒茂於公曆一一九〇年所編，每字分四行，第一行是西夏字的漢音，第二行是西夏文本字，第三行是西夏字的漢字釋文，第四行是漢字釋文的西夏讀音，這部遠在八百七十六年以前編訂的字典，對溝通漢西語文，固然有很大的貢獻，其編纂方法，也很精確，今日許多急就章的字典，都瞠乎其後。民國初年，我國研究西夏文的專家羅叔言，將掌中珠影印刊行，復於民國十四年，增補內容，重印於天津。

西夏文的內涵怎樣？據羅福成著「西夏國書類編」和羅君楚著「西夏國書畧說」的意見，說西夏文字是取漢字的筆劃，積累而成，形、聲、義的原則，都與漢字相同。歐洲的白漢弟夫人(Mrs, Bernhardi)和查哈（Zach）合著的「西夏語研究」，也認爲西夏文如同漢文，都有一定的部首，俄國的伊鳳閣（Ivanov）認爲西夏文字，是由「說文」的篆體字推演而成。

自掌中珠出土再公諸於世，各國研究西夏文字，更是勃然而興，我國學人迎頭趕上，對字體解說，圖籍譯釋，文史考證等等，都積極以赴，其中如王靜安與陳寅恪合著的「西夏研究」，戴錫章著的「西夏記」，羅福成著的「西夏官印集」，張澍著的「西夏姓氏錄」等，成效燦然大著。

現在，在我國，不知有什麼人在研究西夏文字，但作者覺得這本字典，對於我國研究文字學者以及硏究西北邊疆史地和邊疆問題的學者，可能有些幫助，所以特爲文簡介。

香港詩壇

上巳修禊枚叟招飲賦謝

徐義衡

曉雨怯春寒，紅棉花正榮，杜鵑亦競放，上巳正逢辰，修禊除不祥，齊魯集嘉賓，瓊漿和笑飲，煠檜助清吟，詼嘲傾茗荈，蒸餅出京津，雖乏流觴趣，豪放比蘭亭，襟懷天地濶，俯仰古今陳，興亡自修短，滄桑且勿論，白日照萬古，白雲不凝晴，月輝清似水，普遍浴羣倫，向背緣方位，朔望見虛盈，人性主中和，喜怒不失平，悲歡一踰節，千里繆至情，堪羨西江叟，大耄得空明，頤語含妙諦，永葆赤子眞。

春暮偕治平宿澄清湖別墅

徐義衡

相思林下有仙莊，面對晴波翠蓋張，小閣依山迎紫氣，羣花競秀媚青陽，松吟竹韵催人醉，暮靄朝暉引夢長，九十春光容嘯傲，此身喜在水雲鄉。

人日和梅蔭元韵

包天白

却老年華景未殊，閒來意興不曾孤，風傳一信芳情早，春到千山草木蘇，極目誰多韓吏感，開筵人笑建封愚，栄羹此日饒餘味，歡賦新詩筆且敷。

欲此舒眉不再攢，從今秀發似春巒，百年新運否交泰，二字生涯易復難，索和每來詩債緊，拋愁且放酒杯寬，吟髭我已拈將白，笑看人爭李杜壇。

短廊自遣

張方

三面芸窗敞短廊，閒來盡日倚胡床，壁間詩畫人何在，苦憶當年共酒觴。

塵揚滄海未言歸，處世初慚學嫁衣，欣有良朋時過我，笑談無是亦無非。

蕭齋青史卷常開，三五生徒日夕來，作畫習書宜汝輩，老夫愜意與栽培。

兀坐虛堂一味禪，春花春月自嬋娟，人前未信吾眞老，故遺精神學少年。

雨夜

張方

殘宵小雨有餘寒，坐臥繩床兩不安，昔失雄風窺豹署，老虧威力展鵬搏，觀雲觀海都成幻，耽酒耽詩强自歡，寥落天涯三十稔，思爲狡兎已知難。

南荒浪跡鬢飄蕭，猶得狂歡慰寂寥，斷夢半簾花氣減，歸心一枕雨聲驕，久經厄運胸仍曠，欲弭閒愁酒可澆，世事如雲蒼狗變，獨餘老眼看新潮。

薄倖

包天白

柳絲千萬，未肯把春心輕綰，便味到相思情苦，也道銷魂會慣，記南園携手前塵，重來不見雙雙燕，向綠水橋邊，靑山徑裡，猶認屐痕深淺。　憐舊地，人何處，恍耳畔春禽低喚，驀驚他柳外翩鴻一瞥，素紈半露桃花面，似天涯遠，已蕭郎陌路，背人眼角空流盼，欲去還遲，只惱斜陽催晚。

浣溪紗

伍醉書

破寂鶯聲樓外啼，樓頭殘夢覺遼西，悟悟芳緒惜芳時。　東鄰鬥草尋春去，別院哀幽怨語遲，隔簾紅雨自霏霏。

灩瀲香醪琥珀濃，醉時歡樂醒時空，戀情長在月明中。　春山恨重新描黛，酒醫愁添別樣紅，了無言語去匆匆。

編餘漫筆

這一期出版，適值七七事變之後三日，本刊每逢此日，均有紀念性文字發表，並不一定是鼓勵復仇，但每一個中國人都永不能忘記這一天。隨着時間的消逝，當年身受日本荼毒的中國人，愈來愈少，這一代的青年，讀過歷史雖然知道有八年抗戰一回事，但在印象中，也不過如同我們今天談雅片戰爭，八國聯軍，已無切膚之痛。實際中國歷史上任何一次對外戰爭，皆不能與抗戰相比，中華民族自有歷史以來，從來也未遭過如此大刼，中華民國在世界上存在一日，也永不能忘記這一深仇。本刊發表的「胡政之與大公報」一文，張季鸞先生在日軍大屠南京後，寫的一篇社論，號召爲「匹夫匹婦復仇」，這句話願中國人永不要忘記。本期刊出三位歷史証人，敘述當年日軍發動侵畧，屠殺中國人的經過，凡有血氣，皆不能忍。此皆事實，無半字揑造，即就事實而論，三人所言者也不過萬萬分之一而已。

「抗戰期間在華之光復軍」一文，爲在華韓國光復軍最完整資料，中文刊物所發表者，要以此篇最爲完整，當時在華之大韓民國臨時政府，因受阻於美國，既未能正式還都漢城，甚至政府人員回國皆成問題，以後幾經交涉，始准以個人身份回國，故抗戰勝利之日，即大韓民國政府解散之時，此一沉痛歷史，中韓兩國均無人述及，亦可怪也。以後臨時政府，主席金九遇刺，當年在華韓人，逐漸式微，死者已矣，生者均退出政壇。始而當政者屬於李承晚，領導之親美派，大部皆屬流亡美國者，今日則全屬親日派人士當權、自朴正熙以下，皆受日本教育，在日軍中任職。欲明瞭中韓關係，此一演變，不可不知。

「抗戰雜憶」與「國民政府在重慶時」，均記述抗戰時期生活情況，但二者處境截然不同，所述亦各異。抗戰雜憶係叙述淪陷區鬥爭情況，本文最可貴者，乃叙述江蘇地方游擊隊陳泰運部竟支持到抗戰勝利，未被共軍消滅，在日軍投降後，開入城市，協助接收，此亦最新材料。但對韓德勤不免過於偏袒，此亦中國人美德，不能認眞。

其他諸篇皆屬珍貴史料，當以敦煌莫高窟一篇爲最。此種文字，中文刊物報導極少，而關乎中國文化者至大，願讀者留意。

近不斷接到讀者來信，促改爲半月刊，許多友好亦有同樣意見，茲事體大，一時難作決定，深盼愛護本刊讀者能繼續提示寶貴意見，本刊在彙齊讀者意見後，再決定是否改爲半月刊。

又本期因稿擠，「細說長征」及「折戟沉沙記林彪」均停一期，特此致歉。

編者

掌故月刊訂閱單

姓名（請用正楷）中英文均可		
地址（請用正楷）中英文均可		
期數及金額	一年	
	港澳區	海外區
	港幣二十四元正	美金六元
	平郵免費・航空另加	
	自第　期起至第　期止共　期（　）份	

請將本單同欵項以掛號郵寄香港九龍旺角郵局信箱八五二一號

英文名稱地址：

The Journal of Historical Records
P. O. Box No. 8521, Kowloon
Mongkok Post Office, Hong Kong.

一月號

二月號

三月號

四月號

五月號

掌故

月刊 36

人物·風土·

一九七四年八月十日出版

中華月報　一九七四年各期要目

中華月報社・香港九龍書院道九號

一月號

二月號

三月號

四月號

五月號

掌故月刊 第三六期 目錄

每月逢十日出版

掌故

年八月十日出版

每册定價港幣二元正

全年訂費 港幣廿四元 美金六元

出版兼發行者：掌故月刊社

地址：九龍亞皆老街六號B
通信處：九龍旺角郵局信箱八五二一號
電話：K八〇八〇九一

The Journal of Historical Records
6B, Argyle Street, Mongkok,
Kowloon, Hong Kong.

督印人：鄧少卿
總編輯：岳騫
印刷者：和記印刷有限公司
新蒲崗景福街一一〇號超達工業大厦十樓
總代理：吳興記書報社
香港租庇利街十一號二樓
電話：H四五〇五六一
H四五〇七六六

星馬代理：遠東文化事業有限公司
新加坡廈門街十九號
檳城咨田仔街一七一號

泰國代理：曼谷青年文化服務社
曼谷黃橋東北路五六六號

越南代理：聯興書報社
越南堤岸新行街一一十二號

其他地區代理：

澳門：可大文具店
亞庇：利民公司
千里達：中華公司
菲律賓：華安書局
倫敦：東寶公司
芝加哥：杏林春
波士頓：中西公司
三藩市：新生圖書公司
三藩市：益智圖書公司
加拿大：香港商店

漢城：汎亞書籍公社
寮國：永珍圖書公司
斗湖：光明書店
菲律賓：玲瓏書局
紐約：友聯圖書公司
紐約：友方圖書公司
洛杉磯：永安堂
檀香山：大元公司
三藩市：文化商店
加拿大：新國華公司

敦煌莫高窟發現始末

實齋

大唐巔峯時代 佛教藝術盛行

唐代是中國歷史上第二個光輝燦爛的朝代：「前有漢武，後有唐宗」——所謂「唐宗」，就是指的「唐太宗」李世民。唐太宗是唐朝打天下的皇帝，他不但統一了全中國，而且派兵深入大漠，打敗了雄據蒙古草原的「東突厥」聲威震驚西北，唐太宗且被胡人尊爲「天可汗」。

唐太宗的兒子唐高宗，雖然不幸討了一個武則天，可是他在對外的發展方面，却能繼承他父親唐太宗的壯志，剷平了雄據新疆一帶的西突厥；於是今日的俄屬中亞細亞，也全部併入大唐帝國的版圖。唐高宗的孫子，也就是那個寵愛楊貴妃的唐明皇，在安祿山沒有造反之前，也是一位威風赫赫的大皇帝。他曾派兵越過葱嶺，擊平轉附「吐蕃」（今西藏）的「小勃律」，懾服西域七十二國。

總括起來說：從唐太宗的「貞觀」時代，到唐明皇的「開元」、「天寶」時代，是大唐帝國的巔峯時代，也是大唐帝國繼漢武帝之後，開通中西國際商業交通的時代。那個時候，帝國的軍隊，先後擊敗了東、西突厥，把天山南北路置於帝國統轄之下；設置都護府，派遣駐屯軍，使得帝國的聲威在西域保持了一百年以上。

在這個蓬蓬勃勃，國富民豐的大時代中，佛教因得了經濟上的滋潤，信徒的供養，傳播得極迅速；而佛教藝術也在這一片肥沃的土地上，開出燦爛的花朶來。正傍着國際交通門戶，敦煌附近的「莫高窟」，也在大量的金錢和人工注入之下，一座賽過一座的石窟，被開鑿出來了。

但是好景不常，唐明皇的「天寶」十四年，「安史之亂」終於爆發了，楊貴妃死了，唐明皇逃到四川去了，大唐帝國兵荒馬亂，經濟崩潰了；昔日的繁榮不再了，遠在敦煌的莫高窟，也跟着走上同一的命運。

西藏人佔據敦煌莫高窟

安史之亂，歷時九年，最後雖然被政府的大軍所平定，但已嚴重的摧毀了大唐帝國的社會經濟，也削弱了帝國在西北的國防力量。「回紇」「吐蕃」乘機而起，南北夾擊，截斷了帝國通達西域的大道。「河西走廊」轉入吐蕃之手，莫高窟又來了新的統治者。

吐蕃是今日西藏人的祖先，唐朝初年，他的酋長「棄宗弄讚」，曾娶得「文成公主」，接受大唐的文化，並崇信佛教。因此，吐蕃人在佔據敦煌以後，對於這個佛教聖地莫高窟，不但沒有

破壞，反而加以修建。

吐蕃人統治敦煌，有六、七十年之久。他們究竟增建了多少石窟，現在已無法確切知道；不過就現在可以確定他們是出自吐蕃人之手的，至少有五座石窟，其中有一兩座，規模很大，壁畫和塑像也很精美——那些壁畫中的人物衣冠，很明顯的表現出吐蕃人的服飾。

張議潮收復了敦煌失地

河西走廊重歸大唐版圖

棄宗弄瓚因爲受了文成公主的影響，也率領人民崇信佛教，所以佛教在西藏就成了國教，一直延續到今天。

吐蕃人受了中國文化的影響，國勢發展得很快；到了唐明皇寵愛楊貴妃的時候，吐蕃已經成爲中國西方最大的禍害了。安祿山造反，唐明皇逃往四川，中國大亂的時候，吐蕃人乘機佔據了「河西走廊」。敦煌軍民英勇的抵抗吐蕃人的入侵，堅持了十一年之久；後來因爲內無糧草，外無救兵，終於淪陷到吐蕃人的手中。幸虧吐蕃人相信佛教，莫高窟沒有遭受到破壞。

吐蕃人對「河西」人士的殘酷統治，不斷激起當地人的反抗。後來由於吐蕃內地發生動亂，唐朝就在這時候，積極策劃，收復失地。到了唐代第十八位皇帝，唐宣宗的時候，大唐帝國的大軍終於收復了河西走廊的東部。接着，走廊西部的義民也在「張議潮」的領導下，舉起義旗，打退了吐蕃軍隊，收復了敦煌附近的地區——從此河西走廊的全部，又重新歸入大唐帝國的版圖。義民的領袖張議潮，被大唐帝國任命爲「歸義軍節度使」，世守敦煌。他努力從事國防和生產建設，使燦爛的中華文化，又在邊陲的沙漠區，發出閃爍的光芒。以張氏家族爲中心的佛教信徒，更先後在莫高窟修建了許多新石窟；張議潮的形象，和他出巡時的壯大行列，也都出現在莫高窟的壁畫上，使我們在一千多年後的今天，還可以瞻仰這位民族英雄的風采。

殘唐五代的敦煌

保持平靜百餘年

唐朝從唐高祖李淵（就是唐太宗李世民的父親）開國，一直傳到最末了的昭宣帝李柷，一共有二十一個皇帝。唐朝亡了以後，就是所謂「梁、唐、晉、漢、周」的「五代」。五代歷時半世紀，是中國歷史上有名的大混亂時期：在中國各地，先後曾出現了十個割據政權，歷史上稱爲「五代十國」。「五代」合起來，只有五十年的時間，却分裂成「十國」；混亂的局面是可想而知了。

儘管中國內地，亂得一塌糊塗，可是在同一時期，河西一帶却平穩得很。這是由於張氏家族，從張議潮起，統治敦煌，將近一百年；其間沒有太大的變亂。「五代」之初，後梁的朱全忠時代，張氏家族的政權才轉移到「曹義金」手中；後梁的皇帝朱全忠封曹義金爲「歸義軍節度使」，使曹氏家族世守其地。曹氏家族居然能夠保有這片地方，達一百二十年之久，一直到「西夏」人崛起爲止。

宋朝的退縮政策

造成燕雲十六州

漢唐兩代是我國向外擴張的極盛時代。唐以後的宋朝，是一個最不爭氣的朝代。開國的第二位皇帝宋太宗，接連被「契丹」族的遼國兵打敗了兩次；第三位皇帝宋眞宗更和遼國定下了「澶淵之盟」，每年要送給遼國十萬兩白銀，和二十萬匹絹，來買得邊境的平安。

宋朝從第一代的皇帝趙匡胤開始，就採取向後退縮的立國政策；因此把國家的首都，建立在河南大平原上的開封，歷史上所

謂「汴京」，也叫「汴梁城」。這比漢唐兩代的建都長安，向東退縮多了。正因爲宋朝採取退縮政策的原故，現今河北省北部、察哈爾南部，和山西省北部的重要地區，都被遼國所佔領：這就是歷史上所謂的「燕雲十六州」，正當宋朝首都「汴京」的北面。

至於「汴京」西面的地區，現今寧夏、陝西、甘肅三省的大部分地方，都被鮮卑族的「西夏國」所佔據。後來遼亡之後，「女眞族」的「金國」人，又代替遼人取得黃河以北的土地；最後更一舉而攻入了汴京，擄走了宋朝「徽、欽」兩位皇帝（一位太上皇，一位是現任皇帝）。

「西夏」興起是在北宋初年。他本來是鮮卑族的一支——就是所謂「黨項族」所建立的國家。他受宋朝皇帝的賜姓爲「趙」，表面上裝作服從宋朝，作爲宋朝的「夏州節度使」；可是他另一方面，又跟遼國勾結，受遼國的「夏王」封號。到了宋仁宗的時候，有一個叫做「元昊」的酋長，乾脆自稱爲「大夏國皇帝」，跟宋國、遼國，鼎足而三。也就在那同一時期，「河西走廊」全部到了大夏國的手裡。這以後，一直到蒙古人滅了夏國爲止，敦煌莫高窟被西夏人幾乎統治了兩百年之久。

蒙古帝國滅了西夏，成爲莫高窟的新主人以後；由於蒙古人對宗教採取寬容的政策，並且他們自己也很崇信佛教，所以莫高窟不但沒有遭受到破壞，反而得到很好的保護；這我們可以從元朝的義大利人「馬可波羅」所寫的遊記裡，看得出來。

西夏人蒙古人進入敦煌

在西夏人統治敦煌的時候，也曾在莫高窟開鑿了一些新石窟，不過規模都不很大。蒙古人統治的時代，也一樣給我們留下了幾座新石窟；其中有一個石窟裡，更留下了一塊刻有六種文字的石碑，那是用來記載「速來蠻西寧王」重修莫高窟的功德的。因爲這塊石碑上刻着：「唵嘛呢叭𠺗吽」六字眞言，所以信「密宗」的佛教徒，曾經把他加以翻刻，流行很廣。

明朝以後的敦煌
被冷落放棄了幾百年

明朝開國以後，莫高窟就十分冷落，乃至漸漸被內地人士所遺忘。這是因爲大明帝國，在洪武五年，在肅州（今甘肅酒泉）以西，修築了嘉峪關，放棄了關外諸地。永樂中雖然在敦煌設置「沙州衞」，但是內地人士已經很少到達這兒了。正德十一年，又把「沙州衞」搬進關內來；嘉靖三年以後，一退再退，乾脆封閉了嘉峪關，不准老百姓出入；於是敦煌遂被徹底放棄，淪陷於吐魯番，跟中國內地完全隔絕了。所以在莫高窟，不但沒有明代所開的石窟、或修建的痕蹟，甚至找不到一個明代香客或遊人的題名。

莫高窟無聲無息的，躺臥在西北邊疆的沙漠中，度過了好幾百年。明末張獻忠、李自成的「流寇」之亂，沒有襲擊他；滿清鐵騎入關，統治了全中國，也沒有觸動到他；就是後來滿清大軍，橫掃天山南山，開闢「新疆」的時候，進軍路線也改在安西以北，莫高窟得以倖免破壞。

雍正三年，「沙州衞」又被遷到塞外；乾隆二十五年，改置敦煌縣。從這時候起，敦煌的地方官吏，才知道有這麽個莫高窟，並多多少少，做了一點清除石窟內積沙的工作。此後也有少數文人學者，注意到這些塑像和壁畫；像汪隆就曾在莫高窟的洞壁上，題過一首「遊千佛洞」的長詩，贊美那些壁畫。嘉慶末年，著名的史地學者徐松，也特別到莫高窟來了一趟，並對莫高窟的創建，對世人作了一番介紹。此外，敦煌本地人士，一年一度的香會（在陰曆的四月初八），是從不會中斷的。不過知道敦煌莫高窟的人，還是不多；一直等到光緒二十六年——也就是西元一

九零零年，莫高窟才名震中外，成爲全世界所注目的，東亞最光輝的一顆寶石。這是莫高窟的幸運，也是莫高窟最大的不幸。因爲要是沒有英國的大探險家「斯坦因爵士」來敦煌「盜寶」的話，全世界的人也許永遠不會知道敦煌的眞價値；可是也正因爲斯坦因的這一發現，我們中華民族千餘年來的寶藏，最精華的部分被斯坦因一掃而空。綜計斯坦因在敦煌所偸盜的「國寶」，計有：絲織刺綉品一百五十多件，畫圖五百多幅，圖書、經卷、印本、寫本、六千五百多卷。現在這些全世界沒有第二份的千年以上的國寶，都變成了人家的「國寶」了。

王道士發現敦煌寶庫

在七十四年以前，也就是光緒二十六年，西元一九零零年的五月二十六日，一件震驚全世界的大事發生了，那就是封閉了九百多年之久的「敦煌藝術寶庫」被發現了。發現這個寶庫的人，既不是專家，又不是學者，却是一個無知無識的道士。這個道士是開創現代「敦煌學」的大功臣，也是中華民族的大罪人。

這個道士姓「王」，名叫「圓籙」——「圓籙」這個名字，大概是他當道士以後才起的。他原來的名字叫甚麽，現在已經弄不清楚了。他是湖北麻城縣人。從湖北到敦煌，萬里迢迢；那個時候，交通非常不便，敦煌又是隱藏在大沙漠之中，無人注意的一個小城，這個姓王的，爲甚麽不辭辛苦，萬里迢迢的從湖北跑到敦煌來，誰也說不清楚。

有人說：這個姓王的，是因爲湖北鬧飢荒，才逃荒逃到甘肅來的。但這很不近情理，因爲一來逃荒用不着逃得這麽遠，二來逃荒應當往出產豐富的地方逃。從湖北出發，他可以向北往河南，向南逃往湖南，向東逃往安徽，向西逃往四川；用不着跨過陝西，逃到甘肅去。

又有人說，他雖然是湖北人，却因生活無着，逃到甘肅去當兵；後來從「肅州」的巡防軍裡，退伍下來，才來到敦煌。不過這也不近情理。一個湖北人，哪兒不可吃糧當兵？爲甚麽當兵當到甘肅去了？究竟這個姓王的，是因爲犯了罪刑，在家鄉存身不住，才逃往敦煌去的？還是因爲在軍隊裡開了小差，在關內存身不住，才逃到沙漠裡去的？因爲這個姓王的，不是甚麽聲名赫赫的大人物，所以沒有人給他作傳記，所以他的生平歷史，沒人注意。再則他在當道士以前，總有一些見不得人的醜事，他不願別人知道，不跟別人說，別人當然也不知道了。

王道士爲生活
選擇道士職業

總而言之，他是因爲走投無路，才冒險逃到敦煌的。到了敦煌以後，因爲生活無依，才不得不裝做道士模樣，替人家畫符念咒，欺騙鄉愚，混兩個錢吃飯。因此他究竟是貨眞價實的道士，還是冒牌的道士，也沒人弄得清楚了。反正窮極無聊的人，幹甚麽行當的都有。他爲了在敦煌能夠活下去，就選擇了道士這麽個職業，並且改了個合於他身份的名字，叫做「王圓籙」。我們對於他前一段的歷史，所知道的只有這麽多。等到他到了敦煌，穿上了道士的服裝，以道士的姿態出現以後，他當然可以堂而皇之的住在敦煌千佛洞的任何一個洞窟裡了。因爲千佛洞的洞窟多的是，而且是無主的，任何人都可以住在裡面，何况他還是一個出家的道士？

王道士清除石窟
敦煌寶藏被發現

王道士的發現敦煌藝術寶庫，說來是件非常湊巧的事。原來這個搖身一變而爲道士的王圓籙，自從在敦煌定居下來以後，衣

食總算有了着落。同時由於敦煌千佛洞這個地方，上千年來就成為附近地區，善男信女的崇拜之所；每年陰曆四月初，舉行的香會，幾百年來是從未間斷過的。

王道士既然生活在宗教氣氛如此濃厚的環境裡，他必然也會入鄉隨俗的，把他所住的洞窟，逐漸改善，成為一個眞正的道士廟的樣子。這一點，也許是他剛到敦煌的時候，所沒有想到的。他遠走塞外，躲在沙漠中的敦煌去，只不過為了逃避不開的某種糾紛而已；當時能夠找到一座避風雨的山洞，已經心滿意足了。

及至在敦煌定居下來以後，感覺到在這個充滿宗教氣氛的區域裡，有那麼多的法事好做，有那麼多的善男信女可以化緣，生活當然可以改善了。一座簡單汚穢的山洞，顯然不像一個道士廟的氣派；於是他就僱來幾個粗工，為他清理洞裡的積沙和髒土。當然，現在已經有了幾個錢的王道士，這種粗活兒，也用不着自己動手了。

中國藝術史考古史新頁
在轟隆聲中展開

光緒二十六年，也就是西元一九零零年的五月二十六日，王道士正披着道裝，一手拿着長長的旱烟袋，趾高氣揚的指揮着幾個粗工，清理洞裡沙土的時候，奇蹟突然出現了，中國藝術史和考古史上的新頁，也在一陣「轟隆隆」的響聲後，展開了新頁。

原來王道士所居住的這個洞窟，是敦煌莫高窟北頭「七佛殿」下面，也就是現在被編為「莫高窟第十六號」的，那座洞窟的外面的甬道。所謂「甬道」，就是洞窟與洞窟之間，作為聯繫之用的走廊，就如同一個黑胡同的過道兒。

當時這個甬道裡，堆滿了積沙；又加以光線太暗，以致甬道兩旁牆壁上，宋朝人畫的很精緻的「菩薩行列」的壁畫，都被遮掩的看不出來了。現在積存了幾百年之久的沙土，突然被清除了，搬走了，原來靠這些積沙支撐着的牆壁，因為突然減少了支撐的力量，就有向外傾斜的趨勢，以致發出了很大的響聲，並且裂開了一條縫。王道士當時，的確被這響聲嚇了一跳，以為整個山洞要塌了，那豈不全功盡棄？還算好，甬道裡的牆壁，只不過「轟隆隆」的響了一下，而且也止於裂開一條縫也就完了，並沒有出大亂子。可是王道士還是不放心，他順手用他的烟袋鍋兒，在牆壁的裂縫處敲敲；一敲之下，才聽出來，原來這牆壁竟是空的！於是他就決心要拆開牆壁來看看，裡面究竟還有些甚麼東西？

滿清官吏不識敦煌寶物
少作事少惹麻煩

王道士在清光緒二十六年（西元一九零零年），在敦煌發現的這座藝術寶庫，可以說是完全意外的事件。不但王道士不知道這是件轟動世界的大事件，就連敦煌城裡的紳士、縣官，甚至甘肅的藩台、新疆的將軍，誰也不知道這些東西是價值連城的寶物。

當時的情形是這樣的：王道士當時雖然把這種寶庫，偷偷的打開了，可是他的心裡却非常害怕。第一、他並不知道這些老古董的價值；第二、他怕別人誤會：他發現的是些金銀珠寶——那樣，也許給他惹來殺身大禍。因此他就跑到敦煌城裡，請來一些有頭有臉的紳士，請他們把這些古物鑒定一下。這些紳士們來是來了，可是跟王道士一樣的「有眼無珠」，不知道這些東西的寶貴。他們隨隨便便的翻檢了一下這些經卷和佛像，就裝模做樣的對王道士說：「這些經卷都是些很有靈驗的東西，代表佛菩薩的靈蹟的；如果讓他流傳到外面，那是很招罪的，沒準兒佛菩薩一生氣，就會叫糟塌的人下地獄。」他們囑咐王道士，把這些東西

仍然好好的收藏在黑洞裡，不要見天光。

官員認寶物是爛紙
令王道士妥為存封

當時敦煌縣的縣知事（就是現在的縣長），名叫「汪宗瀚」。他是喜歡玩古董的，聽到這件事，就跟王道士要了一點經卷和畫像，當作古董欣賞。這樣過了兩年，到了光緒二十八年，蘇州的葉昌熾，來到甘肅作學政，聽到了這件事，就託敦煌的縣知事給他找兩件古董來看看。縣知事就送給他宋孝宗乾德六年（西元一一零年，距光緒二十八年，已有七百二十八年之久）畫的一幅「水月觀音像」，和兩卷經卷。

葉昌熾究竟是個讀書人，知道了這些老古董的價值，就建議給當時甘肅省的布政使（等於現在的省主席），請他下命令：把這些古物，運到省城裡來保存。布政使衙門裡的官員，估計了一下：要把這些古物，由敦煌莫高窟，裝車運到省城來，得花費五六千兩銀子。拿五六千兩銀子來運一批廢紙爛畫兒，實在太不值得！可是公事總得敷衍一下，於是甘肅布政使就在光緒三十年，下了一道命令給敦煌縣的縣知事汪宗瀚：叫他把這些「經卷佛像，妥為封存」。縣知事呢，他也很懂得公事，就「等因奉此」的也下了一道命令給王道士，責成王道士「妥為封存」。

我們不要怪甘肅省的布政使和敦煌縣知事太糊塗；要知道在滿清政府時代，這些在邊疆做官的人們，都是抱着：「少做事少惹麻煩」的心理。遇到公事像踢皮球似的這麼一推就算了。因此這批寶物，最後還是交由王道士保管。

誰也不認識敦煌寶物

王道士雖然是發現敦煌藝術寶庫的人，但是他並不知道這些藝術品的眞價值！就是當時敦煌城裡的紳士和縣太爺，也一樣的有眼無珠。雖然那時的甘肅學台葉昌熾，比較識貨一點，但也不過把這些藝術品當作古董看罷了。

王道士雖然愚昧無知，但是他總希望他所發現的東西，有個識貨的。再說這些東西從來就沒有人點過數，究竟是些甚麼東西？這些東西又有甚麼用？誰把這些收藏在石窟裡面的？這些問題，始終是王道士心裡一個結，希望有人能替他打開。王道士雖請過敦煌城裡的紳士看過，不幸他們也一竅不通；現在又碰上縣裡的命令，叫他把原洞堵塞，他當然不甘心，可是他又不敢抗命。他只好表面上把石洞封閉，實際上他却偸偸的選了一部分他認為有價值的經卷，另外收藏起來。

他想敦煌縣城裡面既然沒有識貨的人，就不如先到酒泉的「安肅道」道臺衙門那兒，去碰碰運氣。於是他就裝了一箱經卷，帶到酒泉去，送給道臺。當時安肅道臺是滿洲人「廷標」，也是個不識貨的。他認為王道士送來的經卷，古雖然夠古了，可是書法還趕不上他自己的好，這有甚麼價值？這一來，王道士又賠了旅費，碰了一鼻子灰回去了。

廷標因為看不上這些經卷，就拿來隨意送人。恰巧那個時候，嘉峪關的稅務司，是個比利時人，因為任滿返國，來向廷標辭行，廷標就送給他一部分經卷。這個比利時人也一樣不識貨。他經過新疆的時候，就把這些經卷分給新疆的長庚將軍和道臺，並且說這些東西，都是敦煌石室所發現的。敦煌發現古物的傳說，就這麼傳開了。

王道士在敦煌莫高窟發現的，中國最古的藝術寶庫；據專家考證：那大概是由唐到宋，歷代和尙們的儲藏室。不過在當時，這個儲藏室雖然鎖得很嚴，但却沒有用磚石堵死。把這個儲藏室加以封閉，並且在封閉的牆壁外面，塗上白粉，畫上壁畫，加上巧妙的偽裝，使人家認不出本來面目的這一套手續，大概是宋朝和尙作的。

宋朝和尚封閉敦煌寶庫

宋朝的和尚，爲甚麽要把好好的一座儲藏室堵死了呢？最合理的猜測，大概是爲了逃難。我們知道，宋朝在開國之初，就不斷的跟北方的遼人發生衝突：以北平和大同爲首的「燕雲十六州」，始終被遼人割據，沒有能收得回來。而西北方的「夏族」，又乘機崛起，佔有今日的陝西、甘肅、寧夏的大部分。敦煌既在當時的西北的邊區，當然要受到夏族的威脅了——這就是宋朝的和尚們，在敦煌待不住的原因。

中國有句俗話，叫做「跑得了和尚，跑不了寺」。宋朝的和尚們，在逃難的時候，隨身携帶的東西，當然越簡單越好；並且據他們估計，逃難只是短期的事；他們不久總會回來的。因此他們把這個歷代相傳的藝術寶庫堵死了，並且加上了一層壁畫以後，就放心的逃難去了。沒想到戰爭的持續時間很久，他們這一去，就再也沒有回來。日久年深，以後誰也不知道，在這個不起眼的石洞裡面，還有個「洞裡洞」；而「洞裡洞」裡面，却收藏着全世界獨一無二的藝術品。

敦煌莫高窟的地勢，是南高北低的。所有供奉佛像的石窟，都偏在南段；北段只有一些規模很小的洞窟，是供和尚和香客們住的洞窟，自成一個體系；就他們的位置來說，可以分爲上、中、下三個部分，因此人們就把他叫做上寺、中寺和下寺。在滿清末年，上寺和中寺裡，住的都是喇嘛，下寺裡住的却是道士。這個王道士既然是半路出家的老道，當然是住在屬於下寺的洞窟的範圍裡。

王道士住的這個洞窟，現在被編爲「七佛殿下第十六號」洞窟；是在下寺正窟「七佛殿」的北邊，看來還不算太小的一座石窟。這個石窟，據考證，還是唐朝的和尚，在唐宣宗「大中」五年時開闢的，離現在已經有一千一百多年之久了。

如果單從黑黝黝的洞窟表面來看，當然無法斷定這個洞是唐窟還是宋窟；如果我們一層一層的仔細研究下去，就可以分出前後的時間來了。這個洞窟的入口處，並沒有甚麽吸引人之處，可是裡面的甬道裡，却有宋朝人畫的「菩薩行列」的壁畫。當王道士剛搬進去住的時候，這些壁畫是埋在沙裡，甚麽也看不出來的。

本刊通信地址畧有更動，各方賜函、惠稿、訂閱、請逕寄香港九龍旺角郵局信箱八五二一號，較爲快捷。（附英文）

P. O. BOX 8521
KOWLOON MOGNKOK POST OFFICE,
KLN., H. K.

楊杏佛負才早逝

筱臣

一、教育先進話鄉賢

讀了某刊「民國人物小傳」中所寫的楊銓（字杏佛）先生事畧，使筆者聯想起楊杏佛先生，他是故鄉的才子學人，他係江西清江人，與我爲鄰縣，早歲即已耳熟其人，雖識荊莫由，但心儀已久，所以看到了他的傳畧，倍覺有親切之感。

清江係贛西，江西有名的四大鎮之一——樟樹，即係清江所轄。樟樹向爲西南藥材聚散之處，夙有中藥碼頭之稱，各省藥材多滙集於此，再分散各方，所以清江人，營藥材生意的商賈頗多，遠達湘鄂雲貴四川。至於江西各縣鄉鎮，凡屬開洋藥店的，亦多係清江人。

該刊所披露有關杏佛先生事畧，完全取材自教育部所創刊的「第一次中國教育年鑑」，惜語焉不詳。該年鑑亦係由江西學人周慶光先生所主編。周慶光兄以高考第一名分發教育部供職，曾任江西省政府教育廳廳長，與筆者曾有一度同事江西省府之雅。

該年鑑中有「教育先進傳畧」一章，歷述自清季興辦新教育以來，各省先進興學育才之事蹟，潛德幽光，垂範後昆，爲士林所傳誦。其後慶光兄復繼續蒐辦，積掃盈篋，以俟將來印成專書，洵爲吾國教育史料之巨著，用力之勤至堪欽佩。現周慶光先生仍在台灣，任考選部次長。

爲了嚮往鄉賢，故謹就見聞所及和平昔所積存有關杏佛先生資料，予以補充。以杏佛先生的博學多才，且一生不乏若干趣聞韻事，聳人聽聞，足資談助，諒亦爲閱者所樂聞。

謹按杏佛先生雖原籍清江，但他的誕生地方又係江西玉山，因爲他的尊翁楊永昌先生（字景周）曾官徽州，亦曾流寓玉山，以光緒十九年誕生於玉山，行五、六歲即讀書私塾。

幼年時期的杏佛先生，性極好動，讀書過目不忘，酷愛玩具小刀小槍小馬之屬常向父母索資購置，得則一一拆散，復自行拼合，讀書之暇，樂此不疲。

十三歲時，值父賦閒居，艱於生計，家中百務，均賴母親躬親操作；於是感念，不復作無益之嬉戲。晝則發奮苦讀，夕歸必代母操作，故父母甚喜愛之。且天資聰穎，學業冠同儕，所作均斐然成章，紙貴洛陽，傳誦一時，故又有「清江才子」之稱。

平昔喜讀「申報」，恒以時事告弟妹爲談助，其關心社會事業亦自此始。稍長入中國公學肄業。其時清政腐敗，杏佛先生即從事革命運動，入同盟會爲會員。辛亥光復，先生躬親參加，民國政府肇建，奠都南京，任總統府秘書。

民國元年十月，以贊助革命有功，由稽勳局派赴美國留學。當時稽勳局局長爲馮自由。第一次選派參加革命有功民國青年任鴻雋、宋子文、楊銓、邵逸周、張競生、譚熙鴻、蕭友梅等二十五名，赴東西洋留學，這批學生被稱爲「稽勳學生」。楊杏佛和

任鴻雋被指定去美國，他們於十二月二十六日在上海乘「蒙古」號輪船啓程，到另一個大陸去。

杏佛先生到了美國，在他個人的生命史中，開始了新的一頁。他首進入康奈爾大學，習機械工程學，畢業後，復入哈佛研究工商管理法，於民國七年歸國，入漢冶平煤礦公司負考進會計制度之責。

二、組織中國科學社

中國科學社的發起，可說完全由於杏佛先生與任鴻雋諸先生的提倡，中國科學的發展，其功實不可抹殺。而杏佛先生最後竟死於中央研究院的任職期間，中央研究院，亦即全國最高科學研究機構，他可說與中國科學研究相終始，鞠躬盡瘁，死而後已！

民國三年夏，杏佛先生和任鴻雋以及其他留美同學，鑒於祖國科學知識的缺乏，聚集在綺色佳城，決意先從編輯刊科學雜誌入手，以傳播科學，提倡實業爲職志，這就是「中國科學社」的濫觴。關於該社由發起到正式成立的經過，任鴻雋在該社舉行第一次常年大會時，曾有所說明。他說：

「我們的『中國科學社』發起在一九一四年的夏間。當初在康奈爾的同學，大家無事閑談，想到以中國之大，竟無一個專講學術的期刊，實覺可愧。又想到我們在外國留學的，尤以學科學的爲多，別的事做不到，若作幾篇文章，講講科學或者是還可能的事。於是這年六月初十日，大考剛完，我們就約了十來個人，商議此事，說也奇怪，當晚到會的皆非常熱心，立刻寫了一個緣起，擬了一個科學社的簡章，爲湊集資本發行期刊的豫備。當時因見中國發行的期刊，大半有始無終，所以我們決議，把這事當作一件生意做去。出銀十元的，算作一個股東。有許多股東在後監督，自然不會半途而廢了。不久也居然湊了二三十股，於是一面草定章程，組織社務，一面組織編輯部，發行期刊，我們的『科學』第一期才得於一九一五年正月出版。諸君曉得我們科學社的宗旨，是要振興科學，提倡實業，僅僅一個期刊，要想達到這宗旨，豈不是夢想。後來社員中覺得此事要緊的，也日多一日。就有鄒應憲君，正式提議改組本社爲學社，即由董事會發信問全體股友的意見，得一致贊成。再於一九一五年六月，由董事會派胡明復君，鄒秉文君及兄弟三人，爲新社總章起草人。此章程於一九一五年十月由社員全體通過，從此『中國科學社』遂告正式成立。」

科學社於民國四年十月二十五日正式成立同時，公舉任鴻雋及趙元任、胡明復、秉志、周仁爲一期董事，杏佛先生爲編輯部部長，民國六年三月，呈准教育部，立案爲法人團體。

中國科學社舉辦的事業，當時呈報教育部的計有：

①發刊雜誌，以傳播科學提倡研究。
②著譯科學書籍。
③編訂科學名詞。
④設立圖書館。
⑤設立各科研究所，施行科學上的實驗，以求學術、實業，與公益事業之進步。
⑥設立博物館。
⑦舉行科學講演，以普及科學智識。
⑧組織科學旅行研究團，爲實地之科學調查與研究。
⑨受公私團體之委託，研究及解決關於科學上一切問題。

其他的舉辦事業，與本文無關，姑且從畧。且說杏佛先生主編的「科學」月刊，因爲初期的總編輯爲杏佛先生，有了好的開始，可以說便成功了一半。該刊自民國四年一月創刊，到民國三十九年十二月止，共編印了三十二卷，前後長達三十六年之久，不僅是中國第一份的科學性雜誌，而且堪稱集國人介紹科學文字之大成。

猶憶杏佛向來文字亦頗風趣，字裡行間，頗多幽默之作。他初編該刊時，曾以打油詩向現尙健在留美的趙元任先生索稿，中

有「寄語趙夫子，科學要文章」之句。

三、中國科學社發展

民國七年，中國科學社的辦事機關由美國遷移國內，設事務所於上海及南京，執行社務。八年十一月，呈准財政部撥給南京成賢街文德里官產爲社址，九年三月遷入。十六年冬，國民政府撥給四十萬元國庫劵爲該社基金。十八年四月，總辦事處及編輯部移設上海亞爾培路之新建社址。此後未再遷移。

其內部組織也曾有變動。十一年八月，該社在南通舉行常年會，以理事十人及總幹事一人組織之，綜理全社行政事宜。另設董事會，董事九人，主持該社經濟及大政方針。董事會爲其最高決策機構，由學界名流及社會賢達組成，其先後任董事者，有：蔡元培、馬良（相伯），汪兆銘、熊希齡、吳敬恒、宋漢章、孫科、胡敦復、孟森、任鴻雋……等。理事會爲重要的執行機構，先後任理事會理事的，有：任鴻雋、楊孝述、周仁、錢寶琮、高君珊、翁文灝、趙元任、胡剛復、竺可楨以及杏佛先生……等。

中國科學社初成立時，在學界最富時望的蔡元培正旅居法國，獲悉此事後，立即馳函予以鼓勵。民國六年，蔡元培自歐返國出任北京大學校長，即由北大月撥輔助金二百元給科學社，作爲津貼印刷「科學」雜誌之用。這充分證明這位具有遠見的教育領袖，在一開始就認定了這一民間科學團體的價值。以後，他在精神或物質方面，都提供了重大的協助，並曾担任該社董事會的董事及南京社友會的理事等職務。

當民國十六年蔡元培籌設大學院及中央研究所時，科學社的朋友們也都盡力相助：任鴻雋等爲大學院科學教學教育委員會的委員，胡適與杏佛先生則是大學委員會的委員，杏佛先生後又擔任大學院的副院長，時蔡氏的協助尤大。大學院成立了一年多，即改爲教育部，蔡元培辭去大學院院長，專任中央研究院院長，杏佛先生即担任中央研究院的第一任總幹事，成爲蔡元培最得力的助手。六年之中，杏佛先生爲院事竭智盡忠，備嘗艱苦，研究院之有今日，蔡先生之功，但杏佛先生之贊助，出力亦不少。

民國二十一年春，十九路軍在淞滬抗日，杏佛先生發起技術合作委員會，輔助軍隊，準備後方工作，又創傷兵醫院，於戰事協助尤力。二十二年六月十八日清晨，方偕長子出遊，遇暴徒數人狙擊於中央研究院國際出版品交換處門前，槍中要害，旋即棄世，享年僅四十有一。負才早逝，國內外學人，均爲之悲悼殊深！

四、詠大鼻永傳佳話

杏佛先生賦性極其豪爽，待人亦至爲誠懇，具有學人風度。平生尙氣節，痛恨阿世取容之輩，又性強毅，志之所在，不辭艱辛，不避險阻，死後身無餘財。杏佛先生尤健談，長於演說，莊諧雜出，雅善詩詞，雖案牘勞形，始終不廢吟詠，惜多未刊布，至今遺稿存在的不多。

由於他素具有幽默感，所以他們這一輩好友文字來往，亦頗多趣聞。更由於他與胡適亦有深厚交誼，胡適曾經做了一首詩，嘲笑杏佛先生的大鼻子，詩爲：

「鼻子人皆有，獨君大得兇；直懸一座塔，倒掛兩烟卣。
親嘴全無分，聞香大有功。江南一噴嚏，江北雨濛濛」

至於他與胡適的交誼，則遠在民國以前，當他與任鴻雋初到美國康奈爾大學留學時，胡適曾去車站迎接他們。據民國元年十二月一日「胡適留學日記」云：

「十二時下山，至車站任叔永（鴻雋），同來者楊宏甫（銓），皆中國公學同學也。二君皆爲南京政府秘書，叔永嘗主天津天意報。然二君志在求學，故乞政府資遣來此邦，多年舊雨，一旦相見於此，喜何可言」。

又胡適還爲中國科學社草擬了一首社歌，亦頗風趣，附錄於後。其詞爲：

（一）

我們不崇拜自然，他是個刁鑽古怪，我們要搥他煑他，要使
他聽我們指派。

（二）

我們叫電氣推車，我們叫以太送信：

把自然的秘密揭開，好叫他來服事我們人。

（三）

我們唱天行有常，我們唱致知窮理。

不怕他眞理無窮，進一寸有一寸的歡喜。

此歌有趙元任的曲譜，曾於十九年北平社友會慶祝該社十五週年紀念會中試唱。

五、人間久已薄鬢眉

當杏佛先生在上海讀書時，因爲其家與曾住上海道的趙竹君有世誼，並且時相過從，因此結識了趙竹君的女公子，世交來往，過從頗密，趙竹君對楊頗器重，認爲青年好學，將來必有所成，時與資助。

後來赴美留學，竹君之女公子亦自費赴美，杏佛先生對趙女自屬情有獨鍾。無如落花有意，流水無情，趙女對楊的印象，則純屬以貌取人，認爲他面麻鼻大，幾乎似一個猪八戒，絲毫沒有俏郎君的意味。

杏佛先生既一再追求趙女，總沒有能夠博得美人的青睞。據說有一次在酒醉中，趙女失身於楊。生米已成熟飯，木已成舟，趙女只好勉強與之結婚，但私心雅不願，耿耿在懷。趙女由於心理變態，竟一變爲奇悍，而且成爲極其驕踞的潑辣悪婦。

北伐告成，國民政府在南京之後，楊即任上海政治分會委員，嗣後行踪多留上海，具主持中國科學社社務，並兼任上海大學教授。此時趙女即已役使之如奴隸，毫不寬假。且有時在憤怒之餘動輒施以鞭撻。杏佛先生以有所偏愛，逆來順受，只有忍受而已。

其時，杏佛先生在上海已爲名教授，嘗爲中國科學社以及其他學術團體的講演，何須廣事宣傳，招來觀衆。有一天杏佛先生與趙女同車，當即指廣告上的標題說：「這就是我今天講演的題目！」趙女答稱：「我祇看到逸園的跑狗廣告，你的廣告，我不屑看！」

杏佛先生爲之默然語塞。又有一天，楊杏佛戲爲友人拆字，女亦在座，她遂率爾道：「我亦爲你拆字？」杏佛先生問何字？女答：「即係你的名字，杏字爲啣木在口，佛字則明明不是人！」杏佛先生不敢辯。在淫威之下答友人詩中有句云：「白髮莫悲明鏡老，人間久已薄鬢眉。」此可見其隱痛之深。

杏佛先生住在上海時，其寓所在法租界。趙女每每鞭撻杏佛先生，即揮之於大門外，緊閉雙扉，但杏佛不敢即歸，又不敢遠離，常常徘徊於門外附近，揣女怒稍息，始輕輕叩門，必須拍之既久，女始啓門納入。

有一天，杏佛先生又被驅出門，在百無聊賴之際，適赴友人家小座。正於其時有巡捕叩門，聲音甚急，趙女以爲杏佛先生叩門，氣急之下，手持木棒，將門大開，不辨阿誰，向來人迎頭痛擊。比見所擊之人爲巡捕，自知闖禍，深爲驚駭；但巡捕已被擊傷，不得不將她捉將官裡去。女雖欲申辯，但理由殊不充分。後來還是杏佛親赴捕房說明，始將趙女釋回，但從此夫妻感情，愈加破裂，終而至於分居。

六、刺汪詩語多憤慨

上文曾經說到杏佛先生早期爲同盟會會員，參加革命甚早，與汪精衛自然有同志之雅，他們彼此之間，當然認識頗久，有無交誼，則不得而知。祇是上文亦曾提到，汪精衛亦曾担任過中國科學社的董事，可見他們之間亦並非泛泛之交。

可是正當汪精衛担任行政院院長時，炙手可熱，杏佛先生那時即有一首諷刺他的詩，語極沉痛，也極其憤慨。詩云：

「多難興邦日，高腔亡國時。

庸醫臨險症，袖手對殘棋。

建業窮淮水，遼陽有鶴歸。

外交非直接，抵抗是長期。

半壁鶯花喜，千門骨肉悲。

書符王道士，制挺孟先師。
自許南陽葛，人懷秦會之。
民生三主義，國難一名詞。
直到瓜分候，仍須煑豆萁。
河關輕似葉，江表沸如糜。
有恥涼新節，漁陽失故巵。
腹心眞痼疾，手足其瘡痍。
文化車裝去，空都驟馬嘶。
沉沉無復語，重讀兎罝詩。」

以上之詩，每一句的含義，均係按照當時汪精衞秉國時所言所行，及一切主張，痛予申斥，假定讀者不善忘的話，重憶當時的國情，必然會有所領悟，語重心長，語不浮泛，更是有心人憂國的沉痛表現。

詩中還有「人懷秦會之」之句，直指汪精衞爲漢奸，更是高瞻遠矚，洞燭機先，「夫人不言，言必有中」，豈不幸而言中？偶然的遇合嗎？是眞令人爲之折服！此詩汪精衞當日可能看到，祇是在「防民之口，甚於防川」的原則之下，汪精衞對之當亦無可如何。

可惜的是：汪精衞對中國國民黨早期的貢獻與他個人的才具，有目共覩，不可一概抹煞。尤其「引刀成一快，不負少年頭」。那段時期行刺攝政王熱血沸騰的革命精神，蔚成他前半生的政治資本，這也未可忽視。然而汪精衞政治慾過强，對於中國儒家之道，領悟不深，政治修養實際欠缺，正是才高於學，學高於品的人物。由於此，遂致鑄成了一生大錯，毀滅了他前半生的革命光榮歷史，爲親者痛而爲仇者所快，能毋令人爲之長嘆！

七、人難再得一棺寒

近世新月派詩人徐志摩，他的一生，凡是愛好新文學的人，知道他的頗多，他身後蓋棺論定，亦毀譽參半。例如作家徐訏先生最近曾在某刋以「念人憶事」爲題，談到徐志摩。他說：

「我讀過不少徐志摩的書，但讀到「愛眉小扎」，我就怎樣也讀不下去，我只覺得肉麻。我當時很年輕，自己也寫肉麻的情書，但不知怎麽，對這種赤顆顆的情懷給別人看，則跡近展覽主義或者暴露狂的面目。我想到戀愛這種事是私事，實在沒有給別人看的需要。自然，通過好的文藝的形式，詩文或小說那就不同了。爲什麽，因爲它是放在另一個層次上，對欣賞者能保持一種美的距離。

更有人說，徐志摩並不會教書，只是拿出詩來唸了就是。志摩教書，三天兩頭請假；原諒他的人說是他是詩人脾氣，不原諒他的人說他是公子哥兒，什麽都是玩玩而已。

可是杏佛先生，與徐志摩似乎交誼特厚。當民國二十年冬，志摩墮機死，杏佛先生輓以聯云：

「紅妝齊下淚，青鬢早成名，最憐落拓奇才，遺愛新詩雙不朽；

小別竟千秋，高談猶昨日，共弔飄零詞客，天荒地老獨飛還。」

後來志摩歸葬硤石，杏佛先生還有「過峽石弔徐志摩墓」詩七律一首。詩爲：

「梵祠疲塔護東山，浪漫詩人去不還。
死本易求中歲早，人難再得一棺寒。
雲中踪跡知何似；別後情懷更不堪。
今日獨遊苦寥落，可能把臂續前歡？」

懷舊之殷，友誼之篤，情見乎詞。不料後二年杏佛先生亦不幸竟被羣小狙擊死於非命，時爲民國二十二年的往事，今年適爲他逝世整整四十週年，大雅云亡，負才早逝，「人難再得一棺寒」之句，今天用來追悼杏佛先生，亦殊爲恰當。

及杏佛先生被刺，趙女亦曾輓之以聯云：

「當衆狙而立，擊撲竟以喪君，亂已何時，亡國無日；
顧二雛在前，鞠養仍須責我，生離飲恨，死別傷神！」

湯子模先生傳

湯子炳

先生名祖楷字子模，民國紀元前二十二年降生於湖南大庸北鄉巖口，湘之西鄙人也，以先世湯和公於明初偕沐英將軍西征，奠定雲南，奉詔還金陵，道出湘境，見大庸山川壯麗，土沃泉甘，留其眷衆數十人墾殖於斯，遂家焉。是時，庸境多苗族，常四出侵擾，因湯家男婦皆力能禦侮，得以相安無事，其後丁繁物阜為一鄉冠，事載其族譜甚詳。自明至清，邑境安堵，歷為「避秦」勝地。清季洪楊之亂，荆楚各地多練團勇自衞，太平軍悍將石達開率衆十餘萬由湘入川而西也，其中一股假道大庸，所至剽掠，官兵莫敢攖其鋒，獨失利於巖口，相率遠颺，蓋深受創於當地團隊也，達開為之胆寒，事見楚軍誌。其後湘西子弟隨鄉賢楊載福出征者甚衆。先生祖父華袞公以舉人從軍，三河之役，裹傷未死，積功至總兵，後授高郵知府，頗著政聲，是先生家以文事武功見稱於世者，其由來久矣。

先生幼承庭訓，束髮就傅，博涉經史，而不甚喜章句，性豪邁，好擊劍，常叱怒馬，縱游州邑，居恒鬱鬱。年二十歲時以姑父王正雅公任雲南西陲統領，鎮撫猺地，先生仗劍往從，任扈衞，遂得傾交漢猺健兒，以信義及劍技槍術服衆。常奉命協送餉糧來往川滇間，乃深曉西南山川形勢。時逢鼎革，正雅公率先生遄還湘鄂，參加辛亥起義，策動荆襄光復，以功授常灃鎮守使，安撫鄉邦，肆應南北，力求穩定，先生讀書衙中，居恒不樂。二次革命倒袁之役，蔡鉅猷田鳳丹諸先烈奉　國父命起義湘西，先生力勸正雅公響應，不聽，先生以志趣不合，乃潛攜械彈與邑人羅劍仇先烈糾合同志反正於庸境，徇鄰近州郡，一時桑植慈利諸邑皆入掌握，未幾北洋大軍壓境，蔡田諸軍迎戰不利，羅兵敗身死，先生隻身脫險，間關遠走滇西，家鄉連雲房舍竟為北軍付之一炬。先生入滇後，會合舊日少壯數十人，得某富室義助購置械彈，投唐繼堯軍，先生由是建旗有衆矣。民國四年，袁氏稱帝，雲南起義，先生率部隨蔡松坡將軍由滇入川，從此納入正規編制，轉戰川西，共和再造，先生不無功焉。旋以同盟會同志熊克武將軍奉　國父命督川，先生率部歸附，正式列入革命建制，任建國川軍縱隊司令，整軍經武，駐防川東酉秀黔彭一帶，繼被調充旅長，有衆數千，受建國川軍總指揮石青陽統轄。時當袁氏死後，民國六年以還，中原鼎沸，軍閥混戰，安福直奉各系違憲蠛法，互爭雄長，而外患日亟，　國父砥柱中流，領導西南以謀統一，是時川中主客軍林立，為南北政府所爭取，朝秦暮楚，時友時敵，爭奪頻仍，迄無寧日，熊公受命　國父，五次督川，先生永隨不變，而征戰連年，未遑寧處，常披堅執銳，冒險犯難，縱横馳騁於涪陵成都重慶瀘州間，旆影蹄跡，遍及巴蜀。　國父當時領導之護法建國諸役，先生實無役弗從，尤能以寡克衆，以靜制動，類如民國九年劉湘啣吳佩孚命力攻重慶，先生守浮圖關，以五千之師破劉來犯之敵五萬餘衆。瀘州之戰，楊子惠率精銳來攻，威勢凌厲，先生堅守久不為動，楊軍卒解圍而去。熊公屢瀕於危，終賴轉危為安，先生遂以驍勇兼擅戰守，而聲震全川，　國父亦以此為一忠貞之勁旅也。是年姑父王正雅公被刺於常灃鎮守使任所，其子育瑱姪育瑛繼統其衆為父復仇，與湘督趙恒惕軍鏖戰於益陽常德間不利，全部奔潰，其部屬桑植賀龍率殘卒奔川，求先生收容，先生雅重舊誼，慨然收編，力予卵翼，俾漸壯大，初不料其為一狠子野心，反覆無常之敗類也。民國十二年，先生駐軍奉節，偵悉吳佩孚託日商船運軍火由鄂入川，資助反動，擴大戰亂，先生親率輕騎臨江攔截，予以全部沒收，並扣留日諜數人，縶送熊公發落處死，日人為之寒胆，日政府分牒我南北政府無效，終亦莫可如何。先生以此軍勢益壯，升任師長。是年　國父設大元帥府於廣州，誓師北伐，軍次韶關，命熊公由川入黔轉湘會師，先生遂隨熊公入黔，受黔軍截擊，先生大破黔軍王天培袁祖銘部於黔東，進駐銅仁，軍勢益張，迭蒙　孫大元帥明令嘉獎。十三年夏隨熊公由黔入湘，經麻陽芷江沅陵，直達常德，沿途歸編之部隊

甚夥。是時熊公擁衆十餘萬，以所屬第一第二兩軍爲其基幹，而第二軍尤屬精銳軍，第一軍長爲余際唐，先生拜 孫大元帥命升任第二軍軍長，加陸軍上將銜兼北伐軍西路前敵總指揮，重要幹部多出身於保定官校，各省講武堂及日本士官學校，其中如蕭毅肅、康俊武皆一時才俊之選，而賀龍輩乃出自噲而下者矣。熊公總司令部駐常德，特請張岳軍赴粵爲全軍駐廣州代表。湯部前鋒直抵臨澧沅江南縣各要津，散制洞庭兩岸，長沙宣告戒嚴，武漢震動，熊公偕先生與湘省長趙炎午會議於沅江，商定由趙軍撥贈餉械，暫劃沅水而守。時適 國父應段執政禮邀北上，會商國是，行前特派戴傳賢覃理鳴兩中央要員由粵來湘犒師，皆與先生傾談甚歡，並與先生結訂金蘭。是年冬適爲先生太夫人六十華誕，熊公特張盛筵以爲太夫人壽，戴覃兩公及各方代表皆羅拜於庭，執子姪禮甚恭，並陳懸所攜來 國父手書「愛日長輝」四字匾額誌慶，冠蓋雲集，極一時之盛。詎天不我佑， 國父遽逝於北平，全國震悼，熊公設靈遙祭，全軍縞素誌哀。明年春廣州國民政府以 國父逝世，暫停北伐之議，電熊公赴粵，共商大計，熊公左右以古者故主新喪，戍外統兵之大將多暫不還朝，恐兩有不利也，勸公弗往，或留部衆於湘，隻身赴粵，熊公以久效命中央，今奉召當急往，並命全軍摒擋南旋，先生部屬多勸先生留駐湘西以待再舉北伐之命，賀龍是時已羽毛豐滿，暗與湘省垣勾通，表面亦力主湯部留湘，欲以分劃離間全軍。先生以隸屬熊公日久，矢志靡他，決意隨往。行前，賀龍馳函先生曰：「士各有志，公今赴粵，禍福未定，予決留此保持實力，以待公歸……」，先生已探悉賀龍受湘趙委爲澧州鎮守使，即一笑置之，乃拔隊行。先軍至乾城，乾城爲湘西渠魁陳渠珍根據地，形勢險要，將士仍有欲留湘西者，環攻堅城數日不下，先生催軍東向，沿途皆山地，貧瘠異常，給養缺乏，而強敵環伺，唐生智部迎鬥於湘南，李宗仁部攔擊於桂北，夜以繼晝，且戰且走，士卒凍餒，傷殘幾半，熊公與高級幹部及先生等皆常難獲一飽，其艱鉅可知。如是苦撐凡半載始達廣東之英德濂州一帶，距廣州已近，熊公欣然率第一軍余軍長及重要僚屬十餘人輕車入廣州，而命先生統率全軍留後待命。孰意熊公甫下車就被接待送往虎門要塞。先生以休養變起倉卒，辯解無由，急派人與湘賢譚組安軍長聯繫，託轉請收編，以形格勢禁莫達，乃即率全軍突圍離粵，將領有主還湘西或還川南再候政府處置者，議言未定，前顧茫茫，士卒復多因疲憊，人心渙散，終賴先生平日威德服人，逃亡無多。軍行至黔省天柱，羣山聳立，拂曉槍聲四起，先生疾起應變，爲部下新黜任師長正調充代表前往貴陽之羅覲光所買通衛士，乘亂刺殺帳前，年僅三十有六，英年早逝，殊堪嘆惋，時民國十四年十二月事也。先生死後，遺衆尚有二萬餘人，羅某還部以涉嫌刺案，羣情憤激，自難攫掌全軍，僅率其所親千餘人離去，餘衆以羣龍無首，四分五裂，紛紛爲湘黔軍所吞沒，此久受 國父培植，征戰十餘年之一中國國民黨部隊隨此一代革命先烈而俱亡，頓如煙銷雲散，慟已！羅某以下犯上刺殺先生後，人多不齒，部衆亦遽瓦解，民國廿一年奉汪精衛命回川活動，路過武漢爲先生之弟祖壇所手刃以復兄仇，識者稱快。

噫，自 國父倡導革命，海內外聞風景從者衆矣，鼎革而後，北洋聲勢頑固，革命勢力偈促西南一隅，忠實同志固大有其人，而歸附之軍人政客，自詡中山信徒，終至飜雲覆雨叛變本黨及領袖者，所在多有。自北伐迄以抗戰戡亂，此種敗類尤更僕難數。三湘七澤豪傑輩出，先生以軍家苗裔，崛起鄉曲，奮翮西南，徒以信仰 國父，服膺主義，效力革命，盡忠長上，終以身殉。死後未及半年，而廣州北伐軍興，先生已長眠地下，未克參與此一征戰行列，以遂平生獻身革命之志願，當死不瞑目。先生死後迄今四十餘年，中原板蕩，國難益亟，國家似宜追念既往，以勵來者，而尚未予先生稍假矜式，徒令先生長此飲痛九泉，以視其他後起際會風雲，論功酬勳者，其枯榮何啻天壤，誠人生際遇有幸有不幸者，豈得謂爲事理之平？然古往今來，此恨綿綿，豈惟先生一人而已，悲夫！

談·圓·光

焦席禩

先父厠身教育界，圓光術得自前輩某老先生傳授，並非以此爲業，課餘之暇，至親好友，再三懇託，方始一試。其法以白紙一大張貼於壁上，設案燃香燭，請圓光之人具疏，說明所請何事，於燭上焚化，並叩首默禱。施術者稱「圓手」，亦叩首，左手揑訣，口中默誦咒語，畫符焚化後，稍候，白紙上即顯現影像。初現者恒爲臨壇之神聖，據白紙上方，有時稍現即逝，有時盤踞甚久。次現者即爲連續之活動故事畫面，例如請圓失物眞相者，紙上及顯出失主家之房屋圖像、門窗、傢具、陳設、書畫，無一不符。再次現出賊人形狀，如何起意，如何入室，張張望望，閃閃躱躱；如何撬開門戶，傾箱提篋，竊取財物；如何遁走，歷歷如繪。賊人之面目、身材、衣着、舉止，亦表露無遺。此種畫面，並非人人可見，通常以十二、三歲以下之童子見者爲多。故圓光之時，恒約局外童子三、五人，稱「觀光童子」，令其目觀口述，道及賊人模樣，請圓之失主，無不點首會意，領悟其爲何人。

談及觀光之人，並非十二、三歲以下之童子人人可見。余手足四人，幼年觀光，以吾妹觀之最清楚，吾兄次之，吾與吾姊則絲毫不見。聞吾妹言之鑿鑿，而我瞠目視壁，仍爲白紙一張，空急而已。年長之人，通常不見，然亦有偶能見者，如余之乳母便是。吾父能圓，亦不能見，究何理由，迄無知者。

又有請圓終身者，虔求壇上預示一生休咎何如。紙上即能將其未來生活行動，或全部，或片斷，顯示而出。已故國際大法官，吾師吳縣徐叔謨先生，當其執教揚州第八中學時，與先父同事交厚，曾請先父爲之圓終身光，觀光童子即見其西服革履，周旋於外國人之間，有時宴飲談笑，有時圍坐辯論，其後果歷任我國駐外大使，及國際大法官，而卒於海牙任所（此事負翁先生「惜餘春軼事」中亦載之）。圓終身光，亦有以寓意顯示者，先父之門生某君，懷才不遇，請圓光以覘休咎，紙上現大河一片，某君浮沉其中，忽岸上一馬馳來，某君躍跨其背，絕塵而去。果也某君始則與世浮沉，繼於丙午年投身軍旅，乃飛黃騰達。又有友人某君請圓終身，則見叢山之中，樹木茂盛，一猴跳躍其間，詎躍登一桂樹時，枝折猴墜而死，蓋某君肖猴，是年八月病故。

先父雖出身前清科舉，但崇信科學，並不迷信鬼神，其圓光則照所學方法施術，知其然而不知其所以然。惟當時「祭神如神在」，心必誠，意必專，否則光不出現，即現亦未必能驗。先父所圓之光，亦有不靈驗者。余昆仲嘗欲求其術，先父不允，謂：「圓光非同兒戲，如圓失物，竊物之人，醜行揭發，一生名譽，從此斷送

。余爲人圓失物光，必由失主保證不張揚，不報復而後可。汝等少不更事，倘擅此術，必思炫耀。如濫圓失物之光，豈不揭人醜行，壞人名譽。待汝等逾三十，血氣已定，再爲傳授』。可惜先父棄養時，余昆仲皆未三十，此術竟未獲傳授。又嘗請爲我等一圓終身，則謂：『人之窮通利達，端視其學行爲準，圓光未必靈驗，即使靈驗，說你將來富貴，難道可以不讀書而空待不成？倘說他窮愁短命，將來事實未必如此，徒使心理先受打擊，更是何苦』。竟亦不許。

余思圓光扶乩之事，或爲一種玄而上之科學，其眞理猶待研究發展，惜乎現代不特無人研究，即擅此術者亦不可多得。凌紹祖兄既能扶乩，甚盼其傳之後學，俾此種玄妙技術不至於成廣陵散，而予人以探尋秘奧之對象也。

（按）過去農業社會，春節左右，正值農閒之時，鄉村多作扶乩，圓光，請紫姑（俗稱「簸箕姑娘」或「坑三姑娘」。）等，以卜歲收豐稔及人事休咎，扶乩多由文士爲之，因神仙臨壇，每咏詩詞，含蓄其意，令人摸索，以觀後驗；故謂人神相通，神之啓示，必須藉人之智慧耳。迎紫姑則由閨中婦女爲之，多畫飾品或花草，最簡者則點頭計數，以多寡卜豐歉。至圓光之術，則非常人所可爲。嘗聞蔣彝元，龔夔石二先生亦談圓光，情形與焦先生所言者大致相似，惟未曾目覩，實亦無法可見，蓋童子始可見之，其理亦不可解。回憶少時見鄰人扶乩，亦戲倣而行之，有爲壇下弟子若干年而不能扶者，莫不稱羡。實則余因鄰婦有子夭逝，思子入魔，乃藉乩語以慰解之。故神仙之術，若非用以惑世斂財者，亦可匡正人心，解除疑慮，未可完全以迷信目之也。楊祚杰附記。

吳俊陞風雲際會

錢公來遺作

曹何曹參，起家刀筆吏，英布彭越，皆草澤梟雄，而舞陽侯樊噲，爲市井屠狗者流。察其所由興，實際風雲之會，安得不謂時勢造成之也。前淸光緒庚子年，義合拳仇敎排洋之役，招致八國聯軍攻陷北京。俄國哥薩克騎兵，藉口侵佔東三省。雖以辛丑條約昭示，不能約束屯駐東三省之帝俄軍隊如期退出境外，致有光緒三十年之日俄戰役。此戰役，名爲日俄兩國交戰構兵，其交戰地點，實在中國境內，尤其在滿淸祖宗發祥之地，豐沛故鄉也。當地黎民百姓，蕩析離居，陷於塗炭，固無論矣。併皇帝之祖宗陵寢，亦作牧放戎馬之場。而地方朝廷命官，亦復聞風逃竄，不能與土地人民共存亡。以此滿淸三百餘年之地方統治權，遂告崩潰，不可收拾。其代之而興者，厥爲由散兵游勇出身之渠魁，以招降改編，爲地方巡防營營長之張作霖氏。其惟一之部從，嚮應歸附者，有孫烈臣、湯玉麟、張景惠、張作相等輩人。而另一大將，則爲由馬販子起家，而千把總外委，而二十九師師長，而逃遼鎭守使之吳俊陞氏。吳俊陞之爲人，莽壯粗豪，不事詩書，以儒冠爲可溺者，在當時，殊不恰於一般悠悠之口，然而其人其事，固非無可述者，茲撮其犖犖大端如左。

顧全大局

吳俊陞字興權，其在洮遼鎭守使任內，以打蒙匪陶什陶功，晉陞二十九師師長。受知於袁大總統世凱，特賜以九獅頭刀。蓋袁拔吳，具有深意。奬吳，即所以抑張也。吳與張作霖，初非有草澤同盟之誼，及鄉里葭莩親也。其後吳與張，共事業，圖功名，處境也殊，慮患也遠，値功高不賞之會，處憂讒畏譏之時，他人不能一朝居者，而吳則泰然處之。每以一言釋羣疑，糊塗弭衆謗，全交情，保令名，其愚眞有不可及者。

十一年奉直戰役，張景惠駐天津，代表奉軍，與直方敦睦誼，乃泄沓昏庸，每中直方愚弄而不自知。當時亦有情報，謂「曹吳部下，對奉軍要有舉動。」景惠對張巡閱使作霖大言說：「我們奉軍開到洛陽去，玉帥也絕不還手」。致駐防京津一帶之奉軍，終日逍遙乎河上，漫不設防。一聲霹靂，駐北京西苑之奉軍鄒芬部隊，突被繳械。而直方兩大將王承斌彭壽莘，率兩師生力軍，以疾風驟雨之勢，壓迫奉軍，退出山海關。同時新國會選出總統徐世昌，下令免東三省巡閱使張作霖本兼各職，調黑龍江督軍吳俊陞督奉，令二十八師師長馮德麟督黑。（吉林督軍孫烈臣不動。）

關外形勢

當是時，關外大勢，二十八師師長馮德麟，在日俄戰役時，其部屬，其聲勢，都遠在後此東三省巡閱使張作霖之上。祇以改編後，爲地帶防區所限，加上人事關係不夠，蓋張駐省城，馮駐

外縣。駐省城者，則政治經濟，近水樓台先得月，駐外縣者反此。政治機緣較少，經濟運用不靈，故馮居恒抑鬱。此次北京發表馮德麟督黑，誠一時良機。然吳不就奉，則馮無從去黑。而吉林督軍孫某，又張之股肱心膂也。若然，則當日東三省大勢轉一環而動全局者，舍黑吳莫屬矣。

政治處境

奉天地位，較黑龍江，勝似多少倍，政治處境優越，外交關係繁重，現代人材衆多，財賦之饒，兵馬之盛，所謂天下莫強焉。北京免張令下，東三省空氣激蕩，瀋陽城內鶴唳風聲。尤其小河沿之吳公館內，吳督幕僚，食指在動，爭欲人嘗一臠，幾乎彈冠相慶矣。乃吳督終日昏昏睡夢間，仍度其飲酒食肉，馳馬試劍，選色徵歌之糜爛生活如故也。及乎消息一天多似一天，時局一天似緊張一天。吳忽召其秘書長，叫他寫個電稿，囑往北京通電，口授大意，（吳之電稿，均由口授，不得代擬，錄後讀過發出。）其意若曰：「俊陞材具粗劣，一向追隨雨帥，黑疆之寄，已感隕是懼，況其他乎。」秘書長退出，以此電重要緊急，而口授稿子，沒有煞尾，似乎文氣不足，擅於稿末，添加「唯政府之命是從」一句。電經日本電報局發出。翌晨日本報紙發表。吳見報大罵曰：「秘書長不是東西，他把我們倆家的交情搞糟了！」立時下令逐之。

此電報第一反響，即吳督軍之參謀長應善一，當日被奉天督軍署副官高金山打死於吳公館右側畢甘霖門前。巡閱使署，以電話問吳公館：「應參謀長是誰打死的，告知好緝兇！」吳答：「是他逛窰子得罪了人，不要管他的閒事。」此案幸得馬虎過去。吳吩咐家人關上大門，不准閒人出外。

匆匆西上

瀋陽時局，愈逼愈緊，俗語云：「醜媳婦，難免見公婆。」吳遂決意西上謁張。事前召集幕僚，在公館會議，一堂羣彥，將今比古，陳說萬端，冀為東家策萬全之局。吳說：「唔！你們不知道，到時我自然有話說。」吳此次出發，與往日不同，少帶隨從，祇帶副官長陳振之，及衞士兩名，掛軍車一輛，匆匆西上。

張作霖被直軍壓迫出關，暫駐節山海關天泰棧，紆籌對策，收容部隊，整理殘軍，擬挽危局。忽吳督電報，自奉天出發。專車到站時，吳下車，適值張在旅邸門前散步，見吳到，即轉身回室。（向例張見吳，必欵待，歡迎備至，）吳趨入謁，張板起面孔說：「我正等你來，好辦交代，國家命令，不該玩忽。你趕快去，回奉就職，好安地方人心。咱是老朋友，你幹不比別人強嗎？我交代完，你叫我住那裡，我住那裡！」吳說：「唔，大帥！咱不提這些個。我的土地存欵，不比你少。我在江省，熟地有多少垧，生荒有多少方，夠我種的了。錢呢，日本正金銀行，朝鮮銀行，東三省官銀號，我都有多少萬存欵，夠我過幾輩子了。我的財產，並不比你少。再說他們北京政府儘弄把戲，咱鬥不過他們；北京對付兩廣，還不是這一套。今天撤陸榮廷，明天調陳炳焜，結果大家誰也幹不成。唔，大帥你的肩膀寬，甚麼都担得起，我怎行！你教我在黑龍江剿匪放馬，墾荒開地，我會。把我擱在奉天，各省代表，外國交涉，我那樣也應付不來，我一天也幹不了。我這時才來，把家都安置好了，你上那裡，我上那裡，你住大連，我也住大連。」張聽完，笑了。說「他們怎不來？」吳說：「唔！大帥生氣，誰敢來！打電報叫他們，他們就來。大家捧柴火燄高，咱們還是幹哪！」於是一天雲霧散矣。（唔，吳之口語，要說話，先帶唔字）

保全正氣

世皆知民國十八年，東北軍抗俄一役，輕舉妄動暴露了邊防弱點，發見外交失態，為九一八退師關內之先聲。而不知前乎此役，民國十五年，東北地方當局，處理中俄鐵路外交，幾乎由被

動，變爲主動，雖以蘇聯有事於五年計劃，未遑遠畧，而東北邊防重寄，黑督吳俊陞，能獨見其大，保全正氣，力爭上流，雍容坐鎮之力惟多。俊陞督黑時，每値蘇聯領事，或其特殊外交官，過路來訪，或洽商地方事件，吳必約請其他外賓，或英人或美人作陪。事後吳對人說：「唔！我們和他們說話，要請些見證人，不然，怕他們登報，亂說我又答應了他們甚麽。」可見笨人之外交，正有其笨的方式也。

其次，哈爾濱東鐵鐵路局長某宴客，推吳督爲首席，其陪客爲該路局之高等軍事顧問古畢洒脫爾（帝俄時，曾任俄東海濱省總督），固一皤皤白髮老將軍也。（庚子年，義合拳事變時，此將軍曾驅迫我住在江東六十四屯善良老百姓，投諸大江者，前有洪流，後有炮火，慘絕人寰，永世難忘。）宴前賓主周旋，介紹姓名，吳忽憶及前者，以此人與我國有血海深仇，奇耻大辱。立即向主人告辭，說：「唔！他還活着，你們今天的酒，我不能吃了。」（古人不與仇人同席，）從此東鐵路局長自慚交際失態，敬吳爲天神，此後吳向東鐵調車，運兵運貨，路局奉命惟謹。

門羅主義

吳俊陞督黑時，能實際負責，其於地方用人行政，不受他省介紹干涉，固抱「門羅主義」者也。雖奉天爲三省軍政樞機，而當路要人，皆不能向黑省推薦任何人材。即張作霖之如夫人王雅君，寵極一時，吳見之，雖鞠躬悚惕有加，亦未聞其位置親信，向吳有所請託。奉直第二次戰後，張景惠鍛羽歸來，無枝可棲，以暫編山林隊，駐防黑龍江。吳乃贍景惠百萬開拔費，使移防吉林，蓋臥榻之側，不容他人酣睡也。十一年奉直第一次戰役，黑省以地處邊鄙，調遣不易，未能出兵。十三年奉軍入關，黑省又託故延宕。及軍事緊急，張電火催，吳始返黑調兵遣將。過哈爾濱，到站下車，僞作跌倒，痛呼傷足，即以傷重電京。返省後，**各方慰電紛至沓來，徒擾乃公牌局，亂人淸興。**迨至足傷告愈，張又電催赴京，參機要。吳經哈埠，中外人士，歡送之際，吳忽大呼：「我丟了千萬元支票，下令搜查。及登車，人問：「大帥怎把支票丟了！」吳說：「唔！我看送站人太多，怕有刺客，藉故檢查他們一下子。」

挽張頹運

民國十四年秋，郭松齡反奉失敗，實爲十五年國民軍南口潰退先聲。蓋以北方革命，實力派未臻妥協，南方黨之主張宣傳未能澈底。關內外之北洋餘勢未衰，百足之蟲，死而未僵，關外奉軍幹部仍健在，尙有餘勇可賈。郭松齡之失敗，在外交上，雖云東風壓倒西風，無寧在軍事上，新勢力條件未備。衝動多於理智，未能折服舊派，郭部教導隊之粗製亂造，又教員學生整裝之新軍，未能與行伍綠林講武堂爭長較短也。先是十四年秋，郭將軍以三四方面軍，作反奉基本幹部，揮師出關，其鋒不可當。無如初冬大雪，人馬不前，錦縣歇兵，觀望風色，鑄成大錯。津門李景林殿後，控制國民軍，使不得援應。熱河闞朝璽，徘徊瞻望，國民軍被李景林突擊，損失甚重。加以老張健在，猶有餘威。而郭軍反奉旗幟有欠鮮明，討張檄文，駢四儷六，人看不懂。此其所以未能邀得地方民衆之反應也。及乎師次白旗堡，勢成强弩之末矣。迨列幕遼河西岸，雖旌旗蔽天，鼓角震地，而郭營中，忽傳出一種口號，曰：「吃老張家的飯，不打老張家」，反奉之謂何哉。此郭軍之失，又其一原因乎。

當時京奉鐵路交通，在奉軍方面所管轄，由瀋陽至馬三家子一段，僅及全路十四分之一。奉天省城，城西難民，麕集西關，冬初大雪，地凍天寒，逃難婦女，抱幼嬰坐柴草車上，凍僵雙手，把嬰兒滑落地上。及警覺，下車覓孩，已凍斃多時。前方炮聲，省城斷續可聞。省城八門八關，皆由當局請日軍站崗。豈第鶴唳風聲，八公山草木皆兵之喻乎。帥府機要會議，老帥發脾氣，祇有亂罵，自悔誤信鬼子，六子。（鬼子郭松齡，六子張學良）

其他羣僚，曾遭鬼六之侮者，到此時衹面面相覷。雖快個人往日之私怨，究無補當前之大局。獨有黑督吳某好整以暇，作而言曰：「唔！看着弄罷，那還沒辦法」。於是未出兩日，盛京時報，大字標題，黑龍江吳軍騎兵，包剿郭軍後路，佔領白旗堡。郭之秘書長林長民，中流彈死火車上。又題郭松齡將軍，及夫人韓淑秀，率青年衛士數人坐大車離部隊出走，爲江省騎兵軍長穆春在蘇家屯軍站捕獲。此一幕掀天揭地反奉軍，於是鑼鼓收場，其潰散部隊，又歸張家改編矣。

新舊軍閥

民國十六年，張作霖在北京，就安國軍大元帥職，劃新疆爲通郵區，發行北京安國軍大元帥紀念郵票，通行新疆西北各省，東三省熱察綏區，勿論矣。同時併宣佈大赦。合演北方新舊軍閥，迴光反照之一幕。以與北伐之南方國民革命軍相對峙。當是時，參加劇幕者，北洋宿將孫傳芳，何豐林，靳雲鵬等；奉軍則魯督張宗昌，直督李景林等。固一幕滑稽劇也。而當日運籌帷幄者，外表爲張之內閣總理潘復，骨子裡則爲前此督蘇之楊宇霆也。楊自督蘇失敗，聲銷迹斂，不料又逢郭軍反奉一役，復得贊囊機要，頗資倚仗，於是楊宇霆在張左右，又由黑而轉紅矣。

張作霖疲竭東三省之人力、物力、財力，輕率入關，翱翔京津，心營四海，導官僚以腐敗，教子弟以奢華，陷奉票於毛荒，舍其本而逐其末，此王永江引爲深戒者也。十五年，山海關外，疆圻重寄，黑督吳俊陞，吉督張作相，熱河都統闞朝璽，獨奉督一席虛懸。爾時關外三省在位之文若武，其資履關係，能見塲面，上得臺盤者，爭月日馳驅於京奉路上，冀得朝京，一望大元帥之顏色。併交歡其左右，預爲個人官階祿位。謀陞遷，爲父母死後，訃告增題字，夫又誰肯計及人民生計，國家邊防者乎。

啼笑皆非

奉督一席，稽之勳勞，按之資履，允應俾於十四年，旋乾轉坤，戡定郭變之黑督吳俊陞氏。而大元帥之左右，皆不願也。他人勿論，即久賦閒曹，當年起義老友湯二虎（名玉麟），首先跳起來，通不過。若然則嘗此一臠者，其資歷關係，舍楊宇霆莫屬矣。然張作霖戒於郭松齡之變，覺外人終不可恃。雖楊氏費盡心機，奉督一席，終不到手，於是謠言再起，羣又集矢矚目於吳督矣。謂：「吳某包藏禍心，預謀不軌」。一若眞有其事者。適吳督軍奉命東邊，剿大刀匪，匪剿完，回京覆命，路過錦縣，有告御狀者，控告吉督張作相之叔張洛東，及前熱河都統汲金純之襟戚甄寶玉兩人，以「仗勢欺人，窩匪聚賭，擾害地面，」案子。吳覽狀大怒，下令捕獲。不顧勢力，不恤人情，令將要犯，逕押奉天監獄。此案也，地方百姓，莫不稱快。然而大帥之左右，則羣情咸惡之矣。說：「姓吳的，他算誰，不該殺家韃子，專找自家的毛病。」吳督至此，嫌怨日多，處境頻危，幾乎啼笑皆非，步履惟艱矣。

浸假而北京中南海之大元帥耳中，灌滿了吳督俊陞之閒是閒非。一日值吳入見，大元帥忽板起面孔，說：「聽說你，老不知好歹，不理正事，竟在外邊胡鬧，成何體統，姘戲子，軋窰子，也是你幹的嗎？還不趕快回奉天，去看家，這地方，不是我們久住的地方！」吳說：「唔！大元帥，你是皇上，我是八千歲，人家有穿朝馬，我有穿朝車。中南海就是紫禁城，我的汽車，哼一下子，就開到，誰敢攔我。別說江省不回去了，連奉天小河沿，我也玩夠了。我一個放馬的販子出身，作了八千歲，甚麽我也不想幹了。我到北京，我把全家大小，都接來了，來享大元帥的福。我們一家子，成天坐汽車兜風、看戲、吃館子、逛西郊萬牲園，西山八大處。我還活多少年，我活着，我一家子那個不是託你老人家的福氣。趁機會，風光，風光，浪一浪。」大元帥默然者久之。說：「算了罷」（八千歲本於唱戲故事，清制大官御賜紫禁城騎馬）

黎明前後

凌紹祖

抗戰後期，江蘇省政府由蘇北淮陰遷到安徽省皖北的阜陽；我當時因公留在皖南，主席王東成（懋功）氏有急電召我星夜趕往阜陽。當時皖南到皖北交通非常不便，適有安徽省黨部委員魏壽永先生（在台現任立法委員）亦因公需赴皖北的立煌，乃相約同行。途中所經，除屬於我方控制區外，有大刀會、小刀會、叛軍區、共區、清鄉區、敵區、陷區……形形式式，眞是寸步爲艱。所利用的交通工具，有汽車、人力車、輪船、帆船、步行、轎子等等。歷時一個多月，方到達阜陽鄉間的小李寨——江蘇省政府所在地。

王主席召我北上之目的，在與我商討如何統一蘇北地區游擊部隊的問題。我因爲在蘇北工作日久，與各部隊將領，多有深厚的交誼，未及一個月，此一問題即告順利解決。當時省府會議仍按時舉行，所商討者多爲策反江蘇境內僞軍及淪陷區內的民衆組訓問題，迄三十四年夏末，對日戰爭已現勝利之曙光，省府推派委員二人赴敵後作反攻之部署。被推者爲我與張淵揚先生（現留居美國，在聯合國任職。），正在作入境前的研究與部署時，省府忽接立煌轉來的重慶電話，知日寇已宣佈投降。江蘇爲首都所在之地區，省府於次日即召開緊急會議，仍推我與張委員淵揚先行馳往，代表省府作接收前之種種準備。

我與張淵揚先生率省府一部份職員很快就啓程，路線是由津浦路南下，以南京爲目的地。到蚌埠時，即晤駐防僞軍將領吳化文，知蚌埠當時已由共軍包圍，正發動攻勢。我等乃正告吳化文必須堅守，並勉以維持地方秩序，免地方遭受塗炭，人民遭受傷害。誰知當晚十時許，共軍即集結來攻，槍炮聲齊作。共軍愈攻愈猛，至夜間一時許，已達蚌埠之近郊，情勢危急。吳化文不得不商請日軍增援，直至拂曉，方將共軍擊退。離蚌埠後，仍乘津浦車南行。車行甚緩，因沿路均遭共軍破壞，鐵路隨修隨行，而共軍則隨修隨即破壞。修理鐵路的器材，亦極缺乏。有時我們因爲等候修鐵路，而停留在一個小站上要等到好幾天。沿鐵路兩旁的電線桿均爲共軍破壞，每根都被砍倒在地。當時有人形容共軍破壞鐵路的情形，謂之曰：「肝腸寸斷」，確非虛語。

我們到達南京的日子，正和前進指揮所冷欣指揮官的到達是同一天。我們訪問冷指揮官做了一次連繫。江蘇省的僞省長任援道，時因兼任僞第一方面軍的職務，留駐南京，我們代表省府與任援道見面一次，通知他下列各點：（一）在接收前江蘇省各地區及首都的治安應負責維持；（二）江蘇省各級機構應負責保持現狀；（三）江蘇省的公產、財物應負責保管，勿使有私相轉移情事。

在南京因與有關各方面做連繫工作，躭延了好幾天；我個人隨即轉往鎮江。鎮江，是戰前江蘇的省會，有前往巡視之必

要。當時駐鎮江的偽軍係偽綏靖第三方面軍、熊育衡為首長。到鎮後，見鎮江的人心雖然振奮，但社會秩序則不安定。尤以，共軍之活動加強，每日夜間共軍常派間諜，攜械到市區擾亂，甚且可以繳警察的槍械，濫捕市民，簡直是人心惶惶。江都縣長張濟傳兄為顧慮我的安全，特由揚州調派衛士一班來鎮暫作我個人的警衛。

在鎮勾留期間，接揚州駐軍陳泰運總指揮電約渡江一晤。陳泰運先生出身於中央大學及中央軍校一期。抗戰期間，初任蘇北指揮官，繼任長江下游挺進軍總司令，我駐蘇北曾與彼共事數年，相處甚得。到揚州，知蘇北我軍集合於點線以後，共軍即開始作面的推展。而偽軍孫良誠部雖已接受了中央的番號，但以給養等問題未解決，呈現不穩定的情緒。當時的中央正規軍尚未開到蘇北，比較可靠的力量僅賴於原在蘇北的游擊部隊。

江都的縣長張濟傳與中國國民黨江都縣黨部的書記長楊祚杰在家鄉均有領導能力，抗戰八年在敵後堅持原地奮鬥，艱苦卓絕，深得地方人士之信仰，當時均已回城辦公，是穩定揚州的主力。

江蘇的省會，在偽組織期間，是在江南的蘇州。我是代表江蘇省政府第一個到蘇州的人。我那天到蘇州僅帶了一名副官及一名憲兵。當地的人因為看到中央人員第一個以公開身份出現在蘇州，視為一件新奇的事，一窩風地擠到車站，擠到觀前街的兩旁，可以說是萬人空巷了。在蘇州車站下車後，已是下午，先到樂鄉飯店休息。駐蘇某游擊部隊長聞訊特派來轎車一輛，車頭插了一面小國旗，以供使用。

我到樂鄉飯店休息時，由副官用電話通知偽省府。在我到省府時，副官與憲兵隨車同行。道路兩旁擠滿了人，行車極為困難。車行至觀前街時，忽有一個年約七、八歲的小孩在街上來回地跑來跑去，不幸竟被我乘的車撞着，並且被輪胎輾過。一時大街兩旁圍觀的人羣爭相驚呼，警察也來了。我即下車關照警察，立刻用車將受傷的孩子送醫院急救，將情形與省府隨時聯絡，又派隨行的憲兵留下照應那個孩子。

偽江蘇省政府設在拙政園內、拙政園是蘇州的名園之一。辦公處室分配在園中的亭台樓閣，環境極為優美。接待我的是當時偽省府的秘書長徐桂。他將留在蘇州的偽廳處長一一介紹見面，簡報了各部門的狀況，然後在園內各處巡視一週。我記得當時園內添建了一座純粹日本式的高級住屋，完全是舖的「榻榻米」。這座日式的房子可能是專門招待敵寇用的。另外，高級人員的辦公桌子，上面舖着全桌面的玻璃磚下面襯着是整幅的錦緞。地板上舖着大幅北平的絲絨地氈，眞是窮奢極侈。

我當時正式告訴徐桂：「一、我是江蘇省政府的代表。二、這次來的任務是通知你們準備移交。三、移交工作應造具詳細的清冊。四、人員不得擅離職守。五、物品不得私相轉移。」他均鄭重地承諾，這也就是我此次到蘇州的任務。

當天，偽省府為我預備了住處，在宮巷的「清鄉館」。清鄉館是他們偽省府的高級招待所，裡面的陳設富麗堂皇。晚間，偽省府在清鄉館設宴欵待，那天參加的人，除我以外，全是偽組織的高級人員。宮巷裡停滿了汽車，也就是因為這個緣故，引起了我方特務機關地下人員的懷疑，以為偽組織有什麼重要的集會。我也因為任務簡單，無多躭擱，事先也就沒有和他們聯絡，所以他們一點也不知。他們派了很多人懷着短槍佔領了清鄉館四圍的高地據點，採取包圍和監視。飯吃了一半，在座的一位主人，偽江蘇省保安司令部副司令楊彥斌忽然報告：「現在清鄉館已為不明底細之人所包圍，且有武裝，其企圖不明。」楊彥斌為了我的安全，即調派一營部隊來保護清鄉館。另外派了一營人在清鄉館到他住宅的沿途佈崗警戒。飯後，他不讓我單獨住在清鄉館，拖我上了他的車子，在嚴密警戒中駛回他的住宅。

楊的住宅在一座佔地很大的花園裡，裡面有兩座房子一座平房和一座樓房。我被安置在平房裡。因為時間已晏，在和楊畧談後，即洗澡休息。

第二天清晨，吃了早餐，楊約我散步。那是一座佔地若干畝，花木繁茂的花園。我們逛到汽車間附近，有兩部車子停在那裡，車夫正在沖洗。楊很誠懇地問我：「你喜歡那一部車子？你將來一定要在京鎮、京蘇、蘇滬間奔跑的，車子是少不了的。」我當即答以：「謝謝。我可以乘坐火車，且較方便。」他又指着那兩座房子問我：「蘇州的住宅你總是需要的。我交代後即回到無錫的老家，不需要住在蘇州。這所住宅送給你。」我又答以：「我將長住在鎮江。」在園子裡散步了十幾分鐘，又回到我住的平房，楊又說：「我現在送給你一件禮物。」說完就在一個櫥裡取出一個紅紙盒捧給我。他說：「這是一枝手槍，是保安司令部修械所製造的。」我揭開了盒蓋，見到盒裡安放着一枝新的手槍，和兩個子彈夾。我即詳細問他修械所的設備與生產的情形。我很欣然地告訴他：「這件禮物我很高興收下，我代表江蘇省政府收下。」這件禮物在我回省府復命時即面送王東成主席親收，王主席也很欣賞這件禮物。

我在離蘇州前所要處理的就是那被車撞傷的孩子，我找到了一位省府江南行署的視察，我請他告訴那孩子的家屬：一切醫藥費用均由我負責。如因此殘廢，我決負担他終身的生活費用。又請徐桂派人到**醫院關照主治醫生盡力救治，務期全癒。**後來知道那孩子當時傷在腿部，經救治後已無大碍，眞是一件幸事，否則，我將抱憾終生。當地的報紙因我處置得很適當，對此事均未作過分渲染之新聞。

勝利後，我即曾將我的家全置在鎮江，雖然那時省會還沒有遷回來。我住的房子本來是熊育衡住的，那是一幢獨立洋樓，房東姓王，在上海經商。熊育衡將那房子讓給我，並且還留了一個很會照應家務的傭人下來。我即派人和房主訂租約，算是有了一個駐足之地。

每經一次戰亂，社會上的財富也就要重新分配一次。我閒來偶然喜歡逛逛大街，那時沿馬路兩側擺滿了舊貨攤子，陳列着光怪陸離的貨品。有極精緻的茶具，有很豪華的酒器，有宋、元的善本書，有舊拓的碑帖，有各種原板書，有歷代名家的眞蹟書畫，有各種名貴木材精製的傢具，有外國的原裝沙發，……眞是美不勝收。

我曾用僞儲備劵五十元買了一部大的韋氏大詞典，用拾萬元買了三本碑帖，用三石米換來一部淳化閣帖；後來又用法幣二千元買了董香光的眞蹟手卷。祇要你有時間，有鑑別力，就可以隨處得到寶物。據說，這些物品多半是日僑將被遣送返國，乃以很低的代價賣給拾破爛。另外我的弟弟紹夔當時也曾在揚州一個挑荒貨的担子上買了一幅張小齋的馬，索價二元。其後我陸續得到很多眞蹟古字畫，如張瑞圖的草書條幅，鄭板橋的墨竹中堂，癭瓢子黃愼的人物畫——福祿壽三星……等等，都是極可愛的收藏。

抗戰八年，在敵後工作，那裡會有家呢？勝利後總以爲可以稍獲喘息、精神上可以鬆弛一下了。我在鎮江的新居裡，張掛了幾件我很喜愛，而濶別了八年的書畫，客廳裡懸掛了林子超、陳果夫二先生的對聯，中間是譚組庵先生的行書大中堂。書房掛的是戴季陶先生的對聯，王陶民先生的「喜上梅梢」畫幅。休息室裡懸了一堂揚州名家的八條畫幅，作家有王小某、顧伯達、王虎榜、吳樹本、顧石庵……等人。因爲我唯一的嗜好是欣賞書畫，所以到一處是免不了掛幾幅出來作慰藉精神之用。就是抗戰期間，還將收藏吳梅村的山水手卷携帶在身邊，隨時把玩。另外，在興化時鮑殊明先生送我一幅他的法書條幅。鮑殊明先生當時爲蘇省府委員，並兼任韓副總部的辦公廳主任，才氣縱橫，能文善書，極負時譽。他的字是從魏碑脫胎，自命與徐州張伯英在伯仲之間。有一天，我將張伯英送我的一條字與他的字並懸在興化住宅的客廳裡，適巧他來談天，也就面對着這兩個條幅端詳了半天；臨行時，他向我說，以後要懸掛請我不要將這兩幅同時掛在一起。我問他，爲什麽呢？他說他的字與張的一比就覺得不免弱了一點，這眞是一段藝林佳話。

談起字畫的故事，眞是談不完，在抗戰期間，日寇在佔領地區專門喜歡搜括搶刧我國古代的藝術品；被刧去的古字畫一批一批向其國內運去。我們現在在台灣看到較爲可看的碑帖，幾乎全部是日本的影印本。我國歷代的名書畫也被日本影印成若干輯，於此可見我國抗戰期間損失文物之慘重。在蘇北南通區的某縣裡有一位名收藏家，所有古代精品字畫被敵酋囊括而去。我駐該區某部隊長有一次率部攻擊敵軍時，敵軍大敗而逃；某部隊長鹵獲戰利品無數，其中有幾箱就是被敵酋搜括而去的某收藏家的精品古字畫。某部長連夜派人運送上海珍襲藏之。該原收藏家的一位親戚與某部長本係好友，曾以友誼一再請求發還，始終未允，因此交誼破裂。還有，在蘇北銅山區的某游擊司令有一次襲擊敵軍，亦鹵獲了敵酋搜括的一箱字畫，內均係我國歷代名畫。某司令慷慨之至，曾以之作爲戰利品分送長官友好，我就收到過他所送的一幅絹心的米芾眞蹟山水。在泰縣地區的某部駐軍，駐地在海安一帶。韓紫老逝世以後，其生前所臨成本的碑帖，其數百部流散在外；幾均在該部隊若干官手中。我曾親見若干部，其結尾均書有×年×月×日臨×碑或×帖第×十或一百×十×通等字，可見前輩對書法所下功夫之深厚。

江蘇省政府於接收後之初期，仍暫留蘇州辦公，不久也就遷回鎮江之戰前原址。接收之初期，各地不免發生紛亂的現象。迨中央陸續頒發了許多有關接收的命令，辦法日漸完備；在省政府裡還有一個專主管接收工作的委員會負責辦理。在各區中間，徐州是一個很重要而特殊的地方，接收工作也較其他各區重要。因爲，徐州是江蘇北部的重鎮。在抗戰期間，僞政府成立後，曾將該地區設置省治——稱爲僞「淮海省」。徐州又是津浦鐵路的鎖鑰，省府設督察專員區於此。當時的專員是馮子固先生。馮先生在抗戰八年中，堅持原地奮鬥，輾轉在該區與敵軍周旋，任游擊指揮官，艱苦卓絕，深得該區軍民之信仰。勝利後，進駐徐州。省府以該區重要，不同於一般地區，乃推張委員淵揚與我同往以代表省府督導該地區的接收工作。我們到達徐州後，指導組織接收委員會，統一接收工作，除軍事部門由中央直接派員接收外，其他一般接收的工作，均能很有秩序地辦理，張委員和我也就顯得輕鬆不少。

在徐州，辦移交的主要人員是郝鵬舉。郝係僞淮海省的省長，又係該區軍事的最高負責人。郝之爲人，很精幹，而有野心。在他任僞淮海省省長期間，收括民脂民膏，除了擴充其部隊以外，還做了幾項建設。他時常自己誇耀僞淮海省的三大建設，（一）淮海醫院，（二）修械所，及（三）被服廠。僞淮海醫院確是一所規模很大，設備完善的醫院。修械所已可以製造輕重機槍。被服廠可以自織毛毯，我們前徐州以後，爲了公事上的原因，和他免不了有頻繁的接觸。他在我們面前也表現對中央有無比的忠誠。

有一次和郝談話，我們問他：「你對未來的職務有什麽希望？你對中央有什麽要求嗎？」他很爽朗地答道：「我祇要一個集團軍的番號，我一定會用我自己的力量來收復淮海省所有爲匪軍佔據的失地。——這也就是算我對中央的報答。」

還有一次，他請我們吃晚飯；正在吃飯的時候，有一位他的副官長來向他報告着說：「總司令派送王主席的兩營人，現在人槍均已齊備，正在集合，夜車即上車赴鎮江；現正恭候總司令訓話。」他沉哈了一下，顯得很誠懇地向他的副官長說：「好的。我是要來對他們講話，爲他們送行的。你先去檢查一下，看看他們每個人是不是都有一件厚大衣？因爲，他們到鎮江以後，是就要服勤務的。如其沒有呢大衣，夜間站崗怎樣受得了？你檢查以後，發現有缺少的，可將留下的弟兄們身上的大衣先爲他們走的人補足。一個弟兄應該給他們一件大衣。」郝的部隊在僞軍中稱得上是能征慣戰的。他之能得到部下的人心，諸如此類對部下的關懷，想也是原因之一。

郝鵬舉當時也常常發點牢騷。他說：「我的總部房子大，有機關看得很中意，要我搬讓，我不得不搬到郊區去。我的防區好，又要我讓，我祇有再向外圍推移。慢慢地我的防區將要退到荒凉得沒有人烟的地方了」。可惜，此人後又投共，終乃爲共所殺。

戰後的徐州，改變了不少。即以道路而言，戰前窄狹的街巷，很多改築成六線大道。記得正抗戰開始不久，因爲督導徐海各縣的民衆組訓的工作，我經常是津、浦、隴海二條鐵路上的乘客。有一天，我從浦口到徐州，剛下車即聞警笛齊鳴，那是緊急警報的聲音，車夫拉着我直向雲龍山的方向狂奔。到雲龍山脚下時，敵機正飛臨上空，俯衝式地轟炸，一連丟下了十幾枚炸彈。當時的惶亂已達極點。我雖倖免於難，但當時目睹平民死傷狼藉，血肉橫飛，天空電線上也懸掛着殘腿斷臂，眞令人憤慨。戰後的雲龍山雖恢復了它的壯麗，但變過色的山河，總不免有有蒙羞之感。再想到空襲的一幕，始終忘不了日本軍閥的殘暴！

徐屬同志在抗戰期間大多數表現了他們愛國愛鄉的精神，他們多少都各領導了一部份家鄉的武力，一面抗敵，一面防共。而在兩面作戰中，犧牲的同志也不在少。戰後，這些同志都參加復興地方的工作。我們在徐州召集了幾次會議，與各縣的領導同志商談各項問題。我們深深感覺徐屬的同志有超人的堅忍與勇毅，同志之間相處以眞以誠，從不重虛僞與客套。

馮專員子固接待我們，純粹像接待他來自遠方的自家親屬一樣，無限地誠懇，無限地關切。徐報社的社長王藍田先生是徐屬同志中之年長者。王先生革命性強，做事任勞任怨。那時，徐報的經費還沒有着落，他却領着一班同志苦撑苦幹，辦得有聲有色。抗戰期間有功的同志，從未有表現矜伐之態者。勝利後失意的同志，也從無濫發牢騷之論調者。每個人多是一套布中山裝，吃着粗糲的伙食，埋頭做份內的工作，這是徐屬同志值得欽佩之處。

我們那年在徐州的時候，正是碭山梨豐收上市。我和張先生各買了好幾担寄回鎭江，分饗親友。碭山梨的優點是水份多、肉嫩、渣少。形容以上優點的人說，若是將一隻碭山梨砸碎在地上，會看不見什麽東西，祇有一灘水而已。

徐州的乾點心也很出名，用木盒盛裝，可作很名貴的禮品。抗戰期省府駐阜陽鄉間，王東成主席好邀客作竟夜之談，在深更夜靜時，每每捧出一盒一盒的徐州點心以饗嘉賓，藉作談助。

我們由徐州回到蘇州時，省府也作遷回鎭江的準備。省黨部、省政府也就仍然分開。江蘇省黨部設在鎭江中正路六百號，擁有一座二層的辦公大厦，形勢壯濶。

這座大樓是抗戰前楊興勤先生担任江蘇省黨部委員時，以節省的經費建起的。那時，全國各省黨部均無自建之屋，江蘇省黨部在全國是第一個擁有自建辦公大厦的。

我初回到鎭江的時候，就抽暇到省黨部察看了一次。在鎭江淪陷以後，省黨部是被佔作日寇海軍醫院之用。日本宣佈投降以後，海軍醫院即已遷出。我去看時，已是一幢空空的破壞不堪的屋子；門窗固然不全，而每個房間裡都充滿着藥味。後面的一排平房已夷爲平地，四週的花木也蕩然無存。我在第一次去時，看到省黨部的老花匠，大概是姓方吧；他說：自國土重光後，他每天總到省黨部來，想看看省黨部的舊人。我們相見後，雙方都感覺無限的高興。中央派張淵揚先生爲省黨部的書記長，派王振先生爲組訓處長，派我爲宣傳處長。當時，張淵揚先生因兼任南通學院院長，王振先生服務後方尚未返來，所以我除任宣傳處長外，又暫時兼代書記長和組訓處長。省黨部大厦的修理是一件大工作，因爲原屋被破壞得太厲害了；又算是一件很艱難的工作，因爲修理費用毫無着落。我找到過去熟識的建築商，訂了修理的計劃，由建築商先墊錢整修起來。結果，花了很少的錢，將所有的房屋整修好，不僅整修到能使用，而且也很美觀，大門口兩邊的警衛室和傳達室也重新建好，圓環的花木重新栽植好，又顯出了壯麗

的氣象。關於內部裝飾，我找我的弟弟紹夔，邀請了一位國立藝專的同學——閔希文君來，主持設計。閔君溫文儒雅，氣質極佳；到省黨部後，不計名位，不計名位，不計待遇，所有美術的工作一手包辦。省黨部大禮堂懸掛的 國父遺像，委員會議室懸掛的 總裁玉照，均出於閔君之手，所有看到的人都視此兩幅畫爲名畫。在鎮江鐵路車站也建立了大幅的總裁彩色油畫的玉照，高達三丈，也是閔君的大手筆。閔君江蘇常熟人，精通法文，對文學的修養亦極深邃。

勝利初期，各地的報紙爲了適應政治環境，將所有受「敵僞」指揮的僞「和平」論調要立刻收拾掉，這是一個一百八十度的大轉灣。過去的僞報編者與記者所受敵僞的薰陶已深，不管是立論與用詞均有似是而非之感。後方來的新聞從業人員一時也不能足夠接替這份工作，實在是宣傳方面的一個大問題。揚州的郁培仁同志有意在鎮江辦一份報紙，名曰「江蘇建報」；他請冷容庵（欣）先生爲名譽社長，要我做社長，他自己做總經理；我們同意後，就在鎮江發行了。發行時，冷先生當時在南京主持前進指揮所，代表何敬之（應欽）先生辦理全國各戰區的接收工作，其重要與忙碌當然無暇顧到這份報紙。我也是因爲時而蘇州，時而徐州，也沒有空暇過問此事。當時，祗記得在此報初辦時，周逆佛海曾條諭僞中央儲備銀行撥了一龐大數字的補助費補助此報，郁培仁同志來就商於我，我即堅囑不得收受一文。郁培仁同志接受了我的意見，維持了江蘇建報的清白。等到我經常住在鎮江的時候，我看着建報當時的情況，實在是不成話說。因爲，什麽設備都沒有，電訊靠抄大報，附刊靠轉載，社論時有時缺，印刷是由一家小的印刷所代印，發行的數量少到見不得人。但是那報頭下面却印着「名譽社長冷欣，社長凌紹祖」，我想，這眞是丟人的事。當時，我的考慮是：究竟辦下去？還是停刊不辦？最後決策是要辦下去。並且要將它辦好。第一步，我先請吉靜湖兄主持其事，研究如何充實改進。第二步，我到上海邀約工商銀行界的友好舉行了一次酒會，宣佈了整個建報的計劃，獲得多方面的支持。回到鎮江以後，請王一冰兄担任建報的副社長，陳鼐和兄担任印刷所主任，未及半年，建報就擁有三架印刷機的印刷廠，擁有兩架收報機的電務室，方新吾兄担任編輯部主任，組織社論委員會。紹志弟爲經理部主任，發行網遍及全省各縣市。當時建報的理想預備與京滬各大報爭取大江以北的發行。我們在鎮江出版，清晨即可渡江用汽車送達沿運河的江北各縣。換句話說，江北各縣在午前即可見到我們的建報；而京滬各報必須於每日晚間方可運到。這個爭取江北發行市場的理想沒有錯，可是江北共亂日益猖獗，始終停滯在計劃的階段而已。老報人包明叔先生以前輩的資格，對建報多所獎掖，更足以令人感奮。建報的最大特色是社論以敢言著稱，在上海某報有過一篇介紹全國各報紙的專論，曾對此點特加獎飾。在社論中三分之一出之於紹夔弟的手筆。

在抗戰期間，我看到過各方面的英雄好漢，離妻別子，參加抗戰陣營，爲國家民族拋頭顱，灑熱血，轟轟烈烈，描繪出英勇的史跡。當時我常常發生奇想，我想：這批抗戰有功的人物，勝利以後可能會失業，沒有飯吃，有的甚至可以挺而走險。因此，有些人可能被判罪，其中，甚而有極少數的人會被處以極刑，也說不定。

勝利後，這一個奇想有一部份不幸竟變成事實。就在勝利那年的冬天，因爲政府對所謂「游雜部隊」的改編淘汰；大批游擊部隊的幹部失業了。少數意志不堅，在極端憤激之下，受了共黨的誘惑而參加共軍。多數忠貞的幹部，但還是咬緊牙緊忍受這種不平。在寒冷的冬天，有的棉衣總上不了身，凍得抖抖縮縮；有的忍着餓，將褲子紮紮緊。我是經常地和這批人接觸，他們總希望我能幫忙解決工作的問題；可是這又談何容易？即以我本身來說，省政府一改組，我也被改掉了。那時，社會上的流傳說法，將政壇上的新貴分爲兩羣。一羣是天上飛下來的，另一羣是地下

鑽上來的。前面一羣是指由大後方乘飛機回來的人物，後面的一羣是指從事地下工作，一旦公開了身份的人物。人人爭羨這一羣羣的天之驕子。天上飛下來的較地下鑽上來的身價更高。敵後工作人員也不被這批人看在眼裡。至於淪陷區的民衆，經過八年敵僞統制的苦難，非人生活的煎熬，指望中央政府勝利，拯之於水火之中。想不到這批人物眼高於頂，看到淪陷區的人就像個個是漢奸一樣；淪陷區的民衆是夠傷心的了。要曉得，這批人的人數是多過後方來的人，不知要多過若干倍呢。再加上，接收的工作不如理想；一部份是準備工作不夠，接收的辦法不完整；一部份是接收的人不理想，接收的情況紊亂。

當時稱「接收」為「刼收」，可以想見一般。民心雖未喪失，起碼對政府的向心力不夠強了。有許多做漢奸的人，搜括了很多金錢財寶，見到後方來的權貴，不惜工本地巴結走門路；其中有的弄到地下工作的證明，稱為「打入份子」，可以維持住地位；最低也還能做一個逍遙自在的老百姓，安安穩穩地。眞正敵後的工作人員，被遣散了，窮得沒飯吃。有的游擊英雄為了生存觸犯了刑法，有坐牢的，有死刑的。眞正的老百姓對這些光怪陸離的形形式式有點看不懂了。

游擊部隊的整編而走到被淘汰的路，所有僞軍是看得胆戰心驚。以在敵後吃盡苦頭，冒盡危險的抗戰部隊終於走上被淘汰的路；僞軍自身想想他們自己是怎樣的身價，將來還會有什麽前途？僞軍的頭腦跑了，樹倒猢猻散，許多僞軍的嘍囉都「解甲」而去了。奇怪的是明明知道抗戰結束後，連接而必來的是如何解決「共軍」的問題。那就是說，還是有需要用「人」的時候，還是有需要用「軍隊」的事情。為什麽明明知道必將有事發生，而不能把握着這個要領，反而執行和這個要領相反的政策？共軍冷眼等在旁邊，張開人網，來者不拒，多多益善。在海上時常緝獲到許多航海的大木船，船裡裝滿了徒手的壯丁，在向東北輸送。配合俄共在東北的刼收，這些壯丁到東北被裝備起來。共軍的軍力不斷地在擴展中。

返觀我們自己，拿蘇北來說吧：鹽務的稅警團在抗戰後改為第八軍，後又改為蘇北游擊指揮部，下轄兩個縱隊，始終在敵後從事游擊，是一支能爭慣戰的部隊，對抗敵剿共的任務，從未有虧職守。我總以為這支部隊會讓政府賞識，正可以利用其與共打游擊的經驗而加以擴編的。想不到，也給被改編了。一改再改，一編再編，最後編到沒有了。我對這個部隊是有感情的，從它的長官到士兵，都是在八年中併肩作戰的夥伴，所以談到這個問題就想到它，因而也就提到它。

抗戰前，我們有一夥朋友辦了一個中學，名為「邗江中學」，校址在江都五區吳家橋。江都縣城淪陷後，在城區的幾所私立中學已被迫停辦，邗江中學因為僻處鄉間仍能絃歌未輟。可是，到了共軍在江南被迫，目標移向蘇北時，大橋、吳家橋和謝家橋成了新四軍的根據地。邗江中學被共強佔為訓練共軍幹部的場所。我是邗江中學的董事長，雖然我不駐在校內，我實在有責任處理這件事。當時，我想祇有兩條路可走：不是「解散」，就得「遷離」。當時的教育廳長是金崇如（宗華）先生，泰縣的教育局長張宏業先生。我和這兩位省縣的教育當局若干次的往返磋商，以「遷離」為上策，决定遷到泰縣的張由莊。現在是勝利了，一切均待復員，邗江中學也不能給她遠放在隣縣的鄉間。經過董事會多次的研究，各位董事的努力，張濟傳縣長的幫忙，終於遷回到本縣城內東關街的武當行宮。武當行宮的當家道士楊某是我小學時候的同學，他很慷慨地租了大部份的房屋，另外又建了幾間新的課堂，勉強地又招生開學了。

邗江中學在江都私立中學中祇能算一個小老弟。我們為了想將這所學校辦好，當然也很費心力。我們邀請優良的師資，我們選擇優秀的學生，我們收很低的費用。當時幫助辦這所學校的朋友們很多是犧牲他們原有優厚的職位而來。做牛盡義務性質的工作。所好這班朋

友都是學教育的，一半也是爲了實現我們的理想。學生全是家鄉的子弟，有很多家庭因爲清寒要求免費，總能獲得許可。所以這所學校是不能靠收費來維持，經費大半由校董負担起來。

經過八年抗戰，大家流浪天涯。戰後對家的觀念特別濃厚。鎭江一班朋友經過多少次的商量，有志一同地建立一個新村大家住在一起，因有合作新村之實現。在建屋之始，大局已不穩定。等到大家的房子落成以後，時局的險象已現。我記得鎭江商會會長陸小波先生每人送一幅古畫，表面是祝賀新屋落成，實際是有作送別紀念品的意義這中間還有一段有趣的故事。包明叔先生的新居在我的斜對門，是一幢二樓花園房子，工程設計等均臻上乘。尤其在他的建地上原有幾株古樹，也點綴得確到好處。有一位舉國聞名的星相家到包府參觀以後，讚不絕口。當包先生送他到大門口時，這位先生握着包先生的手善頌善禱地說：「老兄以後可以居此華屋，頤養園林了。」包先生低聲在他耳畔告訴他道：「同村前面的崔××已舉家遷居西北，現有時局大勢不好呢！」這位先生聽到後，神色大變，連聲說：「啊！啊！啊！倒要準備準備呢！」本來此公預備沿戶訪問的，現在說後就向後轉囘家準備作遷移之計了。

共黨是國際性的破壞組織。民國二十六年間，政府銳意經營各項建設，共黨不容你，却喧嚷着要抗日。政府全力抗日了，共軍却在抽政府的後腿，專門攻擊政府的部隊。抗戰勝利了，政府決定走向憲政之路，共軍却又到處武裝擾亂，攻城略地。

蘇北好多城市被共軍包圍，我曾派了一組人到淮陰出版「淮報」。這一組人帶着機器鉛字，收報機出發時，我爲他們送行。當時，彼此都懷着「風蕭蕭兮易水寒，壯士一去兮不復還。」的情景。這一組人是夠壯烈的。他們明知那裡是一個死地，而毅然地前往，眞夠感動人。「淮報」由對開版印起，而改爲四開版，再後改爲八開版，可見淮陰當時的艱苦，而日趨危險。最後，淮陰是淪陷了，那一組人是犧牲了。

徐州會戰以後，形勢日非。看看社會上的形形色色，眞是就知道「大厦將傾」。最令人觸目傷心的，是街頭巷尾一批買賣「銀幣」的人。他們手裡有十幾塊「現大洋」，弄得叮噹作響。那批做「銀幣」買賣的人，走到那裡，亂到那裡，人心也就慌到那裡。他們持有「大頭」、「小頭」、「帆船」、「鷹洋」、「雜洋」……等等。一班人心理想，「金圓券」、「銀圓券」都不能保值。祇有買「現大洋」可以「應變」，可以「逃難」。因爲紙幣價值太不穩定了，人們到菜館吃飯，進門時看到牆上貼的價目表，隨時在變動着，點菜時和剛進門時已經不同；等到菜到了桌上，價目又漲了。再等到吃過後算賬時，又不知漲了好多。所以，有經驗的客人一進館子的門，先點菜、算賬、交錢，才能不受漲價的影響。還有些人先拿「大頭」換「小頭」，再拿「小頭」換「帆船」，然後拿「帆船」換「雜洋」，每次的差額找來一些紙幣去應付日用開支，以保持幣值。這些，當然指的是一批中下層的市民。至於有錢的富人都着眼購藏「美金」、「金條」。那時，計算一個人的財產，多以「條子」爲單位，某人有幾十條，或者某人有幾百條；一條就是十兩黃金的代名詞。

總統蔣公下野，頓使中樞失了重心，大局益趨逆轉。因爲，有好多短視的人，以爲與共黨和談就可以解決問題。和談的先決問題，就是 總統先行下野。這是一個很大的錯誤！而野心無遠見的政治家，爲了滿足私慾，使得我們國家及全體同胞蒙受了歷史上空前的大災難。在這段期間，中樞無主，全國人心渙散，好像是世界末日即將來臨。主和派的領袖是當時副總統的李宗仁，經由香港與共黨接洽後，曾提出以下五點爲和談的基礎：（一）蔣總統下野；（二）釋放「共黨」與親「共」之政治犯；（三）宣佈言論集會之完全自由；（四）兩方陣線間以十英里爲中立區，彼此軍隊各撤至中立區以外；（五）

以上海爲中立區，作爲和談地點，國軍撤出上海。但是這五點溫和的條件，未爲共黨所接受。毛澤東當時發表其所謂「和平」條件，計有八欵：「（一）懲治戰犯；（二）廢止憲法；（三）廢除中華民國法統；（四）依照民主原則改編政府軍隊；（五）沒收官僚資本；（六）改革土地制度；（七）廢除賣國條約；（八）召開沒有反動份子參加的政治協商會議，成立民主聯合政府，以接收南京政府及其所屬政府的一切權力。」毛澤東所提的八欵條件，不僅未將政府視爲對手，且有廢除法統之叛亂行爲，如此條份，實在是不應該接受的。政府應避免作任何決裂的答覆。因此，行政院發表了『願與「中共」雙方無條件停戰，並各派代表開始和平商談。』的聲明。

蔣總統當時也發表了他下野的文告，在這項文告中，有「如果『共黨』此後能充分認識國家所面對的嚴重局勢，下令停火，並同意與政府開始和談，則個人所誠心祈禱者無異如願以償。如此，則人民得免慘烈的災禍，國家的精神與物質資源皆得以保存，其領土完整與政治主權亦得以維持。如此，則民族歷史、文化及社會秩序的延續皆可保持，人民的生活與自由亦得保障」等語，以說明他的願望。

總統蔣公下野，係根據憲法第四十九條中「總統　因故不能視事時，由副總統代行其職權。」一段之規定。蔣總統即離京返回其故鄉奉化。這時，在軍事方面發生了很大的變化，在國內各戰場多趨失利。李宗仁對共黨妥協，做了最大的讓步，甚且接受了共黨所提的八點以作爲和談的基礎。這時，中央政府已自南京的首都遷往廣州，當時大約是三十八年二月上旬。

我將家由鎮江遷到上海，看看上海也住不下去了。我們想想還是遷到台灣來吧。由上海到台灣，有一艘定期班輪——中興號——來往航行。買輪船票可眞不容易，因爲每天輪船公司裡擠得像人山人海。還有，就是票價昂貴，並且隨時調整。除了我須要留在上海，妻和孩子七個人要買七張票。我找了一位做銀行經理的朋友，由他帶着支票簿，一同去買票，再託熟人打關照，總算得以成行。

我留在上海處理公私事務期間，看到上海的動亂，眞好似大厦將傾的前奏。每個人都顯得惶惶然，大家見了面也沒有什麽可說的。我們一點也得不到有關方面的指示：究竟是「留？」還是「走？」「留着做什麽？」「怎樣留？」；或者，「走到那裡去？」上海的一班朋友有時見面免不了要討論「走」或「留」的問題。我是很明朗地表示一定得走。有一些朋友是不打算走的，他們常常對要走的人勸說。我是決定要走的人，也同樣對不走的人勸說，勸說他們及早準備走開。這種相互地勸說是很難產生效力。因爲各有其理由。在不主張走的一班朋友中，固然也有一些貪戀現實，不肯放棄固有的財物與享受的短見者，但也有一些是別具見解的。有兩位朋友的主張是：一、他們從未貪污，共匪不會殺害廉潔的人。二、我能往，寇亦能往。」那裡是安全的地方？不幸，這兩位朋友中，一位是被共黨清算而犧牲了，另外一位最初在東西躲避，現在也沒有消息了。其餘，留着不走的朋友，爲共黨殺害者眞是屈指難數了。

所謂準備走的人也是漫無目標，有的以爲向西北走爲佳，有的還是以爲西南較爲安全，各地呈顯着亂糟糟的現象。幾乎，得不到可靠的指示，都是盲目遷移。各級機關，或者公私工商企業機構，大多接到共黨的書面通知，不准將財物轉移，靜待移交。有些工廠的工人組織起來，制止資方將產物遷出。江蘇建報是維持到最後才停刊的。建報的員工幾乎都是很忠實的。可是，就在其中有一位曾經在敵僞期間報館工作過的編輯先生，平時是很努力，很守分的人；到了鎮江淪陷的前幾天，胸前掛了一枚軍事機關的證章，趾高氣昂，態度惡劣。突然做起煽惑的工作來，這不過是舉的一個例子，如此的人，幾乎各機關團體多有發現，他們是早就滲透進來的共諜。

蘇北因逃避共禍而渡江南來的同志，幾乎每縣都有。除了安慰他們，爲他們安排食宿以外，實在無法爲他們的未來計劃。我在鎮江的家，和我主持的機構，全變成了招待所。那時，江面已實施警戒，普通船隻與人民均不能隨便往來。我有一位表弟，本來在家鄉做區長，他殺過不少共諜，本來有事到鎮江來，因爲戒嚴不能渡江返任。他每天帶着他的衛士，要跑若干次的江邊，希望回到他工作的崗位。明知渡江是危險的，他還是奮不顧身地設法前往，以盡他的職責；以後消息傳來，到底是犧牲了。

政府與共黨的和談，經過的波折雖多，但卒於四月一日在北平開始。共黨將準備好的草案交政府代表其內容全照毛澤東所提出的八點，堅持必須全部接受。四月十五日，共黨定下一個限期，通知南京政府必須在四月二十日以前接受，不得修改。這等於要求政府無條件投降。參加和談的政府代表之一的黃紹竑，將此惡劣消息帶回南京，並報告內幕眞意，就是政府接受條件後，不僅須以全部國軍投降共黨，並須協助共黨解散及改編這些國軍。他又透露不管政府接受條件與否，共軍仍須渡過長江。

四月二十日，距共黨最後通牒限期之前七小時，共軍開始以大炮攻擊長江南岸。即夜，陳賡所部渡江至荻港，距南京之西南約二百六十里，另外以陳毅所部於次日渡江至江陰城東。政府知首都已不可守，遂決計撤退。南京既陷，共軍乃進而包圍上海。當時防守京滬路的國軍，已退至上海近郊。防衛上海的部隊在四郊構築工事。有一位朋友住在寶山月浦，本來有幾間很像樣的房子。在抗戰期間，受日軍炮擊，正房全燬，祇剩下了一間廚房。戰後無錢修建，就將廚房作爲正房。這次爲防衛部隊所拆除，乃倉卒携帶眷小向上海市南投奔，其慘狀眞令人傷心。

我在上海是住不下去了。我決定走，走到台灣。本來我的計劃是要等到實在不能住的時候才走，以當時的情況，應該有走的準備了，我就拜訪幾位航業界的朋友請他們找船位，可是，上下午找了一整天，一個朋友也碰不到。後來我知道所有的船隻全爲政府所徵用。這樣的情形，在我個人不能不算嚴重了。弄得不巧，會走不出上海呢。輾轉地找到行政院的上海辦事處，找到了飛台灣的機票，就隻身飛來台灣。那天，抵達松山機場，正是三十八年四月二十四的零晨。上海於五月二十五日陷共。

板橋林家花園與林維源兄弟

高拜石遺著

報載：原爲台省勝蹟之板橋林家花園，因多年來缺乏經營，現已成一片荒凉，多數建築物日漸坍廢，林家的後人，爲了保持名園，願贈給政府管理，作爲發展觀光事業的貢獻，案經板橋鎮公所將整修工程計劃，報請台北縣政府核撥經費補助，以便興工。……

中國園林藝術有着悠久的歷史，各處著名園林的設計，都是經過傑出的畫家和詩人巧妙安排，不論叠石栽花植樹理水以及各種建築物的體形等等，無一不是經過他們高度構思才做到「多方勝景，咫尺山林」的境界的，這種藝術而又實用創作，相信很難在別的國家找得到。板橋林家花園，是畫家謝琯樵和金石家呂世宜所匠心設計，是値得保持的園林，相信修葺之後，不難恢復舊觀，重顯其原來優美的景色和情趣。

板橋林家，先世由福建漳州龍溪來。淸嘉道間，林平侯曾任廣西柳州府知府，歸田後，便在板橋購地築園。當日建造時，據說所用材料工人，都是特地從內地聘請來的。詔安謝嬾雲琯樵，同安呂西村世宜，那時均在台北，都曾參加設計。平侯的兩個兒子國華國芳，很好客，西村在他家裡住了二十年之久。園成之後，他代林家選購善本書藉二三萬卷，金石拓本數十種，並於其間主講金石書法，開台灣金石學之先河。園內的建築，經過這兩位名家的悉心擘劃，並利用自然的山水樹木配合點綴，縱橫曲折，富麗堂皇，稱冠全台。在日本人寫的「林本源庭園案內」裡所記，花園的面積，計一萬一千餘方公尺，加上住宅大厝及其他建築等，廣達三萬四千六百方公尺。建築歷五年之久，始告落成，造費爲白銀五萬兩，在當時整個台北城的造價，亦不過二十餘萬兩，其豪華壯麗，可見一斑。

園中可畧爲十景：一爲「白花廳」，廳在「五落大厝」的中門，外塗白色，分前後兩室，前爲普通應接室，後爲接待貴賓之用，從這裡跨步入園，猶如天開圖畫。二爲「汲古書室」，佔地四十方公尺，顧名思義，自是舊時藏書之處。三爲「方鑑齋」，從書室登石階而上，約六十餘方公尺，爲國華子本源維源讀書之所。四爲「池中戲台」，位於方鑑齋對面之蓮花池中，兩側堆砌假山，有小徑可通戲台。五曰「來青閣」，爲佔地二百方公尺的二層大厦，爲貴賓之下榻所，全部以楠木建造，簷牙高啄，丹碧相映，閣懸廖鴻荃（字鈺夫，福州人，嘉慶榜眼，官至工部尚書）對聯：「錦堂翠幙浮三雅，紅燭青山話六朝」。閣下有「花與思俱新」的橫匾，閣前一亭題：「開軒一笑」。這裡的迴廊可通兩條路：一經香玉簃、定靜堂至月波水樹；一經定靜堂及大池面達觀稼樓。

「觀稼樓」爲園內第六景，它與來青閣，同爲園內唯一的二層樓，故有來靑爲大樓，觀稼爲小樓之說。登樓眺望，迎面對着觀音山下一片田園，阡陌相連，恍若置身圓明園之「多稼如雲」，眼底盡是田家風景。七爲「香玉簃」，佔地約四十七八方公

尺，乃與最大閣與最小閣接連而名，是爲觀賞花木的所在。八爲「月波水榭」，是兩個菱形連繫成一露台式的水榭，在定靜堂東方的池中，池內原畜有水禽，數十年來水涸禽杳久矣。九爲「定靜堂」，這是園中最大的建築，位居園的中心，廣達三百十二方公尺，爲林家招待賓客盛大宴會之處。堂西有大池半周，照着故鄉漳州山景，堆叠出峯巒崖岫，森聳嵯峩的縮影，足見主人雖是落土生根，仍不忘本。

定靜堂前巉崖與池邊通往山上的道路，頗盡迂迴曲折之致，在沿路石門隧道，或裝有慈悲莊嚴的佛像，或蹲着狂嘯雄峙的虎豹。台灣是常春的寶島。每當異卉呈妍，奇花吐艷，便儼然置身衆香國裡。此外，繞池的凉亭臺榭，形形色色，各有變化，多題有梅花陽、釣魚磯、海棠池、雲錦深等名，或撰有聯句來點綴。至其屏牆蜿延而列，出入穹門的設計，又極盡盤繞曲折的能事。大池上有棵老榕樹，參天蔭蔽對着一池池水，做成更幽更靜一片清凉的境界，雖在炎夏，亦有忘暑之感。池側週圍叠石，護以石欄，環着半月橋，橋西迴廊，橋下洞窟，又爲通路所經，恍如横虹臥月，洞窟用石頭所砌，是夏天裡納凉品茗閱讀的好去處。秋間紅白菊花，遍地似錦，與迴廊曲徑高閣廣樓相映成趣，把生活在這地方的人，點綴得更美，最後是「弼益館」，這館在舊大厝的右側，五落大厝的後面，是這園最古老的建築物。所謂舊大厝，當爲林平侯休致以後所居。那時台灣還是在地曠人稀的時候，宦囊餘瀝，便以之致力墾殖，台北土地肥沃，陸陸續續都歸於林家。國華兄弟又能儉樸自奉，除了建築園亭，或每年偶爾舉行幾次大宴會之外，田地生利所得，又以增購土地，因此成了北部一大地主，據說每年所得之穀，數達三十餘萬石之多。爲富只怕不仁，富而好禮，這樣靠「收租吃飯」的富豪，在百餘年前，正不知羡煞多少人呢。相傳當年板橋花園主人宴客，非常豪爽。因爲主人好客，又喜歡與文士游，每有飲宴，必有新花樣，而玩得也很文雅。例如：他定了某一晚請客二十人，就在象牙筋上面刻了客人的名字，還附有古人詩一首，詩句也恰合那客人的身份。席散後，各人所用的銀杯匙筋，便分別洗滌後包好，分送給客人携返。

林家富庶之後，到了林維源而益顯。他以大富豪又做了大官，清季福建台灣的人，大都叫他做「時甫侍郎」。那時爲光緒三十一年四月，清廷因爲他承辦京師勸業銀行，賞他侍郎的顯赫頭銜的緣故。他在光緒一朝，先後曾捐獻給政府的現金，爲數達二百萬兩之鉅；因此台灣鉅富之名，傳遍全國了。

關於林維源，在福建通志列傳中，有他的傳記。這是老詩人陳石遺（衍）纂修時所增入的，雖記得很簡單，但也可資參考。福建通志列傳第三十八云「林維源、字時甫，龍溪人。父國華，墾荒台灣致富。光緒初年，台灣分立行省，建城邑，造衙署，在在需鉅欵，維源捐輸至數百萬緡，賞給三品卿銜侯選道。十年（甲申）法人構釁，台地戒嚴，朝命維源總辦台北團練事宜。未幾，命前直隷提督劉銘傳，以巡撫銜督辦台灣軍務，奏維源於軍情緊要之時，接濟軍需甚鉅，懇請破格大用。奉旨：以四五品京堂候補。戰事平，銘傳實授台灣巡撫，奏請撫墾內山，薦維源爲幫辦，旋補授內閣侍郎學士，維源設行館於大嵙崁，以便就近調度。於是，辟從事，置材官，矢勤矢愼，所以贊助舉主者居多。歸化生蕃，間復出草，則遣通事購線擒獲置諸法。——出草者，台地稱生蕃突出殺人之詞，伏莽意也。維源旋升太僕寺卿。二十年（甲午）奉旨辦理台灣團防事務，未幾，中朝割台灣與日，而維源舉家內渡，居厦門矣。維源體幹甚偉，接人謙恭，自奉則極樸儉，卒年六十八。子爾嘉不仕，詩酒自娛，築別業於鼓浪嶼，名菽莊云。」

乙未清廷被迫割台，有志氣的台灣人，不願做順民，紛紛內渡。林維源是清廷職官，自然不能不挈眷內渡；難得的是他父子一直留在祖國，絕不和日本人打交道，日本人雖不惜用盡懷柔手腕去誘勸，他只是囘給以一個不睬。甲午那一年，本爲慈禧六旬大壽，雖是軍事已在吃緊的態勢下，但似乎國事是國事，一班似買

府璉二奶奶般的官僕們，還是在那裡湊份子給老祖宗熱鬧熱鬧，以取悅於老太太。在傅增湘的「羣園藏書題記」中，有「書甲午萬壽慶典檔案册後」一文，記光緒二十年甲午西太后六旬萬壽京官報効廉俸銀一百二十一萬餘兩，外官報効一百六十七萬餘兩，其中個人報効最多的，爲台北縣板橋鎮之林維源。其時林維源的官銜是太僕侍卿報效銀數爲三萬兩。他富名早著，手面又大，却料不到馬關屈辱談和的結果，連他鄉里釣遊之地，也給老太太以之拱手讓人了。

萬壽報效三萬兩，這在林維源是算不了什麽的，早在光緒四年戊寅（一八七八），林維源曾捐了數十萬元鉅欵賑災，而受到朝野佳評。原來光緒三年，山西河南兩省大旱，人民餓死的數十萬，逃亡的更多，淸廷諭令各省督撫勸捐賑災，中以福建巡撫丁雨生（日昌）籌欵最力，那時台灣僅是福建省的一個府，丁在台灣府一處，就籌有六十餘萬元，淸廷曾於四年九月十三日降諭褒許，這諭旨在「光緒朝東華錄」裡不知如何竟漏列了，李蒓客的越縵堂日記，却有記下：

「福建巡撫丁日昌奏：此次辦理晉豫賑捐，計至五月末，已解天津銀五十餘萬元，六月內又起解二十餘萬元，其餘亦亟催起解，皆由惠潮嘉道張銑，台道夏獻綸，台北府知府林達泉，台灣府張夢元等，視公事如家事，飢溺爲懷，體用兼備，顧全大局，不遺餘力，非尋常泛泛可比，懇恩飭令李鴻章於事竣後，從優酌保。台灣紳士林維源捐欵至五十四萬元，保全災民尤多，前經戶部奏准，俟欵項繳淸，破格優奬，以資觀感。今該紳已繳至四十五萬元，尙餘九萬元，即可源源起解，合倂乞恩飭知李鴻章等，俟繳淸後，爲之破格從優請奬，庶幾四海好義紳商，尙可聞風興起。」

到了光緒五年，賑災的工作，告了一段落，李鴻章就給林維源請求優奬。是年七月廿五月，淸廷降諭賞給卿銜，此諭也不見於東華錄，亦僅見於「越縵堂日記」。文云：「李鴻章奏：紳士捐輸鉅欵，全數繳淸，請破格優奬乙摺。福建紳士四品銜候選道林維源，因台灣要辦礦務等事，認捐洋銀五十萬元，嗣因山西河南辦賑需欵，將此項銀兩提前措繳，該員等實屬好義急公，自應破格加恩，以詔激勸。林維源着賞給三品卿銜，並一品典，林爾昌等均着照所請給奬。」

林維源的三品卿銜是這樣而來的，滿淸雖開有捐例，外官可以捐到四品的道員爲止，京官則不能捐，他以急公輸捐而得奬賞的卿銜，自與捐官不同。但也只是虛銜，要等到缺出才有實官可做。三品卿計有正三品的大理寺卿、太常寺卿，與從三品的光祿寺卿、太僕寺卿；但不論如何，他的頭銜總是京卿了。到光緒十三年五月，經劉銘傳一保，他以從四品的內閣侍讀學士，升爲正四品的太常寺少卿，又調正四品的通政司副使，以三品銜迴翔於四品的實缺中者，凡十餘年，最後才升上從三品的太僕寺卿。光緒卅二年改新官制，太僕寺併入陸軍部編制，時他早已辭職了。

林本源是維源的胞兄，字巽甫，也是一個四品銜的候選道員，去世較早，但對家務似不大管，一向是維源在主持。本源的兒子爾康，字鏡帆，官至淡水候選知府，他娶於福州螺洲陳家，即所稱爲「子良太老」的二小姐，同光間淸流四諫之一，後爲末代皇帝溥儀師傅聽水老人陳寶琛的次妹，兩家家世相當，爾康婚後常居福州，故其子女們多會說極流利的福州話。甲午後台灣淪於日本人的統治，林氏舉家遷於廈門。大約在光緒二十五六年間，廈門發生鼠疫，爾康不幸竟遭傳染，不治逝世，所遺男女丁口皆在稚齡，因此爾康夫人便在福州福城內的楊橋巷買了一宅住下，延師教諸孤讀書。楊橋巷爲福州城內著名的「三坊七巷」之一，是紳宦的住宅區，林家氣派不凡，一般均稱爲「台灣林家」。

到了光緒末宣統初，林維源逝世，林家的遺產需待清理，爾康夫人不得不携兒女到台灣來交涉；花了兩三年時間，也費不少唇舌，才淸理出一些頭緒，然後再回福建居住。（民國初年，紫禁城裡小朝廷成德宗實錄，林陳氏曾捐貲助鈔紅綾本，溥儀曾

寫了「義方垂裕」四字頒賜，又以其年在六十，並賜福壽絹方。）

維源子爾嘉的菽莊花園，在鼓浪嶼，地爲鄭成功的水操臺，據說是懷念台北的板橋花園，於民國初年建的：園中有一景，命名爲「小板橋」，即是這個用意。園址雖不甚大，但布置得很得宜，沒有儈俗氣。大門是泥塑的匾額，外書菽莊二字，裡面則爲「藏海園」。皆出自水竹邨人徐世昌的手筆，園中聯匾多名家如許世英陳培錕鄭孝胥陳立三沈瑜慶等。園中勝景亦有可述。

菽莊是園的總名，全園可區分爲兩部份，一爲藏海園，一爲補山園。共有十二洞天，亦愛吾廬、觀濤臺、頹石山房、聽潮樓、千波亭、四十四橋、眞率亭、渡月亭、招涼亭諸勝。十二洞天是人工砌疊的假山，中有無數小洞，許多人稱爲猴洞，陌生人進了洞後，因爲裡面左迴右轉曲折非常，時有迷途之感。洞的深處有石床石凳，夏天在裡面納涼，確是爽快之至。

園的左邊有一壬戌閣，下有水閘，引海水入池中。此閣築成很久，據傳民國十一年壬戌，林爾嘉曾自園裡小池泛舟入海，驀地記起蘇東坡游赤壁正是壬戌之秋，到了這個壬戌，他並作此水上清游，不可無記念，因於是年重九之日，築了此閣。菽莊主人也有好客之遺傳，每逢佳節，必在園中宴客，如元宵有眉壽堂上打燈謎，上巳在小蘭亭修禊，中秋在四十四橋千波亭等處賞月，又叔菽莊吟社，時邀文人吟咏，這樣維持了幾二十年，抗日軍興，園主離了厦門才消歇了。抗戰勝利，台灣復歸祖國懷抱，而紅羊再刼，厦海又淪赤浸，菽莊遂歸老台灣，旋卒。西山逸士溥儒爲作象贊云：「靈源華胄，閩南右族。皇漢儒林，春秋世祿。歲在甲午，城崩邑改，恥爲其民，乘桴浮海。有客如雲，有酒如澠，遺茲遐舉，莫往莫來。金石之貞，松柏之節，著作立言，抱冰臥震。少微隱躍，處士風高，淵明三徑，表聖中條。」云云，足以傳菽莊了。

昆明小吃

李玫

這個南中國的城市，在氣候上說四季如春；不但是南方的避暑勝地，也是北方人的避寒好去處，談到吃的，無論冬夏，有許多東西是令人垂涎的，只是魚類比較缺乏罷了。

在春到人間，楊柳桃杏發芽現綠，正是遊湖的時候，餓了，蹲在湖心亭裡的麵攤上來一碗大衆化的蔴油醬拌麵，麵上還有田螺頭，香脆可口。比起廣東的雲吞麵和四川的擔擔麵，絕不遜色。

小西門的牛肉是值得一提的。尤其是春冬多到那裡去，片牛肉、燉牛肉、紅燒牛肉、牛心牛肝雜碎、牛犍肉，任君挑選，吃到你肚脹爲止。

下午或晚上吃點心或宵夜，三牌坊的過橋米線、過橋餌塊非常理想。一鍋子老鷄鴨湯、魚片、鷄片、腰片，放下去只稍蓋一蓋，打開來什麽都熟了。一碟韮菜白，用醬油一拌，一口米線一口肉，再來一口韮菜白，眞是清香可口。最後再來碗鷄湯，吃得腦門兒直冒熱氣。

從公園裡出來，就近到第一樓附近的小酒館，三兩至友，來上一碟白斬鷄、鹵珍肝，半斤白乾兒，邊談邊笑邊吃喝。不要小看他們這些小館子，每樣酒菜弄得很精緻，既乾淨又新鮮，味道好，火候夠，刀口也頗講究，每人都有三分酒意，談得更是起勁。

昆明的水果也是值得一提的。四月花紅、五月桃。桃兒長得皮薄水多，堪稱半透明體，甜而清香，看上去像是蠟製的模型，今天想起來還要流口水呢。

中秋節的黑井石榴，最討人喜歡。品種有玫瑰、有水晶。成熟得裂了口，露出來的石榴子大如蠶豆，光輝耀目，一顆顆擺在手心裡，有如紅寶石，令人不忍把它吞下去。

初冬的寶珠梨也是梨中上品，皮青肉白，香甜可口，眞非筆墨所能形容。

他如虎掌蘑菇，宣威火腿、鷄粽等，都是被外地人所稱道的食品。

中華民國台北市贈與玻利維亞國
大成至聖先師孔子塑像經過

孔子像，以用何像爲標準，這是一大問題。孔子去世至今二千五百餘年，歷代畫家所繪與所雕、所塑的孔子像，是那麽的多，又是那麽的不同，我們到底採行那一個，纔足以代表孔子「温而不厲，威而不猛，恭而安」的標準？

前些時，南美洲玻利維亞國會經向我外交部請贈孔子像一座，外交部即轉請台北市政府贈送，市府民政局函轉台北市孔子廟管理委員會擬具草案，邀請各界專家學者，孔學權威——陳立夫、蔣復璁、查良釗，先聖裔孫奉祀官孔德成……等，諸前輩會商討論後決議：孔子頭部以唐代名畫家吳道子繪像爲準，此一畫像是由陳立夫先生提供家藏中的拓本；至於身材衣着等，則以故宮博物院蔣復璁院長提供之孔子像爲準。會議中並經全體通過邀請中國雕塑學會會長劉獅先生負責該座最新也是最初的標準，孔子像之雕塑工作，而今而後，自全國以至全世界之孔子像，有一個統一的標準了。

劉獅先生塑孔子像

塑造孔像藝術大師劉獅伉儷簡介

劉獅先生擔負該孔子像雕塑工作後，深感責任重大，經向多方搜集資料，不時向陳立夫、孔德成二位先生請教。憑著劉先生各種參考，以及至聖先師孔子的額頭像唐堯，頸項像皐陶……等象徵，再透過自己遠大淵博的藝術眼光，默默的工作，經三個多月的工作天，終於十月底完成孔像泥塑的模型，即恭請陳立夫、蔣復璁先生及市民政局長楊寶發等親蒞劉家參觀，大家都讚美這尊孔子像模型，確實：「莊嚴、宏偉、温慈、祥和」，象徵我國文化之精粹，市民政局長楊寶發並說：由這尊孔子像的啓示，爲文化復興之統一，全國以及海內外之孔子雕塑像，於此，也有了一個統一的標準。

劉先生，號師子，原籍江蘇武進，生於昆明，幼穎異，年十八，卒業於上海美專西畫系，翌年負笈東渡，研習西畫及雕塑，學成歸國後，曾先後執教於母校及上海藝術大學。

抗戰軍興，先生投筆從戎，任第58軍政訓處長，轉戰湘、贛，曾數次歷險負傷，來台後，主持政工幹校藝術系之肇建，爲軍中藝術教育，奠立深厚基礎，今之國軍藝宣幹才，多出先生門下。

先生戰陣之餘，仍不忘繪事，每以繪魚遣興，初無師承，嘗取魚納池中，日夕靜觀其體態，剖析其精神，而後落筆，是以其畫深得魚水涵泳之美，人稱一絕，先生嘗自慨曰：平生所長，不在於魚，而竟以遣興之作名世，初非本意也！

劉獅先生六十以後，畫風丕變，由工整而奔放，由沉靜而超逸，由單色而多彩，任意揮洒，魚水之樂，渾然紙上，風格之獨特，堪稱獨步。

劉夫人童建人，別署慈谿女史，善畫花鳥，兼擅詞翰，時常與劉先生合寫尺幅，別具一格，亦一絕也。

此孔像爲陳立夫先生家藏

此孔像爲蔣復璁先生提供

至聖先師贊

徐義衡

巍巍夫子。萬世一人。德並天地。道冠古今。目無王霸。胸懷庶民。雍容揖讓。惟公惟仁。智愚分教。貧富須均。以訓以誨。澤溥羣倫。千秋共仰。洙泗之濱。昭彰史冊。語莫妄申。

至聖先師贊

前人

樹德明仁紹代尊。刪詩訂禮立源根。經邦早闡均貧富。執教初施別智渾。大義貶褒垂史筆。折衝樽俎有嘉言。爲公行道千秋仰。西哲東賢孰可論。

胡政之與大公報

陳紀瀅

（二十）

後來同人告訴我，「張先生下此決心，已得到胡先生的支持。張、胡二氏想解聘范長江，已非一朝一夕之事。當初他攻擊劉汝明及跟隨胡宗南大軍追竄西北，報舘都發現他與品德有虧之事，但隱忍未發。所以這次事件，冰凍三尺，已非一日之寒了。我才恍然大悟。

范長江從此脫離了大公報。陸詒與秋江因爲是他舉荐的，礙於他的情面，相率向大公報辭了職。

胡政之（霖）先生遺像

范長江果然去了桂林，全力辦「國際新聞社」，因無鉅大財力支援，爲狀甚窘。大約在桂林待了不到二年，就去蘇北新四軍，正式投共。大陸淪陷後，他榮任中共政務院新聞總署副署長，曾於就任後，由北平到上海視察所屬新聞單位。那時大公報上海舘還在出報，據說在上海報界赴北站歡迎新貴的行列中，芸生也是其中之一。范長江昂首濶步，傲視一切，與歡迎的人羣週旋。正應了「十年河東，十年河西」、「大丈夫報仇三年不遲」之說了！

范長江，學名希天，四川資中人，初到南京入政治學校，讀經濟系，僅讀了二年就轉到北京大學，改習政治，據說，也沒畢業，就進了大公報。

以上這段經過，我從未向外公佈過。盼望將來仍有一天，得到相關人士的印證，我所說的沒有絲毫誇張，句句是實言。

二四、新疆採訪

自二十七年四月至十月，國內外大事中，有國家社會黨代表張君勱氏及中國青年黨代表左舜生氏，先後代表各該黨致書於中國國民黨　蔣總裁，陳述其對時局的主張與態度。蔣總裁曾有懇切的覆書。這幾封來往的書信，於增進政治的團結上，有重大意義。

其次是德國正式請我政府把在華之德國顧問團解雇。顧問團長法根豪森大將於五月底率團歸國，結束了中德多年在軍事上的合作。

日軍侵入張高峯的蘇聯領土，一時日蘇情勢變得很緊張，爲日後蘇聯於日本聲明投降後還要對日宣戰伏線之一。

胡適先生膺命爲駐美大使，以反映中美外交邁入一新階段。

以上這四樁大事，大公報曾於二十七年四月二十七日以「團結的增進」五月二

十六日以「德政府召顧問團回國」，八月八日以「胡大使抵美」等社評分別評論。

却說二十七年十月二日晚上，我正在伏案編稿，季鸞先生匆匆自樓下走入編輯部，一見我，就說：「紀瀅！請你進來。」我聽後便放下筆，跟隨他老先生進入他那斗室。

他叫我坐下，隨後，便徐徐道：

「我要叫你出趟遠門兒！」

我問：「到哪裡去？」

「到新疆！」

我驚訝了一下，但我馬上反問道：

「不是已派定元禮去了嗎？」因為連日已來，編輯部同人已盛傳高元禮兄將去新疆採訪，我已聽到，故有此一問。

「經我再三考慮，仍是你去合適。」又說：「你能不能在郵局請假？」

我被問得一時答不出話來。第一，那時去新疆是每一個青年所嚮往的事，雖然去那裡比出國還要難。第二，在工作環境中，我從來沒敢有此念頭。當大家談論高元禮兄要去新疆的時候，在我心裡中不生絲毫漣漪，因為即使不派他去，也輪不到我。可是，竟然要派我；難得我不驚奇？我是個小小郵局長，而且自抗戰以來，因為川軍過境，舊日租界及舊德國五碼頭一帶增加了幾萬軍人與老百姓，我的局務相當忙碌，增加了兩三位裏辦之後，還感人手不足。局長個人除綜攬全局局務外，每天尚須開發及兌付滙票百餘張、收付儲金六、七十筆。而且還要應付窗口職員與人們因細故吵架之糾紛。白天八小時的時間可以說忙得抬不起頭來，無分秒閒暇，晚上，我須十二時後才能離開報館。前一個時期，清晨二時才能回家。第二天，八時前必須到班。

在這麽一個工作環境中，我如何能離開，再為報館到遠處去工作，真是不可想像的事。但季鸞先生的盛意與這麽一個難得的機會，使我一時無法拒絕。

「張先生，容我與我的上司商量商量再說。」

「我希望你能去得成。」季鸞先生殷切地盼望着。

「我也希望能去得成。」

第二天，一清早，我就跑到管理局去。向副郵務長黃家德先生說明來意，他聽後，便說道：「管理局再派不出人來。假如你在不增加人手，局務還由你自己負責的情況下，我答應你請假。」

「好！」我說。

為了爭取這一個機會，我馬上回到漢景街郵局去，向我的資深裏辦一位黃誠明的同事，徵求他的同意。他起初推辭，以後見我這麽依靠他、信任他，也就毅然答應了。

這也與我們郵政系統平素員工訓練有關，彼此工作都須通曉，接掌職位，稍經提示，就可貫通。我馬上給管理局寫了保證性的報告書，並且把票欵點與黃君接管。不到十一時，我把內部手續完全辦妥，然後我去報館見季鸞先生。他一聽說我可以請假，高興極了，馬上分乘兩輛人力車，帶我去見錢大鈞先生。

那時錢慕老是航空委員會主任，臨時在江漢關前原日清公司辦公，季鸞先生跟他是老友，見了他說明原委，就請他容許我搭次晨航委會的包機去迪化，慕尹先生滿口應允。季鸞先生又教我自己去晤見杜重遠。那時杜因「新生事件」已是社會聞人，與「七君子」齊名。他又是盛世才氏同鄉同學，在此以前，他已「三渡天山」，並且以這個名字出了一本小冊子，廣受讀者喜愛。他也儼然盛氏代表自居，所有去新疆的先須通過他這一關。我到大智門旅館去看他，恰好薩空了也在座。他們二人都是我原在上海時代的舊相識，所以不須繞彎子，我就逕直說明來意，並且以結伴去新疆為快。

重遠聽說我要去新疆，稍微遲疑了一下，說道：

「我們還以為大公報要派范長江去呢？」我聽後，馬上領悟他們的意思，並且察覺到那時為止，范長江被大公報辭去後，如何處理他的社會地位。報館既然對外不樂意公佈他的事體，我又何必揭穿他的身份？

「唔，」我說：「我只聽說季鸞先生會有意選擇高元禮兄去，昨晚才臨時決定改由我去！我已見過錢大鈞主任了。」

「呵！呵！」重遠馬上變了口氣說：「歡迎結伴同行，大家都是老朋友嘛！」

「不敢，不敢！高攀，高攀！」我深以重遠改變了口氣爲快。

「那麽我們準備準備去了，明天早晨機場見！」我告別了他倆，回家午飯，並爲遠行收拾行囊。好在我的眷屬已於那年七月七日搭大公報社的包船去了重慶，只剩下我一人在漢口。沿江敵軍前鋒已越過安慶，北邊已進迫平漢路鄭州以北，南邊正在威脅浙贛鐵路西線。武漢已處於日軍團團包圍之中。我一面整理行囊，一面心中嘀咕，此去能否再回到武漢，不無問題。

我又跟代理我的同事黃誠明君，再度懇談，並且表達了我的衷心謝意。黃君說：「局長平素待我這麽好，不容我以責任重大辭卸；何況，你此行還有重要意義呢？你放心好了，我一定如同您在時那樣處理局務。」

誰知道我離開漢口二十六天後，我軍即撤守，武漢便從此淪陷達七年之久！勝利後，我竟查不到黃君的下落，迄今耿耿於懷！

晚上，我再到報館，一面發排「戰線」的稿件，並把餘稿交與趙恩源兄處理；一面要聆聽季鸞先生派我到新疆去的贈言。因爲我受命之後不到一天，始終還沒得機會，向他請示我的使命是什麽，以及我當怎樣應付我要去的特殊局面。他把我喊進他的辦公室，先問我：

「見過杜重遠了吧？行李收拾得怎樣？」

我一一具答。季鸞先生婉容一笑，暗示我答覆杜的話還得體。

然後季鸞先生說道：

「我已經給盛督辦發了電報，說明我自己不能去迪化，派你代表我，也代表報館，出席『全疆各界第三次代表大會』，會完了，你無妨到各地走走。」他又振起精神說：「抗戰已一年多了，德國併吞了捷克，歐戰已迫在眉睫。希特勒召回中國政府所聘雇的德國顧問團後，德日關係日趨緊密，我們今後武器來源將靠蘇聯，所以新疆在交通上所處地位十分重要。晉庸（盛世才的大號）自民國二十二年執政以來，新疆處於半獨立狀態，與中央相處極不正常。如今爲了全民抗戰，特別爲了軍火運輸，新疆與中央關係，勢非調整不可。盛晉庸不請別人去，單單請我去，一方面因我曾在吳淞中國公學教過他，他自稱『受業』；另方面他未嘗不是希望本館替他作點持平性的報導，所以才有這次邀請。其餘所有新聞機構都不在被邀之列，你可知其性質特別。本館於二十二年夏曾派李天織去過迪化，那次很失敗，你這一次去，必須成功！所以我一再考慮，還是由你去，我也相信你是最合適的人選。」

關於李天織去迪化失敗的事，我久有所聞。天織，河北趙縣人，二十二年春，新綏汽車公司揭幕。由新疆人朱炳主持，開創由綏遠通往新疆首府迪化的汽車運輸業務。盛世才氏要求季鸞先生派一記者常川駐迪化，報館遂派李君前往。他離開天津時，正好我由東北秘密採訪歸來，報館指定我佔用他的辦公桌。在我清理抽屜時，發現季鸞先生託他帶給盛督辦的一封私信，他竟忘了帶走。我忙把信交給政之先生，政之先生見後罵了一聲「該死」就把信拿走了。可知此人之粗心大意。

後來聽說在迪化染上不良嗜好，觸犯盛世才的禁令，遂被盛氏禮貌地遣返，季鸞先生之說「失敗」即指此。後來天織任駐西安特派員。此刻已離館，他的職位由汪松年接替。

我自忖還不致像天職那樣的失敗，但對盛的爲人，我所知甚少，多半是耳聞，我要求孝鸞先生給我更多指示，他說：「盛晉庸的爲人，一般人都批評他多疑。這些年來，我也很少與他有實際接觸。好在你去是採訪，不是共事，他的性格與你的職務沒有多大關係。」又說：「新疆這些年來，因環境特殊，一直在不安定狀態中。我希望藉抗戰能把局面安定下來！」最

後季鸞先生感嘆地說道：「一個記者須永遠站在公正方面執行報導與論評，但無論如何不可忘掉國家利益於一切，倘若發言記事得當，則未嘗不能對時局發生鉅大影響。如今地方與中央關係，正處於轉捩點，發言應謹慎！你可以把中樞抗戰決心多分析與他聽，少批評人事！」

這段話的前部，不但是季鸞、政之兩位先生平素的主張，也是報館同人奉爲處事的最高法則。後部則是我早已想到應付的立場，如今再由季鸞先生親口說出，更加深了我的信念。

於是，我對季鸞先生說了「一切叮嚀，業已謹記在心。」向他告辭。我剛要走出門，季鸞先生又叫住我說：

「同行薩君，你要留心他，他很少誠意。」「是了。」我答。季鸞先生所指就是薩空了君，我早已知道此人的口碑，他在北平、上海新聞界中，大家都把他目爲油頭粉面，有小聰明，澈頭澈尾的滑頭。他怎樣攀附上杜重遠要到新疆去，目的何在？當時我確是莫名其妙，後來才知道是人民陣線整個陰謀的一部份。

第二天（十月四日）清晨五點鐘，我趕到了王家墩機場，航委會包了一架歐亞航空公司的客機。上機後，才知道除杜重遠、薩空了外，還有航委會與交通部的五位先生，他們都是爲蘇聯援華武器運輸而與新疆當局接洽公務的。

這是我初次搭飛機，一切新奇。飛機到西安就遇上警報，警報解除後，續飛蘭州，住了一夜，次晨飛酒泉（肅州），又遇上黃沙蔽天，等到天空清亮後，再飛哈密。在哈密機場，乍見蘇聯援我的第一批飛機六十多架，不禁雀躍。到了招待所，遇見以羅英德（即目前的駐韓大使）隊長爲首來接機的空軍健兒，眞是興奮到家。

第二天（六日）十時左右，我們到了迪化，受到盛督辦世才的空前嚴重形式的迎接。有五十四匹的馬隊前導，後邊是載有一連侍衛的裝甲車。當中我們與盛氏同乘的汽車，兩旁踏板上各站一個手握盒子炮的侍衛，嚴密保護着前進。過去在北方，曾見過督軍的排場，不料二十年後，自己竟嘗到這種滋味兒！眞是夢想不到的事。到了督辦公署的門前，又見大砲架着，機關槍支着，如臨大敵。邊疆肅殺之氣，是我在東北也沒看見過的。

我們下了車，逕直被盛氏引進「全疆人民第三次代表大會」會場。在會場首次看見新疆十四個民族的縮影，也聽到不同的語言。按：新疆十四個不同民族名稱如下：維吾爾、漢、回、蒙、哈薩克、柯爾克思、滿、錫伯、索倫、塔塔爾、烏孜別克、塔蘭其、塔吉克、歸化等。以說回語維吾爾的人口最多。當時全疆四百萬人口中，維吾爾約佔百分之六十，其餘合佔百分之四十，漢人約五十萬。今天新疆人口已超過八百萬人，漢人約佔三百萬人。

我們也見了許多不同的習慣，以手抓飯便是其一。晚上我們住的地方是東花廳招待所。屋頂上佈崗，以及盛氏每次駕臨東花廳，就先聽見侍衛們「噗啦」「噗啦」的脚步聲，都令我有不同的感受。

自十月六日起，一直到十一月十五日，四十天內，除開會外，我與盛氏見面機會不下三十次，單獨長談兩次，以及共同出席各種集會無數次。我訪問了十四個民族的代表多人，並且也參觀了迪化市內及附近名勝。

二十七年十二月一日大公報重慶版連載我的記事。二十八集結成篇，由香港商務印書館以「新疆鳥瞰」爲名出版專書。三十年後，也就是五十八年在台灣再版。現在我揀幾個最重要的事項記在後面：

一、當時盛世才的環境　盛氏於廿七年（一九三八）夏，曾去莫斯科晤見史大林，並宣誓加入聯共。隨後莫斯科除增派軍事顧問人員（在此以前已有）外，並派聯共中國籍人士周彬、孟一鳴等分別到迪化，任財政及教育廳長。周彬即毛澤東的弟弟毛澤民的化名。孟一鳴河南人，兩條腿都鋸斷，行動由人揹。民政廳長由盛的岳父邱濬瑞担任，建設廳長原由維吾爾某氏担任，我們去時，正在虛懸。主席是李溶氏。實際，省政府的事都由督辦公署指揮。我與周彬、孟一鳴二氏多次交談，當

時我的印象：這兩個人是深受馬列主義及史大林思想的人物。他們爲新疆政界幕後的權貴，而在理論方面，孟一鳴更佔上風。

十四個民族中，除漢、回、滿、錫泊與蒙古民族傾向中央外，其餘多數都因多年變亂關係，尤其維族與當地政府有深遠隔閡。以致反對者爲多數，傾向政府者則爲少數。盛世才氏以蘇聯爲後台，倡導所謂六大政策：「反帝」、「親蘇」、「民平」、「清廉」、「和平」、「建設」，造成半獨立狀態，環境使然，中央力量不及使然。

二、人民陣線的滲入，自從沈鈞儒等案發生後，「人民救國陣線」竟然傳播在政治舞台上，再加中共之巧於利用，遂使這個集團氣燄高漲，儼然以一個新政黨的姿態自居。他們首先利用杜重遠之與盛世才同鄉關係，想向西北試探。杜重遠三次去新疆，正當「七七事變」以後，盛世才既接受史大林的影響，又感於抗日乃中國人多年來共同追尋的目標，態度傾中央時也希望藉人事力量打開與政府間的尷尬局面。所以對杜重遠盡量敷衍。人民陣線見初步計劃已售，遂進一步以人員滲透，使盛世才受其影響。但因杜重遠操之過急，在我與杜同時停留期間，他們的陰謀已經敗露，不過重遠尚不知。我舉以下兩事爲證：

（一）有一天盛世才單獨對我說：「我們這裡有建設廳長與新疆學院院長兩個位置虛懸，我請重遠就廳長位，但他偏挑院長。我不知是什麼意思？我問重遠，重遠回答他樂意接近青年。」按杜重遠是在日本學「製陶」的，理應從事實業，放着本行不幹，偏要接近青年已啓盛氏懷疑。

（二）有一次，民衆教育館舉行揭幕禮，杜重遠是主要演說人。盛世才與我並坐在頭排座位上。重遠講到高興處，說道：「這次回去，我要帶大批人來新工作，以充實這裡的人手。」盛世才馬上用肘觸我，並且小聲對我說：「那可以這樣說？這樣以來，我們各機關人員豈不要不安於位了嗎？」

但是這兩樁事，在我留迪期間，盛氏藏在心裡，從未對重遠表達他的意見。

（三）薩空了到新疆要幹什麼，一直在我心中是個謎。等到迪化參加大會告一段落時才知道他要做「新疆日報」的社長。那時「新疆日報」社長一職由迪化外交部特派員公署署長汪實乾兼任。全疆只有這麼一份報紙爲盛氏喉舌，它的重要性可知。我到了迪化，談起這張報紙來，盛氏一再強調它的地位。杜重遠推荐薩空了掌握新疆唯一的大衆傳播媒介，跟他一心要領導青年，是人民陣線陰謀步驟。他們以爲服務文化機構不會引人注意，其實，在盛世才心目中，早潛伏下禍根，雖然他一再滿足杜重遠的願望。

（四）因武漢淪陷，我的眷屬在重慶乏人照料，又兼孩子們乍去，不服水土，時常生病，迫不得已，我不能再在迪化久留。所以先請示了季鸞先生准許我早日返渝，並得着盛世才的諒解，不能再作全疆遊（這是我迄今爲止的憾事之一）。在迪四十天期間，我拍了約有兩萬字的電報，還寫了不少通訊。大公報都以顯著地位刊載；尤其武漢未淪陷前，我的電訊除新聞性外，對於溝通地方與中央意見，盛世才氏擁護中央抗日的堅決態度以及協助蘇聯援華運輸的種種事實，報導尤多。國內因從來沒有過這麼多的新疆描寫，故引起讀者的廣泛注意。盛氏與中央當局見了這些消息，都表示高興。所以我回到重慶之後，立刻接受了紐約時報竇奠安與作家史諾的訪問，他們都把我所說的情形，向美國報導。因爲兩個人曾透過有關方面想到新疆去，都被盛氏婉言拒絕。

（五）有一件雖係私事，却對我是樁大事。但我從來沒有記載過，也沒有向人學說過，以免有自我標榜之嫌。就是在我臨行前夕（杜、薩尙留迪化），盛世才氏特別爲我餞行，宴席上對我多所謬讚，並引證我電訊中的許多重點。因爲在新疆拍發電報必須經由督辦辦公署電台。我是他所邀請的的客人，拍發新聞電，更不宜於避諱他，所以每次電文都先送給他閱目，他

看過了再批發。因此他詳知我電訊的內容。第二天，我上飛機塲，由他的副官長盧毓麟代表送行，他一直送到我飛機座位前。在發動機隆隆聲中，地在我座位邊擺下了一個紙包，說道：「陳先生，這是督辦特別教我送給你的！」說完，就匆匆下機去了。我見一個方方的紙包，我還以爲是什麽紀念品，但當我發現是一包法幣時，我大吃一驚，忙去趕盧君，但機門已閉，他正在下邊遙遙向我招手。頓時，我眞覺無地自容。盛氏雖是一番美意，可能對外來的客人常常如此，但於我來說，毋寧是絕大侮辱！那時新疆用的是「新幣」，並不使用「法幣」。我稍輕點數，知道是二千元。這個數字雖不算多，也不算小。一百元尚是一般小公務員的月薪。

如果乘的是汽車？我還可以折返把錢退還，無如飛機已發動要起飛，飛機上又沒有一處可容我將錢投下去。我一時那份着急，簡直如熱鍋上的螞蟻一般，不知如何是好。但稍一安定，我便決定了處理的方法。

回到重慶之後，我先到家把行李安置停當，立刻轉往報館。此時渝版還正在籌備中。谷冰兄在樓下，我一見他，就說明盛氏贈欵經過，並且霎時把原包送上，打開點數。我說：「盛督辦雖是一番好意，對我却是一番侮辱。隨便報館怎樣處理，我不管了」當時谷冰兄一怔對我也表示了相當敬意，就安慰我道：「紀瀅兄，你剛下飛機應該好好休息一下，何必這樣着急？」我說：「如坐針氈的滋味兒，我可嘗到了，所以一刻也不容躭擱。」他又問了我許多話才告別。第二天，他見我說：「已經報告給季鸞先生了，他已吩咐下來，以他的名義向盛氏致謝，並且決定把這兩千元折合成航空報十份，連同郵費若干，共計多少月，開收據給督辦公署，報一出版就逐日照寄。」我說很好。同時我也拍發電報，致謝盛氏的招待與贈欵，但說明欵已轉送報館。

這雖是一樁個人私德，但對我與報館的關係而論，却非尋常。因爲不但我個人無端不能受人贈予，大公報派出去的人若接受人家的金錢報償，那還了得？我常感人與人之間，最重要的是「互信」，如何取得「互信」，金錢處理是一大端。我以「客卿」地位濫竽大公報十五年之久，始終受館方同人看得起，跟這些小事不無關係吧？

（六）我於二十九年（一九四〇年）第二度去新疆。這次是交通部借用我到蘇聯阿拉木圖出席中蘇航空會議。我在迪化前後停留一週，謁見盛氏兩次，知道杜重遠已因案押在迪化監獄中。茅盾、張仲實、魯少飛、趙丹、王維一等人都已失去自由，有幾個人也押在監獄內。薩空了回內地，以購機器爲名，騙走了省政府大批欵項，已由新疆當局要求中央緝捕歸案。後來中央把他由桂林押解到重慶南岸土橋監獄，直到共黨佔據四川才釋放。因此他逃脫一死。

（七）我於三十一年冬天第三度去新疆，是奉政之先生之命。政之先生是奉當局的轉告，希望我以記者身份去安慰盛氏，並穩定他的情緒，以便中央妥籌久遠之計。我去時只知道盛的四弟盛世麒旅長（機械化兵）被他的太太（聯共間諜）殺死，盛與蘇聯公開決裂；還不知其他。等我到了迪化，才知道杜重遠已死在獄中。周彬（毛澤民）、孟一鳴等都已被盛處決。茅盾一行被驅逐（名義上是送返）出境，趙丹等被釋放後也遣返內地。盛世才氏既與蘇聯結下血海寃仇，公開決裂；又與毛共反目，殺死了毛的胞弟，以暴易暴，處境極爲危險。

除對他表示同情之外，我勸他趕快回到內地作息影之計。三十二年他奉調農林部長，省主席一職由吳忠信氏接掌，結束了他十年「牧邊」生活。因盛氏一生殺害太多，結怨至深，我絕不同情他的殘暴手段。但對他「保全新疆永遠爲中國的領土」的用心，與其終於歸服中央的晚節，也不禁心懷敬意，我不敢說對他的轉變有任何貢獻，但至少我可以說有鼓勵性的影響。假如把他歸服中央的因素分做一萬份，可能有我一份；分做一千份，可能有我半

份。二十九年初我的「新疆鳥瞰」出版後，他曾購買幾百份分贈僚屬閱讀，可知他對我的報導，尚無拒絕否定之意；而那上邊的幾篇小文，對他不無微詞，並非完全阿諛之言。

盛氏於五十八年在台灣去世，能得善終，保持令節，與其有民族國家觀念實大有關係。盛氏在台二十年內，我倖被他當做經常來往朋友之一，實不簡單。除第一次去新疆是奉報館之命外，其餘兩次都是私人旅行，但我每次都有紀事在大公報發表。我的一篇「三渡天山蕪草」報導阿拉木圖與會經過，與「迪化烏雲」寫盛世才的心情都經報館以顯著地位刊登。不料這些小文章竟留給　領袖蔣公以深刻印象。他老人家每次單獨召見我時，一定首先問我：「大公報怎麼樣？你還繼續研究新疆問題嗎？」

四三、大公報渝版發刊前後

二十七年十月二十五日武漢撤守。大公報對於在渝建館早有準備，那年七月七日包租輪船一隻，所有同人眷屬及若干器材都先期運渝。在重慶市下半城望龍門附近新豐街（後來改爲林森路）及公園下租賃了兩所房屋，以充社址及單身職員宿舍。又在太平門普安堂巷租賃眷屬宿舍，供人居住。我於新疆採訪完畢後逕直由迪化到重慶，所有員工都已到齊，正籌備出版。茲錄「本報移渝出版」一文（載漢版十月十七日），以誌該報遷徙經過，並窺知當時國家之情勢：

本報即日移重慶出版，在遷徙期中，對於武漢讀者將有數日之小別。

本報在渝出版的計劃，原定於去年。當去冬國府西遷之際，我們即決定在渝出版，派員赴渝，覓定社址，籌備一切。當時計劃，本擬漢渝兩地同時出版，嗣上海本社因拒敵人干涉而停版，移至香港續刊，因限於人力財力，在渝出版的計劃遂暫擱置，至上月才在重慶發行航空版，略應川東讀者的需要。近來中原交通暫行阻滯，特別對西北省寄遞甚遲，我們爲增加後方宣傳效率計，乃決定移渝出版，以應西南西北的需要，同時預定將來在漢口發行航空版，則重慶本報當日下午仍可達到武漢讀者面前。

本報漢口版，這繼承天津本報而來。抗戰的起點在北方，戰事初起，本報天津版即隨國權而中斷，於去年九月中旬移漢出版，迄今一年零一個月。在過去一年多的光陰中，同人等以簡陋的設備，單薄的人力，經營漢口本報，印刷既不精，每日出版時間亦較遲，而讀者一切原諒，賜予愛護，銷數仍甚廣，不減於天津出版之時。我們對於讀者這種熱誠愛護，眞是萬分感幸。讀者諸君這樣愛護我們，我們必不避一切艱難，以可能的最大努力，積極爲國家社會服務，以期不負讀者的期望。並請教投稿諸君，嗣後務宜多多賜教，在重慶本報未刊行以前，並可寄給香港本報發表。

我們來此最短時日之遷徙停刊期間，向武漢及各地讀者重新表明我們的志趣。我們相信：在這抗戰期間，一切私人事業，精神上都應認爲國家所有。換句話說，就是一切的事業都應當貢獻國家，聽其徵發使用，各業皆然，報紙豈能例外？我們的報，在津在滬，經多年經營，有相當基礎。但自經暴敵進攻，我們的事業財產，已大抵隨國權以俱淪。所以在漢出版，實際只是幾個人，此外毫無所有。而這些人之可能貢獻國家者，只是幾枝筆與幾條命。我們這一年多，實際無成績，但自誓絕對效忠國家，以文字並以其生命獻諸國家，聽國家爲最有效率的使用。現在決心還是這樣。我們遷渝出版，也是爲工作效率。其實，雖說是遷，何嘗遷些甚麼？除了若干職員工友之外，說到機器工具，眞眞簡陋得可笑。

所以我們心裡，只有工作問題，說不到事業問題。在武漢工作適宜之時，就在武漢，重慶更較適宜之時，便移重慶。然而我們却絕對不是流亡，我們以爲國家那一塊土，都是天津，都是武漢。我們一年多，在武漢做報，而實在天天想天津。我們覺着天津郊外殺敵的槍聲，就同在耳邊

一樣。同樣的，今後到了重慶，而心神却在大別山邊，在鄱陽湖上。同樣的，在江南、在塞北、在淮上、在粵東，我們永遠與全國抗戰軍民的靈魂在一起。我們盡忠於這個言論界的小崗位，以傳達並宣揚中華民族神聖自衛的信念與熱誠，使之更貫注而交流。假如國家需要我們上戰場，依法徵召，我們更擲筆應徵，不然便繼續供獻這一枝筆，聽國家做有效的使用。希望讀者諸君鑒此微誠，仍加愛護，並相信我們每一個讀者，都是貢獻其一切於國家，都守其崗位，忠於工作。我們深信這就是抗戰最後勝利的絕對保障，願與全國讀者共同努力！

× × ×

重慶大公報於二十七年十二月一日續刋，立刻受到西南西北各省讀者之歡迎，一個月之間，銷路就恢復了漢口版的總量。新豐街社址寬敞，交通便利，距離銀行區域陝西街、及繁華地帶的都郵街很近，又和軍事委員會不遠，實在是很理想的地方。時值霧季，佔領漢口後的日軍忙於整頓及窺探長沙，空襲渝市的事還沒開始，由各地遷徙到四川大後方的軍民，幸得一時的苟安。

這時候，湘省主席張治中因誤聽軍報，遂有長沙大火焦土焚城之事，貽人話柄，騰笑中外，結果警備司令酆悌等被槍斃，稍平民憤。

那年年底，大公報港館老人許萱伯兄又以肺病病故，這是自何心冷以同樣病又死去的一位資深人員。心冷與萱伯同為國聞通信社開創時期政之先生的得力助手。由於谷冰與萱伯二氏的共同合作，給大公報編輯留下了極良好的傳統，漢館渝館昭海與恩源繼之，港館、桂館鑄成與蔭恩繼之。萱伯兄死訊傳到重慶後，大家無不悼念。谷冰兄尤為傷感，因為他二人自天津開館以來，朝夕共事，耳鬢廝磨，相處達十年之久。兩個人都是修養很深，極有學識之人；不但互相之間，毫無嫌隙，就是對同人也從無疾言厲色；眞是謙謙君子，讓人接觸到，如沐春風，如浴化雨。大公報之優良傳統，固然有賴於張胡二公之樹立，但若不是谷冰與萱伯之發揚光大，則影響也不會那麼深遠。可知一個團體的精神與榮譽，需要每一個參加分子都貢獻一份力量。萱伯先生的長處，正如我前述趙恩源兄的作風，對同人所寫稿件，絕不輕意割捨，他常常把一篇寫得不成樣的文稿，整理得玲瓏透剔，毫無瑕疵，令撰稿人感謝他的修潤功夫。編輯的若見不合意的稿件就往字紙簍一丟，定是次等角色。谷冰與萱伯二氏的涵養氣概，承上啓下，鑄成了大公報同人的工作風度，最為寶貴。

二十八年「五三」「五四」及當月二十日，日寇的大轟炸，不但把大公報新豐街的社址炸毀，也把下半城的所有宿舍非毀即傷，以致重慶各報共同出刋「聯合版」，市民也從此疏散下鄉。我們的眷屬都被迫下鄉去了。

有一個時期，谷冰、芸生、清芳、光中與我共有十餘人，麕集在公園下的宿舍內睡統艙，吃大鍋飯。大隧道慘案發生時，我們都在內，倖免一死。

二十九年春，大公報在成渝公路過了上清寺約二華里之處的李子壩，重新建館上鑿防空洞容納全部印刷機器，以及在山。辦公室、工廠、宿舍、倉庫，才漸次完成。大家也從此眞正步入了艱難歲月。報館用的是五顏六色的土紙，拿到手裡就要碎，吃的是「八寶飯」，喝的是「混泥湯濾水」，穿的是「平價布」，住的是綑綁式」的房子。一年做有八九個月的轟炸季節。電筒、手提袋、萬金油、八卦丹隨身攜帶以備隨時進防空洞。這就是抗戰生活的簡單寫照。但人們精神，毫無疑問，則是旺盛的！不用說未久敵人的敗象已露，但我軍民愈戰愈亢奮的信念，則確與日俱增。大公報的銷路，後來達到十二萬份，遍及前後方十餘省，影響力之大，呈空前狀態。

三十年五月十五日，大公報獲得美國米蘇里大學新聞學院頒發榮譽獎章，為中國新聞界榮膺國外獎章之始。迄今時逾三十年，還沒有第二家獲得同樣榮譽，可知其難。

季鸞先生在重慶報業公會為這椿事所舉行的慶祝大會上，（上清寺中央黨部禮堂），曾有紀念性的發言。從此之後，他再未公開露面。那年七月七日，他寫完了「抗戰四週年紀念辭」後，便病倒。迄九月六日病逝歌樂山中央醫院，人與筆便與世長辭了！

從此之後，政之先生便接過大公報的全副担子，繼續前進。一直到三十八年四月十四日胡氏病逝於上海虹橋醫院，中間經過對日抗戰勝利，復員建館，他在谷冰、芸生、誠夫等人協助之下，再榮歸天津。將近八年之久，他力撑大局，為當年接辦大公報之理想，努力奮鬥。我自三十五年五月一日起，因郵滙局職務關係，請辭去大公報工作人員之名義，並不再支領薪津。我曾為此事，詳函政之先生，細訴衷曲。

但三十五年九月一日，大公報天津總館社慶，我還是被邀參加。政之先生親臨主持，情緒熱烈。社址不在舊法租界三十號路一六一號，却在舊日租界旭街新改羅斯福路了。他囑我繼續寫文章，我遵辦。每次到上海，我都接受他們招待。所以我雖辭職，但感情並未分離。十五年中，我雖沒有躭誤郵政公事，但我未能專心服務也是事實。郵政當局待我至厚，容我旁騖，極應感謝。大公報屢次要我辭掉郵局職務，我始終不肯，尤其派我去新疆採訪，季鸞先生於我回渝後以「這回你該脫離郵局了！」說明他的心意，其誠可感！但我終於獲得郵政當局之諒解，又在東川郵政管理局報到。雖然有悖季鸞先生的意旨，但我若不有「客卿」自由之身，焉有今日？我若全副時間為報館工作，豈不如谷冰、芸生等一樣，被共黨糟蹋得一文不值？大公報這部歷史與同人的冤屈，誰代他們向世人申訴？

說到這裡，我的朋友批評我未能全副精神當一名「職業報人」是一大敗筆。我却以始終是大公報的「客卿」做「票友記者」，為我僥倖的成功！見仁見智，就如此紛歧。假如滄海一粟的小區區，還有值得詳估的話，留待後世史家與仁人君子鑒其愚誠！

我相信：我以上所述句句實言，沒有星點兒虛妄。

四四、後記

我常說：「年輕人的文章是寫出來的，老年人的文章是逼出來的。」我雖然還不算太老，但總不能說年輕，因此，我的作品，甚少自願或從容之作。若不是編者的善意索稿，究竟我什麼時候能完成這部作品，誠然是不可思議之事。

原來我想寫五萬字就可以了，但一提起筆來，却覺材料太豐富，割捨不得。而每一篇材料，又都關係到國家命運，甚至世界局勢。不要說為歷史作一見證，就是舊史重讀，也不無價值。最初我寫這個題目不想引用大公報的社評，後經引用了一兩篇之後，接到許多前輩、同輩及晚輩讀者的來信、電話及輾轉傳言。他們說：「當時讀這些文章時，記憶不深，多年以後，早已忘記，今經你刋出，如同回到當年讀報時的情景，那是多麽寶貴的歲月啊！」他們說：「當年讀這些文章時，記憶不深，領悟也淺，如今重讀，振聾啓聵，如暮鼓晨鐘，如空谷足音。看看當年大公報的文章，有供今日主筆先生們參考的價值否？」他們說：「我們生來也晚，只知道有這麽一個報，它的內情與文章却一竅不知。如今經你這麽一寫，不啻讀了一部中國報業史。對我們學新聞的來說，這一課何其重要，我們為你的寫作歡呼！」

又有人說：「季鸞先生死後，大公報已走下坡路！「我不完全同意這樣見解，有影響是事實。大公報是一個有組織的有機體，我相信在張氏故去後，大公報仍有很多進步。即便胡氏逝世後，若不遇上共黨的竊據大陸，該報也不會有停滯現象，因為我相信制度與人才，該報的精神也永遠存在。自三十年起，一直到大陸淪陷，仍有許多重要關節值得寫，可惜只有等待另一個機會了。

（全文完）

李良榮先生事畧

李漢青

李良榮先生，福建同安人也。出生於民國前四年十二月二十五日，原姓林，出嗣茶山李姓，即縣城西天馬山麓英兌頭鎮。父母早逝，賴祖父母及叔父之教養而成人，人多謂其自少缺乏母愛，於個性不無影響。因家庭信奉基督教，故童年就讀鼓浪嶼美國教會之養元小學校旋以家貧停學，就業於廈門集美間之交通小輪，爲打掃童工。誰知伶仃孤苦之遭遇，正天之所以磨礪英雄！適逢幸運，爲閩南革命先進許卓然先生遇見，嘉其聰穎沈着，命其偕入山區，欲予以造就。十三年卓然先生奉召赴廣州出席中國國民黨第一次全國代表大會，命其隨行。時總理孫公在黃埔開辦軍官學校，以培植革命人才。卓然先生即保送其入學，校長蔣公謂其年僅十六歲，軀幹尤短小，先生答以「革命不論大小」，詞得體而意堅決，校長乃許其入學。因其排隊爲最後一名，稱爲殿軍，較易引人注意。十五年畢業，先任連部文書工作，經東征北伐，以次遞升，十九歲已任孫元良團上營長，以攻南昌傷腿，回籍休養。在泉州任宣傳員養成所隊長，當時朝野皆鼓吹建設，先生亦進私立勞動大學農科研究。民十八年秦望山郭其祥辦理泉永民團，旅菲僑胞購新式槍械以助，先生任營長，廿年歸四十九師改編爲張性白團之營長，駐防安海。旋移駐同安，見各鄉多種鴉片，由同安土著葉（定國）營派員徵收烟苗捐，先生以鴉片病民誤國，豈可飲鴆止渴力主剷除。廈門人孫嘉武曾在黃埔受訓，與先生頗有往來，秉其意旨，共策進行。嘉武原好勇鬥狠之徒，竟將葉營徵收烟苗捐之某氏刺殺葉定國向師部控告，師長乃派特務營陳崑到同查辦，即將嘉武扣留，先生向陳請保，保出後嘉武急回廈門。但數日後陳崑通知先生謂奉師部命令，須將嘉武解漳審訊，請將嘉武送還，嘉武不敢前往，先生亦不忍嘉武獨任其咎，又不便一再挨延，乃與郭君其祥等請余偕往漳州，向張師長緩頰，並未將嘉武剷烟殺人之事告知，余不求甚解，亦不加考慮，即允翌晨搭漳嵩公司汽車一同入漳，十二時到漳下車，嘉武即被陳崑所派候提之士兵，拘捕而去，先生大驚，尾隨其後，俾知去處，請余入師部解救。時方午餐。張師長請余用飯，余告以食不下咽，因送嘉武前來投案，何以一下車，嘉武即被軍隊拘捕，張師長謂嘉武犯罪，已判死刑，今將拘提槍決。余告以嘉武爲人鹵莽，必係開罪於人，至犯何重罪，余所不知，今無端介入，送其就死，情何以堪！師長乃令特務營暫緩執行，先生亦入師部，師長問嘉武如何？先生答以嘉雖有過失，但罪不至死。措詞亦頗得體。師長乃將嘉武交龍溪縣監獄禁閉。月餘後由余請保渡菲謀生，此槍下留人之事，使余驚悸，深悔事前不問清楚，貿然入漳，然事後亦深佩先生對朋友之負責重義！是年其祖父母逝世，先生又移

駐南靖山城，在公假中，營長職務由營附周君達民代理，該營第二連受共黨誘叛，周負傷而去職。廿一年入步兵學校第一期受訓，結訓後在馮軼裴軍新成立三十六師任補充團長。廿二年十九路軍在閩叛變，中央派兵討伐，先生隨軍入閩，攻克南平九峰山，按延平地勢險要，自來兵家稱鐵延平，紙建寧，先生是役建功，升任三十六師宋希濂之一六旅旅長，接伍誠仁之遺缺，駐防泉永，厲行清鄉，安溪民軍楊漢烈、永春民軍尤賜福均被槍決，地方以安，民衆稱快！廿四年移防閩西連城剿共，以派兵助民衆秋收，誤被共黨圍繳槍械，損失幾及一團。而受免職，降調爲委員長侍從室中校副官。嗣桂永清成立教導總隊華僑大隊，繼改爲防空掩護大隊，以先生爲大隊長，旋改爲特務團，升任團長；又帶職入陸軍大學特別班二期受訓。迨抗戰軍興，陸大遷校長沙，德配李佩蓮女士已修畢福州協和大學園藝系，先生乃至廈門結婚，携眷赴湘。未結業而桂永清升二十七軍軍長兼四十六師師長，調先生任副師長，代行師長職務，其誠信相孚如此也！廿七年日軍土肥原師團攻蘭封，四六師首當其衝，損失慘重，馬旅長威龍陣亡，李旅長昌齡負傷，該師後調由胡宗南整補。先生奉調爲第七分校主任，未就，仍回侍從室任少將參謀，及武漢撤退，隨委員長長駐重慶，遷眷北碚。是冬受派四川綦江軍政部第十七補充兵訓練處處長。二十八年一月改調福建南平第十三補充兵訓練處處長，回閩建軍。時余旅次新加坡、馬來亞，見許多愛國青年聞訊，爭先報名回國受訓，菲律賓僑生亦多參加。三月間余回經南平，曾與先生把晤。未幾補訓處第四團遷駐永春，先生與在永同志時相過從，推誠相見廿九年十三補訓處奉令裝備一個裝備團，在邵武訓練，先生乘機進協和大學旁聽英語，三十年四月，日寇侵陷福州，古田告急。奉第二十五集團軍總司令兼駐閩綏靖主任陳儀令，將第十三補訓處裝備團（原第六團），及福建軍管區裝備合編第一縱隊，任先生爲司令，以備作戰。時華南女子學院師生特製光餅以贈，官兵每人各有一串，賴以充飢，便於作戰，軍心大受激勵。先生率部大戰日軍第四十八師團吉田聯隊之管野大隊，多年得力幹部郭志雄等多於此役犧牲，卒將強敵擊退，士氣民心爲之振奮。先生遂調任第八十師長，經整理補充後，八月間即接替對福州之正面防務積極反攻，適日軍南進，即撤出福州。先生遂以八十師長兼福州警備司令入駐省垣。設司令部於烏山道，而自己則住於山戚公祠，以戚繼光平倭以勉，並摘錄紀效新書，以訓練幹部。三十年十二月陳儀內調，而以劉建緒爲福建省政府主席，劉令李覺爲廿五集團軍總司令，先生赴粵，中途以江西南城附近有保安團叛變，刼去行政專員，先生就近予以剿辦，叛軍懾於先生之聲威，即停止抵抗，全部繳械。劉主席以其卓著戰功，緩急可恃，乃電第三戰區顧長官，令該師回戍福州。是年第四區行政督察專員黃愷元，因荒淫無度，永春日報，畧予譏諷，黃竟拘捕總編輯李鐵民、及採訪主任鄭正言迫令停刋。先生聞訊，仗義執言，立電黃氏規勸，並電劉主席請令黃釋放，以重輿論，其富正義感如此！主席照辦。省黨部將黃開除黨籍，並由閩浙監察使署彈劾，省府乃將黃免職，事始平息，三十三年九月廿六日深夜，日寇長嶺喜一之獨立旅，由連江半島入侵。先生督所部力戰七晝夜，三二九團第一營長張稚生在大北嶺全營壯烈犧牲。十月四日奉令撤出福州城區，控制近郊山野不斷擊敵。相持至三十四年五月十八日，再度光復福州，並向閩東追擊殘敵。是年七月奉令調往皖南，並升任第廿八軍長，轄第五二、八〇及一九二等師。旋日本投降，八月間先生奉令率部兼程至杭州受降。三十五年改編爲整編師，移防徐州剿共，所轄五十二師、八十師、一九二師均改爲旅。八十旅，改爲快縱隊，改歸廿六師馬勵武指揮，在魯南嶧縣被圍，團長羅達時陣亡，影響整個戰局，司令薛岳因之解職。三十六年五月防守東海，升任整編二十三軍軍長，轄整第二十八師，李淳升師長，整四十四師王澤濬（川軍王纘緒部）又率九個團入膠東日照諸城，莒縣掃蕩陳毅部，後以共黨三野劉伯誠竄擾，大別山區，先生率三十八軍赴援，將劉部擊潰，劉回竄黃氾

區。是冬奉調第九綏靖區司令官，駐臨沂又改調黃維兵團副司令，是秋調南京第一新兵訓練處長，未到任。同年九月調任福建省政府委員兼主席，此爲其從政之開始。自知此職乃與以往所經驗者迥然不同，深恐無以慰父老望治之殷。當時亦曾禮聘專家爲顧問，針對現實，研擬地方興革計劃。奈其落落寡合之性格，往往以直言開罪於人，難以收人和政通之效。而接近之三五所謂智囊，既乏高深學問，亦非道義論交，故所推介之專員縣長，竟多心懷異志，待時反叛，而先生猶無所知。余曾語先生處此危局，應用久同患難之同志，不可但憑推介輕易任用新人，致爲所誤。但未幾而竟用李逸雲爲永春縣長，余以言既不應亦不再贅。三十八年一月中樞以閩政已不健全，即改派朱紹良將軍爲省府主席，而調先生爲福建綏靖公署副主任，七月間復調爲二十二兵團司令官兼厦門警備司令。時局漸緊，先生前所委派之閩西行政督察專員李漢昌即告叛變。陳言廉團既改編，即率其原有九七三團第一營及警衛營兩連由安海向溪尾叛變而去。永春縣長李逸雲亦受梁華光之策動於籌足招待國軍過境之費用銀元一萬元之後，公開反叛。適國軍九十六軍于兆龍部舊曆五月初五日取道永春赴沿海，既無人出爲招待，而又公然豎共產旗幟，于部認爲敵人，乃炮轟五里鎮，軍隊乘機搶掠姦淫。縣城南門醬園李卿，被軍隊撞門入搶，並將李槍殺，寃慘無地！城內烟絲店之媳婦被强姦不顧，乘軍人不注意，將其軍衣剪取一角爲憑，向于報告，于召集對質，果係連長某氏所爲，即宣布罪狀，押至雲龍橋槍決，以肅軍紀，而謝永人。並某究搶掠財物，軍隊開往南安，沿途將所掠拋棄道旁。于部在永五日，乃往詩山、安溪、同安、厦門。玉坑附近之民軍康明深入踞永城。旋廿二兵團所部黃昇輝團開來永春，康乃退往西區。余在厦曾向先生質詢，先生坦然承認過失，謂李逸雲乃梁龍光所推薦。永春之不幸事件，余及龍光應共負責任，狀甚懊悔，實爲朋友所誤。余不忍多言，即告辭而歸。最後其參謀長林夢飛竟亦叛去。旋福州棄守，綏署移厦歸京滬警備總司令湯恩伯將軍管轄。湯氏令毛森爲厦門警備司令，雷震爲省府代主席，方治爲秘書長，在厦設省政府。九月令二十二兵團開往金門，將厦門交劉汝明兵團。當福州淪陷後，五十師在福清潰散，師長副師長被俘。二十二兵團所轄者爲沈向奎之廿五軍，高吉人之第五軍，原部改編四十四師范麟，四十五師勞寰，二〇一師鄭果。先生到金，即認眞佈防，積極備戰。迨厦門失守劉部退往澎湖台灣。中央又令十二兵團胡璉接防金門，其先頭部隊高魁元已登陸。中共即乘機進犯金門，十月廿五日清晨二時十分由大陸進攻，在古寧頭登陸。先生與沈向奎、高魁元共同指揮作戰，胡部續到增援，雙方劇戰五十六小時，卒予圍殲。中共死亡一萬七千六百三十九人，被俘七千三百四十一人，鹵獲山炮七門，火箭砲十二門，重機關槍三百一十挺，步槍手槍七千四百餘支，器材不可勝計。從此戰局扭轉，敵人胆寒，金門固若金湯，台澎安然無事，先生眞不負其平生之抱負矣！戰事結束後，先生效大樹將軍之恬退，使胡璉居其功，更見其謙讓爲不可及也！迨金門防務完全第十二兵團負責，先生即率部來台，於十一月十五日正式結束。十二月奉派爲東南長官公署訓練團副團長。三十九年四月東南訓練團改隸國防部，先生仍爲副團長，九月訓練完畢，奉調國防部中將參議。又受聘光復大陸設計委員會委員。既無實際工作，較爲閒暇，輒入台灣大學旁聽，或在家自修，以期學問之精進。夫以戎馬半生，身經百戰，而猶潛心學問，孜孜不倦，求之並世，何可多得！四十三年奉准出國，經行香港、越南、泰國、馬來並、新加坡、菲律賓、日本。及歸遂申請退役從商，參加新竹玻璃公司被推爲常務監察人，以公費維持家計。旅行所經，以馬來亞閩僑衆多，且富財力，又屬工業落後亟待開發之國家，正可大有作爲。擬再前往，奈新加坡、馬來亞移民局皆以先生過去係軍政人物，疑有政治目的，不准居留，後由檳城華僑永春人李淇濱先生，向該處全馬移民總局保證，獲准入境。四十五年呈准假退役。四十六年奉中央指定參加台灣省議會第三屆議員之選舉，以最多票當選，

四十六年七月乃赴馬來亞吉隆坡，由舊部營長林君良貴之介紹與當地華僑建築家林添良先生籌辦馬來亞工礦公司水泥廠於雪蘭莪州峇株急石山。躬任董事經理，爲公司實際負責之人，精心擘畫，晝夜在公，不久水泥即告出產，頓見暢銷，乃聘鄭君振經爲經理爲之協助，以分其勞。四十八年，余亦南渡，在雪蘭莪八達犇興辦馬來亞製藥廠及飼料廠，相去不遠，常得聚首，親見其慘淡經營，開發計劃，已告成功！旋又與新加坡僑領南洋大學創辦人陳六使先生創辦大石水泥廠於馬來亞霹靂州怡保，規模較前爲大，每日出產達一千五百噸之多。然其發展實業之雄心猶未已也！又擬與前吉隆坡移民局局長麥查諾合作，開發吉打州之西北朗加維島。五十六年春爲達到其萬里壯遊及博取知識經驗之夙願，又有環遊世界之舉。以前旅行皆獨往獨來，此次則挈夫人同行。詎五月廿六日回抵怡保之第七日，即六月二日七時，竟自行駕車到廠巡視，詎十餘分鐘後，車猛撞大門右壁，車頭破損不堪，駕駛盤右半折斷，其中鐵質圓心正猛擊胸前，先生登時即失知覺，急次中央醫院救治，但中途即告氣絕，公司爲之治喪，夫人哀慟數次昏厥，適陳式銳先生由吉隆坡前往協辦善後，其夫人李綺青女士偕往日夜陪伴安慰，六月六日出殯，安葬於怡保基督教墳場。各方面聞耗皆深悼惜！先生有兩子一女，長子李力彌台大電機系畢業，在美修航空工程獲博士學位，在美成家立業。次子天馬私立台北醫學院畢業現在馬來亞，女李泳湘台大醫學院製藥系畢業，赴美修博士學位已嫁在美。綜其一生信奉基督教義，亦重倫理道德，故能廉介持躬，公忠處事，治軍則秋毫無犯，作戰則身先士卒，爰能殺敵致果，迭奏膚功，不愧革命軍人本色！所感遺憾者，自身並無政治素養，貿然出主省政，既乏知人之明，而又偏聽不能兼聽，是以易受欺騙，墜入術中，卒致貽誤大局，其從政之失敗，乃無可諱言之事實！最後在馬來亞開發實業，相當成功，不意竟以不必自己駕車而輕易駕駛，致死於車禍，長才未竟，賫志黃泉，亦可哀哉！

賈梅士先生事畧

·郭永亮·

澳門白鴿巢花園，有一山洞，名曰「賈梅士山洞」，內有一座賈梅士半身銅像，栩栩如生。凡中外人士至澳門，無不前往憑弔。

賈梅士先生之於葡萄牙，猶如沙士比亞之於英國，但丁之於意大利，屈原之於中國。一八四五年，欽差大臣兼兩廣總督琦善，作客澳門，往觀此像時謂：賈梅士先生乃葡萄牙人之孔子也。其人格之尊，亦由是可見矣。然其生平史事，則知者却少，茲據「葡國魂詩本記」簡介如下：

一 生平史畧

賈梅士先生，乃葡萄牙國人也。其出生年月，尚未能證實，有說於一五一七年，又有說於一五〇九年，或一五二五年者。但考之多數傳說，均以一五二四年爲近。葡京里斯本是其出生地。

父名華斯，爲葡國勳爵，母名叫馬思度。其祖父本爲賈利沙國人，於先生誕生前一百年，移籍葡國。

先生少年時居告奄巴，在告奄巴大學畢業，由其叔賈邊道爲監護人。一五四五年，因與其叔不睦，乃自行回里斯本。以勳爵遺裔故，頗受葡王約翰第三賞識，得常在宮中往來。

先生早歲即善吟詠，聲名籍甚，平居剛直無畏，好談雄辯，又愛結交女性，在宮與宮女們友好，傳說因之神思紛亂。

宮內貴要，忌其對宮女們感情深厚，每造謠中傷，致遭葡王擯斥，謫居利弼，或謂先生因私撰戲劇「施廖古王外傳」，以致得禍。

不久，先生投軍非洲。一五四七年蕭德城之役，傷一眼。一五五二年回國，又與宮中宦庶不睦，犯以劍傷人之罪下獄，或說此次變，因先生鍾情於一位宮女賈德連而起。先生於其詩中所稱納得思小姐，即指此人。

一五五三年赴印度，著有「競門笑談」、「印度情話」二書，語多譏諷印度總督，因此被逐至澳門，奉命爲失名產業管理人。未幾受誣虧空庫欵，拘送印京高亞

，被判無罪。當其起解赴印時，適在緬甸海岸覆舟，先生緊抱一石，得以不死，此事於「葡國魂」集中，敍述甚詳，謂當時一手握詩稿，一手扳石頭。

先生在印居留甚久，成詩亦最多，一時許爲非常詩才。歷次參與士耳其及摩洛哥戰役，衝鋒陷陣，屢建奇功。

一五六七年，由印度調赴莫三鼻給二年，旋於一五七〇年回到葡京，會京都大疫。一五七二年，將「葡國魂」付印行世，傳誦一時，葡王特給年金一萬五千厘士，先生僅足餬口而已。

先生末年貧乏甚，常靠友人接濟，乃得度日。或說先生由印度返國，帶回一位忠僕乍烏回京，當先生窮困無告時，得此僕行乞供養之力不少。

先生遺著，詩史類有「葡國魂」，抒情詩類有「心弦集」，戲劇類有「東家」、「鬼的兒子」、「施廖古王外傳」等，此三類爲葡國文學三派作品，而先生均各有名作。至於「葡國魂」一集，則爲純粹希臘羅馬派之風格，內分十章，一千一百零二節，每節八句，足與世界名詩史相媲美焉。

先生卒於一五八〇年六月十日

二　「葡國魂」內容

「葡國魂」爲賈梅士先生之一部至要之作，亦爲一部極神妙之紀事詩，於葡國人心目中，是爲一部「國民聖經」。自出版以後，世界各國文學家，無不驚奇贊賞。外文譯本，已有希臘文、羅馬文、西班牙文、法文、意大利文、英文、德文、荷文、丹麥文、瑞典文、匈牙利文、波希米文、波蘭文、俄羅斯文、阿拉伯文、希伯來文，惟中文譯本，尚未有見。

據賈梅士先生年譜，及傳記行狀所載，「葡國魂」一書，稿子大半居澳門時所起草者，而起草地址，即今之白鴿巢花園賈梅士巖。

吾於「葡國魂」詩集，可見賈梅先生乃一名天主信徒而兼愛國志士。此二種美德，在古昔葡國民衆中，極爲普遍，因葡國國民，標語「信仰天主」及「愛護國家」。因之，賈梅士先生在「葡國魂」中，開端便希望葡國軍人與賢豪，永生不死，由極西之海灣推進，建立新國，並贊揚歷代帝王發揚宗教，開拓疆土之功，亦歌頌當代英主佘巴鼎，爲天主特命以統治世界，及克服各國內之異教民衆，使同歸於天主者。

在「葡國魂」中，除開端作信仰上之抒寫外，其主要資料即達加馬航行通印度之史事。（達加馬於一四九七年七月八日啓航）。至資料之編排，亦極備藝術，詩句之構造，則極爲精警。第一段乃提綱挈領，敍述諸神集會，即描寫希臘羅馬衆神，大會於天堂，討論應否許達加馬司航之船四艘，到達印度。因當時歐人之心理，咸以爲印度乃一富庶國，然海路難通，不少航海家，雖屢作嘗試，終歸失敗。賈梅士以神話體裁，論及有一愛神雲露絲，倡議扶助葡國，又得一戰神馬地附和，遂以成功，抵達印度。

賈梅士寫如是之諸神會議，乃爲適應當時文學上之象徵作法，蓋賈梅士時代，是爲十四世紀後之歐洲文藝復興時期。賈先生乃當時之文學家，故其作風，自不能脫離希臘羅馬派之風尚。

綜之，「葡國魂」乃一部偉大之詩史，以歌吟法，紀述葡國人民之高尚風格，及其所編造之不朽功業，尤贊揚發現歐洲通印度之航線，開東西洋交通之新紀元。

三　賈梅士詩人節題詩賈梅士

賈梅士先生於一五八〇年六月十日逝世，自是，年年斯月斯日，澳葡政府首長於賈梅士山洞前，隆重開會紀念。詩人學者亦有吟詩謳誦者。下文爲詩人石因於一九四二年六月三十日之作，玆錄爲本文之結語。詩云：

天才何價付庸才，潦倒窮愁自可哀；
戎馬半生勤國是，詩名一世在蘭臺。

一戰功成再戰成，艨艟萬里赴長征；
英雄自古雄心遠，贏得詩名埒勇名。

荒涼石洞好羈身，千古鏡湖顧買鄰；
野鳥山花知解意，於今葡國有詩魂！

蘇曼殊的生平及其譯著

張玉法

蘇曼殊是清末民初中國學界的一顆彗星，他的一首詩可用來描寫他的英年早逝：「人間花草太匆匆，春未殘時花已空，自是神仙淪小謫，不須惆悵憶芳容。」（偶成）他的另一首詩可用來描寫他的命運坎坷：「生天成佛我何能，幽夢無憑恨不勝，多謝劉三問消息，尚留微命作詩僧。」（有懷）章士釗與柳無忌函云：「曼殊眞近代之異人也。自初識字以至卓然成家，不過經二、三年。始在滬與釗共筆墨時，學譯囂俄小說，殊不成句，且作字點畫，八九乖錯。……後一年，走東京，復與同人文會，則出語雋妙，已非流輩所及矣！」（柳亞子編「蘇曼殊年譜及其他」附錄頁十七）曼殊之秉賦如此，可謂天才文學家。

曼殊原名三郎，改名玄瑛，號子穀，法號曼殊。光緒十年（一八八四）八月十日生於日本橫濱。性情淡泊，不嗜名利，詩畫均有自然之美，散文與小說亦清麗可誦。他在文學上的成就，以詩最高，爲士林推重。于右任說：「曼殊詩格高超，在靈明鏡中。」柳亞子說：「他的詩好在思想的輕靈，文辭的自然，音節的和諧。」高旭說：「其哀在心，其艷在骨，而筆下尤有其趣。」（均見「曼殊大師紀念集」頁四二六——四二七）他死後，追思懷念他他的人不知有多少，劉大白「訪曼殊塔」詩：「殘陽影裡弔詩魂，塔裡摩挲有闕文，誰遣名僧伴名妓，西泠橋畔兩蘇墳。」（同上頁四一七）于右任「夜讀曼殊大師集」詩：「不見僧歸見燕歸，燕歸應惆舊巢非。江南師友俱零落，獨自栖栖雨濕衣。（「右任詩文集」卷七頁二十七）

這位短命詩僧，享年只有三十五歲。他的身世，自謂「有難言之恫」（「斷鴻零雁記」第一章）。他有不少描寫自己身世的作品，因內容不盡屬實，眞假莫辨，此處畧引「絳紗記」中的一段：

> 夢珠名瑛，姓薛氏，嶺南人也。……詣慧龍寺披剃。……未幾天下大亂，於是巡錫蘭、印度、緬甸、暹羅、耶婆提、黑齒諸國，……尋內渡。……時楊文會、陳散原創立祇垣精舍於建業，招瑛爲英文教授。後楊公歸道山，瑛沉迹無所，或云居蘇州滾繡坊，或云敎習安徽高等學堂，或云在湖南岳麓山，然有於鄧尉聖寺見之者，鄉人所傳，此其大畧。余束髮受書，與瑛友善，在香港皇娘書院，同習歐文，瑛逃禪之後，於今屢易寒暑。……余流轉乞食，兩閱月，主蘇州城，……聞酒販言，有廣東人流落可嘆者，依鄭氏處館度日，其人類有瘋病，能食酥糖三十包，……確是夢珠，惟瘦面披僧衣。……夢珠和尚，食糖度日，蘇人無不知之。近來寄身城外小寺，寺名無量。

右引大率爲曼殊的寫照，但「絳紗記」的全部記事，則不能盡信其爲有。

柳亞子曾多方搜集資料，數與曼殊作傳，而各傳對曼殊的記載不同。「玄瑛傳」云：

蘇玄瑛，字子穀，號曼殊，廣東香山人。父某，商於倭，因贅焉。生玄瑛，挈之返國。玄瑛自少即喪父，母又越在海外，伶仃靡可依者，則祝髮廣州之雷峯寺。

「蘇玄瑛新傳」云：

蘇玄瑛，字子穀，小字三郎，始名宗之助，其先日本人也。王父忠郎，父宗郎，不詳其姓。母河合氏，以中華民國紀元前二十八年甲申，生玄瑛於江戶。玄瑛生數月而父歿，母子煢煢靡所依。會粵人香山蘇商於日本，因歸焉。

民國二十一年，柳亞子寫「蘇玄瑛畧傳」，對前兩說有重大的修正，謂曼殊係蘇傑生和日下女所生。此說本於曼殊總角同窗馮自由及曼殊表兄林紫垣，或較可信。同年，羅芳洲爲曼殊寫傳，對曼殊身世的記載，則與柳亞子的「蘇玄瑛新傳」無別（曼殊大師紀念集頁四〇四）

柳亞子「蘇玄瑛畧傳」中的蘇傑生，係橫濱萬隆茶行的買辦，籍隸廣東香山。該茶行爲英人所辦，營業頗盛。傑生原娶於香山黃氏，在日時復納二妾，一爲日婦河合氏，一爲陳氏，寓中雇有日籍下女，名若子，時年十九歲。若子與傑生合，生曼殊，不久離去。曼殊即由河合氏撫育。大概由於不便將曼殊身世實告，曼殊乃以河合氏爲其生母①。

曼殊六歲那年（光緒十五年，一八八九）傑生使河合氏携曼殊回廣東，入鄉塾發蒙，取名玄瑛（乳名三郎）。嫡母黃氏對曼殊及河合氏不甚喜歡，族人也很排斥他們。曼殊九歲時，河合氏歸日本。曼殊感於孤寒無依，入廣州長壽寺②爲僧。是年，傑生在日本營業失敗歸國，不見曼殊，寫信告河合氏，謂曼殊入山爲虎呑噬。曼殊入長壽寺不久，又轉去博羅坐關，受戒於雷峯海雲寺（「斷鴻零雁記」第一章百粵金甌山海雲古剎指此），法名博經，號曰曼殊，這年他十二歲。

光緒二十二年（一八九六）曼殊十三歲，奉師命返廣州，長壽寺適爲暴徒所毀，曼殊不得已，還俗赴日尋母（河合氏）。經香港，從西班牙籍牧師羅弼氏習歐語二年。羅弼氏有女名雪鴻，對曼殊情頗殷，曼殊赴日時，雪鴻曾以莎士比亞、拜倫、雪萊等人詩集（「斷鴻零雁記」第六章）贈之。曼殊至日，從河合氏居神奈川，生活頗愜意。「燕子龕隨筆」云：「乃憶十四歲時，奉母村居，隔鄰有女郎手書丹霞詩箋，以紅線繫蜻蜓背上，使徐徐飛入余窗，意似憐其蹭蹬也。斯人和婉有儀，余曾於月下一握其手。」越二年，曼殊隨表兄林紫垣去橫濱大同學校就讀，與馮懋龍（自由）、鄭貫一等同學。

大同學校成立於光緒二十三年冬，徐勤爲校長，分爲尋常、高等兩級，各以三年卒業。高等級授中、英文，曼殊屬尋常級，專攻中文。光緒二十八年（一九〇二），曼殊復入早稻田大學高等預科習政治，並加入青年會，與陳獨秀、秦毓鎏、葉瀾等相交甚契。

青年會爲留日學生所組的革命團體，曼殊的表兄林紫垣不願他與革命人士往還，就不在金錢上幫助他，曼殊以此輟學，南歸嶺海，居虎山法雲寺。光緒二十九年得駐日清使館經費之助，入成城學校習陸軍，與劉三（季平）同學。並加入義勇隊及軍國民教育會，時以蘇子穀爲名。其後，軍國民教會解散，曼殊返國，主講長沙實業學堂，與張繼交極洽。後赴蘇州，任吳中公學教習，識包天笑、祝心淵。旋至上海，任國民日日報翻譯，從陳獨秀、章士釗、何梅士遊。譯法人嚣俄（Victor Hugo）所著哀史（Les Miserables），名曰「慘社會」，並撰「嗚呼廣東人」、「女傑郭耳縵」等文，均在國文日報發表。「多傑郭耳縵」是介紹一九〇一年美國無政府黨魁郭耳縵被捕前後的言行，「嗚呼廣東人」痛斥粵人入英、日籍者無國家觀念。

未幾，曼殊遊香港，住中國日報社，得交陳少白、王秋湄等。時康有爲新自海外歸，籌有鉅欵，養尊處優，置其舊日黨

人於不顧，曼殊甚爲氣憤，謀向少白借手槍往擊之，爲少白所阻③。曼殊一度居於惠州某破廟，以不堪其苦而返。時傑生至港，欲帶曼殊返里，未果；次年傑生去世，曼殊亦未奔喪④。

曼殊在港，遇其師羅弼氏，羅弼氏欲以其女雪鴻妻之，曼殊謂身已爲僧，無法從命。旋得羅弼氏之助，赴暹羅曼谷，居龍蓮寺，隨鞠瘁磨長老究心梵章。光緒三十年，主講於曼谷青年學會、錫蘭菩提寺及印度各地。劉三贈以詩云：「早歲耽禪見性眞，江山故宅獨愴神，担經忽作圖南計，白馬投荒第二人。」不久，曼殊歸國，再至長沙實業學堂任教。

光緒三十一年，曼殊北遊西湖，旋至金陵陸軍小學任教。在陸軍小學，他結識新軍標統趙聲（伯先）。「燕子龕隨筆」云：「趙伯先少有澄清天下之志，余教習江南陸軍小學時，伯先爲新軍第三標標統，始與相識。余嘆爲將才也。每次過從，必命兵士購板黃酒。伯先豪於飲，余亦雄於食，既醉，則按劍高歌於微風細柳之下，或相與馳騁於龍蟠虎踞之間，至樂也。」此可看出他與趙聲的私誼⑤，亦可看出他的豪邁之情⑥。時劉三亦在金陵，與曼殊過從甚勤。曼殊與伯先別後，作畫贈之，請劉三題定庵絕句云：「絕域從軍計惘然，東南幽恨滿詞箋，一簫一劍平生意，負盡狂名十五年。」（「燕子龕隨筆」）

光緒三十二年春，曼殊重至長沙，主講於長沙明德學堂，學生有陳果夫等。夏，應劉師培之邀至蕪湖，主講於皖江中學，與劉師培夫婦同事，初識鄧繩侯。是秋至滬，重晤劉三，初識柳亞子。一度偕陳獨秀至日本小遊，歸後與陶成章遊西湖，後返滬，先後居於愛國女學及同盟會機關部。他的遨遊，使他的朋友很少能與他常聚。鄧繩侯贈以詩云：「寥落古禪一紙書，欹斜淡墨渺愁予，酒家三日秦淮景，何處滄波問曼殊！」這年他譯有拜倫（Lord Byron）詩「去國行」、「大海」、「哀希臘」三篇。

光緒三十三年，劉師培去日本辦「天義」報，倡無政府主義，邀曼殊幫忙，刋其畫於報端。師培妻何震，亦拜曼殊爲師，從其學畫。其間，曼殊並結識「民報」編輯章炳麟。曼殊得劉師培、章炳麟兩位國學大師的文字切磋，愛益匪淺，他的文章好用僻字，就是受章炳麟的影響。此時他除作畫寫文外，並學習梵文，「梵文典」首卷即於是時完成。

曼殊在日本，朋友交往雖繁，家庭生活似感孤寂。這年七月致劉三書云：「吾大父大母棄余數年，今惟吾母吾姊與曼三人形相依而已。」是年八月至滬，十一月復返日。

光緒三十四年，「文學因緣」出版，並刋布「嶺海幽光錄」、「婆羅海濱遯居記」於「民報」。這年八月，曼殊回國，居西湖白雲庵，復遊金陵，主講於祇垣精舍（該舍位建業城中，爲池州居士楊文會、詩人陳三立所創辦）及梵文學堂，因罹病不支，十二月復東渡日本，隨河合氏居於逗子櫻山。有懷友詩一首：「九年面壁成空相，萬里歸來一病身，淚眼更誰愁似我，眼前猶自憶詞人。」曼殊在日本，憂愁無以自遣，寄情風月。「憶劉三天梅詩」序云：「東來與慈親相會，忽感劉三、天梅去我萬里，不知涕泗之横流也。」「潮音」跋有云：「循陔之餘，惟好嘯傲山林，一時夜月照積雪，泛舟中禪寺湖，歌拜倫哀希臘之篇，歌已哭，哭復歌，亢音與湖水相應，舟子惶然，疑其爲神經病作也。」

宣統元年，曼殊居日本江戶，當時他的主要工作是「每日午前赴梵學會，爲印度婆羅門僧傳譯二時半」。「拜倫集」亦於是時全部脫稿。這年九月，「拜倫詩選」出版（「曼殊書信集」頁二二——二四）。旋去新加坡遊歷，遇羅弼氏及其女雪鴻於舟次。如前所述，羅弼氏欲以雪鴻妻曼殊，曼殊以身已爲僧，無法從命，然常以文字與雪鴻通情欵。曼殊臥病南洲，雪鴻過存病榻，親持玉照一幅，「拜倫集」一卷、曼陀羅花共含羞草一束相贈。宣統二年五月曼殊於爪哇與高天梅書：「昨歲

南渡，舟中遇西班牙才女羅弼氏，即贈我西詩數冊。」（「曼殊書信集」頁二五）即指此事。

曼殊在新加坡稍留，即去爪哇，主講日惹中華會館。宣統二年五月，復自爪哇赴印度，居芒湯山寺。那年，黃晦聞寄給他一首七律：「四載離悰感索居，似君南渡又年餘，未遺踪跡人間世，稍慰平安海外書。向晚梅花纔數點，當頭明月滿前除，絕勝風景懷人地，回首江樓却不如。」

宣統三年，曼殊自印度歸廣州，訪黃晦聞於廣雅書院，旋北經上海赴日，黃又有一首詩寄給他：「五年別去驚初見，一醉殊辜萬里來，春事陰晴到寒食，故人風雨滿離杯。拈花衆裡吾多負，取鉢人間子未回，自有深深無量意，豈堪淸淺說蓬萊。」黃晦聞有蒹葭樓，曼殊作風絮美人圖寄之。曼殊在日，訪金閣寺僧飛錫於松島。時飛錫方刪定曼殊舊著「潮音」一卷，將撰跋印行，乃出示是篇與曼殊。

是年夏，曼殊重渡爪哇，仍主講日惹中華會館。七月，「燕子箋傳奇」英譯成，羅弼氏爲題詞⑦，雪鴻乃攜之赴馬德里，設法在歐洲刊行。

辛亥革命爆發，曼殊欲立即回國，因病未能成行。十月二十八日與柳亞子、馬君武書云：「邇者振大漢之天聲，想兩公都在劍光刀影中，抵掌而談，不慧遠適異國，唯有神馳左右耳。」（「蘇曼殊書信集」頁三〇）又十一月與柳亞子書云：「壯士橫刀看草檄，美人挾瑟請題詩，遙知此時樂也。」（同上頁三一）其嚮往國內情形如此。

其時，曼殊在爪哇，尙有一軼事，即辛亥首義，南京光復，風聞海外，爪哇泗水書報社革命同志開會慶祝，華僑到者數千人，曼殊亦率同志參加，爲主席團。正在轟轟烈烈高唱入雲之際、不意荷官署突派武裝士兵前來禁止，互相衝突，首領同志被捕者十餘人，浙江縉雲人丁榮與焉。曼殊約同志與荷蘭當局交涉，丁榮等得安然出獄。事後，曼殊偕丁榮、許紹南夫婦及魏石生夫人何蓮卿等搭輪返國⑧。

民國元年二月，曼殊經香港抵滬，曾偕張繼至西湖一遊。三月，主「太平洋報」筆政，與柳亞子、葉楚傖、朱少屛等同事，撰「南洋話」一文歷述荷人壓迫爪哇華僑情形，呼籲中華新政府採強硬態度，與荷交涉，盡廢苛則，然後推行僑民教育，其愛國之忱，充於詞間。這年四月，因河合氏電促速歸⑨，曾赴日本小住，「斷鴻零雁記」於是時始刊於報端。五月，曼殊返滬，六月復東渡，至十月始返⑩。十二月赴安慶高等學校任教⑪，學期結束，復返上海。

當時共和初建，革命黨人多乘時在位，或欲有以位置曼殊，曼殊冥鴻物外，不屑一顧，章炳麟稱之爲「厲高節抗浮雲」之士。後人有認曼殊爲同盟會員者⑫，實屬妄語⑬！民國二年的大部時間，曼殊來往於上海、杭州、安慶、蘇州等地，並一度東渡省母，刊布其「燕子龕隨筆」於「生活日報」及「華僑雜誌」。這年十二月，因身體不好，回日本休養。但至日本西京後，病復發，自嘆爲「有愁無命之人」⑭。當時正逢二次革命失敗，孫中山先生在東京組中華革命黨，曼殊曾往謁見，並與居正、邵元冲、戴傳賢等相往還。

民國三年初，曼殊病稍痊，始得著書⑮，始得遊歷，始得學佛⑯。五月，刊布其「天涯紅淚記」於「民國雜誌」，並致書沈燕謀，索「潮音」序文⑰。八月，他的「漢英三昧集」出版。民國四年，曼殊仍在日本，曾爲人譯書二種。八月，他的「絳紗記」與「焚劍記」先後在「甲寅雜誌」發表。

民國五年討袁之役，曼殊曾去青島晤居正（時居正在魯獨立，曾有一時的小成功），旋至上海，寓環龍路孫中山寓所。這年九月，他去杭州西湖小住⑱。「碎簪記」即完成於此時。「碎簪記」開首有云：「余至西湖之第五日，晨餐甫罷，徘徊於南樓之上，鐘聲悠悠而逝。遙望西湖風物如恒，但與我遊者，乃不同耳。」這年十一月，他的「碎簪記」發表於「新青年」。此文發表後，劉半農曾有信推崇，並問是否屬實。曼殊答云：「來示過舉，誠

慄誠恐，所記固屬子虛，望先生不必過問也。」⑲

民國六年閏二月，曼殊一度回日省親，月餘復返上海，與陳果夫及蔣中正同居。冬，因痢疾入海寧醫院⑳。次年二月，復自海寧醫院轉入廣慈醫院，貧病潦倒，衣物典當一空。柳亞子曾對他有所周濟㉑，蔣中正亦囑陳果夫隨時送錢給他，但他的病情却一直沒有減輕㉒，到五月二日，就與世長辭了。

曼殊的死，種因於他放浪任性，貪食無度㉓。他嗜糖果及雪茄烟成癖㉔，大大影響了他的健康。鄭桐蓀與柳無忌論曼殊生活函云：「他少年時本是極熱心，中年後悲觀極深。他的拚命吃巧克力、八寶飯（按「曼殊書信集」頁三九壬子十一月安慶與柳亞子書：「連日吃八寶飯最多。」）、雪茄烟，實是一種自殺政策。金錢到手拚命亂用，無錢則忍餓終日。好吃花酒，而却與他所叫的倌人極少交談，蓋彼之所好，不過一場熱鬧而已，不在花亦不在酒也。」㉕

曼殊的貪食無度，即在病中亦不稍留意。民國二年他在日本養病，即背醫大食，尚於朋友書中屢言之。致柳亞子書云：

> 瑛前日略清爽，因背醫大吃年糕，故連日病勢又屬不佳。每日服藥三劑，牛乳小許，足下試思之，藥豈得如八寶飯之容易入口耶㉖？

致何震書云：

> 瑛今晨尚覺清爽，能食麵包牛乳。醫者禁余吸雪茄，日服藥三次，其苦非常，但得往親友家大吃年糕，醫者不知也㉗。

致陳陶遺書云：

> 連日背醫生往親友家大吃年糕，病復大作。每日服藥三次，足下試思之，藥安得如八寶飯之容易入口耶？……醫者甚嚴厲，不許吸雪茄，吃糖果，飲牛乳，可可，糖亦不准多放，余甚思一飛來滬大吃耳㉘！

觀此，亦可見曼殊放浪不羈的天性。

曼殊的放情任性，與他在感情上的衝突有關，曼殊早年遁跡空門，日後受女色之誘，使他的精神近於瘋狂。除寄情於詩文外，便是放浪形骸。「生天成佛我何能」是他的激憤語，「與人無愛亦無嗔」是他的掩飾話，「無端狂笑無端哭，縱有歡腸已似冰」是他心理上的矛盾。他的心理矛盾，誠如章炳麟所說：「貧困爲沙門，不能作佛事；復還俗，稍與士大夫遊，猶時時著沙門衣。」㉙就其感情生活而論，曼殊在粵時，其父爲聘一女，名雪梅，後女家絕婚，雪梅佗傺以死。既東歸，河合氏有姊，欲以女靜子嬪曼殊，「斷鴻零雁記」第十一至二十章，即記其與靜子的繾綣之情，日與靜子論畫，並從學梵文，雖爲慰老母，權答應婚事，終到留書靜子：「吾實三戒俱足之僧，永不容與女子共住。」時香港羅弼氏女雪鴻亦常與彼通欵曲，此情此景，曼殊何以自解？

曼殊的早死，對他自己來說，是一個很大的損失，對中國文學來說，則是一種解脫。他的腸胃病時常使他痛苦不堪，這也許是他對人生消極的主要原因。因爲消極悲觀，他生活隨便，不拘禮俗，一方面使他在經濟上不能自理，完全靠朋友接濟；另一方面使他的名譽日壞，難再維持下去。但以他坎坷的身世，和多愁善感的性格，留於人間的詩文，雋永可愛，能傳誦於當時，亦能留傳於後世。曼殊死後，故舊紛紛往弔，留傳下來的弔祭文字，至今讀之，猶令人神傷。如王德鐘「弔蘇曼殊詩」㉚：

> 隔江烟雨晚蕭蕭，縱有騷魂不可招，
> 此後櫻花橋畔路。更誰月夜獨吹簫。

如黃晦聞「戊午六月江干視曼殊殯」詩㉛：

> 一棺江舍未經時，冒暑來尋或有知，
> 已負死生元伯語，所哀塵露步兵詩。
> 尺書病革猶相問，晚歲樓居不可期，
> 勝有茫茫憂患意，亂蟬斜照共銜悲。

如沈尹默「劉三來言子穀死矣」詩㉜：

> 君言子穀死，我聞情惻惻，
> 滿座談笑人，一時皆太息。
> 平生殊可憐，癡黠人莫識，
> 既不遊方外，亦不拘繩墨；
> 任性以行遊，關心惟食色；

大嚼酒案旁，呆坐歌筵側；
紹常覺無用，當此見風力。
十年春申樓，一飽猶能憶；
於今八寶飯，和尚吃不得！

又如劉半農「悼曼殊」詩㉝：

一、這一個人死了，
我與他，只見過一次面，通三次信㉞
不必說什麼「神交十年」、「嗟惜彌日」，
只覺他死信一到，我神經上大受打擊；
無事靜坐時，一想到他，便不知不覺說「可憐」！

二、有人說他癡，我說「有些像」；
有人說他絕頂聰明，我說「也有些像」；
有人說他率眞，說他做作，我說「都像」。
有人罵他，我說「和尚不禁人罵」，
更有人說他是「奇人」却遭了「庸死」，我說「庸死未嘗不好」。

三、只此一個和尚，
千百人看了，化作百千個樣子，
我說他可憐，只是我的眼光，
却不知道他可憐不可憐。

四、記得兩年前，我與他相見㉟，
同在上海一位朋友家裡，
那時候，室中點着盞暗暗的石油燈，
我兩人靠着窗口，各自坐了張低低的軟椅，
我與他談論西洋的詩，
談了多時，他並不開口，只是慢慢的吸雪茄，
到末了，忽然高聲說：「半農，這個時候，你還講什麼詩，求什麼學問？」

五、「猶是阿房三月泥，燒作未央千片瓦」㊱，
這是杭州某人的詩句，
我兩人匆匆別了，他有信來，說
「這兩句詩，做得甚奇」，
又約我去遊西湖，說
「雪茄尙可吸兩月，湖上可以釣魚，
一時不到上海了」。

六、西湖至今沒遊成。

曼殊的喪事是由汪精衛辦理的，汪與他素昧平生，只是同爲革命同志而已。汪曾向孫中山先生請示喪葬事誼，並在報紙上訃告各方。有徐自華者，義讓「西湖之陽，孤山之陰」，以爲曼殊壙地。汪等遂將曼殊靈柩暫厝於廣肇山莊。

民國十年六月，陳去病謁孫中山先生於廣州大總統府，呈請贈欵營葬曼殊，文中有云：

竊見本黨已故同志蘇子穀，一名玄瑛，又號曼殊，廣東香山人也。少長異域，常懷故國之思；壯而同仇，早入義勇之隊。……蓋自癸卯投袂以來，迄於圓寂之歲，其間追隨鞭鐙，擁護旌麾，亦幾二十餘年矣。

孫中山先生悵然有懷，以千金予去病，命購地杭州孤山之陰葬之㊲。民國十三年，營葬之事畢，題其碑文曰「嗚呼曼殊大師之墓」。大陸淪陷後，共黨以整頓名勝古蹟爲名，遷墓於風篁嶺下。

自曼殊去世以來，研究其生平事蹟者頗不乏人。前已述及，柳亞子先後爲曼殊作傳三次。並與其子無忌編成「蘇曼殊年譜及其他」一書。曼殊的詩文，詳載於文公直所編的「曼殊大師全集」，畫則有何震所編的「曼殊大師畫譜」㊳。其他遺佚尙多，近年亦時有發現。此處將他的文學作品及其在翻譯上的成就畧加介紹，畫則缺而不論。

一、創作方面

柳亞子「燕子龕遺詩」序云：「君好爲小詩，多綺語，有如昔人所謂『却扇一顧，傾城無色』者。又善畫，蕭疏談遠，似不食人間烟火物。往還書問，好以粉紅牋作蠅頭細楷，造語亦絕俊，恒多悲傷及過情之談。」曼殊在文學方面，成就最大的是詩。他的詩風韻極佳，有神無物，完全是自然的流露，而味極雋永清新，愈讀愈見其佳。「曼殊書集」載詩四十四題，錄數首於下：

一、本事詩㊴

春雨樓頭尺八簫，何時歸看浙江潮？
芒鞋破鉢無人識，踏過櫻花第幾橋。

二、住西湖白雲禪院作此：

白雲深處擁雷峯，幾樹寒梅帶雪紅，
齋罷垂垂渾入定，菴前潭影落疏鐘。

三、吳門依易生韻：

白水青山未盡思。人間天上兩霏微；
輕風細雨紅泥寺，不見僧歸見燕歸。

四、過若松町有感示仲兄：

契闊死生君莫問，行雲流水一孤僧；
無端狂笑無端哭，縱有歡腸已似冰！

五、偶成：

人間花草太匆匆，春未殘時花已空！
自是神仙淪小謫，不須惆悵憶芳容。

六、東居雜詩：

誰憐一闋斷腸詞，搖落秋懷祇自知，
況是異鄉兼日暮，疏鐘紅葉墜相思。

七、芳草：

芳草天涯人是夢，碧桃花下月如烟；
可憐羅帶秋光薄，珍重蕭郎解玉鈿。

其文辭的自然，音節的和諧，讀來令人有「臨風獨立，超曠絕俗」之感。

曼殊是多情的詩僧，在他的詩裡，可以找到許多寫男女之情的句子，如「我再來時人已去，涉江爲誰采芙蓉」（過若松町有感）、「華嚴瀑布高千尺，未及卿卿愛我情」（本事詩）、「還卿一鉢無情淚，恨不相逢未剃時」（本事詩）、「知否去年人去後，枕函紅淚至今留」（東居雜事詩）等句，都是非常哀艷的。誠如周瘦鵑所謂：「嚼蕊吹香，幽艷獨絕。」

曼殊的小說，語意纏綿，情至悱惻，受人愛好。見於「曼殊小說集」的，有以下幾種：

「斷鴻零雁記」：原載於民國元年上海「太平洋報」，是就自傳穿揷而成。民國八年上海廣益書局出單行本，民國十四年發行三版。是年該書由商務印書館翻譯成英文出版。次年，福建協和大學黃嘉謨將該書編爲劇曲，出單行本。

「天涯紅淚記」：刋於民國二年五月在日本東京出版的「國民雜誌」第一年第一號，登至第二章未完中止，未出單行本。

「絳紗記」與「焚劍記」：原載於民國四年的「甲寅雜誌」，民國五年出單行本，由上海亞東圖書館發行。民國十一年再版。後亞東圖書館復將之收入「名家小說」中。

「碎簪記」：原刋於民國五年上海羣益書社發行的「新青年」雜誌，未出單行本。

「非夢記」：原載於民國六年上海文明書局出版的「小說大觀」第十二集，未出單行本。

「絳紗記」、「焚劍記」、「碎簪記」、「非夢記」四篇，後由盧冀野編印爲「曼殊說集」。

在前述的小說中，以「斷鴻零雁記」篇幅最長，凡二十七章。寫一孤兒出家爲僧，異國尋母，以及戀愛飄泊種種慘痛的遭遇。文情悱惻，今人不忍卒讀，今引其第一章於下：

百粵有金甌山者，濱海之南，巍然矗立。每值天朗無雲，紅瓦鱗鱗，隱約可辨，蓋海雲古刹在焉。相傳宋亡之際，陸秀夫既抱幼帝殉國厓山，有遺老遯跡於斯，祝髮爲僧，晝夜向天呼號，冀報大行皇帝之靈。故至今日，遙望山嶺，雲氣葱鬱；或時聞潮水悲嘶，尤使人欷歔憑弔，不堪回首。今吾述刹中寶網金幢，俱爲古物。池流清淨，松柏蔚然。住僧數十，威儀齊肅，器鉢無聲。歲歲經冬傳戒，顧入山者寥寥，以是山羊腸峻險，登之殊艱故也。一日凌晨，鐘聲徐發，余倚刹角危樓，看天際沙鷗明滅。是時已入冬令，海風逼人於千里之外。讀吾書者識之，此日爲余三戒俱足之日。計余居此忽忽三旬。今日可下山面吾師；後此掃葉焚香，送我流年，亦復何憾！如是思維，不覺墮淚。嘆曰：「人皆謂我無母，我豈眞無母耶？否，否。余自養父見背，雖煢煢一身，然常於風動樹梢，霪雨連綿，百靜之中，隱約微聞喚我之聲。顧聲從何來，余心且不自明，恒結凝想耳。」繼又

嘆曰：「吾母生我，胡弗使我一見？亦知兒身世飄零，至於斯極耶？」此時晴波曠邈，光景奇麗。余遂披袈裟，隨同戒者三十六人，雙手捧香魚貫而行。升大殿已，鵠立左右。四山長老雲集。香讚既闋，萬籟無聲。少選，有尊證闍梨，以悲緊之音唱曰：「求戒行人，向天三拜，以報父母養育之恩。」

余斯時淚如綆縻，莫能仰視。同戒者亦哽咽不能止。既而禮畢，諸長老一一勸勉曰：「善哉大德，慧根深厚，願力莊嚴。此去謹侍親師，異日靈山會上，拈花相笑。」

余聆其音，慈悲哀愍。遂頂禮受牒，收淚拜辭諸長老，徐徐下山。夾道枯柯，已無宿葉。悲涼境地，唯見樵夫出沒；然彼焉知方外之人，亦有難言之恫！此章爲吾書發凡，蓋紀實也。

本書所寫，大體和曼殊的遭遇相同，可以視爲他的自叙傳，但亦不無穿插之處。

曼殊的散文，傳世者多篇，較長的爲「燕子龕隨筆」及「嶺海幽光錄」，皆隨筆之類。「嶺海幽光錄」曾於光緒三十四年發表於「民報」，署名南國行人，記明末死節事。其內容可於小序中見之：

吾粵濱海之南，亡國之際，人心尚古；苦節艱貞，發揚馨烈，雄才瑰意，智勇過人。余每於殘籍見之，隨即鈔錄。古國幽光，寧容沈晦？奈何今也有志之士，門戶齮齕，狺狺嗷嗷。長婦姹女，皆競侈邪。思之能勿涔涔墮淚哉？船山有言：世俗相率而爲僞者，蓋有習氣而無性氣也。吾亦欲與古人可誦之詩，可讀之書，相爲浹洽而潛移其氣，自有見其本心之日昧者，是以亦可以悔矣。

「燕子龕隨筆」，原載於民國二年「生活日報」，民國三年刪訂重刊，乃隨意拈來之記事，共六十五則，極富神韻，玆錄數則於下：

其一：

余至中印度時，偕二、三法侶居芒碣山寺，山中多果樹，余每日摘鮮果五、六十枚啖之，將及一月，私心竊喜，謂今後吾可不食人間烟火矣，惟是六日方一便，便時極苦，後得痢疾，乃知去道尙遠，我緣未至耳。

其二：

廢寺無僧，時聽墮葉，參以寒蟲繼續之聲。乃憶十四歲時，奉母村居，隔鄰有女郎，手書丹霞詩箋，以紅線繫蜻蜓背上，使徐徐飛入余窗，意似憐其蹭蹬也者。詩曰：青陽啓佳時，白日麗暘谷，新碧映郊坰，芳蕤綴林木。輕露養篁榮，和風送芬馥，密葉終重陰，繁華繞四屋。萬彙皆專與，嗟我守煢獨，故居久不歸，庭草爲誰綠。覽物難離羣，何以慰心曲。斯人和婉有儀，余曾於月下一握其手。

其三：

余巡遊南洲諸島，忽忽二歲，所聞皆非所願聞之事，所見皆非所願見之人，茫茫天海，渺渺余懷。太炎以素書兼其所作秋夜一章見寄，謂居士深於憂患；及余歸至上海，居士方持臨邊，意殊自得矣。

其四：

余年十七，住虎山法雲寺。小樓三楹，朝雲推窗，暮雨捲簾，有泉，有茶，有筍，有竽。師傅居羊城，頻遣師兄饋余糖果糕餅甚豐。囑余端居靜攝，毋事參方。復辭師東行，五載，師傅圓寂，師兄不審行脚何方，剩余東飄西蕩，忽忽八年矣。偶與燕君言之，不覺淚下。

二、翻譯方面

曼殊通梵文及英、法文，翻譯的文字可分爲三類：

（一）關於梵文的：

「梵文典」八卷：成於光緒三十三年[40]，有章炳麟、劉師培等序。是年九月，「天義」報第六卷載有出版告白[41]，實則並未出版[42]。該書價値，畧見曼殊梵文典自序：「夫歐洲通行文字，皆原於拉丁，

拉丁原於希臘，由此上溯，實由梵文，他日考古文學，唯有梵文、漢文二種耳，餘不足道也。」

「初步梵文典」四卷：有章炳麟序，原書已佚。

「梵文摩多體文」：原書已佚。「蘇曼殊全集」頁三五壬子七月日本與某君書云：「拙著梵書摩多體文，已爲桂伯華居士鐫署，明歲宜可出版。」

「沙恭達羅」（或書「沙昆多羅」，Sakoontala）：是劇曲，書成於宣統年間，出版與否未悉，原著者爲印度詩聖迦黎陀娑（Kalidasa）。

「法顯佛國記惠生西域記地名今釋及旅程圖」：原書已佚。

「娑羅海濱遯跡記」：原爲印度人筆記，自英人重譯者，曼殊記云：「此印度人筆記，自英人重譯者，其人蓋懷亡國之悲，託諸神話；所謂盜戴赤帽，怒發巨銃者，指白種人言之。」（見「蘇曼殊全集」載「蘇曼殊譯作集」頁八九至一〇三）

（二）關於英文的：

「文學因緣」：光緒三十二年成書，光緒三十四年由日本東京齊民社出版，後來上海羣益書社有重印本。該書原爲二卷，僅出版了第一卷，其內容爲：

曼殊上人譯阿輸迦王表彰佛誕生處碑。

曼殊上人畫九幅。

英譯詩經八章、古詩二首、木蘭歌一首、李白詩六首、長恨歌一首、采茶詞三十首、葬花詩一首，均非曼殊自譯，乃曼殊所集編，譯者包括 James Legge, Francis Davis, Mercer, Candling 等。

曼殊上人譯歌德（G. W. von Goethe）題沙恭達羅詩（Sakoontala)，該詩係由Eastwick 譯爲英文者。

曼殊上人譯拜倫（Byron）「星耶峯耶俱無生」詩一截。

盛唐山民譯拜輪留別雅典女郎詩四首。

第二卷沒出版，目錄見光緒三十四年正月「天義」報廣告：

曼殊上人校錄「南天竺娑邏門僧碑」

曼殊上人畫十幅。

英譯詩經十章、古詩二首、伯夷叔齊采薇歌、擊壤歌、飯牛歌、懿民謠、百里奚妻琴歌、箕子麥秀歌、屈平漁父歌、東坡放鶴歌、曹孟德詩一首、班固怨歌行、杜秋娘金縷衣、杜甫詩六首、王維、孟浩然、王昌齡、張藉、翁綬、王勃、岑參、崔顥詩各一首、孺子歌八首，亦爲曼殊所集編，譯者包括Giles, Legge等。

曼殊「文學因緣自序」云：「比隨慈母至逗子海濱，山容幽寂，時見殘英辭樹。偶錄是編，閩江諸友，願爲之刋行，得毋靈府有難塵泊者哉？」

「拜倫詩選」：書成於光緒三十二年，宣統元年由東京三秀閣出版㊸。

其內容：

曼殊肖像一幀

法蘭居士英文序一篇

曼殊自序一篇

H. R. Allen 所塡拜倫留別雅典女郎英文原詩樂譜

拜倫譯詩五首：「去國行」、「贊大海」、「答美人贈束髮𧝓帶詩」、「哀希臘」係曼殊自譯；「留別雅典女郎」爲盛唐山民所譯。按盛唐山即安慶，民不知何指。

這部「拜倫詩選」銷路最好，很快就印了三版：

光緒三十四年九月初版

民國元年九月再版

民國三年八月三版

這三版都是在日本印的，至民國十一年，上海泰東圖書局印行第四版。茲節錄曼殊譯詩數闋：「去國行」有云：

行行去故國，瀨遠蒼波來，
鳴湍激夕風，沙鷗聲凄其；
落日照遠海，遊子行隨之，
須臾與爾別，故國從此辭。

「贊大海」有云：

皇瀾濤汗，靈海黝冥，
萬艘鼓楫，泛若輕萍。

芒芒九圍，每有遺慮，
曠哉天沼，匪人攸居。

「哀希臘」有云：

名王踞巖石，雄視漵邏濱，
船師列千艘，率土皆其民；
晨朝大點兵，至暮無復存，
一爲亡國哀，淚下何紛紛。

曼殊對拜輪至爲崇拜，以「拜輪中土之李白」（「斷鴻零雁記」第七章）。宣統二年五月，曼殊在爪哇與高天梅書云：「衲嘗謂拜輪足以貫靈運太白，師梨足以合義山長吉，而沙士比、彌爾頓、田尼孫，以及美之郎弗勞諸子，只可與杜甫爭高下。此其所以爲國家詩人，非所語於靈界詩翁也。」（「曼殊書信集」頁二五）曼殊「本事詩」有「丹頓拜輪是我師」之句，另有一首書於「拜輪遺集」卷首的詩：「秋風海上已黃昏，獨向遺編弔拜輪，詞客飄蓬君與我，何能異域爲招魂？」民國三年八月，曼殊在日本與鄧孟碩書云：「歐洲大亂平定之後，吾當振錫西巡，一弔拜輪之墓。」（「曼殊書信集」頁六一）其嚮往之情如此。

曼殊一生行跡多與拜輪相似，拜輪去英國而居希臘，曼殊去中國而居日本，同爲飄流異域，可不必說。「拜輪集」中有「留別雅典女郎」四章，幽艷入骨；「曼殊詩集」中有「寄調箏人」詩，用情之深，足與「留別雅典女郎」相媲美。「寄調箏人」其一云：

生性花發柳含烟，東海飄零二十年，
懺盡情禪空色相，琵琶湖畔枕經眠。

其二云：

禪心一任蛾眉妬，佛說原來怨是親，
雨笠烟簑歸去也，與人無愛亦無嗔。

其三云：

偸嘗仙女唇中露，幾度臨風拭淚痕，
日日思君令人老，孤窗無奈又黃昏。

曼殊的女弟子傾城女史稱他「佛心本多情，辭俗情猶擾」，似爲的語。

「潮音」：此書脫稿於光緒三十四年，宣統三年於日本東京出版。柳亞子「蘇玄瑛新陣」：「辛亥夏歸日本，詣王父墓所，會其遠親金閣寺僧飛錫爲刪訂舊著潮音集，與蓮華寺主刊印流通，囑玄瑛重證數言。」飛錫「潮音跋」云：「……彈指闍黎年二十有八（辛亥），而余綜觀世態萬緒悲涼，……手寫闍黎舊著潮音一卷。……今與蓮華寺主重印流通，……會闍黎新自梵土歸來，……爰出是篇，乞闍黎重證數言。」或謂宣統三年所印爲再版本[44]，民國十四年上海湖畔書社又將之重印。其內容如下：

拜倫像一幅
曼殊像兩幅
六朝石像攝影一幅
白零大學教授法蘭居士英文序
曼殊中文序
曼殊英文序
拜輪去國行十章
贊大海六章
答美人贈束髮䙰帶詩六章
哀希臘十六章
師梨（P. B. Shelly）冬日詩
豪易特（William Howitt）去燕詩
彭斯（Robert Burns）頻頻赤牆靡詩（或作「頻頻赤薔薇」）
梵土女詩人陀露多（Toru Dutt）樂苑詩
中詩英譯西廂警夢文，詩經䢃風二章，伍子胥河上歌
法蘭居士題曼殊畫冊詩
素嘉女士水龍吟
留別雅典女郎詩四章
英文拜輪年表
英文英吉利閨秀詩選四十二篇

「漢英三昧集」：光緒二十九年東京三秀社出版，民國三年八月在東京再版，民國十二年上海泰東書局翻印，改稱「英漢三昧集」。內容有英譯中國詩七十四篇（詩經十六首，古樂府二十首，律詩三十八首），從詩經到李白、杜甫、張九齡都有。另有文二篇（李陵答蘇武書、大乘啓信論），均是他人所譯由曼殊集編的。譯者包括吉萊士（H. A. Giles）、李雅各（James Legge）、大衛士（Francis Davis）、博德(Charles Bndd)、福來柴（W. J.

Fletchesr）等。

（三）關於法文的：

節譯有囂俄的「慘社會」，初載於光緒二十九年上海「國民日日報」，次年上海鏡今書局出版，改名「慘世界」。民國九年上海泰東書局翻印，改稱「悲慘世界」。採章回小說體，共十四回，是用白話文譯的，開首一段是：

話說西曆一千八百十五年十月初旬，一日天色將晚，四望無涯。一人隨那寒風落葉，一片悽慘的聲音，走進法國太尼城裡。這時候將交冬令，天氣寒冷。此人年紀約莫四十六、七歲，身量不高不矮，臉上雖是瘦弱，却很有些兇氣，頭戴一頂瓜皮帽子，把臉遮了一半，這下半面受了些風吹日晒，好像黃銅一般。進得城來，神色疲倦，大汗滿臉，一見就知道他一定是遠遊的客人了。但他究竟從甚麽地方來呢？暫且不表。」

曼殊在文學上的譯著，大體如以上所介紹。然若梵文典、初步梵文典、梵書摩多體文、沙恭達羅、法顯佛國記、惠生使西域記，地名今釋及旅程圖，以及泰西羣芳名義集、泰西羣芳譜、粵英辭典、英漢詞典、漢英辭典、埃及古教考、人鬼記、英譯燕子箋、無體詩三百首（書成於民國元年）、曼殊畫譜（光緒三十一年曼殊弟子何震纂集而成）、女子髮髻百圖等，今均不傳。傳世的有拜倫詩選、文學因緣、潮音集、漢英三昧集、慘世界、斷鴻零雁記、天涯紅淚記、絳紗記、焚劍記、碎簪記、非夢記、燕子龕隨筆、嶺海幽光錄、娑羅海濱遯跡記以及零星散文、書信等。其為他人所掇拾者尚有：

曼殊說集，盧冀野編。民國十四年出版。

曼殊小說集，一卷，光華書局輯。

蘇曼殊全集，五冊，柳無忌輯。

曼殊遺畫（曼殊上人妙墨冊子），一卷，蔡哲夫輯，民國八年出版。

燕子龕遺詩，一卷，王德鐘輯，有柳亞子民七年十月八日序，民國九年出版。

曼殊上人詩稿，一卷，沈尹默輯，民國十年出版。

燕子龕詩，一卷，馮秋雪輯，民國十年出版。

曼殊代表作，二冊，金織雲女士輯。

蘇曼殊詩集，一卷，柳無忌輯，民國十六年出版。

燕子龕殘稿，五卷，周瘦鵑輯，民國十二年出版，民國十四年五版。

曼殊文鈔（七篇），胡韞玉輯。

燕子小僧集，七卷，段菴旋輯，民國十五年出版。該書以燕子龕殘稿為藍本再加入拜輪詩選、碎簪記、斷鴻零雁記而成。

前舉諸書不少以燕子龕為名。燕子龕乃曼殊自名其飄流無定之居處者。

①丁巳閏二月蘇曼殊自日本與柳亞子書：「即侍家母往遊箱根」。見「蘇曼殊書信集」頁六九。

②「斷鴻零雁記」第六章常秀寺指此，寺為廣州五不叢林之一，光緒三十一年粵督岑春煊將它拆除，遺址在今長壽里。

③陸丹林「蘇曼殊」，「江蘇革命博物館月刊」第十一期。

④陸丹林「蘇曼殊出家前後」，民國三十三年四月三日「掃蕩報」。

⑤壬子三月上海答蕭公書：「今託穆弟奉去飲馬荒城圖一幅，敬乞足下為焚於趙公伯先墓前，蓋同客秣陵時許趙公者，亦昔人掛冠之意，此畫而後，不忍下筆矣。」見「蘇曼殊書信集」頁三三。

⑥癸丑十二月日本與何震書：「病脫即歸上海，放曠杯酒間，吾猶負豪氣如昔也。」同上書頁四八。

⑦「曼殊書信集」頁二七辛亥七月爪哇答瑪德利莊湘（即羅弼）處士書：「星洲一別，於今三歲。燕子箋譯稿已畢，蒙惠題詞，雅健雄森。」

⑧何佐仁「蘇曼殊」，「江蘇革命博物館月刊」第十六期。

⑨「曼殊書信集」頁三三「壬子三月上海與葉楚傖書」。

⑩同上頁三二—三六「與劉三書」、

「與柳亞子書」等。

⑪同上頁三七—「壬子十一月安慶與柳亞子書」：英初五晨間始抵安慶，暫住高等學校。」又頁三八「壬子十一月抵安慶與鄧慶初書」：「現寓高等，此間大學名義已取消。英每週功課，託沈君代理八小時，自任六小時，尙覺淸閒。」

⑫陳去病「爲蘇曼殊呈請郵贈文」，「江蘇革命博物館月刋」第七期；芝翁「詩僧蘇曼殊」，藝文誌第二期。

⑬「蘇曼殊書信集」頁三二一壬子三月上海答蕭公書」：「故鄉人傳不慧還俗，及屬某黨某會，皆妄語也，不慧性過疏懶，安敢厠身世間法耶？」

⑭「蘇曼殊書信集」頁四五「癸丑十一月上海與陳陶遺書」：「連日部署東歸事，困頓不堪。」又「癸丑十一月二十四日日本與何震書」：「昨日至西京琵琶湖遊次，病復大作。」又「癸丑十一月與柳亞子書」：「至西京，病復發，自分有愁無人命之。」

⑮同上頁五六甲寅正月日本與：「賤恙漸瘥，日編英文書籍十數頁。」

⑯同上頁五七甲寅二月日本與劉三書：「連日自橫濱而羽田而妙兒島，而千葉海邊，今日少憇梅屋，頗有江汀澤畔之意。」又云：「頃至東京，專攻三論宗。」

⑰同上頁五九甲寅五月日本與沈燕謀書：「潮音序文，乞賢師早日成之，無任延佇。」

⑱同上頁六六丙辰九月自杭州與沈燕謀書：「今日重至杭州，住西湖新旅館。」

⑲同上頁六七。

⑳同上頁六九丁巳十月在上海與蔡哲夫書：「瑛自今夏患痢疾已閱四月，仍未痊可。」又頁七〇與蕭納秋書：「痢疾大作之日，臥海寧醫院，而諸故人都成勞燕。」

㉑同上頁七一戊午二月致柳亞子書：「聞足下賜醫藥費三十金，寄交楚傖，但至今日，仍未見交來，不知何故也。」又書云：「尊欵託友往催，前日始交友人帶來矣，感激無量。」

㉒同上頁七一戊午十二月致柳亞子書：「賤恙呻吟，不能起立，日瀉五、六次。」

㉓同上頁六〇甲寅七月日本與邵元冲書：「並赴源順，食生薑炒鷄三大碗，蝦仁麵一小碟，蘋果五個，明日肚子痛否，一任天耳！」

㉔同一頁三五壬子七月日本與某君書：「日食摩爾登糖三袋，此茶花女嗜食之物也。」又頁六八丙辰十一月自杭州與邵元冲書：「摩爾登糖二百三十七粒，夾沙酥糖十盒，紅豆酥糖十盒，敬領拜謝。」又丙辰十一月杭州與劉半農書：「雪茄當足一月之用，故仍無過滬之期。」又頁六七丙辰十一月杭州與劉半農書：「比來湖上欲雪，氣候較滬上倍寒，捨閉門吸呂宋烟之外，無他情趣之事。」又柳亞子「燕子龕遺詩」序云：「君工愁善病，顧健飲啖，日食摩爾登糖三袋，謂是茶花女酷嗜之物，余嘗以芋頭餅二十枚饗之，一夕都盡，明日腹痛弗能起。」

㉕柳亞子編「蘇曼殊年譜及其他」附錄頁十。

㉖「蘇曼殊書信集」頁五一癸丑十二月日本與柳亞子書。

㉗同上頁五〇癸丑十二月日本與何震書。

㉘同上癸丑十二月日本與陳陶遺書。

㉙「曼殊大師紀念集」頁四一四。

㉚「曼殊大師紀念集」頁四〇三。

㉛見柳無忌編「蘇曼殊年譜」，民國七年刋。

㉜見「新青年」五卷六號。

㉝同上。

㉞按「蘇曼殊書信集」載「與劉半農書」三封，均係民國五年十一月發自杭州。

㉟時在民國五年。

㊱「曼殊書信集」頁六八丙辰（民五）十一月二十三日曼殊自杭州與劉半農書：「近見杭人未央句云：『猶是阿房三月泥，燒作未央千片瓦。』奇矣，有新製望寄一二。」

㊲陳去病「爲蘇曼殊呈請郵贈文」，江蘇革命博物館月刊」第七期。

㊳曼殊畫譜自序云：「衲三至扶桑，一省慈母。山河秀麗，寂相盈眄。爾時何震搜衲畫，將付梨棗，顧衲經缽飄零，塵勞行脚，所畫十不存一，但此殘留山水若干幀，屬衲序之。」

㊴「燕子龕隨筆」中題名「春雨」。

㊵或謂書成於光緒二十九年，疑誤。按曼殊於光緒二十九年始去暹羅隨鞠猝磨長老究心梵章，曼殊梵文典自序云：「衲拜受長老之言，於今三年。」又曼殊書信集頁十一丁未五月日本與鄧繩侯書：「今梵文典首卷已成，先將告白奉上。」

㊶「曼殊書信集」頁十二丁未七月日本與劉三書：「曼春間妄作梵文典一部，杦公命速將付梓，後以印人索價太奢，現尙束之篋底，過蒙諸大德賜序，爲卷帙之光，今附寄告白，以塵清覽。」

㊷柳亞子「蘇玄瑛新傳」：「丁未，在日本從劉師培、章炳麟遊，著梵文典八卷，自爲序。……未及刋底，僅於天義報載其序跋諸作而已。」

㊸曼殊書信集頁二二己酉四月日本與劉三書：「拜輪集今已脫稿，待友人付印畢事，當速奉上。」

㊹方畧「關於曼殊大師」，柳亞子編「蘇曼殊年譜及其他」附錄頁一七六—一七七。

參考資料

1 柳亞子、柳無忌編「蘇曼殊年譜及其他」，一九二七年，上海北新書局。
2 「蘇曼殊全集」，民國四十四年，臺北大中國圖書公司。
3 芝翁撰「詩僧蘇曼殊」，「藝文誌」第二期。
4 柳無忌編「蘇曼殊年譜」，民國七年印行。
5 陳炳堃著「最近三十年中國文學史」，民國十九年，上海太平洋書店。
6 張其昀等著「中國文學史論集」，（四），民國四十七年，中華文化事業出版社。
7 墨龕撰「蘇曼殊墓遭迫遷」，民國五十四年七月廿一日「工商日報」
8 「新青年」五卷六號。
9 于右任著「于右任詩文集」。
10 周樹三撰「有愁無命蘇曼殊」，民國三十二年十一月十日廣西中央日報。
11 禺生撰「蘇曼殊哀史」（載「世載堂雜憶」），中國國民黨史會藏史料。
12 邵元沖撰「曼殊遺載」，「越風」第十一期。
13 馮自由撰「蘇曼殊之眞面目」，「逸經」第廿一期。
14 柳無忌編「曼殊大師紀念集」，民國卅二年，正風出版社。
15 陸丹林撰「蘇曼殊」，「江蘇革命博物館月刊」第十一期。
16 陸丹林撰「蘇曼殊出家前後」，民國三十三年四月三日重慶「掃蕩報」。
17 鄒樹人撰「曼殊大師二、三事」，民國五十九年八月八日中央日報副刋。
18 何佐仁撰「蘇曼殊」，「江蘇革命博物館月刊」第十六期。
19 默齋撰「蘇曼殊孤山弔落花」，民國三十二年十二月七日韶關粵華報。
20 陳去病撰「爲蘇曼殊呈請郵贈文」，「江蘇革命博物館月刊」第七期。

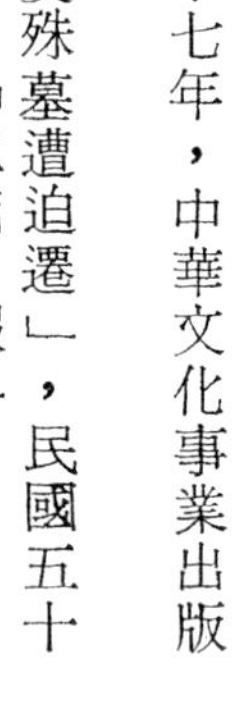

張貞先生事畧

—— 李漢青 ——

先生張氏名貞字幹之，別號浩然，福建詔安人也。父俊臣公，以德望爲鄉里敬重。先生生於淸光緒十年正月十二日。軀幹魁梧強健，賦性剛毅恢宏。畎畝力耕，窓前苦讀，有志青雲，曾困塲屋，科舉既罷，即入丹詔小學堂高等班，旋考取漳州府中學堂。閱讀書報，知淸政不修，外侮侵迫，割地賠欵，幾召瓜分！孫公倡導革命，志在救國圖存，凡我同胞，應共奮起。辛亥革命軍起義於武昌，先生大喜，毅然投筆從戎，參加福建學生北伐隊，旋改編大總統衛士隊。迨南北和議告成，孫公遜位，先生冉繼入伍生隊，升陸軍第二預備學校，陸軍軍官學校炮科第三期。民四馬來西亞華僑以袁世凱竊國稱尊，李厚基殘殺志士，同惡相濟，令人髮指，主張討袁驅李，檳城、吉隆坡、芙蓉各埠僑領陳新政、丘明昶、王應選、丘怡領、李俊承等出而籌欵，交宋淵源回港組織福建討袁軍事統籌部，檳城推王燕石、吉隆坡推丘怡領回港協同辦理。八月在香港德輔道中賃一樓房展開工作，以經濟支援省內同志之活動。民五各方正積極準備發難，先生應閩南同志之邀，偕軍校同學潘節文等人潛回舉義，先在灌口集合民軍，一舉而攻下同城，詎北軍星夜反攻，翌日中午莊育才潘節文陣亡，民軍死傷多人。陳毓輝攻克南平，亦被反攻慘敗。許莫多在連江發難，進軍羅源、政和、松溪，卒在莆田殉難。泉州湯文和、蘇炳階、錢竹軒復因機關被破，遭捕殺害。此役雖犧牲甚大，然義聲磅礴，響澈東南，李逆知吾閩志士之不可侮，而時懊戒心。袁死黎繼，國會恢復，各省政治犯均經通令釋放，獨李厚基抗不遵辦，以致福州廈門被拘同志仍羈囹圄，先生與陳毓輝在廈受同志推派往肇慶都司令部請願，獲准電閩交涉，始得開釋。先生奉國父命回校，竟其學業。民六張勳復辟，總理在粵護法，先生南下任大元帥府侍從副官，總理以先生忠誠而有軍事學識，曾下令陳烱明撥給槍桿俾其發展閩軍，增加革命武力；但陳烱明猜忌閩人，延不照撥。旋方聲濤以先生乃有爲之才，欲任爲援閩靖國軍工兵營營長，先生請示於總理，認爲適當，准其往就，即在東莞虎門

訓練。時北廷有五路攻粵之舉，福建李厚基所部北軍及浙江童保暄師爲一路，担任攻打東江。是夏大埔失陷，粵軍退守三河壩，粵軍第二支隊許崇智被隔斷於武平，浙軍又攻入饒平，直追潮汕。幸霹靂一聲，浙軍陳肇英陣前起義，童保暄恐全部動搖，急即後撤，李厚基部唐國謨誤會，庸人自擾，亦盡退入閩境，使粵軍長驅直進，兩星期克復大埔，不數月直下汀漳龍及永安三十餘縣，奠定革命基礎。先生亦乘浙軍退閩之際，輕騎減從，進入詔安，轉道至泉南山區，與許卓然等聚會，受推閩南靖國軍司令，林源、許卓然分任第一第二兩路司令，攻取安海爲根據地，北軍退守泉城，靖國軍並推進至城南之靑陽、石獅；一方進佔官橋、溪尾，及大小盈嶺。先生在安海着手編練部隊，楊安邦、黃孫堅、黃克繩、王振南、洪英民、汪連明、李恒美、林斯美等部隷焉。又設晋南同政務處，以陳世哲爲處長，林翰仙、林學增爲委員，寬籌財政，推廣敎育，開闢公路。時同志中楊持平等與安溪民軍楊漢烈欲自樹一幟，即率部隨粵軍往仙遊，進攻莆田不克，復退回安溪，先生不以爲忤，派楊部屬員陳劍垣在溪尾設財政處，稅收劃撥接濟楊部，希望同榮共存，以厚革命勢力，先生可謂能識大體矣！時宋淵源亦回閩，在南安文斗店召集南、永、德、仙各縣民軍首領開會，組織福建護法軍就任總司令，先在洪瀨設總司令部，亦挽先生爲參謀長，奈先生已獲總理許可，隷方聲濤麾下，先行入閩部署，不能朝三暮四，舍彼就此，親往洪瀨向宋聲明，宋亦諒解。宋氏初到，軍需極爲困難，派員商助，先生與許卓然數次共撥萬餘元以濟，可謂能盡朋友之道義矣！陳炯明對閩同志諸多壓抑，總理委林祖密爲閩南軍司令，陳則令其歸編粵軍，爲第九支隊司令，而予以苛待卒使解散。宋氏宣布組織護法軍，陳則派陳毓輝勸其取消番號，歸編粵軍，宋不接受。陳對方聲濤則認爲旣嫺韜畧，又有勁旅，極爲猜忌，不許其部隊入閩。一面令所部消滅閩南友軍。未幾其所部龔振鵬入安溪，即捕殺閩南靖國軍第二路司令林源，併編其軍。民八，陳任陶質彬、朱德才爲永德大綏靖正副主任，宋淵源在永春驅逐陶朱，陳遂令第二軍黃國華師攻佔德化永春。宋敗退南安，向先生乞援，遂聯合反攻，盡復永德失地，粵軍旅長傅漢溪陣亡，領統朱震被俘，營長陸學文，連長衞立煌所部被圍於德化九住鄉。總理急派徐瑞霖至永春永安疏解，宋將朱震釋放，並解陸營之圍，俾各回永安，事勢暫告和緩。但陳對方氏及先生更加嫉視，余曾致函友人福建護法區高等審判廳長鄭豐稔查詢陳之態度，接其復函，謂陳不許方部越雷池一步。旋方氏由詔安前來安海、南安、永春，對閩南靖國軍改編爲福建靖國軍，以安溪楊持平編爲第三混成旅；先生所部編爲第四混成旅兼永春衞戍司令。以林知淵爲總司令部參謀長，陳光組爲副官長，許卓然爲軍需處長，陳乃元爲軍法處長：取消晋南同政務處，以林學曾爲安海縣長，陳世哲繼孫詒孫爲永春縣長，並商宋取消福建護法軍番號，所有部隊一併編爲福建靖國軍，以便整理。宋表同意，其所部已陸續改編，點名發餉。當時全軍一律，軍官每月二十元，士兵每月六元，餉項多由安海送來永，地方除稅收，不再有其他科派，亦不許藉端勒索。永春地本枯竭，軍興以來，首遭陶朱之剝削，及護法軍入駐，又須負担軍需，所屬南安德化各部隊，又常私自藉端勒索，民衆諸多怨言，今得蘇息，對靖國軍自較好感。余本中華革命黨員，致力文敎事業，不預軍旅之事；惟對各軍將領蒞永輙往拜訪叙談，減少部隊與民間之隔閡，宋氏與先生皆能虛懷採納。詎意民八端午節前三日，護法軍營長南安人李漢陞，突派營附黃某帶隊到冷水亭鄉校，將余綁往南安新營鄉，指余破壞其在吾鄉派槍欵，此莫須有之事，乃鄉中土劣利用李營捕余勒索。宋氏憤怒，面飭釋放，遷延數日仍未放回，先生大不謂然，與宋協商，由宋再爲勸告；另由先生令靖國軍營長南安九都人李恒美，就近押放，漢陞始送余至九都交與恒美，余乃得回永，足見先生對同志與青年之愛護矣。余仍繼續主持校務，並不灰心。多年來吾永學校寥若晨星，余迭思促進，始則地方官得過且過，不肯出爲提倡，繼則軍事擾攘，更無

心及此，時軍事統一，秩序安定，興學造士，不宜視為緩圖。奈近年縣勸學所長乃前清孝廉梅峰書院山長年已老邁，且烟癮甚深之鄭某掛名。精神萎靡，全無作為，實屬誤事！今欲振興教育，應將該所澈底改組，一方督促設校，一方取締私塾，方克有濟。余桑梓關懷，願效棉薄，先生亦以為然，並加鼓勵。轉告方宋，亦均贊同。余出任事，即派勸學員按鄉召集地方人士開會，限期設校，並將所有私塾，勒令停閉，塾師暫為安插各校幫教，方氏以總司令名義出示保護學校，禁止軍隊佔駐校舍。余又分函南洋各埠永春僑團，請其直接捐助各校設備費及經常費，僑胞歡躍，反應良好。九年春三十餘校相繼開學，一時生氣蓬勃。適集美師範學校春季招生，余保送高等小學畢業生十一名前往就學，開始培植師資。自時厥後師範生年年增加，師資無虞缺乏，學校續有擴充，管教時見進步。先生在永提倡興學，亦為各界所感佩！是時護法軍改編事，王榮光表示反對，陳炯明即令第二軍與護法軍襲攻靖國軍，先生避免地方糜爛，即放棄德化、永春、南安、安海，退入山區。未幾浙軍師長陳肇英亦受陳炯明壓迫，開駐安海，與先生患難相依，是秋陳炯明班師回粵，竟舉閩西南防地，悉予李厚基，李處心積慮，必欲消滅民軍而後已，先收編護法軍，委王榮光為福建暫編陸軍第一師師長，暫予羈縻，以便儘先消滅靖國軍及陳肇英之浙軍，先生乃與肇英合組靖浙聯軍，以肇英為司令先生為副司令，退往閩粵邊區，北軍與粵軍兩面夾攻、聯軍衝入大埔，商會恐地方糜爛，出為疏解，受勸繳械遣散，先生肩部受傷，由汕頭赴港醫治。內地民軍，受李威脅，多復上山。十年王榮光受王珠篤之煽動，對素無惡感之楊持平押送泉州北軍槍殺。未幾榮光亦被德化民軍林青龍所部蘇宗敬截擒，送泉州北軍處死，兄弟相殘，同歸於盡，滋可痛也！十年冬討賊之役，福建同志有自治軍之組織，推黃展雲為總指揮，以先生為前敵司令，重振旗鼓。十一年許崇智入閩，逐走李厚基，先生所部改編為東路討賊軍第八軍，仍由先生率領。十三年，孫公任命方聲濤為大本營參謀部長，而以先生為參謀部次長兼福建建國軍總指揮。先生請准在惠來縣集訓閩籍幹部，成立教導隊，十四年孫本戎引退，其學兵隊交先生改編。旋調赴東莞虎門編為國民革命軍獨立團。十五年夏，擢升國民革命軍第四獨立師長，即派員入詔安，暫仍建國軍名義聯絡浦雲詔東民團，俾為入閩之內應。旋奉蔣總司令之命，隨何總指揮入閩與張毅戰於平和饒平之交，及小坪再戰，張毅放棄漳州，經同安向福州撤退，先生率部追至瓜洲，加以包圍，收繳其槍械，張毅亦投降。革命軍本來寬大不殺降將；惟先生以本黨同志祖密，毀家革命，為總理所嘉許，任為閩南軍司令，因陳炯明存心不良，迫令歸編粵軍，閩南軍不能存在。但總理迭予任用，及總理北上即回鼓浪嶼家居，張毅竟利用失節黨人蒲樞，誘林至華安巡視其原有實業塲，張毅即派兵襲擊，予以殺害，似此奸險殘忍，其罪無可寬恕，請何總指揮呈准總司令核准，押往黃埔正法，先生亦將蒲樞槍決，為友復仇，義氣亦足多矣。閩省既收復，奉委福建省政務委員會委員代理主任委員，分任建設部門，兼福州衛戍司令，安定後方。十六年春率師增防嚴衢杭甬，旋奉調拱衛京畿。十七年海軍楊樹莊奉令主閩政，請中央將先生所部調鎮閩南，俾海陸軍切實合作，安定地方，共圖建設，先生乃率師回閩。先生早知建設以交通為首要，民國八年在安海開闢公路，早著績效，現當致意此着，即荐其參謀長許顯時為建設廳長；繼又荐參謀處長陳調農為省公路局長，致力於公路建設。軍興之餘，府庫空虛，先生主張鼓勵華僑出資，借予政府開路，即將路權租予華僑行車，經營客貨運輸，於是漳州至詔安之龍詔路，漳州至嵩嶼之漳嵩路，即積極修築；漳州至龍巖之漳龍路，粵軍僅修一段至是再繼續修築。歷時年餘各線均能通車，其於交通建設，厥亦云功偉矣！十八年奉令兼福建剿匪司令。中國國民黨第三次代表大會在南京召開，膺選中央執行委員，其後四五六各屆，連續被選連任。同年奉令兼任討逆軍第二縱隊總指揮，在東江與粵軍徐景唐戰，不意失利，參謀長應三山陣亡，團長

盧振柳中彈醫治無效逝世，先生深爲感傷！十九年在漳州開辦閩南醫院以利貧病；擴建龍溪中學，以宏作育。二十年丘漢平在上海創設僑光中學，先生首捐開辦費以助其成。泉州黎明高中亦迭次得其資助以進展。先生又依據總理建國方畧，以厦門之西嵩嶼水深，可建商港，閩贛鐵路由此起點，貨物輸出，極爲便利。曾召集地方人士及海外歸僑開會，决議籌備開埠，成立嵩嶼開埠籌備委員會：尅日劃撥經費，着手測量，擬先塡海灘，建築碼頭，興建貨倉，招商建工廠商行，鉅輪可以在此起卸，各方均表支持。詎意二十一年四月共軍陷漳，地方遭此變故，損失慘重。中央令十九路軍入閩綏靖，秩序雖暫恢復。但陳銘樞懷抱野心，竟將先生之四十九師吞併，任張炎爲師長，先生精神大受打擊，開埠計劃，化爲泡影，殊爲可惜！翌年十九路軍叛變中央令蔣鼎文率師討伐，任先生爲軍事特派員，回閩襄助軍政。二十三年，奉派赴南洋各洋各屬宣慰華僑，是冬任軍事委員會高級參謀。二十六年任軍事委員會廣東行營總參議。二十八年秋特派爲軍事委員會戰區軍風紀第四巡察團主任委員，晋級上將，巡察桂粵黔湘鄂等省。三十一年調任戰區軍紀第一巡察團主任委員，巡察魯豫鄂贛江浙閩臺等省。勝利復員，繼以行憲，全國選舉中央級民意代表，先生以多票膺選福建省第五區立法委員。鄉居與鐵道部技正汀州人鄭華共謀九龍江水利之興修，以利漳州農業之灌溉，增加地方之生產；由鄭羅致技術人才，到漳測量設計，進行不懈。不意戰事逆轉，三十八年福州亦告淪陷，先生與鄭均播遷來臺，事廢垂成，誠地方之不幸！先生院務之餘，仍時與舊雨新知，研擬反攻復國方案，精誠謀國，耿耿在抱。五十二年十二月二十九日以直腸患不治之病，遽歸道山，享年八十，子女皆已長成，福壽雙全，唯以大陸猶未光復爲憾耳！綜其一生，少懷壯志，慷慨請纓，效忠黨國，艱苦備嘗。其始一方練兵作戰，一方築路興學，可謂深明革命不忘建設之眞諦矣。其後籌備嵩嶼開埠，與建設九龍江水利，雖因時局突變，事廢中途，然其動機之純正，與規劃之宏遠，已爲海內外人士所讚佩矣！先生對友朋之交遊，皆推誠相與，愛護有加，尤其對死難同志，輒撫助其家屬，培植其遺孤，冀其學成致用，克紹箕裘。此一生一死之交情，可謂能盡道義者矣！至對於保定軍校同學，更寄以腹心，多方提挈，間有一二不能盡其職責，有所隕越，不免有失所望。但知人善任，自古所難，以諸葛孔明之深諳韜畧，用兵彷彿孫吳，猶不免百密一疏，先生用人之不能盡如理想，亦不足以爲異也。

何鍵提倡國術的故事

—— 太史公 ——

何鍵號芸樵、湖南醴陵人，生於前清光緒十三年三月，民國四十五年三月，病歿於台北國防醫院附設診所。

何氏於民國元年，入南京陸軍入伍生隊，後於保定軍官學校第二期畢業，分發回湘爲見習官，其時譚延闓爲湘省長，何則屬于趙恒惕第一師之連長，由此歷年遞升至第四軍總指揮，民國十八年奉蔣總司令任命爲湖南省政府主席，自是主湘共八年零八月，在此時期，修明政治，政通人和，百廢俱興，聲譽甚隆。

何氏本人，待人有禮，從無高聲罵人習氣，而本性極好武術，太極拳頗有根底，且功夫拳脚，皆不斷練習，因此他的部下，亦多武師，他便令武師教導軍政人員練武，故何部的軍政人員，人人都能武術，人民亦因此習武者甚多。據說在這一批南北武技宗師裏面有不少名人，如馳名於全國的「自然門」宗師杜星五，便是當時長沙國術館的名譽館長，他的輕功已練到出神入化，令人不可思議！例如：他站在你的面前叫你打他，但等你一舉手，他已在十碼之外，絕對無法打中他的。又站在井邊，以手憑空向井中運氣，則井水爲之翻動，魚蝦亦因波濤洶湧而被抛上岸來！尤其行走如飛，兩足可以不沾塵埃，每次表演輕功的方式是沿著一口大鐵鍋邊緣，或一隻空的籮筐邊緣走過，如履平地，而那些空鍋或空籮筐，則無絲毫動搖。

「儒林外史」中載有：廿鳳池的鐵沙掌能擊碎十塊磚，而何部的北方籍名師顧汝章，也能夠如此。他絕不使用太大的力，只是輕輕地一拍，那末，三寸厚用機器製的紅磚十塊，即粉碎無遺，其功力可知。當他表演時，往往將其頭的右邊放在約三寸厚的石板上，頭的左邊再置一塊同樣厚薄的石板，兩塊石板將他的頭夾住，然後使用一把重約廿斤的鐵錘向上面的石塊一擊，上下兩塊石板已被擊至紛碎，而他的頭仍安然無事，毫不受震動，這是許多人都親眼看到過的。他另一種絕技是：能以手指頭鑽穿三寸厚的紅磚。

湖南國術館主辦的第一屆擂台比武，大概是民國十九年在長沙舉行，當時曾集南北著名武師。這一屆的冠軍爲譚輝典，長沙東鄉人。相傳他的膂力至少可扛五百斤。即使別人將木棍打在他的臂上，其彈力可將對方連人帶棍一起震至倒地。可惜他是近視眼，如果萬一失落眼鏡，則可能爲對方所打敗。因此，第二屆比武時，他便放棄了衛冕戰。其侄譚有光，也是著名高手，他的武功之精湛，許多絕招都超過其叔。據說第一屆比武，本來他可贏獲冠軍，終於讓給其叔的。

第二屆擂台比武，則爲民國廿二年，地點也是長沙，當時的湖南國術館長李麗久，河北人，杜星五的高足。而比賽的主角則是柳森嚴對顧汝章，這次雖然沒有圓

滿的結果，但初出茅廬而無藉藉名的青年武師柳森嚴三個字，却一舉成名而轟動了全國。因爲顧汝章的身材魁梧，武工高强，又喜愛誇耀，當時有許多武師都對之有畏懼，而不敢輕易對顧氏比賽，惟有這個被人叫作「痞子」的柳森嚴，却冒冒失失地敢向顧師父挑戰，便無形中成爲爆出冷門的黑馬。

關於柳森嚴那傳奇性的事跡，當年在大江南北傳說紛紜，有的說柳森嚴並沒有實際的武功，他在長沙當時的一羣武師之中，起碼列於龍虎榜上四、五名之外。他曾任李品仙部的中尉附員，隨軍駐守武漢時，在那裡學了一些武技，由於他年青悟性高，加以潛心研究，身材高大而結實，具有天賦的本錢，因此，返回湖南後，即以武師自居。

另一說是當時有許多外省籍武師如李麗久（河北）、鄭曼青（浙江人，亦爲名畫家，今在美國）、萬籟聲（湖北）、顧汝章等，都在長沙武術界居重要地位，耀武揚威；而名震全國的杜星五老師父，又經常雲遊京滬各地而很少在湖南露面；即使隱居其家鄉——慈利，也不肯出山與人較量。所以，一羣外省籍武師，似乎不把南方的武術界人士瞧在眼裡，特別是顧汝章，氣燄更爲囂張，他自恃技藝高强，目中無人。據說他不僅對新聞記者毫不客氣；並且一度搗毀長沙大公報。因此，新聞界對顧汝章難免有些仇視；大家都希望有個湖南武師來對抗他，於是乃有青年武師柳森嚴的異軍突起，他在多數記者的鼓勵和慫恿下；同時，他自己也喜大言，加上年青有活力，以「快打慢，巧打絕」的招式，也確會令顧汝章稍受挫折！因而柳森嚴的「湘江大俠」之名，不脛而走。

如果依照當時長沙的報章雜誌的宣傳，那末，柳森嚴簡直是傳奇性大俠了。直到民國二十四、五年間，我去長沙游衡山的時候，還時常聽到柳大俠的新聞，說他以「鷂子翻身」一招，擊敗了北方名拳師顧汝章，儼然成爲當時的「武林盟主」。還有些報紙更把他寫成像武俠小說的神秘俠客一樣，說他在八、九歲時，便拜常寧縣清風道人爲師，隨道人去峨眉學成一身絕技，離家鄉十多年，直到民國二十年左右始返回長沙。

其實柳森嚴一點也不神秘，他原本是長沙人，其兄柳春則爲長沙市參議員；柳森嚴在長沙北門外開設一所「森濟醫院」，掛有招牌，是他專替人治療跌打刀傷的。所以，當時各校學生每逢星期日或放假，便三五成羣地去參觀他的醫院，實則是好奇心切，看看大俠的丰姿。由於他的性好遊蕩，樂意結交三教九流，因之，長沙市大多數居民都認識柳大俠，對於他的成功事跡也很了解。一位跟他同時代的拳師談起柳森嚴來，往往如數家珍，値得一記。

柳在十幾歲的時候，確實跟清風道人學過歲術。當北方名拳師顧汝章在湖南國術館任教練時，恰好是柳森嚴學成回湘。不過那時，柳雖身懷絕技，却是一個無名的青年小伙子。大家都知道顧汝章的鐵沙掌練得很到家；拳脚功夫也在一般水準之上，好結交江湖朋友的湘省主席何芸樵，對顧特別重視，而顧在此環境下，難免有些驕傲，往往表示輕視南方武技的態度。當顧在何公館把酒臨風得意之時，柳森嚴也拜訪了何主席。何聽說是從四川峩眉山回來的長沙籍青年，英武瀟洒；又自承畧知拳脚，對他的相當禮遇，並且在幾天後，即介紹柳森嚴和顧汝章相識。

中國自來在「藝不稱二」的傳統風氣之下，顧汝章爲了想在功力上壓倒柳森嚴，時時要給他一點顏色；但柳對人謙虛，使顧找不到機會。一日，何鍵偕顧、柳二人，同往花園遊覽，顧忽然見花園中的假山，想出可以挫柳的機會來，笑向何說：「主席，你瞧，那假山的右角太長，如能削平，不是更好看嗎？」他見何只點頭漫應，即昂然登上假山，用手將假山角搓了幾下，使那右角變成灰塵，從他的手掌中漏出來！顧汝章此舉，顯然是針對柳森嚴的。柳也明白顧師父有意向他炫技，但他也不示弱，發現附近有個深納四、五尺，寬約三、四丈的金魚池，靈機一動便向何

氏說：「主席，池子裡的金魚盡是細的（長沙口語），沒見有大隻的嗎？」何氏漫應一聲：「沒見有大的，怎樣才能看得到呢？」這時柳森嚴認爲自己也有炫技的機會，於是對着池子凝神、深深地吸了一口氣後，對池裡吹去，便見池水忽現出一個碗口般大，深可見底的圓洞，無數的大小金魚，此起彼落，不停的隨波躍出水面，尾尾可數。當他一收氣，圓洞頓消，而池水則仍盪漾不已。

何芸樵對顧汝章的鐵沙掌已到火候，早有所聞；但沒料到青年的柳森嚴，也具有如此內功，殊屬難能，乃不禁讚許。而顧汝章看到柳撮口吹氣，竟可射穿四、五尺深的池水，不禁駭妒交併！爲了保持自己在何氏眼中不平凡的地位，便下定决心，企圖與柳見過高低。

幾日後，柳與顧又在何公館見面了，柳正跟何閒聚時，冷不防顧的身後走過，忽在柳的背上一拍，笑謂：「柳師父一身銅筋鐵骨啦！」柳已感覺到顧這一拍，用的是他恃以成名的鐵沙掌，亟欲置柳於死地！然則這一暗襲，柳爲什麽未受任何傷害呢？原來柳森嚴預料顧汝章遲早必出此招，仍早有準備，背上了護身銅鏡，否則縱不立即擊倒，也非重傷不可！事後柳森嚴解下銅鏡給何氏檢察，發現鏡心已凹，留下一個鮮明的掌痕，不禁駭然！認爲顧的功夫雖好，可是暗箭傷人，畢竟有欠道行。

柳森嚴見何主席已表示不恥顧汝章所爲，乃進一步對何說：「我之所以拜見主席，就是因爲顧師父過份驕狂自大，根本未把南方人的武技放在眼裡。所以我在主席面前吹池水獻醜，也是想讓他知道我們南方人的功力罷了。不料，他不竟使出他的絕招來暗算我！」從而要求何主席，許可他和顧汝章公開比武一次，以分高下。

何聽了柳的這一要求，起初以爲柳太唐突，像初生之犢，不知天高地厚。但又覺得柳的胆識過人，居然敢向名師挑戰，殊屬難得。却始終認爲柳太年青，雖有勇氣而缺乏經驗，也不了解柳的眞正功夫，究竟到了什樣程度？因此勸柳森嚴不可輕率：「顧師父的身材那麽高大，體重達兩百磅，又具有鐵沙掌絕技，你有把握跟他比試麽？」

柳森嚴鄭重其事向何比表示：「請主席放心，顧汝章的鐵沙掌是打不死我的；我敢對主席保證：比賽只想一挫顧的傲氣，决不傷害他就是。」儘管如此，但何氏仍不放心，若眞正比賽起來，萬一發生危險，誰能負責！却又不想太讓柳掃興了。於是莊嚴而警惕的問柳森嚴：「你打算用什麽招式來對抗顧師父的鐵沙掌？」

柳森嚴只強調「四兩撥千斤」，他認爲武功不能以身材的高大爲標準的。表示：『任何拳術中的招式，只要能夠練到「快」、「重」、「準」，都可以作自衞之用。因爲超人的快、重、準，即能爭取機先；在對方欲動而未動手的當兒，你已先發制人了。』他更把霍元甲的故事作爲例證，指出霍元甲年僅十五歲，而對於他那取勝的絕招「雙手刀」，却已先後苦練了十年，劈斬樹木，有如鋒利的刀斧，卒能替代父兄應戰，於擂台比武時斬掉了對方的頭顱！

總之，柳森嚴的結論是：「運用之妙，在乎其人！」何氏終於被柳森嚴說服了。經過這次的談話，顧、柳比武便决定下來了。消息傳開出來之後，全國武林中的高手和武俠迷，都認爲柳森嚴，就是當時平江不肖生（即具有武功的向愷然）所寫的「江湖奇俠傳」中的大俠柳遲呢。因此，全國武林中負盛名的人物，大都聞風趕到長沙（據說已故香港鑑泉太極拳社社長吳公儀，當時也赴長沙）。是故，差不多全國都爲之轟動了。我想：從大陸來香港凡五六十歲以上的人士，對於顧、柳那次的比賽盛會，即使未嘗目覩，也會耳熟能詳的。

顧汝章在比賽那天，覺得打敗一個初出茅廬的年青小伙子，似充份的信心。他先站上擂台，耀武揚威！實際上，柳森嚴當時還不過三十歲上下，在南方人之中，柳的身材還稱得上健碩；但在龐然大漢

、肌肉橫溢的顧汝章面前，相形之下，顯得柳的瘦弱，有如小巫之見大巫！令到一些虔誠希望擊敗顧汝章而爲南方人爭一口氣的武俠迷，不免暗暗地担憂起來！可是柳森嚴却胸有成竹，毫不畏懼。

這時，顧汝章在台上顧盼自雄，大有不可一世之概！不料，台下人影一閃，年輕快捷的柳森嚴，却已躍上了賽台，觀衆們發覺他這一蹤，彷彿「兎起鶻落」，其行動乾淨利落極了，却又轉憂爲喜，立即報以熱烈的掌聲。不過，缺乏經驗的柳森嚴躍上台尚未立定時，顧即使用其毒招，掌拳齊發，向柳急攻！柳初不虞大塊頭的顧汝章發拳如此之速，自然不能跟他硬撞。於是立即閃避，驀地，柳忽像中了鐵沙掌似地向台下倒去，顧則一躍而前，攻勢更爲凌厲，企圖一掌打死對方！

正當觀衆爲柳森嚴捏着一把汗的剎間，柳忽翻身一躍，拳脚齊出，把顧汝章擊倒，跌下台去。據說顧汝章身子離台下墜的一瞬間，而柳忽把顧的手向上一拉，又被他拉囘台上來，待顧驚魂稍定，柳即向他抱拳一禮笑道「顧師父，請恕小弟放肆！」而台下觀衆的喝采聲和武林中人的讚嘆聲中，夾着一句：「好一招鷂子翻身」的話。

當公正人李某宣佈這場比賽，勝利屬於柳森嚴時，台下掌聲又雷動起來。失敗的顧汝章說了一句：「柳大俠，謝謝你手下留情」之後，便嗒然沒趣地走下擂台，自此，已無顏再在湖南躭下去，而悄悄地到廣東去了。聽說他在廣東不久，粵省武林中人對他過去輕視南方武功的態度，也頗不滿；洪熙官門下的某弟子又曾向他挑戰，其時報章上亦有「顧汝章在粵遇强敵」的大標題，報導此事。

但另一傳說，那次顧、柳比賽，却沒有正式結果。因爲何氏對於柳森嚴和顧汝章的事，一直耿耿於懷，認爲他倆都有心病，仇視對方。如果兩人眞正比賽下去，則很可能傷害對方，而前此應允柳的請求，只是希望他們畧爲過招而已。所以，何氏當時曾親往參觀，並事先囑咐公證人李某，發現任何一方有意使出毒招，則必須立刻阻止，相信當柳森嚴準備聲東擊西，剛好縮上左脚，司令台便發出鐘聲，表示主席下令停止比賽。原來柳森嚴除靠迅捷的身手，和銳敏的頭腦外，還有一種最犀厲的招式是「聲東擊西」，即先屈左腿，待對方忽畧其右腿時，他身子一翻右脚揮出，恰好踢中對方下身而可能致命。因此，何氏宣佈停止比賽，雖無正式結果，但顧汝章却早已露出敗徵了。

徵稿小啟

本刊徵求有關現代史料人物傳記等作品，每千字敬致薄酬港幣二十元，珍貴圖片另議。

已發表文稿，版權即屬本社所有，將來出單行本時不另致酬，但奉贈作者原書二十冊。

來文編者有權酌予删節之，如不同意，請先聲明，作者請示知眞實姓名，通信地址，作品署名則聽便。

賜稿請寄九龍旺角郵局信箱八五二一號，掌故出版社收。

我的父親天虛我生——國貨之隱者

陳定山

我的父親，陳栩園先生，大家都知道他以文學家而兼實業家，但是他在臨終的時候，特把我和妹妹小翠，叫近病榻。他握着我們兄妹的手，神志非常清楚。他含着一絲微笑，說：「我已名士身來，還為名士去。」又說：「平生只有兩願未了：一、天虛我生全集尚未刊行。二、必歸葬我於桃源嶺。」同時在枕匣裡取出一枚牙章給我，那上面刻着五個篆文：「國貨之隱者。」這是我父親，在工商尺牘上常用的，現在台中的謝鑄陳先生（前司法部次長）和我父親是四十多年的老友。這就是謝老伯贈他的外號。原來在民二十年間，很多號為實業家的，都藉為做官的捷徑，至少也廁身於社會聞人。我父親，却惇惇以此為戒。他一生心血只用在提倡實業上，當時無敵牌牙粉的風行全國，幾乎四萬萬人中每月有四分之一的人在用；而他老人家除了家庭工業社的股票，和杭州西冷橋的老屋外，更無其他私蓄長物。所以謝鑄陳先生常感歎地說：「你父親的這個圖章，是很難繼承的，因為提倡國貨是人人有責，而要在成功史做一個隱者，是千古不可及的。」

現在回想，我父親傳給我這一枚圖章，確有甚深的意義。因為從我父親逝世以來，國家大亂，日偽雖告肅清，共黨繼續橫行，人倫攸斁，甚於洪水猛獸。當其初始，確以糖衣炮彈，誘惑一般意志不堅的工商界，很多已逃出虎口的實業家，被他們加上「歡迎民族資本家」的頭銜，而騙回了大陸，結果是被清算，被鬥爭，投濁流而死的肩背相望。而我則於父親逝世以後即擺脫了一切社會上的業務關係。改名「定山」專以書畫自給。民國三十七年徐州會戰尚未開始，即已捨棄一切產業，効倪雲林所為，渡海爰居，隱棲台島。我雖不是「國貨之隱者，」而受到我父親的啓示和默佑，這一牙章，實是我隨身的證明，其光明燿燦，也就無異於我的台灣燈塔了。

我父親從事於實業，可分為兩個時期，一、創造無敵牌牙粉。二、改良手工業造紙。前者是成功的，後者是失敗的，而其半生精力和全部犧牲於手工造紙。他的堅強，他的偉大，使我追隨畢身而每飯不忘的也以改良手工造紙事業為更深切。這一事業關係於我國眞正民族工業前途，非常切要而偉大，贊助他工作而現在台灣的有前浙江民政廳長阮毅成先生和杭州市市長周象賢先生，但在一般社會上恰把他忽略了。

吳愷玄先生創辦晨光，要我寫一篇「我的父親」仿小馬可尼寫無線電之父的體例，他要我給青年人寫一篇「天虛我生是怎樣成功的。」確然的，社會上的輿論，是只擁護成功者的。不知一個人成功的人，他先要經過多少次的再失敗，而後才可得到成功。成功方面人家是看見了，失敗方面人家是看不見的。譬如創造無敵

牙粉，不在牙粉的如何推銷，而在如何創製原料？如何堵塞外貨之漏卮？無敵牌牙粉和人見面，是在民國三年。（我十七歲）而我父親處心積慮要提倡國貨，潛心化學，則遠在光緒末年，那時，我才七八歲呢？

這是一個初夏，我和一羣堂兄妹在花廳上捉迷藏，我被花帕子蒙蔽了眼目，伸手漆黑地摸，耳邊聽得吃吃的笑聲，有的在我頭頂上打一記，又逃走了。我伸手漆黑地摸，忽然四面笑聲都停止了。我一個掃堂腿却攔住了一個人，我伸手，只抱住他的雙腿，毛茸茸的全是毛。我一駭，立刻把我蒙眼的手帕拉下來，一看急得返身就逃。你道什麼？原來我面前立着一個矮而多毛的日本人，他擠着眼，含着鬼笑，竟要來捉我。

我逃囘後院，母親溫和地抱住我，說：「不要怕，那日本人是你父親請來的，你爸爸要學化學呢！」那時我記得很清楚，我父親是二十七歲。

他有頎長的身體，帶着金絲邊的近視眼鏡。熟羅的長衫，常常喜歡加上一件一字襟的馬甲。手上拿一把洒金畫牡丹的圓扇，我常私心這樣地想，我大起來，要像我父親這樣地風度。

父親諱壽同，字昆叔。但他在十九歲的時候已著了鉅部的小說「淚珠緣」，他自署曰「天虛我生」。又和何公旦，華癡石合稱三家，著有三家曲，海棠香夢詞。並倡辦了飽目社，杭州絕無僅有的圖書館和石印局。

就在這時開始我們的家，在紫陽山麓，相傳是南宋韓侂胄南園的一角，花木極盛，山石玲瓏，尤其名貴的有一株數人合抱的「娑羅樹」，相傳還是南宋遺物。樹蔭數畝，其下爲惜紅軒、玻窗三面、綠樹遶池，軒外爲箭道，掛着幾角弓，是我父親和四叔叔常練的。草坡上立着秋千，則是我們兒童們的家塾，幼稚樂園。自從這日本人來了。我父親便把惜紅軒闢做了化學室。而將我們移到一粟園去讀書。

其時，在杭州還沒有人懂得什麼化學，把幾何算術也當做一件神話，但是我父親却能把CHK的原理，了解得非常神速。他還變了不少的戲法給我們小孩子看。什麼白開水能教變紅變綠的；一個四寸見方的草亭子裡面拴着一條紙牛，到天雨時裡面的牛便會自己跑出來；而惜紅軒的玻璃窗；也變了五色的。天井裡的凉篷，裝了機括，自會舒卷。諸如此類，都是我父親學了化學和機械之後的新發明。後來我父親就在清和坊開了一爿萃利公司，專運歐西的化學儀器到中國來，留聲機我在九歲時候聽到的，那是洋人大笑，和「哥特排哀」的幼稚西樂片。影戲也在十一歲那年見到了。是父親親自到上海運來，便在自己家裡的大廳上放演的。那是一種呆片，聯續地放演而成爲一套故事。他招待了杭州不少的智識份子，而得到的結果，却是親戚朋友們的訕笑，他們說：「蝶仙（我父親的號）眞成了洋鬼子了，儘把這種怪，力，亂，神的東西搬到我們杭州城裡來。」於是，我們的萃利公司也就跟着輿論的褒貶而破了產。我父親獨自到了上海去辦報，（好像是張采薇主辦的「千人鏡」和許優民先生主辦的「小說月報」他便在報上提倡國民常識，必須要懂得工藝化學。）這時舶來品已逐漸輸入，尤其是五洋雜貨，源源滾滾而來，將國民生機壓得喘不過氣來。父親竭盡他呼喊的能力，和他所得到的化學常識，來貢獻和指導社會一切化學的工業基本。他陸續地著作了「造胰皂法」「苛性製鈉法」「製火柴法」「漂白法」「洋磁製法」「造糖法」「鍍金法」「造樟腦法」「攝影製版法」「彩色照相法」「照相石印法」「製醬油法」「製洋燈法」「普通肥料製造法」「薄荷油製造法」「甘油製造法」「三酸製造法」「紙纖維的製造法」和其他服用，飲食、人體、動植物，一切應具的常識介紹給社會人士。後來總輯爲「家庭常識」都凡八集，每集印行，不脛而走海內十數萬冊。由申報，有正，廣益，文明各書局自由印行，從來沒有取過一文稿費和出版稅，而「天虛我生」的名譽，却從此揚溢海內，都知道我的父親是一位工業化學家。他並

不習英文或其他外國文字，但一經研究，便能旁求側悟，如水之在地中，無往不通，而人莫能測其深遠和樂妙也。謂之天授，豈人力所能致哉。

而他製造無敵牌牙粉的動機，却在民國初年代理鎭海縣知事的時期。那時日本貨已充斥於中國市場，先識之士引爲隱憂，從事實業，抵塞漏巵的，也大有人在。但都注意於紗，布等類，較大工業，而對於三個銅板一包的牙粉，却並沒有人注意。以爲這一問題是太小了。我父親曾向海關一加調查，却得到一個驚人的數目僅僅獅子牌和金鋼石牙粉的一年進口，便有二百萬元之鉅。恰當於紗的五分之一，這確不是一個小患啊。而一般實業家好高鶩遠，從來不把這一件事放在心上。

這一年何公旦先生做慈谿縣知事，和鎭海一隣之隔。父親非常高興，便命輿簡從，沿着海岸去拜訪老友。二人在縣治後面的文昌閣命酒賦詩，叙述鼎革以來的滄桑潤別。時屆初冬，潮落河平，海天如鏡，推窗一望忽見海灘上面，白皚皚一片數十里，燦如積雪。父親便問：「這是什麽」，當有旁邊的衙吏告說：「這是烏賊骨」。

原來寗波一帶，沿海產生烏鰂魚，乘潮上下，千萬成羣。每屆初冬潮落，這海灘一帶的烏賊，全被海水捲打在岸上，回不得潮。日晒既久，魚目糜爛，便留下這一批烏賊骨頭，好像鋪雪一樣，父親聽了大喜，他說：「此乃天助我成功矣。」當時欣然別了何知事。回到鎭海，便喚我四叔父蓉軒。他握住了四叔的手說：「蓉，我們一向要做牙粉，抵制日貨，今天到慈谿去，却看見了一批天然的牙粉原料，可以不費分文，而取給無窮。」原來烏賊骨，一名海磦硝，是天然磨齒的牙粉原料。這時我四叔正做鎭海警察局長兼罪犯研藝所所長，我父親主張就由研藝所製造牙粉，而由縣籌撥經費。當夜欣然主文，呈請上峰撥欵二千元做研藝所製造牙粉的經費。誰知批文下來，却將縣知事大訓一頓，說他：將二千元鉅款，來辦這樣渺小的一包紙袋牙粉，該知事可說辦事顢頇之至。一番訓飭嚴如雷霆，我父親一氣便辭了官，從此寓居上海，專一爲牙粉打出路，不想再仗一點公家的能力，來辦任何事業。他的「國貨之隱者」命義由來，亦未始非有激於此。

可是問題接着就發生了。因爲烏賊骨雖可製造牙粉，而牠內含的碱量極強，若將牠化學重製，則不過就鹽直接采鎂。鎂是一種最輕質的護齒品，牠的功用能保護牙磁，消除口腔一切炎症。日本人的金鋼石和獅子牙粉雖亦以此爲號召，而實際他們的牙膏原料却用的是炭酸鈣。鈣，便是石灰石質對於牙磁，無益而有損。最容易比較的，便是比重，炭酸鎂每十比僅重一錢二分，而鈣的比重恰要四錢至五錢。烏賊骨粉的比重也不能減於鈣，就是因爲含有石灰質的原故。

爲了要抵制劣貨？故不能不採取純鎂質而直接製鎂。於是製造炭酸鎂，反成了製造牙粉的先決問題了。

於是，我們父子開始研究「鎂」的製造，一方則以譯書和賣文的收入，來補助我們化學的試驗費。於是，申報和各雜誌，常見我們「常覺小蝶合譯，天虛我生潤文」的著作，其時我的年齡是十六歲，常覺姓李，字新甫，那時候，他是民立中學的算術教員，後來做了我們家庭工業社的經理。

父親，幾次要請李新甫將譯書的潤筆，投資於我們製鎂的試驗費，他恰微笑地拒絕了。他說：「你們父子苦心孤詣的試驗，不久，一定會成功的。但是我現在還不能將養家的生活費，來拚做孤注的一擲。」原來新甫在那時候，也不過二十多歲，極有心計，而身弱多病，家裡有一位白髮的老母，賢淑的妻，二子二女推累着他。我們那時候正譯都爾斯迭更斯的嫣紅刼，每日刊出於申報自由談（由王鈍根先生主編）我父親常常將新甫比做書中人好禮倍登。他咳嗽得很凶，又犯着胃病。因此父親不但不勉強他投資，反而時時資助他的醫藥費，並安慰他說：「我們的牙粉計劃成功了，我們還是要請你合作的。」但是

這製鎂工作的過程，却歷過一個很艱鉅的過程。

在那個時候，日本貨「炭酸鎂」原有得發售，每担二十四元。而我們自己試驗成功的，却須三十六元到四十元。若在常人爲此，只要出牙粉，當然採取現成而又廉價的原料，何必辛苦製造。而我父親的全盤計劃，則牙粉不出便罷！若出，必將金剛獅子在中國侵佔的商業字數，全盤取而代之。倘原料因人成事，即被人操其重柄，將來原料日夜漲價，我且疲於奔命。況自甲午戰爭以來，日本人處心積慮，謀奪我國商業，伊匪朝夕，將來國際必有決裂之一日，則日爲我敵，我們方且抵制日貨之不暇，安能採其原料，改頭換面欺矇國人，故牙粉未發行以前，即先決定名目，曰：「無敵牙粉」包裝圖案則是「球拍」「蝴蝶」「玫瑰」三種交互組織。其意義球拍是一網打盡金剛獅子。「蝶」是我父子的本名，父字「蝶仙」，子名「小蝶」，而「無敵」即爲蝴蝶的諧音。此一圖案在民國六年在農商部登記立案以來，迄今三十六年，從未改動，國人使用此一牙粉數字，則已十倍於四萬萬國民人數矣。

我們惟持有此種決心，故寗可自己製造成本較貴國產炭酸鎂，而不用廉價的日本貨炭酸鎂，果然「無敵牙粉」發行不久，即迭次遭遇到「五四運動」「九一八東北事件」「濟南慘案」「五三慘案」「一二八上海事件」以至「七七事變」「八一三事變」以至於日本人無條件投降，民國三十四年的中國勝利。這三十年中驚濤駭浪，多少販賣日貨的，以及將日貨改頭換面的，完全爲國人所制裁與唾棄。唯獨我父親手創的「無敵牙粉」却屹立有如中流砥柱，他不但是炭酸鎂原料，達到自給目的，在民十年至二十九年整整二十年中，他還創辦了爲無敵牌牙粉原料和裝璜所需要的「太倉薄荷廠」「營口滑石粉廠」「無錫家庭利用造紙廠」「家庭工業社印刷廠」「家庭製盒廠」「無敵牌玻璃廠」這無一不是爲無敵牙粉自給自足而設計創辦的實業，而他自己還是蕭然一身，每日清晨五時半起身，即爲公司一切營業籌劃，直至夜分十一時半不輟，他不以實業家的身份，向社會活動。尤不喜酬酢和無謂交際，上海市商會雖一度請他加入，他却說：「我平生爲人謀無不盡其忠誠，但怕開會耳。」於是刻一印以自娛，曰：「國貨之隱者」終其身未嘗入社會團體，而忠爲人謀，尤好爲貧困者設計，故其辦公室門外，座客常滿，都向他老人家求生活計劃者。父親亦樂與此輩人談，殷勤問其平生何學？何好？有何所長？乃就其材而爲之工業設計，若可做一小工業的腆造廠。若可做一小規模的機械廠。大率資本不鉅而易於施行的。資本缺少的即資助之，從不向人取利。有失敗的則再資助之，無怨言。亦有曉得我父親脾氣的，可欺以其方，結果得了他的資助而逃之夭夭，或一事無成，我父親亦僅一笑置之，說：「他自己不學好，吾未如之何已。」

我父親好詼諧，人即之，終日如坐春風中，但綱常之教，倫彝之重，則一絲不苟，人苟有過，不待申斥，而自能就其面前，自由悔過，皆由其「溫，良，恭，儉，讓」五個字做得澈底，故論者云：「天虛我生眞不虛生」棄養之日，巷哭者數十百家。今 總統蔣公親頒「令聞孔彰」四字表揚，藏於家。

（未完待續）

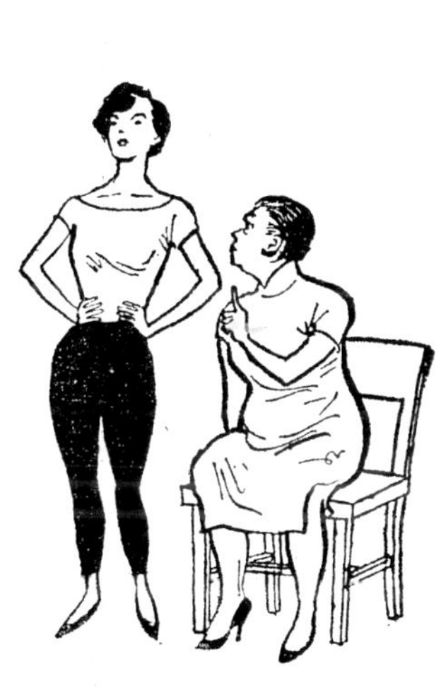

折戟沉沙記林彪（十九）

岳騫

廖耀湘兵團失敗後，瀋陽隨即失守，東北全部陷共，部份國軍乃由葫蘆島登艦撤退。

當十二月廿八日遼西兵敗之際，東北剿共總部為增強瀋陽之守備，曾令第五十二軍撤回瀋陽，歸還第八兵團之序列。旋以該軍先頭被阻海城，無法前進，乃復折返營口。十一月三日，一舉與共軍脫離。除第二師因裝載之宣懷輪起火，損失官兵約二千餘人外，均登輪撤運葫蘆島。當時葫蘆島之部隊為第三十九軍兩個師，第五十四軍三個師，獨立第九十五、第二九六師，及第六十二軍三個師，第二十一師；因瀋陽陷落，東北局勢不可收拾，中央為全般戰畧上之需要，已飭命撤退。當由司令長官杜聿明嚴密部署，以第五十四軍主力佔領陣地，一部對共軍佯攻。並令錦葫間火車往返行駛，以眩惑共軍耳目，掩護各軍撤退。自十一月四日開始，以運輸艦艇四十四艘，按六十二軍、第九十五、第二十一師，第五十二、第三十九、第五十四軍、第二九六師次序實施，迄十一月九日夜，計撤出官兵一三七、八〇〇人，地方機關與義民三、〇〇〇人，軍品二、〇〇〇噸。

葫蘆島撤退：敵前背水撤軍，原極不利，但葫蘆島之撤退，以七日之時間，於一個港口內順利撤運十四萬大軍。二萬噸軍品，其規模之大，成效之著，國軍尚屬僅見。其成功實繫於部署得宜，準備週到，行動秘密，敵未察覺。尤以全體官兵之嚴守紀律，精誠合作，以及港口優良，艦艇轉用靈活，皆為有力之因素。

東北全部陷共後，華北情勢自然吃緊，當時傅作義判斷林彪在東北雖然獲勝，但本身損失亦重，沒有三個月的時間休息整補，將不能作戰，因此，想乘三個月時間，集中兵力擊敗聶榮臻，再對付林彪，孰知林彪只隔二十日時間便全師入關，配合聶榮臻作戰，此為傅作義始料所不及，影響整個作戰計劃。

當東北戰事失敗，華北地區決不能長期支持，不論中央與傅作義，均有撤離打算，但向何處撤，却無定論。最初蔣主席有意調傅作義去東北，繼陳誠之任，傅作義堅辭，始派衛立煌前往。迨後，蔣主席又有意調傅作義至徐州，任華中剿共總司令，又為傅作義拒絕，如傅作義去徐州，華北剿總自當另派人主持。但傅作義如去徐州，中央可能放棄華北，以徐州為前哨，掩護江南，重新編練軍隊，但傅作義却打算必要時退回西北，仍回察綏作戰，一如抗日時之對日本。因此，傅作義將基本主力放置於平綏線，對冀中地區大部放棄。

共軍當時戰畧，最近因林彪被清算，透露出一項秘密，據說毛澤東主張先攻北平，認為只有北平攻下，整個華北地區不戰自潰，但林彪則主張先剪去華北國軍的四肢，然後心臟可不攻而下。同時林彪又指出國軍可能由平綏路向西北退，或由塘沽港乘艦退去上海，因此主張先攻這兩處據點。以後是按林彪計劃進行，此時鬥爭林彪，也成為罪狀之一。事後論述毛林戰畧之爭，自是林彪正確，如果按照毛澤東的計劃，即使能攻下北平，俘虜傅作

義，傅部在平綏線之暫三軍、暫四軍、三十五軍可撤退至綏遠，與寧夏、甘肅、青海成一氣。天津守軍六十二軍、八十六軍也可自塘沽撤退。

林彪入關之後，先以第九，第十一縱隊攻陷密雲，懷柔，國軍放棄順義，涿縣。林彪部第四，第八，第七等縱隊及第十一縱隊之一部進犯青龍橋，與國軍十六軍激戰，至此平古段全面激戰。民國三十七年十二月十四日，林彪部第四，第五，第十一縱隊向北平西面香山，石景山進攻，經國軍九十四軍，一〇一軍擊退，十二月十六日，國軍九十四軍與林部第四縱隊在萬壽寺，八里莊一線激戰，國軍第一〇一軍與林部第五縱隊在沙窩、大井一線激戰。國軍在丰台、通縣守軍被迫撤退，十二月十九日，林部第三縱隊攻陷南苑機場，北平對外交通，全被切斷。

林彪進攻北平，實際是牽制性的佯攻，眞正着眼點則在平綏線上新保安及塘沽。新保安由傅作義基本部隊三十五軍防守，軍長郭景雲勇敢善戰，但此時兵力相差太懸殊，三十五軍只有一個軍，尚欠暫十七師，實際只有兩個師，聶榮臻集中全力進攻。傅作義在北平無力援救，只得電令駐萬全之暫三軍，暫四軍增援，又恰墮入共軍圍點打援戰術，兩軍損失大半。新保安守至十二月二十四日，終於失守，軍長郭景雲自戕，全軍覆沒。

新保安戰役失敗，共軍宣佈消滅暫三、暫四兩個軍部，七個師，一個騎兵旅，共計六萬五千人，由八達嶺至張家口平綏路全段陷入共軍之手，傅作義斷絕西退之路。

民國三十八年元月七日，共軍開始進攻天津，天津最高指揮官爲山西第一勇將，本刊第廿四期已有介紹，但此時兵力懸殊，市內僅有六十二軍，八十六軍兩個軍，民心士氣均不可用，陳長捷臨危授命，所指揮部隊又乏淵源，天津堅守至元月十五日終告陷落，防守司令官陳長捷，六十二軍軍長林偉儔，八十六軍軍長劉雲瀚，天津市長杜建時，全部被俘。

在塘沽之十七兵團司令官侯鏡如，則率八十七軍，第九十五師各部於元月十五日乘艦撤退。

天津、塘沽相繼失守，傅作義失去鬥志，元月二十三日開城投降，華北除太原外，全部陷落。

（未完待續）

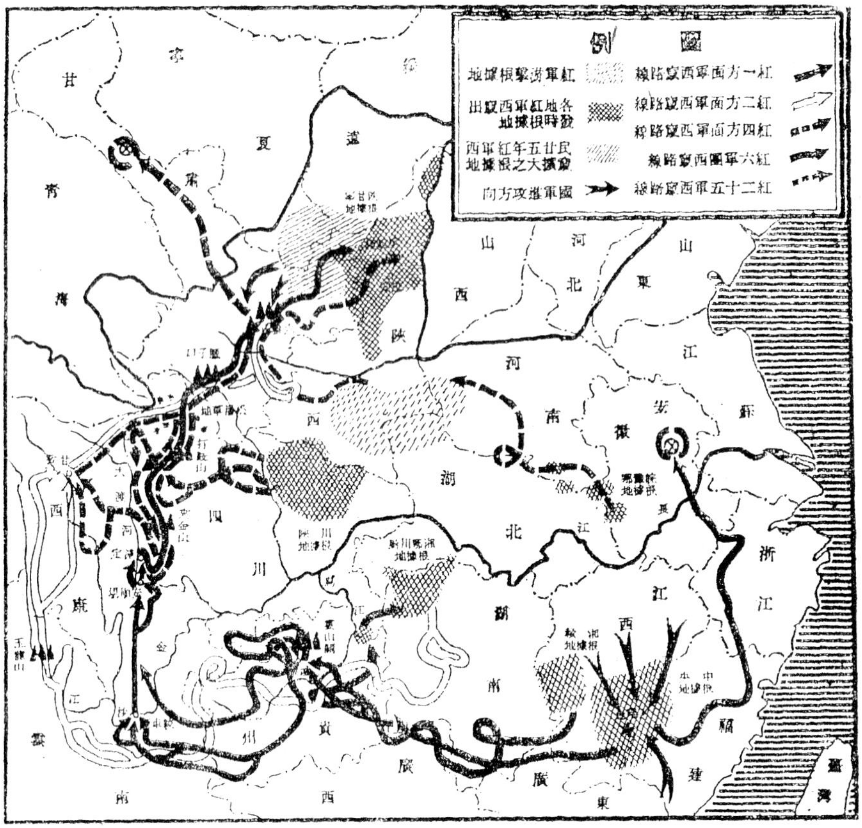

紅軍各部「長征」路線圖

細說「長征」

【十一】

□龍吟□

第二十六軍郭汝棟及第六縱隊李覺等部由大庸向永順方面追擊，第一縱隊陶廣部及新編第三十四師陳渠珍部，則由永順、保靖之線向龍山推進，惟紅軍聚散無常，四處流竄，國軍迄未捕捉其主力決戰，至六月下旬，賀蕭主力竄至鄂西之來鳳與湘西之龍山邊境，八月初，國軍陶廣縱隊新編第三十四師及第六十二師各一部，繼續向龍山以西追剿，紅軍流竄於來鳳一帶山地，仍未能捕捉紅軍主力，惟因該地區地瘠民貧，紅軍糧食匱乏，羅掘俱窮，乃於十月初秘密沿湘、黔邊境向南移動，至十一月下旬，竄至湘西之新化、溆浦一帶，蓋因是時紅一方面軍主力已竄至川北、湘西，防務空虛，賀蕭乃乘隙竄入。

蕭克離開江西蘇區進入湖南，基本作用是作「中央紅軍」先遣隊，同時也牽制在外圍兜剿的國軍，為「紅一方面軍」突圍創造有利條件，但賀蕭合股之後，編為第二方面軍，聲勢浩大，國軍要抽出大部份兵力對付賀蕭，自然也就減輕了中央蘇區紅軍所受的壓力。

根據「中國工農紅軍長征概述」，「紅二方面軍」自一九三四年十一月至一九三五年十一月，曾經粉碎國軍一百個團的圍攻，擊傷國軍一萬多人，俘虜縱隊司令張振漢。此項消息自不免誇大，俘虜張振漢之事亦未經國軍方面證實。張振漢原任四十八師徐源泉部一四二旅旅長，徐源泉出身直魯聯軍為褚玉璞直屬部下，歸順中央後，編為第十軍軍長兼四十八師師長，長川駐湖北地區。徐部雖出身於直魯聯軍，但戰鬥力甚強，張振漢即以剿共戰

功卓著，受到總部嘉獎，並將原四十八師分為四十八、四十一兩個師，統歸第十軍建制，四十八師師長仍由徐源泉兼任，四十一師師長則以張振漢擢升，以後又兼任第三縱隊司令，賀龍在湘鄂兩省根據地多數為張振漢攻陷。不過，與紅軍作戰，愈是勇敢冒險深入，愈容易墮入埋伏而全軍覆沒。江西初期剿共失利，皆由於將士恃勇輕敵，故張振漢之被俘，雖然國軍戰報未曾承認，但可能性甚大。

蕭克出發時本為別動隊，目的在於牽制國軍，減輕中央蘇區所受壓力。但此時聲勢浩大，形成另一蘇區，江西中央蘇區紅軍最初突圍外逃時，即企圖投奔紅二方面軍，終以國軍努力堵截，兩部未能合流。

國軍方面更改編制，以何鍵為第一路軍總司令，專對付賀蕭之紅二方面軍，以龍雲為第二路軍總司令，薛岳為前敵總指揮，負責追剿中央紅軍即紅一方面軍。何鍵當時指揮如下：

第一路軍
總司令何鍵

- 第五縱隊　劉建緒
  - 第六十二師　陶廣
  - 第十六師　章亮基
  - 新編第三十四師　陳渠珍
- 第六縱隊　李雲杰
  - 第二十三師　李雲杰（兼）
  - 第二十五師　王東原
- 第七縱隊　李韞珩
  - 第五十三師　李韞珩（兼）
  - 第六十三師　陳光中
- 第八縱隊　李覺
  - 第十九師　李覺（兼）
  - 補充總隊

何鍵當時指揮的圍剿部隊共計八師又一補充旅，賀蕭兵力懸殊，不能堅守佔領區，乃放棄湘西向貴州流竄。

據「中國工農紅軍長征概述」記載：

一九三五年十一月，紅軍第二方面軍兩萬人左右自湖南的桑植出發，衝破敵軍的包圍，消滅敵軍三個營又一個連，連續強渡澧水、沅水，橫掃湖南中部，佔領辰谿、溆浦、新化、藍田。國民黨幫見我軍突圍，急忙調遣何鍵、樊崧甫等軍閥的部隊尾追，我軍乃西渡沅江，進軍湖南貴州邊境。一九三六年一月，我軍通過芷江附近，相繼佔領晃縣、玉屏。接着，組織便水戰役，打敗何鍵部的尾追，佔領石阡、江口。在石阡、江口進行了短期的休整後，我軍繼續西進，衝破龍溪封鎖線，佔領甕安、平越、修文，二月間，又佔領黔西、大定、畢節。在黔西、大定、畢節一帶，我軍休整了將近一個月，動員了新戰士五千多人，並開始執行抗日民族統一戰線政策，組織了黔、大、畢救國委員會和抗日救國軍，獲得了廣大羣衆的擁護。這時，國民黨幫又調派了郝夢麟、萬耀煌、李覺、郭汝棟、樊崧甫、孫渡等縱隊，集中了十幾倍於我軍的優勢兵力趕來進攻我軍。根據當時的形勢，我軍決定退出貴州，於三月間進軍至雲南的鎮雄、宣威、昭通一帶。進軍途中，我軍在以則河消滅追兵樊崧甫縱隊一部，在則章壩嚴重地打擊了萬耀煌縱隊，接着又在宣威境內打敗了孫渡縱隊和郭汝棟縱隊各一部。宣威戰役之後，我軍決定渡金沙江北上，爭取和紅軍第一方面軍、第四方面軍會師。為了迷惑敵人，在北渡金沙江之前，我軍首先東進，佔領了貴州的盤縣。當敵軍東調的時候，我軍又折回雲南。四月，我軍分為兩個縱隊，以連續的急行軍向西

北前進，相繼攻克尋甸、富民，渡過了普渡河，順利佔領了楚雄、鎭南、祥雲、鹽興、牟定、姚安、鹽豐、賓川、鶴慶、麗江，直達金沙江邊。四月底，大軍分別自石鼓至巨甸間一百二十里的江岸，迅速地渡過了金沙江。

渡過了金沙江以後，進入雲南西康間的雪山地區，我軍繼續分兩路前進。第六軍團爲右路，五月間佔領中甸、定鄉（今鄉城）、稻城，六月間佔領理塘、瞻化（今新龍）、甘孜。第二軍團爲左路，五月間自中甸出發，進佔德榮，六月間經巴塘附近，進佔白玉，七月間也到達甘孜。在理塘境內，第六軍團遇見紅軍第四方面軍的一個軍。到甘孜，紅軍第二方面軍和紅軍第四方面軍全部會合了。

這是中共方面的記載，實際上紅二方面軍到了甘孜與紅四方面軍會師時，原來的兩萬人只剩了三千，而且士兵面黃肌瘦，衣服襤褸，如果在途中有強大國軍截擊，非全軍覆沒不可。

關於紅二方面軍的「長征」，由湘西出發到西康甘孜與紅四方面軍會師，其中經過，雙方均無詳細記載。此一情況可說明兩點：第一、國軍對賀蕭一支始終不予重視，集中全力在追擊中央紅軍（紅一方面軍）。第二、紅二方面軍沿途並未打過硬仗，所以未留紀錄，雖然如此，及至到了西康，人數也七去其六了。

三、北上抗日先遣軍

「中國工農紅軍長征概述」開始就說：

紅軍第一方面軍主力的長征，是在一九三四年十月開始的。在十月以前，中共中央和中央工農民主政府曾經派遣三支有力的部隊，先行突圍遠征。這三支部隊就是北上抗日先遣隊、紅軍第六軍團和紅軍第二十五軍。

筆者開始撰寫本書時，也是如此劃分，所不同者，筆者計算紅六軍團蕭克出發時間應在「北上抗日先遣軍」之前，故將紅四方面軍列第一，紅六軍團——紅二方面軍列第二，而將「北上抗日先遣軍」列第三，紅軍第二十五軍徐海東部列第四，最後才是中央紅軍。

北上抗日先遣軍是由方志敏，尋淮洲兩支合組而成，有關尋淮洲的情況，雙方報導均畧。方志敏情況則十分詳。

方志敏活動甚強，民國十九年就在贛東北活動，至民國二十年，勢力已坐大，與中央蘇區紅軍相呼應。國軍第一次進剿因民國二十一年一二八淞滬戰事停止，及至淞滬停戰後，國軍又復展開圍剿，成立贛縣閩邊區剿匪總司令部，由何應欽任總司令，下轄九路軍及三十八軍劉建緒部，第八路軍總指揮趙觀濤負責進剿方志敏，趙部指揮部隊如下表：

第八路軍趙觀濤
- 第五師　周渾元
- 第六師　趙觀濤（兼）
- 第五十三師　李韞珩
- 第五十五師　阮肇昌
- 第七十九師　王錄文
- 第二十一師　劉珍年
- 獨立第卅六旅　戴岳
- 第二十五師　李松崑

這一地區進剿戰事，雖經國軍大力進剿，但一直未能肅清，直到民國二十三年七月，方志敏奉到中共中央命令，與第七軍團尋淮洲合組「北上抗日先遣隊」，始被消滅。

民國二十三年七月，中共中央命「贛東北蘇區」（此時又改爲「浙贛皖省蘇區」）主席方志敏，率領「紅七軍團」尋淮洲部及「紅十軍」劉疇西部，組「工農紅軍北上抗日先遣隊」東進。

並於七月十五日發表宣言如下：

全中國的民衆們！我們中國工農紅軍北上抗日先遣隊，願意同全中國的民與衆一切武裝力量聯合起來，共同抗日，開展民衆的民族革命戰爭，打倒日本帝國主義。一切反日的民衆，都應該幫助我們工農紅軍北上抗日先遣隊，團結在我們北上抗日先遣隊的周圍，加入我們的抗日先遣隊，武裝起來，直接同壓迫中國的日本帝國主義盜匪們作戰！一切抗日的民衆，都是我們的同伴，我們都要聯合起來！一切禁止與壓迫我們抗日的個人，團體與武裝隊伍，都是漢奸賣國賊，我們應一致起來消滅他們！我們認爲，只有全中國民衆的武裝的民兵革命戰爭，才能打倒日本與一切帝國主義，取得中國民族的獨立解放與保持中國領土的完整。

「第七軍團長」原爲蕭劲光，因黎川之敗被處刑，以所屬第十九師長尋淮洲充任，仍兼第十九師師長，轄第十九、第二十、第二十一三個師。第七軍團當在萬人以上，而第十軍較少，戰力亦差。當方志敏東進時，中共中央又以「紅九軍團」羅炳輝部爲之支援，一度「北上」受阻，轉而南竄，威脅福州。

關於北上抗日先遣隊從成立到覆滅之經過，雙方均無詳細記載，其中作戰經過，亦少叙述，玆將兩篇有關文獻列後，以供參考。

中國工農紅軍長征概述：北上抗日先遣隊由紅軍第七軍團和紅軍第十軍組成。一九三四年七月六日，紅軍第七軍團六千餘人在尋淮洲、粟裕等同志率領下，自紅色首都——江西的瑞金出發，進軍福建。大軍以敏捷的行動，攻克了大田、尤溪口，摧毀了沿途敵軍的碉堡，順利地渡過了閩江。八月一日，解放福州外圍重鎮水口，守敵王敬久部聞風逃竄。我軍尾敵猛追，直逼福州城下，與守敵激戰三晝夜，攻佔福州西郊陣地，並攻入市區。國民黨幫在日寇海軍聲援下，急調大批軍隊趕來阻截。根據當時的形勢，我軍決定離開福州北上。在北上途中，我軍獲得閩東地方黨和羣衆的援助，解放羅源，襲擊寧德，經福安附近，進軍浙江，佔領慶元。九月，與閩北紅色游擊隊取得聯系，游擊於福建、浙江、江西邊境的浦城、廣豐、江山、玉山一帶，並攻克常山，殲守敵一部。旋又取道遂安附近，進軍安徽南部。十月，我軍三千人左右衝破敵軍的六路圍攻，轉移至閩浙贛革命根據地，與紅軍第十軍會師於德興的重溪。兩軍會合後，兵力近一萬人，在方志敏、粟裕、劉英等同志領導下，組成了紅軍第十軍團。十一月，大軍自江西分兩路北上：一路爲先遣部隊，越懷玉山進軍浙江，經常山、淳安進佔距杭州僅八十公里的分水，震動上海、杭州。國民黨幫倉皇調兵前來阻截我軍，我軍乃轉入安徽，攻佔旌德，復經涇縣宣城之間，直迫蕪湖，威脅南京；另一路爲主力，越懷玉山進軍安徽，經婺源、休寧、歙縣而至太平。十二月，先遣部隊奉命回師，與主力會師於太平附近的新村，聲威大震。這時，國民黨幫急忙調遣五個正規師、兩個正規旅及浙江、安徽等省的地方反革命武裝趕來圍攻，在黃山東麓的譚家橋一帶與我軍接戰。我軍英勇地與敵人血戰一晝夜，殲敵一部，但尋淮洲同志不幸犧牲。譚家橋戰役之後，我軍轉戰於東流、祁門、休寧、太平、涇縣、石埭、秋浦等地，不斷打擊敵人，但因敵我兵力懸殊及戰爭流動性較大，我軍的傷亡及非戰鬥的減員也很大。一九三五年一月，我軍決定回閩浙贛革命根據地休整補充，在通過懷玉山封鎖線時，不幸被十倍於我的敵人包圍，彈盡糧絕，人馬疲苦，遭受極大的損失，方志敏同志也在突圍中不幸被捕。

當時指揮殲滅紅軍北上抗日先遣隊的國軍指揮官是浙江保安處長俞濟時，事後發表談話如下：

自匪首尋淮洲率領僞七軍團由瑞金東竄，經閩浙贛皖四省邊境，輾轉數千里，流毒百餘縣。保安處長俞濟時奉命兼追擊隊指揮官，率伍誠仁師王耀武旅、李文彬旅等追剿數月，業將該匪完全殲滅，尋匪授首，並俘虜二千七百餘名，繳槍千餘枝，方匪志敏亦被擒。現俞處長已於一月三十一日晨六時由前方凱旋回杭。

記者特往訪晤，承告追剿經過情形如次：

尋匪淮洲，湖南瀏陽人，年二十五歲，其決心機變，不亞於彭德懷、林彪，尤長於游擊戰術。滸灣戰後，偽七軍團長蕭勁光作戰不力，被撤查，尋以偽十九師長升充七軍團長，下轄十九、二十、二十一三個師，仍兼十九師長職，爲匪軍之甲等師，實爲偽中央所倚重。

當尋竄抵閩浙贛區時，余（俞濟時自稱，以下均同）奉命率四十九師伍誠仁補充一旅王耀武、浙保安第三、四團等部追擊，先後與匪戰於賀村、常山、大陳、豐足、鮑家村各處，該匪部傷亡枕藉，迺逃入贛東北匪區休養，約兩旬餘，復竄擾浙西。時王耀武適駐玉山，余復率王旅及浙保安第三、四團，在浙之白馬分水予以痛擊，匪乃狼狽向皖績溪縣竄去。皖南素稱富庶，久爲赤匪垂涎，至是盤居贛東北數年之方志敏、劉疇西、王如癡等匪，亦傾巢經婺源之卅里岡北犯，會合於黃山，號稱兩軍團，勢頗猖獗。屯溪、休、歙，同時告警。余率所部爲追擊隊，不分晝夜，向匪窮追。原駐皖南部隊，則由（浙省）主席指揮，担任堵剿。匪乃利用黃山，扼險設伏。十二月十四日，余親率王旅附浙保第三團第三營與該匪遭遇於黃山山麓之胡家橋，始則向我猛衝，繼則佯退，誘我深入。我以王旅第二團迅速增援，以第一團並預佔烏泥關之險，以防匪之控襲，於是匪計不逞。往返肉搏者數十次，殺聲震谷，血流盈渠。周團長於是役負傷。余與王旅長均親自率隊衝鋒，經一晝夜之血戰，卒將該匪擊潰。是役鹵獲輕重機槍六挺，步槍一百七十餘支，俘匪二百餘，事後清掃戰場，遺屍三百餘具，其戰鬥之激烈，實追剿以來所僅見。自是役後，匪胆已寒，一意逃竄避戰，已兆殲滅之機。據投誠之偽衛生部醫務主任胡雲根、管理排長陳道南供：尋淮洲因衝鋒受傷，運至茂林斃命，葬於茂林東南三里許之潘村山腰。時我追擊部隊，除加緊窮追外，王耀武旅長以尋匪素稱梟悍，請劉主席派員押同該胡雲根等，赴茂林發掘，尋匪屍身完好，身材瘦小，面貌清癯，匪軍綽號猴子，當將匪屍拍照，轉請軍委會給獎。自尋淮洲斃命，其十九師長，由方志敏、劉疇西委偽十軍團長王如癡兼任，仍轄十九、二十、二十一三個師，於芳村、上下溪頭等處，經我各追擊隊痛擊，軍心大爲渙散，戰鬥力量遠不如前。初猶迴旋避戰於皖南各縣境，因我追擊各支隊窮追，大小十餘載，傷斃赤匪千餘，潰散逃亡者倍之，加之長途奔逃，全無喘息整理之餘暇，不得已乃企圖經浙江西竄入閩北，連合閩北，浙東匪股發展游擊，休養實力。賴我追堵各軍佈置周密，先後經浙保安縱隊堵截於開化之星口市、徐家村，乃折入德興東境，企圖竄贛東北匪巢休息，復被伍、王、李各部截擊於德興東北之港頭、分水、陰莊等處，俘匪十軍軍長兼十九師師長王如癡，偽軍團保衛局長周羣，偽二十一師長胡天陶，偽二十師參謀長喬信明，偽十九師政委李述斌，偽七軍團衛生部長譚時清，偽十九師第二團長李顯遜等以下中下級軍官及兵士共二千七百餘人，而凍死、擊死者遍野，獲輕重機槍四十餘挺、迫炮四門、無線電二架。偽贛浙皖省主席方志敏、偽委員兼十軍長劉疇西，於二十九日在陳家灣被劉震清旅生擒，該匪股遂完全殲滅。

方志敏等盤踞贛東北，歷時八年，奄有德興、弋陽、橫峰、上饒、玉山之一隅，爲贛東北邊區之大患。比次余率軍進入匪區，親見殘垣敗瓦，闃無人烟，田園荒蕪，瘡痍滿目，所有俘匪，均係鳩形鵠面。我軍對於俘匪頗爲優待，除設收容所收容外，傷者醫治，死者殮埋，俘匪莫不感激誠服。現奉令均送杭收容處理。（未完待續）

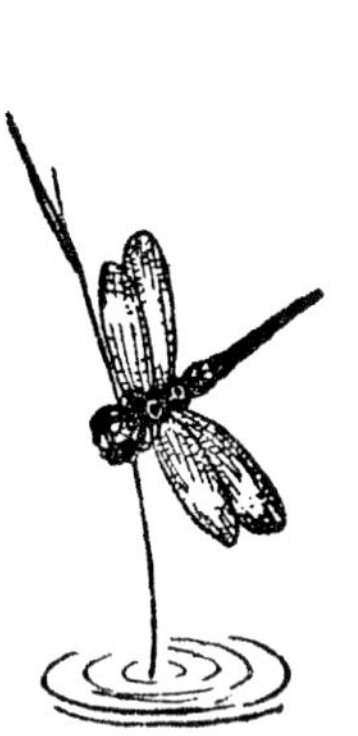

香港詩壇

籌會紀念詩人節集會即席 何敬羣

端陽節近感靈均。哀郢洋洋問水濱。到眼橫流誰砥柱。當前文運此扶輪。座中各有如椽筆。海上俱爲辟地人。作賦登樓須蹈厲。要看九字掃氛塵。

錦山文社禊集

清溪曲曲海彎彎。宜有風騷振此間。三月鶯花招洛飲。一時席履列仙班。樓同勝會開金谷。更喜比鄰接錦山。今日興來忘老至。隔籬呼取醉方還。

冬寒

昨日霜風渡海來。萬竅呼嘯籟聲哀。曉看籬落浮香處。吹得梅花幾點開。

香爐峯下失芳菲。凍雀無聲木葉飛。却訝窗前寒氣重。一時呵手覓冬衣。

春晝

林巒當戶漸蘢葱。閒向庭前坐畫中。嶺上過雲携急雨。陌頭飛絮尚東風。掃除竹徑籌銷夏。分得山泉任引筩。海上棲遲原不負。茶鐺詩卷笑成翁。

甲寅重五分詠節物 余少颿

蒲劍

秀挺枝枝澗底香。當門如劍氣猶張。一揮可斬邪千衆。小按斯凝瑞八方。漫笑淮陰奇辱忍。且看薛邑義聲揚。兒童學佩前街戲。解唱雲飛歸故鄉。

艾旗

冰臺纔刈樹前楹。髣髴官衙豆纛成。高湧雲霄嚴虎帳。輝同青白綴幌旗。三軍赴敵山河壯。八陣擒俘鼓角鳴。省識當年黃埔港。先鋒到處食漿迎。

歸國吟四首甲寅孟夏 徐義衡

我愛高屏踏月行，湖山多麗暢遊程。青藜漫步千峯秀。白髮孤心一鏡明。蓮霧垂垂堤畔熟，荷風陣陣馬前迎。田園適性今如願。雨後頻看嫩筍生。

緩步迎曦意自强。深山淺瀨任徜徉。方從柳岸驚花落。又向水田識稻香。蔬豆盈疇登早市。菓瓜蔽野快先嘗。及時喜見滂沱雨。四月農村處處忙。

即心即佛我猶僧。萬仞名山喜遍登。詩國有緣容拄杖。禪關無福可傳燈。卅年離亂滄桑改。千里投荒歲月增。白首言歸歸未晚。天涯倦鳥息雲騰。

青山容我伴梅吟。過眼駒光惜逝金。天上難平牛女恨。人間誰識孔姬心。滔滔寰宇風雲急。莽莽神州水火深。八億災黎翹首望。來蘇何日沐甘霖。

礁溪溫泉甲寅春暮 徐義衡

尋春遵海走。南下訪礁溪。杏伴紅蓮放。鶯隨杜宇啼。㷔泉消百病。滑水潤柔荑。一滌千愁去。歸途夕照低。

五峯瀑布

路出礁溪野。輕車上小岡。五峯雲抹翠。三叠瀑懸長。盡奪諸山秀。還添一壑涼。龜山仍蔽目。望魯總神傷。

甲寅四月既望槐廬落成詩以紀之 徐義衡

築室蔽風雨。除茅以自容。牆邊排竹柳。窗外補梅松。地會雙溪水。門當大武峯。清暉今入戶。喜見月溶溶。

壽穎廬主人 包天白

五日酒先此夕開，浮江鷗鷺一時來，盃迎榴燄花疑醉，簾度蘭香月笑回，大隱生涯宜在市，漫遊身世慣登台，穎廬歲歲琴尊會，犀管鸞箋愧未陪。

前題 徐義衡

七秩人生始。從心所欲時。十全康福壽。三絕書畫詩。充棟藏珍籍。盈庭舞綵姿。長庚今在戶。菊酒祝期頤。

江城梅花引 包天白

陰陰細雨近黃昏，祛銷魂，已銷魂，寂寞珠簾，何事負芳辰？不是傷春非病酒，人瘦也，忒無端、瘦幾分。 幾分，幾分，且休論，月一痕，夢一痕，夢也，夢也，夢不共歌扇吟尊，偏又呢喃、雙燕故殷勤，惱道杏花廿薄倖，從嫁後，只垂楊、綠到門。

春日過益智仁室 洪肇平

當路喬松拏地起，錦山臺上自盤紆，一間老屋藏詞客，四面羣山入畫圖，酒畔譚詩嗟板蕩，花叢留影即江湖，歸來偏又逢春雨，潤物無聲萬象蘇。

枕外

枕外風濤有不平，澈宵怒吼到天明，陸沈眞見舟藏壑，世幻難逃蜃作城，一點歸心空自許，廿年孤抱向誰傾，欲憑動地開山手，角逐中原百萬兵。

編餘漫筆

編者

這一期出版後，本刊已經辦了三年，三年來雖然經過石油加價，引起了物價連鎖反應，本刊總算支持下來，雖然前途仍然多艱，但是也算摸索出道路，不久將來，本刊希望能改爲半月刊，就可印刊出更多有價值的文章。

陳紀瀅先生之「胡政之與大公報」本期已刊完，陳先生大文在本刊刊載共計一年，在此期間各方均有好評，該書已決定出單行本，請讀者注意本刊消息。

本期刊出陳定山先生記載其尊翁天虛我生大文，年青一代讀者可能不知天虛我生之名，實則此公確是中國本世紀來一位奇人，他製的無敵牌牙粉，中間最少有二十年時間獨佔了中國市場，把日本牙粉驅逐出去，定山先生大文所提到的日本牙粉金剛石、獅子牌，編者就未曾見過，大概自民國十年之後，這兩種牙粉即被無敵牌所淘汰，不必談挽回利權，即就民族主義立場而言，亦是大快人心之事。

天虛我生雖然致力於實業，但其本身原是讀書人，國學造詣甚深，所著栩園叢稿，包羅萬象，頗似隨園全集。天虛我生生平行事，許多處頗似隨園，但品格則高過隨園多多。定山本文雖屬表揚先德，但所言皆屬事實，凡上海人皆所深知。

蘇曼殊亦近代奇人，幼年出家爲僧，精通梵文，但似不守清規。若亦其爲名士，則本身實是僧人，並犯戒條，于右任詩：「春風細雨江南夜，記得紅樓入定時。」即可概括曼殊一生，蓋曼殊隨衆人去妓女處「打茶圍」，別人同妓女談笑，曼殊已入定矣。

近代研究曼殊文字甚多，但研究曼殊之事甚難正確，沈燕謀丈生前曾告編者，燕謀丈在民國元年在安慶高等學堂與曼殊共事，私交甚篤，但親見曼殊僞造已身資料有意迷惑世人，後人不察，若以曼殊手澤作爲研究曼殊依據，反易走入歧途。此等處如非燕老親見，我輩亦無從得知，曼殊故弄狡獪，眞誤人不淺。本篇談曼殊之文，資料翔實，是同類文字中最佳者。

楊杏佛亦民國有數才人，惜乎因政治私見而被狙擊，實在可惜，多年來介紹楊氏生平之文字不多，本篇有詳細介紹及持平論述，是重要文字。

敦煌文獻，本刊上期已有介紹，本期則敘述敦煌寶藏發現經過，下期發表斯坦因盜寶過程，此一事件經過，今日視之，眞有啼笑皆非之感。過去甚少有系統報告，故經過甚少人知，本刊當作詳細介紹，俾我國人知道其來龍去脈。

掌故 月刊 訂閱單

請將本單同欵項以掛號郵寄香港九龍旺角郵局信箱八五二一號

英文名稱地址：
The Journal of Historical Records
P. O. Box No. 8521, Kowloon
Mongkok Post Office, Hong Kong.

姓名（請用正楷）中英文均可		
地址（請用正楷）中英文均可		
期數及金額	一年	
	港澳區	海外區
	港幣二十四元正	美金六元
	平郵免費	航空另加
	自第　期起至第　期止共　期（　）份	

掌故（六）

數位重製・印刷　秀威資訊科技股份有限公司
https://www.showwe.com.tw
114 台北市內湖區瑞光路 76 巷 65 號 1 樓
電話：+886-2-2796-3638
傳真：+886-2-2796-1377
劃　撥　帳　號　19563868　戶名：秀威資訊科技股份有限公司
讀者服務信箱：service@showwe.com.tw
網　路　訂　購　秀威網路書店：http://store.showwe.tw
國家網路書店：http://www.govbooks.com.tw

2020 年 7 月
全套精裝印製工本費：新台幣 35,000 元（全套十二冊不分售）

Printed in Taiwan　ISBN:9789863268130 CIP:856.9

ISBN 978-986-326-813-0

掌故（六）

數位重製・印刷　秀威資訊科技股份有限公司
https://www.showwe.com.tw
114 台北市內湖區瑞光路 76 巷 65 號 1 樓
電話：+886-2-2796-3638
傳真：+886-2-2796-1377
劃　撥　帳　號　19563868　戶名：秀威資訊科技股份有限公司
讀者服務信箱：service@showwe.com.tw
網　路　訂　購　秀威網路書店：http://store.showwe.tw
國家網路書店：http://www.govbooks.com.tw

2020 年 7 月
全套精裝印製工本費：新台幣 35,000 元（全套十二冊不分售）

Printed in Taiwan　ISBN:9789863268130 CIP:856.9

ISBN 978-986-326-813-0
9 789863 268130 35000